DE STRIJD DER KONINGEN

Van George R.R. Martin zijn verschenen:

Het stervende licht
Windhaven ❖ (met Lisa Tuttle)

DE WERELD VAN HET LIED VAN IJS EN VUUR
De Hagenridder
De Eed van Trouw
De Onbekende Ridder

De IJsdraak

HET LIED VAN IJS EN VUUR
Boek 1 Het spel der tronen ❖
Boek 2 De strijd der koningen ❖
Boek 3 Een storm van zwaarden, Deel een: Staal en sneeuw ❖
Boek 3 Een storm van zwaarden, Deel twee: Bloed en goud ❖
Boek 4 Een feestmaal voor kraaien ❖
Boek 5 Een dans met draken, Deel een: Oude vetes, nieuwe strijd ❖
Boek 5 Een dans met draken, Deel twee: Zwaarden tegen draken ❖

De Fevre Dream ❖

❖ Ook verschenen als e-book

George R.R. Martin

De strijd der koningen

GAME OF THRONES 2

LUITINGH FANTASY

Uitgeverij Luitingh-Sijthoff en Drukkerij Wilco vinden het belangrijk om op milieuvriendelijke en duurzame wijze met natuurlijke bronnen om te gaan.

Eerste druk 1999
Eenendertigste druk 2018

© 1999 George R.R. Martin
All rights reserved
© 1999, 2017 Nederlandse vertaling
Uitgeverij Luitingh ~ Sijthoff B.V., Amsterdam
Published by arrangement with the author c/o Ralph M. Vicinanza, Ltd.
Alle rechten voorbehouden
Oorspronkelijke titel: *A Clash of Kings*
Vertaling: Renée Vink
Kaarten: James Sinclair
Omslagontwerp: DPS
Omslagbeeld: © 2012 Warner Bros. Home Entertainment Benelux/Home Box Office, Inc. All rights reserved

ISBN 978 90 245 6439 2
NUR 334

www.boekenwereld.com
www.lsamsterdam.nl

*Voor John en Gail
met wie ik zo menige maaltijd heb gedeeld*

Proloog

De staart van de komeet waaierde uit over de dageraad, een rode veeg die als een wond in de purperroze hemel boven de rotspieken van Drakensteen bloedde.
De maester stond op het winderige balkon voor zijn vertrekken. Hier plachten de raven na een lange vlucht te landen. Hun uitwerpselen besmeurden de twaalf voet hoge gargouilles die aan weerskanten van hem oprezen, een hellehond en een gevleugelde draak, twee van de duizend die broeierig van de muren van de aloude sterkte staarden. Toen hij Drakensteen voor het eerst zag, had dat leger van groteske beelden hem verontrust, maar met het verstrijken der jaren was hij eraan gewend geraakt. Nu beschouwde hij ze als oude vrienden. Gedrieën sloegen ze met boze voorgevoelens de hemel gade.
De maester geloofde niet in voortekens. En toch, zo oud als hij was, had Cressen nog nooit een komeet gezien die ook maar half zo fel was, of deze kleur had, die afschuwelijke kleur, de kleur van bloed, vlammen en zonsondergangen. Hij vroeg zich af of zijn gargouilles ooit zoiets hadden gezien. Ze waren hier al zoveel langer dan hij, en ze zouden er nog steeds zijn als hij allang verdwenen was. Als stenen tongen konden spreken...
Wat een dwaasheid. Hij leunde tegen de borstwering. Beneden hem bruiste de zee, en de zwarte steen voelde ruw aan onder zijn vingers. *Sprekende gargouilles en profetieën aan de hemel. Ik ben een oude man die weer zot als een kind is geworden.* Was de moeizaam verworven wijsheid van een heel leven hem tegelijk met zijn gezondheid en kracht ontglipt? Hij was een maester, onderwezen en omketend in de grote citadel van Oudstee. Hoe ver moest hij niet heen zijn als zijn hoofd dichtslibde met bijgeloof als dat van een onwetende landarbeider?
En toch... en toch... die komeet gloeide nu ook bij dag, uit de hete kraters van Dragonmont achter de burcht stegen bleekgrijze dampen op en gisterochtend had een witte raaf bericht gebracht uit de citadel zelf, langverwacht, maar daarom nog niet minder gevreesd, het bericht dat de zomer ten einde was. Allemaal voortekens. Te veel om te negeren. *Wat betekent het allemaal,* zou hij willen roepen.
'Maester Cressen, we hebben bezoek.' Pylos sprak zacht, alsof hij Cressen ongaarne stoorde bij zijn verheven overpeinzingen. Als hij had geweten dat het hoofd van de maester vol onzin zat zou hij geschreeuwd hebben. 'De prinses zou graag de witte raaf zien.' De immer correcte

Pylos noemde haar tegenwoordig *prinses*, omdat haar vader koning was. Koning van een rokende rots in de grote, zilte zee weliswaar, maar toch: een koning. 'Ze wil graag de witte raaf zien. Haar zot is bij haar.'

De oude man keerde de dageraad de rug toe, met één hand steun zoekend bij zijn gevleugelde draak. 'Help me naar mijn stoel en laat ze binnen.'

Pylos greep zijn arm en hielp hem naar binnen. In zijn jeugd had Cressen er altijd stevig de pas in gezet, maar nu was zijn tachtigste naamdag niet veraf meer en stond hij wankel en onvast op zijn benen. Twee jaar geleden had hij bij een val zijn heup gebroken, en de breuk was nooit goed genezen. Toen hij vorig jaar ziek werd had de Citadel Pylos vanuit Oudstee naar hier gestuurd, luttele dagen voordat heer Stannis het eiland had afgegrendeld... om hem bij zijn zware werk te helpen, heette het, maar Cressen wist wel beter. Pylos was gekomen om hem na zijn dood te vervangen. Dat deerde hem niet. Iemand moest zijn plaats innemen, en sneller dan hem lief zou zijn...

Hij liet zich door de jongere man achter zijn boeken en papieren neerzetten. 'Haal haar maar. Een dame hoor je niet te laten wachten.' Hij wuifde met zijn hand, een machteloos gebaar van haast van een man die niet meer tot haast in staat was. Zijn huid was rimpelig en vlekkerig, en zo vliesdun dat hij het netwerk van adertjes en de beenderen erdoorheen zag schemeren. En wat beefden ze, die handen van hem die eens zo vast en vaardig waren geweest.

Toen Pylos terugkeerde werd hij vergezeld door het meisje, verlegen als altijd. Achter haar, schuifelend en waggelend, met dat rare zijwaartse loopje van hem, kwam haar zot. Op zijn hoofd zat een namaakhelm, een oude tinnen emmer met een raamwerk van geweitakken erbovenop, en behangen met koeienbellen. De bellen galmden bij iedere slingerende stap, allemaal met een andere klank: *rinkeldekinkel boing-doing kling-klang klong klong klong.*

'Wie komt ons zo vroeg bezoeken, Pylos?' zei Cressen.

'Ik en Lapjes, maester.' Argeloze blauwe ogen knipperden hem toe. Ze had bepaald geen mooi gezicht, helaas. Het kind had de vierkante, vooruitstekende kin van haar vader en de betreurenswaardige oren van haar moeder en was bovendien nog mismaakt van zichzelf, het resultaat van de aanval van grauwschub die haar als zuigeling bijna noodlottig was geworden. Over de helft van één wang en tot diep in haar nek was haar vlees stijf en afgestorven. De huid was gebarsten en schilferig, vol zwarte en grauwe vlekken, en voelde keihard aan. 'Pylos zei dat we de witte raaf mochten zien.'

'Ja hoor, dat mag,' antwoordde Cressen. Alsof hij haar ooit iets zou weigeren. Er was haar in haar leven al veel te veel geweigerd. Ze heette Shirine. Op haar eerstvolgende naamdag zou ze tien worden, en ze was het treurigste kind dat maester Cressen ooit had gezien. *Haar treurigheid is mijn schande,* dacht de oude man, *alweer een bewijs van mijn onvermogen.* 'Maester Pylos, wilt u mij een plezier doen en voor jonkvrouw Shirine de vogel uit het roekenhuis halen?'

'Met genoegen.' Pylos was een beleefde jongeman, niet ouder dan vijfentwintig, maar desondanks plechtstatig als een zestigjarige. Had hij maar wat meer humor en was hij maar wat levendiger. Dat zouden ze hier goed kunnen gebruiken. Grimmige oorden hadden luchthartigheid nodig, geen plechtstatigheid, en grimmig was Drakensteen zonder enige twijfel, een eenzame citadel midden in een natte, zilte, stormachtige woestenij, met de rokende schaduw van de berg in de rug. Een maester moet gaan waarheen hij gezonden wordt, en dus had Cressen twaalf jaar geleden zijn heer gevolgd en hier gediend, en goed gediend. Toch had hij nimmer van Drakensteen gehouden, noch had hij zich hier ooit echt thuis gevoeld. De laatste tijd, als hij wakker schrok uit onrustige dromen waarin de rode vrouw een verontrustende rol speelde, wist hij vaak niet waar hij was.

De dwaas draaide zijn geblokte lapjeshoofd om te kijken hoe Pylos de ijzeren treden naar het roekenhuis beklom. De beweging deed zijn bellen rinkelen. 'Onder zee hebben de vogels schubben in plaats van veren,' zei hij met veel geklingklang. 'Dat weet ik, weet ik, o, o, o.'

Zelfs voor een zot was Lapjeskop een aanfluiting. Misschien had hij de mensen ooit met een kwinkslag doen schudden van de lach, maar dat vermogen had de zee hem ontnomen, samen met zijn halve verstand en zijn hele geheugen. Hij was dik en pafferig, leed aan zenuwtrekkingen en trillingen en was vaker wel dan niet onsamenhangend. Het meisje was de enige die nog om hem lachte, de enige die het iets kon schelen of hij leefde of dood was.

Een lelijk klein meisje, een zielige zot, en de maester is nummer drie... het is om te huilen. 'Kom bij me zitten, kind.' Cressen wenkte haar naderbij. 'Je komt vroeg op bezoek, de zon is nog maar net op. Je zou lekker knus in je bed moeten liggen.'

'Ik heb eng gedroomd,' vertelde Shirine hem. 'Over de draken. Ze kwamen me opeten.'

Het kind had al last van nachtmerries zo lang maester Cressen het zich kon herinneren. 'Daar hebben we het al eens over gehad,' zei hij vriendelijk. 'De draken kunnen niet meer tot leven komen. Ze zijn uit steen gehouwen, kind. In vroeger dagen was ons eiland de meest westelijke buitenpost van het grote Vrijgoed Valyria. De Valyriërs hebben deze citadel gebouwd, en zij kenden manieren om steen te bewerken die wij vergeten zijn. Een burcht moet op elke hoek verdedigingstorens hebben. De Valyriërs bouwden die torens in de vorm van draken om hun forten een angstaanjagender uiterlijk te geven, zoals ze hun muren met duizend gargouilles bekroonden in plaats van met simpele kantelen.' Hij nam haar kleine roze handje in zijn eigen broze, vlekkerige hand en gaf er een vriendelijk kneepje in. 'Dus je ziet, er valt niets te vrezen.'

Shirine was niet overtuigd. 'En dat ding in de lucht? Dalla en Matrice stonden te praten bij de put, en Dalla zei dat ze de rode vrouw tegen moeder had horen zeggen dat het drakenadem was. Als de draken ademen betekent dat toch dat ze tot leven komen?'

De rode vrouw, dacht maester Cressen nors. *Het is al erg genoeg dat ze het hoofd van de moeder heeft volgestopt met die waanzin van haar. Moet ze nu ook nog de dromen van de dochter verzieken?* Hij moest maar eens een hartig woordje met Dalla spreken om haar te waarschuwen dat ze niet van dat soort praatjes moest rondstrooien. 'Dat ding in de lucht is een komeet, lieve kind. Een ster met een staart die in de hemel verdwaald is. Over een poosje is hij weg, en dan zien we hem ons leven lang niet meer terug. Let maar op.'

Shirine gaf een dapper klein knikje. 'Moeder zei dat die witte raaf betekent dat het geen zomer meer is.'

'Dat klopt, hoogheid. De witte raven vliegen uitsluitend vanuit de Citadel.' Cressens vingers gingen naar zijn halsketen, waarvan elke schakel van een ander metaal was gesmeed, het symbool van zijn meesterschap in de verschillende takken van kennis: de maesterskraag, het kenmerk van zijn orde. In de bloei van zijn jeugd had hij hem moeiteloos gedragen, maar nu leek hij zwaar, en het metaal voelde kil aan op zijn huid. 'Ze zijn groter dan andere raven, en slimmer, gefokt om als brengers van het allerbelangrijkste nieuws te dienen. Deze kwam ons melden dat het Conclaaf bijeen is geweest, de verslagen en metingen heeft bestudeerd die door maesters van over het hele rijk zijn gemaakt, en deze grootse zomer ten langen leste voorbij heeft verklaard. Tien jaren, twee omwentelingen en zestien dagen heeft hij geduurd, de langste zomer sinds mensenheugenis.'

'Wordt het nu koud?' Shirine was een zomerkind en had nooit echte kou gekend.

'Te zijner tijd,' antwoordde Cressen. 'Indien de goden goed zijn zullen ze ons een warme herfst en overvloedige oogsten schenken, zodat we ons kunnen voorbereiden op de komende winter.' De kleine luiden zeiden dat een lange zomer een nog langere winter meebracht, maar de maester zag geen reden om het kind met zulke verhalen bang te maken.

Lapjeskop liet zijn bellen rinkelen. 'Onder zee is het altíjd zomer,' galmde hij. 'De meerminnen dragen nanemonen in hun haar en weven japonnen van zilverwier. Dat weet ik, weet ik, o, o, o.'

Shirine giechelde. 'Ik zou wel een japon van zilverwier willen hebben.'

'Onder zee sneeuwt het omhoog,' zei de zot, 'en is de regen droog als kurk. Dat weet ik, weet ik, o, o, o.'

'Gaat het echt sneeuwen?' vroeg het kind.

'Ja,' zei Cressen. *Maar dat duurt nog jaren, mag ik hopen, en dan niet lang.* 'Ah, daar is Pylos met de vogel.'

Shirine slaakte een verrukte kreet. Zelfs Cressen moest toegeven dat de vogel een indrukwekkende aanblik bood, wit als sneeuw en groter dan enige havik, met die felle zwarte ogen waaruit bleek dat het geen gewone albino maar een raszuivere witte raaf uit de Citadel was. 'Hier,' riep hij. De raaf spreidde zijn vleugels, sprong de lucht in en fladderde luidruchtig het vertrek door om naast hem op tafel te laden.

'Ik ga uw ontbijt klaarmaken,' kondigde Pylos aan. Cressen knikte. 'Dit is vrouwe Shirine,' zei hij tegen de raaf. De vogel bewoog zijn lichte kop op en neer alsof hij een buiging maakte. '*Vrouwe*,' kraste hij, '*Vrouwe.*'

De mond van het kind viel open. 'Hij kan praten!'

'Een paar woordjes. Zoals ik al zei, het zijn slimme vogels.'

'Slimme vogel, slimme vent, slimme, slimme zot,' zei Lapjeskop al rinkelend. 'O slimme slimme slimme zot.' Hij begon te zingen. '*De schaduwen zullen dansen heer, dansen heer, dansen heer,*' zong hij terwijl hij van de ene voet op de andere sprong. '*De schaduwen zullen blijven, heer, blijven heer, blijven heer.*' Bij ieder woord trok hij met zijn hoofd, zodat de bellen in zijn geweitakken begonnen te galmen.

De witte raaf krijste en klapwiekte naar de ijzeren leuning van de trap naar het roekenhuis, waar hij bovenop ging zitten. Shirine leek te krimpen. 'Dat zingt hij de hele tijd al. Ik heb gezegd dat hij ermee moest stoppen, maar dat doet hij niet. Ik word er bang van. Laat hem ophouden.'

Hoe dan? vroeg de oude man zich af. *Eens had ik hem misschien voorgoed het zwijgen kunnen opleggen, maar nu...*

Lappenkop was als jongen bij hen gekomen. Heer Steffon, zaliger nagedachtenis, had hem gevonden in Volantis achter de zeeëngte. De koning – de oude koning, Aerys II Targaryen, die destijds nog niet compleet krankzinnig was geweest – had zijn heer uitgezonden om een bruid te zoeken voor prins Rhaegar, die geen zusters had om mee te trouwen. 'We hebben een schitterende zot gevonden,' had hij Cressen geschreven, twee weken voordat hij van zijn vruchteloze missie zou terugkeren. 'Een jongen nog, maar lenig als een aap en net zo geestig als tien hovelingen bij elkaar. Hij kan jongleren en raadsels opgeven en goochelen, en hij zingt heel aardig in vier talen. We hebben hem vrijgekocht en hopen hem mee naar huis te nemen. Robert zal verrukt van hem zijn en misschien leert hij te zijner tijd zelfs Stannis nog eens lachen.'

Cressen werd treurig als hij aan die brief dacht. Niemand had Stannis ooit leren lachen, en de jonge Lapjeskop wel het allerminst. De vliegende storm was plotseling opgestoken en de Scheepskrakerbaai had de juistheid van zijn naam bewezen. De tweemastergalei van heer Steffon, de *Windtrots*, had schipbreuk geleden in het zicht van de burcht. Zijn twee oudste zonen hadden vanaf de muren moeten toezien hoe het schip van hun vader op de klippen liep en door de golven werd verzwolgen. Honderd roeiers en zeelieden gingen samen met heer Steffon Baratheon en zijn gemalin te gronde, en nog dagen later bleef er na ieder hoog tij een verse oogst gezwollen lijken achter op het strand onder aan Stormeinde.

De jongen spoelde op de derde dag aan. Maester Cressen was met de anderen afgedaald om de doden te helpen identificeren. Toen ze de zot vonden was hij naakt, zijn huid wit en rimpelig, bedekt met een laagje fijn zand. Cressen had hem voor het zoveelste lijk aangezien, maar toen Jommy hem bij zijn enkels had gegrepen om hem naar de lijkwagen te slepen had de jongen water opgehoest en was hij rechtop gaan zitten. Jommy had tot zijn dood toe gezworen dat Lapjeskops huid klam en kil had aangevoeld.

Niemand had ooit een verklaring kunnen bedenken voor de twee dagen die de zot in zee had doorgebracht. De vissers zeiden altijd dat hij van een meermin had geleerd om water te ademen in ruil voor zijn zaad. Lapjeskop zelf had niets gezegd. De geestige, slimme knaap uit heer Steffons brief had Stormeinde nimmer bereikt; de jongen die zij hadden gevonden was een ander, gebroken van lichaam en geest, nauwelijks tot spreken in staat, laat staan tot het maken van grappen. Toch liet zijn zottenkop geen twijfel over zijn identiteit bestaan. In de Vrijstad Volantis was men gewoon de gezichten van slaven en bedienden te tatoeëren; van zijn nek tot zijn hoofdhuid had de huid van de jongen een patroon van roodgroene ruiten.

'De stakker is gek, hij lijdt pijn, en geen mens die wat aan hem heeft, vooral hijzelf niet,' had de oude ser Harbert, de toenmalige kastelein van Stormeinde, verklaard. 'Het barmhartigste dat u kunt doen is hem een beker papavermelksap geven. Een pijnloze slaap waar vanzelf een eind aan komt. Als hij het benul had zou hij er dankbaar voor zijn.' Maar Cressen had geweigerd en ten slotte de overhand behaald. Hij zou niet weten of Lapjeskop ooit enige vreugde aan die overwinning had beleefd, zelfs al die jaren later nog niet.

'*De schaduwen zullen dansen, heer, dansen heer, dansen heer,*' zong de dwaas maar door, zwaaiend met zijn hoofd, zodat zijn bellen rinkelden en rammelden. Boing-doing, tingeling, boing-doing.

'*Heer,*' krijste de witte raaf. '*Heer, heer, heer.*'

'Een zot zingt wat hij wil,' zei de maester tegen zijn bange prinses. 'Trek je maar niets van zijn woorden aan. Morgenochtend komt er weer een ander liedje bij hem op, en dan hoor je dit nooit meer.' *Hij kan heel aardig zingen in vier talen*, had heer Steffon geschreven...

Pylos kwam de deur binnenstappen. 'Met uw goedvinden, maester.'

'Je bent de havermout vergeten,' zei Cressen geamuseerd. Dat was helemaal niets voor Pylos.

'Maester, ser Davos is vannacht teruggekomen. Ze hadden het er in de keuken over. Ik dacht dat u dat wel meteen zou willen weten.'

'Davos... vannacht, zeg je? Waar is hij?'

'Bij de koning. Ze zijn vrijwel de hele nacht bijeen geweest.'

Er was een tijd geweest dat heer Stannis hem gewekt zou hebben, om het even hoe laat, om hem om raad te vragen. 'Dat had ik horen te weten,' klaagde Cressen. 'Ik had gewekt moeten worden.' Hij maakte zijn vingers los uit die van Shirine. 'Neemt u mij niet kwalijk, hoogheid, maar ik moet met uw vader spreken. Pylos, je arm. Deze burcht heeft veel te veel treden, en ik krijg de indruk dat ze er elke nacht een paar bijmaken, alleen om mij dwars te zitten.'

Shirine en Lapjeskop liepen achter hen aan naar buiten, maar het kind kreeg algauw genoeg van de slakkengang van de oude man en stoof vooruit. De zot liep slingerend achter haar aan, met woest rinkelende koeienbellen.

Burchten zijn geen aangename oorden voor gebrekkigen, en bij het afdalen van de wenteltrap van de Zeedrakentoren werd Cressen daar weer eens aan herinnerd. Heer Stannis zou wel in de Zaal van de Beschilderde Tafel te vinden zijn, boven in de Stenen Trom, de hoofdburcht van Drakensteen, die zo heette omdat de eeuwenoude muren bij storm dreunden en bonkten. Om hem te bereiken moest Cressen de galerij oversteken, de midden- en binnenmuren met hun waakzame gargouilles en zwarte ijzeren hekken passeren, en een hoeveelheid treden beklimmen waar hij eigenlijk niet aan denken moest. Jonge mannen namen een trap met twee treden tegelijk. Voor oude mannen met slechte heupen was iedere tree een kwelling. Maar heer Stannis zou er niet over piekeren naar hem toe te komen, dus legde de maester zich bij de beproeving neer. Hij had in elk geval Pylos om hem te helpen, en daar was hij dankbaar voor.

Toen ze de galerij over schuifelden kwamen ze langs een rij hoge boogvensters die een indrukwekkend uitzicht boden op het voorplein, de buitenmuur en het vissersdorp daarachter. Op het binnenplein waren boogschutters aan het oefenen op het commando: 'Opzetten, aanleggen, los.' Hun pijlen maakten een geluid als een zwerm opstijgende vogels. Wachters schreden over de weergangen en tuurden tussen de gargouilles door naar de buiten gelegerde krijgsmacht. De ochtendlucht was nevelig door de rook van de kookvuurtjes waaromheen drieduizend mannen zaten te ontbijten onder de banieren van hun heren. Achter het uitgestrekte kampement was de ankerplaats bezaaid met schepen. Geen enkel vaartuig dat het afgelopen jaar bij Drakensteen had aangemeerd had weer mogen uitvaren. De *Furie* van heer Stannis, een driedeks-oorlogsgalei met driehonderd riemen, leek bijna klein naast sommige van de dikbuikige galjoenen en koggen eromheen.

De wachter voor de Stenen Trom kende de maesters van gezicht en liet hen door. 'Wacht hier,' zei Cressen binnen tegen Pylos. 'Ik kan het beste alleen met hem spreken.'

'Het is een lange klim, maester.'

Cressen glimlachte. 'Dacht je dat ik dat niet meer wist? Ik heb deze treden immers al zo vaak beklommen dat ik ze stuk voor stuk van naam ken.'

Halverwege kreeg hij spijt van zijn beslissing. Hij was blijven staan om op adem te komen en de pijn in zijn heup te laten wegebben toen hij het schrapen van laarzen op steen hoorde en oog in oog kwam te staan met ser Davos Zeewaard, die bezig was af te dalen.

Davos was een tengere man wiens lage geboorte duidelijk aan zijn alledaagse gezicht was af te lezen. Een verschoten, afgedragen groene mantel vol spetters zout en zeeschuim hing om zijn magere schouders, over een wambuis en hozen in dezelfde kleur bruin als zijn ogen en haar. Aan een riempje om zijn nek bungelde een versleten leren buidel. Zijn baardje was al aardig grijs, en aan zijn verminkte linkerhand droeg hij een leren handschoen. Toen hij Cressen zag bleef hij staan.

'Ser Davos,' zei de maester. 'Wanneer bent u teruggekomen?'

'In het donker voor het ochtendgrauwen. Mijn lievelingstijdstip.' Men zei dat geen mens bij nacht ook maar half zo goed met een schip overweg kon als Davos Korthand. Voordat hij door heer Stannis was geridderd was hij de beruchtste en ongrijpbaarste smokkelaar van de Zeven Koninkrijken geweest.

'En?'

De man schudde zijn hoofd. 'U had hem er al voor gewaarschuwd. Ze willen niet in opstand komen. Niet voor hem. Hij is niet geliefd.'

Nee, dacht Cressen. *En dat zal hij nooit zijn ook. Hij is krachtig, bekwaam, rechtvaardig... zelfs meer dan raadzaam is... en toch is dat niet genoeg. Het is nooit genoeg geweest.* 'U hebt ze allemaal gesproken?'

'Allemaal? Nee. Alleen degenen die me binnenlieten. Op mij zijn ze ook niet gesteld, die hooggeboren heren. Voor hen zal ik altijd de Uienridder blijven.' Zijn linkerhand sloot zich en zijn stompe vingers maakten een vuist; Stannis had de bovenste kootjes afgehakt, behalve van de duim. 'Ik heb het brood gebroken met Gulian Swann en de oude Koproos, en de Tarths waren bereid tot een middernachtelijke samenkomst in een gewijd bos. De overigen... welnu, Beric Dondarrion wordt vermist en is volgens sommigen dood, en heer Caron bevindt zich bij Ren-

ling. Hij is nu Oranje Brys van de Regenbooggarde.'
'De Regenbooggarde?'
'Renling heeft zijn eigen koningsgarde opgericht,' verklaarde de voormalige smokkelaar, 'maar deze zeven dragen geen wit. Ze hebben allemaal hun eigen kleur. Loras Tyrel is de aanvoerder.'
Dat was net iets voor Renling Baratheon: een schitterende nieuwe ridderorde, met een grandioze nieuwe uitrusting om het wereldkundig te maken. Als jongen was Renling al verzot geweest op felle kleuren en kostbare stoffen, en hij had ook heel graag spelletjes gespeeld. 'Kijk eens!' schreeuwde hij dan terwijl hij schaterlachend door de zalen van Stormeinde rende. 'Kijk eens, ik ben een draak,' of 'Kijk eens, ik ben een tovenaar', of 'Kijk eens, ik ben de regengod.'
Dat dappere kleine joch met zijn wilde zwarte haren en lachende ogen was inmiddels een volwassen man van eenentwintig, maar spelletjes speelde hij nog steeds. *Kijk eens, ik ben een koning*, dacht Cressen bedroefd. *O Renling, Renling, lieve, beste jongen, weet je wel wat je doet? En als je het weet, lig je daar dan wakker van? Zou er behalve ik nog iemand wakker liggen om jou?* 'En welke redenen gaven de heren op voor hun weigering?'
'Tja, sommigen brachten het mild, anderen bot, sommigen kwamen met verontschuldigingen, anderen met beloften, en sommigen logen gewoon.' Hij haalde zijn schouders op. 'Uiteindelijk zijn woorden gewoon maar wind.'
'U kon hem geen hoop geven?'
'Alleen valse, en dat doe ik niet,' zei Davos. 'Van mij heeft hij de waarheid gehoord.'
Maester Cressen herinnerde zich de dag dat Davos tot ridder was geslagen, na de belegering van Stormeinde. In die burcht had heer Stannis bijna een jaar lang met een klein garnizoen standgehouden tegen de enorme krijgsmacht van de heren Tyrel en Roodweyn. Ze konden zelfs de zee niet op, want die werd dag en nacht in het oog gehouden door galeien van Roodweyn, waarop de wijnrode banieren van het Prieel wapperden. In Stormeinde waren de paarden allang opgegeten, honden en katten waren er ook niet meer en het garnizoen teerde nog slechts op wortels en ratten. Toen brak er een nacht aan waarin de maan nieuw was en de sterren achter zwarte wolken schuilgingen. Onder de mantel van die duisternis had de smokkelaar Davos zowel Roodweyns kordon als de klippen van de Scheepskrakerbaai getrotseerd. Zijn boot had een zwarte romp, zwarte zeilen, zwarte riemen en een ruim dat volzat met uien en gezouten vis. En hoe weinig ook, het was genoeg geweest om het garnizoen in leven te houden tot Eddard Stark erin slaagde Stormeinde te bereiken en het beleg te breken.
Heer Stannis had Davos beloond met uitgelezen landerijen op Kaap

Gram, een kleine burcht en de eer van het ridderschap... maar hij had ook verordonneerd dat Davos al die jaren van smokkelen met één kootje van elke linkervinger zou moeten bekopen. Davos had zich onderworpen, op voorwaarde dat Stannis zelf het mes zou hanteren, want hij weigerde door de hand van een mindere gestraft te worden. Heer Stannis had een beenhouwersbijl gebruikt om rechter en preciezer te kunnen hakken. Na afloop had Davos voor zijn nieuwbakken huis de naam Zeewaard gekozen en als banier een zwart schip op een lichtgrijs veld genomen... met een ui op de zeilen. De voormalige smokkelaar placht graag te zeggen dat heer Stannis hem een dienst had bewezen door te zorgen dat hij nu vier vingernagels minder had om schoon en kort te houden.

Nee, dacht Cressen, zo'n man zou geen valse hoop geven, noch een harde waarheid verzachten. 'Ser Davos, de waarheid kan een bittere pil zijn, zelfs voor een man als heer Stannis. Het enige dat hij in zijn hoofd heeft, is op volle sterkte naar Koningslanding terug te keren om zijn vijanden te verscheuren en op te eisen wat hem rechtens toekomt. Maar nu...'

'Als hij met deze armzalige krijgsmacht naar Koningslanding gaat, zal hij er slechts de dood vinden. Hij heeft onvoldoende manschappen. Dat heb ik hem ook gezegd, maar u weet hoe trots hij is.' Davos stak zijn gehandschoende hand omhoog. 'Nog eerder zullen mijn vingers weer aangroeien dan dat die man voor rede vatbaar wordt.'

De oude man zuchtte. 'U hebt gedaan wat u kon. Nu moet ik mijn stem aan de uwe toevoegen.' Vermoeid hervatte hij zijn klim.

Het toevluchtsoord van heer Stannis Baratheon was een groot, rond vertrek met wanden van kale, zwarte steen en vier smalle ramen naar de vier windstreken toe. In het midden stond de grote tafel waaraan de kamer zijn naam ontleende, een massieve schijf fraai bewerkt hout die Aegon Targaryen had laten vervaardigen in de dagen voor de Verovering. De Beschilderde Tafel was ruim vijftig voet lang en op het breedste punt misschien half zo breed, maar op zijn smalst mat hij minder dan vier voet. Aegons timmerlieden hadden hem de vorm van het land Westeros gegeven en daarbij elke baai en kaap afzonderlijk uitgezaagd totdat de tafel nergens meer recht liep. Op het blad, donker geworden door een kleine driehonderd jaar vernis, stonden de Zeven Koninkrijken geschilderd zoals ze er in Aegons dagen hadden uitgezien: rivieren en bergen, burchten en steden, meren en wouden.

In het vertrek stond één zetel, zorgvuldig neergezet op de plek waar Drakensteen lag, voor de kust van Westeros, en op een voetstuk geplaatst om een goed overzicht over het tafelblad te geven. In die zetel zat een man in een nauwsluitende leren kolder en hozen van ruwe bruine wol. Toen maester Cressen binnentrad keek hij op. 'Ik zag al aankomen dat u zou verschijnen, oude man, of ik u nu zou ontbieden of niet.' In zijn stem klonk geen zweem van warmte door. Dat was zelden zo.

Stannis Baratheon, heer van Drakensteen en bij de gratie der goden de rechtmatige erfgenaam van de IJzeren Troon van de Zeven Koninkrijken van Westeros, was breedgeschouderd en pezig, en zijn gezicht en lichaam deden denken aan taai leer dat, in de zon gelooid, staalhard geworden was. *Hard* was het woord dat mensen bezigden in verband met Stannis, en hard was hij. Al was hij nog geen vijfendertig jaar oud, op zijn hoofd was nog slechts een randje dun, zwart haar te zien dat als de schaduw van een kroon achter zijn oren langs groeide. Zijn broer, wijlen koning Robert, had in zijn laatste levensjaren zijn baard laten staan. Maester Cressen had die nooit gezien, maar men zei dat het een woeste baard was, dicht en onbedwingbaar. Als in reactie daarop hield Stannis zijn bakkebaarden strak en kort geknipt. Als een blauwzwarte schaduw bedekten ze zijn vierkante kaken en benige, holle wangen. Zijn ogen waren open wonden onder zware wenkbrauwen, van een blauw zo donker als de zee bij nacht. Zijn mond zou zelfs de geestigste zot tot wanhoop gedreven hebben, want die was gemaakt voor norsheid, stuursheid en afgemeten bevelen en bestond slechts uit dunne, bleke lippen en strakgespannen spieren, een mond die het glimlachen verleerd was en nooit een volle lach had gekend. Soms, als de wereld 's nachts extra geruisloos en stil was, beeldde maester Cressen zich in dat hij heer Stannis een halve burcht verderop zijn tanden kon horen knarsen.

'Vroeger zou u mij hebben gewekt,' zei de oude man.

'Vroeger was u jong. Nu bent u oud en ziek en hebt u uw slaap nodig.' Stannis had nooit geleerd zijn woorden te verzachten, te veinzen of te vleien. Hij zei wat hij dacht, en wie daar bezwaar tegen had kon opvliegen. 'Ik wist dat u er toch wel snel genoeg achter zou komen wat Davos te melden had. Dat is toch altijd zo?'

'Als het niet zo was, had u niet veel aan mij,' zei Cressen. 'Ik kwam Davos tegen op de trap.'

'En ik neem aan dat hij alles verteld heeft? Ik had ook de tong van die kerel moeten inkorten, net als zijn vingers.'

'Dan had u een slechte afgezant aan hem gehad.'

'Dat had ik toch wel. De stormheren zijn niet bereid voor mij in opstand te komen. Ze schijnen me niet te mogen, en dat mijn zaak rechtvaardig is zegt hun niets. De lafaards zullen tussen hun muren blijven zitten wachten om te zien uit welke hoek de wind waait en wie de overhand krijgt. De stoutmoedigen hebben zich al voor Renling uitgesproken. Voor Rénling!' Hij spuwde de naam uit alsof die als vergif op zijn tong lag.

'Uw broer is al dertien jaar heer van Stormeinde. Die heren zijn zijn gezworen baandermannen...'

'De zíjne,' onderbak Stannis hem, 'terwijl ze rechtens de mijne zouden moeten zijn. Ik heb nooit om Drakensteen gevraagd. Ik heb het nooit gewild. Ik heb het ingenomen omdat Roberts vijanden hier zaten en hij me opdroeg om ze uit te roeien. Ik heb zijn vloot opgebouwd en zijn werk gedaan, plichtsgetrouw zoals het een jongere broer betaamt tegenover een oudere, zoals het Renling zou betamen tegen over mij. En wat kreeg ik voor dank van Robert? Hij maakt me heer van Drakensteen en geeft Stormeinde en al zijn opbrengsten aan *Renling*. Stormeinde behoort al driehonderd jaar aan het huis Baratheon. Het had rechtens aan mij moeten toevallen toen Robert de IJzeren Troon veroverde.'

Een oude grief, diepgevoeld, en nooit meer dan nu. Dit was de kwetsbaarste plek van zijn heer, want Drakensteen, hoe oud en sterk ook, beschikte slechts over de leenmanstrouw van een handjevol lagere vazallen, wier grondgebied op het rotsige eiland te dun bevolkt was om de aantallen krijgslieden te leveren die Stannis nodig had. Zelfs met de huurlingen die hij uit de vrijsteden Myr en Lys over de zeeëngte had meegevoerd was de strijdmacht die onder zijn muren haar kamp had opgeslagen veel te klein om het machtige huis Lannister ten val te brengen.

'Robert heeft u onrecht aangedaan,' antwoordde maester Cressen behoedzaam, 'maar toch had hij daar gegronde redenen toe. Drakensteen is lange tijd de zetel van het huis Targaryen geweest. Hij had een krachtig man nodig om hier te regeren, en Renling was nog een kind.'

'Dat is hij nog steeds,' verklaarde Stannis, en zijn woede galmde luid door de lege zaal. 'Een diefachtig kind, dat denkt de kroon van mijn hoofd te kunnen graaien. Wat heeft Renling ooit gedaan om een troon te verdienen? Hij zit in de raad te schertsen met Pinkje en op toernooien legt hij zijn glimmende wapenrusting aan en laat zich door een beter man van zijn paard smijten. Dat is mijn broer Renling ten voeten uit. En dat vindt dat hij koning hoort te zijn. Vertelt u mij eens, waarom hebben de goden mij met *broers* opgezadeld?'

'Ik kan niet namens de goden antwoorden.'

'U antwoordt de laatste tijd nog maar zelden, krijg ik de indruk. Wie is Renlings maester? Misschien moet ik die eens ontbieden. Het is mogelijk dat zijn raad mij beter bevalt. Wat denkt u dat die maester heeft gezegd toen mijn broer besloot mijn kroon te stelen? Welk advies had uw collega in petto voor die verraderlijke broer van mij?'

'Het zou mij verbazen als Renling iemand om advies vroeg, Uwe Genade.' De jongste van heer Steffons drie zonen was opgegroeid tot een dapper maar roekeloos man, die eerder impulsief dan weloverwogen handelde. Daarin, als in zoveel andere dingen, leek Renling op zijn broer Robert, en in het geheel niet op Stannis.

'Uwe Genade,' herhaalde Stannis verbitterd. 'U spot met mij door mij als koning aan te spreken, maar waarvan ben ik koning? Drakensteen en wat klippen in de zeeëngte, dat is mijn koninkrijk.' Hij daalde de treden van zijn zetel af en ging voor de tafel staan. Zijn schaduw viel over de monding van de Zwartwaterstroom en het geschilderde woud waar tegenwoordig Koningslanding lag. Daar bleef hij staan piekeren over het rijk dat hij het zijne wilde maken, zo dichtbij en toch zo veraf. 'Vanavond zal ik de maaltijd gebruiken met mijn baanderheren, die paar die ik heb. Celtigar, Velaryon, Bar Emmon, het hele armzalige zootje. Ronduit een magere oogst, maar meer hebben mijn broers niet voor me overgelaten. Die piraat uit Lys, Salladhor Saan, komt ook om me zijn nieuwste rekening te presenteren, Morosh uit Myr zal me tot voorzichtigheid manen met zijn praatjes over getijden en najaarsstormen, terwijl heer Brandglas gaat zitten preken over de wil van de Zeven. Celtigar zal willen weten welke stormheren zich bij ons aansluiten. Velaryon zal dreigen zijn achterban mee naar huis te nemen als we niet onmiddellijk aanvallen. Wat moet ik tegen ze zeggen? Wat moet ik nu op dit moment doen?'

'Uw ware vijanden zijn de Lannisters, heer,' antwoordde maester Cressen, met zorg zijn woorden kiezend. 'Als u en uw broer gemene zaak tegen hen zouden maken...'

'Ik onderhandel niet met Renling,' antwoordde Stannis op een toon die geen tegenspraak duldde. 'Niet zolang hij zichzelf koning noemt.'

'Niet met Renling, dan,' gaf de maester toe. Zijn heer was koppig en trots. Als hij eenmaal iets in zijn hoofd had, was het niet meer bespreekbaar. 'Anderen kunnen ook in uw behoeften voorzien. De zoon van Eddard Stark is tot koning in het Noorden uitgeroepen, en alle strijdkrachten van Winterfel en Stroomvliet staan achter hem.'

'Een groentje,' zei Stannis, 'en óók al een valse koning. Moet ik de scheuring van het rijk accepteren?'

'Een half koninkrijk is toch beter dan geen?' zei Cressen. 'En als u de jongen helpt de moord op zijn vader te wreken...'

'Waarom zou ik Eddard Stark wreken? De man betekende niets voor mij. O, *Robert* was dol op hem, dat wel. Hield van hem als een broer, hoe vaak heb ik dat niet gehoord. *Ik* was zijn broer, niet Ned Stark, maar niemand die zag hoe hij mij behandelde zou daar ooit op gekomen zijn. Ik heb Stormeinde voor hem weten te behouden en goede mannen de hongerdood zien sterven terwijl Hamer Tyrel en Paxter Roodweyn in het zicht van mijn muren zaten te schransen. En heeft Robert dankjewel gezegd? Welnee. Hij bedankte *Stark*, omdat die het beleg ophief toen wij alleen nog op ratten en radijs leefden. Ik heb op Roberts bevel een vloot laten bouwen en in zijn naam Drakensteen ingenomen. Heeft hij mijn hand gegrepen en gezegd: *Goed werk, broer, wat zou ik zonder jou aan moeten?* Welnee, hij verweet me dat ik me Viserys en die baby had laten ontfutselen door Willem Darring, alsof ik daar iets tegen had kunnen doen. Ik heb vijftien jaar lang in zijn raad gezeten en Jon Arryn geholpen zijn rijk te regeren terwijl Robert zoop en naaide, maar toen Jon stierf, benoemde mijn broer mij toen tot zijn Hand? Welnee. Hij draafde linea recta naar zijn vriendje Ned Stark toe en gunde hem de eer. En wat hebben ze er allebei weinig aan gehad.'

'Dat is waar, heer,' zei maester Cressen mild. 'Er is u groot onrecht aangedaan, maar het verleden is stof. Als u zich met de Starks verenigt kunt u een toekomst winnen. En er zijn nog anderen die u kunt benaderen. Hoe denkt u over vrouwe Arryn? Als de koningin haar man heeft vermoord is ze ongetwijfeld op gerechtigheid uit. Ze heeft een zoontje, Jon Arryns erfgenaam. Als u Shirine aan hem zou beloven...'

'Die jongen is zwak en ziekelijk,' wierp heer Stannis tegen. 'Zelfs zijn vader zag hoe de zaken ervoor stonden toen hij me verzocht of ik hem op Drakensteen wilde opvoeden. Een pagedienst zou hem goed hebben gedaan, maar dat verdomde wijf van Lannister liet heer Arryn vergiftigen voor er iets van kon komen, en nu verbergt Lysa hem in het Adelaarsnest. Ze zal die jongen nooit laten gaan, dat verzeker ik u.'

'Stuurt u Shirine dan naar het Adelaarsnest,' drong de maester aan. 'Drakensteen is een grimmige woonplaats voor een kind. Laat haar zot meegaan, dan heeft ze een vertrouwd gezicht in de buurt.'

'Vertrouwd en afstotelijk.' Peinzend fronste Stannis zijn wenkbrauwen. 'Toch... het is allicht de moeite van het proberen waard...'

'Moet de rechtmatige heer van de Zeven Koninkrijken bij weduwen en usurpatoren om hulp bedelen?' vroeg een vrouwenstem op scherpe toon.

Maester Cressen draaide zich om en boog zijn hoofd. 'Vrouwe,' zei hij, geërgerd dat hij haar niet had horen binnenkomen.

Heer Stannis keek nors. 'Ik bedel niet. Bij niemand. Knoop dat goed in je oren, vrouw.'

'Het doet mij genoegen dat te horen, heer.' Vrouwe Selyse was even lang als haar echtgenoot, mager van lijf en mager van gezicht, met zeiloren, een puntige neus en een zweempje van een snor op haar bovenlip. Die epileerde ze dagelijks en vervloekte ze geregeld, maar hij kwam steevast terug. Haar ogen waren flets, haar mond was streng, haar stem een zweep. Die liet ze nu knallen. 'Vrouw Arryn is u trouw verschuldigd, evenals de Starks, uw broer Renling, en al die anderen. U bent hun enige ware koning. Het zou ongepast zijn bij hen te pleiten en met hen te onderhandelen over wat u rechtens toekomt bij de gratie van god.'

God, zei ze, geen *goden*. De rode vrouw had haar met hart en ziel voor zich gewonnen en haar afvallig gemaakt van de goden van de Zeven Koninkrijken, zowel de oude als de nieuwe, om degene te aanbidden die de Heer des Lichts werd genoemd.

'Laat je god zijn gratie bij zich houden,' zei heer Stannis, die het vurige nieuwe geloof van zijn vrouw niet deelde. 'Ik heb zwaarden nodig, geen zegeningen. Heb jij ergens een leger verstopt zitten waar je me niets over hebt verteld?' In zijn toon klonk geen genegenheid door. Stannis was niet op zijn gemak bij vrouwen, zelfs niet bij zijn eigen vrouw. Toen hij naar Koningslanding was gegaan om zijn zetel in Roberts raad in te nemen had hij Selyse met hun dochter in Drakensteen achtergelaten. Hij had hun niet vaak geschreven en nog minder vaak bezocht. Eén of twee keer per jaar vervulde hij zijn plichten in het huwelijksbed, maar zonder enig genoegen, en de zonen waarop hij eens had gehoopt waren nooit geboren.

'Mijn broers, ooms en neven hebben legers,' zei ze tegen hem. 'Het huis Florens zal zich onder uw banieren scharen.'

'Het huis Florens brengt op zijn best tweeduizend zwaarden in het veld.' Men zei dat Stannis de sterkte van alle huizen van de Zeven Koninkrijken kende. 'En u hebt heel wat meer vertrouwen in uw broers en ooms dan ik, vrouwe. De gebieden van Florens liggen te dicht bij Hooggaarde dan dat uw heer oom de toorn van Hamer Tyrel kan riskeren.'

'Er is een andere weg.' Vrouwe Selyse kwam dichterbij. 'Kijk uit uw vensters, heer. Daar is het teken waarop u hebt gewacht, als een blazoen aan de hemel. Rood is het, het rood van vlammen. Rood voor het vurige hart van de ware god. Dat is zíjn banier... en de uwe! Zie hoe hij zich aan de hemelen ontplooit als de hete adem van een draak. En u bent de heer van Drakensteen. Dat wil zeggen dat uw tijd rijp is, Uwe Genade. Niets is zekerder. U bent voorbestemd om van deze troosteloze rots in zee te steken zoals Aegon de Veroveraar eens in zee stak, om evenals hij iedereen voor u uit te jagen. U hoeft het woord slechts te spreken en de macht van de Heer des Lichts te omhelzen.'

'Hoeveel zwaarden stelt de Heer des Lichts mij ter hand?' wilde Stannis weer weten.

'Alles wat u nodig hebt,' beloofde zijn vrouw. 'Om te beginnen de zwaarden van Stormeinde en Hooggaarde, en al hun baanderheren.'

'Davos zal u iets anders vertellen,' zei Stannis. 'Die zwaarden zijn onder ede aan Renling opgedragen. Mijn charmante jongere broer is geliefd, zoals Robert eens geliefd was... en zoals ik dat nimmer zal zijn...'

'Ja,' zei ze, 'maar als Renling zou sterven...'

Stannis keek zijn gemalin aan, zijn ogen tot spleetjes geknepen, totdat Cressen zich niet meer kon inhouden. 'Daar valt zelfs niet aan te denken, Uwe Genade, welke dwaasheden Renling ook heeft begaan...'

'*Dwaasheden?* Ik noem het verraderlijkheden.' Stannis wendde zich weer tot zijn vrouw. 'Mijn broer is jong en sterk. Hij is omringd door een enorme legermacht, en ook door die regenboogridders van hem.'

'Melisandre heeft in de vlammen gekeken en hem dood gezien.'

Cressen was met ontzetting geslagen. 'Broedermoord... heer, dit is *slecht*, ondenkbaar... luistert u alstublieft naar mij.'

Vrouwe Selyse wierp hem een afgemeten blik toe. 'En wat hebt u hem dan te zeggen, maester? Hoe hij een half koninkrijk kan winnen als hij op zijn knieën naar de Starks toe kruipt en onze dochter aan Lysa Arryn verkoopt?'

'Ik heb uw raad gehoord, Cressen,' zei heer Stannis. 'Nu wil ik de hare aanhoren. U kunt gaan.'

Maester Cressen boog een stijve knie. Hij kon de ogen van vrouwe Selyse in zijn rug voelen toen hij langzaam door de kamer schuifelde. Tegen de tijd dat hij onder aan de trap was wist hij zich ternauwernood nog overeind te houden. 'Help me,' zei hij tegen Pylos.

Toen hij veilig en wel in zijn eigen vertrekken was teruggekeerd zond Cressen de jongere man weg en hinkte nog eens naar zijn balkon om tussen zijn gargouilles over de zee uit te staren. Een van Salladhor Saans oorlogsschepen gleed langs de burcht. De vrolijk gestreepte romp sneed door het grijsgroene water terwijl de riemen rezen en daalden. Hij keek toe tot het schip achter een kaap verdween. *Ik wilde dat mijn vrees net zo makkelijk verdween.* Had hij hiervoor zo lang geleefd?

Als een maester zijn kraag aanlegde gaf hij de hoop op kinderen op, maar desondanks had Cressen vaak vaderlijke gevoelens gekoesterd. Robert, Stannis, Renling... drie zonen die hij had grootgebracht nadat de woedende zee heer Steffon had opgeëist. Had hij het er zo beroerd afgebracht dat hij nu zou moeten toezien hoe de een de ander om het leven bracht? Dat kon hij niet laten gebeuren, en hij zou het ook niet laten gebeuren. Hij mocht dan oud, gebrekkig en mank zijn, hij was nog steeds een maester van de Citadel, hij droeg de keten en had de eed afgelegd. Het was zijn plicht.

Die vrouw, daar draaide het om. Niet vrouwe Selyse, maar die *andere*. De rode vrouw, noemden de bedienden haar, bevreesd haar bij name te noemen. 'Ik zal haar bij name noemen,' zei Cressen tot zijn stenen hellehond. 'Melisandre. *Zij*.' Melisandre van Asshai, tovenares, schaduwbindster en priesteres van R'hllor, de Heer des Lichts, het Hart van het Vuur, de God van Vlam en Schaduw. Melisandre, wier waanzin zich niet buiten Drakensteen mocht verspreiden.

Zijn kamers leken schemerig en somber na het heldere morgenlicht. Met onvaste handen stak de oude man een kaars aan en liep ermee naar het werkvertrek onder de trap naar het roekenhuis, waar zijn zalven, drankjes en medicijnen netjes op hun planken stonden. Op de onderste plank, achter een rij buikige aardewerken zalfpotten, vond hij een fiool van donkerblauw glas, niet groter dan zijn pink. Als hij het schudde rammelde het. Cressen blies er een laagje stof af en nam het mee terug naar zijn tafel. Hij zonk in zijn stoel, deed de stop eraf en liet de inhoud uit de fiool rollen. Een stuk of tien kristallen, niet groter dan zaadjes, regenden neer op het perkament dat hij had zitten lezen. Ze blonken als edelstenen in het kaarslicht, zo intens purper dat het de maester voorkwam dat hij die kleur nooit eerder echt had gezien.

Zijn halsketen leek loodzwaar. Hij raakte een van de kristallen heel even aan met het topje van zijn pink. *Dat in zoiets kleins de macht over leven en dood schuilt.* Ze waren gemaakt van een bepaalde plant die alleen maar op de eilanden in de Zee van Jade groeide, een halve wereld ver hiervandaan. De bladeren moesten oud zijn, en gedrenkt in een mengsel van limoenen, suikerwater en bepaalde zeldzame kruiden van de Zomereilanden. Na afloop konden ze weggegooid worden, maar het drankje moest met as verdikt worden en een tijdlang uitkristalliseren. Het procedé was traag en moeizaam, de ingrediënten waren duur en lastig te krijgen. Maar de alchemisten van Lys wisten hoe het moest, evenals de Gezichtsloze Mannen van Braavos... en de maesters van zijn orde ook, al werd daar buiten de muren van de Citadel nooit over gerept. Iedereen wist dat een maester zijn zilveren schakel smeedde als hij de heelkunst leerde, maar iedereen vergat liever dat mannen die konden genezen ook konden doden.

Cressen herinnerde zich de naam niet meer die de Asshai'i aan het blad gaven, of de gifmengers uit Lys aan het kristal. In de Citadel werd het eenvoudigweg de wurger genoemd. Opgelost in wijn zorgde het ervoor dat de spieren in iemands hals strakker dichtgeknepen werden dan enige vuist, zodat zijn luchtpijp werd afgekneld. Men zei dat het gezicht van het slachtoffer net zo purperrood werd als het kristallen zaadje waaraan zijn dood was ontsproten, maar dat deed het ook wanneer iemand stikte in een hap eten.

En vannacht zou heer Stannis zijn baandermannen onthalen, zijn gemalin... en de rode vrouw, Melisandre van Asshai.

Ik moet rusten, zei maester Cressen bij zichzelf. *Als het donker wordt heb ik al mijn krachten nodig. Mijn handen mogen niet trillen, mijn moed mag mij niet in de steek laten. Wat ik doe is vreselijk maar noodzakelijk. Als er goden zijn zullen ze het mij vast vergeven.* Hij had de laatste tijd erg slecht geslapen. Een dutje zou hem kracht geven voor de komende beproeving. Vermoeid slofte hij naar zijn bed. Maar toen hij zijn ogen sloot kon hij nog steeds het schijnsel van de komeet zien, rood, vurig, en fel afstekend tegen de duisternis van zijn dromen. *Wie weet is het mijn komeet wel*, dacht hij ten slotte slaperig, vlak voordat hij indommelde. *Een voorteken van bloed, dat moord aanzegt... ja...*

Toen hij wakker werd was het pikdonker. Zijn slaapvertrek was zwart, en al zijn gewrichten waren pijnlijk. Met bonzend hoofd duwde Cressen zichzelf overeind. Zich vastklemmend aan zijn stok ging hij onvast op zijn benen staan. *Zo laat*, dacht hij. *Ze hebben me niet ontboden.* Anders werd hij altijd voor feesten ontboden en kreeg hij een zitplaats in de buurt van het zout, dicht bij heer Stannis. Het gezicht van zijn heer kwam bij hem bovendrijven; niet de man die hij nu was, maar de jongen die hij vroeger was geweest. Kil stond hij in de schaduw, terwijl de zon zijn oudere broer bescheen. Wat hij ook deed, Robert had het al eerder gedaan, en beter. Arme jongen... hij moest zich haasten, omwille van hém.

De maester vond de kristallen waar hij ze had laten liggen en raapte ze van het perkament op. Cressen bezat geen holle ringen zoals de gifmengers van Lys die bij voorkeur schenen te gebruiken, maar in de wijde mouwen van zijn gewaad waren talloze kleine en grote zakken genaaid. Hij verstopte de wurgzaden in een daarvan, gooide zijn deur open en riep: 'Pylos? Waar ben je?' Toen hij geen antwoord kreeg riep hij opnieuw. 'Pylos, ik heb hulp nodig.' Nog altijd geen antwoord. Dat was vreemd. De cel van de jonge maester lag maar een halve wenteling lager langs de trap, ruim binnen gehoorsafstand.

Uiteindelijk moest Cressen om de bedienden roepen. 'Er is haast bij,' zei hij tegen ze. 'Ik heb me verslapen. Ze zitten vast al aan tafel te eten... te drinken... ik had gewekt moeten worden.' Wat was er met maester Pylos aan de hand? Hij begreep er werkelijk niets van.

Weer moest hij de lange galerij over. Een nachtelijke windvlaag kwam door de hoge ramen aanfluisteren en droeg een scherpe zeelucht aan. Aan de muren van Drakensteen flakkerden toortsen, en in het kamp daarachter kon hij honderden kookvuurtjes zien branden, alsof een veld vol sterren op aarde was gevallen. Aan de hemel laaide de komeet, rood en kwaadaardig. *Ik ben te oud en te wijs om zulke dingen te vrezen*, hield de maester zichzelf voor.

De deuren naar de Grote Zaal waren in de bek van een stenen draak gevat. Daar aangeland stuurde hij de bedienden weg. Het was beter als hij alleen naar binnen ging, want hij mocht niet zwak lijken. Zwaar op zijn stok leunend beklom Cressen de laatste treden en hij strompelde onder de getande poort door. Een paar wachters zwaaiden de zware rode deuren voor hem open en ontketenden een plotselinge uitbarsting van lawaai en licht. Cressen stapte omlaag, de muil van de draak in.

Boven het gerinkel van messen en borden en het geroezemoes van de tafelgesprekken uit hoorde hij Lapjeskop zingen: '... *dansen, heer, dansen heer*,' onder begeleiding van rinkelende koeienbellen. Hetzelfde afschuwelijke liedje dat hij vanochtend had gezongen. '*De schaduwen zullen blijven heer, blijven heer, blijven heer.*' Aan de lagere tafels zaten ridders, boogschutters en huurlingkapiteins die stukken zwart brood afbraken om in hun visschotel te dopen. Het harde gelach en de rauwe kreten die altijd zo'n afbreuk deden aan de waardigheid van andermans feesten ontbraken hier. Heer Stannis stond zulks niet toe.

Cressen richtte zijn schreden naar de verhoging waarop de heren met de koning zaten. Hij moest met een wijde boog om Lapjeskop heen. Dansend, zijn bellen rinkelend, zag noch hoorde de zot hem aankomen. Toen hij van het ene been op het andere sprong tolde Lapjeskop tegen Cressen aan en sloeg zijn stok onder hem uit. Ze ploften samen in de biezen in een wirwar van armen en benen, en om hen heen barstte een storm van gelach los. Het was ongetwijfeld een gek gezicht.

Lapjeskop lag half op hem, zijn geblokte zottensmoel dicht tegen het zijne gedrukt. Hij was zijn tinnen helm met het gewei en de bellen kwijtgeraakt. 'Onder zee val je *omhoog*,' verklaarde hij. 'Dat weet ik, weet ik, o, o, o.' Giechelend rolde de zot van hem af, sprong op en deed een dansje.

De maester probeerde er het beste van de maken. Flauw glimlachend trachtte hij overeind te krabbelen, maar zijn heup deed zo'n pijn dat hij even vreesde dat hij hem weer gebroken had. Hij voelde hoe sterke handen hem onder zijn oksels grepen en hem rechtzetten. 'Dank u, ser,' prevelde hij, en hij keek over zijn schouder om te zien welke ridder hem te hulp was geschoten...'

'Maester,' zei vrouwe Melisandre, met een vleug van de Jaden Zee in haar diepe stem, 'u moet beter oppassen.' Zoals altijd was ze van hoofd tot voeten gehuld in een lang, wijd gewaad van soepele zijde, fel als vuur, met gekartelde mouwen en langwerpige splitten in het lijfje, waaronder een glimp van een donkerder stof in de kleur bloedrood te zien was. Om haar hals zat een band van rood goud, strakker dan enige maesterketen, versierd met één grote robijn. Haar hoofdhaar had niet de oranje peenkleur van gewone roodharigen, maar de donkere gloed van gewreven koper dat glansde in het toortslicht. Zelfs haar ogen waren rood... maar haar huid was glad en licht, smetteloos en roomkleurig. Slank was ze, en gracieus, rijziger dan de meeste ridders, met volle borsten, een smalle taille en een hartvormig gezicht. Mannenblikken die haar eenmaal gevonden hadden, lieten haar niet snel los, zelfs niet die van een maester. Velen noemden haar mooi. Ze was niet mooi. Ze was rood, en verschrikkelijk.

'Ik... dank u, vrouwe.' Cressens angst fluisterde hem toe: *Ze weet waarom de kaars brandt en wat de komeet voorspelt. Ze is wijzer dan jij, oude man.*

'Een man van uw leeftijd moet oppassen waar hij loopt,' zei Melisandre hoffelijk. 'De nacht is duister en vol verschrikkingen.'

Hij kende die zinsnede, een of ander gebed van haar geloof. *Het geeft niet, ik heb mijn eigen geloof.* 'Slechts kinderen vrezen het duister,' zei hij tegen haar. Maar op het moment dat hij die woorden zei hoorde hij Lapjeskop weer met zijn liedje beginnen. '*De schaduwen zullen dansen, heer, dansen heer, dansen heer.*'

'Dat is nog eens een raadsel,' zei Melisandre. 'Een slimme zot en een zotte wijze.' Ze bukte, raapte Lapjeskops helm op en zette die op Cressens hoofd. De koeienbellen klingelden zacht toen de tinnen emmer over zijn oren zakte. 'Een kroon die bij uw keten past, heer maester,' verkondigde ze. Overal om hen heen werd gelachen.

Cressen perste zijn lippen op elkaar en deed zijn best om zijn woede in bedwang te houden. Ze hield hem voor zwak en hulpeloos, maar voor de nacht om was zou ze beter weten. Hij mocht dan oud zijn, hij was nog steeds een maester van de Citadel. 'Ik heb geen andere kroon nodig dan de waarheid,' zei hij tegen haar terwijl hij de helm van de zot van zijn hoofd nam.

'In deze wereld bestaan waarheden die niet in Oudstee onderwezen worden.' In een werveling van rode zijde wendde Melisandre zich van hem af en keerde terug naar de hoge tafel, waar koning Stannis en zijn koningin gezeten waren. Cressen gaf de tinnen emmer met het gewei aan Lapjeskop terug en maakte zich op om haar te volgen.

Maester Pylos zat op zijn plaats.

De oude man kon alleen maar stilstaan en staren. 'Maester Pylos,' zei hij ten slotte. 'U... u hebt mij niet gewekt.'

'Zijne Genade gelastte mij u te laten rusten.' Pylos was in elk geval zo fatsoenlijk om een kleur te krijgen. 'Hij zei dat u hier niet nodig was.'

Cressen liet zijn blikken over de zwijgende ridders, kapiteins en heren gaan. Heer Celtigar, bejaard en verzuurd, droeg een mantel met een patroon van rode kreeften dat er in granaten opgestikt was. De keus van de knappe heer Velaryon was zeegroene zij en het witgouden zeepaard bij zijn hals paste goed bij zijn lange, blonde haar. Heer Bar Emmon, een mollige jongen van veertien, was gehuld in purperrood fluweel, met wit zeehondenbont afgezet. Ser Axel Florens zag er ook in zijn roodbruine vossenbont nog steeds gewoontjes uit, de vrome heer Brandglas droeg maanstenen aan hals, polsen en vingers, en Salladhor Saan, de zeekapitein uit Lys, was een vlammende zon van scharlakenrood satijn, goud en juwelen. Slechts ser Davos had zich eenvoudig gekleed, in een bruin wambuis en een groene wollen mantel, en slechts ser Davos keek hem aan met medelijden in zijn blik.

'U bent te ziek en te verward om mij van nut te zijn, oude man.' Het was sprekend de stem van heer Stannis, maar dat kon niet, het kon gewoon niet. 'Pylos zal mij voortaan van advies dienen. Hij werkt toch al met de raven omdat u niet meer naar het roekenhuis kunt klimmen. Ik wil niet dat u zich in mijn dienst doodwerkt.'

Maester Cressen knipperde met zijn ogen. *Stannis, mijn heer, mijn arme, norse jongen, zoon die ik nooit heb gehad, doe dit niet, weet je niet hoezeer ik altijd om je gegeven heb, voor je geleefd heb, ondanks alles van je gehouden heb? Ja, ik hield van je, zelfs meer nog dan van Robert of Renling, want jij was de enige die niet geliefd was, degene die mij het hardste nodig had.* Maar het enige dat hij zei was: 'Zoals u beveelt, heer. Alleen... ik heb honger. Is er voor mij geen plaats aan uw tafel?' *Aan uw zij, ik hoor aan uw zij...*

Ser Davos stond op van zijn bank. 'Ik zou vereerd zijn indien de maester hier naast mij kwam zitten, Uwe Genade.'

'Zoals u wilt.' Heer Stannis keerde zich van hen af om iets tegen Melisandre te zeggen, die aan zijn rechterhand op de ereplaats was gaan zitten. Vrouwe Selyse, links van hem, zond hem een glimlach toe die even verblindend en koud was als haar juwelen.

Te ver weg, dacht Cressen dof, zijn blik op Ser Davos' zitplaats gericht. De helft van de baanderheren zat tussen de smokkelaar en de hoge tafel in. Ik moet dichter bij haar zitten, wil ik de wurger in haar beker kunnen doen, maar hoe krijg ik dat voor elkaar?

Terwijl de maester traag om de tafel heen naar Davos Zeewaard liep, dartelde Lapjeskop rond. 'Hier eten wij vis,' verkondigde de zot blijmoedig, en hij zwaaide met een kabeljauw alsof het een scepter was. 'Onder zee eten de vissen ons, de vissen ons. Dat weet ik, weet ik, o, o, o.'

Ser Davos schoof op om ruimte te maken op de bank. 'We zouden vanavond allemaal geblokt moeten zijn,' zei hij duister toen Cressen ging zitten, 'want het is gekkenwerk wat we doen. De rode vrouw heeft in haar vlammen de overwinning ontwaard, dus nu is Stannis van plan zijn aanspraken door te zetten, ongeacht de geringe aantallen. Voordat ze klaar met ons is, zullen we waarschijnlijk allemaal hetzelfde zien als Lapjeskop, vrees ik... de bodem van de zee.'

Cressen schoof zijn handen omhoog in zijn mouwen, alsof hij naar warmte zocht. Zijn vingers vonden de harde bultjes die de kristallen onder de wol vormden. 'Heer Stannis.'

Stannis keerde zich van de rode vrouw af, maar het was vrouwe Selyse die antwoordde. 'Koning Stannis. U vergeet uzelf, maester.'

'Hij is oud, zijn geest dwaalt,' zei de koning bars tegen haar. 'Wat is er Cressen? Wat wilt u zeggen?'

'Aangezien u voornemens bent uit te varen, is het van wezenlijk belang dat u gemene zaak maakt met heer Stark en vrouwe Arryn...'

'Ik maak met niemand gemene zaak,' zei Stannis Baratheon.

'Niet meer dan het licht gemene zaak maakt met de duisternis.' Vrouwe Selyse greep zijn hand.

Stannis knikte. 'De Starks proberen de helft van mijn koninkrijk te roven, zoals de Lannisters mijn troon hebben geroofd en mijn eigen lieve broertje de zwaarden, het dienstbetoon en de vestingen die mij rechtens toekomen. Het zijn allemaal usurpatoren, en ze zijn allemaal mijn vijanden.'

Ik ben hem kwijt, dacht Cressen wanhopig. Als hij Melisandre nu maar ongezien kon benaderen... Hij hoefde slechts heel even bij haar beker te kunnen. 'U bent de rechtmatige erfgenaam van uw broer Robert, de ware heer van de Zeven Koninkrijken, en koning van de Andalen, de Rhoynar en de Eerste Mensen,' zei hij vertwijfeld, 'maar toch kunt u zonder bondgenoten niet op een overwinning hopen.'

'Hij heeft een bondgenoot,' zei vrouwe Selyse. 'R'hllor, de Heer des Lichts, het Hart van het Vuur, de God van Vlam en Schaduw.'

'Goden zijn op zijn best onzekere bondgenoten,' hield de oude man aan, 'en díé god heeft hier geen macht.'

'Denkt u dat?' Toen Melisandre haar hoofd draaide, ving de robijn aan haar hals het licht en leek een ogenblik lang even fel te stralen als de komeet. 'Als u dergelijke dwaasheden debiteert, maester, hoort u eigenlijk uw kroon weer op te zetten.'

'Ja,' beaamde vrouwe Selyse. 'Die helm van Lapjes. Die past je goed, oude man. Zet hem weer op. Dat is een bevel.'

'Onder zee draagt niemand een hoed,' zei Lapjeskop. 'Dat weet ik, weet ik, o, o, o.'

Heer Stannis' ogen waren onzichtbaar onder zijn zware wenkbrauwen en met opeengeknepen lippen maalde hij geluidloos met zijn kaken. Als hij knarsetandde was dat een teken dat hij kwaad was. 'Zot,' gromde hij ten slotte, 'mijn gemalin beveelt het. Geef je helm aan Cressen.'

Nee, dacht de oude maester, *dat ben jij niet, zo ben je niet, je bent altijd rechtvaardig geweest, altijd hard maar nooit wreed, nooit, je wist niet beter wat spot was dan je wist wat lachen was.*

Lapjeskop kwam met galmende koeienbellen aandansen, *kling-klang, ding-dong, rinkeldekinkeldekinkel.* De maester bleef doodstil zitten toen de zot hem de emmer met het gewei opzette. Cressens hoofd boog onder het gewicht. Zijn bellen rinkelden. 'Misschien moet hij voortaan zingend raad geven,' zei vrouwe Selyse.

'Nu ga je te ver, vrouw,' zei heer Stannis. 'Het is een oude man, en hij heeft mij goed gediend.'

En ik zal u tot het laatst toe dienen, mijn liefste heer, mijn arme, eenzame zoon, dacht Cressen, want plotseling wist hij hoe hij het moest doen. Ser Davos' beker stond voor hem, nog halfvol rinse, rode wijn. Hij vond een harde kristalsplinter in zijn mouw en nam die stevig tussen duim en wijsvinger terwijl hij de beker greep. *Soepele bewegingen, behendig, laat me nu niet prutsen,* bad hij, en de goden waren barmhartig. In een oogwenk waren zijn vingers leeg. Zijn handen waren in jaren niet zo vast geweest, noch zijn bewegingen maar half zo vloeiend. Davos zag het, maar verder niemand, daar was hij zeker van. Met de beker in de hand stond hij op. 'Ik ben wellicht zot geweest, ja. Vrouwe Melisandre, wilt u een beker wijn met mij delen? Een beker ter ere van uw god, uw Heer des Lichts? Een beker om op zijn macht te drinken?'

De rode vrouw keek hem onderzoekend aan. 'Zoals u wenst.'

Hij voelde dat iedereen naar hem staarde. Davos greep naar hem toen hij bij de bank wegliep en kreeg zijn mouw te pakken met de vingers die heer Stannis had laten inkorten. 'Wat bent u van plan?' fluisterde hij.

'Iets noodzakelijks,' antwoordde Cressen, 'omwille van het rijk en de ziel van mijn heer.' Hij schudde Davos' hand af en morste een druppel wijn op de biezen.

Ze kwam hem tegemoet onder aan de hoge tafel. Aller ogen waren op hen gericht, maar Cressen zag slechts haar. Rode zijde, rode ogen, de rode robijn aan haar hals, rode lippen die omkrulden in een flauw lachje toen ze haar hand om de zijne legde, die de beker vasthield. Haar huid voelde koortsachtig warm aan. 'Het is nog niet te laat om die wijn te morsen, maester.'

'Nee,' fluisterde hij schor. 'Nee.'

'Zoals u wilt.' Melisandre van Asshai nam hem de beker uit handen en dronk, een lange, diepe teug. Er was nog maar een klein slokje over toen ze hem de wijn teruggaf. 'En nu u.'

Zijn handen beefden, maar hij dwong zichzelf sterk te blijven. Een maester uit de Citadel hoorde niet bang te zijn. De wijn smaakte zuur op zijn tong. Hij liet de lege beker uit zijn vingers vallen en op de vloer in stukken breken. 'Hij bezit hier wél macht, heer,' zei de vrouw. 'En vuur zuivert.' De robijn flonkerde rood aan haar hals.

Cressen probeerde te antwoorden, maar de woorden bleven in zijn keel steken. Hij hapte naar adem en zijn hoest werd een afschuwelijk dun gefluit. IJzeren vingers knepen zijn keel dicht. Toen hij op zijn knieën zonk, schudde hij nog zijn hoofd, om haar te verwerpen, haar macht te verwerpen, haar magie te verwerpen, haar god te verwerpen. En de koeienbellen klingelden in zijn gewei en zongen van *zot, zot, zot* terwijl de rode vrouw medelijdend op hem neerzag en de kaarsvlammen dansten in haar rode, rode ogen.

Arya

*I*n Winterfel hadden ze haar 'Arya Paardenhoofd' genoemd, en zij had gedacht dat het niet erger kon, maar dat was voordat de weesjongen Lommie Groenehand haar Bultenkop had genoemd.

Haar hoofd voelde inderdaad bultig aan. Toen Yoren haar die steeg insleepte had ze gedacht dat hij haar wilde doden, maar de norse oude man had haar alleen maar stevig vastgehouden en met zijn dolk haar vervilte klitten afgesneden. Ze herinnerde zich nog hoe een windvlaag al die handenvol smerig bruin haar over het plaveisel had weggeblazen, in de richting van de sept waar haar vader de dood had gevonden. 'Ik neem mannen en jongens uit de stad mee,' gromde Yoren terwijl het scherpe staal over haar hoofd schraapte. 'En nou stilzitten, *jongen*.' Toen hij klaar was zat haar hoofdhuid vol plukjes en stoppels.

Daarna vertelde hij haar dat ze van daar tot Winterfel Arrie de weesjongen zou zijn. 'De poort zal nog wel lukken, maar de weg, da's andere koek. Je hebt een heel end te gaan in slecht gezelschap. Deze keer heb ik er dertig, mannen en jongens, allemaal bestemd voor de Muur, en denk maar niet dat ze op die bastaardbroer van jou lijken.' Hij schudde haar heen en weer. 'Heer Eddard heb me het puikje uit de kerkers toegewezen, en d'r zaten daar beneden geen jonkertjes. Van dit zootje zou de helft je als de bliksem aan de koningin uitleveren in ruil voor gratie en wie weet een paar zilverstukken. De andere helft ook, maar die zouen je eerst verkrachten. Dus hou je op je eige en doe je behoefte in het bos, alleen. Pissen is het lastigst, dus drink niet meer dan je nodig heb.'

Koningslanding verlaten ging makkelijk, zoals hij al had gezegd. De poortwachters van de Lannisters hielden iedereen aan, maar Yoren riep er eentje bij zijn naam, waarna hun karren werden doorgewuifd. Niemand keurde Arya een blik waardig. Ze zochten een hooggeboren meisje, de dochter van de Hand des Konings, geen broodmager joch met een stoppelhoofd. Arya keek niet één keer om. Ze wenste dat de Stroom buiten zijn oevers zou treden en de hele stad zou meesleuren, met de Vlooienzak, de Rode Burcht, de Grote Sept en alles en iedereen erin, vooral prins Joffry en zijn moeder. Maar ze wist dat dat niet zou gebeuren, en Sansa was trouwens nog in de stad, en die zou dan ook meegesleurd worden. Toen ze dat bedacht besloot Arya dat ze beter kon wensen dat ze in Winterfel was.

Maar Yoren had het mis gehad wat het pissen betrof. Dat was het grootste probleem niet. Lommie Groenehand en Warme Pastei waren het grootste probleem. Weesjongens. Yoren had er een paar van de straat geplukt met beloften van een volle buik en schoenen aan hun voeten. De overigen had hij in de boeien aangetroffen. 'De Wacht heb goeie kerels nodig,' zei hij toen ze op weg gingen, 'maar we zullen het met jullie motten doen.'

Yoren had ook volwassen mannen uit de kerkers meegenomen, dieven, stropers, verkrachters en zo. Het ergst waren de drie die hij in de zwarte cellen had gevonden. Daar moest zelfs hij van geschrokken zijn, want hij hield ze aan handen en voeten gekluisterd achter in een kar en zwoer dat ze tot de Muur in de ijzers zouden blijven. Eén had geen neus meer, maar alleen nog het gat waar die had gezeten, en de grove kale vetzak met de punttanden en de etterende wonden in zijn gezicht had ogen die niets menselijks hadden.

Ze vertrokken uit Koningslanding met vijf karren, volgeladen met voorraden voor de Muur: huiden, rollen stof, staven onbewerkt ijzer, een kooi raven, boeken, papier en inkt, een baal zuurblad, kruiken olie en kistjes met medicijnen en kruiden. De kar werd door koppels ploegpaarden getrokken, en voor de jongens had Yoren twee rijpaarden en een stuk of vijf ezels aangeschaft. Arya had liever een echt paard gehad, maar een ezel was beter dan op de kar meerijden.

Over de mannen hoefde ze niet in te zitten, maar met de jongens had ze minder geluk. Zij was twee jaar jonger dan de jongste van de wezen, en nog kleiner en magerder bovendien, en Lommie en Warme Pastei interpreteerden haar stilzwijgen als angst, domheid of doofheid. 'Kijk es naar dat zwaard dat Bultenkop daar heb,' zei Lommie op een ochtend toen ze zich een weg zochten langs boomgaarden en korenvelden. Voordat hij op stelen was betrapt was hij bij een verver in de leer geweest, en zijn armen zaten tot aan de ellebogen onder de groene vlekken. Als hij lachte balkte hij net als de ezels die ze bereden. 'Waar heb zo'n rioolrat als Bultenkop een zwaard vandaan?'

Arya kauwde gemelijk op haar lip. Voor de karren uit kon ze de rug van Yorens verschoten zwarte mantel zien, maar ze had zich vast voorgenomen hem niet grienend om hulp te vragen.

'Misschien is-ie wel een schildknaapje,' deed Warme Pastei een duit in het zakje. Zijn moeder was voor haar dood bakster geweest en hij had de ganse dag haar kar door de straten geduwd onder het roepen van *Warme Pasteien! Warme Pasteien!* 'Het schildknaapje van een van die heerlijke heertjes, dat zal het 'm wezen.'

'Dát een schildknaap? Welnee, moet je 'm zien. Dat zwaard is niet eens echt, wed ik. Wedden dat het gewoon een tinnen speelgoedzwaard is?'

Arya vond het afschuwelijk dat ze de spot dreven met Naald. 'Dit is staal uit een kasteelsmidse, stomkop,' snauwde ze, terwijl ze zich in het zadel omdraaide om hen woedend aan te kijken, 'en jij kunt beter je bek houden.'

De weesjongens joelden. 'Waar zou jij zo'n zwaard nou vandaan moeten hebben, Bultensnuit?' wilde Warme Pastei weten.

'Bulten*kop*,' verbeterde Lommie. 'Hij zal 't wel gepikt hebben.'

'*Nietes!*' schreeuwde ze. Ze had Naald van Jon Sneeuw gekregen. Misschien moest ze dat 'Bultenkop' maar over zijn kant laten gaan, maar ze mochten Jon niet voor dief uitmaken.

'Als-ie 't gestolen heb kunnen we 't afpakken,' zei Warme Pastei. 't Is toch niet van hem. Ik ken wel zo'n zwaard gebruiken.'

'Kom op, pak dan af als je durft,' zette Lommie hem aan.

Warme Pastei spoorde zijn ezel aan en kwam dichterbij rijden. 'Hé Bultenkop, geef mij dat zwaard maar.' Zijn haar was strokleurig, zijn dikke gezicht, door de zon verbrand, was aan het vervellen. 'Je ken d'r toch niks mee.'

Jawel, had Arya kunnen zeggen. *Ik heb er een jongen mee gedood, een dikzak zoals jij, ik heb hem in zijn buik gestoken en hij ging dood, en ik vermoord jou ook als je me niet met rust laat.* Maar dat durfde ze niet. Yoren wist niets van die staljongen af, en ze was bang voor wat hij zou kunnen doen als hij erachter kwam. Arya was er vrij zeker van dat sommigen van de anderen ook mensen hadden gedood, zeker de drie die vastgeketend waren, maar zij werden niet door de koningin gezocht, dus dat was niet hetzelfde.

'Kijk hem nou,' tetterde Lommie Groenehand. 'Wedden dat-ie nou gaat grienen. Wou je graag grienen, Bultenkop?'

Ze had de afgelopen nacht in haar slaap gehuild, omdat ze van haar vader had gedroomd. Bij het aanbreken van de dag was ze met rode, droge ogen wakker geworden, en nu ze had geen tranen meer over, al zou haar leven ervan afhangen.

'Hij doet het in z'n broek,' opperde Warme Pastei.

'Laat hem met rust,' zei de jongen met het ruige zwarte haar die achter hen reed. Hem had Lommie de Stier genoemd, vanwege de gehoornde helm die hij bij zich had en voortdurend zat op te poetsen maar nooit opzette. Hij was ouder, groot voor zijn leeftijd, met een brede borst en armen die er sterk uitzagen.

'Geef Warme Pastei dat zwaard nou, Arrie,' zei Lommie. 'Warme Pastei wil het verdomd graag hebben. Hij heb een knul doodgeschopt. Doet-ie straks ook met jou, wedden?'

'Ik sloeg 'm neer en schopte 'm tegen z'n ballen, en ik bleef 'm daar schoppen tot-ie dood was,' schepte Warme Pastei op. 'Compleet aan gruzels getrapt. Z'n ballen waren gebarsten en bloederig en z'n pik werd zwart. Je ken me beter dat zwaard geven.'

Arya trok haar oefenzwaard uit haar riem. 'Je kunt dit krijgen,' zei ze tegen Warme Pastei, want ze voelde niets voor een gevecht.

'Da's maar een stok.' Hij kwam naast haar rijden en probeerde met zijn hand bij het gevest van Naald te komen.

Arya liet de houten stok fluitend op de achterhand van zijn ezel neerkomen. Het beest brieste en bokte en wierp Warme Pastei af. Zij sprong met een boog van haar eigen ezel en prikte hem in zijn buik toen hij wilde opstaan. Met een grom plofte hij weer neer. Toen gaf ze hem een mep op zijn gezicht zodat zijn neus kraakte als een brekende tak. Uit zijn neusgaten drupte bloed. Toen Warme Pastei begon te jammeren keerde Arya zich met een ruk naar Lommie Groenehand toe, die met open mond op zijn ezel zat. 'Wil jij soms ook een zwaard?' gilde ze, maar dat wilde hij niet. Hij hield een paar groene verfhanden voor zijn gezicht en piepte dat ze weg moest gaan.

De Stier schreeuwde: 'Achter je!' en Arya wervelde rond. Warme Pastei zat op zijn knieën. Zijn vuist sloot zich om een grote, puntige steen. Ze wachtte tot hij gooide en dook weg toen de steen langs kwam suizen. Toen vloog ze hem aan. Hij bracht een hand omhoog en zij sloeg erop, en toen op zijn wang en toen op zijn knie. Hij graaide naar haar en zij danste opzij en liet het hout op zijn achterhoofd stuiteren. Hij viel en krabbelde weer overeind en strompelde achter haar aan. Zijn rode gezicht zat onder het vuil en het bloed. Arya nam de houding van een waterdanser aan en wachtte. Toen hij binnen bereik kwam deed ze een uitval, pal tussen zijn benen, zo hard dat haar houten zwaard tussen zijn billen naar buiten zou zijn gekomen als er een punt aan had gezeten.

Tegen de tijd dat Yoren haar van hem aftrok lag Warme Pastei plat op de grond, zijn hozen bruin en stinkend. Hij huilde, terwijl Arya hem telkens opnieuw afranselde. '*Genoeg*,' brulde de zwarte broeder en hij wrikte het stokzwaard uit haar vingers. 'Wou je die idioot doodslaan?' Toen Lommie en een paar anderen begonnen te mekkeren keerde de oude man zich ook tegen hen. 'Koppen dicht, of ik sla ze dicht. Nog even, en ik bind jullie met z'n allen achter de karren en sléép je naar de Muur.' Hij spuwde. 'En dat geldt dubbel voor jou, Arrie. Meekomen, jochie. *Nu*.'

Iedereen keek naar haar, zelfs de drie die in kluisters achter in de kar vastgeketend zaten. De vetzak liet zijn punttanden op elkaar klappen en *siste*, maar Arya negeerde hem.

De oude man sleurde haar een heel eind van de weg af naar een groepje dicht opeenstaande bomen, al die tijd scheldend en mopperend. 'Als ik ook maar een vingerhoedje gezond verstand had, had ik je in Koningslanding gelaten. Hoor je wat ik zeg, *jongen*?' Hij sprak dat woord altijd op een snauwerige toon uit, beet het haar toe, zodat ze het niet kon missen. 'Maak je hozen los en doe ze omlaag. Schiet op, hier is niemand die het ziet. Doe wat ik zeg.' Gemelijk deed Arya wat haar werd opgedragen. 'Daarzo, tegen die eik. Ja, zo.' Ze sloeg haar armen om de stam heen en drukte haar gezicht tegen het ruwe hout. 'En nou schreeuwen. Hard schreeuwen.'

Dat doe ik niet, dacht Arya koppig, maar toen Yoren het hout op de achterkant van haar blote dijen liet neerkomen scheurde de gil zich vanzelf uit haar los. 'Dacht je dat dat pijn dee?' zei hij. 'Voel dit dan maar es.' De stok suisde neer. Arya krijste nogmaals en klampte zich aan de boom vast om niet om te vallen. 'Nog een.' Ze hield zich stevig vast, bijtend op haar lip, en dook in elkaar toen ze de stok hoorde aankomen. De klap deed haar opspringen, en ze jankte van de pijn. *Maar ik huil niet*, dacht ze. *Dat verdom ik. Ik ben een Stark van Winterfel, ons wapenteken is de schrikwolf, en schrikwolven huilen niet.*

Ze kon voelen hoe een dun straaltje bloed langs haar linkerbeen omlaag liep. Haar dijen en billen brandden van de pijn. 'Misschien ken je nou luisteren,' zei Yoren. 'Als je die stok nog es tegen een van je broeders gebruikt krijg je twee keer zoveel terug as wat je uitdeelt, gesnapt? En nou aankleden.'

Het zijn mijn broeders niet, dacht Arya terwijl ze zich vooroverboog om haar hozen met een ruk weer op te trekken. Maar dat hield ze wijselijk voor zich. Haar handen hadden moeite met de riem en de veters.

Yoren sloeg haar gade. 'Hebbie pijn?'

Kalm als stille wateren, hield ze zichzelf voor, zoals ze van Syrio Forel had geleerd. 'Beetje.'

Hij spuwde. 'Die pasteiknul heb nog meer pijn. Hij heb je vader niet vermoord, meid, en die dief van een Lommie ook niet. Je krijgt 'm heus niet terug door die knullen d'r van langs te geven.'

'Dat weet ik,' mompelde Arya nors.

'Dan heb ik hier iets dat je niet weet. Het had anders zullen gaan. Sta ik op het punt van vertrekken, karren betaald en geladen, komt'r een man die me een jongen brengt, en een beurs vol duiten, en een boodschap, doet'r niet toe van wie. Heer Eddard neemt het zwart aan, zegt ie tegen me, dus wacht, want hij gaat met jou mee. Waarom dacht je dat ik daar was? Alleen liep het fout.'

'*Joffry*,' prevelde Arya. 'Ik wou dat iemand hém vermoordde!'

'Dat gebeurt ook nog wel, maar ik zal 't nie wezen, en jij ook niet.' Yoren smeet haar het stokzwaard toe. 'Ik heb zuurblad in de karren,' zei hij toen ze terugliepen naar de weg. 'Kauw d'r maar wat van, dat helpt tegen de steken.'

Het hielp, een beetje, al smaakte het smerig en kleurde het haar speeksel bloedrood. Toch ging ze de rest van die dag te voet, en de dag daarop ook, en de dag daarna eveneens, te gevoelig om op een ezel te zitten. Warme Pastei was er nog erger aan toe; Yoren moest wat vaten verschuiven, zodat hij op een paar zakken gerst achter in een van de karren kon liggen, en hij jammerde zodra de wielen over een steen reden. Lommie Groenehand had ze niet eens aangeraakt, maar toch bleef hij zo ver mogelijk bij Arya vandaan. 'Telkens als jij naar hem kijkt vertrekt z'n gezicht,' zei de Stier tegen haar terwijl ze naast zijn ezel voortliep. Ze gaf geen antwoord. Het leek haar veiliger om met niemand te praten.

Die nacht lag ze op haar dunne deken op de harde grond naar de grote rode komeet te kijken. De komeet was prachtig en griezelig tegelijk. 'Het Rode Zwaard,' noemde de Stier hem, want volgens hem leek hij op een zwaard waarvan de kling nog roodgloeiend was van het smeden. Als Arya haar ogen op de juiste manier dichtkneep kon ook zij het zwaard zien, alleen was het geen nieuw zwaard, het was IJs, het slagzwaard van haar vader, helemaal van gevlamd Valyrisch staal, en het rood was heer Eddards bloed op de kling nadat ser Ilyn, de scherprechter van de koning, diens hoofd had afgehakt. Yoren had haar gedwongen de andere kant op te kijken toen het gebeurde, maar toch kwam het haar voor dat de komeet eruitzag zoals IJs er na afloop uitgezien had.

Toen ze eindelijk insliep droomde ze van thuis. De Koningsweg kronkelde langs Winterfel in de richting van de Muur, en Yoren had beloofd dat hij haar daar zou achterlaten zonder dat iemand te weten kwam waar ze was geweest. Ze verlangde ernaar haar moeder terug te zien, en Robb, en Bran en Rickon... maar Jon Sneeuw was degene aan wie ze het meeste dacht. Ergens wilde ze dat ze vóór Winterfel bij de Muur zouden komen, zodat Jon haar haren kon omwoelen en haar 'zusje' kon noemen. Ze zou tegen hem zeggen: 'Ik heb je gemist', en hij zou het ook zeggen, op hetzelfde moment, zoals ze de dingen altijd tegelijk zeiden. Dat zou ze fijn gevonden hebben. Er was niets dat ze zo fijn gevonden zou hebben.

Sansa

*D*e ochtend van koning Joffry's naamdag gloorde helder en winderig. De lange staart van de grote komeet was tussen de hoge, voortjagende wolken door te zien. Sansa stond er uit haar torenvenster naar te kijken toen ser Arys Eikhart kwam om haar naar het toernooiveld te begeleiden. 'Wat betekent die komeet, denkt u?' vroeg ze aan hem.

'Glorie voor uw toekomstige gemaal,' antwoordde ser Arys meteen. 'Zie maar hoe hij vandaag, op de naamdag van Zijne Genade, vlammen schiet aan de hemel, alsof de goden zelf te zijner ere een banier gehesen hebben. De gewone man noemt hem al Koning Joffry's Komeet.'

Dat was ongetwijfeld wat ze Joffry vertelden, maar Sansa was er niet zo zeker van. 'Ik heb hem door bedienden de Drakenstaart horen noemen.'

'Koning Joffry woont waar Aegon de Draak eens woonde, in het kasteel dat zijn zoon heeft laten bouwen,' zei ser Arys. 'Hij is de erfgenaam van de draak; en scharlakenrood is de kleur van het Huis Lannister, nog een teken. Deze komeet is gezonden als heraut van Joffry's troonsbestijging. Hij kondigt Joffry's overwinning over zijn vijanden aan.'

Zou dat waar zijn, vroeg ze zich af. *Zouden de goden zo wreed zijn?* Haar moeder was tegenwoordig Joffry's vijand, en haar broer Robb ook. Haar vader was op last van de koning gedood. Zouden Robb en haar moeder de volgenden zijn die stierven? Die komeet was inderdaad rood, maar Joffry was evenzeer een Baratheon als een Lannister, en hun wapenteken was een zwarte hertebok op een gouden veld. Zouden de goden Joff geen gouden komeet hebben gezonden?

Sansa sloot de luiken en keerde zich abrupt van het venster af. 'U ziet er vandaag heel mooi uit, jonkvrouwe,' zei ser Arys.

'Dank u, ser.' In de wetenschap dat Joffry zou eisen dat ze het toernooi te zijner ere zou bijwonen had Sansa extra zorg besteed aan haar gezicht en kleren. Ze droeg een japon van lichtpaarse zijde en een maanstenen haarnet dat Joffry haar had geschonken. De japon had lange mouwen om de blauwe plekken op haar armen te bedekken. Ook dat waren geschenken van Joffry. Toen hij had gehoord dat Robb tot koning in het Noorden was uitgeroepen, was zijn woede vreselijk geweest en had hij ser Boros gestuurd om haar te slaan.

'Zullen we gaan?' Ser Arys bood haar zijn arm en ze liet zich door hem haar kamer uit leiden. Als ze dan toch op al haar schreden werd gevolgd door een lid van de Koningsgarde, dan gaf Sansa aan hem de voorkeur. Ser Boros was opvliegend, ser Meryn kil, en de vreemde, doodse ogen van ser Mandon verontrustten haar, terwijl ser Preston haar als een onnozel kind behandelde. Arys Eikhart was hoffelijk en sprak op hartelijke toon tegen haar. Hij had zelfs een keer bezwaar gemaakt toen Joffry hem had bevolen haar te slaan. Uiteindelijk had hij haar toch geslagen, maar niet zo hard als ser Meryn of ser Boros gedaan zouden hebben, en hij had tenminste nog weerwoord gegeven. De anderen gehoorzaamden zonder tegenspraak... behalve de Jachthond, maar hem vroeg Joff nooit om haar te straffen. Daar had hij de overige vijf voor.

Ser Arys had lichtbruin haar en een niet onaantrekkelijk gezicht. Vandaag zag hij er erg zwierig uit met zijn witzijden mantel, op zijn schouder bevestigd met een gouden blad, en met een eik met een brede kruin in glanzend gouddraad op de voorkant van zijn tuniek geborduurd. 'Wie zal er vandaag met de eer gaan strijken?' vroeg Sansa terwijl ze gearmd de trap afdaalden.

'Ik,' zei ser Arys met een glimlach. 'Maar ik vrees dat de triomf weinig zoet zal zijn. Het veld is klein en slecht bezet. Er treden niet meer dan veertig man in het krijt, schildknapen en vrijruiters meegerekend. Er schuilt weinig eer in om onervaren knapen uit het zadel te lichten.'

Het vorige toernooi was anders geweest, peinsde Sansa. Dat was door koning Robert ter ere van haar vader georganiseerd. Uit het ganse rijk waren hooggeboren heren en befaamde kampvechters gekomen om in het strijdperk te treden, en de hele stad was uitgelopen om te kijken. Ze herinnerde zich nog hoe schitterend het was geweest: het veld vol paviljoenen langs de rivier, met voor elke ingang een ridderschild, de lange rijen zijden vanen, wapperend in de wind, het zonlicht, blinkend op fel staal en vergulde sporen. De dagen waren vervuld geweest van trompetgeschal en hoefgetrappel en de nachten van feestgedruis en gezang. Dat was de meest betoverende periode van haar leven geweest, maar nu leek het een herinnering uit een ander tijdperk. Robert Baratheon was dood en haar vader ook, als verrader onthoofd op de treden van de Grote Sept van Baelor. Nu waren er drie koningen in het land, en aan gene zijde van de Drietand woedde de oorlog, terwijl de stad volstroomde met wanhopige mannen. Geen wonder dat Joffs toernooi achter de dikke stenen muren van de Rode Burcht gehouden moest worden.

'Zal de koningin zich ook laten zien, denkt u?' Sansa voelde zich altijd veiliger als Cersei er was om haar zoon in bedwang te houden.

'Ik vrees van niet, jonkvrouwe. De raad komt voor een dringende kwestie bijeen.' Ser Arys dempte zijn stem. 'Heer Tywin heeft zich in Harrenhal verschanst in plaats van met zijn leger naar de stad te komen, zoals de koningin had bevolen. Hare Genade is furieus.' Hij zweeg toen een colonne Lannister-wachters met scharlakenrode mantels en met leeuwen bekroonde helmen langsmarcheerde. Ser Arys was dol op roddelen, maar alleen als hij zeker wist dat er niemand luisterde.

De timmerlieden hadden in de buitenhof een eretribune en een omheining opgericht. Het was inderdaad een armzalig geheel, en het schamele aantal toeschouwers bezette maar de helft van de plaatsen. Het publiek bestond voor het merendeel uit wachters in de gouden mantels van de Stadswacht of de scharlakenrode van het huis Lannister, en er was maar een zielig klein groepje hooggeboren dames en heren, alleen het handjevol dat nog aan het hof was. Heer Gyllis Roswijck, met het grauwe gezicht, zat in een roze zijden doek te hoesten. Vrouwe Tanda werd geflankeerd door haar dochters, de gezapige, saaie Lollys en Falyse met de vlijmscherpe tong. Jalabhar Xho met zijn huid van ebbenhout was een balling die nergens anders heen kon en jonkvrouwe Ermesande een baby op de schoot van haar min. Er werd gefluisterd dat ze binnenkort aan een neef van de koningin zou worden uitgehuwelijkt, zodat de Lannisters aanspraak konden maken op haar gebied.

De koning zat in de schaduw van een scharlakenrood baldakijn, één been slordig over de fraai bewerkte houten armleuning van zijn zetel geslagen. Prinses Myrcella en prins Tommen zaten achter hem. Achter in de koninklijke loge stond Sandor Clegane op wacht. Zijn handen rustten op zijn zwaardriem, over zijn brede schouders was de witte mantel van de Koningsgarde gedrapeerd en bevestigd met een broche met juwelen. De sneeuwwitte stof bood een onnatuurlijk contrast met zijn grof geweven bruine tuniek en met ijzer beslagen leren kolder. 'Jonkvrouwe Sansa,' kondigde de Jachthond kortaf aan toen hij haar zag. Zijn stem was ruw, het geluid van een zaag op hout. Als hij sprak vertrok de ene helft van zijn mond, een gevolg van de littekens van de brandwonden op zijn gezicht en hals.

Prinses Myrcella knikte beschroomd bij wijze van groet toen ze Sansa's naam hoorde, maar de mollige kleine prins Tommen sprong gretig overeind. 'Heb je het gehoord, Sansa? Ik mag vandaag met het toernooi meedoen. Mama zei dat het goed was.' Tommen was maar liefst acht. Hij deed haar aan Bran denken, haar eigen jongere broertje. Ze waren even oud. Bran was nog in Winterfel, verlamd, maar veilig.

Sansa zou er alles voor gegeven hebben om bij hem te zijn. 'Ik vrees voor het leven van uw tegenstander,' sprak ze plechtig tegen Tommen.

'Die tegenstander is een stropop,' zei Joff terwijl hij overeind kwam. De koning droeg een verguld borstharnas met een brullende leeuw op de voorkant gegraveerd, alsof hij verwachtte dat de oorlog hen elk moment kon overvallen. Hij was vandaag dertien geworden, en lang voor zijn leeftijd, met de groene ogen en het gouden haar van de Lannisters.

'Uwe Genade,' zei ze, en ze maakte een revérence.

Ser Arys boog. 'Verschoning, Uwe Genade. Ik moet mij toerusten voor de strijd.'

Joff wuifde hem met een kort gebaar weg terwijl hij Sansa van top tot teen bestudeerde. 'Het verheugt me dat je mijn stenen draagt.'

Dus de koning verkoos vandaag de hoofse edelman uit te hangen. Sansa was opgelucht. 'Ik dank u voor uw geschenk... en voor uw tedere woorden. Ik bid u een gelukkige naamdag toe, Uwe Genade.'

'Ga zitten,' commandeerde Joffry en hij dirigeerde haar naar de lege zetel naast de zijne. 'Heb je het gehoord? De bedelaarkoning is dood.'

'Wie?' Even was Sansa bang dat hij Robb bedoelde.

'Viserys. De laatste zoon van de gekke koning Aerys. Hij liep al sinds mijn geboorte in de vrijsteden te roepen dat hij koning was. Nu zegt mama dat de Dothraki hem eindelijk hebben gekroond. Met gesmolten goud.' Hij lachte. 'Grappig, hè? Ze hadden een draak als wapenteken. Dat is bijna even leuk als wanneer jouw verraderlijke broer door een wolf gedood zou worden. Misschien voer ik hem wel aan de wolven als ik hem gevangengenomen heb. Had ik je al verteld dat ik van plan ben hem tot een tweegevecht uit te dagen?'

'Daar zou ik graag getuige van zijn, Uwe Genade.' *Zelfs liever dan jij beseft.* Sansa zorgde dat het koel en beleefd klonk, maar toch vernauwden Joffry's ogen zich toen hij probeerde te zien of ze soms de spot met hem dreef. 'Zult u vandaag in het strijdperk treden?' vroeg ze snel.

De koning fronste zijn wenkbrauwen. 'Mijn edele moeder zei dat dat ongepast was, omdat het toernooi te mijner ere is. Anders zou ik gezegevierd hebben. Of niet soms, hond?'

De mond van de Jachthond vertrok. 'Tegen dit zootje? Waarom niet?'

Hij had gezegevierd in het toernooi ter ere van haar vader, herinnerde Sansa zich. 'Strijdt u vandaag mee, heer?' vroeg ze hem.

Cleganes stem droop van minachting. 'Verspilde moeite om mijn wapenrusting aan te leggen. Dit is een toernooi voor muggen.'

De koning lachte. 'Mijn hond blaft woest. Misschien moet ik hem bevelen de overwinnaar van vandaag te bevechten. Op leven en dood.'

'Dan zou u daarna een ridder armer zijn.' De Jachthond had nooit riddergeloften afgelegd. Zijn broer was ridder, en hij haatte zijn broer.

Trompetgeschal weerklonk. De koning leunde naar achteren in zijn zetel en greep Sansa's hand. Eens zou haar hart daar sneller van zijn gaan kloppen, maar dat was voordat hij haar smeekbede om genade had beantwoord met het hoofd van haar vader. Nu vervulde zijn aanraking haar met weerzin, maar ze was wel zo verstandig om dat niet te laten merken. Ze dwong zichzelf doodstil te zitten.

'*Ser Meryn Trant van de Koningsgarde*,' riep een heraut.

Ser Meryn kwam aanrijden vanaf de westkant van de binnenplaats, gehuld in een glanzend wit harnas, met goud geciseleerd, en gezeten op een melkwit strijdros met wapperende grijze manen. Zijn mantel golfde als een besneeuwd veld achter hem aan. Hij voerde een twaalfvoetslans.

'Ser Hobber van het huis Roodweyn, uit het Prieel,' galmde de heraut. Ser Hobber kwam op een sukkeldrafje uit het oosten aandraven. Hij bereed een zwarte hengst met een dekkleed in wijnrood en blauw. Zijn lans was in dezelfde kleuren gestreept en zijn schild vertoonde het wapenteken van zijn huis, de druiventros. Net als Sansa waren de tweelingbroers Roodweyn tegen wil en dank bij de koningin te gast. Ze vroeg zich af wiens idee het was geweest dat ze aan Joffry's toernooi zouden deelnemen. Niet hun eigen idee, dacht ze.

Op een teken van de ceremoniemeester velden de strijders hun lansen en gaven ze hun rijdieren de sporen. Van onder de toekijkende wachters en de heren en dames op de tribune stegen kreten op. Midden op de binnenplaats stuitten de ridders met een enorme dreun van hout en staal op elkaar. De witte en de gestreepte lans versplinterden minder dan een tel na elkaar. Hobber Roodweyn wankelde door de klap, maar wist desondanks in het zadel te blijven. Aan het uiteinde van het strijdperk wierpen de ridders hun paard om, smeten hun gebroken lansen weg en pakten van hun schildknapen een nieuwe aan. Ser Horas Roodweyn, ser Hobbers tweelingbroer, riep zijn broer bemoedigend toe.

Maar bij hun tweede rit trof ser Meryn ser Hobber met de punt van zijn lans op de borst en lichtte hem van het zadel, zodat hij met een galmende klap op de grond smakte. Ser Horas vloekte en rende op zijn gebutste broer af om hem van het veld te helpen.

'Waardeloos gereden,' verklaarde koning Joffry.

'Ser Balon Swaan, van Steenhelm in de Rode Wacht,' klonk de roep van de heraut. Brede, witte vleugels sierden ser Balons grote helm, en op zijn schild vochten een zware en een witte zwaan. 'Morros van het huis Slink, erfgenaam van heer Janos van Harrenhal,'

'Moet je die omhooggevallen pummel zien,' toeterde Joff, zo luid dat het over de halve binnenplaats te horen was. Morros, die slechts schildknaap was, en dat bovendien pas kort, had moeite zijn schild en lans recht te houden. De lans was een ridderwapen, wist Sansa, en de Slinks waren van lage komaf. Heer Janos was gewoon maar bevelhebber van de Stadswacht geweest voordat Joffry hem tot heer van Harrenhal en lid van de raad had bevorderd.

Ik hoop dat hij valt en zich te schande maakt, dacht ze verbitterd. *Ik hoop dat ser Balon hem doodt.* Toen Joffry haar vaders dood had geproclameerd was het Janos Slink geweest die heer Eddards afgehouwen hoofd bij de haren had gegrepen en opgetild om aan koning en volk te tonen terwijl Sansa huilde en gilde.

Morros droeg een zwart met goud geruite mantel over een zwarte wapenrusting met gulden sierkrullen. Op zijn schild stond de bebloede speer die zijn vader als wapenteken voor hun nieuwbakken huis had gekozen. Maar hij leek niet te weten wat hij met het schild aan moest toen hij zijn paard naar voren dreef, en ser Balons lanspunt trof het midden op het blazoen. Morros liet zijn lans vallen, worstelde om in evenwicht te blijven, en verloor. Bij zijn val bleef zijn ene voet in een stijgbeugel hangen, en het op hol geslagen strijdros sleurde de jongeling naar het uiteinde van het strijdperk, waarbij zijn hoofd tegen de grond bonkte. Joff liet een honend geloei horen. Sansa was ontzet en vroeg zich af of de goden haar wraakzuchtige gebed hadden verhoord. Maar toen Morros Slink van zijn paard werd losgemaakt bleek hij nog in leven te zijn, zij het met een bebloede kop. 'Tommen, we hebben de verkeerde tegenstander voor je uitgezocht,' zei de koning tegen zijn broertje. 'Je stroman voert een betere lans dan die daar.'

Daarop was het ser Horas Roodweyns beurt. Hij bracht het er beter af dan zijn broer en overwon een oudere ridder wiens rijdier een dekkleed met zilveren griffioenen op een blauw-wit gestreept veld droeg. Hoe fraai hij er ook uitzag, de oude man maakte er een povere vertoning van. Joffry's lip schoof naar voren. 'Wat een slap gedoe allemaal.'

'Ik had u gewaarschuwd,' zei de Jachthond. 'Muggen.'

De koning begon zich te vervelen. Dat maakte Sansa ongerust. Ze sloeg haar ogen neer en besloot zich onder alle omstandigheden kalm te houden. Als Joffry Baratheons stemming verslechterde was een toevallig gesproken woord genoeg om een van zijn woedeaanvallen te ontketenen.

'*Lothor Brune, vrijruiter in dienst van heer Baelish,*' riep de heraut. '*Ser Dontos de Rode, van het huis Hollard.*'

De vrijruiter, een klein mannetje in een gebutst harnas zonder embleem, verscheen inderdaad aan de westkant van de binnenplaats, maar van zijn opponent was geen spoor te bekennen. Ten slotte dook er een kastanjebruine hengst op, bekleed met wapperende zijde in karmozijn en scharlaken, maar ser Dontos zat er niet op. De ridder verscheen een ogenblik later, vloekend en wankelend, slechts gehuld in een borstharnas en een gepluimde helm. Zijn benen waren bleek en mager en zijn geslacht zwaaide obsceen heen en weer terwijl hij achter zijn paard aandraafde. De toeschouwers brulden en schreeuwden beledigingen. Ser Dontos wist zijn paard bij het hoofdstel te grijpen en probeerde op te stijgen, maar het dier bleef niet stilstaan en de ridder was zo dronken dat hij zijn naakte voet niet in de stijgbeugel kreeg.

Tegen die tijd huilde de menigte van het lachen... iedereen, op de koning na. Joffry had die blik in zijn ogen die Sansa nog zo goed voor de geest stond, diezelfde blik als bij de Grote Sept van Baelor, de dag dat hij heer Eddard Stark ter dood had veroordeeld. Ten slotte gaf ser Dontos de Rode het op, ging in het stof zitten en zette zijn gepluimde helm af. 'Ik heb verloren,' riep hij. 'Breng me een slokje wijn.'

De koning ging staan. 'Een vat uit de kelder! Ik laat hem erin verzuipen.'

Sansa hoorde zichzelf naar adem happen. 'Nee, dat kunt u niet doen.'

Joffry keek opzij. 'Wát zei je?'

Sansa kon zelf niet geloven dat ze haar mond had geopend. Was ze van zinnen, dat ze *nee* tegen hem had gezegd in aanwezigheid van het halve hof? Ze had helemaal niets willen zeggen, alleen... ser Dontos was dronken, dwaas en nutteloos, maar hij had geen kwaad in de zin gehad.

'Zei je dat ik dat niet kón? Heb je dat echt gezegd?'

'Ik smeek u,' zei Sansa, 'ik bedoelde alleen... het zou ongeluk brengen, Uwe Genade... om, om iemand te doden op uw naamdag.'

'Je liegt,' zei Joffry. 'Ik zou jou samen met hem moeten verzuipen, als je zoveel om hem geeft.'

'Ik geef niets om hem, Uwe Genade.' Wanhopig kwamen de woorden uit haar rollen. 'Verdrink hem, of hak zijn hoofd eraf, alleen... dood hem morgen, als het u behaagt, maar ik smeek u... niet vandaag, niet op uw naamdag. Ik zou het ondraaglijk vinden als er ongeluk over u kwam... groot ongeluk, zelfs voor koningen, de zangers zeggen het allemaal...'

Joffry keek gemelijk. Hij wist dat ze loog, ze kon het zien. Hij zou haar hiervoor laten bloeden.

'Het meisje spreekt een waar woord,' raspte de Jachthond. 'Wat iemand op zijn naamdag zaait zal hij door het jaar heen oogsten.' Zijn stem was toonloos, alsof het hem geen zier kon schelen of de koning hem geloofde of niet. Zou het *waar* kunnen zijn? Daar had Sansa geen idee van gehad. Ze had maar wat gezegd, omdat ze die straf zo wanhopig graag wilde voorkomen.

Joffry schoof heen en weer in zijn zetel, niet op zijn gemak, en wuifde met zijn vingers naar ser Dontos. 'Breng hem weg. Ik laat hem morgen wel doden, de zot.'

'Dat is hij,' zei Sansa. 'Een zot. Wat bent u toch wijs dat u dat ziet. Hij slaat een beter figuur als zot dan als ridder, hè? U zou hem een geblokt pak moeten aantrekken en hem als nar moeten nemen. Een snelle dood is te genadig, dat verdient hij niet.'

De koning keek haar even onderzoekend aan. 'Misschien ben je toch niet zo dom als mijn moeder zegt.' Hij verhief zijn stem. 'Hoor je wat mijn jonkvrouwe zegt, Dontos? Van nu af aan ben jij mijn nieuwe zot. Je slaapt bij Uilebol en trekt een ruitjespak aan.'

Ser Dontos, ontnuchterd doordat hij op het nippertje aan de dood ontkwam, krabbelde op zijn knieën. 'Heb dank, Uwe Genade. En u, jonkvrouwe. Dank u.'

Terwijl hij door een paar Lannister-wachters werd weggeleid kwam de ceremoniemeester naar de loge lopen. 'Uwe Genade,' zei hij, 'moet ik een nieuwe uitdager voor Brune oproepen, of gaan we verder met de volgende tweekamp?'

'Geen van beide. Dit zijn muggen, geen ridders. Ik zou ze het liefst allemaal ter dood brengen, maar het is mijn naamdag. Het toernooi is afgelopen. Laat ze allemaal uit mijn ogen gaan.'

De ceremoniemeester boog, maar prins Tommen was minder meegaand. 'Ik mocht tegen de stroman rijden.'

'Vandaag niet.'

'Maar ik wil rijden!'

'Het kan me niet schelen wat je wilt.'

'Mama *zei* dat ik mocht rijden.'

'Dat is waar,' beaamde prinses Myrcella.

'Mama *zei*,' spotte de koning. 'Doe niet zo kinderachtig.'

'Wij zijn kinderen,' verklaarde Myrcella hooghartig. 'We hóren kinderachtig te zijn.'

De Jachthond lachte. 'Ze heeft u tuk.'

Joffry had er niet van terug. 'Goed dan. Zelfs mijn broertje zal geen slechtere lans voeren dan al die anderen. Haal de staak maar te voorschijn, meester. Tommen wil graag voor mug spelen.'

Tommen slaakte een vreugdekreet en stormde er op zijn mollige beentjes vandoor om toegerust te worden. 'Succes,' riep Sansa hem na.

De pony van de prins werd gezadeld, en ondertussen werd aan het uiteinde van het strijdperk de staak opgezet. Tommens tegenstander was een leren krijgsman ter grootte van een kind, met stro opgevuld en op een draaischijf bevestigd, een schild in de ene hand en een omwikkelde strijdhamer in de andere. Iemand had een gewei op het hoofd van de ridder gebonden. Joffry's vader, koning Robert, had een gewei op zijn helm gedragen, herinnerde Sansa zich... maar zijn oom Renling, Roberts broer, droeg er ook een. En die had verraad gepleegd en zichzelf tot koning gekroond.

Een paar schildknapen gespten de prins zijn versierde harnas aan, zilver met karmijnrood. Een hoge pluim van rode veren ontsproot aan zijn helmtop, en de leeuw van de Lannisters en de gekroonde hertebok dartelden samen rond op zijn schild. De schildknapen hielpen hem in het zadel, en ser Aron Santagar, de wapenmeester van de Rode Burcht, trad naar voren om Tommen een stomp gemaakt zilveren zwaard met een bladvormige kling aan te reiken, op maat gesmeed voor een achtjarige.

Tommen hief de kling hoog op. 'De rots van Casterling!' riep hij met een hoge jongensstem toen hij zijn hielen in de flanken van zijn pony drukte en over de stevig aangestampte aarde op de staak afreed. Vrouwe Tanda en heer Gyllis hieven een schor gejuich aan en Sansa voegde haar stem bij de hunne. De koning staarde zwijgend voor zich uit.

Tommen zette zijn pony tot een stevige draf aan, zwaaide energiek met zijn zwaard en gaf in het voorbijgaan een stevige klap tegen het schild van de ridder. De staak draaide, en de omwikkelde strijdhamer zwiepte rond en gaf de prins een geweldige mep tegen zijn achterhoofd. Tommen tuimelde uit het zadel en zijn nieuwe wapenrusting rinkelde als een zak oud aardewerk toen hij neerplofte. Zijn zwaard zeilde door de lucht, zijn pony draafde weg over het binnenplein en er ging een bulderend gelach op. Koning Joffry lachte het langst en het hardst van iedereen.

'Ach,' riep prinses Myrcella. Ze klauterde de loge uit en rende naar haar broertje toe.

Sansa merkte dat een vreemd soort dronkenmansmoed zich van haar meester maakte. 'Moet u niet met haar mee?' zei ze tegen de koning. 'Uw broertje is misschien wel gewond.'

Joffry haalde zijn schouders op. 'En wat dan nog?'

'U zou hem op de been moeten helpen en tegen hem zeggen dat hij zo goed gereden heeft.' Sansa kon zich domweg niet inhouden.

'Hij werd van zijn paard gegooid en beet in het stof,' merkte de koning op. 'Dat is niet wat je goed rijden noemt.'

'Kijk,' onderbrak de Jachthond hem. 'De jongen heeft moed. Hij gaat het nog eens proberen.'

Prins Tommen werd weer op zijn pony geholpen. *Was Tommen maar de oudste, in plaats van Joffry*, dacht Sansa. *Ik zou het niet erg vinden om met Tommen te trouwen.*

De geluiden bij het poortgebouw overvielen hen. Met rammelende kettingen werd het valhek opgetrokken, en onder geknars van ijzeren scharnieren zwaaiden de grote poortvleugels open. 'Wie heeft gezegd dat de poort geopend moest worden?' vroeg Joff op hoge toon. Vanwege al die troebelen in de stad waren de poorten van de Rode Burcht al dagen dicht.

Een colonne ruiters kwam met staalgerinkel en hoefgetrappel van onder het valhek te voorschijn. Clegane ging naast de koning staan, een hand op zijn zwaardgevest. De bezoekers waren gebutst, hologig en bestoft, maar de standaard die ze bij zich droegen was de gouden leeuw van Lannister op het karmozijnrode veld. Enkelen droegen de rode mantels en maliën van Lannister-krijgslieden, maar de meesten waren vrijruiters en huurlingen, in samengeraapte wapenrustingen en aan alle kanten van scherp staal voorzien. En er waren nog anderen, monsterlijke wilden uit een verhaal van ouwe Nans, die griezelige waar Bran zo dol op was. Zij waren gehuld in ruige pelzen en verhard leer en hadden lange haren en woeste baarden. Sommigen hadden met bloed bevlekte verbanden om hun hoofd of handen, en anderen misten ogen, oren of vingers.

In hun midden, gezeten op een groot vossenpaard met een vreemd, hoog zadel dat hem van achteren en van voren omsloot, bevond zich de dwerg Tyrion Lannister, de broer van de koningin, de man die de Kobold werd genoemd. Hij had zijn baard laten staan om zijn platte gezicht te bedekken, en die was uitgegroeid tot een verwarde massa borstelig, geelzwart haar, zo grof als metaaldraad. Een mantel van schaduwvacht hing van zijn schouders, zwart bont met witte strepen. Hij had de teugels in zijn linkerhand en zijn rechterarm hing in een witzijden doek, maar verder zag hij er nog even grotesk uit als Sansa zich hem herinnerde van zijn bezoek aan Winterfel. Met zijn bolle voorhoofd en ongelijke ogen was hij nog steeds de lelijkste man die ze ooit had gezien.

Maar Tommen gaf zijn paard de sporen en galoppeerde halsoverkop de binnenplaats over, schreeuwend van vreugde. Een van de wilden, een enorme, logge man, zo harig dat zijn gezicht bijna geheel onder zijn bakkebaarden schuilging, lichtte de jongen met harnas en al uit het zadel en zette hem naast zijn oom op de grond. Tommens ademloze geschater weerkaatste van de muren toen Tyrion hem een klopje op zijn geharnaste rug gaf, en Sansa zag tot haar verrassing dat ze even lang waren. Myrcella kwam achter haar broertje aanrennen, en de dwerg tilde haar bij haar middel op en draaide haar in een cirkel rond terwijl ze gilde van plezier.

Toen zette het mannetje haar weer neer, kuste haar vluchtig op haar voorhoofd en waggelde over de binnenplaats naar Joffry toe. Twee van zijn mannen volgden hem op de voet, een zwartogige, zwartharige huurling die zich bewoog als een sluipende kat, en een broodmagere knaap met één lege oogkas. Tommen en Myrcella kwamen achter hen aan.

De dwerg zonk voor de koning op één knie. 'Uwe Genade.'

'U!' zei Joffry.

'Ik,' beaamde de Kobold, 'al zou een hoffelijker begroeting wel op zijn plaats zijn tegenover iemand die uw oom is, en ouder dan u.'

'Ze zeiden dat u dood was,' zei de Jachthond.

Het kleine mannetje wierp de grote man een blik toe. Een van zijn ogen was groen, het andere zwart, en allebei waren ze kil. 'Ik had het tegen de koning, niet tegen zijn straathond.'

'*Ik* ben blij dat u niet dood bent,' zei prinses Myrcella.

'Dan zijn we het eens, lieve kind.' Tyrion wendde zich tot Sansa. 'Jonkvrouwe, mijn deelneming met uw verlies. Waarlijk, de goden zijn wreed.'

Daar wist Sansa geen zinnig woord op te zeggen. Waarom zou hij met haar meevoelen? Dreef hij de spot met haar? Niet de goden waren wreed geweest, maar Joffry.

'Ook mijn deelneming met jouw verlies, Joffry,' zei de dwerg.

'Welk verlies?'

'Uw vader de koning? Een forse, woeste man met een zwarte baard. Als u goed nadenkt weet u vast wel weer wie ik bedoel. Hij was koning voor u.'

'O, díé. Ja, dat was heel triest, hij is gedood door een ever.'

'Is dat wat "men" zegt, Uwe Genade?'

Joffry fronste zijn voorhoofd. Sansa had het gevoel dat ze een opmerking moest maken. Wat placht septa Mordane ook alweer te zeggen? *De wapenrusting van een dame is hoofsheid*, dat was het. Ze legde haar wapenrusting aan en zei: 'Het spijt me dat u door mijn moeder gevangen bent genomen, heer.'

'Dat spijt een heleboel mensen,' antwoordde Tyrion, 'en voordat ik klaar ben zullen sommigen nog veel meer spijt krijgen... maar ik dank u dat u er zo over denkt. Joffry, waar kan ik uw moeder vinden?'

'Bij mijn raad,' antwoordde de koning. 'Uw broer Jaime verliest steeds maar weer veldslagen.' Hij wierp Sansa een boze blik toe, alsof *zij* daar iets aan kon doen. 'Hij is gegevangengenomen door de Starks, en we zijn Stroomvliet kwijt, en nu noemt die stomme broer van haar zich koning.'

De dwerg glimlachte scheef. 'Alle mogelijke mensen noemen zich tegenwoordig koning.'

Joff wist niet hoe hij dat moest opvatten, al leek hij argwanend en uit het veld geslagen. 'Ja. Nou. Ik ben blij dat u niet dood bent, oom. Hebt u een geschenk meegebracht voor mijn naamdag?'

'Jazeker. Mijn hersens.'

'Ik had liever het hoofd van Robb Stark gehad,' zei Joff met een geniepige blik in Sansa's richting. 'Tommen, Myrcella, kom mee.'

Sandor Clegane bleef nog even. 'Ik zou maar op mijn tong passen als ik u was, kleine man,' waarschuwde hij voor hij achter zijn heer aanschreed.

Sansa bleef achter met de dwerg en zijn monsters. Ze probeerde te bedenken wat ze nog meer zou kunnen zeggen. 'Uw arm is gewond.'

'Een van die noorderlingen van u heeft me tijdens de slag van de Groene Vork met een morgenster geraakt. Ik heb het overleefd door van mijn paard te vallen.' Zijn grijns verzachtte zich tot iets anders toen hij haar gezicht opnam. 'Bent u zo bedroefd vanwege uw vader?'

'Mijn vader was een verrader,' zei Sansa meteen. 'En mijn broer en moeder zijn het ook.' Die reflex had ze snel aangeleerd. 'Ik ben mijn geliefde Joffry trouw.'

'Ongetwijfeld. Even trouw als een hert de wolven waardoor het omringd wordt.'

'Leeuwen,' fluisterde ze zonder erbij na te denken. Nerveus keek ze om zich heen, maar niemand stond zo dichtbij dat hij haar gehoord kon hebben.

Lannister greep haar hand en gaf er een kneepje in. 'Ik ben maar een klein leeuwtje, kind, en ik zweer dat ik je niet zal verscheuren.' Hij boog en vervolgde: 'Maar nu moet u mij excuseren. Ik heb dringende zaken af te handelen met de koningin en de raad.'

Sansa keek hem na toen hij wegliep. Zijn lichaam zwaaide bij elke stap heen en weer, als een ding uit een rariteitenkabinet. *Hij klinkt dan wel vriendelijker dan Joffry*, dacht ze, *maar de koningin klonk ook vriendelijk. Hij is en blijft een Lannister, haar broer en Joffs oom. Hij is geen vriend.* Eens had ze met heel haar hart van prins Joffry gehouden, en zijn moeder, de koningin, bewonderd en vertrouwd. Zij hadden die liefde en dat vertrouwen vergolden met haar vaders hoofd. Sansa zou nooit meer zo'n vergissing maken.

Tyrion

In de kille witte kledij van de Koningsgarde zag ser Mandon Moore eruit als een overledene in een lijkwade. 'Hare Genade heeft verordonneerd dat de raad tijdens een bijeenkomst niet gestoord mag worden.'

'Het is maar een klein storinkje, ser.' Tyrion liet het perkament uit zijn mouw glijden. 'Ik breng een brief van mijn vader, heer Tywin Lannister, de Hand des Konings. Dit is zijn zegel.'

'Hare Genade wenst niet gestoord te worden,' herhaalde Ser Mandon langzaam, alsof Tyrion een sufkop was die het de eerste keer niet goed had gehoord.

Jaime had eens tegen hem gezegd dat Moore het gevaarlijkste lid van de Koningsgarde was – afgezien van hemzelf, uiteraard – omdat zijn gezicht nooit verried wat hij zou doen. Een klein beetje verraad zou Tyrion nu welkom zijn geweest. Als er zwaarden aan te pas kwamen zouden Bronn en Timet de ridder waarschijnlijk wel kunnen doden, maar het zou niet veel goeds voorspellen als hij begon met een van Joffry's beschermers te doden. Anderzijds, als hij zich nu door deze man liet wegsturen, waar bleef zijn gezag dan? Hij zette een glimlach op. 'Ser Mandon, u hebt mijn metgezellen nog niet ontmoet. Dit is Timet, zoon van Timet, een rode hand van de Verbrande Mannen. En dit is Bronn. U herinnert zich wellicht ser Vardis Egen? Hij was kapitein van heer Arryns huiswacht.'

'Ik ken de man.' Ser Mandons ogen waren fletsgrijs, merkwaardig nietszeggend en doods.

'Kende,' verbeterde Bronn hem met een flauw lachje.

Ser Mandon verwaardigde zich niet te laten merken dat hij dat gehoord had.

'Hoe dan ook,' zei Tyrion luchtig, 'ik moet nu echt mijn zuster spreken en mijn brief overhandigen, ser. Als u zo vriendelijk wilt zijn de deur voor ons te openen?'

De witte ridder zei niets. Tyrion stond op het punt te proberen zich dan maar met geweld toegang te verschaffen toen ser Mandon abrupt opzij ging. 'U mag naar binnen. Zij tweeën niet.'

Een klein overwinninkje, dacht hij, *maar wel zoet.* Hij had zijn eerste proef doorstaan. Tyrion Lannister schoof de deur door en voelde zich bijna lang. Vijf leden van 's konings kleine raad onderbraken plotseling hun discussie. 'Jíj,' zei zijn zuster Cersei, haar stem vervuld van gelijke hoeveelheden ongeloof en afkeer.

'Ik kan wel zien waar Joffry zijn manieren vandaan heeft.' Tyrion zweeg om met een air van nonchalante zelfverzekerdheid het tweetal Valyrische sfinxen te bewonderen die over de deur waakten. Cersei kon zwakheid ruiken zoals een hond angst.

'Wat kom jij hier doen?' De prachtige groene ogen van zijn zuster bestudeerden hem zonder het geringste spoortje genegenheid.

'Een brief brengen van onze edele vader.' Hij slenterde naar de tafel en deponeerde het dicht opgerolde perkament tussen hen in.

De eunuch Varys pakte de brief op en draaide die om en om in zijn elegante, gepoederde handen. 'Wat vriendelijk van heer Tywin. En zijn zegelwas heeft zo'n prachtige gouden tint.' Varys inspecteerde het zegel nauwkeurig. 'Het lijkt er veel op dat het echt is.'

'Natuurlijk is het echt.' Cersei griste hem de brief uit handen. Ze brak de was en ontrolde het perkament.

Tyrion sloeg haar gade terwijl ze las. Zijn zuster had zich de zetel van de koning toegeëigend – hij vermoedde dat Joffry, net als Robert, zelden de moeite nam om raadsvergaderingen bij te wonen – dus hees Tyrion zich op de stoel van de Hand. Dat leek hem niet meer dan gepast.

'Dit is absurd,' zei de koningin ten slotte. 'Mijn vader stuurt mijn broer om namens hem in deze raad zitting te nemen. Hij gebiedt ons, Tyrion als Hand des Konings te aanvaarden, tot het tijdstip dat hij zich persoonlijk bij ons kan voegen.'

Grootmaester Pycelle streelde zijn golvende witte baard en knikte gewichtig. 'Het komt mij voor dat een woord van welkom op zijn plaats zou zijn.'

'Inderdaad.' De kalende Janos Slink met zijn zware kaken leek sterk op een kikker, een zelfingenomen, omhooggevallen kikker. 'Wij hebben u hard nodig, heer. Overal opstand, dat naargeestige teken aan de hemel, ongeregeldheden op straat...'

'En wiens schuld is dat, heer Janos?' haalde Cersei uit. 'Uw goudmantels hebben tot taak de orde te bewaren. En wat jou betreft, Tyrion, jij zou ons op het slagveld beter kunnen dienen.'

Hij lachte. 'Nee, dank je, voor mij geen slagvelden meer. Ik zit beter in een stoel dan op een paard en ik heb liever een wijnkelk in mijn hand dan een strijdbijl. En de roffelende trommen dan, de zon die op de wapenrustingen blinkt en de fraaie rossen die dansen en snuiven? Tja, van de trommen kreeg ik hoofdpijn, van de blinkende zon op mijn wapenrusting raakte ik aan de kook als een najaarsgans, en die fraaie strijdrossen schijten *overal*. Niet dat je mij hoort klagen. Vergeleken met de gastvrijheid die mij in de Vallei van Arryn ten deel viel, ben ik dol op trommen, paardenvijgen en muggenbeten.'

Pinkje lachte. 'Goed gezegd, Lannister. Een man naar mijn hart.'

Tyrion glimlachte hem toe, terwijl hij moest denken aan een zekere dolk met een heft van drakenbeen en een lemmet van Valyrisch staal. *Daar moeten we maar eens een gesprekje over hebben, en gauw ook.* Hij vroeg zich af of heer Petyr dat onderwerp even vermakelijk zou vinden. 'Alstublieft,' zei hij tegen hen, 'sta mij toe u van dienst te zijn, op mijn eigen *kleine* wijze.'

Cersei herlas de brief. 'Hoeveel man breng je mee?'

'Een paar honderd. Voornamelijk de mijne. Vader wilde de zijne ongaarne afstaan. Hij ís per slot van rekening oorlog aan het voeren.'

'Wat hebben we aan die paar honderd man van jou als Renling tegen de stad optrekt, of als Stannis van Drakensteen uitvaart? Ik vraag om een leger en mijn vader stuurt een dwerg. De *koning* benoemt de Hand, met instemming van de raad. Joffry heeft onze vader benoemd.'

'En onze vader heeft mij benoemd.'

'Dat kan hij niet. Niet zonder Joffs toestemming.'

'Heer Tywin zit met zijn krijgsmacht in Harrenhal, voor het geval je de kwestie met hem wilt opnemen,' zei Tyrion hoffelijk. 'Heren, misschien wilt u mij een onderhoud onder vier ogen met mijn zuster toestaan?'

Varys wriggelde overeind en glimlachte op die zalvende manier van hem. 'Wat moet u naar uw zusters lieflijke stemgeluid verlangd hebben. Heren, alstublieft, vergun hun enkele ogenblikken samen. De plagen van ons zwaarbeproefde rijk zullen nog wel even duren.'

Janos Slink stond aarzelend op en Grootmaester Pycelle gewichtig, maar ze deden het wel. Pinkje was de laatste. 'Wil ik de hofmeester zeggen dat hij kamers in Maegors Veste klaarmaakt?'

'Mijn dank, heer Petyr, maar ik zal gebruik maken van heer Starks voormalige vertrekken in de Toren van de Hand.'

Pinkje lachte. 'U hebt meer moed dan ik, Lannister. U weet hoe het onze laatste twee Handen vergaan is?'

'Twee? Als het uw bedoeling is mij bang te maken, waarom zegt u dan niet vier?'

'Vier?' Pinkje trok een wenkbrauw op. 'Zijn de Handen vóór heer Arryn dan gruwelijk aan hun eind gekomen in die Toren? Ik vrees dat ik te jong was om erg veel aandacht aan hen te besteden.'

'Aerys Targaryens laatste Hand vond de dood bij de plundering van Koningslanding, al betwijfel ik dat hij genoeg tijd had om zich in de Toren te vestigen. Hij was slechts twee weken Hand. Zijn voorganger werd verbrand. En de twee daarvoor stierven dakloos en berooid in ballingschap en prezen zich daarom gelukkig. Ik denk dat mijn heer vader de laatste Hand is geweest die Koningslanding verliet met zijn naam, zijn bezittingen en zijn lichaamsdelen volledig intact.'

'Bijzonder boeiend,' zei Pinkje. 'Des te meer reden waarom ik de kerker als slaapplaats zou verkiezen.'

Misschien krijg je je zin wel, dacht Tyrion, maar hij zei: 'Moed en dwaasheid zijn verwant, dat heb ik althans gehoord. Welke vloek er ook op de Toren van de Hand rust, ik ben hopelijk klein genoeg om erdoor over het hoofd gezien te worden.'

Janos Slink lachte, Pinkje glimlachte en Grootmaester Pycelle volgde hen met een ernstige buiging naar buiten.

'Ik hoop dat vader je niet helemaal hierheen heeft gestuurd om ons lastig te vallen met geschiedenislessen,' zei zijn zuster toen ze alleen waren.

'Wat heb ik toch naar jouw lieflijke stemgeluid verlangd,' verzuchtte Tyrion tegen haar.

'Wat verlang ik er toch naar de tong van die eunuch met een gloeiende tang uit te rukken,' beet Cersei terug. 'Is vader gek geworden? Of heb jij die brief soms vervalst?' Ze las hem opnieuw, met stijgende ergernis. 'Waarom zou hij mij met jóú opzadelen? Ik had gewild dat hij zelf zou komen.' Ze verfrommelde heer Tywins brief. 'Ik regeer namens Joffry, en ik had hem een koninklijk *bevel* gestuurd!'

'En dat heeft hij genegeerd,' merkte Tyrion op. 'Hij heeft een tamelijk groot leger, dus kan hij dat doen. En hij is de eerste niet. Of wel soms?'

Cersei's mond verstrakte. Hij zag dat ze een kleur kreeg. 'Als ik beweer dat deze brief een vervalsing is en jou in de kerker smijt, zal niemand dat negeren, dat beloof ik je.'

Nu begaf hij zich op dun ijs, wist Tyrion. Eén verkeerde stap en hij zakte erdoor. 'Niemand,' beaamde hij minzaam, 'en vader wel het allerlaatst. Die met het leger. Maar waarom zou je me in de kerker smijten, lieve zus, nadat ik dat hele eind gereden heb om jou te helpen?'

'Aan jouw hulp heb ik geen behoefte. Ik had bevolen dat vader moest komen!'

'Ja,' zei hij kalm, 'maar eigenlijk is het Jaime die je wilt.'

Zijn zuster beschouwde zichzelf als geslepen, maar hij was samen met haar opgegroeid. Haar gezicht was een open boek voor hem, en wat hij daar nu op las was woede, vrees, en wanhoop. 'Jaime...'

'... is evenzeer mijn broer als de jouwe,' onderbrak Tyrion haar. 'Steun me, en ik beloof je dat we Jaime vrij en ongedeerd terug zullen krijgen.'

'Hoe?' wilde Cersei weten. 'Die jongen van Stark en zijn moeder zullen niet licht vergeten dat we heer Eddard hebben onthoofd.'

'Dat is waar,' beaamde Tyrion, 'maar je hebt zijn dochters toch nog? Ik zag de oudste met Joffry op het binnenplein.'

'Sansa,' zei de koningin. 'Ik heb het doen voorkomen dat ik het jongste wicht ook heb, maar dat is niet waar. Na Roberts dood heb ik Meryn Trant gestuurd om haar in te rekenen, maar die ellendige dansmeester van haar kwam tussenbeide en het meisje nam de benen. Sindsdien heeft geen mens haar meer gezien. Waarschijnlijk is ze dood. Er zijn die dag heel wat mensen omgekomen.'

Tyrion had op allebei de meisjes Stark gehoopt, maar eentje moest dan maar genoeg zijn. 'Vertel me dan nu maar wat over onze vrienden in de raad.'

Zijn zuster gluurde naar de deur. 'Wat is daarmee?'

'Vader schijnt een hekel aan ze te hebben. Toen ik afscheid van hem nam vroeg hij zich af hoe hun hoofden het op de muur zouden doen, naast dat van heer Stark.' Hij boog zich over de tafel heen naar voren. 'Weet je zeker dat ze loyaal zijn? Vertrouw je ze?'

'Ik vertrouw niemand,' snauwde Cersei. 'Ik heb ze nodig. Denkt vader dat ze vals spel spelen?'

'Hij verdenkt ze ervan.'

'Waarom? Wat weet hij?'

Tyrion haalde zijn schouders op. 'Hij weet dat het korte bewind van je zoon tot nog toe één aaneenschakeling van dwaasheden en rampen is. Dat laat vermoeden dat iemand Joffry heel slechte adviezen geeft.'

Cersei keek hem onderzoekend aan. 'Het heeft Joff niet aan goede raad ontbroken. Hij is altijd al eigenzinnig geweest. Nu hij koning is denkt hij dat hij kan doen wat hem goeddunkt, niet wat hem gevraagd wordt.'

'Kronen doen vreemde dingen met de hoofden waar ze op rusten,' beaamde Tyrion. 'Die zaak met Eddard Stark... het werk van Joffry?'

De koningin trok een gezicht. 'Hij had instructies gekregen om Stark genade te schenken, om hem toe te staan het zwart aan te nemen. De man zou voorgoed uitgeschakeld zijn geweest en wij hadden allicht vrede kunnen sluiten met zijn zoon, maar Joff mat zich het recht aan de meute een beter schouwspel voor te schotelen. Wat moest ik doen? Hij eiste heer Eddards hoofd ten overstaan van de halve stad. En zonder dat ik ook maar een woord had gezegd, maakten Janos Slink en ser Ilyn de man onbekommerd een kopje kleiner!' Haar hand balde zich tot een vuist. 'De Hoge Septon beweert dat we de Sept van Baelor met bloed ontwijd hebben nadat we hem eerst hadden voorgelogen over onze bedoelingen.'

'Daar zit iets in, dunkt me,' zei Tyrion. 'Dus die *heer* Slink, die deed daaraan mee? Wiens lumineuze idee was het eigenlijk om hem Harrenhal te geven en hem tot raadslid te benoemen?'

'Dat heeft Pinkje geregeld. We hadden Slinks goudmantels nodig. Eddard Stark had samengezworen met Renling en heer Stannis een brief gestuurd waarin hij hem de troon aanbod. We hadden alles kunnen verliezen. Het scheelde toch al niet veel. Als Sansa niet naar me toe was gekomen en me van al haar vaders plannen op de hoogte had gesteld...'

Dat verraste Tyrion. 'Waarachtig? Zijn eigen dochter?' Sansa had altijd zo'n lief kind geleken, teerhartig en hoffelijk.'

'Het kind liep te soppen van verliefdheid. Ze had alles voor Joffry over, tot hij haar vaders hoofd afhakte en dat genade noemde. Toen was het afgelopen.'

'Zijn Genade heeft een uniek talent om zijn onderdanen voor zich in te nemen,' zei Tyrion met een scheef lachje. 'Was Joffry ook degene die ser Barristan Selmy uit de Koningsgarde liet zetten?'

Cersei zuchtte. 'Joff wilde iemand de schuld van Roberts dood geven. Varys stelde ser Barristan voor. Waarom niet? Dan zou Jaime het bevel over de Koningsgarde en een zetel in de kleine raad krijgen, en Joff kon zijn hond een bot toewerpen. Hij is erg op Sandor Clegane gesteld. We waren bereid Selmy wat landerijen en een woontoren aan te bieden, meer dan die nutteloze ouwe dwaas verdiende.'

'Ik heb gehoord dat die nutteloze ouwe dwaas twee van Slinks goudmantels heeft gedood toen ze hem bij de Modderpoort probeerden te grijpen.'

Zijn zuster keek heel ongelukkig. 'Janos had meer mannen moeten sturen. Hij is minder competent dan wenselijk is.'

'Ser Barristan was het hoofd van Robert Baratheons Koningsgarde,' bracht Tyrion haar venijnig in herinnering. 'Hij en Jaime zijn de enige overlevenden van Aerys Targaryens zevental. De gewone man spreekt over hem zoals over Serwyn van het Spiegelschild en prins Aemon de Drakenridder. Wat denk jij dat er door ze heen zal gaan als ze Barristan de Boude zij aan zij met Robb Stark of Stannis Baratheon zien rijden?'

Cersei keek de andere kant op. 'Daar had ik niet bij stilgestaan.'

'Vader wel,' zei Tyrion. 'Dáárom heeft hij me gestuurd. Om een eind te maken aan dat soort dwaasheden en je zoon in het gareel te brengen.'

'Jij zult Joff niet beter in bedwang kunnen houden dan ik.'

'Misschien wel.'

'Waarom?'

'Hij weet dat jij hem nooit te na zult komen.'

Cersei's blik vernauwde zich. 'Als jij denkt dat ik ooit zal toelaten dat je mijn zoon iets aandoet, dan loop je te ijlen.'

Tyrion zuchtte. Zoals zo vaak had ze het weer eens niet helemaal door. 'Joffry is bij mij net zo veilig als bij jou,' verzekerde hij haar, 'maar zolang de jongen zich bedreigd vóélt zal hij eerder geneigd zijn te luisteren.' Hij nam haar hand. 'Ik ben echt je broer. Jij hebt me nodig, of je dat wilt toegeven of niet. Je zoon heeft me nodig, als hij die lelijke ijzeren stoel hoopt te houden.'

Zijn zuster leek geschokt dat hij haar zomaar aanraakte. 'Je bent altijd sluw geweest.'

'Op mijn eigen kleine wijze.' Hij grijnsde.

'Het is allicht het proberen waard... maar vergis je niet, Tyrion. Als ik je accepteer zul je in naam de Hand des Konings zijn, maar in werkelijkheid míjn Hand. Je zult al je plannen en bedoelingen aan mij kenbaar maken voordat je iets onderneemt, en je zult niets doen zonder mijn instemming. Begrepen?'

'Jawel.'

'Stem je daarmee in?'

'Zeker,' loog hij. 'Ik ben de jouwe, zuster.' *Zolang het nodig is.* 'Zo. Nu we één van zin zijn horen we geen geheimen meer voor elkaar te hebben. Je zegt dat Joffry heer Eddard heeft laten doden, dat Varys ser Barristan uit de garde heeft gezet en Pinkje ons met heer Slink heeft opgezadeld. Wie heeft Jon Arryn vermoord?'

Cersei trok met een ruk haar hand weg. 'Hoe moet ik dat weten?'

'De treurende weduwe in het Adelaarsnest schijnt te denken dat ik het was. Hoe komt ze op die gedachte, vraag ik me af?'

'Ik zou het echt niet weten. Die dwaas van een Eddard Stark heeft mij van hetzelfde beschuldigd. Hij liet doorschemeren dat heer Arryn vermoedde, of... nou ja, geloofde...'

'... dat jij met onze lieve Jaime neukte?'

Ze sloeg hem.

'Denk je dat ik net zo blind ben als vader?' Tyrion wreef over zijn wang. 'Het maakt mij niet uit met wie je naar bed gaat... al is het eigenlijk niet helemaal eerlijk dat je je benen wel voor de ene en niet voor de andere broer spreidt.'

Ze sloeg hem.

'Kalm aan, Cersei, ik maak alleen maar een grapje. Eerlijk gezegd heb ik liever een lekkere hoer. Ik heb nooit begrepen wat Jaime in je zag, behalve dan zijn eigen spiegelbeeld.'

Ze sloeg hem.

Zijn wangen brandden als vuur, maar toch glimlachte hij. 'Als je daarmee doorgaat kan het zijn dat ik boos word.'

Dat hield haar hand in bedwang. 'Waarom zou ik me daar iets van aantrekken?'

'Ik heb een paar nieuwe vrienden,' bekende Tyrion. 'Die zullen je helemaal niet bevallen. Hoe heb je Robert vermoord?'

'Dat heeft hij zelf gedaan. We hebben hem alleen maar een handje geholpen. Toen Lancel zag dat Robert het op een everzwijn had gemunt gaf hij hem versterkte wijn. Die rinse rode die hij het liefst dronk, maar met wijngeest versneden, drie keer zo sterk als wat hij gewend was. Die grote stinkende idioot was er verzot op. Hij had op ieder gewenst moment kunnen stoppen met zuipen, maar nee, toen hij de ene wijnzak had geleegd liet hij Lancel een andere halen. Het everzwijn deed de rest.'

Je had op het feest moeten zijn, Tyrion. We hebben nog nooit zo'n lekker everzwijn gegeten. Het was klaargemaakt met appels en paddestoelen en smaakte naar de overwinning.'

'Werkelijk zusje, je bent een geboren weduwe.' Tyrion had Robert Baratheon best gemogen, de forse, luidruchtige pummel... ongetwijfeld ten dele omdat zijn zuster zo'n hekel aan hem had. 'Nu je klaar bent met mij te slaan, ga ik maar eens.' Hij draaide zijn benen rond en klauterde moeizaam van de stoel.

Cersei fronste. 'Ik heb je geen verlof gegeven om te gaan. Ik wil weten hoe je van plan bent Jaime te bevrijden.'

'Dat zal ik je vertellen als ik het weet. Plannen zijn net fruit. Ze hebben tijd nodig om te rijpen. Op dit moment heb ik zin om een ritje door de straten te maken en me een oordeel over deze stad te vormen.' Tyrion liet zijn hand op de sfinx naast de deur rusten. 'Nog een laatste verzoek. Wees zo goed ervoor te zorgen dat Sansa Stark niets overkomt. We kunnen beter niet *beide* dochters verliezen.'

Buiten de raadszaal knikte Tyrion ser Mandon toe en liep de hoge, gewelfde hal door. Bronn sloot zich bij hem aan. Van Timet, zoon van Timet, was geen spoor te bekennen. 'Waar is onze rode hand?' vroeg Tyrion.

'Die kreeg aandrang om op verkenning uit te gaan. Zijn soort is niet op wachten in de hal berekend.'

'Ik hoop dat hij geen belangrijke lieden doodslaat.' De clanleden die Tyrion uit hun forten in de Maanbergen had meegenomen waren op hun eigen woeste manier wel trouw, maar ook trots en twistziek en geneigd reële of imaginaire beledigingen met staal uit te wissen. 'Probeer hem te vinden. En als je toch bezig bent, wil je dan zorgen dat de rest wordt ondergebracht en gevoed? Ik wil ze in de barakken onder aan de Toren van de Hand hebben, maar zorg dat de hofmeester de Steenkraaien niet naast de Maanbroeders onderbrengt, en zeg hem dat de Verbrande Mannen een eigen zaal moeten hebben.'

'Waar ga jij heen?'

'Terug naar het Gebroken Aambeeld.'

Bronn grijnsde brutaal. 'Begeleiding nodig? Het schijnt hier op straat niet veilig te zijn.'

'Ik zal de aanvoerder van mijn zusters huiswacht wel laten komen en hem erop wijzen dat ik evenzeer een Lannister ben als zij. Hij moet er even aan herinnerd worden dat hij eedplichtig is aan de Rots van Casterling, en niet aan Cersei of Joffry.'

Een uur later reed Tyrion de Rode Burcht uit onder begeleiding van een twaalftal Lannister-wachters in karmozijnrode mantels en met leeuwen bekroonde halfhelmen op. Toen ze onder het valhek doorreden viel zijn oog op de hoofden boven op de muren. Door ontbinding en oude teer zwart geworden, waren ze allang niet meer herkenbaar. 'Kapitein Vylar,' riep hij, 'zorgt u ervoor dat die morgenvroeg verwijderd zijn. Breng ze maar naar de zwijgende zusters, dan kunnen die ze reinigen.' Uitzoeken bij welk lichaam ze hoorden zou afschuwelijk zijn, maar het moest gebeuren. Zelfs tijdens een oorlog dienden de fatsoensregels in acht genomen te worden.

Aarzelend zei Vylar: 'Zijne Genade heeft bevolen dat de hoofden van de verraders op de muur moeten blijven tot de laatste drie pieken aan het eind van de rij ook bezet zijn.'

'Laat me eens in het wilde weg een gokje wagen. Eén voor Robb Stark, en de twee andere voor de heren Stannis en Renling. Kan dat kloppen?'

'Ja, heer.'

'Mijn neef is vandaag dertien geworden, Vylar. Knoopt u dat maar in uw oren. Ik wil dat die hoofden er morgen af zijn, of een van de lege pieken krijgt een andere bezetting. Begrijpt u wat ik bedoel, kapitein?'

'Ik zal er persoonlijk zorg voor dragen dat ze verwijderd worden, heer.'

'Goed.' Tyrion dreef zijn hielen in de flanken van zijn paard en draafde ervandoor. De roodmantels moesten hem maar zien bij te houden.

Hij had tegen Cersei gezegd dat hij zich een oordeel over de stad wilde vormen. Dat was niet helemaal gelogen. Het merendeel van wat hij zag beviel Tyrion Lannister niets. De straten van Koningslanding waren altijd al stampvol, ruig en lawaaierig geweest, maar nu roken ze naar gevaar op een manier die hij zich niet kon herinneren van zijn vorige bezoeken. Een troep verwilderde honden was bezig een naakt lijk te verscheuren dat bij de Straat der Weefgetouwen in de goot lag, maar niemand leek zich erom te bekreunen. Er vielen nogal wat wachters in gouden mantels en zwarte maliënhemden te signaleren die twee aan twee door de stegen liepen, hun ijzeren knotsen voortdurend bij de hand. De markten waren druk bevolkt met haveloze lieden die hun huisraad tegen elk bod van de hand deden, terwijl de boeren die voedsel verkochten juist schitterden door afwezigheid. De weinige landbouwproducten die hij zag waren drie keer zo duur als een jaar geleden. Een handelaar ventte aan een vleespen geroosterde ratten uit. '*Verse ratten*,' riep hij luidkeels, '*verse ratten.*' Verse rattten waren ongetwijfeld te prefereren boven oude, belegen, verrotte ratten. Het griezelige was dat ze er appetijtelijker uitzagen dan het meeste van wat de slagers aanboden. Op de Meelstraat zag Tyrion om de andere winkeldeur bewakers staan. Als de tijden mager werden ontdekten ook bakkers dat huurlingen goedkoper waren dan brood, peinsde hij.

'Er komt zeker geen voedsel binnen?' zei hij tegen Vylar.

'Tamelijk weinig,' gaf de kapitein toe. 'Nu het oorlog is in het rivierengebied en heer Renling in Hooggaarde tot de opstand oproept, zijn de wegen naar het zuiden en westen geblokkeerd.'
'En wat doet mijn waarde zuster daaraan?'
'Zij onderneemt stappen om de koningsvrede te herstellen,' verzekerde Vylar hem. 'Heer Slink heeft de omvang van de Stadswacht verdriedubbeld en de koningin heeft duizend handwerkslieden bij onze verdedigingswerken ingezet. De metselaars verstevigen de muren, de timmerlieden bouwen blijden en katapults bij honderden tegelijk, de pijlenmakers en wapensmeden maken pijlen en klingen en het alchemistengilde heeft tienduizend potten wildvuur toegezegd.'
Tyrion schoof ongemakkelijk heen en weer in het zadel. Hij was blij dat Cersei niet stilzat, maar wildvuur was gevaarlijk spul, en tienduizend potten waren genoeg om heel Koningslanding in de as te leggen. 'Waar haalt mijn zuster het geld vandaan om dat allemaal te bekostigen?' Het was geen geheim dat koning Robert de kroon diep in de schulden had achtergelaten, en alchemisten lieten zich zelden met altruïsten verwisselen.
'Heer Baelish vindt altijd wel een manier, heer. Hij heeft een belasting ingesteld voor iedereen die de stad in wil.'
'Ja, dat werkt wel,' zei Tyrion, en hij dacht: *slim. Slim en wreed.* Tienduizenden waren de strijd ontvlucht naar de vermeende veiligheid van Koningslanding. Hij had ze op de koningsweg gezien, troepen moeders met kinderen en bezorgde vaders die met begerige ogen naar zijn paarden en wagens hadden gestaard. Als die de stad bereikten zouden ze er ongetwijfeld al hun bezittingen voor over hebben om die hoge, geruststellende muren tussen hen en de oorlog in te krijgen... maar als ze van dat wildvuur wisten zouden ze zich wel twee keer bedenken.
De herberg die het uithangbord met het gebroken aambeeld voerde stond in het zicht van die muren, bij de Godenpoort, waardoor ze die ochtend waren binnengekomen. Toen ze de binnenplaats opreden kwam er een jongen naar buiten rennen om Tyrion te helpen afstijgen. 'Ga met uw mannen terug naar het kasteel,' zei hij tegen Vylar. 'Ik breng hier de nacht door.'
De kapitein trok een weifelend gezicht. 'Bent u hier wel veilig, heer?'
'Tja, wat dat betreft, kapitein, toen ik vanochtend deze herberg verliet zat die vol met Zwartoren. Een mens is nooit helemaal veilig met Chella, dochter van Cheyk in de buurt.' Tyrion waggelde naar de deur en liet Vylar er verder naar raden wat hij bedoelde.
Een golf van plezier sloeg hem tegemoet toen hij de gelagkamer van de herberg inschuifelde. Hij herkende de zware grinnik van Chella en het lichtere, muzikale lachje van Shae. Het meisje zat aan een ronde tafel bij de haard wijn te nippen met drie van de Zwartoren die hij had

achtergelaten om over haar te waken, en een gezette man die met zijn rug naar hem toe zat. De herbergier, nam hij aan... totdat Shae Tyrion bij zijn naam noemde en de indringer oprees. 'Waarde heer, wat ben ik blij u hier te zien,' zei hij op overdreven toon, en een verwekelijkte eunuchenglimlach verscheen op zijn gepoederde gezicht.

Tyrion struikelde. 'Heer Varys. Ik had niet verwacht u hier aan te treffen.' *Naar de Anderen met hem! Hoe is hij hier zo gauw achter gekomen?*

'Vergeef mij dat ik u lastig val,' zei Varys. 'Ik werd aangegrepen door een plotselinge aandrang, deze jongedame van u te ontmoeten.'

'Jongedame,' herhaalde Shae genietend zijn woorden. 'U hebt voor de helft gelijk, heer. Ik ben jong.'

Achttien, dacht Tyrion. *Achttien, en een hoer, maar snel van begrip, tussen de lakens lenig als een kat, met grote, donkere ogen, prachtig zwart haar en een lief, zacht, gretig mondje... en van* mij! *Verdomde eunuch.* 'Ik vrees dat ik de indringer ben, heer Varys,' zei hij met geforceerde hoffelijkheid. 'Toen ik binnenkwam moet ik u bij iets vermakelijks gestoord hebben.'

'Heer Varys complimenteerde Chella met haar oren en zei dat ze veel mannen gedood moest hebben, omdat ze zo'n prachtige halsketting droeg,' legde Shae uit. Het stak hem om te horen dat ze Varys op die toon *heer* noemde. Bij hun spelletjes in bed noemde ze hém altijd zo. 'En Chella vertelde hem dat alleen lafaards de overwonnenen doden.'

'Het getuigt van meer moed de man te laten leven, zodat hij de kans heeft zijn schande uit te wissen door zijn oor terug te halen,' verklaarde Chella, een kleine, donkere vrouw aan wiens weerzinwekkende halsketting maar liefst zesenveertig uitgedroogde, rimpelig geworden oren hingen. Tyrion had ze ooit eens geteld. 'Alleen zo kun je bewijzen dat je je vijanden niet vreest.'

Shae tetterde: 'En toen zei heer Varys hier dat hij geen rust meer zou hebben als hij een Zwartoor was, omdat hij alsmaar van mannen met één oor zou dromen.'

'Een probleem dat ik nooit onder ogen hoef te zien,' zei Tyrion. 'Ik ben doodsbang voor mijn vijanden, dus ik maak ze allemaal dood.'

Varys giechelde. 'Drinkt u wat wijn met ons, heer?'

'Ik drink wat wijn.' Tyrion ging naast Shae zitten. Anders dan Chella en het meisje begreep hij wat er aan de hand was. Varys was hier om een boodschap te brengen. Toen hij zei: *Ik werd aangegrepen door een plotselinge aandrang om deze jongedame van u te ontmoeten*, bedoelde hij eigenlijk te zeggen: *Je hebt dan wel geprobeerd haar te verbergen, maar ik wist waar ze was, en wie ze was, en hier ben ik.* Hij vroeg zich af wie hem had verraden. De herbergier, de staljongen, een poortwachter... of een van zijn eigen mensen?

'Ik keer altijd graag via de Godenpoort in de stad terug,' zei Varys tegen Shae toen hij de wijnbekers vulde. 'Het beeldhouwwerk op het poortgebouw is uitgelezen. Ik krijg tranen in mijn ogen als ik het zie. Die ogen... zo expressief, vindt u ook niet? Het lijkt wel alsof ze je nakijken als je onder het valhek doorrijdt.'

'Dat is mij niet opgevallen, heer,' antwoordde Shae. 'Ik zal morgen nog eens kijken, als u dat graag wilt.'

Doe geen moeite, liefje, dacht Tyrion terwijl hij de wijn in zijn beker liet ronddraaien. *Hij geeft niets om beeldhouwwerk. Hij heeft het over zijn eigen ogen. Wat hij bedoelt is dat hij ons gadesloeg, dat hij wist dat we hier waren op het ogenblik dat we de poort door reden.*

'Voorzichtig hoor, kind,' zei Varys met klem. 'Koningslanding is op het moment niet helemaal veilig. Ik ken deze straten goed, en toch was ik vandaag bijna bang om hierheen te komen, alleen en ongewapend als ik was. Overal zijn wetteloze lieden in deze duistere tijden, o ja. Mannen met koud staal en een nog kouder hart. *Waar ik alleen en ongewapend heen ga kan een ander slechts met het zwaard in de vuist naartoe,* was wat hij werkelijk bedoelde.

Shae lachte alleen maar. 'Als ze me lastig vallen zullen ze één oor minder hebben wanneer Chella ze wegjaagt.'

Varys loeide alsof dat het grappigste was dat hij ooit gehoord had. Maar zijn ogen lachten niet toen hij ze op Tyrion richtte. 'Uw jongedame heeft iets innemends. Als ik u was zou ik heel goed op haar passen.'

'Dat ben ik ook zeker van plan. Iedereen die haar te na komt... nou ja, voor een Zwartoor ben ik te klein, en ik wil niet beweren dat ik moedig ben.' *Zie je? Ik spreek dezelfde taal als jij, eunuch. Als je haar iets aandoet kost dat je je hoofd.*

'Ik ga u verlaten.' Varys stond op. 'Ik weet hoe moe u moet zijn. Ik wilde u slechts welkom heten, heer, en u zeggen hoezeer uw komst mij verheugt. We hebben u hard nodig in de raad. Hebt u die komeet gezien?'

'Ik ben klein, niet blind,' zei Tyrion. Op de koningsroute had het geleken of de komeet, die feller scheen dan de wassende maan, de halve hemel besloeg.

'Buiten op straat wordt hij de Rode Boodschapper genoemd,' zei Varys. 'De mensen zeggen dat hij als heraut voor een koning uit gaat om te waarschuwen voor het naderende vuur en bloed.' De eunuch wreef zijn gepoederde handen. 'Mag ik u ten afscheid een raadsel opgeven, heer Tyrion?' Hij wachtte het antwoord niet af. 'In een kamer zitten drie grote heren, een koning, een priester, en een rijkaard met zijn goud. In hun midden staat een huurling, een kleine man van gewone afkomst, niet al te slim. Elk van de groten gebiedt hem de twee anderen te doden. "Doe het," zegt de koning, "want ik ben uw wettige heer." "Doe het," zegt de priester, "want ik beveel het u in naam der goden." "Doe het," zegt de rijkaard, "en al dit goud is van u." Zegt u eens: wie blijft er leven, en wie vinden de dood?' Met een diepe buiging haastte de eunuch zich op zacht geslipperde voeten de gelagkamer uit.

Toen hij weg was snoof Chella luid, en Shae's knappe gezichtje rimpelde zich. 'De rijkaard blijft leven. Ja toch?'

Tyrion nam peinzend een slokje wijn. 'Misschien. Misschien ook niet. Het lijkt me dat dat van de huurling afhangt.' Hij zette zijn beker neer. 'Kom, laten we naar boven gaan.'

Ze moest boven aan de trap op hem wachten, want haar benen waren slank en soepel terwijl die van hem kort en onvolgroeid waren en door pijntjes gekweld werden. Maar toen hij haar bereikte glimlachte ze. 'Hebt u me gemist?' zei ze plagend terwijl ze zijn hand greep.

'Vreselijk,' bevestigde Tyrion. Shae was maar iets meer dan vijf voet lang, maar toch moest hij naar haar opkijken. Alleen, in haar geval merkte hij dat hij dat niet erg vond. Het was fijn om naar haar op te kijken.

'U zult me in die Rode Burcht de hele tijd missen,' zei ze toen ze hem naar haar kamer leidde. 'Helemaal alleen in uw koude bed in de Toren van de Hand.'

'Dat is maar al te waar.' Tyrion zou haar graag bij zich hebben gehouden, maar dat had zijn vader verboden. *Je neemt die hoer niet mee naar het hof*, had heer Tywin bevolen. Hij had haar meegenomen naar de stad, maar hem niet verder durven trotseren. Al zijn gezag ontleende hij aan zijn vader, dat moest het meisje toch begrijpen. 'Je zult niet ver weg zijn,' beloofde hij haar. 'Je krijgt een huis, met wachters en bedienden, en ik kom net zo vaak op bezoek als ik kan.'

Shae trapte de deur dicht. Door de glazen ruitjes van het smalle venster zag Tyrion de Grote Sept van Baelor die de heuvel van Visenya bekroonde, maar hij werd afgeleid door een heel ander uitzicht. Shae boog zich voorover, greep de zoom van haar jurk, trok die over haar hoofd en smeet hem opzij. Ze geloofde niet in ondergoed. 'U zult geen rust meer hebben,' zei ze terwijl ze daar roze, naakt en lieftallig voor hem stond, één hand op haar heup. 'Telkens als u in bed stapt zult u aan mij denken. Dan krijgt u een stijve, zonder dat iemand u eraf kan helpen, en dan kunt u de slaap niet meer vatten, tenzij u...' Ze lachte dat boosaardige grijnslachje waar Tyrion zo dol op was. '... is dát de reden dat ze het de Toren van de Hand noemen, heer?'

'Hou je mond en geef me een zoen,' beval hij.

Hij proefde de wijn op haar lippen en voelde hoe ze haar stevige kleine borsten tegen hem aandrukte terwijl haar vingers naar de veters van zijn hozen kropen. 'Mijn leeuw,' fluisterde ze toen hij de kus onderbrak om zich uit te kleden. 'Mijn liefste heer, mijn reus van Lannister.' Tyrion duwde haar naar het bed. Toen hij in haar drong schreeuwde ze hard genoeg om Baelor de Gezegende in zijn graftombe te wekken, en haar nagels trokken voren in zijn rug. Hij had nog nooit zo'n aangename pijn gevoeld.

Dwaas, dacht hij na afloop, toen ze tussen de verkreukelde lakens in het midden van de doorzakkende matras lagen. *Zul je het dan nooit leren, dwerg? Het is verdomme een hoer, ze houdt van je geld, niet van je pik. Denk aan Tysha!* Maar toch, toen zijn vingers zachtjes over een tepel streken werd die stijf onder zijn aanraking, en hij zag het merkteken op haar borst waar hij haar in zijn hartstocht gebeten had.

'En wat gaat u doen, heer, nu u de Hand des Konings bent?' vroeg Shae toen hij zijn handpalm om dat warme, zachte lijf legde.

'Iets dat Cersei nooit zal verwachten,' prevelde Tyrion zachtjes tegen haar slanke hals. 'Ik laat... gerechtigheid geschieden.'

Bran

De harde stenen van de vensterbank waren Bran liever dan het comfort van zijn donzen bed en zijn dekens. In bed kwamen de muren op hem af en hing de zoldering zwaar boven zijn hoofd. In bed was de kamer zijn cel en Winterfel zijn gevangenis. Maar buiten het raam bleef de wijde wereld roepen.

Hij kon niet lopen of klimmen of jagen, of zoals vroeger vechten met een houten zwaard, maar zien kon hij nog wel. Hij keek graag toe hoe overal op Winterfel de ramen begonnen te glanzen wanneer achter de glazen ruiten van torens en zalen de kaarsen en haardvuren werden ontstoken, en hij vond het heerlijk om te horen hoe de schrikwolven tegen de sterren zongen.

De laatste tijd droomde hij vaak van wolven. *Ze praten met me, broeder met broeder*, zei hij bij zichzelf als de schrikwolven huilden. Hij kon ze bijna begrijpen... niet helemaal, niet echt, maar bíjna... alsof ze zongen in een taal die hij eens had gekend en om de een of andere reden was vergeten. De Walders mochten dan bang voor hen zijn, de Starks hadden wolvenbloed. Dat zei ouwe Nans. 'Al leeft het in sommigen sterker dan in anderen.'

Zomers kreten waren lang en treurig, vol verdriet en verlangen. Die van Ruige Hond waren woester. Hun stemmen weerkaatsten over de binnenpleinen en in de zalen tot het kasteel ervan galmde en het leek of een reusachtig schrikwolvenpak door Winterfel waarde, in plaats van maar twee... twee, waar er eens zes waren geweest. *Zouden zij ook hun broers en zusters missen*, vroeg Bran zich af. *Roepen ze Grijze Wind en Spook en Nymeria en de schim van Dame? Willen ze dat ze thuiskomen, om samen weer een troep te vormen?*

'Wie kent de geest van een wolf?' had ser Rodrik Cassel gezegd toen Bran hem vroeg waarom ze huilden. De vrouwe, Brans moeder, had hem tijdens haar afwezigheid tot kastelein van Winterfel benoemd en zijn plichten lieten hem weinig tijd voor loze vragen.

'Ze roepen om vrijheid,' verklaarde Farlen de kennelmeester, die even weinig van de schrikwolven hield als zijn jachthonden. 'Ze houden er niet van om opgesloten te zitten, en wie zal het ze kwalijk nemen? Wilde wezens horen in de wildernis thuis, niet in een kasteel.'

'Ze willen jagen,' beaamde Gies de kok terwijl hij dobbelsteentjes spek in een grote ketel met stamppot gooide. 'Wolven hebben een betere neus dan mensen. Het zit er dik in dat ze prooi ruiken.'

Maester Luwin dacht van niet. 'Wolven huilen vaak tegen de maan. Deze huilen tegen de komeet. Zie je hoe helder hij is, Bran? Misschien denken ze wel dat het de maan ís.'

Toen Bran dat tegen Osha herhaalde moest ze luidkeels lachen. 'Je wolven hebben meer hersens dan je maester,' zei de wildlingenvrouw. 'Zij kennen waarheden die de grijze man vergeten is.' Zoals ze dat zei bezorgde het hem de koude rillingen, en toen hij vroeg wat die komeet betekende antwoordde ze: 'Bloed en vuur, jongen, en niets leuks.'

Bran vroeg septon Cheyl naar de komeet toen ze boekrollen aan het sorteren waren die uit de brand in de bibliotheek waren gered. 'Het is het zwaard dat de zomer doodt,' antwoordde hij, en spoedig daarop kwam de witte raaf uit Oudstee het bericht van de herfst brengen, dus hij zou wel gelijk hebben.

Al dacht ouwe Nans van niet, en zij leefde al langer dan al die anderen. 'Draken,' zei ze, ze tilde haar hoofd op en snoof. Ze was bijna blind en kon de komeet niet zien, maar beweerde dat ze hem *rook*. ''t Zijn draken, jongen,' hield ze vol. Nans sprak hem niet met *prins* aan, want dat had ze vroeger ook nooit gedaan.

Hodor zei alleen maar 'Hodor'. Dat was alles wat hij ooit zei.

En de schrikwolven bleven maar huilen. De wachters op de muren vloekten zacht, de jachthonden in de kennels blaften verwoed, paarden trapten tegen hun schotten, de Walders huiverden bij hun haardvuur, en zelfs maester Luwin klaagde over slapeloze nachten. Alleen Bran vond het niet erg. Ser Rodrik had de wolven in het godenwoud opgesloten nadat Ruige Hond Kleine Walder had gebeten, maar de stenen van Winterfel haalden rare dingen uit met geluid, en soms klonk het alsof ze op de binnenplaats pal onder Brans raam zaten. Andere keren zou hij gezworen hebben dat ze boven op de ringmuur als wachtposten de ronde deden. Hij wilde dat hij ze kon zien.

Wel kon hij de komeet zien hangen boven het wachtlokaal en de klokkentoren, en daarachter zag hij de Eerste Burcht, plomp en rond, de gargouilles zwarte silhouetten tegen de avondschemering, die de paarsblauwe kleur van een kneuzing had. Eens had Bran iedere steen van die gebouwen op zijn duimpje gekend. Hij was overal opgeklommen, hij was op muren geklauterd met het gemak waarmee andere jongens een trap afrenden. De daken waren zijn geheime plekjes geweest, en de kraaien boven op de torenruïne zijn speciale vrienden.

Toen was hij gevallen.

Bran herinnerde zich die val niet meer, maar ze zeiden dat het gebeurd was, dus hij nam aan dat het waar was. Hij was bijna dood geweest. Als hij naar de verweerde gargouilles boven aan de Eerste Burcht keek, waar het was gebeurd, voelde hij een vreemde knoop in zijn maagstreek. En nu kon hij niet meer klimmen, lopen, rennen of zwaardvechten, en zijn dromen over het ridderschap waren in zijn hoofd verzuurd.

Nadat Bran was gevallen had Zomer gehuild, en nog lange tijd daarna, toen hij verminkt in zijn bed lag. Dat had Robb hem verteld voordat hij ten strijde was getrokken. Zomer had om hem gerouwd, en Ruige Hond en Grijze Wind hadden in zijn smart gedeeld. En toen die nacht de bloedige raaf het nieuws van hun vaders dood had gebracht hadden de wolven ook dat geweten. Bran had samen met Rickon in het torentje van de maester zitten praten over de kinderen van het woud toen Zomer en Ruige Hond Luwin met hun gehuil hadden overstemd.

Om wie rouwen ze nu? Was de koning in het Noorden, die vroeger zijn broer Robb was geweest, door een vijand verslagen? Was zijn bastaardbroer Jon Sneeuw van de Muur gevallen? Was zijn moeder gestorven, of een van zijn zusters? Of was het iets anders, zoals de maester en de septon en ouwe Nans schenen te denken?

Als ik echt een schrikwolf was zou ik dat lied begrijpen, dacht hij treurig. In zijn wolvendromen kon hij bergflanken oprennen, ijzige bergpieken die hoger oprezen dan enige toren, en met volle maan op de top staan terwijl de hele wereld aan zijn voeten lag, zoals vroeger.

'Oooo,' probeerde Bran. Hij zette zijn handen aan zijn mond en hief zijn hoofd naar de komeet op. 'Ooooooo, ahoooooooooo,' huilde hij. Het klonk stom. IJl, hol en beverig, het gehuil van een kleine jongen, niet dat van een wolf. Toch gaf Zomer antwoord, en zijn zware bas overstemde het dunne stemmetje van Bran, en Ruige Hond maakte er een koor van. Bran hief een hernieuwd *harooo* aan, en nu huilden ze samen, als laatsten van hun wolvenpak.

Dat lawaai lokte een wachter naar zijn deur, Hooikop met de bultneus. Hij gluurde naar binnen, zag Bran voor het raam zitten huilen en zei: 'Wat is er, hoogheid?'

Bran kreeg een raar gevoel als ze hem hoogheid noemden, al *was* hij Robbs erfgenaam en was Robb nu koning in het Noorden. Hij keek opzij en huilde tegen de wachter. 'Ooo-ooo-oooooo. Ooo-ooo-oooooooo-oooooo.'

De wachter verdween. Toen hij terugkwam had hij maester Luwin bij zich, geheel in het grijs, zijn keten strak om zijn nek. 'Bran, die beesten maken zonder jouw hulp al lawaai genoeg.' Hij liep de kamer door en legde zijn hand op het voorhoofd van de jongen. 'Het is laat, je hoort al te slapen.'

'Ik praat met de wolven.' Bran veegde de hand weg.

'Moet Hooikop je naar je bed dragen?'

'Ik kan zelf wel in bed komen.' Mikken had een rij ijzeren staven in de muur geslagen, zodat Bran zich aan zijn armen de kamer rond kon slingeren. Het ging traag en moeizaam en hij kreeg er pijn van in zijn schouders, maar hij had er een hekel aan om gedragen te worden. 'En ik hoef trouwens niet te gaan slapen als ik niet wil.'

'Iedereen moet slapen, Bran. Zelfs prinsen.'

'Als ik slaap verander ik in een wolf.' Bran wendde zijn hoofd af en keek de nacht weer in. 'Kunnen wolven dromen?'

'Alle schepselen dromen, denk ik, maar niet zoals mensen.'

'Kunnen doden dromen?' vroeg Bran, denkend aan zijn vader. In de donkere crypten onder Winterfel was een steenhouwer bezig de beeltenis van zijn vader in graniet uit te houwen.

'Sommigen zeggen van wel, anderen van niet,' antwoordde de maester. 'De doden zelf zwijgen erover.'

'Kunnen bomen dromen?'

'Bomen? Nee...'

'Jawel,' zei Bran met plotselinge zekerheid. 'Die dromen bomendromen. Ik droom soms van een boom. Een weirboom, zoals die in het godenwoud. Hij roept me. De wolvendromen zijn beter. Dan ruik ik dingen, en soms proef ik het bloed.'

Maester Luwin plukte aan zijn keten waar die tegen zijn nek schuurde. 'Bracht je maar meer tijd met de andere kinderen door...'

'Ik haat de andere kinderen,' zei Bran, doelend op de Walders. Ik had u bevolen ze weg te sturen.'

Nu werd Luwin streng. 'De Freys zijn pupillen van de vrouwe, je moeder, voor hun opvoeding hierheen gezonden op haar uitdrukkelijke bevel. Het is niet aan jou ze te verjagen, en bovendien niet aardig. Als we ze de deur uitzetten, waar moeten ze dan naartoe?'

'Naar huis. Het is hun schuld dat u Zomer niet bij me laat.'

'Die jongen van Frey vroeg er niet om te worden aangevlogen,' zei de maester. 'Net zomin als ik.'

'Dat was Ruige Hond.' De grote zwarte wolf van Rickon was zo wild dat hij soms zelfs Bran angst aanjoeg. 'Zomer heeft nog nooit iemand gebeten.'

'Zomer heeft hier in deze kamer een man de strot doorgebeten, of ben je dat soms vergeten? De waarheid is dat die leuke pups die jij en je broers in de sneeuw hebben gevonden tot gevaarlijke beesten zijn uitgegroeid. Die jongens van Frey doen er goed aan op hun hoede voor ze te zijn.'

'We zouden de Walders in het godenwoud moeten opsluiten. Kunnen ze daar net zo vaak voor Heren van de Oversteek spelen als ze willen, en Zomer zou weer bij mij kunnen slapen. Als ik een prins ben, waarom doet u dan niet wat ik zeg? Ik wilde een ritje op Danseres maken, maar Bierbuik liet me de poort niet uit.'

'En terecht. Het wolfswoud is vol gevaren, dat zou je sinds je laatste rit daarheen toch moeten weten. Wil je gegrepen worden door een volgelvrije die je aan de Lannisters verkoopt?'

'Zomer zou me redden,' hield Bran koppig vol. 'Prinsen zouden op zee moeten kunnen varen en in het wolfswoud op everzwijnen jagen en aan een steekspel deelnemen.'

'Bran, jongen, waarom kwel je jezelf zo? Op een dag zul je een van die dingen misschien doen, maar nu ben je nog maar acht.'

'Ik zou nog liever een wolf zijn. Dan kon ik in het bos leven en gaan slapen wanneer ik zelf wou, en ik kon Arya en Sansa zoeken. Ik zou *ruiken* waar ze waren, en dan ging ik ze redden, en als Rob ten strijde trok vocht ik naast hem, zoals Grijze Wind. Ik zou met mijn tanden de Koningsmoordenaar de strot afbijten, *snap*, en dan was de oorlog afgelopen en kwam iedereen terug naar Winterfel. Als ik een wolf was...' Hij hief een gehuil aan. '*Ooo-ooo-oooooooooooo.*'

Met stemverheffing zei Luwin: 'Een echte prins zou blij zijn met...'

'*AAHOOOOOOOO*,' huilde Bran, nog luider. '*OOOO-OOOO-OOOO.*'

De maester gaf het op. 'Zoals je wilt, jongen.' Met een mengeling van verdriet, wanhoop en weerzin in zijn blik liep hij de slaapkamer uit.

Zodra Bran alleen was verloor het huilen zijn aantrekkingskracht. Na een poosje bedaarde hij. *Ik heb ze verwelkomd*, zei hij mokkend bij zichzelf. *Ik was heer van Winterfel, heel echt, hij kan niet beweren dat het niet zo was*. Toen de Walders waren aangekomen van de Tweeling was het Rickon geweest die ze weg had willen hebben. Hij was vier, nog maar een kleuter, en hij had geschreeuwd dat hij vader en moeder en Robb wilde, en niet die vreemde jongens. Bran was degene die hem had moeten sussen en de Freys welkom had geheten. Hij had hun voedsel en drank en een plaats bij het haardvuur aangeboden, en zelfs maester Luwin had na afloop gezegd dat hij het goed had gedaan.

Maar dat was vóór het spel geweest.

Het spel werd gespeeld met een stammetje, een staf, water en een hoop geschreeuw. Het water was het allerbelangrijkst, hadden Walder en Walder Bran verzekerd. Je kon een plank of zelfs een rij stenen nemen, en een tak kon als staf dienen. Je hóéfde er niet bij te schreeuwen. Maar zonder water was het spel onmogelijk. Omdat maester Luwin en ser Rodrik er niet over piekerden de kinderen naar het wolfswoud te laten gaan op zoek naar een beekje, moesten ze zich behelpen met een van de troebele vijvers in het godenwoud. Walder en Walder hadden nog nooit heet water uit de grond zien opborrelen, maar ze gaven allebei toe dat het spel daardoor nog leuker zou worden.

Ze heetten allebei Walder Frey. Grote Walder zei dat er massa's Walders in de Tweeling waren, allemaal genoemd naar de grootvader van de jongens, heer Walder Frey. 'Op Winterfel hebben we allemaal een éígen naam,' had Rickon uit de hoogte gezegd toen hij dat hoorde.

Hun spel werd als volgt gespeeld. Je legde het stammetje over het water, en een van de spelers stond in het midden met de stok. Hij was de heer van de oversteek, en als de andere spelers aankwamen moest hij zeggen: 'Ik ben de heer van de oversteek, wie daar?' En dan moest de tegenspeler een verhaal bedenken over wie ze waren en waarom ze verlof zouden moeten krijgen om over te steken. De heer kon eden laten zweren en vragen laten beantwoorden. Ze hoefden de waarheid niet te spreken, maar de eden waren bindend, tenzij ze 'mogelijks' zeiden, dus ging het erom op zo'n manier 'mogelijks' te zeggen dat de heer van de oversteek het niet merkte. Dan kon je proberen de heer in het water te smijten en werd jíj heer van de oversteek, maar alleen als je 'mogelijks' had gezegd. Anders was je af. De heer mocht iedereen op elk gewenst moment in het water smijten, en hij mocht als enige een stok gebruiken.

In de praktijk leek het spelletje voornamelijk neer te komen op duwen, slaan en in het water vallen, samen met een hoop geruzie over de vraag of iemand al dan niet 'mogelijks' had gezegd. Het merendeel van de tijd was Kleine Walder heer van de oversteek.

Hij was Kleine Walder, al was hij lang en stevig, met een rood hoofd en een grote, bolle buik. Grote Walder had een scherp gezicht, en hij was mager en een halve voet korter. 'Hij is tweeënvijftig dagen ouder dan ik,' legde Kleine Walder uit, 'dus eerst was hij groter, maar ik groeide sneller.'

'We zijn neven, geen broers,' voegde Grote Walder, het kleintje, eraan toe. 'Ik ben Walder, de zoon van Jammos. Mijn vader was heer Walders zoon bij zijn vierde vrouw. Hij is Walder, de zoon van Merret. Zijn grootmoeder was heer Walders derde vrouw, die van Crakenhal. Hij komt vóór mij in de opvolging, al ben ik ouder.'

'Maar tweeënvijftig dagen,' protesteerde Kleine Walder. 'En wij krijgen geen van tweeën ooit de Tweeling, stommerd.'

'Ik wel,' verkondigde Grote Walder. 'Wij zijn ook niet de enige Walders. Ser Stevron heeft een kleinzoon, Zwarte Walder, die komt op de vierde plaats in de opvolging. Dan heb je Rooie Walder, de zoon van ser Emmon, en de bastaard Walder, die helemaal nergens in de opvolging komt. Hij heet Walder Stroom, niet Walder Frey. En dan zijn er ook nog meisjes die Walda heten.'

'En Tyr. Die vergeet je altijd.'

'Die heet Wal*tyr*, niet Walder,' zei Grote Walder luchtig. 'En hij komt na ons, dus hij is niet belangrijk. En ik vind hem trouwens niet aardig.'

Ser Rodrik had bepaald dat ze samen in de oude slaapkamer van Jon Sneeuw werden ondergebracht, omdat Jon bij de Nachtwacht was gegaan en nooit meer terug zou komen. Bran vond dat afschuwelijk, want zo kreeg hij het gevoel dat de Freys probeerden Jons plaats in te pikken.

Hij had droefgeestig toegekeken terwijl de Walders hun spelletje speelden met Raap, de zoon van de kok, en met Joseths dochters Bendie en Shyra. De Walders hadden bepaald dat Bran scheidsrechter moest zijn en moest beslissen of iemand wel of geen 'mogelijks' had gezegd, maar zodra ze gingen spelen waren ze zijn aanwezigheid volstrekt vergeten.

Het geschreeuw en geplons trok al snel anderen aan: Palla, het kennelmeisje, Ceyns zoon Calon, en TomTwee, wiens vader Dikke Tom met Brans vader in Koningslanding de dood had gevonden. Het duurde niet lang of ze waren zonder uitzondering doorweekt en bemodderd. Palla was bruin van top tot teen, er zat mos in haar haren en ze was buiten adem van het lachen. Bran had niet meer zoveel gelach gehoord sinds de nacht dat de bloedige raaf was gekomen. *Als ik mijn benen nog had zou ik ze allemaal in het water smijten,* dacht hij verbitterd. *Niemand anders dan ik zou ooit nog heer van de oversteek zijn.*

Ten slotte kwam Rickon het godenwoud inrennen met Ruige Hond op zijn hielen. Hij keek toe hoe Raap en Kleine Walder om de stok vochten totdat Raap zijn evenwicht verloor en met een enorme plons en zwaaiend met zijn armen kopje onder ging. Rickon schreeuwde: 'Ikke! Nou ik! Ik wil ook meedoen!' Kleine Walder wenkte hem, en Ruige Hond wilde achter hem aan komen. 'Nee, Ruige,' beval zijn broertje. 'Wolven kunnen niet spelen. Blijf jij maar bij Bran.' En dat deed hij...

... tot Kleine Walder Rickon met de stok pal op zijn buik mepte. Voordat Bran met zijn ogen had kunnen knipperen vloog de zwarte wolf de plank al over, er kwam bloed in het water, de Walders schreeuwden moord en brand, Rickon zat te schateren in de modder en Hodor kwam binnensukkelen onder het geroep van 'Hodor! Hodor! Hodor!'

Daarna besloot Rickon merkwaardig genoeg dat hij de Walders wel mocht. Ze speelden nooit meer heer van de oversteek, maar wel andere spelletjes; monsters en maagden, ratten en katten, kom-maar-in-mijn-kasteeltje, alle mogelijke dingen. Vergezeld door Rickon pikten de Walders pasteien en honingraten uit de keukens, renden ze de muren rond, smeten ze de pups in de kennels botten toe en trainden ze met houten zwaarden onder het nauwlettend toeziend oog van ser Rodrik. Rickon liet hun zelfs de gewelven diep onder de aarde zien, waar de steenhouwer bezig was vaders tombe uit te hakken. 'Dat had je niet mogen doen!' schreeuwde Bran tegen zijn broertje toen hij dat hoorde. 'Die plaats was van ons, die was van de *Starks*!' Maar daar trok Rickon zich niets van aan.

Zijn slaapkamerdeur ging open. Maester Luwin had een groene kruik bij zich, en deze keer kwamen Osha en Hooikop met hem mee. 'Ik heb een slaapdrankje voor je gemaakt, Bran.'

Osha tilde hem op in haar benige armen. Ze was heel lang voor een vrouw, en sterk als staaldraad. Ze droeg hem moeiteloos naar zijn bed.

'Hiervan ga je slapen zonder te dromen,' zei maester Luwin toen hij de stop uit de kruik trok. 'Een aangename, droomloze slaap.'
'O ja?' zei Bran, want hij wilde het graag geloven.
'Ja. Drink maar op.'
Bran dronk. Het drankje was dik en kalkachtig, maar er zat honing in, dus hij kreeg het makkelijk naar binnen.
'Morgenochtend voel je je beter.' Met een glimlach en een aai nam Luwin afscheid van Bran.
Osha bleef nog even. 'Zijn dat die wolvendromen weer?'
Bran knikte.
'Stop met vechten, jongen. Ik zie je met de hartboom praten. Het kan zijn dat de goden proberen iets terug te zeggen.'
'De goden?' mompelde hij, want hij begon al te soezen. Osha's gezicht werd wazig en grauw. *Een aangename, droomloze slaap*, dacht Bran.

Maar toen de duisternis over hem heen spoelde merkte hij dat hij in het godenwoud was en zich geluidloos voortbewoog onder grijsgroene wachtbomen en knoestige eiken zo oud als de tijd. *Ik loop*, dacht hij dolgelukkig. Ergens wist hij dat het maar een droom was, maar zelfs gedroomd lopen was beter dan de waarheid van zijn slaapkamer, muren, zoldering en deur.

Tussen de bomen was het donker, maar de komeet lichtte hem bij en zijn tred was zeker. Hij bewoog zich voort op vier *goede* benen, sterk en snel, en hij kon de grond beneden zich voelen, het zachte knisperen van afgevallen bladeren, stevige boomwortels en harde stenen, de dikke humuslaag. Het was een goed gevoel.

Zijn hoofd vulde zich met de geuren, levendig en bedwelmend, de groene modderlucht van de warme poelen, het aroma van de vruchtbare, rottende bodem onder zijn poten, de eekhoorns in de eiken. De lucht van eekhoorn bracht hem de smaak van warm bloed in herinnering, en de manier waarop de botten tussen zijn tanden kraakten. Hij ging ervan kwijlen. Hij had een halve dag geleden nog gegeten, maar dood vlees bracht geen vreugde, zelfs niet als het een hert was. Boven zijn kop hoorde hij de eekhoorns kwetteren en ritselen, veilig tussen hun bladeren, maar ze kwamen wijselijk niet naar beneden, waar hij en zijn broeder rondsliepen.

Zijn broeder rook hij ook, een vertrouwde, krachtige grondlucht, zijn geur zo zwart als zijn vacht. Zijn broer snelde met soepele tred langs de muren, van woede vervuld. Rond en rond ging hij, nacht na dag na nacht, onvermoeibaar, zoekend... naar prooi, naar een uitweg, naar zijn moeder, zijn nestgenoten, zijn troep... zoekend, zoekend, zonder ooit te vinden.

Achter de bomen rezen de muren, stapels doodse mensenstenen die overal rondom dit vlekje levend woud opdoemden. Grijsgespikkeld en mosbegroeid rezen ze op, maar ook dik en sterk, en hoger dan een wolf ooit kon hopen te springen. Kil ijzer en ruw hout dichtten de enige gaten in de steenstapels van hun gevangenis af. Zijn broeder bleef bij ieder gat staan en ontblootte zijn gebit in razernij, maar de doorgangen bleven dicht.

Hij had het de eerste nacht ook gedaan en ontdekt dat het zinloos was. Grauwen en snauwen zou hier geen uitweg bieden. Rondjes lopen zou de muren niet terug doen wijken. Een poot optillen en de bomen je geur geven hield de mensen niet op afstand. De wereld rondom hen was krap geworden, maar achter het ommuurde bos stonden de grote grauwe grotten van mensensteen nog recht overeind. *Winterfel*, herinnerde hij zich. Plotseling schoot die klank hem te binnen. Maar achter de hemelhoge mensenklippen riep de ware wereld, en hij wist dat hij moest antwoorden of sterven.

Arya

Ze trokken verder van 's ochtends tot 's avonds, langs bossen, boomgaarden en keurig onderhouden velden, door kleine dorpjes en drukke marktstadjes en langs versterkte ridderhoven. Als het donker werd sloegen ze hun kamp op en aten ze bij het licht van het Rode Zwaard. De mannen hielden om beurten de wacht. Door de bomen ontwaarde Arya her en der het schijnsel van flakkerende vuren, daar waar andere reizigers hun kamp hadden opgeslagen. Het leek of er 's nachts steeds meer kampen kwamen, en overdag steeds meer verkeer op de koningsweg.

Ze kwamen 's ochtends, 's middags en 's avonds, oude mensen en kleine kinderen, forse en kleine mannen, meisjes op blote voeten en vrouwen met kinderen aan de borst. Sommigen zaten op boerenwagens of hotsten mee in ossenkarren. Een groter aantal reed, op trekpaarden, pony's, muildieren, ezels; alles wat kon lopen, draven of rollen. Een vrouw voerde een melkkoe mee waarop een klein meisje zat. Arya zag een smid een handkar voortduwen met zijn gereedschap erop, hamers, tangen en zelfs een aambeeld, en even later een andere man met een andere handkar, alleen lagen daar twee baby's in een deken in. De meesten waren te voet, met hun bezittingen op hun schouders en een vermoeide, waakzame blik op hun gezicht. Ze trokken zuidwaarts, naar de stad, naar Koningslanding, en maar één op de honderd nam de moeite om een woord te wisselen met Yoren en de zijnen op hun weg naar het noorden. Ze vroeg zich af waarom niemand hun kant op ging.

Veel reizigers waren gewapend. Arya zag dolken en ponjaards, zeisen en bijlen en hier en daar een zwaard. Sommigen hadden van dikke boomtakken knuppels gemaakt of er knoestige staven van gesneden. Ze betastten hun wapens en staarden langdurig naar de langsrollende karren, maar uiteindelijk lieten ze de stoet passeren. Dertig was te veel, wat er ook in die karren zat.

Kijk met je ogen, had Syrio gezegd. *Luister met je oren.*

Op een dag begon een dolzinnige vrouw vanaf de kant van de weg tegen hen te krijsen. 'Dwazen! Ze zullen jullie vermoorden, dwazen!' Ze was zo mager als een vogelverschrikker, met holle ogen en bebloede voeten.

De volgende ochtend hield een gladde koopman op een grijze merrie naast Yoren zijn teugels in en bood aan zijn karren en alles wat erin zat voor een kwart van de waarde te kopen. 'Het is oorlog, ze zullen nemen wat ze willen, je kunt de boel beter aan mij verkopen, vrind.' Yoren keerde hem met een draaibeweging van zijn scheve schouders de rug toe en spuwde.

Die dag zag Arya ook het eerste graf, een klein heuveltje naast de weg, opgeworpen voor een kind. In de rulle aarde was een kristal geplaatst, dat Lommie zou hebben meegenomen als de Stier hem niet had gewaarschuwd dat hij de doden beter met rust kon laten. Een aantal mijlen verderop wees Praed hun nog meer graven aan, een complete rij, pasgedolven. Daarna verstreek er nauwelijks een dag zonder graf.

Een keer schrok Arya in het donker wakker zonder te weten waarom. Hoog boven haar deelde het Rode Zwaard de hemel met honderden sterren. De nacht kwam haar eigenaardig stil voor, al kon ze het pruttelende gesnurk van Yoren, het knetteren van het vuur en zelfs het gedempte geschuifel van de ezels horen. Toch voelde het aan alsof de wereld de adem inhield, en de stilte deed haar huiveren. Toen ze weer in slaap viel, hield ze Naald stevig vast.

De ochtend daarop, toen Praed niet meer wakker werd, realiseerde Arya zich dat het zijn gehoest was dat ze had gemist. Toen dolven ook zij een graf en begroeven de huurling op de plaats waar hij geslapen had. Yoren ontdeed hem van zijn waardevolle bezittingen voordat ze aarde op hem gooiden. Eén man eiste zijn laarzen op, een ander zijn dolk. Zijn maliënkolder en helm werden verloot. Zijn zwaard gaf Yoren aan de Stier. 'Met jouw armen ken 't best zijn dat je dat nog es leert gebruiken,' zei hij tegen hem. Een jongen die Tarber heette wierp een handvol eikels op Praeds lichaam, dan zou er misschien een eik groeien om de plek van zijn graf te markeren.

Die avond hielden ze halt in een dorp, bij een met klimop overwoekerde herberg. Yoren telde de munten in zijn beurs en besloot dat ze genoeg hadden voor een warme maaltijd. 'We slapen buiten, net as anders, maar d'r is hier een badhuis, voor as een van jullie behoefte heb aan warm water en een likkie zeep.'

Arya durfde niet, al riekte ze inmiddels even erg als Yoren, van top tot teen zuur en smerig. Sommige van de beestjes die in haar kleren huisden waren helemaal uit de Vlooienzak met haar meegereisd en het leek haar onrechtvaardig ze te verdrinken. Tarber, Warme Pastei en de Stier sloten zich bij de rij voor de tobbes aan. Anderen maakten het zich gemakkelijk voor de deur van het badhuis. De rest dromde de gelagkamer in. Yoren stuurde zelfs Lommie naar buiten met kroezen voor de drie gekluisterde mannen, die nog achter in hun kar aan de ketting zaten.

Gewassen of ongewassen, allemaal deden ze zich te goed aan warme varkenspastei en gepofte appels. De waard gaf hun een rondje bier van het huis. 'Ik had een broer die jaren geleden het zwart aannam. Hij was tafeldienaar, en niet stom, maar op een dag werd hij gesnapt toen hij peper pikte van de tafel van zijn heer. Alleen maar omdat-ie dat zo lekker vond. Niet meer dan een snufje, maar ser Malcolm was een hardvochtig man. Krijgen jullie bij de Muur peper?' Toen Yoren zijn hoofd schudde zuchtte de man. 'Jammer. Lync was er dol op.'

Arya nipte voorzichtig van haar kroes, tussen happen pastei door, nog warm van de oven. Haar vader had hun soms een beker bier gegeven, schoot het haar te binnen. Sansa had altijd haar neus opgehaald voor de smaak en gezegd dat wijn veel verfijnder was, maar Arya had het wel lekker gevonden. De gedachte aan Sansa en haar vader maakte haar treurig.

De herberg zat vol mensen op weg naar het zuiden en de gelagkamer barstte in misprijzen uit toen Yoren vertelde dat zij de andere kant op gingen. 'Jullie zijn binnen de kortste keren terug,' beloofde de waard hun plechtig. 'Je kunt niet naar het noorden. De helft van de velden is platgebrand, en het volk dat nog over is heeft zich in de hofsteden verschanst. De ene bende komt met de dageraad aandraven en de volgende duikt op als de avond valt.'

'Dat maakt voor ons niet uit,' hield Yoren koppig vol. 'Tulling of Lannister, da's om het even. De Wacht heb daar niks mee te maken.'

Heer Tulling is mijn grootvader, dacht Arya. Voor háár maakte het wel uit, maar ze beet op haar lip en bleef zwijgend luisteren.

'Het gaat verder dan Lannister en Tulling,' zei de waard. 'D'r zijn wilden uit de Maanbergen afgedaald. Vertel die maar dat jij d'r niks mee te maken hebt. En de Starks doen ook mee. De jonge heer is naar het zuiden getrokken, de zoon van de dode Hand...'

Arya ging rechtop zitten en spitste haar oren. Had hij het over *Robb*?

'Ik heb gehoord dat die knaap op een wolf ten strijde trekt,' zei een man met geel haar en een kroes in zijn hand.

'Kletspraat,' spuwde Yoren.

'De man waar ik het van heb heeft het zelf gezien. Een wolf ter grootte van een paard, daar kon-ie een eed op doen.'

'Een eed maakt het nog niet waar, Hod,' zei de waard. 'Jij zweert ook voortdurend dat je me zult betalen wat je me schuldig bent, en ik heb nog geen koperstuk gezien.' De gelagkamer barstte in lachen uit en de man met het gele haar liep rood aan.

'Het is een slecht jaar voor wolven,' zei een vale kerel met een bemodderde groene reismantel een duit in het zakje doend. 'In de buurt van het Godsoog is het wolvenpak brutaler dan ooit sinds mensenheugenis. Schapen, koeien, honden, maakt niet uit wat, ze maken ze naar believen af, en ze zijn niet bang voor mensen. Wie z'n leven liefheeft gaat bij nacht die bossen niet in.'

'Ach wat, allemaal verhaaltjes, het ene al evenmin waar als het andere.'

'Ik heb dat ook gehoord van mijn nicht, en die liegt niet,' zei een oude vrouw. 'Zij zegt dat er zó'n grote troep is, honderden van die beesten, en die vallen mensen aan. De aanvoerder is een wolvin, een teef uit de zevende hel.'

Een wolvin. Peinzend liet Arya haar bier ronddraaien. Was het Godsoog dicht bij de Drietand? Had ze maar een landkaart. Ze had Nymeria bij de Drietand achtergelaten. Tegen haar zin, maar volgens Jory hadden ze geen keus. Als ze haar mee terugnamen zou de wolvin worden afgemaakt omdat ze Joffry had gebeten, al had hij het nog zo hard verdiend. Ze hadden moeten roepen en schreeuwen en stenen moeten gooien, en pas nadat Arya meermalen raak had gegooid was de schrikwolf eindelijk afgedropen. *Ze zou me nu waarschijnlijk niet eens herkennen*, dacht Arya. *En als ze het wel deed zou ze me haten.*

De man met de groene mantel zei: 'Ik heb gehoord hoe die helse teef op een dag een dorp inliep... Een marktdag, overal volk, en ze komt aanlopen, zo brutaal als de beul, en rukt een baby uit de armen van z'n moeder. Heer Scaep hoorde ervan en hij en zijn zonen zwoeren dat ze haar af zouden maken. Met een meute wolfshonden volgden ze haar spoor naar haar leger, maar ze brachten het er ternauwernood levend van af. Niet een van die honden kwam terug, niet één.'

'Dat is maar een verzinsel,' flapte Arya eruit voor ze er erg in had. 'Wolven eten geen baby's.'

'En wat weet jij daarvan, knulletje?' vroeg de man met de groene mantel.

Voordat ze een antwoord kon bedenken had Yoren haar bij haar arm gegrepen. 'Dat joch is niet gewend om bier te drinken, da's alles.'

'Nee, dat is het niet. Ze éten geen baby's...'

'D'ruit, *jongen*... en blijf buiten tot je je kop ken houe als de mannen aan 't woord zijn.' Hij gaf haar een harde duw naar de zijdeur waarachter de stallen lagen. 'Vort. Ga kijken of de staljongen onze paarden water heb gegeven.'

Stikkend van woede ging Arya naar buiten. '*Nietes*,' pruttelde ze. Toen ze wegstampte trapte ze tegen een steen. Die rolde onder een van de karren en bleef daar liggen.

'Jongen,' riep een vriendelijke stem. 'Mooie jongen.'

Het was een van de mannen in de ijzers. Op haar hoede liep Arya naar de kar toe, één hand op het gevest van Naald.

De gevangene hief een lege kroes op, en zijn ketens rammelden. 'Een man kan nog wel een slokje bier gebruiken. Een man krijgt dorst, met die zware armbanden om.' Hij was de jongste van de drie, slank, met een fijnbesneden gezicht, en hij glimlachte aan één stuk door. Zijn haar was aan één kant rood en aan de andere kant wit, vervilt en smerig geworden van de kooi en de reis. 'Een man zou ook wel een bad kunnen gebruiken,' zei hij toen hij zag hoe Arya naar hem keek. 'Een jongen zou een vriend kunnen maken.'

'Ik heb al vrienden,' zei Arya.

'Niet voor zover ik kan zien,' zei de man zonder neus. Hij was dik en gedrongen, met enorme handen. Zijn armen, benen en borst, en zelfs zijn rug, waren zwart behaard. Hij deed Arya denken aan een tekening die ze ooit in een boek had gezien, van een mensaap van de zomereilanden. Vanwege het gat in zijn gezicht was het moeilijk om lang naar hem te kijken.

De kale opende zijn mond en *siste* als een enorme hagedis. Toen Arya geschrokken achteruitdeinsde deed hij zijn mond wijd open en flapperde met zijn tong tegen haar, alleen was het eerder een stomp dan een tong. 'Hou op,' zei ze onwillekeurig.

'Een man heeft zijn kameraden niet voor het kiezen in de zwarte cellen,' zei de knappe met het rood-witte haar. Iets aan zijn manier van spreken deed haar aan Syrio denken. Het was hetzelfde, maar toch ook anders. 'Deze twee kennen geen hoffelijkheid. Een man hoort om vergiffenis te vragen. Jij wordt Arrie genoemd, is het niet?'

'Bultenkop,' zei de man zonder neus. 'Bultenkop bultensmoel stokjong. Pas maar op, Lorath, straks slaat-ie je met zijn stok.'

'Een man schaamt zich voor het gezelschap waarin hij verkeert, Arrie,' zei de knappe. 'Deze man heeft de eer Jaqen H'ghar te zijn, een inwoner van de vrijstad Lorath. Hij zou willen dat hij thuis was. Deze onopgevoede medegevangenen heten Rorg' – hij wuifde met zijn kroes naar de man zonder neus – 'en Bijter.' Opnieuw siste Bijter tegen haar en hij liet een mond vol vergeelde, tot punten gevijlde tanden zien. 'Een man hoort een naam te hebben, is het niet? Bijter kan niet praten en Bijter kan niet schrijven, maar zijn tanden zijn erg scherp, dus noemt een man hem bijter, en hij glimlacht. Ben jij tegen magie beschermd?'

Arya deinsde van de kar terug. 'Nee.' *Ze kunnen me niets doen*, hield ze zichzelf voor. *Ze zijn allemaal vastgeketend.*

Hij hield zijn kroes ondersteboven. 'Een man moet wenen.'

Rorg, de kerel zonder neus, smeet met een vloek zijn beker naar haar toe. Zijn handboeien belemmerden hem in zijn bewegingen, maar de zware tinnen kroes zou met een klap tegen haar hoofd gevlogen zijn als Arya niet opzij was gesprongen. 'Haal wat bier voor ons, puist. *Nu!*'

'Hou je mond!' Arya probeerde te bedenken wat Syrio gedaan zou hebben. Ze trok haar houten oefenzwaard.

'Kom maar dichterbij,' zei Rorg, 'en ik steek die stok in je aars en naai je d'rmee tot bloedens toe.'

Vrees treft dieper dan het zwaard. Arya dwong zichzelf naar de kar te lopen. Iedere stap was moeilijker dan de vorige. *Woest als een veelvraat, kalm als stil water.* De woorden zongen haar door het hoofd. Syrio zou onbevreesd zijn geweest. Ze was bijna zo dichtbij dat ze het wiel kon aanraken toen Bijter met een zwaai overeind kwam en naar haar gezicht graaide, rinkelend en rammelend met zijn ijzers. De kluisters hielden zijn handen een halve voet voor haar gezicht tegen. Hij *siste.*

Ze sloeg hem. Keihard, pal tussen zijn kleine oogjes.

Krijsend wankelde Bijter achteruit. Toen rukte hij met zijn hele gewicht aan zijn kettingen. De schakels slipten en draaiden en werden strakgespannen, en Arya hoorde het kraken van oud, droog hout toen de grote ijzeren ringen aan de planken vloer van de kar rukten. Enorme, bleke handen graaiden naar haar en de aderen op Bijters armen zwollen, maar de boeien hielden het en ten slotte zakte de man achterover. Uit de open zweren op zijn wangen sijpelde bloed.

'Een jongen heeft meer moed dan verstand,' merkte de man die zich Jaqen H'ghar noemde op.

Arya schuifelde achterwaarts bij de kar vandaan. Toen ze de hand op haar schouder voelde draaide ze zich met een ruk om en bracht haar stokzwaard weer omhoog, maar het was de Stier maar. 'Wat moet jij hier?'

Hij hief afwerend zijn handen op. 'Yoren heeft gezegd dat niemand van ons in de buurt van die drie mocht komen.'

'Ik ben niet bang voor ze,' zei Arya.

'Dan ben je een stommeling. *Ik* ben wel bang voor ze.' De hand van de Stier ging naar het gevest van zijn zwaard en Rorg begon te lachen. 'Laten we hier weggaan.'

Arya schopte met haar voet in het stof, maar liet zich toch door de Stier om de herberg heen naar de voordeur leiden, begeleid door het gelach van Rorg en het gesis van Bijter. 'Vechten?' vroeg ze aan de Stier. Ze wilde ergens op slaan.

Hij knipperde met zijn ogen en keek haar verrast aan. Lokken dik zwart haar, nog nat van het badhuis, vielen over zijn felblauwe ogen. 'Ik zou je alleen maar pijn doen.'

'Welnee.'

'Je weet niet hoe sterk ik ben.'

'Jij weet niet hoe snel ik ben.'

'Je vraagt erom, Arrie.' Hij trok Praeds zwaard. 'Dit is goedkoop staal, maar het is een echt zwaard.'

Arya trok Naald uit de schede. 'Dit is goed staal, en dus echter dan het jouwe.'

De Stier schudde zijn hoofd. 'Beloof je dat je niet gaat huilen als ik je verwond?'

'Jawel, als je dat per se wilt.' Ze keerde zich opzij en nam haar waterdansershouding aan, maar de Stier verroerde zich niet. Hij keek naar iets achter haar. 'Wat is er aan de hand?'

'Goudmantels.' Zijn gezicht verstrakte.

Dat kan niet, dacht Arya, maar toen ze over haar schouder keek, kwamen ze aanrijden over de koningsweg, zes man in de zwarte maliën en gouden mantels van de Stadswacht. Er was één officier bij. Die droeg een zwart geëmailleerd borstharnas, versierd met vier gouden schijven. Voor de herberg hielden ze hun paarden in. *Kijk met je ogen*, leek de stem van Syrio te fluisteren. Haar ogen zagen schuimig zweet onder de zadels, dus de paarden waren over een lange afstand afgejakkerd. Kalm als stil water nam ze de Stier bij de arm en trok hem achter een hoge, bloeiende haag.

'Wat is er?' vroeg hij. 'Wat doe je nou? Laat me los.'

'*Geruisloos als een schaduw*,' fluisterde ze terwijl ze hem omlaag trok.

Enkele anderen uit Yorens groep zaten voor het badhuis te wachten tot ze aan de beurt waren voor een tobbe. 'Jullie daar,' riep een van de goudmantels. 'Zijn jullie die lui die zijn vertrokken om het zwart aan te nemen?'

'Dat zou kunnen,' luidde het voorzichtige antwoord.

'We zouden liever dienst nemen bij jullie, jongens,' zei de oude Reysen. 'Het schijnt nogal koud te zijn op die Muur.'

De officier met de gouden mantel steeg van zijn paard. 'Ik heb een aanhoudingsbevel voor een bepaalde jongen...'

Yoren kwam de herberg uit lopen, plukkend aan zijn verwarde zwarte baard. 'Wie wil die jongen hebben?'

De andere goudmantels stegen ook af en bleven naast hun paarden staan. 'Waarom verstoppen we ons?' fluisterde de Stier.

'Ze zoeken mij,' fluisterde Arya hem toe. Zijn oor geurde naar zeep. 'Hou je stil.'

'De koningin wil hem hebben, ouwe man. Niet dat het jou iets aangaat,' zei de officier en hij trok een koord uit zijn riem. 'Hier. Het zegel en bevelschrift van Hare Genade.'

Achter de haag schudde de Stier twijfelend zijn hoofd. 'Waarom zou de koningin jóú zoeken, Arrie?'

Ze gaf hem een stomp tegen zijn schouder. 'Stíl nou!'

Yoren bevoelde het koord van het bevelschrift met de plak gouden was eraan. 'Mooi hoor.' Hij spuwde. 'Alleen, die jongen zit nu bij de Nachtwacht. Wat-ie in de stad gedaan heb maakt geen reet meer uit.'

'De koningin stelt geen belang in jouw mening, oude man, en ik evenmin,' zei de officier. 'Ik moet die jongen hebben.'

Arya overwoog te vluchten, maar ze wist dat ze op haar ezel niet ver zou komen. De goudmantels waren te paard. En ze was het vluchten zo zat. Ze was gevlucht toen ser Meryn haar kwam halen, en nog eens toen ze haar vader hadden gedood. Als ze een echte waterdanser was zou ze te voorschijn komen met Naald en ze allemaal doden en nooit meer voor iemand hoeven te vluchten.

'Jullie krijgen niemand,' zei Yoren koppig. 'D'r zijn wetten voor zulke dingen.'

De goudmantel trok een kort zwaard. 'Dit is jouw wet.'

Yoren keek naar de kling. 'Da's geen wet, maar een zwaard. Heb ik toevallig ook.'

De officier glimlachte. 'Ik heb vijf man bij me.'

Yoren spuwde. 'Toevallig heb ik d'r dertig.'

De goudmantels lachten. 'Dit zootje?' zei een grote botterik met een gebroken neus. 'Wie eerst?' riep hij, en hij toonde zijn staal.

Tarber trok een mestvork uit een hooibaal. 'Ik.'

'Nee, ik,' riep Hakjak, de plompe steenhouwer, en hij trok zijn hamer uit het leren voorschoot dat hij altijd droeg.

'Ikke.' Kurtz sprong van de grond op met zijn vilmes in de hand.

'Hij en ik.' Kos spande zijn handboog.

'Wij met z'n allen,' zei Reysen en hij greep zijn lange, hardhouten wandelstok.

Dobber kwam naakt uit het badhuis met zijn bundeltje kleren, zag wat er aan de hand was en liet alles vallen op zijn dolk na. 'Gaan we vechten?' vroeg hij.

'Vast wel,' zei Warme Pastei, die op handen en voeten naar een grote steen kroop die hij zou kunnen gooien. Arya geloofde haar ogen niet. Ze had een *hekel* aan Warme Pastei. Waarom zou die voor haar zijn nek uitsteken?

De man met de gebroken neus dacht nog steeds dat het leuk was. 'Meisjes, leg die stenen en stokken nou weg voordat jullie een pak rammel krijgen. Jullie weten geen van allen hoe je een zwaard moet vasthouden.'

'*Ik wel!*' Arya wilde niet dat ze net als Syrio voor haar zouden sterven. Ze drong met Naald in haar hand door de haag heen en nam de waterdansershouding aan.

Gebroken Neus bulkte van de lach. De officier bekeek haar van top tot teen. 'Doe die kling maar weg, kleine meid. Niemand zou jou graag beschadigen.'

'Ik bén geen meid!' gilde ze razend. Wat mankeerde die lui? Ze kwamen helemaal hierheen rijden om haar te halen, en hier was ze, en ze lachten haar alleen maar uit. 'Ik ben degene die jullie zoeken.'

'Dát is degene die we zoeken.' De officier priemde met zijn korte zwaard in de richting van de Stier, die naast haar was komen staan met Praeds goedkope staal in zijn hand.

Maar hij beging de fout Yoren uit het oog te verliezen, al was het maar één moment. Meer tijd had de zwarte broeder niet nodig om zijn zwaard op het strottenhoofd van de officier te plaatsen. 'En je krijgt ze geen van tweeën, of moet ik soms kijken of je appel al rijp is? Ik heb nog zo'n tien tot vijftien broeders in die herberg zitten, mocht je nog niet overtuigd wezen. As ik jou was liet ik dat slachtmes vallen en me reet op die vette knol ploffen, en reed ik in galop naar de stad terug.' Hij spuwde, en porde nog wat harder met de punt van zijn zwaard. 'Nu.'

De vingers van de officier krulden open. Zijn zwaard viel in het stof.

'Dat houen we maar,' zei Yoren. 'Goed staal kennen we op de Muur altijd wel gebruiken.'

'Wat je zegt. Voorlopig althans. Mannen.' De goudmantels staken hun wapens in de schede en bestegen hun paarden. 'Maak jij maar gauw dat je naar die Muur komt, oude man. De volgende keer dat ik je te pakken krijg denk ik dat ik jouw hoofd maar samen met dat van die bastaardjongen afhak.'

'Da's al vaker geprobeerd, en door betere mannen dan jij.' Yoren gaf het paard van de officier met het plat van zijn zwaard een klap op de achterhand, zodat hij zwabberend de koningsweg afreed. Zijn mannen volgden.

Toen ze uit het gezicht waren begon Warme Pastei te joelen, maar Yoren keek bozer dan ooit. 'Idioot! Dacht je da'we van hem af waren? Volgende keer laat-ie z'n paard niet dansen en laat-ie niet eerst zo'n klotekoord zien. Haal de rest uit dat verdomde badhuis, we motten op pad. De hele nacht doorrijden, wie weet blijven we ze dan effe voor.' Hij raapte het korte zwaard op dat de officier had laten vallen. 'Wie wil dit?'

'Ik!' schreeuwde Warme Pastei.

'As je 't maar niet tegen Arrie gebruikt.' Hij reikte de jongen het zwaard aan met het gevest naar voren en liep toen naar Arya, maar het was de Stier tot wie hij zich richtte. 'De koningin heb het nogal op jou voorzien, jongen.'

Arya snapte er niets van. 'Waarom wil ze hém hebben?'

De Stier keek haar aan met een frons. 'Waarom zou ze jóú willen hebben? Kleine rioolrat die je bent!'

'Nou, jij bent anders maar een bastaard!' Of misschien deed hij *alsof*. 'Hoe heet je eigenlijk?'

'Gendry,' zei hij, alsof hij daar niet helemaal zeker van was.

'Ik snap van geen van tweeën wat iemand met jullie an mot,' zei Yoren. 'Maar toch krijgen ze jullie niet. Nemen jullie die renpaarden maar. Komt'r een goudmantel in zicht, rij dan naar de Muur alsof d'r een draak op je hielen zit. De rest van ons interesseert ze geen ene moer.'

'Behalve u,' merkte Arya op. 'Die man zei dat hij uw hoofd ook zou afhakken.'

'Ach, wat dat angaat,' zei Yoren, 'as-ie dat van me schouders krijgt mag-ie 'et hebben.'

Jon

'Sam?' riep Jon zachtjes.

De lucht rook naar papier, stof en lange jaren. Voor hem rezen hoge houten boekenkasten de schemering in, volgestouwd met leren boekbanden en vergaarbakken vol oeroude perkamentrollen. Het vaalgele schijnsel van een onzichtbare lamp sijpelde tussen de stapels door. Jon blies zijn houtspaan uit, omdat hij tussen al dat oude, droge papier geen open vuur wilde riskeren. In plaats daarvan ging hij op het licht af en zocht hij zich via de nauwe gangetjes onder de tongewelven van de zoldering een weg omlaag. Geheel in het zwart gehuld was hij een schaduw tussen de schaduwen, donker van haar, lang van gezicht, grijs van oog. Zwarte handschoenen van mollenvel bedekten zijn handen, de rechter omdat die verbrand was, de linker omdat een mens zich met maar één handschoen aan een halve dwaas voelde.

In een nis die in de stenen muur was uitgehouwen zat Samwel Tarling over een tafel gebogen. Het schijnsel was afkomstig van een lamp die boven zijn hoofd hing. Op het geluid van Jons voetstappen keek hij op.

'Ben je hier al de hele nacht?'

'Is dat zo?' Sam keek verrast.

'Je hebt niet met ons ontbeten en je bed was onbeslapen.' Rast had geopperd dat Sam misschien gedeserteerd was, maar dat had Jon geen moment geloofd. Deserteren vereiste ook een soort moed, en die bezat Sam nauwelijks.

'Is het al ochtend? Hier beneden kun je dat nergens aan zien.'

'Sam, je bent een beste brave dwaas,' zei Jon. 'Je zult dat bed nog missen als we op de kille, harde grond slapen, dat beloof ik je.'

Sam geeuwde. 'Maester Aemon had me erop uitgestuurd om kaarten voor de bevelhebber te zoeken. Ik had nooit gedacht... Jon, die *boeken*, heb je ooit zoiets gezien? Het zijn er *duizenden*!'

Jon keek om zich heen. 'De bibliotheek van Winterfel heeft er meer dan honderd. Heb je die kaarten gevonden?'

'Ja hoor.' Sams hand zwaaide over de tafel en zijn mollige worstvingers wezen naar de verzameling boeken en perkamentrollen die voor hem lag. 'Minstens twaalf.' Hij vouwde een hoekje perkament om. 'De verf is vervaagd, maar je kunt nog zien waar de kaartenmaker de wildlingendorpen heeft aangegeven, en hier is nog een boek... waar is het nou? Ik zat er net nog in te lezen.' Hij schoof een paar rollen opzij, en een stoffige band in vergaan leer werd zichtbaar. 'Dit,' zei hij eerbiedig, 'is het verslag van een tocht vanuit de Schaduwtoren helemaal tot de Verlaten Kaap aan de Bevroren Kust, opgetekend door een Wachtruiter genaamd Roodwin. Het is ongedateerd, maar het vermeldt een Dorren Stark als Koning in het Noorden, dus het moet van voor de Verovering zijn. Jon, ze hebben reuzen bevochten. Roodwin heeft zelfs handel gedreven met de kinderen van het woud, het staat allemaal hier.' Heel behoedzaam sloeg hij de bladeren met één vinger om. 'Hij heeft ook kaarten getekend, kijk maar...'

'Misschien kun jij een verslag van onze wachtrit schrijven, Sam.'

Het was bemoedigend bedoeld, maar hij had het beter niet kunnen zeggen. Het laatste waar Sam behoefte aan had was herinnerd te worden aan wat hun morgen wachtte. Hij schoof de rollen zomaar wat heen en weer. 'Er zijn nog meer kaarten. Als ik tijd had om te zoeken... alles ligt door elkaar. Maar ík zou het allemaal op orde kunnen brengen, ik weet dat ik dat kan, alleen zou het tijd kosten... nou ja, eigenlijk jaren.'

'Mormont wil die kaarten toch wel iets eerder hebben.' Jon viste een perkamentrol uit een bak en blies het meeste stof eraf. Toen hij hem openrolde brak er een hoekje onder zijn vingers af. 'Kijk, deze verkruimelt al,' zei hij en hij keek met een frons naar het verbleekte handschrift.

'Voorzichtig nou.' Sam liep om de tafel heen en nam hem de rol af. Hij hield hem vast alsof het een gewond dier was. 'De belangrijke boeken werden altijd overgeschreven als dat nodig was. Van sommige van de alleroudste bestaan waarschijnlijk wel vijftig kopieën.'

'Nou, je hoeft niet de moeite te nemen om deze over te schrijven. Drieëntwintig vaten gezouten kabeljauw, achttien kruiken visolie, een kistje zout...'

'Een inventarislijst,' zei Sam, 'of misschien een rekening.'

'Wie kan het schelen hoeveel gezouten kabeljauw hier zeshonderd jaar geleden werd gegeten?' vroeg Jon zich af.

'Mij.' Sam legde de rol zorgvuldig terug in de bak waar Jon hem uitgevist had. 'Er valt zoveel te leren van zulke registers, neem dat van mij aan. Zo kom je erachter hoeveel man de Nachtwacht toen telde, hoe ze leefden, wat ze aten...'

'Ze aten voedsel,' zei Jon, 'en ze leefden net als wij.'

'Je zou nog opkijken. Dit gewelf is een schatkamer, Jon.'

'Als jij het zegt.' Jon betwijfelde het. Een schat, dat was goud, zilver en juwelen, geen stof, spinnen en halfvergaan leer.

'Dat doe ik dus,' flapte de dikke jongen eruit. Hij was ouder dan Jon, volgens de wet een volwassen man, maar het was moeilijk om iets anders dan een jongen in hem te zien. 'Ik heb tekeningen gevonden van die gezichten in de bomen, en een boek over de taal van de kinderen van het woud... Werken die zelfs de Citadel niet heeft, boekrollen uit het oude Valyria, seizoensberekeningen, geschreven door maesters die al duizend jaar dood zijn...'

'Als we terugkomen zijn die boeken hier nog steeds.'

'*Als* we terugkomen...'

'De ouwe beer neemt tweehonderd ervaren mannen mee, en driekwart van hen zijn wachtruiters. Qhorin Halfhand brengt nog honderd broeders mee uit de Schaduwtoren. Je zult net zo veilig zijn als in je vaders kasteel op Hoornheuvel.'

Samwel Tarling wist een treurig lachje op te brengen. 'In mijn vaders kasteel was ik ook nooit erg veilig.'

De goden halen soms wrede grappen uit, dacht Jon. Pyp en Pad, die stonden te trappelen om met de grote wachtrit mee te gaan, moesten in Slot Zwart blijven terwijl Samwel Tarling, die zelf toegaf een lafaard te zijn, en die moddervet, bangelijk en bijna net zo'n slecht ruiter als zwaardvechter was, het spookwoud onder ogen moest zien. De ouwe beer nam twee kooien met raven mee, zodat ze tijdens de tocht bericht terug konden zenden. Maester Aemon was blind en veel te gebrekkig om mee te gaan, dus moest zijn oppasser in zijn plaats gaan. 'We hebben je nodig voor de raven, Sam. En iemand moet mij toch helpen om Gren zijn plaats te wijzen.'

Sams kinnen trilden. 'Jij zou de raven kunnen verzorgen, of Gren, of wie dan ook,' zei hij met een stem die bijna oversloeg van wanhoop. 'Ik laat je wel zien hoe het moet. Jij kunt ook lezen en schrijven, je kunt heer Mormonts berichten net zo goed noteren als ik.'

'Ik ben de oppasser van de ouwe beer. Ik moet hem als schildknaap dienen, voor zijn paard zorgen en zijn tent opslaan. Ik heb geen tijd om ook nog eens voor vogels te zorgen. Sam, je hebt de woorden uitgesproken. Je bent nu een broeder van de Nachtwacht.'

'Een broeder van de Nachtwacht hoort niet zo bang te zijn.'

'We zijn allemaal bang. Wie niet bang is, is een dwaas.' Er waren de afgelopen twee jaar te veel ruiters verloren gegaan, zelfs Benjen Stark, Jons oom. Ze hadden twee mannen van zijn oom dood in het woud aangetroffen, maar in het kille uur voor de dageraad waren de lijken weer opgestaan. Jons verbrande vingers sidderden onwillekeurig als hij eraan dacht. In zijn dromen zag hij het wezen nog voor zich, de dode Othor met de felle blauwe ogen en de koude zwarte handen, maar dat was wel het laatste waaraan hij Sam nu moest herinneren. 'Bevreesd zijn is geen schande, zei mijn vader eens. Waar het om gaat, is wat we met die vrees doen. Kom, ik help je wel die kaarten te verzamelen.'

Sam knikte ongelukkig. De kasten stonden zo dicht op elkaar dat ze achter elkaar moesten lopen toen ze weggingen. Het gewelf kwam uit op een van de tunnels die door de broeders wormgangen werden genoemd, kronkelende ondergrondse passages die de burchten en torens van Slot Zwart onder de grond verbonden. 's Zomers werden de wormgangen zelden gebruikt, behalve door ratten en ander ongedierte, maar 's winters lag het anders. Als de sneeuwbanken veertig tot vijftig voet hoog werden opgeblazen en de ijswinden uit het noorden kwamen aangieren werd Slot Zwart alleen nog door die tunnels bijeengehouden.

Binnenkort, dacht Jon tijdens het klimmen. Hij had de aanzegger gezien die maester Aemon het nieuws had gebracht dat de zomer voorbij was, de grote raaf van de Citadel, wit en zwijgzaam als Spook. Hij had al een winter meegemaakt toen hij nog klein was, maar iedereen was het erover eens dat die kort en mild was geweest. Deze werd anders. Hij voelde het in zijn botten.

De stenen trap was zo steil dat Sam pufte als een blaasbalg toen ze boven kwamen. Ze liepen een straffe wind in die Jons mantel deed opbollen en flapperen. Spook lag uitgestrekt onder aan de vakwerkmuur van de graanschuur maar werd wakker toen Jon verscheen en draafde op hen af, zijn borstelige witte staart stijf overeind.

Sam keek met toegeknepen ogen naar de Muur op. Die rees ver boven hen uit, een ijzige wand van zevenhonderd voet hoog. Soms scheen hij Jon bijna een levend wezen toe dat aan stemmingen onderhevig was. De tint van het ijs veranderde met de kleur van het licht. Nu eens was het donkerblauw als een dichtgevroren rivier, dan weer vuilwit als oude sneeuw, en als er een wolk voor de zon schoof versomberde het tot het fletse grijs van ruwe steen. Zover het oog reikte strekte de Muur zich in oostelijke en westelijke richting uit, zo reusachtig groot dat daarmee vergeleken de houten donjons en stenen torens van het slot tot volstrekte onbeduidendheid verschrompelden. Dit was het einde van de wereld.

En wij begeven ons daar voorbij.

De ochtendhemel was bedekt met dunne, grijze wolkenslierten, maar daarachter was de lichtrode streep te zien. De zwarte broeders hadden de zwerf-ster de bijnaam Mormonts Toorts gegeven, want, zeiden ze (en maar half voor de grap), hij moest door de goden gezonden zijn om de oude man bij te lichten door het spookwoud.

'De komeet is zo helder dat je hem nu ook bij dag kunt zien,' zei Sam, terwijl hij met een handvol boeken zijn ogen afschermde.

'Hou je nou maar niet met kometen bezig. Kaarten, dat is wat de ouwe beer wil.'

Spook draafde met soepele tred voor hen uit. Vanochtend leek het terrein uitgestorven, nu er zoveel wachtruiters naar het bordeel in Molstee waren om naar verborgen schatten te graven en zich laveloos te zuipen. Gren was ook gegaan. Pyp, Halder en Pad hadden aangeboden om ter viering van zijn eerste wachtrit zijn eerste meisje voor hem te bekostigen. Ze hadden Jon en Sam ook mee willen hebben, maar Sam was bijna even bang voor hoeren als voor het spookwoud, en Jon had er niet van willen horen. 'Doen jullie maar wat je wilt,' had hij tegen Pad gezegd. 'Ik heb een gelofte afgelegd.'

Toen ze langs de sept kwamen hoorde hij gezang. *De een wil voor het vechten naar de hoeren, de ander zoekt de goden.* Jon vroeg zich af wie zich na afloop beter voelde. Hem lokte de sept niet méér dan het bordeel. Zijn eigen goden hadden hun tempels in de wildernis, waar de weirbomen hun lijkbleke takken spreidden. *Voorbij de Muur hebben de Zeven geen macht*, dacht hij, *maar mijn goden wachten daar.*

Voor de wapenkamer was ser Andrys Tarth bezig met een aantal kersverse rekruten. Die waren vannacht gearriveerd met Conwy, een van de zwervende kraaien die de Zeven Koninkrijken afstroopte op zoek naar mannen voor de Muur. De nieuwe oogst bestond uit een grijsbaard die op een stok leunde, twee blonde jongens die eruitzagen als broers, een fatterig jongmens in besmeurd satijn, een onverzorgde kerel met een horrelvoet en een grijnzende halve gare die zichzelf waarschijnlijk voor een krijgsman had gehouden. Ser Andrys liet hem nu merken dat dat een misvatting was. Hij was niet zo'n hardhandig wapenmeester als ser Alliser Doren, maar ook zijn lessen eindigden met blauwe plekken. Sam kromp bij elke klap ineen, maar Jon Sneeuw sloeg de zwaardoefeningen nauwlettend gade.

'Wat vind jij van ze, Sneeuw?' Donal Nooy stond in de deuropening van zijn wapenkamer, zijn borst naakt onder zijn leren voorschoot, de stomp van zijn linkerarm voor deze ene keer nu eens niet bedekt. Met zijn bolle buik, zijn tonronde borstkas, zijn platgeslagen neus en zijn zwarte stoppelkaken bood Nooy geen fraaie, maar wel een welkome aanblik. De wapensmid had zich een goede vriend betoond.

'Ze rieken naar de zomer,' zei Jon toen ser Andrys als een stier op zijn tegenstander afstormde en hem tegen de vlakte sloeg. 'Waar heeft Conwy die opgedaan?'

'In de kerker van een heer, bij Meeuwstede,' antwoordde de smid. 'Een rover, een barbier, een bedelaar, twee wezen en een schandknaap. Met dat soort lui verdedigen we de rijken van de mensen.'

'Ze zullen wel voldoen.' Jon wierp Sam een heimelijk lachje toe. 'Dat deden wij toch ook.'

Nooy trok hem wat dichter naar zich toe. 'Heb je het nieuws over je broer gehoord?'

'Gisteravond.' Conwy en zijn troepje hadden het nieuws mee naar het noorden gebracht, en het was het gesprek van de dag geweest in de gemeenschapszaal. Jon wist nog steeds niet precies wat hij ervan moest vinden. Robb koning? De broer met wie hij had gespeeld, had gevochten en zijn eerste beker wijn had gedeeld? *Maar geen moedermelk, dat niet.* Dus nu drinkt Robb voortaan zomerwijn uit met juwelen bezette kelken terwijl ik bij de beek buk om smeltsneeuw op te lebberen uit het kommetje van mijn handen. 'Robb zal een goede koning zijn,' zei hij loyaal.

'Denk je?' De smid keek hem openhartig aan. 'Ik hoop het, jongen, maar eens zou ik hetzelfde hebben gezegd van Robert.'

'Ik heb gehoord dat u zijn strijdhamer hebt gesmeed.'

'Klopt. Ik was zijn man, een Baratheon-man, smid en wapenmaker op Stormeinde totdat ik die arm kwijtraakte. Ik ben oud genoeg om me heer Steffon te herinneren voordat de zee hem verzwolg en ik heb zijn drie zonen gekend vanaf het moment dat ze hun naam kregen. En ik kan je wel vertellen... nadat hij die kroon had opgezet werd Robert nooit meer de oude. Sommige mannen zijn net zwaarden, gemaakt om te vechten. Hang ze weg en ze gaan roesten.'

'En zijn broers?' vroeg Jon.

Daar moest de wapensmid even over nadenken. 'Robert was zuiver staal. Stannis is puur ijzer, zwart, hard en sterk, dat wel, maar op den duur ook net zo bros als ijzer. Hij zal eerder breken dan buigen. En Renling, tja, die is van koper, licht en glanzend, mooi om naar te kijken, maar uiteindelijk toch niet zoveel waard.'

En van welk metaal is Robb? Jon vroeg het maar niet. Nooy was een Baratheon-man. Hij zou Joffry wel als de wettige koning beschouwen en Robb als een verrader. Bij de broederschap van de Nachtwacht gold de ongeschreven wet dat je over zulke dingen nooit te veel vragen stelde. Uit al de Zeven Koninkrijken kwamen er mannen naar de Muur, en oude liefdes en loyaliteiten werden niet licht vergeten, hoeveel eden een man ook zwoer... zoals Jon inmiddels zelf had ondervonden. Zelfs Sam... Zijn vaders huis was eedplichtig aan Hooggaarde, en de heer daarvan, Tyrel, steunde koning Renling. Over zulke dingen kon je beter zwijgen. De Nachtwacht koos geen partij. 'Heer Mormont wacht op ons,' zei Jon.

'Ik zal je niet bij de ouwe beer weghouden.' Glimlachend gaf Nooy hem een schouderklopje. 'Dat de goden morgen met je zijn, Sneeuw. En breng die oom van je terug, heb je dat goed gehoord?'

'Doen we,' beloofde Jon hem.

Nadat zijn toren was uitgebrand had opperbevelhebber Mormont zijn intrek genomen in de Koningstoren. Jon liet Spook bij de deurwachters achter. 'Nog meer treden,' zei Sam neerslachtig toen ze begonnen te klimmen. 'Ik haat trappen.'

'Nou, die zullen we in het woud in elk geval niet tegenkomen.'

Toen ze het bovenvertrek betraden kreeg de raaf hen meteen in het oog. '*Sneeuw!*' krijste de vogel. Mormont onderbrak zijn gesprek. 'Ik heb wél lang op die kaarten moeten wachten.' Hij schoof de restanten van zijn ontbijt opzij om plaats vrij te maken op de tafel. 'Leg hier maar neer, dan bekijk ik ze straks wel.'

Thoren Smalhout, een pezige wachtruiter met een wijkende kin en een nog wekere mond die schuilging onder een schrale baard, keek Jon en Sam koeltjes aan. Hij was een trawant van ser Alliser Doren en mocht hen geen van beiden. 'De opperbevelhebber hoort op Slot Zwart te blijven om te heersen en te bevelen,' hield hij Mormont voor, de pas aangekomenen negerend. 'Althans volgens mij.'

De raaf klapwiekte met grote zwarte vleugels. '*Mij, mij, mij.*'

'Als u ooit opperbevelhebber wordt mag u doen wat u goeddunkt,' zei Mormont tegen de wachtruiter, 'maar volgens mij ben ik nog niet dood, noch hebben de broeders mij door u vervangen.'

'Ik ben Eerste Wachtruiter nu Ben Stark zoek en ser Jeremie dood is,' zei Smalhout koppig. 'Het bevel komt mij toe.'

Daar wilde Mormont niet van horen. 'Ik heb Ben Stark uitgezonden, en ser Waymar vóór hem. Ik heb geen zin u achter hen aan te sturen en me hier te gaan zitten afvragen hoe lang ik moet wachten voor ik u ook moet opgeven.' Hij wees. 'En Stark blijft Eerste Wachtruiter totdat we zeker weten dat hij dood is. Mocht die dag ooit aanbreken, dan ben ik degene die zijn opvolger aanwijst, niet u. En wilt u mijn tijd nu niet langer verdoen? We rijden uit met het eerste licht, of was u dat soms vergeten?'

Smalhout duwde zich overeind. 'Zoals u wenst, heer.' Op weg naar buiten keek hij Jon met gefronst voorhoofd aan, alsof die er iets aan kon doen.

'Eerste Wachtruiter!' De ogen van de ouwe beer boorden zich in Sam. 'Ik zou nog eerder jou benoemen! Hij brengt de euvele moed op me recht in mijn gezicht te zeggen dat ik te oud ben om mee te gaan. Wat vind jij, jongen, lijk ik oud?' Het haar dat van Mormonts vlekkerige hoofdhuid was verdwenen, was onder zijn kin weer opgedoken in de vorm van een ruige grijze baard die het merendeel van zijn borst bedekte. Hij gaf er een forse klap op. 'Zie ik er *kwetsbaar* uit?'

Sam opende zijn mond, en er kwam een klein piepgeluidje uit. Hij was doodsbang voor de ouwe beer. 'Nee, heer,' haastte Jon zich te zeggen. 'U lijkt zo sterk als een... een...'

'Geen gevlei, Sneeuw. Je weet dat ik daar niet van houd. Laat me die kaarten eens zien.' Mormont klauwde er bruusk doorheen en keurde geen van de kaarten meer dan een vluchtige blik en een grom waardig. 'Is dit alles wat je hebt kunnen vinden?'

'Ik... h-h-heer,' stotterde Sam, 'er... er waren er nog meer, m-m-maar... de wan-wanorde...'

'Deze zijn oud,' klaagde Mormont, en zijn raaf herhaalde het met een schelle kreet: '*Oud, oud.*'

'De dorpen mogen dan komen en gaan, maar de heuvels en rivieren zijn niet van plaats veranderd,' merkte Jon op.

'Dat is waar. Heb je al wat raven uitgekozen, Tarling?'

'M-m-maester Aemon is v-van p-plan ze vanavond na het v-v-voeren uit te zoeken.'

'Ik wil de beste. Slimme vogels, en sterk.'

'*Sterk*,' zei zijn eigen vogel en hij streek zijn veren glad. '*Sterk, sterk*.'

'Als we daarbuiten met z'n allen worden afgeslacht wil ik dat mijn opvolger weet waar en hoe we de dood hebben gevonden.'

Het woord afgeslacht snoerde Sam definitief de mond. Mormont boog zich naar voren. 'Tarling, toen ik half zo oud was als jij zei mijn moeder: als jij met je mond open blijft staan dan komt er straks een wezel, die ziet dat gat voor zijn hol aan en rent zo je keel in. Als je wat te zeggen hebt, zeg het dan, en pas anders maar op voor wezels.' Hij wuifde hem met een bruusk gebaar weg. 'Wegwezen. Ik heb geen tijd voor flauwekul. De maester heeft ongetwijfeld wel iets voor je te doen.'

Sam slikte, deed een stap achteruit en haastte zich zo snel naar buiten dat hij bijna over de biezen struikelde.

'Is die jongen net zo dwaas als hij lijkt?' vroeg de bevelhebber zodra Sam weg was. '*Dwaas*,' klaagde de raaf. Mormont wachtte Jons antwoord niet af. 'Zijn vader staat hoog aangeschreven als raadgever van koning Renling, en ik was min of meer van plan Sam naar hem toe te sturen... maar nee, beter van niet. Het is onwaarschijnlijk dat Renling naar een piepende vetzak zal luisteren. Ik stuur ser Arnel wel. Die is heel wat standvastiger, en zijn moeder was een Graftweg van de tak van de groene appel.'

'Met uw welnemen, heer, wat wilt u van koning Renling?'

'Hetzelfde als van de anderen, jochie. Mannen, paarden, zwaarden, wapenrustingen, graan, kaas, wijn, wol, spijkers... De Nachtwacht is niet trots, we nemen wat ons geboden wordt.' Zijn vingers trommelden op de ruwe houten tafelplanken. 'Bij een gunstige wind zou ser Alliser met nieuwe maan in Koningslanding moeten aankomen, maar of die knaap, die Joffry, hem zelfs maar het oor zal willen lenen weet ik niet. Het huis Lannister is de Wacht nooit welgezind geweest.'

'Doren kan ze de hand van dat wezen laten zien.' Een weerzinwekkend, bleek geval met zwarte vingers, dat in zijn kruik sidderde en schokte alsof het nog leefde.

'Ik wou dat we nog een hand hadden om naar Renling te sturen.'

'Volgens Dywen valt er achter de Muur van alles te vinden.'

'Volgens Dywen, ja. Op zijn vorige wachtrit heeft hij een beer van vijftien voet lang gezien, beweert hij.' Mormont snoof. 'Van mijn zuster wordt beweerd dat ze een beer als minnaar heeft. Daar geloof ik nog eerder in dan in een beer van vijftien voet. Anderzijds, in een wereld waarin de doden rondwaren... maar toch, een man moet geloven wat hij ziet, meer niet. Ik heb de doden zien rondwaren. Reuzenberen heb ik nooit gezien.' Hij keek Jon lang en onderzoekend aan. 'Maar we hadden het over handen. Hoe gaat het met die van jou?'

'Beter.' Jon stroopte zijn handschoen van mollenvel af om het te laten zien. Zijn arm zat tot halverwege de elleboog onder de littekens en de vlekkerige roze huid was nog steeds strak en gevoelig, maar wel aan de genezende hand. 'Alleen jeukt het zo. Volgens maester Aemon is dat een goed teken. Hij heeft me een zalf gegeven voor onderweg.'

'Kun je Langklauw goed vasthouden, ondanks de pijn?'

'Goed genoeg.' Jon boog zijn vingers door zijn vuist te openen en te sluiten zoals de maester het hem had voorgedaan. 'Ik moet elke dag met die vingers oefenen om ze soepel te houden, zei maester Aemon.'

'Hij mag dan blind zijn, Aemon weet wat hij doet. Ik mag bidden dat de goden hem nog twintig jaar bij ons laten. Weet je dat hij koning had kunnen zijn?'

Dat verraste Jon. 'Hij heeft me verteld dat zijn vader koning was, maar niet... ik dacht dat hij misschien een jongere zoon was.'

'Dat was hij ook. Zijn vaders vader was Daeron Targaryen, tweede van die naam, die Dorne bij het rijk voegde. Dat verbond hield onder andere in dat hij met een Dornse prinses trouwde. Ze schonk hem vier zonen. Aemons vader Maekar was de jongste, en Aemon was zíjn derde zoon. Let wel, dat is allemaal lang voor mijn geboorte gebeurd, hoe stokoud Smalhout ook suggereert dat ik ben.'

'Maester Aemon is naar de Drakenridder vernoemd.'

'Inderdaad. Sommigen zeggen dat prins Aemon de echte vader van koning Daeron was, en niet Aegon de Onwaardige. Hoe het ook zij, onze Aemon bezat niet de krijgshaftige aard van de Drakenridder. Hij zegt graag dat hij traag van zwaard maar snel van geest was. Geen wonder dat zijn grootvader hem in de Citadel opborg. Hij was negen of tien, geloof ik... en ook de negende of tiende in de opvolging.'

Maester Aemon telde ruim honderd naamdagen, wist Jon. Breekbaar, gekrompen, verschrompeld en blind als hij was, kon je je nauwelijks voorstellen dat hij eens een kleine jongen was geweest, niet ouder dan Arya.

Mormont vervolgde: 'Aemon zat achter zijn boeken toen de oudste van zijn ooms, de troonopvolger, per ongeluk omkwam bij een toernooi. Hij liet twee zonen na, maar die volgden hem niet lang daarna in het graf, tijdens de Grote Voorjaarsziekte. Ook koning Daeron bezweek daaraan, dus ging de kroon op Daerons tweede zoon Aerys over.'

'De Krankzinnige?' Jon raakte ervan in de war. Aerys was koning geweest voor Robert, en dat was niet zo lang geleden.

'Nee, Aerys de Eerste. Degene die door Robert werd afgezet was de tweede van die naam.'

'Hoe lang geleden was dat?'

'Tachtig jaar of daaromtrent,' zei de ouwe beer, 'en nee, ook toen was ik nog niet geboren, al had Aemon intussen al een stuk of vijf schakels van zijn maestersketen gesmeed. Aerys huwde zijn eigen zuster, zoals de Targaryens gewoon waren, en regeerde een jaar of tien, twaalf. Aemon legde zijn geloften af en verliet de Citadel om aan het hof van een of ander jonkertje te dienen... totdat zijn koninklijke oom zonder erfgenaam overleed. De IJzeren troon ging over op de laatste van koning Daerons vier zonen. Dat was Maekar, Aemons vader. De nieuwe koning ontbood al zijn zonen aan het hof en wilde Aemon tot lid van zijn raad benoemen, maar die weigerde, want, zo zei hij, daarmee zou hij de plaats in beslag nemen die rechtens aan de grootmaester toekwam. In plaats daarvan diende hij in de burcht van zijn oudste broer, ook een Daeron. Die stierf ook en liet slechts een zwakzinnige dochter als erfgename na. Een of andere kwaal die hij bij een hoer had opgelopen, geloof ik. De volgende broer was Aerion.'

'Aerion de Monsterlijke?' Die naam kende Jon. *De prins die dacht dat hij een Draak was*, een van ouwe Nans' gruwelijker verhalen. Zijn broertje Bran was er dol op.

'Die ja, al noemde hij zich Aerion Lichtvlam. Toen hij op een avond te diep in het glaasje had gekeken dronk hij een pot wildvuur leeg, nadat hij zijn vrienden had verteld dat hij daardoor in een draak zou veranderen. Maar de goden waren barmhartig en veranderden hem in een lijk. Minder dan een jaar daarna sneuvelde Maekar in de strijd tegen een vogelvrij verklaarde heer.'

Jon was niet geheel onbekend met de geschiedenis van het rijk. Daar had zijn eigen maester voor gezorgd. 'Dat was het jaar van de Grote Raad,' zei hij. 'De heren passeerden prins Aerions piepjonge zoontje en prins Daerons dochter en gaven de kroon aan Aegon.'

'Ja en nee. Ze boden hem eerst in het diepste geheim aan Aemon aan. En hij weigerde, ook in het diepste geheim. De goden hadden hem bestemd om te dienen, niet om te heersen, zei hij. Hij had een gelofte afgelegd en wilde die niet breken, al bood de Hoge Septon persoonlijk aan hem ervan te ontslaan. Welnu, niemand die bij zijn verstand was wilde een nakomeling van Aerion op de troon, en Daerons dochter was achterlijk en bovendien een meisje, dus hadden ze geen andere keus dan zich tot Aemons jongere broer te wenden: Aegon, de vijfde van die naam. Aegon de Onwaarschijnlijke werd hij genoemd, geboren als vierde zoon van een vierde zoon. Aemon dacht terecht dat de tegenstanders van Aegons bewind hem zouden proberen te gebruiken als hij aan het hof zou blijven, dus ging hij naar de Muur. En hier is hij gebleven, terwijl zijn broer, de zoon van zijn broer en diens zoon ieder op hun beurt regeerden en stierven, totdat Jaime Lannister een einde maakte aan de dynastie van de Drakenkoningen.'

'*Koning*,' kraste de raaf. De vogel fladderde het vertrek door en streek op Mormonts schouder neer. '*Koning*,' zei hij nogmaals terwijl hij parmantig heen en weer liep.

'Dat woord zegt hij graag,' zei Jon met een glimlach.

'Gemakkelijk uit te spreken. Gemakkelijk mooi te vinden.'

'*Koning*,' zei de vogel weer.

'Ik denk dat hij bedoelt dat u een kroon zou horen te dragen.'

'Het rijk heeft al drie koningen, twee te veel naar mijn smaak.' Mormont streek de raaf met een vinger onder zijn snavel, maar zijn blikken bleven al die tijd op Jon Sneeuw gericht.

Dat bezorgde Jon een vreemd gevoel. 'Heer, waarom hebt u mij dat verhaal over maester Aemon verteld?'

'Moet ik een reden hebben?' Met een frons ging Mormont verzitten. 'Je broer Robb is tot koning in het Noorden gekroond. Dat heb je met Aemon gemeen. Een koning als broer.'

'En dit ook,' zei Jon. 'Een gelofte.'

De ouwe beer snoof luid, en de raaf vloog op en fladderde in een kringetje door de kamer. 'Geef me één man voor elke verbroken gelofte en het zal de Muur nooit aan verdedigers ontbreken.'

'Ik heb altijd geweten dat Robb heer van Winterfel zou worden.'

Mormont floot, en de vogel vloog weer naar hem toe en ging op zijn arm zitten. 'Een heer is één ding, een koning iets heel anders.' Hij hield de raaf een handvol maïs uit zijn zak voor. 'Ze zullen je broer Robb in vele verschillende kleuren zijde, satijn en fluweel hullen terwijl jij in zwarte maliën zult leven en sterven. Hij zal een mooie prinses huwen en zonen bij haar verwekken. Jij zult geen vrouw hebben en nimmer je eigen kind in de armen houden. Robb zal heersen, jij zult dienen. De mensen zullen jou voor kraai uitmaken. Hem zullen ze *Uwe Genade* noemen. Zangers zullen zelfs zijn meest onbetekenende handelingen prijzen, terwijl jouw grootste daden onbezongen blijven. Zeg me dat niets van dat alles je bezwaart, Jon... en ik zal je voor leugenaar uitmaken en weten dat ik de waarheid spreek.'

Jon richtte zich hoog op, gespannen als een boogpees. 'En áls het me zou bezwaren, wat zou ik daar dan aan kunnen doen, bastaard die ik ben?'

'Ja, wat zul je doen?' vroeg Mormont. 'Bastaard die je bent?'

'Me bezwaard voelen,' zei Jon, 'en mijn geloften houden.'

Catelyn

De kroon van haar zoon was nieuw gesmeed en Catelyn had de indruk dat het gewicht zwaar op Robbs hoofd rustte. De aloude kroon van de Koningen van Winter was drie eeuwen geleden verloren gegaan, aan Aegon de Veroveraar uitgeleverd toen Torrhen Stark zich op zijn knieën had onderworpen. Wat Aegon ermee gedaan had wist geen mens. De smid van heer Hoster had zijn werk goed gedaan en Robbs kroon leek erg op de vorige zoals beschreven in de verhalen over de oude Stark-koningen: een open diadeem van gedreven brons waarin de runen der Eerste Mensen gegraveerd stonden, en daarop vastgesmeed negen punten van zwart ijzer in de vorm van een zwaard. Goud, zilver of juwelen ontbraken. Brons en ijzer waren de metalen van de winter, donker en sterk, voor de strijd tegen de kou.

Terwijl iedereen in de grote zaal van Stroomvliet wachtte tot de gevangene zou worden voorgeleid, keek ze toe hoe Robb de kroon naar achteren schoof, zodat hij op zijn dikke, koperkleurige haardos kwam te rusten. Even later schoof hij hem weer naar voren, waarna hij hem een kwartslag draaide, alsof hij daardoor beter zou gaan zitten. *Een kroon dragen is niet eenvoudig*, dacht Catelyn toen ze dat zag, *zeker niet voor een jongen van vijftien.*

Toen de bewakers de gevangene binnenleidden riep Robb om zijn zwaard. Olyvar Frey stak het hem toe met het gevest naar voren, en haar zoon trok het wapen en legde het met ontblote kling over zijn knieën, een onmiskenbaar dreigement. 'Uwe Genade, hier is de man om wie u hebt gevraagd,' meldde ser Robin Reyger, de kapitein van de Tulling-huiswacht.

'Kniel voor de koning, Lannister!' riep Theon Grauwvreugd. Ser Robin drukte de gevangene op zijn knieën neer.

Hij leek niet op een leeuw, peinsde Catelyn. Ser Cleos Frey was een zoon van vrouwe Genna, een zuster van heer Tywin Lannister, maar hij bezat niets van de legendarische schoonheid van de Lannisters, het blonde haar en de groene ogen. In plaats daarvan had hij het vezelige bruine haar, de wijkende kin en het magere gezicht van zijn vader, ser Emmon Frey, de tweede zoon van de oude heer Walder. Zijn ogen waren flets en waterig en hij scheen er voortdurend mee te moeten knipperen, al kon dat ook door het licht komen. De cellen onder Stroomvliet waren donker en vochtig... en op dit moment bovendien barstensvol.

'Sta op, ser Cleos.' De stem van haar zoon was niet zo ijzig als die van zijn vader geweest zou zijn, maar Robb klonk ook niet als een knaap van vijftien. De oorlog had voortijdig een man van hem gemaakt. Het ochtendlicht glansde flauwtjes op de snede van het staal dat op zijn knieën rustte.

Toch was het niet het zwaard dat ser Cleos vrees inboezemde maar het beest. Grijze Wind, had haar zoon hem genoemd. Een schrikwolf zo groot als de grootste elandhond, slank, grijs als rook, met ogen als gesmolten goud. Toen het beest naar voren stapte en de gevangen ridder besnuffelde kon iedereen in de zaal diens angst ruiken. Ser Cleos was krijgsgevangen gemaakt bij de slag in het Fluisterwoud, waarin Grijze Wind een stuk of vijf mannen de keel had doorgebeten.

De ridder krabbelde overeind en schuifelde zo enthousiast opzij dat sommige toeschouwers hardop lachten. 'Dank u, heer.'

'*Uwe Genade*,' blafte heer Omber, de Grootjon, als altijd de meest uitgesproken van Robbs noordelijke baandermannen... en ook de trouwste en de vurigste, of dat was althans wat hij beweerde. Hij had haar zoon als eerste tot Koning in het Noorden uitgeroepen en zou niet dulden dat zijn kersverse soeverein in zijn eer werd aangetast.

'Uwe Genade,' verbeterde ser Cleos zichzelf ijlings. 'Verschoning.'

Dit is geen dapper man, dacht Catelyn. In wezen meer een Frey dan een Lannister. Bij zijn neef de Koningsmoordenaar zou het heel anders hebben gelegen. Ze zouden die eretitel nimmer uit ser Jaime Lannisters welgevormde mond hebben kunnen trekken.

'Ik heb u uit uw cel laten halen om mijn boodschap naar uw nicht Cersei Lannister in Koningslanding te brengen. U zult reizen onder een vredesbanier, begeleid door dertig van mijn beste mannen.'

Ser Cleos was zichtbaar opgelucht. 'Dan zal ik de boodschap van Uwe Genade volgaarne aan de koningin overbrengen.'

'Beseft u wel,' zei Robb, 'dat ik u niet de vrijheid schenk. Uw grootvader, heer Walder, heeft mij plechtig zijn steun en die van het huis Frey beloofd. Veel van uw ooms en neven streden in het Fluisterwoud in onze gelederen, maar ú verkoos onder de leeuwenbanier te strijden. Dat maakt u tot een Lannister in plaats van een Frey. Ik wil dat u op uw ridderwoord belooft dat u na het bezorgen van mijn boodschap met het antwoord van de koningin zult terugkeren om u weer in gevangenschap te begeven.'

Ser Cleos antwoordde onmiddellijk: 'Dat beloof ik plechtig.'

'Iedereen in deze zaal heeft u gehoord,' zei Catelyns broer, ser Edmure Tully, die in plaats van hun stervende vader namens Stroomvliet en de heren van de Drietand sprak, waarschuwend. 'Als u niet terugkomt zal het hele rijk weten dat u meineed hebt gepleegd.'

'Ik zal mijn gelofte gestand doen,' antwoordde ser Cleos stijfjes. 'Om welke boodschap gaat het?'

'Om een vredesaanbod.' Robb stond op met het zwaard in de hand. Grijze Wind ging naast hem staan. De zaal werd stil. 'Zegt u tegen de regentes dat, indien zij op mijn voorwaarden ingaat, ik dit zwaard in de schede zal steken om een eind te maken aan de oorlog die tussen ons woedt.'

Achter in de zaal zag Catelyn in een flits de lange, uitgeteerde gestalte van heer Rickard Karstark door een rij wachters heen dringen en de deur uit lopen. Verder verroerde niemand zich. Robb besteedde geen aandacht aan de korte storing. 'Olyvar, de brief,' gelastte hij. De schildknaap nam zijn zwaard aan en overhandigde hem een opgerold perkament.

Robb ontrolde het. 'Ten eerste dient de koningin mijn zusters vrij te laten en hun de middelen te verschaffen om van Koningslanding over zee naar Withaven te reizen. Vanzelfsprekend is Sansa's verloving met Joffry Baratheon geannuleerd. Zodra ik van mijn kastelein bericht ontvang dat mijn zusters ongedeerd in Winterfel zijn teruggekeerd, zal ik de neven van de koningin, de schildknaap Willem Lannister en uw broer Tion Frey, uit hun gevangenschap ontslaan en hun een vrijgeleide geven naar de Rots van Casterling, of naar een andere plaats van haar keuze.'

Catelyn wilde wel dat ze de gedachten kon lezen die achter al die gezichten schuilgingen, achter ieder gefronst voorhoofd en elk paar op elkaar geknepen lippen.

'Ten tweede zal het gebeente van mijn edele vader aan ons worden teruggegeven, zodat hij naast zijn broer en zuster in de crypten onder Winterfel ter aarde kan worden besteld, hetgeen zijn wens geweest zou zijn. De stoffelijke resten van die leden van zijn huiswacht die in zijn dienst in Koningslanding zijn gesneuveld dienen eveneens te worden teruggegeven.'

Als levende mensen waren ze naar het zuiden vertrokken, als koud gebeente zouden ze terugkeren. *Ned had gelijk*, dacht ze. *Zijn plaats was in Winterfel, hij zei het met zoveel woorden, maar was ik bereid naar hem te luisteren? Nee. Ga, zei ik, wees Roberts Hand, omwille van ons geslacht, omwille van onze kinderen... het is mijn schuld, en die van mij alleen.*

'Ten derde zal mijn vaders slagzwaard IJs hier in Stroomvliet aan mij persoonlijk ter hand worden gesteld.'

Ze sloeg haar broer ser Edmar Tulling gade zoals hij daar stond met zijn duimen in zijn zwaardriem gehaakt en zijn gezicht als uit steen gehouwen.

'Ten vierde zal de koningin haar vader, heer Tywin, gelasten om diegenen van mijn ridders en baanderheren vrij te laten die hij in de Slag bij de Groene Vork van de Drietand krijgsgevangen heeft gemaakt. Zodra hij dat doet zal ik de mannen vrijlaten die krijgsgevangen zijn gemaakt in het Fluisterwoud en de Slag van de Kampen, met uitzondering van Jaime Lannister, die als mijn gijzelaar voor de goede trouw van zijn vader zal instaan.'

Ze bestudeerde het sluwe lachje van Theon Grauwvreugd en vroeg zich af wat erachter stak. Die knaap had er een handje van te kijken alsof hij een geheime grap had ontdekt die hij als enige begreep. Dat beviel Catelyn niets.

'Ten slotte zullen koning Joffry en de regentes afstand doen van alle aanspraken op de heerschappij over het Noorden. Voortaan vallen wij niet meer onder hun rijk, maar zijn wij een vrij en onafhankelijk koninkrijk, zoals vanouds. Ons territorium zal het hele grondgebied van de Starks ten noorden van de Nek omvatten, en daarnaast het stroomgebied van de rivier de Drietand en haar zijstromen, in het westen begrensd door de Guldentand en in het oosten door de Maanbergen.'

'DE KONING IN HET NOORDEN!' bulderde Grootjon Omber, en een vuist zo groot als een ham ranselde de lucht terwijl hij schreeuwde: 'Stark! Stark! De Koning in het Noorden!'

Robb rolde het perkament weer op. 'Meester Vyman heeft een kaart gemaakt met daarop aangegeven de grenzen waarop wij aanspraak maken. U krijgt een kopie mee voor de koningin. Heer Tywin trekt zich achter die grenzen terug en staakt het roven, brandschatten en plunderen. De regentes en haar zoon zullen geen rechten doen gelden op belastingen, inkomsten of dienstbetoon van mijn onderdanen en mijn heren en ridders ontslaan van alle leenmanseden, geloften en toezeggingen, schulden en verplichtingen jegens de IJzeren Troon en de huizen Baratheon en Lannister. Voorts zullen de Lannisters als garantie voor hun vreedzame bedoelingen tien hooggeboren, met wederzijdse instemming gekozen gijzelaars leveren. Dezen zal ik overeenkomstig hun status als geëerde gasten behandelen. Zolang de bepalingen van dit verdrag trouw worden nageleefd zal ik jaarlijks twee gijzelaars vrijlaten en veilig naar de hunnen laten terugkeren.' Robb smeet de ridder het opgerolde perkament voor de voeten. 'Dit zijn de voorwaarden. Als zij daarmee akkoord gaat krijgt ze vrede. Zo niet' – hij floot, en Grijze Wind kwam met een grauw naar voren – 'dan krijgt ze nog een Fluisterwoud.'

'Stark!' brulde de Grootjon opnieuw, en nu namen andere stemmen de kreet over. 'Stark, Stark, Koning in het Noorden!' De schrikwolf wierp zijn kop achterover en huilde.

Ser Cleos had de kleur van gestremde melk gekregen. 'De koningin zal uw boodschap vernemen, h... Uwe Genade.'

'Goed,' zei Robb. 'Ser Robin, zorg dat hij een fatsoenlijk maal en schone kleren krijgt. Hij vertrekt zodra het licht is.'

'Zoals u beveelt, Uwe Genade,' antwoordde ser Robin Reyger.

'Dan zijn we klaar.' De verzamelde ridders en baanderheren bogen hun knieën toen Robb zich omdraaide en wegschreed, op de voet gevolgd door Grijze Wind. Olyvar Frey draafde vooruit om de deur te openen. Catelyn volgde hen naar buiten, begeleid door haar broer.

'Goed gedaan,' zei ze tegen haar zoon in de galerij die van de achterkant van de zaal vandaan leidde, 'al was dat met die wolf een pesterijtje dat meer bij een jongen dan een koning paste.'

Robb krabde Grijze Wind achter zijn oor. 'Hebt u zijn gezicht gezien, moeder?' vroeg hij glimlachend.

'Ik zag heer Karstark, die de zaal uit liep.'

'Ik ook.' Robb tilde met beide handen zijn kroon van zijn hoofd en gaf die aan Olyvar. 'Breng dat ding terug naar mijn slaapkamer.'

'Direct, Uwe Genade.' De schildknaap haastte zich weg.

'Ik wed dat anderen er net zo over denken als heer Karstark,' verklaarde haar broer Edmar. 'Hoe kunnen we nu het woord vrede in de mond nemen terwijl de Lannisters zich als een pestilentie over mijn vaders grondgebied verspreiden, de oogst roven en de bevolking afslachten? Ik blijf volhouden dat we tegen Harrenhal moeten optrekken.'

'Daar zijn we niet sterk genoeg voor,' zei Robb, maar het klonk ongelukkig.

Edmar gaf het niet op. 'Worden we sterker door hier te blijven zitten? Onze krijgsmacht slinkt met de dag.'

'En door wie komt dat?' snauwde Catelyn haar broer toe. Het was Edmar geweest die erop aangedrongen had dat Robb de rivierheren verlof gaf na zijn kroning te vertrekken, zodat ieder zijn eigen grondgebied kon verdedigen. Ser Marq Pijper en heer Karyl Vannis waren het eerst vertrokken, gevolgd door heer Jonos Vaaren, die zwoer dat hij het verbrande skelet van zijn kasteel zou heroveren om zijn doden te begraven. En nu had heer Jason Mallister zijn voornemen te kennen gegeven om terug te keren naar zijn stamslot Zeegaard, dat gelukkig tot nog toe voor de oorlog gespaard was gebleven.

'Je kunt niet van mijn rivierheren verlangen dat ze werkeloos toezien hoe hun velden geplunderd en hun mensen over de kling gejaagd worden,' zei ser Edmar. 'Maar heer Karstark is een noorderling. Het zou een kwalijke zaak zijn als hij ons verliet.'

'Ik zal met hem praten,' zei Robb. 'Hij heeft in het Fluisterwoud twee zonen verloren. Wie kan het hem kwalijk nemen als hij geen vrede wil sluiten met hun moordenaars... met mijn vaders moordenaars...'

'Nog meer bloedvergieten brengt je vader niet terug, en de zonen van heer Rickard ook niet,' zei Catelyn. 'Dat vredesaanbod was nodig... al had een verstandiger man de pil allicht wat meer verguld.'

'Dan was ik erin gestikt.' De baard die haar zoon liet staan was roder dan zijn koperkleurige haar. Robb scheen te denken dat hij er woester, koninklijker... en ouder door leek. Maar met of zonder baard, hij was nog steeds een jongen van vijftien, en evenzeer op wraak uit als Rickard Karstark. Het was niet eenvoudig geweest hem zelfs maar van de noodzaak van dit aanbod, hoe armzalig ook, te overtuigen.

'Cersei Lannister zal er nóóit in toestemmen jouw zusters tegen een paar neven te ruilen. Ze wil haar broer, zoals je heel goed weet.' Dat had ze hem al eerder gezegd, maar Catelyn kwam tot de ontdekking dat koningen niet half zo aandachtig luisterden als zonen.

'Ik kan de Koningsmoordenaar niet laten lopen, zelfs niet al zou ik het willen. Dat zouden mijn heren nooit dulden.'

'Je heren hebben jou tot koning uitgeroepen.'

'En ze kunnen me even makkelijk weer afzetten.'

'Als je kroon de prijs is die we moeten betalen om Arya en Sansa veilig terug te krijgen zouden we daartoe bereid moeten zijn. De helft van je heren zou Lannister het liefst in zijn cel vermoorden. Als hij als jouw gevangene sterft zullen de mensen zeggen...'

'... dat hij dat dubbel en dwars verdiende,' vulde Robb aan.

'En je zusters?' vroeg Catelyn scherp. 'Verdienen die ook de dood? Ik verzeker je, als haar broer ook maar iets overkomt zal Cersei bloed met bloed vergelden...'

'Lannister gaat niet dood,' zei Robb. 'Niemand krijgt hem zelfs maar te spreken zonder mijn verlof. Hij heeft voedsel, water, schoon stro. Dat is meer comfort dan waar hij recht op heeft. Maar ik laat hem niet vrij, zelfs niet in ruil voor Arya en Sansa.'

Haar zoon keek op haar *neer*, besefte Catelyn. *Was het de oorlog waardoor hij zo snel was gegroeid*, vroeg ze zich af, *of de kroon die ze op zijn hoofd hadden gezet?* 'Ben je bang dat Jaime Lannister weer te velde zal trekken, is dat het?'

Grijze Wind gromde, alsof hij Robbs woede voelde, en Edmar Tulling legde een broederlijke hand op Catelyns schouder. 'Niet doen, Cat. De jongen heeft gelijk.'

'Noem me geen *jongen*,' zei Robb, terwijl hij zich met een ruk naar zijn oom toekeerde. Al zijn woede stortte zich nu uit over het hoofd van de arme Edmar, die hem alleen maar had willen steunen. 'Ik ben bijna een man, en ik ben koning... úw koning, ser. En ik vrees Jaime Lannister niet. Ik heb hem één keer verslagen en als het moet versla ik hem nog een keer, alleen...' Hij veegde een haarlok uit zijn ogen en schudde even zijn hoofd. 'Ik had de Koningsmoordenaar misschien tegen vader kunnen uitwisselen, maar...'

'... niet tegen de meisjes?' Haar stem was ijzig kalm. 'Meisjes zijn niet belangrijk genoeg, nietwaar?'

Robb gaf geen antwoord, maar zijn ogen stonden gekwetst. Blauwe ogen. Tulling-ogen, ogen die hij van haar had geërfd. Ze had hem diep

gekwetst, maar hij was te zeer zijn vaders zoon om dat toe te geven.
Dat was onwaardig, hield ze zichzelf voor. *Goeie goden, hoe diep ben ik gezonken? Hij doet zijn best, zo geweldig zijn best, ik weet het, ik zie het, maar toch... ik ben Ned kwijt, de rots waarop mijn leven was gebouwd, het zou onverdraaglijk zijn als ik nu ook nog de meisjes zou verliezen...*

'Ik zal voor mijn zusters doen wat ik kan,' zei Robb. 'Als de koningin ook maar een greintje verstand heeft gaat ze akkoord met mijn voorwaarden. Zo niet, dan zorg ik ervoor dat ze de dag zal berouwen waarop ze ze van de hand wees.' Hij had duidelijk genoeg van het onderwerp. 'Moeder, weet u zeker dat u niet liever naar de Tweeling gaat? Daar bent u verder van de oorlog af, en u leert de dochters van heer Frey kennen, zodat u me kunt helpen mijn bruid te kiezen als de oorlog voorbij is.'

Hij wil me weg hebben, dacht Catelyn vermoeid. *Koningen worden niet geacht een moeder te hebben, naar het schijnt, en ik zeg dingen tegen hem die hij niet wil horen.* 'Robb, je bent oud en wijs genoeg om zonder je moeders hulp te beslissen wie van heer Walders meisjes je het liefste wilt.'

'Gaat u dan met Theon mee. Die vertrekt morgenochtend. Hij helpt de Mallisters die troep gevangenen naar Zeegaard brengen en dan neemt hij een schip naar de IJzereilanden. U kunt ook een schip zoeken, dan bent u met één maanwenteling terug in Winterfel, als de wind gunstig is. Bran en Rickon hebben u nodig.'

En jij niet, bedoel je dat? 'Mijn vader heeft niet veel tijd van leven meer. Zolang je grootvader nog leeft is mijn plaats bij hem in Stroomvliet.'

'Ik zou u kunnen bevelen te gaan. Als koning. Dat zou ik kunnen doen.'

Catelyn negeerde deze opmerking. 'En ik herhaal nog maar eens dat ik liever zou zien dat je iemand anders naar Piek stuurde en Theon Grauwvreugd bij je hield.'

'Wie kan beter met Balon Grauwvreugd onderhandelen dan zijn eigen zoon?'

'Jason Mallister,' opperde Catelyn. 'Tytos Zwartewoud. Stevron Frey. Iedereen... behalve Theon.'

Haar zoon knielde naast Grijze Wind. Hij woelde de vacht van de wolf om en vermeed zodoende haar blikken. 'Theon heeft dapper met ons gestreden. Ik heb u al verteld hoe hij Bran in het wolfswoud van de wildlingen heeft gered. Als de Lannisters weigeren vrede te sluiten zal ik heer Grauwvreugds langschepen nodig hebben.'

'Die krijg je eerder als je zijn zoon in gijzeling houdt.'

'Hij is al zijn halve leven een gijzelaar.'

'En niet zonder reden,' zei Catelyn. 'Balon Grauwvreugd is niet te vertrouwen. Bedenk dat hij zelf ooit een kroon heeft gedragen, zij het maar voor één seizoen. Misschien wil hij dat weer.'

Robb kwam overeind. 'Dat gun ik hem best. Als ik Koning in het Noorden ben, laat hem dan maar Koning van de IJzereilanden zijn, als hij dat zo graag wil. Ik zal hem met plezier een kroon geven, zolang hij ons maar helpt de Lannisters ten val te brengen.'

'Robb...'

'Ik stuur Theon. Dag moeder. Kom, Grijze Wind.' Met ferme passen liep Robb weg, geflankeerd door de schrikwolf.

Catelyn kon hem alleen nog maar nakijken. Haar zoon, en nu haar koning. Een vreemd gevoel. *Beveel*, had ze in de Motte van Cailin tegen hem gezegd. En dat deed hij nu. 'Ik ga naar vader,' kondigde ze abrupt aan. 'Kom mee, Edmar.'

'Ik moet nog praten met die nieuwe boogschutters die ser Desmond aan het trainen is. Ik ga later wel naar hem toe.'

Als hij dan nog leeft, dacht Catelyn, al zei ze niets. Haar broer zou zich liever in het strijdgewoel storten dan die ziekenkamer in te gaan.

De kortste weg naar de hoofdburcht waar haar vader op sterven lag voerde door het godenwoud, met zijn gras en wilde bloemen en dichte bosjes olmen en roodhout. De boomtakken waren nog rijk voorzien van ritselende bladeren, onkundig als ze waren van het nieuws dat veertien dagen geleden door de witte raaf naar Stroomvliet was gebracht. Het was herfst, had het Conclaaf verklaard, maar het had de goden nog niet behaagd dat al aan de wind en de bossen te melden. Catelyn was er naar behoren dankbaar voor. De herfst was een enerverende periode, met het spookbeeld van de winter in het verschiet. Zelfs de grootste wijzen wisten nooit of hun volgende oogst de laatste zou zijn.

Hoster Tulling, heer van Stroomvliet, lag in bed in de bovenzaal met zijn weidse uitzicht op het oosten, waar buiten de muren van zijn kasteel de Steenstort en de Rode Vork samenvloeiden. Hij sliep toen Catelyn binnenkwam. Zijn haar en baard waren even wit als zijn donzen dekbed, zijn eens zo stevige lichaam was gekrompen en broos gemaakt door de dood die in hem woekerde.

Naast het bed, nog met zijn maliënkolder en zijn vuil geworden reismantel aan, zat haar vaders broer, de Zwartvis. Zijn laarzen zaten onder het stof en de modder. 'Weet Robb al dat u terug bent, oom?' Als aanvoerder van zijn verkenners en voorrijders fungeerde ser Brynden Tulling als Robbs ogen en oren.

'Nee. Toen ik hoorde dat de koning hofdag hield ben ik meteen vanuit de stallen hierheen gegaan. Zijne Genade zal mijn nieuws eerst onder vier ogen willen vernemen, dunkt me.' De Zwartvis was een lange, magere man met grijs haar en afgemeten bewegingen, zijn gladgeschoren gezicht doorgroefd en door de wind verweerd. 'Hoe is het met hem?' vroeg hij, en ze wist dat hij het niet over Robb had.

'Weinig veranderd. De maester geeft hem droomwijn en papaversap tegen de pijn, dus slaapt hij meestal en eet hij te weinig. Hij lijkt met de dag zwakker te worden.'

'Spreekt hij nog?'

'Ja... maar wat hij zegt wordt steeds onsamenhangender. Hij praat over dingen waar hij spijt van heeft, over onafgemaakte taken, over mensen die allang dood zijn en lang vervlogen tijden. Soms weet hij niet welk seizoen het is, of wie ik ben. Eén keer noemde hij me bij mijn moeders naam.'

'Hij mist haar nog steeds,' antwoordde ser Brynden. 'Jij hebt haar gezicht. Ik zie het aan je jukbeenderen en je kaak...'

'U herinnert zich meer van haar dan ik. Het is lang geleden.' Ze ging op het bed zitten en streek een dunne witte haarsliert opzij die over haar vaders gezicht was gegleden.

'Telkens als ik eropuit ga vraag ik me af of ik hem bij mijn terugkeer levend of dood zal aantreffen.' Ondanks hun ruzies bestond er een diepe band tussen haar vader en de broer die hij eens had verstoten.

'U hebt in elk geval vrede met hem gesloten.'

Ze bleven een poosje zwijgend zitten, totdat Catelyn opkeek. 'U had het over nieuws dat Robb moest horen?' Heer Hoster kreunde en ging op zijn zij liggen, bijna alsof hij het had gehoord.

Brynden stond op. 'Kom mee naar buiten. We kunnen hem beter niet wekken.'

Ze volgde hem naar het driehoekige stenen balkon dat als de boeg van een schip vanaf de bovenzaal naar voren stak. Haar oom keek met gefronste wenkbrauwen omhoog. 'Je kunt hem nu ook bij dag zien. Mijn mannen noemen hem de Rode Bode... maar hoe luidt de boodschap?'

Catelyn hief haar ogen op naar waar de vage rode streep van de komeet een baan door de diepblauwe hemel trok, als een lange schram over het gezicht van god. 'De Grootjon heeft tegen Robb gezegd dat de oude goden een wraakbanier voor Ned hebben ontplooid. Edmar denkt dat het een zegeteken voor Stroomvliet is; hij ziet er een vis met een lange staart in, in de kleuren van Tulling, rood op een blauw veld.' Ze zuchtte. 'Ik wou dat ik dat kon geloven. Karmijn is een Lannister-kleur.'

'Dat ding is niet karmijnrood,' zei ser Brynden. 'En het is ook geen Tulling-rood, de kleur van de rode rivierklei. Dat daarboven is bloed, kindlief, uitgesmeerd over de hemel.'

'Ons bloed of het hunne?'

'Is er ooit een oorlog geweest waarin slechts één partij heeft gebloed?' Haar oom schudde kort zijn hoofd. 'Het rivierengebied rond het Godsoog baadt in bloed en vuur. De strijd heeft zich zuidwaarts naar het Zwarte water en noordwaarts naar gene zijde van de Drietand uitgebreid, bijna tot de Tweeling. Marq Pijper en Karyl Vannis hebben wat kleine overwinningen behaald, en dat zuidelijke jonkertje, Beric Dondarrion, berooft de rovers door de bevoorradingstroepen van heer Tywin te overvallen en dan weer in de bossen onder te duiken. Men zegt dat ser Berton Crakenhal zich erop beroemde dat hij Dondarrion gedood had totdat hij zijn colonne in een van heer Berics valstrikken liet tuinen en ze tot de laatste man omkwamen.'

'Een paar leden van Neds huiswacht uit Koningslanding hebben zich bij die heer Beric aangesloten,' herinnerde Catelyn zich. 'De goden mogen hen behoeden.'

'Dondarrion en die rode priester die met hem optrekt zijn slim genoeg om zichzelf te redden, als de verhalen kloppen,' zei haar oom, 'maar je vaders baanderheren, dat is een triester verhaal. Robb had ze nooit mogen laten gaan. Ze zijn als kaf uiteengeblazen. Iedereen vecht voor zijn eigen zaak, en dat is dwaasheid, Cat, pure dwaasheid. Jonos Vaaren is gewond geraakt tijdens de schermutseling in zijn slotruïne, en zijn neef Hendry is gesneuveld. Tytos Zwartewoud heeft de Lannisters van zijn grondgebied geveegd, maar ze hebben iedere koe, elk varken en iedere korrel graan meegenomen en hem slechts het Huis Ravenboom en een geblakerde woestenij ter verdediging overgelaten. De mannen van Darring hebben de burcht van hun heer weer ingenomen maar er nog geen veertien dagen standgehouden toen Gregor Clegane hen overviel en de hele bezetting over de kling joeg, hun heer incluis.'

Catelyn was ontzet. 'Darring was nog maar een kind.'

'Ja, en tevens de laatste van zijn geslacht. De jongen zou een fraaie losprijs hebben opgebracht, maar wat maalt een dolle hond als Gregor Clegane om goud? De kop van dat beest zou een eervol geschenk zijn voor alle inwoners van het rijk, dat zweer ik.'

Catelyn kende de kwalijke reputatie van ser Gregor, maar toch... 'Praat me niet van onthoofden, oom. Cersei heeft het hoofd van Ned op een piek boven op de Rode Burcht neergezet en aan de kraaien en vliegen overgeleverd.' Zelfs nu nog kon ze maar moeilijk geloven dat hij echt dood was. Soms werd ze 's nachts in het donker wakker, half in slaap, en dan verwachtte ze heel even hem naast zich aan te treffen. 'Clegane knapt alleen maar het vuile werk voor heer Tywin op.' Want van Tywin Lannister, heer van de Rots van Casterling, landvoogd van het Westen, de vader van koningin Cersei, ser Jaime de Koningsmoordenaar en Tyrion de Kobold, en de grootvader van Joffry Baratheon, de onlangs gekroonde kind-koning, ging het werkelijke gevaar uit, meende Catelyn.

'Maar al te waar,' gaf ser Brynden toe. 'En Tywin Lannister is bepaald geen dwaas. Die zit veilig achter de muren van Harrenhal. Hij voedt zijn strijdkrachten met onze oogst, en wat hij niet rooft steekt hij in brand. Gregor is niet de enige hond die hij op ons afhitst. Ook ser Amaury Lors maakt het gebied onveilig, en een of andere huurling uit Qohor die de mensen liever verminkt dan doodt. Ik heb gezien hoe ze de zaak achterlaten. Hele dorpen in de as gelegd, vrouwen verkracht en verminkt, kinderen afgeslacht en hun lijken voor de wolven en wilde honden gegooid... zelfs de doden zouden er misselijk van worden.'

'Als Edmar dat hoort zal hij furieus zijn.'

'En dat is dan net wat heer Tywin graag wil. Zelfs terreur heeft een bedoeling, Cat. Lannister wil een veldslag uitlokken.'

'En het zit erin dat Robb aan die wens zal voldoen,' zei Catelyn geprikkeld. 'Hier is hij rusteloos als een kat, en Edmar, de Grootjon en de overigen hitsen hem op.' Haar zoon had twee grote overwinningen behaald door ser Jaime in het Fluisterwoud in de pan te hakken en toen diens leger, dat zonder aanvoerder voor de muren van Stroomvliet lag, uiteen te slaan in de Slag van de Kampen. Maar als je sommigen van zijn baanderheren moest geloven was hij de wedergeboren Aegon de Veroveraar in eigen persoon.

Brynden Zwartvis trok een borstelige grijze wenkbrauw op. 'Des te dwazer zijn ze. Mijn krijgswet nummer één, Cat: nóóit de vijand zijn zin geven. Dat zou heer Tywin wel willen, op een slagveld van eigen keus vechten. Hij wíl juist dat we tegen Harrenhal optrekken.'

'Harrenhal.' Ieder kind van de Drietand kende de verhalen die de ronde deden over Harrenhal, het uitgestrekte fort dat koning Harren de Zwarte had opgetrokken aan de wateren van het Godsoog, nu driehonderd jaar geleden, toen de Zeven Koninkrijken nog zeven koninkrijken waren en de ijzermannen van de eilanden over het rivierengebied heersten. In zijn trots had Harren de grootste zaal en de hoogste torens van heel Westeros willen hebben. In veertig jaar was zijn fort als een enorme schaduw op de oever van het meer verrezen terwijl Harrens legers de buurlanden beroofden van steen, hout, goud en werklieden. Duizenden gevangenen hadden in zijn steengroeven de dood gevonden, vastgeketend aan zijn sleeën of zwoegend aan zijn vijf kolossale torens. 's Winters vroren de mannen dood, 's zomers stierven ze van de hitte. Weirbomen die daar al drieduizend jaar stonden, werden gekapt om palen en balken van te maken. Harren had zowel het rivierengebied als de IJzereilanden tot de bedelstaf gebracht om zijn droom meer glans te geven. En toen Harrenhal eindelijk klaar was, ja precies op de dag dat koning Harren er zijn intrek nam, was Aegon de Veroveraar bij Koningslanding aan wal gegaan.

Catelyn herinnerde zich hoe ouwe Nans dat verhaal in Winterfel aan haar kinderen placht te vertellen. 'En zo ontdekte koning Harren dat dikke muren en hoge torens weinig uitrichten tegen draken,' placht het slot van het verhaal te luiden. 'Want draken kunnen *vliegen*.' Harren was met heel zijn geslacht te gronde gegaan bij de branden die zijn monsterlijke fort hadden verteerd, en elk geslacht dat sinds die tijd in Harrenhal had gezeteld, was in het ongeluk gestort. Het mocht dan sterk zijn, het was een duister en vervloekt oord.

'Ik zou Robb niet graag slag zien leveren in de schaduw van die burcht,' gaf Catelyn toe. 'Toch moeten we íéts doen, oom.'

'En snel ook,' beaamde deze. 'Ik heb je het ergste nog niet verteld, kind. De mannen die ik naar het westen heb gezonden, kwamen terug met het nieuws dat bij de Rots van Casterling een nieuw leger op de been wordt gebracht.'

Nóg een leger van de Lannisters. Het idee alleen al maakte haar onpasselijk. 'Dat moet Robb meteen horen. Wie krijgt het opperbevel?'

'Ser Steffert Lannister, naar het heet.' Hij keerde zich opzij om over de rivieren uit te kijken, en zijn roodblauwe mantel wapperde in de wind.

'Weer een neefje?' De Lannisters van de Rots van Casterling waren een vermaledijd groot en vruchtbaar geslacht.

'Neef,' verbeterde ser Brynden haar. 'En een broer van wijlen de echtgenote van heer Tywin, dus dubbel verwant. Een ouwe vent, en een beetje sullig, maar hij heeft een zoon, ser Daven, van wie meer te duchten valt.'

'Laten we dan maar hopen dat het de vader is en niet de zoon die dat leger zal aanvoeren.'

'We hebben nog even tijd voor we ze tegenover ons krijgen. Deze legermacht bestaat uit huurlingen, vrijruiters en onervaren knapen uit de sloppen van Lannispoort. Ser Steffert zal ze eerst moeten bewapenen en drillen voordat hij een veldslag met ze kan riskeren... en vergis je niet, heer Tywin is geen Koningsmoordenaar. Die stort zich niet halsoverkop in de strijd. Hij zal geduldig afwachten tot ser Steffert optrekt voor hij achter de muren van Harrenhal vandaan komt.'

'Tenzij...' zei Catelyn.

'Ja?' drong ser Brynden aan.

'Tenzij hij Harrenhal wel móét verlaten,' zei ze, 'om een andere bedreiging het hoofd te bieden.'

Haar oom keek haar peinzend aan. 'Heer Renling.'

'Koning Renling.' Als ze die man om hulp ging vragen moest ze hem de titel gunnen die hij zich had aangemeten.

'Misschien.' De Zwartvis glimlachte, een gevaarlijk klein lachje. 'Maar die zal er iets voor terugvragen.'

'Hij zal vragen waar koningen altijd om vragen,' zei ze. 'Een eed van trouw.'

Tyrion

Janos Slink was een slagerszoon en hij lachte als een man die bezig is vlees te hakken. 'Nog wat wijn?' vroeg Tyrion.

'Daar ben ik niet tegen,' zei heer Janos en hij stak zijn beker uit. Zijn lijf leek op een ton, en er kon ook net zoveel in. 'Daar ben ik absoluut niet tegen. Een hele goeie rooie. Uit het Prieel?'

'Uit Dorne.' Tyrion gebaarde, en zijn bediende schonk in. Op de bedienden na waren hij en heer Janos alleen in de Kleine Zaal, gezeten aan een kleine, door kaarsen verlichte tafel, omringd door duisternis. 'Ronduit een vondst. Wijnen uit Dorne zijn zelden zo rond.'

'Rond,' zei de forse kerel met het kikkersmoel en hij nam een forse teug. Janos Slink was er de man niet naar om te nippen, zoals Tyrion meteen al had vastgesteld. 'Ja, rond, precies het woord dat ik zocht, *precies*. U bent een begaafd spreker, heer Tyrion, als ik het zeggen mag. En u komt met een koddig verhaal. Koddig, ja.'

'Fijn dat u daar zo over denkt... maar ik ben geen heer, zoals u. Gewoon *Tyrion* is wat mij betreft genoeg, heer Janos.'

'Zoals u wenst.' Hij nam nog een slok, en er druppelde wijn op de voorkant van zijn zwartsatijnen wambuis. Hij droeg een halflange cape van goudbrokaat, bijeengehouden door een miniatuurspeertje waarvan de punt donkerrood geëmailleerd was. En hij was flink dronken.

Tyrion stak een hand voor zijn mond en liet een beleefd boertje. Anders dan heer Janos had hij kalm aan gedaan met de wijn, maar hij was erg verzadigd. Het eerste dat hij had gedaan nadat hij zijn intrek in de Toren van de Hand had genomen, was vragen wie de beste kokkin in de stad was en die in dienst nemen. Vanavond hadden ze genoten van ossenstaartsoep, zomergroenten met gemalen pecannoten, druiven, rode venkel en geraspte kaas, warme krabbenpastei, gekruide vruchtenmoes en kwartels in botersaus. Elke gang werd door weer een andere wijn weggespoeld. Heer Janos bekende dat hij nog nooit ook maar half zo goed had geten. 'Dat zal ongetwijfeld veranderen zodra u zich in Harrenhal vestigt,' zei Tyrion.

'Dat is een ding dat zeker is! Misschien moet ik die kokkin van u vragen of ze bij mij in dienst komt, wat zou u daarvan zeggen?'

'Er is wel oorlog gevoerd om minder,' zei hij, en daar moesten ze allebei hartelijk en langdurig om lachen. 'U durft wel, dat u uw zetel in Harrenhal wilt vestigen. Zo'n grimmig oord, en zo geweldig gróót... Kostbaar in het onderhoud. En volgens sommigen nog vervloekt ook.'

'Moet ik bang zijn voor een stapel stenen?' De gedachte alleen al deed hem schaterlachen. 'Ik durf, zegt u. Je moet durven om het ver te schoppen. Helemaal tot Harrenhal, ja! En waarom niet? Dat weet u best. U durft ook, ik voel het. Klein misschien, maar dapper.'

'U bent al te vriendelijk. Nog wat wijn?'

'Nee. Nee, echt, ik... Alle goden, verdorie, já! Waarom niet? Wie durft, drinkt wat hij kan!'

'Een waar woord.' Tyrion vulde heer Slinks beker tot de rand. 'Ik heb mijn oog eens over de namen laten gaan die u hebt opgegeven om uw plaats als bevelhebber van de Stadswacht in te nemen.'

'Goeie kerels. Prima kerels. Alle zes heel geschikt, maar ik zou Allar Diem kiezen. Mijn rechterhand. Prima, prima kerel. Trouw. Kies hem, en u zult er geen spijt van krijgen. Als hij de instemming van de koning heeft.'

'Uiteraard.' Tyrion nam een klein slokje van zijn eigen wijn. 'Ik overwoog ser Jacelyn Bijwater. Die is al drie jaar wachtmeester bij de Modderpoort. Hij heeft zijn moed bewezen tijdens de rebellie van Balon Grauwvreugd en is in Piek door koning Robert tot ridder geslagen. Toch komt zijn naam niet op uw lijstje voor.'

Heer Janos Slink nam een teug wijn en liet die even in zijn mond ronddraaien voordat hij slikte. 'Bijwater. Tja. Een dappere kerel, dat wel, maar toch... hij is zo *star*, die man. Een vreemde snoeshaan. De manschappen hebben het niet zo op hem. En verminkt bovendien, heeft in Piek een hand verloren, daarom is hij tot ridder geslagen. Een slechte ruil, als u het mij vraagt, een hand voor een *ser*.' Hij lachte. 'Ser Jacelyn heeft naar mijn mening een te hoge dunk van zichzelf en zijn eer. Die kunt u beter laten waar hij is, he... Tyrion. Allar Diem, dat is uw man.'

'Diem is in de stad niet zo gezien, is mij verteld.'

'Ze zijn bang voor hem. Dat is beter.'

'Wat heb ik ook alweer over hem gehoord? Een rel in een bordeel?'

'O, dat. Daar kon hij niets aan doen, he... Tyrion. Welnee. Hij was helemaal niet van plan die vrouw te doden, dat was haar eigen schuld. Hij zei nog dat ze opzij moest gaan, zodat hij zijn plicht kon doen.'

'Maar toch... moeders en kinderen... Hij had kunnen weten dat ze zou proberen de baby te beschermen.' Tyrion glimlachte. 'Neem nog wat kaas, die smaakt erg lekker bij deze wijn. Waarom had u Diem eigenlijk voor die trieste taak uitgekozen?'

'Een goed bevelhebber kent zijn mannen, Tyrion. De een doet dit goed, de ander dat. Een zuigeling uit de weg ruimen, dat vergt een bepaalde persoonlijkheid. Niet iedereen doet dat. Al was het dan maar een hoer met haar welp.'

'Ja, dat zal wel,' zei Tyrion, en hij hoorde: *maar een hoer*. Hij moest aan Shae denken, en aan Tysha, lang geleden, en aan al die andere vrouwen die door de jaren heen zijn geld en zijn zaad hadden ontvangen.

Zonder iets te merken vervolgde Slink: 'Een harde kerel voor een harde plicht, dat is Allar Diem. Doet wat hem gezegd wordt en rept er na afloop met geen woord meer over.' Hij sneed een plak kaas af. 'Die is inderdaad lekker. Scherp. Geef mij maar een lekker scherp mes en een lekker scherpe kaas, en ik ben een gelukkig man.'

Tyrion haalde zijn schouders op. 'Geniet ervan nu het nog kan. Nu het rivierengebied in brand staat en Renling koning in Hooggaarde is, wordt lekkere kaas binnenkort een schaars goed. Wie hebt u trouwens op de bastaard van die hoer afgestuurd?'

Heer Janos wierp Tyrion een waakzame blik toe. Toen lachte hij en hij bewoog de kaas als een vermanend vingertje heen en weer. 'U bent een slimmerik, Tyrion. Dacht zeker dat u me erin kon laten trappen? Er is meer voor nodig dan wijn en kaas om Janos Slink zijn mond voorbij te laten praten. Daar ga ik prat op. Nooit vragen stellen, en na afloop geen commentaar. Ik niet.'

'Net als Diem.'

'Precies. Maak hem bevelhebber als ik naar Harrenhal ga, en u krijgt er geen spijt van.'

Tyrion brak een klein brokje kaas af. Die was inderdaad scherp, en met wijn dooraderd. Een delicatesse. 'Wie de koning ook benoemt, hij zal het in uw harnas niet makkelijk krijgen, dat kan ik u nu al voorspellen. Heer Mormont heeft met hetzelfde probleem te kampen.'

Heer Janos keek verbaasd. 'Ik dacht dat dat een vrouw was. Mormont. Deelt het bed met beren, die bedoelt u toch?'

'Ik had het over haar broer. Jeor Mormont, de opperbevelhebber van de Nachtwacht. Toen ik hem op de Muur bezocht, vertelde hij hoeveel zorgen het vinden van een goede opvolger hem baarde. De Wacht krijgt tegenwoordig nog maar zo weinig goede mannen.' Tyrion grinnikte. 'Met iemand als u zou hij beter kunnen slapen, stel ik me zo voor. Of de dappere Allar Diem.'

Heer Janos brulde van de lach. 'Weinig kans!'

'Daar ziet het niet naar uit, nee,' zei Tyrion, 'maar toch neemt het leven soms rare wendingen. Neemt u bijvoorbeeld Eddard Stark. Die zal nooit gedacht hebben dat zijn leven nog eens op de trappen van de Sept van Baelor zou eindigen.'

'Dat dachten er maar verdraaid weinig,' gaf heer Janos Slink toe, terwijl hij gniffelde.

Tyrion gniffelde ook. 'Jammer dat ik er niet bij was. Ze zeggen dat zelfs Varys erdoor overvallen werd.'

Heer Janos lachte zo hard dat zijn buik ervan schudde. 'De spin,' zei hij. 'Die weet alles, zeggen ze. Nou, dát wist hij toch niet.'

'Hoe kon hij ook?' Tyrion liet een eerste zweem van kilte in zijn stem kruipen. 'Hij had geholpen mijn zuster over te halen Stark te begenadigen, op voorwaarde dat hij het zwart zou aannemen.'

'Huh?' Janos Slink knipperde wazig in Tyrions richting.

'Mijn zuster Cersei,' herhaalde Tyrion, met iets meer klem, voor het geval de idioot eraan twijfelde wie hij bedoelde. 'De regentes.'

'Ja.' Slink nam een slok. 'Wat dat betreft, welnu... de koning had het bevolen, heer. De koning zelf.'

'De koning is dertien,' bracht Tyrion hem in herinnering.

'Maar toch. Hij ís de koning.' Slink fronste zijn voorhoofd, en zijn onderkin trilde. 'Heer van de Zeven Koninkrijken.'

'In elk geval een of twee van de zeven,' zei Tyrion met een zuur lachje. 'Zou ik uw speer eventjes mogen bekijken?'

'Mijn speer?' Heer Janos knipperde verward met zijn ogen.

Tyrion wees. 'Die broche waarmee uw cape is vastgespeld.'

Aarzelend trok heer Janos het sieraad eruit en overhandigde het aan Tyrion.

'In Lannispoort hebben we goudsmeden die beter werk leveren,' meende hij. 'Dat bloedrode email is net een tikje té, als u mij niet kwalijk neemt. Zegt u eens, heer, hebt u die man persoonlijk een speer in zijn rug gestoken, of daar alleen bevel toe gegeven?'

'Ik heb het bevel gegeven, en dat zou ik weer doen. Heer Stark was een verrader.' De kale plek boven op Slinks hoord was rood als een biet, en zijn cape van goudbrokaat was van zijn schouders op de vloer gegleden. 'De man probeerde me om te kopen.'

'Zonder te vermoeden dat u al gekocht was.'

Met een klap zette Slink zijn wijnbeker neer. 'Bent u dronken? Als u denkt dat ik hier blijf zitten om mijn eer in twijfel te laten trekken...'

'Wat voor eer? Ik geef toe dat u een betere koop gesloten hebt dan ser Jacelyn. Een titel en een kasteel in ruil voor een speer in iemands rug, en die speerstoot was niet eens nodig.' Hij gooide het gouden sieraad weer naar Janos Slink. Het stuiterde van zijn borst en kletterde op de vloer toen de man opstond.

'Uw toon bevalt mij niet, he... Kobold. Ik ben heer van Harrenhal en lid van de koninklijke raad. Wie ben jij, dat je me op die manier de les leest?'

Met zijn hoofd schuin zei Tyrion: 'Ik denk dat u heel goed weet wie ik ben. Hoeveel zonen hebt u?'

'Wat heb jij met mijn zonen te maken, dwerg?'

'Dwerg?' Hij stoof op. 'U had het bij Kobold moeten laten. Ik ben Tyrion van het huis Lannister, en als de goden u zelfs maar het benul van een zeeslak hebben gegeven, zult u ze op een dag op uw blote knieën danken dat u met mij te maken had, en niet met mijn edele vader. En nu nog eens: *hoeveel zonen hebt u?*'

Tyrion zag de plotselinge vrees in Janos Slinks ogen. 'D-drie, heer. En een dochter. Alstublieft, heer...'

'U hoeft niet te bedelen.' Hij liet zich van zijn stoel glijden. 'Er zal hun niets overkomen, op mijn woord. De jongere knapen zullen elders als schildknapen worden opgenomen. Als ze goed en trouw dienst doen zullen ze het te zijner tijd tot ridder brengen. Niemand zal ooit kunnen beweren dat het huis Lannister bewezen diensten niet beloont. Uw oudste zoon zal de titel heer Slink erven, samen met dat stuitende wapenteken van u.' Hij gaf een trap tegen het gouden speertje, zodat het wegkeilde over de vloer. 'Er zal een stuk grond voor hem worden gezocht en hij mag een eigen stamslot bouwen. Het zal geen Harrenhal zijn, maar goed genoeg. Zijn zusters huwelijk zal hij zelf moeten arrangeren.'

Het gezicht van Janos Slink was van rood bleek geworden. 'W-wat... wat gaat u...' Zijn onderkin trilde als een berg niervet.

'Wat ik met u ga doen?' Tyrion liet de pummel nog even sidderen voordat hij antwoord gaf. 'Het galjoen de *Zomerdroom* vaart uit op het ochtendtij. De kapitein heeft me verteld dat zijn schip Meeuwstede, de Drie Zusters, het eiland Skagos en Oostwacht-aan-Zee zal aandoen. Als u opperbevelhebber Mormont ziet, groet hem dan hartelijk van me en zeg tegen hem dat ik de noden van de Nachtwacht niet vergeten ben. Ik wens u een lang leven en een goede dienst toe, heer.'

Zodra Janos Slink begrepen had dat hij niet standrechtelijk zou worden geëxecuteerd keerde de kleur in zijn gezicht terug. Hij stak zijn kin naar voren. 'Dat zullen we nog weleens zien, Kobold. *Dwerg*. Misschien zit jij straks wel op dat schip, wat zou je daarvan zeggen? Misschien zit jij straks op de Muur.' Hij lachte kort en nerveus. 'Jij met je dreigementen, welnu, we zullen zien. Ik ben de vriend van de koning, weet je dat? Eens kijken wat Joffry hiervan vindt. En Pinkje, en de koningin, o ja. Janos Slink heeft heel wat vrienden. We zullen nog weleens zien wie er gaat varen, dat beloof ik je. Waarachtig.'

Slink draaide zich op zijn hakken om als de wachter die hij eens was geweest en schreed de Kleine Zaal over de hele lengte door. Zijn laarzen galmden op de steen. Hij stampte met veel lawaai de trap op, gooide de deur open... en stond oog in oog met een lange kerel met een vierkante kaak in een zwart borstharnas en een gouden mantel om. Aan de stomp van zijn rechterpols zat een ijzeren hand gebonden. 'Janos,' zei hij, en zijn diepliggende ogen fonkelden onder zijn borstelige wenkbrauwen en zijn peper-en-zoutkleurige bos haar. Zes goudmantels schoven stilletjes achter hem aan de Kleine Zaal in toen Janos Slink achteruitdeinsde.

'Heer Slink,' riep Tyrion. 'Ik denk dat u ser Jacelyn Bijwater, de nieuwe bevelhebber van de Stadswacht, wel kent.'

'We hebben een draagkoets voor u gereedstaan, heer,' zei ser Jacelyn. 'De haven is donker en afgelegen en het is 's nachts niet veilig op straat. Mannen.'

Terwijl de goudmantels hun voormalige bevelhebber de zaal uit leidden riep Tyrion ser Jacelyn bij zich en overhandigde hem een rol perkament. 'Het is een lange reis, en heer Slink zal behoefte hebben aan gezelschap. Zorg dat deze zes hem op de *Zomerdroom* vergezellen.'

Bijwater wierp even een blik op de namen en glimlachte. 'Zoals u wenst.'

'Die ene,' zei Tyrion zachtjes, 'Diem. Zeg tegen de kapitein dat het niet verkeerd opgenomen zou worden als die overboord ging voor ze Oostwacht bereiken.'

'Ze zeggen dat de zee in het noorden nogal stormachtig is, heer.' Ser Jacelyn boog en vertrok, en zijn mantel wapperde achter hem aan. Onderweg trapte hij op Slinks cape van goudbrokaat.

Tyrion bleef alleen achter en nipte van het restant van de goede, zoete wijn uit Dorne. Bedienden kwamen en gingen en ruimden de tafel af. Hij beval hun de wijn te laten staan. Toen ze klaar waren kwam Varys de zaal binnenschuiven, gehuld in golvende, lavendelkleurige gewaden die pasten bij zijn parfum. 'Een zoete overwinning, waarde heer.'

'Waarom heb ik dan een galsmaak in mijn mond?' Hij drukte zijn vingers tegen zijn slapen. 'Ik heb gezegd dat ze Allar Diem in zee moesten smijten. Ik ben ernstig in de verleiding om dat ook met u te doen.'

'Het resultaat zou u wellicht teleurstellen,' antwoordde Varys. 'De stormen komen en gaan, de golven rijzen huizenhoog, grote vissen vreten de kleintjes op, en ik peddel maar door. Mag ik u lastig vallen en die wijn eens proeven die heer Slink zo lekker vond?'

Met gefronste wenkbrauwen wuifde Tyrion naar de flacon.

Varys vulde een beker. 'Ah. Zoet als de zomer.' Hij nam nog een slokje. 'Ik hoor de druiven zingen op mijn tong.'

'Ik vroeg me al af wat dat voor herrie was. Zeg tegen de druiven dat ze hun mond houden, mijn hoofd barst bijna. Het was mijn zuster. Dat is wat die o-zo-trouwe heer Janos weigerde te zeggen. *Cersei* heeft de goudmantels naar dat bordeel gestuurd.'

Varys giechelde nerveus. Dus hij had het al die tijd geweten.

'Dat deel had u weggelaten,' zei Tyrion verwijtend.

'Uw eigen lieve zuster,' zei Varys, en hij klonk zo aangeslagen dat zijn tranen niet ver meer leken. 'Dat is hard om tegen een man te zeggen, heer. Ik was bang voor uw reactie. Kunt u het mij vergeven?'

'Nee,' snauwde Tyrion. 'Verrek toch. Laat *haar* verrekken.' Hij wist dat hij niet aan Cersei kon komen. Nog niet, zelfs niet als hij het wilde, en hij wist bepaald niet zeker of hij het wilde. Toch stak het hem dat hij hier het recht zat te verkrachten door sneue figuren als Janos Slink en Allar Diem te straffen terwijl zijn zuster haar nietsontziende koers vervolgde. 'In de toekomst vertelt u mij wat u weet, heer Varys. Alles wat u weet.'

Het glimlachje van de eunuch was sluw. 'Dat zou nogal wat tijd in beslag kunnen nemen, waarde heer. Ik weet vrij veel.'

'Niet voldoende om dit kind te redden, naar het schijnt.'

'Helaas niet. Er was nog een bastaard, een jongen. Die was ouder, en ik heb stappen ondernomen om hem in veiligheid te brengen... maar ik moet bekennen dat ik geen moment bevroed heb dat de baby gevaar liep. Een meisje, van lage komaf, nog geen jaar oud, en het kind van een hoer. Wat voor bedreiging hield zij nu in?'

'Ze was van Robert,' zei Tyrion verbitterd. 'Voor Cersei was dat blijkbaar genoeg.'

'Ja. Wat in- en intriest. Ik verwijt mezelf de dood van dat arme lieve kindje en haar moeder, die nog zo jong was, en zo van de koning hield.'

'Was dat zo?' Tyrion had het gezicht van het dode meisje nooit gezien, maar naar zijn idee was ze Shae en Tysha tegelijk. 'Kan een hoer oprecht van iemand houden, vraag ik me af? Nee, niet antwoorden. Sommige dingen wil ik liever niet weten.' Hij had Shae in een ruim vakwerkhuis met een eigen put, stal en tuin ondergebracht, hij had haar bedienden gegeven om in haar behoeften te voorzien, een witte vogel van de Zomereilanden om haar gezelschap te houden, zijde, zilver en edelstenen om zich mee te tooien en wachters om haar te beschermen. Toch was ze ongedurig. Ze wilde vaker bij hem zijn, zei ze. Ze wilde hem dienen en helpen. 'Hier tussen de lakens help je me het meeste,' had hij op een nacht gezegd toen ze de liefde hadden bedreven en hij naast haar lag met zijn hoofd op haar borst en een aangenaam soort gevoeligheid in zijn lendenen. Ze had geen antwoord gegeven, behalve met haar ogen. Daarin stond te lezen dat het niet was geweest wat ze had willen horen.

Met een zucht reikte Tyrion weer naar de wijn. Toen, heer Janos indachtig, duwde hij de flacon weg. 'Het schijnt dat mijn zuster de waarheid heeft gesproken over Starks dood. Die waanzin hebben we aan mijn neef te danken.'

'Koning Joffry heeft het bevel gegeven. Janos Slink en ser Ilyn Peyn hebben het uitgevoerd, snel en zonder aarzelen...'

'... bijna alsof ze het verwachtten. Maar dat hebben we allemaal al gehad, zonder dat we veel verder kwamen. Dwaasheid.'

'Nu u de Stadswacht in handen hebt, heer, verkeert u in de juiste positie om te voorkomen dat Zijne Genade nog meer... dwaasheden zal begaan. Natuurlijk hebben we nog rekening te houden met de huiswacht van de koningin...'

'De roodmantels?' Tyrion haalde zijn schouders op. 'Vylars trouw geldt de Rots van Casterling. Hij weet dat ik hier ben op gezag van mijn vader. Cersei zou er een harde dobber aan hebben die man tegen mij op te zetten... en het zijn er trouwens maar honderd. Zelf heb ik er anderhalf keer zoveel. *En* zesduizend goudmantels, als Bijwater de man is die u beweert.'

'U zult ser Jacelyn moedig, eerzaam, gehoorzaam... en uitermate dankbaar bevinden.'

'Jegens wie, vraag ik me af?' Tyrion vertrouwde Varys niet, al was hij ontegenzeggelijk waardevol. Het leed geen twijfel of hij wist dingen. 'Waarom bent u eigenlijk zo behulpzaam, heer Varys?' vroeg hij terwijl hij diens zachte handen, het gepoederde, baardeloze gezicht en het slijmerige lachje bestudeerde.

'U bent de Hand. Ik dien het rijk, de koning en u.'

'Zoals u Jon Arryn en Eddard Stark hebt gediend?'

'Ik heb heer Arryn en heer Stark naar beste vermogen gediend. Hun voortijdige dood heeft mij bedroefd en ontzet.'

'Hoe moet ík me dan wel niet voelen? Ik ben waarschijnlijk de volgende.'

'O nee hoor,' zei Varys terwijl hij de wijn in zijn beker liet ronddraaien. 'Macht is iets eigenaardigs, heer. U hebt wellicht nog nagedacht over het raadsel dat ik u heb opgegeven, die dag in de herberg?'

'Het is me een paar keer door het hoofd gegaan,' beaamde Tyrion. 'De koning, de priester, de rijkaard... Wie blijft er leven, wie vindt de dood? Wie zal de zwaardvechter gehoorzamen? Het is een raadsel zonder antwoord, of eigenlijk met te veel antwoorden. Alles hangt af van de man met het zwaard.'

'En toch is hij niemand,' zei Varys. 'Hij heeft kroon noch goud, noch de gunst van de goden, slechts een stuk scherpgepunt staal.'

'Dat stuk staal behelst de macht over leven en dood.'

'Precies... maar als het in wezen de zwaardvechters zijn die over ons heersen, waarom doen we dan alsof de koningen de macht in handen hebben? Waarom zou een sterke man met een zwaard *ooit* een kind-koning als Joffry gehoorzamen, of een bezopen lomperd als zijn vader?'

'Omdat die kind-koningen en die dronken lomperds andere sterke mannen met andere zwaarden kunnen ontbieden.'

'Dan bezitten die andere zwaardvechters toch zeker de macht? Of niet? Waar komen hun zwaarden vandaan? Waarom gehoorzamen zij?' Varys glimlachte. 'Sommigen zeggen: kennis is macht. Anderen vertellen ons dat alle macht van de goden komt. Weer anderen zeggen dat macht uit de wet voortkomt. Maar toch... die dag op de trappen van de Sept van Baelor waren zowel onze godvruchtige Hoge Septon als de wettige regentes als uw dienaar met al zijn kennis even machteloos als de eerste de beste schoenmaker of kuiper in de menigte. Wie heeft Eddard Stark eigenlijk gedood, denkt u? Joffry, die het bevel gaf? Ser Ilyn Peyn, die het beulszwaard hanteerde? Of... nog iemand anders?'

Tyrion hield zijn hoofd schuin. 'Komt u eigenlijk dat vervloekte raadsel van u beantwoorden, of alleen mijn hoofdpijn verergeren?'

Varys glimlachte. 'Welnu dan. De macht zetelt daar waar de mensen denken dat ze zetelt. Niet meer en niet minder.'

'Dus macht is een toneelspelerskunstje?'

'Een schaduw op de wand,' prevelde Varys. 'Toch kunnen schaduwen doden. En vaak kan een klein mannetje een lange schaduw werpen.'

Tyrion glimlachte. 'Heer Varys, ik begin merkwaardig op u gesteld te raken. Wie weet zal ik u desondanks doden, maar ik denk wel dat dat mij heel treurig zou stemmen.'

'Dat beschouw ik als een groot compliment.'

'Wat bent u, Varys?' Tyrion merkte dat hij het echt graag wilde weten. 'Een spin, naar men zegt.'

'Spinnen en verklikkers zijn zelden geliefd, heer. Ik ben slechts een trouw dienaar van het rijk.'

'En een eunuch. Laten we dat niet vergeten.'

'Dat overkomt mij zelden.'

'Ik ben ook voor halve man uitgemaakt, maar toch denk ik dat de goden mij beter gezind zijn geweest. Ik ben klein, met kromme benen, en de vrouwen bezien mij zelden met begeerte... maar toch ben ik een man. Shae is de eerste niet die mijn bed opluistert, en op een dag neem ik misschien wel een vrouw en verwek ik een zoon. Als de goden goed zijn zal hij het uiterlijk van zijn oom en de hersens van zijn vader hebben. U wordt niet door een dergelijke hoop staande gehouden. Dwergen zijn een grap van de goden, maar eunuchen worden door mensen gemaakt. Wie heeft u gesneden, Varys? Wanneer, en waarom? Wie bént u eigenlijk?'

De glimlach van de eunuch verflauwde geen ogenblik, maar in zijn ogen glinsterde iets dat geen vermaak was. 'Heel vriendelijk van u om dat te vragen, heer, maar mijn verhaal is lang en triest en wij moeten het nu over verraad hebben.' Hij trok een perkament uit de mouw van zijn gewaad. 'De kapitein van het *Witte Hert*, de koninklijke galei, heeft het plan beraamd om over drie dagen het anker te lichten om zijn zwaard en schip aan heer Stannis aan te bieden.'

Tyrion zuchtte. 'Ik neem aan dat we de man tot bloedig voorbeeld moeten laten strekken.'

'Ser Jacelyn zou hem kunnen laten verdwijnen, maar een proces in aanwezigheid van de koning zou ons ervan verzekeren dat de rest van de kapiteins trouw blijft.'

En het houdt bovendien mijn neef bezig. 'Zoals u zegt. Noteer hem maar voor een dosis van Joffry's gerechtigheid.'

Varys maakte een aantekening op het perkament. 'Ser Horas en ser Hobber Roodweyn hebben een wachter omgekocht om hen morgennacht door een zijpoortje naar buiten te laten. Men heeft gezorgd dat ze vermomd als roeiers kunnen uitvaren op de *Maanrenner*, een galei uit Pentos.'

'Kunnen we ze niet een paar jaar aan die riemen vastleggen om te kijken of ze dat leuk vinden?' Hij glimlachte. 'Nee, mijn zuster zou in alle staten raken bij het verlies van zulke dierbare gasten. Stel ser Jacelyn op de hoogte. Grijp de man die ze hebben omgekocht en leg hem uit wat een eer het is om als broeder van de Nachtwacht te mogen dienen. En posteer wat mannetjes bij de *Maanrenner*, voor het geval de Roodweyns nog een wachter vinden die slecht bij kas is.'

'Zoals u wilt.' Weer een aantekening op het perkament. 'Uw man Timet heeft vanavond in een speelhol aan de Zilverstraat de zoon van een wijnkoopman gedood. Hij beschuldigde hem van valsspelen.'

'Was dat waar?'

'Ongetwijfeld.'

'Dan staan de eerlijke lieden van deze stad nu bij Timet in het krijt. Ik zal zorgen dat de koning hem zijn dankbaarheid betoont.'

De eunuch giechelde nerveus en maakte weer een aantekening. 'Dan hebben we nog een plotselinge pestilentie van vrome lieden. Naar het schijnt heeft die komeet alle mogelijke rare priesters, predikers en profeten voortgebracht. Ze bedelen in kroegen en wijnschenkerijen en voorspellen ondergang en verderf aan iedereen die maar luisteren wil.'

Tyrion haalde zijn schouders op. 'Er zijn bijna driehonderd jaar verstreken sinds Aegons landing, dus dat was te verwachten. Laat maar bazelen.'

'Ze jagen de mensen angst aan, heer.'

'Ik dacht dat u dat deed.'

Varys sloeg een hand voor zijn mond. 'Wat gemeen van u om zoiets te zeggen! Nog een laatste puntje. Gisteravond heeft vrouwe Tanda een diner gegeven. Ik heb hier het menu en de gastenlijst, dan kunt u die bekijken. Toen de wijn ingeschonken was stond ser Gyllis op om een heildronk op de koning uit te brengen, en ser Balon Swaan schijnt toen te hebben opgemerkt: '*Daar zijn wel drie heildronken voor nodig.*' Hij kreeg veel lachers op zijn hand...'

Tyrion hief een hand op. 'Genoeg. Ser Balon maakte een grapje. Ik stel geen belang in verraderlijke tafelgesprekken, heer Varys.'

'U bent even wijs als mild, heer.' Het perkament verdween in de mouw van de eunuch. 'We hebben beiden veel te doen. Ik ga u verlaten.'

Toen de eunuch vertrokken was bleef Tyrion lange tijd naar de kaars zitten kijken, zich afvragend hoe zijn zuster het bericht van Janos Slinks ontslag zou opnemen. Niet blijmoedig, als hij zich niet vergiste, maar afgezien van een boze protestbrief naar heer Tywin in Harrenhal zou hij niet weten wat Cersei er verder nog aan zou kunnen doen. Tyrion bezat nu de Stadswacht plus zo'n honderdvijftig woeste clanleden en een toenemend aantal huurlingen die door Bronn werden aangeworven. Een uitstekende bescherming, zou je toch zeggen.

Eddard Stark had ongetwijfeld hetzelfde gedacht.

Het was donker en stil in de Rode Burcht toen Tyrion de Kleine Zaal verliet. In zijn bovenvertrek zat Bronn te wachten. 'Slink?' vroeg hij.

'Heer Janos vaart morgen met het ochtendtij uit richting Muur. Varys wil me laten geloven dat ik een van Joffry's mannen door mijn eigen man heb vervangen. Dat ik een man van Pinkje door iemand van Varys heb vervangen ligt meer voor de hand, maar het zij zo.'

'Ik kan je maar beter vertellen dat Timet iemand gedood...'

'Dat heeft Varys me al verteld.'

De huurling leek niet verrast. 'De idioot dacht dat een man met één oog makkelijker te bedriegen was. Timet nagelde zijn pols met een dolk aan de tafel vast en rukte hem toen met blote handen de strot uit. Hij kent zo'n kunstgreep waarbij hij zijn vingers stijf houdt...'

'Bespaar me de onsmakelijke details, mijn avondeten ligt me toch al zwaar op de maag,' zei Tyrion. 'Hoe gaat het met je wervingsactie?'

'Niet slecht. Vanavond drie nieuwe.'

'Hoe weet je wie je moet inhuren?'

'Ik bekijk ze eens. Ik ondervraag ze om te weten te komen waar ze gevochten hebben en hoe goed ze kunnen liegen.' Bronn glimlachte. 'Dan laat ik ze een poging doen mij te doden, terwijl ik dat ook met hen probeer.'

'Heb je er weleens een gedood?'

'Niemand die we hadden kunnen gebruiken.'

'En als jij gedood wordt?'

'Dan is dat de man die je hebben moet.'

Tyrion was lichtelijk aangeschoten en doodmoe. 'Zeg, Bronn, als ik jou zou opdragen een baby te vermoorden – een klein meisje, zeg maar, dat nog niet van de borst af is –, zou je dat dan doen? Zonder vragen?'

'Zonder vragen? Nee.' De huurling wreef zijn duim en wijsvinger over elkaar. 'Ik zou vragen hoeveel.'

En waarom zou ik die Allar Diem nodig hebben, heer Slink, dacht Tyrion. *Zo heb ik er zelf honderd.* Hij zou willen lachen en huilen, maar het liefst van alles wilde hij Shae.

Arya

De weg was niet veel meer dan een karrenspoor door het onkruid.
Het voordeel was dat hier zo weinig verkeer was dat niemand zou kunnen aanwijzen welke kant ze op waren gegaan. De mensenstroom die over de Koningsweg was gespoeld was hier nog slechts een straaltje.

Het nadeel was dat deze weg kronkelde als een slang, doorkruist werd door nog smallere paden en soms zelfs geheel leek te verdwijnen, om ettelijke mijlen verderop weer te verschijnen als ze al bijna alle hoop hadden opgegeven. Arya had er een hekel aan. Het terrein was niet al te ruig, met golvende heuvels en terrasvormige velden, afgewisseld door weiden, stukken bos en kleine valleien met wilgen die zich langs trage, ondiepe beken verdrongen. Toch was het pad zo smal en bochtig dat hun tempo tot een slakkengang gereduceerd werd.

Het waren de karren die zo ophielden. Ze hobbelden voort op assen die knarsten onder het gewicht van hun zware lading. Zeker tien keer per dag moesten ze stoppen om een vastgelopen wiel uit het karrenspoor te bevrijden, of het aantal trekpaarden verdubbelen om een modderige helling te beklimmen. Eén keer, midden in een dicht eikenbos, waren ze oog in oog komen te staan met drie mannen die bezig waren een lading brandhout op een ossenkar te hijsen. Elkaar passeren was onmogelijk, en er had niets anders op gezeten dan te wachten tot de houtvesters hun os hadden uitgespannen en tussen de bomen hadden gezet, hun kar hadden gekeerd, de os weer hadden ingespannen en waren vertrokken in de richting waaruit ze gekomen waren. De os was zelfs nog trager dan hun karren, zodat ze die dag nauwelijks opschoten.

Arya bleef onwillekeurig over haar schouder kijken, want ze vroeg zich af of de goudmantels hen te pakken zouden krijgen. 's Nachts werd ze bij het minste lawaai wakker en dan greep ze naar het gevest van Naald. Ze sloegen nu nooit meer hun kamp op zonder een uitkijk neer te zetten, maar die vertrouwde Arya niet, vooral de weesjongens niet. Ze mochten zich in de straten van Koningslanding dan redelijk goed hebben gered, hier waren ze verloren. Als ze geruisloos als een schaduw was wist ze hen allemaal voorbij te sluipen en bij het licht van de sterren het bos in te schieten om daar ongezien te wateren. Eén keer, toen Lommie Groenehand wacht had, schoot ze een eik in en sprong ze van boom tot boom tot ze pal boven zijn hoofd was, en hij merkte helemaal niets. Ze had boven op hem kunnen springen, maar ze wist dat hij met zijn gekrijs het hele kamp zou wekken, en dan zou Yoren haar misschien weer met een stok bewerken.

Lommie en de overige wezen behandelden de Stier nu allemaal als iets bijzonders omdat de koningin zijn hoofd eiste, maar daar had hij geen boodschap aan. 'Ik heb nooit geen koningin iets gedaan,' zei hij nijdig. 'Alleen me werk gedaan. Blaasbalgen en vuurtangen, halen en brengen. Ik had wapensmid zullen worden, en op een dag zegt meester Mott van: jij gaat bij de Nachtwacht. Da's alles wat ik weet.' En hij was weggegaan om zijn helm op te poetsen. Het was een fraaie helm, met rondingen en krullen, een vizier met kijkspleten en twee grote metalen stierenhorens. Arya placht toe te kijken hoe hij het metaal met een geoliede lap opwreef tot het zo helder blonk dat je de vlammen van het kookvuur in het staal weerkaatst zag. Maar hij zette hem niet één keer op.

'Wedden dat-ie een bastaard van die verrader is?' zei Lommie op een nacht met gedempte stem, zodat Gendry het niet kon horen. 'Die wolvenheer, die ze op de treden van Baelor een koppie kleiner hebben gemaakt.'

'Nee, dat is-ie niet,' verklaarde Arya. *Mijn vader had maar één bastaard, en dat is Jon.* Ze beende weg tussen de bomen en wenste vurig dat ze gewoon haar paard zou kunnen zadelen en naar huis kon rijden. Het was een prima paard, een kastanjebruine merrie met een witte bles. En Arya had altijd goed kunnen rijden. Ze zou ervandoor kunnen galopperen zonder ooit nog iemand van hen te zien, tenzij ze het zelf wilde. Maar dan zou ze niemand hebben om voor haar op verkenning te gaan of haar rugdekking te geven, of op wacht te staan terwijl zij sliep, en als de goudmantels haar te pakken kregen zou ze moederziel alleen zijn. Het was veiliger om bij Yoren en de rest te blijven.

'We zijn niet ver van het Godsoog,' zei de zwarte broeder op een ochtend. 'De koningsweg is pas veilig as we de Drietand over zijn. Dus gaan we langs de westkant van het meer, want hier zullen ze ons niet gauw kennen vinden.' En bij het volgende punt waar twee sporen elkaar kruisten liet hij de karren naar het westen afslaan.

Hier ging het boerenland in wouden over. De dorpen en ridderhoven waren kleiner en lagen verder uit elkaar, de heuvels waren hoger en de dalen dieper. Voedsel groeide hier schaarser. In de stad had Yoren de karren volgeladen met zoute vis, hard brood, reuzel, knollen, zakken met bonen en gerst en grote gele kazen, maar dat was al tot de laatste kruimel opgegeten. Nu ze gedwongen waren van het land te leven zocht Yoren zijn heil bij Kos en Kurtz, die voor stropen waren opgepakt. Hij zond ze voor de colonne uit het bos in, en dan kwamen ze tegen donker terug met een ree aan een stok tussen zich in of een koppel kwartels aan hun riem. De jongere knapen kregen tot taak langs de weg bramen te plukken of, als ze op een boomgaard stuitten, over het hek te klimmen om een zak met appels te vullen.

Arya kon goed klimmen en snel plukken en ze ging er graag alleen op uit. Op een dag kwam ze puur bij toeval een konijn tegen. Het beest was bruin en vet, met lange oren en een trillende neus. Konijnen waren sneller dan katten, maar ze konden niet half zo goed in bomen klimmen. Ze gaf het beest een mep met haar stok en greep het bij zijn oren, en Yoren stoofde het met paddestoelen en wilde uien. Arya kreeg een hele bout, omdat het haar konijn was. Die deelde ze met Gendry. De anderen kregen allemaal één lepel, zelfs de drie in ketenen. Jaqen H'ghar bedankte haar hoffelijk voor de lekkernij en Bijter likte met een verzaligde blik het vet van zijn smerige vingers, maar Rorg, de man zonder neus, lachte alleen maar en zei: 'Wat een jager! Bultensmoel Bultenkop Knijnendoder.'

Bij een ridderhof die Doornwit heette, werden ze in een maïsveld omsingeld door een paar landarbeiders die klinkende munt eisten voor de kolven die ze hadden geplukt. Met een blik op hun zeisen smeet Yoren hun wat koperstukken toe. 'D'r was een tijd dat een man in het zwart van Dorne tot Winterfel onthaal vond. Zelfs grote heren was het een eer hem onderdak te bieden,' zei hij verbitterd. 'Nou willen lafaards as jullie al geld zien voor een happie wormstekige appel.' Hij spuwde op de grond.

'Het is zoete maïs, beter dan zo'n stinkende ouwe zwarte kraai als jij verdient,' antwoordde een van hen op ruwe toon. 'En nou ons veld af, en neem die gluiperds en messentrekkers mee, of we spietsen je op een paal in het maïsveld om de overige kraaien te verschrikken.'

Die avond roosterden ze de ongepelde maïs door de kolven aan lange, gevorkte stokken rond te draaien, en ze aten hem heet, zo van de kolf. Arya vond het heerlijk, maar Yoren was te kwaad om te eten. Het leek wel of er een wolk om hem heen hing die even rafelig en zwart was als zijn mantel. Rusteloos stampte hij door het kamp heen en weer en mompelde tegen zichzelf.

De volgende dag kwam Kos terugrennen om Yoren te waarschuwen dat er recht voor hen uit een kamp lag. 'Twintig tot dertig man, in maliën en halfhelmen,' zei hij. 'Sommigen zijn flink toegetakeld, en een ligt er zo te horen te creperen. Hij maakte zo'n herrie dat ik vlakbij kon komen. Ze hebben zwaarden en speren, maar d'r is maar één paard en dat is kreupel. Ik geloof dat ze daar al een poosje zitten, als ik dat zo ruik.'

'Banier te zien?'

'Gevlekte boomkat, geel met zwart, op een modderbruin veld.'

Yoren schoof een opgerold zuurblad in zijn mond en kauwde erop.

'Zou ik niet kennen zeggen,' gaf hij toe. 'Ken de ene kant zijn, ken ook de andere kant wezen. Als ze d'r zo slecht an toe zijn zit het er dik in dat ze onze rijdieren pakken, wie ze ook wezen mogen. Misschien pakken ze nog meer. We kennen beter met een boogje om ze heen gaan, lijkt me.' Daarvoor moesten ze mijlen omrijden en het kostte hun op zijn minst twee dagen, maar volgens de oude man was dat een koopje. 'Op de Muur krijg je alle tijd. De rest van je leven, as ik me niet vergis. D'r is dus geen haast bij om daar te komen, dunkt me.'

Toen ze weer naar het noorden afsloegen zag Arya steeds meer bewakers op de velden. Soms stonden ze zwijgend naast de weg en keken alles wat langskwam met kille blikken aan. Elders patrouilleerden ze te paard en reden ze langs de hekken met bijlen aan het zadel. Ze zag zelfs ergens een man in een dode boom zitten met een boog in zijn hand en een pijlkoker aan de tak naast hem. Zodra hij hen in het oog kreeg zette hij een pijl op zijn pees, en zolang de karren in zicht bleven wendde hij zijn blik niet één keer af. Yoren vloekte al die tijd. 'Die vent in die boom, es zien hoe leuk-ie het daar vindt as de Anderen 'm komen halen. Dan schreeuwt-ie om de Wacht, verdomd as't niet waar is.'

Een dag later ontdekte Dobber een rode gloed aan de avondhemel. 'Of de weg heeft weer een bocht gemaakt, of de zon gaat onder in het noorden.'

Yoren beklom een laag heuveltje om een beter overzicht te hebben. 'Brand,' verkondigde hij. Hij bevochtigde een duim en stak die omhoog. 'De wind staat van ons af. Maar we motten 't wel in de gaten houwen.'

En dat deden ze. Toen de wereld donker werd, leek het vuur steeds feller te gaan branden, tot het hele noorden in lichterlaaie leek te staan. Van tijd tot tijd drong er zelfs rook tot hun neusgaten door, al bleef de windrichting hetzelfde en kwamen de vlammen niet dichterbij. Tegen de ochtend was de brand uitgewoed, maar niemand sliep die nacht erg goed.

Het was midden op de dag toen ze de plek bereikten waar het dorp was geweest. Tot mijlenver in het rond waren de velden één verkoolde woestenij, de huizen zwartgeblakerde skeletten. De grond lag bezaaid met de karkassen van verbrande en afgeslachte dieren, onder levende dekens van aasvogels die met woedend gekras opvlogen als ze gestoord werden. Van de ridderhof kringelde nog rook op. De houten palissade zag er vanuit de verte stevig uit, maar was niet stevig genoeg gebleken.

Arya, die op haar paard voor de karren uit reed, zag verbrande lijken op de wallen, op puntige palen gespietst, de verkrampte handen voor het gezicht geslagen als om de vlammen die hen verteerden af te weren. Yoren liet al een eindje buiten het dorp halt houden en beval

Arya en de andere jongens om de karren te bewaken terwijl hij, Vunts en Hakjak er te voet naartoe gingen. Van achter de wallen steeg een zwerm raven op toen ze over de opengeramde poort klauterden, en de gekooide raven in hun karren krasten terug en slaakten rauwe kreten.

'Moeten we niet achter ze aan?' vroeg Arya aan Gendry toen Yoren en de anderen al een hele tijd weg waren.

'Wacht, heeft Yoren gezegd.' Gendry's stem klonk hol. Toen Arya opzij keek zag ze dat hij zijn helm droeg, een en al glanzend staal en grote, kromme horens.

Toen ze eindelijk terugkwamen had Yoren een klein meisje in zijn armen en droegen Vunts en Hakjak een vrouw in een draagband, gemaakt van een oude, gescheurde lappendeken. Het meisje was niet ouder dan twee en huilde aan één stuk door, met een piepend geluid, alsof er iets in haar keel was blijven steken. Ze kon nog niet praten, óf ze was vergeten hoe het moest. De rechterarm van de vrouw eindigde bij de elleboog in een bloedige stomp en haar ogen leken niets te zien, zelfs niet als ze er recht naar keek. Zij praatte wel, maar ze zei maar één ding. 'Ik smeek u,' riep ze steeds maar weer. 'Ik smeek u. Ik smeek u.' Rorg scheen dat grappig te vinden. Hij lachte door het gat waar zijn neus had gezeten, en ook Bijter begon te lachen, tot Vunts hem uitvloekte en zei dat hij zijn smoel moest houden.

Yoren liet achter in een kar een plekje voor de vrouw vrijmaken. 'En schiet op,' zei hij. 'Als het donker wordt komen hier wolven, en dat is het ergste nog niet.'

'Ik ben bang,' mompelde Warme Pastei toen hij de eenarmige vrouw in de kar zag liggen woelen.

'Ik ook,' bekende Arya.

Hij gaf haar een kneepje in haar schouder. 'Ik heb niet echt een jongen doodgeschopt, Arrie. Alleen me moeders pasteien verkocht.'

Arya reed zo ver voor de karren uit als ze durfde, zodat ze niet naar het kleine meisje hoefde te luisteren, of de vrouw 'Ik smeek u,' zou horen fluisteren. Ze dacht aan een verhaal dat ouwe Nans eens had verteld, over een man die door boze reuzen in een donker kasteel was opgesloten. Hij was heel dapper en slim. Hij nam de reuzen bij de neus en ontsnapte... maar hij was het kasteel nog niet uit of de Anderen kregen hem te pakken en dronken zijn warme, rode bloed. Nu wist ze hoe hij zich gevoeld moest hebben.

De eenarmige vrouw stierf bij het vallen van de avond. Gendry en Hakjak dolven een graf voor haar op een helling, onder een treurwilg. Toen de wind erlangs streek meende Arya dat ze de lange, afhangende takken 'Ik smeek u. Ik smeek u. Ik smeek u,' hoorde fluisteren. Haar nekharen gingen recht overeind staan, en bijna was ze van de rand van het graf weggerend.

'Geen vuur vannacht,' zei Yoren. Hun avondmaal bestond uit een handvol wilde radijs die Kos had gevonden, een kop gedroogde bonen en water uit een nabije beek. Het water smaakte raar, volgens Lommie naar lijken die ergens stroomopwaarts lagen te rotten. Warme Pastei zou hem een klap hebben gegeven als de oude Reysen hen niet uit elkaar had getrokken.

Arya dronk te veel water, alleen maar om iets in haar maag te hebben. Ze had nooit verwacht dat ze zou kunnen inslapen, maar dat gebeurde toch. Toen ze wakker werd was het pikdonker en haar blaas barstensvol. Overal rondom haar lagen de slapers in dekens en mantels gerold. Arya zocht Naald en stond op om te luisteren. Ze hoorde de gedempte voetstappen van degene die wachtliep, mannen die zich rusteloos omdraaiden in hun slaap, het rochelende gesnurk van Rorg en de vreemde sissende geluiden die Bijter maakte als hij sliep. Vanuit een andere kar klonk het gestage, ritmische geschraap van staal over steen. Daar zat Yoren zuurblad te kauwen en de kling van zijn ponjaard te wetten.

Warme Pastei was een van de jongens die wacht hadden. 'Waar ga jij naartoe?' vroeg hij toen hij Arya naar de bomen zag lopen.

Arya wuifde vagelijk naar het bos.

'Niks d'rvan,' zei Warme Pastei. Hij durfde weer meer nu hij een zwaard aan zijn riem had, al was het maar een oud zwaard en hanteerde hij het als een hakmes. 'Die ouwe heeft gezegd dat iedereen vannacht in de buurt mot blijven.'

'Ik moet plassen,' legde Arya uit.

'Nou, neem dan die boom hier.' Hij wees. 'Je weet niet wat daar verderop zit, Arrie. Ik heb daarstraks wolven gehoord.'

Yoren zou het niet leuk vinden als ze met hem vocht. Ze probeerde bang te kijken. 'Wolven? Echt?'

'Ik heb het gehoord,' verzekerde hij haar.

'Ik geloof dat ik eigenlijk toch niet hoef.' Ze keerde terug naar haar deken en deed of ze sliep tot ze de voetstappen van Warme Pastei hoorde wegsterven. Toen rolde ze om en glipte geruisloos als een schaduw het bos aan de andere kant van het kamp in. Aan deze kant waren ook wachtposten, maar het kostte Arya geen moeite die te ontwijken. Voor alle zekerheid ging ze twee keer zo ver weg als anders. Toen ze zeker wist dat er niemand in de buurt was pelde ze haar hozen af en hurkte neer om te doen waarvoor ze gekomen was.

Ze was net haar water aan het lozen, haar kleren op een prop rond haar enkels, toen ze geritsel onder het geboomte hoorde. *Warme Pastei*, dacht ze in paniek. *Hij is me gevolgd.* Toen zag ze de ogen glinsterend oplichten in het bos, met de felle glans van weerkaatst maanlicht. Met buikkramp van de schrik greep ze Naald, en het interesseerde haar niet dat ze zichzelf onderplaste. Ze telde de ogen, twee vier acht twaalf, een hele troep...

Eentje stapte er tussen de bomen uit. Hij staarde naar haar en ontblootte zijn gebit, en het enige dat ze nog kon denken was dat ze oerstom was geweest, en hoeveel leedvermaak Warme Pastei zou hebben als ze morgenochtend haar half opgevreten lijk zouden vinden. Maar de wolf draaide zich om en schoot het donker weer in en de ogen verdwenen al net zo snel. Trillend veegde ze zichzelf af, bond haar hozen vast en liep terug naar het kamp en Yoren, afgaand op het schraapgeluid in de verte. Hevig geschrokken klom Arya naast hem in de kar.

'Wolven,' fluisterde ze schor. 'In het bos.'

'Zeker. Dat zat'r dik in.' Hij keek haar niet aan.

'Ik ben ervan geschrokken.'

'O ja?' Hij spuwde. 'Dacht dat jouw soort gek op wolven was.'

'Nymeria was een schrikwolf.' Arya sloeg haar armen om zichzelf heen. 'Dat is iets anders. En ze is trouwens weg. Jory en ik hebben haar met stenen bekogeld tot ze wegrende, anders had de koningin haar laten afmaken.' Erover praten maakte haar verdrietig. 'Als zij in de stad was geweest had ze nooit toegestaan dat ze vaders hoofd afhakten, wed ik.'

'Wezen hebben geen vader,' zei Yoren. 'Of wist je dat niet meer?' Het zuurblad had zijn speeksel rood gekleurd, zodat het leek of zijn mond bloedde. 'De enige wolven die wij te vrezen hebben dragen een mensenvel, zoals de lui die in dat dorp hebben huisgehouwen.'

'Ik wou dat ik thuis was,' zei ze doodongelukkig. Ze deed zo haar best om dapper te zijn, om woest te zijn als een veelvraat en zo, maar soms had ze het gevoel dat ze al met al toch maar een klein meisje was.

De zwarte broeder plukte een vers zuurblad van de baal in de kar en propte het in zijn mond. 'Ken zijn da'k je beter had kunnen laten waar je was, jongen. Jullie allemaal. 't Is veiliger in de stad, denk ik.'

'Kan me niet schelen. Ik wil naar huis.'

'Ik breng nou al zo'n dertig jaar mannen naar de Muur.' Schuim glansde op Yorens lippen, als belletjes bloed. 'En al die tijd ben ik d'r maar drie kwijtgeraakt. Een ouwe kerel die aan de koorts stierf, een stadsjoch dat door een slang gebeten werd toen-ie moest schijten, en een idioot die me in me slaap probeerde dood te steken en een rooie glimlach terugkreeg voor de moeite.' Hij haalde de ponjaard langs zijn keel om haar te laten zien hoe. 'Drie in dertig jaar.' Hij spuwde het uitgekauwde zuurblad uit. 'Een schip was allicht verstandiger geweest. Geen kans om onderweg nog meer mannen op te snorren, maar toch... een uitgekookte kerel. Hij wou per schip, maar ik... ik neem de koningsweg nou al dertig jaar.' Hij schoof het wapen in de schede. 'Ga slapen, jongen. Gesnapt?'

Ze deed haar best. Maar liggend onder haar dunne deken kon ze de wolven horen huilen... en nog een ander geluid, flauwer, niet meer dan een fluistering op de wind, dat gegil zou kunnen zijn.

Davos

De ochtendlucht werd verduisterd door de rook van brandende goden. Ze stonden nu allemaal in brand, Maagd en Moeder, Krijgsman en Smid, de Oude Vrouw met haar paarlen ogen, de Vader met zijn vergulde baard en zelfs de Vreemdeling, die zo gesneden was dat hij meer op een dier dan op een mens leek. Het oude, droge hout en de talloze lagen verf en vernis vlamden met een fel, gretig licht. Zinderend steeg de hitte op in de kille lucht, en de gargouilles en stenen draken op de kasteelmuren daarachter waren onscherp, alsof Davos ze door een waas van tranen zag. *Of alsof de beesten sidderden en bewogen...*

'Een kwalijke zaak,' verklaarde Allard, al was hij tenminste zo verstandig zijn stem te dempen. Deyl prevelde zijn instemming.

'Stil,' zei Davos. 'Bedenk waar je bent.' Zijn zonen waren prima kerels, maar nog jong, en vooral Allard was roekeloos. *Als ik een smokkelaar was gebleven zou Allard op de Muur zijn geëindigd. Stannis heeft hem voor zo'n einde gespaard. Ook dat ben ik hem verschuldigd...*

De mensen waren bij honderden naar de kasteelpoorten gedromd om getuige te zijn van het verbranden van de Zeven. Er hing een smerige walm in de lucht. Zelfs soldaten hadden er moeite mee zich niet slecht op hun gemak te voelen bij een dergelijke krenking van de goden die de meesten al hun hele leven aanbaden.

De rode vrouw liep driemaal rond het vuur en sprak één gebed uit in de taal van Asshai, één in het Hoog-Valyrisch en één in de gewone spreektaal. Davos verstond alleen het laatste. 'R'hllor, kom tot ons in onze duisternis,' riep ze. 'Heer des Lichts, wij offeren u deze valse goden, deze zeven die één zijn, en die ene onze vijand. Neem hen en laat uw licht over ons schijnen, want de nacht is duister en vol verschrikkingen.' Koningin Selyse herhaalde haar woorden. Naast haar keek Stannis onaangedaan toe, zijn kaken hard als steen onder de blauwzwarte schaduw van zijn kortgeknipte baard. Hij had zich fraaier gekleed dan anders, alsof hij naar de sept ging.

De sept van Drakensteen had op de plaats gestaan waar Aegon de Veroveraar was neergeknield in de nacht voordat hij uitvoer. Dat had het gebouw niet tegen de mannen van de koningin beschermd. Ze hadden de altaren omgegooid, de beelden neergehaald en de gebrandschilderde ramen met mokers ingeslagen. Septon Barre kon hen slechts vervloeken, maar ser Huberd Ramstee en zijn drie zonen waren naar de sept gegaan om hun goden te verdedigen. De Ramstees hadden vier man van de koningin gedood voordat ze door de rest overweldigd werden. Na afloop had Guncer Brandglas, de zachtmoedigste en vroomste aller heren, tegen Stannis gezegd dat hij diens aanspraken niet langer kon ondersteunen. Nu zat hij samen met de septon en ser Huberds twee overlevende zonen in een smoorhete cel. De overige heren hadden de les snel tot zich laten doordringen.

De goden hadden Davos de smokkelaar nooit zoveel gezegd, al was bekend dat hij net als de meeste andere mannen weleens vóór een slag aan de Krijgsman offerde, bij het te water laten van een schip aan de Smid, en als zijn vrouw zwanger was aan de Moeder. Maar nu hij ze zag branden voelde hij zich misselijk, en niet alleen van de rook.

Maester Cressen zou hier een eind aan gemaakt hebben. De oude man had de Heer des Lichts uitgedaagd en was om die daad van goddeloosheid geveld. Zo luidden de roddels althans. Davos wist hoe het zat. Hij had gezien hoe de maester heimelijk iets in die wijnbeker had gedaan. *Vergif. Wat anders? Hij heeft een beker des doods gedronken om Stannis van Melisandre te bevrijden, maar op een of andere manier werd ze door haar god beschermd.* Hij zou de rode vrouw er graag om hebben gedood, maar hoeveel kans had hij waar een maester van de Citadel had gefaald? Hij was maar een omhooggevallen smokkelaar, Davos uit de Vlooienzak, de Uienridder.

De brandende goden, gehuld in hun gewaden van flakkerend vuur, rood, oranje en geel, verspreidden een mooi licht. Septon Barre had Davos eens verteld dat ze gemaakt waren van de masten van de schepen waarmee de eerste Targaryens uit Valyria waren gekomen. Door de eeuwen heen waren ze beschilderd en weer bijgeschilderd, verguld, verzilverd en met juwelen bezet. 'Door hun schoonheid zullen ze R'hllor des te meer behagen,' had Melisandre gezegd toen ze Stannis vertelde dat hij ze moest neerhalen en de kasteelpoort uit moest slepen.

De Maagd lag dwars over de Krijgsman heen, haar armen wijd als om hem te omhelzen. De Moeder leek haast te huiveren toen de vlammen aan haar gezicht lekten. Er was een zwaard door haar hart gestoken, en het leren gevest gloeide in de vlammen. De Vader, als eerste gevallen, lag onderop. Davos zag de hand van de Vreemdeling huiverend kromtrekken terwijl de vingers zwartgeblakerd werden en een voor een afvielen, tot gloeiende houtskool gereduceerd. Vlak bij hem kreeg heer Celtigar een hoestbui. Hij hield een vierkante, met rode kreeften geborduurde doek tegen zijn gerimpelde gezicht. De mannen uit Myr stonden elkaar moppen te vertellen terwijl ze zich in de warmte van het vuur koesterden, maar de jeugdige heer Bar Emmon was vlekkerig en grauw geworden en heer Velaryon keek meer naar de koning dan naar de vlammenzee.

Davos zou er wat voor gegeven hebben om te weten wat hij dacht, maar iemand als Velaryon zou hem nooit in vertrouwen nemen. De heer der Getijden was van het bloed van het aloude Valyria, en zijn huis had driemaal een bruid voor een Targaryenprins geleverd, terwijl Davos Zeewaard naar vis en uien stonk. Met de overige jonkertjes was het al net zo. Hij kon hen geen van allen vertrouwen en ze zouden hem nooit bij hun privé-overleg betrekken. Ook op zijn zonen keken ze neer. *Maar mijn kleinzonen zullen in dezelfde toernooien vechten als de hunne, en de dag zal aanbreken waarop hun bloed het mijne trouwen zal. Te zijner tijd zal mijn kleine zwarte scheepje even hoog waaien als het zeepaard van Velaryon en de rode kreeften van Celtigar.*

Tenminste, als Stannis zijn troon zou winnen. Als hij verloor...

Alles wat ik ben heb ik aan hem te danken. Stannis had hem tot het ridderschap verheven. Hij had hem een ereplaats aan zijn tafel gegeven en een oorlogsgalei in plaats van zijn smokkelaarsboot. Deyl en Allard voerden eveneens het bevel over galeien, Maric was roeiermeester op de *Furie*, Matthos diende zijn vader op de *Zwarte Betha*, en de koning had Devan als schildknaap genomen. Op een dag zou hij tot ridder worden geslagen, en de twee kleine jongens ook. Marya voerde het bewind over een kleine burcht op Kaap Gram, met dienaren die haar 'edele vrouwe' noemden, en Davos kon in zijn eigen bossen op roodwild jagen. Dat had hij allemaal van Stannis Baratheon gekregen voor de prijs van een paar vingerkootjes. *Het was rechtvaardig wat hij met mij heeft gedaan. Ik had mijn leven lang de wetten van de koning in de wind geslagen. Hij heeft mijn trouw verdiend.* Davos raakte het buideltje aan de leren riem om zijn hals aan. Zijn vingers brachten hem geluk, en geluk was wat hij op dit moment nodig had. *Zoals wij allemaal. Heer Stannis nog het meest.*

Bleke vlammen lekten aan de grijze lucht. Donkere rook steeg op, kronkelend en kringelend. Als de wind de rook in hun richting blies begonnen de mensen te tranen en in hun ogen te wrijven. Allard wendde het hoofd af, hoestend en vloekend. *Een proeve van wat nog komen gaat,* dacht Davos. Er zouden nog heel wat mensen en dingen branden vóór deze oorlog voorbij was.

Melisandre was van hoofd tot voeten in scharlakenrood satijn en bloedrood fluweel gehuld, haar ogen rood als de grote robijn die aan haar hals blonk alsof hij eveneens in brand stond. 'In aloude boeken van Asshai staat geschreven dat er na de lange zomer een dag zal komen waarop de sterren zullen bloeden en de kille adem van de duisternis zwaar op de wereld zal neerdalen. In dat bange uur zal een krijgsman een brandend zwaard uit het vuur trekken. En de naam van dat zwaard zal Lichtbrenger zijn, het Rode Heldenzwaard, en hij die het omklemt zal de wedergekeerde Azor Ahai zijn, en de duisternis zal voor

hem vluchten.' Ze verhief haar stem, zodat die ver over de menigte droeg. '*Azor Ahai, beminde van R'hllor! Krijgsman des Lichts, Zoon van het Vuur! Kom, uw zwaard wacht u. Kom, en neem het ter hand!*'
Stannis Baratheon schreed voorwaarts als een soldaat die te velde trekt. Zijn schildknapen traden hem terzijde. Davos zag hoe zijn zoon Devan een lange, gewatteerde handschoen over 's konings rechterhand trok. De jongen droeg een roomkleurig wambuis met een vurig hart op de borst geborduurd. Bryen Farring, die de koning de stijve leren mantel ombond, was eender gekleed. Achter zich hoorde Davos vagelijk bellen rinkelen en tinkelen. 'Onder zee stijgt rook in belletjes op, en branden vlammen groen, blauw en zwart,' zong Lapjeskop ergens. 'Dat weet ik, weet ik, o, o, o.'

Met opeengeklemde kaken sprong de koning in het vuur, waarbij hij de leren mantel naar voren hield om de vlammen af te weren. Hij liep recht naar de Moeder, greep met zijn gehandschoende hand het zwaard en trok het met één harde ruk uit het brandende hout. Toen trok hij zich weer terug, het zwaard hoog geheven, terwijl jadegroene vlammen om het kersrode staal kronkelden. Wachters schoten toe om de sintels die aan de kleren van de koning hingen af te kloppen.

'*Een zwaard van vuur!*' riep koningin Selyse. Ser Axel Florens en de overige mannen van de koningin namen de kreet over. '*Een zwaard van vuur! Het brandt! Het brandt! Een zwaard van vuur!*'

Melisandre hief haar handen boven haar hoofd op. '*Ziet! Een teken was beloofd en een teken is gezien! Aanschouwt Lichtbrenger! Azor Ahai is wedergekeerd! Heil, Krijgsman des Lichts! Heil, Zoon van het Vuur!*'

Een onregelmatige golf van kreten gaf antwoord, net toen Stannis' handschoen begon te smeulen. Vloekend stiet de koning de punt van het zwaard in de vochtige aarde en sloeg de vlammen uit tegen zijn been.

'Heer, laat uw licht over ons schijnen!' riep Melisandre uit.

'Want de nacht is duister en vol verschrikkingen,' luidde de respons van Selyse en haar getrouwen. *Moet ik die woorden ook zeggen?* vroeg Davos zich af. *Ben ik Stannis zoveel verschuldigd? Is die vurige god waarlijk de zijne?* Zijn ingekorte vingers prikten.

Stannis pelde de handschoen af en liet die op de grond vallen. De goden op de brandstapel waren nauwelijks nog te herkennen. Het hoofd van de Smid viel af in een wolk van as en sintels. Melisandre zong in de taal van Asshai, en haar stem rees en daalde als het tij. Stannis knoopte zijn verschroeide leren cape los en hoorde zwijgend toe. Lichtbrenger, in de grond gestoken, gloeide nog vurig rood, maar de vlammen die om het zwaard kronkelden krompen en doofden al.

Toen het lied ten einde was, restte er van de goden nog slechts houtskool en was het geduld van de koning op. Hij nam de koningin bij de elleboog en leidde haar weer binnen in Drakensteen. Lichtbrenger liet hij staan. De rode vrouw bleef even toekijken terwijl Devan met Bryen Farring neerknielde om het verbrande en zwartgeblakerde zwaard in de leren mantel van de koning te wikkelen. *Het Rode Heldenzwaard is nogal een zootje*, dacht Davos.

Een paar heren talmden nog en bleven met gedempte stemmen praten, uit de wind van het vuur. Ze vielen stil toen ze zagen dat Davos naar hen keek. *Als Stannis ten val komt zullen ze meteen met mij afrekenen.* Hij werd ook niet tot de getrouwen van de koningin gerekend, die groep eerzuchtige ridders en kleine jonkertjes die voor die Heer des Lichts waren neergeknield en aldus de gunst en bescherming van vrouwe – *nee, koningin, denk daaraan* – Selyse hadden verworven.

Tegen de tijd dat Melisandre en de schildknapen met het dierbare zwaard wegliepen begon het vuur al in te zakken. Davos en zijn zonen voegden zich bij de menigte die naar de kust en de wachtende schepen afdaalde. 'Devan heeft zich prima van zijn taak gekweten,' zei hij onder het lopen.

'Hij heeft die handschoen gehaald zonder hem te laten vallen, ja,' zei Deyl.

Allard knikte. 'Dat symbool op Devans wambuis, dat vurige hart, wat moest dat voorstellen? Het wapenteken van de Baratheons is een gekroonde hertebok.'

'Een heer kan meer dan één symbool kiezen,' zei Davos.

Deyl glimlachte. 'Een zwart schip én een ui, vader?'

Allard schopte een steen weg. 'De Anderen mogen die ui van ons halen... en dat vlammende hart erbij. Het was een kwalijke zaak om de Zeven te verbranden.'

'Sinds wanneer ben jij zo devoot?' zei Davos. 'Wat weet de zoon van een smokkelaar van het doen en laten van de goden?'

'Ik ben de zoon van een ridder, vader. Als u dat vergeet, waarom zouden zij er dan wel aan denken?'

'De zoon van een ridder, maar zelf geen ridder,' zei Davos. 'En dat zul je nooit worden ook, als je je bemoeit met zaken die je niet aangaan. Stannis is onze rechtmatige koning, en het komt ons niet toe aan zijn daden te twijfelen. Wij voeren het bevel over zijn schepen en doen wat hij ons gebiedt. Meer niet.'

'Wat dat betreft, vader,' zei Deyl, 'die watervaten die ik voor de *Schim* heb gekregen bevallen me niks. Groen vurenhout. Dat water bederft geheid op de eerste de beste reis.'

'Die heb ik ook gekregen voor de *Vrouwe Marya*,' zei Allard. 'De mannen van de koningin hebben beslag gelegd op al het droge hout.'

'Ik zal het met de koning opnemen,' beloofde Davos. Beter dat hij dat deed dan Allard. Zijn zonen waren goede krijgslieden en nog betere zeevaarders, maar ze hadden er geen benul van hoe ze een heer moesten benaderen. *Ze zijn van lage afkomst, net als ik, maar zij staan daar liever niet bij stil. Als zij naar onze banier kijken zien ze alleen een groot, zwart schip dat wappert in de wind. Voor de ui sluiten ze hun ogen.*

Davos had de haven nooit drukker gezien dan nu. Langs alle kades wemelde het van de zeelui die bezig waren voorraden in te laden en in alle kroegen barstte het van de krijgslieden die dobbelden, zopen of naar een hoer zochten... zonder succes, want Stannis duldde die niet op zijn eiland. De kust was door schepen omzoomd: oorlogsgaleien en vissersbootjes, forse galjoenen en dikbuikige koggen. De beste ankerplaatsen werden door de grootste vaartuigen in beslag genomen: het slagschip van Stannis, de *Furie*, die deinde tussen de *Heer Steffon* en de *Zeebok*, heer Velaryons *Trots van Driftmark* met haar zilveren romp, plus haar drie zusters, heer Celtigars protserige *Rode Klauw*, de logge *Zwaardvis* met haar lange ijzeren boeg. Op de rede lag Salladhor Saans grote *Valyriaan* voor anker tussen de gestreepte rompen van een stuk of wat kleinere galeien uit Lys.

Er lag een verweerde kroeg aan het einde van de stenen havenarm waar de *Zwarte Betha*, de *Schim* en de *Vrouwe Marya* hun aanlegplaats deelden met nog een half dozijn andere galeien met honderd of minder riemen. Davos had een dorst als een paard. Hij nam afscheid van zijn zonen en richtte zijn schreden naar de kroeg. Bij de voorgevel zat een gargouille die tot zijn middel reikte, dermate geteisterd door regen en zout dat zijn gelaatstrekken bijna uitgewist waren. Maar Davos en hij waren oude vrienden. Bij het binnengaan gaf Davos de stenen kop een klein klopje. 'Geluk,' mompelde hij.

Achter in de rumoerige gelagkamer zat Salladhor Saan druiven te eten uit een houten schaal. Toen hij Davos in het oog kreeg wenkte hij hem. 'Ser ridder, komt u bij me zitten. Neem een druifje. Of twee. Ze zijn verrukkelijk zoet.' De Lyseni was een welgedane, glimlachende man wiens extravagantie aan beide zijden van de zee-engte spreekwoordelijk was. Vandaag droeg hij glanzend zilverbrokaat met opengewerkte mouwen die zo wijd waren dat de uiteinden ervan over de vloer sleepten. Zijn knopen waren apen, uit jade gesneden, en op zijn witte krullenbos balanceerde een zwierig groen hoedje, versierd met een waaier van pauwenveren.

Davos zwenkte tussen de tafels door naar een stoel. Voordat hij geridderd werd had hij vaak ladingen van Salladhor Saan gekocht. De Lyseni was zelf smokkelaar, en tevens koopman, bankier, en een berucht zeerover. Ook had hij zichzelf tot Vorst van de Zee-engte uitgeroepen. *Als een zeerover maar rijk genoeg wordt maken ze hem vorst.* Davos was degene geweest die de reis naar Lys had gemaakt om de ouwe boef voor de zaak van heer Stannis aan te werven.

'Hebt u de goden niet zien branden, heer?' vroeg hij.

'De rode priesters hebben een grote tempel op Lys. Ze verbranden altijd wel iets onder aanroeping van die R'hllor van hen. Hun vuren hangen me de keel uit. Hopelijk zullen ze koning Stannis ook snel de keel uithangen.' Hij leek zich er volstrekt geen zorgen over te maken dat iemand hem zou kunnen horen, zoals hij daar zijn druiven zat te eten en de zaadjes over zijn lip liet glibberen, waarna hij ze er met een vinger afschoot. 'Mijn *Vogel van de Duizend Kleuren* is gisteren binnengelopen, waarde ser. Nee, geen oorlogsschip maar een koopvaarder die een bezoekje in Koningslanding heeft afgelegd. Weet u zeker dat u geen druifje wilt? Het gerucht gaat dat de kinderen in de stad honger lijden.' Met een glimlach liet hij de druiven voor Davos heen en weer bungelen.

'Ik heb bier nodig, en nieuws.'

'De mannen van Westeros hebben altijd haast,' klaagde Salladhor Saan. 'Waar is dat goed voor, vraag ik u? Hij die zich door het leven haast, haast zich naar het graf.' Hij liet een boer. 'De heer van de Rots van Casterling heeft zijn dwerg gestuurd om Koningslanding onder zijn hoede te nemen. Wie weet hoopt hij dat diens oerlelijke tronie de aanvallers bang zal maken? Of dat we ons doodlachen als we de Kobold kopje zien duikelen op de kantelen? Die dwerg heeft de pummel die over de goudmantels heerste weggejaagd en vervangen door een ridder met een ijzeren hand.' Hij plukte een druif en kneep er met duim en wijsvinger in tot het velletje barstte. Het sap droop langs zijn vingers.

Een dienster baande zich een weg naar hen toe en mepte de handen opzij die in het voorbijgaan naar haar graaiden. Davos bestelde een kroes bier, wendde zich weer tot Saan en vroeg: 'Hoe goed is de stad verdedigd?'

De ander haalde zijn schouders op. 'De muren zijn hoog en sterk, maar wie zal ze bemannen? Ze bouwen katapults en vuurspuwers, dat wel, maar de mannen met de gouden mantels zijn te gering in aantal en te onervaren, en anderen zijn er niet. Een snelle aanval, als een havik die op een haas afduikt, en de grote stad is van ons. Geef ons wind in de zeilen, en uw koning zou morgen met het vallen van de avond op zijn IJzeren Troon kunnen zitten. Dan kunnen we de dwerg in ruitjes kleden en met onze speerpunten in zijn billetjes prikken om hem voor ons te laten dansen, en wellicht schenkt uw goedertieren koning mij de mooie koningin Cersei om voor een nachtje mijn bed te warmen. Ik ben al te lang niet bij mijn vrouwen geweest, en dat alles om hem te dienen.'

'Piraat,' zei Davos, 'u hebt geen vrouwen, alleen concubines, en u wordt goed betaald voor elke dag en ieder schip.'

'Alleen met beloften,' zei Salladhor Saan spijtig. 'Waarde ser, ik haak naar goud, niet naar woorden op papier.' Hij duwde een druif in zijn mond.

'U krijgt uw goud zodra we de schatkamer van Koningslanding in bezit nemen. Geen eerzamer man in de Zeven Koninkrijken dan Stannis Baratheon. Hij zal woord houden.' Terwijl Davos het zei dacht hij: *deze wereld is hopeloos verdorven als smokkelaars van lage komaf voor de eer van koningen moeten instaan.*

'Dat heeft hij gezegd en nog eens gezegd. En dus zeg ik: laat ons handelen. Zelfs deze druiven kunnen niet rijper zijn dan die stad, oude vriend.'

De dienster kwam zijn bier brengen. Davos gaf haar een koperstuk. 'Het kan zijn dat we Koningslanding kunnen innemen, zoals u zegt,' zei hij terwijl hij zijn kroes hief, 'maar hoe lang kunnen we het houden? Tywin Lannister zit zoals bekend met een grote krijgsmacht in Harrenhal, en heer Renling...'

'Ach ja, de jongere broer,' zei Salladhor Saan. 'Dat is minder gunstig, vriend. Koning Renling is in beweging. Nee, hier is hij *heer* Renling, verschoning. Zoveel koningen, mijn tong wordt moe van dat woord. De broer, Renling, heeft Hooggaarde verlaten met zijn schone jonge koningin, zijn bloemrijke heren en blinkende ridders, en een machtig heir van voetknechten. Hij trekt over uw rozenweg op naar diezelfde grote stad waarover wij spraken.'

'Heeft hij zijn *bruid* bij zich?'

De ander haalde zijn schouders op. 'Hij heeft mij niet verteld waarom. Misschien neemt hij ongaarne afscheid van het warme holletje tussen haar dijen, al is het maar voor één nacht. Of misschien is hij zo zeker van zijn overwinning.'

'Dat moet de koning horen.'

'Daar heb ik al voor gezorgd, waarde ser. Al kijkt Zijne Genade dermate duister zodra hij mij ontwaart, dat ik sidder om voor hem te treden. Wat denkt u, zou ik hem beter bevallen als ik een haren hemd droeg en nimmer glimlachte? Welnu, dat zal ik niet doen. Ik ben een eerlijk man, hij zal moeten dulden dat ik zijde en brokaat draag. Of anders vertrek ik met mijn schepen naar elders, waar ik meer in trek ben. Dat zwaard was Lichtbrenger niet, vriend.'

Davos was niet op zijn gemak door de plotselinge verandering van onderwerp. 'Zwaard?'

'Een zwaard uit het vuur geplukt, ja. De mensen vertellen mij dingen, dat komt door mijn innemende glimlach. Wat heeft Stannis aan een verbrand zwaard?'

'Een *brandend* zwaard,' verbeterde Davos hem.

'Verbrand,' zei Salladhor Saan, 'en wees daar maar blij om, vriend. Kent u het verhaal van het smeden van Lichtbrenger? Ik zal het u vertellen. Het was in een tijd waarin het duister zwaar op de wereld drukte. Om het te bestrijden had de held een heldenzwaard nodig, ah, zoals er nooit een was geweest. En zo werkte Azor Ahai dertig dagen en dertig nachten zonder te slapen in de tempel, om in de heilige vuren een kling te smeden. Verhitten, hameren en vouwen, verhitten, hameren en vouwen, totdat het zwaard klaar was. Maar toen hij het in water stak om het staal te temperen sprong het in stukken.

Omdat hij een held was kon hij niet schouderophalend gaan zoeken naar voortreffelijke druiven als deze, en dus begon hij opnieuw. De tweede maal kostte het hem vijftig dagen en vijftig nachten, en dit zwaard leek nog beter dan het eerste. Azor Ahai ving een leeuw, om de kling te temperen door hem in het rode hart van het beest te steken, maar opnieuw brak en versplinterde het zwaard. Groot was zijn kommer en groot was toen zijn smart, want hij wist wat hem te doen stond.

Honderd dagen en nachten werkte hij aan de derde kling en toen die witheet gloeide in de heilige vuren, ontbood hij zijn gemalin. "*Nissa Nissa,*" sprak hij tot haar, want zo was haar naam, "*ontbloot uw boezem en weet dat ik u van alles in deze wereld het meest bemin.*" En zij deed aldus, waarom kan ik niet zeggen, en Azor Ahai stiet het rokende zwaard in haar levende hart. Men zegt dat haar kreet van pijn en extase het aangezicht van de maan spleet, maar haar bloed, haar ziel, haar kracht en haar moed gingen allen in het staal over. Zo luidt het verhaal van het smeden van Lichtbrenger, het Rode Heldenzwaard.

Begrijpt u nu wat ik bedoel? Wees blij dat het maar een verbrand zwaard is dat Zijne Genade uit dat vuur heeft getrokken. Te veel licht doet pijn aan de ogen, vriend, en vuur *verbrandt.*' Salladhor Saan at de laatste druif op en smakte met zijn lippen. 'Wanneer denkt u dat de koning ons zal gebieden in zee te steken, waarde ser?'

'Spoedig, denk ik,' zei Davos, 'als zijn god het wil.'

'*Zíjn* god, ser vriend? Niet de uwe? Waar is de god van ser Davos Zeewaard, de ridder van het uienschip?'

Davos nam een slokje bier om even de tijd te hebben. *Deze kroeg zit vol en jij bent Salladhor Saan niet*, hield hij zichzelf voor. *Pas op wat je zegt.* 'Koning Stannis is mijn god. Hij heeft me gemaakt en me met zijn vertrouwen gezegend.'

'Ik zal het in gedachten houden.' Salladhor Saan kwam overeind. 'Verschoning. Deze druiven hebben mij hongerig gemaakt, en op mijn *Valyriaan* wacht mijn maal. Gehakt lamsvlees met peper en geroosterde meeuw, gevuld met champignons, venkel en uien. Nog even en wij eten samen in Koningslanding, ja? Dan houden wij een feestmaal in de Rode Burcht terwijl de dwerg ons een vrolijk wijsje voorzingt. Als u met koning Stannis spreekt, wilt u dan zo goed zijn te vermelden dat hij mij met het eerstvolgende zwart van de maan nog dertigduizend draken verschuldigd is? Hij had die goden aan mij moeten geven. Ze waren te fraai om te branden, en ik had er in Pentos of Myr een aanzienlijke prijs voor kunnen bedingen. Welnu, als hij mij voor één nacht koningin Cersei schenkt, vergeef ik het hem.' De Lyseni gaf Davos een klopje op zijn rug en verliet breeduit de kroeg alsof die van hem was.

Ser Davos Zeewaard bleef nog een poosje achter zijn bier zitten om na te denken. Een kleine anderhalf jaar geleden was hij met Stannis in Koningslanding geweest toen koning Robert daar een toernooi had gehouden ter ere van prins Joffry's naamdag. Hij herinnerde zich de rode priester Thoros van Myr en het vlammende zwaard dat die in de mêlee had gehanteerd. De man had een kleurrijk schouwspel geboden met zijn wapperende rode gewaad en de bleekgroene vlammen die om zijn kling kronkelden, maar iedereen wist dat er geen echte magie in het spel was, en ten slotte was zijn vuur al sputterend gedoofd en had Bronzen Yan Roys hem met een doodgewone strijdhamer een keiharde klap op zijn hoofd gegeven.

Een echt vuurzwaard, dat zou nog eens een wonderbaarlijk gezicht zijn. Maar tegen zo'n hoge prijs... Als hij aan Nissa Nissa dacht zag hij zijn eigen Marya voor zich, een goedmoedige, mollige vrouw met hangborsten en een sjeuïge lach, de beste vrouw ter wereld. Hij probeerde zich voor te stellen dat hij haar met een zwaard doorboorde en huiverde. *Ik ben niet uit heldenhout gesneden*, besloot hij. Als dat de prijs van een magisch zwaard was, dan was hij niet bereid die te betalen.

Davos dronk de rest van zijn bier op, schoof de kroes weg en liep de kroeg uit. Op weg naar buiten gaf hij de gargouille een klopje op zijn kop en prevelde: 'Geluk.' Ze zouden het allemaal nodig hebben.

Het was al geruime tijd donker toen Devan naar de *Zwarte Betha* kwam met een sneeuwwitte hakkenei aan de leidsels. 'Vader,' kondigde hij aan, 'Zijne Genade gebiedt dat u zich in de Zaal van de Beschilderde Tafel bij hem voegt. U moet dit paard nemen en meteen komen.'

Het was goed Devan in zijn prachtige schildknapenkledij te zien, maar die oproep zat Davos niet lekker. *Zal hij ons nu gebieden in zee te steken*, vroeg hij zich af. Salladhor Saan was niet de enige kapitein die meende dat Koningslanding rijp was voor de aanval, maar een smokkelaar moest geduld oefenen. *Er is geen hoop op een overwinning. Dat zei ik ook al tegen maester Cressen, de dag dat ik in Drakensteen terugkeerde, en er is nog niets veranderd. Wij zijn met te weinig man, de vijand met te veel. Als we de riemen lichten sterven we.* Desondanks besteeg hij het paard.

Toen Davos bij de Stenen Trom arriveerde kwamen er net een stuk of tien ridders en grote baandermannen naar buiten. De heren Celtigar en Velaryon gaven hem beiden een kort knikje voordat ze doorliepen, terwijl de overigen hem volslagen negeerden, maar ser Axel Florens bleef staan om even een praatje te maken.

De oom van koningin Selyse was rond als een ton, met dikke armen en o-benen. Hij had de flaporen van een Florens, zelfs nog erger dan zijn nicht. Het stugge haar dat uit de zijne groeide weerhield hem er niet van bijna alles op te vangen wat er in het kasteel gaande was. Ser Axel had tien jaar als kastelein op Drakensteen gediend terwijl Stannis in Koningslanding deel uitmaakte van Roberts raad, maar sinds kort wierp hij zich op als de voornaamste getrouwe van de koningin. 'Blij u te zien, ser Davos, zoals altijd,' zei hij.

'Insgelijks, heer.'

'Ik heb uw aanwezigheid vanmorgen ook opgemerkt. Die valse goden verspreidden een vrolijk licht, nietwaar?'

'Ze brandden heel fel.' Al zijn hoofsheid ten spijt vertrouwde Davos de man niet. Het huis Florens had zich achter Renling geschaard.

'Vrouwe Melisandre zegt dat R'hllor zijn trouwe dienaren soms een glimp van de toekomst laat opvangen in de vlammen. Toen ik vanochtend in het vuur keek scheen het mij toe dat ik twaalf schone danseressen zag, maagden, in gele zijde gehuld. Ze draaiden en wervelden rond voor een groot koning. Ik denk dat het een waar visioen was, ser, een glimp van de glorie die Zijne Genade wacht wanneer wij Koningslanding en de troon die hem rechtens toekomt, in handen hebben.'

Stannis houdt niet van zulke dansen, dacht Davos, maar hij waagde het niet de oom van de koningin te beledigen. 'Ik zag slechts vuur,' zei hij, 'maar mijn ogen traanden van de rook. Neemt u mij niet kwalijk, ser, maar de koning wacht.' Hij schoof langs hem en vroeg zich af waarom ser Axel die moeite had genomen. *Hij dient de koningin en ik de koning.*

Stannis zat aan zijn Beschilderde Tafel. Naast hem stond maester Pylos, en voor hen lag een slordige berg papier. 'Ser,' zei de koning toen Davos binnentrad, 'kijkt u eens naar deze brief.'

Gehoorzaam koos hij op goed geluk een papier uit. 'Het ziet er heel mooi uit, Uwe Genade, maar ik vrees dat ik de woorden niet kan lezen.' Davos kon landkaarten en zeekaarten lezen als de beste, maar letters en andere teksten gingen zijn vermogen te boven. *Maar mijn Devan heeft leren lezen, en de kleine Steffon en Stannis ook.*

'Dat was ik vergeten.' Tussen 's konings wenkbrauwen verscheen een geërgerde rimpel. 'Pylos, lees het hem voor.'

'Uwe Genade.' De maester pakte een perkament en schraapte zijn keel. '*Elkeen kent mij als wettig geboren zoon van Steffon Baratheon, heer van Stormeinde, bij zijn gemalin Cassana van het huis Estermont. Bij de eer van mijn geslacht verklaar ik dat mijn geliefde broeder Robert, onze koning zaliger, geen wettige nakomelingen heeft verwekt. De* knaap Joffry, de knaap Tommen en het meisje Myrcella zijn gruwelen, geboren uit de bloedschande, door Cersei Lannister gepleegd met haar broeder Jaime, de Koningsmoordenaar. Krachtens geboorte en afkomst maak ik heden aanspraak op de IJzeren Troon van de Zeven Koninkrijken van Westeros. Laat alle waarachtige lieden mij hun trouw betuigen. Geschreven in het Licht van de Heer en ondertekend en bezegeld door Stannis van het huis Baratheon, eerste van die naam, koning van de Andalen, de Rhoynar en de Eerste Mensen en heer van de Zeven Koninkrijken.' Het perkament kraakte zacht toen Pylos het neerlegde.

'Maak daar voortaan *ser* Jaime de Koningsmoordenaar van,' zei Stannis met een frons. 'Wat de man verder ook wezen moge, hij is en blijft een ridder. Verder zou ik niet weten waarom we Robert mijn *geliefde* broer zouden noemen. Hij hield niet meer van mij dan zijn plicht was, en ik evenmin van hem.'

'Een onschuldige beleefdheid, Uwe Genade,' zei Pylos.

'Een leugen. Schrappen.' Stannis wendde zich tot Davos. 'Volgens de maester hebben we honderdzeventien raven ter beschikking. Die wil ik allemaal inzetten. Honderdzeventien raven zullen honderdzeventien afschriften van mijn brief naar alle uithoeken van het rijk brengen, van het Prieel tot de Muur. Misschien ontkomen er honderd aan storm, havik en pijl. Dan zullen honderd maesters mijn woorden voorlezen aan evenzovele heren in evenzovele bovenzalen en slaapvertrekken... en vervolgens zullen de brieven naar alle waarschijnlijkheid naar het haardvuur worden verwezen en de lippen verzegeld worden. De liefde van die grote heren geldt Joffry, of Renling, of Robb Stark. Ik ben hun rechtmatige koning, maar als ze kunnen verloochenen ze me. Daarom heb ik u nodig.'

'Ik ben geheel tot uw dienst bereid, heer koning. Zoals altijd.'

Stannis knikte. 'Mijn plan houdt in dat u met de *Zwarte Betha* noordwaarts vaart, naar Meeuwstede, de Vingers, de Drie Zusters, en zelfs Withaven. Uw zoon Deyl gaat in de *Schim* naar het zuiden, voorbij Kaap Gram en de Gebroken Arm, de hele kust van Dorne langs tot aan het Prieel. Elk van u neemt een kist met brieven mee, die u zult bezorgen in iedere haven en ridderhof en in elk vissersdorp. Spijker ze op de deuren van septs en herbergen, zodat iedereen die lezen kan ze lezen zal.'

Davos zei: 'Dat zijn er maar vrij weinig.'

'Het is waar wat ser Davos zegt, Uwe Genade,' zei maester Pylos. 'Het zou beter zijn de brieven hardop te laten voorlezen.'

'Beter, maar ook gevaarlijker,' zei Stannis. 'Die woorden zullen niet in dank aanvaard worden.'

'Geeft u me ridders als voorlezers,' zei Davos. 'Dat werpt meer gewicht in de schaal dan iets wat ik zou kunnen zeggen.'

Dat leek Stannis wel te bevallen. 'Die mannen kan ik u wel geven, ja.

Ik heb zeker honderd ridders die liever voorlezen dan vechten. Ga openlijk te werk waar het kan en heimelijk waar het moet. Benut alle smokkelaarskneepjes die u kent, zwarte zeilen, verborgen inhammen, wat er maar nodig is. Als de brieven op raken, pak dan een paar septons op en laat hen nog meer afschriften maken. Ik ben ook van plan uw tweede zoon in te zetten. Hij steekt met de *Vrouwe Marya* de Zee-engte over naar Braavos en de andere Vrijsteden, om andere brieven te bezorgen bij de machthebbers daar. De hele wereld zal van mijn aanspraken en Cersei's schanddaad horen.'

U kunt het ze wel vertellen, dacht Davos, *maar zullen ze het ook geloven?* Hij keek peinzend naar maester Pylos. Zijn blik ontging de koning niet. 'Maester, misschien moet u nu gaan schrijven. We hebben een groot aantal brieven nodig, en snel.'

'Zoals u wenst.' Pylos boog en vertrok.

De koning wachtte tot hij weg was voordat hij zei: 'Wat wilde je niet zeggen in aanwezigheid van mijn maester, Davos?'

'Heer koning, Pylos is niet onsympathiek, maar ik kan die keten om zijn nek niet zien zonder te treuren om maester Cressen.'

'Is het zijn schuld dat de oude man doodging?' Stannis staarde in het vuur. 'Het heeft nooit in mijn bedoeling gelegen dat Cressen naar dat feestmaal kwam. Hij had mijn woede gewekt, ja, en me slechte raad gegeven, maar ik was niet op zijn dood uit. Ik had gehoopt dat hem nog een paar rustige, gerieflijke jaren vergund waren. Dat had hij op zijn minst verdiend, maar...' – hij knarsetandde – 'maar hij stierf. En Pylos dient mij uitstekend.'

'Over Pylos zit ik nog het minst in. Die brief... Wat vonden uw heren daarvan, vraag ik me af?'

Stannis snoof. 'Celtigar was vol lof. Als ik hem de inhoud van mijn privaat zou laten zien zou hij net zo vol lof zijn. De anderen bewogen hun koppen op en neer als een troep ganzen, met uitzondering van Velaryon, die zei dat de zaak met staal beslecht zou worden, en niet met woorden op perkament. Alsof ik zoiets ooit zou denken. Naar de Anderen met die heren van mij. Ik wil jouw mening horen.'

'Uw taal is onverbloemd en krachtig.'

'En het is waar.'

'Het is waar. Toch hebt u geen bewijzen. Van die bloedschande. Net zomin als een jaar geleden.'

'Er is een soort bewijs op Stormeinde. Roberts bastaard. Degene die hij verwekt heeft op de avond van mijn bruiloft, nota bene in het bed dat voor mij en mijn bruid klaarstond. Delena was een Florens, en nog maagd toen hij haar nam, dus erkende Robert het kind. Edric Storm heet hij. Hij schijnt het evenbeeld van mijn broer te zijn. Als de mensen hem zouden zien en dan Joffry en Tommen nog eens goed aankeken, zouden ze zich onwillekeurig het een en ander afvragen, lijkt mij.'

'Maar hoe moeten de mensen hem te zien krijgen als hij zich op Stormeinde bevindt?'

Stannis trommelde met zijn vingers op de Beschilderde Tafel. 'Dat is een probleem. Een van de vele.' Hij keek op. 'Je hebt nog meer te zeggen over die brief. Voor de draad ermee. Ik heb je niet tot ridder geslagen om te leren hoe je loze vleierijen moet debiteren. Daar heb ik mijn heren voor. Zeg wat je op je lever hebt, Davos.'

Davos boog zijn hoofd. 'Er was een zin aan het slot. Hoe was het ook weer? *Geschreven in het Licht van de Heer...*'

'Ja.' De koning had zijn kaken op elkaar geklemd.

'Die woorden zullen uw volk slecht bevallen.'

'Net zo slecht als jou?' zei Stannis scherp.

'Als u nu eens zei: *geschreven voor het aangezicht der goden en mensen*, of: *bij de gratie van de oude en de nieuwe goden...*'

'Je bent me toch niet ineens vroom geworden, smokkelaar?'

'Dit was slechts de vraag die ik had, heer koning.'

'O ja? Het klinkt anders alsof je even weinig met mijn nieuwe god op hebt als met mijn nieuwe maester.'

'Ik ken die Heer des Lichts niet,' gaf Davos toe, 'maar de goden die we vanochtend verbrand hebben kende ik wel. De Smid heeft mijn schepen veilig bewaard, terwijl de Moeder me zeven sterke zonen heeft geschonken.'

'Je vrouw heeft je zeven sterke zonen geschonken. Bid je soms tot haar? Wat we vanochtend verbrand hebben was hout.'

'Mogelijk,' zei Davos, 'maar toen ik als jongen in de Vlooienzak om koperstukjes bedelde, gaven de septons me soms te eten.'

'En nu geef ík je te eten.'

'U hebt mij een eervolle plaats aan uw tafel gegeven. En als dank daarvoor zeg ik u de waarheid. Uw volk zal u geen warm hart toedragen als u hun de goden die ze van oudsher aanbidden ontneemt en hun er een voor in de plaats geeft wiens naam hun vreemd op de tong ligt.'

Stannis stond abrupt op. '*R'hllor*. Waarom zou dat zo moeilijk zijn? Ze zullen me geen warm hart toedragen, zeg je? Wanneer hebben ze dat ooit wél gedaan? Hoe kan ik iets verliezen dat ik nooit heb bezeten?' Hij liep naar het raam in het zuiden en tuurde over de maanovergoten zee. 'Ik geloof al niet meer in goden sinds de dag dat ik de *Windtrots* aan de overkant van de baai zag vergaan. Goden die monsterlijk genoeg waren om mijn moeder en vader te verdrinken zou ík nimmer aanbidden, zwoer ik. In Koningslanding bazelde de Hoge Septon altijd tegen me over de gerechtigheid en goedheid waar de Zeven van overliepen, maar alle gerechtigheid en goedheid die ik ooit heb gezien was het werk van mensenhanden.'

'Als u niet in goden gelooft...'

'... waarom zou ik me dan om die nieuwe bekommeren?' onderbrak Stannis. 'Dat heb ik me zelf ook afgevraagd. Ik weet weinig van goden af en ik geef er nog minder om, maar die rode priesteres bezit macht.'

Ja, maar wat voor soort macht? 'Cressen bezat wijsheid.'

'Ik bouwde op zijn wijsheid en jouw slimheid, en wat ben ik ermee opgeschoten, smokkelaar? De stormheren hebben je de deur gewezen. Ik ben als een bedelaar naar ze toe gekropen en ze hebben me uitgelachen. Welnu, er wordt voortaan niet meer gebedeld en niet meer gelachen. Ik heb recht op de IJzeren Troon, maar hoe krijg ik hem? Er zijn *vier* koningen in het rijk, en de andere drie hebben meer manschappen en goud dan ik. Ik heb schepen... en ik heb háár. De rode vrouw. De helft van mijn ridders is zelfs bang om haar naam te noemen, wist je dat? Al zou ze niets anders kunnen, een tovenares die volwassen kerels zo bang kan maken is niet te versmaden. Een bevreesd man is een verslagen man. En misschien kan ze inderdaad meer. Daar kom ik nog wel achter.

Als jongen vond ik eens een gewonde wijfjeshavik die ik verzorgde tot ze genezen was. *Trotswiek* noemde ik haar. Ze zat altijd op mijn schouder, fladderde me door de kamers achterna en at uit mijn hand, maar ze weigerde hoog te vliegen. Telkens weer ging ik met haar uit jagen, maar ze kwam nooit boven de boomtoppen uit. Robert noemde haar *Slapwiek*. Hij had een giervalk, Donderslag geheten, die altijd haar prooi sloeg. Op een dag zei ser Harbert, onze oudoom, dat ik eens een andere vogel moest uitproberen. Met Trotswiek sloeg ik een modderfiguur, zei hij, en hij had gelijk.' Stannis Baratheon keerde het raam en de schimmen op de zee in het zuiden de rug toe. 'De Zeven hebben me nog niet eens een dooie mus opgeleverd. Hoog tijd om eens een andere havik uit te proberen, Davos. Een rode havik.'

Theon

𝓑 ij Piek was geen veilige ankerplaats, maar Theon Grauwvreugd wilde zijn vaders slot van zee af bekijken, om het te zien zoals die laatste keer, tien jaar geleden, toen hij door Robert Baratheons oorlogsgalei was weggevoerd om Eddard Starks pupil te worden. Die dag had hij aan de reling staan luisteren naar de riemslagen en het tromgeroffel van de meester terwijl hij toekeek hoe Piek steeds kleiner en verder weg leek. Nu wilde hij het groter zien worden, voor zijn ogen uit zee zien oprijzen.

Gehoorzamend aan zijn wensen zwoegde de *Myraham* met flapperende zeilen langs de kaap, terwijl de kapitein de wind, zijn bemanning en de grillen van hooggeboren jonkertjes verwenste. Theon trok de kap van zijn mantel over zijn hoofd tegen de opspattende druppels en keek uit naar zijn ouderlijk huis.

De kust bestond geheel uit scherpe rotsen en norse klippen en het slot leek één met de rest. Torens, muren en bruggen waren uit dezelfde grauwzwarte steen gehouwen, door dezelfde zilte golven besproeid, met hetzelfde donkergroene korstmos versierd en met de uitwerpselen van dezelfde zeevogels bevlekt. De uitstekende rots waarop de Grauwvreugds hun fort hadden gebouwd, had zich eens als een zwaard in de ingewanden van de oceaan geboord, maar de golven hadden er dag en nacht tegenaan gebeukt totdat de landtong duizenden jaren geleden was afgebrokkeld en verbrijzeld. Al wat er restte waren drie kale, onvruchtbare eilandjes en een tiental rotszuilen die uit het water oprezen als de pilaren van een tempel, gewijd aan een of andere zeegod. Daartussen schuimden en bruisten de woedende golven.

Somber, donker en grimmig verrees Piek boven op die eilandjes en pilaren, bijna alsof het erop groeide. Een ringmuur sloot de kaap af bij het hoofd van de reusachtige stenen brug die van de top van de klip naar het grootste eiland sprong, waarop de zware massa van de Grote Burcht alles overheerste. Verderop in zee lagen de Keukenburcht en de Bloedburcht, elk op hun eigen eiland. Op de zuilen daarachter nestelden torens en bijgebouwen, verbonden door overdekte boogbruggen waar de pilaren dicht opeenstonden, en door lange, wiebelende houten touwbruggen waar dat niet zo was.

Op het buitenste eilandje, bij de punt van het gebroken zwaard, verrees de Zeetoren, het oudste deel van het slot, rond en hoog, de steile zuil waarop hij rustte half weggevreten door het nimmer aflatende beuken van de golven. De voet van de stenen toren was door het opspattende zilt der eeuwen wit uitgeslagen, de bovenverdiepingen waren groen van het wier dat er als een dik tapijt overheen kroop.

Boven de Zeetoren klapperde de banier van zijn vader. De *Myraham* was nog zo ver weg dat Theon alleen het dundoek zelf kon zien, maar hij wist wat voor wapen erop stond: de gouden kraak van het huis Grauwvreugd, met armen die kronkelden en graaiden op een zwart veld. De banier wapperde aan een ijzeren mast en trilde en zwenkte bij elke windstoot als een vogel die worstelt om op te stijgen. En hier waaide de schrikwolf van Stark er tenminste niet bovenuit om zijn schaduw over de kraak van Grauwvreugd te werpen.

Theon had nog nooit iets opwindenders gezien. In de lucht achter het slot was het fraaie rood van de komeet zichtbaar achter de dunne, voortjagende wolken. De hele weg van Stroomvliet naar Zeegaard hadden de Mallisters over de betekenis ervan gediscussieerd. *Het is mijn komeet*, had Theon bij zichzelf gezegd terwijl hij zijn hand onder zijn met bont omzoomde mantel schoof om de buidel van zeildoek aan te raken die in zijn binnenzak opgeborgen zat. Hij bevatte de brief die Robb Stark hem had meegegeven, een papier dat een kroon waard was.

'Ziet het slot eruit zoals u het zich herinnert, heer?' vroeg de dochter van de kapitein terwijl ze tegen zijn arm drong.

'Het lijkt kleiner,' bekende Theon, 'al komt dat misschien alleen door de afstand.' De *Myraham* was een dikbuikige zuidelijke koopvaarder uit Oudstee die wijn, stoffen en zaad meevoerde om tegen ijzererts te ruilen. Ook de kapitein was een dikbuikige zuidelijke koopvaarder, en de rotsige zee die aan de voet van het slot bruiste deed zijn weke lippen trillen. Daarom bleef hij ruim buitengaats, ruimer dan Theon lief was. Een ijzergeboren kapitein met een langschip zou hen langs de klippen hebben geloodst, onder de hoge brug door die de kloof tussen het poortgebouw en de Grote Burcht overspande, maar deze gezette man uit Oudstee bezat noch de bekwaamheid, noch de bemanning, noch de moed om zoiets te wagen. Desondanks moest de *Myraham* zich enorm inspannen om bij de rotsen uit de buurt te blijven.

'Het zal hier wel winderig zijn,' merkte de kapiteinsdochter op.

Hij lachte. 'Winderig, koud en vochtig. In wezen een onaangenaam en ongenaakbaar oord... maar zoals mijn vader een keer tegen me zei: ongenaakbare oorden brengen ongenaakbare mannen voort, en de wereld wordt door ongenaakbare mannen geregeerd.'

Het gezicht van de kapitein was even groen als de zee toen hij buigend naar Theon toe kwam en vroeg: 'Mogen we nu naar de haven, heer?'

'Dat mag,' zei Theon, terwijl er een flauw glimlachje om zijn lippen speelde. Het beloofde goud had de man uit Oudstee in een schaamteloze hielenlikker veranderd. De reis zou heel anders verlopen zijn als hem in Zeegaard een langschip van de eilanden had gewacht, zoals hij had gehoopt. IJzergeboren kapiteins waren trots en eigengereid en afkomst boezemde hun geen ontzag in. De eilanden waren te klein voor ontzag en een langschip was nog kleiner. Als elke kapitein koning was aan boord van zijn eigen schip, dan was het geen wonder dat de eilanden het rijk der tienduizend koningen werden genoemd. En wie zijn koningen over de reling heeft zien schijten en groen heeft zien worden in een storm zal niet licht voor hen door de knieën gaan en doen of het goden zijn. 'De Verdronken God maakt mensen,' had een koning van weleer, Urron Roodhand, eens gezegd, 'maar het zijn mensen die kronen maken.'

Een langschip zou de oversteek bovendien in de helft van de tijd hebben gemaakt. De *Myraham* was eigenlijk een drijvende tobbe, en hij zou er niet graag aan boord zijn als het stormde. Toch was Theon niet al te ongelukkig. Hij was hier, hij was niet verdronken, en bovendien had de reis hem nog een ander vermaak geboden. Hij sloeg een arm om de kapiteinsdochter. 'Roep me maar zodra we 's-Herenpoort bereiken,' zei hij tegen haar vader. 'Wij zijn beneden in mijn hut.' Hij leidde het meisje naar het achterschip, onder gemelijk stilzwijgen nagestaard door haar vader.

De hut was eigenlijk van de kapitein, maar hij was aan Theon ter beschikking gesteld toen ze van Zeegaard uitvoeren. De dochter van de kapitein was hem niet ter beschikking gesteld, maar uit eigen beweging bij hem in bed gekropen. Een beker wijn, wat gefluisterde woorden, en daar was ze. Het meisje was iets te mollig naar zijn smaak, en haar huid was vlekkerig als havermout, maar haar borsten lagen prettig in de hand en toen hij haar voor het eerst nam, was ze nog maagd geweest. Dat was opmerkelijk op haar leeftijd, maar Theon vond het vermakelijk. Hij had niet het idee dat de kapitein het goed vond, en het was ook amusant om te zien hoe de man zich inspande om zijn verontwaardiging in te slikken als hij voor de hoge heer liep te pluimstrijken met de goed gevulde geldbuidel voortdurend in zijn achterhoofd.

Toen Theon zijn natte mantel van zich afschudde zei het meisje: 'U zult wel heel gelukkig zijn dat u uw ouderlijk huis weer terugziet, heer. Hoe lang bent u weg geweest?'

'Tien jaar, of daaromtrent,' zei hij. 'Ik was tien toen ik als pupil van Eddard Stark naar Winterfel werd meegevoerd.' Pupil in naam, maar in werkelijkheid gijzelaar. Zijn halve leven gijzelaar... maar nu niet meer. Zijn leven behoorde weer aan hemzelf, en nergens was een Stark te bekennen. Hij trok de kapiteinsdochter tegen zich aan en kuste haar op haar oor. 'Doe je mantel uit.'

Ze sloeg haar ogen neer, plotseling verlegen, maar deed wat hij haar beval. Toen het zware kledingstuk, doordrenkt van het opgespatte water, van haar schouders op het dek viel, maakte ze een kleine buiging voor hem en glimlachte zenuwachtig. Als ze glimlachte zag ze er eigenlijk nogal dom uit, maar hij had geen behoefte aan slimme vrouwen. 'Kom bij me,' zei hij tegen haar.

Ze kwam. 'Ik heb de IJzereilanden nog nooit gezien.'

'Prijs jezelf gelukkig.' Theon streek haar over het haar. Dat was fijn en donker, al was het nu verward door de wind. 'De eilanden zijn streng en stenig, van comfort gespeend en van vooruitzichten ontbloot. De dood is hier nooit veraf, het leven schriel en schraal. De mannen brengen hun avonden door met bierdrinken en ruzieën over de vraag wie het slechter heeft: de vissers die tegen de zee vechten of de boeren die het armzalige, dunne laagje aarde een oogst proberen te ontlokken. Maar eigenlijk hebben de mijnwerkers het nog slechter. Zij verpesten hun rug in het donker beneden, en waarvoor? IJzer, lood en tin, dat zijn onze schatten. Geen wonder dat de ijzermannen van weleer tot zeeschuimerij vervielen.'

Het domme kind leek niet te luisteren. 'Ik zou met u aan land kunnen gaan,' zei ze. 'Als het u behaagt doe ik dat...'

'Dat zou je kunnen doen,' beaamde Theon en hij kneep in haar borst, 'maar niet met mij, vrees ik.'

'Ik zou in uw slot kunnen werken, heer. Ik kan vis schoonmaken, brood bakken en boter karnen. Volgens vader maak ik de lekkerste kreeftenstoofpot met peper die hij ooit heeft geproefd. Als u mij een plaatsje in uw keuken bezorgt, kan ik kreeftenstoofpot met peper voor u maken.'

'En 's nachts mijn bed warmen?' Hij stak zijn hand uit naar de rijgsnoeren van haar keursje en begon ze met soepele, ervaren vingers los te trekken. 'Eens had ik je misschien als krijgsbuit meegevoerd om je tot vrouw te nemen, of je wilde of niet. Dat deden de ijzermannen van vroeger. Een man had zijn rotsvrouw, zijn ware bruid, ijzergeboren als hij, maar hij had tevens zijn zoutvrouwen, meegebracht van zijn plundertochten.'

Het meisje zette grote ogen op, en niet omdat hij haar borsten had ontbloot. 'Ik zou uw zoutvrouw wel willen zijn, heer.'

'Die tijden zijn voorbij, vrees ik.' Theons vinger gleed in een spiraal om een van haar zware tieten naar de dikke bruine tepel toe. 'We kunnen niet langer te vuur en te zwaard voor de wind rijden en nemen wat we willen. Tegenwoordig wroeten we net als alle andere mensen in de grond en gooien lijnen uit in zee en prijzen onszelf gelukkig als we genoeg gezouten kabeljauw en havermout hebben om de winter door te komen.' Hij nam haar tepel in zijn mond en beet erin totdat ze een kreetje slaakte.

'U kunt hem weer in me steken als het u behaagt,' fluisterde ze in zijn oor terwijl hij zoog.

Toen hij zijn hoofd van haar borst tilde had ze een donkerrode zuigplek op haar huid. 'Het behaagt me om je iets nieuws te leren. Maak de veters van mijn hozen los en bezorg me genot met je mond.'

'Met mijn mond?'

Zijn duim streek vluchtig over haar volle lippen. 'Daar zijn die lippen voor, liefje. Als je mijn zoutvrouw was, zou je doen wat ik je gebood.'

Aanvankelijk was ze beschroomd, maar voor zo'n dom meisje leerde ze snel, en dat beviel hem wel. Haar mond was even vochtig en lekker als haar kut, en zo hoefde hij tenminste niet naar haar stompzinnige geleuter te luisteren. *Eens zou ik haar echt als zoutvrouw gehouden hebben*, dacht hij bij zichzelf terwijl zijn vingers door haar verwarde haar gleden. *Eens. Toen we de Oude Leefwijze nog in ere hielden en van de strijdbijl leefden, niet van de pikhouweel, en namen wat we hebben wilden, hetzij rijkdom, hetzij vrouwen, hetzij roem.* In die tijd waren ijzergeborenen geen mijnwerkers. Dat was dwangarbeid geweest voor de gevangenen die van de krijgstochten meegevoerd werden, en dat gold ook voor treurige bezigheden als akkerbouw en veehouderij. Het ware werk van een ijzerman was de krijg. De Verdronken God had hen gemaakt om te roven en te verkrachten, zich koninkrijken toe te eigenen en hun naam te schrijven in bloed, vuur en liederen.

Aegon de Draak had de Oude Leefwijze vernietigd toen hij Harren de Zwarte had verbrand, diens koninkrijk aan de slappe riviermannen had teruggegeven en de IJzereilanden tot een onbetekenend achterafgebied van een veel groter rijk had gereduceerd. Toch werden de bloedrode verhalen van weleer nog steeds overal op de eilanden bij vuren van wrakhout en rokerige haardsteden verteld, zelfs in de grote stenen zalen van Piek. Een van de titels van Theons vader luidde Plunderheer, en de woorden van de Grauwvreugds verkondigden vol trots: *Wij zaaien niet.*

Het was om de Oude Leefwijze in ere te herstellen, meer nog dan om de lege ijdelheid van een kroon, dat heer Balon zijn grote opstand was begonnen. Robert Baratheon had met de hulp van zijn vriend Eddard Stark een bloedige streep door die hoop gehaald, maar zij waren nu allebei dood. Hun opvolgers waren niet meer dan jongens, en het rijk dat Aegon de Veroveraar aaneengesmeed had, was verbrokkeld en verdeeld. *De tijd is rijp*, dacht Theon terwijl de kapiteinsdochter haar lippen langs hem op en neer bewoog, *de tijd, het jaar, de dag, en ik ben de man.* Met een schuin lachje vroeg hij zich af wat zijn vader zou zeggen als hij, de laatstgeborene, het kleine jongetje, de gijzelaar, als híj slaagde waar heer Balon zelf had gefaald.

Zijn climax kwam even plotseling op als een storm, en hij vulde de mond van het meisje met zijn zaad. Geschrokken wilde ze haar hoofd wegtrekken, maar Theon greep haar stevig bij het haar. Na afloop krabbelde ze naast hem overeind. 'Heb ik u behaagd, heer?'

'Ja hoor,' zei hij tegen haar.

'Het smaakte zout,' mompelde ze.

'Als de zee?'

Ze knikte. 'Ik heb altijd erg van de zee gehouden, heer.'

'Net als ik,' zei hij, en hij liet terloops haar tepel tussen zijn vingertoppen heen en weer gaan. Dat was waar. Voor de mannen van de IJzereilanden hield de zee vrijheid in. Dat was hij vergeten, totdat de *Myraham* bij Zeegaard de zeilen had gehesen. Die geluiden hadden gevoelens van jaren her doen herleven: het kraken van hout en touwen, de geschreeuwde bevelen van de kapitein, het klapperen van de zeilen die opbolden in de wind, allemaal net zo vertrouwd als het slaan van zijn eigen hart, en even bemoedigend. *Dit zal mij bijblijven*, zwoer Theon bij zichzelf. *Ik mag nooit meer zo ver bij de zee vandaan gaan.*

'Neem me mee, heer,' smeekte de kapiteinsdochter. 'Ik hoef niet naar uw slot, ik kan best ergens in een stad wonen en uw zoutvrouw zijn.' Ze stak een hand uit om hem over zijn wang te aaien.

Theon Grauwvreugd schoof haar weg en stond van de kooi op. 'Mijn plaats is in Piek, en de jouwe is op dit schip.'

'Ik kan hier nu niet meer blijven.'

Hij reeg zijn hozen vast. 'Waarom niet?'

'Mijn vader,' zei ze. 'Zodra u weg bent zal hij me straffen, heer. Dan scheldt hij me uit en krijg ik slaag.'

Theon zwaaide zijn mantel van de haak en om zijn schouders. 'Zo zijn vaders,' bevestigde hij terwijl hij de plooien met een zilveren broche vastspeldde. 'Zeg hem maar dat hij blij moet zijn. Ik heb je zo vaak genaaid dat je vast wel zwanger bent. En niet iedere man valt de eer te beurt de bastaard van een koning groot te brengen.' Ze keek hem dom aan, dus liet hij haar staan.

De *Myraham* rondde een beschoeide rots. Onder de met vurenhout beklede klippen haalde een tiental vissersbootjes hun netten binnen. De grote kogge bleef op ruime afstand en ging overstag. Theon liep naar de voorsteven om beter zicht te hebben. Het eerste dat hij zag was het slot, de sterkte van de Bottelaars. Toen hij nog een jongen was, was die van planken en leem geweest, maar dat bouwsel was door Robert Baratheon tot de grond toe afgebroken. Heer Sawein had het in steen herbouwd, want nu werd de heuvel door een kleine, vierkante burcht bekroond. Van de plompe hoektorens hingen fletsgroene vlaggen slap omlaag, elk met een school zilveren visjes als blazoen.

Onder de twijfelachtige beschutting van het vissige kleine slot lag het dorp 's-Herenpoort, waarvan de haven krioelde van de bootjes. Hij had het voor het laatst als rokende woestenij gezien, de rotskust bezaaid met de skeletten van verbrande langschepen en versplinterde galeien als de beenderen van dode leviathans, de huizen nog slechts kapotte muren en afgekoelde as. Tien jaar later waren er nog slechts weinig sporen van de oorlog te zien. De kleine luiden hadden nieuwe kotten gebouwd met de stenen van de oude en nieuwe plaggen gesneden voor hun daken. Bij de aanlegplaats was een nieuwe herberg verrezen, twee keer zo groot als de oude, met een stenen benedenverdieping en twee bovenverdiepingen van hout. Maar de sept daarachter was nooit meer opgebouwd. Waar die had gestaan restte slechts een zevenhoekig fundament. Robert Baratheons woede had de ijzermannen blijkbaar alle lust ontnomen om de nieuwe goden nog te aanbidden.

Theon was meer in schepen dan in goden geïnteresseerd. Tussen de talloze vissersboten ontwaarde hij een handelsgalei uit Tyrosh, bezig te lossen, naast een logge Ibbanese kogge met zo'n zwartgeteerde romp. Een groot aantal langschepen, minstens vijftig of zestig, lag op de rede, of opgetrokken op het kiezelstrand in het noorden. Op sommige zeilen stonden wapens van de andere eilanden afgebeeld: de bloedige maan van Windasch, de zwarte, met ijzer beslagen krijgshoorn van heer Goedenbroer, de zilveren zeis van Harlang. Theon zocht naar de *Stilte* van zijn oom Euron. Van dat rode schip, slank en schrikwekkend, was geen spoor te bekennen, maar de *Grote Kraak* van zijn vader lag er wel, de voorsteven getooid met een enorme ijzeren ram in de vorm van zijn naamgenoot.

Had heer Balon zijn komst verwacht en de banieren van Grauwvreugd bijeengeroepen? Opnieuw schoof zijn hand onder zijn mantel naar de buidel van zeildoek. Niemand behalve Robb Stark was van deze brief op de hoogte. Ze waren niet zo dwaas hun geheimen aan een vogel toe te vertrouwen. Toch was heer Balon ook geen dwaas. Het kon best zijn dat hij had geraden waarom zijn zoon eindelijk thuiskwam, en daarnaar had gehandeld.

Die gedachte beviel hem niet. De oorlog van zijn vader was over, uit en verloren. Dit was het uur van Theon; zijn plan, zijn roem en te zijner tijd zijn kroon. *Maar als de langschepen zich verzamelen...*

Nu hij erover nadacht kon het ook gewoon een voorzorgsmaatregel zijn. Een verdedigingsmanoeuvre, voor het geval de oorlog de zee over zou komen. Oude mannen waren uiteraard voorzichtig. Zijn vader was nu oud, net als zijn oom Victarion, die het bevel voerde over de IJzeren Vloot. Met zijn oom Euron lag het uiteraard anders, maar de *Stilte* was zo te zien niet thuis. *Dit werkt allemaal mee ten goede*, zei Theon bij zichzelf. *Op deze manier zal ik des te sneller kunnen toeslaan.*

Terwijl de *Myraham* op de wal aankoerste ijsbeerde Theon rusteloos over het dek en zocht hij met zijn ogen de kust af. Hij had niet verwacht heer Balon persoonlijk op de kade aan te treffen, maar zijn vader zou toch wel iemand hebben gestuurd om hem te verwelkomen? De hofmeester Sylas Zuurmond, heer Bottelaar, misschien zelfs Dagmer Spleetkaak. Het zou goed zijn om Dagmers afzichtelijke ouwe kop weer te zien. Het was toch echt niet zo dat ze geen bericht van zijn komst hadden gekregen. Robb had raven gestuurd uit Stroomvliet, en toen ze in Zeegaard geen langschip hadden aangetroffen, had Jason Mallister zijn eigen vogels naar Piek gezonden, in de veronderstelling dat die van Robb omgekomen waren.

Desondanks zag hij geen bekende gezichten, er stond geen erewacht klaar om hem van 's-Herenpoort naar Piek te escorteren. Hij zag alleen gewone mensen, bezig met hun gewone werk. Walknechten rolden vaatjes wijn van het koopvaardersschip uit Tyrosh, visserslui riepen de vangst van de dag uit, kinderen renden rond of speelden. Een priester in het zeewater-gewaad van de Verdronken God leidde een koppel paarden het kiezelstrand over, terwijl boven hem een slet uit een raam van de herberg hing en een stel passerende Ibbanese zeelieden nariep.

Een handvol handelaars uit 's-Herenpoort had zich verzameld om het schip te zien aanleggen. Terwijl de *Myraham* de trossen uitwierp riepen ze allerlei vragen omhoog. 'We komen uit Oudstee,' riep de kapitein naar beneden, 'met appels en sinaasappels, wijnen uit het Prieel en veren van de Zomereilanden. Ik heb peper, gevlochten leer, een rol Myrisch kant, spiegels voor de vrouwe en een paar houtharpen uit Oudstee, lieflijker dan u ooit hebt gehoord.' De loopplank plofte krakend neer. 'En ik breng uw erfgenaam mee terug.'

De mannen uit 's-Herenpoort staarden met domme koeienogen naar Theon, en hij besefte dat ze niet wisten wie hij was. Dat maakte hem kwaad. Hij drukte de kapitein een gouden draak in zijn handpalm. 'Stuur uw mannen om mijn spullen te halen.' Zonder op een reactie te wachten beende hij de loopplank af. 'Waard,' blafte hij, 'ik moet een paard hebben.'

'Zoals u wilt, heer,' antwoordde de man zonder zelfs maar te buigen. Hij was vergeten hoe vrijpostig de ijzermannen konden zijn. 'Toevallig heb ik wel een geschikt beestje. En waar mag de reis wel heen gaan, heer?'

'Piek.' De idioot had hem nóg niet herkend. Hij had zijn goede wambuis moeten aantrekken, dat met de geborduurde kraak op de borst.

'Dan zult u gauw op weg moeten, als u Piek nog voor donker wilt bereiken,' zei de waard. 'Mijn zoon zal wel meegaan om u de weg te wijzen.'

'Je zoon is niet nodig,' riep een zware stem, 'en je paard ook niet. Ik breng mijn neef wel naar het huis van zijn vader.'

De spreker was de priester die hij de paarden langs het strand had zien leiden. Toen de man dichterbij kwam, ging het volk door de knieën, en Theon hoorde de waard mompelen: 'Vochthaar.'

De lange, magere priester met zijn felle zwarte ogen en zijn adelaarsneus was gekleed in een gewaad waarin groen, grijs en blauw, de vloeiende kleuren van de Verdronken God, in elkaar overliepen. Een waterzak hing aan een leren riem onder zijn oksel, en door zijn lange zwarte haar, dat tot op zijn middel hing, waren touwen van gedroogd zeewier gevlochten.

Er kwam een herinnering bij Theon bovendrijven. In een van zijn zeldzame, beknopte brieven had heer Balon geschreven dat zijn jongste broer in een storm was vergaan en een heilig man was geworden nadat hij veilig op de kust was aangespoeld. 'Oom Aeron?' zei hij weifelend.

'Neef Theon,' antwoordde de priester. 'Je vader heeft mij gezegd dat ik je op moest halen. Kom mee.'

'Even wachten, oom.' Hij keerde zich weer naar de *Myraham*. 'Mijn spullen,' beval hij de kapitein.

Een zeeman ging zijn grote boog van taxushout en zijn pijlkoker halen, maar het was de kapiteinsdochter die het pak met zijn nette kleren kwam brengen. 'Heer.' Haar ogen waren rood. Toen hij het pak aannam leek ze hem te willen omhelzen in aanwezigheid van haar eigen vader, zijn priesterlijke oom en de halve eilandbevolking.

Theon week behendig opzij. 'Mijn dank.'

'Alstublieft,' zei ze. 'Ik hou zo van u, heer.'

'Ik moet gaan.' Hij haastte zich achter zijn oom aan, die al een eind verderop langs de kade liep. In een stuk of tien grote stappen had Theon hem ingehaald. 'Ik had niet naar u uitgekeken, oom. Ik dacht: na tien jaar komen mijn edele vader en moeder misschien wel zelf, of ze sturen Dagmer met een erewacht.'

'Het gaat jou niet aan de bevelen van de Plunderheer van Piek in twijfel te trekken.' De houding van de priester was kil, heel anders dan van de man die Theon zich herinnerde. Aeron Grauwvreugd was de beminnelijkste van zijn ooms geweest, klunzig en goedlachs, verzot op liederen, bier en vrouwen. 'Wat Dagmer betreft, de Splijtkaak is in opdracht van je vader naar Oud Wyk om die van Steenhuis en Trom uit hun bed te trommelen.'

'Waarvoor? Waarom zijn de langschepen verzameld?'

'Waarvoor plegen langschepen zich te verzamelen?' Zijn oom had de paarden vastgebonden voor de herberg aan de waterkant. Daar aangekomen wendde hij zich tot Theon. 'Zeg me naar waarheid, neef. Bid jij nu tot de wolvengoden?'

Theon bad maar zelden, maar dat was niet iets om aan een priester te bekennen, zelfs al was het je vaders bloedeigen broer. 'Ned Stark bad tot een boom. Nee, de goden van Stark laten me koud.'

'Goed. Kniel neer.'
De grond was een en al stenen en modder. 'Oom, ik...'
'*Kniel.* Of ben je daar tegenwoordig te trots voor, jonkertje uit de groene landen dat zich onder ons heeft begeven?'
Theon knielde. Hij was hier met een doel, en misschien had hij Aerons hulp nodig om het te bereiken. Een kroon was wel wat modder en paardenpoep op zijn broek waard, nam hij aan.
'Buig je hoofd.' Zijn oom tilde de zak op, haalde de stop eruit en goot een dun stroompje zeewater over Theons hoofd. Het maakte zijn haar nat en liep via zijn voorhoofd in zijn ogen. Een paar straaltjes sijpelden over zijn wangen en een koude vinger kroop onder zijn mantel en wambuis en via zijn nek als een koud beekje langs zijn ruggengraat omlaag. Zijn ogen werden branderig van het zout, tot hij het nog net niet uitschreeuwde. Hij kon de oceaan op zijn lippen proeven. 'Laat uw dienaar Theon, gelijk uzelve, wedergeboren worden uit de zee,' galmde Aeron Grauwvreugd. 'Zegen hem met zout, zegen hem met steen, zegen hem met staal. Neef, ken je de woorden nog?'
'Wat dood is kan nimmermeer sterven,' herinnerde Theon zich.
'Wat dood is kan nimmermeer sterven,' herhaalde zijn oom, 'maar zal harder en sterker herrijzen. Sta op.'
Theon stond op, knipperend met zijn ogen, die traanden van het zout. Zonder iets te zeggen deed zijn oom de stop op de waterzak, bond zijn paard los en steeg op. Theon deed hetzelfde. Ze reden samen weg van de herberg en de haven, langs het slot van heer Bottelaar en de stenige heuvels in. De priester deed zijn mond niet meer open.
'Ik ben mijn halve leven van huis geweest,' probeerde Theon ten langen leste. 'Zijn de eilanden erg veranderd?'
'Mannen vissen in zee, graven in de grond, en sterven. Vrouwen baren kinderen in bloed en tranen, en sterven. De nacht volgt op de dag. De wind en het tij zijn onveranderlijk. De eilanden zijn zoals onze god ze gemaakt heeft.'
Goden, wat is die grimmig geworden, dacht Theon. 'Tref ik in Piek mijn zuster en mijn moeder aan?'
'Nee. Je moeder verblijft in Harlang, bij haar eigen zuster. Het klimaat is daar milder, en ze wordt door hoest geplaagd. Je zuster is met de *Zwarte Wind* naar Groot Wyk om berichten van je vader over te brengen. Ze zal weldra terugkeren, daar kun je van op aan.'
Theon had niemand nodig om hem te vertellen dat de *Zwarte Wind* het langschip van Asha was. Hij had zijn zuster al in geen tien jaar gezien, maar zoveel wist hij wel van haar af. Merkwaardig dat ze het zo had genoemd, terwijl Robb Starks wolf Grijze Wind heette. 'Stark is grijs en Grauwvreugd zwart,' mompelde hij glimlachend, 'maar we zijn blijkbaar allebei winderig.'

Daar had de priester geen commentaar op.

'En u, oom?' vroeg Theon. 'Toen ik uit Piek werd weggevoerd was u nog geen priester. Ik weet nog hoe u de oude plunderliederen placht te zingen terwijl u met een hoorn bier in uw hand op tafel stond.'

'Ik was jong en ijdel,' zei Aeron Grauwvreugd, 'maar de zee heeft mijn dwaasheid en ijdelheid weggespoeld. Die man is verdronken, neef. Zijn longen vulden zich met zeewater en de vissen aten de schellen van zijn ogen. Toen ik weer verrees was mijn blik helder.'

Hij is al net zo gestoord als hij verzuurd is. De vroegere Aeron Grauwvreugd had Theon wel gemogen, voor zover hij hem zich herinnerde. 'Oom, waarom heeft mijn vader zijn zwaarden en zeilen bijeengeroepen?'

'Dat krijg je in Piek ongetwijfeld van hemzelf te horen.'

'Ik zou liever nu al horen wat hij van plan was.'

'Niet van mij. We hebben bevel hier met niemand over te spreken.'

'Niet eens met *míj*?' Woede welde in Theon op. Hij had manschappen aangevoerd in een oorlog, gejaagd met een koning, eervol in mêlees van toernooien gestreden, zij aan zij met Brynden Zwartvis en Grootjon Omber gereden, in het Fluisterwoud gevochten en meer meisjes gehad dan hij op kon noemen, en toch behandelde deze oom hem of hij nog een kind van tien was. 'Als mijn vader een oorlog voorbereidt moet ik dat weten. Ik ben niet zomaar iemand, ik ben de erfgenaam van Piek en de IJzereilanden.'

'Wat dat betreft,' zei zijn oom, 'dat zullen we nog wel zien.'

Dat was een klap in zijn gezicht. *'Dat zullen we nog wel zien?* Allebei mijn broers zijn dood. Ik ben de enige zoon van mijn vader die nog in leven is.'

'Je zuster leeft ook nog.'

Asha, dacht hij, niet wetend hoe hij het had. Zij was drie jaar ouder dan Theon, maar toch... 'Een vrouw kan alleen erven als er geen mannelijke erfgenaam in de rechte lijn is,' hield hij hardop vol. 'Ik waarschuw u, ik laat me mijn rechten niet ontnemen.'

Zijn oom gromde. 'Een dienaar van de Verdronken God *waarschuwen*, jongen? Je bent meer vergeten dan je beseft. En het is de dwaasheid ten top om te denken dat je vader deze heilige eilanden ooit door een Stark zal laten erven. En nu stil. De rit duurt ook zonder dat gekakel van jou al lang genoeg.'

Theon hield zijn mond, zij het niet zonder inspanning. *Dus daar wringt de schoen*, dacht hij. Alsof tien jaar in Winterfel een Stark van iemand konden maken. Heer Eddard had hem met zijn eigen kinderen opgevoed, maar Theon was nooit een van hen geworden. Het hele kasteel, van Vrouwe Stark tot en met het minste keukenhulpje, wist dat hij als gijzelaar garant stond voor de goede trouw van zijn vader, en hij was dienovereenkomstig behandeld. Zelfs de bastaard Jon Sneeuw was meer eer te beurt gevallen dan hem.

Van tijd tot tijd had heer Eddard geprobeerd voor vader te spelen, maar voor Theon was hij altijd de man gebleven die Piek met bloed en vuur had bezocht en hem uit zijn ouderlijk huis had meegevoerd. Als jongen was hij altijd beducht geweest voor Starks strenge gezicht en grote, donkere zwaard. Starks vrouw was zo mogelijk nog afstandelijker en achterdochtiger.

Wat hun kinderen betreft, de kleintjes waren het grootste deel van zijn tijd op Winterfel niet meer dan jengelende baby's geweest. Alleen Robb en zijn laaggeboren halfbroer Jon Sneeuw waren oud genoeg om zijn aandacht waard te zijn. De bastaard was een norse knaap, gauw op zijn teentjes getrapt en jaloers op Theons hoge afkomst en Robbs waardering voor hem. Voor Robb zelf koesterde Theon wel een zekere genegenheid, als voor een jongere broer... maar dat kon hij beter voor zich houden. In Piek gingen de oude oorlogen kennelijk gewoon door. Niet iets om je over te verbazen. De IJzereilanden leefden in het verleden, want het heden was ondraaglijk hard en bitter. Bovendien waren zijn vader en zijn ooms oud, en zo waren oude heren. Ze namen hun stoffige vetes mee in hun graf, zonder te vergeten, en al helemáál zonder te vergeven.

Dat gold ook voor de Mallisters, zijn reisgenoten tijdens de rit van Stroomvliet naar Zeegaard. Patrek Mallister was geen kwaaie vent. Ze deelden hun voorliefde voor wijven, wijn en de haviksjacht. Maar toen de oude heer Jason zag dat zijn erfgenaam Theons gezelschap nogal op prijs begon te stellen, had hij Patrek apart genomen om hem eraan te herinneren dat Zeegaard was gebouwd om de kust te verdedigen tegen de plunderaars van de IJzereilanden, met name de Grauwvreugds van Piek. Hun Galmende Toren was genoemd naar de enorme ijzeren klok die vroeger altijd werd geluid om de stedelingen en boerenknechts naar het kasteel te roepen zodra de langschepen boven de westelijke kim opdoken.

'Niet dat die klok de laatste driehonderd jaar meer dan één keer geluid is,' had Patrek de dag daarop tegen Theon gezegd toen hij hem vergastte op zijn vaders vermaningen en een kruik groene appelwijn.

'Toen mijn broer Zeegaard kwam overvallen,' zei Theon. Heer Jason had Rodrik Grauwvreugd voor de kasteelmuren gedood en de ijzermannen teruggedreven naar de baai. 'Als je vader denkt dat ik hem daarom een kwaad hart toedraag, is dat uitsluitend omdat hij Rodrik nooit heeft gekend.'

Daar maakten ze zich vrolijk over terwijl ze om het hardst naar een amoureuze jonge molenaarsvrouw reden die Patrek kende. *Ik wou dat Patrek nu bij me was*. Mallister of niet, het was heel wat gezelliger om naast hem te rijden dan naast die verzuurde oude priester waarin zijn oom Aeron was veranderd.

Hun pad kronkelde steeds verder omhoog de kale, stenige heuvels in. Na korte tijd konden ze de zee niet meer zien, al was de vochtige lucht nog doortrokken van een prikkelende, zilte geur. Ze zwoegden in gestaag tempo voort, langs een herdershut en een verlaten mijn. Deze nieuwe, godvruchtige Aeron Grauwvreugd was geen prater. Er hing een duistere wolk van stilte om de ruiters heen. Ten slotte kon Theon er niet meer tegen. 'Robb Stark is nu heer van Winterfel,' zei hij.

Aeron reed door. 'De ene wolf is niet veel anders dan de andere.'

'Robb heeft de leenband met de IJzeren Troon opgezegd en zichzelf tot Koning in het Noorden gekroond. Het is oorlog.'

'De raven van de maester vliegen even snel over zout als over rots. Dat nieuws is oud en verschaald.'

'Het kondigt een nieuwe dag aan, oom.'

'Elke ochtend brengt een nieuwe dag, die nauwelijks van de vorige verschilt.'

'In Stroomvliet zouden ze u iets anders vertellen. Daar zeggen ze dat de komeet de heraut van een nieuwe tijd is. Een boodschapper van de goden.'

'Het is een teken,' gaf de priester toe, 'maar van onze god, niet van de hunne. Een brandende toorts is het, zoals ons volk die vanouds heeft gevoerd. Het is de vlam die de Verdronken God uit zee meebracht, en die het rijzen van het tij aankondigt. De tijd is rijp om de zeilen te hijsen en te vuur en te zwaard de wereld in te gaan, zoals hij eens deed.'

Theon glimlachte. 'Daar kan ik helemaal mee instemmen.'

'Een man stemt in met god zoals een regendruppel met de storm.'

Deze regendruppel zal op een dag koning zijn, oude man. Theon had meer dan genoeg van de somberheid van zijn oom. Hij gaf zijn paard de sporen en draafde glimlachend voor hem uit.

De zon ging al bijna onder toen ze de muur van Piek bereikten, een halve maan van donkere steen die van klip tot klip liep, met in het midden het poortgebouw en aan weerszijden drie vierkante torens. Theon kon de littekens van de stenen uit Roberts blijden nog zien. Op de puinhopen van de oude was een nieuwe zuidertoren verrezen, van stenen in een iets lichtere tint grijs, nog niet met plakken korstmos overwoekerd. Daar had Robert een bres geslagen, om vervolgens met zijn strijdhamer in de hand en Ned Stark aan zijn zij over het puin en de lijken naar binnen te zwermen. Theon had vanuit de veilige Zeetoren toegekeken. Soms zag hij de toortsen nog in zijn dromen en hoorde hij het doffe gerommel waarmee de toren was ingestort.

De poorten stonden voor hem open, het roestige ijzeren valhek was opgetrokken. De wachters op de tinnen keken met de ogen van vreemden toe hoe Theon Grauwvreugd eindelijk thuiskeerde.

Achter de ringmuur zelf lag een landtong van omstreeks vijftig morgen, scherp afgetekend tegen hemel en zee. Daar waren de stallen en de kennels en nog andere bijgebouwen, her en der verspreid. Schapen en varkens stonden opeengepakt in hun hokken, maar de kasteelhonden renden vrijelijk rond. In het zuiden waren de klippen en de brede stenen brug naar de Grote Burcht. Theon kon de golven horen bruisen toen hij uit het zadel sprong. Een stalknecht kwam aan om zijn paard over te nemen. Een paar broodmagere kindertjes en wat lijfeigenen staarden hem met doffe blikken aan, maar van zijn vader geen spoor, noch van wie dan ook die hij zich uit zijn kindertijd herinnerde. *Een naargeestige en bittere thuiskomst*, dacht hij.

De priester was niet afgestegen. 'Blijft u niet overnachten en de maaltijd met ons delen, oom?'

'Ik moest jou brengen, was mij gezegd. Je bent gebracht. Nu keer ik terug naar de zaken van onze god.' Aeron Grauwvreugd wendde zijn paard en reed langzaam onder de bemodderde punten van het valhek door naar buiten.

Een krom oud besje met een vormeloze jurk kwam behoedzaam op hem af. 'Heer, ik ben gestuurd om u uw vertrekken te wijzen.'

'Op wiens bevel?'

'Van uw heer vader, heer.'

Theon stroopte zijn handschoenen af. 'Je weet dus wél wie ik ben. Waarom is mijn vader niet hier om me te begroeten?'

'Hij wacht op u in de Zeetoren, heer. Als u uitgerust bent van uw reis.'

En ik dacht dat Ned Stark een kille was. 'En wie ben jij?'

'Helya, die dit slot voor uw heer vader beheert.'

'Sylas was hier hofmeester. Hij werd Zuurmond genoemd.' De naar wijn riekende adem van de oude man stond Theon zelfs nu nog duidelijk voor de geest.

'Al vijf jaar dood, heer.'

'En master Qalen, waar is die?'

'Hij slaapt in zee. Wendamyr beheert nu de raven.'

Ik ben een vreemde hier, dacht Theon. *Er is niets veranderd, en toch is alles veranderd.* 'Breng me naar mijn vertrekken, vrouw,' beval hij. Met een stijve buiging ging ze hem via de landtong voor naar de brug. Die leek tenminste nog op zijn herinnering: de eeroude stenen, glibberig van het opspattende water en vlekkerig van het korstmos, de zee die onder hun voeten schuimbekte als een groot, wild beest, de zilte wind die aan hun kleren rukte.

Altijd als hij zich zijn thuiskomst voorstelde, had hij zich zien terugkeren naar die knusse slaapkamer in de Zeetoren waarin hij als kind zijn nachten had doorgebracht. In plaats daarvan ging de oude vrouw hem voor naar de Bloedburcht. Daar waren de vertrekken ruimer en beter gemeubileerd, zij het niet minder koud of vochtig. Theon kreeg een reeks kille kamers met plafonds die zo hoog waren dat ze zich in de schemering verloren. Hij was misschien meer onder de indruk geweest als hij niet had geweten dat dit nu net de vertrekken waren waaraan de Bloedburcht zijn naam dankte. Duizend jaar geleden waren de zonen van de rivierkoning hier afgeslacht, in hun bed in mootjes gehakt, zodat hun lijken in stukken naar hun vader op het vasteland konden worden teruggezonden.

Maar Grauwvreugds werden niet in Piek vermoord, behalve eens in de zoveel tijd door hun broers, en de zijne waren allebei dood. Het was geen vrees voor spoken waardoor hij walgend om zich heen keek. De wandtapijten waren groen uitgeslagen van de schimmel, de matras rook muf en was doorgezakt, de biezen waren oud en uitgedroogd. Deze kamers waren al jaren niet meer open geweest. Het vocht drong door tot in het merg. 'Ik wil een kom warm water en een vuur in deze haard,' zei hij tegen het besje. 'Laat in de andere kamers komfoors aansteken om de kilte wat te verdrijven. En, goeie goden, stuur meteen iemand om die biezen te verversen.'

'Ja heer. Zoals u beveelt.' Ze nam de benen.

Na een poosje werd het warme water gebracht waarom hij gevraagd had. Het was lauw, koelde snel af, en het was nog zeewater op de koop toe, maar goed genoeg om het stof van de lange rit van zijn gezicht, zijn handen en uit zijn haar te wassen. Terwijl twee lijfeigenen zijn komfoors aanstaken, trok Theon zijn door de reis vuil geworden kleren uit en kleedde hij zich op de ontmoeting met zijn vader. Hij koos laarzen van soepel zwart leer, zachte, zilvergrijze lamswollen hozen en een zwartfluwelen wambuis met de kraak van Grauwvreugd in gouddraad op de borst geborduurd. Om zijn hals deed hij een dunne gouden ketting en om zijn middel een riem van gebleekt wit leer. Op zijn ene heup hing hij een ponjaard, op de andere een zwaard, in scheden die zwart met goud gestreept waren. Hij trok de dolk en probeerde de snede uit met zijn duim, haalde een slijpsteen uit zijn buidel en streek die er een paar maal overheen. Hij stelde er een eer in zijn wapens scherp te houden. 'Als ik terugkom verwacht ik een warme kamer en schone biezen aan te treffen,' zei hij waarschuwend tegen de lijfeigenen en hij trok een paar zwarte zijden handschoenen aan, met een krullenpatroon in verfijnd goudborduursel.

Via een overdekte stenen loopbrug ging Theon naar de Grote Burcht terug. De echo's van zijn voetstappen vermengden zich met het gestage ruisen van de zee beneden hem. Om de Zeetoren op zijn kromme pilaar te bereiken moest hij nog drie bruggen over, elke brug smaller dan de vorige. De laatste was van touw en hout en bewoog in de zoute zeewind als een levend wezen. Tegen de tijd dat hij halverwege was klopte Theons hart in zijn keel. Diep beneden hem spoten de golven in hoge waterpluimen omhoog als ze tegen de rotsen sloegen. Als jongen was hij altijd over deze brug *gerend*, zelfs in het holst van de nacht. *Jongens wanen zich onkwetsbaar*, fluisterden zijn twijfels. *Volwassen mannen weten beter.*

De deur was van grauw, met ijzer beslagen hout, en Theon ontdekte dat hij van binnen vergrendeld was. Hij bonkte erop met een vuist en vloekte toen een splinter in de stof van zijn handschoen bleef haken. Het hout was vochtig en vermolmd, de ijzeren nagels verroest.

Na een ogenblik werd de deur van binnenuit opengedaan door een wachter met een zwart ijzeren borstkuras aan en een pothelm op. 'U bent de zoon?'

'Uit de weg, of je zult nog wel merken wie ik ben.' De man ging opzij. Theon beklom de wenteltrap naar het bovenvertrek. Hij trof zijn vader op een stoel naast een komfoortje aan, onder een gewaad van muf zeehondenbont dat hem van kin tot voeten bedekte. Op het geluid van laarzen op steen sloeg de heer van de IJzereilanden zijn ogen op om zijn laatste nog levende zoon in ogenschouw te nemen. Hij was kleiner dan in Theons herinnering. En zo mager als een lat. Balon Grauwvreugd was altijd al slank geweest, maar nu zag hij eruit alsof de goden hem in een ketel hadden gestopt en ieder onsje overtollig vlees van zijn botten hadden gekookt tot er niets dan huid en haar restte. Hij was een geraamte, en ook net zo hard, met een gezicht dat uit vuursteen gehouwen had kunnen zijn. Ook zijn ogen deden aan vuursteen denken, zwart en scherp, maar de lange jaren en de zilte winden hadden zijn haar vergrauwd als een winterzee, bezaaid met schuimkoppen. Het hing los tot op zijn heupen.

'Negen jaar, nietwaar?' zei heer Balon ten slotte.

'Tien,' antwoordde Theon en hij trok zijn gescheurde handschoenen uit.

'Ze namen een jongen mee,' zei zijn vader. 'Wat ben je nu?'

'Een man,' zei Theon. 'Uw bloedverwant en uw erfgenaam.'

Heer Balon gromde. 'We zullen zien.'

'Dat zult u,' beloofde Theon hem.

'Tien jaar, zeg je. Stark heeft je net zo lang gehad als ik. En nu kom je als zijn afgezant.'

'Niet de zijne,' zei Theon. 'Heer Eddard is dood, onthoofd door de Lannister-koningin.'

'Ze zijn allebei dood, Stark, en die Robert die mijn muren met zijn stenen kapotsloeg. Ik zwoer toen dat ik ze allebei ten grave zou zien dalen, en dat is gebeurd.' Hij trok een gezicht. 'Toch doen mijn botten nog steeds pijn van de kou en het vocht, net als toen ze nog leefden. Dus waar was het goed voor?'

'Ergens voor.' Theon kwam dichterbij. 'Ik heb een brief...'

'Heeft Ned Stark je zo opgetut?' onderbrak zijn vader hem, met een schuine blik van onder zijn gewaad. 'Vond hij het soms leuk om je in fluweel en zijde te hullen en zijn lieve dochtertje van je te maken?'

Theon voelde hoe het bloed hem naar het gezicht steeg. 'Ik ben niemands dochter. Als mijn kledij u niet bevalt trek ik iets anders aan.'

'Dat is je geraden.' Heer Balon wierp de bonthuiden af en duwde zich overeind. Hij was niet zo lang als Theon zich herinnerde. 'Dat klatergoud om je nek... is dat met goud of ijzer betaald?'

Theon raakte de gouden ketting aan. Daar had hij helemaal niet aan gedacht. *Het is ook zo lang geleden...* Volgens de Oude Leefwijze mochten vrouwen zich tooien met sieraden die met geld waren betaald, maar een krijgsman droeg slechts juwelen die hij van de lijken van eigenhandig verslagen vijanden had geroofd. *De ijzerprijs betalen*, heette dat.

'Je bloost als een maagd, Theon. Ik heb je iets gevraagd. Heb je de goudprijs betaald, of de ijzerprijs?'

'De goudprijs,' bekende Theon.

Zijn vader schoof zijn vingers onder de ketting en gaf er zo'n harde ruk aan dat Theons hoofd er waarschijnlijk afgegaan was als het ding niet was geknapt. 'Mijn dochter heeft een strijdbijl als minnaar genomen,' zei heer Balon. 'Ik wil niet dat mijn zoon zich als een hoer uitdost.' Hij liet de gebroken ketting op het komfoor vallen, waar hij tussen de kooltjes gleed. 'Het is zoals ik vreesde. De groene landen hebben je verwekelijkt en de Starks hebben je ingepalmd.'

'U hebt het mis. Ned Stark was mijn cipier, maar mijn bloed is nog van zout en ijzer.'

Heer Balon keerde zich af om zijn benige handen boven het komfoor te warmen. 'Toch stuurt die Stark-welp je als een goed afgerichte raaf met zijn berichtje in je poten naar mij toe.'

'Er is niets kleins aan de brief die ik meebreng,' zei Theon, 'en het aanbod dat hij doet is míjn voorstel.'

'Zo, luistert die wolvenkoning naar jouw raad?' Die gedachte leek heer Balon te amuseren.

'Hij slaat acht op mijn woorden, ja. Ik heb met hem gejaagd, met hem getraind, met hem de maaltijd gedeeld, en aan zijn zij gevochten. Ik heb zijn vertrouwen. Hij beschouwt me als een oudere broer, hij...'

'*Nee*.' Zijn vaders vinger priemde naar zijn gezicht. 'Niet hier, niet in Piek, niet waar ik bij ben. Je zult hem geen *broer* noemen, de zoon van de man die je bloedeigen broers aan het zwaard heeft geregen. Of ben je Rodrik en Maron, je bloedverwanten, al vergeten?'

'Ik vergeet niets.' Ned Stark had in werkelijkheid geen van zijn beide broers gedood. Rodrik was bij Zeegaard neergehouwen door heer Jason Mallister en Maron was verpletterd toen de oude zuidertoren was ingestort... maar Stark zou inderdaad niet minder snel met hen hebben afgerekend als het tij van de slag hen bij toeval had samengevoerd. 'Mijn broers staan me nog heel goed voor de geest,' herhaalde Theon. Hij herinnerde zich voornamelijk Rodriks dronken opstoppers en Marons gemene grappen en eindeloze gelieg. 'Er staat me ook nog bij dat mijn vader koning was.' Hij haalde Robbs brief te voorschijn en stak hem naar voren. 'Hier. Lees maar... Uwe Genade.'

Heer Balon verbrak het zegel en vouwde het perkament open. Zijn zwarte ogen schoten heen en weer. 'Dus de knaap wil me weer een kroon geven,' zei hij, 'en daar hoef ik alleen maar zijn vijanden voor te vernietigen.' Zijn dunne lippen verwrongen zich tot een lachje.

'Robb is inmiddels bij de Guldentand,' zei Theon. 'Als die valt is hij binnen één dag de heuvels door. Heer Tywins krijgsmacht is bij Harrenhal gelegerd, van het westen afgesneden. De Koningsmoordenaar zit gevangen in Stroomvliet. Alleen ser Steffert Lannister met zijn lichting onervaren groentjes kan Robb in het westen nog tegenstand bieden. Ser Steffert zal zich tussen Robbs leger en Lannispoort in manoeuvreren en dan ligt de stad er onbeschermd bij als wij haar van zee af overvallen. Als de goden met ons zijn valt misschien zelfs de Rots van Casterling voordat de Lannisters onze aanwezigheid opmerken.'

Heer Balon gromde. 'De Rots van Casterling is nimmer gevallen.'

'Tot nog toe niet.' Theon glimlachte. *En wat zal dat een zoete overwinning zijn.*

Zijn vader glimlachte niet terug. 'Dus daarom stuurt Robb Stark je na al die tijd weer naar mij toe? Om te zorgen dat ik met dat plan van hem zal instemmen?'

'Het is mijn plan, niet dat van Robb,' zei Theon trots. *Van mij, zoals ook de overwinning van mij zal zijn, en te zijner tijd de kroon.* 'Ik zal de aanval persoonlijk leiden, als het u behaagt. Als beloning zou ik graag willen dat u mij de Rots van Casterling als zetel schenkt zodra we die op de Lannisters hebben veroverd.' Met de Rots zou hij Lannispoort en de gouden landen in het westen kunnen overheersen. Dat zou het huis Grauwvreugd een nimmer gekende macht en rijkdom brengen.

'Je beloont jezelf wel rijkelijk voor een idee en wat geschreven zinnetjes.' Zijn vader herlas de brief. 'Die welp zegt niets over een beloning. Alleen dat jij namens hem spreekt, en dat ik moet luisteren en hem mijn zeilen en zwaarden moet geven, dan geeft hij mij in ruil een kroon.' Hij sloeg zijn vuurstenen ogen op en keek in die van zijn zoon. 'Hij gééft mij een kroon,' herhaalde hij, en zijn stem werd scherp.

'Een slechte woordkeus. Bedoeld is...'

'Bedoeld is wat er staat. De jongen gééft mij een kroon. En wat wordt gegeven kan weer worden weggenomen.' Heer Balon smeet de brief op het komfoor, boven op de halsketting. Het perkament krulde om, werd zwart en vatte vlam.

Theon was ontzet. 'Bent u gek geworden?'

Zijn vader gaf hem met de rug van zijn hand een venijnige haal over zijn wang. 'Let op je woorden. Je bent hier niet in Winterfel, en ik ben Robb het Knaapje niet, dat je die toon tegen me kunt aanslaan. Ik ben de Grauwvreugd, Plunderheer van Piek, Koning van Zout en Rots, Zoon van de Zeewind, en geen mens gééft mij een kroon. Ik betaal de ijzerprijs. Ik néém mijn kroon, net als Urron Roodhand vijfduizend jaar geleden.'

Theon deinsde achteruit, weg van de plotselinge razernij in zijn vaders stem. 'Neem hem dan,' snauwde hij, terwijl hij zijn wang nog voelde tintelden. 'Noem jezelf maar koning van de IJzereilanden, geen haan die ernaar kraait... tot de oorlog voorbij is en de overwinnaar om zich heen kijkt en die ouwe zot een eindje voor zijn kust opgeprikt ziet zitten met een kroon op zijn kop.'

Heer Balon lachte. 'Je bent tenminste niet laf. Net zomin als ik zot ben. Denk je dat ik mijn schepen verzamel om ze hier voor anker te laten dobberen? Ik ben van plan mijn koninkrijk te vuur en te zwaard te veroveren... maar niet vanuit het westen, en niet omdat koning Robb het Knaapje dat beveelt. De Rots van Casterling is te sterk, en heer Tywin veel te geslepen. We kunnen Lannispoort mischien veroveren, maar we zullen het nooit bezet kunnen houden. Nee. Ik taal naar een andere appel... niet zo sappig en zoet, maar wel een die mij onverdedigd en rijp in de schoot zal vallen.'

Waar? had Theon kunnen vragen. Maar hij had het al begrepen.

Daenerys

De Dothraki noemden de komeet *shierak qiya*, de Bloedende Ster. De oude mannen mompelden dat het een boos voorteken was, maar Daenerys Targaryen had de komeet voor het eerst gezien in de nacht nadat ze Khal Drogo had verbrand, de nacht dat haar draken waren ontwaakt. *Het is de heraut die mijn komst aankondigt*, zei ze bij zichzelf terwijl ze met verwondering in haar hart naar de nachthemel opkeek. *Hij is door de goden gezonden om mij de weg te wijzen.*

Maar toen ze die gedachten onder woorden bracht huiverde Doreah, haar dienstmaagd. 'Die kant op, daar liggen de rode landen, *khaleesi*. Grimmig en gruwelijk, zeggen de ruiters.'

'De weg die de komeet wijst is de weg die wij moeten gaan,' hield Dany vol, maar de waarheid was dat haar geen andere weg openstond.

Ze durfde niet naar het noorden, naar de uitgestrekte oceaan van gras die de zee van Dothrak werd genoemd. De eerste de beste *khalasar* die ze tegenkwamen zou haar haveloze troepje opslokken. De krijgers zouden worden gedood en de rest zou tot slaaf worden gemaakt. De gebieden van de Lammermensen ten zuiden van de rivier boden evenmin een uitweg. Ze waren met zo weinig dat ze zelfs tegen dat weinig krijgshaftige volk geen verweer hadden, en de Lhazareen hadden niet echt reden om hen genegen te zijn. Ze had stroomafwaarts kunnen afslaan in de richting van de havensteden Meereen, Yunkai en Astapor, maar Rakharo waarschuwde haar dat Pono's *khalasar* die kant op was gegaan, duizenden gevangenen voor zich uitdrijvend om te verkopen op de markten in levend vlees die de kust van de Baai der Slavenhandelaren als etterende wonden ontsierden. 'Waarom zou ik Pono vrezen?' wierp Dany tegen. 'Hij was Drogo's *ko*, en hij is altijd vriendelijk voor me geweest.'

'Ko Pono was vriendelijk voor u,' zei ser Jorah Mormont. 'Khal Pono zal u doden. Hij heeft Drogo als eerste verlaten. Tienduizend krijgers zijn hem gevolgd. U hebt er honderd.'

Nee, dacht Dany. *Ik heb er vier. De overigen zijn vrouwen, oude, zieke mannen en jongens wier haar nog nooit gevlochten is*. 'Ik heb de draken,' bracht ze hem in herinnering.

'Die zijn net uit het ei,' zei Jorah. 'Eén zwaai van een *arakh* en ze zijn er geweest, al is het waarschijnlijker dat Pono ze zelf wil houden. Uw drakeneieren waren al kostbaarder dan robijnen. Een levende draak is onbetaalbaar. Er zijn er maar drie op de hele wereld. Iedereen die ze ziet

zal ze willen hebben, koningin.'
'Ze zijn van míj,' zei ze fel. Ze waren geboren uit haar geloof en haar nood, tot leven gewekt door de dood van haar echtgenoot, haar ongeboren zoon en de *maegi* Mirri Maz Duur. Toen ze uitkwamen was Dany de vlammen ingelopen, en ze hadden melk gedronken uit haar gezwollen borsten. 'Zolang ik leef neemt geen mens ze van me af.'
'U blijft niet lang leven als u khal Pono tegenkomt. Noch khal Jhaqo, noch een van de anderen. U moet gaan waar zij niet gaan.'
Dany had hem tot eersteling van haar Koninginnengarde benoemd, en als Mormonts norse advies en de voortekens overeenstemden was haar weg zonneklaar. Ze riep haar volk bijeen en besteeg haar zilveren merrie. Haar haren waren op Drogo's brandstapel weggeschroeid, dus hulden haar dienstmaagden haar in de huid van de *hrakkar* die Drogo had gedood, de witte leeuw van de zee van Dothrak. De angstaanjagende kop vormde een kap die haar naakte hoofdhuid bedekte, de vacht een mantel die over haar schouders langs haar rug omlaag golfde. Het roomkleurige draakje sloeg zijn scherpe zwarte klauwen in de leeuwenmanen en krulde zijn staart om haar arm, terwijl ser Jorah zijn gebruikelijke plaats aan haar zij innam.
'Wij volgen de komeet,' sprak Dany tot haar *khalasar*. Toen het eenmaal gezegd was werd er niets tegen ingebracht. Ze waren Drogo's volk geweest, maar behoorden nu aan haar toe. *De Onverbrande*, noemden ze haar, en *Moeder van Draken*. Haar woord was hun wet.
Ze reden bij nacht en zochten overdag in hun tenten beschutting tegen de zon. Al spoedig kwam Dany erachter hoe waar Doreah's woorden waren. Dit was geen vriendelijk land. Ze lieten een spoor van doden en stervende paarden achter, want Pono, Jhaqo en de overigen hadden het beste deel van Drogo's kudden meegenomen en Dany de oude en schriele, ziekelijke en kreupele, gebrekkige en bokkige dieren gelaten. Dat gold ook voor de mensen. *Ze zijn niet sterk*, zei ze bij zichzelf, *dus moet ik hun kracht zijn. Ik mag geen angst, geen zwakheid en geen twijfel tonen. Hoe bang het mij ook om het hart is, als zij naar mijn gezicht kijken mogen ze slechts Drogo's koningin zien.* Ze voelde zich ouder dan haar veertien jaren. Als ze ooit echt een meisje was geweest, dan was die tijd nu voorbij.
Na drie dagmarsen stierf de eerste man. Tandeloos en oud, met troebele blauwe ogen, tuimelde hij uitgeput uit het zadel en kon hij niet meer opstaan. Een uur later was het met hem gedaan. Bloedvliegen zwermden om zijn lijk en brachten zijn ongeluk op de levenden over. 'Zijn tijd was om,' verklaarde haar dienstmaagd Irri. 'Niemand hoort zijn tanden te overleven.' De overigen waren het met haar eens. Dany beval hun het zwakste van de stervende paarden te doden, zodat de gestorvene als ruiter de nachtlanden zou betreden.

Twee nachten daarna stierf er een klein meisje. Het smartelijke gejammer van haar moeder duurde de hele dag, maar er was niets aan te doen. Het kind was te jong geweest om te rijden, het arme wicht. De eindeloze zwarte grasvlakten van de nachtlanden waren voor haar niet weggelegd. Zij moest opnieuw geboren worden.

In de rode woestenij was weinig eetbaars en nog minder water. Het was een dor, verlaten land met lage heuvels en onvruchtbare, winderige vlakten. De rivieren die ze overstaken waren droog als doodsbeenderen. Hun rijdieren leefden van het taaie bruine duivelsgras dat in plukjes aan de voet van rotsen en dode bomen groeide. Dany zond verkenners voor de stoet uit, maar die vonden putten noch bronnen, alleen bittere plassen ondiep en stilstaand water die in de hete zon steeds verder krompen. Hoe dieper ze in de woestenij doordrongen, hoe kleiner de plassen werden, terwijl de afstand ertussen groeide. Als er goden waren in deze ongebaande wildernis van steen, zand en rode aarde, dan waren het harde, droge goden, doof voor gebeden om regen.

De wijn raakte het eerst op, en al snel daarna de gefermenteerde merriemelk waaraan de paardenheren de voorkeur gaven boven mede. Hun jagers vonden geen wild, en slechts het vlees van de dode paarden vulde hun buiken. De ene dood volgde op de andere. Zwakke kinderen, gerimpelde oude vrouwen, de zieken, de dommen en de achtelozen, het wrede land eiste hen allemaal op. Doreah werd broodmager en hologig, en haar zachte gouden haar werd bros als stro.

Dany leed honger en dorst met de anderen. De melk in haar borsten droogde op, ze kreeg bloedende kloven in haar tepels, en haar vlees slonk dagelijks totdat ze zo mager en hard als een lat was. Maar toch waren het haar draken waarvoor ze vreesde. Haar vader was voor haar geboorte gedood en haar stralende broer Rhaegar eveneens. Haar moeder was gestorven toen ze haar ter wereld bracht, terwijl buiten de storm loeide. De zachtaardige ser Willem Darring, die op zijn manier van haar gehouden moest hebben, was weggeteerd door een ziekte toen ze nog heel klein was. Haar broer Viserys, khal Drogo die haar zon-en-sterren was, zelfs haar ongeboren zoon, de goden hadden hen een voor een opgeëist. *Maar mijn draken krijgen ze niet*, zwoer Dany. *Die krijgen ze niet.*

De draakjes waren niet groter dan de broodmagere katten die ze vroeger over de muren van magister Illyrio's villa in Pentos had zien sluipen... tot ze hun vleugels ontvouwden. Die omspanden driemaal hun eigen lengte. Elke vleugel was een verfijnde waaier van doorschijnende huid, adembenemend fraai van kleur, strakgespannen tussen lange dunne beenderen. Als je goed keek zag je dat ze grotendeels uit hals, staart en vleugels bestonden. *Zulke kleine dingetjes*, dacht ze wanneer ze ze uit de hand voerde. Of liever gezegd, probeerde te voeren, want de draken weigerden te eten. Ze sisten en spuwden zodra hun een bloederig stukje paardenvlees werd voorgehouden, en stoom wolkte op uit hun neusgaten, maar ze namen het niet aan... totdat Dany zich herinnerde wat Viserys haar had verteld toen ze nog kinderen waren.

Alleen draken en mensen eten hun vlees gebakken, had hij gezegd.

Toen ze haar dienstmaagden opdracht gaf het paardenvlees dicht te schroeien vielen de draakjes er gretig op aan met koppen als flitsende slangen. Als het vlees maar gebakken werd schrokten ze per dag meermalen hun eigen gewicht naar binnen, en ten slotte begonnen ze groter en sterker te worden. Dany stond verbaasd over de gladheid van hun schubben en de *hitte* die ze uitstraalden, zo tastbaar dat in koude nachten hun hele lijf leek te dampen.

Telkens als de *khalasar* bij het vallen van de avond op weg ging koos ze een draakje uit om op haar schouder mee te rijden. Irri en Jhiqui droegen de andere mee in een kooi van gevlochten takken die tussen hun rijdieren hing. Ze reden vlak achter haar aan, zodat Dany nooit uit het zicht raakte. Dat was de enige manier om ze rustig te houden.

'Aegons draken waren naar de goden van het oude Valyria genoemd,' zei ze op een ochtend na een lange nachtrit tegen haar bloedruiters. 'Visenya's draak heette Vhagar, Rhaenys had Meraxes, en Aegon bereed Balerion, de Zwarte Verschrikking. Er werd gezegd dat Vhagars adem zo heet was dat hij een ridderharnas kon doen smelten en de man die erin zat kon doen koken, dat Meraxes een heel paard kon verzwelgen, en Balerion... Zijn vuur was even zwart als zijn schubben en zijn wieken waren zo reusachtig dat hele steden door zijn schaduw werden opgeslokt als hij eroverheen vloog.'

De Dothraki keken ongemakkelijk naar haar drakenjongen. Het grootste van de drie was schitterend zwart, met felle, scharlakenrode strepen over zijn schubben, in de kleur van zijn vleugels en horens. '*Khaleesi*,' prevelde Aggo, 'daar zit de wedergeboren Balerion.'

'Dat is mogelijk, bloed van mijn bloed,' antwoordde Dany ernstig, 'maar in dit nieuwe leven zal hij een nieuwe naam krijgen. Ik was van plan ze te vernoemen naar hen die door de goden zijn weggenomen. De groene zal Rhaegal heten, naar mijn moedige broer die de dood vond op de oever van de Drietand. De roomkleurig-met-gouden noem ik Viserion. Viserys was wreed, zwak en bangelijk, maar toch was hij mijn broer. Zijn draak zal doen wat hij niet vermocht.'

'En het zwarte beest?' vroeg ser Jorah Mormont.

'De zwarte,' zei ze, 'is Drogon.'

Maar terwijl haar draakjes gedijden, verkwijnde en stierf haar *khalasar*. Het land rondom hen werd steeds troostelozer, en zelfs het duivelsgras werd schaars. Steeds meer paarden vielen ter plekke dood neer, totdat er zo weinig overbleven dat sommigen van haar volgelingen te voet verder moesten sjokken. Doreah kreeg koorts en ging mijl voor mijl verder achteruit. Ze kreeg bloedblaren op haar lippen en handen, haar haren vielen bij bosjes uit, en op een avond had ze de kracht niet meer om op haar paard te stijgen. Jhogo zei dat ze haar moesten achterlaten of in het zadel moesten vastbinden, maar Dany herinnerde zich een nacht op de zee van Dothrak waarin het meisje uit Lys haar geheimen had bijgebracht om Drogo's liefde te doen toenemen. Ze gaf Doreah water uit haar eigen waterzak, verkoelde haar voorhoofd met een vochtige lap en hield haar hand vast tot ze met een huivering de geest gaf. Pas toen stond ze de *khalasar* toe om verder te rijden.

Van andere reizigers was geen spoor te bekennen. Angstig begonnen de Dothraki te mompelen dat de komeet hen naar een of andere hel toe bracht. Op een ochtend, toen ze hun kamp opsloegen in een wirwar van zwarte, door de wind verweerde stenen, zocht Dany ser Jorah op. 'Zijn we verdwaald?' vroeg ze hem. 'Komt er geen einde aan deze woestenij?'

'Er komt een einde aan,' antwoordde hij vermoeid. 'Ik heb de kaarten gezien die de kooplieden maken. Slechts weinig karavanen nemen deze route, dat is zo, maar in het oosten liggen grote koninkrijken, en steden vol wonderen. Yi Ti, Quarth, Asshai bij de Schaduw...'

'Halen we die nog?'

'Laat ik niet tegen u liegen. Deze weg is moeilijker dan ik onder ogen durfde zien.' Het gezicht van de ridder zag grauw en uitgeput. De heupwond die hij had opgelopen in de nacht dat hij tegen khal Drogo's bloedruiters had gevochten was nooit volledig genezen. Ze kon zien hoe zijn mond vertrok als hij zijn paard besteeg, en als ze reden zat hij ingezakt in het zadel. 'Misschien zijn we ten dode opgeschreven als we doorzetten... maar als we teruggaan zijn we zeker gedoemd.'

Dany kuste hem vluchtig op zijn wang. Zijn glimlach stak haar een hart onder de riem. *Ook voor hem moet ik sterk zijn*, dacht ze grimmig. *Hij mag dan een ridder zijn, maar ik ben het bloed van de draak.*

De volgende waterplas die ze vonden was gloeiend heet en stonk naar zwavel, maar hun waterzakken waren bijna leeg. De Dothraki lieten het water afkoelen in kruiken en potten en dronken het lauw. De smaak was er niet minder smerig om, maar water was water en iedereen had dorst. Ze hadden inmiddels een derde van hun mensen verloren, en nóg strekte de woestenij zich voor hen uit, kaal, rood en zonder eind. *Die komeet tart al mijn verwachtingen*, dacht ze en ze sloeg haar ogen op naar de striem aan de hemel. *Heb ik de halve wereld doorkruist en draken geboren zien worden, alleen maar om samen met hen te sterven in deze harde, hete woestijn?* Dat weigerde ze te geloven.

De volgende dag gloorde de ochtend terwijl ze een gebarsten en gekloofde vlakte van harde rode aarde overstaken. Dany wilde juist bevel geven het kamp op te slaan toen haar voorrijders terug kwamen galopperen. 'Een stad, *khaleesi!*' riepen ze. 'Een stad, zo bleek als de maan en zo lieflijk als een maagd. Een uur rijden, meer niet.'

'Laat zien,' zei ze.

Toen de stad voor haar opdook, de muren en torens zinderend wit achter een sluier van hitte, was dat zo'n prachtig gezicht dat Dany zeker wist dat het een luchtspiegeling was. 'Weet u welke plaats dat zou kunnen zijn?' vroeg ze aan ser Jorah.

De verbannen ridder schudde vermoeid het hoofd. 'Nee, koningin. Ik ben nooit zo ver naar het oosten geweest.'

De verre witte muren beloofden rust en veiligheid, een kans om te genezen en aan te sterken, en Dany zou er het liefst zo snel mogelijk naartoe gaan. In plaats daarvan wendde ze zich tot haar bloedruiters. 'Bloed van mijn bloed, rijd voor ons uit om te vernemen hoe die stad heet, en wat voor ontvangst we kunnen verwachten.'

'*Jawel, khaleesi,*' zei Aggo.

Het duurde niet lang voor haar ruiters weer terugkwamen. Rakharo sprong uit het zadel. Aan zijn penningriem hing de grote, kromme *arakh* die Dany hem had geschonken toen ze hem bloedruiter had gemaakt. 'Die stad is dood, *khaleesi*. Naamloos en godloos bevonden we haar. Slechts wind en vliegen waren door de straten.'

Jhiqui huiverde. 'Als de goden weg zijn vieren 's nachts de boze geesten feest. Beter om zulke oorden te mijden. Dat is bekend.'

'Het is bekend,' beaamde Irri.

'Mij niet.' Dany drukte haar hielen in de flanken van haar paard en ging hen voor. Ze draafde onder een eeuwenoude, gebroken poortboog door en een stille straat langs. Ser Jorah en haar bloedruiters volgden, en daarna, langzamer, de rest van de Dothraki.

Hoe lang de stad al verlaten was zou ze niet kunnen zeggen, maar de witte muren, van veraf zo mooi, waren van dichtbij gezien gebarsten en verbrokkeld. Daarbinnen was een doolhof van smalle, kromme stegen. De gebouwen stonden dicht opeen, de gevels kaal, witgekalkt en raamloos. Alles was wit, alsof de mensen die hier hadden gewoond geen kleuren hadden gekend. Ze reden langs hopen zongebleekt puin van ingestorte huizen, en elders zagen ze de verbleekte littekens van vuur. Op een plek waar zes stegen bijeenkwamen reed Dany voorbij een lege marmeren sokkel. Er waren hier al eerder Dothraki geweest, zo leek het. Misschien stond het verdwenen standbeeld wel ergens temidden van de andere gestolen goden in Vaes Dothrak. Wie weet was ze er wel honderd keer langs gereden zonder het te weten. Op haar schouder siste Viserion.

Ze sloegen hun kamp op voor de restanten van een leeggeplunderd paleis, op een groot, winderig plein waar duivelsgras tussen de stenen van het plaveisel groeide. Dany zond mannen uit om de ruïnes te doorzoeken. Sommigen gingen met tegenzin, maar ze gingen wel. Een oude man vol littekens kwam korte tijd later dansend en zingend terug met zijn handen boordevol vijgen. Ze waren klein en uitgedroogd, maar haar mensen graaiden er gretig naar. Ze verdrongen elkaar, propten hun mond vol vruchten en begonnen verzaligd te kauwen.

Andere zoekers kwamen terug met verhalen over andere fruitbomen, achter gesloten deuren in geheime tuinen. Aggo toonde haar een binnenhof, overwoekerd met kronkelende wingerdplanten en kleine groene druiven, en Jhogo ontdekte een put met zuiver, koud water. Maar ze vonden ook beenderen, de schedels van onbegraven doden, verbleekt en verbrijzeld. 'Geesten,' pruttelde Irri. 'Vreselijke geesten. We kunnen hier niet blijven, *khaleesi*. Deze plaats is van hen.'

'Ik ben niet bang voor geesten. Draken zijn machtiger dan geesten.' *En vijgen zijn belangrijker.* 'Ga met Jhiqui schoon zand voor me zoeken, zodat ik kan baden, en val me niet meer lastig met dwaas gepraat.'

In de koelte van haar tent bakte Dany paardenvlees boven een komfoor en dacht na over haar keuzemogelijkheden. Er was hier voedsel en water om hen in leven te houden, en de paarden hadden genoeg gras om weer op krachten te komen. Wat zou het heerlijk zijn om iedere dag op dezelfde plaats te ontwaken, in lommerrijke tuinen te vertoeven, vijgen te eten en koel water te drinken zoveel ze maar wilde.

Toen Irri en Jhiqui met potten wit zand terugkeerden trok Dany haar kleren uit en liet zich schoonboenen. 'Uw haar groeit weer aan, *khaleesi*,' zei Jhiqui terwijl ze het zand van haar rug schraapte. Dany streek met haar hand over haar schedeldak en betastte de stoppels. Mannelijke Dothraki droegen hun haar in lange, geoliede vlechten en sneden het pas af als ze verslagen waren. *Misschien moet ik dat ook doen*, dacht ze. *Om hun eraan te herinneren dat Drogo's kracht nu in mij schuilt.* Khal Drogo was gestorven zonder ooit zijn haar te hebben afgesneden, iets waar maar weinig mannen zich op konden beroemen.

Tegenover haar in de tent sloeg Rhaegal zijn groene vleugels uit en fladderde een halve voet ver voordat hij op het tapijt plofte. Toen hij neerkwam zwiepte zijn staart in razernij heen en weer, en hij hief zijn kop op en krijste. *Als ik vleugels had zou ik ook willen vliegen*, dacht Dany. De Targaryens van weleer waren op drakenruggen ten strijde getrokken. Ze probeerde zich voor te stellen hoe het zou voelen om, schrijlings op een drakennek gezeten, op te stijgen in de lucht. *Zoals wanneer je op een bergtop staat, maar dan beter. De hele wereld zou onder je uitgespreid liggen. Als ik hoog genoeg vloog zou ik zelfs de Zeven Koninkrijken kunnen zien en mijn hand naar de komeet kunnen uitsteken.*

Irri kwam haar mijmeringen verstoren om te zeggen dat ser Jorah Mormont buiten haar bevel stond af te wachten. 'Laat hem binnenkomen,' beval Dany, die haar met zand geschuurde vel voelde tintelen. Ze hulde zich in de leeuwenhuid. De *hrakkar* was veel groter geweest dan Dany, dus bedekte de vacht alles wat bedekt moest worden.

'Ik heb een perzik voor u meegebracht,' zei ser Jorah en hij knielde neer. Die was zo klein dat hij bijna geheel in haar handpalm paste en bovendien overrijp, maar toen ze erin beet bleek het vruchtvlees zo zoet dat ze bijna moest huilen. Ze at hem langzaam op en genoot van ieder hapje, terwijl ser Jorah haar vertelde van de boom waarvan de vrucht geplukt was, in een tuin bij de westelijke muur.

'Fruit, water en schaduw,' zei Dany, haar wangen kleverig van het perzikensap. 'De goden zijn goed geweest dat ze ons hierheen hebben gebracht.'

'We moeten hier uitrusten tot we wat aangesterkt zijn,' drong de ridder aan. 'De rode landen zijn slecht voor wie zwak is.'

'Mijn dienstmaagden zeggen dat hier geesten zijn.'

'Overal zijn geesten,' zei ser Jorah zacht. 'We dragen ze overal met ons mee.'

Ja, dacht ze. *Viserys, khal Drogo, mijn zoon Rhaego, ik draag ze altijd bij me.* 'Vertel me de naam van uw geest, Jorah. U kent al de mijne.'

Zijn gezicht werd heel stil. 'Haar naam was Lynesse.'

'Uw vrouw?'

'Mijn tweede vrouw.'

Het is pijnlijk voor hem om over haar te spreken, dacht Dany, maar ze wilde de waarheid weten. 'Is dat alles wat u over haar kwijt wilt?' De leeuwenvacht gleed van een schouder, en ze trok hem op zijn plaats. 'Was ze mooi?'

'Beeldschoon.' Ser Jorah verplaatste zijn ogen van haar schouder naar haar gezicht. 'Toen ik haar voor het eerst zag, hield ik haar voor een godin die op aarde was neergedaald, de vleesgeworden Maagd zelve. Ze was van veel hogere geboorte dan ik, de jongste dochter van heer Leyten Hoogtoren van Oudstee. De Witte Stier, die het bevel over uw vaders Koningsgarde voerde, was haar oudoom. De Hoogtorens zijn een oeroud geslacht, heel rijk, en heel trots.'

'En trouw,' zei Dany. 'Ik weet nog dat Viserys vertelde dat de Hoogtorens tot degenen behoorden die mijn vader trouw bleven.'

'Dat klopt,' bevestigde hij.

'Werd de verbintenis door uw en door haar vader tot stand gebracht?'

'Nee,' zei hij. 'Ons huwelijk... dat is een lang en saai verhaal, Uwe Genade. Daar wil ik u niet mee lastig vallen.'

'Ik hoef nergens naartoe,' zei ze. 'Doet u mij een genoegen.'

'Zoals mijn koningin gebiedt.' Ser Jorah fronste zijn voorhoofd. 'Mijn plaats van herkomst... dat moet u weten om de rest te kunnen begrijpen. Bereneiland is mooi, maar afgelegen. Stel u oude, knoestige eiken en hoge dennen voor, bloeiende doornstruiken, grauwe rotsblokken met mossige baarden en kleine kreken die ijskoud van steile hellingen stromen. De zaal van de Mormonts is opgetrokken uit grote houtblokken en omringd door een aarden wal met palissade. Op wat keuterboertjes na woont mijn volk langs de kust: het zijn zeevissers. Het eiland ligt ver naar het noorden en onze winters zijn zo verschrikkelijk dat u het zich niet kunt voorstellen, *khaleesi*.

Toch had ik het op dat eiland best naar mijn zin, en het ontbrak me nooit aan vrouwen. Ik heb heel wat vissersvrouwen en dochters van kleine boeren gehad, zowel voor als na mijn bruiloft. Ik trouwde jong, met een bruid van mijn vaders keuze, een Handscoe uit de Motte van Diephout. Tien jaar of daaromtrent waren we getrouwd. Mijn vrouw had een alledaags gezicht, maar ze was niet onaardig. Ik denk dat ik op een bepaalde manier wel van haar ging houden, al was onze verhouding eerder plichtmatig dan hartstochtelijk. Haar poging mij een erfgenaam te baren eindigde drie keer met een miskraam. De laatste keer kwam ze er niet meer bovenop. Ze stierf niet lang daarna.'

Dany legde haar hand op de zijne en kneep even in zijn vingers. 'Dat spijt me voor u, werkelijk.'

Ser Jorah knikte. 'Inmiddels had mijn vader het zwart aangenomen, dus was ik zelf heer van Bereneiland geworden. Ik kreeg menig huwelijksaanbod, maar voordat ik een beslissing kon nemen kwam heer Balon Grauwvreugd tegen de Usurpator in opstand en riep Ned Stark zijn banieren bijeen om zijn vriend Robert te helpen. De laatste slag vond op Piek plaats. Toen Roberts blijden een bres in koning Balons muur sloegen drong een priester uit Myr als eerste binnen, maar ik kwam vlak achter hem aan. Daarmee verdiende ik mijn ridderschap.

Om zijn overwinning te vieren liet Robert buiten Lannispoort een toernooi houden. En daar zag ik Lynesse, een meisje dat half zo oud was als ik. Ze was met haar vader uit Oudstee gekomen om haar broers bij het steekspel gade te slaan. Ik kon mijn ogen niet van haar afhouden. In een vlaag van waanzin smeekte ik haar om een gunstbewijs om in het toernooi te dragen. Ik had nimmer durven dromen dat ze aan mijn verzoek zou voldoen, maar dat deed ze.

Hoewel ik niet slechter vecht dan een ander, *khaleesi*, ben ik nooit een toernooiheld geweest. Maar met Lynesses gunstbewijs om mijn arm geknoopt was ik een ander mens. Ik won tweekamp na tweekamp. Heer Jason Mallister dolf het onderspit tegen me, en Bronzen Yan Roys. Ser Reiman Frey, zijn broer ser Hostien, heer Whend, Sterkever, zelfs ser Boros Both van de Koningsgarde, ik lichtte ze allemaal uit het zadel. Bij de laatste wedkamp brak ik negen lansen met Jaime Lannister zonder dat een van ons won, en koning Robert reikte mij de lauwerkrans uit.

Ik kroonde Lynesse tot koningin van liefde en schoonheid, en nog die avond vroeg ik haar vader om haar hand. Ik was dronken, evenzeer van de roem als van de wijn. Heer Leyten had het recht gehad mij vol verachting af te wijzen, maar hij accepteerde mijn aanzoek. We werden nog daar in Lannispoort in de echt verbonden, en twee weken lang was ik de gelukkigste man in de hele wijde wereld.'

'Twee weken maar?' vroeg Dany. *Zelfs mij was meer geluk vergund, met Drogo die mijn zon-en-sterren was.*

'Twee weken, zo lang deden we erover om van Lannispoort terug te varen naar Bereneiland. Mijn woonplaats was een grote teleurstelling voor Lynesse. Het was te koud, te vochtig, te afgelegen, en mijn slot was niet meer dan een houten zaal. We hielden geen maskerades, geen toneelvoorstellingen, geen bals, geen jaarmarkten. Seizoenen konden verstrijken zonder dat er ooit een zanger voor ons speelde, en op het hele eiland is niet één goudsmid. Zelfs de maaltijden werden een beproeving. Mijn kok kon alleen maar wild roosteren en stoofpotten maken, en al snel smaakten de vis en het wildbraad Lynesse niet meer.

Ik leefde voor een glimlach van haar, dus liet ik een kok komen, helemaal uit Oudstee, en bracht ik een harpspeler mee uit Lannispoort. Goudsmeden, juweliers, kleermakers, alles wat ze wilde wist ik voor haar te vinden, maar het was nooit genoeg. Bereneiland is rijk aan beren en bomen, en arm aan al het andere. Ik liet een fraai schip voor haar bouwen en we voeren naar Lannispoort en Oudstee om feesten en jaarmarkten te bezoeken, en één keer zelfs naar Braavos, waar ik me zwaar in de schulden stak bij de geldschieters. Ik had haar hand gewonnen als toernooiheld, dus nam ik omwille van haar aan andere toernooien deel, maar de magie was verdwenen. Ik onderscheidde me niet één keer meer, en elke nederlaag betekende het verlies van weer een strijdros en weer een toernooiharnas, die ik dan moest terugkopen of vervangen. De kosten waren niet meer op te brengen. Ten slotte stond ik erop dat we naar huis gingen, maar het duurde niet lang of het ging daar nog slechter dan eerst. Ik kon de kok en de harpspeler niet meer betalen, en als ik voorstelde haar juwelen te verpanden werd Lynesse woest.

De rest... Ik deed dingen waar ik uit louter schaamte niet over wil spreken. Voor goud. Opdat Lynesse haar juwelen, haar harpspeler en haar kok kon houden. Uiteindelijk raakte ik daardoor alles kwijt. Toen ik hoorde dat Eddard Stark naar Bereneiland kwam was ik al zo eerloos dat ik in plaats van te blijven en me aan zijn oordeel te onderwerpen, met haar in ballingschap ging. Het enige belangrijke was onze liefde, zei ik bij mezelf. We vluchtten naar Lys, waar ik mijn schip voor goud verkocht om in ons levensonderhoud te voorzien.'

Zijn stem was verstikt door verdriet, en Dany aarzelde om verder aan te dringen, maar ze moest weten hoe het afgelopen was. 'Is ze daar gestorven?' vroeg ze vriendelijk.

'Alleen voor mij,' zei hij. 'Binnen een halfjaar was mijn goud op en was ik gedwongen als huurling dienst te nemen. Terwijl ik aan de Rhoyn tegen Braavosi vocht, nam Lynesse haar intrek in de state van een handelsvorst, Tregar Ormollen genaamd. Nu schijnt ze zijn voornaamste concubine te zijn, en zelfs zijn vrouw leeft in vrees en beven voor haar.'

Dany was ontzet. 'Haat u haar?'

'Bijna evenzeer als ik haar liefheb,' antwoordde ser Jorah. 'Wilt u zo goed zijn mij te verontschuldigen, koningin? Ik ben doodmoe, merk ik.'

Ze gaf hem verlof om te gaan, maar toen hij haar tentflap optilde kon ze het niet laten hem nog een laatste vraag na te roepen. 'Hoe zag ze eruit, uw vrouwe Lynesse?'

Ser Jorah glimlachte triest. 'Tja, ze leek wel een beetje op jou, Daenerys.'

Dany huiverde en trok de leeuwenhuid dicht om zich heen. *Ze leek op mij.* Dat verklaarde veel van wat haar niet helemaal duidelijk was geweest. *Hij begeert me*, besefte ze. *Hij bemint me zoals hij haar beminde, niet als een ridder zijn koningin, maar als een man een vrouw.* Ze probeerde zich voor te stellen hoe ze in ser Jorah's armen lag, hem kuste, hem genot schonk en hem in zich liet komen. Het had geen zin. Telkens als ze haar ogen sloot veranderde zijn gezicht in dat van Drogo.

Khal Drogo was haar zon-en-sterren geweest, haar eerste, en hij moest misschien ook haar laatste blijven. De *maegi* Mirri Maz Duur had gezworen dat ze nimmer een levend kind zou baren, en welke man wilde een onvruchtbare vrouw? En welke man zou het ooit kunnen opnemen tegen Drogo, die was gestorven met ongesneden haar en nu door de nachtlanden reed met de sterren als zijn *khalasar*?

Ze had het verlangen in ser Jorah's stem bespeurd toen hij over zijn Bereneiland had gesproken. *Mij zal hij nooit krijgen, maar op een dag kan ik hem zijn huis en zijn eer terugschenken. Dat kan ik in elk geval voor hem doen.*

Geen enkele geest verstoorde die nacht haar rust. Ze droomde van Drogo en hun eerste gezamenlijke rit in de nacht van hun bruiloft. In haar droom bereden ze geen paarden, maar draken.

De volgende ochtend ontbood ze haar bloedruiters. 'Bloed van mijn bloed,' sprak ze tot alle drie, 'ik heb jullie nodig. Elk van jullie moet drie paarden uitkiezen, de gehardste en gezondste die ons resten. Neem zoveel water en voedsel mee als jullie rijdieren kunnen dragen en ga er voor mij op uit. Aggo slaat af naar het zuidwesten, Rakharo pal naar het zuiden. Jhogo, jij volgt *shierak qiya* verder naar het zuidoosten.'

'Wat moeten we zoeken, *khaleesi*?' vroeg Jhogo.

'Wat er maar is,' antwoordde Dany. 'Zoek andere steden, levende en dode. Zoek karavanen en mensen. Zoek rivieren en meren en de grote, zoute zee. Zoek uit hoe ver deze woestenij zich nog uitstrekt en wat erachter ligt. Als ik deze plaats verlaat wil ik er niet nog eens blindelings op uit trekken. Ik wil weten waarheen ik ga en hoe ik daar het beste kan komen.'

Zo vertrokken ze, de belletjes zachtjes rinkelend in hun haar. Ondertussen vestigde Dany zich met het kleine troepje overlevenden in de plaats die ze *Vaes Tolorro*, de stad der beenderen noemden. Dag na nacht na dag verstreek. Vrouwen plukten fruit uit de tuinen der doden. Mannen verzorgden de paarden en repareerden zadels, stijgbeugels en schoenen. Kinderen zwierven door de kronkelige stegen en vonden oude bronzen munten, purperen glasscherven en flesjes van aardewerk met handvatten in slangenvorm. Eén vrouw werd door een rode schorpioen gestoken, maar dat was het enige sterfgeval. De paarden kregen weer wat vlees op hun botten. Dany zelf verzorgde ser Jorah's wond, en die begon te genezen.

Rakharo keerde als eerste terug. Recht naar het zuiden ging de woestenij alsmaar door, tot hij uitliep op een sombere kust langs het giftige water. Tussen hier en daar lagen slechts zandverstuivingen, door de wind verweerde rotsen en planten vol scherpe stekels. Hij was langs het geraamte van een draak gekomen, zwoer hij, zo reusachtig groot dat hij te paard tussen de grote zwarte kaken doorgereden was. Verder had hij niets gezien.

Dany stelde hem aan het hoofd van een tiental van haar sterkste mannen en liet hen het plein opbreken om de aarde daaronder bloot te leggen. Als er duivelsgras kon groeien tussen het plaveisel, zou er ook ander gras groeien als de stenen eenmaal weg waren. Ze hadden putten genoeg, dus aan water geen gebrek. Met zaad erbij konden ze het plein tot bloei brengen.

Aggo was de volgende die terugkeerde. Het zuidwesten was dor en verbrand, zwoer hij. Hij had de ruïnes van nog twee steden gevonden, kleiner dan Vaes Tolorro, maar verder hetzelfde. Eén werd bewaakt door een kring van schedels op roestige speren, dus daar had hij zich niet in gewaagd, maar de tweede had hij zo lang mogelijk onderzocht. Hij toonde Dany een ijzeren armring die hij had gevonden. Er was een ongeslepen vuuropaal ter grootte van haar duim in gevat. Er waren ook perkamentrollen, maar die waren uitgedroogd en half verkruimeld, en Aggo had ze laten liggen.

Dany bedankte hem en droeg hem het herstelwerk van de poorten op. Als de woestenij ooit was overgestoken door vijanden die deze steden hadden verwoest was het mogelijk dat ze terugkwamen. 'En in dat geval moeten we voorbereid zijn,' verklaarde ze.

Jhogo bleef zo lang weg dat Dany vreesde dat hij omgekomen was, maar ten slotte, toen ze al bijna niet meer naar hem uitkeken, kwam hij vanuit het zuidoosten aanrijden. Een van de wachtposten die Aggo had uitgezet zag hem het eerst en slaakte een kreet, en Dany haastte zich de muren op om zelf te kijken. Het was waar. Jhogo kwam eraan, maar hij was niet alleen. Achter hem reden drie merkwaardig geklede vreemdelingen op lelijke bultige beesten waar een paard klein bij leek.

Voor de stadspoorten hielden ze de teugels in en keken omhoog naar Dany op de muur boven hen. 'Bloed van mijn bloed,' riep Jhogo, 'Ik ben in de grote stad Quarth geweest en teruggekeerd met deze drie, die u graag met eigen ogen wilden zien.'

Dany staarde omlaag naar de vreemdelingen. 'Hier sta ik. Kijk maar, als u daar behagen in schept... maar noem mij eerst uw namen.'

De bleke man met de blauwe lippen antwoordde in kelig Dothraki: 'Ik ben Pyat Pree, de grote heksenmeester.'

De kale man met de juwelen in zijn neusvleugels antwoordde in het Valyrisch van de Vrijsteden: 'Ik ben Xaro Xhoan Daxos van de Dertien, een handelsvorst uit Quarth.'

De vrouw met het gelakte houten masker voor zei in de gewone spreektaal van de Zeven Koninkrijken: 'Ik ben Quaith van de Schaduw. Wij zijn op zoek naar draken.'

'Zoek niet verder,' zei Daenerys Targaryen tot hen. 'U hebt ze gevonden.'

Jon

Witboom heette het dorp op Sams oude kaarten. Jon vond het een dorp van niets. Vier bouwvallige hutten van ongemetselde steen met maar één vertrek, en daartussenin een lege schaapskooi en een put. De hutten hadden plaggendaken, de ramen waren met rafelige lappen leer afgedekt. En boven dat alles hingen de bleke takken en donkerrode bladeren van een monsterlijk grote weirboom.

Het was de grootste boom die Jon Sneeuw ooit had gezien, de stam bijna acht voet in omtrek, de kroon zo breed dat het hele dorp onder het bladerdak schuilging. Maar het was niet zozeer de omvang die hem nerveus maakte als wel het gezicht... vooral de mond, niet gewoon een messtreep, maar een knoestig gat dat groot genoeg was om een schaap te verzwelgen.

Maar dat daar zijn geen schapenbotten. En die schedel in de as is ook niet van een schaap.

'Een oude boom.' Mormont, op zijn paard, fronste zijn voorhoofd. '*Oud*,' beaamde zijn raaf vanaf zijn schouder. '*Oud, oud, oud.*'

'En machtig.' Jon kon de macht voelen.

Thoren Smalhout steeg naast de stam af, een donkere gestalte in staal en maliën. 'Kijk dat gezicht eens. Geen wonder dat de mensen er bang voor waren toen ze voor het eerst naar Westeros kwamen. Ik zou graag persoonlijk een bijl in dat rotding slaan.'

Jon zei: 'Mijn vader geloofde dat niemand die voor een hartboom stond, tot liegen in staat was. De oude goden weten wanneer iemand liegt.'

'Dat geloofde mijn vader ook,' zei de ouwe beer. 'Laat me die schedel eens kijken.'

Jon steeg van zijn paard. In een schouderschede dwars over zijn rug zat Langklauw, het anderhalfhands bastaardzwaard dat de ouwe beer hem had gegeven nadat hij diens leven had gered. *Een bastaardzwaard voor een bastaard*, grapten de mannen. Het gevest was nieuw, speciaal voor hem gemaakt, versierd met een witte stenen knop in de vorm van een wolvenkop. De kling zelf was van Valyrisch staal, oud, licht, en dodelijk scherp.

Hij knielde neer en stak een gehandschoende hand in de muil. Van binnen was het gat rood van het opgedroogde sap en zwartgeblakerd door vuur. Onder de schedel zag hij een tweede – kleiner, met een afgebroken kaak –, half begraven onder as en botsplinters.

Toen hij Mormont de schedel bracht, hield de ouwe beer hem met beide handen omhoog en staarde in de lege oogkassen. 'De wildlingen verbranden hun doden. Dat hebben we altijd al geweten. Ik wou dat ik ze gevraagd had waarom ze dat doen toen er nog een paar in de buurt waren.'

Jon Sneeuw dacht aan het levende lijk met de felle blauwe ogen in het bleke, dode gezicht. Hij wist waarom. Heel zeker.

'Ik wou dat beenderen konden spreken,' gromde de ouwe beer. 'Deze knaap zou ons een hoop kunnen vertellen. Hoe hij aan zijn eind gekomen is. Wie hem heeft verbrand, en waarom. Waar de wildlingen heen zijn.' Hij zuchtte. 'De kinderen van het woud konden met de doden spreken, zeggen ze. Maar ik niet.' Hij smeet de schedel weer in de muil van de boom. Toen hij neerkwam steeg er een wolkje fijne as op. 'Doorzoek al die hutten. Reus, klim jij boven in die boom om eens rond te kijken. Ik zal ook de honden laten komen. Ditmaal is het spoor misschien verser.' Uit zijn toon bleek dat hij daar niet veel hoop op had.

Twee aan twee doorzochten de mannen alle hutten, om er zeker van te zijn dat ze niets over het hoofd zagen. Jon werd aan Edzen Tollet gekoppeld, een magere spijker van een schildknaap die door de andere broeders Ed van de Smarten werd genoemd. ''t Is al erg genoeg als de doden ronddolen,' zei hij tegen Jon terwijl ze het dorp door gingen, 'maar moeten ze van de ouwe beer nou ook nog hun mond opendoen? Daar komt niks goeds van, neem dat van mij aan. En wie zegt dat die botten niet liegen? Waarom zou de dood iemand eerlijk maken, of zelfs maar wijs? De doden zijn vast saaie pieten, een en al gemekker en geklaag: de grond is zo koud, ik wil een grotere grafsteen, waarom heeft hij daar meer wormen dan ik...'

Jon moest bukken om door de lage deuropening te kunnen. Binnen trof hij een vloer van aangestampte aarde aan. Er waren geen meubels, geen spoor van bewoning, afgezien van wat as onder het rookgat in het dak. 'Wat een naargeestige behuizing,' zei hij.

'Ik ben in zo'n soort hut geboren,' verklaarde Ed van de Smarten. 'Dat waren mijn heerlijkste jaren. De harde tijden kwamen later.' Een nest van droog bedstro besloeg één hoek van het vertrek. Ed keek er verlangend naar. 'Ik zou al het goud van de Rots van Casterling geven om weer in een bed te slapen.'

'Noem je dat een bed?'

'Het is zachter dan de grond en er is een dak boven. Dan noem ik het een bed.' Ed van de Smarten snoof de lucht op. 'Ik ruik mest.'

De lucht was heel flauw. 'Ouwe mest,' zei Jon. De hut wekte de indruk dat hij al een tijdje leegstond. Op zijn knieën doorzocht hij het stro met zijn handen om te kijken of er iets onder verstopt zat. Toen ging hij de wanden langs. Dat duurde niet lang. 'Hier is niets.'

Niets was ook precies wat hij had verwacht. Witboom was al het vierde dorp waar ze kwamen, en het was overal hetzelfde. De mensen waren verdwenen, en met hen hun schamele bezittingen en hun eventuele vee. Geen van de dorpen vertoonde sporen van een aanval. Ze waren gewoon... leeg. 'Wat denk je dat er met al die mensen is gebeurd?' vroeg Jon.

'Iets ergers dan wij ons kunnen voorstellen,' opperde Ed van de Smarten. 'Nou ja, ík zou het misschien wel kunnen, maar ik doe het liever niet. Het is al erg genoeg om te weten dat je iets gruwelijks zult meemaken zonder dat je er van tevoren ook nog eens over gaat piekeren.'

Toen ze weer naar buiten gingen, stonden twee van de jachthonden bij de deur te snuffelen. Andere zwierven door het dorp. Chet stond ze luidkeels uit te schelden, zijn stem verstikt door de woede die hij naar het scheen voortdurend voelde. In het licht dat door het rode bladerdak van de weirboom heen filterde leken de zweren op zijn gezicht nog vuriger dan anders. Toen hij Jon zag vernauwden zijn ogen zich. Ze hadden weinig met elkaar op.

Van de andere hutten werden ze ook niets wijzer. '*Weg*,' krijste Mormonts raaf en hij fladderde de weirboom in, waar hij boven hun hoofd ging zitten. '*Weg, weg, weg*.'

'Vorig jaar zaten er nog wildlingen in Witboom.' Thoren Smalhout leek meer op een heer dan Mormont, gekleed als hij was in ser Jeremie Rykkers glinsterende zwarte maliën en borstharnas van gedreven staal. Zijn zware mantel was rijkelijk met sabelbont afgezet en dichtgegespt met de gekruiste hamers van de Rykkers, in zilverwerk. Ser Jeremies mantel, ooit... maar het levende lijk was ser Jeremie komen halen, en de Nachtwacht gooide nooit iets weg.

'Vorig jaar was Robert nog koning en heerste er vrede in het rijk,' verklaarde Jarmen Bokwel, de vierkante, bedaarde man die het bevel over de verkenners voerde. 'Er kan veel veranderen in een jaar.'

'Eén ding is hetzelfde gebleven,' verklaarde ser Mallador Slot. 'Minder wildlingen wil zeggen: minder zorgen. Wat er ook van ze geworden is, ik ben er niet rouwig om. Rovers en moordenaars, het hele zootje.'

Jon hoorde iets ritselen in de bladeren boven hem. Twee takken weken uiteen en hij ving een glimp op van een klein mannetje dat met het gemak van een eekhoorn van tak naar tak sprong. Bedwijck was maar vijf voet lang, maar de grijze strepen in zijn haar verrieden zijn leeftijd. De andere wachtruiters noemden hem Reus. Hij zat boven hun hoofd in een vork van de boom en zei: 'In het noorden is water. Een meer, misschien. Wat vuursteenheuvels in het westen, niet al te hoog. Verder niets te zien, heren.'

'We kunnen hier kamperen,' opperde Smalhout.

De ouwe beer keek omhoog en zocht door de bleke takken en rode bladeren van de weirboom heen naar een glimp van de hemel. 'Nee,' verklaarde hij. 'Reus, hoeveel daglicht hebben we nog?'

'Drie uur, heer.'

'Dan gaan we door naar het noorden,' besloot Mormont. 'Als we dat meer bereiken, kunnen we aan de oever ons kamp opslaan en wie weet wat vis vangen. Jon, ga eens papier halen, hoog tijd om maester Aemon te schrijven.'

Jon haalde perkament, een ganzenveer en inkt uit zijn zadeltas en bracht ze naar de opperbevelhebber. *In Witboom*, krabbelde Mormont. *Het vierde dorp. Alles leeg. De wildlingen zijn weg.* 'Ga Tarling zoeken en zeg dat hij dit verstuurt,' zei hij terwijl hij Jon het briefje gaf. Hij floot, en zijn raaf fladderde omlaag en landde op het hoofd van zijn paard. '*Maïs*,' opperde de raaf en hij bewoog zijn kop op en neer. Het paard hinnikte zacht.

Jon besteeg zijn garron, wendde de teugel en draafde weg. Achter de schaduw van de grote weirboom stonden de mannen van de Nachtwacht onder kleinere bomen, bezig hun paarden te verzorgen, repen gezouten rundvlees te kauwen, te pissen, zich te krabben en te kletsen. Toen ze bevel kregen om door te rijden stopte het geklets en stegen ze weer op. De verkenners van Jarmen Bokwel vertrokken als eersten, terwijl de voorhoede onder Thoren Smalhout de eigenlijke stoet aanvoerde. Daarna kwam de ouwe beer met de hoofdmacht, ser Mallador Slot met de tros en de pakpaarden, en tot slot ser Ottyn Welck met de achterhoede. Al bij al tweehonderd man en nog eens half zoveel rijdieren.

Overdag volgden ze wildsporen en stroombeddingen, de zogeheten 'wachtruiterpaden' die hen steeds verder de wildernis van bladeren en wortels invoerden. 's Nachts kampeerden ze onder een met sterren bezaaide hemel en keken ze omhoog naar de komeet. De zwarte broeders hadden Slot Zwart vol goede moed verlaten terwijl ze moppen en verhalen uitwisselden, maar de laatste dagen leek de broeierige stilte van het woud de stemming te drukken. De humor verminderde, het humeur verslechterde. Niemand wilde toegeven dat hij bang was – ze waren al met al mannen van de Nachtwacht – maar Jon kon de onrust voelen. Vier lege dorpen, nergens wildlingen, en zelfs het wild leek te zijn gevlucht. Het spookwoud was nog nooit zo spookachtig geweest, daar waren zelfs oudgedienden onder de wachtruiters het over eens.

Onder het rijden pelde Jon zijn handschoen af om zijn verbrande vingers lucht te geven. Afzichtelijke dingen. Hij herinnerde zich plotseling hoe hij vroeger altijd Arya's haar had omgewoeld. Zijn magere lat van een zusje. Hij vroeg zich af hoe het haar nu verging. De gedachte dat hij misschien nooit meer haar haren zou omwoelen maakte hem een beetje treurig. Hij begon zijn hand te buigen door de vingers te openen en te sluiten. Als hij zijn zwaardhand stijf en onhandig liet worden kon dat zijn einde betekenen, wist hij. Achter de Muur had een man zijn zwaard nodig.

Jon trof Samwel Tarling bij de andere oppassers aan, bezig zijn paarden te drenken. Hij had er drie te verzorgen: zijn eigen rijdier en twee pakpaarden, elk met een grote kooi van gevlochten ijzerdraad, die volzat met raven. Op Jons nadering klapperden de vogels met hun vleugels en krijsten hem door de tralies heen toe. Sommige kreten leken verdacht veel op woorden. 'Leer je ze praten?' vroeg hij aan Sam.

'Een paar woorden. Drie kunnen er *sneeuw* zeggen.'

'Eén vogel die mijn naam krast is al erg genoeg,' zei Jon, 'en sneeuw is geen woord dat een zwarte broeder graag hoort.' In het noorden bracht sneeuw immers vaak de dood.

'Nog iets gevonden in Witboom?'

'Botten, as en lege huizen.' Jon gaf Sam de rol perkament. 'De ouwe beer wil bericht naar Aemon sturen.'

Sam haalde een vogel uit een van de kooien, streek hem over zijn veren, bond de boodschap vast en zei: 'Vlieg naar huis, dapper dier. Naar huis.'

De raaf kwekte iets onverstaanbaars terug en Sam wierp hem de lucht in. Fladderend zocht hij zich tussen de bomen een weg omhoog. 'Ik wou dat hij mij mee kon nemen.'

'Nog steeds?'

'Nou,' zei Sam, 'jawel, maar... ik ben niet meer zo doodsbenauwd als eerst, echt waar. Als ik die eerste nacht iemand hoorde opstaan om te piesen, dacht ik iedere keer dat de wildlingen kwamen aansluipen om me te kelen. Ik was bang dat ik nooit meer wakker zou worden als ik eenmaal mijn ogen sloot, maar... nou ja, het werd toch ochtend.' Hij slaagde erin om flauwtjes te lachen. 'Ik mag dan laf zijn, *stom* ben ik niet. Ik heb zadelpijn en een zere rug van het rijden en het op de grond slapen, maar bang ben ik nauwelijks meer. Kijk.' Hij stak een hand uit, zodat Jon kon zien dat die niet trilde. 'Ik heb aan mijn kaarten gewerkt.'

Een vreemde wereld, dacht Jon. Tweehonderd moedige mannen waren van de Muur weggereden, en de enige die niet steeds banger werd was Sam, die zichzelf laf noemde. 'We maken nog weleens een wachtruiter van je,' grapte hij. 'Straks wil je nog op verkenning, net als Gren. Wil ik met de ouwe beer gaan praten?'

'Waag het eens!' Sam trok de kap van zijn enorme zwarte mantel op en klauterde onhandig op zijn paard. Het was een karrenpaard, groot, langzaam en lomp, maar beter in staat zijn gewicht te dragen dan de kleine garrons van de wachtruiters. 'Ik had gehoopt dat we in dat dorpje zouden overnachten,' zei hij spijtig. 'Het zou fijn zijn om weer eens onder een dak te slapen.'

'Te weinig dak voor iedereen.' Jon steeg weer op, glimlachte ten afscheid naar Sam en reed weg. De colonne was al in beweging, dus maakte hij een wijde boog om het dorp heen om de ergste drukte te vermijden. Hij had genoeg van Witboom gezien.

Spook dook zo plotseling uit het kreupelhout op dat de garron schrok en steigerde. De witte wolf jaagde op vrij grote afstand van de marsroute, maar hij had niet meer geluk dan de foerageurs die Smalhout op wild uit stuurde. De wouden waren al net zo leeg als de dorpen, had Dywen hem op een avond bij het kampvuur verteld. 'Dit is een groot gezelschap,' had Jon gezegd. 'Het wild zal wel zijn gevlucht voor het lawaai waarmee we ons verplaatsen.'

'Het is ongetwijfeld *ergens* voor gevlucht,' zei Dywen.

Zodra het paard tot rust was gekomen draafde Spook met soepele sprongen naast hem voort. Jon haalde Mormont in terwijl die zich een weg door een hagendoornbosje baande. 'Is de vogel onderweg?' vroeg de ouwe beer.

'Ja heer. Sam leert ze praten.'

De ouwe beer snoof. 'Daar krijgt hij spijt van. Die rotbeesten maken een hoop herrie, maar ze zeggen nooit iets dat de moeite waard is.'

Ze reden zwijgend voort, totdat Jon zei: 'Als mijn oom deze dorpen ook allemaal leeg heeft aangetroffen...'

'... zou hij zich tot taak hebben gesteld te ontdekken waarom,' maakte Mormont zijn zin af. 'En het kan zijn dat iemand of iets dat verborgen wil houden. Welnu, als Qhorin zich bij ons voegt, zijn we met driehonderd man. Welke vijand ons hier ook wacht, hij zal merken dat we geen gemakkelijke prooi zijn. We zullen ze vinden, Jon, dat beloof ik je.'

Of zij vinden ons, dacht Jon.

Arya

De rivier was een blauwgroen lint dat glansde in de ochtendzon. In de ondiepten langs de oever groeiden dichte bossen riet. Arya zag een waterslang over het rivieroppervlak scheren en de rimpels achter hem uitwaaieren. In de lucht cirkelde loom een havik rond. Het leek een vredige plek... totdat Kos de dode in het oog kreeg. 'Daar, in het riet.' Hij wees, en Arya zag het. Het lichaam van een soldaat, vormeloos en opgezwollen. Zijn doorweekte groene mantel was aan een verrot houtblok blijven hangen en een school zilveren visjes knabbelde aan zijn gezicht. 'Ik zei toch al dat er lijken waren,' verklaarde Lommie. 'Ik proefde ze in het water.'

Toen Yoren het lijk zag spuwde hij. 'Dobber, ga es kijken of-ie wat bij zich heb dat de moeite van het meenemen waard is. Maliën, mes, wat duiten, wat dan ook.' Hij spoorde zijn ruin aan en reed de rivier in, maar het paard kwam in de zachte modder maar moeizaam vooruit en achter het riet werd het water dieper. Nijdig reed Yoren terug, zijn paard tot aan de knieën met bruin slijk bedekt. 'Hier steken we niet over. Kos, kom mee stroomopwaarts, een voorde zoeken. Woth, Gerren, jullie gaan stroomafwaarts. De rest wacht hier. Zet een uitkijk neer.'

Dobber vond een leren beurs aan de riem van de dode. Er zaten vier koperstukjes in, en een sliertje blond haar met een rood lintje erom. Lommie en Tarber kleedden zich helemaal uit en waadden de rivier in, en Lommie schepte handenvol slijmerige modder op en smeet die naar Warme Pastei en schreeuwde: 'Modderpastei! Modderpastei!' Achter in zijn kar begon Rorg te vloeken, te dreigen en te roepen dat ze zijn ketens los moesten maken nu Yoren weg was, maar niemand besteedde er aandacht aan. Kurtz ving met zijn blote handen een vis. Arya zag hoe hij het deed. Hij boog zich over een ondiepe poel, kalm als stille wateren, en als de vis in de buurt kwam schoot zijn hand uit, snel als een slang. Het leek makkelijker dan katten vangen. Vissen hadden geen klauwen.

Het was midden op de dag toen de anderen terugkwamen. Woth meldde dat er een halve mijl stroomafwaarts een houten brug was, maar die was afgebrand. Yoren trok een zuurblad uit de baal. 'Wie weet kennen we de paarden laten overzwemmen, en zelfs de ezels, maar die karren krijgen we d'r nooit overheen. En in het noorden en westen is rook, nog meer vuren. Ken wezen da'we hier aan deze kant van de rivier beter zitten.'

Hij raapte een lange stok op en trok een cirkel in de modder, en een streep die daarvandaan omlaag liep. 'Da's het Godsoog, met de rivier die naar het zuiden loopt. Wij zijn hier.' Hij prikte een gat naast de streep van de rivier, onder de cirkel. 'We kennen niet aan de westkant langs het meer, zoas ik dacht. En in het oosten komen we weer bij de koningsweg.' Hij bewoog de stok omhoog naar waar de streep de cirkel raakte. 'As ik me niet vergis is daar een stadje. De ridderhof is van steen, en d'r zit ook een jonkertje. Gewoon een woontoren, maar hij zal wel een wacht hebben, een of twee ridders misschien. As we langs de rivier naar het noorden trekken motten we d'r voor donker zijn. Ze hebben vast boten, dus ga ik al onze spullen verkopen en d'r eentje huren.' Hij gaf met de stok van onder tot boven een haal over het meer. 'As de goden goed zijn steekt 'r wind op en kennen we over het Godsoog naar Harrenstad varen.' Hij boorde de punt boven aan de cirkel in de grond. 'Daar kennen we nieuwe rijdieren kopen, of anders in Harrenhal bescherming zoeken. Vrouwe Whent heeft daar d'r zetel, en die was de Wacht altijd goedgezind.'

Warme Pastei sperde zijn ogen wagenwijd open. 'Maar in Harrenhal spookt het...'

Yoren spuwde. 'Zó denk ik over spoken.' Hij smeet de stok in de modder. 'Opstijgen.'

Arya moest aan de verhalen denken die ouwe Nans over Harrenhal placht te vertellen. De boze koning Harren had zich daar verschanst, en dus had Aegon zijn draken ontketend en het slot in een brandstapel veranderd. Volgens Nans werden de zwartgeblakerde torens nog steeds door vurige geesten bezocht. Soms gingen mensen veilig in hun bed slapen en werden ze de volgende ochtend dood aangetroffen, helemaal verbrand. Maar eigenlijk geloofde Arya dat niet, en het was trouwens heel lang geleden. Warme Pastei was gewoon stom. In Harrenhal waren geen spoken maar *ridders*. Arya zou zich aan vrouwe Whent bekend kunnen maken, en dan zouden de ridders haar naar huis brengen en beschermen. Dat deden ridders. Die beschermden mensen, vooral vrouwen. Misschien zou vrouwe Whent zelfs het huilende kleine meisje helpen.

Het pad langs de rivier was geen koningsweg, maar voor een pad was het lang niet slecht, en voor de verandering rolden de karren nu eens soepel voort. Ze zagen het eerste huis een uur voor het donker werd, een knus huisje met een rieten dak, omringd door tarweakkers. Yoren reed vooruit en riep hallo, maar hij kreeg geen antwoord. 'Dood, misschien. Of ondergedoken. Dobber, Rey, kom mee.'

De drie mannen gingen het huisje binnen. 'Potten zijn foetsie, en geen spoor van opgespaarde duiten,' pruttelde Yoren toen ze terugkwamen. 'Geen beesten ook. Op de vlucht geslagen, denk ik. Kan wezen da'we ze op de koningsweg tegengekomen zijn.' Huis en akker waren in elk geval niet in brand gestoken, en er lagen geen lijken. Tarber vond een tuin aan de achterkant, en voor ze verder gingen haalden ze wat uien en radijs uit de grond.

Een eindje verderop vingen ze een glimp op van een houtvestershut tussen oude bomen, met keurige stapels houtblokken, klaar om gekloofd te worden, en daarna een vervallen paalwoning, tien voet hoog boven de rivier. Beide waren verlaten. Ze passeerden nog meer akkers waarop de tarwe, maïs en gerst in de zon rijpten, maar ze zagen geen mannen in bomen zitten of met zeisen langs de rijen aren gaan. Ten slotte kwam het stadje in zicht: een verzameling witte huisjes die rond de muren van de ridderhof verspreid lagen, een grote sept met een dak van houten spanten, de woontoren van de heer op een verhevenheid in het westen... en nergens een spoor van mensen.

Yoren zat op zijn paard, en onder zijn verwarde baard versomberde zijn gezicht. 'Bevalt me niks,' zei hij. 'Maar daar is het. La'we maar een kijkje nemen. *Voorzichtig*. Es zien of er soms nog volk verstopt zit. Ken zijn dat ze een boot hebben laten leggen, of wapens die we kennen gebruiken.'

De zwarte broeder liet tien man achter ter bewaking van de karren en het jengelende meisje en deelde de overigen in groepjes van vier en vijf in om het stadje uit te kammen. 'Ogen en oren open houen,' zei hij waarschuwend voordat hij wegreed naar de woontoren om te zien of hij ergens een spoor van de jonker of zijn wachters kon vinden.

Arya zat bij Gendry, Warme Pastei en Lommie. De gedrongen Woth met zijn bolle buik was ooit roeier geweest op een galei, zodat hij van iedereen nog het meest verstand van varen had, dus kreeg hij van Yoren opdracht met hen naar de oever van het meer te gaan om te kijken of ze ergens een boot konden vinden. Terwijl ze tussen de zwijgende witte huizen doorreden kreeg Arya kippenvel op haar armen. Ze vond dit verlaten stadje bijna even angstaanjagend als de verbrande ridderhof waar ze het huilertje en de eenarmige vrouw hadden gevonden. Waarom vluchtten al die mensen toch en lieten ze hun huis en alles achter? Waar waren ze zo bang voor?

De zon stond laag in het westen en de huizen wierpen langgerekte, donkere schaduwen. Een plotseling, hard geluid deed Arya naar Naald grijpen, maar het was maar een luik dat in de wind klapperde. Na de open rivieroever kreeg ze de zenuwen van dit benauwde stadje.

Toen ze tussen huizen en bomen een glimp van het meer zag, drukte Arya haar knieën in de flanken van haar paard en galoppeerde Woth en Gendry voorbij. Ze stormde de grasstrook langs het kiezelstrand op. In de gloed van de ondergaande zon glansde het kalme wateroppervlak als een plaat geslagen koper. Het was het grootste meer dat ze ooit had gezien. Van een overkant was niets te bekennen. Aan haar linkerhand zag ze een onregelmatig gebouwde herberg op zware, houten palen boven het water. Rechts van haar stak een lange steiger in het meer uit, en verder oostwaarts waren nog andere aanlegplaatsen die zich als houten vingers vanuit het stadje uitstrekten. Maar het enige vaartuig dat ze zag was een omgekeerde roeiboot die op de rotsen onder aan de herberg was achtergelaten. De bodem was helemaal doorgerot. 'Ze zijn weg,' zei Arya uit het veld geslagen. Wat moesten ze nu?

'Daar is een herberg,' zei Lommie toen de anderen aan kwamen rijden. 'Wat denken jullie, zouden ze eten hebben achtergelaten? Of bier?'

'Laten we gaan kijken,' stelde Warme Pastei voor.

'Niks herberg,' snauwde Woth. 'Yoren zei dat we een boot moesten zoeken.'

'Ze hebben de boten meegenomen.' Om de een of andere reden wist Arya dat het zo was. Ze zouden de hele stad kunnen doorzoeken zonder iets anders te vinden dan die omgekeerde roeiboot. Terneergeslagen steeg ze van haar paard en knielde ze bij het meer. Het water klotste zachtjes om haar benen. Er gloeiden een paar glimwormen op, en hun kleine lichtjes knipperden aan en uit. Het groene water was warm als tranen, maar niet zout. Het smaakte naar zomer, modder en groeiende dingen. Arya plonsde haar gezicht erin om het stof, vuil en zweet van de dag af te wassen. Toen ze zich achteroverboog liepen de straaltjes langs haar nek en in haar kraag omlaag. Dat gaf een aangenaam gevoel. Ze wilde dat ze haar kleren kon uittrekken om te gaan zwemmen en als een magere, roze otter door het warme water te glijden. Mischien zou ze helemaal naar Winterfel kunnen zwemmen.

Woth schreeuwde dat ze moest helpen zoeken, dus deed ze dat en gluurde ze in botenhuizen en schuren terwijl haar paard langs de oever graasde. Ze vonden wat zeilen, wat spijkers, emmers hard geworden teer en een moederpoes met een nest pasgeboren jongen. Maar geen boten.

Het stadje was zo donker als een bos toen Yoren en de anderen weer verschenen. 'Toren is leeg,' zei hij. 'Heer is uit vechten, of misschien z'n mensen in veiligheid brengen, weet ik veel. Geen paard of varken meer in de stad, maar we kennen eten. Zag een loslopende gans en wat kippen, en in het Godsoog zit goeie vis.'

'De boten zijn weg,' berichtte Arya.

'We zouden de bodem van die roeibooit kunnen oplappen,' zei Kos.

'Voor vier man misschien,' zei Yoren.

'D'r zijn spijkers,' merkte Lommie op. 'En overal zijn bomen. We zouden boten voor ons allemaal kunnen maken.'

Yoren spuwde. 'Weet jij iets van botenbouw, verversjong?' Lommie keek hem glazig aan.

'Een vlot,' opperde Gendry. 'Iedereen kan een vlot bouwen, en we kunnen lange stokken nemen om te bomen.'

Yoren keek peinzend. 'Het meer is te diep om naar de overkant te bomen, maar as we in de ondiepten langs de oever bleven... Dan motten we de karren hier laten. Da's misschien het beste. Zal d'r een nachtje over slapen.'

'Kennen we in de herberg overnachten?' wilde Lommie weten.

'We overnachten in de ridderhof met de poort gebarricadeerd,' zei de oude man. 'Ik heb graag stenen muren om me heen as ik slaap.'

Arya kon zich niet inhouden. 'We kunnen hier beter niet blijven,' flapte ze eruit. 'De bewoners zijn ook niet gebleven. Ze zijn allemaal gevlucht, zelfs hun heer.'

'Arrie is bang,' verkondigde Lommie, bulkend van de lach.

'*Nietes*,' snauwde ze. 'Maar zij waren wel bang.'

'Slim joch,' zei Yoren. 'Alleen, die lui hier waren in oorlog, of ze wouen of niet. Wij niet. De Nachtwacht kiest geen partij, dus geen mens is onze vijand.'

En geen mens is onze vriend, dacht ze, maar ditmaal hield ze haar mond. Lommie en de overigen keken naar haar en ze wilde niet laf lijken.

De poort van de ridderhof was met ijzeren nagels beslagen. Binnen vonden ze een paar ijzeren balken zo dik als jonge boompjes, met gaten in de grond en metalen beugels op de poortvleugels. Als ze de balken door de beugels schoven vormden ze ter versteviging een groot, schuin kruis. Het was geen Rode Burcht, verklaarde Yoren toen ze de ridderhof van onder tot boven hadden doorzocht, maar toch verre van slecht, en voor één nacht goed genoeg. De muren waren van ruwe, ongemetselde steen, tien voet hoog, met een houten weergang achter de borstwering. In het noorden was een uitvalspoortje, en onder het stro in de oude houten schuur ontdekte Gerren een valluik dat toegang gaf tot een smalle, bochtige tunnel. Toen hij die een heel eind onder de grond had gevolgd, kwam hij bij het meer uit. Yoren liet een kar op het valluik zetten om te zorgen dat niemand langs die weg naar binnen kon. Hij deelde hen in drie wachtploegen in en stuurde Tarber, Kurtz en Hakjak naar het verlaten torengebouw om van bovenaf een oogje in het zeil te houden. Kurtz had een jachthoorn waar hij bij dreigend gevaar op kon blazen.

Ze reden de karren en dieren naar binnen en barricadeerden de poort. De schuur was bouwvallig, groot genoeg om de halve veestapel van de stad te bevatten. De vliedborg, waar de stedelingen in tijden van gevaar konden schuilen, was nog groter, laag, langwerpig en van steen, met een rieten dak. Kos ging via het uitvalspoortje naar buiten en kwam terug met de gans en nog twee kippen bovendien, en Yoren gaf verlof voor een kookvuur. De ridderhof had een grote keuken, al waren alle potten en pannen meegenomen. Gendry, Dobber en Arya trokken keukendienst. Dobber beval Arya de vogels te plukken terwijl Gendry houtblokken kloofde. 'Waarom kan ik geen hout kloven?' vroeg ze, maar niemand luisterde. Gemelijk begon ze een kip te plukken terwijl Yoren op het uiteinde van de bank met een wetsteen de snede van zijn ponjaard zat te slijpen.

Toen het eten klaar was at Arya een kippenpoot en wat ui. Niemand zei veel, zelfs Lommie niet. Na afloop trok Gendry zich terug om zijn helm te poetsen, met een blik op zijn gezicht alsof hij er niet was. Het huilertje jankte en jengelde, maar toen Warme Pastei haar een stukje gans gaf schrokte ze het op en zocht met haar blikken naar meer.

Arya trok de tweede wacht, dus zocht ze een strozak uit in de vliedborg. Omdat ze de slaap niet kon vatten leende ze Yorens steen en begon ze Naald te wetten. Syrio Forel had gezegd dat een botte kling net een kreupel paard was. Warme Pastei zat op zijn hurken op de strozak naast haar naar haar te kijken. 'Hoe kom jij aan zo'n goed zwaard?' vroeg hij. Toen hij de blik zag die ze hem toewierp hief hij afwerend zijn handen op. 'Ik zeg toch niet dat je 't gepikt heb. Ik wou alleen weten waar het vandaan komt, da's alles.'

'Ik heb het van mijn broer gekregen,' prevelde ze.

'Nooit geweten dat jij een broer had.'

Arya pauzeerde even om onder haar hemd te krabben. Het stro zat vol vlooien, al snapte ze niet waarom ze last had van die paar extra beestjes. 'Ik heb hopen broers.'

'O ja? Groter dan jou, of kleiner?'

Ik zou niet zo moeten praten. Yoren zei dat ik mijn mond moest houden. 'Groter,' loog ze. 'Die hebben ook zwaarden, grote zwaarden, en zij hebben me geleerd hoe je iemand moet doodmaken die je lastig valt.'

'Ik praatte tegen je. Ik viel je niet lastig.' Warme Pastei liep weg en liet haar alleen en Arya rolde zich op haar strozak op. Aan de andere kant van de vliedborg kon ze het huilertje horen. *Ik wou dat ze ophield. Waarom huilt ze alsmaar?*

Ze moest in slaap zijn gevallen, al kon ze zich niet herinneren dat ze haar ogen had gesloten. Ze droomde dat er een wolf huilde, en dat was zo'n naargeestig geluid dat ze onmiddellijk wakker schrok. Met bonzend hart ging Arya rechtop op haar strozak zitten. 'Warme Pastei, wakker worden.' Ze kwam overeind. 'Woth, Gendry, horen jullie dat?' Ze trok een laars aan.

Overal kwamen mannen en jongens in beweging en krabbelden van hun strozakken op. 'Wat is er?' vroeg Warme Pastei. 'Hoor ik iets?' wilde Gendry weten. 'Arrie heeft eng gedroomd,' zei iemand.

'Nee, ik heb het gehoord,' hield ze vol. 'Een wolf.'

'Arrie heeft wolven in z'n kop,' snierde Lommie. 'Lekker laten huilen,' zei Gerren. 'Zij zitten buiten, wij binnen.' Woth viel hem bij. 'Nog nooit een wolf gezien die een ridderhof bestormde.' Warme Pastei zei dat hij niks had gehoord.

'Het was een wolf!' schreeuwde ze hun toe terwijl ze haar andere laars aanschoot. 'Er is iets aan de hand, er komt iets aan, sta óp!'

Voordat ze haar weer konden weghonen huiverde het geluid door de nacht... alleen was het nu geen wolf, maar Kurtz die op zijn jachthoorn blies om alarm te slaan. Eén hartslag later was iedereen bezig zijn kleren aan te trekken en alle wapens te grijpen die hij maar bezat. Arya rende naar de poort toen de hoorn nogmaals weerklonk. Toen ze langs de schuur stoof rukte Bijter als een razende aan zijn ketenen, en Jaqen H'ghar riep van achter in hun kar: 'Jongen! Lieve jongen! Is het oorlog, rode oorlog? Jongen, maak ons los. Een man kan vechten. *Jongen!*' Ze negeerde hem en draafde verder. Achter de muur waren nu paarden en kreten te horen.

Ze klauterde de weergang op. De borstwering was net iets te hoog en Arya net iets te kort. Ze moest haar tenen in de gaten tussen de stenen wringen om eroverheen te kunnen kijken. Even dacht dat ze dat de stad vol met glimwormen zat. Toen besefte ze dat het mannen met toortsen waren die tussen de huizen door galoppeerden. Ze zag iemand een dak in brand steken. Toen het riet vlam had gevat likten oranje vuurtongen aan de buik van de nacht. Een tweede dak volgde, en toen nog een, en algauw laaide overal vuur op.

Gendry kwam naar boven klimmen en ging naast haar staan. Hij had zijn helm op. 'Hoeveel?'

Arya probeerde ze te tellen, maar ze reden te snel. De toortsen die ze wegslingerden tolden door de lucht. 'Honderd,' zei ze. 'Tweehonderd, ik weet het niet.' Boven het gebrul van de vlammen uit waren kreten te horen. 'Zo meteen komen ze hierheen.'

'Daar,' zei Gendry en hij wees.

Een stoet ruiters reed tussen de brandende gebouwen door op de ridderhof af. De gloed van het vuur weerkaatste op metalen helmen en besproeide hun maliën en harnassen met oranje en gele lichtvlekjes. Eén man droeg een banier aan een lange lans. Ze dacht dat die rood was, maar in het donker was het moeilijk te zien, met die loeiende vuren overal. Alles leek rood, zwart of oranje.

Het vuur sprong van het ene huis naar het andere over. Arya zag een boom in brand vliegen. De vlammen kropen langs de takken, tot hij in gewaden van levend oranje tegen de nacht afgetekend stond. Iedereen was nu wakker en kwam de weergang bemannen of vocht met de doodsbange dieren beneden. Ze hoorde Yoren bevelen schreeuwen. Er bonsde iets tegen haar been, en toen ze omlaag gluurde zag ze dat het huilertje zich aan haar vastklampte. 'Ga weg.' Ze rukte haar been los. 'Wat doe jij hierboven? Ga je gauw ergens verstoppen, stom kind.' Ze duwde het meisje weg.

Voor de poort hielden de ruiters de teugels in. '*Jullie daar in de ridderhof!*' riep een ridder met een hoge piekhelm op. '*In naam des konings, doe open!*'

'En welke koning mag dat wel wezen?' riep de oude Reysen omlaag voordat Woth hem met een stomp het zwijgen oplegde. Yoren klom naast de poort op de borstwering, zijn vale zwarte mantel aan een stok gebonden. '*Kalm aan daar beneden!*' schreeuwde hij. '*Het stadsvolk is weg.*'

'En wie ben jij, ouwe? Een van heer Berics lafaards?' riep de ridder met de piekhelm. 'Als die ouwe zot van een Thoros daarbinnen zit, vraag hem dan eens wat hij van déze vuren vindt.'

'Die hebben we hier niet,' schreeuwde Yoren terug. 'Alleen wat jongens voor de Wacht. Wij hebben niks met jouw oorlog te maken.' Hij stak de stok omhoog, zodat iedereen de kleur van zijn mantel kon zien. 'Kijk maar. Dit is zwart, voor de Nachtwacht.'

'Of zwart voor het huis Dondarrion,' riep de banierdrager van de vijand. Arya kon de kleuren nu duidelijker zien bij het licht van het brandende stadje: een gouden leeuw op rood. 'Heer Berics wapenteken is een purperen bliksemschicht op een zwart veld.'

Plotseling dacht Arya aan de ochtend dat ze Sansa een sinaasappel in haar gezicht had gesmeten, zodat die stomme jurk van ivoorkleurige zij onder het sap was gekomen. Aan het toernooi had een jonkertje uit het zuiden deelgenomen waar die stomme vriendin van haar zus, Jeane, verliefd op was geweest. Hij had een bliksemschicht op zijn schild, en haar vader had hem erop uitgestuurd om de broer van de Jachthond te onthoofden. Dat leek nu duizend jaar geleden, iets wat een ander had meegemaakt, in een ander leven... Arya Stark, de dochter van de Hand, niet Arrie de weesjongen. Arrie kende toch geen heren en zo?

'Ben je blind, man?' Yoren zwaaide met de stok heen en weer om de mantel te laten wapperen. 'Zie jij die ellendige bliksemstraal soms?'

'Bij nacht zijn alle banieren zwart,' merkte de ridder met de piekhelm op. 'Doe open, of we weten dat jullie vogelvrijen zijn die met de vijanden van de koning samenwerken.'

Yoren spuwde. 'Wie is jullie aanvoerder?'

'Ik.' De gloed van de brandende huizen werd dof weerkaatst op het harnas van zijn strijdros toen de anderen uiteenweken om hem langs te laten. Het was een gezette kerel met een manticora op zijn schild en een borstkuras dat krioelde van de sierkrullen. Een bleke varkenskop tuurde door zijn geopende helmvizier. 'Ser Amaury Lors, baanderman van heer Tywin Lannister van de Rots van Casterling, de Hand des Konings. De wáre koning, Joffry.' Hij had een hoog, schel stemmetje. 'Ik gelast u in zijn naam, deze poort te openen.'

Overal om hen heen stond de stad in brand. De nachtlucht was vol rook, en de rondvliegende rode sintels waren talrijker dan de sterren. Yorens mondhoeken gingen omlaag. 'Zie d'r de noodzaak niet van in. Doe met dit stadje wat je wilt, da's mij een zorg, maar laat ons met rust. Wij zijn je vijanden niet.'

Kijk met je ogen, zou Arya de mannen beneden willen toeroepen. 'Zien ze dan niet dat we geen heren of ridders zijn?' fluisterde ze.

'Ik denk niet dat het ze iets kan schelen, Arrie,' fluisterde Gendry terug.

En ze keek naar het gezicht van ser Amaury, op de manier die ze van Syrio had geleerd, en zag dat hij gelijk had.

'Als u geen verraders bent, open dan uw poort,' riep ser Amaury. 'Dan kijken we of u de waarheid spreekt en we rijden weer verder.'

Yoren kauwde op zijn zuurblad. 'Alleen wij zijn hier, dat zei ik toch? Op me woord.'

De ridder met de piekhelm lachte. 'Die kraai geeft ons zijn *woord*.'

'De weg kwijt, ouwe?' vroeg een van de speerdragers spottend. 'De Muur is een heel end naar het noorden.'

'Ik gelast u nogmaals, in naam van koning Joffry, de trouw te bewijzen die u met de mond belijdt, en deze poort te openen,' zei ser Amaury.

Dat nam Yoren één langdurig moment al kauwend in overweging. Toen spuwde hij. 'Voel ik niks voor.'

'Het zij zo. U trotseert het bevel des konings en bewijst daarmee dat u rebellen bent, zwarte mantels of niet.'

''k Heb jonge jongens hierbinnen,' schreeuwde Yoren naar beneden.

'Jonge jongens en oude mannen sterven even hard.' Traag hief ser Amaury een vuist op, en uit de rossige schaduwen daarachter kwam een speer aansuizen. Yoren moest het doelwit zijn geweest, maar het was Woth, naast hem, die getroffen werd. De speerpunt drong in zijn keel en barstte donker en nat uit zijn nek naar buiten. Woth grabbelde naar de schacht en tuimelde slap van de weergang.

'Bestorm de muren en maak iedereen af,' zei ser Amaury verveeld. Er kwamen nog meer speren aanvliegen. Arya trok Warme Pastei aan de achterkant van zijn tuniek omlaag. Buiten klonk wapengekletter, het schurende geluid van zwaarden die uit scheden werden getrokken, het dreunen van speren op schilden, vermengd met gevloek en hoefgetrappel van galopperende paarden. Een toorts zeilde cirkelend over hun hoofd en trok een spoor van vurige vingers toen hij op de aarde van de binnenplaats plofte.

'*Wapens!*' schreeuwde Yoren. 'Verspreiden, verdedig de muur waar ze aanvallen. Kos, Urreg, naar het uitvalspoortje. Lommie, trek die speer uit Woth en neem zijn plaats in.'

Warme Pastei liet zijn korte zwaard vallen toen hij het wilde trekken. Arya duwde het wapen weer in zijn hand. 'Ik kan niet zwaardvechten,' zei hij, en zijn ogen draaiden weg.

'Er is niks aan,' zei Arya, maar de leugen stierf op haar tong toen een *hand* de bovenrand van de borstwering greep. Ze zag het bij het schijnsel van de brandende stad, zo duidelijk dat het leek of de tijd stilstond. De vingers waren stomp en eeltig, tussen de knokkels groeide stug zwart haar en de duimnagel had een rouwrand. *Vrees treft dieper dan het zwaard*, schoot haar te binnen toen achter de hand de bovenkant van een pothelm opdoemde.

Ze gaf een harde klap, en het staal van Naald, afkomstig uit een kasteelsmidse, groef zich tussen de knokkels in de graaiende vingers. 'Winterfel!' schreeuwde ze. Bloed spoot op, vingers vlogen rond, en het gehelmde gezicht verdween even plotseling als het was verschenen. 'Achter je!' gilde Warme Pastei. Met een ruk draaide Arya zich om. De tweede man had een baard en droeg geen helm. Hij had zijn ponjaard tussen zijn tanden geklemd om beide handen vrij te hebben voor de klim. Toen hij een been over de borstwering zwaaide priemde Arya met de punt van haar zwaard naar zijn ogen. Naald raakte hem niet eens: hij kantelde achterover en viel. *Ik hoop dat hij op zijn bek valt en zijn eigen tong afbijt.* 'Naar hén kijken, niet naar mij!' schreeuwde ze tegen Warme Pastei. Toen er weer iemand hun stuk van de muur wilde beklimmen hakte de jongen met zijn korte zwaard op diens hand in tot de man naar beneden viel.

Ser Amaury had geen ladders, maar de muren van de ridderhof waren van ruwe steen zonder metselwerk, dus gemakkelijk te beklimmen, en aan de vijanden leek geen eind te komen. Voor iedere man die Arya sneed, stak of terugduwde kwam er een nieuwe de muur over. De ridder met de piekhelm wist boven op de borstwering te komen, maar Yoren haakte zijn zwarte banier over de piek heen en terwijl de man met de lap worstelde stak hij de punt van zijn ponjaard met kracht door diens wapenrusting heen. Telkens als Arya opkeek vlogen er meer toortsen door de lucht met lange, vurige tongen achter zich aan die op haar netvlies werden gebrand. Ze zag een gouden leeuw op een rode banier en dacht aan Joffry. Was hij maar hier, dan kon ze Naald in dat snierende gezicht van hem steken. Toen vier man met bijlen op de poort inhakten, schoot Kos ze een voor een neer met zijn pijlen. Op de weergang werkte Dobber een man tegen de grond, en voor hij kon opstaan sloeg Lommie met een steen zijn schedel in en jouwde, totdat hij het mes in Dobbers buik zag en besefte dat die ook niet meer zou opstaan.

Arya sprong over een dode jongen, niet ouder dan Jon, die erbij lag met zijn arm afgehakt. Ze dacht niet dat zij dat had gedaan, maar ze wist het niet zeker. Ze hoorde Qyl om genade smeken tot een ridder met een wesp op zijn schild met een goedendag zijn gezicht insloeg. Alles stonk naar bloed, rook, ijzer en pis, maar na een poosje leek het nog maar één enkele geur. Ze zag niet hoe de magere man over de muur heen kwam, maar zodra hij er was besprong ze hem samen met Gendry en Warme Pastei. Gendry's zwaard brak kapot op zijn helm, en die werd van zijn hoofd gerukt. Daaronder was hij kaal, met angstige ogen, gaten in zijn gebit en een baard met veel grijs erin, maar zielig of niet, ze stak hem toch maar dood onder de kreet '*Winterfel! Winterfel!*', en naast haar krijste Warme Pastei '*Warme Pastei!*' terwijl hij op 's mans dunne nek inhakte.

Toen de magere man dood was stal Gendry zijn zwaard en sprong de binnenplaats op om daar verder te vechten. Toen ze langs hem heen keek zag Arya stalen schimmen door de ridderhof ronddraven wier maliën en klingen glommen met een vurige gloed en ze besefte dat ze ergens over de muur moesten zijn gekomen, of via het uitvalspoortje binnengedrongen waren. Ze sprong Gendry na en landde op de manier die ze van Syrio had geleerd. Gerinkel van staal en het gekrijs van gewonden en stervenden galmden door de nacht. Even weifelde Arya, niet wetend waar ze naartoe moest. Overal om haar heen was de dood.

Toen was Yoren er. Hij schudde haar heen en weer en schreeuwde haar in het gezicht. '*Jongen!*' brulde hij, zoals hij dat altijd deed. 'Wégwezen, 't is uit, we hebben verloren. Zoek d'r zoveel mogelijk bij mekaar, jij en hij en de rest, de jongens, haal ze d'ruit. Nú!'

'Hoe?' zei Arya.

'Het valluik,' krijste hij. 'Onder de schuur.'

En even snel verdween hij weer om te vechten, zijn zwaard in de hand. Arya greep Gendry bij een arm. 'Hij zei *weg*, schreeuwde ze, 'de schuur, de vluchtgang.' Door zijn helmspleten heen blonk de weerschijn van de vlammen in de ogen van de Stier. Hij knikte. Ze riepen Warme Pastei van de muur omlaag en troffen Lommie Groenehand op de grond aan, bloedend uit een speerwond in zijn kuit. Gerren vonden ze ook, maar die was te ernstig gewond om te lopen. Terwijl ze naar de schuur renden, ontdekte Arya ineens het huilertje midden in de chaos, omringd door rook en bloed. Ze greep haar bij de hand en trok haar overeind terwijl de anderen verder renden. Het meisje wilde niet lopen, zelfs niet toen ze een klap kreeg. Arya sleurde haar met haar rechterhand mee terwijl ze Naald in de linker hield. Voor haar uit was de nacht dofrood. *De schuur staat in brand*, dacht ze. Vlammen lekten langs de zijkanten, afkomstig van een toorts die in het stro was beland, en ze hoorde het gekrijs van de dieren die daarbinnen gevangen waren. Warme Pastei kwam de schuur uit. 'Arrie, schiet óp! Lommie is al wég, laat'r nou als ze niet mee wil!'

Koppig trok Arya het huilertje des te harder met zich mee. Warme Pastei liet hen in de steek en haastte zich weer naar binnen... maar Gendry kwam terug. Het vuur glansde zo fel op zijn gewreven helm dat de horens roodgloeiend leken. Hij rende naar hen toe en hees het huilertje over zijn schouder. 'Lopen!'

Door de schuurdeuren rennen was een oven inrennen. De lucht hing vol rook, de achterwand was één groot vlammenscherm van de grond tot het dak. Hun paarden en ezels trapten, steigerden en schreeuwden. *Arme beesten*, dacht Arya. Toen zag ze de kar, en de drie mannen die aan de bodem vastgeklonken zaten. Bijter rukte aan zijn ketenen, en van onder de ijzeren boeien om zijn pols droop het bloed langs zijn armen. Rorg brulde en tierde en schopte tegen het houtwerk. 'Jongen!' riep Jaqen H'ghar. 'Lieve jongen!'

Het geopende valluik was maar een paar voet verderop, maar het vuur verspreidde zich snel en verteerde het oude hout en droge stro sneller dan ze voor mogelijk had gehouden. Arya zag het afschuwelijk verbrande gezicht van de Jachthond voor zich. 'Die tunnel is nauw,' riep Gendry. 'Hoe krijgen we haar erdoor?'

'Trekken,' zei Arya. 'Duwen.'

'Beste jongens, brave jongens,' riep Jaqen H'ghar hoestend.

'*Maak die verdomde kettingen los!*' brulde Rorg.

Gendry negeerde hen. 'Ga jij eerst, dan zij, dan ik. Schiet op, het is een heel eind.'

'Toen je brandhout kloofde,' bedacht Arya, 'waar heb je toen de bijl gelaten?'

'Buiten bij de vliedborg.' Hij wierp één blik op de geketende mannen. 'Ik zou nog liever de ezels bevrijden. We hebben geen tijd.'

'Neem jij haar mee!' gilde ze. 'Mee naar buiten. Doe jij het!' Het vuur beukte met gloeiend hete, rode vleugels tegen haar rug toen ze de brandende schuur uitvluchtte. Buiten was het heerlijk fris, maar aan alle kanten sneuvelden mannen. Ze zag dat Kos zijn wapen neersmeet om zich over te geven en ter plekke werd gedood. Overal was rook. Van Yoren was geen spoor te bekennen, maar de bijl was nog waar Gendry hem had achtergelaten, bij de houtstapel voor de vliedborg. Terwijl ze hem loswrikte greep een gemaliede knuist haar arm. Arya wervelde rond en trof haar aanvaller met het blad van de bijl hard in zijn kruis. Zijn gezicht zag ze niet, alleen het donkere bloed dat tussen de ringetjes van zijn halsberg doorsijpelde. Die schuur weer ingaan was het moeilijkste dat ze ooit had gedaan. Rook golfde door de open deur naar buiten als een kronkelende zwarte slang, en binnen hoorde ze de arme schepsels schreeuwen: ezels, paarden en mensen. Ze beet op haar lip en dook de deur door, daar waar de rook wat minder dik was.

Een ezel stond in een cirkel van vlammen en krijste het uit in zijn doodsangst en pijn. Ze snoof de stank van brandend haar op. Ook het dak was in vlammen opgegaan en er kwam van alles naar beneden: stukken brandend hout en flinters stro en hooi. Arya dekte haar mond en neus met haar hand af. Door de rook kon ze de kar niet zien, maar ze kon Bijter wel horen krijsen. Ze kroop op het geluid af.

Ineens doemde er een wiel voor haar op. De kar maakte een sprong en verschoof een halve voet toen Bijter weer aan zijn ketenen rukte. Jaqen zag haar, maar ademhalen ging al dermate moeizaam dat van praten geen sprake kon zijn. Ze gooide de bijl in de kar. Rorg ving hem op en hief hem boven zijn hoofd, terwijl het zweet in straaltjes over zijn neusloze gezicht liep. Arya holde hoestend weg. Ze hoorde het staal door het oude hout breken, en nog eens, en nog eens. Even later volgde er een klap als een donderslag, en onder een explosie van splinters scheurde de bodem uit de kar.

Arya rolde met haar hoofd vooruit de tunnel in en viel vijf voet naar beneden. Er kwam aarde in haar mond, maar dat gaf niet, want het smaakte heerlijk. Het smaakte naar modder en water, wormen en leven. Onder de grond was het koel en donker. Boven was niets dan bloed, loeiend vuur, verstikkende rook en het gegil van stervende paarden. Ze verschoof haar riem, zodat Naald haar niet in de weg zou zitten, en begon te kruipen. Toen ze zo'n tien voet de tunnel in was hoorde ze het geluid, als het gebrul van een of ander monster, en een wolk hete rook en zwart roet werd achter haar aangeblazen, stinkend als de hel. Arya hield haar adem in, kuste de modderige tunnelvloer en huilde. Om wie, dat zou ze niet kunnen zeggen.

Tyrion

De koningin was niet van zins op Varys te wachten. 'Verraad is al laaghartig genoeg,' verklaarde ze woedend, 'maar dit is schaamteloze, pure smeerlapperij, en ik heb die aansteller van een eunuch niet nodig om te weten wat ik met smeerlappen moet doen.'

Tyrion nam zijn zuster de brieven uit handen en vergeleek ze bladzij voor bladzij. Er waren twee dezelfde exemplaren, al waren de handschriften verschillend.

'Maester Frenken op slot Stoockewaard heeft het eerste schrijven ontvangen,' legde grootmaester Pycelle uit. 'Het tweede exemplaar is via heer Gyllis gekomen.'

Pinkje streek over zijn baard. 'Als Stannis ze zelfs aan díé lui heeft gestuurd is het meer dan zeker dat alle andere heren in de Zeven Koninkrijken ook een exemplaar hebben gezien.'

'Ik wil dat die brieven allemaal verbrand worden,' verklaarde Cersei. 'Geen enkele toespeling erop mag tot de oren van mijn zoon doordringen, of tot die van mijn vader.'

'Ik heb het idee dat vader inmiddels wel meer dan een toespeling gehoord zal hebben,' zei Tyrion droogjes. 'Stannis heeft ongetwijfeld een vogel naar de Rots van Casterling gestuurd, en ook een naar Harrenhal. En die brieven verbranden? Waar slaat dat op? Het liedje is uit, de wijn gemorst, het meisje zwanger. En dit is heus niet zo schrikbarend als het lijkt.'

Met woedende groene ogen keerde Cersei zich naar hem toe. 'Ben je niet goed wijs? Heb je gelezen wat hij beweert? *De jongen Joffry*, zo noemt hij hem. En hij waagt het míj van incest, overspel en verraad te beschuldigen!'

Alleen maar omdat je schuldig bent. Het was verbazend om te zien hoe kwaad Cersei kon worden om beschuldigingen waarvan ze maar al te goed wist dat ze waar waren. *Als we deze oorlog verliezen moet ze toneelspeelster worden, ze heeft beslist talent.* Tyrion wachtte tot ze uitgeraasd was en zei toen: 'Stannis heeft een voorwendsel nodig om zijn opstand te rechtvaardigen. Wat had jij dan gedacht dat hij zou schrijven? "Joffry is de wettig geboren zoon en erfgenaam van mijn broer, maar toch ben ik van plan hem zijn troon af te pakken?"'

'Ik laat me geen hoer noemen!'

Maar zusje, hij beweert toch niet dat je door Jaime betaald bent. Ostentatief bekeek Tyrion het schrijven nog een keer. Eén zinsnede was blijven haken...' 'Gedaan in het Licht van de Heer,' las hij. 'Een merkwaardige woordkeus.'

Pycelle schraapte zijn keel. 'Die woorden komen vaak voor in brieven en documenten uit de Vrijsteden. Ze betekenen niet meer dan, laten we zeggen, *geschreven voor het oog van god*. De god van de rode priesters. Dat is daar gebruikelijk, geloof ik.'

'Varys vertelde ons een paar jaar geleden toch dat vrouwe Selyse nogal wegliep met de een of andere rode priester,' bracht Pinkje hen in herinnering.

Tyrion tikte tegen het papier. 'En nu doet haar heer gemaal dat kennelijk ook. Dat kunnen we tegen hem gebruiken. We dringen er bij de Hoge Septon op aan dat hij bekendmaakt dat Stannis zich niet slechts tegen zijn rechtmatige koning, maar ook tegen de goden heeft gekeerd...'

'Ja, ja,' zei de koningin ongeduldig, 'maar eerst moeten we zorgen dat deze smeerpijperij niet verder verspreid wordt. De raad moet een edict uitvaardigen. Iedereen die over incest praat of Joff een bastaard noemt zal boeten met zijn tong.'

'Een verstandige maatregel,' zei grootmaester Pycelle, en zijn ambtsketen rinkelde toen hij knikte.

'Dwaasheid,' verzuchtte Tyrion. 'Als je iemands tong uitrukt bewijs je niet dat hij een leugenaar is. Je maakt alleen maar duidelijk dat je bang bent voor wat hij zou kunnen zeggen.'

'Wat zou jij dan doen?' wilde zijn zuster weten.

'Heel weinig. Laat ze maar roddelen, dan krijgen ze zó genoeg van dat verhaal. Iedereen met maar een greintje verstand snapt heus wel dat dit gewoon een onhandige poging van hem is om te rechtvaardigen dat hij de troon probeert te usurperen. Komt Stannis soms met bewijzen? Hoe kan dat als het nooit gebeurd is?' Tyrion wierp zijn zuster zijn allerliefste lachje toe.

'Dat is zo,' was ze gedwongen te zeggen. 'Maar toch...'

'Uwe Genade, uw broer heeft gelijk.' Petyr Baelish plaatste zijn vingertoppen tegen elkaar. 'Door te proberen deze praatjes de kop in te drukken maken we ze alleen maar geloofwaardig. Het is een zielige leugen, en we moeten laten zien dat we erboven staan. En ondertussen vuur met vuur bestrijden.'

Cersei keek hem onderzoekend aan. 'Wat voor vuur?'

'Een soortgelijk verhaal, maar dan geloofwaardiger. Heer Stannis heeft het merendeel van zijn huwelijk gescheiden van zijn echtgenote doorgebracht. Niet dat ik hem dat verwijt. Als ik met vrouwe Selyse getrouwd was zou ik dat ook doen. Desalniettemin, als we rondvertellen dat hun dochter van lage komaf is en Stannis een bedrogen echtgenoot, dan... Het gewone volk is er altijd als de kippen bij om het ergste van zijn heren te geloven, vooral als ze zo streng en nors zijn en zulke lange, trotse tenen hebben als Stannis Baratheon.'

'Hij is nooit erg geliefd geweest, dat is zo.' Cersei dacht even na. 'Dus we betalen hem met gelijke munt terug. Ja, dat bevalt me wel. Wie kunnen we als minnaar van vrouwe Selyse aanwijzen? Ik geloof dat ze twee broers heeft. En een van haar ooms is al die tijd bij haar op Drakensteen geweest...'

'Ser Axel Florens is haar kastelein.' Hoe ongaarne Tyrion het ook toegaf, Pinkjes plan was veelbelovend. Stannis was nooit gecharmeerd geweest van zijn vrouw, maar hij was zo prikkelbaar als een egel als zijn eer in het geding was, en wantrouwig van aard. Als ze onenigheid tussen hem en zijn volgelingen konden zaaien zou dat hun eigen zaak alleen maar goed doen. 'Het kind heeft de oren van een Florens, heb ik gehoord.'

Pinkje maakte een loom gebaar. 'Een handelsgezant uit Lys merkte eens tegen me op dat heer Stannis wel heel dol op zijn dochter moest zijn, dat hij overal op de muren van Drakensteen standbeelden van haar had geplaatst. 'Beste kerel,' moest ik hem uit de droom helpen, 'dat zijn gargouilles.' Hij grinnikte. 'Ser Axel zou wel voor de vader van Shirine kunnen doorgaan, maar naar mijn ervaring wordt een verhaal des te eerder verder verteld naarmate het buitenissiger en schokkender is. Stannis houdt er een bijzonder groteske zot op na, een halve gare met een getatoeëerd gezicht.'

Vol afkeer staarde grootmaester Pycelle hem met open mond aan. 'Maar u wilt toch niet suggereren dat vrouwe Selyse een zót in haar bed zou halen?'

'Je moet wel zot zijn om het bed met Selyse Florens te willen delen,' zei Pinkje. 'Lapjeskop deed haar ongetwijfeld aan Stannis denken. En de beste leugens bevatten een kern van waarheid, genoeg om een toehoorder aan het denken te zetten. Het toeval wil dat die zot het meisje uitermate toegewijd is en haar overal achternadraaft. Ze lijken zelfs een beetje op elkaar. Shirine heeft ook een gevlekt en half verlamd gezicht.'

Pycelle wist niet meer hoe hij het had. 'Maar dat komt door de grauwschub waar ze als baby bijna aan gestorven is, de arme stakker.'

'Mijn verhaal bevalt me beter,' zei Pinkje, 'en het gewone volk ook, denk ik. De meeste mensen geloven dat een zwangere vrouw die konijn eet een kind met lange flaporen zal baren.'

Cersei glimlachte het soort glimlachje dat gewoonlijk aan Jaime voorbehouden was. 'Heer Petyr, u bent een verdorven mens.'

'Mijn dank, Uwe Genade.'

'En een voortreffelijk leugenaar,' voegde Tyrion er wat minder hartelijk aan toe. *Die is gevaarlijker dan ik dacht*, peinsde hij.

Pinkjes grijsgroene ogen keken zonder een spoor van onzekerheid in de ongelijke ogen van de dwerg. 'We hebben allemaal onze speciale gaven, heer.'

De koningin ging te zeer op in haar wraak om deze tweespraak op te merken. 'Bedrogen door een halfgare zot! Straks wordt Stannis in iedere wijnkroeg aan deze kant van de zee-engte uitgelachen.'

'Het verhaal mag niet van ons komen,' zei Tyrion, 'anders zal het als een leugen ten eigen bate worden beschouwd.' *Wat het natuurlijk ook is.*

Opnieuw had Pinkje het antwoord. 'Hoeren houden van roddelen, en toevallig bezit ik een stuk of wat bordelen. En Varys kan er vast wel voor zorgen dat het zaad in bierkroegen en eethuizen wordt gezaaid.'

'Varys,' zei Cersei met een frons. 'Waar ís Varys?'

'Dat heb ik me ook al afgevraagd, Uwe Genade.'

'De Spin weeft dag en nacht aan zijn geheime webben,' zei grootmaester Pycelle onheilspellend. 'Ik vertrouw hem niet, heren.'

'En hij spreekt altijd zo minzaam over u.' Tyrion duwde zich uit zijn stoel omhoog. Hij wist toevallig wat de eunuch aan het doen was, maar dat was niet iets wat de andere raadsleden aanging. 'Wilt u mij verontschuldigen, heren? Ik heb bezigheden elders.'

Cersei was onmiddellijk achterdochtig. 'Bezigheden in dienst van de koning?'

'Niet iets waar jij je druk over hoeft te maken.'

'Dat maak ik zelf wel uit.'

'Wou je mijn verrassing bederven?' zei Tyrion. 'Ik laat een gift voor Joffry maken. Een kleine ketting.'

'Waarvoor zou hij nóg een ketting nodig hebben? Hij heeft ze van goud en van zilver, te veel om te dragen. Als je ook maar één moment denkt dat je Joffry's liefde met geschenken kunt kopen...'

'Maar ik héb de liefde van de koning toch al, net zoals hij de mijne heeft? En ik denk dat déze halsketen hem op een dag dierbaarder zal zijn dan alle andere.' De kleine man boog en waggelde naar de deur.

Voor de raadsvertrekken stond Bronn te wachten om hem weer naar de Toren van de Hand te brengen. 'De smeden zijn in uw ontvangkamer, in afwachting van wat u behaagt,' zei hij terwijl ze het binnenplein overstaken.

'In afwachting van wat u behaagt. Wat klinkt dat goed, Bronn. Je lijkt wel een echte hoveling. Straks ga je nog voor me knielen.'

'Lik me reet, dwerg!'

'Dat laat ik liever door Shae doen.' Tyrion hoorde hoe vrouwe Tanda boven aan de kronkeltrap vrolijk naar hem riep. Hij deed net of hij haar niet hoorde en begon wat sneller te waggelen. 'Laat mijn draagkoets klaarzetten. Zodra ik hier klaar ben vertrek ik uit het slot.' Voor de deur stonden twee Maanbroeders op wacht. Tyrion begroette hen minzaam en begon met een grimas de trap op te klauteren. De klim naar zijn slaapkamer bezorgde hem pijn aan zijn benen.

Binnen trof hij een jongen van twaalf aan die bezig was kleren klaar te leggen op het bed. Zijn schildknaap, voor zover je hem zo kon noemen. Podderik Peyn was verlegen op het steelse af. Tyrion had de verdenking dat zijn vader hem bij wijze van grap met deze jongen had opgezadeld, nooit geheel van zich af kunnen zetten.

'Uw pak, heer,' mompelde de knaap toen Tyrion binnenkwam. Hij staarde naar zijn laarzen. Zelfs als hij de moed opbracht om zijn mond open te doen slaagde hij er nooit helemaal in, je recht aan te kijken. 'Voor de audiëntie. En uw keten. De ambtsketen van de Hand.'

'Prima. Help me met kleden.' Het wambuis was van zwart fluweel, beslagen met gouden noppen in de vorm van leeuwenkoppen, de keten een lus van zuiver gouden handen waarvan de vingers telkens de pols van de volgende grepen. Pod bracht hem een mantel van karmijnrode zijde met gouden franje, voor hem op maat gemaakt. Voor iemand van normale lengte zou het niet meer dan een halflange cape zijn.

De persoonlijke ontvangkamer van de Hand was minder groot dan die van de koning, en niets vergeleken bij de uitgestrekte troonzaal, maar Tyrion hield van de Myrische tapijten, de wandkleden en het gevoel van beslotenheid. Zodra hij binnentrad riep zijn hofmeester luid: 'Tyrion Lannister, de Hand des Konings.' Daar hield hij ook van. Het troepje smeden, wapenmakers en ijzerhandelaars dat Bronn had verzameld viel op de knieën.

Hij hees zich op de hoge zetel onder het ronde, gouden raam en gebaarde hun om op te staan. 'Goede lieden, ik weet dat u het allen druk hebt, dus zal ik het kort maken. Wil je zo goed zijn, Pod?' De knaap overhandigde hem een zak van zeildoek. Tyrion trok het koordje los en hield de zak op zijn kop. De inhoud viel op het tapijt met de gedempte bons die metaal op wol maakt. 'Dit heb ik in de kasteelsmidse laten maken. Ik wil er zo nog duizend hebben.'

Een van de smeden knielde neer om het ding te inspecteren: drie reusachtige, in elkaar grijpende stalen schakels. 'Een formidabele ketting.'

'Formidabel, maar kort,' antwoordde de dwerg. 'Zoiets als ik. Ik heb er een voor ogen die heel wat langer is. Hebt u een naam?'

'Ik word IJzerbuik genoemd, heer.' De smid was breedgeschouderd en gedrongen, eenvoudig gekleed in wol en leer, maar zijn armen waren zo dik als een stierennek.

'Ik wil dat iedere smidse in Koningslanding zulke schakels gaat maken en die aaneensmeedt. Al het andere werk moet worden opgeschort. Ik wil dat iedereen die metaal kan bewerken zich aan deze taak wijdt, of hij nu meester, gezel of leerling is. Zodra ik de Staalstraat inrijd wil ik hamerslagen horen, zowel 's nachts als overdag. En ik heb een man nodig, een sterke man, om te zorgen dat het ook allemaal gebeurt. Bent u die man, meester IJzerbuik?'

'Dat zou kunnen, heer. Maar hoe moet het dan met de maliënkolders en zwaarden die de koningin wil?'

Een andere smid nam het woord. 'Hare Genade heeft ons gelast om maliën en harnassen, zwaarden, dolken en bijlen te maken, allemaal in grote aantallen. Om haar nieuwe goudmantels te bewapenen, heer.'

'Dat werk kan wel wachten,' zei Tyrion. 'Eerst die ketting.'

'Verschoning, heer, maar Hare Genade heeft gezegd dat als iemand het gewenste aantal niet haalt, zijn hand dan verbrijzeld zal worden,' hield de smid zenuwachtig aan. 'Op zijn eigen aambeeld verpletterd, zei ze.'

Die lieve Cersei toch, altijd bezig het hart van de gewone man te winnen. 'Er zullen geen handen verbrijzeld worden. Op mijn woord.'

'IJzer is duur geworden,' verklaarde IJzerbuik, 'en daar zullen we heel wat van nodig hebben voor deze ketting, en ook kolen, voor de vuren.'

'Heer Baelish zal ervoor zorgen dat u het benodigde geld krijgt,' beloofde Tyrion. Tot zover zou hij toch wel op Pinkje kunnen rekenen, hoopte hij. 'Ik draag de stadswacht wel op, u naar ijzer te helpen zoeken. Desnoods smelt u alle hoefijzers in de hele stad.'

Een oudere man trad naar voren, rijk gekleed in een tuniek van goudbrokaat met zilveren sluitingen en een met vossenbont afgezette mantel. Hij knielde neer om de grote stalen schakels te onderzoeken die Tyrion op de vloer had laten vallen. 'Heer,' merkte hij ernstig op, 'dit is op zijn best grof werk. Daar is geen kunst aan. Het is ongetwijfeld een passende bezigheid voor gewone smeden, mannen die hoefijzers buigen en ketels in vorm hameren, maar ik ben een meester-wapensmid, als het mijn heer behaagt. Dit is geen werk voor mij, noch voor de andere meesters in mijn vak. Wij maken zwaarden zo scherp als heldenzangen, en wapenrustingen die geschikt zijn voor een god. Niet *zoiets*.'

Tyrion hield zijn hoofd scheef en gaf de man de volle laag met zijn ongelijke ogen. 'Wat is uw naam, meester-wapensmid?'

'Salloreon, met uw welnemen, heer. Als de Hand des Konings het mij vergunt zou ik zéér vereerd zijn een wapenrusting voor hem te smeden die zijn huis en hoge ambt waardig zijn.' Twee van de anderen gniffelden, maar Salloreon draafde door zonder iets te merken. 'Staal en schubben, dunkt mij. De schubben blinkend verguld als de zon, het staal geëmailleerd met het diepe karmijnrood van de Lannisters. Als helm zou ik de kop van een demon voorstellen, met lange gouden horens bekroond. Als u ten strijde trekt zal men in vrees en beven voor u terugdeinzen.'

De kop van een demon, dacht Tyrion treurig. *En wat zegt dat over mij?* 'Meester Salloreon, ik ben van plan de rest van mijn veldslagen in deze zetel uit te vechten. Ik heb schakels nodig, geen demonische horens. Dus laat ik het zo stellen: óf u gaat ketens maken, óf u gaat ze dragen. De keus is aan u.' Hij stond op en vertrok zonder één keer om te kijken.

Bronn wachtte hem op bij de poort met zijn draagkoets en een escorte van bereden Zwartoren. 'Je weet waarheen,' zei Tyrion tegen hem en hij liet zich in de draagkoets helpen. Hij had gedaan wat hij kon om de hongerige stad van voedsel te voorzien: ettelijke honderden timmerlieden aangesteld om vissersboten in plaats van katapults te bouwen, het koningsbos opengesteld voor iedere jager die de rivier durfde over te steken en zelfs goudmantels naar het westen en zuiden gestuurd om te forageren. Toch ontwaarde hij nog overal waar hij reed beschuldigende blikken. De gordijnen van de draagstoel beschermden hem daartegen, en bovendien gaven ze hem de gelegenheid om rustig na te denken.

Terwijl ze langzaam door de bochtige Zwartschaduwlaan naar de voet van Aegons heuvel gingen, overpeinsde Tyrion de gebeurtenissen van die ochtend. Zijn zusters toorn had haar de ware betekenis van Stannis Baratheons brief over het hoofd doen zien. Zonder bewijs waren zijn beschuldigingen waardeloos. Waar het om ging was dat hij zich koning had genoemd. *En wat zal Renling daarvan vinden?* Ze konden niet allebei op de IJzeren Troon zitten.

Terloops schoof hij het gordijn een eindje opzij om naar de straten te gluren. Aan weerskanten van hem reden Zwartoren met hun gruwelijke kettingen in lussen om hun nek, terwijl Bronn vooropreed om de weg vrij te maken. Hij keek naar de voorbijgangers die naar hem keken en speelde een spelletje met zichzelf door te proberen de verklikkers ertussenuit te halen. *Degenen die er het verdachtst uitzien zijn vermoedelijk onschuldig*, kwam hij tot de slotsom. *Juist voor de onschuldige gezichten moet ik oppassen.*

Zijn bestemming lag achter de heuvel van Rhaenys, en de straten waren druk. Er was bijna een uur verstreken voordat de draagstoel met een zwaai tot stilstand kwam. Tyrion zat te dommelen, maar werd abrupt wakker toen de beweging stopte, wreef de slaap uit zijn ogen en klom naar buiten met behulp van Bronns hand.

Het huis was twee verdiepingen hoog, van onderen van steen en van boven van hout. Op een van de hoeken van het bouwwerk verrees een rond torentje. Er waren veel glas-in-loodramen. Boven de deur hing een sierlamp, een bol van verguld metaal en scharlakenrood glas.

'Een bordeel,' zei Bronn. 'Wat ga je hier doen?'

'Wat doet een man zoal in een bordeel?'

De huurling lachte. 'Niet genoeg aan Shae?'

'Voor een marketentser was ze mooi genoeg, maar ik ben niet meer

op veldtocht. Kleine mannetjes hebben grote behoeften, en ik hoorde dat de meisjes hier geschikt zijn voor een koning.'
'Is die jongen dan oud genoeg?'
'Niet Joffry. Robert. Die kwam hier hieel graag.' *Al kan het best zijn dat Joffry oud genoeg is. Wat een interessant idee.* 'Als jij en de Zwartoren zin hebben om je te vermaken, ga je gang, maar Chataya's meisjes zijn duur. Overal aan deze straat zijn goedkopere huizen te vinden. Laat één man hier die weet waar de anderen zitten, voor als ik weer terug wil.'
Bronn knikte. 'Zoals je wilt.' De Zwartoren grijnsden breed.
Binnen werd hij opgewacht door een rijzige vrouw in gewaden van golvende zijde. 'Ik ben Chataya,' deelde ze met een diepe buiging mee. 'En u...'
'Laten we maar geen namen noemen. Namen zijn gevaarlijk.' De geur van een of ander exotisch specerij hing in de lucht, en de vloer onder zijn voeten vertoonde een mozaïek van twee liefdevol verstrengelde vrouwen. 'U hebt hier een aangenaam lokaal.'
'Daar heb ik hard voor gewerkt. Het doet mij genoegen dat de Hand tevreden is.' Haar stem was vloeibaar barnsteen, met het zachte accent van de verre Zomereilanden.
'Titels zijn soms even gevaarlijk als namen,' waarschuwde Tyrion haar. 'Laat me maar een paar van uw meisjes zien.'
'Het zal mij een groot genoegen zijn. U zult kunnen vaststellen dat ze allemaal even lief als mooi zijn, en ervaren in alle vormen van liefde.' Gracieus schreed ze weg, zodat Tyrion zo goed en zo kwaad als het ging achter haar aan moest hobbelen op benen die half zo lang als de hare waren.
Van achter een Myrisch sierscherm waarin bloemen, arabesken en dromerige meisjes waren uitgesneden gluurden ze ongezien naar binnen in een gelagkamer waarin een oude man een vrolijk deuntje op de fluit speelde. Op kussens in een alkoof hield een dronken Tyroshi met een purperen baard een wulpse jonge meid op zijn knie. Hij had haar keurs opengeknoopt en hield nu zijn beker schuin om een dun straaltje wijn over haar borsten te gieten, zodat hij ze kon aflikken. Twee andere meisjes zaten voor een glas-in-lood-raam een spelletje te doen. De sproetige droeg een krans van blauwe bloemen in haar honingkleurige haar. De tweede had een huid, zo glad en zwart als gepolijst git, grote, donkere ogen en kleine puntige borsten. Ze droegen golvende zijde en een kralengordel om hun middel. Het zonlicht dat door het gebrandschilderde glas naar binnen viel, maakte de omtrekken van hun lichamen door de dunne stof heen zichtbaar, en Tyrion voelde hoe zich iets roerde in zijn kruis. 'Met alle respect kan ik het meisje met de donkere huid aanbevelen,' zei Chataya.

'Ze is nog jong.'
'Ze telt zestien jaren, heer.'
Een prima leeftijd voor Joffry, zei hij bij zichzelf, indachtig aan wat Bronn had gezegd. Zijn eerste was zelfs nog jonger geweest. Tyrion wist nog hoe verlegen ze had gekeken toen hij die eerste keer haar jurk over haar hoofd had getrokken. Lang, donker haar en blauwe ogen om in te verdrinken, en dat was gebeurd ook. Zo lang geleden... *Wat een ellendige dwaas ben je toch, dwerg.* 'Komt ze uit uw vaderland, dat meisje?'
'Haar bloed is dat van de zomer, heer, maar mijn dochter is in Koningslanding geboren.' Zijn verrassing moest zichtbaar zijn geweest, want Chataya vervolgde: 'In de ogen van mijn volk heeft het huis van het hoofdkussen niets schandelijks. Op de Zomereilanden staan zij die bekwaam zijn in het schenken van genot in hoge achting. Veel jongens en meisjes van hoge geboorte doen na hun ontluiking enkele jaren op die manier dienst ter ere van de goden.'
'Wat hebben de goden ermee te maken?'
'De goden zijn evenzeer de scheppers van ons lichaam als van onze ziel, is het niet? Zij schenken ons stemmen opdat wij hen met liederen aanbidden. Zij schenken ons handen opdat wij tempels voor hen bouwen. En zij schenken ons begeerte opdat wij paren, en hen aldus vereren.'
'Help me herinneren dat ik dat eens aan de Hoge Septon vertel,' zei Tyrion. 'Als ik met mijn pik mocht bidden zou ik heel wat vromer zijn.' Hij wuifde met een hand. 'Ik aanvaard volgaarne uw suggestie.'
'Ik zal mijn dochter roepen. Komt u maar.'
Het meisje wachtte hem op aan de voet van de trap. Ze was langer dan Shae, zij het niet zo rijzig als haar moeder, en ze moest knielen voordat Tyrion haar kon kussen. 'Mijn naam is Alayaya,' zei ze, met maar een klein zweempje van haar moeders accent. 'Komt u mee, heer.' Ze nam hem bij de hand en leidde hem twee trappen op en vervolgens een lange gang door. Achter een van de gesloten deuren hoorde hij gehijg en kreetjes van plezier, achter een andere gegiechel en gefluister. Tyrions geslacht drukte tegen de veters van zijn hozen. *Dat kan nog beschamend worden*, dacht hij terwijl hij achter Alayaya aan de trap naar de torenkamer beklom. Er was maar één deur. Ze ging hem voor naar binnen en deed hem dicht. In de kamer stond een groot hemelbed, een hoge kleerkast, versierd met erotisch houtsnijwerk, en een smal glas-in-loodraam met een rood-geel ruitjespatroon.
'Je bent erg mooi, Alayaya,' zei Tyrion tegen haar toen ze alleen waren. 'Van top tot teen is alles even prachtig. Maar het lichaamsdeel dat me op dit moment het meest interesseert is je tong.'
'Mijn heer zal merken dat mijn tong zeer geoefend is. Als meisje heb ik geleerd wanneer ik hem wel en niet moest gebruiken.'

'Dat doet me genoegen.' Tyrion glimlachte. 'En wat doen we nu? Misschien heb jij een suggestie?'

'Ja,' zei ze. 'Als mijn heer de kast opent zal hij vinden wat hij zoekt.' Tyrion kuste haar hand en klom de lege kast in. Alayaya sloot de deur achter hem. Hij stak een hand uit naar de achterwand, voelde die onder zijn vingers verschuiven en duwde hem geheel opzij. In de holle ruimte achter de muren was het pikdonker, maar hij tastte net zo lang rond totdat hij metaal voelde. Zijn hand sloot zich om de sport van een ladder. Met zijn voet vond hij een lagere sport, en hij begon af te dalen. Toen hij eenmaal onder het straatniveau was, kwam de schacht uit op een tunnel die schuin de grond in liep. Daar wachtte Varys hem op met een kaars in de hand.

Varys leek volstrekt niet op zichzelf. Onder zijn stalen puntkap was een gezicht vol littekens en een stoppelbaard te zien, en hij was gehuld in verhard leer met een maliënkolder erover, een ponjaard en een kort zwaard aan zijn riem. 'Was Chataya's lokaal naar wens, heer?'

'Bijna te veel,' bekende Tyrion. 'Weet u zeker dat deze vrouw betrouwbaar is?'

'In deze grillige en verraderlijke wereld ben ik nergens zeker van, heer. Maar Chataya heeft geen reden om de koningin welgezind te zijn, en ze weet dat ze het aan u te danken heeft dat ze van Allar Diem af is. Zullen we gaan?' Hij begaf zich de tunnel in.

Hij loopt zelfs anders, stelde Tyrion vast. Er hing een lucht van zure wijn en knoflook om Varys heen in plaats van lavendel. Onder het lopen gooide hij een balletje op. 'Uw nieuwe kledij bevalt me wel.'

'Mijn werk staat niet toe dat ik met een stoet van ridders om me heen over straat ga. Dus als ik het slot verlaat hul ik mij in een wat passender vermomming, zodat ik langer in leven blijf om u te dienen.'

'Leer staat u goed. U zou zo naar de volgende raadsvergadering moeten komen.'

'Dat zou uw zuster niet goedkeuren, heer.'

'Mijn zuster zou het in haar kleingoed doen.' Hij glimlachte in het donker. 'Voor zover ik heb gezien ben ik niet door een van haar spionnen achternagelopen.'

'Dat hoor ik graag, heer. Sommige lieden die uw zuster ingehuurd heeft, werken zonder haar medeweten ook voor mij. Het zou me tegenstaan als ze zo slordig waren geworden dat ze gezien werden.'

'Wat mij zou tegenstaan is dat ik helemaal voor niets met mijn onbevredigde lustgevoelens door kasten heen geklauterd zou zijn.'

'Niet echt voor niets,' verzekerde Varys hem. 'Ze weten dat u hier bent. Of ze het zullen wagen om vermomd als klanten bij Chataya naar binnen te gaan valt niet te zeggen, maar het lijkt mij toch het beste om overdreven voorzichtig te zijn.'

'Hoe komt het dat een bordeel een geheime toegang heeft?'

'Deze tunnel is gegraven voor een andere Hand des Konings, wiens eer niet toestond dat hij een dergelijk huis openlijk betrad. Chataya waakt er zorgvuldig voor dat het bestaan ervan geheim blijft.'

'Toch wist ú er wel van.'

'Kleine vogeltjes vliegen door menige duistere tunnel. Pas op, die treden zijn steil.'

Ze kwamen uit bij een valluik achter in een stal, misschien drie straten van de heuvel van Rhaenys verwijderd. Een paard brieste in zijn box toen Tyrion het luik liet dichtklappen. Varys blies de kaars uit en zette die op een balk, en Tyrion keek om zich heen. In de stal stonden een muilezel en drie paarden. Hij waggelde naar de gevlekte ruin om diens gebit te inspecteren. 'Oud,' zei hij, 'en ik heb mijn twijfels over zijn uithoudingsvermogen.'

'Het is geen ros om mee ten strijde te trekken, nee,' antwoordde Varys, 'maar hij voldoet wel, en hij trekt geen aandacht. Evenmin als de andere. En de staljongens zien en horen uitsluitend de dieren.' De eunuch nam een mantel van een haak. Die was ruw geweven, door de zon verbleekt en tot op de draad versleten, maar ruim van snit. 'Als u mij toestaat.' Toen hij hem om Tyrions schouders sloeg ging die er van top tot teen onder schuil, en de kap kon naar voren worden getrokken om zijn gezicht geheel in schaduwen te dompelen. 'De mensen zien wat ze verwachten,' zei Varys al frunnikend en plukkend. 'Je ziet minder vaak dwergen dan kinderen, dus zullen ze een kind zien. Een jongen met een oude mantel, die op zijn vaders paard voor zijn vader onderweg is. Al zou het beter zijn als u vooral 's nachts kwam.'

'Dat ben ik ook van plan... na vandaag. Maar op dit moment wacht Shae op me.' Hij had haar in een ommuurde state in de noordoostelijke uithoek van Koningslanding ondergebracht, vlak bij zee, maar haar daar niet durven bezoeken uit angst om gevolgd te worden.

'Welk paard wilt u?'

Tyrion haalde zijn schouders op. 'Dit is goed genoeg.'

'Ik zal het voor u zadelen.' Varys nam een zadeldek en een zadel van een haak.

Tyrion herschikte de zware mantel en beende rusteloos heen en weer. 'U hebt een levendige raadsvergaderig gemist. Stannis schijnt zichzelf gekroond te hebben.'

'Ik weet het.'

'Hij beschuldigt mijn broer en zuster van bloedschande. Ik vraag me af hoe hij daarop gekomen is.'

'Misschien heeft hij een boek gelezen en naar de haarkleur van een bastaard gekeken, net als Ned Stark en Jon Arryn vóór hem. Of wie weet is het hem door iemand ingefluisterd.' Het lachje van de eunuch

klonk anders dan zijn gebruikelijke gegiechel, lager en keliger.
'Iemand als u, wellicht?'
'Sta ik onder verdenking? Ik ben het niet geweest.'
'Zou u het toegeven als het wel zo was?'
'Nee. Maar waarom zou ik een geheim verraden dat ik zo lang heb bewaard? Een koning misleiden is één ding, maar je verbergen voor de krekel in de biezen en het vogeltje in de schoorsteen is iets heel anders. Iedereen kon die bastaarden trouwens met eigen ogen zien.'
'Roberts bastaarden? Wat is daarmee?'
'Bij mijn beste weten heeft hij er acht verwekt,' zei Varys, al worstelend met het zadel. 'Het haar van hun moeders was koperrood en honingblond, kastanjebruin en strogeel, maar de baby's waren allemaal zwart als de raven... en net zo onzalig, lijkt het. Dus toen Joffry, Myrcella en Tommen tussen uw zusters dijen uitgleden, alle drie even goudkleurig als de zon, liet de waarheid zich raden.'
Tyrion schudde zijn hoofd. *Al had ze maar één kind van haar man gebaard, dat was al genoeg geweest om argwaan te voorkomen... maar dan was ze Cersei niet geweest.* 'Als u die fluisteraar niet was, wie dan wel?'
'Ongetwijfeld een verrader.' Varys trok de singel aan.
'Pinkje?'
'Ik noem geen namen.'
Tyrion liet zich door de eunuch helpen bij het opstijgen. 'Heer Varys,' zei hij vanuit het zadel, 'nu eens heb ik het gevoel dat u de beste vriend bent die ik in Koningslanding heb, en dan weer denk ik dat u mijn ergste vijand bent.'
'Wat eigenaardig. Ik denk precies zo over u.'

Bran

Lang voor de eerste bleke vingers van licht zijn luiken openwurmden had Bran zijn ogen al open.
Er waren gasten in Winterfel, bezoekers die voor het oogstfeest waren gekomen. Vanochtend zouden ze op de binnenplaats oefengevechten met steekpalen houden. Eens zou dat vooruitzicht hem opgewonden hebben gemaakt, maar dat was daarvoor.

Nu niet meer. De Walders zouden lansen breken met de schildknapen uit het gevolg van heer Manderling, maar Bran zou daar part noch deel aan hebben. Hij moest in zijn vaders bovenzaal voor prins spelen. 'Als je goed luistert begrijp je misschien wat het betekent om te heersen,' had maester Luwin gezegd.

Bran had er niet om gevraagd een prins te zijn. Het ridderschap, dat was waar hij altijd van had gedroomd: blinkende wapenrustingen en wapperende banieren, lans en zwaard, een strijdros tussen zijn dijen. Waarom moest hij zijn tijd verspillen met luisteren naar oude mannen die dingen bespraken waarvan hij maar de helft begreep? *Omdat je kapot bent*, hield een innerlijke stem hem voor. Een heer op een zetel met kussens mocht invalide zijn – volgens de Walders was hun grootvader zo zwak dat hij overal per draagstoel naartoe moest worden gebracht – maar een ridder te paard niet. Bovendien was het zijn plicht. 'Jij bent de erfgenaam van je broer, en de Stark in Winterfel,' zei ser Rodrik, en hij herinnerde Bran eraan hoe Robb altijd naast hun vader had gezeten als zijn baandermannen hem bezochten.

Heer Weyman Manderling was twee dagen geleden uit Withaven aangekomen. Hij had per schuit en draagkoets gereisd, omdat hij te dik was om te rijden. Hij had een enorme aanhang meegebracht: ridders, schildknapen, lagere heren en vrouwen, herauten, speelmannen en zelfs een goochelaar, alom glanzende banieren en overkleden in wel vijftig kleuren, of zo leek het althans. Bran had ze verwelkomd in de grote stenen zetel van zijn vader met de schrikwolven op de armleuningen gebeiteld, en na afloop had ser Rodrik gezegd dat hij het prima had gedaan. Als het daarmee afgelopen was geweest had hij het niet erg gevonden. Maar het was maar het begin.

'Het feest is een leuk voorwendsel,' legde ser Rodrik uit, 'maar niemand rijdt honderden mijlen voor een stukje eendenborst en een slokje wijn. Alleen iemand die iets belangrijks met ons te bespreken heeft zal een dergelijke reis ondernemen.'

Bran tuurde omhoog naar het ruwe stenen plafond boven zijn hoofd. Robb zou zeggen dat hij niet de kleine jongen moest uithangen, wist hij. Hij kon hem bijna horen, en hun vader ook. *Het wordt winter, en je bent bijna volwassen, Bran. Je hebt een plicht.*

Toen Hodor binnenstommelde, glimlachend en toonloos neuriënd, trof hij een jongen aan die in zijn lot berustte. Met vereende krachten kregen ze hem netjes gewassen en gekamd. 'Vandaag dat witte wollen wambuis,' beval Bran. 'En die zilveren broche. Ser Rodrik zal wel willen dat ik er als een heer uitzie.' Bran kleedde zich zoveel mogelijk zelf aan, maar van sommige dingen – zijn hozen aantrekken, de veters van zijn laarzen vaststrikken – werd hij kregel. Met Hodors hulp ging het sneller. Zodra Hodor eenmaal iets geleerd had was hij er heel handig in. Hij ging altijd met zachte hand te werk, al was zijn kracht verbijsterend. 'Jij had ook ridder kunnen worden, wed ik,' zei Bran tegen hem. 'Als de goden je je verstand niet hadden ontnomen, zou je een geweldige ridder zijn geworden.'

'Hodor?' Hodor keek hem met knipperende, argeloze bruine ogen aan, ogen gespeend van enig begrip.

'Ja,' zei Bran. 'Hodor.' Hij wees.

Naast de deur hing een stevig gevlochten mand van teen en leer met gaten erin voor Brans benen. Hodor schoof zijn armen door de riemen en bond de brede riem goed om zijn borst vast, waarna hij naast het bed knielde. Zich vasthoudend aan de staven die in de muur bevestigd waren slingerde Bran het dode gewicht van zijn benen in het mandje en door de gaten.

'Hodor,' zei Hodor nogmaals terwijl hij opstond. De stalknecht zelf was al bijna zeven voet lang, en als Bran op zijn rug zat kwam hij met zijn hoofd bijna tot het plafond. Toen ze de deur door liepen boog hij zich ver naar voren. Eén keer, toen Hodor de geur van warm, versgebakken brood had geroken, was hij de deur door *gerend*, en Bran had zo'n klap tegen zijn hoofd gekregen dat maester Luwin de wond had moeten hechten. Daarna had Mikken hem een verroeste oude helm zonder vizier uit de wapenkamer gegeven, maar Bran had nooit veel zin om die op te zetten. De Walders schoten in de lach zodra ze het ding op zijn hoofd zagen.

Terwijl ze de wenteltrap afdaalden, liet hij zijn handen op Hodors schouders rusten. Buiten galmden de geluiden van zwaarden, schilden en paarden al over het binnenplein. Lieflijke muziek. *Ik ga alleen maar kijken*, dacht Bran, *even maar, meer niet.*

De jonkertjes uit Withaven zouden later die ochtend arriveren met hun ridders en wapenknechten. Tot dat moment was de binnenplaats van hun schildknapen, wier leeftijden uiteenliepen van tien tot veertig. Bran zou zo graag bij hen horen dat hij van puur verlangen buikpijn kreeg.

Op het binnenplein waren twee steekpalen neergezet, stevige staken met een draaiende dwarsbalk waarop aan de ene kant een schild en aan de andere kant een gewatteerde ram was bevestigd. De schilden waren rood met goud geverfd, al waren de Lannister-leeuwen plomp en misvormd en al behoorlijk bekrast nadat de eerste knapen er een stoot tegen hadden gegeven.

Bran werd altijd aangegaapt door iedereen die hem voor het eerst in zijn mand zag zitten, maar hij had geleerd dat te negeren. Hij had zo in ieder geval een goed overzicht, want op Hodors rug torende hij boven iedereen uit. De Walders stegen net te paard, zag hij. Ze hadden prachtige wapenrustingen meegebracht van de Tweeling, zilverglanzend staal met drijfwerk van blauw email. Grote Walders helmteken had de vorm van een kasteel, terwijl Kleine Walder de voorkeur gaf aan grijs met blauwe wimpels van zijde. Ook qua schild en wapenrok onderscheidden ze zich van elkaar. Bij Kleine Walder waren de tweelingtorens van Frey gekwartierd met de gestreepte ever van zijn grootmoeders huis en de ploeger van zijn moeder, respectievelijk Crakenhal en Darring. Grote Walder had als kwartieren de ravenboom van het huis Zwartewoud en de verstrengelde slangen van de Paegs toegevoegd. *Ze moeten nogal erg op eer uit zijn,* dacht Bran terwijl hij keek hoe ze hun lansen aanpakten. *Een Stark heeft alleen een schrikwolf nodig.*

De appelschimmels waren snel, sterk, en prima afgericht. Zij aan zij stoven ze op de staken af. Allebei raakten ze de schilden precies in het midden, en ze waren al lang en breed voorbij toen de beklede ramskoppen kwamen aanzwiepen. De klap van Kleine Walder kwam harder aan, maar Bran vond dat Grote Walder een betere zit had. Hij zou er allebei zijn nutteloze benen voor hebben gegeven om met een van hen een lans te kunnen breken.

Kleine Walder smeet zijn versplinterde lans weg, kreeg Bran in het oog en hield zijn rijdier in. 'Dat is nog eens een lelijk paard,' zei hij met een blik op Hodor.

'Hodor is geen paard,' zei Bran.

'Hodor,' zei Hodor.

Grote Walder draafde naar zijn neef toe. 'Hij is in ieder geval minder slim dan een paard, dat is zeker.' Een paar van de jongens uit Withaven stootten elkaar aan en lachten.

'Hodor.' Met een stralende lach keek Hodor van de ene Frey naar de andere. Hun spot drong niet tot hem door. 'Hodor hodor?'

Het rijdier van Kleine Walder hinnikte zacht. 'Hé, ze praten met elkaar. Misschien is *hodor* wel paardentaal voor "ik hou van je".'

'Hou je kop, Frey.' Bran voelde dat hij rood werd.

Kleine Walder bracht zijn paard dichterbij en gaf Hodor een zet, zodat hij een stap naar achteren moest doen. 'En als ik dat niet doe?'

'Dan hitst hij zijn wolf op je af, neef,' zei Grote Walder waarschuwend.

'Dat moet hij dan maar doen. Ik heb altijd al een mantel van wolvenhuid gewild.'

'Zomer zou je dikke kop eraf rukken,' zei Bran.

Kleine Walder sloeg met een gemaliede vuist op zijn borstharnas. 'Heeft jouw wolf metalen tanden, dat hij door staal en maliën heen kan bijten?'

'*Genoeg!*' De stem van maester Luwin knetterde als een donderslag door het rumoer op de binnenplaats heen. Bran had er geen idee van hoeveel hij had gehoord... maar kennelijk genoeg om kwaad te worden. 'Die dreigementen zijn ongepast. Laat ik ze niet meer horen. Gedraag je je zo ook op de Tweeling, Walder Frey?'

'Als ik er zin in heb.' Vanaf zijn grote paard keek Kleine Walder Luwin nors aan, alsof hij zeggen wilde: *jij bent maar een maester, hoe kom je erbij een Frey van de Oversteek te berispen?*

'Wel, het is geen manier van doen voor een pupil van vrouwe Stark in Winterfel. Wat is er eigenlijk gebeurd?' De maester keek de jongens om beurten aan. 'Een van jullie gaat me dat nu vertellen, op mijn eed, of...'

'We staken de draak met Hodor,' bekende Grote Walder. 'Het spijt me als we prins Bran beledigd hebben. We wilden alleen maar een grap maken.' Hij had ten minste het fatsoen om bedremmeld te kijken.

Kleine Walder pruilde alleen maar. 'En ik ook,' zei hij. 'Ik wou ook alleen maar een grap maken.'

Bran kon zien dat de kale plek boven op het hoofd van de maester rood aangelopen was. Luwin was zo mogelijk nog bozer dan eerst. 'Een ware heer beschermt en vertroost de zwakken en hulpelozen,' zei hij tegen de Freys. 'Ik wil niet dat jullie Hodor als doelwit voor gemene grappen gebruiken, hoor je? Het is een goeie kerel, plichtsgetrouw en gehoorzaam, en dat is meer dan ik van jullie kan zeggen.' De maester zwaaide met een vinger naar Kleine Walder. 'En jullie blijven *uit* het godenwoud en bij die wolven vandaan, of ik sta niet voor de gevolgen in.' Met wapperende mouwen keerde hij zich op zijn hakken om en beende weg. Na een paar passen keek hij over zijn schouders. 'Kom, Bran. Heer Weyman, wacht.'

'Hodor, volg de maester,' beval Bran.

'Hodor,' zei Hodor. Met zijn lange passen had hij de furieus voortstappende maester al op de treden van de grote burcht ingehaald. Maester Luwin hield de deur open. Bran sloeg zijn armen om Hodors nek en trok zijn hoofd in toen ze erdoorheen liepen.

'De Walders...' begon hij.

'Daar wil ik geen woord meer over horen, dat hebben we gehad.' Maester Luwin zag er versleten en gerafeld uit. 'Je had weliswaar gelijk om het voor Hodor op te nemen, maar je had daar nooit mogen komen. Ser Rodrik en heer Weyman hebben al ontbeten terwijl ze op jou wachtten. Moet ik je dan zelf komen halen, alsof je een klein kind bent?'

'Nee,' zei Bran beschaamd. 'Het spijt me. Ik wilde alleen...'

'Ik weet wat je wilde,' zei maester Luwin, vriendelijker nu. 'En ik wilde dat het kon, Bran. Heb je nog vragen voordat deze audiëntie begint?'

'Gaan we over de oorlog praten?'

'Jij praat nergens over.' Luwins stem herkreeg zijn scherpte. 'Je bent nog maar acht...'

'Bijna negen!'

'Acht,' herhaalde de maester op ferme toon. 'Jij beperkt je tot beleefdheden, tenzij ser Rodrik of heer Weyman je een vraag stellen.'

Bran knikte. 'Ik zal erom denken.'

'Ik zal niet tegen ser Rodrik zeggen wat zich tussen jou en die jongens van Frey heeft afgespeeld.'

'Dank u.'

Ze zetten Bran achter een lange schragentafel in de eikenhouten zetel van zijn vader met de grijsfluwelen kussens. Ser Rodrik zat rechts van hem en maester Luwin links, gewapend met ganzenveren en inktpotten en een bundel onbeschreven perkament om al het besprokene op te schrijven. Bran streek met zijn hand over het ruwe hout van de tafel en vroeg heer Weyman of hij hem wilde verontschuldigen voor zijn late komst.'

'Ach wat, geen enkele prins komt ooit te laat,' zei de heer van Withaven joviaal. 'Degenen die er eerder zijn dan hij zijn te vroeg, dat is alles.' Weyman Manderling had een luide, bulderende lach over zich. Het was niet zo verwonderlijk dat hij niet op een zadel paste, want hij leek zwaarder dan de meeste paarden. Omdat hij even lang van stof als omvangrijk was begon hij met een verzoek aan Winterfel om zijn benoeming van nieuwe tolbeambten in Withaven te bekrachtigen. De oude hadden zilver voor Koningslanding achtergehouden in plaats van het aan de nieuwe Koning in het Noorden af te dragen. 'Koning Robb heeft ook een eigen munt nodig,' verklaarde hij, 'en de meest geschikte plaats daarvoor is Withaven.' Hij bood aan met 's konings welnemen de kwestie te regelen en kwam vervolgens over zijn versterkingswerkzaamheden aan de haven te spreken, waarbij hij de kosten van elke verbetering uitvoerig toelichtte.

Behalve een munt stelde heer Manderling ook voor een oorlogsvloot voor Robb te bouwen. 'We hebben al honderden jaren geen zeemacht meer, niet sinds Brandon de Brandstichter zijn vaders schepen aan de vlammen prijsgaf. Geef me het goud, en binnen een jaar bezorg ik u voldoende zeewaardige galeien om zowel Drakensteen als Koningslanding in te nemen.'

Bran spitste zijn oren bij het woord oorlogsschepen. Niemand die hem iets vroeg, maar hij vond het een schitterend idee van heer Weyman. Hij zag ze al voor zich. Hij vroeg zich af of er ooit een oorlogsschip met een verlamde kapitein was geweest. Maar ser Rodrik beloofde alleen dat hij het voorstel ter overweging naar Robb zou doorzenden, terwijl maester Luwin op het perkament zat te krassen.

Het middaguur kwam en ging. Maester Luwin stuurde Pokdalige Tim naar de keukens en ze nuttigden de maaltijd in de bovenzaal: kaas, kapoenen en bruin haverbrood. Terwijl hij met vette vingers een stuk gevogelte uit elkaar trok informeerde heer Weyman beleefd naar vrouwe Hoornwoud, een nicht van hem. 'Ze was van oorsprong een Manderling, moet u weten. Misschien wil ze dat wel weer worden zodra haar smart gezakt is, wat u?' Hij nam een hap van een vleugel en glimlachte breed. 'Het toeval wil dat ik al acht jaar weduwnaar ben. Hoogste tijd om te hertrouwen, vindt u ook niet, heren? Een mens wordt eenzaam.' Hij smeet de botjes opzij en greep een poot. 'Of als de vrouwe liever een jongere knaap heeft, mijn zoon Wendel is ook ongehuwd. Hij is naar het zuiden om vrouwe Catelyn te beschermen, maar zal na zijn terugkeer ongetwijfeld een bruid willen zoeken. Een dappere jongen, en een beste kerel. De juiste man om haar weer te leren lachen, wat u?' Met de mouw van zijn tuniek veegde hij wat vet van zijn kin.

Door de ramen kon Bran vagelijk wapengekletter horen. Huwelijken interesseerden hem niets. *Ik wou dat ik beneden op de binnenpaats was.*

Heer Manderling wachtte tot de tafel afgeruimd was voordat hij de kwestie aanroerde van die brief die hij van heer Tywin Lannister had gekregen. Deze had zijn oudste zoon, ser Wylis, bij de Groene Vork krijgsgevangen gemaakt. 'Hij biedt aan hem zonder losprijs te laten gaan als ik mijn manschappen uit het leger van Zijne Genade terugtrek en plechtig beloof de wapens niet meer op te nemen.'

'Dat weigert u natuurlijk,' zei ser Rodrik.

'Op dat punt hoeft u niet te vrezen,' verzekerde heer Weyman hem. 'Koning Robb heeft geen trouwere dienaar dan Weyman Manderling. Toch zou ik mijn zoon niet graag langer in Harrenhal zien wegwijnen dan noodzakelijk is. Dat is een boos oord. Vervloekt, zeggen ze. Niet dat ik zulke kletspraatjes voor zoete koek aanneem, maar toch. Neem nu bij voorbeeld wat die Janos Slink overkomen is. Door de koningin tot heer van Harrenhal verheven en door haar broer ten val gebracht. Afgevoerd naar de Muur, zegt men. Ik hoop dat er binnen afzienbare tijd een aanvaardbare uitwisseling van gevangenen kan worden geregeld. Ik weet dat Wylis de rest van deze oorlog niet graag werkeloos zou uitzitten. Hij is een krijgshaftig man, die zoon van mij, en fel als een buldog.'

Tegen de tijd dat de audiëntie voorbij was waren Brans schouders stijf geworden van het alsmaar in dezelfde stoel zitten. En toen hij die avond aan tafel zat, kondigde hoorngeschal de komst van de volgende gast aan. Vrouwe Donella Hoornwoud bracht geen lange stoet ridders en dienstlieden mee, alleen zichzelf en zes vermoeide krijgsknechten met een elandenkop als insigne op hun stoffige oranje wapenrok. 'Het doet ons veel verdriet dat u zoveel leed te doorstaan hebt,' zei Bran toen ze voor hem trad om hem haar groet te brengen. Heer Hoornwoud was in de slag bij de Groene Vork gedood, hun enige zoon in het Fluisterwoud gesneuveld. 'Winterfel zal het niet vergeten.'

'Dat is goed om te horen.' Ze was het bleke omhulsel van een vrouw, en de smart had diepe lijnen in haar gezicht geëtst. 'Ik ben doodmoe, heer. Ik zou u heel erkentelijk zijn als u mij verlof wilt geven om uit te rusten.'

'Natuurlijk,' zei ser Rodrik. 'Er is morgen nog genoeg tijd om te praten.'

De volgende dag werd het grootste deel van de ochtend in beslag genomen door besprekingen over graan, groenten en het pekelen van vlees. Zodra de maesters in hun Citadel het begin van de herfst hadden afgekondigd, legden wijze lieden een gedeelte van iedere oogst opzij... al leek de vraag hoeveel precies, erg veel overleg te vergen. Vrouwe Hoornwoud sloeg een vijfde deel van haar oogst op. Op de suggestie van maester Luwin beloofde ze dat tot een kwart op te voeren.

'Boltens bastaard brengt bij Fort Gruw een grote legermacht op de been,' waarschuwde ze hen. 'Ik hoop dat hij van plan is ermee naar het zuiden te gaan om zich bij de Tweeling bij zijn vader te voegen, maar toen ik een bode zond om naar zijn voornemens te informeren deelde hij mee dat een Bolten zich niet door een vrouw laat ondervragen. Alsof hij wettig geboren is en recht op die naam heeft.'

'Heer Bolten heeft de jongen nooit erkend, voor zover ik weet,' zei ser Rodrik. 'Ik moet bekennen dat ik niets van hem afweet.'

'Dat doen er slechts weinig,' antwoordde ze. 'Tot voor twee jaar woonde hij bij zijn moeder. Toen stierf de jonge Domeric, en Bolten bleef zonder erfgenaam achter. Daarna haalde hij zijn bastaard naar Fort Gruw. Volgens alle berichten is de jongen een achterbakse figuur, en hij heeft een bediende die bijna even wreed is als hij. Riekt, zo noemen ze de man. Ze zeggen dat hij zich nooit baadt. Ze jagen samen, de Bastaard en die Riekt, en bepaald niet op herten. Ik heb dingen horen vertellen die ik nauwelijks kan geloven, zelfs niet van een Bolten. En nu mijn heer gemaal en mijn lieve zoon naar de goden zijn werpt de Bastaard hongerige blikken op mijn grondgebied.'

Bran zou de vrouwe wel honderd man willen geven om haar rechten te verdedigen, maar ser Rodrik zei slechts: 'Laat hem gerust kijken, maar als hij verder gaat beloof ik u dat de vergelding gruwelijk zal zijn. U bent veilig genoeg, vrouwe... al doet u er te zijner tijd, als uw rouwtijd om is, wellicht verstandig aan om te hertrouwen.'

'Mijn vruchtbare jaren liggen achter mij, en als ik ooit enige schoonheid heb bezeten is die allang vervlogen,' antwoordde ze met een vermoeid, scheef lachje. 'Maar desondanks komen de mannen mij besnuffelen zoals ze nooit deden toen ik nog een jong meisje was.'

'U staat niet welwillend tegenover die aanbidders?' vroeg Luwin.

'Ik zal hertrouwen indien Zijne Genade dat beveelt,' antwoordde vrouwe Hoornwoud, 'maar Mors Kraaienvraat is een dronken bruut en ouder dan mijn eigen vader. Wat mijn edele neef Manderling betreft, het bed van mijn heer is niet groot genoeg om zo'n majesteitelijke gestalte te bevatten, en ik ben al te klein en tenger om onder hem te liggen.'

Bran wist dat mannen boven op vrouwen sliepen wanneer ze het bed deelden. Als je onder heer Manderling sliep zou dat zoiets zijn als slapen onder een gevallen paard, stelde hij zich voor. Ser Rodrik gaf de weduwe een meelevend knikje. 'U krijgt nog wel andere aanbidders, vrouwe. We zullen proberen u een vooruitzicht te bieden dat u beter bevalt.'

'Misschien hoeft u dan niet erg ver te zoeken, ser.'

Toen ze weg was glimlachte maester Luwin. 'Ser Rodrik, ik geloof dat vrouwe Donella een zwak voor u heeft.'

Ser Rodrik schraapte zijn keel en leek niet op zijn gemak.

'Ze was heel treurig,' zei Bran.

Ser Rodrik knikte. 'Treurig, aardig, en lang niet onaantrekkelijk voor een vrouw van haar leeftijd, al haar bescheidenheid ten spijt. En toch: een gevaar voor de vrede in het rijk van uw broer.'

'Zij?' vroeg Bran stomverbaasd.

Maester Luwin antwoordde: 'Zonder rechtstreekse erfgenaam zullen er zonder enige twijfel vele rivalen wedijveren om het grondgebied van Hoornwoud. De Langharts, de Grinds en de Karstarks zijn allemaal via de vrouwelijke lijn aan het huis Hoornwoud geparenteerd en de Hanscoes brengen de bastaard van heer Harys als pleegkind groot in de Motte van Diephout. Voor zover ik weet kan Fort Gruw geen aanspraak doen gelden, maar de gebieden grenzen wel aan elkaar, en Rous Bolten is niet iemand die een dergelijke kans zal laten liggen.'

Ser Rodrik plukte aan zijn bakkebaarden. 'In dergelijke gevallen dient haar leenheer voor een passende verbintenis te zorgen.'

'Waarom kunt u eigenlijk niet met haar trouwen?' vroeg Bran. 'U zei dat ze aantrekkelijk was, en Beth zou graag een moeder hebben.'

De oude ridder legde een hand op Brans arm. 'Aardig bedacht van u, hoogheid, maar ik ben maar een ridder, en bovendien te oud. Ik zou haar grondgebied misschien een paar jaar kunnen verdedigen, maar zodra ik er niet meer was zou vrouwe Hoornwoud in dezelfde problemen raken, en ook Beths vooruitzichten zouden in gevaar kunnen komen.'

'Laat Hoornwouds bastaard dan erven,' zei Bran, denkend aan zijn halfbroer Jon.

Ser Rodrik zei: 'Dat zou de Hanscoes wel bevallen, en misschien ook de schim van heer Hoornwoud, maar ik vrees dat vrouwe Hoornwoud ons dat niet in dank zal afnemen. De jongen is niet van haar bloed.'

'Maar toch,' zei maester Luwin, 'valt het in overweging te nemen. Vrouwe Donella is de vruchtbare leeftijd voorbij, zoals ze zelf zei. En als het de bastaard niet wordt, wie dan wel?'

'Kan ik nu weg?' Bran hoorde de zwaardslagen van de schildknapen beneden, staal dat op staal galmde.

'Zoals u wilt, hoogheid,' zei ser Rodrik. 'U hebt het er goed van afgebracht.' Bran bloosde van genoegen. Een heer had het toch niet zo saai als hij had gevreesd, en omdat vrouwe Hoornwoud zoveel bondiger had gesproken dan heer Manderling had hij zelfs een paar uur daglicht over om Zomer op te zoeken. Hij wilde graag iedere dag een poosje bij zijn wolf zijn, als ser Rodrik en de maester het goedvonden.

Hodor was het godenwoud nog niet ingelopen of Zomer dook op van onder een eik, bijna alsof hij had geweten dat ze kwamen. Bran zag ook een glimp van een slanke, zwarte gestalte in het onderhout. 'Ruige,' riep hij. 'Hier, Ruige Hond. Kom dan.' Maar Rickons wolf verdween even snel als hij verschenen was.

Hodor wist wat Brans lievelingsplek was, dus bracht hij hem naar de rand van de vijver onder de grote kruin van de hartboom, waar heer Eddard altijd had geknield om te bidden. Toen ze naderden streken er rimpels over het wateroppervlak die het spiegelbeeld van de weirboom deden glinsteren en dansen. Maar er stond geen wind. Even wist Bran niet hoe hij het had.

Toen schoot Osha met een geweldige plons uit de vijver omhoog, zo plotseling dat zelfs Zomer grauwend achteruitdeinsde. Hodor sprong weg en jammerde ontzet: 'Hodor, *hodor*', totdat Bran hem sussend over zijn schouder aaide. 'Hoe kun je daar nu zwemmen?' vroeg hij aan Osha. 'Is dat niet koud?'

'Als baby zoog ik aan ijspegels, jongen. Ik hou van kou.' Osha zwom naar de stenen en kwam druipend overeind. Ze was naakt en had overal kippenvel. Zomer kwam aansluipen om haar te besnuffelen. 'Ik wilde de bodem bereiken.'

'Ik wist niet dat er een bodem was.'

'Wie weet is die er ook niet.' Ze grijnsde. 'Waarom staar je zo, jongen? Nooit een vrouw gezien?'

'Jawel.' Bran had honderden keren met zijn zusters gebaad en ook dienstmeiden in de warme bronnen gezien. Maar Osha zag er anders uit, hard en scherp in plaats van zacht en rond. Haar benen waren een en al pees, haar borsten zo plat als twee lege beurzen. 'Je hebt een boel littekens.'

'Stuk voor stuk terdege verdiend.' Ze raapte haar bruine hemd op, schudde er wat bladeren af en trok het over haar hoofd.

'Door met reuzen te vechten?' Volgens Osha leefden er nog reuzen achter de Muur. *Op een dag krijg ik er misschien wel een te zien...*

'Met mannen.' Bij wijze van riem bond ze een stuk touw om. 'Niet zelden zwarte kraaien. Heb er ook een gedood,' zei ze terwijl ze haar haren uitschudde. Sinds ze op Winterfel woonde was het tot ver onder haar oren gegroeid. Ze leek minder hard dan de vrouw die hem eens in het wolfswoud had willen beroven en doden. 'Hoorde vandaag in de keuken wat ze roddelen over jou en die Freys.'

'Wie? Wat zeiden ze?'

Ze wierp hem een zure grijns toe. 'Een dwaze knaap die een reus bespot, en een rare wereld waarin een lamme hem te hulp moet komen.'

'Hodor merkte niet eens dat ze de spot met hem dreven,' zei Bran. 'En hij vecht hoe dan ook nooit.' Hij herinnerde zich hoe hij eens als kleine jongen met zijn moeder en septa Mordane naar het marktplein was geweest. Ze hadden Hodor meegenomen om hun inkopen te dragen, maar hij was afgedwaald. Toen ze hem terugvonden was hij een steeg in gedreven door een stel jongens die hem met stokken prikten. '*Hodor!*' had hij alsmaar geroepen, ineengedoken, zijn handen afwerend boven zijn hoofd, maar hij had geen vinger naar zijn kwelgeesten uitgestoken. 'Septon Cheyl zegt dat hij een zachtaardige natuur heeft.'

'Ja,' zei ze, 'en handen die sterk genoeg zijn om iemands hoofd van zijn schouders te draaien, als hij op het idee zou komen. Toch kan hij beter oppassen als hij in de buurt van die Walder is. Hij, en jij ook. Die grote die ze klein noemen, een welgekozen naam. Groot van buiten, klein van binnen, en gemeen tot op het bot.'

'Mij zou hij nooit iets durven doen. Hij is bang voor Zomer, wat hij ook zegt.'

'Dan is hij misschien minder dom dan hij lijkt.' Osha was altijd op haar hoede voor de schrikwolven. De dag dat ze gevangengenomen was hadden Zomer en Grijze Wind samen drie wildlingen bloedig aan stukken gescheurd. 'Of misschien toch niet. En ook dat voorspelt narigheid.' Ze bond haar haren op. 'Heb je nog meer van die wolvendromen gehad?'

'Nee.' Hij sprak niet graag over die dromen.

'Een prins moet beter kunnen liegen.' Osha lachte. 'Nou ja, je dromen zijn jouw zaak. Mijn zaak is de keuken, en ik kan nu beter teruggaan voordat Gies begint te schreeuwen en met die grote houten lepel van hem gaat zwaaien. Als u mij toestaat, hoogheid.'

Ze had nooit over die wolvendromen mogen praten, dacht Bran toen

Hodor hem de trap naar zijn slaapvertrek opdroeg. Hij vocht zo lang mogelijk tegen de slaap, maar uiteindelijk werd hij er zoals altijd toch door overmand. Die nacht droomde hij van de weirboom. De boom keek hem met zijn diepliggende rode ogen aan, riep hem toe met zijn verwrongen houten mond, en uit de bleke takken kwam de raaf met de drie ogen aanfladderen, pikte naar zijn gezicht en kraste zijn naam met een stem zo scherp als een zwaard.

Hoorngeschal wekte hem. Bran duwde zich op zijn zij, blij dat de droom werd afgebroken. Hij hoorde paarden en luidruchtig geschreeuw. *Nog meer gasten, en zo te horen halfdronken.* Hij greep zijn staven en trok zichzelf zijn bed uit en naar de vensterbank. Op hun banieren stond een reus in gebroken ketenen die hem vertelde dat dit mannen van Omber uit het noorderland achter de Laatste Rivier waren.

De volgende dag kwamen twee van hen samen op audiëntie: de ooms van de Grootjon, opschepperige kerels in de winter van hun leven, met baarden zo wit als hun mantels van berenvel. Een kraai had Mors eens voor dood gehouden en zijn oog uitgepikt, waarna hij het had vervangen door een brok drakenglas. Zoals ouwe Nans het had verteld had hij de kraai met zijn vuist gegrepen en hem de kop afgebeten; daarom noemden ze hem Kraaienvraat. Ze had altijd geweigerd Bran te vertellen waarom zijn broodmagere broer Hother Hoerendood werd genoemd.

Ze zaten nog niet of Mors vroeg verlof om met vrouwe Hoornwoud te trouwen. 'De Grootjon is de krachtige rechterhand van de Jonge Wolf, dat weet iedereen. Niemand beter dan een Omber om het grondgebied van de weduwe te verdedigen, en geen betere Omber dan ik.'

'Vrouwe Donella is nog in de rouw,' zei maester Luwin.

'Ik heb een medicijn tegen de rouw onder mijn bontvellen,' zei Mors lachend. Ser Rodrik bedankte hem hoffelijk en beloofde de kwestie aan de vrouwe en de koning voor te leggen.

Hother vroeg om schepen. 'De wildlingen komen stilletjes uit het noorden afzakken, meer dan ik ooit heb meegemaakt. Ze steken in kleine bootjes de Zeehondenbaai over en spoelen op onze kust aan. Er zitten te weinig kraaien in Oostwacht om ze tegen te houden, en ze verstoppen zich zo snel als wezels. We hebben langschepen nodig, en sterke kerels om ze te bemannen. De Grootjon heeft er te veel meegenomen. Onze halve oogst is naar de maan bij gebrek aan armen om de zeisen te hanteren.'

Ser Rodrik plukte aan zijn bakkebaarden. 'U hebt bossen vol hoge pijnbomen en oude eiken. Heer Manderling heeft ruimschoots voldoende scheepsbouwers en zeelieden. Met vereende krachten kunt u wel genoeg langschepen drijvende krijgen om uw beider kusten te bewaken.'

'Manderling?' snoof Mors Omber. 'Die grote waggelende vetzak?

Zijn eigen volk noemt hem spottend heer Negenoog, heb ik gehoord. De man kan nauwelijks lopen. Als je die een zwaard in zijn buik steekt komen er tienduizend palingen uitwriemelen.'

'Hij is dik,' gaf ser Rodrik toe, 'maar niet dom. U werkt met hem samen, of de koning zal ervan horen.' En tot Brans verbazing gingen de strijdlustige Ombers akkoord, zij het niet zonder morren.

Terwijl ze audiëntie hielden, arriveerden de mannen van Hanscoe uit de Motte van Diephout, en ook een groot gezelschap Langharts uit Torrhens Sterkte. Galbart en Robet Hanscoe hadden Diephout in handen van Robets vrouw achtergelaten, maar het was hun hofmeester die naar Winterfel was gekomen. 'Mijn vrouwe laat zich verontschuldigen, met uw welnemen. Haar kinderen zijn nog te jong voor een dergelijke reis, en ze wilde ze liever niet alleen laten.' Algauw besefte Bran dat het de hofmeester was, en niet vrouwe Hanscoe, die in werkelijkheid over de Motte van Diephout heerste. De man gaf toe dat hij op dit moment maar een tiende deel van zijn oogst opzij legde. Een hagentovenaar had hem verteld dat er een overvloedige geestenzomer zou komen voordat de kou inviel, beweerde hij. Maester Luwin bracht op welsprekende wijze zijn mening over hagentovenaars te berde. Ser Rodrik droeg de man op een vijfde opzij te leggen en ondervroeg de hofmeester nauwkeurig over de bastaard van heer Hoornwoud, de jonge Larens Sneeuw. In het noorden droegen alle hooggeboren bastaarden de achternaam Sneeuw. Deze knaap was bijna twaalf, en de hofmeester prees zijn moed en verstand.

'Jouw idee over die bastaard is misschien zo gek nog niet, Bran,' zei maester Luwin na afloop. 'Eens zul je een prima heer van Winterfel zijn, denk ik.'

'Nee, dat zal ik niet.' Bran wist dat hij nooit heer zou worden, evenmin als hij ridder kon worden. 'Robb trouwt met een meisje Frey, dat hebt u me zelf verteld, en de Walders zeggen het ook. Dan krijgt hij zonen, en die zullen na hem heer van Winterfel zijn, niet ik.'

'Dat kan best zijn, Bran,' zei ser Rodrik, 'maar ik ben drie keer getrouwd en mijn vrouwen hebben me steeds dochters geschonken. Nu heb ik alleen Beth nog. Mijn broer Martyn verwekte vier sterke zonen, maar alleen Jory bereikte de volwassenheid. Met zijn dood stierf de tak van Martyn uit. Niets is zeker wat de dag van morgen betreft.'

Leobald Langhart was de dag daarop aan de beurt. Hij sprak over weersverwachtingen en de domheid van het gewone volk, en zei dat zijn neef nauwelijks kon wachten om ten strijde te trekken. 'Benfred heeft zijn eigen compagnie lansdragers opgericht. Jongens, niet ouder dan negentien, die zich stuk voor stuk jonge wolven wanen. Toen ik tegen ze zei dat ze niet meer dan jonge konijnen waren werd ik uitgelachen. Nu noemen ze zich de Wilde Hazen en galopperen onder het zingen van ridderlijke liederen het platteland over met konijnenvellen aan hun lanspunten gebonden.'

Bran vond het schitterend klinken. Hij kon zich Benfred Langhart wel voor de geest halen, een forse, luidruchtige jongen, kortaf maar oprecht, die vaak met zijn vader, ser Helman, in Winterfel op bezoek was geweest en met Robb en Theon Grauwvreugd bevriend was. Maar ser Rodrik was duidelijk niet ingenomen met wat hij hoorde. 'Als de koning meer mannen nodig had zou hij ze wel ontbieden,' zei hij. 'Draag uw neef op in Torrhens Sterkte te blijven, zoals zijn heer vader bevolen heeft.'

'Dat zal ik doen, ser,' zei Leobald, en pas daarna bracht hij de kwestie van vrouwe Hoornwoud ter sprake. Arme stakker, zonder man om haar grondgebied te verdedigen, en zonder erfgenaam. Zijn eigen vrouw was een Hoornwoud, een zuster van heer Halys zaliger, dat wisten ze vast nog wel. 'Een lege zaal is zo triest. Ik overweeg mijn jongste zoon als pleegkind naar vrouwe Donella te sturen. Beren is bijna tien, een aardige jongen, en haar bloedeigen neef. Hij zal haar vast weten op te vrolijken, en misschien zou hij zelfs de naam Hoornwoud kunnen aannemen...'

'Als hij als erfgenaam zou worden aangewezen?' opperde maester Luwin.

'... zodat het geslacht zou blijven voortbestaan,' voltooide Leobald.

Bran wist wat hij moest zeggen. 'Dank u voor de suggestie, heer,' flapte hij eruit voordat ser Rodrik zijn mond kon openen. 'We zullen mijn broeder Robb deze kwestie voorleggen. O ja, en ook aan vrouwe Hoornwoud.'

Leobald leek verrast te zijn dat hij het woord nam. 'Mijn dank, hoogheid,' zei hij, maar Bran zag het medelijden in zijn fletsblauwe ogen, misschien vermengd met een zekere opluchting dat die verlamde jongen uiteindelijk zíjn zoon niet was. Heel even had hij een hekel aan de man.

Maar maester Luwin mocht hem wel. 'Beren Langhart zou weleens de beste oplossing kunnen zijn,' zei hij toen Leobald weg was. 'Qua afkomst is hij voor de helft een Hoornwoud. Als hij de naam van zijn oom aanneemt...'

'... dan is hij altijd nog een jongen,' zei ser Rodrik, 'en zal het hem moeite kosten zijn grondgebied tegen lieden als Mors Omber en die bastaard van Rous Bolten te verdedigen. We moeten hier zorgvuldig over nadenken. Robb moet onze allerbeste raad krijgen voordat hij hierover beslist.'

'Het zou kunnen dat praktische overwegingen de doorslag geven,' zei maester Luwin. 'Welke heer hij het dringendst voor zich in moet nemen. Het rivierengebied maakt deel uit van zijn rijk, en misschien wil hij dat verbond versterken door vrouwe Hoornwoud aan een van de heren van

de Drietand uit te huwelijken. Een Zwartewoud misschien, of een Frey...'
'Vrouwe Hoornwoud mag een van onze Freys wel hebben,' zei Bran. 'Als ze wil kan ze ze allebei krijgen.'
'Dat is niet aardig, hoogheid,' berispte ser Rodrik hem op milde toon.
De Walders zijn ook niet aardig. Bran staarde gemelijk naar de tafel en zei niets.

De dagen daarop brachten raven van andere hooggeboren geslachten een aantal afzeggingen. De bastaard van Fort Gruw weigerde zich bij hen aan te sluiten, de Mormonts en de Karstarks waren allemaal naar het zuiden getrokken, heer Slot was te oud om zich nog aan zo'n reis te wagen, vrouwe Grind was hoogzwanger, en in Weduwenwacht heerste een ziekte. Ten slotte hadden alle belangrijke vazallen van het huis Stark iets van zich laten horen, op Holand Riet de paalbewoner na, die al menig jaar geen voet buiten zijn moerassen had gezet, en de Cerwyns, wier kasteel een halve dagrit van Winterfel af lag. Heer Cerwyn bevond zich in krijgsgevangenschap bij de Lannisters, maar zijn zoon, een knaap van veertien, arriveerde op een heldere, winderige ochtend aan het hoofd van een twintigtal lansen. Bran was Danseres aan het afrijden op de binnenplaats toen ze de poort door reden. Hij draafde op hen af om hen te begroeten. Clei Cerwyn was altijd bevriend geweest met Bran en zijn broers.

'Goeiemorgen, Bran!' riep Clei opgewekt. 'Of moet ik je nu prins Bran noemen?'

'Alleen als je dat zelf wilt.'

Clei lachte. 'Waarom niet? Iedereen is tegenwoordig toch koning of prins? Heeft Stannis ook aan Winterfel geschreven?'

'Stannis? Ik weet van niets.'

'Die is nu ook koning,' vertrouwde Clei hem toe. 'Hij zegt dat koningin Cersei met haar broer naar bed is geweest, en dat Joffry dus een bastaard is.'

'Joffry de Euvelgeborene,' gromde een van Cerwyns ridders. 'Geen wonder dat hij trouweloos is, met de Koningsmoordenaar als vader.'

'Ja,' zei een ander. 'De goden haten bloedschande. Kijk maar hoe ze de Targaryens ten val hebben gebracht.'

Even had Bran het gevoel dat hij geen adem meer kon halen. Een reuzenhand kneep zijn borst dicht. Het leek net of hij viel, en hij klampte zich wanhopig aan de teugels van Danseres vast.

Zijn schrik moest op zijn gezicht te lezen staan. 'Bran?' zei Clei Cerwyn. 'Voel je je niet goed? Het is alleen maar de zoveelste koning.'

'Robb zal hem ook verslaan.' Hij wendde Danseres en reed naar de stal, zonder te merken dat de Cerwyns hem bevreemd nastaarden. Het bloed bonsde in zijn oren, en als hij niet aan het zadel vastgebonden had gezeten zou hij waarschijnlijk gevallen zijn.

Die avond bad Bran zijn vaders goden om een droomloze nachtrust. Als de goden het al hadden gehoord staken ze de draak met zijn hoop, want de nachtmerrie die ze zonden was erger dan welke wolvendroom dan ook.

'*Zweef of sterf!*' riep de kraai met de drie ogen terwijl hij naar hem pikte. Hij huilde en smeekte, maar de kraai was meedogenloos. Hij stak eerst zijn linkeroog en toen het rechter uit, en toen hij blind was in het duister pikte hij hem in zijn voorhoofd en boorde zijn gruwelijk scherpe snavel diep in zijn schedel. Bran schreeuwde tot hij er zeker van was dat zijn longen zouden barsten. De pijn was een bijl die zijn hoofd in tweeën kliefde, maar toen de kraai zijn snavel loswrikte, met stukjes bot en hersens besmeurd, kon Bran weer zien. Wat hij zag benam hem van angst de adem. Hij klampte zich mijlenhoog aan een toren vast maar zijn vingers gleden weg, zijn nagels krabbelden over de steen en zijn benen trokken hem omlaag, stomme, nutteloze dode benen. '*Help!*' riep hij. Een gulden man verscheen aan de hemel boven hem en trok hem op. 'Wat ik al niet doe uit liefde,' mompelde hij zacht toen hij hem naar buiten smeet, waar zijn benen door louter lucht maaiden.

Tyrion

'Toen ik jonger was sliep ik beter,' verontschuldigde grootmaester Pycelle zich voor het vroege tijdstip van hun gesprek. 'Ik sta liever op, zelfs als het overal nog donker is, dan dat ik me in bed lig op te winden over wat ik allemaal moet doen.' Ondanks deze mededeling waren zijn oogleden zo dik dat hij nog half leek te slapen.

In de ruime vertrekken onder het roekenhuis diende het meisje gekookte eieren, pruimenmoes en havermout op terwijl Pycelle zalvende vroomheden opdiste. 'In deze droeve tijden, waarin zo velen hongeren, acht ik het niet meer dan gepast, mijn maaltijden karig te houden.'

'Een loffelijk streven,' beaamde Tyrion en hij tikte een groot bruin ei open dat hem op ongepaste wijze aan het kale, vlekkerige hoofd van de grootmaester deed denken. 'Ik denk er anders over. Als er eten is eet ik het op, voor het geval er morgen niets is.' Hij glimlachte. 'En, zijn uw raven ook zo matineus?'

Pycelle streelde de sneeuwwitte baard die over zijn borst golfde. 'Zeker. Zal ik na de maaltijd ganzenveer en inkt laten brengen?'

'Niet nodig.' Tyrion legde de brieven naast zijn havermout op de tafel, beide perkamenten stevig opgerold en aan beide uiteinden met was verzegeld. 'Als u het meisje wegstuurt kunnen we praten.'

'Laat ons alleen, kind,' beval Pycelle. Het dienstmeisje haastte zich de kamer uit. 'Die brieven dus...'

'Bestemd voor de ogen van Doran Martel, vorst van Dorne.' Tyrion pelde de gebarsten schaal van zijn ei en nam een hap. Er had zout op gemoeten. 'Eén brief, in tweevoud. Stuur uw snelste vogels. De zaak is van groot belang.'

'Ik zal ze op weg zenden zodra we hebben ontbeten.'

'Doe het meteen. Pruimenmoes blijft wel goed, het rijk misschien niet. Heer Renling trekt met zijn leger op over de rozenweg en geen mens weet wanneer heer Stannis uit Drakensteen uitvaart.'

Pycelle knipperde met zijn ogen. 'Heer, als u dat liever...'

'Jawel.'

'Ik ben hier om te dienen.' De maester duwde zich met veel omhaal overeind, waarbij zijn ambtsketen zachtjes rinkelde. Het was een zwaar geval, een tiental maesterskragen om en door elkaar heen gevlochten en met juwelen versierd, en Tyrion had de indruk dat de schakels van goud, zilver en platina die van lager metaal verre in aantal overtroffen.

Pycelle bewoog zich zo traag dat Tyrion genoeg tijd had om zijn ei op te eten en van de pruimenmoes te proeven – volgens hem verkookt en waterig – voor het geluid van wiekslagen hem overeind bracht. Hij zag de raaf, een donkere vlek tegen de ochtendhemel, en keerde zich energiek naar de doolhof van planken aan de andere kant van de kamer toe.

De medicijnen van de maester boden een indrukwekkende aanblik: tientallen met was verzegelde potjes, honderden buisjes met stoppen erin, evenzovele flesjes van melkglas, talloze kruiken met gedroogde kruiden, en allemaal netjes van een etiket met Pycelles kriebelige handschrift voorzien. *Een ordelijke geest*, peinsde Tyrion, en als je de opstelling eenmaal uitgeplozen had kon je inderdaad zonder moeite zien dat ieder brouwsel zijn eigen plaats had. *En zulke interessante dingen*. Hij zag zoetslaap en nachtschade, papavermelksap, de tranen van Lys, grijshoed-poeder, monnikskap en duivelsdans, basiliskengif, blindoog, weduwenbloed...

Zich op zijn tenen uitrekkend wist hij een klein, stoffig flesje van de bovenste plank te plukken. Toen hij het opschrift had gelezen glimlachte hij en stopte het in zijn mouw.

Hij zat aan tafel zijn volgende ei te pellen toen grootmaester Pycelle de trap af kwam sloffen. 'Het is gebeurd, heer.' De oude man ging zitten. 'Een zaak als deze... beter meteen afhandelen, inderdaad, inderdaad... van groot belang, zegt u?'

'Zeker.' De havermout was te dik, merkte Tyrion, en er had boter en honing doorheen gemoeten. Maar boter en honing waren tegenwoordig natuurlijk zeldzaam in Koningslanding, al zorgde heer Gyllis ervoor dat er in het slot voldoende van was. De helft van hun voedsel kwam dezer dagen van zijn landerijen of die van vrouwe Tanda. Roswijk en Stoockewaard lagen niet ver ten noorden van de stad en hadden nog geen hinder van de oorlog ondervonden.

'De vorst van Dorne persoonlijk. Zou ik mogen weten...'

'Liever niet.'

'Zoals u wilt.' Pycelle liep bijna zichtbaar over van nieuwsgierigheid. 'Wellicht... de koninklijke raad...'

Tyrion tikte met zijn houten lepel tegen de rand van de kom. 'De raad bestaat om de koning van advies te dienen, maester.'

'Precies,' zei Pycelle, 'en de koning...'

'... is een jongen van veertien. Ik spreek met zijn stem.'

'Dat is zo. Inderdaad. De hoogst eigen Hand des Konings. Toch... uw zeer genadige zuster, onze Regentes, die...'

'... draagt een grote last op die lieftallige witte schoudertjes van haar. Ik zou haar niet graag nog zwaarder belasten. U wel?' Tyrion hield zijn hoofd scheef en keek de grootmaester onderzoekend aan.

Pycelle liet zijn blik weer naar zijn eten zakken. Iets in de ongelijke groen-met-zwarte ogen van Tyrion maakte de mensen onrustig. Van die wetenschap maakte hij een nuttig gebruik. 'Ach,' prevelde de oude man tegen zijn pruimenmoes. 'U zult ongetwijfeld gelijk hebben, heer. Erg voorkomend van u... dat u haar deze... last wilt besparen.'

'Dat ben ik nou ten voeten uit.' Tyrion wijdde zich weer aan de onbevredigende havermout. 'Voorkomend. Al met al is Cersei mijn eigen lieve zusje.'

'En een vrouw, natuurlijk,' zei grootmaester Pycelle. 'Een heel ongewone vrouw, en toch... het is niet gering dat ze zich ondanks de kwetsbaarheid van haar sekse om alle zorgen van het rijk bekommert...'

O ja, het is zo'n kwetsbaar duifje, vraag het Eddard Stark maar. 'Het doet mij genoegen dat u mijn zorgen deelt. En ik dank u dat u mij de gastvrijheid van uw tafel hebt geboden. Maar ik heb nog een lange dag voor me.' Hij zwaaide zijn benen opzij en klauterde zijn stoel af. 'Wilt u zo goed zijn mij op de hoogte te stellen zodra er antwoord uit Dorne komt?'

'Zoals u zegt, heer.'

'En uitsluitend aan mij?'

'Eh... natuurlijk.' Pycelles vlekkerige hand graaide naar zijn baard zoals een drenkeling naar een touw graait. Tyrions hart sprong op. *Eén,* dacht hij.

Hij waggelde naar buiten, het benedenplein op, en zijn onvolgroeide benen beklaagden zich over de treden. De zon was nu helemaal op en het slot ontwaakte. Wachters liepen over de muren en ridders en krijgsknechten oefenden met stompe wapens. Bronn zat vlakbij op de rand van een put. Een paar aantrekkelijke dienstmeisjes slenterden voorbij met een tenen mand vol biezen tussen zich in, maar de huurling keek niet eens. 'Bronn, je brengt me tot wanhoop.' Tyrion wees naar de meisjes. 'Nou krijg je zoiets moois te zien, en het enige waar je naar kijkt is een troep pummels die een hoop herrie maken.'

'Er zijn zeker honderd bordelen in deze stad waar ik al voor één gesnoeid koperstuk iedere kut kan kopen die ik wil,' antwoordde Bronn. 'Maar op een dag hangt mijn leven er misschien van af hoe goed ik die pummels van jou heb bekeken.' Hij stond op. 'Wie is die knaap in dat blauwgeruite overkleed met de drie ogen op zijn schild?'

'Een hagenridder. Hij noemt zich de Lange. Waarom?'

Bronn veegde een haarsliert uit zijn ogen. 'Dat is de beste. Maar let op, hij houdt er een eigen ritme op na, en telkens als hij aanvalt deelt hij zijn slagen in precies dezelfde volgorde uit.' Hij grijnsde. 'Dat wordt zijn dood, de dag dat hij mij tegenover zich krijgt.'

'Hij heeft zijn zwaard aan Joffry opgedragen, dus dat zit er niet in.' Ze staken het binnenplein over, waarbij Bronn zijn grote stappen aan de kleine van Tyrion aanpaste. De laatste tijd zag de huurling er bijna respectabel uit. Zijn donkere haar was gewassen en geborsteld, hij was pas geschoren en droeg het zwarte borstharnas van een officier van de Stadswacht. Om zijn schouders hing de karmijnrode mantel van de Lannisters met een patroon van gouden handen. Die had Tyrion hem ten geschenke gegeven toen hij hem tot kapitein van zijn lijfwacht benoemd had. 'Hoeveel lui staan er vandaag weer op de stoep?' informeerde hij.

'Ruim dertig,' antwoordde Bronn. 'De meeste hebben een klacht of willen iets, zoals altijd. Je huisdier meldde zich ook weer.'

Hij kreunde. 'Vrouwe Tanda?'

'Haar page. Ze nodigt je weer uit om bij haar te dineren. Er is wildbraad, zegt ze, een koppel gevulde ganzen met moerbeisaus, en...'

'... haar dochter,' voltooide Tyrion gemelijk. Sinds het ogenblik dat hij in de Rode Burcht was gearriveerd bestookte vrouwe Tanda hem met een onuitputtelijk arsenaal aan vispasteien, wilde everzwijnen en smakelijke roomschotels. Om de een of andere reden had ze het in haar hoofd gezet dat een dwergjonkertje de volmaakte echtgenoot voor haar dochter Lollys zou zijn, een onbenul van een meid, week en omvangrijk en naar het gerucht wilde op haar drieëndertigste nog steeds maagd. 'Stuur maar een bedankje.'

'Geen trek in gevulde gans?' Bronn grijnsde kwaadaardig.

'Misschien moet jij die gans opeten en met het meisje trouwen. Of nog beter, je stuurt Shagga.'

'Shagga zal eerder het meisje opeten en met de gans trouwen,' merkte Bronn op. 'Lollys is trouwens zwaarder dan hij.'

'Dat is ook weer waar,' gaf Tyrion toe terwijl ze de schaduw van een overdekte loopbrug tussen twee torens indoken. 'Wie wil me verder nog spreken?'

De huurling werd wat serieuzer. 'Een geldschieter uit Braavos met een ingewikkelde papierwinkel en wat dies meer zij, verzoekt de koning te mogen spreken over de afbetaling van een of andere lening.'

'Alsof Joff verder dan tot twintig kan tellen. Stuur de man maar naar Pinkje, die weet wel hoe hij hem af moet schepen. De volgende?'

'Een jonkertje van de Drietand die zegt dat uw vaders mannen zijn burcht platgebrand, zijn vrouw verkracht en al zijn boeren afgeslacht hebben.'

'Volgens mij heet dat *oorlog*.' Het werk van Gregor Clegane, dat kon Tyrion van een afstand ruiken. Of dat van ser Amaury Lors of van zijn vaders andere favoriete hellehond, de Qohorik. 'Wat wil hij van Joffry?'

'Nieuwe boeren,' zei Bronn. 'Hij is helemaal hierheen komen lopen om uit te galmen hoe trouw hij wel niet is, en om schadevergoeding te verzoeken.'

'Ik maak morgen wel tijd voor hem.' Of hij nu werkelijk trouw of alleen maar wanhopig was, een meegaande rivierheer zou nuttig kunnen zijn. 'Zorg dat hij een comfortabel onderkomen en een warme maaltijd krijgt. Stuur hem ook een paar nieuwe laarzen, goeie exemplaren, met de complimenten van koning Joffry.' Het kon nooit kwaad je een keertje vrijgevig te betonen.

Bronn gaf een kort knikje, 'Dan is er ook nog een massa bakkers, slagers en kruideniers die om gehoor roepen.'

'Die heb ik de vorige keer al gezegd dat ik ze niets te geven heb.' Er kwam maar een dun straaltje levensmiddelen in Koningslanding binnensijpelen, voor het merendeel bestemd voor het slot en het garnizoen. De prijs van groenten, wortelen, meel en fruit was tot duizelingwekkende hoogten gestegen, en Tyrion dacht er liever niet aan wat voor vlees er in de ketels en potten van de Vlooienzak ging. Vis, naar hij hoopte. Ze hadden de rivier en de zee nog... in elk geval totdat heer Stannis zou uitvaren.

'Ze eisen bescherming. Gisteravond is er een bakker in zijn eigen oven geroosterd. De menigte riep dat hij te veel geld vroeg voor zijn brood.'

'En was dat zo?'

'Hij zal het zelf niet meer ontkennen.'

'Ze hebben hem toch niet opgegeten?'

'Niet dat ik weet.'

'De volgende keer doen ze dat wel,' zei Tyrion grimmig. 'Ik geef ze alle bescherming die ik kan. De goudmantels...'

'Ze beweren dat er goudmantels bij die menigte zaten,' zei Bronn. 'Ze eisen een gesprek met de koning zelf.'

'Stomme idioten.' Tyrion had ze met spijtbetuigingen weggestuurd, zijn neef zou ze met zwepen en speren wegsturen. Hij kwam min of meer in de verleiding om toe te stemmen... maar nee, dat durfde hij niet. Vroeg of laat zou een van hun vijanden tegen Koningslanding optrekken, en het laatste dat hij kon gebruiken waren potentiële verraders binnen de stadsmuren. 'Zeg maar dat koning Joffry hun vrees deelt en voor hen zal doen wat hij kan.'

'Ze willen brood, geen beloften.'

'Als ik ze vandaag brood geef staan er morgen twee keer zoveel voor de poort. Wie nog meer?'

'Een zwarte broeder van de Muur. De hofmeester zegt dat hij een verrotte hand in een pot bij zich heeft.'

Tyrion glimlachte flauw. 'En die heeft niemand opgegeten? Daar hoor ik van op. Het is toch niet toevallig Yoren?'

'Nee. Een of andere ridder. Doren.'

'Ser Alliser Doren?' Van alle zwarte broeders die hij bij de Muur had leren kennen had Tyrion ser Alliser Doren het minst gemogen. Een verbitterde, kleinzielige man met een te groot gevoel van eigenwaarde. 'Nu ik erbij stilsta geloof ik niet dat ik ser Alliser op dit moment wil spreken. Bezorg hem maar een knusse cel waarin de biezen al een jaar niet zijn ververst en laat zijn hand rustig nog een beetje verder rotten.'

Bronn lachte snorkend en vertrok, terwijl Tyrion zich langs de kronkeltrap omhoogworstelde. Toen hij over het voorplein hompelde hoorde hij het valhek omhoogratelen. Zijn zuster stond met een groot gezelschap bij de hoofdpoort te wachten.

Gezeten op haar witte hakkenei torende Cersei hoog boven hem uit, een godin in het groen. 'Broer!' riep ze uit, niet al te hartelijk. De manier waarop hij met Janos Slink had afgerekend was de koningin in het verkeerde keelgat geschoten.

'Uwe Genade.' Tyrion boog beleefd. 'Je ziet er beeldschoon uit, vanmorgen.' Haar kroon was van goud, haar mantel van hermelijn. Haar gevolg zat achter haar te paard: ser Boros Both van de Koningsgarde, getooid met een wit schubbenpantser en zijn lievelingsfrons; ser Balon Swaan, aan wiens met zilver ingelegde zadel een boog bungelde; heer Gyllis Roswijck, die piepte en kuchte als nimmer tevoren; Hallyn de Vuurbezweerder van het alchemistengilde; en de nieuwste favoriet van de koningin, hun neef ser Lancel Lannister, de schildknaap van wijlen haar echtgenoot, op aandringen van de weduwe tot ridder opgewaardeerd. Vylar escorteerde hen aan het hoofd van twintig wachters. 'Waar ga je vandaag heen, zusje?' vroeg Tyrion.

'Ik ga de ronde maken langs de poorten om de nieuwe schorpioenen en vuurspuwers te inspecteren. Het gaat niet aan dat we allemaal even onverschillig tegenover de verdediging van de stad staan als jij blijkbaar doet.' Cersei keek hem strak aan met haar heldergroene ogen, die zelfs nog mooi waren als ze minachtend keken. 'Ik heb vernomen dat Renling Baratheon uit Hooggaarde is vertrokken. Hij marcheert aan het hoofd van zijn verzamelde strijdkrachten over de rozenweg op.'

'Dat heeft Varys mij ook gerapporteerd.'

'Hij kan met volle maan hier zijn.'

'Niet als hij er zoals nu zijn gemak van blijft nemen,' stelde Tyrion haar gerust. 'Hij zit elke avond in een ander kasteel aan een banket aan, en houdt bij iedere kruising hofdag.'

'En iedere dag scharen zich meer manschappen onder zijn banieren. Zijn krijgsmacht is nu honderdduizend man sterk, heb ik gehoord.'

'Dat lijkt me nogal veel.'

'Hij heeft de voltallige legermacht van Stormeinde en Hooggaarde achter zich, kleine dwaas die je bent,' snauwde Cersei hem van uit de hoogte toe. 'Alle baandermannen van Tyrel op de Roodweyns na, en dat laatste heb je aan mij te danken. Zolang ik zijn pokdalige tweeling hier heb zal heer Paxter in het Prieel blijven zitten en zich gelukkig prijzen dat hij er niet bij is.'

'Jammer dat je de Bloemenridder door je mooie vingers hebt laten glippen. Anderzijds heeft Renling nog wel meer zorgen. Onze vader in Harrenhal, Robb Stark in Stroomvliet... als ik hem was zou ik niet zo heel anders handelen. Toezien hoe mijn rivalen het uitvechten terwijl ik wachtte tot mijn tijd lekker rijp was. Als Stark ons verslaat zal het zuiden Renling als een rijpe vrucht van de goden in handen vallen zonder dat hij één man heeft verloren. En als het de andere kant op gaat kan hij zich op ons storten terwijl wij verzwakt zijn.'

Dat bevredigde Cersei niet. 'Jij moet zorgen dat vader met zijn leger naar Koningslanding komt.'

Waar het geen enkel ander doel zal dienen dan jou een gevoel van veiligheid te bezorgen. 'Wanneer heb ik vader ooit ergens toe kunnen dwíngen?'

Die vraag negeerde ze. 'En wanneer ga je Jaime bevrijden? Hij is honderd keer zoveel waard als jij.'

Tyrion grijnsde scheef. 'Vertel dat alsjeblieft niet aan vrouwe Stark. We hebben geen honderd Tyrions uit te wisselen.'

'Vader moet gek zijn geweest dat hij jou heeft gestuurd. Je bent minder dan nutteloos.' Met een ruk wendde de koningin de teugels van haar hakkenei. Ze reed in gestrekte draf de poort uit, en haar hermelijnen mantel wapperde achter haar aan.

In feite was Tyrion niet half zo bang voor Renling Baratheon als voor zijn broer Stannis. Renling was de lieveling van het volk, maar hij had nooit een leger aangevoerd. Stannis was anders: hard, koud, onverbiddelijk. Konden ze er maar achter komen wat er op Drakensteen gebeurde... maar geen van de vissers die hij had betaald om op het eiland te spioneren was ooit teruggekeerd en zelfs de verklikkers die de eunuch naar eigen zeggen in Stannis' huishouding had geplaatst bewaarden een onheilspellend stilzwijgen. Maar voor de kust waren de gestreepte rompen van oorlogsgaleien uit Lys gesignaleerd, en uit Myr had Varys berichten gehoord over huurlingkapiteins die bij Drakensteen in dienst waren gegaan. *Als Stannis vanuit zee aanvalt terwijl zijn broer Renling de poorten bestormt, zal het niet lang duren voordat ze Joffry's hoofd op een piek zetten. Erger nog, het mijne komt ernaast te staan.* Een deprimerende gedachte. Hij moest plannen maken om Shae veilig de stad uit te krijgen voor het geval zijn ergste vrees bewaarheid zou worden.

Podderik Peyn stond voor de deur van zijn bovenvertrek de vloer te bestuderen. 'Hij is binnen,' meldde hij aan Tyrions riemgesp. 'In uw bovenvertrek. Heer. Het spijt me.'

Tyrion zuchtte. 'Kijk me áán, Pod. Ik krijg de zenuwen als je tegen mijn schaamrokje praat, vooral als ik er geen draag. Wie is er in mijn bovenvertrek?'

'Pinkje.' Podderik slaagde erin heel even naar zijn gezicht te kijken en sloeg toen ijlings zijn ogen neer. 'Ik bedoel, heer Petyr. Heer Baelish. De muntmeester.'

'Zoals jij het brengt lijkt het wel een menigte.' De jongen dook in elkaar alsof hij geslagen was, en Tyrion voelde zich belachelijk schuldig.

Heer Petyr zat op zijn vensterbank, languissant en elegant, met een pluchen, pruimkleurig wambuis aan en een geelsatijnen cape. Een gehandschoende hand lag op zijn knie. 'De koning is met een kruisboog tegen hazen aan het vechten,' zei hij. 'En de hazen winnen. Kom maar kijken.'

Tyrion moest op zijn tenen staan om het te zien. Beneden op de grond lag een dode haas, en een tweede lag met lange, trillende oren te creperen aan een kruisboogbout in zijn flank. De aangestampte aarde lag bezaaid met afgeschoten projectielen, als strootjes die door een storm alle kanten op geblazen waren. 'Nu!' riep Joff. De wildmeester liet de haas die hij vasthield los en het beest stoof ervandoor. Joff gaf een ruk aan de pal van de kruisboog. De pijl ging twee voet naast. De haas ging op zijn achterpoten zitten en snuffelde in de richting van de koning. Vloekend draaide Joff aan het wieltje om zijn pees weer te spannen, maar voor die weer strak stond was het dier al verdwenen. 'Nog een!' De wildmeester stak zijn arm in het hok. Deze haas schoot als een bruine schicht langs de stenen terwijl Joffry's overhaaste schot bijna in ser Prestens lies belandde.

Met een plagerige blik in zijn ogen keerde Pinkje zich af. 'Hou jij van ingemaakte haas, jongen?' vroeg hij aan Podderik Peyn.

Pod staarde naar de laarzen van de bezoeker, fraaie exemplaren van roodgeverfd leer, met zwarte krullen versierd. 'Om te eten, heer?'

'Investeer je geld in inmaakpotten,' ried Pinkje hem aan. 'Binnenkort stikt het in het kasteel van de hazen. Dan eten we drie keer per dag haas.'

'Beter dan ratten aan het spit,' zei Tyrion. 'Pod, je kunt gaan. Tenzij heer Petyr een verversing wil?'

'Nee, dank u.' Pinkje liet zijn spotlach flitsen. 'Ga drinken met de dwerg, zeggen ze, en als je wakker wordt marcheer je over de Muur.' Zwart haalt mijn ongezonde bleekheid zo naar voren.'

Wees maar niet bang, dacht Tyrion. *Met jou heb ik andere plannen.* Hij ging op een stapel kussentjes in een hoge stoel zitten en zei: 'U ziet er vandaag heel elegant uit, heer.'

'Ik ben gekwetst. Mijn streven is om er elke dag elegant uit te zien.'

'Is dat wambuis nieuw?'

'Inderdaad. Uw opmerkingsgave is groot.'

'Pruimen met geel. Zijn dat de kleuren van uw huis?'

'Nee. Maar dag in dag uit dezelfde kleuren dragen gaat op den duur vervelen, heb ik ontdekt.'

'Dat mes is ook fraai.'

'O ja?' Pinkjes ogen kregen iets plagerigs. Hij trok het mes en wierp er een nonchalante blik op, alsof hij het nog nooit gezien had. 'Valyrisch staal en een heft van drakenbeen. Maar wel wat gewoontjes. Als u wilt is het van u.'

'Van mij?' Tyrion keek hem indringend aan. 'Nee, toch maar niet. Niet van mij.' *Hij weet het, de brutale hond. Hij weet het, hij weet dat ik het weet, en hij denkt dat ik hem niets kan maken.*

Als ooit iemand zich echt in een gouden wapenrusting had gehuld dan was het Petyr Baelish, en niet Jaime Lannister. Jaimes fameuze harnas was maar van verguld staal, maar Pinkje... o, Tyrion was zo het een en ander te weten gekomen van die beste Petyr, en dat had hem er niet geruster op gemaakt.

Tien jaar geleden had Jon Arryn hem een onbezoldigd baantje bij de tolheffing bezorgd. Heer Petyr had zich al snel onderscheiden door drie keer zoveel binnen te halen als 's konings overige tolgaarders. Koning Robert was een geldverkwister. Een man als Petyr Baelish, die de gave bezat om twee gouden draken tegen elkaar te wrijven en zo een derde te verwekken, was voor zijn Hand van onschatbare waarde. Zijn ster was pijlsnel gerezen. Binnen drie jaar na zijn komst aan het hof was hij al muntmeester en lid van de kleine raad, en op dit moment waren de inkomsten van de kroon driemaal zo hoog als ze onder zijn zwaarbeproefde voorganger waren geweest... al waren ook de schulden van de kroon enorm opgelopen. Een meester-goochelaar, dat was Petyr Baelish.

Zeker, hij was slim. Hij verzamelde het goud niet gewoon maar om het in een schatkamer op te bergen, welnee. Hij betaalde de schulden van de koning met beloften en liet het goud van de koning rollen. Hij kocht wagens, winkels, schepen en huizen. Hij kocht graan als het in overvloed aanwezig was en verkocht brood als het schaars werd. Hij kocht wol uit het noorden, linnen uit het zuiden en kant uit Lys, sloeg het op, bracht het naar elders over, verfde het en verkocht het. De gouden draken vermenigvuldigden zich en Pinkje leende ze uit en haalde ze samen met hun jongen weer naar huis.

En al doende schoof hij zijn pionnen op hun plek. Alle vier de Sleutelbewaarders waren zijn mannen. De koninklijke rekenmeester en waagmeester waren door hem benoemd. De opzichters van alle drie de Koninklijke Munten. Havenmeesters, belastingpachters, tolbeambten, wolkeurders, belastinggaarders, scheepshofmeesters, wijnkeurders, negen van de tien waren mannen van Pinkje. Ze waren doorgaans uit de middelste regionen afkomstig: zonen van kooplieden, lagere jonkers, soms zelfs buitenlanders, maar naar hun resultaten te oordelen veel bekwamer dan hun hooggeboren voorgangers.

Het was nooit bij iemand opgekomen de benoemingen in twijfel te trekken, en waarom ook? Pinkje vormde voor niemand een bedreiging. Een slimme, glimlachende man, makkelijk in de omgang, een allemansvriend, altijd in staat het goud te vinden dat de koning of zijn Hand nodig hadden, en toch qua afkomst zo onbetekenend, maar één tree hoger dan een hagenridder, dat niemand hem vreesde. Hij had geen banieren om bijeen te roepen, geen leger van volgelingen, geen grote veste, geen noemenswaardige ridderhofsteden en geen vooruitzichten op een voordelig huwelijk.

Maar durf ik hem te na te komen? vroeg Tyrion zich af. *Al is hij dan ook een verrader?* Hij was er allerminst zeker van dat hij dat zou kunnen, en al helemaal niet nu er oorlog woedde. Mettertijd zou hij Pinkjes mannen op sleutelposities wel door de zijne kunnen vervangen, maar...

Van de binnenplaats steeg een kreet op. 'Aha. Zijne Genade heeft een haas geschoten,' merkte heer Baelish op.

'Ongetwijfeld een trage,' meende Tyrion. 'Heer, u bent opgevoed in Stroomvliet. Ik heb gehoord dat daarbij een nauwe band is ontstaan tussen u en de Tullings.'

'Dat kun je wel zeggen. Vooral tussen mij en de meisjes.'

'Hoe nauw?'

'Ik heb ze ontmaagd. Is dat nauw genoeg?'

De leugen – Tyrion was er tamelijk zeker van dat het een leugen was – werd zo nonchalant gebracht dat het bijna geloofwaardig klonk. Was het mogelijk dat Catelyn Stark had gelogen? Over haar ontmaagding, en ook over die dolk? Hoe langer hij leefde, hoe meer het tot Tyrion doordrong dat niets eenvoudig en maar weinig waar was. 'Mij mogen heer Hosters dochters niet,' bekende hij. 'Ik betwijfel of ze enig voorstel dat van mij afkomstig was, zullen willen aanhoren. Maar komt het van u, dan klinken diezelfde woorden hun allicht aangenamer in de oren.'

'Dat hangt van de woorden af. Als u Sansa wilt aanbieden in ruil voor uw broer kunt u beter andermans tijd verspillen. Joffry zal zijn speeltje nooit opgeven, en vrouwe Catelyn is niet zo dwaas dat ze de Koningsmoordenaar tegen een tenger jong wicht zal ruilen.'

'Ik ben van plan ook Arya in handen te krijgen. Er wordt al naar haar gezocht.'

'Zoeken is nog geen vinden.'

'Ik zal het in mijn oren knopen, heer. Maar hoe dan ook, het ging me om vrouwe Lysa. Ik had gehoopt dat u uw invloed op háár zou willen uitoefenen. Haar heb ik iets leukers te bieden.'

'Lysa is plooibaarder dan Catelyn, dat is zo... maar ook banger, en ik heb begrepen dat ze u haat.'

'Ze meent daar een goede reden voor te hebben. Toen ik bij haar in het Adelaarsnest te gast was, beweerde ze bij hoog en bij laag dat ik haar echtgenoot had vermoord, en toen ik ontkende weigerde ze te luisteren.' Hij boog zich naar voren. 'Als ik haar de echte moordenaar van Jon Arryn zou bezorgen zou haar oordeel over mij allicht gunstiger uitvallen.'

Pinkje ging recht overeind zitten. 'De echte moordenaar? Ik moet bekennen dat u me nieuwsgierig maakt. Aan wie had u gedacht?'

Nu was het Tyrions beurt om te glimlachen. 'Aan vrienden geef ik geschenken, voor niets. Als Lysa Arryn dat nu eens zou begrijpen.'

'Wilt u haar vriendschap of haar zwaarden?'

'Allebei.'

Pinkje streelde zijn stijve sikje. 'Lysa heeft zo haar problemen. Clans die vanuit de Maanbergen op rooftocht gaan, in groteren getale dan ooit tevoren... en beter bewapend.'

'Zorgwekkkend,' zei Tyrion Lannister, die hun de wapens verschaft had. 'Op dat punt zou ik haar wel hulp kunnen bieden. Een kort bericht van mij...'

'En wat zou dat korte bericht haar kosten?'

'Ik wil dat vrouwe Lysa en haar zoon Joffry als koning erkennen, de leeneed afleggen en...'

'... ten strijde trekken tegen de Starks en de Tullings?' Pinkje schudde zijn hoofd. 'Daar wringt uw schoen, Lannister. Lysa zal haar ridders nooit tegen Stroomvliet inzetten.'

'Dat zou ik ook niet van haar vragen. Het ontbreekt ons niet aan vijanden. Ik zou haar strijdkrachten gebruiken om heer Renling te weerstaan, of heer Stannis, als die vanuit Drakensteen in beweging komt. In ruil daarvoor krijgt zij gerechtigheid voor Jon Arryn en vrede in de Vallei. Ik zal zelfs dat stuitende jong van haar tot landvoogd van het oosten benoemen, zoals zijn vader vóór hem.' *Ik wil hem zien vliegen*, fluisterde een jongensstem vagelijk in zijn herinnering. 'En om de afspraak te bezegelen geef ik haar mijn nichtje.'

Tot zijn voldoening zag hij een blik van oprechte verrassing in de grijsgroene ogen van Petyr Baelish. 'Myrcella?'

'Zodra ze mondig wordt kan ze met de kleine heer Robert trouwen. Tot dan zal ze als vrouwe Lysa's pupil in het Adelaarsnest wonen.'

'En wat vindt Hare Genade van deze manoeuvre?' Toen Tyrion zijn schouders ophaalde schoot Pinkje in de lach. 'Ik dacht al van niet. U bent een gevaarlijk mannetje, Lannister. Ja, ik denk wel dat ik Lysa dat liedje kan voorzingen.' Weer dat sluwe lachje en die plagerige blik in zijn ogen. 'Als ik er zin in had.'

Tyrion knikte en wachtte, wetend dat Pinkje niet lang zijn mond zou kunnen houden.

'Dus,' vervolgde heer Petyr na een kort stilzwijgen zonder enige terughoudendheid, 'wat zit er voor mij in het vat?'

'Harrenhal.'

Zijn gezicht was het aanzien waard. Heer Petyrs vader was de laagste der lagere heren geweest en zijn grootvader een hagenridder zonder eigen grond. Van huis uit bezat hij slechts een paar rotsige morgens land aan de winderige kust van de Vingers. Harrenhal was een van de rijpste appels van de Zeven Koninkrijken, met uitgestrekte, vette en vruchtbare landerijen. Het enorme kasteel was een van de sterkste van het rijk... en zo immens groot dat Stroomvliet erbij in het niet verzonk; Stroomvliet, waar Petyr Baelish door de Tullings was opgevoed, om ruw te worden verjaagd toen hij het waagde zijn oog op heer Hosters dochter te laten vallen.

Pinkje nam een momentje de tijd om de plooien van zijn cape te herschikken, maar Tyrion had gezien hoe gretig zijn sluwe kattenogen waren opgelicht. *Ik heb hem*, wist hij. 'Harrenhal is vervloekt,' zei heer Petyr na een ogenblik en hij deed zijn best om verveeld te klinken.

'Dan breekt u het tot de grond toe af en bouwt het naar eigen smaak weer op. Aan geld zal het u niet ontbreken. Ik ben van plan u leenheer van de Drietand te maken. De rivierheren hebben laten zien dat ze niet te vertrouwen zijn. Laat ze u hun grondgebied maar in leen opdragen.'

'Zelfs de Tullings?'

'Voor zover er na afloop nog Tullings over zijn.'

Pinkje keek als een jongetje dat zojuist stiekem een hap van een honingraat heeft genomen. Hij deed echt zijn best voor de bijen op te passen, maar de honing was wel heel erg zoet. 'Harrenhal met al zijn landerijen en inkomsten,' peinsde hij. 'Daarmee verheft u me in één klap tot een van de grootste machthebbers van het rijk. Ik wil niet ondankbaar lijken, heer, maar... waarom?'

'U hebt mijn zuster buitengewoon goede diensten bewezen inzake de opvolgingskwestie.'

'Dat geldt ook voor Janos Slink. Die nog tamelijk recentelijk met datzelfde Harrenhal werd beleend... maar zodra hij niet langer nuttig was, werd het hem weer afgepakt.'

Tyrion lachte. 'Die zit. Wat kan ik daarop zeggen? Ik heb u nodig om ons vrouwe Lysa te bezorgen. Janos Slink had ik niet nodig.' Hij trok enigszins scheef zijn schouders op. 'Ik zie u liever in Harrenhal zitten dan Renling op de IJzeren Troon. Kan het nog duidelijker?'

'Ik zou niet weten hoe. U beseft wel dat ik mogelijk weer het bed met Lysa Arryn zal moeten delen om haar instemming met dit huwelijk te verkrijgen?'

'Ik twijfel er niet aan of u zult tegen uw taak opgewassen zijn.'

'Als je naakt naast een lelijke vrouw belandt, heb ik eens tegen Ned

Stark gezegd, kun je alleen maar je ogen sluiten en gewoon je gang gaan.'
Pinkje plaatste zijn vingers tegen elkaar en staarde Tyrion in zijn ongelijke ogen. 'Geef me twee weken om mijn zaken af te handelen en een schip naar Meeuwstede te regelen.'

'Dat lukt nog wel.'

Zijn gast stond op. 'Een hoogst aangename ochtend, Lannister. En winstgevend ook... voor ons allebei, neem ik aan.' Hij boog en schreed de deur uit, waarbij zijn gele cape om hem heen zwierde.

Twee, dacht Tyrion.

Hij klom naar zijn slaapkamer om daar op Varys te wachten, die binnenkort zou verschijnen. Met het vallen van de avond, vermoedde hij. Misschien pas met het opgaan van de maan, al hoopte hij van niet. Hij had gehoopt vanavond Shae te kunnen bezoeken. Toen Galt van de Steenkraaien hem meldde dat de gepoederde man voor de deur stond was hij aangenaam verrast. 'U bent wreed, dat u de grootmaester zo in het duister laat tasten,' berispte de eunuch hem. 'Die man kan heel slecht tegen geheimen.'

'Hoor ik daar een kraai de raaf verwijten dat hij zwart ziet? Of wilt u liever niet weten wat ik Doran Martel heb voorgesteld?'

Varys giechelde. 'Misschien heb ik dat al van mijn kleine vogeltjes gehoord?'

'O ja?' Dit moest hij horen. 'Ga door.'

'Tot dusverre hebben die van Dorne zich van de strijd afzijdig gehouden. Doran Martel heeft zijn banieren opgeroepen, maar meer ook niet. Zijn haat jegens het huis Lannister is alom bekend, en men is algemeen van mening dat hij zich achter heer Renling zal scharen. U wilt hem op andere gedachten brengen.'

'Dat ligt allemaal nogal voor de hand,' zei Tyrion.

'Het enige raadsel is: wat hebt u hem aangeboden in ruil voor een bondgenootschap? De vorst is een sentimenteel man, en hij rouwt nog altijd om zijn zuster Elia en haar lieve kindertjes.'

'Mijn vader zei eens dat een heerser zijn gevoelens nooit in de weg mag laten staan van zijn eerzucht... en het toeval wil dat er in de kleine raad een zetel vacant is, nu heer Janos het zwart heeft aangenomen.'

'Een raadszetel is niet te versmaden,' beaamde Varys, 'maar is dat genoeg om een trots man de moord op zijn zuster te doen vergeten?'

'Vergeten? Hoezo?' Tyrion glimlachte. 'Ik heb hem beloofd dat ik hem de moordenaars van zijn zuster zal uitleveren, dood of levend, al naar gelang hij wil. *Na afloop* van de oorlog, natuurlijk.'

Varys wierp hem een slimme blik toe. 'Mijn vogeltjes vertellen me dat prinses Elia een... zekere naam riep... toen ze bij haar kwamen.'

'Is een geheim nog een geheim als iedereen het weet?' Op de Rots van

Casterling was algemeen bekend dat Elia en haar baby door Gregor Clegane waren gedood. Er werd beweerd dat hij de prinses had verkracht met het bloed en de hersens van haar zoontje nog aan zijn handen.

'Dít geheim is een man die uw vader trouw heeft gezworen.'

'Mijn vader zou de eerste zijn om u te verzekeren dat vijftigduizend man uit Dorne wel één dolle hond waard zijn.'

Varys streek over een gepoederde wang. 'En als vorst Doran nu niet alleen het bloed eist van de ridder die de daad uitvoerde, maar ook van de man die het bevel gaf...'

'Robert Baratheon leidde de opstand. In laatste instantie waren alle bevelen van hem afkomstig.'

'Robert was niet in Koningslanding.'

'Doran Martel ook niet.'

'Juist ja. Bloed voor zijn trots, een zetel voor zijn eerzucht. Goud en grond, dat spreekt vanzelf. Een appetijtelijk aanbod... maar ook smakelijk eten kan vergiftigd zijn. Als ik de vorst was zou ik méér eisen voor ik mijn hand naar die honingraat uitstak. Een bewijs van goede trouw, een zekere waarborg tegen verraad.' Varys lachte zijn slijmerigste lachje. 'Wie van de twee wilde u hem geven?'

Tyrion zuchtte. 'U weet het al, nietwaar?'

'Nu u het zo stelt... ja. Tommen. U kunt Myrcella namelijk niet aan Doran Martel en Lysa Arryn tegelijk aanbieden.'

'Herinner me eraan dat ik nooit meer van die raadselspelletjes met u speel. U speelt vals.'

'Prins Tommen is een beste jongen.'

'Als ik hem van Cersei en Joffry lospeuter zolang hij nog jong is, zou er zelfs een beste kerel uit hem kunnen groeien.'

'En een beste koning?'

'Joffry is de koning.'

'En Tommen is zijn erfgenaam, mocht Zijne Genade iets ernstigs overkomen. Tommen, die zo'n goed karakter heeft en zo opmerkelijk... plooibaar is.'

'U bent een achterdochtig mens, Varys.'

'Dat beschouw ik als een compliment, heer. In elk geval zal vorst Doran nauwelijks ongevoelig zijn voor de grote eer die u hem bewijst. Heel handig gedaan, dunkt me... op die ene zwakke plek na.'

De dwerg lachte. 'Die Cersei heet?'

'Wat haalt staatsmanskunst uit tegen de liefde van een moeder voor de dierbare vruchten van haar schoot? Wie weet valt de koningin er nog toe over te halen omwille van de meerdere glorie van haar huis en de veiligheid van het rijk Tommen óf Myrcella te laten gaan. Maar allebei? Vast niet.'

'Wat Cersei niet weet kan mij niet deren.'

'En als Hare Genade achter uw bedoelingen zou komen voordat uw plannen gerijpt waren?'

'Tja,' zei hij, 'dan weet ik tenminste zeker dat de man die het haar heeft verraden mijn vijand is.' En toen Varys giechelde dacht hij: *drie*.

Sansa

Als u naar huis wilt, kom dan vannacht naar het godenwoud.
Ook na honderd keer lezen luidden de woorden nog hetzelfde als die eerste keer nadat Sansa het opgevouwen vel perkament onder haar hoofdkussen had gevonden. Ze wist niet hoe het daar kwam, of van wie het afkomstig was. Het briefje was niet ondertekend, niet bezegeld, en het handschrift was onbekend. Ze verfrommelde het perkament tegen haar borst en fluisterde de woorden voor zich uit. 'Als u naar huis wilt, kom dan vannacht naar het godenwoud,' prevelde ze nauwelijks hoorbaar.

Wat hield dat in? Moest ze het aan de koningin laten zien om te bewijzen hoe gehoorzaam ze was? Zenuwachtig wreef ze over haar maag. De vurige, paarsblauwe plek die ser Meryn haar had bezorgd was tot een lelijke kleur geel vervaagd maar deed nog wel pijn. De vuist waarmee hij haar had geraakt was gemalied geweest. Het was haar eigen schuld. Ze moest haar gevoelens beter leren verbergen om Joffry niet kwaad te maken. Toen ze had gehoord dat de Kobold heer Slink naar de Muur had gestuurd was ze te ver gegaan door te zeggen: 'Ik hoop dat de Anderen hem zullen halen.' Dat had de koning mishaagd.

Als u naar huis wilt, kom dan vannacht naar het godenwoud.
Sansa had zo vurig gebeden. Werd ze eindelijk verhoord? Zou er een waarachtig ridder komen, gezonden om haar te redden? Misschien een van de tweelingen Roodweyn, of de stoutmoedige ser Balon Swaan, of zelfs de jeugdige heer Beric Dondarrion op wie haar vriendin Jeane Poel verliefd was geweest, met zijn roodgouden haar en die regen van sterren op zijn zwarte mantel.

Als u naar huis wilt, kom dan vannacht naar het godenwoud.
Maar als het nu eens een van Joffry's wrede grappen was, zoals die dag dat hij haar had meegenomen naar de borstwering om haar het hoofd van haar vader te tonen? Of misschien was het wel een doortrapte list om te bewijzen dat ze niet trouw was. Als ze naar het godenwoud ging, zou ze daar dan ser Ilyn Peyn vinden die haar onder de hartboom zwijgend opwachtte met IJs in zijn hand, een spiedende blik in zijn fletse ogen om te kijken of ze al kwam?

Als u naar huis wilt, kom dan vannacht naar het godenwoud.
Toen de deur openging propte ze het briefje inderhaast onder haar laken en ging erop zitten. Het was haar kamermeisje, het grauwe muis-

je met het sluike bruine haar. 'Wat kom je doen?' wilde Sansa weten.

'Wilt u vanavond een bad nemen, jonkvrouwe?'

'Een haardvuur, geloof ik... het is kil.' Ze huiverde inderdaad, al was het een warme dag geweest.

'Zoals u wenst.'

Sansa sloeg het meisje argwanend gade. Had ze het briefje gezien? Had zij het onder haar kussen geschoven? Onwaarschijnlijk; het wicht maakte een domme indruk, niet iemand die je geheime briefjes zou laten bezorgen. Maar Sansa kende haar niet. De koningin liet om de veertien dagen haar bedienden vervangen om ervoor te zorgen dat niemand goede vrienden met haar werd.

Toen het haardvuur lekker brandde bedankte Sansa het dienstmeisje en stuurde haar weg. Zoals altijd gehoorzaamde het meisje snel, maar Sansa vond dat haar blik iets achterbaks had. Ongetwijfeld haastte ze zich nu naar de koningin om haar verslag uit te brengen, of misschien naar Varys. Al haar dienstmeisjes bespioneerden haar, daarvan was ze overtuigd.

Eenmaal alleen gooide ze het briefje in de vlammen en keek hoe het perkament omkrulde en zwart werd. *Als u naar huis wilt, kom dan vannacht naar het godenwoud.* Ze liep traag naar het raam. Beneden zag ze een korte ridder in een maanlichte wapenrusting en een zware witte mantel over de ophaalbrug heen en weer lopen. Naar zijn lengte te oordelen moest het ser Presten Groeneveld zijn. De koningin liet haar vrijelijk in het slot rondlopen, maar als ze op dit uur van de nacht Maegors Veste uit zou willen, zou hij toch willen weten wat ze ging doen. Wat moest ze tegen hem zeggen? Plotseling was ze blij dat ze het briefje had verbrand.

Ze reeg haar japon los en kroop in bed, maar zonder de slaap te kunnen vatten. *Zou hij er nog zijn,* vroeg ze zich af. *Hoe lang zou hij blijven wachten?* Het was zo wreed om haar een briefje te sturen maar haar niets te vertellen. De gedachten bleven maar rondmalen in haar hoofd.

Had ze maar iemand om haar te zeggen wat ze moest doen. Ze miste septa Mordane, en Jeane Poel, haar beste vriendin, miste ze nog meer. De septa was samen met de overigen haar hoofd kwijtgeraakt omdat ze de misdaad had begaan het huis Stark te dienen. Sansa wist niet wat er was gebeurd met Jeane, die daarna uit haar kamers was verdwenen en van wie ze nooit meer iets had gehoord. Ze probeerde niet te vaak aan hen te denken, maar soms kwamen de herinneringen ongevraagd bij haar op, en dan had ze moeite haar tranen in bedwang te houden. Zo nu en dan miste Sansa zelfs haar zusje. Arya zou inmiddels wel veilig terug zijn in Winterfel, waar ze danste en borduurde, met Bran en kleine Rickon speelde en als ze daar zin in had zelfs door de winterstad kon rijden. Sansa mocht ook rijden, maar alleen op het binnenplein, en op den duur was het vervelend om de hele dag maar in een kringetje rond te rijden.

Ze was klaarwakker toen ze het geschreeuw hoorde. Eerst ver weg, toen steeds luider. Geschreeuw van vele stemmen bij elkaar. De woorden waren niet te verstaan. En er waren ook paarden, stampende voetstappen en luide bevelen. Ze sloop naar haar raam en zag mannen over de muren rennen met speren en toortsen. *Ga weer naar bed*, beval Sansa zichzelf. *Dit gaat jou niet aan, er zijn weer eens onlusten in de stad, dat is alles.* Bij de waterputten werd tegenwoordig alleen nog maar gepraat over onlusten in de stad. De mensen stroomden binnen, op de vlucht voor de oorlog, en velen konden slechts in leven blijven door elkaar te beroven en te vermoorden. *Ga naar bed.*

Maar toen ze weer keek was de witte ridder weg en de brug over de droge slotgracht neer, en onverdedigd.

Zonder erbij na te denken keerde Sansa zich om en rende ze naar haar garderobe. *Wat doe ik nou?* vroeg ze zich onder het aankleden af. *Dit is waanzin.* Ze zag het schijnsel van vele toortsen op de ringmuur. Waren Stannis en Renling eindelijk gekomen om Joffry te doden en de troon van hun broer op te eisen? Maar in dat geval zouden de wachters de valbrug wel ophalen om Maegors Veste van de voorburcht te isoleren. Sansa sloeg een onopvallende grijze mantel om en pakte het mes waarmee ze altijd haar vlees sneed. *Als dit een valstrik is ga ik liever dood dan dat ik me nog langer door hem laat pijnigen*, zei ze bij zichzelf. Ze verborg het mes onder haar mantel.

Toen ze naar buiten glipte, de nacht in, kwam er net een reeks in rode mantels gehulde zwaarddragers langsdraven. Ze wachtte tot ze voorbij waren voor ze de onbewaakte valbrug over schoot. Op de binnenplaats waren mannen bezig hun zwaardriemen om te doen en hun zadels vast te gespen. Bij de stallen ontwaarde ze ser Presten met nog drie andere leden van de Koningsgarde, hun witte mantels helder als het maanlicht. Ze waren bezig Joffry in zijn wapenrusting te helpen. Haar adem stokte in haar keel toen ze de koning zag. Gelukkig zag hij haar niet. Hij riep om zijn zwaard en zijn kruisboog.

Het lawaai werd minder toen ze zich dieper het slot in begaf. Ze durfde niet één keer om te kijken uit angst dat Joffry haar zag... of nog erger, achter haar aan zou komen. Voor haar draaide de kronkeltrap omhoog. Er liepen strepen flakkerend licht uit de smalle bovenraampjes overheen. Eenmaal bovengekomen was Sansa buiten adem. Ze rende een donkere zuilengang door en leunde tegen een muur om op adem te komen. Toen er iets langs haar been streek bestierf ze het bijna van schrik, maar het was alleen maar een kat, een gehavende zwarte kater met een aangevreten oor. Het beest blies tegen haar en schoot weg.

Tegen de tijd dat ze het godenwoud bereikte, waren de geluiden vervaagd tot een flauw gerinkel van staal en geschreeuw in de verte. Sansa trok haar mantel dichter om zich heen. De geur van aarde en bladeren vervulde de lucht. *Dame zou het hier fijn hebben gevonden*, dacht ze. Godenwouden hadden iets wilds. Zelfs hier in het hart van het kasteel in het hart van de stad voelde je dat de oude goden met duizend ongeziene ogen toekeken.

Sansa had aan haar moeders goden de voorkeur gegeven boven die van haar vader. Ze hield van de standbeelden, de plaatjes op de glas-in-loodramen, de geur van brandende wierook, de septons met hun lange gewaden en kristallen, de magie van die regenboog van licht die over de met paarlemoer, onyx en lapis lazuli ingelegde altaren viel. Toch straalde ook het godenwoud onmiskenbaar een zekere kracht uit. Vooral bij nacht. *Help me*, bad ze, *stuur me een vriend, een waarachtig ridder die mijn kampioen wil zijn...*

Ze bewoog zich van boom naar boom en voelde de ruwe bast onder haar vingers. Bladeren streken langs haar wangen. Was ze te laat? Hij zou toch niet nu al weggegaan zijn? Was hij er eigenlijk wel geweest? Waagde ze het om hardop te roepen? Alles leek hier zo gedempt en stil...

'Ik was al bang dat je niet zou komen, kind.'

Met een ruk draaide Sansa zich om. Uit de schaduwen trad een man naar voren, zwaargebouwd, met een dikke nek en een sloffende gang. Hij droeg een donkergrijs gewaad met de kap opgetrokken, maar toen een dun straaltje maanlicht zijn wang bescheen, herkende ze hem meteen aan zijn vlekkerige huid en het netwerk van gesprongen adertjes daaronder. 'Ser Dontos,' prevelde ze, hevig teleurgesteld. 'Was u het?'

'Ja, jonkvrouwe.' Toen hij naderbij kwam rook ze de zure wijnlucht van zijn adem. 'Ik.' Hij stak een hand uit.

Sansa deinsde achteruit. '*Niet doen!*' Onder haar mantel greep ze naar haar verborgen mes. 'Wat... wat wilt u van me?'

'U helpen, meer niet,' zei Dontos. 'Zoals u mij hebt geholpen.'

'U bent dronken, hè?'

'Alleen maar een beker wijn om me moed in te drinken. Als ze me nu te pakken krijgen stropen ze het vel van mijn rug,'

En wat zullen ze met mij doen? Sansa merkte dat ze weer aan Dame dacht. Die kon ruiken of iemand vals was, dat had ze gekund, maar ze was dood, vader had haar gedood, door toedoen van Arya. Ze trok het mes en hield het met beide handen voor zich uit.

'Wilt u mij neersteken?' vroeg Dontos.

'Ik ben ertoe in staat,' zei ze. 'Zeg me wie u heeft gestuurd.'

'Niemand, lieve jonkvrouwe. Ik zweer het op mijn riddereer.'

'Ridder?' Joffry had beslist dat hij geen ridder meer was, alleen nog een zot, zelfs minder dan Uilebol. 'Ik heb de goden gebeden om een ridder die me zou redden,' zei ze. 'Ik heb aan één stuk door gebeden. Waarom sturen ze me nu een oude, dronken zot?'

'Ik verdien niet beter, ook al... ik weet dat het vreemd klinkt, maar... al die jaren dat ik ridder was, was ik in wezen een zot. Nu ik een zot ben geloof ik... geloof ik dat ik het in me zou kunnen hebben weer een ridder te worden. En dat alles dankzij u... uw genade, uw moed. U hebt mij gered, niet alleen van Joffry, maar ook van mezelf.' Zijn stem werd zachter. 'De zangers zeggen dat er eens een andere zot leefde die de grootste ridder van allemaal was...'

'*Florian*,' fluisterde Sansa. Een huivering doorvoer haar.

'Lieve jonkvrouwe, laat mij uw Florian zijn,' zei Dontos nederig, en zonk voor haar op de knieën.

Langzaam liet Sansa het mes zakken. Ze voelde zich ongelofelijk licht in het hoofd, alsof ze zweefde. *Pure waanzin om mezelf aan die dronkaard toe te vertrouwen, maar als ik hem de rug toekeer, krijg ik dan ooit nog een tweede kans?* 'Hoe... wilt u dat aanleggen? Mij hieruit helpen?'

Ser Dontos keek naar haar op. 'U uit het kasteel zien te krijgen wordt het moeilijkst. Bent u eenmaal buiten, dan zijn er wel schepen die u naar huis kunnen brengen. Ik moet het geld zien te bemachtigen en uw passage regelen, dat is alles.'

'Kunnen we nu niet gaan?' vroeg ze. Ze durfde het bijna niet te hopen.

'Vannacht? Nee, jonkvrouwe, ik vrees van niet. Ik moet eerst een veilige weg zien te vinden om u uit het kasteel te krijgen als de tijd rijp is. Dat zal niet eenvoudig gaan, en ook niet snel. Ik word ook in het oog gehouden.' Nerveus likte hij zijn lippen. 'Zoudt u dat mes weg willen doen?'

Sansa borg het mes onder haar mantel op. 'Sta op, ser.'

'Dank u, lieve jonkvrouwe.' Onhandig zwaaiend kwam ser Dontos overeind en klopte de aarde en de bladeren van zijn knieën. 'Uw vader was de meest waarachtige man die het rijk ooit heeft gekend, maar ik stond erbij en keek ernaar toen hij werd gedood. Ik zei niets, ik deed niets... maar toen Joffry mijn leven eiste nam u het voor mij op. Ik ben nooit een held gweest, jonkvrouwe, geen Ryam Roodweyn, noch Barristan de Boude. Ik heb nooit een toernooi gewonnen en me ook nimmer in een oorlog onderscheiden... maar ééns was ik een ridder, en u hebt mij er weer aan herinnerd wat dat inhield. Mijn leven stelt weinig voor, maar het behoort u toe.' Ser Dontos legde een hand op de knoestige stam van de hartboom. Hij beefde, zag ze. 'Ik zweer, en uw vaders goden zijn mijn getuigen, dat ik u naar huis zal zenden.'

Hij zwoer het. Een plechtige eed ten overstaan van de goden. 'Dan... zal ik mijzelf aan u toevertrouwen, ser. Maar hoe zal ik weten wanneer het tijd is om te gaan? Stuurt u mij dan weer een briefje?'

Ser Dontos gluurde zenuwachtig om zich heen. 'Dat risico is te groot. U moet hier komen, in het godenwoud. Zo vaak u kunt. Dit is de veiligste plek. De enige plek waar het veilig is. Nergens anders. Niet in uw kamers, niet in de mijne, of op de trap, of op de binnenplaats, zelfs niet als we ogenschijnlijk alleen zijn. In de Rode Burcht hebben de stenen oren, en alleen hier kunnen we vrijuit spreken.'

'Alleen hier,' zei Sansa. 'Ik zal eraan denken.'

'En mocht ik in andermans bijzijn wreed lijken, of spottend doen, of onverschillig, vergeeft u het me dan. Ik moet een rol spelen, en u ook. Eén misstap, en onze hoofden zullen de muren tooien, net als dat van uw vader.'

Ze knikte. 'Ik begrijp het.'

'U zult moedig en sterk moeten zijn... en in de eerste plaats geduld moeten hebben.'

'Ik zal ervoor zorgen,' beloofde ze, 'maar... alstublieft... laat het zo snel mogelijk gebeuren. Ik ben bang...'

'Ik ook,' zei ser Dontos met een flauw glimlachje. 'En nu moet u gaan, voordat iemand u mist.'

'U komt niet mee?'

'We kunnen beter niet samen gezien worden.'

Sansa knikte en deed een stap... en draaide zich met een nerveus rukje weer terug. Zachtjes, met gesloten ogen, gaf ze een kus op zijn wang. 'Mijn Florian,' fluisterde ze. 'De goden hebben mijn gebeden verhoord.'

Ze vluchtte via het rivierpad, langs de kleine keuken en door de varkenshof, haar haastige voetstappen overstemd door het geknor van de zwijnen in hun kotten. *Naar huis,* dacht ze, *naar huis, hij brengt me terug naar huis, hij zal me beschermen, mijn Florian.* De liederen over Florian en Jonquil waren haar favorieten. *Florian had er ook alledaags uitgezien, al was hij niet zo oud geweest.*

Ze stortte zich net halsoverkop de kronkeltrap af toen er een man uit een verborgen deuropening kwam zwaaien. Sansa botste tegen hem op en verloor haar evenwicht. Voordat ze kon vallen werd ze door ijzeren vingers bij haar pols gegrepen, en een zware stem raspte tegen haar: 'Van deze trap rollen is een hele buiteling, klein vogeltje. Wou je ons allebei dood hebben?' Zijn ruwe lach leek op een zaag die over steen werd gehaald. 'Misschien wel, ja.'

De Jachthond. 'Nee heer, verschoning, natuurlijk niet.' Sansa keek de andere kant op, maar te laat. Hij had haar gezicht al gezien. 'Alstublieft, u doet me pijn.' Ze probeerde zich los te wrikken.

'En waarom vliegt Joffs kleine vogeltje in het holst van de nacht de kronkeltrap af?' Toen ze geen antwoord gaf schudde hij haar heen en weer. '*Waar ben je geweest?*'

'In het g-g-godenwoud, heer,' zei ze, omdat ze niet durfde te liegen.

'Om voor... mijn vader te bidden, en... voor de koning, dat hij niet gewond zal raken.'

'Dacht je dat ik dronken genoeg was om dát te geloven?' Hij liet haar arm los en zwaaide enigszins op zijn benen. Strepen licht en donker gleden over zijn afschuwelijk verbrande gezicht. 'Je lijkt bijna een vrouw... gezicht, tieten, en je bent ook langer geworden, bijna... ach wat, je bent nog steeds een dom klein vogeltje, hè? Je zingt alle liedjes die ze je hebben geleerd... zing er eens een voor mij, wat let je? Kom op. Zing wat voor me. Een lied over ridders en schone maagden. Jij houdt wel van ridders, hè?'

Hij probeerde haar bang te maken. 'W-waarachtige ridders, heer.'

'*Waarachtige* ridders,' bauwde hij haar na. 'En ik ben geen heer, en al evenmin een ridder. Moet ik het erin slaan?' Clegane wankelde en ging bijna onderuit. '*Goden*,' vloekte hij. 'Te veel wijn. Hou jij van wijn, klein vogeltje? *Echte* wijn? Een flacon rinse rode wijn, donker als bloed, meer heeft een man niet nodig. Of een vrouw. Terug naar je kooi, klein vogeltje. Ik breng je wel. Om je veilig te bewaren voor de koning.' De Jachthond gaf haar een merkwaardig vriendelijk duwtje en liep achter haar aan de trap af. Toen ze beneden kwamen was hij in een broeierig stilzwijgen vervallen, alsof hij haar aanwezigheid vergeten was.

Toen ze bij Maegors Veste kwamen zag ze tot haar schrik dat de brug nu door ser Boros werd bewaakt. Op de klank van hun voetstappen draaide zijn hoge witte helm stijfjes hun kant op. Sansa kromp onder zijn blik ineen en keek snel weg. Van de hele Koningsgarde was ser Boros de ergste, een lelijke, valse kerel die alleen maar donker en dreigend keek.

'Voor hem hoef je niet bang te zijn, meisje.' De Jachthond liet een zware hand op haar schouder neerdalen. 'Strepen maken van een pad nog geen tijger.'

Ser Boros sloeg zijn vizier op. 'Ser, waar...'

'Rot op met je *ser*, Boros. Jij bent hier de ridder, niet ik. Ik ben de hond van de koning, weet je nog?'

'Een tijdje geleden was de koning naar zijn hond op zoek.'

'De hond was aan het zuipen. Vannacht was het jouw beurt om hem te beschermen, *ser*. Jij en die andere *broeders* van me.'

Ser Boros keerde zich naar Sansa toe. 'Hoe komt het dat u op een uur als dit niet in uw vertrekken bent, jonkvrouwe?'

'Ik ben naar het godenwoud geweest om voor de veiligheid van de koning te bidden.' Deze keer klonk de leugen beter, bijna waar.

'Dacht je soms dat ze kon slapen met al dat lawaai?' zei Clegane. 'Wat was er aan de hand?'

'Idioten bij de poort,' moest ser Boros bekennen. 'Een stelletje kletsmeiers had praatjes rondgestrooid over de voorbereidingen voor Tyreks bruiloft, en die ellendelingen hadden het in hun kop gezet dat zij ook onthaald wilden worden. Zijne Genade heeft een uitval geleid en ze uiteengejaagd.'

'Een dappere jongen,' zei Clegane. Zijn mond trok.

We zullen wel zien hoe dapper hij is als hij oog in oog met mijn broer komt te staan, dacht Sansa. De Jachthond begeleidde haar over de valbrug. Toen ze de wenteltrap beklommen zei ze: 'Waarom laat u zich door iedereen hond noemen? U wilt niet dat ook maar iemand u ridder noemt.'

'Ik heb meer met honden dan met ridders op. Mijn grootvader was kennelmeester op de Rots. Eens, in het najaar, kwam heer Tytos tussen een leeuwin en haar prooi. Die leeuwin kon het niet schelen dat zij Lannisters wapenteken was. Het beest verscheurde heer Tytos' paard en zou ook Tytos zelf hebben gegrepen als mijn grootvader niet was verschenen met de jachthonden. Drie van zijn honden kwamen om toen ze haar verjoegen. Mijn grootvader raakte zijn been kwijt, en Lannister vergoedde het hem met landerijen en een woontoren en nam zijn zoon als schildknaap aan. De drie honden op onze banier zijn de drie die omkwamen, in het gele herfstgras. Een hond zal voor je sterven, maar hij zal je nooit voorliegen. En hij kijkt je recht in de ogen.' Hij greep haar kaken en tilde haar kin op. Zijn vingers knepen pijnlijk in haar gezicht. 'En dat is meer dan kleine vogeltjes kunnen, nietwaar? Ik heb mijn lied nog niet gehoord.'

'Ik... ik ken een lied over Florian en Jonquil.'

'Florian en Jonquil? Een zot en zijn kut. Bewaar me! Maar op een dag zul je een lied voor me zingen, of je wilt of niet.'

'Ik zal graag iets voor u zingen.'

Sandor Clegane snoof. 'Zo'n knap klein ding, en dan zo slecht kunnen liegen. Honden kunnen leugens ruiken, wist je dat? Kijk maar eens rond en snuffel maar eens goed. Ze liegen hier allemaal, en stuk voor stuk beter dan jij.'

Arya

Toen ze op de bovenste tak was geklommen zag Arya schoorstenen door de bomen omhoogsteken. Rieten daken dromden op elkaar langs de oever van het meer en het smalle stroompje dat erin uitmondde, en naast een laag, langwerpig gebouw met een leien dak stak een houten steiger in het water uit.

Ze schoof nog verder naar voren, totdat de tak onder haar gewicht begon door te buigen. Aan de steiger lagen geen boten aangemeerd, maar ze zag uit een paar schoorstenen dunne rooksliertjes omhoogkronkelen, en een stuk van een wagen achter een stal uitsteken.

Er is daar iemand. Arya beet op haar lip. Overal elders hadden ze de boel leeg en verlaten aangetroffen. Boerderijen, dorpen, kastelen, septs en schuren, om het even wat; als het kon branden was het door de Lannisters aangestoken, als het kon sterven was het gedood. Ze hadden zelfs zoveel mogelijk bos in brand gestoken, al waren de bladeren nog groen en nat van de regen en had het vuur zich niet verspreid. 'Ze zouden zelfs het meer in brand hebben gestoken als ze gekund hadden,' had Gendry gezegd, en Arya wist dat hij gelijk had. In de nacht van hun ontsnapping waren de vlammen van het brandende stadje zo fel door het water weerkaatst dat het ook inderdaad had geleken alsof het meer in lichterlaaie stond.

Toen ze de avond daarna eindelijk de moed hadden opgebracht om naar de ruïnes terug te sluipen restten er nog slechts zwartgeblakerde stenen, skeletten van gebouwen, en lijken. Op sommige plaatsen stegen er nog lichtgrijze rookwolkjes uit de as omhoog. Warme Pastei had hun gesmeekt niet terug te gaan en Lommie had hen voor idioten uitgemaakt en gezworen dat ser Amaury hen ook zou grijpen en doden, maar toen ze bij de ridderhof kwamen waren Lors en zijn mannen allang weg. Ze troffen de poort opengebroken aan, de muren gedeeltelijk neergehaald en het binnengedeelte bezaaid met onbegraven doden. Gendry had aan één blik genoeg. 'Ze zijn allemaal dood,' zei hij. 'En er hebben al honden aangezeten, kijk maar.'

'Of wolven.'

'Honden, wolven, wat maakt het uit. Hier is het afgelopen.'

Maar Arya wilde niet weggaan voordat ze Yoren hadden gevonden. Hem konden ze niet hebben gedood, hield ze zichzelf voor, hij was te gehard en te taai, en bovendien een broeder van de Nachtwacht. Dat zei ze ook tegen Gendry terwijl ze tussen de lijken zochten.

De bijlslag waarmee hij was gedood had zijn schedel gespleten, maar die grote, verwarde baard kon van niemand anders zijn, en ook die kleren niet; opgelapt, ongewassen en zo verschoten dat ze eerder grijs dan zwart leken. Ser Amaury Lors had zich er net zomin om bekommerd zijn eigen doden te begraven als zijn slachtoffers, en vlak bij Yoren lagen de lijken van vier Lannister-krijgsknechten op een hoop. Arya vroeg zich af hoeveel mannen er nodig waren geweest om hem te vellen.

Hij zou me thuisbrengen, dacht ze terwijl ze een gat voor de oude man groeven. Er waren te veel doden om ze allemaal te begraven, maar voor Yoren moest hoe dan ook een graf worden gedolven, daar stond Arya op. *Hij zou me veilig naar Winterfel brengen, dat had hij beloofd.* Ze kon wel huilen, en tegelijkertijd kon ze hem wel schoppen.

Het was Gendry geweest die aan de woontoren dacht, en aan de drie man die Yoren daar ter verdediging naartoe had gestuurd. Zij waren ook aangevallen, maar de ronde toren had maar één ingang, een deur op de eerste verdieping, bereikbaar via een ladder. Zodra die eenmaal naar binnen getrokken was konden ser Amaury's mannen er niet meer bij. De Lannisters hadden sprokkelhout rond de voet van de toren gestapeld en dat in brand gestoken, maar de steen wilde geen vlam vatten, en Lors had het geduld niet om hen uit te hongeren. Op een kreet van Gendry opende Hakjak de deur, en toen Kurtz zei dat ze beter verder naar het noorden konden trekken had Arya zich vastgebeten in de hoopvolle gedachte dat ze Winterfel misschien toch zou bereiken.

Dit dorp was Winterfel wel niet, maar die rieten daken beloofden warmte, beschutting en misschien zelfs eten, als ze het risico zouden durven nemen. *Tenzij Lors daar zit. Hij had paarden, hij zal dus wel sneller vooruitgekomen zijn dan wij.*

Lange tijd bleef ze in die boom op wacht zitten in de hoop dat ze iets zou zien: een man, een paard, een banier, of wat dan ook dat haar wijzer kon maken. Soms zag ze even iets van beweging, maar de gebouwen stonden zo ver weg dat ze geen zekerheid verkreeg. Eén keer hoorde ze heel duidelijk een paard hinniken.

De lucht zat vol vogels, voornamelijk kraaien. Uit de verte leken ze niet groter dan vliegen, zoals ze daar boven de rieten daken rondcirkelden en fladderden. Het Godsoog, in het oosten, was een door de zon bestraalde, blauw metalen plaat die de halve wereld in beslag nam. Op hun trage tocht langs de modderige oever (Gendry wilde niets met welke weg dan ook te maken hebben, en zelfs Warme Pastei en Lommie zagen de zin daarvan in), waren er dagen geweest dat Arya dacht dat het meer haar riep. Ze was het liefst in dat kalme blauwe water gesprongen om zich weer schoon te voelen, te zwemmen, te plonzen en zich in de zon te koesteren. Maar ze durfde haar kleren niet uit te trekken waar de anderen bij waren, zelfs niet om ze te wassen. Aan het einde van de dag ging ze vaak op een steen zitten en liet haar benen in het koele water bungelen. Ze had ten langen leste haar gebarsten, aangevreten schoenen weggegooid. Aanvankelijk was het moeilijk geweest om blootsvoets te lopen, maar ten slotte waren de blaren doorgebroken, de sneden genezen en haar voetzolen van leer geworden. De modder tussen haar tenen was lekker, en tijdens het lopen vond ze het prettig de aarde onder haar voeten te voelen.

Hierboven kon ze in het noordoosten een klein, begroeid eilandje zien. Dertig pas uit de kust, en drie zwarte zwanen gleden over het water, zo sereen... niemand had hun verteld dat het oorlog was, en om brandende steden en afgeslachte mensen maalden ze niet. Haar ene helft zou wel een zwaan willen zijn. De andere helft zou er liever een eten. Ze had ontbeten met eikelpastei en een handvol kevertjes. Kevers waren niet zo erg als je er eenmaal aan gewend was. Wormen waren erger, maar nog altijd beter dan de pijn in je buik als je dagenlang niets gegeten had. Kevers waren makkelijk te vinden, je hoefde alleen maar een steen om te schoppen. Arya had als klein meisje eens een kevertje gegeten om Sansa aan het gillen te krijgen, dus was ze niet bang geweest er nog een te eten. Wezel ook niet, maar Warme Pastei had moeten kokhalzen en zijn kever weer uitgespuugd, en Lommie en Gendry weigerden het zelfs maar te proberen. Gisteren had Gendry een kikker gevangen en die met Lommie gedeeld, en een paar dagen daarvoor had Warme Pastei bramen gevonden en de complete struik kaalgeplukt, maar verder leefden ze voornamelijk van water en eikels. Kurtz had hun verteld hoe ze met behulp van stenen een soort eikelpastei konden maken. Die smaakte heel smerig.

Ze wou dat de stroper niet was doodgegaan. Hij had meer van bossen geweten dan de overigen bij elkaar, maar hij had een pijl in zijn schouder gekregen toen hij de ladder de woontoren introk. Tarber had er modder en algen uit het meer om gebonden, en een dag of twee had Kurz stijf en strak volgehouden dat de wond niets te betekenen had, al kleurde de huid van zijn keel donker en kropen er vurige rode lijnen omhoog naar zijn kaak en omlaag naar zijn borst. Toen bracht hij op een ochtend de kracht niet meer op om overeind te komen, en de volgende ochtend was hij dood.

Ze begroeven hem onder een stapel stenen. Hakjak had aanspraak gemaakt op zijn zwaard en jachthoorn terwijl Tarber zich zijn boog, laarzen en mes had toegeëigend. Toen ze weggingen hadden ze alles meegenomen. Eerst hadden ze gedacht dat die twee gewoon op jacht waren, en dat ze wel gauw zouden terugkomen en voor iedereen wild zouden meebrengen. Maar toen ze een hele tijd hadden gewacht zei Gendry ten slotte dat ze maar verder moesten gaan. Misschien dachten Tarber en Hakjak dat ze het er beter af zouden brengen zonder een troep weesjongens om op te passen. Wat waarschijnlijk ook zo was, hetgeen haar er niet van weerhield ze te haten omdat ze verdwenen waren.

Onder haar boom blafte Warme Pastei als een hond. Kurtz had hun gezegd dat ze onderling dierengeluiden als signaal moesten gebruiken. Een oud stroperstrucje, had hij gezegd, maar hij was gestorven voor hij ze had kunnen leren hoe ze die precies moesten laten klinken. De vogelkreten van Warme Pastei waren afgrijselijk. Zijn hond was beter, maar niet veel.

Arya sprong van de hoogste tak op de tak daaronder, haar handen uitgestoken om in evenwicht te blijven. *Een waterdanser valt nooit.* Met rappe voeten, haar tenen stevig om de tak gekromd, liep ze een eindje door, sprong naar een lagere tak en slingerde zich toen aan haar armen de wirwar van bladeren door tot ze bij de stam kwam. De bast voelde ruw aan onder haar vingers en tenen. Snel klom ze naar beneden en de laatste zes voet liet ze zich vallen. Ze rolde om bij het landen.

Gendry stak een hand uit om haar overeind te trekken. 'Je bent een hele tijd boven gebleven. Wat heb je gezien?'

'Een vissersdorp, een kleintje, verder naar het noorden langs de oever. Ik telde zesentwintig rieten daken en een van leisteen. En ik zag een stukje van een kar. Er is daar iemand.'

Op het horen van haar stem kwam Wezel uit de bosjes kruipen. Zo had Lommie haar genoemd. Volgens hem leek ze op een wezel, wat niet zo was, maar ze konden haar geen huilertje blijven noemen nu ze eindelijk met huilen was gestopt. Haar mond was smerig. Arya hoopte dat ze niet weer modder had zitten eten.

'Heb je mensen gezien?' vroeg Gendry.

'Voor het merendeel gewoon daken,' gaf Arya toe, 'maar sommige schoorstenen rookten, en ik heb een paard gehoord.' De Wezel sloeg haar armpjes stevig om haar been. De laatste tijd deed ze dat soms.

'Waar mensen zijn is eten,' zei Warme Pastei te luid. Gendry zei telkens weer dat hij zachter moest doen, maar het hielp nooit. 'Wie weet geven ze ons wel wat.'

'Wie weet maken ze ons wel dood,' zei Gendry.

'Niet als we ons overgeven,' zei Warme Pastei hoopvol.

'Nu klink je net als Lommie.'

Lommie Groenehand zat rechtop aan de voet van een eik, tussen twee dikke wortels. Bij het gevecht in de ridderhof was er een speer door zijn linkerkuit gegaan. Tegen de avond van de volgende dag kon hij alleen nog op één been hinken met zijn arm om Gendry heen, en nu kon hij zelfs dat niet meer. Ze hadden takken gekapt en een draagbaar voor hem gemaakt, maar het was traag, zwaar werk om hem mee te zeulen, en hij jammerde bij elke schok of stoot.

'We motten ons overgeven,' zei hij. 'Dat had Yoren ook motten doen.'

De poort opendoen toen ze dat zeien.'

Arya was er doodziek van om Lommie steeds maar te horen zeggen dat Yoren zich had moeten overgeven. Als ze hem droegen praatte hij alleen maar dáárover, en over zijn been en zijn lege maag.

Warme Pastei was het met hem eens. 'Ze zeien nog tegen Yoren: doe die poort open. In naam des konings, zeien ze. Als ze je wat zeggen in naam des konings, dan doe je dat. Het was de schuld van die stinkende ouwe vent. Als-ie zich had overgegeven hadden ze ons niks gedaan.'

Gendry fronste zijn voorhoofd. 'Ridders en jonkers nemen elkaar gevangen en betalen losgeld, maar het zal ze een zorg zijn of jouw soort zich overgeeft of niet.' Hij wendde zich tot Arya. 'Wat heb je nog meer gezien?'

'Als het een vissersdorp is willen ze ons wel vis verkopen, wed ik,' zei Warme Pastei. Het meer krioelde van de vis, maar ze hadden niets om mee te vissen. Arya had het met haar blote handen geprobeerd, zoals ze het Kos had zien doen, maar vissen waren sneller dan duiven en het water was bedrieglijk als je erin keek.

'Vis? Ik weet niet.' Arya plukte aan Wezels haar, dat één en al klit was, en dacht dat het misschien het beste zou zijn om het af te snijden. 'Bij het water zitten kraaien. Er ligt daar iets doods.'

'Vis die op de oever is aangespoeld,' zei Warme Pastei. 'Als die kraaien dat vreten kennen wij het ook, wed ik.'

'Laten we wat kraaien vangen, kennen we die opeten,' zei Lommie. 'Dan maken we een vuur en roosteren ze als kippen.'

Gendry zag er woest uit als hij fronste. Hij had een baard gekregen, dicht en zwart als een dorenstruik. 'Geen vuur, heb ik gezegd.'

'Lommie heeft *honger*,' mekkerde Warme Pastei, 'en ik ook.'

'We hebben allemaal honger,' zei Arya.

'Jij niet.' Lommie spuwde al zittend op de grond. 'Wormenasem.'

Arya had hem graag een trap tegen zijn wond gegeven. 'Ik zei toch dat ik ook wormen voor jou zou opgraven als je wou?'

Lommie trok een vies gezicht. 'Als ik niet met dat been zat zou ik een paar evers voor ons jagen.'

'Een paar evers,' hoonde ze. 'Je hebt een everspeer nodig om op evers te jagen, en paarden en honden, en mannen die de ever uit zijn leger hitsen.' Haar vader placht met Robb en Jon in het wolfswoud op everjacht te gaan. Eén keer had hij zelfs Bran meegenomen, maar nooit Arya, al was ze ouder. Septa Mordane zei dat het niets voor dames was om op everzwijnen te jagen, en moeder had alleen maar beloofd dat ze haar eigen havik zou krijgen als ze iets ouder was. Nu was ze iets ouder, maar als ze een havik had zou ze hem opeten.

'Wat weet jij nou van de everjacht af?' zei Warme Pastei.

'Meer dan jij.'

Gendry was niet in de stemming om naar hen te luisteren. 'Stil jullie, allebei. Ik moet erover nadenken wat ons te doen staat.' Hij keek altijd gekweld als hij probeerde na te denken, alsof hij er hevige pijn bij leed.

'Ons overgeven,' zei Lommie.

'Ik zei toch dat je daar je kop over moest houden? We weten niet eens wie daar zit. Misschien kunnen we wat eten stelen.'

'Lommie zou wel kennen stelen als-ie geen last van z'n been had,' zei Warme Pastei. 'In de stad was-ie een dief.'

'Een slechte dief,' zei Arya, 'anders zou hij niet gepakt zijn.'

Gendry tuurde met toegeknepen ogen naar de zon. 'De schemering is het beste tijdstip om erheen te sluipen. Als het donker wordt ga ik op verkenning uit.'

'Nee, ik,' zei Arya. 'Jij maakt te veel herrie.'

Gendry kreeg die welbekende blik in zijn ogen. 'We gaan allebei.'

'Arrie moet gaan,' zei Lommie. 'Die ken beter sluipen dan jij.'

'We gaan *allebei*, zei ik.'

'Maar als jullie nou es niet terugkomen? Warme Pastei ken me niet in z'n eentje dragen, dat gaat niet, dat weten jullie heus wel...'

'En d'r zijn wolven,' zei Warme Pastei. 'Ik heb ze gehoord toen ik vannacht wacht had. Het klonk dichtbij.'

Arya had ze ook gehoord. Ze had in de takken van een olm geslapen, maar was gewekt door het gehuil. Ruim een uur had ze wakker gezeten en geluisterd, en ze had over haar hele ruggengraat kippenvel gekregen.

'En we mogen van jou niet eens vuur maken om ze uit de buurt te houden,' zei Warme Pastei. 'Da's niet eerlijk, ons achterlaten voor de wolven.'

'Niemand laat jullie achter,' zei Gendry vol weerzin. 'Als de wolven komen heeft Lommie zijn speer, en jij bent bij hem. We gaan alleen maar kijken, da's alles. We komen weer terug.'

'Wie het ook is, je moet je overgeven,' jammerde Lommie. 'Ik heb een drankje nodig voor mijn been, het doet erg zeer.'

'Als we een beendrankje zien pikken we het mee,' zei Gendry. 'Kom mee, Arrie, ik wil dichtbij zien te komen voor de zon onder is. Warme Pastei, hou jij Wezel hier. Ik wil niet dat ze achter ons aan komt.'

'De vorige keer heeft ze me geschopt.'

'En als je haar niet hier houdt zal ík je eens schoppen.' Zonder op een reactie te wachten zette Gendry zijn stalen helm op en liep weg.

Arya moest op een sukkeldrafje lopen om hem bij te houden. Gendry was vijf jaar ouder en één voet langer dan zij, en zijn benen waren ook lang. Een poosje zei hij niets en struinde hij alleen maar met een boos gezicht tussen de bomen door, waarbij hij te veel lawaai maakte. Maar ten slotte bleef hij staan en zei: 'Ik denk dat Lommie doodgaat.'

Ze was niet verbaasd. Kurtz was aan zijn wond bezweken, en die was veel sterker geweest dan Lommie. Telkens als het Arya's beurt was om hem te helpen dragen merkte ze hoe warm zijn huid aanvoelde en hoe vies zijn been rook. 'Misschien kunnen we een maester zoeken...'

'Maesters vind je alleen in kastelen, en ook al vonden we er een, dan zou die zijn handen heus niet aan iemand als Lommie vuilmaken.' Gendry dook onder een laaghangende tak door.

'Dat is niet waar.' Maester Luwin zou iedereen helpen die bij hem kwam, daarvan was ze overtuigd.

'Hij gaat dood, en hoe eerder dat gebeurt, hoe beter het voor de rest van ons is. We zouden hem gewoon moeten laten liggen, net zoals hij zelf zegt. Als jij of ik gewond waren liet hij ons ook liggen, dat weet je best.' Ze klauterden een steile greppel in en aan de andere kant weer omhoog. 'Ik ben het zat om hem nog verder mee te zeulen, en dat gezeur dat we ons moeten overgeven ben ik ook zat. Als hij kon staan sloeg ik hem zijn tanden uit zijn bek. Aan Lommie hebben we niks. En aan dat huilertje ook niet.'

'Van Wezel blijf je af. Die is alleen bang, en ze heeft honger, meer niet.' Arya keek om, maar deze keer kwam het meisje hen nu eens niet achterna. Warme Pastei moest gedaan hebben wat Gendry zei en haar hebben vastgehouden.

'We hebben niks aan haar,' herhaalde Gendry koppig. 'Zij en Warme Pastei en Lommie zijn een blok aan ons been. Met hun erbij worden we straks allemaal gedood. Jij bent de enige van het stel die nog ergens goed voor is. Al ben je dan een meid.'

Arya bleef stokstijf stilstaan. '*Ik ben geen meid!*'

'Jawel. Dacht je dat ik net zo stom was als zij?'

'Nee, je bent nog stommer. Iedereen weet dat de Nachtwacht geen meisjes aanneemt.'

'Dat is zo. Ik weet niet waarom Yoren je heeft meegenomen, maar hij moet een reden hebben gehad. Daarom ben je nog wel een meid.'

'Nietes.'

'Haal je pik dan maar te voorschijn en ga piesen. Kom op dan!'

'Ik hoef niet te piesen. Als ik wou kon ik dat best.'

'Leugenaar. Je kunt je pik niet te voorschijn halen omdat je er geen hebt. Hiervoor, toen we nog met z'n dertigen waren, was het me niet opgevallen, maar jij gaat altijd het bos in als je moet. Dat zie je Warme Pastei niet doen, en mij ook niet. Als je geen meisje bent, dan ben je zeker een eunuch.'

'Jij bent hier de eunuch.'

'Da's niet waar, dat weet je best.' Gendry glimlachte. 'Moet ik soms mijn pik te voorschijn halen om het te bewijzen? Ik heb niks te verbergen.'

'O jawel,' flapte Arya eruit, wanhopig op zoek naar een ander onderwerp dan de pik die ze niet had. 'Die goudmantels bij de herberg moesten jou hebben, en je wilt niet zeggen waarom.'

'Ik wou dat ik het wist. Yoren wist het, denk ik, maar hij heeft het mij nooit verteld. Maar waarom dacht jij dat ze achter jou aan zaten?'

Arya beet op haar lip. Ze dacht aan wat Yoren had gezegd, die dag dat hij haar haren had afgesneden. *Van dit zootje zou de helft je als de bliksem aan de koningin uitleveren in ruil voor gratie en wie weet wat zilverstukken. De andere helft zou je eerst verkrachten.* Gendry was de enige die anders was. Ook hij werd door de koningin gezocht. 'Als jij het aan mij vertelt, vertel ik het aan jou,' zei ze, op haar hoede.

'Ik wou dat ik het wist, Arrie... heet je echt zo, of heb je ook nog een gewone meisjesnaam?'

Arya staarde naar de knoestige boomwortel bij haar voeten. Ze besefte dat het geen zin meer had om te doen alsof. Gendry wist het, en ze had niets in haar broek om het tegendeel te bewijzen. Ze kon Naald trekken en hem ter plekke doden, of ze kon hem vertrouwen. Ze wist niet zeker of ze hem wel zou kunnen doden, zelfs al zou ze het proberen. Hij had ook een zwaard, en hij was heel wat sterker. Er zat niets anders voor haar op dan de waarheid te spreken. 'Lommie en Warme Pastei mogen het niet weten,' zei ze.

'Ze krijgen het niet te horen,' zwoer hij. 'Niet van mij.'

'Arya.' Ze sloeg haar ogen op en keek hem aan. 'Ik heet Arya. Van het huis Stark.'

'Van het huis...' Het duurde even voordat hij zei: 'De Hand des Konings heette Stark. Die man die als verrader werd onthoofd.'

'Hij was geen verrader. Hij was mijn vader.'

Gendry zette grote ogen op. 'Dus dáárom dacht je...'

Ze knikte. 'Yoren zou me naar huis brengen, naar Winterfel.'

'Ik... dan ben je hooggeboren, een... dan moet je een jonkvrouw zijn...'

Arya keek omlaag naar haar gerafelde kleren en blote voeten, een en al kloven en eelt. Ze zag het vuil onder haar nagels, de korsten op haar ellebogen, de schrammen op haar handen. *Septa Mordane zou me niet eens herkennen, wed ik. Sansa misschien wel, maar die zou voorwenden van niet.* 'Mijn moeder en mijn zuster zijn voornaam, maar dat ben ik nooit geweest.'

'Jawel. Je was de dochter van een heer en je woonde in een slot, ja toch? En je... goeie goden, ik had nooit...' Plotseling leek Gendry onzeker, bijna bevreesd. 'Al dat gepraat over pikken, dat had ik nooit moeten doen. En ik heb staan piesen waar u bij stond en zo, ik... neemt u me niet kwalijk, jonkvrouwe.'

'*Hou op!*' siste Arya. Dreef hij de spot met haar?

'Ik weet hoe het hoort, jonkvrouwe,' zei Gendry, even koppig als altijd. 'Zodra er een hooggeboren jonkvrouwe met haar vader de winkel inkwam zei mijn meester tegen me dat ik moest knielen, en alleen maar wat mocht zeggen als zij mij aanspraken, en dat ik ze jonkvrouwe moest noemen.'

'Als jij mij jonkvrouwe gaat noemen merkt zelfs Warme Pastei dat. En je kunt ook maar beter op dezelfde manier blijven piesen.'

'Zoals u beveelt, jonkvrouwe.'

Arya ramde hem met beide handen tegen zijn borst. Hij struikelde over een steen en kwam met een plof op zijn achterste neer. 'Wat ben jij nou voor een jonkvrouw?' zei hij lachend.

'Zó eentje.' Ze gaf hem een schop in zijn zij, maar daar ging hij alleen maar nog harder van lachen. 'Lach jij maar, ík ga kijken wie er in dat dorp zit.' De zon was al achter de bomen gezakt en voor ze het wisten zou de schemering vallen. Voor de verandering moest Gendry zich nu eens achter haar aan haasten. 'Ruik je dat?' vroeg ze.

Hij snoof in de lucht. 'Rotte vis?'

'Je weet best dat het iets anders is.'

'Laten we maar oppassen. Ik ga er aan de westkant omheen om te kijken of er ook een weg is. Die moet er zijn, als jij een kar hebt gezien. Jij gaat langs de oever. Als je hulp nodig hebt, blaf dan als een hond.'

'Dat is stom. Als ik hulp nodig heb, dan roep ik: "Help!"' Ze stoof weg, haar blote voeten geluidloos in het gras. Toen ze over haar schouder keek, stond hij haar na te kijken met die gekwelde blik op zijn gezicht die verried dat hij nadacht. *Hij denkt nu waarschijnlijk dat hij een jonkvrouwe eigenlijk geen eten hoort te laten stelen.* Arya wíst gewoon dat hij iets stoms zou uithalen.

De stank werd erger naarmate ze dichter bij het dorp kwam. Voor zover ze rook was het geen rotte vis. Deze lucht was ranziger en weeiger. Ze trok haar neus op.

Daar waar het geboomte dunner werd, benutte ze het onderhout door van struik naar struik te glippen, zo stil als een schaduw. Om de paar passen stond ze stil om te luisteren. De derde keer hoorde ze paarden, en ook een mannenstem. En de stank werd doordringender. *Lijkenlucht, dat is het.* Ze had dit al eerder geroken, met Yoren en de anderen.

Ten zuiden van het dorp groeide een dicht braambos. Toen ze dat bereikte begonnen de langgerekte schaduwen van de ondergaande zon te vervagen en werden de glimwormen zichtbaar. Vlak achter de bramenhaag zag ze rieten daken. Ze kroop erlangs totdat ze een opening vond en wurmde zich er op haar buik doorheen. Ze hield zich goed verborgen tot ze kon zien waarvan die stank afkomstig was.

Bij het zacht klotsende water van het Godsoog was een lange galg van groen hout opgericht, en daaraan bungelden dingen die eens mensen waren geweest aan kettingen om hun enkels, terwijl de kraaien in hun vlees pikten en van lijk naar lijk fladderden. En op elke kraai waren er nog eens honderd vliegen. Bij iedere windvlaag vanuit het meer draaide het dichtstbijzijnde lijk een eindje aan zijn ketting. De kraaien hadden het merendeel van het gezicht weggevreten, en er had ook iets anders aan gevreten, iets veel groters. De keel en de borst waren opengereten, en uit het gat van de buik bungelden glinsterend groene ingewanden en gehavende flarden vlees. Eén arm was finaal van de schouder gerukt en enkele passen verderop kon Arya de botten zien liggen, aangeknaagd, versplinterd en compleet kaalgepikt.

Ze dwong zichzelf naar de man ernaast te kijken, en naar de man daarnaast, en daarnaast, terwijl ze zich voorhield dat ze zo hard als een steen was. Allemaal lijken, zozeer geschonden en verrot dat het even duurde voor ze besefte dat ze waren uitgekleed voordat ze waren opgehangen. Ze leken niet op naakte mensen. Ze leken zelfs nauwelijks meer op mensen. De kraaien hadden de ogen uitgepikt en soms ook de gezichten weggevreten. Van de zesde in de rij restte niets dan één enkel been dat nog steeds aan de ketting hing en bij ieder zuchtje wind heen en weer zwaaide.

Vrees treft dieper dan het zwaard. De doden konden haar niets doen, maar hun moordenaars wel. Een heel eind achter de galg stonden twee mannen in halsbergen op hun speren geleund voor het lage, langwerpige gebouw aan het water, dat met het leien dak. In de modderige bodem daarvoor waren twee grote palen geslagen, en aan elk van die staven hing een banier in plooien omlaag. Een leek er rood, de tweede was lichter, wit of geel misschien, maar ze hingen allebei slap, en in de invallende schemering kon ze niet eens met zekerheid zeggen dat die rode kleur het karmozijn van de Lannisters was. *Ik hoef geen leeuw te zien, ik zie al die doden. Wie kan dit anders zijn dan Lannister?*

Toen klonk er een kreet.

De twee speerdragers keerden zich om, en er kwam een derde man in zicht die een gevangene voor zich uit duwde. Het werd al te donker om nog gezichten te kunnen onderscheiden, maar de gevangene droeg een helm van blinkend staal, en toen Arya de horens zag wist ze dat het Gendry was. *Stommeling stommeling STOMMELING*, dacht ze. Als hij bij haar was geweest zou ze hem nog een keer geschopt hebben.

De wachters spraken op luide toon, maar zij was te ver weg om te verstaan wat ze zeiden, vooral met die krassende, fladderende kraaien veel dichter in de buurt. Een van de speerdragers rukte de helm van Gendry's hoofd en stelde hem een vraag, maar het antwoord beviel hem blijkbaar niet, want hij gaf hem met het stompe eind van zijn speer een klap in zijn gezicht zodat hij tegen de grond sloeg. De man die hem had gevangen gaf hem een schop, terwijl de tweede speerdrager de stierenhelm uitprobeerde. Ten slotte werd hij overeind gesleurd en naar de voorraadschuur gevoerd. Toen ze de zware houten deuren optrokken kwam er een jongetje naar buiten stuiven, maar dat werd door een van de wachters bij een arm gegrepen en weer naar binnen gesmeten. In het gebouw hoorde Arya iemand snikken, gevolgd door een gil, zo luid en smartelijk dat ze haar tanden in haar onderlip zette.

De wachters duwden Gendry achter het jongetje aan naar binnen en vergrendelden de deur achter hen. Precies op dat ogenblik kwam er een zuchtje wind van over het meer aanstrijken, en de banieren bewogen en ontplooiden zich. Die aan de langste staf vertoonde de gulden leeuw, zoals ze al had gevreesd. Aan de andere renden drie slanke, zwarte gedaanten over een botergeel veld. Honden, dacht ze. Arya had die honden eerder gezien, maar waar?

Het deed er niet toe. Het enige dat ertoe deed was dat ze Gendry gevangen hadden genomen. Ook al wás hij dan koppig en stom, ze moest hem zien te bevrijden. Ze vroeg zich af of ze wisten dat hij door de koningin werd gezocht.

Een van de wachters deed zijn helm af en zette in plaats daarvan die van Gendry op. Toen ze hem met die helm op zijn hoofd zag werd ze kwaad, maar ze wist dat ze er toch niets tegen kon doen. Ze meende nog meer geschreeuw uit de raamloze voorraadschuur te horen, gedempt door het metselwerk, maar dat was niet met zekerheid vast te stellen.

Ze bleef lang genoeg wachten om getuige te zijn van de aflossing van de wacht, en van nog veel meer dingen. Mannen liepen af en aan. Ze leidden hun paarden naar het beekje om ze te drenken. Uit het bos keerde een jachtgezelschap terug met het karkas van een hert aan een stok. Ze keek toe hoe ze het schoonmaakten, van het gewei ontdeden en aan de overkant van het stroompje een kookvuur aanlegden. De geur van vlees aan het spit vermengde zich met de stank van verrotting, wat heel raar rook. Haar lege maag keerde zich om en ze moest bijna overgeven. Het vooruitzicht van een maaltijd lokte andere mannen uit de huizen. Ze droegen bijna allemaal maliën of verhard leer. Toen het hert gaar was werden de beste stukken naar een van de huizen gebracht.

Ze had gedacht dat ze in het donker naderbij zou kunnen sluipen om Gendry te bevrijden, maar de wachters staken een eindje buiten het kookvuur toortsen aan. Een schildknaap bracht de twee wachters bij de voorraadschuur brood en vlees, en later voegden zich twee mannen bij hen. Ze lieten een wijnzak rondgaan. Toen die leeg was vertrokken de anderen, maar de twee wachters bleven, leunend op hun speren.

Arya's armen en benen waren stijf geworden toen ze eindelijk van onder het braambosje de duisternis van het bos inglipte. Het was een donkere nacht. Een dun schijfje maan verscheen en verdween weer achter langsglijdende wolken. *Stil als een schaduw*, hield ze zichzelf voor terwijl ze tussen de bomen liep. In deze duisternis durfde ze niet te rennen uit angst om over een onopgemerkte boomwortel te struikelen of te verdwalen. Aan haar linkerhand klotste het Godsoog zachtjes tegen de oever. Aan haar rechterhand zuchtte de wind door de takken, zodat de bladeren trilden en ritselden. In de verte hoorde ze wolven huilen.

Lommie en Warme Pastei deden het bijna in hun broek toen ze van onder het geboomte achter hun rug opdook. 'Stil,' zei ze en ze sloeg een arm om Wezel, die kwam aanrennen.

Warme Pastei staarde haar met grote ogen aan. 'We dachten dat jullie ons in de steek hadden gelaten.' Hij had het korte zwaard in zijn hand dat Yoren van de goudmantel had afgepakt. 'Ik was bang dat je een wolf was.'

'Waar is de Stier?' vroeg Lommie.

'Die is gepakt,' fluisterde Arya. 'We moeten hem zien te redden. Warme Pastei, jij moet me helpen. We sluipen ernaartoe en steken de wachters dood, en dan maak ik de deur open.'

Warme Pastei en Lommie wisselden een blik. 'Hoeveel?'

'Ik kon ze niet tellen,' gaf Arya toe. 'Minstens twintig, maar bij de deur stonden er maar twee.'

Warme Pastei zag eruit alsof hij in huilen uit zou barsten. 'We kunnen niet met twíntig man vechten.'

'Je hoeft maar met één man te vechten. Ik neem de andere, en dan halen we Gendry eruit en rennen we weg.'

'We moeten ons overgeven,' zei Lommie. 'Gewoon erheen gaan en ons overgeven.'

Arya schudde koppig haar hoofd.

'Laat hem dan gewoon achter,' smeekte Lommie. 'Ze weten niet dat wij er ook nog zijn. Als we ons schuilhouden gaan ze wel weg, dat weet je best. Het is onze schuld niet dat Gendry gepakt is.'

'Je bent een stommeling, Lommie,' zei Arya boos. 'Als we Gendry er niet uithalen ga je dóód. Wie moet je dan dragen?'

'Jij en Warme Pastei.'

'Achter elkaar door, zonder hulp? Dat lukt nooit. Gendry was de sterkste. Het kan me trouwens niet schelen wat je zegt, ik ga terug om hem te bevrijden.' Ze keek naar Warme Pastei. 'Kom je mee?'

Warme Pastei keek even naar Lommie, naar Arya en toen weer naar Lommie. 'Ik kom,' zei hij aarzelend.

'Lommie, jij moet Wezel hier houden.'

Hij greep het meisje bij haar hand en trok haar naar zich toe. 'En als de wolven komen?'

'Dan geef je je over,' stelde Arya voor.

De weg terug naar het dorp vinden leek eindeloos lang te duren. Warme Pastei bleef maar struikelen in het donker en de verkeerde kant op lopen, en dan moest Arya óf op hem wachten, óf hem gaan halen. Ten slotte greep ze zijn hand en trok hem tussen de bomen door. 'Gewoon stil zijn en achter me aan komen.' Toen ze het eerste vage schijnsel van de vuren in het dorp tegen de lucht zagen afsteken zei ze: 'Aan de andere kant van die haag hangen lijken, maar daar hoef je niet bang voor te zijn. Bedenk maar dat vrees dieper treft dan het zwaard. We moeten heel erg stil en langzaam lopen.' Warme Pastei knikte.

Zij wurmde zich als eerste onder het braambosje door en wachtte hem aan de andere kant op, diep ineengedoken. Warme Pastei kwam bleek en buiten adem te voorschijn, met lange, bloedige schrammen op zijn gezicht en armen. Toen hij iets wilde zeggen, legde Arya een vinger op zijn lippen. Op handen en voeten kropen ze onder de bungelende lijken aan de galg door. Warme Pastei keek niet één keer op en bracht ook geen enkel geluid uit.

Totdat de kraai op zijn rug neerstreek en hij een gedempte kreet slaakte. '*Wie is daar?*' dreunde een stem plotseling uit het duister.

Warme Pastei sprong overeind. '*Ik geef me over!*' Hij smeet zijn zwaard weg, en tientallen kraaien vlogen krijsend en jammerend op en fladderden om de lijken heen. Arya greep hem bij een been om hem weer op de grond te trekken, maar hij rukte zich los en rende met zwaaiende armen naar voren. 'Ik geef me over, ik geef me over.'

Ze sprong overeind en trok Naald, maar ze was al aan alle kanten omsingeld. Arya maaide naar de dichtstbijzijnde man, maar hij pareerde met een in staal gehulde arm, iemand anders ramde haar en trok haar op de grond en een derde rukte haar zwaard uit de hand. Toen ze hem wilde bijten sloten haar tanden zich om koude, smerige maliën. 'Oho, een felle,' zei de man lachend. De klap van zijn ijzeren vuist sloeg haar bijna het hoofd af.

Terwijl ze pijn lag te lijden spraken ze over haar, maar Arya kon niet verstaan wat ze zeiden. Haar oren tuitten. Toen ze probeerde weg te kruipen deinde de grond onder haar heen en weer. *Ze hebben Naald afgepakt.* Die schande kwelde haar erger dan de pijn, en de pijn was behoorlijk erg. Ze had dat zwaard van Jon gekregen. Syrio had haar geleerd hoe ze het moest gebruiken.

Ten slotte werd ze bij de voorkant van haar kolder gegrepen en hardhandig op haar knieën getrokken. Warme Pastei knielde ook, voor de grootste man die Arya ooit had gezien, een monster uit een van ouwe Nans' verhalen. Ze had er geen idee van waar die reus vandaan gekomen was. Drie zwarte honden renden over zijn verschoten gele wapenrok, en zijn gezicht was hard alsof het uit steen gehouwen was. Ineens wist Arya weer waar ze die honden eerder had gezien. De avond voor het toernooi in Koningslanding hadden alle ridders hun schild buiten voor hun paviljoen gehangen. 'Dat is van de broer van de Jachthond,' had Sansa haar toegefluisterd toen ze langs de zwarte honden op het gele veld waren gelopen. 'Hij is zelfs nog groter dan Hodor, je zult het wel zien. Ze noemen hem *de Rijdende Berg*.'

Arya liet haar hoofd hangen. Ze was zich maar half bewust van wat er om haar heen gebeurde. Warme Pastei gaf zich nog een keer over. De Berg zei: 'Jullie brengen ons bij de rest', en liep weg. Het volgende ogenblik liep ze struikelend langs de doden aan de galg terwijl Warme Pastei hun bewakers vertelde dat hij pasteien en taarten voor hen zou bakken als ze hem maar geen pijn deden. Er kwamen vier mannen met hen mee: een met een toorts, een ander met een zwaard, en twee met een speer.

Ze vonden Lommie waar ze hem hadden achtergelaten, onder de eik. 'Ik geef me over,' riep hij zodra hij hen zag. Hij had zijn eigen speer weggesmeten en stak zijn handen vol oude groene verfvlekken omhoog. 'Ik geef me over. Alsjeblieft!'

De man met de toorts zocht onder de bomen. 'Ben jij de laatste? Dat bakkersjong zei dat er ook een meisje was.'

'Die is 'm gesmeerd toen ze jullie hoorde aankomen,' zei Lommie. 'Jullie maakten een hoop lawaai.' En Arya dacht: *Vlucht, Wezel, zo ver weg als je kunt. Vlucht, verstop je en kom nooit meer terug.*

'Als je ons zegt waar we die hoerenzoon van een Dondarrion kunnen vinden zit er wel een warme hap voor jullie in.'

'Wie?' zei Lommie niet-begrijpend.

'Ik zei toch al dat dit zootje niet meer zou weten dan die zakken in het dorp? We verdoen verdomme onze tijd.'

Een van de speerdragers was naar Lommie toe gelopen. 'Mankeer je wat aan je been, jochie?'

''t Is gewond.'

'Kun je lopen?' Hij klonk bezorgd.

'Nee,' zei Lommie. 'Jullie motten me dragen.'

'Dacht je dat?' De man hief nonchalant zijn speer op en boorde de punt in de zachte hals van de jongen. Lommie had niet eens de tijd om zich nog eens over te geven. Eén stuiptrekking, en dat was alles. Toen de man zijn speer uit hem trok, spoot er een donkere fontein van bloed omhoog. 'Dragen, zei-die,' mompelde hij grinnikend..

Tyrion

Ze hadden hem aangeraden zich warm te kleden. Tyrion Lannister had dat letterlijk genomen en zich in dikke gewatteerde hozen en een wollen wambuis gehuld, met over alles heen een mantel van schaduwvacht die hij in de Maanbergen had bemachtigd. De mantel was absurd lang, gemaakt voor een man die twee keer zo groot was. Als hij niet te paard zat kon hij hem alleen dragen door hem meermalen om zich heen te wikkelen, waardoor hij eruitzag als een gestreepte bontbal.

Toch was hij blij dat hij geluisterd had. De kilte in het lange, bedompte gewelf drong door tot op het bot. Timet had zich even de kou in gewaagd en toen verkozen zich in de bovengelegen kelder terug te trekken. Ze bevonden zich ergens onder de heuvel van Rhaenys, achter het gildenhuis van de alchemisten. Salpeter droop van de vochtige stenen muren en het enige licht was afkomstig van de verzegelde ijzeren olielamp met de glazen ruitjes die Hallyn de Vuurbezweerder heel voorzichtig met zich meedroeg, alsof hij elk moment kon breken.

En we kunnen hier zelfs geen potje breken... daar zijn ze. Tyrion pakte er een op om het beter te bekijken. Het was rond en roodbruin, een dikke pompelmoes van klei. Voor zijn greep wat aan de grote kant, maar hij wist dat het ding met gemak in de hand van een man met een normaal postuur zou passen. Het aardewerk was dun, zo kwetsbaar dat hij extra was gewaarschuwd het niet te stevig vast te pakken om de pot niet met zijn vuist fijn te knijpen. De klei was ruw, alsof er kleine steentjes doorheen zaten. Dat was opzet, zoals Hallyn zei. 'Een gladde pot glipt eerder uit je handen.'

Toen Tyrion de pot schuin hield om erin te gluren welde het wildvuur langzaam naar de tuit. De kleur hoorde vuilgroen te zijn, wist hij, maar in het slechte licht was dat onmogelijk vast te stellen. 'Stroperig,' merkte hij op.

'Dat komt door de kou, heer,' zei Hallyn, een lijkbleke man met weke, vochtige handen en een onderdanige houding. Hij was gekleed in zwart-met-scharlakenrood gestreepte gewaden, afgezet met sabel, maar het bont zag er meer dan een klein beetje opgelapt en mottig uit. 'Als de substantie verhit wordt neemt de vloeibaarheid toe, net als bij lampolie.'

De substantie, dat was de term die de vuurbezweerders zelf voor wildvuur gebruikten. Ze noemden elkaar ook *wijsheid*, hetgeen Tyrion bijna even irritant vond als hun gewoonte om toespelingen te maken op de onmetelijke, geheime reservoirs aan kennis die hij geacht werd hun toe te dichten. Eens was hun gilde machtig geweest, maar de laatste eeuwen hadden de maesters van de Citadel bijna overal de plaats van de alchemisten ingenomen. Nu restten er nog slechts enkelen van de oude orde, en ze deden het zelfs niet meer voorkomen of ze metaal konden transformeren...

... maar wildvuur maken konden ze wel. 'Het is niet met water te blussen, heb ik gehoord.'

'Dat klopt. Als ze eenmaal vlam heeft gevat blijft de substantie fel branden tot ze op is. Bovendien dringt ze in stof, hout, leer en zelfs staal door, zodat die eveneens vlamvatten.'

Tyrion moest denken aan de rode priester Thoros van Myr en zijn vlammenzwaard. Zelfs een dun laagje wildvuur kon een uur lang branden. Thoros had na elke mêlee een nieuw zwaard nodig, maar Robert was op de man gesteld geweest en had hem er altijd graag een verschaft. 'Waarom dringt het spul niet ook in de klei door?'

'O, maar dat gebeurt wel,' zei Hallyn. 'Onder dit gewelf is er nog een waarin we de oudere potten opslaan. Die uit koning Aerys' tijd. Hij had het in zijn hoofd gezet dat de potten de vorm van vruchten moesten hebben. Levensgevaarlijke vruchten, dat wel, heer Hand, en, eh, inmiddels *rijper* dan ooit, als u mij vat. We hebben ze met was verzegeld en het lager gelegen gewelf vol met water gepompt, maar toch... Eigenlijk hadden ze vernietigd moeten worden, maar bij de plundering van Koningslanding hebben velen van onze meesters de dood gevonden, en de weinige acolieten die het overleefden waren niet tegen die taak opgewassen. En een groot deel van de voorraad die we voor Aerys hadden gemaakt is verloren gegaan. Vorig jaar nog werden er in een opslagruimte onder de Grote Sept van Baelor tweehonderd potten ontdekt. Niemand kon zich herinneren hoe ze daar kwamen, maar ik hoef u vast niet te vertellen dat de Hoge Septon buiten zichzelf van schrik was. Ik heb er persoonlijk op toegezien dat ze veilig verwijderd werden. Ik heb een kar met zand laten vullen en onze bekwaamste acolieten gestuurd. We werkten alleen bij nacht, we...'

'... hebben ongetwijfeld uitstekend werk verricht.' Tyrion zette de pot die hij in zijn hand hield weer tussen zijn kameraden. Ze besloegen de hele tafel, waarop ze in ordelijke rotten van vier de onderaardse duisternis in marcheerden. En daarachter stonden nog meer tafels, nog veel meer. 'Die, eh, *vruchten* van wijlen koning Aerys, zijn die nog bruikbaar?'

'O ja, zeker wel... maar wel *voorzichtig*, heer, met de grootste voorzichtigheid. Met de jaren wordt de substantie steeds, eh, laten we zeggen, onbestendiger. Eén klein vlammetje en ze vliegt in brand. Eén vonkje. Te veel warmte, en de potten ontbranden vanzelf. Het is niet verstandig ze in de zon te laten staan, zelfs niet voor even. Als de inhoud eenmaal brandt doet de hitte de substantie sterk uitzetten en zullen de potten binnen de kortste keren springen. Als er dan andere potten in de buurt staan ontploffen die ook, en dus...'

'Hoeveel potten hebt u op dit moment?'

'Vanochtend vernam ik van Wijsheid Munciter dat het er 7840 zijn. Bij die telling zijn vierduizend potten uit de tijd van koning Aerys inbegrepen.'

'Onze overrijpe vruchten?'

Hallyn bewoog zijn hoofd op en neer. 'Wijsheid Malliard denkt dat we alles bij elkaar tienduizend potten kunnen leveren, zoals aan de koningin is toegezegd. Ik sluit me daarbij aan.' De vuurbezweerder leek schandelijk ingenomen met dat vooruitzicht.

Aangenomen dat de vijand je de tijd geeft. De vuurbezweerders hielden hun recept voor wildvuur strikt geheim, maar Tyrion wist dat het een langdurig, gevaarlijk en tijdverslindend procédé was. Hij was ervan uitgegaan dat de belofte van tienduizend potten pure snoeverij was, zoals bij de baanderman die zweert dat hij tienduizend zwaarden voor zijn heer in het veld zal brengen maar op de dag van de veldslag met een mannetje of honderdtwee komt aanzakken. *Als ze ons er echt tienduizend kunnen bezorgen...*

Hij wist niet of hij verrukt of ontzet moest zijn. *Misschien van allebei wat.* 'Ik ga ervan uit dat uw gildenbroeders geen ongepaste haast aan de dag zullen leggen, wijsheid. We willen geen tienduizend potten onbetrouwbaar wildvuur, zelfs niet één... en we willen zeker geen ongelukjes.'

'Er zullen geen ongelukjes plaatsvinden, heer Hand. De substantie wordt bereid door ervaren acolieten in een reeks kale stenen cellen, en iedere pot wordt meteen als hij klaar is door een leerling gehaald en hierheen gebracht. Boven iedere werkcel bevindt zich een kamer die geheel met zand is gevuld. Over de vloeren is een beschermende spreuk uitgesproken, eh, uitermate krachtig. Ieder vonkje in de cel daaronder zorgt ervoor dat de vloeren instorten, zodat de vlammen meteen in zand worden gesmoord.'

'Om van de onvoorzichtige acoliet maar te zwijgen.' Met *bezwering* bedoelde Hallyn *slimme truc*, nam Tyrion aan. Hij zou best eens een van die cellen met zo'n vals plafond willen bekijken om te zien hoe dat in elkaar stak, maar dit was niet het geschikte moment. Misschien als ze de oorlog gewonnen hadden.

'Mijn broeders zijn nimmer onvoorzichtig,' beweerde Hallyn. 'Als ik, eh, openhartig mag zijn...'

'Ga vooral uw gang.'

'De substantie vloeit door mijn aderen en leeft in het hart van iedere vuurbezweerder. We hebben ontzag voor de kracht ervan. Maar de gewone krijgsman, eh, laten we zeggen degenen die zo'n vuurspuwer van de koningin bedienen in het heetst van de strijd... de geringste vergissing kan een ramp betekenen. Dat kan niet vaak genoeg worden gezegd. Mijn vader heeft het dan ook vaak met zoveel woorden tegen koning Aerys gezegd, net als zíjn vader dat tegen de oude koning Jaeherys had gedaan.'

'Dan moeten ze geluisterd hebben,' zei Tyrion. 'Als ze de stad in brand hadden laten vliegen zou iemand me dat wel hebben verteld. Dus u raadt ons aan om toch maar voorzichtig te zijn?'

'Heel voorzichtig,' zei Hallyn. 'Heel, heel voorzichtig.'

'Die potten van klei... hebt u daar een ruime voorraad van?'

'Jawel, heer, en mijn dank voor de vraag.'

'Dan vindt u het vast niet erg als ik er een paar meeneem. Een paar duizend.'

'Een paar *duizend*?'

'Of zoveel als uw gilde missen kan zonder dat het de productie in gevaar brengt. Begrijp me goed, ik vraag om *lege* potten. Laat die bij alle stadspoorten bij het hoofd van de wacht bezorgen.'

'Het zal gebeuren, heer, maar waarom?'

Tyrion keek glimlachend naar hem op. 'Als u mij zegt dat ik me warm moet aankleden, dan kleed ik me warm aan. Als u mij zegt dat ik voorzichtig moet zijn, tja...' Hij haalde zijn schouders op. 'Ik heb genoeg gezien. Misschien wilt u zo goed zijn mij naar mijn draagkoets te begeleiden?'

'Het zal me een groot, eh, genoegen zijn, heer.' Hallyn hield de lamp omhoog en ging hem voor naar de trap. 'Wij zijn ingenomen met uw bezoek. Een grote, eh, eer. Het was al te lang niet gebeurd dat de Hand des Konings ons met zijn aanwezigheid vereerde. Heer Rossart was de laatste, en die was lid van onze orde. Dat was ten tijde van koning Aerys. Koning Aerys was zeer in ons werk geïnteresseerd.'

Koning Aerys heeft jullie gebruikt om zijn vijanden het vlees van hun botten te schroeien. Zijn broer Jaime had hem een paar verhalen verteld over de krankzinnige koning en zijn dierbare vuurbezweerders. 'Joffry zal ook veel belangstelling hebben, daar twijfel ik niet aan.' *Een goeie reden om hem zo ver mogelijk bij jullie vandaan te houden.*

'Ik hoop van ganser harte dat de koning ons gildenhuis in hoogst eigen persoon zal bezoeken. Ik heb er met uw koninklijke zuster over gesproken. Een groot feest...'

Terwijl ze klommen werd het warmer. 'Zijne Genade heeft alle festiviteiten verboden totdat de oorlog gewonnen is.' *Op aandringen van mij.* 'De koning acht een banket met uitgelezen spijzen ongepast zolang zijn onderdanen geen brood hebben.'

'Een uiterst, eh, liefdevol gebaar, heer. Wellicht kunnen wij dan met een paar man bij de koning in de Rode Burcht op bezoek gaan. Een kleine demonstratie van onze vermogens, als het ware, om Zijne Genade een avond lang van zijn vele zorgen af te leiden. Wildvuur is slechts een van de ontzagwekkende geheimen van onze aloude orde. Wij zouden u vele wonderbaarlijke zaken kunnen tonen.'

'Ik zal de kwestie bij mijn zuster aansnijden.' Tyrion had geen bezwaar tegen wat magische trucjes, maar Joffs voorliefde voor duels op leven en dood was al zo'n beproeving. Hij wilde niet dat de jongen op het idee zou komen dat hij de mannen ook levend kon verbranden.

Toen ze eindelijk boven aan de trap waren liet Tyrion zijn mantel van schaduwvacht van zich afglijden en vouwde hem over zijn arm. Het gildenhuis van de alchemisten was een indrukwekkende doolhof van zwarte steen, maar Hallyn leidde hem via vele bochten en hoeken naar de Galerij van de IJzeren Toortsen, een langwerpige zaal met een echo waarin groene vuurzuilen om twintig voet hoge zwartmetalen pilaren dansten. Spookachtige vlammen flakkerden over het gepolijste zwarte marmer van de muren en de vloer, zodat de zaal in een smaragdgroen licht baadde. Tyrion zou diep onder de indruk zijn geweest, ware het niet dat hij wist dat de grote ijzeren toortsen pas die ochtend ter ere van zijn bezoek waren aangestoken, en gedoofd zouden worden zodra hij zijn hielen had gelicht. Wildvuur was te kostbaar om te verspillen.

Toen ze buiten kwamen, stonden ze boven aan de brede ronde trappen aan de Straat der Zusters, dicht bij de voet van Visenya's heuvel. Hij nam afscheid van Hallyn en waggelde naar beneden, waar Timet, zoon van Timet, met een escorte van Verbrande Mannen op hem wachtte; een lijfwacht die met het oog op zijn bestemming van vandaag bijzonder goed gekozen was. De aanblik van hun littekens zou bovendien het tuig in de stad de schrik om het hart doen slaan. Dat was de laatste tijd wel zo gunstig. Nog maar drie avonden geleden had zich voor de poorten van de Rode Burcht weer een menigte verzameld die in spreekkoren om eten vroeg. Joff had een pijlenregen op hen doen neerdalen waardoor vier personen de dood hadden gevonden en toen naar omlaag geschreeuwd dat ze wat hem betrof de lijken mochten opeten. *Zo wint hij steeds meer harten.*

Tot zijn verrassing zag Tyrion dat ook Bronn naast de draagkoets stond te wachten. 'Wat doe jij hier?'

'Boodschappen brengen,' zei Bronn. 'IJzerhand heeft je dringend nodig bij de Godenpoort. Hij wil niet zeggen waarom. En je bent ook in Maegors Veste ontboden.'

'*Ontboden?*' Tyrion kende maar één persoon die zo aanmatigend zou zijn om dat woord gebruiken. 'En wat wil Cersei van me?'

Bronn haalde zijn schouders op. 'De koningin gelast je, meteen naar het slot terug te komen en je opwachting in haar vertrekken te maken. De boodschap werd gebracht door die neef van je, dat groentje. Vier haren op zijn lip en hij waant zichzelf een man.'

'Vier haren en de ridderslag. Het is nu *ser* Lancel, vergeet dat niet.' Tyrion wist dat ser Jacelyn niet om zijn komst zou vragen als het om iets onbelangrijks ging. 'Eens kijken wat Bijwater wil. Laat mijn zuster maar weten dat ik na afloop mijn opwachting bij haar zal maken.'

'Dat zal haar bepaald niet bevallen,' waarschuwde Bronn.

'Prima. Hoe langer Cersei wacht, hoe bozer ze wordt, en als ze boos is wordt ze er alleen maar dommer op. Boze stommelingen zijn me liever dan kalme slimmeriken.' Tyrion gooide zijn opgevouwen mantel in de draagkoets, en Timet hielp hem erachteraan.

Het marktplein bij de Godenpoort, dat in normale tijden gekrioeld zou hebben van de groenteverkopende boeren, was bijna leeg toen Tyrion het overstak. Ser Jacelyn kwam hem bij de poort tegemoet en hief zijn ijzeren vuist in een kort saluut. 'Heer. Uw neef Cleos Frey is hier. Hij komt uit Stroomvliet met vredesbanier en een brief van Robb Stark.'

'Vredesvoorwaarden?'

'Dat zegt hij.'

'Mijn beste neef! Breng me bij hem.'

De goudmantels hadden ser Cleos in een raamloos wachtlokaal in het poortgebouw opgeborgen. Toen ze binnenkwamen stond hij op. 'Tyrion. Wat een welkome aanblik.'

'Dat hoor ik niet vaak, neef.'

'Is Cersei meegekomen?'

'Mijn zuster is elders geoccupeerd. Is dit de brief van Stark?' Hij pakte hem van tafel. 'Ser Jacelyn, u kunt nu wel gaan.'

Bijwater boog en vertrok. 'Ik heb opdracht het aanbod aan de regentes over te brengen,' zei ser Cleos toen de deur dichtging.

'Dat doe ik wel.' Tyrion liet zijn blik over de kaart gaan die Robb Stark bij zijn brief had gevoegd. 'Alles op zijn tijd, neef. Ga zitten. Rust wat uit. Je ziet er mager en afgetobd uit.' Eigenlijk nog slechter.

'Ja.' Ser Cleos liet zich op een bank zakken. 'Het is niet best in het rivierengebied. Vooral niet rond het Godsoog en langs de koningsweg. De rivierheren verbranden hun eigen oogst in een poging ons uit te hongeren, en uw vaders foerageurs steken elk dorp dat ze bezetten in brand en maken de inwoners af.'

Zo ging dat in een oorlog. De kleine man werd afgeslacht terwijl de hooggeborenen tegen een losprijs werden vastgehouden. *Niet vergeten de goden te danken dat ik als Lannister geboren ben.*

Ser Cleos streek met een hand door zijn dunne bruine haar. 'Zelfs met die vredesbanier werden we nog twee keer aangevallen. Wolven in maliënkolder, erop gebeten om alles wat zwakker is dan zijzelf geweld aan te doen. De goden mogen weten aan wiens kant ze oorspronkelijk stonden, maar inmiddels staan ze aan hun eigen kant. Ik heb drie man verloren en twee keer zoveel gewonden.'

'Welk nieuws van de vijand?' Tyrion richtte zijn aandacht weer op Starks voorwaarden. *Die jongen vraagt een schijntje. Maar het halve rijk, de vrijlating van onze gevangenen, gijzelaars, het zwaard van zijn vader... o ja, en ook zijn zusters.*

'De jongen zit te niksen in Stroomvliet,' zei ser Cleos. 'Ik denk dat hij een veldslag met je vader niet aandurft. Zijn krijgsmacht slinkt dagelijks. De rivierheren zijn een voor een vertrokken om hun eigen grondgebied te verdedigen.'

Is dat wat vader van plan was? Tyrion rolde Starks kaart op. 'Die voorwaarden zijn onaanvaardbaar.'

'Ga je er dan tenminste mee akkoord de meisjes Stark tegen Tion en Willem te ruilen?' vroeg ser Cleos klaaglijk.

Tion Frey was zijn jongere broer, schoot het Tyrion te binnen. 'Nee,' zei hij vriendelijk. 'Maar we zullen onze eigen uitwisseling van gevangenen voorstellen. Laat me eerst overleggen met Cersei en de raad. Dan sturen we je met ónze voorwaarden naar Stroomvliet terug.'

Het was duidelijk dat dat vooruitzicht hem niet vrolijk stemde. 'Heer, ik denk niet dat Robb Stark snel door de knieën gaat. Het is vrouwe Catelyn die deze vrede wenst, niet de jongen.'

'Vrouwe Catelyn wil haar dochters.' Tyrion duwde zich op van de bank met de brief en de kaart in zijn hand. 'Ser Jacelyn zal je van eten en een vuur voorzien. Je ziet eruit of je dringend slaap nodig hebt, neef. Ik laat je halen als we meer weten.'

Hij trof ser Jacelyn op de muren aan, vanwaar hij het drillen van honderden verse rekruten op het veld beneden gadesloeg. Met al die mensen die hun toevlucht in Koningslanding zochten, was er geen gebrek aan mannen die zich in ruil voor een volle maag en een strozak in de barakken wel bij de Stadswacht wilden aansluiten. Maar Tyrion maakte zich geen illusies over de weerbaarheid van deze haveloze verdedigers, mocht het op vechten aankomen.

'U hebt er goed aan gedaan mij te laten komen,' zei Tyrion. 'Ik laat ser Cleos onder uw hoede achter. Schenk hem alle gastvrijheid.'

'En zijn begeleiders?' wilde de bevelhebber weten.

'Die geeft u eten en schone kleren, en u laat een maester komen om hun wonden te verzorgen. Ze mogen geen voet in de stad zetten, is dat duidelijk?' Het ging niet aan dat de waarheid omtrent de situatie in Koningslanding tot de oren van Robb Stark in Stroomvliet doordrong.

'Zonneklaar, heer.'

'O, en nog iets. De alchemisten sturen een grote voorraad potten van klei naar iedere stadspoort. Die moet u gebruiken om de mannen te trainen die uw vuurspuwers bedienen. Vul de potten met groene verf en oefen ze in het laden en vuren. Wie morst moet vervangen worden. Als ze de verf onder de knie hebben, vervang die dan door lampolie en laat ze die leren aansteken en al brandend afvuren. Pas als ze dat kunnen zonder zich te branden zijn ze misschien aan wildvuur toe.'

Ser Jacelyn krabde met zijn ijzeren hand aan zijn kin. 'Verstandige maatregelen. Al heb ik het niet op die alchemistentroep.'

'Ik ook niet, maar ik gebruik wat ik krijgen kan.'

Eenmaal weer in zijn draagkoets gezeten, trok Tyrion Lannister de gordijntjes dicht en hij propte een kussen onder zijn elleboog. Het zou Cersei bepaald niet bevallen dat hij die brief van Stark onderschept had, maar zijn vader had hem hierheen gestuurd om te regeren en niet om Cersei te behagen.

Het leek hem dat Robb Stark hun een gouden kans had verschaft. Laat die knaap maar in Stroomvliet zitten dromen van een makkelijke vrede. Tyrion zou zijn eigen voorwaarden retour sturen en precies zó ver op de eisen van de Koning in het Noorden ingaan dat die de hoop niet liet varen. Laat die bottenzak van een Ser Cleos Frey zich maar uit de naad rijden met voorstellen en tegenvoorstellen. Intussen zou hun neef ser Steffert de nieuwe krijgsmacht die hij bij de Rots van Casterling op de been had gebracht, oefenen en bewapenen. Zodra hij er klaar voor was konden hij en heer Tywin dan de Tullings en de Starks in de tang nemen en vermalen.

Maakten Roberts broers het ons maar net zo makkelijk. Hoe traag hij ook vorderde, Renling Baratheon kroop nog altijd met zijn enorme leger zuiderlingen naar het noordoosten, en er verstreek bijna geen nacht zonder dat Tyrion vreesde te worden gewekt met het nieuws dat heer Stannis met zijn vloot de Zwartwaterstroom opvoer. *Ik schijn dan wel over een ruime voorraad wildvuur te beschikken, maar toch...*

Tumult op straat stoorde hem bij het piekeren. Behoedzaam gluurde Tyrion door de gordijntjes. Ze kwamen net over het Schoenmakersplein, waar zich onder de leren luifels een aanzienlijke menigte verzameld had om naar het geraas van een profeet te luisteren. Een gewaad van ongeverfde wol met een gordel van henneptouw identificeerde hem als een bedelbroeder.

'*Corruptie!*' riep de man schril. 'Ziedaar de waarschuwing! Zie de gesel van de Vader!' Hij wees naar de rafelige rode wond aan de hemel. Hij stond zo dat hij het slot hoog boven op Aegons heuvel recht achter zich had, met de komeet onheilspellend boven de torens. *Hij heeft zijn toneel goed gekozen*, peinsde Tyrion. 'Wij zijn gezwollen, opgeblazen, bezoedeld. Broeder paart met zuster in de legerstede der koningen, en de vrucht van hun bloedschande danst in zijn paleis naar de pijpen van een mismaakte, demonische kleine aap. Hooggeboren vrouwen hoereren met zotten en baren monsters! Zelfs de Hoge Septon is de goden vergeten. Hij baadt in reukwater en mest zich vet met leeuweriken en lampreien terwijl zijn volk de hongerdood sterft! Trots triomfeert over gebeden, maden heersen in onze kastelen, en goud is alles... maar *niet lang meer!* De Verrotte Zomer is ten einde, en de Hoerenkoning is geveld! Toen de ever hem openreet steeg er een geweldige stank ten hemel, en duizend slangen kropen sissend en bijtend uit zijn buik.' Hij priemde met zijn knokige vinger naar achteren, naar de komeet en het kasteel. 'Daar komt de Voorbode! Reinig uzelf, roepen de goden, opdat ge niet gereinigd worde! Baad u in de wijn der gerechtigheid, of ge zult in vuur baden! *Vuur!*'

'*Vuur!*' herhaalden andere stemmen, maar die werden bijna geheel door spottend gejoel overstemd. Daar putte Tyrion troost uit. Hij gaf bevel om verder te gaan, en de draagkoets deinde als een schip op een ruwe zee toen de Verbrande Mannen zich een doorgang baanden. *Mismaakte, demonische kleine aap, welja!* Maar wat de Hoge Septon betrof had die ellendeling gelijk. Wat had Uilebol laatst ook weer over hem gezegd? *Een vroom man, die de Zeven zo vurig aanbidt dat hij aan tafel voor ieder van hen een maaltijd eet.* Toen hij aan die kwinkslag van de nar dacht moest Tyrion glimlachen.

Tot zijn genoegen bereikte hij zonder verdere incidenten de Rode Burcht. Toen hij de trap naar zijn vertrekken beklom, was Tyrion heel wat hoopvoller gestemd dan bij het ochtendkrieken. *Tijd, meer heb ik eigenlijk niet nodig, tijd om alle schakels op hun plaats te krijgen. Als de keten eenmaal af is...* Hij deed de deur van zijn bovenvertrek open.

Cersei keerde zich van het raam af, en haar rokken zwierden om haar slanke heupen. 'Hoe wáág je het mij te negeren als ik je ontbied?'

'Wie heeft jou in mijn toren gelaten?'

'Jouw toren? Dit is de koninklijke burcht van mijn zoon.'

'Dat heb ik gehoord, ja.' Tyrion was niet blij, en Cron zou nog minder blij zijn. Zijn Maanbroeders hadden vandaag wacht. 'Toevallig stond ik net op het punt naar jou toe te komen.'

'O ja?'

Hij trok de deur met een zwaai achter zich dicht. 'Twijfel je aan mijn woorden?'

'Altijd, en terecht.'

'Ik ben gekwetst.' Tyrion waggelde naar de zijtafel om een beker wijn in te schenken. Geen betere manier om dorst op te wekken dan een gesprek met Cersei. 'Als ik aanstoot heb gegeven, mag ik dan ook weten waarmee?'

'Wat ben je toch een walgelijke kleine glibber. Myrcella is mijn enige dochter. Dacht je echt dat ik zou toelaten dat jij haar als een zak haver verkocht?'

Myrcella, dacht hij. *Zo zo, dus dat ei is uitgekomen. Eens kijken welke kleur het kuiken heeft.* 'Een zak haver? Kom nou. Myrcella is een prinses. Sommigen zouden zeggen dat ze juist hiervoor geboren is. Of was je soms van plan haar aan Tommen uit te huwelijken?'

Haar hand haalde uit en sloeg zijn wijnbeker tegen de vloer. 'Al ben je mijn broer, voor zoiets zou ik eigenlijk je tong moeten laten uitrukken. *Ik* regeer namens Joffry, niet jij, en ik zeg dat Myrcella niet als een pakketje in Dorne wordt gedeponeerd zoals ik bij Robert Baratheon gedeponeerd ben.'

Tyrion schudde de wijn van zijn vingers en zuchtte. 'Waarom niet? In Dorne is ze heel wat veiliger dan hier.'

'Ben je een compleet leeghoofd, of gewoon pervers? Jij weet net zo goed als ik dat de Martels geen reden hebben om ons een goed hart toe te dragen.'

'De Martels hebben zelfs alle reden om ons te haten. Toch verwacht ik dat ze hiermee zullen instemmen. De grief die vorst Doran tegen het huis Lannister koestert is maar één generatie oud, maar Dorne heeft duizend jaar lang oorlog gevoerd tegen Stormeinde en Hooggaarde, en Renling is er ongevraagd van uitgegaan dat Dorne zijn bondgenoot is. Myrcella is negen, Trystan Martel elf. Ik heb voorgesteld dat ze in het huwelijk zullen treden zodra zij veertien wordt. Tot die tijd zou ze als hooggeëerde gast in Zonnespeer onder bescherming van vorst Doran staan.'

'Als gijzelaar,' zei Cersei, en haar mond werd een streep.

'Als hooggeëerde gast,' hield Tyrion vol, 'en ik heb zo het vermoeden dat Martel Myrcella beter zal behandelen dan Joffry Sansa Stark. Ik had het idee om ser Arys Eikhart met haar mee te sturen. Met een ridder van de Koningsgarde als gezworen schild zal men niet licht vergeten wie of wat ze is.'

'Ser Arys kan weinig uitrichten als Doran Martel besluit dat de dood van mijn dochter die van zijn zuster uitwist.'

'Martel heeft veel te veel eergevoel om een meisje van negen te vermoorden, vooral niet als ze zo lief en onschuldig is als Myrcella. Zolang hij haar bij zich houdt kan hij er tamelijk zeker van zijn dat wij van onze kant te goeder trouw blijven, en de voorwaarden zijn te gunstig om nee te zeggen. Myrcella is maar het minst belangrijke deel. Ik heb hem ook de moordenaar van zijn zuster aangeboden, een zetel in de raad, een aantal kastelen in de marken...'

'Te veel.' Cersei beende met wapperende rokken bij hem vandaan, rusteloos als een leeuwin. 'Je hebt te veel aangeboden, en buiten mijn gezag of instemming om.'

'We hebben het over de Vorst van Dorne. Als ik hem minder bied spuugt hij me in mijn gezicht.'

'*Te veel!*' hield Cersei vol terwijl ze zich met een ruk weer naar hem toekeerde.

'Wat zou jij hem dan hebben aangeboden? Het gat tussen je benen?' zei Tyrion in een vlaag van woede.

Nu zag hij de klap aankomen. Zijn hoofd schoot met een krakend geluid opzij, en toen hij zijn wang betastte werden zijn vingers rood. 'Lieve, lieve zuster,' zei hij. 'Ik waarschuw je dat dit de laatste keer is dat je me ooit geslagen hebt.'

Zijn zuster lachte. 'Wou je me bedreigen, mannetje? Denk je dat die brief van vader je zal beschermen? Een stuk papier. Eddard Stark had ook een stuk papier, en wat hééft hij er veel aan gehad.'

Eddard Stark had de Stadswacht niet, dacht Tyrion, *noch de leden van de clans, noch de mannen die Bronn heeft ingehuurd. Ik wel*. Dat hoopte hij althans. Hij vertrouwde op Varys, op ser Jacelyn Bijwater, op Bronn. Zo zou heer Stark ook wel zijn waandenkbeelden gekoesterd hebben.

Desondanks zei hij niets. Een verstandig man goot geen wildvuur op een komfoortje. In plaats daarvan schonk hij zichzelf een nieuwe beker wijn in. 'Hoe veilig denk je dat Myrcella is als Koningslanding valt? Renling en Stannis zullen haar hoofd naast het jouwe zetten.'

Plotseling begon Cersei te huilen.

Tyrion Lannister had niet meer verbijsterd kunnen zijn als Aegon de Veroveraar zelf de kamer was binnengedrongen, gezeten op een draak en jonglerend met citroenpasteien. Hij had zijn zuster al sinds hun kindertijd op de Rots van Casterling niet meer zien huilen. Moeizaam deed hij een stap in haar richting. Als je zuster huilt word je geacht haar te troosten... maar dit was *Cersei*. Aarzelend stak hij een hand naar haar schouder uit.

'Raak me niet aan!' zei ze, en ze draaide abrupt weg. Dit had geen pijn mogen doen, maar dat deed het wel, meer dan welke klap ook. Met een rood gezicht, even boos als ongelukkig, hijgde Cersei: 'Staar me niet zo aan, niet... niet op die manier... jij niet.'

Beleefd keerde Tyrion haar de rug toe. 'Ik wilde je niet aan het schrikken maken. Ik beloof je dat Myrcella niets zal overkomen.'

'Leugenaar,' zei ze tegen zijn rug. 'Ik ben geen kind meer, dat je me met loze beloften kunt lijmen. Je hebt ook beweerd dat je Jaime vrij zou krijgen. En, waar is hij?'

'In Stroomvliet, zou ik denken. Goed bewaakt, tot ik een manier ontdek om hem vrij te krijgen.'

Cersei snoof. 'Ik had een man moeten zijn. Dan had ik jullie geen van allen nodig gehad, en dan was niets van dit alles gebeurd. Hoe kon

Jaime zich nou door zo'n *jongen* krijgsgevangen laten nemen? En vader, ik vertrouwde op hem, dwaas die ik ben, maar waar is hij, nu hij nodig is? Wat voert hij eigenlijk uit?'
'Hij voert oorlog.'
'Van achter de muren van Harrenhal?' zei ze minachtend. 'Een rare manier van vechten. Het lijkt verdacht veel op verstoppertje.'
'Kijk dan nog eens goed.'
'Hoe noem jij het dan? Vader zit in het ene kasteel en Robb Stark in het andere, en niemand dóét iets.'
'Je hebt zitten en zitten,' opperde Tyrion. 'Ze wachten allebei tot de ander een zet doet, maar de leeuw ligt nog met zwiepende staart op de loer, klaar om toe te slaan, terwijl het hertenjong verstijfd is van angst en al zijn ingewanden in opstand zijn. Welke kant hij ook op springt, de leeuw zal hem krijgen, en dat weet hij.'
'En weet je héél zeker dat vader de leeuw is?'
Tyrion grijnsde. 'Dat staat toch op onze banieren?'
Ze negeerde de grap. 'Als vader gevangengenomen was zou Jaime niet werkeloos toezien, dat verzeker ik je.'
Jaime zou zich met zijn leger te pletter lopen op de muren van Stroomvliet en zo al zijn kansen naar de Anderen helpen. Hij heeft nooit enig geduld gehad, evenmin als jij, lieve zuster. 'We kunnen niet allemaal zo stoutmoedig zijn als Jaime, maar er zijn meer manieren om een oorlog te winnen. Harrenhal is sterk, en gunstig gelegen.'
'Maar dat geldt níét voor Koningslanding, zoals we allebei heel goed weten. Terwijl vader met die jongen van Stark voor leeuw en hertenjong speelt, trekt Renling op over de rozenweg. Hij kan nu elk moment voor de poort staan!'
'De stad valt heus niet binnen een dag. Van Harrenhal kun je snel en rechtstreeks over de koningsweg optrekken. Renling krijgt zelfs nauwelijks de kans zijn belegeringswerktuigen in elkaar te zetten voordat vader hem in de rug aanvalt. Vaders strijdkrachten zullen als hamer dienen en de stadsmuren als aambeeld. Een mooi beeld.'
Cersei boorde haar groene ogen in de zijne, argwanend, maar toch ook hongerig naar de geruststellende woorden die hij haar voerde. 'En als Robb Stark optrekt?'
'Harrenhal ligt te dicht bij de voorden van de Drietand dan dat Rous Bolten met het noordelijke voetvolk kan oversteken om zich bij de ruitertroepen van de Jonge Wolf aan te sluiten. Stark kan niet tegen Koningslanding optrekken zonder eerst Harrenhal in te nemen, en daar is hij zelfs samen met Bolten niet sterk genoeg voor.' Tyrion zette zijn innemendste glimlach op. 'Ondertussen leeft vader van de vette oogst van het rivierengebied, terwijl oom Steffert bij de Rots verse lichtingen krijgsvolk bijeenbrengt.'

Cersei keek hem wantrouwig aan. 'Hoe weet je dat allemaal? Heeft vader je van zijn plannen op de hoogte gesteld toen hij je hierheen stuurde?'

'Nee. Ik heb de kaart bestudeerd.'

Haar blik verkeerde in minachting. 'Je hebt dat woord voor woord bij elkaar verzonnen in die groteske kop van je, hè Kobold?'

'Tss,' zei Tyrion. 'Lief zusje, nou vraag ik je, zouden de Starks om vrede smeken als we niet aan de winnende hand waren?' Hij haalde de brief te voorschijn die ser Cleos Frey had meegebracht. 'De Jonge Wolf heeft ons vredesvoorwaarden gestuurd, moet je weten. Onaanvaardbaar, dat wel, maar het is een begin. Wil je ze zien?'

'Ja.' Meteen was ze weer de koningin. 'Hoe kom jij daar aan? Ik had ze moeten krijgen.'

'Waar is een Hand anders voor, dan om dingen te overhandigen?' Tyrion overhandigde haar de brief. De plek op zijn wang waar Cersei zijn huid met haar nagels had opengehaald bonsde nog steeds, maar hij had toch geen uiterlijk dat door een paar schrammetjes bedorven kon worden. *Laat ze desnoods mijn halve gezicht villen, dat is géén prijs voor haar instemming met dat Dornse huwelijk.* En hij voelde dat hij die nu zou krijgen.

En bepaalde informatie over een verklikker... dat was nog het allerbeste te pruimen.

Bran

Danseres droeg een dekkleed van sneeuwwitte wol met het blazoen van het huis Stark, de grauwe schrikwolf. Zelf was Bran gekleed in grauwe hozen en een wit wambuis waarvan de mouwen en kraag met eekhoornbont afgezet waren. Ter hoogte van zijn hart zat zijn wolvenkop-broche van zilver en gepolijst git. Hij had liever Zomer gehad dan een zilveren wolf op zijn borst, maar ser Rodrik had voet bij stuk gehouden.

Voor de lage stenen trap aarzelde Danseres maar heel even. Toen Bran haar aanspoorde nam ze hem met gemak. Achter de grote, met ijzer beslagen eiken deuren vulden acht lange rijen schragentafels de grote zaal van Winterfel, aan elke kant van het middenpad vier. Op de banken zaten de mannen schouder aan schouder. Toen Bran langsdraafde kwamen ze overeind en riepen 'Stark! Winterfel! *Winterfel!*'

Hij was oud genoeg om te beseffen dat ze in feite niet voor hém schreeuwden; ze juichten om de oogst, om Robb en zijn overwinningen, om zijn vader, zijn grootvader en alle Starks van de afgelopen achtduizend jaar. Toch zwol zijn borst van trots. Voor de duur van zijn rit door de zaal vergat hij dat hij verlamd was. Maar toen hij de verhoging bereikte, met aller ogen op zich gevestigd, maakten Osha en Hodor zijn riemen en gespen los, tilden hem van de rug van Danseres en droegen hem naar de hoge zetel van zijn voorvaderen.

Ser Rodrik zat aan Brans linkerhand met zijn dochter Beth naast zich. Rickon zat rechts van hem. Zijn ruige, kastanjebruine haardos was zo lang geworden dat hij tot op zijn hermelijnen mantelkraag hing. Sinds hun moeder weg was, had hij geweigerd zijn haar door wie dan ook te laten snijden. Het laatste meisje dat een poging had gedaan had als dank voor de moeite een beet opgelopen. 'Ik wou ook rijden,' zei hij toen Hodor Danseres wegleidde. 'Ik kan beter rijden dan jij.'

'Dat is niet waar, dus hou je kop,' zei hij tegen zijn broertje. Ser Rodrik brulde om stilte. Bran verhief zijn stem. Hij heette hen welkom namens zijn broer, de Koning in het Noorden, en vroeg hun de oude en de nieuwe goden te danken voor Robbs overwinningen en de rijke oogst. 'Moge er zo nóg honderd komen,' besloot hij terwijl hij zijn vaders zilveren kelk hief.

'*Nóg honderd!*' Tinnen kroezen, aardewerken bekers en met ijzer beslagen drinkhoorns kletterden tegen elkaar. Brans wijn was gezoet met honing en geurde naar kaneel en kruidnagelen, maar was sterker dan hij gewend was. Toen hij slikte voelde hij warme, slangachtige vingers door zijn borst kruipen. Tegen de tijd dat hij de kelk op tafel zette was hij enigszins draaierig.

'Goed gedaan, Bran,' zei ser Rodrik tegen hem. 'Heer Eddard zou heel trots zijn geweest.' Verderop aan de tafel knikte maester Luwin instemmend terwijl de tafeldienaren het eten begonnen te serveren.

Bran had nog nooit zulk voedsel gezien: de ene gang na de andere, zoveel dat hij van elke schotel maar een paar happen op kon. Er waren enorme lappen gebraden oeros, geroosterd met prei, pastei van wildbraad en stukken wortel, spek en champignons, schapenbouten in een saus van honing en kruidnagelen, sappige eend, gepeperd wild zwijn, gans, duif en kapoen aan het spit, een stoofpot van rundvlees en gerst, en koude fruitmoes. Heer Weyman had uit Withaven twintig tonnetjes vis, ingelegd in zout en zeewier meegebracht, witvis en alikruiken, krabbetjes en mosselen, oesters, haring, kabeljauw, zalm, kreeft en lamprei. Er was zwart brood, er waren honingkoeken en haverbiscuits, er waren knollen, erwten en bieten, bonen en pompoenen en enorme rode uien, er waren gebakken appels, bessentaarten en peren op sterke wijn. Op elke tafel, zowel boven als onder het zout, waren grote witte kazen neergezet, en kruiken warme kruidenwijn en gekoeld herfstbier werden langs de tafels doorgegeven.

Heer Weymans speelmannen bleven dapper en bekwaam doorspelen, maar harp, vedel en hoorn werden al snel overspoeld door een vloedgolf van gepraat en gelach, gerinkel van bekers en borden en gegrom van honden die vochten om het tafelafval. De zanger zong goede liederen: 'IJzeren Lansen', 'Het Branden der Schepen', 'De Beer en de Schone Maagd', maar alleen Hodor leek te luisteren. Hij stond naast de fluitspeler van de ene voet op de andere te springen.

Het lawaai zwol aan tot een gestaag, grommend gebrul; een grote, bedwelmende mengelmoes van geluid. Ser Rodrik sprak over Beths krullenkop heen met maester Luwin, terwijl Rickon opgewekt tegen de Walders zat te schreeuwen. Bran had de Freys niet aan de eretafel willen hebben, maar de maester had hem eraan herinnerd dat ze binnenkort familie zouden zijn. Robb zou met een van hun tantes trouwen, en Arya met een van hun ooms. 'Dat doet ze nooit,' had Bran gezegd. 'Arya niet.' Maar maester Luwin was onverbiddelijk geweest, en dus zaten ze nu naast Rickon.

De tafeldienaren boden alle schotels eerst aan Bran aan, zodat hij desgewenst de portie van de heer kon nemen. Toen ze bij de eenden aangeland waren kon hij niets meer op. Daarna knikte hij goedkeurend naar iedere nieuwe gang en wuifde die vervolgens weg. Als de schotel bijzonder aanlokkelijk rook, stuurde hij hem door naar een van de heren op de verhoging, een gebaar van vriendschap en welwillendheid waartoe hij volgens maester Luwin verplicht was. Hij stuurde wat zalm naar de arme, treurige vrouwe Hoornwoud, het everzwijn naar de luidruchtige Ombers, een schotel gans-in-bessensaus naar Clei Cerwyn, en een grote kreeft naar Joseth, de stalmeester, die weliswaar heer noch gast was, maar Danseres zodanig had afgericht dat Bran er nu op kon rijden. Ook stuurde hij wat zoetigheid naar Hodor en ouwe Nans, enkel en alleen omdat hij van ze hield. Ser Rodrik herinnerde hem eraan dat hij ook iets naar zijn pleegbroers moest sturen, dus stuurde hij Kleine Walder wat gekookte bieten en Grote Walder de knollen in botersaus.

Op de banken beneden zaten de mannen van Winterfel tussen gewone mensen uit de winterstad, vrienden uit dichterbij gelegen ridderhoven en lieden uit het gevolg van hun hoge gasten. Sommige gezichten had Bran nooit eerder gezien, andere kende hij even goed als het zijne. Toch kwamen ze hem allemaal even vreemd voor. Hij sloeg ze als van een afstandje gade, alsof hij nog voor het raam van zijn slaapkamer zat en neerkeek op de binnenplaats, zodat hij alles zag maar nergens deel aan had.

Osha liep tussen de tafels door om bier te schenken. Een van de mannen van Leobald Langhart schoof zijn hand onder haar rok omhoog, waarop zij onder bulderend gelach de kruik op zijn hoofd stuksloeg. Mikken had zijn hand in het keursje van een of andere vrouw gestoken, maar die scheen het niet erg te vinden. Bran keek toe hoe Farlen zijn rode teef om botten liet bedelen en glimlachte ouwe Nans toe terwijl ze met gerimpelde vingers aan de korst van een warme pastei pulkte. Op de verhoging viel heer Weyman op een dampende lampreischotel aan alsof het een vijandelijk leger was. Hij was zo vet dat er op bevel van ser Rodrik een extra brede stoel voor hem was vervaardigd, maar hij lachte luid en vaak, en Bran had het gevoel dat hij hem wel mocht. De arme, bleke vrouwe Hoornwoud zat naast hem met een gezicht als een stenen masker lusteloos met haar eten te schuiven. Aan het andere einde van de eretafel speelden Hother en Mors een drinkspel door hun hoorns tegen elkaar te slaan met de kracht van ridders op een toernooi.

Het is hier te warm, en te lawaaiig, en iedereen wordt dronken. De grauwe-en-witte wol bezorgden Bran jeuk, en plotseling had hij het gevoel dat hij overal liever was dan hier. *In het godenwoud is het nu koel. Uit de warme bronnen stijgt damp op, en de rode bladeren van de weirboom ritselen. De geuren zijn voller dan hier, en het duurt niet lang meer voor de maan opgaat en mijn broeder ertegen zingt.*

'Bran?' zei ser Rodrik. 'Je eet niet.'

De wakende droom was zo reëel geweest dat Bran heel even niet wist waar hij was. 'Ik neem straks nog wel wat,' zei hij. 'Ik barst bijna.'

De witte snor van de oude ridder was roze van de wijn. 'Je hebt het prima gedaan, Bran. Hier en tijdens de audiënties. Op een dag zul je een bijzonder goede heer zijn, denk ik.'

Ik wil ridder worden. Bran nam nog een slokje gekruide honingwijn uit zijn vaders kelk, blij dat hij iets kon vasthouden. Op de zijkant van de kelk was de levensechte kop van een grauwendre schrikwolf in reliëf aangebracht. Hij voelde de zilveren snuit in zijn handpalm drukken en dacht aan de laatste keer dat hij zijn vader uit deze kelk had zien drinken.

Dat was op de avond van het welkomstfeest geweest, toen koning Robert met zijn hofhouding naar Winterfel was gekomen. Toen was het nog zomer. Zijn ouders hadden samen met Robert en de koningin aan de eretafel gezeten, met haar broers naast haar. Oom Benjen was er ook bij geweest, geheel in het zwart gekleed. Bran had met zijn broers en zusters tussen de kinderen van de koning gezeten, Joffry, Tommen en prinses Myrcella, die de hele maaltijd vol aanbidding naar Robb had gestaard. Als er niemand keek had Arya aan tafel gekke bekken zitten trekken. Sansa had in vervoering geluisterd naar de ridderlijke liederen die de harpspeler van de koning had gezongen, en Rickon had alsmaar gevraagd waarom Jon niet bij hen zat. 'Omdat hij een bastaard is,' had Bran ten slotte tegen hem moeten fluisteren.

En nu zijn ze allemaal weg. Het was of een of andere wrede god een hand naar omlaag had gestoken en ze allemaal had weggeveegd; de meisjes hun gevangenschap in, Jon naar de Muur, Robb en moeder naar de oorlog, koning Robert en vader naar hun graf, en oom Benjen misschien ook...

Zelfs beneden op de banken zaten nieuwe mannen aan tafel. Jory was dood, en dikke Tom, en Porthier, Alyn, Desmond, Hullen, die toen stalmeester was geweest, zijn zoon Harwin... iedereen die met vader naar het zuiden was gegaan, zelfs septa Mordane en Vayon Poel. De rest was met Robb ten strijde getrokken en voor zover Bran wist konden zij binnenkort ook wel dood zijn. Hij mocht Hooikop, Pokdalige Tim en Wispelaar en de overige nieuwe mannen ook best, maar hij miste zijn oude vrienden.

Hij tuurde de banken af, kijkend naar al die vrolijke en treurige gezichten, en vroeg zich af wie er volgend jaar zou ontbreken, en het jaar daarna. Op dat moment had hij kunnen huilen, maar dat ging niet aan. Hij was de Stark in Winterfel, zijn vaders zoon en de erfgenaam van zijn broer, en al bijna een groot mens.

Aan het ondereind van de zaal gingen de deuren open, en een kille luchtvlaag deed de toortsvlammen even fel oplaaien. Bierbuik bracht twee nieuwe gasten naar het feest. 'Vrouwe Mira van het huis Riet,' bulderde de bolle wachter over het feestgedruis heen. 'Met haar broer Jojen, uit Grijswaterwacht.'

De aanwezigen keken van hun bekers en houten borden op om de pas aangekomenen in ogenschouw te nemen. Bran hoorde hoe Kleine Walder 'Kikkervreters' mompelde tegen Grote Walder, die naast hem zat. Ser Roderik kwam overeind. 'Wees welkom, vrienden, en deel deze oogst met ons.' Bedienden gingen haastig schragen en stoelen halen om de tafel op de verhoging langer te maken.
'Wie zijn dat nou weer?' vroeg Rickon.
'Moddermensen,' antwoordde Kleine Walder minachtend. 'Het zijn dieven en lafaards, en ze hebben groene tanden van het kikkers eten.'
Master Luwin ging op zijn hurken naast Brans zetel zitten om hem op fluistertoon van advies te dienen. 'Deze mensen moet je hartelijk welkom heten. Ik had niet verwacht ze hier te zien, maar... je weet wie dit zijn?'
Bran knikte. 'Paalbewoners. Uit de Nek.'
'Holand Riet was een groot vriend van je vader,' lichtte ser Rodrik hem in. 'Deze twee zijn blijkbaar kinderen van hem.'
Terwijl de nieuwkomers de hele zaal door liepen zag Bran dat de een inderdaad een meisje was, al zou je dat op grond van haar kleding niet zeggen. Ze droeg hozen van lamsvel, soepel geworden door het vele dragen, en een mouwloos jak, versterkt met bronzen schubben. Al was ze bijna net zo oud als Robb, toch was ze slank als een jongen, met lang bruin haar in een knot op haar achterhoofd opgestoken en slechts een vage suggestie van borsten. Aan een slanke heup hing een geknoopt net, aan de andere een lang, bronzen mes, en onder haar arm droeg ze een oude ijzeren helm vol roestplekken. Op haar rug waren een kikkerspeer en een rond leren schild gebonden.
Haar broer was ettelijke jaren jonger en droeg geen wapens. Hij was geheel in het groen gekleed, tot en met het leer van zijn laarzen, en toen hij dichterbij kwam zag Bran dat zijn ogen moskleurig waren, al leken zijn tanden net zo wit als die van ieder ander. Beide Riets waren tenger gebouwd, slank als zwaardklingen, en nauwelijks langer dan Bran zelf. Voor de verhoging zonken ze op één knie.
'Mijne heren van Stark,' sprak het meisje. 'De jaren zijn bij honderd- en duizendtallen verstreken sinds mijn volk voor de eerste maal trouw zwoer aan de Koning in het Noorden. Mijn vader heeft ons hierheen gezonden om namens ons hele volk die woorden nogmaals te spreken.'
Ze kijkt naar mij, drong het tot Bran door. Hij moest antwoord geven. 'Mijn broer Robb strijdt in het zuiden,' zei hij. 'Maar als u wilt, kunt u de woorden voor mij uitspreken.'
'Wij zweren Winterfel de trouw van Grijswater,' zeiden ze allebei tegelijk. 'Haard, hart en oogst dragen wij u op, heer. Beveel over onze zwaarden, speren en pijlen. Betoon de zwakkeren onder ons barmhar-

tigheid, help de hulpelozen en laat eenieder gerechtigheid geschieden, en wij zullen u nimmer verlaten.'

'Ik zweer het bij aarde en water,' zei de jongen in het groen.

'Ik zweer het bij brons en ijzer,' zei zijn zuster.

'Wij zweren het bij ijs en vuur,' besloten ze allebei tegelijk.

Bran zocht naar woorden. Moest hij nu op zijn beurt iets aan hen zweren? Hun eed was hem onbekend. 'Moge uw winters kort en uw zomers overvloedig zijn,' zei hij. Dat klonk meestal wel goed. 'Sta op. Ik ben Brandon Stark.'

Het meisje Mira stond op en hielp haar broer overeind. De jongen staarde al die tijd naar Bran. 'Als gaven brengen wij u vis, kikkers en gevogelte,' zei hij.

'Ik dank u.' Bran vroeg zich af of hij nu uit beleefdheid een kikker moest eten. 'Ik bied u het gastmaal van Winterfel aan.' Hij probeerde zich te binnen te brengen wat hij van de paalbewoners wist. Ze woonden in de moeren van de Nek en verlieten hun drassige gebied zelden. Het was een arm volk van vissers en kikkerjagers dat in hutten van riet en gevlochten biezen op drijvende eilandjes in het hart van het moeras woonde. Men zei dat het laffe lieden waren die vergiftigde wapens hanteerden en zich liever voor de vijand schuilhielden dan hem in het open veld tegemoet te treden. Toch was Holand Riet een van vaders meest onwankelbare getrouwen geweest in de oorlog om koning Roberts kroon, voordat Bran geboren was.

Terwijl hij ging zitten keek de jongen, Jojen, nieuwsgierig de zaal rond. 'Waar zijn de schrikwolven?'

'In het godenwoud,' antwoordde Rickon. 'Ruige Hond is stout geweest.'

'Mijn broer zou ze graag zien,' zei het meisje.

Luidkeels zei Kleine Walder: 'Laat hij maar uitkijken dat ze hem niet zien, anders nemen ze nog een hap uit hem.'

'Als ik erbij ben bijten ze niet.' Bran vond het fijn dat ze de wolven wilden zien. 'Zomer bijt hoe dan ook niet, en hij houdt Ruige Hond wel op een afstand.' Hij was nieuwsgierig naar die moddermensen. Hij kon zich niet herinneren dat hij er ooit een had gezien. Zijn vader had door de jaren heen wel brieven naar de heer van Grijswater gestuurd, maar niemand van de paalbewoners was ooit naar Winterfel gekomen. Hij zou graag wat langer met hen hebben gepraat, maar er was zoveel lawaai in de Grote Zaal dat zelfs iemand die vlak naast je zat bijna niet te verstaan was.

Ser Rodrik zat vlak naast Bran. 'Eten ze echt kikkers?' vroeg hij aan de oude ridder.

'Ja,' zei ser Rodrik. 'Kikkers, vissen, hagedisleeuwen, en alle soorten vogels.'

Misschien hebben ze geen schapen en koeien, dacht Bran. Hij beval de tafeldienaars om hun schapenbouten en een plak oeros te serveren en hun houten borden met de stoofpot van rundvlees en gerst te vullen. Ze leken het best lekker te vinden. Het meisje betrapte hem erop dat hij haar aan zat te staren en glimlachte. Bran kreeg een kleur en keek de andere kant op.

Veel later, toen alle zoetigheden waren opgediend en weggespoeld met stromen zomerwijn, werden de tafels afgeruimd en opzij gezet, zodat er ruimte kwam om te dansen. De muziek werd wilder, er kwamen trommelaars bij, en Hother Omber haalde een enorme, kromme krijgshoorn met zilverbeslag te voorschijn. Toen de zanger bij het stuk van 'De Nacht die Eindigde' kwam waarin de Nachtwacht uitreed om de Anderen het hoofd te bieden in de Slag om de Dageraad, gaf hij er een stoot op die alle honden in geblaf deed uitbarsten.

Twee mannen van Hanscoe hieven een zoemend, snerpend lied op een luchtblaas en een houtharp aan. Mors Omber sprong als eerste op. Hij greep een passerende dienster bij de arm en sloeg haar de wijnkruik uit handen, zodat die op de vloer in scherven viel. Tussen de biezen, de botten en de stukken brood waarmee de stenen bezaaid lagen draaide en zwierde hij met haar in het rond en gooide hij haar de lucht in. Het meisje gilde van de lach en bloosde toen haar rokken opwaaiden.

Algauw deden er ook anderen mee. Hodor begon helemaal alleen te dansen, terwijl heer Weyman de kleine Beth Cassel ten dans vroeg. Zijn omvang ten spijt waren zijn bewegingen heel elegant. Toen hij moe werd danste Clei Cerwyn in zijn plaats met het kind. Ser Rodrik benaderde vrouwe Hoornwoud, maar zij verontschuldigde zich en vertrok. Bran keek precies zo lang toe als de beleefdheid vereiste, waarna hij Hodor liet komen. Hij had het warm, hij was moe, en verhit door de wijn, en van het dansen werd hij treurig. Nog iets dat hij nooit meer zou kunnen. 'Ik wil weg.'

'Hodor,' riep Hodor terug en hij knielde. Maester Luwin en Hooikop tilden hem in zijn mand. De bewoners van Winterfel hadden dat al tientallen keren gezien, maar de gasten, van wie sommigen meer nieuwsgierigheid dan beleefdheid aan de dag legden, moesten het wel een merkwaardige aanblik vinden. Bran voelde hun starende blikken.

In plaats van de hele zaal door te lopen namen ze de deur van de heer, en Bran trok zijn hoofd in. In de flauw verlichte galerij langs de Grote Zaal stuitten ze op Joseth, de stalmeester, bezig een ander soort rijkunst te bedrijven. Hij schoof een aan Bran onbekende vrouw wier rokken tot haar middel opgetrokken waren, tegen de muur. Ze giechelde, totdat Hodor bleef staan om te kijken. Toen begon ze te krijsen. 'Laat ze met rust, Hodor,' was Bran gedwongen te zeggen. 'Breng me naar mijn slaapkamer.'

Hodor droeg hem de wenteltrap naar zijn toren op en knielde naast een van de ijzeren staven die door Mikken in de muur waren geslagen. Bran slingerde zich aan de staven naar zijn bed en Hodor trok hem zijn laarzen en hozen uit. 'Ga nu maar terug naar het feest. Maar je mag Joseth en die vrouw niet lastig vallen,' zei Bran.

'Hodor,' antwoordde Hodor, en hij bewoog zijn hoofd op en neer.

Toen hij de kaars naast zijn bed uitblies daalde het duister als een zachte, vertrouwde deken op hem neer. Het vage geluid van muziek drong door het gesloten luik van zijn raam.

Iets dat zijn vader hem eens verteld had toen hij nog klein was kwam plotseling boven. Hij had heer Eddard gevraagd of de Koningsgarde echt uit de beste ridders van de Zeven Koninkrijken bestond. 'Nu niet meer,' was het antwoord geweest, 'maar vroeger waren ze geweldig, een lichtend voorbeeld voor de wereld.'

'Was er ook een die de beste was van allemaal?'

'De beste ridder die ik ooit heb meegemaakt was ser Arthur Dayn, die streed met een zwaard dat Dageraad heette, gesmeed uit het hart van een gevallen ster. Hij werd het Zwaard van de Morgen genoemd, en hij zou mij hebben gedood als Holand Riet er niet was geweest.' Toen was vader treurig geworden en had hij niets meer willen zeggen. Bran wilde wel dat hij hem had gevraagd wat hij bedoelde.

Hij sliep in met een hoofd vol ridders in blinkende harnassen die streden met zwaarden, fonkelend als sterrenvuur, maar toen de droom kwam bevond hij zich weer in het godenwoud. De luchtjes uit de keuken en de Grote Zaal waren zo doordringend dat het bijna leek of hij het feest nimmer had verlaten. Hij sloop rond onder de bomen, zijn broeder pal achter hem. Deze nacht was vervuld van fel leven en galmde van het gehuil van het spelende mensenpak. Die geluiden maakten hem rusteloos. Hij wilde wegrennen, hij wilde...

Gerinkel van ijzer deed hem de oren spitsen. Zijn broeder hoorde het ook. Ze stoven door het onderhout op het geluid af. Toen hij over het stille water aan de voet van de oude witte sprong, snoof hij de lucht van een vreemdeling op: de geur van mens vermengd met leer, aarde en ijzer.

De indringers waren al een paar passen in het woud doorgedrongen toen hij hen bereikte: een wijfje en een jong mannetje aan wie geen spoor van vrees kleefde, zelfs niet toen hij zijn tanden liet zien. Zijn broeder maakte een grommend keelgeluid, maar toch liepen ze niet weg.

'Daar zijn ze,' zei het wijfje. *Mira*, fluisterde iets in hem, een zweempje van de slapende jongen die in zijn wolvendroom was verdwaald. 'Wist jij dat ze zo groot waren?'

'Volgroeid zijn ze nog groter,' zei het jonge mannetje, dat hen met grote, groene ogen onbevreesd aanzag. 'De zwarte zit barstensvol vrees en woede, maar de grijze is sterk... sterker dan hij beseft... voel je hem, zuster?'

'Nee,' zei ze en ze bracht een hand naar het heft van haar lange bruine mes. 'Wees voorzichtig, Jojen.'

'Hij zal me geen kwaad doen. Dit is niet mijn stervensdag.' Het mannetje liep op hen af, onbevreesd, en raakte zijn snuit aan, een aanraking licht als een zomerbries. Maar zodra de vingers langs hem streken, viel het woud uiteen en ging de grond onder zijn voeten in rook op en dreef lachend weg, en toen tolde hij rond en hij viel en viel en *viel*...

Catelyn

Terwijl ze in het golvende grasland lag te slapen, droomde Catelyn dat Bran weer gezond was, dat Arya en Sansa hand in hand liepen, dat Rickon een zuigeling aan haar borst was. Robb, zonder kroon, speelde met een houten zwaard, en toen ze allemaal veilig en wel sliepen trof ze Ned glimlachend in haar bed aan.

Heerlijk was dat, heerlijk, en te snel voorbij. Het ochtendgloren was een wrede dolk van licht. Ze ontwaakte met een schrijnend gevoel, alleen en moe, moe van het rijden, moe van het rouwen, moe van al die verplichtingen. *Ik wil getroost worden. Ik ben het sterk zijn zo beu. Nu wil ik ook eens dwaas en bang zijn. Heel even maar, meer niet... een dag... een uur...*

Rond haar tent kwamen de mannen in beweging. Ze hoorde paarden zachtjes hinniken. Schad klaagde over een stijve rug, ser Wendel riep om zijn boog. Catelyn wilde wel dat ze allemaal verdwenen. Het waren goede mannen, en trouw, maar ze was ze allemaal zat. Ze wilde alleen nog haar kinderen. Liggend op haar bed beloofde ze zichzelf dat ze op een dag minder dan sterk zou mogen zijn.

Maar niet vandaag. Dat kon niet.

Met vingers die onhandiger leken dan normaal frunnikte ze aan haar kleren. Eigenlijk moest ze blij zijn dat ze nog íéts met haar handen kon doen. De dolk was van Valyrisch staal geweest, en Valyrish staal treft diep en scherp. Ze hoefde de littekens maar te zien en ze wist het weer.

Buiten stond Schad haver in een pot te roeren terwijl ser Wendel Manderling zijn boog spande. 'Vrouwe,' zei hij toen Catelyn opdook, 'er zitten hier vogels in het gras. Wilt u vanmorgen niet ontbijten met geroosterde kwartel?'

'Havermout en brood is genoeg... voor ons allemaal, lijkt me. We hebben nog vele tientallen mijlen te gaan, ser Wendel.'

'Zoals u wilt, vrouwe.' Het vollemaansgezicht van de ridder keek beteuterd en de punten van zijn grote walrussensnor trilden van louter teleurstelling. 'Havermout en brood, beter kan het toch niet?' Hij was een van de dikste mannen die Catelyn ooit had gezien, maar hoeveel hij ook van eten hield, zijn eer was hem liever.

'Ik heb wat netels gevonden en thee gezet,' meldde Schad. 'Wilt u een kop, vrouwe?'

'Ja, graag.'

Ze koesterde de theekop in haar gehavende handen en blies erin om de thee te laten afkoelen. Schad was een man van Winterfel. Robb had twintig van zijn beste mensen gestuurd om haar veilig naar Renling te begeleiden. Hij had ook vijf jonkers meegezonden wier namen en hoge afkomst haar missie gewicht en status zouden verlenen. Onderweg naar het zuiden, op veilige afstand van steden en ridderhoven, hadden ze meer dan één bende gemaliede mannen gesignaleerd, en aan de oostelijke horizon hadden ze rook ontwaard, maar niemand had hen lastig durven vallen. Ze waren te zwak om een bedreiging te vormen, en met te veel om een gemakkelijke prooi te zijn. Eenmaal aan de overzijde van het Zwartwater hadden ze het ergste achter de rug. De laatste vier dagen hadden ze niets van de oorlog gemerkt.

Catelyn had dit helemaal niet gewild. Dat had ze in Stroomvliet ook tegen Robb gezegd. 'De laatste keer dat ik Renling heb gezien was hij niet ouder dan Bran nu is. Ik ken hem niet. Stuur een ander. Mijn plaats is hier bij mijn vader, zolang hij nog tijd van leven heeft.'

Haar zoon had haar ongelukkig aangekeken. 'Er is geen ander. Zelf kan ik niet gaan. Uw vader is te ziek. De Zwartvis leent mij zijn ogen en oren, hem kan ik niet missen. Uw broer heb ik nodig om Stroomvliet te verdedigen als wij optrekken...'

'Optrekken?' Niemand had tegen haar iets over optrekken gezegd.

'Ik kan toch niet in Stroomvliet op vrede blijven wachten? Dan lijkt het net of ik geen strijd meer durf te leveren. Als er geen veldslagen meer uit te vechten zijn gaan de mensen aan hun huis en haard en oogst denken. Dat heeft vader tegen me gezegd. Zelfs mijn noorderlingen worden onrustig.'

Mijn noorderlingen, dacht ze. *Hij begint zelfs al als een koning te praten.* 'Niemand is ooit van onrust gestorven, maar roekeloosheid is iets heel anders. We hebben gezaaid, laten we nu wachten tot het zaad opkomt.'

Robb schudde koppig zijn hoofd. 'We hebben wat zaad in de wind uitgestrooid, meer niet. Als uw zuster Lysa van plan was ons te hulp te komen hadden we dat al wel gehoord. Hoeveel vogels hebben we niet naar het Adelaarsnest gestuurd, vier? Ik wil ook vrede, maar waarom zouden de Lannisters me ook maar íets geven als ik hier maar zit te zitten terwijl mijn leger voor mijn ogen wegsmelt als zomersneeuw?'

'Dus liever dan laf te lijken dans je naar heer Tywins pijpen?' kaatste ze terug. 'Hij wíl dat je naar Harrenhal optrekt, vraag het maar aan je oom Brynden als...'

'Ik heb de naam Harrenhal niet genoemd,' zei Robb. 'Gaat u nu nog voor me naar Renling, of zal ik de Grootjon maar sturen?'

Die herinnering bracht een flauwe glimlach bij haar teweeg. Zo'n doorzichtige truc, en toch, voor een jongen van vijftien heel handig. Robb wist dat een man als Grootjon Omber volslagen ongeschikt was om met iemand als Renling Baratheon te onderhandelen, en hij wist dat zij dat ook wist. Wat kon ze anders doen dan toegeven en bidden dat haar vader in leven zou blijven tot zij terug was? Als heer Hoster gezond was geweest was hij zelf gegaan, wist ze. Toch was dat afscheid haar moeilijk gevallen, heel moeilijk. Toen ze hem vaarwel kwam zeggen herkende hij haar niet eens. 'Minisa,' riep hij haar. 'Waar zijn de kindjes? Mijn kleine Cat, mijn lieve Lysa...' Catelyn had hem op het voorhoofd gekust en hem verteld dat alles goed was met de kleintjes. 'Wacht op mij, heer,' zei ze toen zijn ogen dichtvielen. 'Ik heb zo vaak op u gewacht. Nu moet u op mij wachten.'

Het noodlot drijft me telkens weer naar het zuiden, dacht Catelyn terwijl ze van de scherpe thee nipte, *terwijl ik naar het noorden zou moeten, naar huis.* De laatste avond in Stroomvliet had ze aan Bran en Rickon geschreven. *Ik vergeet jullie niet, lieve jongens, echt niet, geloof me. Alleen heeft jullie broer me nog harder nodig.*

'We zouden vandaag de Boven-Mander moeten bereiken, vrouwe,' zei ser Wendel toen Schad de havermout opschepte. 'Als het klopt wat we hebben gehoord is heer Renling niet ver weg.'

En wat zeg ik tegen hem als we hem gevonden hebben? Dat mijn zoon hem niet als de ware koning beschouwt? Ze keek niet naar de ontmoeting uit. Ze hadden vrienden nodig, niet nog meer vijanden, maar Robb zou nooit zijn knie buigen om trouw te zweren aan iemand die volgens hem geen recht had op de troon.

Haar kom was leeg, al had ze de havermout niet bewust geproefd. Ze zette hem weg. 'Tijd om op te breken.' Hoe eerder ze met Renling sprak, hoe eerder ze naar huis kon. Zij zat als eerste te paard, en bepaalde het tempo van de colonne. Hal Mollen reed naast haar met de banier van het huis Stark, de grijze schrikwolf op een veld zo wit als ijs.

Ze waren nog een halve dagreis van Renlings kamp verwijderd toen ze werden aangehouden. Robin Grind was als verkenner vooruitgereden en kwam teruggaloperen met nieuws over een speurdog op het dak van een windmolen in de verte. Tegen de tijd dat Catelyns gezelschap de molen bereikte was de man allang weg. Ze reden snel door, maar voor ze één mijl hadden afgelegd stormden Renlings voorrijders op hen af, twintig gemaliede mannen te paard, aangevoerd door een ridder met grijs haar en een grijze baard en een wapenrok met blauwe gaaien.

Toen hij haar banieren zag draafde hij in zijn eentje naar haar toe. 'Vrouwe,' riep hij, 'Ik ben ser Colen van de Groene Vennen, met uw welnemen. U trekt door een gevaarlijk gebied.'

'Onze boodschap is dringend,' antwoordde ze. 'Ik kom als afgezant van mijn zoon, Robb Stark, Koning in het Noorden, om te onderhandelen met Renling Baratheon, Koning in het Zuiden.'

'Koning Renling is de gekroonde en gezalfde heer van álle Zeven Koninkrijken, vrouwe,' antwoordde Colen, al klonk het niet onhoffelijk. 'Zijne Genade is met zijn krijgsmacht bij Bitterbrug gelegerd, waar de rozenweg de Mander kruist. Het zal mij een grote eer zijn u naar hem toe te geleiden.' De ridder hief een gemaliede hand op, en zijn mannen vormden een dubbele colonne aan weerskanten van Catelyn en haar wacht. *Begeleiders of bewakers*, vroeg ze zich af. Er zat niets anders op dan op ser Colens eer en die van heer Renling te vertrouwen.

Ze zagen de rook van de kampvuren al op een uur gaans van de rivier. Vervolgens kwam het geluid aanzweven over hoeve en akker en golvend veld, vaag als het ruisen van een verre zee maar aanzwellend naarmate ze naderbij kwamen. Tegen de tijd dat ze het modderige water van de Mander in de zon zagen glinsteren, konden ze menselijke stemmen, staalgerinkel en gehinnik van paarden onderscheiden. Toch was noch het geluid, noch de rook voldoende om hen op de krijgsmacht zelf voor te bereiden.

Een rookgrijs waas van duizenden kookvuren hing in de lucht. De rijen paarden alleen al strekten zich over vele mijlen uit. Er moest een compleet woud zijn geveld om de palen voor de banieren te leveren. Grote belegeringsmachines flankeerden de grazige berm van de rozenweg, blijden en katapults en stormrammen op wielen die hoger oprezen dan een ruiter te paard. Stalen punten van pieken gloeiden rossig op in het zonlicht, alsof ze al bebloed waren, terwijl de paviljoens van de ridders en hoge heren als zijden paddestoelen uit de grond schoten. Ze zag mannen met speren en mannen met zwaarden, mannen met stalen kappen en maliënhemden, marketentsters die hun charmes veil boden, schutters die pijlen van baarden voorzagen, voerlui met wagens, zwijnenhoeders met varkens, pages die berichten af en aan brachten, schildknapen die zwaarden slepen, ridders op hakkeneien en paardenknechten met nukkige strijdrossen aan de teugels. 'Een schrikwekkende massa mensen,' merkte ser Wendel Manderling op toen ze de eeuwenoude stenen boog overstaken waaraan Bitterbrug zijn naam ontleende.

'Een waar woord,' beaamde Catelyn.

Het leek wel of bijna de hele zuidelijke ridderschap op de oproep van Renling in het geweer was gekomen. Alom was de gouden roos van Hooggaarde te zien: op de borst van krijgsknechten en bedienden gestikt, golvend en wapperend op de groenzijden vanen waarmee lans en piek versierd waren, en geschilderd op de wapenschilden voor de paviljoens van de zonen, broers, neven en ooms van het huis Tyrel. Catelyn ontdekte tevens de vos-met-de-bloemen van het huis Florens, de rode en de groene appels van Graftweg, de schrijdende jager van heer

Tarling, Eikharts eikenloof, de kraanvogels van Kraan, en voor de Muildoors een wolk oranjezwarte vlinders.

Aan de overkant van de Mander hadden de stormheren hun banieren geplant; Renlings eigen baandermannen, eedplichtig aan het geslacht van Baratheon en Stormeinde. Catelyn herkende de nachtegalen van Brys Caron, de ganzenveren van het geslacht Koproos en de zeeschildpad van heer Estermont, groen op groen. Maar voor elk schild dat ze kende was er een dozijn vreemde, gevoerd door lagere heren, gezworenen van de baanderheren, en door de toegestroomde hagenridders en vrijruiters die van Renling Baratheon niet alleen in naam maar ook in werkelijkheid een koning hadden gemaakt.

Renlings eigen standaard wapperde boven alles uit. Boven op zijn hoogste belegeringstoren, een reusachtig gevaarte van eikenhout dat met ongelooide huiden bekleed was, fladderde de grootste strijdbanier die Catelyn ooit had gezien: een doek, groot genoeg om in menige zaal als tapijt te dienen, van glanzend goud met daarop in het zwart de steigerende, gekroonde hertenbok van de Baratheons, rijzig en trots.

'Vrouwe, hoort u dat lawaai?' vroeg Hallis Mollen terwijl hij naast haar kwam draven. 'Wat is dat?'

Ze luisterde, Geroep, schreeuwende paarden, en het gerinkel van staal... 'Toejuichingen,' zei ze. Ze waren net een glooiende helling naar een rij felgekleurde paviljoenen opgereden. Toen ze ertussendoor reden nam het gedrang toe en zwol het lawaai aan. Toen zag ze het.

Beneden, onder aan de steen-met-houten borstwering van een klein kasteel, was een mêlee aan de gang.

Er was een veld afgebakend waarop hekken, tribunes en barrières waren opgericht. Honderden of misschien wel duizenden mensen stonden te kijken. Naar de grond te oordelen, omgewoeld, modderig en bezaaid met gebutste stukken wapenrusting en gebroken lansen, was het zeker al een dag bezig, maar inmiddels was het eind nabij. Minder dan twintig ridders zaten nog in het zadel en stormden en hieuwen op elkaar in terwijl de toeschouwers en hun gevallen medestrijders hen aanvuurden. Ze zag twee rossen in volle wapenrusting op elkaar botsen en neergaan in een chaos van staal en paardenvlees. 'Een toernooi,' verklaarde Hal Mollen, die de neiging vertoonde met luider stem open deuren in te trappen.

'Schitterend,' zei ser Wendel Manderling toen een ridder met een gestreepte, regenboogkleurige mantel plotseling zijn paard omwierp en met een langstelige bijl een houw linksom gaf die het schild van zijn achtervolger spleet en hem in het zadel achteruit deed kantelen.

Het gedrang belemmerde hun voortgang. 'Vrouwe Stark,' zei ser Colen, 'als uw mannen zo goed willen zijn hier te wachten leid ik u naar de koning.'

'Zoals u wilt.' Ze gaf het bevel, al moest ze haar stem verheffen om boven het toernooigedruis uit te komen. Ser Colen reed zijn paard stapvoets door de mensenmassa met Catelyn in zijn kielzog. Uit de menigte steeg gebrul op toen een man zonder helm met een rode baard en een griffioen op zijn schild het onderspit dolf tegen een grote ridder in een blauwe wapenrusting. Zijn staal, zelfs de botte morgenster die hij met zo'n dodelijke zekerheid hanteerde, had de intense kleur van kobalt en het dekkleed van zijn rijdier vertoonde de gekwartierde zon-en-maan van het huis Tarth.

'Rooie Ronnet is neer, goden nog aan toe!' vloekte een man.

'Loras rekent wel met die blauwe af...' antwoordde een kameraad van hem voordat de rest van zijn woorden verdronken in gebrul.

Dit is waanzin, dacht Catelyn. *Echte vijanden alom en het halve rijk in brand, en Renling speelt hier oorlogje als een jochie met zijn eerste houten zwaard.*

De heren en dames op de tribune gingen net zo in het strijdgewoel op als degenen die staanplaatsen hadden. Catelyn bekeek ze goed. Haar vader had vaak met de zuidelijke heren onderhandeld, en er waren er heel wat in Stroomvliet te gast geweest. Ze herkende heer Mathis Rowin, gezetter en roder dan ooit, met de gouden boom van zijn huis van links naar rechts op zijn witte wambuis. Beneden hem zat vrouwe Eikhart, klein en tenger, en links van haar heer Randyl Tarling van Hoornheuvel, wiens grote zwaard Hartsverderf tegen de achterkant van zijn zetel geleund stond. Anderen herkende ze uitsluitend aan hun wapentekens, en sommigen helemaal niet.

In hun midden, kijkend en lachend, zijn jonge koningin aan zijn zijde, zat een geestverschijning met een gouden kroon.

Geen wonder dat de heren zich zo vurig achter hem scharen, dacht ze, *want hij is een weergekeerde Robert!* Renling was knap zoals Robert knap was geweest, lang van leden, breedgeschouderd, en met hetzelfde ravenzwarte, fijne, gladde haar, diezelfde diepblauwe ogen, diezelfde vlotte lach. De dunne band om zijn slapen stond hem goed. Hij was van buigzaam goud, een krans van met zorg gewrochte rozen. Van voren stak de kop van een hertenbok van donkergroene jade met gouden ogen en een gouden gewei uit.

De gekroonde hertenbok sierde ook 's konings groenfluwelen rok, in gouddraad op de borst geborduurd. Het wapenteken van de Baratheons in de kleuren van Hooggaarde. Het meisje met wie hij de hoge zetel deelde kwam ook uit Hooggaarde: zijn jeugdige koningin, Marjolij, de dochter van heer Hamer Tyrel. Hun huwelijk was de mortel die het grote zuidelijke bondgenootschap bijeenhield, wist Catelyn. Renling was eenentwintig, het meisje niet ouder dan Robb, een knap kind met de zachte blik van een hinde en een bos golvend bruin haar dat in lome krullen over haar schouders viel. Haar glimlach was lief en verlegen.

Beneden op het toernooiveld werd nog iemand door de ridder met de regenboogmantel van zijn paard gegooid, en de koning schreeuwde bijval met de rest. '*Loras!*' hoorde ze hem roepen. '*Loras! Hooggaarde!*' De koningin klapte opgewonden in haar handen.

Catelyn keek opzij om te zien hoe het afliep. Het veld was nu tot vier man gereduceerd en het leed weinig twijfel naar wie de voorliefde van de koning en het gewone volk uitging. Ze had ser Loras Tyrel nooit ontmoet, maar de verhalen over de moed en bekwaamheid van de jeugdige Bloemenridder waren zelfs tot in het verre noorden doorgedrongen. Ser Loras bereed een grote witte hengst in zilveren maliën en streed met een langstelige bijl. Van zijn helmtop liep een guirlande van rode rozen naar omlaag.

Twee van de andere overgeblevenen hadden gemene zaak gemaakt. Ze dreven hun paarden naar de ridder in de kobaltblauwe wapenrusting toe. Toen ze die aan beide zijden insloten gaf de blauwe ridder een ruk aan de teugels en sloeg hij één man pal in het gezicht met zijn versplinterde schild, terwijl zijn zwarte strijdros met een met staal beklede hoef naar de tweede uithaalde. Een van de strijders was in een oogwenk uit het zadel gevallen, en de ander wankelde. De blauwe ridder smeet zijn gebroken schild op de grond om zijn linkerarm vrij te hebben, en het volgende moment had de Bloemenridder zich op hem gestort. Het gewicht van al dat staal deed weinig af aan de snelheid en gratie waarmee ser Loras zich bewoog, terwijl zijn regenboogmantel om hem heen zwierde.

Het witte en het zwarte paard draaiden rond als gelieven tijdens een oogstdans, maar de berijders trakteerden elkaar op staal in plaats van kussen. De lange bijl blikkerde en de morgenster wervelde rond. Beide wapens waren stomp, maar maakten desondanks een verschrikkelijk lawaai. Zonder zijn schild had de blauwe ridder het harder te verduren dan zijn tegenstander. Terwijl de menigte '*Hooggaarde!*' riep, liet ser Loras het klappen regenen op zijn hoofd en schouders. Die beantwoordde de ander met zijn morgenster, maar telkens als de bal kwam aansuizen weerde ser Loras die af met zijn gehavende groene schild met de drie gouden rozen. Toen zijn lange bijl de blauwe ridder voorlangs op de hand trof zodat de morgenster uit zijn greep vloog, joelde de menigte als een bronstig dier. De Bloemenridder hief zijn bijl voor de laatste slag.

De blauwe ridder reed er recht op in. De hengsten dreunden tegen elkaar op, het bot gemaakte blad van de bijl sloeg tegen het bekraste blauwe borstharnas... maar op de een of ander manier wist de ridder de schacht tussen zijn stalen handschoenvingers te klemmen. Hij rukte hem uit ser Loras' hand. Plotseling worstelden de twee paard aan paard, en een ogenblik later vielen ze. Toen de paarden uiteenweken kwakten ze zo hard op de grond dat hun botten ervan kraakten. Loras Tyrel, onderop, maakte de ergste smak. De blauwe ridder trok een ponjaard en wipte Tyrels vizier open. De menigte brulde zo luid dat Catelyn niet kon horen wat ser Loras zei, maar ze zag het woord vorm aannemen op zijn gebarsten, bebloede lippen. *Genade.*

De blauwe ridder kwam onvast overeind en stak zijn ponjaard op naar Renling Baratheon, de groet van een kampioen aan zijn koning. Schildknapen stoven het veld op om de overwonnen ridder op de been te helpen. Toen ze zijn helm aftilden was Catelyn verrast om te zien hoe jong hij was. Hij kon niet meer dan twee jaar ouder zijn dan Robb. De jongen was misschien even knap als zijn zuster, maar met zijn kapotte lip, zijn wazige blik en het bloed dat uit zijn verwarde haar sijpelde was dat moeilijk met zekerheid te zeggen.

'Treed nader,' riep koning Renling naar de kampioen.

Deze hinkte naar de tribune. Van dichtbij zag het blinkend blauwe harnas er lang niet zo fraai uit. Het was overal beschadigd: deuken van strijdhamers en knotsen, lange krassen van zwaarden, en van het email van borstharnas en helm waren flinters afgesprongen. Naar zijn bewegingen te oordelen was de man die erin zat al net zo gebutst. Een paar stemmen begroetten hem met kreten van '*Tarth!*' en, merkwaardig genoeg, '*Schoonheid! Schoonheid!*' maar de meesten zwegen. De blauwe ridder knielde voor de koning neer. 'Uwe genade,' zei hij, zijn stem werd gedempt door zijn gedeukte grote helm.

'Alles wat uw vader over u zei is waar.' Renlings stem droeg ver over het veld. 'Ik heb ser Loras één of twee keer eerder van het paard zien werpen, maar toch niet helemaal op díé manier.'

'Het was tegen de regels,' klaagde een dronken boogschutter in de buurt, de roos van Tyrel op zijn buis gestikt. 'Een smerige truc om de jongen op de grond te trekken.'

Het gedrang werd wat minder. 'Ser Colen,' zei Catelyn tegen haar begeleider, 'wie is die man, en waarom hebben ze zo'n hekel aan hem?'

Ser Colen fronste zijn voorhoofd. 'Omdat hij geen man is, vrouwe. Dit is Briënne van Tarth, de dochter van heer Selwyn Evenster.'

'Dochter?' Catelyn was ontzet.

'Briënne de Schoonheid noemen ze haar... zij het niet waar zij bij is, uit angst dat ze worden uitgedaagd die woorden met gevaar voor eigen leven kracht bij te zetten.'

Ze hoorde hoe koning Renling jonkvrouw Briënne van Tarth tot kampioen van de grote mêlee bij Bitterbrug uitriep, omdat zij van honderdzestien ridders het langst in het zadel was gebleven. 'Als kampioen is het uw recht mij naar believen om een gunst te vragen. Als het in mijn macht ligt zal ik het doen.'

'Uwe Genade,' antwoordde Briënne, 'ik vraag om de eer van een plaats in uw Regenbooggarde. Ik zou een van de zeven willen zijn en mijn leven aan u opdragen, om te gaan waar u gaat, om aan uw zij te rijden, en u te beschermen tegen alle kwaad.'

'Het zal gebeuren,' zei hij. 'Sta op en neem uw helm af.'

Ze deed wat hij vroeg. En toen de grote helm omhoogging begreep Catelyn wat ser Colen had bedoeld.

Schoonheid, werd ze genoemd... bij wijze van bespotting. Het haar dat van achter het vizier te voorschijn kwam was een vogelnest van smerig stro, en haar gezicht... Briënnes ogen waren groot en heel blauw, de ogen van een jong meisje, argeloos en vol vertrouwen, maar de rest... haar gelaatstrekken waren breed en grof, ze had scheve, vooruitstekende tanden, haar mond was te groot en haar lippen waren zo dik dat ze wel gezwollen leken. Ontelbare sproeten bedekten haar wangen en voorhoofd, en haar neus was op meerdere plaatsen gebroken. Catelyns hart werd van medelijden vervuld. *Welk schepsel op aarde is ongelukkiger dan een lelijke vrouw?*

En toch, toen Renling haar gescheurde mantel wegsneed en in plaats daarvan een regenboogmantel bevestigde, zag Briënne van Tarth er niet ongelukkig uit. Een lachje deed haar gezicht oplichten, en haar stem klonk krachtig en trots toen ze zei: 'Mijn leven voor het uwe, uwe Genade. Van vandaag af ben ik uw schild. Dat zweer ik bij de oude goden en de nieuwe.' De blik waarmee ze de koning aankeek – op hem néérkeek, want ze was ruim een handbreed groter, al was Renling bijna net zo lang als zijn broer was geweest – was pijnlijk om te zien.

'Uwe Genade!' Ser Colen van de Groene Vennen zwaaide zich uit het zadel en liep naar de tribune. 'Als u mij toestaat.' Hij zonk op één knie. 'Ik heb de eer u vrouwe Catelyn Stark te brengen. Zij komt als afgezant van haar zoon Robb, heer van Winterfel.'

'Heer van Winterfel en Koning in het Noorden, ser,' verbeterde Catelyn hem. Ze steeg af en ging naast ser Colen staan.

Koning Renling keek verrast. 'Vrouwe Catelyn? Dat doet ons deugd.' Hij wendde zich tot zijn jonge koningin. 'Marjolij, lieve, dit is vrouwe Catelyn Stark van Winterfel.'

'Hartelijk welkom, vrouwe Stark,' zei het meisje, één en al zachtheid en hoffelijkheid. 'Mijn deelneming met uw verlies.'

'Dat is heel vriendelijk van u,' zei Catelyn.

'Vrouwe, ik zweer u dat ik de Lannisters rekenschap zal laten afleggen van de moord op uw echtgenoot,' verklaarde de koning. 'Als ik Koningslanding heb ingenomen zend ik u Cersei's hoofd.'

En krijg ik mijn Ned daarmee terug, dacht ze. 'Het zal voldoende zijn als ik weet dat er gerechtigheid is geschied, heer.'

'*Uwe Genade*,' verbeterde Blauwe Briënne haar scherp. 'En u hoort te knielen als u voor de koning treedt.'

'Van *heer* naar *genade* is maar een kleine stap, jonkvrouwe,' zei Catelyn. 'Heer Renling draagt een kroon, evenals mijn zoon. Als u dat wilt kunnen wij hier in de modder gaan discussiëren over de eer en de titels die hun beiden toekomen, maar mij komt het voor dat wij dringender zaken te bespreken hebben.'

Sommigen van Renlings heren zetten hun stekels op, maar de koning lachte slechts. 'Goed gesproken, vrouwe. Voor *genade* zal na afloop van deze oorlogen nog tijd genoeg zijn. Vertelt u mij eens, wanneer denkt uw zoon tegen Harrenhal op te trekken?'

Totdat ze wist of deze koning vriend of vijand was, peinsde Catelyn er niet over om ook maar iets van wat Robb had beschikt wereldkundig te maken. 'Ik ben er niet bij als mijn zoon krijgsraad houdt, heer.'

'Zolang hij maar een paar Lannisters voor mij overlaat hoort u mij niet klagen. Wat heeft hij met de Koningsmoordenaar gedaan?'

'Jaime Lannister wordt in Stroomvliet gevangengehouden.'

'Hij leeft nog?' Heer Mathis Rowin klonk ontsteld.

Renling zei niet-begrijpend: 'Dan is de schrikwolf blijkbaar milder dan de leeuw.'

'Milder dan de Lannisters,' mompelde vrouwe Eikhart met een verbitterd lachje, 'is droger dan de zee.'

'Ik noem het zwak.' Heer Randyl Tarling bezat een korte, grijze stekelbaard en de reputatie geen blad voor de mond te nemen. 'Uzelf niet te na gesproken, vrouwe Stark, maar het was passender geweest als heer Robb de koning persoonlijk trouw was komen zweren in plaats van zich achter zijn moeders rokken te verschuilen.'

'*Koning* Robb voert oorlog, heer,' antwoordde Catelyn met ijzige hoffelijkheid. 'Hij houdt geen steekspelletjes.'

Renling grijnsde. 'Kalm aan, heer Randyl. Ik vrees dat u hier uw meerdere moet erkennen.' Hij ontbood een hofmeester in het livrei van Stormeinde. 'Breng de begeleiders van de vrouwe onder en zorg dat het hun aan niets ontbreekt. Vrouwe Catelyn krijgt mijn eigen paviljoen. Nu heer Caswel zo goed is geweest mij zijn kasteel ter beschikking te stellen heb ik het niet nodig. Vrouwe, wanneer u uitgerust bent zou ik vereerd zijn als u op het feest dat heer Caswel vanavond voor ons geeft, de maaltijd met ons wilt gebruiken. Het afscheidsfeest. Ik vrees dat deze heer ernaar uitziet dat mijn hongerige horde de hielen licht.'

'O nee, Uwe Genade,' protesteerde een spichtige jongeman die Caswel moest zijn. 'Al het mijne behoort u toe.'

'Als iemand dat tegen mijn broer Robert zei nam hij dat altijd heel letterlijk,' zei Renling. 'Hebt u dochters?'

'Ja, Uwe Genade. Twee.'

'Dank de goden dan maar dat ik Robert niet ben. Ik begeer geen andere vrouw dan mijn lieve koningin.' Renling stak zijn hand uit om Marjolij te helpen opstaan. 'We praten verder als u zich hebt kunnen opfrissen, vrouwe Catelyn.'

Renling leidde zijn bruid terug naar het kasteel terwijl zijn hofmeester Catelyn voorging naar het groenzijden paviljoen van de koning. 'Als u iets nodig hebt, hoeft u het maar te zeggen, vrouwe.'

Catelyn kon zich nauwelijks voorstellen dat ze ook maar iets nodig zou hebben waarin hier niet voorzien was. Het paviljoen was groter dan menige gelagkamer en beschikte over alle comfort: een donzen matras met slaapvachten; een tweepersoonsbadkuip van hout en koper; komfoors om de nachtelijke kou te verdrijven; vouwstoelen met leren draagbanden; een schrijftafel met ganzenveren en een inktpot; schalen met perziken, pruimen en peren; een flacon wijn met een set bijpassende zilveren bekers; cederhouten kisten, gevuld met Renlings kleren, boeken, kaarten, speelborden; een hoge harp, een langboog en een koker pijlen; een paar roodstaartige jachthaviken; een compleet arsenaal van uitgelezen wapens. *Die Renling ontzegt zich niets*, dacht ze, om zich heen kijkend. *Geen wonder dat deze krijgsmacht zo langzaam vooruitkomt.*

Naast de ingang stond 's konings harnas op wacht, een geheel van bosgroen staal, de onderdelen met goud geciseleerd, de helm met een groot, gouden gewei bekroond. Het staal was zo glimmend gepoetst dat ze zich in het borstharnas kon spiegelen. Haar gezicht staarde terug als van de bodem van een diepe, groene waterplas. *Het gezicht van een verdronken vrouw*, dacht Catelyn. *Kun je in je verdriet verdrinken?* Abrupt keerde ze zich af, boos over haar eigen kwetsbaarheid. Ze had de tijd niet om zich de luxe van zelfmedelijden te veroorloven. Ze moest het stof uit haar haren wassen en een japon aantrekken die beter bij een koninklijk feest paste.

Ser Wendel Manderling, Lucas Zwartewoud, ser Perwyn Frey en haar overige hooggeboren metgezellen begeleidden haar naar het kasteel. De grote zaal van heer Caswels burcht kon uitsluitend uit oogpunt van hoffelijkheid groot genoemd worden, maar op de overvolle banken werd toch plaats gemaakt voor Catelyns mannen, tussen Renlings ridders in. Catelyn kreeg een zetel toegewezen op de verhoging, tussen heer Mathis Rowan met zijn rode gezicht en de joviale ser Jon Graftweg van de tak van de groene appel. Ser Jon maakte grapjes tegen haar, terwijl heer Mathis beleefd informeerde naar de gezondheid van haar vader, haar broer en haar kinderen.

Briënne van Tarth was aan het uiteinde van de eretafel geplaatst. Ze droeg geen japon, zoals een jonkvrouw, maar gaf de voorkeur aan de opschik van een ridder: een fluwelen wambuis, gekwartierd in rozerood en azuurblauw, hozen, laarzen en een fraai bewerkte zwaardriem. Haar nieuwe regenboogmantel golfde over haar rug. Maar geen opsmuk kon haar lelijkheid verhullen, de enorme, sproetige handen, het brede, platte gezicht, de vooruitstekende tanden. Zonder wapenrusting eromheen leek haar lichaam lomp, breed van heupen en fors van leden, met hoge, gespierde schouders, maar zonder noemenswaardige borsten. En uit alles wat ze deed bleek dat Briënne dat wist en eronder leed. Ze sprak slechts als haar iets gevraagd werd en keek maar zelden van haar eten op.

Eten was er in ruime mate. De oorlog had de befaamde overvloed van Hooggaarde niet aangetast. Onder gezang van zangers en geduikel van duikelaars opende het feestmaal met gepocheerde peren in wijnsaus, gevolgd door sappige kleine visjes, door het zout gehaald en knapperig gebakken, en kapoenen, gevuld met uien en paddestoelen. Er waren grote bruine broden, bergen knollen, maïs en erwten, reusachtige hammen en geroosterde ganzen, alsmede broodborden boordevol wildbraad, in bier en gerst gestoofd. Als zoetigheid droegen heer Caswels tafeldienaren bladen vol pasteien uit zijn kasteelkeuken binnen, slagroomzwanen en eenhoorns van gesponnen suiker, citroenkoeken in rozenvorm, gekruide honingbiscuits en bramentaart, gepofte appels en grote ronde, romige kazen.

Al dat zware voedsel maakte Catelyn onpasselijk, maar nu er zoveel van haar kracht afhing mocht ze zich niet zwak betonen. Ze at met mate en sloeg de man gade die koning wilde zijn. Renling had zijn jonge bruid aan zijn linkerhand en haar broer aan zijn rechter. Afgezien van het witlinnen verband om zijn voorhoofd leek ser Loras bepaald niet onder zijn onfortuinlijke avontuur van vanmiddag geleden te hebben. Hij was inderdaad net zo knap als Catelyn had vermoed. Nu hij niet glazig keek, waren zijn ogen levendig en intelligent, en op zijn hoofd groeide een natuurlijke, bruine krullenbos waar menig jong meisje jaloers op kon zijn. Hij had zijn gehavende mantel uit het toernooi door een nieuwe vervangen, eveneens gemaakt van de kleurrijk gestreepte zijde van Renlings Regenbooggarde, en vastgespeld met de gouden roos van Hooggaarde.

Zo nu en dan voerde koning Renling Marjolij een lekker hapje met de punt van zijn dolk, of boog hij zich opzij om haar vluchtig op haar wang te kussen, maar het was vooral Loras die hij deelgenoot maakte van zijn grappen en vertrouwelijkheden. Dat de koning van zijn eten en drinken genoot was duidelijk te merken, maar toch maakte hij niet de indruk een schrokop of dronkaard te zijn. Hij lachte vaak en voluit en sprak even minzaam tot hooggeboren heren als tot nederige dienstmaagden.

Sommigen van zijn gasten wisten minder goed maat te houden. Ze dronken te veel en pochten te luid, vond zij. Heer Willums zonen Josua en Elyas voerden een verhitte discussie over de vraag wie de muren van

Koningslanding als eerste beklommen zou hebben. Heer Varner had een dienstertje op schoot, en met zijn wang tegen haar hals liet hij één hand onderzoekend langs haar keursje glijden. Guyard de Groene, die zich voor een zanger hield, tokkelde op een harp en onthaalde hen op gedeeltelijk berijmde verzen over het leggen van knopen in leeuwenstaarten. Ser Mark Muildoor had een zwart-wit aapje bij zich dat hij uit zijn eigen bord voerde terwijl ser Tanton Graftweg van de tak van de rode appel op tafel klom en er een eed op deed dat hij Sandor Clegane in een tweekamp zou verslaan. Die gelofte zou plechtiger zijn uitgevallen als ser Tanton daarbij niet met één voet in een juskom had gestaan.

Het toppunt van dwaasheid werd bereikt toen er een dikke zotskap in goudkleurig geverfd tin met een leeuwenkop van vodden aanbuitelde. Hij zat tussen de tafels een dwerg achterna en toen hij hem gegrepen had, sloeg hij hem met een blaas links en rechts op zijn wangen. Toen koning Renling ten slotte wilde weten waarom hij dat deed zei de zot: 'Maar uwe Genade, ik ben de konenmoordenaar.'

'Het is koningsmoordenaar, zot van Zottenstein,' zei Renling, en de zaal dreunde van het lachen.

Naast haar deelde heer Rowin niet in de vrolijkheid. 'Wat zijn ze allemaal nog jong,' zei hij.

Dat was waar. De Bloemenridder kon zijn tweede naamdag nog niet hebben bereikt toen Robert bij de Drietand prins Rhaegar had gedood. De meeste anderen waren al niet veel ouder. Tijdens de plundering van Koningslanding waren ze nog kleine kinderen geweest, en niet meer dan jongens toen Balon Grauwvreugd de opstand uitriep op de IJzereilanden. *Ze zijn nog onbeproefd*, dacht Catelyn terwijl ze toekeek hoe heer Brys ser Robar uitdaagde om met een stel dolken te jongleren. *Voor hen is het allemaal een spelletje, een grootschalig toernooi, en al wat zij zien is een kans op roem, eer en buit. Het zijn jongens die dronken zijn van liederen en verhalen, en net als alle jongens wanen ze zich onsterfelijk.*

'De oorlog zal ze oud maken,' zei Catelyn, 'net als ons.' Ze was een meisje geweest toen Robert, Ned en Jon Arryn hun banieren tegen Aerys Targaryen hadden geheven, en een volwassen vrouw toen de strijd gestreden was. 'Ik heb met ze te doen.'

'Waarom?' vroeg heer Rowin. 'Kijk ze toch eens. Ze zijn jong en sterk, vol leven en gelach. En begeerte ook, zoveel dat ze niet weten waar ze het zoeken moeten. Vannacht wordt er menige bastaard verwekt, dat verzeker ik u. Waarom zoudt u ze met ze begaan zijn?'

'Omdat er een eind aan komt,' antwoordde Catelyn treurig. 'Omdat het zomerridders zijn, terwijl de winter komt.'

'U hebt het mis, vrouwe Catelyn.' Briënne richtte een paar ogen op haar die even blauw waren als haar harnas. 'Voor de onzen zal het nimmer winter worden. Als we in de strijd sneuvelen zal men ons ongetwijfeld bezingen, en in de liederen is het altijd zomer. In de liederen zijn alle ridders dapper, alle maagden schoon, en de zon schijnt altijd.'

Het wordt winter voor iedereen, dacht Catelyn. *Mij overkwam het toen Ned stierf. Jou zal het ook overkomen, kind, en eerder dan je lief is.* Maar ze had het hart niet om dat te zeggen.

Ze werd gered door de koning. 'Vrouwe Catelyn,' riep Renling haar toe. 'Ik heb behoefte aan frisse lucht. Komt u mee?'

Catelyn stond meteen op. 'Het zal mij een eer zijn.'

Ook Briënne was overeind gekomen. 'Uwe Genade, vergunt u mij een ogenblik, dan trek ik mijn wapenrusting aan. U mag niet onbeschermd zijn.'

Koning Renling glimlachte. 'Als ik in het hart van heer Caswels kasteel temidden van mijn eigen legermacht niet veilig ben, dan maakt één zwaard geen verschil... ook jouw zwaard niet, Briënne. Ga zitten en eet verder. Als ik je nodig heb laat ik je halen.'

Zijn woorden leken het meisje dieper te treffen dan enige klap die ze die middag had gekregen. 'Zoals u wilt, Uwe Genade.' Briënne ging met neergeslagen ogen zitten. Renling nam Catelyn bij de arm en leidde haar de zaal uit, langs een ingezakte wachter die zo haastig rechtop ging staan dat hij bijna zijn speer liet vallen. Renling gaf de man een schouderklopje en maakte er een grapje van.

'Deze kant op, vrouwe.' De koning leidde haar via een lage deur een traptoren in. Toen ze aan de klim begonnen zei hij: 'Bevindt ser Barristan Selmy zich wellicht bij uw zoon in Stroomvliet?'

'Nee,' antwoordde ze verbaasd. 'Is hij niet meer bij Joffry? Hij was de bevelhebber van de Koningsgarde.'

Renling schudde het hoofd. 'De Lannisters hebben hem gezegd dat hij te oud was en zijn mantel aan de Jachthond gegeven. Mij is ter ore gekomen dat hij bij het verlaten van Koningslanding gezworen heeft dat hij zijn diensten aan de ware koning zou aanbieden. Die mantel die Briënne vandaag heeft opgeëist was degene die ik voor Selmy bewaarde, in de hoop dat hij zijn zwaard aan mij zou opdragen. Toen hij niet in Hooggaarde verscheen dacht ik dat hij misschien naar Stroomvliet was gegaan.'

'Wij hebben hem niet gezien.'

'Hij was oud, dat wel, maar toch een waardevol man. Ik hoop dat hem niets kwaads overkomen is. De Lannisters zijn geweldige dwazen.' Ze beklommen nog wat treden. 'In de nacht van koning Roberts dood heb ik uw gemaal honderd zwaarden aangeboden en hem dringend aangeraden ervoor te zorgen dat hij Joffry in zijn macht kreeg. Als hij geluisterd had was hij nu regent en had ik de troon niet hoeven opeisen.'

'Hij sloeg het aanbod af.' Dat liet zich makkelijk raden.

'Hij had gezworen Roberts kinderen te beschermen,' zei Renling. 'Ik was niet sterk genoeg om alleen iets te ondernemen, dus toen heer Eddard mij afwees had ik geen andere keus dan te vluchten. Als ik was gebleven had de koningin er wel voor gezorgd dat ik mijn broer niet lang overleefde, zoveel weet ik wel.'

Als je was gebleven en Ned had gesteund dan was hij misschien nog in leven, dacht Catelyn verbitterd.

'Ik mocht uw gemaal graag, vrouwe. Ik weet dat hij Roberts trouwe vriend was... maar hij wilde niet luisteren en hij wilde niet buigen. Hier, ik wil u iets laten zien.' Ze waren nu boven aan de trap. Renling duwde een houten deur open, en ze betraden het dak.

De burcht van heer Caswel was nauwelijks hoog genoeg om donjon te mogen heten, maar het land was laag en vlak, en Catelyn kon mijlenver in het rond kijken. Overal waar ze keek zag ze vuren. Het terrein was ermee bezaaid als met gevallen sterren, en net als bij de sterren kwam er geen einde aan. 'Telt u ze maar, als u wilt, vrouwe,' zei Renling zachtjes, 'en als in het oosten de ochtend gloort bent u nóg niet uitgeteld. Hoeveel vuren branden er vannacht rond Stroomvliet, vraag ik me af?'

Vagelijk hoorde Catelyn de klank van muziek die vanuit de grote zaal de nacht in drong. Ze durfde de sterren niet te tellen.

'Ik heb gehoord dat uw zoon aan het hoofd van twintigduizend zwaarden de Nek is overgestoken,' vervolgde Renling. 'Nu de heren van de Drietand zich achter hem hebben geschaard, heeft hij er misschien veertigduizend onder zijn bevel.'

Nee, dacht ze, *nog niet bij benadering. We hebben mannen in de strijd verloren, en anderen aan de oogst.*

'Ik heb er hier tweemaal zoveel,' zei Renling, 'en dit is maar een deel van mijn krijgsmacht. Hamer Tyrel is met nog tienduizend man in Hooggaarde gebleven, in Stormeinde is een flink garnizoen gelegerd en weldra zal de volledige strijdmacht van Dorne zich bij ons voegen. En vergeet mijn broer Stannis niet, die Drakensteen in handen heeft en over de heren van de zee-engte beveelt.'

'Mij komt het juist voor dat u Stannis vergeet,' zei Catelyn, scherper dan ze van plan was geweest.

'Zijn aanspraken, bedoelt u?' Renling lachte. 'Laten we er geen doekjes om winden, vrouwe. Stannis zou een afschuwelijke koning zijn. En hij zal het niet snel worden ook. Stannis wordt gerespecteerd en zelfs gevreesd, maar slechts door bedroevend weinig mensen bemind.'

'Hij is en blijft uw oudere broer. Als een van u tweeën rechten op de IJzeren Troon kan doen gelden, dan is het heer Stannis.'

Renling haalde zijn schouders op. 'Zegt u eens, welk recht heeft Robert ooit op de IJzeren Troon gehad?' Hij wachtte niet op antwoord. 'O ja, er werd gewag gemaakt van bloedverwantschap tussen Baratheon en Targaryen, van lang vervlogen huwelijken tussen tweede zonen en oudste dochters. Maar dat interesseert slechts de maesters. Robert heeft de troon veroverd met zijn strijdhamer.' Hij maakte een weids gebaar naar de kampvuren die brandden van einder tot einder. 'Welnu, ziedaar mijn aanspraak. Die doet niet voor die van Robert onder. Als uw zoon mij steunt zoals zijn vader Robert steunde, zal hij merken dat ik niet krenterig ben. Ik zal hem gaarne bevestigen in alles wat hem toekomt, grondgebied, titels en eerbewijzen. Hij kan in Winterfel naar eigen goeddunken heersen. Als hij dat wil mag hij zich zelfs Koning in het Noorden blijven noemen, zolang hij de knie maar buigt en mij als opperheer erkent. *Koning* is maar een woord. De leenmanseed, trouw en dienstbaarheid... dat is wat ik wil.'

'En als hij u dat niet wil geven, heer?'

'Ik ben van plan als koning te heersen, vrouwe, en niet over een verbrokkeld koninkrijk. Duidelijker kan ik niet zijn. Driehonderd jaar geleden knielde een koning uit het huis Stark voor Aegon de Draak toen hij inzag dat hij nooit zou kunnen zegevieren. Dat was wijsheid. Laat uw zoon zich ook zo wijs betonen. Zodra hij zich bij mij aansluit is deze strijd al vrijwel gestreden. Wij...' Ineens werd Renling afgeleid en hij onderbrak zichzelf. 'Wat is dat?'

Gerinkel van kettingen verried dat het valhek omhoogging. Beneden op het voorplein dreef een ruiter met een gevleugelde helm zijn bezwete paard onder de punten door. 'Roep de koning!' riep hij.

Renling sprong tussen de kantelen. 'Ik ben hier, ser.'

'Uwe Genade.' De ruiter bracht zijn paard dichterbij. 'Ik ben zo snel mogelijk gekomen. Uit Stormeinde. We worden belegerd, Uwe Genade. Ser Hovenaar houdt stand, maar...'

'Maar... dat is onmogelijk. Als heer Tywin Harrenhal had verlaten zou mij dat verteld zijn.'

'Het zijn de Lannisters niet, heer koning. Heer Stannis staat voor uw poort. *Koning* Stannis, zoals hij zich nu noemt.'

Jon

Felle regen striemde in Jons gezicht toen hij zijn paard door de gezwollen stroom dreef. Naast hem rukte opperbevelhebber Mormont aan de kap van zijn mantel terwijl hij al mopperend het weer vervloekte. Zijn raaf zat met opgezette veren op zijn schouder, even doorweekt en knorrig als de ouwe beer zelf. Natte bladeren fladderden als een zwerm dode vogels op een windvlaag voorbij. *Het spookwoud*, dacht Jon met een zweem van spot. *Eerder het verzopen woud.*

Hij hoopte dat Sam, die achteraanreed, de stoet kon bijhouden. Hij was zelfs met mooi weer geen goed ruiter, en na zes dagen regen was de bodem verraderlijk, een en al zachte modder en onzichtbare stenen. Als het waaide sproeide het water recht in hun gezicht. Aan de zuidkant zou de Muur nu wel vloeien, en het smeltijs, vermengd met warme regen, zou bij stromen en rivieren wegspoelen. Pyp en Pad zaten nu in de gemeenschapszaal bij het vuur een beker warme wijn voor het avondeten te drinken. Jon benijdde hen. De natte wol plakte doorweekt en kriebelig aan zijn lijf, het gewicht van maliën en zwaard bezorgde hem flinke pijn in zijn nek en schouders, en hij werd misselijk van de gezouten kabeljauw, het gezouten vlees en de harde kaas.

Voor hen uit liet een jachthoorn een beverig signaal horen, half gesmoord door het voortdurende getik van de regendruppels. 'Bokwels hoorn,' verklaarde de ouwe beer. 'De goden zijn goed, Craster is er nog.' Zijn raaf sloeg één keer met zijn grote vleugels, kraste: '*Maïs*', en zette toen zijn veren weer op.

Jon had de zwarte broeders vaak over Craster en zijn burcht horen vertellen. Nu zou hij ze met eigen ogen zien. Na zeven verlaten dorpen was iedereen gaan vrezen dat ze Crasters behuizing al net zo doods en verlaten als de rest zouden aantreffen, maar dat bleef hun blijkbaar bespaard. *Misschien krijgt de ouwe beer nu eindelijk wat antwoorden*, dacht hij. *En we zijn daar in elk geval uit de regen.*

Thoren Smalhout bezwoer hen dat Craster een vriend van de Wacht was, ondanks zijn onsmakelijke reputatie. 'Ik zal niet ontkennen dat de man half gek is,' zei hij tegen de ouwe beer, 'maar dat zou u ook zijn als u in dit vervloekte woud leefde. Toch heeft hij nooit één wachtruiter een plaats bij zijn haardvuur ontzegd, en hij heeft het bovendien niet zo op Mans Roover. Hij zal ons goede raad geven.'

Ik ben allang blij als hij ons een warme maaltijd geeft, en de gelegenheid onze kleren te drogen. Dywen beweerde dat Craster een broedermoordenaar, leugenaar, verkrachter en een lafaard was, en hij liet doorschemeren dat de man met slavenhandelaren en demonen omging. 'En nog erger,' placht de oude houtvester eraan toe te voegen, waarbij hij met zijn houten tanden klapperde. 'Die kerel ruikt *koud*, en dat doetie.'

'Jon,' beval heer Mormont, 'rijd jij langs de stoet naar achteren om het nieuws door te geven. En herinner de officieren eraan dat ik geen problemen over Crasters vrouwen wil. De mannen moeten hun handen thuishouden en zo weinig mogelijk met die vrouwen praten.'

'Jawel, heer.' Jon wendde zijn paard. Het was prettig om de regen niet in zijn gezicht te hebben, al was het maar even. Iedereen die hij voorbijreed zag eruit of hij huilde. De colonne strekte zich uit over een halve mijl bos. Midden in de tros passeerde Jon Samwel Tarling, die onder een breedgerande flaphoed ingezakt in het zadel zat. Hij bereed een sleperspaard en voerde een tweede aan de teugel mee. Het geroffel van de regen op de hoezen van hun kooien had de raven aan het krijsen en fladderen gebracht. 'Heb je er een vos bij gestopt?' riep Jon.

Toen Sam opkeek stroomde het water van de rand van zijn hoed. 'O, hallo, Jon. Nee, ze hebben gewoon de pest aan de regen, net als wij.'

'Hoe vaar je, Sam?'

'Door water.' De dikke jongen bracht een klein lachje op. 'Maar ik ben nog nergens aan overleden.'

'Goed. Crasters Burcht is vlakbij. Als de goden ons gunstig gezind zijn laat hij ons bij zijn haardvuur slapen.'

Sam keek sceptisch. 'Volgens Ed van de Smarten is Craster een afschuwelijke woesteling. Hij trouwt met zijn eigen dochters en stelt zichzelf de wet. En Dywen zegt dat hij zwart bloed in de aderen heeft. Zijn moeder was een wildlingenvrouw die met een wachtruiter sliep, dus is hij een bas...' Plotseling scheen hij te beseffen wat hij op het punt stond te zeggen.

'Een bastaard,' zei Jon lachend. 'Zeg het maar gerust, Sam. Ik heb het woord vaker gehoord.' Hij gaf zijn kleine, stevig stappende garron de sporen. 'Ik moet ser Ottyn nog zien te vinden. Kijk uit met Crasters vrouwen.' Alsof Samwel Tarling op dat punt een waarschuwing nodig had. 'We praten later wel, als we het kamp hebben opgeslagen.'

Jon vertelde het nieuws aan ser Ottyn Welck, die voortzwoegde met de achterhoede. Ser Ottyn, een klein mannetje met een pruimenmondje, ongeveer net zo oud als Mormont, leek altijd vermoeid, zelfs in Slot Zwart, en de regen was onbarmhartig op hem neergekletterd. 'Dat komt als geroepen,' zei hij. 'Ik ben tot op het bot doorweekt, en zelfs mijn zadelpijn heeft zadelpijn.'

Op de terugweg stak Jon een stuk van de marsroute van de colonne af door een kortere weg door het dichte woud te nemen. De geluiden van mannen en paarden stierven weg, verzopen in de natte, groene wildernis, en al snel hoorde hij nog slechts het gestage ruisen van de regen op blad, boom en steen. Het was halverwege de middag, maar het woud was schemerduister. Jon baande zich een slingerend pad tussen stenen en plassen, langs grote eiken, grijsgroene wachtbomen en ijzerbomen met een zwarte schors. Hier en daar vlochten de takken zich boven zijn hoofd ineen tot een baldakijn dat hem even beschutting bood tegen de regen die op zijn hoofd roffelde. Toen hij een door de bliksem getroffen en door wilde witte rozen overwoekerde kastanje passeerde, hoorde hij iets ritselen in het onderhout. '*Spook*,' riep hij. '*Spook*, hier.'

Maar het was Dywen die uit het groen opdook, zijn benen om een ruige, grijze garron gevorkt en Gren te paard naast zich. De ouwe beer liet aan weerszijden van de hoofdstoet flankruiters meerijden om hun marsroute af te schermen en alarm te slaan als er vijanden naderden. Zelfs op dat punt nam hij geen risico's en hij zond de mannen er twee aan twee op uit.

'Aha, ben jij daar, heer Sneeuw.' Dywen grijnsde zijn eikenhouten grijns. Hij had een slecht passend, houten kunstgebit. 'Dacht dat ik en de jongen met zo'n Ander van doen kregen. Je wolf kwijt?'

'Die is op jacht.' Spook reisde niet graag in de stoet mee, maar hij kon nooit ver weg zijn. Als ze 's avonds hun kamp opsloegen, wist hij Jon altijd weer te vinden bij de tent van de bevelhebber.

'Uit vissen, zou ik zeggen, met die nattigheid,' zei Dywen.

'Mijn moeder zei altijd dat regen goed was voor het gewas,' voegde Gren er hoopvol aan toe.

'Ja, de schimmels groeien er goed van,' zei Dywen. 'Het beste aan dit soort regen is dat je nu niet in bad hoeft.' Hij klakte met zijn houten tanden.

'Bokwel heeft Craster gevonden,' lichtte Jon hen in.

'Was-ie 'm dan kwijt?' grinnikte Dywen. 'Laat ik niet merken dat jullie aan Crasters vrouwen zitten, stelletje jonge bokken.'

Jon glimlachte. 'Wou je ze allemaal voor jezelf houden, Dywen?'

Dywen klakte nog wat harder met zijn tanden. 'Wie weet. Craster heeft tien vingers en één pik, dus hij kan maar tot elf tellen. Een paar meer of minder, dat merkt-ie nooit.'

'Hoeveel vrouwen heeft hij eigenlijk?' vroeg Gren.

'Meer dan jij d'r ooit zult hebben, broeder. Maar da's ook niet zo moeilijk als je ze zelf fokt. Daar is dat beest van je, Sneeuw.'

Spook draafde met zijn staart omhoog naast Jons paardje, zijn witte vacht opgezet tegen de regen. Hij bewoog zo geluidloos dat Jon niet zou kunnen zeggen op welk ogenblik hij precies was verschenen. Grens rijdier werd schichtig toen hij Spooks geur opsnoof. Zelfs na ruim een jaar werden de paarden nog steeds onrustig in aanwezigheid van de schrikwolf. 'Hier, Spook.' Jon haastte zich weg in de richting van Crasters Burcht.

Hij had niet verwacht achter de Muur een stenen kasteel aan te treffen, maar zich wel een soort motte-burcht met een palissade en een houten woontoren voorgesteld. Maar wat ze aantroffen was een mesthoop, een varkenskot, een lege schaapskooi en een raamloos gebouw van leem en tenen dat nauwelijks de naam woonzaal verdiende. Het was laag en langwerpig en met houtblokken afgedicht en had een dak van graszoden. Het geheel stond op een verhevenheid die te bescheiden was om heuvel te mogen heten, en was omringd door een greppel. Daar waar de regen gapende gaten in de verdedigingswal had geslagen sijpelden bruine straaltjes de helling af, die uitmondden in een snelstromende beek die afboog naar het noorden. Het riviertje was gezwollen, door de regen in een wilde modderstroom veranderd.

Aan de zuidwestkant trof hij een open poort aan, geflankeerd door een tweetal dierenschedels op lange palen: aan de ene kant een beer en aan de andere een ram. Aan de berenschedel hingen nog flarden vlees, zag Jon toen hij zich in de rij voegde die erlangs reed. Binnen waren de verkenners van Jarmen Bokwel en mannen uit de voorhoede van Thoren Smalhout bezig een terrein voor de paarden af te bakenen en moeizaam de tenten op te zetten. In het kot wroette een troep biggen om drie enorme zeugen heen. Vlakbij trok een klein meisje, naakt in de regen, wortels uit in een moestuin terwijl twee vrouwen een big vastbonden voor de slacht. Het beestje krijste hoog en schril en klonk bijna menselijk in zijn doodsnood. Daarop begonnen Chets honden woest te blaffen en ondanks zijn gevloek te grauwen en te bijten, en een paar van Crasters honden blaften terug. Toen ze Spook zagen, rukten sommige honden zich los en stoven ervandoor, terwijl andere begonnen te bassen en te grommen. De schrikwolf negeerde ze, net als Jon.

Nou, daar kunnen zo'n dertig man hoog en droog zitten, dacht Jon nadat hij de woonzaal eens goed in ogenschouw had genomen. *Wie weet wel vijftig.* Het gebouw was veel te klein om slaapplaatsen te bieden voor tweehonderd man, dus de meesten zouden buiten moeten blijven. En waar moesten ze worden ondergebracht? Door de regen stond de helft van de hof vol met enkeldiepe plassen, en de rest was zuigende modder. Ze hadden weer een nacht vol misère voor zich.

De opperbevelhebber had zijn rijdier aan Ed van de Smarten toevertrouwd. Toen Jon afsteeg was hij modder uit de paardenhoeven aan het krabben. 'Heer Mormont is in de zaal,' meldde hij. 'Hij zei dat je bij hem moest komen. Laat die wolf liever buiten, die ziet er hongerig genoeg uit om een van Crasters kinderen op te vreten. Eerlijk gezegd heb ik óók genoeg honger om een van Crasters kinderen op te vreten, als het tenminste warm geserveerd wordt. Ga maar, ik zorg wel voor je paard. Als het binnen warm en droog is wil ik dat niet weten, want ik ben niet binnen gevraagd.' Hij wipte een klodder natte modder uit een hoefijzer. 'Vind je niet dat deze modder net schijt lijkt? Zou het kunnen dat deze hele heuvel uit schijt van Craster bestaat?'

Jon glimlachte. 'Tja, ik heb gehoord dat hij hier al heel lang woont.'

'Opwekkend, hoor. Ga nou maar naar de ouwe beer.'

'Spook, blijf,' beval hij. De deur naar Crasters Burcht bestond uit twee flappen van hertenhuid. Jon schoof ertussendoor. Hij moest bukken om onder de lage bovendorpel door te kunnen. Ruim twintig van de voornaamste wachtruiters waren hem voorgegaan en stonden nu om de vuurkuil in het midden van de lemen vloer heen. Rondom hun laarzen ontstonden kleine plasjes. De zaal stonk naar roet, mest en natte hond. De lucht was dik van de rook, maar op de een of andere manier toch vochtig. Door het rookgat in het dak spetterde regen. Er was hier maar één vertrek, met daarboven een slaapzolder, bereikbaar via een paar splinterige ladders.

Jon herinnerde zich hoe hij zich had gevoeld op de dag dat ze de Muur hadden verlaten: zenuwachtig als een jong meisje, maar belust om de geheimen en wonderen achter iedere nieuwe horizon te zien. *Welnu, ziehier een van je wonderen*, zei hij tegen zichzelf terwijl hij de smerige, onwelriekende zaal rondkeek. De prikkelende rook deed zijn ogen tranen. *Jammer dat Pyp en Pad niet kunnen zien wat ze allemaal missen.*

Craster zat op een verhoging achter het vuur, de enige die het voorrecht van een eigen stoel genoot. Zelfs opperbevelhebber Mormont moest op de gemeenschappelijke bank zitten, met zijn raaf pruttelend op zijn schouder. Jarman Bokwel stond achter hem. Het water droop van zijn opgelapte maliën en glimmende natte leer. Naast hem stond Thoren Smalhout in het zware borstharnas en de met sabel afgezette mantel van wijlen ser Jeremie.

Crasters buis van schapenvacht en zijn mantel van aan elkaar genaaide huiden vormden een armzalig contrast, maar om een van zijn dikke polsen zat een zware armring die blonk als goud. Hij leek een krachtig man, al had hij de winter van zijn jaren ruimschoots bereikt en werden zijn grijze manen wit. Door zijn platte neus en neerhangende mondhoeken zag hij er wreed uit, en een van zijn oren ontbrak. *Dus dit is nu een wildling.* Jon dacht aan de verhalen van ouwe Nans over het wilde volk dat bloed uit mensenschedels dronk. Craster dronk zo te zien dun geel bier uit een stenen kroes waarvan een heleboel stukjes afgesprongen waren. Misschien kende hij die verhalen niet.

'Ik heb Benjen Stark al drie jaar niet meer gezien,' vertelde hij aan Mormont. 'En om eerlijk te zijn heb ik hem niet gemist.' Een vijftal zwarte pups en een verdwaalde big of twee scharrelden tussen de banken rond en vrouwen in mottige beestenvellen deelden drinkhoorns met bier rond, pookten het vuur op en snipperden wortels en uien in een ketel.

'Hij had hier een jaar geleden langs moeten komen,' zei Thoren Smalhout. Er snuffelde een hond aan zijn been. Hij gaf het beest een trap, zodat het jankend wegschoot.

Heer Mormont zei: 'Ben was op zoek naar ser Waymar Roys, die met Gared en de jonge Wil verdwenen was.'

'Ja, die drie herinner ik me wel. Het jonkertje was niet ouder dan die hondenwelpen daar. Te trots om onder mijn dak te slapen, met zijn mantel van sabelbont en zijn zwarte staal. Maar toch keken mijn vrouwen hem met koeienogen aan.' Hij gluurde met toegeknepen oogjes naar de dichtstbijzijnde vrouw. 'Gared zei dat ze jacht op plunderaars maakten. Ik zei nog tegen hem dat ze die beter niet te pakken konden krijgen met zo'n groentje als aanvoerder. Voor een kraai was Gared de kwaadste niet. Hij had nog minder oren dan ik. Afgevroren, net als het mijne.' Craster lachte. 'Nou hoor ik dat-ie zonder hoofd is geëindigd. Is dat ook afgevroren?'

Jon dacht aan rode bloedspetters op witte sneeuw, en aan de trap die Theon Grauwvreugd tegen het hoofd van de dode had gegeven. *De man was een deserteur.* Op de terugweg naar Winterfel waren Jon en Robb om het hardst vooruitgereden en hadden ze zes jonge schrikwolfjes in de sneeuw gevonden. Eeuwen geleden.

'Toen ser Waymar vertrok, waar ging hij toen heen?'

Craster schokschouderde. 'Ik heb toevallig wel wat anders aan m'n kop dan het komen en gaan van kraaien.' Hij nam een teug bier en zette de kroes neer. 'Heb al in geen berennacht goeie zuiderwijn gedronken. Ik zou wel wat wijn kunnen gebruiken, en ook een nieuwe bijl. De mijne hakt niet goed meer. Dat kan ik niet hebben, ik heb m'n vrouwvolk te beschermen.' Hij overzag zijn ronddartelende echtgenotes.

'Jullie leven hier met weinig mensen, en heel afgezonderd,' zei Mormont. 'Als je wilt wijs ik een paar man aan om je naar het zuiden te brengen, naar de Muur.'

Dat idee leek de raaf wel te bevallen. '*Muur*,' krijste hij, en hij spreidde zijn vleugels als een hoge kraag achter Mormonts hoofd.

Hun gastheer ontblootte een mond vol kapotte, bruine tanden in een akelige lach. 'En wat moeten we daar, jou je diner opdienen? Wij zijn vrije lieden. Craster dient niemand.'

'Dit is een slechte tijd om alleen in de wildernis te wonen. Er steken kille winden op.'

'Laat ze. Mijn wortels gaan diep.' Craster greep een passerende vrouw bij de pols. 'Vertel het hem, vrouw. Vertel heer Kraai maar hoe tevreden we hier zijn.'

De vrouw likte haar dunne lippen. 'Hier wonen we. Craster zorgt voor onze veiligheid. Beter doodgaan in vrijheid dan leven als slaaf.'

'*Slaaf,*' pruttelde de raaf.

Mormont boog zich naar voren. 'Alle dorpen die we gepasseerd zijn waren verlaten. Jullie zijn de eerste levende zielen die we zien sinds we van de Muur vertrokken zijn. De bevolking is weg... dood, gevlucht of gevangengenomen, ik heb geen idee. Ook de dieren. Er is niets meer over. En een poosje daarvoor vonden we de lijken van twee van Ben Starks wachtruiters, niet meer dan een mijl of tien van de Muur. Ze waren bleek en koud, met zwarte handen, zwarte voeten en wonden die niet bloedden. Maar toen we ze mee terugnamen naar Slot Zwart stonden ze diezelfde nacht op om te moorden. De een heeft ser Jeremie Rykker afgeslacht, de ander had het op mij voorzien, waaruit ik opmaak dat ze zich weliswaar herinnerden wat ze bij hun leven wisten, maar geen enkele menselijke genade meer kenden.'

De mond van de vrouw hing open – een vochtige, roze grot –, maar Craster snoof alleen maar. 'Hier hebben we dat soort problemen niet gehad... en wil je onder mijn dak niet van die kwalijke praatjes rondstrooien? Ik ben een vroom man, en de goden beschermen mij. Als hier levende doden binnen komen wandelen weet ik wel hoe ik ze weer naar hun graf moet sturen. Al kan ik best een scherpe, nieuwe bijl gebruiken.' Hij gaf zijn echtgenote een klap tegen haar been en riep: 'Meer bier, en snel een beetje!' Ze haastte zich weg.

'Geen problemen met de doden,' zei Jarman Bokwel, 'maar hoe zit het met de levenden, heer? Met uw koning?'

'*Koning!*' riep Mormonts raaf. '*Koning, koning, koning.*'

'Die Mans Roover?' Craster spuwde in het vuur. 'Koning achter de Muur. Wat moeten vrije lieden nou met een koning?' Hij richtte zijn toegeknepen oogjes op Mormont. 'Ik zou je een hoop kunnen vertellen over Roover en z'n doen en laten, als ik er zin in had. Dat van die lege dorpen, da's zijn werk. Als ik er de man naar was, had je de zaak hier ook leeg aangetroffen. Hij stuurt een ruiter die me komt melden dat ik mijn burcht uit moet om me voor hem in het stof te wentelen. Ik heb de man teruggestuurd, maar zijn tong gehouden. Die hangt daar aan de muur gespijkerd.' Hij wees. 'Misschien kan ik jullie wel vertellen waar Mans Roover te vinden is. Als ik er zin in heb.' Weer die bruine grijns. 'Maar daar is nog tijd zat voor. Jullie willen vast onder mijn dak slapen en me de biggen van m'n erf vreten.'

'Een dak zou hoogst welkom zijn, heer,' zei Mormont. 'We hebben een ruige rit achter de rug, en veel te nat.'

'Dan zijn jullie hier vannacht te gast. Langer niet, want zo dol ben ik nou ook weer niet op kraaien. De zolder is voor mij en m'n vrouwvolk, maar jullie mogen net zoveel vloer hebben als je wilt. Ik heb vlees en bier voor twintig, meer niet. De rest van jullie zwarte kraaien moet z'n eigen maïs maar pikken.'

'We hebben zelf voorraden bij ons, heer,' zei de ouwe beer. 'We zullen met genoegen ons voedsel en onze wijn met u delen.'

Caster veegde met de rug van een behaarde hand zijn misprijzende mond af. 'Die wijn van u wil ik wel proeven, heer Kraai, zeker wel. Nog één ding. Wie mijn vrouwen aanraakt, is zijn hand kwijt.'

'Uw woning, uw wet,' zei Thoren Smalhout, en heer Mormont knikte stijfjes, al keek hij bepaald niet vrolijk.

'Dat is dan afgesproken.' Craster keurde hun een grom waardig. 'Iemand van jullie die een kaart kan maken?'

'Samwel Tarling.' Jon schoof naar voren. 'Sam is gek op kaarten.'

Mormont wenkte hem. 'Stuur hem hierheen als hij gegeten heeft. Laat hij een ganzenveer en perkament meebrengen. En zie ook Tollet te vinden. Die moet mijn bijl meenemen. Een gastgeschenk voor de heer des huizes.'

'Wie is dat nou weer?' zei Craster voordat Jon kon weglopen. 'Hij ziet eruit als een Stark.'

'Mijn oppasser en schildknaap, Jon Sneeuw.'

'Een bastaard, hè?' Craster bekeek Jon van top tot teen. 'Als een vent het met een vrouw wil doen moet-ie met haar trouwen. Doe ik ook.' Hij wuifde Jon weg. 'Ga maar gauw je klusje opknappen, bastaard, en zorg dat die bijl goed scherp is. Bot staal kan ik niet gebruiken.'

Jon Sneeuw boog stijfjes en vertrok. Terwijl hij naar buiten liep kwam ser Ottyn Welck naar binnen, en ze botsten bijna tegen elkaar op bij de deur van hertenhuiden. Buiten leek de regen wat verminderd te zijn. Overal op het terrein waren tenten verrezen, en onder de bomen zag Jon de punten van andere.

Ed van de Smarten was de paarden aan het voederen. 'Die wildling een bijl geven? Welja.' Hij wees Mormonts wapen aan, een strijdbijl met een korte schacht, het zwarte stalen blad met krullen versierd. 'Hij geeft 'm wel terug, wat ik je brom. In de schedel van de ouwe beer, hoogstwaarschijnlijk. Waarom geven we hem niet meteen *al* onze bijlen, en de zwaarden erbij? Al dat gerinkel en gerammel onder het rijden beviel me toch al niks. Zonder die dingen komen we sneller vooruit, recht op de deur van de hel af. Zou het regenen in de hel? Misschien heeft Craster liever een mooie regenkap.'

Jon glimlachte. 'Hij wil een bijl. En wijn.'

'Kijk eens an, de ouwe beer is een slimmerd. Als het ons lukt die wildling lekker dronken te voeren slaat-ie ons misschien alleen een oor af als hij ons met die bijl wil doden. Ik heb twee oren en maar één hoofd.'

'Smalhout zegt dat Craster een vriend van de Wacht is.'

'Weet jij het verschil tussen een wildling die een vriend van de Wacht is, en een die dat niet is?' vroeg de sombere schildknaap. 'Onze vijanden laten onze lijken voor de kraaien en de wolven liggen. Onze vrienden begraven ons in het geheim. Ik vraag me af hoe lang die beer al naast die poort hangt, en wat Craster daar had hangen voordat wij kwamen buurten.' Ed keek sceptisch naar de bijl, terwijl de regen over zijn lange gezicht stroomde. 'Is het daarbinnen droog?'

'Droger dan hierbuiten.'

'Als ik achterin schuil, niet te dicht bij het vuur, merken ze me vast niet voor morgenochtend op. Degenen die onder zijn dak zitten vermoordt hij het eerst, maar die sterven in elk geval droog.'

Jon moest lachen. 'Craster is alleen. Wij zijn met tweehonderd man. Ik betwijfel of hij ook maar iemand zal vermoorden.'

'Opwekkend hoor,' zei Ed met zijn somberste stem. 'En trouwens, er valt een boel te zeggen voor een goed geslepen bijl. Ik zou niet graag met een hamer vermoord worden. Ik heb eens een man gezien die een hamer tegen zijn slaap kreeg. Nauwelijks bloed te zien, maar zijn hoofd werd beurs en zwol op als een pompoen, maar dan een paarsrode. Een knappe kerel, maar hij ging lelijk dood. Maar goed dat we ze geen hamers geven.' Ed liep hoofdschuddend weg, waarbij de regen van zijn drijfnatte zwarte mantel droop.

Jon zorgde ervoor dat de paarden gevoederd waren voordat hij aan zijn eigen avondeten dacht. Hij vroeg zich juist af waar hij Sam zou kunnen vinden toen hij een angstkreet hoorde. '*Wolf!*' Soppend door de modder holde hij om de woonzaal heen op de kreet af. Een van Crasters vrouwen stond met haar rug tegen de modderige burchtmuur. 'Af!' riep ze tegen Spook. 'Ga weg!' De schrikwolf had een konijn in zijn bek, en een tweede lag dood en bloederig op de grond voor zijn poten. 'Haal hem weg, heer,' smeekte ze toen ze Jon zag.

'Hij doet je niets.' Hij zag meteen wat er was gebeurd. In het natte gras lag een houten konijnenhok op zijn kant. De latjes waren gebroken. 'Hij had vast honger. We hebben weinig wild gezien.' Jon floot. De schrikwolf schrokte het konijn op en maalde de dunne botjes fijn met zijn tanden. Toen stapte hij op Jon af.

Met nerveuze blikken sloeg de vrouw hen gade. Ze was jonger dan hij aanvankelijk had gedacht. Een meisje van naar schatting vijftien, zestien jaar, met donker haar dat door de stromende regen tegen haar holle wangen geplakt zat, en blote voeten die tot de enkels onder de modder zaten. Het lichaam onder de aaneengenaaide huiden vertoonde de eerste tekenen van zwangerschap. 'Ben jij een dochter van Craster?' vroeg hij.

Ze legde een hand op haar buik. 'Zijn vrouw nu.' Ze schoof bij de wolf vandaan en knielde treurig naast het kapotte konijnenhok. 'Ik wou met die konijnen gaan fokken. Er zijn geen schapen meer.'

'De Wacht vergoedt ze wel.' Jon had zelf geen geld, anders had hij het haar aangeboden, al betwijfelde hij of ze achter de muur iets zou hebben aan een paar kopertjes of zelfs een zilverstuk. 'Ik zal er morgenochtend met heer Mormont over spreken.'

Ze veegde haar handen af aan haar rok. 'Heer...'

'Ik ben geen heer.'

Maar ze waren nu omringd door een menigte anderen, afgekomen op het gegil van de vrouw en het gekraak van het konijnenhok. 'Geloof dat maar niet, meisje,' riep Lark de Zusterman, een wachtruiter zo vals als een straathond. 'Dat is niemand minder dan heer Sneeuw.'

'Bastaard van Winterfel en broer van koningen,' hoonde Chet, die zijn honden had achtergelaten om te kijken wat de oorzaak van al die beroering was.

'Die wolf kijkt je hongerig aan, meisje,' zei Lark. 'Misschien heeft-ie zin in dat malse hapje in je buik.'

Jon kon er niet om lachen. 'Jullie maken haar bang.'

'Het is meer een waarschuwing.' Chets grijns was even smerig als de zweren die het merendeel van zijn gezicht bedekten.

'We mogen niet met jullie praten,' zei het meisje plotseling.

'Wacht,' zei Jon, te laat. Ze maakte zich op een drafje uit de voeten.

Lark graaide naar het tweede konijn maar Spook was hem voor. Toen hij zijn tanden liet zien gleed de Zusterman uit in de modder en viel op zijn knokige achterste. De anderen lachten. De schrikwolf nam het konijn in zijn bek en bracht het naar Jon.

'Niemand heeft gezegd dat we dat meisje bang moesten maken,' zei hij tegen hen.

'We laten ons door jou de les niet lezen, bastaard.' Chet weet het aan Jon dat hij zijn comfortabele positie bij maester Aemon kwijt was, en niet ten onrechte. Als hij maester Aemon niet had benaderd over Sam Tarling zou Chet nu nog een oude, blinde man verzorgen, en geen meute prikkelbare jachthonden. 'Je mag dan de lieveling van de opperbevelhebber zijn, daarmee ben je de opperbevelhebber zelf nog niet... en je zou niet zo'n grote bek hebben als dat monster van je niet voortdurend in de buurt was.'

'Zolang we achter de Muur zijn vecht ik niet met een broeder,' antwoordde Jon, zijn toon kalmer dan hij zich voelde.

Lark was op een knie overeind gekrabbeld. 'Hij is bang voor je, Chet. Op de Zusters hebben we wel een naam voor zulke lui.'

'Ik heb alle namen al eens gehoord. Spaar je adem.' Hij liep weg, met Spook aan zijn zij. Toen hij bij de poort kwam was de regen alleen nog maar een fijn motregentje. De avond zou nu weldra vallen, gevolgd door weer zo'n natte, donkere, miserabele nacht. De wolken zouden de maan, de sterren en Mormonts Toorts verduisteren en het woud pikdonker maken. Zelfs pissen zou een avontuur zijn, zij het niet van het soort dat Jon eens voor ogen had gezweefd.

Buiten onder de bomen hadden sommige wachtruiters genoeg humus en droog hout gevonden om onder een richel van overhangende leisteen een vuur aan te leggen. Anderen hadden tenten opgezet of een primitief afdak gemaakt door hun mantels over een paar laaghangende takken te hangen. Reus had zichzelf in de holle stam van een dode eik gepropt.

'Hoe vind je mijn kasteel, heer Sneeuw?'

'Ziet er knus uit. Weet jij waar Sam is?'

'In dezelfde richting doorlopen. Als je bij ser Ottyns paviljoen bent, ben je te ver.' Reus glimlachte. 'Tenzij Sam ook een boom heeft gevonden. Wat een boom zal dát wezen.'

Uiteindelijk was het Spook die Sam vond. De schrikwolf schoot als een pijl uit een kruisboog naar voren. Onder een vooruitstekende rots die een klein beetje bescherming bood tegen de regen was Sam de raven aan het voeren. Zijn laarzen sopten bij iedere stap. 'Mijn voeten zijn doorweekt,' beaamde hij doodongelukkig. 'Toen ik afsteeg stapte ik in een gat en daar ben ik tot mijn knieën ingezakt.'

'Trek je laarzen uit en laat je voetwindsels drogen. Ik zoek wat droog hout. Als de grond onder die rots niet nat is krijgen we wel een vuurtje aan.' Jon liet Sam het konijn zien. 'En dan gaan we zitten schranzen.'

'Moet jij heer Mormont niet bedienen in de zaal?'

'Nee, maar jij wel. De ouwe beer wil dat je een kaart voor hem tekent. Craster zegt dat hij ons zal aanwijzen waar Mans Roover zit.'

'O.' Sam leek niet verlangend om Craster te leren kennen, ook al zou hij dan warmpjes bij het vuur kunnen zitten.

'Maar hij zei dat je eerst moest eten. Droog je voeten.' Jon ging brandhout verzamelen. Hij groef onder bergen afgevallen takken naar het drogere hout onderop en schoof lagen doornatte dennennaalden opzij op zoek naar iets om het vuur mee aan te maken. Zelfs toen leek het nog een eeuwigheid te duren voordat er een vonkje opsprong. Hij hing zijn mantel over de rots om de regen bij zijn walmende vuurtje vandaan te houden, zodat ze een soort kleine, knusse alkoof hadden.

Terwijl hij op zijn knieën het konijn vilde, trok Sam zijn laarzen uit. 'Volgens mij groeit er mos tussen mijn tenen,' verklaarde hij droefgeestig en hij bewoog de tenen in kwestie op en neer. 'Dat konijn zal best smaken. Zelfs dat bloed kan me niet schelen.' Hij keek de andere kant op. 'Nou ja, een klein beetje maar...'

Jon reeg het karkas aan een spit, dekte het vuur af met een paar stenen en balanceerde hun maaltijd erbovenop. Het konijn was vel over been geweest, maar terwijl het gaar lag te worden geurde het als een koningsmaal. Andere wachtruiters keken er afgunstig naar. Zelfs Spook hief hongerig de kop op, en terwijl hij snoof dansten er rode vlammen in zijn ogen. 'Jij hebt er al een op,' bracht Jon hem in herinnering.

'Is Craster net zo wild als de wachtruiters beweren?' vroeg Sam. Het konijn was nog een beetje rauw, maar het smaakte verrukkelijk. 'Hoe ziet zijn kasteel eruit?'

'Een mesthoop met een dak en een vuurkuil.' Jon vertelde Sam wat hij in Crasters Burcht had gezien en gehoord.

Toen hij uitverteld was, was het buiten donker. Sam likte zijn vingers af. 'Dat was lekker, maar nu heb ik trek in een schapenbout. Een hele bout, voor mij alleen, met een sausje van mint, honing en kruidnagelen. Heb je ook lammeren gezien?'

'Er was een schaapskooi, maar zonder schapen.'

'Wat eten zijn mannen dan?'

'Ik heb niet één man gezien. Alleen Craster en zijn vrouwvolk en wat kleine meisjes. Ik snap niet hoe hij zich hier weet te handhaven. Zijn verdedigingswerken lijken nergens op, niet meer dan een modderige greppel. Zeg, je moest maar eens naar die zaal gaan om je kaart te tekenen. Kun je het vinden?'

'Als ik niet in de modder val.' Sam werkte zich met veel moeite in zijn laarzen, zocht ganzenveer en perkament bij elkaar en schoof de nacht in. De regen tikte op zijn mantel en zijn flaphoed.

Spook legde zijn kop op zijn poten en viel bij het vuur in slaap. Jon strekte zich naast hem uit, blij met de warmte. Hij was koud en nat, maar niet meer zo koud en nat als daarnet. *Misschien hoort de ouwe beer vanavond iets dat ons bij oom Benjen brengt.*

Bij het ontwaken zag hij zijn eigen adem dampen in de koude ochtendlucht. Zijn botten deden pijn als hij bewoog. Spook was weg en het vuur was gedoofd. Jon stak een hand uit om de mantel te pakken die hij over de rots had gehangen en ontdekte dat die stijf bevroren was. Hij kroop eronder en ging rechtop staan in een woud dat van kristal was geworden.

Het bleekroze licht van de dageraad glinsterde op tak, blad en steen. Ieder grassprietje was uit smaragd gesneden, elke waterdruppel in een diamant veranderd. Bloemen en paddestoelen hadden allemaal een glazen hoes. Zelfs de modderplassen vertoonden een lichtbruine glans. Achter het glanzende groen waren de zwarte tenten van zijn broeders in een laagje fijn ijsglazuur gevat.

Dus er bestaat toch magie achter de Muur. Hij merkte dat hij aan zijn zusters stond te denken, misschien omdat hij vannacht van hen had gedroomd. Sansa zou dit een betovering noemen en tranen van verwondering in haar ogen krijgen, maar Arya zou lachend en schreeuwend naar buiten rennen en alles willen aanraken.

'*Heer Sneeuw?*' zei iemand. Zacht en gedwee. Hij draaide zich om.

Boven op de rots waaronder hij die nacht beschutting had gezocht hurkte de konijnenhoedster, gehuld in een zwarte mantel die zo groot was dat ze erin verdronk. *Sams mantel*, zag Jon meteen. *Waarom heeft ze Sams mantel aan?* 'Die dikkerd zei dat ik u hier kon vinden, heer,' zei ze.

'Dat konijn hebben we opgegeten, als je daar soms voor komt.' De bekentenis bezorgde hem een belachelijk schuldgevoel.

'De oude heer Kraai, die met de pratende vogel, die heeft Craster een kruisboog gegeven die wel honderd konijnen waard is.' Haar armen sloten zich om de zwelling van haar buik. 'Is het waar, heer? Hebt u een koning als broer?'

'Halfbroer,' beaamde hij. 'Ik ben de bastaard van Ned Stark. Mijn broer Robb is de koning in het Noorden. Wat kom je hier doen?'

'De dikkerd, die Sam, die zei dat ik naar u toe moest. Hij gaf me zijn mantel, dan zou niemand zeggen dat ik er niet bij hoorde.'

'Wordt Craster dan niet kwaad op je?'

'Mijn vader heeft gisteravond te veel van de wijn van heer Kraai gedronken. Hij zal het grootste deel van de dag wel slapen.' Kleine, nerveuze ademwolkjes uit haar mond berijpten de lucht. 'Ze zeggen dat de koning recht spreekt en de zwakken beschermt.' Ze begon moeizaam van de rots te klimmen, maar die was glad geworden van de rijp en haar voet gleed uit. Jon ving haar op voordat ze kon vallen en hielp haar veilig omlaag. De vrouw knielde op de ijskoude grond. 'Heer, ik smeek u...'

'Niet doen. Ga terug naar de zaal, je hoort hier helemaal niet te zijn. We hebben bevel om niet met Crasters vrouwen te spreken.'

'U hoeft niet met mij te spreken, heer. Neemt u me alleen maar mee als u vertrekt, meer vraag ik niet.'

Meer vraagt ze niet, dacht hij. *Alsof het niets is.*

'Ik... u kunt mij tot vrouw nemen, als u wilt. Mijn vader heeft er toch al negentien, van eentje minder gaat hij heus niet dood.'

'De zwarte broeders hebben een eed afgelegd om nooit te trouwen, wist je dat niet? Bovendien zijn we bij je vader te gast.'

'U niet,' zei ze. 'Ik heb het gezien. U hebt niet aan zijn tafel gegeten en niet bij zijn vuur geslapen. Hij heeft u geen gastrecht verleend, dus u bent niet aan hem gebonden. Ik moet weg vanwege het kind.'

'Ik weet niet eens hoe je heet.'

'Anje heeft hij me genoemd. Naar de anjelier.'

'Een mooie naam.' Hij herinnerde zich dat Sansa hem een keer had verteld dat hij dat altijd tegen een dame moest zeggen als ze hem haar naam zei. Hij kon het meisje niet helpen, maar misschien vond ze het compliment wel fijn. 'Ben je zo bang voor Craster, Anje?'

'Om de baby, niet om mezelf. Als het een meisje is geeft dat niet zo, ze groeit wat en dan trouwt hij met haar. Maar volgens Nella wordt het een jongen, en zij heeft er zes gehad, dus weet ze die dingen. Hij geeft de jongens aan de goden. Dat doet hij altijd als de witte kou er is, en die komt tegenwoordig vaker. Daarom is hij begonnen ze schapen te geven, ook al houdt hij van schapenvlees. Alleen zijn de schapen nu ook op. Straks worden het honden, totdat...' Ze sloeg haar ogen neer en streek over haar buik.

'Wat voor goden?' Jon herinnerde zich dat ze in Crasters Burcht geen jongens hadden gezien, en op Craster zelf na ook geen mannen.

'De koude goden,' zei ze. 'Die in de nacht. De witte schaduwen.'

En plotseling was Jon weer in de bevelhebberstoren. Een afgehakte hand klom in zijn kuit en toen hij die loswrikte met de punt van zijn zwaard kronkelde het ding op de vloer terwijl de vingers zich openden en sloten. De dode stond op, en de blauwe ogen schitterden fel in het geschramde en opgezwollen gezicht. Hij had een grote buikwond waaruit het vlees er in flarden bij hing, maar er was geen bloed.

'Wat voor kleur hebben hun ogen?' vroeg hij.

'Blauw. Fel als blauwe sterren, en net zo koud.'

Ze heeft ze gezien, dacht hij. *Craster heeft gelogen.*

'Wilt u me meenemen? Alleen maar tot de Muur...'

'We gaan niet naar de Muur. We gaan naar het noorden, op jacht naar Mans Roover en die Anderen, die witte schaduwen en hun levende doden. We zijn juist naar ze op zoek, Anje. Je baby zou bij ons niet veilig zijn.'

De angst stond duidelijk op haar gezicht te lezen. 'Maar u komt terug. Als uw oorlog afgelopen is komt u hier weer langs.'

Misschien.' *Als iemand van ons het overleeft.* 'Dat is aan de ouwe beer om te bepalen, de man die jij heer Kraai noemt. Ik ben maar zijn schildknaap. Ik ga mijn eigen weg niet.'

'Nee.' Aan haar stem hoorde hij dat ze verslagen was. 'Het spijt me dat ik u lastig gevallen heb, heer. Ik wilde alleen... ze zeiden dat de koning mensen beschermt, en ik dacht...' Vertwijfeld rende ze weg. Sams mantel fladderde als een paar grote zwarte vleugels achter haar aan.

Jon keek haar na. Zijn vreugde over de broze schoonheid van de ochtend was vervlogen. *Ellendige meid*, dacht hij wrokkig. *En Sam is dubbel ellendig, dat hij haar naar mij heeft gestuurd. Wat had hij gedacht dat ik voor haar kon doen? We zijn hier om de wildlingen te bestrijden, niet om ze te redden.*

Anderen kropen nu ook uit hun schuilplaatsen vandaan, gaapten en rekten zich uit. De magie was al vervaagd; het licht van de rijzende zon veranderde de ijzige schittering in gewone dauw. Iemand had vuur gemaakt, en hij snoof de houtrook op die tussen de bomen zweefde, en de rooklucht van spek. Jon haalde zijn eigen mantel omlaag en sloeg ermee tegen de rots, zodat het dunne ijslaagje dat zich die nacht had gevormd versplinterde. Toen raapte hij Langklauw op en schoof een arm door de schouderriem. Enkele passen verderop waterde hij tegen een bevroren struik. Zijn pis dampte in de koude lucht en deed het ijs smelten. Daarna reeg hij zijn zwarte wollen hozen vast en ging hij op de etensgeuren af.

Onder de broeders die zich rond het vuur hadden verzameld waren ook Gren en Dywen. Heek overhandigde Jon een uitgeholde homp brood met aangebrand spek en brokken gezouten vis, opgewarmd in spekvet. Terwijl hij Dywen erover hoorde opscheppen dat hij die nacht drie van Crasters vrouwen had afgewerkt, schrokte hij het naar binnen.

'Welnee,' zei Gren en hij trok een lelijk gezicht. 'Dat zou ik gezien hebben.'

Dywen gaf met de rug van zijn hand een oplawaai tegen zijn oor. 'Jij? Gezien? Jij bent even blind als maester Aemon. Je zag die beer niet eens.'

'Welke beer? Waar was die dan?'

'Er is altijd wel een beer,' verklaarde Ed van de Smarten op zijn gebruikelijke toon van sombere berusting. 'Toen ik een kind was werd mijn broer door een beer gedood. Later liep het beest rond met mijn broers tanden aan een riempje om zijn nek. En nog goeie tanden ook, beter dan de mijne. Ik heb alleen maar ellende gehad met mijn gebit.'

'Heeft Sam vannacht in de zaal geslapen?' vroeg Jon hem.

'Slapen zou ik het niet willen noemen. De grond was keihard, de biezen roken smerig en mijn broeders snurkten als gekken. Over beren gesproken, geen beer ronkt zo woest als Bruine Bernar. Maar warm was het wel. Midden in de nacht kropen er een paar honden boven op me. Mijn mantel was al bijna droog toen er een op pieste. Of misschien was het Bruine Bernar wel. Is het jullie trouwens opgevallen dat het ophield met regenen zodra ik onder dak was? Nu ik buiten zit zal het wel gauw weer beginnen. De goden pissen me net zo graag onder als de honden.'

'Ik geloof dat ik heer Mormont maar eens ga opzoeken,' zei Jon.

Het mocht dan opgehouden zijn met regenen, het terrein was nog steeds een moeras van ondiepe meertjes en glibberige modder. Zwarte broeders rolden hun tenten op en voederden hun paarden, al kauwend op repen gezouten rundvlees. De verkenners van Jarman Bokwel trokken hun zadelriemen aan voor ze op pad gingen. 'Jon,' begroette Bokwel hem vanuit het zadel. 'Hou je bastaardzwaard goed scherp. We zullen het gauw genoeg nodig hebben.'

Na het daglicht leek het schemerig in Crasters zaal. Binnen waren de nachttoortsen bijna opgebrand, en je zou niet zeggen dat de zon al op was. Heer Mormonts raaf zag hem als eerste binnenkomen. Drie lome vleugelslagen, en het beest streek neer op het gevest van Langklauw. '*Maïs?*' De raaf plukte aan een van Jons haarlokken.

'Niet op letten, Jon. Die ellendige bedelaar heeft net de helft van mijn spek gehad.' De ouwe beer zat met de overige officieren aan Crasters tafel te ontbijten: geroosterd brood, spek en worstjes van schapendarm. Op de tafel lag Crasters nieuwe bijl. Het ingelegde goud glansde flauwtjes in het toortslicht. De eigenaar lag laveloos op de slaapzolder, maar de vrouwen waren allemaal op en liepen rond om eten op te dienen.
'Wat is het voor dag buiten?'
'Koud, maar het regent niet meer.'
'Uitstekend. Zorg dat mijn paard gezadeld en wel klaarstaat. Ik ben van plan binnen een uur te vertrekken. Heb je al gegeten? Dat eten van Craster is simpele, maar voedzame kost.'

Ik eet niet van Crasters tafel, besloot hij plotseling. 'Ik heb al ontbeten met de mannen, heer.' Jon joeg de raaf van Langklauw weg. Het dier sprong weer op Mormonts schouder en liet prompt iets vallen. 'Waarom heb je dat niet op Sneeuw gedaan in plaats van het voor mij op te sparen?' gromde de ouwe beer. De raaf klokte.

Hij trof Sam achter de woonzaal aan, waar hij samen met Anje bij het kapotte konijnenhok stond. Ze was bezig hem zijn mantel om te doen maar toen ze Jon zag sloop ze weg. Sam keek hem gekwetst en verwijtend aan. 'Ik dacht dat je haar zou helpen.'

'En hoe had ik dat moeten aanleggen?' vroeg Jon scherp. 'Haar meenemen, in jouw mantel gerold? We hadden bevel om niet...'

'Dat weet ik,' zei Sam schuldbewust, 'maar ze was bang. Ik weet wat het is om bang te zijn. Ik zei tegen haar...' Hij slikte.

'Wát? Dat we haar mee zouden nemen?'

Sams dikke kop werd vuurrood van verlegenheid. 'Op de terugweg.' Hij vermeed Jons blik. 'Ze krijgt een kind.'

'Sam, ben je niet goed snik? We komen misschien niet eens langs deze weg terug. En als dat wel zo is, denk je dan dat de ouwe beer het goedvindt dat je een van Crasters vrouwen meeneemt?'

'Ik dacht... dat ik tegen die tijd misschien wel een manier zou weten...'

'Ik heb hier geen tijd voor, ik heb nog paarden te verzorgen en te zadelen.' Jon liep weg, verward en nijdig tegelijk. Sams hart was even ruim als zijn postuur, maar al zijn geleerdheid ten spijt had hij soms net zo'n plank voor zijn kop als Gren. Het was onmogelijk, en bovendien oneervol. *Maar waarom schaam ik me dan zo?*

Jon nam zijn gewone plaats naast Mormont in toen de Nachtwacht tussen de schedels bij Crasters poort door naar buiten stroomde. Ze sloegen via een bochtig wildspoor naar het noordwesten af. Overal om hen heen droop smeltend ijs omlaag, een trager soort regen die zijn eigen zachte muziek bezat. Ten noorden van het omwalde terrein was de beek tot de rand toe gezwollen, verstopt met bladeren en stukjes hout, maar de verkenners hadden de doorwaadbare plek opgespoord en de stoet kon erdoor plonzen. Het water kwam tot de paardenbuiken. Spook zwom, en toen hij aan de andere kant opdook droop er bruin vocht uit zijn witte vacht. Hij schudde zich, en de modder en het water spatten alle kanten op. Mormont zei niets, maar de raaf op zijn schouder krijste.

'Heer,' zei Jon zachtjes toen het woud zich opnieuw rondom hen sloot, 'Craster heeft geen schapen. En ook geen zonen.'

Mormont gaf geen antwoord.

'Op Winterfel was een dienstmeid die altijd verhalen vertelde,' hernam Jon. 'Ze placht te zeggen dat sommige wildlingen gemeenschap hadden met de Anderen en dan half-menselijke kinderen baarden.'

'Verhaaltjes voor bij het haardvuur. Lijkt Craster jou minder dan menselijk?'

Om tientallen redenen. 'Hij geeft zijn zonen aan het woud.'

Een lange stilte. Toen kwam het antwoord: 'Ja.' En: '*Ja*,' prevelde de raaf en liep parmantig heen en weer. '*Ja, ja, ja.*'

'Wist u dat?'

'Smalhout heeft het me verteld. Lang geleden. Alle wachtruiters weten het, al zijn er maar weinig die erover praten.'

'Wist mijn oom het?'

'Alle wachtruiters,' herhaalde Mormont. 'Jij vindt dat ik er een eind aan moet maken. Hem desnoods moet doden.' De ouwe beer zuchtte. 'Als hij alleen maar van wat hongerige monden afwilde zou ik maar al te graag Yoren of Conwys sturen om de jongens op te halen. Als ze dan groot genoeg waren maakten we broeders van ze, en de Wacht zou weer een beetje sterker zijn. Maar hij dient wredere goden dan jij of ik. Die jongetjes zijn Crasters offeranden. Zijn gebeden, zou je kunnen zeggen.'

Zijn vrouwen bidden vast iets heel anders, dacht Jon.

'Hoe weet je dat trouwens?' vroeg de ouwe beer aan hem. 'Van een van Crasters vrouwen?'

'Ja, heer,' bekende Jon. 'Ik zeg liever niet van wie. Ze was bang en vroeg om hulp.'

'De wereld barst van de mensen die hulp willen, Jon. Ik wou dat sommigen de moed opbrachten om zichzelf te helpen. Craster ligt op dit moment languit op zolder, stinkend naar wijn en buiten westen. Op zijn tafel beneden ligt een scherpe nieuwe bijl. Ik zou die *Gebedsverhoring* noemen en er een eind aan maken.'

Ja. Jon dacht aan Anje. Aan haar en haar zusters. Zij waren met zijn negentienen, en Craster was maar alleen, maar...

'Toch zou de dag waarop Craster de dood vond voor ons een kwade zijn. Je oom zou je kunnen vertellen hoe vaak Crasters Burcht voor onze wachtruiters het verschil tussen leven en dood heeft betekend.'

'Mijn vader...' Hij aarzelde.

'Ga door, Jon. Voor de draad ermee.'

'Mijn vader zei eens tegen me dat je sommige mensen beter niet kunt hebben,' besloot Jon. 'Een wrede of onrechtvaardige baanderman onteert zijn leenheer evenzeer als zichzelf.'

'Craster is zijn eigen baas. Hij heeft ons geen eden gezworen en hij is niet aan onze wetten onderworpen. Je hebt een nobel hart, Jon, maar leer deze les van mij. Wij kunnen de wereld niet rechtvaardig maken, daar zijn we niet voor. De Nachtwacht heeft een andere strijd te strijden.'

Een andere strijd. Ja. Dat mag ik niet vergeten. 'Jarman Bokwel zei dat ik mijn zwaard misschien algauw nodig zou hebben.'

'O ja?' Daar leek Mormont niet mee ingenomen te zijn. 'Craster heeft ons gisteravond van alles en nog wat verteld en genoeg van mijn bange vermoedens bevestigd om me tot een slapeloze nacht op zijn vloer te veroordelen. Mans Roover brengt zijn volk bijeen in de Vorstkaken. Daarom zijn de dorpen leeg. Datzelfde verhaal had ser Denys Mallister ook al gehoord van de wildling die zijn mannen in de Kloof gegrepen hadden, maar Craster heeft erbij verteld *waar*, en dat maakt alle verschil van de wereld uit.'

'Bouwt hij een stad, of brengt hij een leger op de been?'

'Dat is nu juist de vraag. Hoeveel wildlingen zijn er? Hoeveel weerbare mannen? Niemand die het zeker weet. De Vorstkaken zijn guur en ongastvrij, een woestenij van steen en ijs. Je kunt daar geen grote aantallen mensen langere tijd in leven houden. Voor zover ik kan zien heeft het bijeenbrengen van zo'n schare maar één doel. Mans Roover is van plan in het zuiden toe te slaan, in de Zeven Koninkrijken.'

'Het noorden is vaker door wildlingen overvallen.' Op Winterfel had Jon de verhalen van ouwe Nans én van maester Luwin gehoord. 'Ten tijde van mijn grootvaders grootvader zijn ze door Reimon Roodbaard naar het zuiden geleid en vóór hem was er een koning die Bael de Bard heette.'

'Ja, en nog eerder had je de Gehoornde Heer en de broederkoningen Gendel en Gorn, en in de voortijd Joramun, die de Winterhoorn stak en reuzen uit de aarde opwekte. Zij liepen zich stuk voor stuk tegen de Muur te pletter of dolven aan gene zijde het onderspit tegen de macht van Winterfel... maar de Nachtwacht is nog slechts een schaduw van zichzelf, en wie behalve wij zal de wildlingen weerstaan? De heer van Winterfel is dood en zijn erfgenaam is met zijn strijdmacht naar het zuiden getrokken om tegen de Lannisters te strijden. Zo'n kans als nu krijgen de wildlingen misschien nooit meer. Ik heb Mans Roover gekend, Jon. Hij is een eedbreker, dat wel, maar... hij heeft ogen om te zien, en niemand heeft hem ooit van lafhartigheid durven betichten.'

'En wat doen wij?' vroeg Jon.
'Hem opsporen,' zei Mormont. 'Hem bestrijden. Hem tegenhouden.'
Driehonderd man, dacht Jon, *tegen de woede van de wildernis.* Zijn vingers openden en sloten zich.

Theon

Ze was onmiskenbaar een schoonheid. *Maar je eerste is altijd mooi*, dacht Theon Grauwvreugd.
'Da's nog eens een fraaie grijns,' zei een vrouwenstem achter hem. 'Zo iets mag het jonkertje graag zien, nietwaar?'
Theon draaide zich om en nam haar op. Wat hij zag beviel hem wel. IJzergeboren, dat zag hij meteen, slank en langbenig, met kort zwart haar, huid door de wind geruwd, sterke, zekere handen en een ponjaard aan haar gordel. Haar neus was te groot en te scherp voor haar magere gezicht, maar dat werd door haar glimlach gecompenseerd. Ze was naar schatting een paar jaar ouder dan hij, maar hoogstens vijfentwintig. Ze liep alsof ze zeebenen had.
'Ja, ze ziet er mooi uit,' zei hij tegen haar, 'maar niet half zo mooi als jij.'
'Oho,' zei ze grijnzend. 'Laat ik maar goed uitkijken. De tong van dit jonkertje is honingzoet.'
'Ja, kom maar eens proeven.'
'Waait de wind uit die hoek?' zei ze met een uitdagende blik. Zo nu en dan kwam het voor dat een vrouw van de IJzereilanden samen met haar echtgenoot op een langschip diende, en men zei dat zout en zee zo'n vrouw veranderden en de begeerte van een man gaven. 'Bent u zo lang op zee geweest, jonkertje? Of waren er geen vrouwen, waar u vandaan komt?'
'Vrouwen genoeg, maar niet een zoals jij.'
'Hoe kunt u nu weten hoe ik ben?'
'Mijn ogen zien je gezicht. Mijn oren horen je lach. En mijn pik is zo hard als een mast uit begeerte naar jou.'
De vrouw kwam bij hem staan en ze drukte een hand tegen de voorkant van zijn hozen. 'U liegt in elk geval niet,' zei ze en kneep erin door de stof heen. 'Hebt u er veel last van?'
'Vreselijk.'
'Arm jonkertje.' Ze liet hem los en deed een stap achteruit. 'Het toeval wil dat ik getrouwd ben, en net zwanger.'
'De goden zijn goed,' zei Theon. 'Dan kan ik je ten minste geen bastaard bezorgen.'
'Toch zou mijn man het u niet in dank afnemen.'
'Nee, maar jij misschien wel.'
'Ik zou niet weten waarom. Ik heb het wel vaker met heren gedaan.

Ze zijn precies hetzelfde geschapen als andere mannen.'

'Heb je ooit een prins gehad?' vroeg hij. 'Als je later grijs en gerimpeld bent, met hangtieten tot op je buik, dan kun je je kinderen vertellen dat je ooit door een koning bent bemind.'

'O, gaat het nu ineens over de liefde? Ik dacht dat het gewoon om pikken en kutten ging.'

'Ben je op liefde uit?' Hij besloot dat hij die meid wel mocht, wie ze dan ook was. Na het vochtige, sombere Piek was haar puntigheid een verademing. 'Wil ik mijn langschip naar je noemen en voor je op de hoge harp spelen en je in een torenkamer in mijn kasteel onderbrengen met niets dan juwelen om te dragen, zoals een prinses in een lied?'

'U hoort uw schip toch wel naar mij te noemen,' zei ze, zonder op de rest in te gaan. 'Ik heb het laten bouwen.'

'Dat heeft Sigrin gedaan. Mijn vaders scheepsbouwer.'

'Ik ben Esgred, dochter van Ambrod, en Sigrins vrouw.'

Hij had nooit geweten dat Ambrod een dochter had, of Sigrin een vrouw... maar hij had de jonge scheepsbouwer maar één keer ontmoet, en de oude stond hem nauwelijks meer bij. 'Jij bent absoluut niet aan Sigrin besteed.'

'Oho. Sigrin zei anders dat dit fraaie schip niet aan u besteed was.'

Theon zette zijn stekels op. 'Weet je wel wie ik ben?'

'Prins Theon van het huis Grauwvreugd. Wie anders? Zegt u eens naar waarheid, heer, hoe groot is uw liefde voor dit schip? Dat zal Sigrin ongetwijfeld willen weten.'

Het langschip was zo nieuw dat het nog naar pek en hars rook. Zijn oom Aeron zou er morgenochtend de zegen over uitspreken, maar voor de tewaterlating was Theon vanuit Piek een kijkje komen nemen. Het schip was kleiner dan de *Grote Kraak* van heer Balon zelf of de *IJzeren Victorie* van zijn oom Victarion, maar zelfs in de houten wieg op het strand leek het snel en sierlijk: een slanke, zwarte romp van honderd voet lang, één enkele hoge mast, vijftig lange riemen, een dek dat ruimte bood aan honderd man... en op de boeg de grote ijzeren ram in de vorm van een pijlpunt. 'Sigrin heeft me een dienst bewezen,' gaf hij toe. 'Is ze even snel als ze eruitziet?'

'Nog sneller... als de gezagvoerder haar weet te hanteren.'

'Het is alweer een paar jaar geleden dat ik voor het laatst heb gevaren.' *En eerlijk gezegd nog nooit als kapitein*. 'Maar ik ben een Grauwvreugd en een ijzerman. De zee zit me in het bloed.'

'En als u net zo vaart als praat zit uw bloed straks in de zee,' zei ze.

'Ik zou zo'n schone maagd nooit mishandelen.'

'Schone maagd?' Ze lachte. 'Dit schip is een zeeteef.'

'Dan heb jij haar nu een naam gegeven. *Zeeteef*.'

Ze was geamuseerd; hij kon haar donkere ogen zien glimmen. 'En u zei dat u haar naar mij zou noemen,' zei ze verwijtend, alsof hij haar gekwetst had.

'Dat is waar.' Hij greep haar hand. 'Wilt u mij helpen, vrouwe? In het groene land geloven ze dat een zwangere vrouw de man die het bed met haar deelt geluk brengt.'

'Wat weten ze in de groene landen van schepen af? Of van vrouwen? Dat verzint u trouwens maar.'

'Als ik schuld beken, hou je dan nog steeds van me?'

'Nog steeds? Sinds wanneer heb ik dat dan ooit gedaan?'

'Nooit,' gaf hij toe, 'maar daar probeer ik nu iets aan te doen, lieve Esgred. De wind is kil. Kom aan boord van mijn schip om je door mij te laten warmen. Morgen giet mijn oom Aeron zeewater over de boeg en prevelt hij een gebedje tot de Verdronken God, maar ik zegen haar liever met de melk van mijn lendenen, en die van jou.'

'Dat zou de Verdronken God weleens verkeerd kunnen opvatten.'

'De Verdronken God kan de pot op. Als hij ons lastig valt verdrink ik hem nog eens. Binnen twee weken varen we de oorlog tegemoet. Wou je mij slapeloos van begeerte de strijd insturen?'

'Met alle plezier.'

'Wreed hoor. Dat schip heeft een passende naam gekregen. Als ik het in mijn ellende op de klippen laat lopen heb je dat aan jezelf te wijten.'

'Bent u soms van plan dit als roer te gebruiken?' Opnieuw streek Esgred over de voorkant van zijn hozen en glimlachte toen haar vinger de omtrek van zijn ijzerharde geslacht natrok.

'Ga met mij mee terug naar Piek,' zei hij plotseling, terwijl hij dacht: *wat zal heer Balon daarvan vinden? Maar waarom zou ik me daar iets van aantrekken? Ik ben een volwassen man. Als ik een meid in mijn bed haal is dat mijn zaak. Dat gaat verder niemand iets aan.*

'En wat moet ik in Piek?' Haar hand bleef op dezelfde plek.

'Mijn vader onthaalt vanavond zijn kapiteins op een feestmaal.' Zolang hij de komst van de laatste treuzelaars afwachtte moest hij ze elke avond onthalen, maar het leek Theon niet nodig het hele verhaal te vertellen.

'Neemt u mij dan voor één nacht als kapitein, heer prins?' Hij had nog nooit een vrouw zo boosaardig zien glimlachen.

'Misschien. Als ik zeker wist dat je me veilig de haven in zou loodsen.'

'Tja, ik weet welk uiteinde van een roeiriem in zee hoort, en niemand weet meer van touwen en knopen dan ik.' Met één hand trok ze het koord van zijn hozen los en deed toen luchtig een stapje naar achteren. 'Jammer dat ik getrouwd en net zwanger ben.'

Met een kop als vuur bond Theon het koord weer vast. 'Ik moet terug naar het slot. Als jij niet meekomt verdwaal ik misschien wel van

louter smart, en de eilanden zouden er des te armer om zijn.'
'Dat kunnen we niet gebruiken... maar ik heb geen paard, heer.'
'Je kunt dat van mijn schildknaap wel nemen.'
'En uw arme schildknaap dat hele eind naar Piek laten lópen?'
'Kom dan bij mij op mijn paard.'
'Ja, dat zou u wel willen.' Weer dat lachje. 'En waar zit ik dan, voor of achter?'
'Waar je wilt.'
'Ik zit graag bovenop.'

Zo'n meid heb ik nou altijd al willen hebben. 'Mijn vaders zaal is schemerig en vochtig bij gebrek aan een Esgred om het vuur te laten vlammen.'

'De tong van dit jonkertje is honingzoet.'
'Nu zijn we weer waar we begonnen zijn.'

Ze spreidde haar handen. 'Dan zijn we dus rond. Esgred is de uwe, lieve prins. Neem me mee naar uw kasteel. Toon me uw trotse torens die oprijzen uit de zee.'

'Ik heb mijn paard bij de herberg gestald. Kom.' Ze liepen samen het strand af, en toen Theon haar bij de arm nam trok ze die niet weg. Haar manier van lopen, half slenterend, half deinend, beviel hem wel. Die had iets vrijpostigs dat liet doorschemeren dat ze onder de dekens net zo vrijpostig zou zijn.

Hij had 's-Herenpoort nog nooit zo druk meegemaakt. Het wemelde van de bemanningsleden van de langschepen die langs het kiezelstrand en tot ver achter de golfbreker voor anker lagen. IJzermannen bogen niet vaak of snel hun knieën, maar het viel Theon op dat zowel roeiers als inwoners van het stadje zwegen als zij langskwamen, en hem met een eerbiedige hoofdknik begroetten. *Ze zijn er eindelijk achter wie ik ben*, dacht hij. *De hoogste tijd.*

Heer Goedenbroer van Groot Wiek was gisteravond met zijn hoofdmacht gearriveerd, bijna veertig langschepen. Zijn mannen waren overal, duidelijk herkenbaar aan hun gestreepte geitenharen sjerpen. In de herberg ging het gerucht dat de hoeren van Otter Mankepoot suf geneukt werden door baardeloze jongens met sjerpen. Van hem mochten ze, die jongens. Theon hoopte dat hij nooit meer in zo'n verziekte hoerentent verzeild zou raken. Zijn huidige metgezellin was heel wat meer naar zijn smaak. Dat ze met zijn vaders scheepsbouwer getrouwd was en bovendien nog zwanger ook, maakte haar er alleen maar fascinerender op.

'Bent u al begonnen met het aanwerven van een bemanning, heer prins?' vroeg Esgred terwijl ze naar de stal liepen? 'Hé Blauwtand,' riep ze naar een passerende zeeman, een lange kerel met een jak van berenvel en een helm met ravenvleugels. 'Hoe gaat het met je nieuwe vrouw?'

'Heeft zo'n dikke buik dat ze aan een tweeling denkt.'

'Zo gauw al?' Esgred lachte haar boosaardige lachje. 'Dan heb je je riem heel snel in het water gestoken.'

'Zeker wel, en *plonzen* dat ik deed!' bulderde de man.

'Een forse kerel,' merkte Theon op. 'Blauwtand, was het niet? Moet ik die voor mijn *Zeeteef* vragen?'

'Alleen als je hem wilt beledigen. Blauwtand heeft zelf een fraai schip.'

'Ik ben te lang weg geweest om nog te weten wie wie is,' bekende Theon. Hij had uitgekeken naar een paar vrienden waar hij als jongen mee had gespeeld, maar die waren weg of dood, of ze waren vreemden voor hem geworden. 'Mijn oom Victarion heeft me zijn eigen stuurman uitgeleend.'

'Rymolf Stormdronken? Goeie vent, zolang hij nuchter is.' Ze zag nog meer bekende gezichten en riep naar een passerend drietal: 'Uller, Quorl! Hé, Skait, waar is je broer?'

'De Verdronken God had een sterke roeier nodig, vrees ik,' was het antwoord van de gezette man met de witte streep door zijn baard.

'Hij bedoelt dat Eldis zoveel wijn op had dat zijn dikke buik ervan barstte,' zei de rozenwangige jongeman naast hem.

'Wat dood is kan nimmermeer sterven,' zei Esgred.

'Wat dood is kan nimmermeer sterven.'

Theon prevelde de woorden mee. 'Ze kennen je blijkbaar goed,' zei hij tegen de vrouw toen de mannen doorgelopen waren.

'Ze houden allemaal van de vrouw van de scheepsbouwer. Dat is ze geraden ook, als ze niet willen dat hun schepen zinken. Als u roeiers zoekt hebt u aan die drie geen slechte keus.'

'Aan sterke armen geen gebrek in 's-Herenpoort.' Theon had zijn gedachten grondig over de kwestie laten gaan. Hij wilde vechters, en mannen die hém trouw zouden zijn, niet zijn vader of zijn ooms. In afwachting van het moment dat heer Balon zijn plannen volledig zou ontvouwen speelde hij de plichtsgetrouwe jonge prins. Maar als die plannen, of de rol die hem daarin was toebedacht, niet naar zijn zin zouden blijken, dan...

'Kracht alleen is niet genoeg. De riemslagen van een langschip moeten volkomen gelijk op gaan, wil ze haar grootste snelheid kunnen bereiken. Als u verstandig bent kiest u mannen uit die al eerder met elkaar geroeid hebben.'

'Een wijze raad. Misschien wil jij me helpen kiezen?' *Laat haar maar denken dat ik op haar inzicht uit ben, dat denken vrouwen graag.*

'Wie weet doe ik dat wel. Als u mij goed behandelt.'

'Hoe zou ik anders kunnen?'

Theon versnelde zijn pas toen ze de *Myraham* naderden, die hoog en leeg aan de kade lag te deinen. De kapitein had veertien dagen geleden willen uitvaren, maar dat had heer Balon niet toegestaan. Geen van de koopvaarders die 's-Herenpoort aandeden mocht nog weg, want zijn vader wilde niet dat enig nieuws over zijn vlootschouw het vasteland zou bereiken voordat hij klaar was om toe te slaan.

'Heer,' klonk een klaaglijke stem vanaf het voorkasteel van de koopvaarder. De kapiteinsdochter hing over de reling en staarde hem na. Haar vader had haar verboden aan land te gaan, maar zodra Theon zich in 's Herenpoort vertoonde zag hij haar met haar ziel onder haar arm over het dek drentelen. 'Heer, wacht even,' riep ze hem achterna. 'Als het u behaagt, heer...'

'En deed ze dat?' vroeg Esgred toen Theon haar haastig voorbij de kogge leidde. 'U behagen?'

Tegenover iemand als zij had preutsheid geen zin. 'Een poosje. Nu wil ze mijn zoutvrouw worden.'

'Oho. Ja, die kan wel wat zout gebruiken. Te slap en te flauw. Of zit ik ernaast?'

'Bepaald niet.' *Slap en flauw. Precies. Hoe wist ze dat?*

Hij had Wex bevolen in de herberg te wachten. De gelagkamer was zo stampvol dat Theon zich de deur door moest worstelen. Nergens was één plaats meer vrij. En zijn schildknaap zag hij ook al niet. 'Wex!' schreeuwde hij over de herrie en het gerinkel heen. *Als hij boven bij een van die pokkenhoeren zit vil ik hem*, dacht hij, net toen hij de jongen eindelijk bij de haard zag zitten, al dobbelend... en nog aan de winnende hand ook, naar het stapeltje munten te oordelen dat voor hem stond.

'Tijd om op te stappen,' kondigde Theon aan. Toen de jongen hem negeerde greep hij hem bij een oor en rukte hem van zijn spel los. Wex griste een handvol koperstukken mee en kwam zwijgend achter hem aan. Dat was een van de dingen die Theon nog het beste aan hem beviel. De meeste schildknapen waren nogal spraakzaam, maar Wex was al sinds zijn geboorte stom... hetgeen hem er niet van leek te weerhouden voor een twaalfjarige behoorlijk bijdehand te zijn. Hij was de bastaard van een halfbroer van heer Bottelaar. Hem als schildknaap nemen was een deel van de prijs geweest die Theon voor zijn paard had betaald.

Toen Wex Esgred zag zette hij grote ogen op. *Het lijkt wel of hij nog nooit een vrouw heeft gezien*, dacht Theon. 'Esgred rijdt met mij mee terug naar Piek. Zadel de paarden, en snel een beetje.'

De jongen bereed een schriele kleine garron uit de stal van heer Balon, maar Theons rijdier was van een heel andere orde. 'Waar hebt u dat hellepaard gevonden?' vroeg Esgred toen ze hem zag, maar uit de manier waarop ze lachte maakte hij op dat ze onder de indruk was.

'Heer Bottelaar had hem een jaar geleden in Lannispoort gekocht, maar hij had er naar zijn smaak een beetje te veel paard aan, dus was hij blij ervan af te zijn.' De IJzereilanden waren te karig en rotsig om goede paarden te fokken. De meeste eilanders waren op zijn best middelmatige ruiters, beter op hun gemak op het dek van een langschip dan in het zadel. Zelfs de heren reden op garrons of ruige pony's uit Harlang, en er werd vaker met ossenkarren dan met paard-en-wagen gereden. De gewone lieden, die te arm waren om welk dier dan ook te bezitten trokken zelf hun ploeg door de schrale, rotsige grond.

Maar Theon had tien jaar in Winterfel gewoond en was niet van plan ten strijde te trekken zonder een goed paard onder zich. Heer Bottelaars beoordelingsfout was voor hem een meevaller; een hengst met een temperament dat net zo zwart was als zijn vacht, groter dan een renpaard, zij het niet zo fors als de meeste strijdrossen. Aangezien Theon niet zo fors was als de meeste ridders, kwam dat hem wel zo goed uit. Het dier had een vuurspuwende blik. Toen het oog in oog met zijn nieuwe eigenaar stond had het zijn tanden ontbloot en geprobeerd hem in zijn gezicht te bijten.

'Heeft hij een naam?' vroeg Esgred aan Theon toen hij opsteeg.

'Lacher.' Hij stak zijn hand uit en trok haar voor zich op het paard, zodat hij onder het rijden zijn armen om haar heen kon slaan. 'Ik heb eens een man gekend die zei dat ik om de verkeerde dingen lachte.'

'Is dat zo?'

'Alleen in de ogen van lieden die nergens om lachen.' Hij dacht aan zijn vader en zijn oom Aeron.

'Lacht u nu ook, heer prins?'

'O ja.' Theon schoof zijn armen langs haar lichaam om de teugels te pakken. Ze was bijna even lang als hij. Haar haren moesten nodig gewassen worden en er zat een verbleekt, lichtroze litteken in haar sierlijke nek, maar hij vond dat ze lekker rook: naar zout, zweet en vrouw.

De terugrit naar Piek beloofde heel wat interessanter te worden dan de heenrit was geweest.

Eenmaal goed en wel buiten 's-Herenpoort legde Theon een hand op haar borst. Esgred plukte hem eraf. 'Ik zou mijn teugels maar met twee handen vasthouden, anders werpt dat zwarte beest van u ons straks nog allebei af en trapt ons dood.'

'Dat heb ik hem afgeleerd. Ik heb hem getemd.' Vermaakt als hij was hield Theon zich een poosje in. Hij keuvelde wat over het weer (grijs en bewolkt, zoals het al was geweest sinds zijn komst, met om de haverklap een bui), en vertelde haar over de mannen die hij in het Fluisterwoud had gedood. Toen hij bij het gedeelte kwam waarin hij op een haar na de Koningsmoordenaar zelf had bereikt schoof hij zijn hand weer terug. Haar borsten waren klein, maar aangenaam stevig.

'Dat kunt u beter niet doen, heer prins.'

'Maar ik doe het toch.' Theon gaf haar een kneepje.

'Uw schildknaap kijkt.'

'Laat maar rustig kijken. Hij zal er met geen woord over reppen, dat beloof ik je.'

Esgred wurmde zijn vingers van haar borst. Ditmaal hield ze hem stevig in de greep. Ze had sterke handen.

'Ik hou wel van vrouwen die van aanpakken weten.'

Ze snoof. 'Dat zou ik anders niet gezegd hebben, na die meid aan de kade.'

'Daar moet je me niet op beoordelen. Zij was de enige vrouw op dat schip.'

'Vertel me over uw vader. Zal hij mij hartelijk welkom heten op zijn slot?'

'Waarom zou hij? Hij heeft míj zelfs nauwelijks welkom geheten, terwijl ik zijn eigen vlees en bloed ben, de erfgenaam van Piek en de IJzereilanden.'

'Bent u dat dan?' vroeg ze op milde toon. 'Ze zeggen dat u ooms, broers en een zuster hebt.'

'Mijn broers zijn al jaren dood, en mijn zuster... welnu, het schijnt dat Asha's favoriete jurk een halsberg tot onder haar knieën is, met hardleren kleingoed eronder. Maar mannenkleren maken nog geen man van haar. Zodra we de oorlog gewonnen hebben zal ik een gunstige verbintenis voor haar tot stand brengen, als ik tenminste een man kan vinden die haar wil. Voor zover ik me herinner had ze een haviksneus, was ze rijkelijk voorzien van jeugdpuistjes, en nog zo plat als een jongen ook.'

'Uw zuster kunt u wel uithuwelijken,' merkte Esgred op, 'maar uw ooms niet.'

'Mijn ooms...' Theons aanspraken kwamen vóór die van zijn vaders drie broers, maar de vrouw had desondanks een gevoelige plek geraakt. Op de eilanden kwam het niet zelden voor dat een sterke, eerzuchtige oom een zwakke neef uit zijn rechten ontzette en hem dan meestal nog vermoordde ook. *Maar ik ben geen zwakkeling*, zei Theon bij zichzelf, *en tegen de tijd dat mijn vader sterft zal ik nog sterker zijn.* 'Mijn ooms vormen geen bedreiging,' verklaarde hij. 'Aeron verkeert in een roes van heiligheid en zeewater. Die leeft slechts voor zijn god...'

'Zíjn god? Niet de uwe?'

'Ook van mij. Wat dood is kan nimmermeer sterven.' Hij glimlachte flauwtjes. 'Zolang ik maar de vereiste vroomheden debiteer zal ik met Vochthaar geen problemen krijgen. En mijn oom Victarion...'

'Opperbevelhebber van de IJzeren Vloot en een geducht krijgsman. Ik heb in menige kroeg zijn lof horen zingen.'

'Tijdens de opstand van mijn vader voer hij met mijn oom Euron naar Lannispoort en stak de vloot van de Lannisters in brand die daar voor anker lag,' herinnerde Theon zich. 'Maar het plan was van Euron. Victarion is net een grote, grauwe os. Hij is sterk, onvermoeibaar en plichtsgetrouw, maar zal niet snel een wedloop winnen. Het lijdt geen twijfel of hij zal mij net zo trouw dienen als mijn vader. Hij heeft noch hersens, noch eerzucht genoeg om verraad te beramen.'

'Maar Euron Kraaienoog ontbreekt het niet aan sluwheid. Over hem heb ik de meest verschrikkelijke dingen horen vertellen.'

Theon ging in het zadel verzitten. 'Mijn oom Euron heeft zich al bijna twee jaar niet meer op de eilanden vertoond. Wie weet is hij wel dood.' Dat zou ook het beste zijn. De oudste broer van heer Balon had de Oude Leefwijze nimmer opgegeven, zelfs geen dag. Zijn *Stilte*, met haar zwarte zeilen en donkerrode romp, was berucht in alle havens van Ibben tot Asshai, werd er gezegd.

'Wie weet is hij dood,' beaamde Esgred, 'en als hij nog leeft, ach, dan heeft hij zoveel tijd op zee doorgebracht dat hij hier een halve vreemde is. De IJzergeborenen zullen nooit een vreemde tot de Zetel van Zeesteen verheffen.'

'Nee, dat zal wel niet,' antwoordde Theon, nog voor het tot hem doordrong dat sommigen ook hém als een vreemde zouden beschouwen. Bij die gedachte fronste hij zijn voorhoofd. *Tien jaar is lang, maar nu ben ik terug, en mijn vader is nog lang niet dood. Ik heb tijd genoeg om mezelf te bewijzen.*

Hij overwoog Esgreds borst weer te strelen, maar waarschijnlijk zou ze gewoon nog een keer zijn hand weghalen, en door al dat gepraat over zijn ooms was het vuur enigszins getemperd. Tijd zat voor zulke spelletjes in het slot, in de beslotenheid van zijn eigen vertrekken. 'Als we in Piek zijn zal ik Helya zeggen dat ze je bij het feestmaal een fatsoenlijke plek geeft,' zei hij. 'Mijn plaats is aan mijn vaders rechterhand op de verhoging, maar als hij de zaal verlaat kom ik naar beneden en ga ik bij jou zitten. Hij blijft zelden lang. De laatste tijd bekomt de drank hem slecht.'

'Een trieste zaak, als een groot man oud wordt.'

'Heer Balon is slechts de vader van een groot man.'

'Een bescheiden jonkertje.'

'Alleen een dwaas haalt zichzelf omlaag in een wereld vol mensen die popelen om dat klusje voor hem te klaren.' Hij kuste haar vluchtig onder in haar nek.

'Wat moet ik aantrekken voor dat grote feest?' Ze stak een hand naar achteren en duwde zijn gezicht weg.

'Ik vraag Helya wel of ze je passende kleren geeft. Misschien een van mijn moeders japonnen. Die is zelf op Harlang, en ze wordt niet meer terug verwacht.'

'Ze is weggeteerd door de kille wind. Gaat u haar niet opzoeken?

Harlang is maar één dag varen, en vrouwe Grauwvreugd zal wel smachten van verlangen om haar zoon nog een laatste maal te zien.'

'Was dat maar mogelijk, maar er is te veel wat me hier houdt. Nu ik terug ben rekent mijn vader op mij. Misschien als er vrede komt...'

'Uw komst zou haar vrede kunnen brengen.'

'Nu klink je net als een vrouw,' klaagde Theon.

'Ik kan niet ontkennen dat ik dat ben... en net zwanger.'

Om de een of andere reden wond die gedachte hem op. 'Dat zeg je nu wel, maar er is niets aan je te zien. Waar blijft het bewijs? Ik geloof je pas als ik je borsten vol heb zien worden en je moedermelk heb geproefd.'

'En wat zal mijn echtgenoot daarvan zeggen? Een man die uw vader dient en trouw heeft gezworen?'

'We geven hem zoveel schepen te bouwen dat hij niet eens merkt dat je hem verlaten hebt.'

Ze lachte. 'Ik ben in handen van een wreed jonkertje geraakt. Als ik beloof dat u een keer mag toekijken als ik mijn kind de borst geef, vertelt u mij dan meer over uw oorlog, Theon van het huis Grauwvreugd? We hebben nog vele mijlen en heuvels voor ons en ik zou graag wat meer weten van de wolvenkoning onder wie u hebt gediend, en van de gulden leeuwen die hij bestrijdt.'

Theon, die haar nog steeds graag wilde behagen, voldeed aan haar verzoek. Terwijl hij haar mooie hoofdje met verhalen over Winterfel en de oorlog vulde, vloog de rest van de rit voorbij. Soms verbaasde het hem zelf wat hij allemaal zei. *Wat kan ik makkelijk met haar praten... dat de goden haar prijzen*, dacht hij. *Ik heb het gevoel dat ik haar al jaren ken. Als haar liefdesspel even goed is als haar verstand zal ik haar bij me moeten houden...* Hij dacht aan Sigrin de Scheepsbouwer, een gezette, botte kerel wiens vlasblonde haar al van zijn puistige voorhoofd week. Hij schudde zijn hoofd. *Zonde. Eeuwig zonde.*

In minder dan geen tijd, zo leek het, doemde de grote ringmuur van Piek voor hen op.

De poort stond open. Theon spoorde Lacher aan en reed in ferme draf naar binnen. Begeleid door woest geblaf hielp hij Esgred afstijgen. Verscheidene honden kwamen kwispelstaartend aanspringen. Ze stoven hem voorbij en smeten de vrouw bijna tegen de grond, terwijl ze piepend en met hun tong uit hun bek om haar heen draaiden. '*Af!*' riep Theon en hij haalde tevergeefs naar een bruine teef uit, maar Esgred begon lachend een robbertje met ze te vechten.

Een stalknecht kwam achter de honden aanhollen. 'Neem mijn paard over,' beval Theon hem, 'en haal die ellendige honden weg...'

De pummel sloeg geen acht op hem. Op zijn gezicht brak een brede, ten dele tandeloze lach door, en hij zei: 'Vrouwe Asha. U bent terug.'

'Sinds gisteravond,' zei ze. 'Ik ben met heer Goedenbroer mee teruggevaren uit Groot Wiek en heb vannacht in de herberg geslapen. Mijn kleine broertje was zo vriendelijk me vanuit 's-Herenpoort te laten meerijden.' Ze kuste een van de honden op de snuit en grijnsde Theon toe.

Hij stond haar hulpeloos aan te gapen. *Asha. Nee. Dit kan Asha toch niet zijn.* Plotseling besefte hij dat hij twee Asha's in zijn hoofd had. De eerste was het meisje dat hij vroeger had gekend. De tweede, wier beeld veel vager was, leek min of meer op haar moeder. Geen van tweeën leken ze ook maar enigszins op die... die... die...

'De puisten verdwenen toen de borsten verschenen,' legde ze uit terwijl ze met een van de honden stoeide, 'maar die haviksneus heb ik nog.'

Theon hervond zijn stem. '*Waarom heb je dat niet eerder gezegd?*'

Asha liet de hond los en richtte zich op. 'Ik wilde eerst weten wat voor vlees ik in de kuip had. En dat weet ik nu.' Ze maakte een spottende halve buiging voor hem. 'En wil je nu zo goed zijn me te verontschuldigen, broertje. Ik moet nog een bad nemen en me omkleden voor het feest. Ik vraag me af of ik die maliënjapon nog heb die ik altijd over mijn hardleren kleingoed draag?' Opnieuw wierp ze hem die boosaardige grijns toe en liep de brug over op die manier die hij zo leuk vond, half slenterend, half deinend.

Toen Theon zich terugdraaide stond Wex te meesmuilen. Hij gaf de jongen een oorvijg. 'Omdat je het zo leuk vindt.' En nog een, harder ditmaal. 'En dat is omdat je me niet gewaarschuwd hebt. De volgende keer kweek je maar een tong.'

Zijn eigen vertrekken in de Gastenburcht hadden nog nooit zo kil geleken, al hadden de lijfeigenen een komfoortje laten branden. Theon trapte zijn laarzen uit, liet zijn mantel op de vloer vallen en schonk zichzelf een beker wijn in, met het beeld van een onhandig meisje met schonkige knieën en puistjes voor zijn geestesoog. *Ze heeft mijn hozen losgeknoopt*, dacht hij, diep verontwaardigd, *en ze zei... o goden, en ik zei...* Hij kreunde. Hij had zichzelf niet erger voor gek kunnen zetten.

Nee, dacht hij toen. *Zij heeft me voor gek gezet. Ze moet er van het begin tot het einde van genoten hebben, de smerige teef. En zoals ze naar mijn kruis bleef grijpen...*

Hij pakte zijn beker en liep naar de vensterbank, waar hij zat te drinken en naar de zee staarde terwijl de zon boven Piek verduisterde. *Voor mij is hier geen plaats*, dacht hij, *en dat komt door Asha, dat de Anderen haar halen!* Het water beneden hem verkleurde van groen tot grauw tot zwart. Inmiddels klonk er in de verte muziek, en hij besefte dat het tijd was om zich te verkleden voor het feest.

Theon koos gewone laarzen en nog gewonere kleren uit, in sombere zwart- en grijstinten die pasten bij zijn stemming. Geen juwelen, want hij bezat niets waarvoor hij de ijzerprijs had betaald. *Ik had die wild-*

ling die ik heb gedood om Bran Stark te redden iets af kunnen nemen, maar de man had niets dat het afpakken waard was. Ik ben een vervloekte pechvogel die armoedzaaiers doodt.

Toen Theon de lange, rokerige zaal betrad, zat die vol met zijn vaders heren en kapiteins, bijna vierhonderd man. Dagmer Spleetkaak was nog niet met de Steenhuizen en Tromps uit Oud Wiek teruggekeerd, maar alle anderen waren er wel: Harlangs van Harlang, Zwartgetijs van Zwartgetij, Rondhouts, Merleyns en Goedenbroers van Groot Wiek, Zoutklifs en Sonderleis van Zoutklif, en Bottelaars en Windaschen van de andere kant van Piek. De lijfeigenen schonken bier in en er klonk muziek van vedels, balgen en trommen. Drie stevige kerels voerden de vingerdans uit en slingerden kortstelige bijlen op elkaar af. De kunst was de bijl te vangen of eroverheen te springen zonder uit de maat te raken, en het heette vingerdans omdat het er doorgaans mee eindigde dat een van de dansers een vinger verloor... of twee, of vijf.

Noch de dansers, noch de drinkers besteedden veel aandacht aan Theon Grauwvreugd toen hij naar de verhoging schreed. Heer Balon zat op de Zetel van Zeesteen, in de vorm van een kraak uit een reusachtig blok zwarte oliesteen gehouwen. De legende wilde dat die steen door de Eerste Mensen op de kust van Oud Wiek was aangetroffen toen ze naar de IJzereilanden kwamen. Links van de hoge zetel zaten Theons ooms. Asha had zich op de ereplaats aan hun vaders rechterhand genesteld. 'Je bent laat, Theon,' merkte heer Balon op.

'Verschoning.' Theon ging op de lege plaats naast Asha zitten. Hij boog zich naar haar toe en siste haar in het oor: 'Je zit op mijn plek.'

Ze keerde zich met onschuldige ogen naar hem toe. 'Je moet je vergissen, broertje. Jouw plaats is in Winterfel.' Haar glimlach was snijdend. 'En waar heb je al je mooie kleren gelaten? Ik had gehoord dat je graag zijde en fluweel op je velletje voelde.' Zelf droeg ze zachte, groene wol van eenvoudige snit. De stof volgde de lijnen van haar slanke lijf.

'En jouw halsberg is zeker weggeroest, zuster,' beet hij terug. 'Jammer. Ik had je graag van top tot teen in ijzer gezien.'

Asha lachte alleen maar. 'Dat komt nog wel, broertje... als je denkt dat jouw *Zeeteef* mijn *Zwarte Wind* kan bijhouden.' Een van hun vaders lijfeigenen bracht een kruik wijn. 'Drink je vanavond bier of wijn, Theon?' Ze boog zich naar hem toe. 'Of wil je nog steeds graag van mijn moedermelk proeven?'

Hij kreeg een kleur. 'Wijn,' beval hij de lijfeigene. Asha keerde zich van hem af, sloeg met een vuist op tafel en riep om bier.

Theon hakte een brood in tweeën, holde het uit tot een bord en beval een kok om het met visstoofpot te vullen. De geur van de dikke brij maakte hem lichtelijk onpasselijk, maar hij dwong zichzelf om er wat van te eten. Hij had genoeg wijn gedronken om twee maaltijden in te verzuipen. *Als ik ga kotsen doe ik het over haar heen.* 'Weet vader dat je met zijn scheepsbouwer getrouwd bent?' vroeg hij zijn zuster.

'Net zomin als Sigrin.' Ze haalde haar schouders op. 'De *Esgred* was het eerste schip dat hij heeft gebouwd. Hij noemde het naar zijn moeder. Ik zou niet weten wie hem dierbaarder is.'

'Alles wat je tegen me gezegd hebt was gelogen.'

'Niet *alles*. Weet je nog dat ik zei dat ik graag bovenop zat?' Asha grijnsde.

Dat maakte hem alleen maar nog bozer. 'Al die onzin over getrouwd en net zwanger zijn...'

'O, maar dat klopte wel degelijk.' Asha sprong overeind. '*Rolfo, hierheen*,' riep ze tegen een van de vingerdansers terwijl ze een hand opstak. Hij zag haar, maakte een slingerbeweging, en plotseling kwam er een bijl uit zijn hand vliegen. Blikkerend draaide het blad in het toortslicht om en om. Theon had net genoeg tijd om een gesmoorde kreet te slaken voordat Asha de bijl uit de lucht plukte en hem dwars door zijn broodbord heen in de tafel sloeg, zodat zijn mantel onder de spetters kwam te zitten. 'Dat is mijn heer gemaal.' Zijn zuster stak een hand in haar japon en viste een ponjaard tussen haar borsten uit. 'En dit is mijn dierbare zuigeling.'

Hij had geen idee hoe hij er op dat moment uitzag, maar ineens merkte Theon Grauwvreugd dat de Grote Zaal schalde van de lach. En al het gelach gold hem. Zelfs zijn vader glimlachte, vloek zij de goden, en zijn oom Victarion grinnikte hardop. Er zat niets anders voor hem op dan zuurzoet te glimlachen. *We zullen nog wel zien wie er straks het laatst lacht, teef.*

Asha wrikte de bijl uit de tafel en smeet hem onder gefluit en luide toejuichingen naar de dansers terug. 'Je zou er goed aan doen om te onthouden wat ik over het kiezen van een bemanning heb gezegd.' Een lijfeigene hield hun een schaal voor, en ze prikte een gezouten vis op en at hem zo van de punt van haar mes. 'Als je de moeite had genomen ook maar iets over Sigrin te weten te komen had ik nooit zo de draak met je kunnen steken. Tien jaar lang wolf, en dat denkt dan hier voor prins van de eilanden te kunnen spelen. Maar je weet niets en je kent niemand. Waarom zouden de mannen voor jou willen strijden en sterven?'

'Ik ben hun rechtmatige prins,' zei Theon stijfjes.

'Volgens de wetten van het groene land misschien wel. Maar hier maken we onze eigen wetten, of was je dat soms vergeten?'

Met een gemelijk gezicht wendde Theon zich af en nam het lekkende broodbord vóór hem in ogenschouw. Nog even en de gestoofde vis zou in zijn schoot druipen. Hij riep een lijfeigene om de boel op te ruimen. *Mijn halve leven zie ik ernaar uit om thuis te komen, en wat krijg ik? Spot en hoon.* Dit was niet het Piek uit zijn herinneringen. Maar klopten die eigenlijk wel? Hij was nog heel jong geweest toen hij als gijzelaar werd weggevoerd.

Het feest was een vrij magere vertoning: een reeks visschotels, zwart brood en ongekruid geitenvlees. Het smakelijkste dat Theon te eten kon vinden was een uienpastei. Maar het bier en de wijn bleven stromen, ook toen de laatste gang was afgeruimd.

Heer Balon Grauwvreugd rees van de Zetel van Zeesteen op. 'Stop met drinken en kom mee naar mijn bovenzaal,' beval hij zijn disgenoten op de verhoging. 'We moeten plannen maken.' Hij liep weg zonder verder nog iets te zeggen, geflankeerd door twee van zijn lijfwachten. Zijn broers volgden kort daarop. Theon stond op om hen te volgen.

'Wat heeft mijn broertje een haast om te vertrekken.' Asha hief haar drinkhoorn en gebaarde dat ze meer bier wilde.

'Onze vader wacht.'

'Dat doet hij al jaren. Hij wordt er niet slechter op als hij nog wat langer wacht... maar als je zijn toorn vreest, draaf dan maar gauw achter hem aan. Onze ooms haal je moeiteloos in.' Ze glimlachte. 'De een leeft per slot in een roes van zeewater, en de ander is een grote grauwe os, zo dom dat hij vast verdwaalt.'

Geërgerd ging Theon weer zitten. 'Ik draaf achter geen enkele man aan.'

'Maar wel achter alle vrouwen?'

'Ik heb niet naar jouw pik gegraaid.'

'Die heb ik niet, weet je nog? Maar jij wist niet hoe gauw je naar de rest moest graaien.'

Hij voelde dat zijn wangen begonnen te gloeien. 'Ik ben een man, met de begeerte van een man. Wat ben jij voor een onnatuurlijk wezen?'

'Alleen maar een schroomvallige maagd.' Asha's hand schoot onder de tafel door en kneep hem in zijn kruis. Theon sprong bijna van zijn stoel. 'Hé, moest je me de haven niet inloodsen, broer?'

'Jij bent niet geschikt voor het huwelijk,' oordeelde Theon. 'Als ik hier de macht in handen heb stuur ik je naar de Zwijgende Zusters, denk ik.' Hij kwam zwaaiend overeind en stiefelde onvast weg op zoek naar zijn vader.

Tegen de tijd dat hij de deinende brug naar de Zeetoren bereikte regende het. Zijn maag bruiste en kolkte als de golven onder hem, en vanwege de wijn wankelde hij op zijn benen. Met zijn kiezen op elkaar greep Theon het touw stevig vast, en terwijl hij overstak stelde hij zich voor dat hij Asha bij de nek had.

De bovenzaal was vochtig en tochtig als altijd. Begraven onder zijn gewaden van zeehondenbont zat zijn vader voor het komfoor met zijn broers aan weerszijden. Toen Theon binnenkwam had Victarion het over de wind en het tij, maar heer Balon beduidde hem met een gebaar dat hij moest zwijgen. 'Ik heb mijn plannen klaar. Het is tijd dat jullie die te horen krijgen.'

'Ik heb een paar voorstellen...'

'Als ik je raad nodig heb vraag ik er wel om,' zei zijn vader. 'Er is een vogel uit Oud Wiek gearriveerd. Dagmer brengt de Tromps en de Steenhuizen mee. Als de goden ons een gunstige wind schenken varen we uit zodra zij arriveren... dat wil zeggen, jij vaart uit. Het is mijn bedoeling dat jij de eerste klap uitdeelt, Theon. Jij gaat met acht langschepen naar het noorden...'

'*Acht?* Zijn gezicht werd rood. 'Wat kan ik nou bereiken met maar acht langschepen?'

'Jij maakt de Rotskust onveilig door vissersdorpen te overvallen en elk schip dat je pad kruist de grond in te boren. Wie weet lok je zo een paar noordelijke heren van achter hun stenen muren vandaan. Aeron gaat met je mee, en Dagmer Spleetkaak ook.'

'De Verdronken God zegene onze zwaarden,' zei de priester.

Dat was een klap in Theons gezicht. Hij werd erop uitgestuurd om plunderaarswerk te doen: vissers hun kot uitbranden en hun lelijke dochters verkrachten. Maar zelfs dat leek heer Balon hem nauwelijks toe te vertrouwen. De fronsen en berispingen van Vochthaar te moeten verduren was al erg genoeg, maar als Dagmar Spleetkaak ook nog eens meekwam zou hij alleen in naam het bevel voeren.

'Asha, mijn dochter,' vervolgde heer Balon, en toen Theon zich omdraaide zag hij dat zijn zuster stilletjes naar binnen was geglipt, 'jij bemant dertig langschepen met de beste zeelieden en rondt Kaap Zeedraak. Je landt op de wadden ten noorden van de Motte van Diephout. Trek snel op, en het slot is misschien al gevallen vóór je komst goed en wel is opgemerkt.'

Asha glimlachte als een kat met zijn snuit in de room. 'Ik heb altijd al een eigen slot willen hebben,' zei ze poeslief.

'Neem maar in dan.'

Theon beet op zijn tong. De Motte van Diephout was de sterkte van de Hanscoes. Nu Robet en Galbart allebei in de oorlog in het zuiden vochten zou de bezetting minimaal zijn, en zodra dat slot viel zouden de ijzermannen een veilige uitvalsbasis in het hart van het noorden hebben. *Ik zou degene moeten zijn die Diephout inneemt.* Hij kénde de Motte van Diephout, hij was meermalen met Eddard Stark bij de Hanscoes te gast geweest.

'Victarion,' zei heer Balon tegen zijn broer, 'de speerpunt is aan jou. Als mijn zonen eenmaal hebben toegeslagen zal Winterfel wel moeten reageren. Je zult vermoedelijk weinig tegenstand ondervinden als je de

Zoutspeer en de Koortsrivier opvaart. Bij de bovenloop ben je minder dan twintig mijl van de Motte van Cailin verwijderd. De Nek is de sleutel tot het koninkrijk. De westerzeeën beheersen we al, en zodra we de Motte van Cailin in handen hebben kan de welp niet meer terug naar het noorden... en als hij zo dwaas is het toch te proberen zullen zijn vijanden het zuidelijke einde van de heirweg achter hem vergrendelen en zit Robb het knaapje als een rat in de val.'

Theon kon zich niet meer inhouden. 'Een stoutmoedig plan, vader, maar de heren in hun kastelen...'

Heer Balon legde hem het zwijgen op. 'De heren zijn met de welp naar het zuiden. Er zitten daar nog slechts lafaards, oude mannen en groentjes. Ze zullen zich overgeven of vallen, een voor een. Winterfel zal ons misschien een jaar lang het hoofd bieden, maar wat maakt dat uit? Het overige zal ons toebehoren, bos, veld en zaal, en de inwoners maken we tot onze lijfeigenen en zoutvrouwen.'

Aeron Vochthaar hief zijn armen op. 'En de wateren der gramschap zullen hoog oprijzen, en de Verdronken God zal zijn heerschappij tot over het groene land uitbreiden.'

'Wat dood is kan nimmermeer sterven,' galmde Victarion uit. Heer Balon en Asha herhaalden zijn woorden, en Theon had geen andere keus dan mee te prevelen. En dat was het dan.

Buiten goot het harder dan ooit. De touwbrug zwiepte en wiebelde onder zijn voeten. Midden op de overspanning bleef Theon staan om de rotsen onder hem in ogenschouw te nemen. Het geluid van de golven was een bulderend geraas, en hij proefde zoutspetters op zijn lippen. Een plotselinge windvlaag blies hem omver en hij viel struikelend op zijn knieën.

Asha hielp hem op de been. 'Zelfs de wijn is je de baas, broer.'

Leunend op haar schouder liet Theon zich over de houten planken leiden, die glibberig waren van de regen. 'Ik vond je veel leuker toen je nog Esgred was,' zei hij beschuldigend.

Ze lachte. 'Eerlijk is eerlijk. Ik vond jou leuker toen je nog negen was.'

Tyrion

Door de deur klonk de zachte klank van de hoge harp, vermengd met schrille fluittonen. De stem van de zanger werd gedempt door de dikke muren, maar toch herkende Tyrion het lied. *Ik minde een maagd als de zomer zo schoon*, herinnerde hij zich, *met zonneschijn in het haar...*

Vanavond bewaakte ser Meryn Trant de deur van de koningin. Zijn gemompelde 'heer' kwam Tyrion een pietsje onwillig voor, maar toch opende hij de deur. Het gezang brak abrupt af toen hij zijn zusters slaapvertrek binnenstapte.

Cersei lag tegen een stapel kussens gevlijd. Ze was blootsvoets, haar gouden haar was met zorg omgewoeld en haar japon van groengetint goudbrokaat weerkaatste het kaarslicht en glinsterde toen ze opkeek. 'Lieve zuster,' zei Tyrion, 'wat zie je er vanavond schitterend uit.' Hij wendde zich tot de zanger. 'En jij ook, neef. Ik had er geen idee van dat je zo zoetgevooisd was.'

Zijn lof ontlokte ser Lancel een gemelijke blik. Misschien dacht hij dat het spottend bedoeld was. Tyrion had de indruk dat de jongen sinds zijn ridderslag drie duim gegroeid was. Lancel had dik, rossig haar, de groene ogen van de Lannisters en een streepje zacht, blond donshaar op zijn bovenlip. Met zijn zestien lentes was hij aan al de onzekerheid van de jeugd ten prooi, niet verluchtigd door enig sprankje humor of zelfspot. Een houding die bovendien nog gepaard ging met de natuurlijke arrogantie van al wat blond, sterk en knap van uiterlijk was. Zijn recente verheffing had dat alleen maar erger gemaakt. 'Heeft Hare Genade u laten halen?' wilde de jongen weten.

'Niet dat ik me herinner,' gaf Tyrion toe. 'Het doet mij leed je zoete dromen te moeten verstoren, Lancel, maar het geval wil dat ik iets belangrijks met mijn zuster te bespreken heb.'

Cersei keek hem argwanend aan. 'Tyrion, als het om die bedelbroeders gaat, bespaar me dan je verwijten. Ik wil niet dat ze die verraderlijke smeerpijperij op straat rondstrooien. Laat ze maar tegen elkaar preken in de kerker.'

'En zich gelukkig prijzen dat hun koningin zo zachtmoedig is,' voegde Lancel eraan toe. 'Ik had hun tong laten uitrukken.'

'Eentje waagde het zelfs te beweren dat we door de goden gestraft worden omdat Jaime de wettige koning heeft vermoord,' verklaarde Cersei. 'Dat is onverdraaglijk, Tyrion. Je hebt ruimschoots de kans gehad om die luizen dood te drukken, maar jij en ser Jacelyn hebben het erbij laten zitten, dus heb ik Vylar gelast om maatregelen te nemen.'

'En dat heeft hij gedaan.' Tyrion had zich eraan geërgerd dat de roodmantels een vijftal van die vuilbekkende profeten in de kerker hadden gegooid zonder hem te raadplegen, maar ze waren niet belangrijk genoeg om voor te vechten. 'Iedereen is ongetwijfeld beter af met een beetje rust op straat. Daar kom ik niet voor. Ik heb nieuws waarvan ik weet dat je het graag zult willen horen, lieve zuster, maar dat kan ik het beste onder vier ogen bespreken.'

'Goed dan.' De harpist en de fluitspeler bogen en haastten zich de deur uit, terwijl Cersei haar neef een kuis kusje op zijn wang gaf. 'Ga maar, Lancel. In z'n eentje is mijn broer onschadelijk. Als hij zijn huisdieren had meegebracht hadden we dat wel geroken.'

De jeugdige ridder zond zijn neef een onheilspellende blik en trok de deur met kracht achter zich dicht. 'En dan te bedenken dat ik Shagga om de veertien dagen een bad laat nemen,' zei Tyrion toen hij weg was.

'Je bent nogal met jezelf ingenomen, geloof ik. Waarom?'

'Waarom niet?' zei Tyrion. In de Staalstraat rinkelden de hamers dag en nacht, en de grote ketting groeide. Hij sprong op het enorme hemelbed. 'Is Robert in dit bed gestorven? Het verbaast me dat je het niet hebt weggedaan.'

'Ik krijg er prettige dromen van,' zei ze. 'Zeg nou maar wat je op je lever hebt en waggel dan de deur uit, Kobold.'

Tyrion glimlachte. 'Heer Stannis is uit Drakensteen uitgevaren.'

Cersei schoot van het bed. 'En jij zit daar te grijnzen als een pompoen op een oogstfeest? Heeft Bijwater de Stadswacht bijeengeroepen? We moeten onmiddellijk een vogel naar Harrenhal sturen.' Nu lachte hij hardop. Ze greep hem bij zijn schouders en schudde hem heen en weer. 'Ophouden! Ben je niet goed snik, of dronken? *Ophouden!*'

Hij kon de woorden ternauwernood over zijn lippen krijgen. 'Kan ik niet,' hijgde hij. ''t Is te... o goden, te leuk... Stannis...'

'Wát?'

'Hij heeft het niet op ons gemunt,' bracht Tyrion uit. 'Hij heeft het beleg geslagen voor Stormeinde. Renling is naar hem onderweg.'

De nagels van zijn zuster boorden zich pijnlijk in zijn armen. Even keek ze ongelovig, alsof hij in een vreemde taal zat te bazelen. 'Stannis en Renling bestrijden elkáár?' Toen hij knikte begon Cersei te giechelen. 'Goeie goden,' hijgde ze. 'Je zou bijna denken dat Robert nog de slimste van het stel was.'

Tyrion wierp het hoofd in de nek en brulde van de lach. Ze lachten samen. Cersei trok hem van het bed, zwierde hem rond en omhelsde hem zelfs, heel even lichtzinnig als een jong meisje. Toen ze hem losliet was Tyrion duizelig en buiten adem. Hij wankelde naar haar wandtafel toe om steun te zoeken en zijn evenwicht te hervinden.

'Denk je dat er een heuse veldslag van komt? Als ze het op een akkoordje gooien...'

'Dat doen ze niet,' zei Tyrion. 'Ze verschillen te zeer en hebben desondanks te veel gemeen, en ze hebben elkaar nooit mogen lijden.'

'En Stannis vond altijd dat Stormeinde ten onrechte aan zijn neus voorbij was gegaan,' zei Cersei peinzend. 'Het stamslot van het huis Baratheon, waar hij recht op heeft... als je eens wist hoe vaak hij daarover bij Robert is wezen zeuren, op die norse, verongelijkte toon van hem. Toen Robert het aan Renling toewees klemde Stannis zijn kaken zo hard op elkaar dat ik dacht dat zijn tanden zouden breken.'

'Dat heeft hij als een blijk van minachting opgevat.'

'Zo was het ook bedoeld,' zei Cersei.

'Zullen we de beker heffen op de broederliefde?'

'Ja,' antwoordde ze ademloos. 'O goden, ja!'

Hij stond met zijn rug naar haar toe toen hij de twee bekers met zoete rode wijn uit het Prieel vulde. Niets was gemakkelijker dan een snufje fijn poeder in de hare te strooien. 'Op Stannis!' zei hij toen hij haar de wijn aanreikte. *In mijn eentje onschadelijk... o ja?*

'Op Renling,' antwoordde ze lachend. 'Moge hun strijd lang en hevig zijn, en moge de Anderen hen allebei halen!'

Is dit de Cersei die Jaime te zien krijgt? Als ze glimlachte zag je hoe mooi ze eigenlijk was. *Ik minde een maagd als de zomer zo schoon, met zonneschijn in het haar.* Hij had bijna spijt dat hij haar vergif had toegediend.

De volgende ochtend na het ontbijt arriveerde haar bode. De koningin was onwel en niet in staat haar vertrekken te verlaten. *Niet in staat het gemak te verlaten, dat lijkt me waarschijnlijker.* Tyrion betuigde een gepast medeleven en liet Cersei weten dat ze gerust kon zijn, dat hij ser Cleos de afgesproken behandeling zou geven.

De IJzeren Troon van Aegon de Veroveraar was één en al gemene uitsteeksels en puntige metalen tanden die iedere dwaas die het zich te makkelijk wilde maken, onaangenaam verraste. Bovendien kreeg hij kramp in zijn onvolgroeide benen toen hij de treden beklom die erheen leidden en was hij zich maar al te zeer bewust van de absurde aanblik die hij bood. Maar er viel één ding voor te zeggen. De troon was *hoog.*

Zwijgende Lannister-wachters met karmijnrode mantels en door leeuwen bekroonde halfhelmen stonden tegenover de goudmantels van ser Jacelyn, aan de andere kant van de zaal. De treden naar de troon werden geflankeerd door Bronn en ser Presten van de Koningsgarde. De galerij zat vol hovelingen, terwijl de smekelingen op een kluitje bij de torenhoge, met brons beslagen eikenhouten deuren stonden. Sansa Stark zag er vanmorgen uiterst lieftallig uit, al was haar gezicht wasbleek.

Heer Gyllis stond te hoesten en die arme neef Tyrek droeg zijn fluwelen bruidegomsmantel met het witte bont. Na zijn huwelijk met de piepkleine jonkvrouw Ermesande, drie dagen geleden, waren de andere schildknapen hem 'kindermeisje' gaan noemen en vroegen ze hem iedere keer weer wat voor luiers zijn bruid in hun huwelijksnacht had gedragen.

Tyrion zag op al deze lieden neer en stelde vast dat dat hem wel beviel. 'Roep ser Cleos Frey naar voren.' Zijn stem weerkaatste tegen de stenen muren en droeg tot achter in de zaal. Dat beviel hem ook wel. *Jammer dat Shae dit niet kan zien*, peinsde hij. Ze had gevraagd of zij er ook bij kon zijn, maar dat was onmogelijk.

Ser Cleos legde de lange weg tussen de gouden en karmijnrode mantels af zonder naar rechts of links te kijken. Toen hij knielde zag Tyrion dat zijn neef kaal werd.

'Ser Cleos,' zei Pinkje van achter de raadstafel, 'onze dank voor het overbrengen van heer Starks vredesaanbod.'

Grootmaester Pycelle schraapte zijn keel. 'De regentes, de Hand des Konings en de kleine raad hebben de voorwaarden die de zogenaamde koning in het Noorden ons stelt, in overweging genomen. Jammer genoeg kunnen wij er niet op ingaan. Dat kunt u die noorderlingen melden, ser.'

'Aldus luiden ónze voorwaarden,' zei Tyrion. 'Robb Stark zal het zwaard neerleggen, trouw zweren en terugkeren naar Winterfel. Hij zal mijn broeder ongedeerd laten gaan en zijn legermacht onder bevel van Jaime plaatsen, zodat die daarmee ten strijde kan trekken tegen de opstandelingen Renling en Stannis Baratheon. Alle baandermannen van de Starks zullen ons een zoon als gijzelaar zenden. Bij ontstentenis van een zoon is een dochter ook goed. Ze zullen goed behandeld worden en een eervolle positie aan dit hof krijgen, tenzij hun vaders opnieuw verraad plegen.'

Cleos Frey leek onpasselijk te worden. 'Heer Hand,' zei hij. 'Met die voorwaarden zal heer Stark nooit akkoord gaan.'

Dat hadden we dan ook niet verwacht, Cleos. 'Zeg hem dat wij bij de Rots van Casterling een tweede grote krijgsmacht op de been hebben gebracht, dat die weldra vanuit het westen tegen hem zal optrekken terwijl mijn vader vanuit het oosten oprukt. Zeg hem dat hij alleen staat, zonder enige hoop op bondgenoten. Stannis en Renling Baratheon bestrijden elkaar, en de vorst van Dorne stemt in met een huwelijk tussen zijn zoon Trystan en prinses Myrcella.' Op de galerij en aan het uiteinde van de zaal steeg zowel verrukt als onthutst gemompel op.

'Wat mijn neven betreft,' vervolgde Tyrion, 'bieden wij Harrion Karstark en ser Wylis Manderling aan in ruil voor Willem Lannister, en heer Cerwyn en ser Donneel Slot in ruil voor uw broer Tion. Zeg tegen Stark dat twee Lannisters te allen tijde tegen vier noorderlingen opwegen.' Hij wachtte tot het gelach was weggeëbd. 'Het gebeente van zijn vader kan hij krijgen, ten teken dat Joffry het goed met hem meent.'

'Heer Stark vraagt ook om zijn zusters, en zijn vaders zwaard,' bracht ser Cleos hem in herinnering.

Ser Ilyn Peyn stond er zwijgend bij, het gevest van Eddard Starks slagzwaard boven een schouder uit. 'IJs,' zei Tyrion. 'Dat krijgt hij als hij vrede met ons sluit, en niet eerder.'

'Zoals u wenst. En zijn zusters?'

Tyrion gluurde naar Sansa, en er ging een steek van medelijden door hem heen toen hij zei: 'Tot hij mijn broer Jaime ongedeerd laat gaan, blijven zij hier als gijzelaars. Het hangt van hemzelf af hoe goed ze behandeld worden.' *En als de goden ons welgezind zijn slaagt Bijwater erin Arya levend te vinden voordat Robb hoort dat ze vermist wordt.*

'Ik zal hem uw boodschap overbrengen, heer.'

Tyrion plukte aan een van de kromme klingen die uit de armleuning van de troon staken. *En nu toeslaan.* 'Vylar,' riep hij.

'Heer.'

'De mannen die Stark heeft gestuurd zijn weliswaar voldoende om het gebeente van heer Eddard te bewaken, maar een Lannister dient een escorte van Lannisters te hebben,' verklaarde Tyrion. 'Ser Cleos is een neef van de koningin en mij. Wij zullen beter kunnen slapen als u hem veilig naar Stroomvliet terugbrengt.'

'Zoals u beveelt. Hoeveel man moet ik meenemen?'

'Allemaal natuurlijk.'

Vylar versteende. Het was grootmaester Pycelle die overeind kwam, happend naar adem. 'Heer Hand, dat kan niet... uw vader, heer Tywin zelf, heeft deze goede lieden ter bescherming van koningin Cersei en haar kinderen naar onze stad gezonden...'

'De Koningsgarde en de Stadswacht zijn bescherming genoeg. Dat de goden u een voorspoedige reis mogen geven, Vylar.'

Achter de raadstafel glimlachte Varys veelbetekenend, Pinkje deed of hij zich verveelde en Pycelle stond daar met zijn mond open als een vis, bleek en confuus. Een heraut trad naar voren. 'Als iemand de Hand des Konings nog iets voor te leggen heeft, laat hem dan nu spreken of in stilte heen gaan.'

'*Ik* vraag gehoor.' Een slanke man in het zwart werkte zich tussen de tweeling Roodweyn heen naar voren.

'Ser *Alliser*!' riep Tyrion uit. 'Nee maar, ik had er geen idee van dat u aan het hof was. U had mij bericht moeten zenden.'

'Dat heb ik gedaan, zoals u best weet.' Doren was zo prikkelbaar als zijn naam, een sobere man van een jaar of vijftig met een scherp gezicht, hard van oog en hand, met grijze strepen in zijn zwarte haar. 'Ik ben gemeden en genegeerd en heb moeten wachten als een laaggeboren bediende.'

'Werkelijk? Bronn, dat was verkeerd. Ser Alliser en ik zijn oude vrienden. We hebben nog samen over de Muur gelopen.'

'Beste ser Alliser,' mompelde Varys, 'val ons niet te hard. In deze zorgelijke en woelige tijden komen heel veel mensen onze Joffry om een gunst vragen.'

'Zorgelijker dan jij denkt, eunuch.'

'Als hij erbij is noemen we hem *heer* eunuch,' grapte Pinkje.

'Waarmee kunnen wij u van dienst zijn, goede broeder?' vroeg grootmaester Pycelle op sussende toon.

'Ik ben door de opperbevelhebber naar Zijne Genade de koning gezonden,' antwoordde Doren. 'Deze zaak is te ernstig om aan ondergeschikten te worden overgelaten.'

'De koning is met zijn nieuwe kruisboog aan het spelen,' zei Tyrion. Om van hem af te komen had hij genoeg gehad aan een logge kruisboog uit Myr waarmee je drie bouten tegelijk kon afschieten en die Joffry natuurlijk op stel en sprong had moeten uitproberen. 'U spreekt met ondergeschikten of u zwijgt.'

'Zoals u wilt,' zei ser Alliser, maar het misnoegen droop van ieder woord af. 'Ik kom u vertellen dat wij twee wachtruiters hebben teruggevonden die al een tijdlang vermist werden. Ze waren dood, maar nadat we hun lijken naar de Muur hadden teruggebracht zijn ze in de nacht herrezen. Een van hen doodde ser Jeremie Rykker en de tweede heeft geprobeerd de opperbevelhebber te vermoorden.'

In de verte hoorde Tyrion iemand minachtend snuiven. *Wil hij me met die flauwekul voor gek zetten?* Rusteloos ging hij verzitten, en met een korte blik op Varys, Pinkje en Pycelle vroeg hij zich af of een van hen hier de hand in had. De waardigheid van een dwerg was op zijn best precair. Als het hof en het koninkrijk eenmaal om hem gingen lachen was het met hem gedaan. En toch... en toch...

Tyrion dacht terug aan een koude nacht onder de sterren waarin hij met de jonge Jon Sneeuw en een grote witte wolf aan het einde van de wereld op de Muur had gestaan en had uitgezien over de ongebaande wildernis daarachter. Toen voelde hij – wat? – welnu, in elk geval *iets*, een vrees, even vlijmscherp als de ijskoude noordenwind. Ver weg in de nacht had een wolf gehuild, en dat geluid had hem doen huiveren. *Wees niet zo dwaas*, hield hij zichzelf voor. *Een wolf, de wind, een donker woud, het had niets te betekenen. En toch...* Tijdens zijn verblijf in Slot Zwart was hij de oude Jeor Mormont sympathiek gaan vinden. 'Ik neem aan dat de ouwe beer die aanslag heeft overleefd?'

'Dat heeft hij.'

'En dat uw broeders die, eh, lijken hebben gedood?'

'Dat hebben ze.'

'Weet u zeker dat ze nu wél dood zijn?' vroeg Tyrion vriendelijk. Toen Bronn tevergeefs een snorkend lachje probeerde te onderdrukken wist hij wat hem te doen stond. 'Echt helemaal dood?'

'Ze waren de eerste keer al dood,' snauwde ser Alliser. 'Bleek en koud, met zwarte handen en voeten. Ik heb Jareds hand bij me. Die was door de wolf van die bastaard van zijn lijk gerukt.'

Nu kwam Pinkje in beweging. 'En waar hebt u dat aantrekkelijke bewijsstuk?'

Ser Alliser fronste ongemakkelijk. 'Het... was dermate verrot dat het uit elkaar is gevallen terwijl ik hier wachtte zonder gehoor te krijgen. Er zijn alleen nog botjes te zien.'

Hoog gegiechel echode door de zaal. 'Heer Baelish,' riep Tyrion tegen Pinkje, 'wilt u voor ser Alliser honderd schoppen kopen die hij mee terug kan nemen naar de Muur?'

'*Schoppen?*' Ser Allisers ogen vernauwden zich vol achterdocht.

'Als u uw doden begrááft komen ze niet terugwandelen,' zei Tyrion tegen hem, en nu lachte het hof openlijk. 'Met schoppen en een paar grafdelvers met sterke ruggen zullen uw zorgen zó de wereld uit zijn. Ser Jacelyn, wilt u onze brave broeder het puikje uit de kerkers laten kiezen?'

Ser Jacelyn Bijwater zei: 'Zoals u wilt, heer, maar de cellen zijn bijna leeg. Yoren heeft alle bruikbare mannen meegenomen.'

'Arresteer er dan nog maar wat,' beval Tyrion hem. 'Of verspreid het nieuws dat er bij de Muur brood en knollen te krijgen zijn, dan gaan ze wel uit zichzelf.' De stad had te veel monden om te voeden, en de Nachtwacht had voortdurend behoefte aan mannen. Op een teken van Tyrion riep de heraut dat het afgelopen was, en de hal begon leeg te stromen.

Ser Alliser Doren liet zich niet zo gemakkelijk wegsturen. Toen Tyrion naar beneden kwam stond hij hem aan de voet van de IJzeren Troon op te wachten. 'Denkt u dat ik helemaal uit Oostwacht-aan-Zee ben komen varen om door lieden als u bespot te worden?' raasde hij terwijl hij Tyrion de weg versperde. 'Dit is geen klucht. Ik heb het met eigen ogen gezien. Ik zeg u dat de doden rondwaren.'

'Maak ze dan wat grondiger dood.' Tyrion schoof langs hem. Ser Alliser wilde hem bij een mouw grijpen, maar ser Presten Groeneveld stootte hem weg. 'Niet dichterbij, ser.'

Doren had genoeg benul om een ridder van de Koningsgarde niet te tarten. 'Je bent een dwaas, kobold,' schreeuwde hij tegen Tyrions rug.

De dwerg keerde zich om en keek hem aan. 'Ik? Werkelijk? Waarom lachten ze dan om u?' Hij glimlachte vermoeid. 'U kwam toch om mannen vragen?'

'Er steken kille winden op. De Muur moet standhouden.'

'En daar hebt u mannen voor nodig, mannen die ik u gegeven heb... zoals u gemerkt zou hebben als u ook nog oor had gehad voor iets anders dan beledigingen. Neem ze mee, zeg dankjewel en verdwijn voordat ik u nog eens met een krabbenvork belaag. Doe mijn hartelijke groeten aan heer Mormont... en ook aan Jon Sneeuw.' Bronn greep ser Alliser bij zijn elleboog en leidde hem onder dwang de zaal uit.

Grootmaester Pycelle was al weggeschuifeld, maar Varys en Pinkje hadden alles van het begin tot het einde gevolgd. 'Ik ga u steeds meer bewonderen, heer,' bekende de eunuch. 'Met één snelle klap hebt u die jongen van Stark de botten van zijn vader toegeworpen en uw zuster van haar beschermers ontdaan. U geeft die zwarte broeder de mannen die hij zoekt en helpt de stad van een paar hongerige monden af, maar u doet het voorkomen of het allemaal een grapje is, zodat niemand zal kunnen beweren dat die dwerg bang is voor gnurkers en snaaien. Handig aangepakt.'

Pinkje streelde zijn baard. 'Stuurt u echt al uw wachters weg, Lannister?'

'Nee, ik stuur alle wachters van mijn zúster weg.'

'Dat zal de koningin nooit goedvinden.'

'O, ik denk het wel. Ik bén per slot haar broer, en als u me wat langer kent komt u er nog wel achter dat ik alles meen wat ik zeg.'

'Zelfs de leugens?'

'*Vooral* de leugens. Heer Petyr, ik heb het gevoel dat u niet blij met mij bent.'

'Ik ben nog net zo op u gesteld als altijd, heer. Maar ik vind het niet zo leuk om voor de gek gehouden te worden. Als Myrcella met Trystan Martel trouwt kan ze moeilijk met Robert Arryn trouwen, of wel soms?'

'Niet zonder een enorm schandaal te veroorzaken,' gaf hij toe. 'Neemt u mij die kleine list niet kwalijk, heer Petyr, maar ten tijde van ons gesprek kon ik niet weten dat de mannen van Dorne mijn aanbod zouden aanvaarden.'

Dat bevredigde Pinkje niet. 'Ik houd er niet van om voorgelogen te worden, heer. Pleeg uw volgende bedrog maar zonder mij.'

Alleen als jij dat ook doet, dacht Tyrion met een blik naar de dolk in de schede op Pinkjes heup. 'Als ik aanstoot heb gegeven, dan spijt me dat zeer. Iedereen weet hoezeer wij op u gesteld zijn, heer. En hoezeer wij u nodig hebben.'

'Probeert u dat dan te onthouden.' En met die woorden liet Pinkje hen alleen.

'Loop een eindje met me op, Varys,' zei Tyrion. Ze vertrokken door de koninklijke deur achter de troon. De sloffen van de eunuch maakten een zacht, schuivend geluid over de stenen.

'Heer Baelish heeft natuurlijk gelijk. De koningin zal nooit toestaan dat u haar wacht wegstuurt.'

'O ja. U zult het zien.'

Over de dikke lippen van Varys gleed een lachje. 'O ja?'

'Zeker. U gaat haar vertellen dat het deel uitmaakt van mijn plan om Jaime te bevrijden.'

Varys streek over een gepoederde wang. 'Dan zijn de vier mannen naar wie die Bronn van u zo ijverig heeft gezocht in de onderwereld van Koningslanding, er ongetwijfeld ook bij betrokken. 'Een dief, een gifmenger, een toneelspeler en een moordenaar.'

'Geef ze karmijnrode mantels en leeuwenhelmen en ze zullen niet van de andere wachters te onderscheiden zijn. Ik heb een tijdje zitten zinnen op een list om ze Stroomvliet binnen te smokkelen voordat het bij me opkwam ze voor het oog van iedereen te verstoppen. Zo rijden ze met wapperende Lannister-banieren de hoofdpoort binnen ter begeleiding van heer Eddards gebeente.' Hij glimlachte scheef. 'Zomaar vier mannen zouden nauwlettend in het oog worden gehouden. Tussen honderd anderen vallen vier mannen in het niet. Dus moet ik de echte bewakers wel met de valse meesturen... zoals u mijn zuster zult vertellen.'

'En omwille van haar teerbeminde broer zal ze daar ondanks haar twijfels mee instemmen.' Ze daalden af via een verlaten zuilengang. 'Toch zal ze slecht op haar gemak zijn als ze haar roodmantels moet missen.'

'Zo mag ik haar graag zien.'

Ser Cleos Frey vertrok nog die middag, begeleid door Vylar en honderd in rode mantels gehulde Lannister-wachters. De mannen die Robb Stark had gestuurd voegden zich voor de Koningspoort bij hen voor de lange rit naar het westen.

Tyrion trof Timet in de barak aan, waar hij met zijn Verbrande Mannen zat te dobbelen. 'Kom tegen middernacht naar mijn bovenvertrek.' Timet keek hem met zijn ene oog doordringend aan en knikte kort. Hij was een man van weinig woorden.

Die avond dineerde Tyrion met de Steenkraaien en de Maanbroeders in de kleine zaal, al liet hij de wijn bij uitzondering staan. Hij wilde helemaal helder zijn. 'Shagga, wat voor maan is het vannacht?'

De fronsende Shagga bood een woeste aanblik. 'Zwart, geloof ik.'

'In het westen heet dat een verradersmaan. Probeer vanavond niet al te dronken te worden en zorg dat je bijl geslepen is.'

'De bijl van een Steenkraai is altijd geslepen, en de bijlen van Shagga zijn het scherpst van allemaal. Ik heb eens een man het hoofd afgeslagen, en hij merkte het pas toen hij zijn haar wilde borstelen. Toen viel het eraf.'

'Borstel je daarom het jouwe nooit?' De Steenkraaien brulden en

stampten met hun voeten, en Shagga loeide het hardst van allemaal.
 Rond middernacht was het slot stil en donker. Bij het verlaten van de Toren van de Hand werden ze ongetwijfeld gesignaleerd door een paar goudmantels op de muren, maar niemand verhief zijn stem. Hij was de Hand des Konings, en waar hij naartoe ging was zijn zaak.
 De dunne houten deur spleet met donderend geraas open onder de hak van Shagga's laars. De splinters vlogen naar binnen, en Tyrion hoorde een geschrokken vrouwenkreet. Shagga hakte de deur met drie grote bijlslagen aan stukken en trapte de restanten weg. Timet kwam achter hem aan, gevolgd door Tyrion, die voorzichtig over de splinters heen stapte. Het vuur was op een paar gloeiende sintels na gedoofd en het slaapvertrek was in dichte schaduwen gehuld. Toen Timet de zware bedgordijnen wegrukte keek het naakte dienstmeisje met grote, witte ogen naar hem op. 'Alstublieft,' smeekte ze, 'doe me niets.' Met een kleur van schrik en schaamte week ze voor Shagga achteruit en probeerde haar charmes met haar handen te bedekken, waarbij ze één hand te kort kwam.
 'Ga maar,' zei Tyrion. 'We komen niet voor jou.'
 'Shagga wil deze vrouw hebben.'
 'Shagga wil iedere hoer in deze stad vol hoeren,' klaagde Timet, zoon van Timet.
 'Ja,' zei Shagga ongegeneerd. 'Shagga kan haar een sterk kind geven.'
 'Als ze een sterk kind wil weet ze dus bij wie ze wezen moet,' zei Tyrion. 'Timet, breng haar naar buiten... maar graag met zachte hand.'
 De Verbrande Man trok het meisje van het bed en leidde haar met enig duw- en trekwerk de kamer door. Shagga staarde hen na met een treurige jongehondenblik. Het meisje struikelde over de kapotte deur de hal in, geholpen door een flinke zet van Timet. Boven hun hoofd krijsten de raven.
 Tyrion rukte de zachte deken van het bed en onthulde grootmaester Pycelle, die eronder lag. 'Vindt de Citadel het wel goed dat u het bed deelt met uw dienstmeisjes, maester?'
 De oude man was even naakt als het meisje, al bood hij een heel wat minder aantrekkelijke aanblik. Bij uitzondering waren zijn ogen nu eens niet half geloken. 'W-wat heeft dit te betekenen? Ik ben een oude man, en uw trouwe dienaar...'
 Tyrion hees zich op het bed. 'Zo trouw dat u maar één van mijn brieven naar Doran Martel hebt gezonden. De andere hebt u aan mijn zuster gegeven.'
 'N-nee,' piepte Pycelle. 'Nee, dat is niet waar, ik zweer het, ik was het niet. Varys, het was Varys, de Spin. Ik had u nog gewaarschuwd...'
 'Kunnen alle maesters zo slecht liegen? Tegen Varys heb ik gezegd dat ik prins Doran mijn neefje Tommen als pleegzoon zou geven. Tegen

'Pinkje heb ik gezegd dat ik van plan was Myrcella aan heer Robert van het Adelaarsnest uit te huwelijken. Ik heb tegen niemand gezegd dat ik Myrcella aan Dorne heb aangeboden... dat stond uitsluitend in de brief die ik aan ú heb toevertrouwd.'

Pycelle graaide naar een slip van de deken. 'Vogels raken zoek, boodschappen worden gestolen of verkocht... het was Varys, ik zou u dingen kunnen vertellen over die eunuch die u het bloed in de aderen zouden doen stollen...'

'Mijn dame heeft liever dat het sneller gaat stromen.'

'Vergis u niet, voor elk geheim dat de eunuch u influistert houdt hij er zeven achter. En Pinkje, die...'

'Ik weet alles van heer Petyr af. Hij is bijna even onbetrouwbaar als u. Shagga, hak zijn manlijkheid af en voer die aan de geiten.'

Shagga hief zijn dubbelbladige bijl. 'Er zijn hier geen geiten.'

'Doe het.'

Brullend sprong Shagga naar voren. Pycelle krijste en deed het in zijn bed. De urine spatte alle kanten op toen hij achteruit probeerde te krabbelen. De wildling greep hem bij het uiteinde van zijn golvende witte baard en hakte er met één bijlslag drie kwart van af.

'Timet, denk je dat onze vriend spraakzamer zal zijn zonder die bakkebaarden om zich achter te verschuilen?' Met een slip van het laken veegde Tyrion de pis van zijn laarzen.

'Zo meteen spreekt hij de waarheid wel.' Timets verbrande oog was een holle poel van duisternis. 'Ik ruik de stank van zijn vrees.'

Shagga smeet een handvol haar in de biezen en greep het restant van de baard. 'Stilzitten, maester,' vermaande Tyrion hem. 'Als Shagga kwaad wordt gaan zijn handen trillen.'

'Shagga's handen trillen nooit,' zei de reusachtige man verontwaardigd terwijl hij de sikkelvormige kling tegen Pycelles sidderende kin drukte en nog meer verwarde baardharen afzaagde.

'Hoe lang spioneert u al voor mijn zuster?' vroeg Tyrion.

Pycelles ademhaling was snel en oppervlakkig. 'Alles wat ik heb gedaan heb ik voor het huis Lannister gedaan.' Het brede, gewelfde voorhoofd van de oude man was met een waas van zweet bedekt en plukjes wit haar kleefden tegen zijn gerimpelde huid. 'Altijd... jarenlang... uw heer vader, vraag het aan hem, ik heb hem altijd trouw gediend... ik was degene die Aerys verzocht zijn poorten te openen...'

Dát kwam als een verrassing voor Tyrion. Toen de stad viel was hij nog maar een lelijk klein jongetje op de Rots van Casterling geweest. 'Dus de plundering van Koningslanding was ook uw werk?'

'Voor het rijk! Toen Rhaegar eenmaal was gesneuveld was de oorlog afgelopen. Aerys was krankzinnig, Viserys te jong en prins Aegon nog een zuigeling, maar het rijk had een koning nodig... ik heb gebeden dat het uw goede vader zou worden, maar Robert was te sterk en heer Stark handelde te snel...'

'Ik vraag me af hoeveel mensen u verraden hebt. Aerys, Eddard Stark, mij... misschien ook koning Robert? Heer Arryn, prins Rhaegar? Hoe is het begonnen, Pycelle?' Hoe het af zou lopen wist hij al.

De bijl streek langs Pycelles strottenhoofd en streelde de weke, losse huid onder zijn kaken om de laatste haren af te schrapen. 'U... was er niet,' hijgde hij toen het blad omhoogging naar zijn wangen. 'Robert... zijn wonden... als u ze had gezien en geroken had u niet getwijfeld...'

'O, ik weet wel dat die ever het werk voor u heeft gedaan, maar als hij het maar half had gedaan had u het vast wel afgemaakt.'

'Hij was een miserabele koning... ijdel, dronken, wellustig... hij zou uw zuster aan de kant hebben gezet, zijn eigen koningin... ik smeek u... Renling smeedde plannen om het meisje uit Hooggaarde naar het hof te halen, zijn broer in haar ban te brengen... de goden zelf kunnen het beamen.'

'En welk plan beraamde heer Arryn?'

'Hij wíst het,' zei Pycelle. 'Van... van...'

'Ik weet wat hij wist,' snauwde Tyrion, die er bepaald niet op zat te wachten dat Shagga en Timet er ook achter zouden komen.

'Hij zond zijn vrouw naar het Adelaarsnest terug en zijn zoon zou op Drakensteen worden opgevoed... hij wilde ingrijpen...'

'Dus hebt u hem vóór die tijd vergiftigd.'

'*Nee.*' Pycelle stribbelde zwakjes tegen. Shagga gromde en greep hem bij zijn hoofd. Zijn hand was zo groot dat hij de schedel van de maester als een eierschaal zou verpulveren als hij zou knijpen.

'Tss,' zei Tyrion. 'Ik zag de tranen van Lys bij uw brouwsels staan. En u hebt heer Arryns eigen maester weggestuurd en hem zelf verpleegd om er zeker van te zijn dat hij inderdaad stierf.'

'Niet waar.'

'Nog gladder scheren,' stelde Tyrion voor. 'Doe zijn keel maar weer.'

De bijl zwiepte omlaag en schuurde langs de huid. Een dun laagje speeksel borrelde op Pycelles trillende lippen toen hij zei: 'Ik heb geprobeerd heer Arryn te redden. Ik bezweer u...'

'Voorzichtig Shagga, je hebt hem gesneden.'

Shagga gromde. 'Dolf was een verwekker van krijgslieden, niet van barbiers.'

Toen hij het bloed van zijn hals naar zijn borst voelde sijpelen huiverde de oude man en brak zijn laatste verzet. Hij leek gekrompen, zowel kleiner als breekbaarder dan toen ze bij hem binnengedrongen waren. 'Ja,' kermde hij, '*ja.* Colemon gaf hem braakmiddelen, dus zond ik hem weg. De koningin wenste heer Arryns dood. Ze zei het niet, dat kon ze niet, Varys luisterde, hij luisterde altijd, maar toen ik haar aankeek wist ik het. Toch heeft hij dat vergif niet van mij gekregen, dat zweer ik.' De oude man huilde. 'Varys kan het bevestigen, het was de jongen, zijn schildknaap, Huyg was zijn naam, die moet het gedaan hebben, vraag het uw zuster, vraag het haar.'

Vol weerzin beval Tyrion: 'Boei hem en voer hem weg. Smijt hem in een van de zwarte cellen.'

Ze sleurden hem de versplinterde deur uit. 'Lannister,' kreunde hij, 'ik heb het allemaal voor Lannister gedaan...'

Toen hij weg was doorzocht Tyrion op zijn gemak de vertrekken en verzamelde nog wat kleine potjes van de planken. Terwijl hij dat deed zaten de raven boven zijn hoofd te pruttelen, een merkwaardig vredig geluid. Hij zou iemand moeten zien te vinden om die vogels te voeren tot de Citadel een vervanger voor Pycelle had gestuurd.

En ik had gehoopt dat ik hem nu juist kon vertrouwen. Varys en Pinkje waren evenmin loyaal, vermoedde hij... maar wel subtieler, en dus ook gevaarlijker. Misschien was zijn vaders aanpak toch het beste geweest: Ilyn Peyn ontbieden en drie hoofden boven de poort zetten, en daarmee uit. *En wat een mooi gezicht zou dat zijn geweest*, dacht hij.

Arya

*V**rees treft dieper dan het zwaard*, hield Arya zichzelf iedere keer weer voor, maar dat verdreef de vrees niet. Die bepaalde haar dagen evenzeer als het oudbakken brood en de blaren op haar tenen na een lange dag lopen over de harde, oneffen weg.

Ze had gemeend te weten wat angst was, maar in die voorraadschuur aan het Godsoog was ze van dat idee genezen. Ze had er acht dagen doorgebracht voordat de Berg het vertreksein had gegeven, en iedere dag had ze iemand zien sterven.

Nadat hij had ontbeten kwam de Berg altijd de voorraadschuur in om een gevangene uit te kiezen voor een verhoor. De dorpelingen keken hem nooit aan. Misschien dachten ze dat hij hen zou negeren als zij hem maar negeerden... maar hij zag ze toch en koos uit wie hij wilde. Verstoppen kon niet, misleiden ging niet en bescherming was nergens te vinden.

Eén meisje deelde drie nachten het bed met een krijgsman, maar de vierde dag koos de Berg haar uit, en de krijgsman zei niets.

Een oude man die veel glimlachte lapte hun kleren en neuzelde over zijn zoon, die bij de goudmantels in Koningslanding diende. 'Hij is voor de koning,' zei hij dan, 'helemaal voor de koning, net als ik, hij staat pal achter Joffry.' Dat herhaalde hij zo vaak dat de andere gevangenen hem Pal-achter-Joffry begonnen te noemen zodra de bewakers even niet luisterden. Pal-achter-Joffry werd uitgekozen op de vijfde dag.

Een jonge moeder met een pokdalig gezicht bood aan om vrijwillig alles te vertellen wat ze wist als ze beloofden haar dochter te sparen. De Berg hoorde haar uit, maar de volgende ochtend koos hij haar dochter toch uit, om er zeker van te zijn dat ze niets had achtergehouden.

Degenen die werden uitgekozen werden ondervraagd in het bijzijn van de andere gevangenen, zodat die konden zien hoe het opstandelingen en verraders verging. Een man die door de anderen de Kietelaar genoemd werd stelde de vragen. Zijn gezicht was zo onopvallend en zijn kleren waren zo gewoon dat Arya hem voor een dorpeling zou hebben gehouden als ze hem niet eerst aan het werk had gezien. 'De Kietelaar laat ze zo hard janken dat ze zichzelf onderpiesen,' zei de ouwe Keswijck met zijn kromme schouders. Hij was de man die ze had geprobeerd te bijten, en die haar een fel ding had genoemd en haar met zijn gemaliede vuist een oorvijg had gegeven. Soms assisteerde hij de Kietelaar, soms deed een ander dat. Ser Gregor Clegane zelf stond altijd on-

beweeglijk toe te kijken en te luisteren totdat het slachtoffer stierf.
De vragen luidden altijd hetzelfde. Zat er goud verstopt in het dorp? Zilver? Juwelen? Was er nog meer voedsel? Waar was heer Beric Dondarrion? Wie van de dorpelingen had hem geholpen? Welke kant was hij op gegaan toen hij vertrok? Hoeveel man had hij bij zich? Hoeveel ridders, hoeveel boogschutters, hoeveel krijgsknechten? Waarmee waren ze bewapend? Hoeveel ruiters waren erbij? Hoeveel gewonden? Wat voor vijanden hadden ze nog meer gezien? Hoeveel? Wanneer? Welke banieren voerden die? Waar waren ze naartoe? Zat er goud verstopt in het dorp? Zilver? Juwelen? Waar was heer Beric Dondarrion? Hoeveel man had hij? Op de derde dag had Arya de vragen zelf kunnen stellen.
Ze vonden een beetje goud, een beetje zilver, een grote zak vol koperen munten en een gedeukte kelk, ingelegd met granaten, waar twee krijgslieden bijna over op de vuist gingen. Ze hoorden dat heer Beric een dozijn hongerlijders bij zich had, of honderd bereden ridders, dat hij naar het westen, het noorden of het zuiden was gegaan, dat hij met een boot het meer overgestoken was, dat hij zo sterk als een oeros was of verzwakt door bloeddiarree. Niemand overleefde de ondervraging door de Kietelaar, geen man, geen vrouw en geen kind. De sterksten hielden het uit tot na het vallen van de avond. Hun lijken werden achter de vuren opgehangen voor de wolven.
Tegen de tijd dat ze opbraken wist Arya dat ze geen waterdanser was. Syrio Forel had zich nooit laten neerslaan en zich zijn zwaard laten afnemen, hij zou nooit werkeloos hebben toegezien hoe Lommie Groenehand werd gedood. Syrio zou nooit zijn blijven zwijgen in die voorraadschuur en ook niet gedwee tussen de overige gevangenen hebben voortgeschuifeld. Het wapenteken van het huis Stark was de schrikwolf, maar Arya voelde zich eerder een lam in een kudde schapen. Ze haatte de dorpelingen om hun schaapachtigheid, bijna even erg als ze zichzelf haatte.
De Lannisters hadden haar alles ontnomen: vader, vrienden, huis, hoop en moed. Een van hen had Naald afgepakt en een ander had haar houten zwaard over zijn knie in tweeën gebroken. Ze hadden haar zelfs haar stupide geheim ontnomen. De voorraadschuur was zo groot geweest dat ze daarin nog weg had kunnen sluipen om ergens in een hoekje haar behoefte te doen als niemand keek, maar onderweg was het anders. Ze hield het zo lang mogelijk op, maar ten slotte was ze wel gedwongen bij een struik te hurken en haar hozen af te pellen waar iedereen bij was. Anders had ze zich ondergeplast. Warme Pastei staarde haar met grote koeienogen aan, maar de rest nam niet eens de moeite om te kijken. Meisjesschaap of jongensschaap, dat kon ser Gregor en zijn mannen blijkbaar niets schelen.
Hun bewakers stonden geen gepraat toe. Een gescheurde lip leerde

Arya haar mond te houden. Anderen leerden het nooit. Een jongetje van drie bleef om zijn vader roepen, dus sloegen ze met een spijkerknots zijn gezicht in. Toen de moeder van het kind begon te krijsen doodde Raf het Lieverdje haar ook.

Arya zag hen sterven en deed niets. Wat schoot je met dapperheid op? Eén vrouw die voor het verhoor was uitgekozen had geprobeerd dapper te zijn maar was krijsend doodgegaan, net als de rest. Er waren geen dappere mensen op die tocht, alleen bange en hongerige. De meesten waren vrouwen en kinderen. De weinige mannen waren of stokoud of piepjong. De anderen waren aan de galg gehangen en voor de wolven en kraaien achtergelaten. Gendry was uitsluitend gespaard omdat hij had bekend dat hij die gehoornde helm zelf had gesmeed. Smeden, zelfs leerling-smeden, waren te waardevol om gedood te worden.

Ze werden naar Harrenhal gebracht om heer Tywin Lannister te dienen, deelde de Berg hun mee. 'Jullie zijn verraders en rebellen, dus dank je goden dat heer Tywin jullie die kans geeft. Dat is meer dan de vogelvrijen zouden doen. Gehoorzaam en dien, en jullie blijven in leven.'

'Het is niet eerlijk. Niet eerlijk,' hoorde ze één verschrompeld oud wijfje tegen een ander klagen toen ze gingen liggen om te slapen. 'We hebben geen verraad gepleegd, die andere lui namen gewoon wat ze wilden, net als deze troep.'

'Maar heer Beric heeft ons geen kwaad gedaan,' fluisterde haar vriendin. 'En die rooie priester die bij hem was heeft overal voor betaald.'

'Betaald? Hij pakte me twee kippen af en gaf me een stuk papier met een teken erop. Nou vraag ik je, kan ik soms een vodje oud papier eten? Legt dat eieren voor me?' Ze keek om zich heen om er zeker van te zijn dat er geen bewakers in de buurt waren. Toen spuwde ze drie keer. 'Dat is voor de Tullings, dat voor de Lannisters, en dat voor de Starks.'

'Het is een verdomde schande,' siste een oude man. 'Als de ouwe koning nog leefde had hij dit nooit goedgekeurd.'

'Koning Robert?' vroeg Arya in een onbewaakt ogenblik.

'Koning *Aerys*, dat de goden hem genadig zijn.' zei de oude man, te luid. Een bewaker kwam aanlopen om hun het zwijgen op te leggen. De oude man raakte allebei zijn tanden kwijt, en er werd die avond niet meer gepraat.

Behalve zijn gevangenen had ser Gregor een tiental varkens, een kooi met kippen, een broodmagere melkkoe en negen karren gezouten vis bij zich. De Berg en zijn mannen waren te paard maar de gevangenen moesten allemaal lopen, en wie te zwak was om het tempo bij te houden werd meteen gedood, net als iedereen die zo dwaas was om te vluchten. 's Avonds namen de bewakers de vrouwen mee de bosjes in. De meesten leken niet anders te verwachten en lieten zich zonder veel tegenstand meenemen. Een meisje, knapper dan de rest, moest elke avond met vier of vijf verschillende mannen mee, totdat ze er ten slotte een met een steen sloeg. Ser Gregor liet iedereen toekijken toen hij haar met een zwaai van zijn enorme tweehands slagzwaard het hoofd afsloeg. 'Laat het lijk voor de wolven liggen,' beval hij na afloop terwijl hij zijn zwaard aan zijn schildknaap gaf om te worden schoongemaakt.

Arya gluurde zijdelings naar Naald, in een schede op de heup van een kalende wapenknecht met een zwarte baard die Polver heette. *Goed dat ze het afgepakt hebben*, dacht ze. Anders had ze een poging gedaan ser Gregor dood te steken en had hij haar finaal doormidden gehakt, en dan zou zij ook door de wolven opgevreten worden.

Polver was minder erg dan sommige anderen, ook al had hij Naald gestolen. In de nacht van haar gevangenneming waren de mannen van Lannister naamloze vreemdelingen geweest en hadden hun gezichten net zo op elkaar geleken als hun van neusbeschermers voorziene helmen, maar inmiddels kende ze hen allemaal. Het was nodig te weten wie lui was en wie wreed, wie slim was en wie dom. Het was nodig om erachter te komen dat de man die Strontbek werd genoemd weliswaar de smerigste taal uitsloeg die ze ooit had gehoord, maar je ook een extra homp brood gaf als je erom vroeg, terwijl de joviale ouwe Keswijck en Raf met zijn zachte stem je uitsluitend de rug van hun hand lieten voelen.

Arya keek en luisterde en wreef haar haat op zoals Gendry eens zijn gehoornde helm had opgewreven. Dunsen droeg nu de stierenhoorns, en daar haatte ze hem om. Ze haatte Polver om Naald, en ze haatte de ouwe Keswijck, die dacht dat hij leuk was. En Raf het Lieverdje, die zijn speer in Lommies keel had gestoken, haatte ze nog meer. Ze haatte ser Amaury Lors om Yoren, ze haatte ser Meryn Trant vanwege Syrio, de Jachthond omdat hij de slagersjongen Mycah had gedood, en ser Ilyn en Joffry en de koningin om haar vader, dikke Tom, Desmond en de rest, en zelfs om Dame, de wolf van Sansa. De Kietelaar was bijna te griezelig om te haten. Soms slaagde ze er bijna in te vergeten dat hij er nog bij was. Als hij geen vragen stelde was hij gewoon maar een krijgsman, zwijgzamer dan de meeste anderen, met een gezicht van dertien in een dozijn.

Elke avond zei Arya hun namen op. 'Ser Gregor,' fluisterde ze dan in haar stenen kussen. 'Dunsen, Polver, Keswijck, Raf het Lieverdje. De Kietelaar en de Jachthond. Ser Amaury, Ser Ilyn, ser Meryn, koning Joffry, koningin Cersei.' In Winterfel had Arya met haar moeder in de sept gebeden en met haar vader in het godenwoud, maar op de weg naar Harrenhal waren er geen goden, en haar namen waren het enige gebed dat de moeite waard was om te onthouden.

Elke dag trokken ze verder en iedere avond zei ze haar namen op, totdat het geboomte eindelijk dunner werd en plaats maakte voor een lappendeken van golvende heuvels, kronkelende beekjes en zonovergoten velden waarop de lege omhulsels van verbrande hofsteden als verrotte, zwart geworden tanden omhoogstaken. Pas na nog een lange dagmars vingen ze in de verte een glimp van de torens van Harrenhal op, scherp afgetekend naast het blauwe water van het meer.

In Harrenhal zou het beter worden, hielden de gevangenen elkaar voor, maar Arya was daar niet zo zeker van. Ze dacht aan de verhalen die ouwe Nans had verteld over het slot dat op angst was gebouwd. Harren de Zwarte had mensenbloed door de mortel gemengd, placht Nans te vertellen, haar stem zo gedempt dat de kinderen zich naar haar toe moesten buigen om haar te verstaan. Maar Aegons draken hadden Harren en al zijn zonen tussen hun grote stenen muren geroosterd. Kauwend op haar lip liep Arya op harde, vereelte voetzolen verder. Veel langer zou het niet duren, hield ze zichzelf voor. Die torens konden niet meer dan een paar mijl weg zijn.

Toch moesten ze nog die hele dag en het merendeel van de volgende doorlopen voordat ze de rand van heer Tywins legerkamp bereikten, dat ten westen van het slot tussen de verschroeide puinhopen van een klein stadje stond. Vanuit de verte was Harrenhal bedrieglijk, omdat het zo enorm groot was. De reusachtige ringmuur rees steil en abrupt als een klip naast het meer omhoog, en de rijen houten, met ijzer beslagen schorpioenen boven op de borstwering leken even klein als de insecten waarnaar ze genoemd waren.

De stank van de Lannister-krijgsmacht bereikte Arya ruim voordat ze kon zien welke blazoenen er op de banieren stonden die overal aan de oever op de paviljoenen van de westerlingen omhoogstaken. Naar de lucht te oordelen was heer Tywin hier al enige tijd. Boven de overstromende latrines die het kamp omringden zwermden de vliegen, en op veel van de scherpgepunte palen die het kamp aan alle kanten beschermden zat een soort lichtgroen pluis.

Het poortgebouw van Harrenhal, in zijn eentje net zo groot als de hele hoofdburcht van Winterfel, was met zijn gebarsten en verkleurde stenen al even gehavend als omvangrijk. Van buitenaf waren alleen de spitsen van vijf immense torens boven de muren uit te zien. De kortste was anderhalf keer zo hoog als de hoogste toren van Winterfel, maar ze rezen niet ten hemel zoals het fatsoenlijke torens betaamde. In Arya's ogen leken ze op knoestige, knokige oudemannenvingers die naar een langsdrijvende wolk grepen. Ze herinnerde zich dat Nans had verteld hoe de steen gesmolten en als kaarsvet de trappen af en de ramen door was gedropen, om zich vervolgens dofrood gloeiend en verschroeiend heet een weg te banen naar Harrens schuilplaats. Arya geloofde ieder woord. De ene toren was nog grotesker en misvormder dan de andere, brokkelig, en vol groeven en barsten.

'Daar wil ik niet heen,' piepte Warme Pastei toen de poorten van Harrenhal vóór hen openzwaaiden. 'Daar huizen geesten.'

Keswijck hoorde hem, maar bij uitzondering glimlachte hij slechts. 'Je kunt kiezen, bakkersjong. Je gaat naar de geesten, óf je wordt er zelf een.'

Warme Pastei liep samen met de anderen naar binnen.

In het hol klinkende badhuis van balken en steen werden de gevangenen uitgekleed, waarna ze in tobbes gloeiend heet water hun vel ruw moesten boenen en schrobben. Twee vinnige oude wijven keken toe en gaven commentaar alsof ze pasgekochte ezels waren. Toen het Arya's beurt was klakte vrouw Amabel ontzet met haar tong bij het zien van haar voeten, terwijl vrouw Harra het eelt op haar vingers betastte dat het gevolg was van urenlang oefenen met Naald. 'Van het karnen, wed ik,' zei ze. 'Een boerenmeid zeker. Geeft niks, meisje. Als je hard werkt kun je het in deze wereld best hogerop brengen. Zo niet, dan krijg je slaag. En hoe heet je?'

Arya durfde haar eigen naam niet te noemen, maar Arrie ging ook niet. Dat was een jongensnaam, en ze zagen wel dat ze geen jongen was. 'Wezel,' zei ze, want dat was het eerste meisje waar ze aan dacht. 'Lommie noemde me Wezel.'

'Dat wil ik wel geloven,' snoof vrouw Amabel. 'Dat haar is om van te schrikken, en trouwens ook je reinste luizennest. Dat gaat eraf, en jij gaat in de keukens werken.'

'Ik zou liever de paarden verzorgen.' Arya hield van paarden, en als ze in de stallen was kon ze er misschien een stelen en ontsnappen.

Vrouw Harra gaf haar zo'n oplawaai dat haar gezwollen lip weer sprong. 'En hou je smoel of het wordt nog erger. Niemand vraagt jou om je mening.'

Het bloed in haar mond smaakte zout en metalig. Arya sloeg haar ogen neer en zweeg. *Als ik Naald nog had zou ze me niet durven slaan*, dacht ze gemelijk.

'Heer Tywin en zijn ridders hebben rijknechten en schildknapen om hun paarden te verzorgen. Aan meiden als jij hebben ze geen behoefte,' zei vrouw Amabel. 'De keukens zijn knus en schoon, en er is altijd een warm vuur om bij te slapen en eten in overvloed. Je had je daar wel kunnen redden, maar ik merk dat je niet al te slim bent. Ik denk dat we haar beter naar Wisch kunnen sturen, Harra.'

'Als jij het zegt, Amabel.' Ze kreeg een hemd van ruwe grijze wol en een paar slecht passende schoenen, en toen kon ze gaan.

Wisch was onderhofmeester van de Jammertoren, een plompe kerel met een vlezige karbonkel van een neus, dikke lippen en een nest vurige rode puisten bij een van zijn mondhoeken. Arya werd met vijf anderen naar hem toegestuurd. Hij bekeek hen allemaal met een priemende blik. 'Wie de Lannisters goed dient behandelen ze genereus. Voor lui als jullie is dat te veel eer, maar in een oorlog moet je roeien met de riemen die je hebt. Wie hard werkt en z'n plaats kent schopt het op een dag misschien net zo ver als ik. Maar wie misbruik maakt van heer Tywins goedheid krijgt met mij te maken zodra hij weg is, gesnopen?' Opgeblazen liep hij voor hen heen en weer en vertelde hun dat ze een hooggeborene nooit rechtstreeks aan mochten kijken, of iets zeggen voor ze werden aangesproken, of hun heer voor de voeten lopen. 'Mijn neus liegt nooit,' pochte hij. 'Verzet, trots, ongehoorzaamheid, ik ruik het allemaal. Als ik ook maar een spoor van zo'n luchtje opsnuif zul je daarvoor boeten. Als ik jullie besnuffel wil ik maar één ding ruiken, en dat is angst.'

Daenerys

Op de muren van Quarth kondigden mannen haar komst met gongslagen aan. Anderen bliezen op merkwaardige hoorns die zich als grote bronzen slangen om hun lijf wonden. Een stoet kameelruiters kwam uit de stad aanrijden om een erewacht voor haar te vormen. De ruiters, hoog op met robijnen en granaten versierde zadels gezeten, waren gehuld in koperen schubbenpantsers en snuitvormige helmen met koperen slagtanden en lange, zwartzijden pluimen. Hun kamelen hadden veelkleurige dekkleden.

'Quarth is de grootste stad die ooit bestaan heeft of zal bestaan,' had Pyat Pree temidden van de beenderen van Vaes Tolorro tegen haar gezegd. 'Zij is het middelpunt der wereld, de poort tussen noord en zuid, de brug tussen oost en west, ouder dan mensenheugenis, en zo oogverblindend dat Saathos de Wijze zijn ogen uitstak toen ze Quarth voor het eerst hadden aanschouwd, wetend dat al wat hij ooit nog zou zien daarna vaal en lelijk zou lijken.'

Dany had de woorden van de heksenmeester met de nodige korrels zout genomen, maar de grote stad bood onmiskenbaar een schitterende aanblik. Ze werd door drie dikke, fraai gebeeldhouwde muren omringd. De buitenste was van rode zandsteen, dertig voet hoog en met dieren versierd: glijdende slangen, vliegende roofvogels, zwemmende vissen, afgewisseld met wolven uit de rode woestenij, gestreepte zorza's en monsterlijke olifanten. De middelste muur, veertig voet hoog, was van grauw graniet, vol levendige oorlogstaferelen: de botsing van zwaard, schild en speer, voortsuizende pijlen, de strijd der helden en het afslachten der zuigelingen, de brandstapels der doden. De binnenste muur was van zwart marmer, vijftig voet hoog, met reliëfs die Dany een kleur bezorgden, totdat ze zichzelf om die dwaasheid vermaande. Ze was geen maagd meer, en als naar ze die slachtpartijen op de grauwe muur kon kijken, waarom dan de ogen sluiten voor afbeeldingen van mannen en vrouwen die elkaar genot bezorgden?

De buitenpoort was met koper beslagen, de middelste met ijzer, en de binnenste was bezaaid met gouden ogen. Alle drie zwaaiden ze op Dany's nadering open. Toen ze op haar zilveren merrie de stad in reed, kwamen er kindertjes aanrennen om bloemen op haar pad te strooien. Ze droegen gouden sandalen en felle kleuren verf, en verder niets.

Alle kleuren die in Vaes Tolorro hadden ontbroken hadden hun weg naar Quarth gevonden. Rondom haar wemelde het van de gebouwen, grillig als een koortsdroom, in verscheidene tinten roze, violet en amber. Ze reed onder een bronzen boog door in de vorm van twee parende slangen, wier schubben uit fijne schilfertjes jade, obsidiaan en lapis lazuli bestonden. Slanke torens rezen hoger op dan Dany ooit had gezien, en alle pleinen stonden vol rijkelijk versierde fonteinen in de vorm van griffioenen, draken en manticora's.

Quarthijnen omzoomden de straten en keken toe vanaf sierbalkons die te broos leken om hun gewicht te dragen. Het waren lange, bleke mensen in brokaat, linnen en tijgerhuid, en in haar ogen leken ze stuk voor stuk hooggeboren. De vrouwen droegen japonnen die één borst bloot lieten, terwijl de mannen de voorkeur gaven aan zijden kralenrokken. Dany voelde zich een haveloze barbaar zoals ze daar langsreed, gehuld in haar leeuwenvacht, de zwarte Drogon op haar schouder. Haar Dothraki noemden de Quarthijnen vanwege hun bleke teint 'melkmuilen', en Khal Drogo had gedroomd van de dag waarop hij de grote steden in het oosten kon plunderen. Ze wierp een steelse blik op haar bloedruiters. Hun donkere, amandelvormige ogen verrieden niets van hun gedachten. *Zien zij slechts buit?* vroeg ze zich af. *Wat zullen wij niet een wilden lijken in de ogen van deze Quarthijnen.*

Pyat Pree leidde haar kleine *khalasar* omlaag door het centrum van een grote arcade waarin de aloude helden van de stad op driemaal hun ware grootte op sokkels van groenwit marmer stonden. Ze kwamen door een bazaar in een groot, hol gebouw waar honderden vrolijk gekleurde vogels in het rasterwerk van de zoldering huisden. Op de terrasvormige muren boven de kraampjes bloeiden bomen en bloemen, terwijl daaronder alles te koop leek wat door de goden op deze wereld was geschapen.

Haar zilveren merrie deinsde achteruit toen de koopmansvorst Xaro Xhoan Daxos naar haar toe reed. Ze had gemerkt dat de paarden de nabijheid van kamelen slecht verdroegen. 'Als ge hier iets ziet waar uw begeerte naar uitgaat, o schoonste aller vrouwen, spreek slechts en het behoort u toe,' riep Xaro vanaf zijn gehoornde sierzadel.

'Quarth zelf behoort haar toe, zij heeft geen klatergoud nodig,' galmde Pyat Pree met de blauwe lippen aan haar andere zij. 'Wat ik beloofd heb zal geschieden, *khaleesi*. Vergezel mij naar het huis der Onsterfelijken en ge zult er waarheid en wijsheid indrinken.'

'Wat heeft zij in uw Stofpaleis te zoeken als ik haar zonlicht, zoet water en zijden lakens kan geven?' sprak Xaro tot de heksenmeester. 'De Dertien zullen haar hoofd tooien met een kroon van zwarte jade en vuuropalen.'

'Het enige paleis dat ik wil is de rode burcht in Koningslanding, heer Pyat.' Dany was op haar hoede voor de heksenmeester. Na de *maegi* Mirri Maz Duur had ze schoon genoeg van lieden die zich met toverij onledig hielden. 'En als de groten van Quarth mij geschenken willen geven, Xaro, laat ze mij dan schepen en zwaarden geven, zodat ik kan heroveren wat mij rechtens toekomt.'

Pyats blauwe lippen krulden om in een elegant lachje. 'Wat ge gebiedt zal geschieden, *khaleesi*.' Hij reed door, meewiegend met de bewegingen van zijn kameel, en zijn lange gewaden wapperden achter hem aan.

'De jonge koningin is erg wijs voor haar leeftijd,' mompelde Xaro Xhoan Daxos vanaf zijn hoge zadel. 'Zoals wij hier in Quarth zeggen: Het huis van een heksenmeester is van leugens en beenderen gebouwd.'

'En waarom dempen de mensen dan hun stem wanneer ze het over de heksenmeesters van Quarth hebben? Overal in het oosten houdt men hun macht en wijsheid in ere.'

'Eens waren ze machtig,' beaamde Xaro, 'maar tegenwoordig zijn ze even bespottelijk als zwakke oude soldaten die blijven opscheppen over hun moed wanneer hun kracht en vaardigheid allang vervlogen zijn. Ze lezen hun halfvergane boekrollen, drinken avondschaduw tot hun lippen er blauw van worden en zinspelen op hun angstwekkende vermogens, maar vergeleken met hun voorgangers zijn het holle vaten. Ik waarschuw u: de geschenken van Pyat Pree zullen onder uw handen tot stof vergaan.' Hij gaf zijn kameel een tikje met de zweep en reed haastig weg.

'De kraai verwijt de raaf dat hij zwart ziet,' pruttelde ser Jorah in de gewone spreektaal van Westeros. De verbannen ridder reed zoals altijd aan haar rechterhand. Voordat ze Quarth binnenreden had hij zijn Dothraki-uitrusting verruild voor het staal, de maliën en de wol van de Zeven Koninkrijken, een halve wereld verderop. 'Die kunt u allebei beter mijden.'

'Die mannen gaan mij aan mijn kroon helpen,' zei ze. 'Xaro is onmetelijk rijk, en Pyat Pree...'

'... doet alsof hij macht heeft,' zei de ridder bruusk. Op zijn donkergroene wapenrok verhief de beer van het huis Mormont zich zwart en ruig op zijn achterpoten, en zoals Jorah daar met duistere blikken de menigte in de bazaar overzag zag hij er niet minder woest uit. 'Ik zou hier niet te lang blijven, koningin. De geur van dit oord bevalt mij niet.'

Dany glimlachte. 'Misschien ruikt u de kamelen. De geur van de Quarthijnen zelf is aangenaam genoeg.'

'Aangename geurtjes dienen maar al te vaak om smerige luchtjes te verdoezelen.'

Mijn grote beer, dacht Dany. *Ik ben zijn koningin, maar ik zal ook altijd zijn jong blijven, en hij zal me altijd beschermen.* Dat gaf haar een veilig, maar ook een treurig gevoel. Ze wilde wel dat ze meer van hem kon houden.

Xaro Xhoan Daxos had Dany voor de duur van haar verblijf in de stad de gastvrijheid van zijn huis geboden. Ze had wel enige grandeur verwacht, maar geen paleis dat menig marktstadje in omvang overtrof. *Hiermee vergeleken ziet de state van magister Illyrio in Pentos eruit als een varkenskot,* dacht ze. Xaro had gezworen dat zijn woning haar hele volk gemakkelijk kon herbergen met paarden en al, en ze werden er inderdaad volledig door verzwolgen. Ze kreeg een complete vleugel toegewezen waarin ze over een eigen tuin, een marmeren badvijver, een waarzeggerstoren en een magisch doolhof beschikte. Slaven voorzagen in al haar behoeften. In haar privévertrekken waren de vloeren van groen marmer en de wanden behangen met draperieën van kleurige zijde die bij elke ademtocht opbolden. 'U bent al te vrijgevig,' zei ze tegen Xaro Xhoan Daxos.

'Voor de Moeder der Draken is geen geschenk te groot.' Xaro was een languissante, elegante man met een kaal hoofd en een grote kromme neus, bezet met robijnen, opalen en schilfers jade. 'Morgenochtend kunt u zich te goed doen aan pauw en leeuwerikentongetjes en muziek beluisteren, de schoonste aller vrouwen waardig. De Dertien en alle groten van Quarth zullen u eer komen bewijzen.'

Alle groten van Quarth zullen komen om mijn draken te bekijken, dacht Dany, maar voordat ze hem heenzond dankte ze Xaro voor zijn vrijgevigheid. Ook Pyat Pree nam afscheid van haar, met de plechtige belofte dat hij de Onsterfelijken een audiëntie zou afsmeken. 'Een eer, zo zeldzaam als zomersneeuw.' Voor zijn vertrek kuste hij met zijn bleekblauwe lippen haar blote voeten en drong haar een geschenk op, een kruik met geurige balsem die haar, zo zwoer hij, een visioen zou schenken van de geesten der lucht. De laatste van de drie zoekers die wegging was Quaith de schaduwbindster. Van haar kreeg Dany alleen maar een waarschuwing te horen. 'Neem u in acht,' zei de vrouw met het roodgelakte masker.

'Voor wie?'

'Voor iedereen. Ze zullen u dag en nacht bezoeken om het wonder te aanschouwen dat in de wereld is wedergeboren, en zodra ze het zien zullen ze het begeren. Want draken zijn vleesgeworden vuur, en vuur is macht.'

Toen ook Quaith vertrokken was zei ser Jorah: 'Wat zij zegt is waar, koningin... al mag ik haar evenmin als de anderen.'

'Ik begrijp haar niet.' Pyat en Xaro hadden Dany met beloften overstelpt sinds ze voor het eerst een glimp van haar draken hadden opgevangen, en zichzelf in alle opzichten tot haar trouwe dienaren uitgeroepen, maar van Quaith had ze alleen die cryptische opmerking gekregen. En het stoorde haar dat ze haar gezicht niet één keer had gezien. *Denk aan Mirri Maz Duur,* hield ze zichzelf voor. *Hoed je voor verraad.* Ze wendde zich tot haar bloedruiters. 'Zolang we hier zijn houden we zelf de wacht. Zorg dat niemand deze vleugel van het paleis zonder mijn toestemming betreedt, en zorg dat de draken altijd goed bewaakt worden.'

'Het zal gebeuren, *khaleesi*,' zei Aggo.

'We hebben alleen die delen van Quarth gezien die Pyat Pree wilde dat we zagen,' vervolgde ze. 'Rakharo, ga jij de rest bekijken en meld me wat je daar hebt aangetroffen. Neem betrouwbare mannen mee... en vrouwen, om te gaan waar mannen niet mogen komen.'

'U spreekt en ik gehoorzaam, bloed van mijn bloed,' zei Rakharo.

'Ser Jorah, gaat u de havens zoeken om te kijken wat voor schepen er voor anker liggen. Het is al een halfjaar geleden sinds ik voor het laatst iets uit de Zeven Koninkrijken heb vernomen. Misschien hebben de goden wel een goede kapitein uit Westeros hierheen geblazen, met een schip dat ons thuis kan brengen.'

De ridder fronste. 'Daar zou ik u geen dienst mee bewijzen. De Usurpator vermoordt u, zo zeker als de zon opgaat.' Mormont haakte zijn duimen in zijn zwaardgordel. 'Mijn plaats is hier aan uw zij.'

'Jhogo kan mij even goed beschermen. U beheerst meer talen dan mijn bloedruiters, en de Dothraki wantrouwen de zee en iedereen die haar bevaart. Slechts u kunt dit voor mij doen. Ga naar de schepen en praat met de mensen aan boord, vraag waar ze vandaan komen en waar ze heen gaan, en wie hun gezagvoerders zijn.'

De banneling knikte aarzelend. 'Zoals u wenst, koningin.'

Toen alle mannen weg waren ontdeden haar dienstmaagden haar van de door de rit besmeurde zijden gewaden, en Dany liep op blote voeten naar de marmeren vijver, in de schaduw van een zuilengang. Het water was heerlijk koel en de vijver zat vol goudvisjes die nieuwsgierig aan haar knabbelden, zodat ze moest giechelen. Het was fijn om haar ogen te sluiten en zich te laten dobberen, wetend dat ze net zo lang kon uitrusten als ze wilde. Ze vroeg zich af of de Rode Burcht van Aegon een vijver als deze had, en geurige tuinen met lavendel en kruizemunt. *Dat moet wel. Viserys zei altijd dat de Zeven Koninkrijken mooier waren dan enige andere plaats ter wereld.*

De gedachte aan thuis verontrustte haar. Als haar zon-en-sterren nog had geleefd zou hij zijn *khalasar* over het gifwater hebben geleid en haar vijanden hebben uitgeroeid, maar zijn kracht was uit de wereld verdwenen. Wat restte waren haar bloedruiters, haar toegewijd voor het leven en tot doden uiterst bekwaam, maar uitsluitend naar de wijze der paardenheren. De Dothraki plunderden steden en legden koninkrijken in de as, maar heersten er niet over. Dany wilde van Koningslanding geen zwartgeblakerde puinhoop vol rusteloze geesten maken. Ze had genoeg tranen geproefd. *Mijn koninkrijk moet mooi zijn, vol welgeda-*

ne mannen, knappe meisjes en lachende kinderen. Ik wil dat mijn volk me toelacht als ik voorbijrijd, zoals het volgens Viserys mijn vader toelachte.

Maar eerst moest ze het veroveren.

De Usurpator vermoordt u, zo zeker als de zon opgaat, had Mormont gezegd. Robert had haar dappere broer Rhaegar gedood, en een van zijn handlangers was de zee van Dothrak overgestoken teneinde haar en haar ongeboren zoon te vergiftigen. Ze zeiden dat Robert Baratheon zo sterk als een stier was, en onbevreesd in de strijd, een man die de oorlog bovenal liefhad. En achter hem stonden de grote heren die haar broer de honden van de Usurpator had genoemd, Eddard Stark met zijn kille ogen en zijn ijzige hart, en de gouden Lannisters, vader en zoon, die zo rijk, zo machtig en zo verraderlijk waren.

Welke hoop had zij dat ze die mannen ten val kon brengen? Toen Khal Drogo nog leefde, hadden de mensen voor hem gesidderd en geprobeerd met geschenken zijn toorn in bedwang te houden. Deden ze dat niet, dan nam hij hun steden in met schatten, vrouwen en al. Maar hij had een enorme *khalasar* gehad, terwijl de hare armzalig was. Haar volk was haar door de rode woestenij gevolgd terwijl zij achter haar komeet aan joeg, en het zou haar ook over het gifwater volgen, maar het zou te gering in aantal zijn. Zelfs aan haar draken had ze misschien niet genoeg. Viserys had geloofd dat het rijk voor zijn rechtmatige vorst in opstand zou komen... maar Viserys was een dwaas geweest, en dwazen geloven dwaze dingen.

Haar twijfels bezorgden haar de koude rillingen. Ineens voelde het water kil aan en werd het gekietel van de visjes irritant. Dany stond op en stapte de vijver uit. 'Irri,' riep ze. 'Jhiqui.'

Terwijl de dienstmaagden haar droogwreven en haar in een gewaad van zandzijde hulden, liet Dany haar gedachten over de drie gaan die haar in de Stad der Beenderen hadden opgezocht. *De Bloedende Ster heeft me met een bedoeling naar Quarth geleid. Hier zal ik vinden wat ik nodig heb, als ik de kracht opbreng te nemen wat mij wordt geboden, en de wijsheid om de voetangels en klemmen te vermijden. Als het de wil der goden is dat ik mijn land herover zullen zij voor mij zorgen, mij een teken sturen, en zo niet... zo niet...*

Het liep tegen de avond en Dany voerde net haar draken toen Irri door de zijden gordijnen heen dook om te melden dat ser Jorah van de havens was teruggekeerd... en niet alleen. 'Laat hem binnenkomen met zijn gezelschap, wie dat ook wezen mag.'

Toen ze binnentraden zat zij op een stapel kussens met aan alle kanten draken om zich heen. De man die hij had meegebracht droeg een mantel van groengele veren en had een huid zo zwart als gepolijst git. 'Uwe Genade,' zei de ridder, 'ik breng u Quhuru Mo, kapitein van de

Kaneelvleug, uit de Stad der Hoge Bomen.'
De zwarte man knielde. 'Ik ben zeer vereerd, koningin," zei hij, niet in de taal van de Zomereilanden, die Dany niet kende, maar in het vloeiende Valyrisch van de Negen Vrijsteden.
'De eer is aan mij, Quhuru Mo,' zei Dany in diezelfde taal. 'Komt u van de Zomereilanden?'
'Jawel, uwe Genade, maar minder dan een halfjaar daarvoor hebben wij Oudstee aangedaan. En uit die plaats breng ik u een wonderschoon geschenk.'
'Een geschenk?'
'Ik schenk u een bericht. Drakenmoeder, Stormgeborene, ik zeg u naar waarheid dat Robert Baratheon dood is.'
Buiten de muren daalde de schemering over Quarth, maar in Dany's hart ging de zon op. 'Dood?' herhaalde ze. Op haar schoot siste de zwarte Drogon, en bleekgrijze rook zweefde als een sluier voor haar gezicht. 'Weet u het zeker? Is de Usurpator dood?'
'Aldus zegt men in Oudstee en Dorne, en in Lys, en in alle andere havens die wij hebben aangedaan.'
Hij heeft me vergiftigde wijn gestuurd, maar ik leef nog en hij niet meer. 'Hoe is hij gestorven?' Op haar schouder klapperde de bleke Viserion met zijn roomwitte vleugels en bracht de lucht in beroering.
'Verscheurd door een monsterlijk everzwijn tijdens een jacht in zijn koninklijke bos, of dat hoorde ik althans in Oudstee. Volgens anderen is hij door zijn koningin verraden, of zijn broer, of heer Stark, die zijn Hand was. Maar alle verhalen zeggen eenstemmig dat koning Robert dood en begraven is.'
Dany had het gezicht van de Usurpator nooit gezien, maar er was zelden een dag voorbijgegaan zonder dat ze aan hem had gedacht. Zijn slagschaduw had op haar gerust sinds het uur van haar geboorte, toen ze temidden van bloed en stormwind een wereld was binnengegaan waarin voor haar geen plaats meer was. En nu had deze ebbenhouten vreemdeling die schaduw verdreven.
'De knaap zit nu op de IJzeren Troon,' zei ser Jorah.
'Koning Joffry regeert,' beaamde Quhuru Mo, 'maar de Lannisters heersen. Roberts broers zijn Koningslanding ontvlucht. Het gerucht gaat dat zij de troon willen opeisen. En de Hand is ten val gekomen. Heer Stark, die koning Roberts vriend was. Hij zit gevangen wegens verraad.'
'Ned Stark een verrader?' Ser Jorah trok zijn neus op. 'Verdomd onwaarschijnlijk. De lange zomer zal eerder terugkeren dan dat hij zijn dierbare eer bezoedelt.'
'Welke eer?' zei Dany. 'Hij heeft zijn ware koning verraden, net als die Lannisters.' Het deed haar genoegen te horen dat de honden van de Usurpator onderling vochten, al verbaasde het haar niets. Dat was ook

gebeurd toen haar Drogo was gestorven en zijn grote *khalasar* in stukjes uiteen was gevallen. 'Ook mijn broer is dood, Viserys, die de ware koning was,' zei ze tegen de man van de Zomereilanden. 'Mijn heer gemaal, Khal Drogo, heeft hem gedood met een kroon van vloeibaar goud.' Zou haar broer ook maar iets wijzer zijn geweest als hij had geweten dat de wraak waar hij om bad zo nabij was?

'Dat spijt mij dan zeer voor u, Moeder van Draken, en voor het bloedende Westeros, dat van zijn rechtmatige koning is beroofd.'

Onder Dany's zachte vingers staarde de groene Rhaegal met ogen van vloeibaar goud naar de vreemdeling. Toen hij zijn bek opendeed blikkerden zijn tanden als zwarte naalden. 'Wanneer keert uw schip naar Westeros terug, kapitein?'

'Dat kan nog ruim een jaar duren, vrees ik. Van hieruit vaart de *Kaneelvleug* naar het oosten om de handelsronde door de Zee van Jade te doen.'

'Ik begrijp het,' zei Dany teleurgesteld. 'Dan wens ik u gunstige winden en goede zaken. U hebt mij een kostbaar geschenk gebracht.'

'Het is mij al ruimschoots vergolden, grote koningin.'

Dat begreep ze niet. 'Hoezo?'

Zijn ogen glansden. 'Ik heb draken gezien.'

Dany lachte. 'En op een dag ziet u er nog meer, hoop ik. Bezoek mij in Koningslanding wanneer ik op mijn vaders troon zit, en u zult rijkelijk beloond worden.'

De man van de Zomereilanden beloofde dat hij dat zou doen en kuste voor zijn vertrek vluchtig haar vingers. Jhiqui liet hem uit, terwijl ser Jorah Mormont achterbleef.

'*Khaleesi*,' zei de ridder toen ze alleen waren, 'als ik u was zou ik niet zo openlijk over mijn plannen spreken. Nu vertelt die man het overal verder.'

'Dat mag hij best,' zei ze. 'De hele wereld mag weten wat ik van plan ben. De Usurpator is dood, dus wat doet het ertoe?'

'Niet alle zeemansverhalen zijn waar,' maande ser Jorah haar, 'en zelfs al zou Robert werkelijk dood zijn, dan regeert zijn zoon altijd nog in zijn plaats. Waarlijk, dit verandert niets.'

'Dit verandert alles.' Dany stond abrupt op. Krijsend ontrolden haar draken zich en sloegen hun vleugels uit. Al fladderend klauwde Drogon zich omhoog naar de bovendorpel van de zuilengang. De andere scheerden over de vloer, waarbij hun vleugelpunten over het marmer krasten. 'Eerst waren de Zeven Koninkrijken als mijn Drogo's *khalasar*, honderdduizend mensen, bijeengehouden door zijn kracht. Nu vallen ze in stukken uiteen zoals de *khalasar* na de dood van mijn *khal*.'

'De hoge heren hebben elkaar altijd bevochten. Zeg me wie heeft gezegevierd en ik zal u vertellen wat dat inhoudt. *Khaleesi*, de Zeven Koninkrijken zullen u niet als evenzovele rijpe appels in de schoot vallen. U hebt een vloot nodig, goud, legers, bondgenoten...'

'Dat is mij allemaal bekend.' Ze nam zijn handen in de hare en keek omhoog in zijn donkere, wantrouwige ogen. *Soms beschouwt hij me als een kind dat hij moet beschermen, soms als een vrouw met wie hij het bed zou willen delen, maar beschouwt hij me ooit waarlijk als zijn koningin?* 'Ik ben niet meer het bange meisje dat u in Pentos leerde kennen. Het klopt dat ik pas vijftien naamdagen tel... maar ik ben zo oud als de wijfjes van de *dosh khaleen* en zo jong als mijn draken, Jorah. Ik heb een kind gebaard, een *khal* verbrand, en ik ben de rode woestenij en de zee van Dothrak overgestoken. Ik heb het bloed van de draak in mij.'

'Dat gold ook voor uw broer,' zei hij koppig.

'Ik ben Viserys niet.'

'Nee,' gaf hij toe. 'U hebt meer van Rhaegar weg, denk ik, maar zelfs Rhaegar kon sneuvelen. Dat heeft Robert bij de Drietand met een doodgewone strijdhamer bewezen. Zelfs draken kunnen sterven.'

'Draken sterven.' Ze ging op haar tenen staan en kuste hem vluchtig op een ongeschoren wang. 'Maar drakendoders ook.'

Bran

Mira maakte behoedzaam een omtrekkende beweging. Haar net bungelde losjes in haar linkerhand, terwijl ze met de rechter de kikkerdrietand in de aanslag hield. Zomer volgde haar met zijn gouden ogen en draaide rond, zijn staart stijf omhooggestoken. Hij loerde, en loerde...

'Jai!' riep het meisje, en de speer schoot uit. De wolf schoot naar rechts en sprong voordat ze de speer kon terugtrekken. Mira wierp haar net, en het ontplooide zich vóór haar in de lucht. De springende Zomer kon het niet ontwijken. Hij sleurde het mee toen hij tegen haar borst smakte en haar tegen de grond smeet. De speer vloog uit haar hand. Het vochtige gras brak gedeeltelijk haar val, maar haar adem werd met een hoorbaar 'oef' uit haar longen geperst. De wolf zat ineengedoken boven op haar.

'Je hebt verloren,' joelde Bran.

'Ze heeft gewonnen,' zei haar broer Jojen. 'Zomer zit vast.'

Bran zag dat hij gelijk had. Toen hij zich los wilde rukken, trappelend en grommend tegen het net, raakte Zomer alleen maar nog erger verstrikt. Doorbijten ging ook al niet. 'Laat hem vrij.'

Lachend sloeg het meisje Riet haar armen om de gevangen wolf heen en rolde hen allebei om. Zomer jankte zielig, en zijn poten trapten tegen de koorden die eromheen gesnoerd zaten. Mira knielde, peuterde een knoop los, trok aan een hoek, gaf met vlugge vingers hier en daar een rukje, en ineens schoot de schrikwolf los.

'Hier, Zomer.' Bran spreidde zijn armen. 'Pas op,' zei hij, vlak voor de wolf hem omverkegelde. De wolf sleurde hem al bonkend door het gras en hij klampte zich uit alle macht aan hem vast. Vechtend rolden ze om, met elkaar verstrengeld, de een grauwend en bijtend, de ander lachend. Ten slotte lag Bran languit boven op de bemodderde schrikwolf. 'Brave wolf,' hijgde hij. Zomer likte zijn oor.

Mira schudde haar hoofd. 'Wordt hij nooit kwaad?'

'Op mij niet.' Bran greep de wolf bij zijn oren. Zomer hapte fel naar hem, maar het was allemaal een spelletje. 'Soms scheurt hij mijn kleren kapot, maar hij heeft nooit doorgebeten.'

'Niet bij jou, zul je bedoelen. Als hij mijn net had ontweken...'

'Hij zal jou niets doen. Hij weet dat ik je graag mag.' De andere heren en ridders waren één of twee dagen na het oogstfeest vertrokken, maar de twee Riets waren gebleven en Brans vaste metgezellen geworden. Jojen was zo plechtstatig dat ouwe Nans hem 'grootvadertje' noemde, maar Mira deed Bran aan zijn zuster Arya denken. Ze schrok er niet voor terug om zich vuil te maken en kon hardlopen, vechten en gooien als een jongen. Wel was ze ouder dan Arya, bijna zestien, een volwassen vrouw. Ze waren allebei ouder dan Bran, al was zijn negende naamdag nu eindelijk gekomen en gegaan, maar ze behandelden hem nooit als een kind.

'Ik wou dat jullie onze pupillen waren in plaats van de Walders.' Hij begon zich naar de dichtstbijzijnde boom toe te werken. Hem zo te zien schuiven en kronkelen was bijna onfatsoenlijk, maar toen Mira hem wilde optillen zei hij: 'Nee, niet helpen.' Hij rolde moeizaam om, zette zich af en duwde zich met zijn armen naar achteren tot hij met zijn rug tegen de stam van een hoge es zat. 'Zien jullie wel?' Zomer ging met zijn kop in Brans schoot liggen. 'Ik had nog nooit iemand met een net zien vechten,' zei hij tegen Mira terwijl hij de schrikwolf tussen de oren krabde. 'Heb je dat van jullie wapenmeester geleerd?'

'Van mijn vader. In Grijswater zijn geen ridders. Er is ook geen wapenmeester, en geen maester.'

'Wie zorgt er dan voor jullie raven?'

Ze glimlachte. 'Raven kunnen de weg naar Grijswater net zo slecht vinden als onze vijanden.'

'Hoe komt dat?'

'Omdat het zich verplaatst,' lichtte ze hem in.

Bran had nog nooit van een wandelend kasteel gehoord. Hij keek haar onzeker aan, maar kon er niet achter komen of ze een loopje met hem nam. 'Dat zou ik wel willen zien. Denk je dat jullie vader me zal willen ontvangen als de oorlog voorbij is?'

'U bent altijd van harte welkom, hoogheid, ook nu.'

'Nu?' Bran woonde zijn hele leven al in Winterfel. Hij zou graag verafgelegen oorden zien. 'Ik zou het aan ser Rodrik kunnen vragen als hij terugkomt.' De oude ridder was naar het oosten vertrokken om een eind te maken aan de moeilijkheden daar. Die waren veroorzaakt door de bastaard van Rous Bolten toen hij vrouwe Hoornwoud op de terugweg van het oogstfeest gevangen had genomen en nog diezelfde avond met haar in het huwelijk was getreden, ook al was hij jong genoeg om haar zoon te kunnen zijn. Vervolgens had heer Manderling haar slot ingenomen. Om het grondgebied van de Hoornwouds tegen de Boltens te beschermen, had hij geschreven, maar ser Rodrik was bijna net zo kwaad geweest op hem als op de bastaard. 'Ser Rodrik zou het misschien wel goedvinden als ik ging. Maester Luwin nooit.'

Jojen Riet, die met gekruiste benen onder de weirboom zat, keek hem plechtig aan. 'Het zou goed zijn als je Winterfel verliet, Bran.'

'Zou je denken?'

'Ja. En beter vroeg dan laat.'

'Mijn broer heeft het groene gezicht,' zei Mira. 'Hij droomt dingen die nooit zijn gebeurd maar soms alsnog gebeuren.'

'*Soms* bestaat niet, Mira.' Ze wisselden een blik, de zijne treurig, de hare strijdlustig.

'Vertel eens wat er gaat gebeuren,' zei Bran.

'Dat doe ik,' zei Jojen, 'als jij mij jouw dromen vertelt.'

Het werd stil in het godenwoud. Bran hoorde het geritsel van de bladeren en het gespetter van Hodor in de warme bronnen verderop. Hij dacht aan de gouden man en de kraai met de drie ogen, herinnerde zich de krakende botten tussen zijn kaken en de koperen smaak van bloed. 'Ik droom niet. Maester Luwin geeft me altijd een slaapdrankje.'

'Helpt dat?'

'Soms.'

Mira zei: 'Heel Winterfel weet dat je 's nachts schreeuwend en zwetend wakker wordt, Bran. De vrouwen kletsen erover bij de put en de wachters in hun wachtlokaal.'

'Vertel ons waar je zo bang voor bent,' zei Jojen.

'Dat wil ik niet. Het zijn trouwens maar dromen. Volgens maester Luwin kunnen dromen alles en niets betekenen.'

'Mijn broer droomt net als andere jongens, en die dromen kunnen van alles betekenen,' zei Mira, 'maar de groene dromen zijn anders.'

Jojens ogen waren mosgroen. Soms, als hij naar je keek, leek hij eigenlijk iets anders te zien. Net als nu. 'Ik heb gedroomd van een gevleugelde wolf die met grote stenen ketenen aan de aarde gebonden was,' zei hij. 'Het was een groene droom, dus wist ik dat hij waar was. Een kraai probeerde de ketens door te pikken, maar de steen was te hard en hij kon er met zijn snavel alleen flinters van afhakken.'

'Had die kraai drie ogen?'

Jojen knikte.

Zomer hief zijn kop van Brans schoot op en staarde de modderman met zijn donkere, gouden ogen aan.

'Als jongetje ben ik eens bijna aan grijswaterkoorts gestorven. Toen kwam die kraai.'

'Bij mij kwam hij toen ik gevallen was,' flapte Bran eruit. 'Ik heb toen heel lang geslapen. Hij zei dat ik moest vliegen of sterven, en ik werd wakker, maar toen was ik verlamd en kon ik helemaal niet vliegen.'

'Als je wilt kun je het wel.' Mira raapte haar net op, schudde het helemaal uit en begon het losjes op te vouwen.

'Jíj bent die gevleugelde wolf, Bran,' zei Jojen. 'Toen we hier pas waren wist ik dat nog niet zeker, maar nu wel. De kraai heeft ons hierheen gezonden om jouw ketens te verbreken.'

'Is die kraai in Grijswater?'

'Nee. De kraai is in het noorden.'

'Bij de Muur?' Bran had altijd graag de Muur willen zien. Zijn bastaardbroer Jon was daar nu, een man van de Nachtwacht.

'Achter de Muur.' Mira Riet hing het net aan haar gordel. 'Toen Jojen onze vader vertelde wat hij had gedroomd, stuurde hij ons naar Winterfel.'

'Hoe moet ik die ketenen verbreken, Jojen?' vroeg Bran.

'Doe je oog open.'

'Die zíjn al open. Zie je dat niet?'

'Er zijn er twee open.' Jojen wees. 'Een, twee.'

'Ik héb er maar twee.'

'Je hebt er drie. Het derde heb je van de kraai, maar je weigert het open te doen.' Zijn zachte, trage manier van spreken gaf Bran het gevoel dat hij een klein kind was. 'Met twee ogen zie je mijn gezicht. Met drie zou je mijn hart kunnen zien. Met twee kun je die eik daar zien. Met drie zou je de eikel kunnen zien waaruit hij is gegroeid, en de boomstomp die hij op een dag zal zijn. Met twee zie je niet verder dan je muren. Met drie zou je tot aan de Zomerzee in het zuiden kunnen zien en tot voorbij de Muur in het noorden.'

Zomer stond op. 'Zo ver hoef ik niet te zien,' zei Bran met een zenuwachtig lachje. 'Ik ben het zat om over kraaien te praten. Laten we het over wolven hebben. Of over hagedisleeuwen. Heb je daar ooit op gejaagd, Mira? Hier hebben we die niet.'

Mira plukte haar kikkerspeer uit de struiken. 'Ze leven in het water. In trage stroompjes en diepe moerassen...'

'Heb je van een hagedisleeuw gedroomd?' onderbrak haar broer haar.

'Nee,' zei Bran, 'Ik zei toch al dat ik niet...'

'Heb je van een wolf gedroomd?'

Nu werd Bran boos. 'Ik hoef je mijn dromen niet vertellen. Ik ben de prins. Ik ben de Stark in Winterfel.'

'Was het Zomer?'

'Hou je mond.'

'De nacht na het oogstfeest heb je toch gedroomd dat je als Zomer door het godenwoud liep?'

'*Hou op!*' riep Bran. Zomer sloop naar de weirboom toe, zijn witte tanden ontbloot.

Jojen Riet sloeg er geen acht op. 'Toen ik Zomer aanraakte voelde ik jou in hem. Net zoals je nu in hem aanwezig bent.'

'Dat kan niet. Ik lag in bed. Ik sliep.'

'Je was in het godenwoud, helemaal grijs.'

'Het was maar een nachtmerrie...'

Jojen ging staan. 'Ik heb je gevoeld. Ik voelde dat je viel. Is dat waar je bang voor bent? Het vallen?'

Het vallen, dacht Bran. *De gouden man, de broer van de koningin, boezemt me ook angst in, maar het vallen nog meer.* Maar dat zei hij niet. Hoe zou hij ook kunnen? Hij had het niet eens aan ser Rodrik of maester Luwin kunnen vertellen, en hij kon het ook niet aan de Riets vertellen. Als hij er nooit over sprak zou hij het misschien vergeten. Hij had nooit gewild dat het hem bijbleef. De herinnering kon wel een leugen zijn.

'Val je elke nacht, Bran?' vroeg Jojen rustig.

Een laag, diep gegrom steeg uit Zomers keel op, en daar was niets speels aan. Hij stapte naar voren, een en al tanden en gloeiende ogen. Mira ging tussen de wolf en haar broer staan, haar speer in haar hand. 'Hou hem tegen, Bran.'

'Jojen maakt hem kwaad.'

Mira schudde haar net uit.

'Het is jouw woede, Bran,' zei haar broer. 'Jouw angst.'

'Niet waar. Ik ben geen wolf.' Toch had hij 's nachts met hen gehuild, en in zijn wolvendromen had hij bloed geproefd.

'Jij bent ten dele Zomer, en Zomer is ten dele jou. Dat weet je best, Bran.'

Zomer schoot naar voren, maar Mira sneed hem de pas af en stak naar hem met haar drietand. De wolf dook weg en liep op stijve poten om haar heen. Mira keerde zich opzij om hem in de gaten te houden. 'Roep hem terug, Bran.'

'Zomer!' riep Bran. 'Hier, Zomer!' Hij sloeg met zijn handpalm hard op zijn dij. Zijn hand tintelde, al voelde zijn dode been niets.

De schrikwolf sprong opnieuw toe, en opnieuw schoot Mira's speer uit. Zomer week achteruit en kwam met een omtrekkende beweging weer opzetten. De struiken ritselden, en een magere, zwarte gedaante kwam met ontbloot gebit van achter de weirboom te voorschijn. De geur was sterk; zijn broeder had zijn razernij geroken. Bran merkte dat zijn nekharen overeind gingen staan. Mira stond naast haar broer met aan weerskanten een wolf. 'Roep ze bij je, Bran.'

'Dat kán ik niet.'

'Jojen, ga die boom in.'

'Niet nodig. Dit is niet de dag van mijn dood.'

'*Doe wat ik zeg!*' schreeuwde ze, en haar broer klauterde de stam van de weirboom in, waarbij hij het gezicht als houvast gebruikte. De schrikwolven rukten op. Mira smeet speer en net opzij, sprong omhoog en greep de tak boven haar hoofd beet. Toen ze zich over de tak heen slingerde klapten de kaken van Ruige vlak onder haar enkel op elkaar. Zomer ging op zijn achterpoten zitten en huilde, terwijl Ruige Hond op het net knauwde en het tussen zijn tanden heen en weer schudde.

Pas toen schoot het Bran te binnen dat ze niet alleen waren. Hij zette zijn handen om zijn mond. 'Hodor!' riep hij. '*Hodor! Hodor!*' Hij was vreselijk geschrokken, en om de een of andere reden schaamde hij zich. 'Ze zullen Hodor niets doen,' verzekerde hij zijn vrienden in de boom.

Na een paar ogenblikken hoorden ze een toonloos geneurie. Daar kwam Hodor, half gekleed en onder de modderspatten na zijn bezoek aan de warme bronnen, maar Bran was nog nooit zo blij geweest om hem te zien. 'Hodor, help me de wolven te verjagen. Jaag ze weg.'

Dat liet Hodor zich geen twee keer zeggen. Wuivend met zijn armen en stampend met zijn enorme voeten schreeuwde hij: 'Hodor, Hodor', en hij rende eerst op de ene wolf en toen op de andere af. Ruige Hond was de eerste die vluchtte. Met een laatste grauw sloop hij het gebladerte weer in. Toen Zomer het zat was liep hij naar Bran terug en ging naast hem liggen.

Mira stond nog niet op de grond of ze greep haar speer en net weer. Jojen hield zijn blikken al die tijd op Zomer gericht. 'We praten er nog weleens over,' beloofde hij Bran.

Het waren de wolven, het kwam niet door mij. Hij begreep niet waarom ze zo wild waren geworden. *Misschien had maester Luwin gelijk om ze in het godenwoud op te sluiten.* 'Hodor,' zei hij, 'breng me bij maester Luwin.'

Het torentje van de maester, onder het roekenhuis, was een van Brans favoriete plekjes. Luwin was hopeloos slordig, maar zijn warboel van boeken, perkamentrollen en flesjes was voor Bran even vertrouwd en troostrijk als de kale plek op zijn hoofd en de wapperende mouwen van zijn loshangende grijze gewaad. En de raven vond hij ook leuk.

Hij trof Luwin aan terwijl hij op een hoge kruk zat te schrijven. Nu ser Rodrik weg was rustte het beheer van het kasteel geheel en al op zijn schouders. 'Hoogheid,' zei hij toen Hodor binnenkwam, 'u komt vandaag vroeg voor de les.' De maester gaf Bran, Rickon en de Walder Freys iedere middag een aantal uren onderwijs.

'Hodor, sta stil.' Bran greep met beide handen een toortshouder aan de wand en gebruikte die om zich omhoog en de mand uit te hijsen. Even hing hij aan zijn armen, totdat Hodor hem naar een stoel bracht. 'Mira zegt dat haar broer het groene gezicht heeft.'

Maester Luwin krabde met zijn ganzenveer over zijn neusvleugel. 'Werkelijk?'

Hij knikte. 'U hebt eens verteld dat de kinderen van het woud het groene gezicht hadden. Dat weet ik nog.'

'Sommigen beweerden dat ze die macht bezaten. Hun wijze mannen werden *groenzieners* genoemd.'

'Was dat magie?'

'Bij gebrek aan een beter woord zou je het desgewenst zo kunnen noemen. In wezen was het alleen maar een ander soort kennis.'

'Wat was het dan?'

Luwin legde zijn ganzenveer neer. 'Niemand weet haarfijn hoe het zat, Bran. De kinderen zijn uit de wereld verdwenen en hun wijsheid met hen. Wij denken dat het met de gezichten in de bomen te maken had. De Eerste Mensen geloofden dat de groenzieners door de ogen van de weirbomen konden kijken. Daarom hakten ze die bomen om als ze oorlog voerden tegen de kinderen. Er is ook wel beweerd dat de groenzieners macht hadden over de dieren van het woud en de vogels in de bomen. Zelfs over vissen. Zegt die jongen van Riet dat hij die macht ook heeft?'

'Nee, dat geloof ik niet. Maar Mira zegt dat zijn dromen soms uitkomen.'

'We dromen allemaal weleens iets dat uitkomt. Jij droomde vóór je vaders dood dat hij in de crypte was, weet je nog?'

'Rickon ook. We hadden dezelfde droom.'

'Noem dat desgewenst het groene gezicht... maar denk dan ook aan al die duizenden dromen die jij en Rickon hebben gehad en die niet uitkwamen. Wellicht herinner je je nog wat ik je heb geleerd over de halsketen die iedere maester draagt?'

Bran moest even nadenken voordat het hem te binnen schoot. 'Een maester smeedt zijn keten in de Citadel van Oudstee. Het is een keten omdat u een eed van dienstbaarheid aflegt, en hij is van verschillende metalen gemaakt omdat u het rijk dient en er verschillende volken in het rijk wonen. Iedere keer als u iets hebt geleerd krijgt u er een schakel bij. Zwart ijzer is voor ravenkunde, zilver voor geneeskunst, goud voor berekeningen en getallen. Ik weet ze niet allemaal meer.'

Luwin schoof een vinger onder zijn kraag en begon hem duim voor duim rond te draaien. Voor een kleine man had hij een dikke nek, en de keten zat strak, maar met een paar rukjes kreeg hij hem helemaal rond. 'Deze is van Valyrisch staal,' zei hij toen de schakel van donkergrijs metaal tegen zijn strotappel lag. 'Slechts één op de honderd maesters draagt zo'n schakel. Dit betekent dat ik studie gemaakt heb van wat de Citadel *de hogere mysteriën* noemt... magie, bij gebrek aan een beter woord. Een boeiend streven, maar van weinig nut, en daarom doen de meeste maesters die moeite niet.

Iedereen die de hogere mysteriën bestudeert, gaat vroeg of laat zelf spreuken uitproberen. Ook ik ben voor die verleiding bezweken, moet ik bekennen. Ach, ik was een jongen, en welke jongen verlangt er niet naar om geheime krachten in zichzelf te ontdekken? Maar ik heb niet meer profijt van mijn inspanningen gehad dan al die honderden jongens voor en na mij. Heel jammer, maar magie werkt niet.'

'Soms wel,' wierp Bran tegen. 'Ik heb die droom gehad, en Rickon ook. En in het oosten leven magiërs en heksenmeesters...'

'Er zijn mannen die zich magiërs en heksenmeesters nóémen,' zei maester Luwin. 'In de Citadel had ik een vriend die een roos uit je oor kon halen, maar hij bezat niet meer magie dan ik. O, natuurlijk, er is veel dat we niet begrijpen. De jaren verstrijken bij honderden en duizenden, en wat maakt een mens méér mee dan wat luttele zomers en winters? We zien de bergen en noemen ze eeuwig, want zo komen ze ons voor... maar met het verstrijken der tijd ontstaan en vergaan de bergen, verleggen rivieren hun loop, vallen sterren uit de hemel en verzinken grote steden in zee. We denken dat zelfs goden sterven. Alles is veranderlijk.

Eens was de magie misschien een macht van formaat in deze wereld, maar nu niet meer. Wat ervan rest is niet meer dan het rookpluimpje dat nog in de lucht hangt als het grote vuur al is gedoofd, en zelfs dat vervaagt al. Valyria was de laatste gloeiende sintel, en Valyria is verdwenen. De draken zijn niet meer, de reuzen zijn dood, de kinderen van het woud met al hun oude wijsheid vergeten.

Nee, hoogheid. Jojen Riet kan best een paar dromen hebben gehad die volgens hem zijn uitgekomen, maar het groene gezicht heeft hij niet. Geen levend mens bezit die macht.'

En dat was wat Bran met zoveel woorden tegen Mira zei toen ze hem bij het vallen van de avond kwam bezoeken. Hij zat in zijn vensterbank te kijken hoe de lichtjes aanflikkerden. 'Het spijt me van de wolven. Zomer had Jojen nooit mogen aanvliegen, maar Jojen had al die dingen over mijn dromen niet mogen zeggen. Die kraai loog toen hij zei dat ik kon vliegen, en je broer heeft ook gelogen.'

'Of misschien heeft je maester het mis.'

'Nee. Zelfs mijn vader vertrouwde op zijn advies.'

'Je vader zal ongetwijfeld geluisterd hebben. Maar uiteindelijk nam hij zijn eigen beslissingen. Bran, mag ik je iets vertellen wat Jojen over jou en je pleegbroers heeft gedroomd?'

'De Walders zijn mijn broers niet.'

Dat negeerde ze. 'Je zat 's avonds aan tafel, maar in plaats van een bediende was het maester Luwin die jou je eten bracht. Hij diende jou de koninklijke portie van het gebraad op. Het vlees was rauw en bloederig, maar rook zo smakelijk dat iedereen het water in de mond liep. Het vlees dat hij de Freys opdiende was oud, grauw en dood. Toch vonden zij hun eten lekkerder dan jij het jouwe.'

'Dat begrijp ik niet.'

'Dat komt nog wel, zegt mijn broer. En dan praten we verder.'

Bran was die avond bijna bang om aan tafel te gaan, maar toen hij eenmaal zat kreeg hij duivenpastei opgediend. Alle anderen kregen hetzelfde, en voor zover hij zag was er niets mis met het eten dat de Walders voorgezet kregen. *Maester Luwin heeft het bij het rechte eind*, zei hij bij zichzelf. Winterfel had geen kwaad te duchten, wat Jojen ook zei. Bran was opgelucht... maar ook teleurgesteld. Zolang er magie bestond, was alles mogelijk. Geesten konden rondwaren, bomen konden praten en verlamde jongens konden later ridder worden. 'Maar het is niet zo,' zei hij hardop in de duisternis van zijn bed. 'Magie bestaat niet, en die verhalen zijn verhalen, meer niet.'

En hij zou nooit kunnen lopen of vliegen, en ook geen ridder worden.

Tyrion

De biezen prikten tegen zijn blote voetzolen. 'Mijn neef heeft een eigenaardig moment gekozen om op bezoek te komen,' zei Tyrion tegen de slaapdronken Podderik Peyn, die ongetwijfeld had verwacht dat hij voor het wakker maken van zijn meester op een zacht pitje geroosterd zou worden. 'Breng hem naar mijn bovenzaal en zeg dat ik zo beneden kom.'

Het was ruim na middernacht, naar het donker achter het raam te oordelen. *Denkt Lancel misschien dat ik om deze tijd suf en slaperig ben?* vroeg hij zich af. *Nee, Lancel kan nauwelijks denken, hier steekt Cersei achter.* Zijn zuster zou teleurgesteld zijn. Zelfs in bed werkte hij tot diep in de ochtend. Dan zat hij bij het flakkerende licht van een kaars te lezen, de verslagen van Varys' fluisteraars nauwkeurig door te nemen en op Pinkjes boekhouding te studeren tot de kolommen wazig werden en zijn ogen prikten.

Hij spetterde wat lauw water uit de waskom naast het bed over zijn gezicht en hurkte op zijn gemak in het privaat, waar hij de kille nachtlucht op zijn naakte huid voelde. Ser Lancel was zestien en geen toonbeeld van geduld. Laten wachten dus, zodat hij al wachtend steeds verder opgeschroefd zou raken. Toen zijn ingewanden leeg waren, schoot Tyrion een kamerjas aan en woelde zijn dunne, vlasblonde haar met zijn vingers om, zodat het er des te meer op leek alsof hij uit zijn slaap was gewekt.

Lancel ijsbeerde voor de as in de haard, gekleed in opengewerkt rood fluweel met zwartzijden ondermouwen, een met juwelen bezette dolk en een vergulde schede aan zijn zwaardriem. 'Neef,' begroette Tyrion hem. 'Je komt al te zelden op bezoek. Waaraan dank ik dit onverdiende genoegen?'

'Hare Genade de regentes stuurt mij om u te bevelen, grootmaester Pycelle vrij te laten.' Ser Lancel hield Tyrion een karmijnrood lint voor met Cersei's leeuwenzegel in goudkleurige was eraan. 'Hier is haar volmacht.'

'Dat zie ik.' Tyrion wuifde het ding weg. 'Hopelijk vergt mijn zuster niet te veel van zichzelf, zo kort na haar ziekte. Het zou erg triest zijn als ze een terugval kreeg.'

'Hare Genade is geheel hersteld,' zei ser Lancel kortaf.

'Dat klinkt mij als muziek in de oren.' *Maar geen liedje dat ik graag hoor. Ik had haar een grotere dosis moeten geven.* Tyrion had op nog een paar dagen zonder Cersei's inmenging gehoopt, maar haar herstel verraste hem niet al te zeer. Ze was per slot een tweelingzuster van Jaime. Hij zette een prettige glimlach op. 'Pod, maak eens een vuurtje voor ons, het is hier te kil naar mijn smaak. Drink je een beker met me, Lancel? Ik heb gemerkt dat ik met warme wijn makkelijker inslaap.'

'Ik heb geen hulp nodig om in slaap te vallen,' zei ser Lancel. 'Ik ben hier in opdracht van hare Genade, niet om met jou te drinken, Kobold.'

De ridderslag had de knaap vrijpostiger gemaakt, peinsde Tyrion, net als zijn betreurenswaardige rol bij de moord op koning Robert. 'Wijn heeft zo zijn gevaren.' Hij glimlachte tijdens het inschenken. 'Wat grootmaester Pycelle betreft... als mijn lieve zusje zich zoveel zorgen om hem maakt had ik toch wel verwacht dat ze zelf was gekomen. In plaats daarvan stuurt ze jou. Wat moet ik daar nu van denken?'

'Denk ervan wat je wilt, zolang je de gevangene maar vrijlaat. De grootmaester is een trouw vriend van de regentes en staat onder haar persoonlijke bescherming.' Om de lippen van de jongen was iets van een snier te bespeuren. Hij genoot hiervan. *Dat heeft Cersei hem geleerd.* 'Hare Genade zal nooit met deze schanddaad instemmen. Ze herinnert je eraan dat zij Joffry's regentes is.

'Zoals ik Joffry's Hand ben.'

'De Hand dient,' deelde de jonge ridder hem luchtigjes mee. 'De regentes heerst, tot de koning meerderjarig wordt.'

'Misschien moet je dat eens opschrijven, dan blijft het me beter bij.' Het vuur knetterde vrolijk. 'Je kunt wel gaan, Pod,' zei Tyrion tegen zijn schildknaap. Pas toen de jongen weg was wendde hij zich weer tot Lancel. 'Was er nog iets?'

'Ja. Hare Genade verzoekt mij je ervan op de hoogte te stellen dat ser Jacelyn Bijwater een bevel heeft getrotseerd dat in naam van de koning zelf was uitgevaardigd.'

Dus Cersei heeft Bijwater al opgedragen om Pycelle vrij te laten en de kous op de kop gekregen. 'Juist ja.'

'Ze staat erop dat de man uit zijn ambt wordt ontheven en wegens verraad wordt gearresteerd. Ik waarschuw je...'

Hij zette zijn wijnbeker neer. 'Ik wens niet door jou gewaarschuwd te worden, jongen.'

'*Ser*,' zei Lancel stijfjes. Hij raakte zijn zwaard aan, misschien om Tyrion eraan te herinneren dat hij er een had. 'Neem je in acht als je tegen mij spreekt, Kobold.' Het zou wel dreigend bedoeld zijn, maar dat absurde streepje van een snor bedierf het effect.

'Laat dat zwaard maar zitten. Eén kreet van mij, en Shagga stormt binnen om je te vermoorden. Met een bijl, niet met een wijnzak.'

Lancel werd rood. Was hij zo dwaas om te denken dat zijn aandeel aan Roberts dood onopgemerkt was gebleven? 'Ik ben ridder...'

'Dat heb ik gemerkt. Zeg eens: heeft Cersei je tot ridder laten slaan voordat ze je bij zich in bed haalde of daarna?'

De flikkering in Lancels groene ogen vertelde Tyrion alles wat hij wilde weten. Dus het klopte wat Varys had verteld. *Tja, niemand zal ooit kunnen beweren dat mijn zuster niet van haar familie houdt.* 'Hé, sta je met je mond vol tanden? Geen waarschuwingen meer, ser?'

'Je trekt die smerige beschuldigingen in, of...'

'Doe me een lol. Heb je erbij stilgestaan wat Joffry zal doen als ik hem vertel dat je zijn vader hebt vermoord om met zijn moeder naar bed te gaan?'

'Zo was het niet!' protesteerde Lancel, dodelijk geschrokken.

'Nee? Mag ik weten hoe dan wel?'

'De koningin had me die versterkte wijn gegeven! Uw eigen vader, heer Tywin... toen ik de koning als schildknaap werd toegewezen zei hij dat ik haar in alles moest gehoorzamen.'

'Heeft hij ook gezegd dat je haar moest naaien?' *Kijk hem eens staan. Net niet zo lang, zijn gelaatstrekken net niet zo verfijnd en zijn haar zand in plaats van gesponnen goud, maar toch... zelfs een armzalige uitvoering van Jaime moet aangenamer zijn dan een leeg bed.* 'Nee, dat dacht ik al.'

'Ik had nooit... ik heb alleen gedaan wat me gezegd werd, ik...'

'Vond het allemaal even vreselijk, moet ik dat soms geloven? Een hoge positie aan het hof, de ridderslag, mijn zuster die 's nachts haar benen voor je spreidt, ach wat een ellende.' Tyrion duwde zich overeind. 'Wacht hier. Dit moet Zijne Genade horen.'

Lancels verzet brak in één klap. De jeugdige ridder zonk als een bang klein jongetje op zijn knieën. 'Genade, heer. Ik smeek u.'

'Wacht daar maar mee tot Joffry komt. Die houdt wel van een goeie smeekbede.'

'Heer, het was in opdracht van uw zuster, de koningin, zoals u al zei, maar Zijne Genade... hij zou het nooit begrijpen...'

'Wil je dat ik de waarheid voor de koning verzwijg?'

'Omwille van mijn vader! Ik zal de stad verlaten, dan is het of het nooit is gebeurd. Ik zweer dat ik er een eind aan zal maken...'

Tyrion had moeite om niet in lachen uit te barsten. 'Dat lijkt mij niet.'

Nu wist de jongen niet hoe hij het had. 'Heer?'

'Je hebt het gehoord. Heeft mijn vader gezegd dat je mijn zuster moest gehoorzamen? Welnu, doe het dan. Wijk niet van haar zij, zorg dat je haar vertrouwen blijft houden, bezorg haar net zoveel genot als ze wil. Niemand hoeft er ooit achter te komen... zolang ik van je op aan kan. Ik wil weten wat Cersei uitvoert. Waar ze heen gaat, wie ze ontmoet, waarover ze praten, welke plannen ze uitbroedt. Alles. En dat ga jij me allemaal vertellen, ja toch?'

'Ja heer.' Lancel zei het zonder enige aarzeling. Dat deed Tyrion deugd. 'Ik zal het doen. Ik zweer het. Zoals u beveelt.'

'Sta op.' Tyrion schonk de tweede beker vol en duwde hem die in de hand. 'Drink op onze overeenkomst. Ik verzeker je dat er naar mijn beste weten geen adders onder het gras schuilen.' Lancel hief de beker en dronk, zij het stijfjes. 'Lach eens, neef. Mijn zuster is een mooie vrouw, en het komt allemaal het rijk ten goede. Je zou er je voordeel mee kunnen doen. Het ridderschap heeft niets om het lijf. Als je slim bent maak ik een heer van je voordat alles voorbij is.' Tyrion liet de wijn in zijn beker ronddraaien. 'Laten we ervoor zorgen dat Cersei alle vertrouwen in je heeft. Ga terug en vertel dat ik haar om vergiffenis smeek. Zeg maar dat ik bang voor je werd, dat ik geen onenigheid wil, dat ik voortaan niets zonder haar instemming zal doen.'

'Maar... haar eisen...'

'O, ze kan Pycelle wel krijgen.'

'O ja?' Lancel leek stomverbaasd.

Tyrion glimlachte. 'Ik laat hem morgenochtend vrij. Ik zou kunnen zweren dat ik hem geen haar op zijn hoofd heb gekrenkt, maar dat is strikt genomen onwaar. Hoe dan ook, het gaat hem naar omstandigheden goed, al sta ik niet in voor zijn vitaliteit. Voor een man van zijn leeftijd zijn de zwarte cellen geen gezonde verblijfplaats. Cersei mag hem als huisdier houden of hem voor mijn part naar de Muur sturen, maar ik wil hem niet meer in de raad hebben.'

'En ser Jacelyn?'

'Zeg maar tegen mijn zuster dat je die te zijner tijd wel tegen mij in denkt te kunnen nemen. Dat houdt haar wel even zoet.'

'Zoals u zegt.' Lancel dronk zijn beker leeg.

'Nog één ding. Nu koning Robert dood is zou het uiterst pijnlijk zijn als zijn treurende weduwe plotseling zwanger werd.'

'Heer, ik... we... de koningin heeft me bevolen om niet...' Hij had karmijnrode Lannister-oren gekregen. 'Ik stort mijn zaad op haar buik, heer.'

'Ongetwijfeld een beeldschone buik. Bevochtig die maar zo vaak je wilt... maar zorg dat je dauw nergens anders belandt. Ik wil er geen neefjes bij, is dat duidelijk?'

Ser Lancel boog stijfjes en vertrok.

Tyrion vergunde zichzelf een kortstondig gevoel van medelijden met de knaap. *De zoveelste dwaas, en een zwakkeling bovendien, maar wat Cersei en ik hem nu aandoen heeft hij niet verdiend.* Gelukkig had zijn oom Kevan nog twee zonen, want deze was waarschijnlijk binnen een jaar dood. Als Cersei ontdekte dat hij haar verried, zou ze hem zonder pardon laten vermoorden, en mochten de goden daar in hun genade een stokje voor steken, dan zou hij de dag dat Jaime naar Koningslanding terugkeerde niet overleven. Dan was het alleen nog de vraag of Jaime hem in een vlaag van jaloezie zou neerhouwen, of dat Cersei hem voor die tijd al had vermoord om te zorgen dat Jaime nergens achter kwam. Tyrion gokte op Cersei.

Ondertussen was hij zijn gemoedsrust kwijt, en hij begreep maar al te goed dat hij vannacht niet meer aan slaap zou toekomen. *In elk geval niet hier.* Hij trof Podderik Peyn slapend op een stoel voor de deur van de bovenzaal aan en schudde hem aan zijn schouder heen en weer.

'Laat Bronn komen, en ga daarna als een haas naar de stallen om twee paarden te laten zadelen.'

De ogen van de schildknaap waren troebel van de slaap. 'Paarden.'

'Je weet wel, die grote bruine dieren die zo van appels houden. Je hebt er vast weleens een gezien. Vier benen en een staart. Maar eerst Bronn.'

Niet veel later verscheen de huurling. 'Wie heeft er in je soep gezeken?'

'Cersei, zoals altijd. De smaak zou zo zoetjes aan moeten wennen, zou je denken. Maar ach. Mijn lieve zuster schijnt me met Ned Stark te verwarren.'

'Ze zeggen dat die groter was.'

'Niet nadat ze hem een kopje kleiner hadden gemaakt. Je had je warmer moeten kleden, het is een koude nacht.'

'Gaan we ergens heen?'

'Zijn alle huurlingen zo briljant?'

Het was gevaarlijk op straat, maar met Bronn naast zich voelde Tyrion zich tamelijk veilig. De wachters lieten hem naar buiten via een uitvalspoortje in de noordmuur en ze daalden de Zwartschaduwlaan af naar de voet van Aegons Hoge Heuvel, en vandaar langs rijen dichte vensterluiken en hoge vakwerkhuizen waarvan de bovenverdiepingen zo ver over de straat hingen dat ze elkaar bijna konden kussen, naar de Varkensloopsteeg. De maan leek hen op hun tocht te volgen en speelde kiekeboe tussen de schoorstenen. De enige die ze tegenkwamen was een oud wijfje dat een dooie kat bij de staart hield. Ze keek hen schuw aan, alsof ze vreesde dat ze haar diner zouden stelen, en dook zonder iets te zeggen de schaduwen in.

Tyrion dacht na over de mannen die hem als Hand waren voorgegaan, en die geen partij waren geweest voor zijn geslepen zuster. *Niet zo verwonderlijk. Dat soort mannen... te eerlijk om te leven, te nobel om te schijten, zulke dwazen verslindt Cersei dagelijks als ontbijt. De enige manier om mijn zuster eronder te krijgen is haar spelletje mee te spelen, en dat was niets voor de heren Stark en Arryn.* Geen wonder dat zij allebei dood waren, terwijl Tyrion Lannister zich nog nooit zo springlevend had gevoeld. Met zijn onvolgroeide beentjes zou hij een grotesk figuur hebben geslagen op een oogstbal, maar dít was een dans die hij wel in de benen had.

Ondanks het late uur zat het bordeel stampvol. Chataya heette hem vriendelijk welkom en begeleidde hem naar de gelagkamer. Bronn nam een donkerharig meisje uit Dorne mee naar boven, maar Alayaya was bezig de gasten te onderhouden. 'Het zal haar plezier doen te horen dat u er bent,' zei Chataya. 'Ik zal de torenkamer voor u gereed laten maken. Wil mijn heer een beker wijn tijdens het wachten?'

'Graag,' zei hij.

Wat hij kreeg was niet veel soeps vergeleken met de wijnen uit het Prieel die het huis doorgaans serveerde. 'Vergeef ons, heer,' zei Chataya. 'Ik kan de laatste tijd geen goede wijn meer krijgen, tegen welke prijs dan ook.'

'U bent de enige niet, vrees ik.'

Chataya leed even met hem mee, waarna ze zich verontschuldigde en wegglipte. *Een knappe vrouw*, peinsde Tyrion terwijl hij haar nakeek. Hij had zelden zoveel gratie en waardigheid aangetroffen bij een hoer. Al zag ze zichzelf natuurlijk meer als een soort priesteres. *Misschien is dat wel het geheim. Het gaat niet om wát we doen, maar om de manier waarop.* Om de een of andere reden stelde die gedachte hem gerust.

Enkele andere klanten wierpen hem steelse blikken toe. De vorige keer dat hij zich de stad in had gewaagd had iemand hem bespuwd... of dat althans geprobeerd. Hij had Bronn geraakt, zodat hij nu voortaan zonder tanden zou spuwen.

'Voelt u zich onbemind, heer?' Dansie vlijde zich op zijn schoot en begon aan zijn oor te knabbelen. 'Daar weet ik een remedie tegen.'

Glimlachend schudde Tyrion zijn hoofd. 'Je bent onuitsprekelijk mooi, schatje, maar ik ben aan de remedie van Alayaya gehecht geraakt.'

'U hebt de mijne zelfs nooit gepróbéérd. Mijnheer kiest nooit een ander uit dan 'Yaya. Zij is goed, maar ik ben beter, u zult het zien, of wilt u dat niet?'

'De volgende keer misschien.' Tyrion twijfelde er niet aan dat hij aan Dansie zijn handen vol zou hebben. Het was een levendige meid met een mopsneus, sproeten en een bos dik rood haar dat tot over haar middel hing. Maar Shae zat in haar state op hem te wachten.

Giechelend schoof ze haar hand tussen zijn dijen en kneep hem door zijn hozen heen. 'Volgens mij wil híj niet tot de volgende keer wachten,' verklaarde ze. 'Die wil eruit om mijn sproeten te tellen, denk ik.'

'Dansie.' Alayaya stond in de deuropening, donker en rustig, in doorzichtige groene zij gehuld. 'Mijnheer komt voor mij.'

Tyrion bevrijdde zich met zachte hand van het andere meisje en stond

op. Dansie leek er niet over in te zitten. 'De volgende keer,' herhaalde
ze. Ze stak een vinger in haar mond en zoog erop.
 Terwijl het meisje met de zwarte huid hem voorging op de trap zei
ze: 'Arme Dansie. Ze heeft nog veertien dagen om u zover te krijgen dat
u haar uitkiest, heer. Anders is ze haar zwarte parels aan Marei kwijt.'
 Marei was een rustig, bleek, tenger meisje dat Tyrion een keer of twee
had gezien. Groene ogen, een porseleinblanke huid, lang, steil, zilver-
blond haar, heel mooi, maar veel en veel te plechtstatig. 'Het zou me
spijten als het arme kind door mij haar parels kwijtraakt.'
 'Neemt u haar dan de volgende keer mee naar boven.'
 'Wie weet.'
 Ze glimlachte. 'Vast niet, heer.'
 Ze heeft gelijk, dacht Tyrion. *Dat doe ik niet. Shae mag dan maar
een hoertje zijn, ik ben haar op mijn manier trouw.*
 Toen hij in de torenkamer de kastdeur opendeed keek hij Alayaya
nieuwsgierig aan. 'Wat doe jij terwijl ik weg ben?'
 Alayaya stak haar armen op en rekte zich uit als een welgedane zwarte kat. 'Slapen. Sinds u ons bezoekt ben ik veel beter uitgerust. En Marei leert ons lezen. Misschien ben ik binnenkort in staat mijn tijd met
een boek door te brengen.'
 'Slapen is goed,' zei hij, 'en boeken zijn nog beter.' Hij kuste haar
snel op haar wang, en toen ging hij de schacht in en de tunnel door.
 Terwijl hij op zijn bonte ruin de stal uit reed, hoorde Tyrion het geluid van muziek boven de daken zweven. Het was prettig om te weten
dat er zelfs temidden van slachtpartijen en hongersnood nog werd gezongen. Klanken uit zijn herinnering speelden door zijn hoofd, en even
kon hij bijna weer horen hoe Tysha voor hem zong, een half leven geleden. Hij hield de teugels in om te luisteren. Het was de verkeerde melodie, en de woorden waren onverstaanbaar. Een ander liedje dus, en
waarom niet? Die lieve onschuldige Tysha was van begin tot eind een
leugen geweest, alleen maar een hoer die zijn broer had gehuurd om een
man van hem te maken.
 Ik ben nu van Tysha af, dacht hij. *Ze heeft me mijn halve leven ach-
tervolgd, maar ik heb haar niet meer nodig, net zomin als Alayaya, of
Dansie, of Marei, of die honderden van hun soortgenoten met wie ik
door de jaren heen naar bed ben geweest. Nu heb ik Shae. Shae.*
 De poorten van de state waren gesloten en gebarricadeerd. Tyrion
bonsde erop tot het versierde bronzen oog openklikte. 'Ik ben het.' De
man die hem binnenliet was een van de fraaiere vondsten van Varys,
een dolkvechter uit Braavos met een hazenlip en een lui oog. Tyrion wilde geen knappe jonge lijfwachten die dag in dag uit om Shae heen hingen.
 'Bezorg me maar ouwe lelijkerds met littekens, bij voorkeur impotent,'

had hij tegen de eunuch gezegd. 'Mannen die liever jongens hebben. Of schapen, dat is ook goed.' Varys had geen schapenneukers weten op te snorren maar wel een eunuch-wurger en een paar onwelriekende Ibbanezen die net zo verzot op bijlen als op elkaar waren. De rest bestond uit de meest uitgelezen bende huurlingen die ooit een kerker opgeluisterd hadden, de een nog lelijker dan de ander. Toen Varys die aan hem voorbij had laten trekken was Tyrion bang geweest dat hij te ver was gegaan, maar Shae had nooit één klacht geuit. *En waarom zou ze ook? Ze heeft ook nooit over mij geklaagd, en ik ben nog afstotelijker dan al haar wachters bij elkaar. Misschien heeft ze geen oog voor lelijkheid.*

Toch had Tyrion liever een paar leden van de bergclans ingezet om de state te bewaken, misschien Chella's Zwartoren, of de Maanbroeders. Hij had meer vertrouwen in hun onwankelbare trouw en eergevoel dan in de hebzucht van gehuurde zwaarden. Maar het risico was te groot. Heel Koningslanding wist dat die wildlingen bij hem hoorden. Zodra hij de Zwartoren hierheen stuurde was het slechts een kwestie van tijd voor de hele stad wist dat de Hand des Konings hier een bijzit onderhield.

Een van de Ibbanezen nam zijn paard over. 'Hebben jullie haar gewekt?' vroeg Tyrion.

'Nee, heer.'

'Goed zo.'

Het vuur in de slaapkamer was tot sintels gedoofd, maar het was nog warm in het vertrek. Shae had in haar slaap de dekens en lakens van zich afgeschopt. Ze lag naakt op het dekbed, de zachte rondingen van haar jonge lichaam in de flauwe gloed van de haard gevat. Tyrion stond in de deuropening en dronk haar aanblik in. *Jonger dan Marei, liever dan Dansie, mooier dan Alayaya, zij is alles wat ik nodig heb, en meer.* Hij vroeg zich af hoe het mogelijk was dat een hoertje er zo ongerept, lief en onschuldig uitzag.

Hij had haar niet willen storen, maar haar aanblik alleen al maakte hem stijf. Hij liet zijn kleren op de vloer vallen, kroop het bed op, schoof voorzichtig haar benen uit elkaar en kuste haar tussen haar dijen. Shae prevelde iets in haar slaap. Hij kuste haar nog eens en likte haar geheime bekoorlijkheden, net zolang tot zowel zijn baard als haar kut doornat waren. Toen ze een zacht gekreun liet horen en sidderde beklom hij haar, drong in haar en explodeerde bijna meteen.

Haar ogen waren open. Ze glimlachte, streek over zijn hoofd en fluisterde: 'Ik had net toch zo'n heerlijke droom, heer.'

Tyrion knabbelde aan haar kleine, harde tepel en nestelde zijn hoofd op haar schouder. Hij trok zich niet uit haar terug. Hij wilde dat hij zich nooit meer uit haar hoefde terug te trekken. 'Dit is geen droom,' verzekerde hij haar. *Het is echt, allemaal echt*, dacht hij, *de oorlogen,*

de kuiperijen, heel dat grote, vervloekte rotspel, en ik in het hart... ik, de dwerg, het monster, het mikpunt van minachting en spot, maar nu heb ik alles, de macht, de stad, het meisje. Hier ben ik voor gemaakt, en goden, vergeef me, maar ik houd hiervan...
En van haar. En van haar.

Arya

De namen die Harren de Zwarte zijn torens had willen geven waren al lang geleden vergeten. Nu heetten ze de Angsttoren, de Weduwentoren, de Jammertoren, de Spooktoren en de Toren van 's Konings Brandstapel. Arya sliep op een stromatras in een ondiepe nis in de holle gewelven onder de Jammertoren. Ze had water om zich te wassen wanneer ze maar wilde, en een brok zeep. Het werk dat ze deed was zwaar, maar niet zwaarder dan dagelijks mijlenver lopen. Anders dan Arrie hoefde Wezel geen wormen en kevers te zoeken. Er was elke dag brood en gerstebrij met stukjes wortel en knol, en eens in de veertien dagen zelfs een brokje vlees.

Warme Pastei at nog beter; hij was waar hij thuishoorde, in de keukens, in een rond stenen gebouw met een koepeldak dat een wereld op zich was. Arya at aan een schragentafel in de crypte, samen met Wisch en diens andere ondergeschikten, maar soms moest ze helpen met eten halen, en dan kon ze stiekem even met Warme Pastei praten. Hij vergat steeds weer dat ze nu Wezel heette en bleef haar Arrie noemen, zelfs al wist hij dat ze een meisje was. Een keer wilde hij haar een warm appeltaartje toestoppen maar deed dat zo onhandig dat twee koks het zagen. Ze pakten het taartje af en gaven hem ervan langs met een grote houten lepel.

Gendry was naar de smidse gestuurd, en hem zag Arya zelden. Van haar medebedienden wilde ze niet eens de namen weten, want dan was het nog akeliger als ze stierven. De meesten waren ouder dan zij en lieten haar net zo lief met rust.

Harrenhal was immens groot, maar op veel plaatsen erg bouwvallig. Vrouwe Whent had het slot beheerd als baanderman van het huis Tulling, maar ze had maar twee van de vijf torens in gebruik gehad, en alleen het onderste deel, ongeveer een derde. De rest had ze laten vervallen. Nu was ze gevlucht, en de kleine huishouding die ze had achtergelaten kon op geen stukken na voorzien in de behoeften van alle ridders, heren en hooggeboren gevangenen die heer Tywin had meegebracht, dus moesten de Lannisters behalve op buit en proviand ook op bedienden uit. Het gerucht ging dat heer Tywin Harrenhal in zijn vroegere glorie wilde herstellen om het na afloop van de oorlog tot zijn nieuwe zetel te maken.

Wisch gebruikte Arya om berichten rond te brengen, water te putten en eten te halen, en soms om in de Barakzaal boven de wapenkamer, waar de krijgsknechten aten, aan tafel te bedienen. Maar meestal moest ze schoonmaken. De begane grond van de Jammertoren werd door voorraadkamers en graanopslagplaatsen in beslag genomen en de twee verdiepingen daarboven dienden als behuizing voor een deel van het garnizoen, maar de bovenverdiepingen stonden al tachtig jaar leeg. Nu had heer Tywin bevolen ze weer voor bewoning geschikt te maken. Er moesten vloeren geschrobd, ramen gelapt en kapotte stoelen en vergane bedden weggehaald worden. De hoogste verdieping zat barstensvol nesten van de grote zwarte vleermuizen die de Whents als wapenteken hadden gebruikt, en bovendien zaten er ratten in de kelder... en spoken, zoals sommigen beweerden, de geest van Harren de Zwarte en die van zijn zonen.

Dat vond Arya stom. Harren en zijn zonen waren omgekomen in de Toren van 's Konings Brandstapel, daarom heette die zo, dus waarom zouden ze bij haar komen spoken, aan de overkant van de binnenplaats? De Jammertoren jammerde alleen bij noordenwind, en dat was gewoon het fluiten van de lucht door de spleten tussen de stenen, op de plekken waar ze gebarsten waren van de hitte. Als er al spoken in Harrenhal waren vielen ze haar niet lastig. Zij vreesde slechts de levenden: Wisch en ser Gregor Clegane en heer Tywin Lannister zelf, die zijn vertrekken in de Toren van 's Konings Brandstapel had, nog steeds de hoogste en machtigste van alle torens, al was hij dan ook scheefgezakt onder het gewicht van de verslakte steen die hem op een zwarte, half gesmolten reuzenkaars deed lijken.

Ze vroeg zich af wat heer Tywin zou doen als ze op hem afstapte en bekende dat zij Arya Stark was. Maar ze besefte dat ze nooit dicht genoeg in zijn buurt zou kunnen komen om met hem te praten. Hij zou haar trouwens toch niet geloven, en na afloop zou ze door Wisch tot bloedens toe worden afgeranseld.

Op zijn eigen beperkte, opgeblazen manier was Wisch bijna even angstaanjagend als ser Gregor. De Berg sloeg mensen dood als vliegen, maar meestal leek de aanwezigheid van de vlieg niet eens tot hem door te dringen. Wisch wist altijd dat je er was, en wat je deed, en soms zelfs wat je dacht. Bij de geringste provocatie haalde hij uit, en hij had een hond die bijna even erg was: een lelijke, gevlekte teef die smeriger rook dan enige hond die Arya ooit had meegemaakt. Eens zag ze hoe hij de hond op een latrinejongen afhitste die zijn ergernis had gewekt. De teef beet de jongen een flinke hap uit zijn kuit, en Wisch stond erbij te lachen.

Hij had maar drie dagen nodig om de ereplaats in haar avondgebed te verwerven. 'Wisch,' fluisterde ze dan als eerste. 'Dunsen, Keswijck, Polver, Raf het Lieverdje. De Kietelaar en de Jachthond. Ser Gregor, ser Amaury, ser Ilyn, ser Meryn, koning Joffry, koningin Cersei.' Als ze er ook maar één zou vergeten, hoe moest ze die dan ooit terugvinden om te doden?

Onderweg had Arya zich net een schaap gevoeld, maar in Harrenhal veranderde ze in een muis. In haar kriebelige wollen hemd was ze grijs als een muis, en net als een muis verschool ze zich in de spleten en reten en donkere holen van het slot en schoot ze weg als de groten en machtigen eraan kwamen.

Soms kwam het haar voor dat iedereen achter die dikke muren een muis was, ook de ridders en hoge heren. De omvang van het slot deed zelfs Gregor Clegane verschrompelen. Harrenhal nam drie keer zoveel ruimte in beslag als Winterfel en de gebouwen waren zoveel groter dat een vergelijking nauwelijks zin had. De stallen konden duizend paarden herbergen, het godenwoud besloeg dertig bunders, de keukens waren even groot als de grote zaal van Winterfel, en die zaal zelf, die de Zaal der Honderd Haardsteden werd genoemd, al waren er maar dertig-en-nog-wat (Arya had twee keer geprobeerd ze te tellen, maar de ene keer was ze op tweeëndertig en de tweede op vijfendertig uitgekomen), was zo uitgestrekt dat heer Tywin er zijn hele leger zou kunnen onthalen, al deed hij dat nooit. Muren, deuren, zalen, trappen, alles was op een bovenmenselijke schaal gebouwd, zodat Arya moest denken aan wat ouwe Nans altijd over de reuzen achter de Muur had verteld.

En omdat heren en dames nooit oog hebben voor de kleine grijze muisjes aan hun voeten hoorde Arya alle mogelijke geheimen, enkel en alleen door tijdens het verrichten van haar werkzaamheden haar oren goed open te houden. De knappe Pia uit de provisiekamer was een slet die alle ridders in het kasteel afwerkte. De vrouw van de cipier was zwanger, maar de eigenlijke vader was óf ser Alyn Stokspeer, óf een zanger genaamd Bart Blikkerlach. Heer Levoort dreef aan tafel de spot met spoken maar liet altijd een kaarsje branden naast zijn bed. De schildknaap van ser Dunaver, Jotz, was een bedplasser. De koks hadden de pest aan ser Harys Vlugh en spuugden in alles wat hij at. Eén keer hoorde ze zelfs hoe de dienstmeid van maester Tothmar haar broer iets toevertrouwde over een bericht dat zei dat Joffry een bastaard was, en helemaal niet de rechtmatige koning. 'Heer Tywin zei dat hij die brief moest verbranden en die smeerpijperij nooit mocht herhalen,' had het meisje gefluisterd.

Koning Roberts broers, Stannis en Renling, hadden zich ook in de strijd gemengd, hoorde ze. 'En ze zijn nu allebei koning,' zei Wisch. 'Het rijk heeft meer koningen dan er ratten in een slot zijn.' Zelfs aanhangers van de Lannisters vroegen zich af hoe lang Joffry nog op de IJzeren Troon zou zitten. 'Het enige leger dat die jongen heeft zijn z'n goudmantels, en hij wordt geregeerd door een eunuch, een dwerg en een vrouw,' hoorde ze een aangeschoten jonkertje mompelen. 'Wat hebben we aan zulke figuren als er een veldslag komt?' Beric Dondarrion was het gesprek van de dag. Een dikke boogschutter zei eens dat hij door de Bloedige Mommers was gedood, maar daar lachten de anderen om. 'Lors heeft die kerel bij de Ruisende Watervallen afgemaakt en de Berg heeft hem al twee keer gedood. Ik wed om een zilveren hertenbok dat hij deze keer ook niet dood blijft.'

Arya ontdekte pas twee weken later wie de Bloedige Mommers waren, toen het merkwaardigste gezelschap dat ze ooit had gezien in Harrenhal aankwam. Onder een standaard met een zwarte geit met bloedige horens reed een troep koperkleurige mannen met belletjes in het haar de poort binnen: lansdragers op zwart-wit gestreepte paarden, boogschutters met bepoederde wangen, gedrongen, harige kerels met ruwe houten schilden, mannen met een bruine huid en veren mantels, een sprietige nar in een groen-met-roze geblokt pak, zwaardvechters met krankzinnige gevorkte baarden in de kleuren groen, paars en zilver, speerdragers met wangen vol gekleurde littekens, een tengere man in de gewaden van een septon, een vaderlijke in maestersgrauw, en een ziekelijk ogende in een leren mantel met een franje van lang blond haar.

Aan het hoofd reed een man, heel lang, zo mager als een lat, met een strak, uitgeteerd gezicht dat nog langer leek door de zwarte baard van uitgeplozen touw die van zijn puntkin tot onder zijn middel hing. De helm aan zijn zadel was van zwart staal en had de vorm van een geitenkop. Om zijn nek hing een ketting van aaneengesmede munten van uiteenlopende vormen, maten en metalen, en hij bereed zo'n vreemd, zwart-wit paard.

'Met die troep wil jij niks te maken hebben, Wezel,' zei Wisch toen hij haar naar de man met de geitenhelm zag kijken. Hij had twee van zijn drinkgezellen bij zich, wapenknechten in dienst van heer Levoort.

'Wie zijn dat?' vroeg ze.

Een van de krijgslieden lachte. 'De Voetknechten, meisje. De Geitentenen. Heer Tywins Bloedige Mommers.'

'Schaapskop. Als ze d'r villen mag jij voortaan die klotetrappen schrobben,' zei Wisch. 'Het zijn huurlingen, Wezeltje. Noemen zich de Dappere Gezellen. Gebruik die andere namen niet waar zij bij zijn, of ze doen je iets aan. Die geitenhelm is hun aanvoerder, heer Vargo Hoat.'

'Niks geen heer,' zei de tweede krijgsman. 'Heb ik ser Amaury horen zeggen. Gewoon maar een huurling met een kwijlbek die een hoge dunk van zichzelf heb.'

'Jawel,' zei Wisch, 'maar laat zij 'm maar *heer* noemen, als ze heel wil blijven.'

Arya keek nog eens naar Vargo Hoat. *Hoeveel monsters heeft heer Tywin eigenlijk?*

De Dappere Gezellen werden ondergebracht in de Weduwentoren, dus Arya hoefde hen niet te bedienen. Daar was ze blij om. Op de avond na hun komst was er een vechtpartij uitgebroken tussen de huurlingen en een paar Lannister-mannen. De schildknaap van ser Harys Vlugh werd doodgestoken en twee Bloedige Mommers raakten gewond. De volgende morgen hing heer Tywin hen allebei op aan de muur van het poortgebouw, samen met een boogschutter van heer Lydden. Volgens Wisch was die schutter de oorzaak van alle ellende; hij had de huurlingen getreiterd vanwege Beric Dondarrion. Toen de gehangenen niet meer trappelden, omhelsden en kusten Vargo Hoat en ser Harys elkaar onder het toeziend oog van heer Tywin en zwoeren elkaar eeuwige vriendschap. Arya vond het gelispel en gekwijl van Vargo Hoat eigenlijk wel grappig, maar ze was zo verstandig om niet te lachen.

De Bloedige Mommers bleven niet lang in Harrenhal, maar voordat ze weer vertrokken hoorde Arya een van hen zeggen dat een noordelijk leger onder aanvoering van Rous Bolten de robijnvoorde van de Drietand bezet had. 'Als hij oversteekt hakt heer Tywin hem weer in de pan, net als bij de Groene Vork,' zei een Lannister-boogschutter, maar hij werd door zijn kameraden uitgejouwd. 'Bolten steekt niet over, niet voordat de Jonge Wolf uit Stroomvliet met zijn noorderlingen en al die wolven uit Stroomvliet is opgetrokken.'

Arya had niet geweten dat haar broer zo dichtbij was. Stroomvliet was lang niet zo ver als Winterfel, al wist ze niet zeker waar het lag ten opzichte van Harrenhal. *Daar kan ik wel achter komen, dat weet ik zeker, als ik hier maar weg kon.* Als ze aan een weerzien met Robb dacht, moest Arya zich verbijten. *En Jon wil ik ook zien, en Bran en Rickon, en moeder. Zelfs Sansa... ik zou haar kussen en als een echte dame om vergiffenis vragen, dat zou ze fijn vinden.*

Uit het gepraat op de binnenplaats had ze opgemaakt dat er in de bovenvertrekken van de Angsttoren drie dozijn krijgsgevangenen van een of andere slag bij de Groene Vork van de Drietand huisden. De meesten mochten zich vrijelijk door het kasteel bewegen nadat ze een gelofte hadden afgelegd om geen vluchtpoging te ondernemen. *Ze hebben beloofd om niet te ontsnappen,* zei Arya bij zichzelf, *maar ze hebben nooit gezworen mij niet te helpen ontsnappen.*

De gevangenen aten aan een eigen tafel in de Zaal der Honderd Haardsteden en waren vaak op het terrein te signaleren. Vier broers hielden dagelijks oefengevechten in de Druipsteenhof met stokken en houten schilden. Drie van hen waren Freys van de Oversteek, de vierde was hun bastaardbroer. Maar zij waren er maar kort; op een ochtend arriveerden er nog twee broers onder een vredesbanier. Ze hadden een kist met goud bij zich om de losprijs te betalen aan de ridders die hen gevangen hadden genomen. De zes Freys vertrokken gezamenlijk.

Maar niemand kocht de noorderlingen vrij. Warme Pastei vertelde haar dat een vet jonkertje voortdurend de keukens afstroopte op zoek naar een hapje eten. Zijn snor was zo weelderig dat zijn mond eronder schuilging, en de gesp die zijn mantel bijeenhield, was een drietand van zilver met saffieren. Hij behoorde heer Tywin toe, maar de felle jongeman met de baard die bij voorkeur alleen over de borstwering liep in een zwarte mantel met een patroon van witte zonnen, was gevangengenomen door een hagenridder die rijk van hem hoopte te worden. Sansa zou geweten hebben wie hij was, en ook wie die vetzak was, maar Arya had nooit veel aandacht besteed aan titels en wapentekens. Telkens als septa Mordane maar doorgepraat had over de geschiedenis van huis zus en zo was zij afgedwaald met haar gedachten en aan het dromen geslagen, en had ze zich afgevraagd wanneer de les afgelopen was.

Maar heer Cerwyn herinnerde ze zich wel. Zijn landerijen lagen dicht bij Winterfel, dus was hij vaak op bezoek gekomen met zijn zoon Clei. Maar het noodlot wilde dat hij zich nooit vertoonde, want hij lag in een torencel op bed om van een verwonding te herstellen. Arya probeerde dagenlang te bedenken hoe ze langs de wachters zou kunnen glippen om met hem te praten. Als hij haar herkende zou hij het als een erezaak beschouwen haar te helpen. Alle heren hadden altijd goud bij zich, dat was zeker, en misschien zou hij een van heer Tywins eigen huurlingen omkopen om haar naar Stroomvliet te brengen. Vader had altijd gezegd dat de meeste huurlingen iedereen zouden verraden als ze maar genoeg goud kregen.

Toen zag ze op een ochtend hoe drie vrouwen in de grijze habijten en kappen van de zwijgende zusters een lijk op hun wagen laadden. Het lichaam was in een mantel van de fijnste zijde genaaid, met daarop een strijdbijl als wapenteken. Toen Arya vroeg wie het was vertelde een wacht haar dat heer Cerwyn gestorven was. Dat kwam hard aan. *Hij had je toch niet kunnen helpen*, dacht ze toen de zusters met hun wagen de poort door reden. *Hij kon zichzelf niet eens helpen, stomme muis die je bent.*

Dan maar weer schrobben, en heen en weer draven, en aan deuren luisteren. Heer Tywin zou weldra tegen Stroomvliet optrekken, hoorde ze. Of hij zou doorstoten naar het zuidelijke Hooggaarde, omdat geen mens dat verwachtte. Nee, hij moest Koningslanding verdedigen. Stannis vormde de grootste bedreiging. Hij zou Gregor Clegane en Vargo Hoat op Rous Bolten afsturen om die te vernietigen en zo de dolk in zijn rug te verwijderen. Hij zou raven naar het Adelaarsnest sturen, hij ging met vrouwe Lysa Arryn trouwen om de Vallei te verwerven. Hij had een ton zilver gekocht om magische zwaarden te laten smeden waarmee hij de wolven van Stark kon doden. Hij schreef aan vrouwe Stark om vrede te sluiten, de Koningsmoordenaar zou nu weldra vrijkomen.

Hoewel er dagelijks raven kwamen en gingen, bracht heer Tywin het merendeel van zijn tijd achter gesloten deuren door om krijgsraad te houden. Arya ving weleens een glimp van hem op, maar altijd van een afstandje; een keer liep hij over de muren in het gezelschap van drie maesters en de vette gevangene met de borstelige snor, een keer reed hij uit met zijn baanderheren om het legerkamp te inspecteren, maar meestal keek hij onder een boog van de overdekte zuilengalerij naar de mannen die beneden op de binnenplaats aan het oefenen waren. Hij stond met zijn handen ineengevlochten om zijn gouden zwaardknop. Ze zeiden dat bij heer Tywin het goud op de eerste plaats kwam. Hij scheet zelfs goud, zoals ze een schildknaap eens voor de grap hoorde zeggen. Voor een oude man zag heer Lannister er krachtig uit, met stijve, goudkleurige bakkebaarden en een kaal hoofd. Iets in zijn gezicht deed Arya aan haar eigen vader denken, al leken ze volstrekt niet op elkaar. *Hij ziet eruit als een heer, dat is alles*, zei ze bij zichzelf. Ze herinnerde zich dat haar moeder een keer tegen vader had gezegd dat hij zijn herengezicht moest opzetten om de een of andere kwestie af te handelen. Toen had haar vader gelachen. Ze kon zich niet voorstellen dat heer Tywin ooit ergens om lachte.

Op een middag, toen ze op haar beurt wachtte om een emmer water te putten, hoorde ze de scharnieren van de oosterpoort knarsen. Een gezelschap reed stapvoets onder het valhek door. Toen ze de manticora zag die over het schild van hun aanvoerder sloop ging er een steek van haat door haar heen.

Bij daglicht zag ser Amaury Lors er minder angstaanjagend uit dan bij toortslicht, maar hij had nog diezelfde varkensoogjes als in haar herinnering. Een vrouw zei dat zijn mannen helemaal om het meer waren gereden op jacht naar Beric Dondarrion, en rebellen hadden afgeslacht. *Wij waren geen rebellen*, dacht Arya. *Wij waren de Nachtwacht, en de Nachtwacht kiest geen partij.* Maar ser Amaury had minder mannen dan ze zich herinnerde, en er waren veel gewonden bij. *Ik hoop dat ze koudvuur krijgen. Ik hoop dat ze allemaal doodgaan.*

Toen zag ze de drie mannen ergens bij het einde van de stoet.

Rorg had een zwarte halfhelm met een brede ijzeren neusbeschermer opgezet, zodat je minder goed zag dat hij geen neus had. Bijter reed gewichtig naast hem op een strijdros dat zo te zien elk moment onder zijn gewicht kon bezwijken. Hij zat onder de half genezen brandwonden, waardoor hij er nog afzichtelijker uitzag dan eerst.

Maar Jaqen H'ghar glimlachte als vanouds. Zijn kleren waren nog steeds gerafeld en vuil, maar hij had de gelegenheid gehad om zijn haar te wassen en te borstelen. Het golfde over zijn schouders, rood, wit en glanzend, en Arya hoorde de meisjes bewonderend tegen elkaar giechelen.

Ik had ze moeten laten verbranden. Gendry zei het al. Ik had naar hem moeten luisteren. Als zij hun die bijl niet had toegeworpen zouden ze nu alle drie dood zijn. Even was ze bang, maar ze reden haar zonder een spoor van belangstelling voorbij. Jaqen H'ghar was de enige die even haar richting uit keek, en zijn ogen gleden over haar heen. *Hij herkent me niet,* dacht ze. *Arrie was een fel jochie met een zwaard en ik ben maar een grijs muizenmeisje met een emmer.*

De rest van die dag boende ze trappen in de Jammertoren. Tegen de avond waren haar handen ruw en bebloed en deden haar armen zo zeer dat ze trilden toen ze met de emmer naar de kelder terugsjokte. Te moe om zelfs maar te eten, verontschuldigde Arya zich bij Wisch en kroop in het stro om te slapen. 'Wisch,' geeuwde ze. 'Dunsen, Keswijck, Polver, Raf het Lieverdje. De Kietelaar en de Jachthond. Ser Gregor, Ser Amaury, ser Ilyn, ser Meryn, koning Joffry, koningin Cersei.' Ze dacht dat ze misschien nog drie namen aan haar gebed moest toevoegen, maar ze was te moe om daar vanavond al over te beslissen.

Arya droomde juist van wolven die vrij door het woud renden, toen een sterke hand als een gladde warme steen over haar mond werd gelegd, hard, zonder mee te geven. Ze werd meteen wakker, kronkelend en worstelend. 'Een meisje zegt niets,' fluisterde een stem dicht achter haar oor. 'Een meisje houdt haar lippen verzegeld, niemand luistert, en vrienden kunnen heimelijk praten. Ja?'

Met bonzend hart wist Arya een klein knikje te geven.

Jaqen H'ghar trok zijn hand weg. Het was pikdonker in de kelder en ze kon zijn gezicht niet zien, al was het maar een paar duim bij haar vandaan. Maar ze kon hem ruiken. Zijn huid geurde fris en naar zeep en hij had zijn haar geparfumeerd. 'Een jongen wordt een meisje,' prevelde hij.

'Ik was al die tijd al een meisje. Ik dacht dat je me niet had gezien.'

'Een man ziet. Een man weet.'

Ze bedacht dat ze hem haatte. 'Je hebt me laten schrikken. Jullie horen nu bij hén, hè? Ik had jullie moeten laten verbranden. Wat doen jullie hier? Ga weg, of ik roep om Wisch.'

'Een man betaalt zijn schulden. Een man is er drie schuldig.'

'Drie?'

'De Rode God eist zijn tol, meisje, en een leven kan alleen met de dood vergolden worden. Dit meisje heeft hem er drie ontnomen. Dit meisje moet hem er drie teruggeven. Noem de namen, en een man doet de rest.'

Hij wil me helpen, begreep Arya, en de hoop bruiste zo plotseling in haar op dat het haar duizelde. 'Breng me naar Stroomvliet. Dat is niet ver, en als we een stel paarden stelen kunnen we...'

Hij legde een vinger op haar lippen. 'Drie levens krijg je van me. Niet meer, niet minder. Drie, en we staan quitte. Dus een meisje moet nadenken.' Hij kuste haar zachtjes op haar haren. 'Maar niet te lang.'

Toen Arya haar kaarsstompje aanstak was zijn geur bijna vervlogen en hing er alleen nog een vleugje gember en kruidnagelen in de lucht. De vrouw in de nis naast haar rolde zich om op haar strozak, en klaagde over het licht, dus blies Arya het uit. Als ze haar ogen sloot zag ze voor haar geestesoog gezichten zweven. Joffry en zijn moeder, Ilyn Peyn en Meryn Trant en Sandor Clegane... maar die waren honderden mijlen ver weg in Koningslanding, en ser Gregor was hier maar een paar nachten gebleven voordat hij weer was vertrokken om op roof uit te gaan. Hij had Raf en Keswijck en de Kietelaar meegenomen. Maar ser Amaury Lors was hier, en die haatte ze bijna even erg. Of niet? Ze wist het niet precies. En dan was Wisch er nog.

De volgende ochtend nam ze die opnieuw in overweging nadat ze uit slaapgebrek had gegeeuwd. 'Wezel,' snorde Wisch, 'als ik die mond nog eens open zie zakken ruk ik je tong uit en voer ik hem aan mijn teef.' Hij draaide haar oor met zijn vingers om, zodat hij zeker wist dat ze het had gehoord, en zei dat ze moest doorgaan met de trap. Die moest 's avonds schoon zijn tot de derde overloop.

Al werkend dacht Arya aan de mensen die ze dood wilde hebben. Ze deed of ze hun gezichten op de treden kon zien en schrobde nog harder om ze uit te wissen. De Starks voerden oorlog met de Lannisters. Zij was een Stark, dus moest ze zoveel mogelijk Lannisters doden, want dat deed je in een oorlog. Maar ze dacht dat ze dat beter niet aan Jaqen kon overlaten. *Eigenlijk moet ik ze zelf doden.* Als haar vader iemand ter dood veroordeeld had, voltrok hij het vonnis persoonlijk met zijn slagzwaard IJs. 'Als je iemand van het leven wilt beroven ben je het hem verschuldigd hem recht in de ogen te kijken en zijn laatste woorden aan te horen,' had ze hem eens tegen Robb en Jon horen zeggen.

De volgende dag meed ze Jaqen H'ghar, en de dag daarop ook. Dat was niet zo moeilijk. Zij was heel klein en Harrenhal heel groot, vol plekjes waar een muis zich kon verstoppen.

Toen kwam ser Gregor terug, eerder dan verwacht. Ditmaal dreef hij een kudde geiten in plaats van een kudde gevangenen voor zich uit. Ze hoorde dat hij bij een van heer Berics nachtelijke overvallen vier man had verloren, maar al degenen die Arya haatte, keerden ongedeerd terug en namen hun intrek op de tweede verdieping van de Jammertoren. Wisch zag erop toe dat er goed voor hun natje en droogje werd gezorgd. 'Die troep heeft altijd een flinke dorst,' gromde hij. 'Wezel, ga naar boven en vraag of ze nog kleren hebben die gelapt moeten worden. Dan zet ik de vrouwen aan het werk.'

Arya rende haar goed geschrobde traptreden op. Toen ze binnenkwam besteedde niemand enige aandacht aan haar. Keswijck zat bij de haard een van zijn leuke verhalen te vertellen, een drinkhoorn bier bij de hand. Ze durfde hem niet te onderbreken om geen tand door haar lip te krijgen.

'Dit was na het toernooi van de Hand, voor het oorlog werd,' zei Keswijck net. 'We waren op de terugweg naar het westen, zeven man met ser Gregor. Raf was erbij, en Joss, die jongen van Stilwoud. Die was sers schildknaap geweest tijdens het steekspel. Nou, we kwamen bij die pestrivier. Die stond hoog, want het had geregend. Geen doorwaadbare plek te bekennen, maar d'r is daar een bierkroeg in de buurt, dus daar gingen we heen. Ser schudt de brouwer wakker en zegt 'm dat-ie onze hoorns gevuld moet houden tot het water zakt, en je had die kerel z'n varkensoogjes moeten zien glimmen bij de aanblik van sers zilver. Dus zet-ie ons bier voor, samen met z'n dochter, en wat een armzalig dun spul was dat, bruine zeik, meer niet. Ik werd er niet vrolijker van, en ser ook niet. En al die tijd roept die brouwer maar hoe blij die met ons is, want door al die regen wil het maar niet vlotten met de klandizie. De idioot houdt geen seconde z'n klep, o nee, al zegt ser geen woord terug. Die zit alsmaar op Ridder Viooltje en z'n gore truc te broeden. Je ken zien hoe strak z'n mond staat, dus ik en de andere jongens doen wijselijk geen bek tegen 'm open, maar die brouwer, die doet niks als praten, hij vraagt zelfs hoe het de edele heer in het steekspel is vergaan. Ser keek hem alleen maar an, je kent die blik wel.' Keswijck lachte kakelend, goot zijn bier naar binnen en veegde het schuim af met de rug van zijn hand. 'Intussen heeft die dochter maar lopen bedienen en inschenken; een klein, mollig dingetje, een jaar of achttien...'

'Eerder dertien,' teemde Raf het Lieverdje.

'Nou ja, hoe dan ook, veel soeps is het niet, maar Eggen heeft zitten drinken, en die zit aan d'r, en ik heb d'r misschien ook wel effe aangeraakt, en Raf zegt tegen die jongen van Stilwoud dat-ie d'r mee naar boven mot slepen om een man van zichzelf te maken, hij zit die knul as 'et ware moed in te spreken. Ten slotte schuift Joss z'n hand onder d'r rok en ze gilt en laat'r wijnkruik vallen en neemt de benen naar de keuken. Daar zou het bij gebleven zijn, maar wat doet die ouwe idioot? Die gaat naar *ser* en vraagt 'm om te zorgen dat wij die meid met rust laten, want hij is een gezalfde ridder en zo.

'Ser Gregor had helemaal niet op onze lolletjes gelet, maar nou *kijkt*-ie, je kent dat wel, en hij laat die meid halen. Dus die ouwe moet'r wel de keuken uit sleuren, z'n eigen stomme schuld. Ser bekijkt 'r van top tot teen en zegt: "Dus dit is de hoer waar je zo bezorgd om bent", en die bezopen ouwe zot zegt: "Mijn Laina is geen hoer, ser", recht in Gregors gezicht. Ser vertrekt geen spier maar zegt alleen: "Nu wel", smijt die ouwe nog een zilverstuk toe, scheurt het wicht de jurk van d'r lijf en neemt 'r daar op tafel, waar d'r pa bij is, en ze trappelt en spartelt als een konijn, en ze maakt me toch een misbaar! En die ouwe kíjken, ik moest zo hard lachen dat het m'n neus uit kwam. En dan hoort de jongen dat misbaar, de zoon denk ik, en die komt uit de kelder binnenstormen, zodat Raf 'm een ponjaard in z'n buik moet steken. Intussen is ser klaar, dus die gaat weer door met drinken, en nou zijn wij met z'n allen aan de beurt. Tobbot, jullie weten hoe die is, die kiept'r om en gaat er van achteren in. Tegen de tijd dat ik'r kreeg stribbelde ze niet meer tegen, wie weet had ze wel besloten dat ze't lekker vond, al had ik wat meer gespartel wel leuk gevonden. En nou komt het... na afloop zegt ser tegen die ouwe dat hij geld terug wil. Die meid was geen zilverstuk waard, zegt-ie... en verdomd als die ouwe kerel geen handvol kopertjes haalt, de edele heer om vergeving vraagt en 'm *bedankt voor de klandizie!*'

De mannen brulden het uit, en niemand harder dan Keswijck zelf, die zo hard om zijn eigen verhaal moest lachen dat het snot uit zijn neus in zijn dunne grijze baard liep. Arya stond in de schaduwen van het trappenhuis naar hem te kijken. Zonder een woord te zeggen sloop ze naar de kelderverdieping terug. Toen Wisch hoorde dat ze niet naar de kleren had gevraagd rukte hij haar hozen uit en ranselde haar met zijn stok af tot het bloed over haar dijen liep, maar Arya sloot haar ogen en dacht aan alle gezegden die ze van Syrio had geleerd, waardoor ze het nauwelijks voelde.

Twee avonden later zond hij haar naar de Barakzaal om aan tafel te bedienen. Ze ging net rond met een flacon om wijn in te schenken toen ze ineens Jaqen H'ghar aan de andere kant van het gangpad achter een broodbord zag zitten. Arya beet op haar lip en keek behoedzaam om zich heen om er zeker van te zijn dat Wisch niet in zicht was. *Vrees treft dieper dan het zwaard*, hield ze zichzelf voor.

Ze deed een stapje, en nog een, en voelde zich stap voor stap minder muis worden. Terwijl ze bekers vulde werkte ze zich de hele bank langs. Rorg zat rechts van Jaqen, stomdronken, maar hij lette niet op haar. Arya boog zich naar voren en fluisterde 'Keswijck', pal in Jaqens oor. De Lorathi liet niet merken of hij het had gehoord.

Toen haar flacon leeg was haastte Arya zich naar de kelder om hem bij te vullen uit het vat. Snel hervatte ze haar schenkersbezigheden. Niemand was tijdens haar afwezigheid omgekomen van de dorst of had zelfs maar gemerkt dat ze weg was.

De volgende dag gebeurde er niets, en de daaropvolgende ook niet, maar de derde dag ging Arya met Wisch naar de keukens om hun eten op te halen. 'Een van de mannen van de Berg is vannacht van een weergang gedonderd en heeft zijn stompzinnige nek gebroken,' hoorde ze Wisch tegen een kokkin zeggen.

'Dronken?' vroeg de vrouw.

'Niet meer dan anders. Volgens sommigen heeft de geest van Harren hem eraf gesmeten.' Hij snoof om te laten merken wat hij van zulke ideeën dacht.

Het was Harren niet, zou Arya graag gezegd hebben. *Ik was het.* Zij had Keswijck gedood met een fluistering, en ze zou nog twee doden laten vallen. *Ik ben het spook van Harrenhal*, dacht ze. En die avond had ze één naam minder om te haten.

Catelyn

De plaats van samenkomst was een grasveldje met hier en daar wat lichtgrijze paddestoelen en de stompen van pasgekapte bomen.

'Wij zijn de eersten, vrouwe,' zei Hallis Mollen toen ze temidden van de boomstronken hun paarden inhielden, alleen tussen beide legers. De banier met de schrikwolf van het huis Stark flapperde en fladderde aan de lans. Van hieraf kon Catelyn de zee niet zien, maar ze voelde de nabijheid ervan. De wind die bij vlagen uit het oosten kwam droeg een doordringend zilte lucht aan.

De bomen waren door de foerageurs van Stannis Baratheon gekapt om belegeringstorens en blijden van te maken. Catelyn vroeg zich af hoe lang het bosje er had gestaan, en of Ned hier had uitgerust voor hij zijn krijgsmacht naar het zuiden had geleid om het vorige beleg van Stormeinde te breken. Hij had die dag een grote overwinning behaald, die des te groter was geweest omdat er geen bloed was gevloeid.

Dat de goden mij net zo'n overwinning schenken, bad Catelyn. Haar eigen vazallen vonden het waanzin om zelfs maar hiernaartoe te gaan. 'Dit is onze strijd niet, vrouwe,' had ser Wendel Manderling gezegd. 'Ik weet zeker dat de koning niet zou willen dat zijn moeder zich in zulk gevaar begeeft.'

'We nemen allemaal risico's,' had ze tegen hem gezegd, misschien iets te scherp. 'Dacht u soms dat ik graag hier was, ser?' *Ik hoor in Stroomvliet te zijn, bij mijn stervende vader, in Winterfel, bij mijn zoons.* 'Robb heeft me naar het zuiden gezonden om namens hem te spreken, dus zal ik namens hem spreken.' Het zou niet eenvoudig zijn om vrede te stichten tussen deze broers, wist Catelyn, maar omwille van het rijk moest ze in ieder geval een poging doen.

Achter zompige velden en rotsige richels zag ze het grote slot Stormeinde tegen de lucht afsteken, de rug naar de onzichtbare zee toe. Aan de voet van die lichtgrijze steenmassa zag de krijgsmacht van Stannis Baratheon er net zo klein en onbetekenend uit als een troep muizen met banieren.

Volgens de liederen was Stormeinde in tijden van weleer gebouwd door Durran, de eerste Stormkoning, die de liefde van de schone Elenei had gewonnen, de dochter van de zeegod en de godin van de wind. In hun huwelijksnacht gaf Elenei haar maagdelijkheid op voor de liefde van een sterveling en doemde zichzelf daarmee tot sterfelijkheid. Haar treurende ouders ontstaken in toorn en zweepten wind en water op om Durrans vesting met de grond gelijk te maken. Zijn vrienden, broers en huwelijksgasten werden onder de instortende muren verpletterd of de zee in geblazen, maar Elenei sloeg beschermend haar armen om Durran heen, zodat hem geen kwaad overkwam, en toen eindelijk de dageraad aanbrak verklaarde hij de goden de oorlog en zwoer hij dat hij zijn slot zou herbouwen.

Hij bouwde nog vijf kastelen, elk daarvan groter en sterker dan het vorige, alleen maar om ze te zien vermorzelen als de stormwind over de Scheepskrakerbaai kwam aangieren en de golven huizenhoog voor zich uit dreef. Zijn heren drongen erop aan dat hij landinwaarts zou bouwen, zijn priesters zeiden dat hij de goden gunstig moest stemmen door Elenei aan de zee terug te geven, en zelfs zijn boeren smeekten hem om te buigen. Durran wilde er niets van weten. Hij bouwde een zevende slot, het sterkste van allemaal. De een zei dat de kinderen van het woud hem hielpen bij de bouw en de stenen wrochtten met behulp van magie, anderen beweerden dat een klein jongetje hem influisterde wat hij moest doen, het jongetje dat later tot Bran de Bouwheer zou uitgroeien. Hoe het verhaal ook werd verteld, de afloop was altijd dezelfde. Al zonden de vertoornde goden er de ene storm na de andere op af, het zevende slot bleef uitdagend overeind staan, en Durran Godenverdriet en de schone Elenei woonden er tot het einde van hun dagen.

Goden vergeten niet, en nog altijd kwamen de stormwinden aanloeien over de zee-engte. Maar Stormeinde hield stand, honderden, duizenden jaren lang, een kasteel als geen ander. De grote ringmuur was honderd voet hoog, door geen schietgat of uitvalspoort onderbroken, overal rond, gewelfd en *glad*. De stenen waren zo bekwaam gevoegd dat er nergens een spleet, kier of gat was waardoor de wind naar binnen kon. Men zei dat de muur op zijn smalst veertig voet dik was, en aan de zeezijde bijna tachtig voet, twee stenen linies met zand en puin ertussen. Achter dat machtige bolwerk waren keukens, stallen en binnenhoven goed beveiligd tegen wind en golven. Er was slechts één toren, een reusachtig rond exemplaar zonder ramen aan de zeekant, zo groot dat hij tegelijkertijd als graansilo, soldatenbarak, feestzaal en woning van de heer diende. Hij werd bekroond door een stevige borstwering, zodat hij er van veraf uitzag als een opgestoken arm met een stekelige vuist eraan.

'Vrouwe!' riep Hal Mollen. Vanuit het ordelijke kleine kampement onder aan het slot waren twee ruiters opgedoken die langzaam stapvoets op hen afreden. 'Dat zal koning Stannis zijn.'

'Ongetwijfeld.' Catelyn sloeg hun nadering gade. *Het moet Stannis zijn, maar dat is niet de banier van de Baratheons*. Hij was felgeel, anders dan het warme goud van Renlings standaards, en het blazoen was

rood, al kon ze de vorm niet onderscheiden.
 Renling zou als laatste arriveren. Dat had hij haar met zoveel woorden gezegd toen ze vertrok. Hij was niet van plan zijn paard te bestijgen voor hij zag dat zijn broer goed en wel onderweg was. Wie het eerst kwam moest op de ander wachten, en Renling wenste niet te wachten. *Echt een spel voor koningen*, zei ze bij zichzelf. Welnu, zij was geen koning, dus hoefde zij niet mee te spelen. Catelyn was eraan gewend te wachten.
 Toen hij dichterbij kwam zag ze dat Stannis een kroon van rood goud droeg met vlamvormige punten. Zijn gordel was met granaten en gele topazen bezet en in zijn zwaardgevest was een grote, vierkant gesneden robijn gevat. Verder was hij simpel gekleed: een met noppen beslagen leren kolder over een gevoerd wambuis, versleten laarzen, hozen van bruin baai. Het wapen op zijn zongele banier was een rood hart in een oranje vuurgloed. De gekroonde hertenbok was er wel, maar gekrompen, en gevangen binnenin het hart. Zijn banierdrager was nog vreemder – een vrouw, geheel in het rood, het gezicht overschaduwd door de wijde kap van haar scharlaken mantel. *Een rode priesteres*, dacht Catelyn verwonderd. Die sekte was omvangrijk en machtig in de Vrijsteden en het verafgelegen oosten, maar zeldzaam in de Zeven Koninkrijken.
 'Vrouwe Stark,' zei Stannis Baratheon hoffelijk maar kil toen hij zijn teugels inhield. Hij boog zijn hoofd, dat kaler was dan ze zich herinnerde.
 'Heer Stannis,' beantwoordde ze zijn groet.
 De zware kaakspieren onder zijn kortgeknipte baard spanden zich, maar tot haar opluchting begon hij haar niet de les te lezen over het gebruik van titels. 'Ik had niet verwacht u bij Stormeinde aan te treffen.'
 'Ik had zelf niet verwacht hier te zijn.'
 Zijn diepliggende ogen bezagen haar enigszins ongemakkelijk. Dit was geen man voor een luchtige, hoofse conversatie. 'Mijn deelneming met de dood van uw heer gemaal,' zei hij, 'al was Eddard Stark mijn vriend niet.'
 'Hij is nimmer uw vijand geweest, heer. Toen de heren Tyrel en Roodweyn u in dat slot gevangen hielden en uithongerden was het Eddard Stark die het beleg brak.'
 'Op bevel van mijn broer, niet uit liefde voor mij,' antwoordde Stannis. 'Heer Eddard deed zijn plicht, dat zal ik niet ontkennen. Heb ik ooit minder gedaan? *Ik* had Roberts Hand moeten zijn.'
 'Het was de wens van uw broer. Ned heeft het nooit gewild.'
 'Toch nam hij aan wat mij toebehoorde. Desondanks geef ik u mijn woord dat ik de moord op hem zal vergelden.'
 Wat beschikken ze allemaal graag over andermans hoofd, die man-

nen die koning willen zijn. 'Dat heeft uw broer mij ook beloofd. Maar om u de waarheid te zeggen wil ik liever mijn dochters terug hebben en de gerechtigheid aan de goden overlaten. Cersei houdt nog steeds mijn Sansa vast, en van Arya is helemaal niets meer vernomen sinds de dag dat Robert stierf.'

'Als uw kinderen gevonden worden nadat ik de stad heb ingenomen zullen ze u toegezonden worden.' *Levend of dood,* was de ondertoon.

'En wanneer zal dat zijn, heer Stannis? Koningslanding is dicht bij uw Drakensteen, maar in plaats daarvan tref ik u hier aan.'

'U neemt geen blad voor de mond, vrouwe Stark. Dus zal ik u ook onverbloemd antwoorden. Om de stad in te nemen heb ik de krijgslieden nodig van de zuidelijke heren die ik aan de overzijde van het veld zie. Die heeft mijn broer. Ik moet ze hem af zien te nemen.'

'Een man schaart zich achter wie hij wil, heer. Deze heren hebben Robert en het huis Baratheon de leeneed gezworen. Zodra u en uw broer over uw meningsverschil heen stappen...'

'Ik heb geen verschil van mening met Renling als hij zijn plicht doet. Ik ben zijn oudere broer en zijn koning. Ik wil slechts wat mij rechtens toekomt. Renling is mij trouw en gehoorzaamheid verschuldigd. Die eis ik op. Van hem, en van die andere heren.' Stannis bestudeerde haar gezicht. 'En voor welke zaak bent u te velde getrokken, vrouwe? Heeft het huis Stark zijn lot met dat van mijn broer verbonden, staan de zaken er zo voor?'

Die zal nimmer buigen, dacht ze, maar toch moest ze het proberen. Er stond te veel op het spel. 'Mijn zoon heerst als Koning in het Noorden. Dat is de wil van onze heren en van het volk. Hij buigt de knie voor niemand, maar houdt zijn hand in vriendschap naar iedereen uitgestoken.'

'Koningen hebben geen vrienden,' zei Stannis botweg. 'Alleen onderdanen en vijanden.'

'En broers,' riep een opgewekte stem achter haar. Toen Catelyn over haar schouder keek zag ze hoe heer Renlings hakkenei zich een weg tussen de boomstompen zocht. De jongste Baratheon zag er schitterend uit in zijn groenfluwelen wambuis en zijn satijnen, met eekhoornbont afgezette mantel. Rond zijn slapen rustte zijn kroon van gouden rozen met de hertenbok van jade op zijn voorhoofd, en zijn lange zwarte haar golfde eronderuit. Zijn zwaardriem was met scherpe, onregelmatige diamanten bezet en een ketting van goud en smaragd hing om zijn nek.

Ook Renling had een vrouw gekozen om zijn banier te dragen, al hield Briënne haar gezicht en lichaam verborgen achter stalen platen die niets van haar sekse verrieden. Aan haar twaalf voet lange lans steigerde de gekroonde zwarte hertenbok op een gouden dundoek dat rimpelde in de zeewind.

Zijn broer begroette hem kortaf. 'Heer Renling.'
'*Koning* Renling. Ben je het echt, Stannis?'
Stannis fronste zijn voorhoofd. 'Wie anders?'
Renling haalde luchtig zijn schouders op. 'Toen ik die standaard zag wist ik het niet zeker. Wiens banier is dat?'
'De mijne.'
De in het rood geklede priesteres verhief haar stem. 'De koning heeft het vurige hart van de Heer des Lichts als zijn wapenteken gekozen.'
Dat leek Renling te amuseren. 'Dat lijkt me ook het beste. Als we allebei dezelfde banier voerden zou dat in de veldslag veel verwarring zaaien.'
Catelyn zei: 'Laten we hopen dat er geen veldslag komt. We hebben een gemeenschappelijke vijand die ons allen wil vernietigen.'
Stannis bekeek haar met een strak gezicht. 'De IJzeren Troon komt mij rechtens toe. Iedereen die dat ontkent is mijn vijand.'
'Het hele rijk ontkent het, broerlief,' zei Renling. 'Oude mannen ontkennen het met hun laatste gereutel en ongeboren kinderen ontkennen het in de moederschoot. Ze ontkennen het in Dorne en ze ontkennen het op de Muur. Niemand wil jou als koning. Het spijt me.'
Stannis klemde zijn kaken opeen, zijn gezicht verkrampt. 'Ik had gezworen nooit met jou te onderhandelen zolang je die verraderskroon droeg. Ik wou dat ik die gelofte gehouden had.'
'Dit is dwaasheid,' zei Catelyn op scherpe toon. 'Heer Tywin zit met twintigduizend zwaarden in Harrenhal. De restanten van het leger van de Koningsmoordenaar hebben zich weer verzameld bij de Guldentand en in de schaduw van de Rots van Casterling wordt nog een krijgsmacht op de been gebracht. Cersei en haar zoon hebben Koningslanding en die dierbare IJzeren Troon van jullie in handen. Jullie noemen je allebei koning, maar het rijk bloedt, en niemand die één zwaard uitsteekt om het te verdedigen, behalve mijn zoon.'
Renling haalde zijn schouders op. 'Uw zoon heeft een paar slagen gewonnen. Ik zal de oorlog winnen. Wacht maar tot ik met de Lannisters kan doen wat mij goeddunkt.'
'Als je een voorstel hebt, doe dat dan,' zei Stannis bruusk, 'of ik vertrek nu.'
'Goed dan,' zei Renling. 'Ik stel voor dat je afstijgt, voor mij neerknielt en mij trouw zweert.'
Stannis slikte met moeite zijn woede in. 'Nooit.'
'Robert heb je wel gediend, waarom mij dan niet?'
'Robert was mijn oudere broer. Jij bent jonger dan ik.'
'Jonger, dapperder en véél knapper om te zien...'
'... en bovendien een dief en een usurpator.'
Renling haalde zijn schouders op. 'De Targaryens noemden Robert

ook een usurpator. Hij kon wel met die schande leven, schijnt het. Ik ook.'

Zo wordt het niets. 'Luisteren jullie nu eens naar jezelf. Als jullie mijn zonen waren zou ik jullie met de koppen tegen elkaar slaan en jullie in een slaapkamer opsluiten totdat jullie je herinnerden dat jullie broers waren.'

Stannis keek haar fronsend aan. 'U bent te aanmatigend, vrouwe Stark. Ik ben de rechtmatige koning, en uw zoon is niet minder een verrader als mijn broer hier. Zijn tijd komt ook nog.'

Het onverholen dreigement wakkerde haar woede aan. 'U maakt een ander wel erg snel voor verrader en usurpator uit, maar bent u zelf een haar beter? U noemt uzelf de enige rechtmatige koning, maar ik meen te weten dat Robert twee zonen had. Volgens alle wetten van de Zeven Koninkrijken is prins Joffry zijn rechtmatige troonopvolger, en daarna prins Tommen... en zijn wij allemáál verraders, al hebben we nog zulke goede redenen.'

Renling lachte. 'Vergeef het vrouwe Catelyn maar, Stannis. Ze is helemaal uit Stroomvliet gekomen, en dat is een heel eind te paard. Ik vrees dat ze jouw briefje nooit gezien heeft.'

'Joffry is niet uit mijn broer gesproten,' zei Stannis botweg. 'En Tommen evenmin. Het zijn bastaarden. Het meisje ook. Alle drie gruwelen, uit incest geboren.'

Zelfs Cersei zal toch niet zo krankzinnig zijn geweest? Catelyn was sprakeloos.

'Is dat geen fraai verhaal, vrouwe?' vroeg Renling. 'Ik was bij Hoornheuvel gelegerd toen heer Tarling zijn brief ontving, en ik moet zeggen dat ik hem adembenemend vond.' Hij glimlachte tegen zijn broer. 'Ik had nooit gedacht dat jij zo sluw kon zijn, Stannis. Was het maar waar, dan zou je inderdaad Roberts erfgenaam zijn.'

'*Was het maar waar?* Maak je mij voor leugenaar uit?'

'Kun je ook maar één woord van dat fabeltje bewijzen?'

Stannis knarsetandde.

Dit heeft Robert nooit geweten, dacht Catelyn, *anders was Cersei binnen de kortste keren haar hoofd kwijtgeraakt.* 'Heer Stannis,' vroeg ze, 'als u wist dat de koningin zulke monsterlijke misdaden op haar geweten had, waarom hebt u daar dan over gezwegen?'

'Dat heb ik niet gedaan,' legde Stannis uit. 'Ik heb Jon Arryn van mijn verdenkingen op de hoogte gesteld.'

'Waarom niet uw eigen broer?'

'Mijn broers houding tegenover mij is nooit meer dan plichtmatig geweest,' zei Stannis. 'Uit mijn mond hadden dergelijke aantijgingen kleinzielig en zelfzuchtig geklonken, een manier om de eerste plaats in de opvolging in te nemen. Ik dacht dat Robert eerder geneigd zou zijn te luisteren als de aanklacht van heer Arryn afkomstig was, die hij zeer toegenegen was.'

'Aha,' zei Renling. 'Dus we hebben uitsluitend het woord van een dode.'

'Denk je dat hij bij toeval is gestorven? Heb je oogkleppen op, dwaas? Cersei heeft hem laten vergiftigen, uit angst dat hij haar zou ontmaskeren. Heer Jon had bepaalde bewijzen verzameld...'

'... die ongetwijfeld samen met hem overleden zijn. Wat een pech.'

Catelyn doorzocht haar geheugen en paste de stukjes aan elkaar. 'In een brief die ze naar Winterfel zond beschuldigde mijn zuster Lysa de koningin ervan dat zij haar echtgenoot had vermoord,' gaf ze toe. 'Later in het Adelaarsnest wierp ze Tyrion, de broer van de koningin, die moord voor de voeten.'

Stannis snoof. 'Als je in een nest slangen trapt, maakt het dan uit door wie je het eerst gebeten wordt?'

'Dat gepraat over slangen en incest is allemaal mooi en aardig, maar het verandert niets. Zelfs als jouw aanspraak beter zou zijn is mijn leger nog altijd groter, Stannis.' Renlings hand gleed onder zijn mantel. Stannis zag het, en zijn hand ging meteen naar het gevest van zijn zwaard, maar voor hij zijn staal kon ontbloten had zijn broer... een perzik te voorschijn gehaald. 'Wil jij er ook een, broer?' vroeg Renling glimlachend. 'Uit Hooggaarde. Ik zweer je dat je nog nooit zoiets zoets hebt geproefd.' Hij nam een hap. Het sap liep uit zijn mondhoek.

'Ik ben hier niet om fruit te eten,' raasde Stannis.

'*Mijne heren!*' zei Catelyn. 'Laten we de voorwaarden voor een bondgenootschap vaststellen en geen schimpscheuten uitwisselen.'

'Het zou verboden moeten worden dat iemand weigert een perzik te proeven,' zei Renling terwijl hij de pit wegwierp. 'Misschien komt die kans nooit meer terug. Het leven is kort, Stannis. Denk aan de woorden van de Starks. De winter komt.' Hij veegde met de rug van zijn hand zijn mond af.

'Ik ben hier ook niet om me te laten bedreigen.'

'Het was geen dreigement,' beet Renling terug. 'Als ik je bedreig, dan merk je dat wel. Eerlijk gezegd heb ik je nooit gemogen, Stannis, maar je bent en blijft mijn bloedverwant, en ik ben niet op je dood uit. Dus als je Stormeinde wilt, neem het dan aan als een broederlijk geschenk. Zoals Robert het eens aan mij schonk, geef ik het aan jou.'

'Jij hebt het recht niet om het weg te geven. Het komt mij toe.'

Zuchtend keerde Renling zich half in het zadel om. 'Wat moet ik met zo'n broer, Briënne? Hij wil mijn perzik niet, hij wil mijn slot niet, hij is zelfs van mijn bruiloft weggebleven...'

'We weten allebei dat je bruiloft een farce was. Een jaar geleden was je aan het intrigeren om het meisje Roberts hoer te maken.'

'Een jaar geleden was ik aan het intrigeren om het meisje Roberts koningin te maken,' zei Renling, 'maar wat doet het ertoe? Die ever kreeg Robert te pakken en ik kreeg Marjolij. Het zal je genoegen doen te horen dat ze als maagd bij me is gekomen.'

'En in jouw bed zal ze waarschijnlijk zo sterven ook.'

'O, ik reken erop dat ze me binnen een jaar een zoon baart. Zeg, hoeveel zonen heb jij ook alweer, Stannis? Dat is waar ook, niet één.' Renling glimlachte onschuldig. 'En wat je dochter betreft, dat begrijp ik best, hoor. Als mijn vrouw er net zo uitzag als die van jou zou ik haar ook door mijn zot laten gerieven.'

'*Genoeg!*' brulde Stannis. 'Ik laat me niet openlijk bespotten, hoor je dat? *Dit neem ik niet!*' Hij ruktte zijn zwaard uit de schede. Het staal glansde merkwaardig fel in het fletse zonlicht, nu rood, dan geel, dan weer schitterend wit. De lucht eromheen leek te zinderen als van de hitte.

Catelyns paard hinnikte en deinsde achteruit, maar Briënne ging tussen de broers in staan, haar eigen zwaard in de hand. 'Steek uw staal op!' riep ze tegen Stannis.

Cersei Lannister lacht zich een ongeluk, dacht Catelyn vermoeid.

Stannis wees met zijn blinkende zwaard naar zijn broer. 'Ik ben niet zonder genade,' donderde hij die berucht was om zijn genadeloosheid. 'Ook wens ik Lichtbrenger niet te bezoedelen met het bloed van mijn broeder. Omwille van de moeder die ons beiden heeft gebaard geef ik je deze ene nacht om je op je dwaasheid te bezinnen, Renling. Haal je banieren neer en kom voor het ochtendgloren bij me, en ik schenk je Stormeinde en je vroegere zetel in de raad en benoem je zelfs tot mijn erfgenaam totdat mij een zoon wordt geboren. Zo niet, dan zal ik je vernietigen.'

Renling lachte. 'Je hebt een fraai zwaard, Stannis, dat moet ik toegeven, maar ik vrees dat die gloed je ogen bederft. Kijk eens naar de overkant van dat veld, broer. Zie je al die banieren?'

'Denk je dat je koning wordt met behulp van wat rollen stof?'

'Ik word koning met behulp van de zwaarden van Tyrel. Met de hulp van Rowin, Tarling en Caron, van bijlen, knotsen en strijdhamers, de pijlen van Tarth en de lansen van Koproos, met de hulp van Graftweg, Caay, Muildoor, Estermont, Selmy, Hoogtoren, Eikhart, Kraan, Caswel, Zwartebalk, Morrigen, Bijenburg, Schermer, Valuw, Voeteling... zelfs het huis Florens, de broers en ooms van je eigen echtgenote. Met hun hulp word ik koning. De hele zuidelijke ridderschap volgt mij, en dat is nog maar het kleinste deel van mijn krijgsmacht. Mijn voetvolk komt daar achteraan, honderdduizend zwaarden, speren en pieken. En jij wilt me *vernietigen*? Waarmee dan wel? Met dat onbetekenende gepeupel dat ik daar op een kluitje onder aan de slotmuren zie? Als het er vijfduizend zijn is dat veel. Kabeljauwheren, uienridders en huurlingen. De helft loopt waarschijnlijk al voor het begin van de veldslag naar mij over. Volgens mijn verkenners heb je minder dan vierhonderd man ruiterij... vrijruiters in verhard leer die geen moment zullen standhouden tegen geharnaste lansdragers. Het zal me een zorg zijn of je jezelf als een doorgewinterd krijgsman beschouwt, Stannis, maar die krijgsmacht van jou overleeft de eerste charge van mijn voorhoede niet eens.'

'We zullen zien, broer.' Toen Stannis zijn zwaard in de schede liet glijden leek de wereld iets minder licht te worden. 'Zodra de ochtend gloort zullen we nog wel zien.'

'Ik hoop dat je nieuwe god barmhartig is, broer.'

Stannis snoof en galoppeerde er vol verachting vandoor. De rode priesteres bleef nog even achter. 'Overpeins liever uw eigen zonden, heer Renling,' zei ze terwijl ze haar paard wendde.

Catelyn en heer Renling keerden samen naar het kamp terug, waar zijn duizenden en haar luttele mannen hun terugkeer afwachtten. 'Dat was vermakelijk, zij het dat het weinig opleverde,' merkte hij op. 'Ik vraag me af hoe ik aan zo'n zwaard moet komen. Ach, Loras geeft het me na de slag vast wel cadeau. Triest dat het zover moet komen.'

'U houdt er een opgewekte manier van treuren op na,' zei Catelyn. Haar bedroefdheid was ongeveinsd.

'O ja?' Renling haalde zijn schouders op. 'Het zij zo. Stannis is nooit mijn dierbaarste broer geweest, moet ik bekennen. Gelooft u dat dat verhaal van hem waar is? Als Joffry door de Koningsmoordenaar is verwekt...'

'... is uw broer de rechtmatige troonopvolger.'

'Bij leven en welzijn wel,' gaf Renling toe. 'Al is het een dwaze wet, vindt u ook niet? Waarom de oudste zoon, en niet de geschiktste? Die kroon past mij zoals hij Robert nimmer heeft gepast en ook Stannis nimmer zou passen. In mij schuilt een groot koning, krachtdadig maar mild, verstandig, rechtvaardig, toegewijd, trouw aan mijn vrienden en de schrik van mijn vijanden, maar tot vergeving in staat, geduldig...'

'... nederig?' opperde Catelyn.

Renling lachte. 'U gunt een koning toch wel een páár zwakheden?'

Catelyn voelde zich doodmoe. Het was allemaal voor niets geweest. De gebroeders Baratheon zouden elkaar in bloed smoren, haar zoon zou alleen staan tegenover de Lannisters, en niets wat zij zou zeggen of doen kon daar iets aan veranderen. *Hoog tijd dat ik naar Stroomvliet terugga om mijn vaders ogen te sluiten*, dacht ze. *Dat kan ik in ieder geval nog doen. Ik mag dan een armzalig afgezant zijn, maar goden sta me bij, rouwen kan ik als de beste.*

Hun kamp was gunstig gesitueerd op een lage, stenige heuvelkam die van noord naar zuid liep. Het was veel ordelijker dan het breed uitwaaierende kampement bij de Mander, al was dat vier keer zo groot geweest. Toen hij van zijn broers aanval op Stormeinde had vernomen had Renling zijn strijdkrachten opgesplitst, ongeveer zoals Robb bij de Tweeling had gedaan. Zijn enorme infanterie had hij bij zijn jonge koningin achtergelaten, bij Bitterbrug: wagens, karren, trekdieren en al die logge belegeringswerktuigen, terwijl Renling zelf met zijn ridders en vrijruiters snel naar het oosten was opgerukt.

Hoezeer leek hij ook daarin op zijn broer Robert... alleen had Robert altijd Eddard Stark gehad om zijn driestheid te temperen met behoedzaamheid. Ned zou Robert ongetwijfeld hebben kunnen overhalen ál zijn strijdkrachten mee te nemen om Stannis te omsingelen en zo de belegeraars te belegeren. Van die mogelijkheid had Renling zichzelf beroofd door overhaast op te rukken om de strijd met zijn broer aan te binden. Hij had zich ver voor zijn aanvoerlijnen uit begeven, en mét al zijn wagens, muilezels en ossen zijn proviand en andere voorraden dagen achter zich gelaten. Hij móést nu snel slag leveren, of omkomen van de honger.

Catelyn zond Hal Mollen weg om voor hun paarden te zorgen terwijl zij met Renling terugging naar het koninklijke paviljoen midden in het kamp. Achter de groenzijden wanden wachtten zijn aanvoerders en baanderheren op het verslag van de onderhandelingen. 'Mijn broer is nog precies dezelfde,' meldde hun jonge koning terwijl Briënne zijn mantel losgespte en de kroon van goud en jade van zijn hoofd lichtte. 'Hoofsheid en kastelen bevredigen hem niet, hij wil bloed zien. Welnu, ik ben van plan zijn wens te vervullen.'

'Uwe Genade, ik zie de noodzaak van een veldslag niet in,' merkte heer Mathis Rowin op. 'Het slot is sterk bezet en goed bevoorraad, ser Cortijn Koproos is een ervaren bevelhebber en de katapult die een bres kan slaan in de muren van Stormeinde moet nog gebouwd worden. Laat heer Stannis het gerust belegeren. Hij zal er geen plezier aan beleven, en terwijl hij hier vruchteloos kou en honger lijdt nemen wij Koningslanding in.'

'Zodat de mensen zullen zeggen dat ik mij niet met Stannis durfde meten?'

'Alleen een dwaas zal dat zeggen,' wierp heer Mathis tegen.

Renling keek de anderen aan. 'Wat zegt u?'

'Ik zeg dat Stannis een gevaar voor u is,' verklaarde heer Randyl Tarling. 'Laat hem ongemoeid en hij zal alleen maar sterker worden, terwijl u door strijd te leveren aan kracht inboet. De Lannisters zijn echt niet in één dag verslagen. Tegen de tijd dat u met hen afgerekend hebt is heer Stannis misschien net zo sterk als u... of nog sterker.'

Anderen betuigden in koor hun bijval. De koning keek verheugd. 'Dan vechten we.'

Ik heb Robb beschaamd, zoals ik Ned heb beschaamd, dacht Catelyn. 'Heer,' kondigde ze aan. 'Als u vastbesloten bent tot de slag heb ik hier niets meer te zoeken. Ik vraag u om verlof naar Stroomvliet te mogen terugkeren.'

'Dat krijgt u niet.' Renling ging op een vouwstoel zitten.

Ze verstijfde. 'Ik had gehoopt u te helpen om vrede te sluiten, heer. Ik help u niet met oorlogvoeren.'

Renling haalde zijn schouders op. 'Ik wed dat we het zonder die vijfentwintig man van u ook wel redden, vrouwe. U hoeft niet mee te vechten, alleen maar toe te kijken.'

'Ik was erbij in het Fluisterwoud, heer, en daar heb ik genoeg gruwelen gezien. Ik ben hier als afgezant gekomen...'

'En als zodanig zult u vertrekken,' zei Renling, 'maar wijzer dan u gekomen bent. U zult met eigen ogen zien hoe het rebellen vergaat, zodat uw zoon het uit uw eigen mond kan horen. We zullen goed voor uw veiligheid zorgen, weest u maar niet bang.' Hij keerde haar de rug toe om de taken te verdelen. 'Heer Mathis, u leidt het centrum van mijn hoofdmacht. Brys, u krijgt de linkervleugel. Ik neem de rechter. Heer Estermont, u voert het bevel over mijn reserve.'

'Ik zal Uwe Genade niet beschamen,' antwoordde heer Estermont.

Heer Mathis Rowin nam het woord. 'Wie krijgt de voorhoede?'

'Uwe Genade,' zei ser Jon Graftweg, 'ik smeek u, die eer aan mij te gunnen.'

'Je smeekt maar een eind weg,' zei heer Guiard de Groene, 'maar het toebrengen van de eerste klap komt een van de zeven toe.'

'Een aanval op een schildmuur vergt meer dan een fraaie mantel,' verklaarde Randyl Tarling. 'Ik voerde Hamer Tyrels voorhoede al aan toen jij nog aan de moederborst hing, Guiard.'

Lawaai vulde het paviljoen toen anderen luidkeels op hun rechten wezen. *Zomerridders*, dacht Catelyn. Renling hief een hand op. 'Genoeg, heren. Als ik een tiental voorhoedes had kreeg u er allemaal een, maar de grootste roem komt de grootste ridder toe. Ser Loras zal de eerste klap toebrengen.'

'Met vreugde in het hart, Uwe Genade.' De Bloemenridder knielde voor de koning. 'Schenk mij uw zegen, en een ridder om met uw banier aan mijn zij te rijden. Laat de hertenbok en de roos zij aan zij ten strijde trekken.'

Renling keek om zich heen. 'Briënne.'

'Uwe Genade?' Ze droeg nog steeds haar blauwe staal, al had ze haar helm afgezet. Het was warm in de overvolle tent, en haar steile gele haar zat tegen haar brede, onaantrekkelijke gezicht geplakt. 'Mijn plaats is naast u. Ik ben uw gezworen schild...'

'Een van de zeven,' bracht de koning haar in herinnering. 'Wees maar niet bang, vier van je gezellen zullen naast mij strijden.'

Briënne viel op haar knieën. 'Als ik dan van u moet scheiden, Uwe Genade, gun mij dan de eer u voor de veldslag te bewapenen.'

Achter zich hoorde Catelyn iemand gniffelen. *Ze is verliefd op hem, het arme kind*, dacht ze treurig. *Ze is bereid voor schildknaap voor hem te spelen, alleen maar om hem te kunnen aanraken, en het kan haar niet schelen dat ze haar voor gek verslijten.*

'Toegestaan,' zei Renling. 'En nu wil ik alleen zijn. Zelfs een koning heeft rust nodig voor de slag.'

'Heer,' zei Catelyn, 'in het laatste dorpje waar we doorheen zijn gekomen was een kleine sept. Als u mij niet naar Stroomvliet wilt laten terugkeren, geeft u mij dan verlof om daar te gaan bidden.'

'Zoals u wenst. Ser Robar, beschermt u vrouwe Stark tijdens haar bezoek aan die sept... maar zorg dat ze met het aanbreken van de dag bij ons terug is.'

'U zou er zelf ook goed aan doen om te bidden,' voegde Catelyn eraan toe.

'Om de overwinning?'

'Om wijsheid.'

Renling lachte. 'Loras, wil jij hier blijven om me te helpen met bidden? Ik heb het al zo lang niet gedaan dat ik niet meer weet hoe het moet. Wat de overigen van u betreft, ik wil dat iedereen met het ochtendkrieken zijn positie heeft ingenomen, bewapend, geharnast en te paard. We zullen Stannis een dageraad bezorgen die hij niet licht zal vergeten.'

De schemering daalde al toen Catelyn het paviljoen verliet. Ser Robar Roys voegde zich bij haar. Ze kende hem oppervlakkig: een zoon van Bronzen Yan, op een ruige manier aantrekkelijk, een toernooiheld met een zekere reputatie. Renling had hem van een regenboogmantel en een bloedrood harnas voorzien en hem tot een van zijn zeven benoemd.

'U bent ver van de Vallei, ser,' zei ze tegen hem.

'En u ver van Winterfel, vrouwe.'

'Ik weet wat mij hierheen heeft gevoerd, maar wat is de reden van uw aanwezigheid? Dit is net zomin uw strijd als de mijne.'

'Ik heb deze strijd tot de mijne gemaakt toen ik Renling als mijn koning koos.'

'Die van Roys zijn baandermannen van het huis Arryn.'

'Mijn vader is een vazal van vrouwe Lysa, net als zijn erfgenaam. Een tweede zoon moet roem zien te verwerven waar hij kan.' Ser Robar schokschouderde. 'Een man krijgt op den duur genoeg van toernooien.'

Hij kon niet ouder dan eenentwintig zijn, dacht Catelyn, even oud als zijn koning... maar háár koning, haar Robb, bezat met zijn vijftien jaar meer wijsheid dan deze jongeling ooit had opgedaan. Of dat hoopte ze althans vurig.

In Catelyns hoekje van het kamp was Schad bezig peen in een ketel te snipperen. Hal Mollen zat te dobbelen met drie mannen van Winterfel en Lucas Zwartewoud sleep zijn dolk. 'Vrouwe Stark,' zei Lucas toen hij haar zag. 'Mollen zegt dat de veldslag morgenvroeg losbarst.'

'Dat heeft hij bij het rechte eind,' antwoordde ze. *En loslippig is hij kennelijk ook.*

'En wat doen wij... vechten of vluchten?'

'Bidden, Lucas,' antwoordde ze. 'Wij bidden.'

Sansa

'Hoe langer je hem laat wachten, des te zwaarder krijg je het te verduren,' waarschuwde Sandor Clegane haar.
Sansa deed haar best zich te haasten, maar haar vingers frommelden onhandig aan de knopen en strikken. De Jachthond sprak haar altijd ruw toe, maar de manier waarop hij haar aankeek vervulde haar met vrees. Was Joffry achter haar ontmoetingen met ser Dontos gekomen? *O goden, nee*, dacht ze terwijl ze haar haren borstelde. Al haar hoop was op ser Dontos gevestigd. *Ik moet er mooi uitzien, Joff heeft graag dat ik er mooi uitzie, hij vindt altijd dat deze japon, deze kleur, me zo goed staat.* Ze streek de stof glad. De japon spande over haar borst.

Toen ze naar buiten gingen liep Sansa links van de Jachthond, aan de kant waar zijn gezicht niet verbrand was. 'Wat heb ik dan misdaan?'
'Jij niet. Je koninklijke broer.'
'Robb is een verrader.' Sansa kende de tekst uit haar hoofd. 'Ik heb part noch deel aan zijn daden.' *Genadige goden, laat het niet de Koningsmoordenaar zijn.* Als Robb Jaime Lannister iets had aangedaan zou dat haar het leven kosten Ze dacht aan ser Ilyn, aan die fletse, meedogenloos starende ogen in dat ingevallen, pokdalige gezicht.

De Jachthond snoof. 'Je bent goed afgericht, vogeltje.' Hij leidde haar naar het benedenplein, waar een grote menigte rond de schuttersdoelen verzameld was. De mensen weken opzij om hen door te laten. Ze hoorde heer Gyllis hoesten. Luierende stalknechten wierpen haar vrijpostige blikken toe, maar ser Horas Roodweyn keek de andere kant op toen ze langsliep en zijn broer Hobber deed of hij haar niet zag. Een gele kat lag op de grond te sterven met een kruisboogbout in zijn ribben en huilde meelijwekkend. Sansa liep er met een misselijk gevoel omheen.

Ser Dontos kwam op zijn stokpaard op haar af. Omdat hij op het toernooi te dronken was geweest om zijn paard te bestijgen had de koning besloten dat hij voortaan als ruiter door het leven moest. 'Moed houden,' fluisterde hij en hij gaf een kneepje in haar arm.

Joffry stond midden in het gedrang de pees van een fraai bewerkte kruisboog op te winden. Hij had ser Boros en ser Meryn bij zich. Hun aanblik was genoeg om een knoop in haar ingewanden te leggen.

'Uwe Genade.' Ze zonk op haar knieën.
'Knielen zal je niet baten,' zei de koning. 'Sta op. Je bent hier om je te verantwoorden voor het meest recente verraad van je broer.'

'Uwe Genade, wat mijn verraderlijke broer ook gedaan heeft, ik heb er part noch deel aan. Dat weet u, ik smeek u, heb meelij!'
'*Laat haar opstaan!*'
De Jachthond trok haar overeind, maar niet hardhandig.
'Ser Lancel,' zei Joff, vertel haar wat voor schandelijks er is gebeurd.'
Sansa had Lancel Lannister altijd knap en beschaafd gevonden, maar nu was zijn blik meedogenloos en onvriendelijk. 'Met behulp van laaghartige toverkunsten heeft jouw broer ser Steffert Lannister met een leger demonen overvallen, nog geen drie dagritten van Lannispoort. Duizenden voortreffelijke mannen zijn in hun slaap afgeslacht zonder de kans te krijgen het zwaard te heffen. Na die slachtpartij hebben de noorderlingen zich aan het vlees van de gesneuvelden te goed gedaan.'
Ontzetting greep Sansa bij de keel.
'Heb je niets te zeggen?' vroeg Joffry.
'Uwe Genade, het arme kind is buiten zinnen van schrik,' prevelde ser Dontos.
'Zwijg, zot.' Joffry hief zijn kruisboog en richtte die op haar gezicht. 'Jullie Starks zijn al even onnatuurlijk als die wolven van jullie. Ik ben nog niet vergeten hoe dat woeste monster van jou mij heeft aangevallen.'
'Dat was Arya's wolf,' zei ze. 'Dame had u niets gedaan, maar u hebt haar toch gedood.'
'Dat heeft je vader gedaan,' zei Joff, 'maar ik heb je vader laten doden. Ik wou dat ik het zelf had gedaan. Ik heb vannacht een man gedood die groter was dan jouw vader. Ze kwamen bij de poort en schreeuwden mijn naam en riepen om brood alsof ik een *bakker* ben, maar ik heb hun een lesje geleerd. De luidruchtigste heb ik recht in zijn keel getroffen.'
'En is hij dood?' Nu die lelijke ijzeren punt van de bout haar in het gezicht staarde kostte het haar moeite iets anders te bedenken.
'Natuurlijk is hij dood, mijn kruisboogbout stak in zijn strot. Er was ook een vrouw die met stenen gooide. Haar heb ik ook geraakt, maar alleen maar in haar arm.' Fronsend liet hij de kruisboog zakken. 'Ik zou jou ook graag doodschieten, maar als ik dat doe doden ze mijn oom Jaime, zegt mijn moeder. In plaats daarvan word je nu gestraft, en we zullen je broer laten weten hoe het jou zal vergaan als hij zich niet overgeeft. Hond, sla haar.'
'Laat mij het doen!' Ser Dontos schoof naar voren, en zijn tinnen harnas rammelde. Hij was gewapend met een 'morgenster' waarvan de kop een meloen was. *Mijn Florian*. Ze had hem wel kunnen zoenen, vlekkerige huid en gesprongen adertjes en al. Hij hobbelde op zijn bezemsteel om haar heen, riep 'Verrader, verrader', en sloeg haar met de meloen om haar oren. Sansa stak afwerend haar handen omhoog en

wankelde telkens als de vrucht haar raakte. Haar haren kleefden al bij de tweede klap. De omstanders lachten. De meloen sprong in stukken. *Lach dan, Joffry*, bad ze terwijl het sap over haar gezicht en de borst van haar blauwe zijden japon liep. *Lach en wees tevreden.*

Joffry gniffelde niet eens. 'Boros. Meryn.'

Ser Meryn Trant greep Dontos bij zijn arm en smeet hem bruusk opzij. De zot met het rode gezicht viel op de grond met bezemsteel, meloen en al. Ser Boros greep Sansa.

'Niet op haar gezicht,' beval Joffry. 'Ze moet er wel mooi uit blijven zien.'

Boros ramde een vuist in Sansa's maag, zodat de lucht uit haar longen werd geperst. Toen ze dubbelsloeg greep de ridder haar bij het haar en trok zijn zwaard, en één afgrijselijk ogenblik was ze ervan overtuigd dat hij haar de keel af zou snijden. Toen hij het plat van zijn zwaard op haar dijen liet neerkomen, dacht ze dat haar benen zouden breken, zo hard was de klap. Sansa gilde. De tranen sprongen haar in de ogen. *Het is zo over.* Al snel raakte ze de tel van de slagen kwijt.

'Genoeg,' hoorde ze de Jachthond knarsen.

'Nee, het is niet genoeg,' antwoordde de koning. 'Boros, ik wil haar naakt hebben.'

Boros schoof een vlezige hand in de voorkant van Sansa's keursje en gaf een harde ruk. De zij scheurde van haar af, zodat ze tot haar middel ontbloot werd. Sansa bedekte haar borsten met haar handen. Ze hoorde gegniffel, veraf en geniepig. 'Sla haar tot bloedens toe,' zei Joffry. 'Eens zien wat haar broer ervan vindt als...'

'*Wat heeft dít te betekenen?*'

De stem van de Kobold knalde als een zweep, en Sansa werd abrupt losgelaten. Ze struikelde en zonk op haar knieën, haar armen over haar borst gekruist, happend naar adem. 'Is dit uw idee van ridderlijkheid, ser Boros?' wilde Tyrion Lannister op nijdige toon weten. Hij had zijn favoriete huurling bij zich, en een van zijn wildlingen, die met het verbrande oog. 'Wat is dat voor ridder, die weerloze meisjes slaat?'

'Een ridder die zijn koning dient, Kobold.' Ser Boros hief zijn zwaard op en ser Meryn kwam naast hem staan. Zijn kling kwam met een schurend geluid uit de schede.

'Kijk uit met die dingen,' waarschuwde de huurling van de dwerg. 'Jullie willen vast niet dat die fraaie witte mantels onder het bloed komen.'

'Laat iemand het meisje iets geven om zich mee te bedekken,' zei de Kobold. Sandor Clegane gespte zijn mantel los en wierp hem Sansa toe. Ze drukte hem tegen haar borst, en haar vuisten groeven zich in de witte wol. De grove stof prikte tegen haar huid, maar geen fluweel had ooit zo heerlijk aangevoeld.

'Dit meisje is voorbestemd je koningin te worden,' zei de Kobold tegen Joffry. 'Is je dan niets aan haar eer gelegen?'

'Dit was haar straf.'

'Voor welke misdaad? Zij voert haar broers leger niet aan.'

'Ze heeft wolvenbloed.'

'En jij hebt een ganzenbrein.'

'Zo mag je niet tegen me praten. De koning doet wat hem behaagt.'

'Aerys Targaryen deed wat hem behaagde. Heeft je moeder je ooit verteld hoe het met hem afliep?'

Ser Boros Both schraapte zijn keel. 'Geen mens bedreigt Zijne Genade in aanwezigheid van zijn Koningsgarde.'

Tyrion Lannister trok een wenkbrauw op. 'Ik bedreig de koning niet, ser, ik voed mijn neef op. Bronn, Timet, als ser Boros zijn mond nog eens opendoet, dood hem dan.' De dwerg glimlachte. 'Dát was dus een dreigement, ser. Is het verschil u duidelijk?'

Ser Boros liep donkerrood aan. 'Hier zal de koningin van horen.'

'Ongetwijfeld. Waar wachten we eigenlijk op? Joffry, zullen we je moeder laten halen?'

De koning kreeg een kleur.

'Geen commentaar, Uwe Genade?' vervolgde zijn oom. 'Goed. Leer dan je oren meer en je mond minder te gebruiken, of je regering zal net zo kort zijn als ik ben. Buitensporig geweld is niet de aangewezen manier om de liefde van je volk te winnen... of die van je koningin.'

'Vrees is beter dan liefde, zegt moeder.' Joffry wees naar Sansa. 'Zij is bang voor me.'

De Kobold zuchtte. 'Ja, dat zie ik. Jammer dat Stannis en Renling ook geen twaalfjarige meisjes zijn. Bronn, Timet, neem haar mee.'

Sansa liep voort als in een droom. Ze dacht dat de mannen van de Kobold haar terug zouden brengen naar haar slaapvertrek in Maegors Veste, maar in plaats daarvan voerden ze haar naar de Toren van de Hand. Ze had daar geen voet meer in gezet sinds de dag dat haar vader in ongenade was gevallen, en ze voelde zich duizelig toen ze de trap opklom.

Een paar dienstmeisjes ontfermden zich over haar en troostten haar met betekenisloze woordjes om haar te laten ophouden met trillen. Eentje trok haar de resten van haar jurk en haar ondergoed uit, een tweede deed haar in bad en waste het kleverige sap van haar gezicht en uit haar haren. Terwijl ze haar schoonboenden met zeep en haar hoofd met warm water spoelden zag ze uitsluitend de gezichten op het binnenplein voor zich. *Ridders zijn bij ede gehouden om weerlozen te verdedigen, vrouwen te beschermen en op de bres te springen voor de gerechtigheid, maar niemand stak een hand uit.* Alleen ser Dontos had geprobeerd haar te helpen, en hij was geen ridder meer, evenmin als de

Kobold dat was, of de Jachthond... de Jachthond haatte ridders... *en ik haat ze ook*, dacht Sansa. *Het zijn geen waarachtige ridders, geen van allen.*

Toen ze schoon was kwam de gezette maester Frenken met zijn rode haar om haar te onderzoeken. Hij vroeg haar op haar buik op de matras te gaan liggen, waarna hij de vuurrode striemen op de achterkant van haar benen met zalf insmeerde. Daarna mengde hij een droomwijndrank voor haar, met wat honing, zodat ze het makkelijker naar binnen kreeg. 'Ga maar wat slapen, kind. Als je wakker wordt lijkt het allemaal een boze droom.'

Welnee, stommeling, dacht Sansa, maar ze dronk de droomwijn toch op en viel in slaap.

Het was donker toen ze ontwaakte zonder precies te weten waar ze was. De kamer kwam haar vreemd en toch vreemd vertrouwd voor. Toen ze overeind kwam ging er een steek van pijn door haar benen en kwam alles weer boven. Haar ogen vulden zich met tranen. Iemand had naast het bed een kamerjapon voor haar klaargelegd. Sansa trok hem aan en opende de deur. Daarvoor stond een vrouw met een hard gezicht en een leerachtig bruine huid, met drie kettingen om haar spichtige nek, een van goud, een van zilver en een van mensenoren. 'En waar dacht het meisje dat ze naartoe ging?' vroeg de vrouw, die op een lange speer leunde.

'Naar het godenwoud.' Ze moest ser Dontos spreken, hem smeken of hij haar nu naar huis wilde brengen, vóór het te laat was.

'De halfman zei dat je niet weg mocht,' zei de vrouw. 'Bid hier maar, de goden horen je toch wel.'

Gedwee sloeg Sansa haar ogen neer en ze trok zich terug. Plotseling besefte ze waarom deze plek haar zo vertrouwd voorkwam. *Ze hebben me in Arya's oude slaapkamer ondergebracht, van toen vader de Hand des Konings was. Al haar spullen zijn weg en het meubilair is verplaatst, maar het is dezelfde kamer...*

Korte tijd daarop bracht een dienstmeisje een schaal met kaas, brood en olijven en een flacon koud water. 'Neem maar weer mee,' beval Sansa, maar het meisje zette het eten op een tafeltje neer. Ze merkte dat ze toch wel dorst had. Bij elke stap boorden zich dolken in haar benen, maar ze dwong zich om naar de andere kant van het vertrek te lopen. Ze dronk twee bekers water en knabbelde net aan een olijf toen er geklopt werd.

Zenuwachtig keerde ze zich naar de deur toe en ze streek de plooien van haar gewaad glad. 'Ja?'

De deur werd geopend en Tyrion Lannister stapte naar binnen. 'Ik stoor toch hopelijk niet, jonkvrouwe?'

'Ben ik uw gevangene?'

'Mijn gast.' Hij had zijn ambtsketen om, een halsketting van geschakelde gouden handen. 'Ik dacht dat we misschien konden praten.'

'Zoals u beveelt, heer.' Het kostte Sansa moeite hem niet aan te staren. Zijn gezicht was zo lelijk dat er een merkwaardige fascinatie van uitging.

'Bent u tevreden met het eten en de kleding?' vroeg hij. 'Als u nog iets nodig hebt hoeft u het maar te vragen.'

'U bent erg vriendelijk... en vanochtend... heel aardig van u dat u mij geholpen hebt.'

'U hebt het recht te weten waarom Joffry zo vertoornd was. Zes nachten geleden heeft uw broer mijn oom Steffert overvallen toen hij met zijn krijgsmacht bij het dorpje Ossenwade gelegerd was, minder dan drie dagritten van de Rots van Casterling. Uw noorderlingen hebben een verpletterende overwinning behaald. We hebben het nieuws pas vanmorgen gehoord.'

Robb maakt jullie allemaal af, dacht ze triomfantelijk. 'Wat... verschrikkelijk, heer. Mijn broer is een laaghartige verrader.'

De dwerg glimlachte flauwtjes. 'Tja, een hertenjong is hij niet, dat heeft hij wel duidelijk gemaakt.'

'Ser Lancel zei dat Robb een leger wargs aanvoerde...'

De Kobold lachte kort en minachtend. 'Ser Lancel is een krijgsman van de kouwe grond die geen warg van een watje kan onderscheiden. Uw broer had zijn schrikwolf bij zich, maar ik vermoed dat dat alles was. De noorderlingen zijn het kamp van mijn oom ingeslopen en hebben de touwen van de paarden doorgesneden, waarna heer Stark zijn wolf tussen hen in zond. Zelfs de geoefende strijdrossen raakten in paniek. Ridders werden in hun tent doodgetrapt en het voetvolk schrok wakker en nam in doodsangst de benen, met achterlating van alle wapens, zodat ze harder konden lopen. Ser Steffert sneuvelde toen hij een paard achternajoeg. Heer Rickard Karstark heeft zijn borst met een lans doorboord. Ook ser Rubert Brax is dood, evenals ser Leimond Vikarie, heer Crakenhal en heer Scerts. Vijftig anderen zijn krijgsgevangen gemaakt, inclusief de zonen van Scherts en Martyn Lannister, een oomzegger van mij. De overlevenden verspreiden nu sterke verhalen en doen er een eed op dat de oude goden van het noorden aan de kant van uw broer strijden.'

'Dus... er was geen toverij in het spel?'

Lannister snoof. 'Toverij? Met dat sausje overgieten dwazen hun incompetentie om die beter verteerbaar te maken. Mijn schaapskop van een oom had niet eens de moeite genomen om wachtposten uit te zetten, schijnt het. Zijn leger was kakelvers... leerjongens, mijnwerkers, landarbeiders, vissers, het tuig van Lannispoort. Het enige raadsel is hoe uw broer hem heeft kunnen bereiken. Onze strijdkrachten hebben de

vesting bij de Guldentand nog steeds in handen en zweren dat hij daar niet langsgekomen is.' De dwerg haalde geërgerd zijn schouders op. 'Welnu, Robb Stark is mijn vaders kwelgeest. De mijne heet Joffry. Vertelt u eens, wat voelt u voor mijn koninklijke neef?'
'Ik heb hem van ganser harte lief,' zei Sansa onmiddellijk.
'Is het werkelijk?' Hij klonk niet overtuigd. 'Zelfs nu nog?'
'Mijn liefde voor zijne genade is groter dan ooit.'
De Kobold schoot in de lach, 'Zo zo, iemand heeft jou goed leren liegen. Op een dag zul je daar misschien dankbaar voor zijn. Je bént toch nog een kind, hè? Of ben je al ontloken?'
Sansa bloosde. Dat was onbeschoft, maar het was niets vergeleken met de schande om uitgekleed te worden waar het halve kasteel bij was. 'Nee, heer.'
'Dat is dan maar goed ook. Misschien kan ik je troosten door te zeggen dat het niet mijn bedoeling is dat je ooit met Joffry zult trouwen. Na alles wat er is gebeurd, zullen Stark en Lannister nooit door een huwelijk verzoend worden, vrees ik. Des te treuriger. Die verbintenis was een van koning Roberts betere ideeën, maar Joffry heeft het verknoeid.'
Ze besefte dat ze iets moest zeggen, maar de woorden bleven in haar keel steken.'
'Je bent nogal stil geworden,' merkte Tyrion Lannister op. 'Wil je dat soms? Dat je verloving verbroken wordt?'
'Ik...' Sansa wist niet wat te zeggen. *Is dit een truc? Zal hij me straffen als ik de waarheid zeg?* Ze staarde naar het brutale, bolle voorhoofd van de dwerg, het harde, zwarte oog en het sluwe groene, de scheve tanden en de borstelige baard. 'Ik wil alleen maar trouw zijn.'
'Trouw,' peinsde de dwerg, 'en ver van alle Lannisters. Dat kan ik je nauwelijks kwalijk nemen. Toen ik net zo oud was als jij wilde ik precies hetzelfde.' Hij glimlachte. 'Ik heb gehoord dat je iedere dag naar het godenwoud gaat. Waar bid je om, Sansa?'
Om Robbs overwinning en Joffry's dood... en dat ik naar huis kan. Naar Winterfel. 'Ik bid dat er een einde komt aan het vechten.'
'Dat zal niet lang meer duren. Er komt nog een veldslag, tussen jouw broer Robb en mijn vader, en die zal het pleit beslechten.'
Robb zal hem verslaan, dacht Sansa. *Hij heeft je oom en je broer Jaime verslagen, en hij zal ook je vader verslaan.*
Haar gezicht moest een open boek zijn, zo makkelijk kon de dwerg haar hoop erop aflezen. 'Hecht niet te veel waarde aan Ossenwade,' zei hij niet onvriendelijk. 'Een veldslag is de oorlog niet, en mijn vader is al helemaal niet mijn oom Steffert. Als je nog eens naar het godenwoud gaat, bid dan maar dat je broer zo wijs zal zijn om door de knieën te gaan. Zodra de koningsvrede in het noorden hersteld is ben ik van plan je naar huis te sturen.' Hij sprong van de vensterbank. 'Je kunt van-

nacht wel hier slapen. Ik zal je een paar van mijn eigen mannen als wachters geven, een paar Steenkraaien misschien...'

'Nee,' flapte Sansa er vol afgrijzen uit. Als ze in de Toren van de Hand werd opgesloten, bewaakt door de mannen van de dwerg, hoe zou ser Dontos haar dan ooit heimelijk kunnen bevrijden?

'Heb je liever Zwartoren? Je kunt Chella wel krijgen, als je je bij een vrouw beter op je gemak voelt.'

'Alstublieft niet, heer, ik ben bang voor die wildlingen.'

Hij grijnsde. 'Ik ook. Maar waar het om gaat is dat Joffry en dat stel sluwe adders en likkebaardende honden die hij zijn Koningsgarde noemt, ook bang voor ze zijn. Met Chella of Timet naast je durft geen mens je een haar te krenken.'

'Ik ga toch liever naar mijn eigen bed terug.' Plotseling viel haar een leugen in die haar dermate goed leek dat ze hem er meteen uitgooide. 'Mijn vaders mannen zijn hier in de toren omgekomen. Hun geesten zouden me nachtmerries bezorgen, en overal waar ik keek zou ik hun bloed zien.'

Tyrion Lannister keek haar onderzoekend aan. 'Ik weet maar al te goed wat een nachtmerrie is, Sansa. Misschien ben je verstandiger dan ik dacht. Sta me dan tenminste toe je veilig naar je eigen vertrekken terug te brengen.'

Catelyn

Het was al helemaal donker toen ze het dorpje vonden. Catelyn vroeg zich af of het een naam had. Zo ja, dan hadden de mensen alle kennis daaromtrent meegenomen toen ze waren gevlucht met medeneming van al hun bezittingen, de kaarsen in de sept incluis. Ser Wendel stak een toorts aan en leidde haar de lage deur door. Binnen waren de zeven wanden gebarsten en scheefgezakt. *God is één*, had septon Osmind haar geleerd toen ze nog een meisje was, *met zeven aspecten, zoals de sept één gebouw met zeven wanden is*. De rijke septs in de steden hadden standbeelden van de Zeven, en voor ieder een altaar. In Winterfel had septon Cheyl aan elke wand gesneden maskers gehangen. Hier trof Catelyn alleen ruwe houtskoolschetsen aan. Ser Wendel plaatste de toorts in een houder naast de deur en ging naar buiten om samen met ser Robar Roys te wachten.

Catelyn bestudeerde de gezichten. De Vader droeg zoals altijd een baard. De Moeder glimlachte liefdevol en beschermend. Bij de Krijgsman was een zwaard onder het gezicht getekend, bij de Smid een hamer. De Maagd was mooi, de Oude Vrouw verschrompeld en wijs.

En het zevende gezicht... de Vreemdeling was man noch vrouw en toch allebei, voor immer uitgestoten, een zwerver uit verre oorden, minder en meer dan menselijk, onbekend en onkenbaar. Dit gezicht was een zwart ovaal, een schaduw met sterren als ogen. Het verontrustte Catelyn. Hier zou ze weinig troost uit putten.

Ze knielde voor de Moeder. 'Vrouwe, zie met moederogen op deze veldslag neer. Het zijn allen zonen, ieder van hen. Bewaar hen als u kunt, en bewaar ook mijn eigen zonen. Waak over Robb, Bran en Rickon. Was ik maar bij hen.'

Door het linkeroog van de moeder liep een barst, waardoor het leek of ze huilde. Catelyn hoorde de bulderstem van ser Wendel en nu en dan het zachte antwoord van ser Robar. Ze spraken over de ophanden zijnde slag. Verder was de nacht stil. Er was zelfs geen krekel te horen, en de goden deden er het zwijgen toe. *Hebben jouw oude goden jou ooit antwoord gegeven, Ned*, vroeg ze zich af. *Als jij voor je hartboom knielde, hoorden ze je dan?*

Flakkerend toortslicht danste over de muren, zodat de gezichten half levend leken en zich vertrokken en veranderden. De standbeelden in de grote septs in de steden hadden de gezichten die de steenhouwers hun hadden gegeven, maar deze houtskoolkrabbels waren zo primitief dat ze iedereen konden zijn. Het gezicht van de Vader deed haar aan haar eigen vader denken, stervend in zijn bed in Stroomvliet. De Krijgsman was Renling en Stannis, Robb en Robert, Jaime Lannister en Jon Sneeuw. Heel even ontwaarde ze zelfs iets van Arya in die trekken. Toen streek er een tochtvlaag door de deur naar binnen en de toorts sputterde. De gelijkenis verdween, door een felle oranje gloed uitgewist.

De rook prikte in haar ogen. Ze wreef erin met de rug van haar gehavende handen. Toen ze weer naar de Moeder opkeek zag ze haar eigen moeder. Vrouwe Minisa Tulling was in het kraambed gestorven bij haar poging heer Hoster een tweede zoon te schenken. Met haar was ook de baby verloren gegaan, en in haar vader was iets geknapt. *Zij was altijd zo rustig*, dacht Catelyn, terwijl ze zich haar moeders zachte handen en warme glimlach voor de geest haalde. *Als zij was blijven leven zou ook ons leven anders zijn verlopen.* Ze vroeg zich af wat vrouwe Minisa zou vinden van haar oudste dochter, zoals ze nu voor haar neerknielde. *Al die duizenden mijlen die ik heb afgelegd – en waarvoor? Wie is ermee gediend? Mijn dochters ben ik kwijt. Robb heeft me niet nodig, en Bran en Rickon vinden me vast een kille, onnatuurlijke moeder. Ik was niet eens bij Ned toen hij stierf...*

Het duizelde haar, en rondom haar leek de sept te bewegen. De schaduwen versprongen en verschoven als kleine diertjes die steels wegschoten langs de gebarsten witte wanden. Catelyn had vandaag niet gegeten. Dat was misschien onverstandig geweest. Ze maakte zichzelf wijs dat ze geen tijd had gehad, maar de waarheid was dat ze alle smaak voor eten had verloren in een wereld zonder Ned. *Toen ze zijn hoofd afsloegen was dat ook mijn dood.*

Achter haar sputterde de toorts, en plotseling kwam het haar voor dat het gezicht op de wand dat van haar zuster was, al waren de ogen harder dan in haar herinnering, niet Lysa's ogen maar die van Cersei. *Ook Cersei is een moeder. Wie haar kinderen ook heeft verwekt, ze heeft ze in zich voelen bewegen, ze in pijn en bloed ter wereld gebracht en ze aan de borst gehad. Als ze echt van Jaime zijn...*

'Bidt Cersei ook tot u, vrouwe?' vroeg Catelyn aan de Moeder, en ze zag de trotse, koude, beeldschone gelaatstrekken van de Lannister-koningin op de muur gebrand staan. De barst was er nog. Zelfs Cersei kon om haar kinderen huilen. 'Elk van de Zeven belichaamt alle Zeven,' had septon Osmind haar eens gezegd. In de Oude Vrouw school evenveel schoonheid als in de Maagd, en als haar kinderen in gevaar verkeerden kon de Moeder de Krijgsman in felheid overtreffen. *Ja...*

Ze had Robert Baratheon lang genoeg in Winterfel meegemaakt om te weten dat de koning Joffry geen erg warm hart toedroeg. Als de jongen echt aan het zaad van Jaime was ontsproten, zou Robert hem samen met zijn moeder ter dood hebben gebracht en slechts weinigen zouden hem hebben veroordeeld. Bastaarden waren niet ongewoon, maar incest was een monsterlijke zonde in de ogen van de oude én de nieuwe goden, en de vruchten van die verdorvenheid werden zowel in de sept als in het godenwoud een gruwel genoemd. Bij de drakenkoningen werd broeder aan zuster gepaard, maar zij waren van het bloed van het oude Valyria, waar dat gebruikelijk was, en de Targaryens legden aan goden noch mensen rekenschap af, evenmin als hun draken.

Ned moest het geweten hebben, en heer Arryn vóór hem. Geen wonder dat de koningin hen allebei had gedood. *Zou ik voor mijn kinderen niet precies hetzelfde doen?* Catelyn balde haar vuisten en voelde dat de littekens op haar vingers strakgetrokken werden, daar waar het lemmet van de huurmoordenaar tot op het bot was gegaan toen ze vocht om haar zoon te redden. 'Bran weet het ook,' fluisterde ze en ze boog haar hoofd. *O goden, hij moet iets gezien hebben, iets gehoord, daarom hebben ze geprobeerd hem in zijn bed te vermoorden.*

Doodmoe en verloren als ze zich voelde gaf Catelyn zich aan haar goden over. Ze knielde voor de Smid, die het verbrokene heel maakte, en vroeg om bescherming voor haar lieve Bran. Ze ging naar de Maagd en smeekte haar Arya en Sansa moed te schenken, hun onschuld te bewaren. Tot de Vader bad ze om gerechtigheid, om de kracht die na te streven en de wijsheid die te herkennen, en ze vroeg de Krijgsman om Robb te sterken en te beschermen in het gevecht. Ten slotte wendde ze zich tot de Oude Vrouw, wier beeltenis vaak een lamp in de hand had. 'Leid mij, wijze vrouwe,' bad ze. 'Toon mij het pad dat ik moet gaan, en laat mij niet struikelen op de donkere stukken die voor mij liggen.'

Ten slotte klonken er voetstappen achter haar, en een geluid bij de deur. 'Vrouwe,' zei ser Robar vriendelijk, 'verschoning, maar onze tijd is om. We moeten voor het aanbreken van de dag terug zijn.'

Stijf kwam Catelyn overeind. Haar knieën deden pijn, en ze had er op dat moment heel wat voor gegeven als ze een veren matras en een kussen had gehad.

Ze reden zwijgend door schaars begroeide bosgrond waarop de bomen als dronkenmannen schuin van de zee afbogen. Het nerveuze gehinnik van paarden en het gerinkel van staal wees hun de weg naar Renlings kamp. De lange rijen mannen en paarden waren in een harnas van duisternis gehuld, even zwart als wanneer de Smid de nacht zelf tot staal had omgesmeed. Er waren links banieren, rechts banieren en lange rijen banieren voor haar, maar in het grauwe uur voor de dageraad was er geen enkele kleur of wapenteken te onderscheiden. *Een grijs leger,* dacht Catelyn. *Grijze mannen op grijze paarden onder grijze banieren.* Terwijl ze te paard zaten te wachten, hielden Renlings schaduwridders hun lansen rechtop, zodat ze door een woud van hoge, kale bomen reed, ontbladerd en levenloos. Daar waar Stormeinde stond was de duisternis slechts nog dieper, een muur van zwart waar geen ster doorheen kwam, maar aan de overkant van het veld, waar het kamp van heer Stannis was, zag ze toortsen bewegen.

De kaarsen in Renlings paviljoen beschenen de glanzende zijden wanden met een gloed die de reusachtige tent in een magisch slot van smaragdgroen, levend licht leek te veranderen. Bij de ingang van 's konings paviljoen stonden twee leden van de Regenbooggarde op wacht. Het groene licht gaf de paarse pruimen op ser Parmens wapenrok een vreemde tint, terwijl de zonnebloemen waarmee ser Emmons geëmailleerde gele harnas van top tot teen bedekt was, lijkbleek leken. Lange zijden pluimen golfden van hun helm, en om hun schouders was een mantel in alle kleuren van de regenboog gedrapeerd.

Binnen trof Catelyn Briënne aan, bezig de koning te bewapenen voor de slag, terwijl de heren Tarling en Rowin opstelling en tactiek bespraken. Het was hier aangenaam warm; de hitte hing zinderend boven een tiental kleine kolenkomfoors. 'Ik moet u spreken, Uwe Genade,' zei ze, voor deze ene keer bereid hem de titel van koning te gunnen, als hij maar luisterde.

'Een ogenblikje, vrouwe Catelyn,' antwoordde Renling. Over zijn gewatteerde tuniek gespte Briënne zijn rug- en borstharnas aan elkaar. De wapenrusting van de koning was diepgroen, het groen van bladeren in een zomers woud, zo donker dat het kaarslicht erdoor werd opgeslokt. Telkens als hij bewoog, blonken de gouden lichtjes van het inlegwerk en de gespen, als brandende vuurtjes diep in datzelfde woud. 'Gaat u door, heer Mathis.'

'Uwe Genade,' zei Mathis Rowan met een schuine blik op Catelyn, 'zoals ik zei zijn de troepen al ruimschoots gereed. Waarom wachten tot het dag is? Geef het sein tot oprukken.'

'Zodat ze zullen zeggen dat ik de overwinning op verraderlijke wijze heb behaald, door een onridderlijke aanval? De dageraad was het vastgestelde uur.'

'Vastgesteld door Stannis,' merkte Randyl Tarling op. 'Hij wil ons recht in het zwaard van de rijzende zon laten lopen. We zullen half verblind zijn.'

'Alleen maar tot de legers op elkaar stoten,' zei Renling vol zelfvertrouwen. 'Ser Loras zal hun linies doorbreken, en dan volgt de chaos.' Briënne trok zijn groenleren riempjes strak en maakte zijn gouden gespen vast. 'Als mijn broer sneuvelt, zorg dan dat zijn lijk ongeschonden blijft. Hij is mijn eigen vlees en bloed, ik wil niet dat zijn hoofd triomfantelijk op een speer wordt rondgedragen.'

'En als hij zich overgeeft?' vroeg heer Tarling.

'Stannis, zich overgeven?' Heer Rowin lachte. 'Toen Hamer Tyrel

Stormeinde belegerde, vrat Stannis liever ratten dan dat hij de poort opendeed.'

'Dat staat me maar al te goed bij.' Renling stak zijn kin naar voren, zodat Briënne zijn halsstuk kon vastgespen. 'Tegen het einde probeerde ser Gawen Wyld met drie van zijn ridders via een achterpoort het slot uit te glippen om zich over te geven. Stannis kreeg ze te pakken en beval dat ze met blijden van de muren geslingerd moesten worden. Ik zie Gawens gezicht nog voor me op het moment dat ze hem vastbonden. Hij was onze wapenmeester geweest.'

Heer Rowin keek verbaasd. 'Er zijn toen geen mannen van de muren gesmeten, dat zou ik heus nog wel weten.'

'Maester Cressen zei tegen Stannis dat we misschien onze doden zouden moeten opeten en dat we er niets mee opschoten om goed vlees weg te smijten.' Renling streek zijn haar naar achteren. Briënne bond er een fluwelen lint omheen en trok een gewatteerde kap tot over zijn oren. 'Dankzij de Uienridder hoefden we ons niet tot het consumeren van lijken te verlagen, maar het heeft weinig gescheeld. Te weinig voor ser Gawen, die in zijn cel stierf.'

'Uwe Genade.' Catelyn had geduldig gewacht, maar de tijd drong. 'U zou mij nog het oor lenen.'

Renling knikte. 'Wijd u maar aan uw troepen, sers... o ja, en als Barristan Selmy in de gelederen van mijn broer meevecht wil ik dat hij wordt gespaard.'

'Er is niets meer van ser Barristan vernomen sinds Joffry hem heeft weggestuurd,' wierp heer Rowin tegen.

'Ik ken die oude. Hij heeft een koning nodig om over te waken, want dan is hij iemand. Maar hij is nooit bij mij gekomen en volgens vrouwe Catelyn is hij evenmin bij Robb Stark in Stroomvliet. Dus waar zou hij anders zijn dan bij Stannis?'

'Zoals u zegt, Uwe Genade. Er zal hem geen kwaad geschieden.' De heren bogen diep en vertrokken.

'Zeg wat u te zeggen hebt, vrouwe Stark,' zei Renling. Briënne sloeg met een zwaai zijn mantel om zijn brede schouders. Die was van zwaar goudbrokaat, met daartegen afstekend een gekroonde Baratheon-hertenbok van stukjes git.

'De Lannisters hebben geprobeerd mijn zoon Bran te vermoorden. Ik heb me wel duizendmaal afgevraagd waarom. Het antwoord kwam van uw broer. Op de dag dat Bran viel vond er een jachtpartij plaats. Robert, Ned en de meeste anderen waren op everjacht, maar Jaime Lannister was in Winterfel gebleven, net als de koningin.'

Renling begreep onmiddellijk waarop ze doelde. 'Dus u denkt dat de jongen hen op incest heeft betrapt...'

'Ik smeek u, heer, geef mij verlof naar uw broer Stannis toe te gaan

en hem van mijn verdenking op de hoogte te stellen.'
'Waar is dat goed voor?'
'Robb zal afstand doen van zijn kroon als u en uw broer hetzelfde doen,' zei ze, en ze hoopte dat het waar was. Als het moest zou zij het waar máken. Robb zou naar haar luisteren, ook als zijn leenmannen dat niet deden. 'Dan roept u gezamenlijk een Grote Raad bijeen, zoals het rijk al in geen honderd jaar heeft meegemaakt. We zullen bericht naar Winterfel zenden om Bran zijn verhaal te laten doen en wereldkundig te maken dat de eigenlijke usurpatoren de Lannisters zijn. En laat dan de verzamelde heren van de Zeven Koninkrijken kiezen wie er over hen zal heersen.'

Renling lachte. 'Vertelt u eens, vrouwe, kiezen schrikwolven de aanvoerders van hun wolvenpak?' Briënne kwam aanlopen met 's konings handschoenen en zijn grote helm, bekroond met het gouden gewei dat hem anderhalve voet langer zou maken. 'De tijd voor gesprekken is voorbij. Nu zullen we zien wie de sterkste is.' Renling trok een groengouden, gepantserde handschoen over zijn linkerhand terwijl Briënne knielde om hem zijn riem om te doen, verzwaard met het gewicht van zijn zwaard en dolk.

'Ik smeek u in naam van de Moeder,' begon Catelyn. Toen blies een plotselinge windvlaag de tentflap opzij. Ze meende iets van beweging te ontwaren, maar toen ze opzij keek was het slechts de schaduw van de koning die over de zijden wanden gleed. Ze hoorde dat Renling een grap begon te vertellen, terwijl zijn schaduw verder schoof en het zwaard hief, zwart op groen, en de kaarsvlammen sputterden en flakkerden, er was iets raars mee, iets verkeerds, en toen zag ze dat Renlings zwaard nog in de schede stak, maar dat schaduwzwaard...

'Koud,' zei Renling met een klein, niet-begrijpend stemmetje, één hartslag voordat het staal van zijn halsstuk onder de schaduw van een niet aanwezig zwaard als kaasdoek uiteengereten werd. Hij had nog net de tijd om moeizaam naar adem te happen voor het bloed uit zijn keel spoot.

'Uwe Gen... Néé!' schreeuwde Blauwe Briënne toen ze die euvele straal zag, en ze klonk zo bang als een klein meisje. De koning zonk struikelend in haar armen en het bloed welde in een brede streep over zijn borstkuras omlaag, een donkerrode vloedgolf die het groen en goud verzwolg. Nog meer kaarsen doofden sputterend uit. Renling wilde iets zeggen, maar hij werd in zijn eigen bloed gesmoord. Zijn benen begaven het, en hij werd nog slechts door Briënnes kracht overeind gehouden. Zij wierp het hoofd in haar nek en gilde, een woordeloze angstschreeuw.

Die schaduw. Hier was iets duisters en slechts gebeurd, wist ze, iets dat ze in de verste verte niet begreep. *Die schaduw was niet van Ren-*

ling. De dood kwam door die opening naar binnen en blies zijn levensvlam even snel uit als de wind zijn kaarsen.

Al leek het een halve nacht, er waren slechts enkele ogenblikken verstreken toen Robar Roys en Emmon Caay kwamen binnenstormen. Toen ze Renling in Briënnes armen zagen, terwijl zij onder het bloed van de koning zat, slaakte ser Robar een kreet van ontzetting. 'Verdorven vrouw!' gilde ser Emmon, de man met het zonnebloemenstaal. 'Bij hem vandaan, laaghartig schepsel!'

'Goeie goden, Briënne, waaróm?' vroeg ser Robar.

Briënne keek op van het lichaam van haar koning. Overal waar het bloed van de koning de stof had doordrenkt was haar regenboogmantel rood geworden. 'Ik... ik...'

'Hier zul je voor sterven.' Ser Emmon griste een strijdbijl met een lange steel van de stapel wapens bij de ingang. 'Je zult met je eigen leven voor dat van de koning boeten!'

'Nee!' schreeuwde Catelyn Stark, die eindelijk haar stem hervond, maar het was al te laat. Er was een rood waas voor hun ogen getrokken en ze sprongen naar voren. Hun geschreeuw overstemde haar veel minder luide woorden.

Briënne reageerde sneller dan Catelyn voor mogelijk had gehouden. Ze had haar eigen zwaard niet bij zich, dus rukte ze dat van Renling uit de schede en hief het op om de neersuizende bijl van ser Emmon af te weren. Met oorverdovend geraas en een blauwwitte flits ketste staal tegen staal, en Briënne sprong op, waarbij het lichaam van de koning ruw opzij gesmeten werd. Ser Emmon struikelde erover toen hij opdrong, en Briënne's zwaard hieuw de houten schacht doormidden, zodat het blad van de bijl werd geslingerd. Een tweede man gaf haar een stoot in de rug met een brandende toorts, maar de regenboogmantel was te zeer met bloed doordrenkt om vlam te vatten. Briënne wervelde rond en sloeg toe, en de hand met de toorts vloog met een boog op de grond. Vlammen kropen over het tapijt. De verminkte man begon te krijsen.

Ser Emmon liet de bijl vallen en tastte naar zijn zwaard. Een tweede wapenknecht sloeg op haar in, Briënne pareerde, en hun zwaarden dansten rinkelend tegen elkaar. Toen Emmon Caay opnieuw kwam opzetten moest Briënne wel achteruitwijken, maar ze wist hen allebei in bedwang te houden. Op de grond zakte het hoofd van Renling op een akelige manier opzij, en een tweede mond, waar het bloed nu in trage golven uitwelde, stond gapend open.

Ser Robar had zich weifelend op de achtergrond gehouden, maar nu greep hij naar zijn zwaardgevest. 'Nee Robar, luister.' Catelyn greep hem bij zijn arm. 'U doet haar onrecht aan, zij heeft het niet gedaan. *Help haar!* Luister wat ik zeg, het was Stannis.' De naam was op haar lippen voor ze het wist, maar terwijl ze het zei wist ze dat het waar was. 'Ik zweer het, u kent mij, *Stannis* heeft hem gedood.'

De jonge regenboogridder staarde met fletse, bange ogen naar deze krankzinnige vrouw. 'Stannis? Hoe dan?'

'Dat weet ik niet. Hekserij, zwarte kunst, er was een schaduw, een *schaduw*.' Haar eigen stemgeluid klonk haar wild en waanzinnig in de oren, maar terwijl achter haar het zwaardgekletter bleef klinken tuimelden de woorden uit haar mond. 'Een schaduw met een zwaard, ik zweer het, ik zag het zelf. Bent u dan blind, het meisje *was verliefd* op hem! *Help haar!*' Ze keek om en zag dat de tweede wachter viel. Zijn zwaard gleed uit zijn krachteloze vingers. Buiten klonk geschreeuw. Er konden elk moment nog meer boze mannen binnenstormen, wist ze. 'Ze is onschuldig, Robar. Op mijn woord, bij het graf van mijn echtgenoot en mijn eer als Stark.'

Dat gaf de doorslag. 'Ik houd ze tegen,' zei ser Robar. 'Zorg dat zij hier wegkomt.' Hij keerde zich om en liep naar buiten.

Het vuur had de wand bereikt en kroop nu langs de zijkant van de tent omhoog. Ser Emmon had Briënne nu zwaar in het nauw gebracht, want hij was in geëmailleerd staal gehuld en zij in wol. Hij was Catelyn glad vergeten, tot het ijzeren komfoor zijn achterhoofd trof. Gehelmd als hij was richtte de klap geen blijvende schade aan, maar hij viel wel op zijn knieën.

'Briënne, kom,' beval Catelyn. Het meisje greep haar kans meteen. Eén haal, en de groene zijde spleet open. Ze stapten de duisternis en de kilte van de dageraad in. Aan de andere kant van het paviljoen klonken luide stemmen. 'Hierheen,' zei Catelyn dringend, 'en langzaam aan. Niet rennen, anders vragen ze waarom. Gewoon lopen, alsof er niets gebeurd is.'

Briënne stak de zwaardkling door haar riem en ging naast Catelyn lopen. De nachtlucht rook naar regen. Achter hen stond het paviljoen van de koning nu in lichterlaaie en schoten de vlammen hoog op in het donker. Niemand maakte aanstalten hen tegen te houden. Mannen renden hen voorbij en schreeuwden moord, brand en hekserij. Anderen stonden in kleine groepjes op gedempte toon te praten. Een paar waren er aan het bidden, en een jonge schildknaap lag op zijn knieën openlijk te snikken.

Terwijl het gerucht van mond tot mond ging, viel Renlings slagorde al uiteen. De nachtelijke vuren brandden laag, en toen het licht werd in het oosten doemde de enorme massa van Stormeinde op als een stenen droom, terwijl bleke mistslierten op de vleugels van de wind over het veld snelden, vluchtend voor de zon. *Ochtendspoken*, had ze die eens door ouwe Nans horen noemen, de geesten van doden die naar het graf terugkeerden. En Renling was daar nu een van, heengegaan zoals zijn broer Robert, zoals haar eigen, dierbare Ned.

'Ik heb hem slechts in mijn armen gehad toen hij stierf,' zei Briënne zacht terwijl ze door de snel om zich heen grijpende wanorde liepen. Ze klonk alsof ze ieder moment kon breken. 'Het ene ogenblik lachte hij nog, en toen was er plotseling overal bloed... ik begrijp het niet, vrouwe. Hebt u gezien, hebt u...'

'Ik zag een schaduw. Eerst dacht ik dat het die van Renling was, maar het was de schaduw van zijn broer.'

'Heer Stannis?'

'Ik vóélde hem. Ik weet dat het onzinnig klinkt...'

Maar Briënne vond het zinnig genoeg. 'Ik vermoord hem,' kondigde het lange, lelijke meisje aan. 'Ik zal hem vermoorden met het zwaard van mijn heer zelf. Dat zweer ik. Dat zweer ik. Dat zweer ik.'

Hal Mollen stond met de rest van haar escorte bij de paarden te wachten. Ser Wendel Manderling stond te trappelen om te horen wat er aan de hand was. 'Het kamp is gek geworden, vrouwe,' barstte hij uit zodra hij hen zag. 'Is heer Renling...' Hij zweeg abrupt en staarde naar Briënne, doorweekt van het bloed.

'Dood, maar niet door onze hand.'

'De veldslag...' begon Hal Mollen.

'Er komt geen veldslag.' Catelyn steeg op, en haar escorte stelde zich rondom haar op, met ser Wendel aan haar linkerhand en ser Perwyn Frey aan haar rechter. 'Briënne, we hebben genoeg paarden bij ons voor tweemaal ons aantal. Kies er een uit en kom met ons mee.'

'Ik heb zelf een paard, vrouwe. En mijn wapenrusting...'

'Laat die maar achter. We moeten goed en wel onderweg zijn voor ze op het idee komen om ons te zoeken. We waren allebei bij de koning toen hij werd gedood. Zoiets vergeten ze niet.' Zwijgend keerde Briënne zich om en deed wat haar gezegd was. 'Rijden,' beval Catelyn haar begeleiders toen ze allemaal te paard zaten. 'En steek iedereen neer die ons probeert tegen te houden.'

Toen de lange vingers van de dageraad over de velden uitwaaierden keerde de kleur in de wereld weer. Waar voordien grijze mannen op grijze paarden hadden gezeten, bewapend met schaduwsperen, schitterden nu tienduizend lanspunten, zilverblank en koud, en op de ontelbare wapperende banieren zag Catelyn blozend rood, roze en oranje, helder blauw, diepbruin en glanzend goud en geel. De voltallige krijgsmacht van Stormeinde en Hooggaarde, de macht die Renling een uur geleden nog achter zich had gehad. *En die nu aan Stannis toebehoort*, besefte ze, *al weten ze het zelf nog niet. Tot wie moeten ze zich anders wenden, zo niet tot de laatste der Baratheons? Stannis heeft alles gewonnen, in één enkele euvele klap.*

Ik ben de rechtmatige koning, had hij verklaard, zijn kaken opeen als een wolfsklem, *en jouw zoon is al evenzeer een verrader als mijn broer hier. Zijn dag komt ook nog.*

Er ging een huivering door haar heen.

Jon

De eenzame heuvel stak abrupt uit het dichtbegroeide woud omhoog. De winderige hoogten waren al van mijlenver te zien. Volgens sommige wachtruiters werd hij door de wildlingen de Vuist der Eerste Mensen genoemd.

Hij lijkt ook echt op een vuist, dacht Jon Sneeuw terwijl hij door aarde en woud omhoogzwoegde, en de witte stenen op de kale bruine hellingen waren de knokkels.

Hij reed samen met heer Mormont en de officieren naar de top. Spook bleef onder de bomen achter. De schrikwolf was tijdens de klim drie keer weggelopen en twee keer met tegenzin teruggekomen toen Jon hem floot. De derde keer had de opperbevelhebber zijn geduld verloren en gesnauwd: 'Laat toch lopen, jongen. Ik wil voor donker boven zijn. Zoek die wolf later maar.'

De weg omhoog was steil en rotsig, de heuveltop bekroond door een borsthoge muur van omgevallen steenblokken. Ze moesten er een eindje in westelijke richting omheenrijden voordat ze een opening vonden die groot genoeg was voor de paarden. 'Dit is goede grond, Thoren,' verklaarde de ouwe beer toen ze eindelijk boven waren. 'Beter kan het bijna niet. We slaan hier ons kamp op om op Halfhand te wachten.' De bevelhebber sprong van zijn paard, waarbij de raaf van zijn schouder schoot. Luid klagend koos de vogel het luchtruim.

Het uitzicht vanaf de kruin van de heuvel was adembenemend, maar het was de ringmuur die Jons aandacht trok, de verweerde grijze stenen met hun plakken wit korstmos en hun groene, mossige baarden. Er werd gezegd dat de Vuist in het Tijdperk van de Dageraad een ringfort van de Eerste Mensen was geweest. 'Deze plek is oud en sterk,' zei Thoren Smalhout.

'Oud,' krijste Mormonts raaf terwijl hij met veel lawaai om hun hoofden cirkelde. 'Oud, oud, oud.'

'Stil,' gromde Mormont tegen de vogel. De ouwe beer was te trots om enig blijk van zwakte te geven, maar Jon liet zich niet misleiden. De inspanning die het hem kostte om de jongere mannen bij te houden eiste haar tol.

'Deze hoogten zijn in geval van nood gemakkelijk te verdedigen,' stelde Thoren vast terwijl hij stapvoets de steenkring rondreed; zijn met sabelbont afgezette mantel fladderde in de wind.

'Ja, dit is een geschikte plaats.' De ouwe beer stak een hand in de wind en de raaf landde op zijn onderarm. Zijn klauwen krasten over de zwarte maliën.

'En het water, heer?' vroeg Jon zich af.

'We zijn aan de voet van de heuvel een beekje overgestoken.'

'Een lange klim voor een slok drinken,' merkte Jon op, 'en buiten de steenkring.'

'Ben je te lui om een heuvel te beklimmen, jongen?' zei Thoren.

Toen Mormont zei: 'Het zit er niet in dat we nog zo'n versterkte plaats vinden. We halen het water wel op en zorgen dat we voldoende voorraad hebben', ging Jon er wijselijk niet tegen in. Dus werd het bevel gegeven en sloegen de broeders van de Nachtwacht hun kamp op in de stenen cirkel die de Eerste Mensen hadden aangelegd. De zwarte tenten schoten uit de grond als paddestoelen na de regen en de kale bodem werd met dekens en slaapmatten bedekt. De oppassers bonden de garrons in lange rijen vast en voorzagen ze van voer en water. In het afnemende namiddaglicht gingen de houtvesters met bijlen het bos in om voldoende hout te kappen om de nacht mee door te komen. Een twintigtal bouwers begon struiken weg te halen, latrines te graven en de bundels in het vuur geharde palen los te maken. 'Ik wil dat alle openingen in deze ringmuur vóór donker van een greppel en staken voorzien zijn,' had de ouwe beer bevolen.

Nadat hij de tent van de bevelhebber had opgezet en hun paarden had verzorgd, daalde Jon de heuvel af op zoek naar Spook. De schrikwolf kwam onmiddellijk, en zonder enig geluid. Het ene moment liep Jon nog alleen te fluiten en te roepen tussen het groen onder de bomen, over dennenappels en dode bladeren, het volgende moment liep de grote witte schrikwolf naast hem, wit als de ochtendmist.

Maar toen ze de ringmuur bereikten weigerde Spook opnieuw. Hij stapte argwanend naar voren om aan de opening tussen de steenblokken te snuffelen. Toen week hij achteruit, alsof de lucht hem niet beviel. Jon probeerde hem in zijn nekvel te grijpen en hem zelf de kring in te sleuren, geen gemakkelijke klus, want de wolf woog evenveel als hij en was een stuk sterker. 'Wat mankeer je, Spook?' Het was niets voor hem om zo uit zijn doen te raken. Ten slotte moest Jon het opgeven. 'Zoals je wilt,' zei hij tegen de wolf. 'Ga maar jagen.' De rode ogen sloegen hem gade toen hij tussen de bemoste stenen door naar binnen liep.

Ze hoorden hier veilig te zijn. De heuvel bood uitzicht naar alle kanten, in het noorden en westen waren de flanken heel steil en in het oosten glooide de helling maar iets meer. Maar naarmate de schemering dieper werd en duisternis de openingen tussen de bomen binnensijpelde, nam Jons gevoel van naderend onheil toe. *Dit is het spookwoud*, zei hij inwendig. *Misschien zijn hier inderdaad spoken, de geesten der Eerste Mensen. Dit is eens hun woonplaats geweest.*

'Doe niet zo kinderachtig,' vermaande hij zichzelf. Jon klauterde boven op de opgestapelde stenen en staarde naar de ondergaande zon. Hij zag het licht als gedreven goud van het oppervlak van het Melkwater weerkaatsen, bij de bocht naar het zuiden. Stroomopwaarts was het terrein ruiger en maakte het dichte woud plaats voor een rij kale, rotsige heuvels die hoog en wild in het noorden en westen oprezen. Aan de einder doemde het gebergte op als een grote schaduw die zich keten na keten in blauwgrijze verten verloor, de scherpe pieken in eeuwige sneeuw gestoken. Zelfs van deze afstand zag het er uitgestrekt, koud en ongastvrij uit.

Dichterbij heersten de bomen. In het zuiden en oosten strekte het bos zich uit zover Jons oog reikte, een eindeloze wirwar van wortels en takken in duizenden tinten groen, met hier en daar de rode vlek van een weirboom die zich tussen naaldhout en wachtbomen heen drong, of de gele gloed van verkleurend loofwoud. Als de wind waaide hoorde hij het kraken en kreunen van takken die ouder waren dan hij. Dan roerden zich duizenden bladeren, en even leek het woud een donkergroene zee, stormachtig deinend, eeuwig en ondoorgrondelijk.

Het is onwaarschijnlijk dat Spook daar beneden alleen is, dacht hij. In die zee kon van alles rondzwerven dat, verscholen tussen het geboomte, door de duisternis van het woud naar het ringfort kroop. *Van alles.* Hoe moesten ze daar ooit achter komen? Hij stond daar lange tijd, totdat de zon verzonk achter de zaagtanden van het gebergte en de duisternis inderdaad door het bos begon te kruipen.

'Jon?' riep Samwel Tarling omhoog. 'Ik dacht al dat jij dat was. Alles goed?'

'Redelijk.' Jon sprong omlaag. 'Hoe is het jou vandaag vergaan?'

'Goed. Het is goed gegaan. Echt waar.'

Jon was niet van plan zijn vriend deelgenoot te maken van zijn ongerustheid, nu Samwel Tarling eindelijk moed begon te vatten. 'De ouwe beer is van plan hier op Qhorin Halfhand en de mannen uit de Schaduwtoren te wachten.'

'Het lijkt me een sterke plaats,' zei Sam. 'Een ringfort van de Eerste Mensen. Denk je dat hier gevochten is?'

'Ongetwijfeld. Zorg maar dat je een vogel klaar hebt. Mormont zal vast bericht naar huis willen sturen.'

'Ik wou dat ik ze allemaal kon sturen. Ze hebben zo'n hekel aan hun kooi.'

'Jij zou ook wel willen, als je kon vliegen.'

'Als ik kon vliegen zat ik nu in Slot Zwart een varkenspastei te eten,' zei Sam.

Jon gaf hem een schouderklopje met zijn verbrande hand. Samen liepen ze terug door het kamp. Overal om hen heen werden kookvuren

ontstoken. Aan de hemel werden de sterren zichtbaar. De lange rode staart van Mormonts Toorts scheen even helder als de maan. Jon hoorde de raven al voordat hij ze zag. Sommige riepen zijn naam. Als het op herrie maken aankwam waren de vogels bepaald niet schuw.
Zij voelen het ook. 'Ik ga de ouwe beer maar eens opzoeken,' zei hij. 'Die wordt ook luidruchtig als hij geen eten krijgt.'
Hij trof Mormont in gesprek met Thoren Smalhout en een zestal andere officieren aan. 'Daar ben je,' zei de oude man bars. 'Wees zo goed ons wat warme wijn te brengen. De nacht is kil.'
'Ja, heer.' Jon legde een kookvuurtje aan, eiste een vaatje van Mormonts favoriete, volle rode wijn uit de voorraden op en goot het in een ketel. Die hing hij boven de vlammen om onderwijl de rest van zijn ingrediënten bij elkaar te zoeken. De ouwe beer was heel kieskeurig als het om warme kruidenwijn ging. Zoveel kaneel, zoveel nootmuskaat en zoveel honing, en geen druppel meer. Rozijnen, noten en gedroogde bessen, maar geen citroen, want dat was je reinste ketterij uit het zuiden; heel eigenaardig, want hij wilde altijd wel citroen in zijn ochtendbier. De drank moest zo heet zijn dat een man er goed warm van werd, zoals de bevelhebber stelde, maar de wijn mocht niet aan de kook raken. Jon hield de ketel dan ook nauwlettend in het oog.
Terwijl hij bezig was kon hij de stemmen in de tent horen. Jarman Bokwel zei: 'De makkelijkste weg naar de Vorstkaken voert langs het Melkwater tot aan de bron. Maar als we dat doen komt Roover erachter dat we in aantocht zijn, zo zeker als de zon opgaat.'
'De Reuzentrap zou ook geschikt zijn,' zei ser Mallador Slot, 'of de Snerpende Pas, als de lucht helder is.'
De wijn dampte. Jon nam de ketel van het vuur, vulde acht bekers en bracht die naar de tent. De ouwe beer tuurde op de ruwe kaart die Sam die nacht in Crasters burcht voor hem had geschetst. Hij nam een beker van Jons dienblad, proefde even van de wijn en gaf een kort, goedkeurend knikje. Zijn raaf hipte langs zijn arm omlaag. '*Maïs,*' zei hij. '*Maïs. Maïs.*'
Ser Ottyn Welck wuifde de wijn weg. 'Ik zou de bergen helemaal niet ingaan,' zei hij met een dun, vermoeid stemmetje. 'De Vorstkaken kunnen zelfs 's zomers gemeen bijten, en nu... als we door een storm overvallen worden...'
'Ik ben niet van plan het risico van de Vorstkaken aan te gaan als het niet strikt noodzakelijk is,' zei Mormont. 'Wildlingen kunnen net zomin van sneeuw en stenen leven als wij. Ze zullen nu binnenkort wel van de hoogten afdalen, en voor een krijgsmacht van enige omvang is er geen andere weg dan langs het Melkwater. In dat geval zitten we hier ijzersterk. Ze hebben geen enkele kans ons voorbij te glippen.'
'Dat willen ze misschien ook niet. Zij zijn met duizenden, en wij met

driehonderd, als Halfhand ons bereikt.' Ser Mallador nam een beker van Jon aan.

'Als het tot een treffen komt is dit het best denkbare terrein,' verklaarde Mormont. 'We zullen onze verdediging versterken. Kuilen en staken, voetangels op de helling strooien, alle bressen dicht. Jarman, ik wil jouw scherpste ogen op de uitkijk hebben. In een kring, overal om ons heen en langs de rivier, om ons te waarschuwen zodra er iets nadert. Verstop ze in de bomen. En laten we ook water boven brengen, meer dan we nodig hebben. Dan graven we vergaarbakken. Dat houdt de mannen bezig, en later komt het misschien goed van pas.'

'Mijn wachtruiters...' begon Thoren Smalhout.

'Uw wachtruiters beperken hun wachtritten tot deze kant van de rivier tot de Halfhand hier is. Daarna zien we wel. Ik wil niet nog meer mannen verliezen.'

'Mans Roover verzamelt zijn leger misschien maar een dagrit van hier, en daar komen we dan nooit achter,' klaagde Smalhout.

'We weten waar de wildlingen zich verzamelen,' kaatste Mormont terug. 'Van Craster. Ik mag die kerel niet, maar ik denk niet dat hij ons wat dat betreft heeft voorgelogen.'

'Zoals u beveelt.' Gemelijk trok Thoren zich terug. De anderen dronken hun wijn op en volgden hem op wat hoffelijker wijze.

'Zal ik u het avondeten brengen, heer?' vroeg Jon.

'*Maïs*,' riep de raaf. Mormont reageerde niet meteen. Toen hij het wel deed zei hij slechts: 'Heeft je wolf vandaag nog wat buitgemaakt?'

'Hij is nog niet terug.'

'We kunnen wel wat vers vlees gebruiken.' Mormont stak zijn hand in een zak en hield zijn raaf een handvol maïs voor. 'Vind jij dat ik er verkeerd aan doe de wachtruiters in de buurt te houden?'

'Dat is niet aan mij om te zeggen, heer.'

'Wel als het je gevraagd wordt.'

'Als de ruiters in het zicht van de Vuist moeten blijven zou ik niet weten hoe ze mijn oom moeten vinden,' bekende Jon.

'Dat kan ook niet.' De raaf pikte de korrels uit de handpalm van de ouwe beer. 'Tweehonderd of tienduizend man, het gebied is domweg te uitgestrekt.' Toen de maïs op was draaide Mormont zijn hand om.

'U geeft het zoeken toch niet op?'

'Volgens maester Aemon ben jij een slimmerik.' Mormont zette de raaf op zijn schouder. De vogel hield zijn kop schuin, en zijn oogjes glinsterden.

Het antwoord lag voor de hand. 'Is het dat... één man zal eerder tweehonderd anderen vinden dan tweehonderd mannen één ander, dunkt me.'

De raaf liet een kakelend gekrijs horen, maar de ouwe beer lachte in zijn grauwe baard. 'Zoveel mannen en paarden laten een spoor achter dat zelfs Aemon zou kunnen volgen. Op deze heuvel moeten onze vuren tot het voorgebergte van de Vorstkaken zichtbaar zijn. Als Ben Stark nog leeft en kan gaan en staan waar hij wil komt hij ongetwijfeld naar ons toe.'

'Ja,' zei Jon, 'maar... als...'

'... hij dood is?' vroeg Mormont, niet onvriendelijk.

Jon knikte met tegenzin.

'*Dood*,' zei de raaf. '*Dood. Dood.*'

'Dan komt hij misschien ook,' zei de ouwe beer. 'Net als Othor en Jafer Bloemen. Daar ben ik al net zo bang voor als jij, Jon, maar we moeten de mogelijkheid onder ogen zien.'

'*Dood*,' kreet de raaf en hij zette zijn veren op. Zijn stem werd luider en scheller. '*Dood.*'

Mormont streelde de zwarte vogelveren en verborg een plotselinge geeuw met de rug van zijn hand. 'Ik sla het avondeten maar over, denk ik. Aan slaap heb ik meer. Wek me zodra het licht wordt.'

'Welterusten, heer.' Jon verzamelde de lege bekers en liep naar buiten. In de verte hoorde hij gelach en klagende fluitmuziek. In het midden van het kamp knetterde een groot vuur en hij snoof de geur van een sudderende stoofpot op. De oude beer mocht dan geen honger hebben, Jon wel. Hij slenterde naar het vuur.

Dywen hield een kom op, lepel in de hand. 'Geen levend mens kent dit woud beter dan ik, en ik kan jullie verzekeren dat ik er vannacht niet graag alleen doorheen zou rijden. Ruiken jullie het niet?'

Gren staarde hem met grote ogen aan, maar Ed van de Smarten zei: 'Ik ruik alleen de mest van tweehonderd paarden. En die stoofpot. Die precies hetzelfde aroma heeft, nu ik mijn neus zo eens ophaal.'

'Je kunt *hetzelfde aroma* zó van mij krijgen.' Heek beklopte zijn ponjaard, en morrend vulde hij Jons kom uit de ketel.

Het was een dikke prut, met gerst, peen en ui en hier en daar een reepje gezouten vlees dat zacht geworden was door het koken.

'Wat ruik je dan, Dywen?' vroeg Gren.

De houtvester zoog een ogenblik op zijn lepel. Hij had zijn gebit uitgedaan. Zijn gezicht was gelooid en gerimpeld, zijn handen knoestig als oude boomwortels. 'Volgens mij ruikt het... tja... *koud*.'

'Je hoofd is net je gebit, allebei van hout,' zei Heek. 'Kou ruik je niet.'

Wel degelijk, dacht Jon, denkend aan die nacht in de vertrekken van de bevelhebber. *Kou ruikt naar de dood*. Hij had ineens geen honger meer en gaf zijn stoofpot aan Gren, die eruitzag of hij wel wat extra avondeten kon gebruiken om 's nachts warm te blijven.

Toen hij wegliep stond er een straffe wind. Tegen de ochtend zou de grond berijpt zijn en de tentlijnen stijf bevroren. Onder in de ketel klotste nog een bodempje kruidenwijn. Jon legde nieuw hout op het vuur en hing de ketel boven de vlammen om het op te warmen. Onder het wachten boog en spreidde hij zijn vingers tot zijn hand tintelde. De eerste wacht had zich al rondom het kamp geposteerd. Overal op de ringmuur flakkerden toortsen. Het was een maanloze nacht, maar aan de hemel stonden duizenden sterren.

Uit het donker steeg een geluid op, flauw en veraf. Maar het was onmiskenbaar wolvengehuil. Hun stemmen rezen en daalden in een kille en eenzame melodie die zijn haren te berge deed rijzen. Van de andere kant van het vuur staarde een paar rode ogen hem vanuit de schaduwen aan, gloeiend in het schijnsel van de vlammen.

'Spook,' prevelde Jon verrast. 'Ben je toch maar binnengekomen?' De witte wolf jaagde vaak de hele nacht, en hij had hem niet voor het ochtendkrieken terugverwacht. 'Is de jacht zo slecht gegaan?' vroeg hij. 'Hier. Kom, Spook.'

De schrikwolf liep in kringetjes om het vuur. Hij besnuffelde Jon, stak zijn neus in de wind en stond geen moment stil. Het zag er niet naar uit dat hij op dit moment op vlees uit was. *Die keer dat de doden kwamen wist Spook het. Hij wekte me, waarschuwde me.* Geschrokken sprong hij op. 'Is er iets, daarbuiten? Spook, heb je iets geroken?' *Dywen zei dat hij kou kon ruiken.*

De schrikwolf draafde weg, bleef staan, en keek om. *Hij wil dat ik achter hem aankom.* Jon trok de kap van zijn mantel op en liep bij de tenten vandaan, bij de warmte van zijn vuur vandaan, langs de rijen ruige kleine garrons. Een van de paardjes hinnikte zacht en nerveus toen Spook passeerde. Jon sprak hem sussend toe en bleef even staan om hem over zijn snoet te aaien. Toen ze de ringmuur naderden hoorde hij de wind door de reten tussen de stenen huilen. Een stem hield hem aan. Jon trad in het toortslicht. 'Ik moet water voor de opperbevelhebber halen.'

'Doorlopen dan,' zei de wachtpost. 'Maar wel opschieten.' De man, weggedoken in zijn zwarte mantel met de kap over zijn hoofd tegen de wind, keek niet eens of hij een emmer bij zich had.

Jon schoof zijdelings tussen twee scherpgepunte palen door. Spook glipte eronderdoor. In een spleet was een toorts geklemd, en bij elke windvlaag wapperden er fletse, oranje banieren van de vlam. Hij griste hem mee toen hij zich door de opening tussen de stenen wrong. Spook rende de heuvel af. Jon volgde langzamer en hield bij het afdalen de toorts voor zich uit. Achter hem vervaagden de geluiden van het kamp. De nacht was zwart, de helling steil, rotsig en oneffen. Eén moment van onoplettendheid was vragen om een gebroken enkel... of nek. *Waar ben ik eigenlijk mee bezig*, vroeg hij zich af terwijl hij zich een weg omlaag zocht.

De bomen stonden beneden hem, krijgslieden in bast en bladeren, opgesteld in zwijgende slagorde, in afwachting van het bevel de heuvel te bestormen. Ze leken zwart... en pas toen zijn toortslicht erlangs streek ving Jon een zweempje groen op. Vagelijk hoorde hij het geluid van water over rotsen. Spook verdween in het kreupelhout. Jon baande zich een weg achter hem aan, luisterend naar de roep van de beek, naar het zuchten van de bladeren in de wind. Twijgjes graaiden naar zijn mantel terwijl dikkere takken zich boven zijn hoofd ineenvlochten en de sterren buitensloten.

Hij trof Spook bij het stroompje aan, bezig water te lebberen. '*Spook, hier!*' riep hij. Toen de schrikwolf zijn kop ophief gloeiden zijn ogen rood en onheilspellend, en het water liep als kwijl uit zijn bek. Op dat moment had hij iets woests en afschrikwekkends over zich. Toen schoot hij weg, langs Jon, en rende het geboomte in. 'Néé Spook, blijf!' schreeuwde hij, maar de wolf sloeg er geen acht op. De slanke witte gestalte was door het duister opgeslokt en Jon kon twee dingen doen: in zijn eentje teruggaan, de heuvel op, of hem volgen.

Hij volgde hem, nijdig, de toorts zo laag voor zich uit dat hij de stenen kon zien waar hij bij elke stap over dreigde te struikelen, de dikke boomwortels die naar zijn voeten leken te grijpen, de kuilen waarin een man zijn enkel kon verstuiken. Om de paar stappen riep hij Spook, maar de nachtwind snerpte tusen de bomen door en zijn woorden verdronken erin. Hij stond al op het punt rechtsomkeert te maken toen hij schuin voor zich aan zijn rechterhand iets wits zag flitsen, terug naar de heuvel. Met een gesmoorde vloek hobbelde hij er op een sukkeldrafje achteraan.

Hij had op zijn achtervolging al een kwart van de Vuist gerond toen hij de wolf weer uit het oog verloor. Ten slotte bleef hij staan om op adem te komen tussen struiken, dorens en omlaag gerolde stenen aan de voet van de heuvel. Achter zijn toortsvlam drong het duister op.

Een zacht gekrab maakte dat hij zich omdraaide. Jon ging op het geluid af, en stapte behoedzaam tussen grote stenen en doornstruiken door. Achter een omgevallen boom trof hij Spook aan. De schrikwolf stond als een bezetene te graven en aarde op te werpen.

'Wat heb je gevonden?' Jon liet de toorts zakken, en die bescheen een rond heuveltje van zachte aarde. *Een graf*, dacht hij. *Maar wiens graf?*

Hij knielde en ramde de toorts naast zich in de grond. De aarde was rul en zanderig. Jon kon hem er met handenvol tegelijk uithalen. Stenen of wortels waren er niet. Wat hier ook lag, het lag er nog niet lang. Twee voet onder de grond stuitten zijn vingers op textiel. Hij had een lijk verwacht, een lijk gevreesd, maar dit was iets anders. Hij porde tegen de stof en voelde daaronder kleine, harde vormen die niet meegaven. Er was geen stank, en er waren geen wormen te bekennen. Spook trok zich terug en ging afwachtend op zijn achterpoten zitten.

Jon veegde de losse aarde weg en legde een ronde bundel bloot met een middellijn van misschien twee voet. Hij boorde zijn vingers langs de rand en wrikte hem los. Toen hij hem optilde verschoof en rammelde de inhoud. *Een schat*, dacht hij, maar de vormen waren niet rond, zoals munten, en metaal klonk anders.

Een stuk gerafeld touw hield de bundel bijeen. Jon trok zijn dolk en sneed het door, zocht op de tast naar de randen van de lap en trok. De bundel werd omgekeerd en de inhoud stroomde eruit en glansde donker en licht. Hij zag een dozijn messen, bladvormige speerpunten, talloze pijlpunten. Jon raapte het lemmet van een dolk op, vederlicht en glanzend zwart, zonder heft. Toortslicht speelde langs de snede, een dun streepje oranje dat de scherpte van een scheermes deed vermoeden. *Drakenglas. Wat de maesters obsidiaan noemen.* Had Spook een geheime bergplaats van de kinderen van het woud ontdekt die hier duizenden jaren onder de grond had gelegen? De Vuist van de Eerste Mensen was oud, maar...

Onder het drakenglas lag een oude krijgstrompet, gemaakt van een oeroshoren en met brons beslagen. Toen Jon het vuil eruit schudde viel er een regen van pijlpunten uit. Hij liet ze vallen, trok aan een slip van de lap waarin de wapens gewikkeld waren en wreef hem tussen zijn vingers. *Goeie wol, dik, dubbel geweven, vochtig, maar niet vergaan.* Die kon nooit lang onder de grond hebben gelegen. En het was *donkere* wol. Hij greep een handvol en bracht die naar de toortsvlam toe. *Niet donker. Zwart.*

Nog voor Jon opstond om zijn vondst uit te schudden wist hij wat het was: de zwarte mantel van een Gezworen Broeder van de Nachtwacht.

Bran

Bierbuik vond hem in de smidse, waar hij voor Mikken de blaasbalg bediende. 'Maester heeft u nodig in het torentje, heer prins. Er is een vogel van de koning aangekomen.'

'Van Robb?' Opgewonden als hij was wachtte Bran niet op Hodor, maar hij liet zich door Bierbuik de trap opdragen. Dat was een grote kerel, zij het minder groot dan Hodor, en op geen stukken na zo sterk. Tegen de tijd dat ze het maesterstorentje bereikten liep hij met een rood hoofd te puffen en te blazen. Rickon was er al, en ook de beide Walder Freys.

Maester Luwin stuurde Bierbuik weg en sloot de deur. 'Heren,' zei hij ernstig, 'er is bericht van Zijne Genade, zowel goed als slecht nieuws. Hij heeft in het westen een grote overwinning behaald en een leger van de Lannisters verpletterd bij een plaats genaamd Ossenwade. Verder heeft hij verscheidene kastelen ingenomen. Hij schrijft ons uit Essenmark, de voormalige sterkte van het huis Marbrand.'

Rickon trok de maester aan zijn gewaad. 'Komt Robb thuis?'

'Nog niet, vrees ik. Er moet nog meer gevochten worden.'

'Heeft hij heer Tywin verslagen?' vroeg Bran.

'Nee,' zei de maester. 'De aanvoerder van het vijandelijke leger was ser Steffert Lannister. Die is in de strijd gesneuveld.'

Bran had nog nooit van ser Steffert Lannister gehoord. Hij was het dan ook met Grote Walder eens toen die zei: 'Alleen heer Tywin is van belang.'

'Zeg tegen Robb dat ik wil dat hij thuiskomt,' zei Rickon. 'En laat hij zijn wolf ook meenemen, en moeder en vader.' Rickon wist wel dat heer Eddard dood was, maar soms vergat hij dat even... met opzet, vermoedde Bran. Zijn kleine broertje legde al de koppigheid van een vierjarige aan de dag.

Bran was blij met Robbs overwinning, maar hij werd er tevens door verontrust. Hij dacht aan wat Osha had gezegd, de dag dat zijn broer aan het hoofd van zijn leger uit Winterfel was vertrokken. *Hij marcheert de verkeerde kant op*, had de wildlingenvrouw beweerd.

'Helaas heeft elke overwinning zijn prijs.' Maester Luwin wendde zich tot de Walders. 'Heren, onder degenen die bij Ossenwade het leven hebben gelaten bevindt zich ook uw oom ser Stevron Frey. Hij liep in de veldslag een verwonding op, schrijft Robb. Die werd niet ernstig geacht, maar drie dagen later overleed hij tijdens zijn slaap in zijn tent.

Grote Walder haalde zijn schouders op. 'Hij was toch al stokoud. Vijfenzestig, geloof ik. Te oud om te vechten. Hij riep altijd dat hij moe was.'

Kleine Walder schoot in de lach. 'Hij was het moe om op de dood van onze grootvader te wachten, bedoel je. Houdt dat in dat ser Emmon nu de erfgenaam is?'

'Doe niet zo stom,' zei zijn neef. 'De zonen van de oudste zoon komen voor de tweede zoon. Ser Ryman is de volgende in de lijn van de erfopvolging, en dan Edwyn en Zwarte Walder en Petyr Pukkel. En daarna Aegon en al zíjn zonen.'

'Ryman is ook al oud,' zei Kleine Walder. 'Dik in de veertig, wed ik. En hij heeft last van zijn buik. Denk je dat hij heer wordt?'

'*Ik* word heer. Het kan me niet schelen wat hij wordt.'

Maester Luwin onderbrak hen op scherpe toon: 'U moest u schamen om zo te praten, heren. Waar blijft uw rouwbetoon? Uw oom is dood.'

'Ja,' zei kleine Walder, 'we zijn erg verdrietig.'

Maar dat waren ze helemaal niet. Bran voelde zich misselijk. *Deze schotel smaakt hun beter dan mij.* Hij vroeg maester Luwin of hij zich mocht verontschuldigen.

'Goed.' De maester belde om hulp. Hodor was zeker druk bezig in de stallen, want het was Osha die zich meldde. Maar zij was sterker dan Bierbuik en het kostte haar geen moeite Bran op te tillen en de trap af te dragen.

'Osha,' vroeg Bran toen ze de binnenplaats overstaken, 'weet jij de weg naar het noorden? Naar de Muur... en verder?'

'De weg is makkelijk te vinden. Zoek de IJsdraak en ga de blauwe ster in het oog van de ruiter achterna.' Ze schoof achterwaarts een deur door en begon de wenteltrap te beklimmen.

'En zijn daar nog reuzen, en... de rest... de Anderen, en ook de kinderen van het woud?'

'De reuzen heb ik gezien, over de kinderen heb ik horen vertellen en de witte lopers... waarom wil je dat weten?'

'Heb jij ooit een kraai met drie ogen gezien?'

'Nee.' Ze lachte. 'En ik kan niet beweren dat ik ernaar uitzie.' Osha trapte de deur naar zijn slaapkamer open en zette hem op zijn vensterbank, vanwaar hij de binnenplaats kon overzien.

Slechts een paar hartslagen na haar vertrek, zo leek het, ging de deur weer open en kwam Jojen Riet ongevraagd binnen, gevolgd door zijn zuster Mira. 'Hebben jullie het gehoord van de vogel?' vroeg Bran. De andere jongen knikte. 'Het was geen maaltijd, zoals jij zei. Het was een brief van Robb, en we hebben hem niet opgegeten, maar...'

'De groene dromen nemen soms vreemde vormen aan,' gaf Jojen toe. 'De waarheid daarin is niet altijd eenvoudig te doorgronden.'

'Vertel me over jouw boze droom,' zei Bran. 'Over het kwaad dat Winterfel nadert.'

'Gelooft hij mij dan nu, de prins? Vertrouwt hij op mijn woorden, hoe vreemd ze hem ook in de oren klinken?'

Bran knikte.

'Het is de zee die in aantocht is.'

'De zee?'

'Ik droomde dat de zee overal om Winterfel heen klotste. Ik zag zwarte golven tegen de poorten en torens slaan, en daarna stroomde het zoute water over de muren en vulde het slot. Op de binnenplaats dreven verdronken mensen rond. Toen ik die droom voor het eerst droomde, in Grijswater, herkende ik hun gezichten niet, maar nu wel. Die Bierbuik is een van hen, de wachter die op het feest onze komst aankondigde. Uw septon is er ook een. Uw smid ook.'

'Mikken?' Bran was even verward als ontzet. 'Maar de zee is vele honderden mijlen ver, en de muren van Winterfel zijn zo hoog dat het water er niet eens in zou kunnen áls het kwam.'

'De zilte zee zal in het nachtelijk duister over deze muren spoelen,' zei Jojen. 'Ik heb de doden gezien, opgezwollen en verdronken.'

'We moeten het ze vertellen,' zei Bran. 'Bierbuik, en Mikken, en septon Cheyl. Ze waarschuwen voor de verdrinkingsdood.'

'Dat zal hun niet baten,' antwoordde de jongen in het groen.

Mira liep naar de vensterbank en legde een hand op zijn schouder. 'Ze zullen het niet geloven, Bran. Net zomin als jij dat deed.'

Jojen ging op Brans bed zitten. 'Vertel me wat u droomt.'

Zelfs toen was hij nog bevreesd, maar hij had gezworen hen te vertrouwen, en een Stark van Winterfel houdt zich aan zijn eed. 'Ik heb verschillende dromen,' zei hij langzaam. 'Je hebt de wolvendromen, die zijn minder erg dan de andere. Ik ren en jaag en dood eekhoorns. En er zijn dromen waarin die kraai komt en zegt dat ik moet vliegen. Soms komt de boom ook in die dromen voor en die roept mijn naam. Dat maakt me bang. Maar de ergste dromen zijn die waarin ik val.' Hij keek op de binnenplaats neer en voelde zich ellendig. 'Vroeger viel ik nooit. Als ik klom. Ik ging overal heen, de daken op en de muren langs, ik voerde altijd de kraaien in de Verbrande Toren. Moeder was bang dat ik zou vallen, maar ik wist dat dat nooit zou gebeuren. Maar toen viel ik toch, en nu val ik iedere keer als ik slaap.'

Mira kneep hem even in zijn schouder. 'Is dat alles?'

'Ik geloof het wel.'

'*Warg*,' zei Jojen Riet.

Bran keek hem met grote ogen aan. 'Wat?'

'Warg. Gedaanteverwisselaar. Beestling. Zo zullen ze je noemen, als ze ooit achter je wolvendromen komen.'

Die namen maakten hem weer bang. 'Wíé zullen me zo noemen?'
'Je eigen mensen. Uit angst. Sommigen zullen je haten als ze weten wat je bent. Sommigen zullen je zelfs willen doden.'

Ouwe Nans vertelde weleens griezelverhalen over beestlingen en gedaanteverwisselaars. In de verhalen waren ze altijd slecht. 'Ik ben niet zo,' zei Bran. 'Dat ben ik niet. Het zijn maar dromen.'

'De wolvendromen zijn geen ware dromen. Je hebt je oog stevig dicht als je wakker bent, maar als je indommelt gaat het knipperend open en zoekt je ziel haar wederhelft op. In jou is de kracht heel sterk aanwezig.'

'Dat wil ik niet. Ik wil *ridder* worden.'

'Ridder is wat je wilt worden. Warg is wat je bent. Daar kun je niets aan veranderen, Bran, je kunt het niet ontkennen of van je af schuiven. Jij bent de gevleugelde wolf, maar je zult nimmer vliegen.' Jojen stond op en liep naar het raam. 'Tenzij je *je oog opent*.' Hij bracht twee vingers bij elkaar en prikte Bran hard in zijn voorhoofd.

Toen Bran de plek aanraakte voelde hij slechts gladde, gave huid. Er zat geen oog, zelfs geen gesloten oog. 'Hoe kan ik het nu opendoen als het er niet is?'

'Je zult het oog nooit met je vingers vinden, Bran. Zoek met je hart.' Met die vreemde groene ogen bestudeerde Jojen Brans gezicht. 'Of ben je bang?'

'Maester Luwin zegt dat dromen niets bevatten waarvoor een mens hoeft te vrezen.'

'Dat doen ze wel.'

'Wat dan?'

'Het verleden. De toekomst. De waarheid.'

Toen ze hem alleen lieten was hij erger in de war dan ooit. Bran probeerde zijn derde oog te openen, maar hij wist niet hoe. Hoezeer hij zijn voorhoofd ook fronste en erin prikte, zijn gezichtsvermogen werd er niet anders door. De daaropvolgende dagen probeerde hij anderen te waarschuwen voor wat Jojen had gezien, maar het liep niet zoals hij had gewild. Mikken dacht dat hij een lolletje maakte. 'De zee, zeg je? Die heb ik altijd graag willen zien. Maar ik ben nooit ergens geweest waar dat kon. Dus nu komt de zee bij mij? De goden zijn goed, dat ze zoveel moeite doen voor een arme smid.'

'De goden zullen mij halen als het hun behaagt,' zei septon Cheyl kalm, 'al lijkt het mij onwaarschijnlijk dat ik zal verdrinken, Bran. Ik ben aan de oevers van de Witte Knijf opgegroeid, moet je weten. Ik kan vrij aardig zwemmen.'

Bierbuik was de enige die zich iets van de waarschuwing aantrok. Hij ging met Jojen zelf praten, en daarna ging hij niet meer in bad en weigerde hij nog in de buurt van de put te komen. Ten slotte stonk hij zo erg dat zes andere wachters hem in een tobbe heet water smeten en zijn huid ruw schrobden, terwijl hij gilde dat ze hem zouden verdrinken, zoals die kikkerjongen had gezegd. Daarna keek hij Bran en Jojen nors aan en pruttelde iets onverstaanbaars zodra hij ze ergens in het slot tegenkwam.

Enkele dagen na Bierbuiks bad keerde ser Roderik naar Winterfel terug met zijn gevangene, een vlezige jongeman met dikke, vochtige lippen en lange wimpers, die riekte als een privaat, zelfs nog erger dan Bierbuik had gedaan. 'Hij wordt Riekt genoemd,' zei Hooikop toen Bran vroeg wie dat was. 'Zijn ware naam heb ik nooit gehoord. Hij diende onder de Bastaard van Bolten en heeft hem geholpen vrouwe Hoornwoud te vermoorden, zeggen ze.'

De Bastaard zelf was dood, hoorde Bran diezelfde avond tijdens het eten. Ser Rodriks mannen hadden hem gegrepen terwijl hij op het grondgebied van Hoornwoud een of andere gruwel bedreef (Bran wist niet precies wat, maar het scheen iets te zijn wat je zonder kleren deed) en hem met pijlen doorboord toen hij ervandoor wilde rijden. Maar voor de arme vrouwe Hoornwoud was het te laat. Na hun huwelijk had de Bastaard haar in een toren opgesloten en nagelaten haar te eten te geven. Toen ser Rodrik haar deur had ingeslagen had hij haar met een bebloede mond en afgeknaagde vingers aangetroffen, had Bran horen vertellen.

'Dat monster heeft ons in een moeilijk parket gebracht,' zei de oude ridder tegen maester Luwin. 'Of we het nu leuk vinden of niet, vrouwe Hoornwoud was zijn echtgenote. Hij heeft haar de geloften laten uitspreken voor de septon én voor de hartboom en nog diezelfde avond in aanwezigheid van getuigen het bed met haar gedeeld. Zij heeft een testament ondertekend waarin ze hem tot haar erfgenaam benoemt, en daar haar zegel aan gehecht.'

'Geloften die onder dwang zijn afgelegd zijn ongeldig,' wierp de maester tegen.

'Daar zal Rous Bolten het niet mee eens zijn. Niet nu er land op het spel staat.' Ser Rodrik keek niet blij. 'Ik zou die bediende ook graag een kopje kleiner maken, die is al even slecht als zijn meester. Maar ik vrees dat ik hem in leven zal moeten houden tot Robb uit de oorlog terug is. Hij is de enige getuige van de ergste misdaden van de Bastaard. Misschien zal heer Bolten zijn aanspraken laten vallen als hij het verhaal van Riekt hoort, maar ondertussen slachten de ridders van Manderling en de mannen van Fort Gruw elkaar af in de bossen van Hoornwoud, en ik ben niet in staat er een eind aan te maken.' De oude ridder draaide zich opzij in zijn zetel en keek Bran streng aan. 'En wat hebt u tijdens mijn afwezigheid gedaan, hoogheid? Onze wachters verboden zich te wassen? Wilt u soms dat ze net zo gaan stinken als die Riekt?'

'De zee komt hierheen,' zei Bran. 'Dat heeft Jojen in een groene droom gezien. En Bierbuik zal verdrinken.'

Maester Luwin plukte aan zijn kraag. 'Die jongen van Riet denkt dat hij in zijn dromen de toekomst ziet, ser Rodrik. Ik heb met Bran over de onbetrouwbaarheid van zulke profetieën gesproken, maar om u de waarheid te zeggen zijn er inderdaad problemen aan de Rotskust. Rovers in langschepen die vissersdorpjes plunderen, vrouwen verkrachten en brand stichten. Leobald Langhart heeft zijn neef Benfred gezonden om met ze af te rekenen, maar ik verwacht dat ze zich bij de eerste aanblik van gewapende lieden op hun schepen zullen terugtrekken en ervandoor zullen gaan.'

'Ja, om daarna weer elders toe te slaan. Dat de Anderen al dat soort lafaards halen! Ze zouden die dingen net zomin wagen als de Bastaard van Bolten als onze hoofdmacht zich niet een paar duizend mijl verder in het zuiden bevond.' Ser Rodrik keek Bran aan. 'Wat heeft die knaap nog meer tegen je gezegd?'

'Hij zei dat het water over onze muren zou spoelen. Hij zag dat Bierbuik verdronken was, en Mikken en septon Cheyl ook.'

Ser Rodrik fronste zijn wenkbrauwen. 'Nou ja, mocht het gebeuren dat ik zelf met die plunderaars moet afrekenen, dan zal ik Bierbuik maar niet meenemen. Hij heeft toch niet gezien dat ík verdronken was, hè? Nee? Goed zo.'

Dat stak Bran een hart onder de riem. *Wie weet zullen ze dan niet verdrinken,* dacht hij. *Als ze bij de zee uit de buurt blijven.*

Dat dacht Mira ook, later die avond, toen zij en Jojen bij Bran op de kamer met z'n drieën een schijvenspel speelden. Maar haar broer schudde het hoofd. 'Wat ik in mijn groene dromen zie is onveranderlijk waar.'

Zijn zuster werd kwaad. 'Waarom zouden de goden een waarschuwing zenden als we daar niets mee kunnen doen en niet kunnen veranderen wat komen gaat?'

'Dat weet ik niet,' zei Jojen treurig.

'Als jij Bierbuik was zou je waarschijnlijk in de put springen om ervan af te zijn. Hij moet vechten, en Bran ook.'

'Ik?' Ineens was Bran bang. 'Waartegen? Zal ik ook verdrinken?'

Mira keek hem schuldbewust aan. 'Ik had niet moeten zeggen...'

Hij zag dat ze iets achterhield. 'Heb je mij in een groene droom gezien?' vroeg hij zenuwachtig aan Jojen. 'Verdronk ik?'

'Je verdronk niet.' Jojen klonk alsof ieder woord pijn deed. 'Ik droomde van de man die vandaag gekomen is, degene die ze Riekt noemen. Jij en je broer lagen dood aan zijn voeten en hij vilde jullie gezicht met een lang, rood mes.'

Mira stond op. 'Als ik naar de kerker ging zou ik hem een speer recht in zijn hart kunnen steken. En hoe kan hij Bran vermoorden als hij dood is?'

'De cipiers zullen je tegenhouden,' zei Jojen. 'De wachters. En als je tegen ze zegt waarom je hem dood wilt hebben zullen ze je nooit geloven.'

'Ik heb ook wachters,' bracht Bran hen in herinnering. 'Bierbuik, en Pokdalige Tym, en Hooikop, en de rest.'

Jojens mosgroene ogen waren vol medelijden. 'Ze zullen hem niet kunnen tegenhouden, Bran. Ik zag niet waarom het gebeurde, maar ik zag hoe het afliep. Ik zag jou en Rickon in jullie crypte, beneden in het donker bij alle dode koningen en hun stenen wolven.'

Nee, dacht Bran. *Nee*. 'En als ik nou wegging... naar Grijswater, of naar die kraai, ergens ver weg, waar ze me niet konden vinden...'

'Dat maakt niet uit. Die droom was groen, Bran, en groene dromen liegen niet.'

Tyrion

*V*arys stond over het komfoor gebogen en warmde zijn zachte handjes. 'Naar het schijnt is Renling midden in zijn leger op gruwelijke wijze vermoord. Zijn keel is van oor tot oor doorgesneden met een lemmet dat door staal en bot sneed alsof het zachte kaas was.'

'Vermoord door wie?' wilde Cersei weten.

'Hebt u er weleens bij stilgestaan dat te veel antwoorden gelijk staan met helemaal geen antwoord? Mijn verklikkers zijn niet altijd zo hooggeplaatst als wij graag willen. Na de dood van een koning schieten de geruchten als paddestoelen uit de grond. Volgens een paardenknecht is Renling door een ridder van zijn eigen Regenbooggarde gedood. Een wasvrouw beweert dat Stannis met zijn toverzwaard dwars door het leger van zijn broer geslopen is. Verscheidene wapenknechten geloven dat de euveldaad door een vrouw is gepleegd, maar *welke* vrouw is omstreden. Een meisje dat door Renling was afgewezen, zegt de een. Een legerhoer die de avond voor de veldslag ter verpozing bij hem was gebracht, zegt een tweede. Nummer drie houdt het op vrouwe Catelyn Stark.'

De koningin was ontevreden. 'Is het nodig onze tijd te verdoen met ieder gerucht dat door een stelletje idioten wordt rondverteld?'

'U betaalt mij goed voor die geruchten, genadige koningin.'

'We betalen u voor de waarheid, heer Varys. Knoop dat goed in uw oren, of deze kleine raad wordt misschien nog kleiner.'

Varys giechelde nerveus. 'U en uw edele broer zullen Zijne Genade nog eens van zijn complete raad beroven.'

'Ik durf te beweren dat het rijk met wat minder raadsleden ook wel zal blijven bestaan,' zei Pinkje met een glimlach.

'Maar mijn beste heer Petyr,' zei Varys, 'bent u niet bang dat uw naam de volgende is op het lijstje van de Hand?'

'Nog vóór de uwe? Het komt niet in mijn hoofd op.'

'Wellicht dienen we nog eens samen als broeders op de Muur, u en ik.' Opnieuw giechelde Varys.

'Eerder dan je lief is, eunuch, als je de volgende keer dat je je mond opent niets nuttigs zegt.' Naar de blik in haar ogen te oordelen zou Cersei Varys' castratie graag nog eens dunnetjes overdoen.

'Is dit misschien een krijgslist?' vroeg Pinkje.

'Zo ja, dan is het wel het toppunt van geslepenheid,' zei Varys. 'Ik

ben er althans zonder meer door om de tuin geleid.'
Tyrion had genoeg gehoord. 'Wat zal Joff teleurgesteld zijn,' zei hij. 'Hij had zo'n mooie piek gereserveerd voor Renlings hoofd. Maar wie de dader ook is, we moeten maar aannemen dat Stannis erachter zit. Hij heeft er duidelijk voordeel bij.' Dit nieuws beviel hem niet. Hij had erop gerekend dat de gebroeders Baratheon elkaar in een bloedige veldslag zouden decimeren. Hij had last van steken in zijn elleboog, daar waar die indertijd door de morgenster was opengehaald. Dat gebeurde soms als de lucht erg vochtig was. Hij kneedde hem vruchteloos met zijn hand en vroeg: 'En hoe zit het met Renlings leger?'

'Het merendeel van zijn voetmacht is nog bij Bitterbrug.' Varys verliet het komfoor en nam zijn plaats aan tafel in. 'De meeste heren die met heer Renling naar Stormeinde waren getogen zijn met vliegende vaandels naar Stannis overgelopen, met hun hele ridderschap erbij.'

'Onder aanvoering van de familie Florens, wed ik,' zei Pinkje.

Varys wierp hem een slijmerig glimlachje toe. 'Dan zou u winnen, heer, want heer Alester was inderdaad de eerste die zijn knie boog. Vele anderen hebben hem nagevolgd.'

'Vele,' zei Tyrion nadrukkelijk, 'maar niet alle?'

'Niet alle,' beaamde de eunuch. 'Loras Tyrel niet, Randyl Tarling niet en Mathis Rowin niet. En Stormeinde zelf is niet gevallen. Ser Cortijn Koproos blijft het slot namens Renling bezet houden en weigert te geloven dat zijn leenheer dood is. Hij wenst eerst diens stoffelijk overschot te zien voor hij de poort opent, maar Renlings lijk schijnt op onverklaarbare wijze verdwenen te zijn. Waarschijnlijk meegenomen. Een vijfde van Renlings ridders gaf er de voorkeur aan met ser Loras te vertrekken in plaats van de knie voor Stannis te buigen. Men zegt dat de Bloemenridder door het dolle heen was toen hij het lichaam van zijn koning zag en in zijn toorn drie leden van Renlings garde heeft gedood, onder wie Emmon Caay en Robar Roys.'

Jammer dat hij het bij drie heeft gelaten, dacht Tyrion.

'Ser Loras is vermoedelijk onderweg naar Bitterbrug,' vervolgde Varys. 'Zijn zuster, Renlings koningin, is daar ook, evenals een groot aantal krijgslieden, die plotseling zonder koning zitten. Wiens kant zullen zij nu kiezen? Een netelige kwestie. Velen dienen de heren die in Stormeinde zijn achtergebleven, en die heren volgen nu Stannis.'

Tyrion boog zich naar voren. 'Hier ligt een kans voor ons, lijkt mij. Zie Loras Tyrel voor onze zaak te winnen, en heer Hamer Tyrel en zijn baandermannen scharen zich misschien ook achter ons. Ze hebben op dit moment dan misschien hun zwaard onder ede aan Stannis opgedragen, maar ze kunnen die man onmogelijk een warm hart toedragen, of ze waren zijn zaak meteen al toegedaan geweest.'

'Is het hart dat ze ons toedragen dan warmer?' vroeg Cersei.

'Nauwelijks,' zei Tyrion. 'Van Renling hielden ze duidelijk wel, maar die is dood. Misschien kunnen we ze voldoende goede redenen geven om Joffry boven Stannis te verkiezen... als we snel zijn.'
'Wat voor redenen?'
'Gouden redenen,' opperde Pinkje meteen.
'Tss,' zei Varys. 'Lieve heer Petyr, u wilt toch niet suggereren dat deze invloedrijke heren en edele ridders als kippen op de markt te koop zijn?'
'Hebt u de laatste tijd onze markt weleens bezocht, heer Varys?' vroeg Pinkje. 'Ik durf te beweren dat u er eerder een heer dan een kip te koop zult vinden. Natuurlijk kakelt een heer hooghartiger dan een kip en neemt hij het verkeerd op als hij net als een koopman klinkende munt aangeboden krijgt, maar heren zijn zelden gekant tegen het aannemen van geschenken... titels, grond, kastelen...'
'Lagere heren zijn allicht met steekpenningen over te halen,' zei Tyrion, 'maar Hooggaarde nooit.'
'Dat is zo,' gaf Pinkje toe. 'De Bloemenridder is wat dat betreft de sleutelfiguur. Hamer Tyrel heeft nog twee oudere zonen, maar Loras is zijn favoriet. Wie hem inpalmt heeft Hooggaarde.'
Ja, dacht Tyrion. 'Het komt me voor dat we iets van wijlen heer Renling kunnen leren. Wij kunnen op dezelfde manier een pact sluiten met de Tyrels als hij. Door middel van een huwelijk.'
Varys was de eerste die het begreep. 'U wilt Joffry aan Marjolij Tyrel uithuwelijken.'
'Juist.' Renlings jeugdige koningin was pas vijftien of zestien, meende hij zich te herinneren... ouder dan Joffry, maar een paar jaar maakte niet uit. Het was letterlijk een genot om aan zoiets te denken.
'Joffry is met Sansa Stark verloofd,' wierp Cersei tegen.
'Een huwelijkscontract kan verbroken worden. Wat hebben we eraan om de koning met de dochter van een dode verrader te laten trouwen?'
Pinkje deed ook een duit in het zakje. 'U zou Zijne Genade erop kunnen wijzen dat de Tyrels veel rijker zijn dan de Starks, en dat Marjolij mooi schijnt te zijn.. en bovendien rijp voor het bed.'
'Ja,' zei Tyrion. 'Dat zal Joff vast wel bevallen.'
'Mijn zoon is nog te jong om zich met dergelijke dingen bezig te houden.'
'Denk je dat?' vroeg Tyrion. 'Hij is dertien, Cersei. Net zo oud als ik toen ik trouwde.'
'Jij hebt ons met die treurige affaire te schande gemaakt. Joffry is uit edeler hout gesneden.'
'Zo edel dat hij Sansa door ser Boros de jurk van haar lijf liet scheuren.'

'Hij was boos op het kind.'

'Hij was ook boos op het koksmaatje dat gisteravond soep morste, maar die jongen heeft hij niet naakt uitgekleed...'

'Dit ging niet om gemorste soep...'

Nee, dit ging om een paar lekkere tieten. Na het voorval op de binnenplaats had Tyrion met Varys overlegd hoe ze Joffry een bezoekje aan Chataya konden laten brengen. Hij hoopte dat de jongen de smaak te pakken zou krijgen. Wie weet zou hij zelfs *dankbaar* zijn, goden nog aan toe. Tyrion kon wel wat dankbaarheid van zijn soeverein gebruiken. Het moest natuurlijk wel in het geheim gebeuren. Het lastigste zou zijn hem van de Jachthond te scheiden. 'De hond volgt zijn meester altijd op de voet,' had hij tegen Varys opgemerkt, 'maar alle mensen hebben slaap nodig. En er zijn er, die bovendien nog gokken, hoereren en in wijnkroegen rondhangen.'

'Dat doet de Jachthond allemaal, als u dat soms wilde weten.'

'Nee,' zei Tyrion, 'ik wil weten wannéér.'

Varys had met een raadselachtig lachje een vinger tegen zijn wang gelegd. 'Heer, een achterdochtig man zou haast denken dat u wilt weten wanneer Sandor Clegane koning Joffry niet beschermt, zodat u de jongen gemakkelijker te na kunt komen.'

'Maar u weet wel beter, heer Varys,' zei Tyrion. 'Alle goden, het enige dat ik wil is toch dat Joffry van mij houdt!'

De eunuch had beloofd zijn gedachten over de zaak te laten gaan. Maar de oorlog stelde zo zijn eisen, en ze zouden geduld moeten hebben voor ze een man van Joffry konden maken. 'Jij zult je zoon wel beter kennen dan ik,' dwong Tyrion zichzelf tegen Cersei te zeggen, 'maar toch is er veel te zeggen voor een huwelijk met de Tyrels. Dat zou weleens de enige manier kunnen zijn om Joffry tot zijn huwelijksnacht in leven te houden.'

Pinkje gaf hem gelijk. 'Het meisje Stark heeft Joffry niets dan haar lichaam te bieden, hoe aantrekkelijk ook. Marjolij Tyrel brengt vijftigduizend zwaarden en de verzamelde strijdkrachten van Hooggaarde in.'

'Een waar woord.' Varys legde een zacht handje op de mouw van de koningin. 'U hebt het hart van een moeder, en ik weet dat Zijne Genade van zijn lieve schatje houdt. Maar een koning moet leren de noden van het rijk boven zijn eigen verlangens te stellen. Ik zeg: laten we dit aanbod doen.'

De koningin onttrok zich aan de aanraking van de eunuch. 'Vrouwen zouden zo niet praten. U kunt zeggen wat u wilt, heren, maar Joffry is te trots om genoegen te nemen met de restjes op Renlings bord. Hij zal hier nooit mee instemmen.'

Tyrion haalde zijn schouders op. 'Zodra de koning over drie jaar meerderjarig is mag hij naar eigen goeddunken ja of nee zeggen. Tot op dat moment bent u zijn regentes en ben ik zijn Hand en trouwt hij met wie wij zeggen dat hij trouwt, restjes of niet.'

Cersei had al haar pijlen verschoten. 'Doe dat aanbod dan maar. Mogen de goden u allemaal behoeden als dat meisje Joff niet bevalt.'

'Wat fijn dat we het eens zijn,' zei Tyrion. 'Nu dan, wie van ons gaat er naar Bitterbrug? We moeten ser Loras ons aanbod doen voordat zijn bloed te zeer bekoeld is.'

'Had u een lid van de raad willen sturen?'

'Ik kan toch niet van ser Loras verlangen dat hij met Bronn of Shagga onderhandelt? De Tyrels zijn trots.'

Zijn zuster probeerde onmiddellijk de situatie in haar voordeel uit te buiten. 'Ser Jacelyn Bijwater is edel geboren. Stuur hem.'

Tyrion schudde zijn hoofd. 'We hebben iemand nodig die meer kan doen dan onze woorden herhalen en het antwoord mee terugbrengen. Onze afgezant moet namens de koning en de raad kunnen spreken en de zaak snel beklinken.'

'De Hand spreekt namens de koning.' Kaarslicht gloeide als groen wildvuur in Cerseis ogen. 'Als we jou sturen, Tyrion, is het net of Joffry zelf is gegaan. Wie beter? Jij kunt net zo goed met woorden overweg als Jaime met een zwaard.'

Wil je me zo graag de stad uit hebben, Cersei? 'Je bent al te vriendelijk, zuster, maar mij lijkt de moeder van een jongen beter geschikt om een huwelijk voor hem te arrangeren dan zijn oom. En vrienden maken gaat jou makkelijker af dan het mij ooit zal doen.'

Haar ogen vernauwden zich. 'Joff heeft mij nodig om hem terzijde te staan.'

'Uwe Genade, heer Hand,' zei Pinkje, 'de koning heeft u beiden nodig. Laat mij in uw plaats gaan.'

'U?' *Welk voordeel zou hij daarin zien,* vroeg Tyrion zich af.

'Ik ben lid van de koninklijke raad, maar niet van het koninklijk huis, dus ik zou een armzalige gijzelaar zijn. Ik ken ser Loras heel goed van toen hij aan het hof vertoefde en heb hem geen aanleiding gegeven om mij niet te mogen. Hamer Tyrel is mij voor zover ik weet niet vijandig gezind, en ik vlei me met de gedachte dat ik als onderhandelaar niet onbekwaam ben.'

We zitten klem. Tyrion vertrouwde Petyr Baelish niet en verloor de man liever niet uit het oog, maar welke keus had hij nog? Het zou Pinkje of Tyrion zelf worden, en hij besefte ten volle dat alles wat hij hier in Koningslanding tot stand had gebracht voor niets zou zijn geweest als hij langer dan één moment afwezig was. 'Tussen hier en Bitterbrug wordt gevochten,' zei hij voorzichtig. 'En u kunt er vergif op innemen dat heer Stannis ook herders op pad stuurt om de afgedwaalde lammeren van zijn broer binnen te halen.'

'Ik ben nooit bang geweest voor herders. Het zijn de schapen die me zorgen baren. Maar een escorte lijkt me wel zinnig.'

'Ik kan honderd goudmantels missen,' zei Tyrion.

'Vijfhonderd.'

'Driehonderd.'

'En dan nog veertig man extra... twintig ridders met evenzovele schildknapen. Wanneer ik zonder een stoet ridders arriveer zullen de Tyrels mij niet erg hoog aanslaan.'

Dat was maar al te waar. 'Akkoord.'

'Dan neem ik Hoor'es en Hobbel in mijn gezelschap op en stuur ze na afloop door naar hun edele vader. Als een gebaar van goede wil. We hebben Paxter Roodweijn nodig, hij is de oudste vriend van Hamer Tyrel en zelf ook een machtig man.'

'En een verrader,' zei de koningin bokkig. 'Het Prieel zou zich met alles erop en eraan voor Renling hebben verklaard als Paxter niet donders goed had beseft dat zijn welpen daarvoor zouden boeten.'

'Renling is dood, uwe Genade,' hield Pinkje haar voor, 'en noch Stannis, noch Paxter zullen vergeten zijn hoe de galeien van Roodweijn tijdens het beleg van Stormeinde de zeeweg blokkeerden. Geef hem zijn tweeling terug en wij krijgen in ruil daarvoor allicht heer Paxters liefde.'

Het overtuigde Cersei niet. 'De Anderen mogen zijn liefde houden. Ik wil zijn zwaarden en zeilen, en de beste manier om die te krijgen is zijn tweeling stevig vasthouden.'

Tyrion had de oplossing. 'Laten we ser Hobber dan naar het Prieel terugsturen en ser Horas hier houden. Heer Paxter is vast wel zo slim om dat raadseltje op te lossen, dunkt me.'

Dat voorstel werd zonder tegenwerpingen aangenomen, maar Pinkje was nog niet klaar. 'We zullen paarden nodig hebben. Snel en sterk. Nu er overal gevochten wordt, zullen we moeilijk aan verse paarden kunnen komen. En er is ook een ruime voorraad goud nodig, voor die geschenken waar we het daarnet over hadden.'

'Neem net zoveel mee als u nodig hebt. Als de stad valt wordt het toch allemaal door Stannis gestolen.'

'Voorts moet ik mijn opdracht op schrift hebben. Een document dat bij Hamer Tyrel geen twijfel over mijn bevoegdheden zal laten bestaan en mij volmacht geeft met hem te onderhandelen over deze verbintenis en alle regelingen die verder nodig zijn, en namens de koning bindende afspraken te maken. Deze volmacht dient door Joffry en alle leden van deze raad ondertekend te zijn, en voorzien van al onze zegels.'

Tyrion ging ongemakkelijk verzitten. 'Goed. Nog meer? Bedenk wel dat het een heel eind is van hier naar Bitterbrug.'

'Ik vertrek voor het aanbreken van de dag.' Pinkje stond op. 'Mag

ik ervan uitgaan dat de koning mij na terugkeer op passende wijze zal belonen voor mijn moed en inzet om zijnentwil?'
Varys giechelde. 'Joffry is zo'n dankbaar heerser, ik weet zeker dat u niets te klagen zult hebben, mijn beste, dappere heer.'
De koningin vroeg onomwonden: 'Wat wilt u, heer Petyr?'
Pinkje gluurde met een sluw lachje naar Tyrion. 'Daar moet ik nog even over nadenken. Ik zal ongetwijfeld wel iets weten te verzinnen.' Hij maakte een luchtige buiging en vertrok, zo nonchalant alsof hij een van zijn bordelen ging bezoeken.
Tyrion wierp een blik uit het raam. De mist was zo dik dat hij zelfs de ringmuur aan de overkant van het binnenplein niet kon zien. Een paar zwakke lichtjes schenen onduidelijk door het grijs heen. *Een beroerde dag om te reizen.* Hij benijdde Petyr Baelish niet. 'Laten we die documenten dan maar opstellen. Heer Varys, wilt u perkament en een ganzenveer laten komen? En iemand zal Joffry moeten wekken.'
Het was nog steeds grijs en donker toen de vergadering eindelijk afgelopen was. Varys trippelde in zijn eentje weg. Zijn zachte sloffen schuifelden over de vloer. De Lannisters bleven nog even talmen bij de deur. 'Hoe staat het met je ketting, broer?' vroeg de koningin terwijl ser Presten een met eekhoornbont afgezette mantel van zilverbrokaat om haar schouders vastgespte.
'Die wordt schakel voor schakel langer. De goden zij dank dat ser Cortijn Koproos zo hardnekkig is. Stannis zal nooit naar het noorden optrekken met Stormeinde oningenomen achter zijn rug.'
'Tyrion, ik weet dat we het niet altijd eens zijn over het te voeren beleid, maar ik denk dat ik je verkeerd beoordeeld heb. Je bent niet zo'n dwaas als ik dacht. Eigenlijk heb je me erg geholpen, besef ik nu, en daar ben ik je dankbaar voor. Vergeef me maar als ik in het verleden weleens grof tegen je ben geweest.'
'O ja?' Hij haalde glimlachend zijn schouders op. 'Lieve zuster, je hebt niets gezegd waarvoor je mijn vergiffenis nodig hebt.'
'Vandaag, bedoel je?' Ze lachten allebei... en Cersei boog zich voorover en drukte een snelle, zachte kus op zijn voorhoofd.
Te verbijsterd voor woorden kon Tyrion haar alleen maar nakijken toen ze met ser Presten naast zich de gang door schreed. 'Ben ik niet goed wijs of heeft mijn zuster me echt gekust?' vroeg hij aan Bronn toen ze weg was.
'Was het zó lekker?'
'Het... overviel me.' Cersei gedroeg zich de laatste tijd vreemd, wat Tyrion erg verontrustend vond. 'Ik probeer me haar vorige kus voor de geest te halen. Ik kan niet ouder dan een jaar of zes, zeven zijn geweest. Jaime had haar uitgedaagd om het te doen.'
'Die vrouw heeft eindelijk oog gekregen voor je charmes.'

'Nee,' zei Tyrion. 'Nee, die vrouw broedt iets uit. Daar moeten we achter zien te komen, Bronn. Je weet dat ik het niet op verrassingen heb.'

Theon

Met de rug van zijn hand veegde Theon het speeksel van zijn wang. 'Robb vilt je, Grauwvreugd!' schreeuwde Benfred Langhart. 'Hij zal je overlopershart aan zijn wolf voeren, stuk schapendrek dat je bent!'

De stem van Aeron Vochthaar sneed door de beledigingen als een zwaard door de boter. 'Dood hem nu.'

'Eerst wil ik hem nog wat vragen stellen,' zei Theon.

'Lik me reet met je vragen!' Benfred hing bloedend en hulpeloos tussen Styg en Werlag in. 'Je zult er nog eerder in stikken dan dat je één antwoord van mij krijgt, lafaard. Overloper.'

Oom Aeron bleef aandringen. 'Als hij op jou spuwt, spuwt hij op ons allemaal. Hij spuwt op de Verdronken God. Hij moet sterven.'

'Mijn vader heeft mij het bevel gegeven, oom.'

'En mij meegestuurd om je van advies te dienen.'

En me in het oog te houden. Theon durfde de zaak niet op de spits te drijven. Hij mocht dan het bevel voeren, maar het vertrouwen dat zijn mannen in de Verdronken God hadden strekte zich niet tot hem uit, en voor Aeron Vochthaar waren ze als de dood. *En neem het ze eens kwalijk.*

'Dit kost je je kop, Grauwvreugd. De kraaien zullen het wit van je ogen vreten.' Benfred probeerde weer te spuwen, maar er kwam alleen wat bloed uit. 'De Anderen mogen die Verdronken God van jou naaien!'

Langhart, je hebt zojuist je leven uitgespuugd, dacht Theon. 'Leg hem het zwijgen op, Styg.'

Ze drukten Benfred op de knieën. Werlag trok het konijnenvel uit zijn riem en ramde het tussen Benfreds tanden om een eind te maken aan zijn geschreeuw. Styg bracht zijn bijl in de aanslag.

'Nee,' verkondigde Aeron Vochthaar. 'Hij moet aan de god worden geschonken. Op de aloude wijze.'

Wat maakt het uit? Dood is dood. 'Neem maar mee, dan.'

'Jij gaat ook mee. Jij voert het bevel. Het offer dient van jou afkomstig te zijn.'

Dat was meer dan Theon kon verstouwen. 'U bent de priester, oom. De god laat ik aan u over. En doet u mij op uw beurt een plezier door het vechten aan mij over te laten.' Hij wuifde met zijn hand. Werlag en Styg begonnen de gevangene naar zee te sleuren. Aeron Vochthaar wierp zijn neef een verwijtende blik toe alvorens achter hen aan te lopen. Ze zouden naar het kiezelstrand afdalen om Benfred Langhart in zout water te verdrinken. Op de aloude wijze.

En dat is misschien wel zo barmhartig, zei Theon tegen zichzelf terwijl hij met grote stappen de andere kant op liep. Styg was bepaald niet de meest ervaren scherprechter, en Benfreds nek was zo dik als die van een everzwijn, zwaar van de spieren en het vet. *Ik stak er altijd de draak mee, alleen om te kijken hoe kwaad ik hem kon krijgen*, herinnerde hij zich. Hoe lang geleden was dat, drie jaar? Toen Ned Stark naar Torhens Sterkte was gereden om ser Helman op te zoeken. Theon had hem daarbij vergezeld en twee weken in Benfreds gezelschap doorgebracht.

Hij hoorde het overwinningslawaai bij de bocht in de weg waar de veldslag had plaatsgevonden... als je het per se zo wilde noemen. *Om eerlijk te zijn had het meer weg gehad van schapen slachten. Schapen met een stalen vacht weliswaar, maar niettemin schapen.*

Theon klom op een steenhoop en keek neer op de levenloze mannen en stervende paarden. De paarden hadden beter verdiend. Tymor en zijn broers hadden de rijdieren die het gevecht ongedeerd hadden doorstaan bijeengedreven, terwijl Urzen en Zwarte Lorren de beesten die te zwaar gewond waren hadden afgemaakt. De rest van zijn manschappen was nu de lijken aan het uitplunderen. Gevin Harlang knielde op de borst van een dode en zaagde diens vinger af om een ring te bemachtigen. *Hij betaalt de ijzerprijs. Mijn heer vader zou goedkeurend knikken.* Theon overwoog de lijken van de twee mannen die hij zelf had gedood op te zoeken, om te zien of ze ook sieraden hadden die de moeite van het meenemen waard waren, maar de gedachte bezorgde hem een vieze smaak in zijn mond. Hij kon zich voorstellen wat Eddard Stark daarvan gezegd zou hebben. Toch maakte ook die gedachte hem kwaad. *Stark is dood en al half vergaan en hij betekent niets voor mij.*

De ouwe Bottelaar, die Vissensnor werd genoemd, zat met een nors gezicht naast zijn opgestapelde buit terwijl zijn drie zonen er steeds meer bovenop gooiden. Een van hen was slaags geraakt met een dikzak genaamd Todric, die tussen de gesneuvelden heen en weer zwalkte met een bierhoorn in zijn ene en een bijl in zijn andere hand, gehuld in een mantel van wit vossenbont met maar een klein beetje bloed van de vorige eigenaar erop. *Dronken*, stelde Theon vast terwijl hij hem zag brallen. Er werd gezegd dat de ijzermannen van weleer in het gevecht vaak bloeddronken waren geweest, dermate door het dolle heen dat ze geen pijn voelden en geen vijand vreesden, maar deze roes kwam gewoon van het bier.

'Wex, mijn boog en pijlkoker.' De jongen rende weg om ze op te halen. Theon kromde de boog en schoof de pees in de inkepingen terwijl Todric de jongen van Bottelaar neersloeg en bier in het gezicht smeet.

Vissensnor sprong vloekend op, maar Theon was hem voor. Hij legde aan op de hand die de drinkhoorn vasthield, met het idee hun een memorabel schot te laten zien, maar Todric verpestte het door opzij te zwaaien, precies op het moment dat hij losliet. De pijl drong in zijn buik.

De plunderaars bleven met open mond staan. Theon liet zijn boog zakken. 'Geen dronkaards, zei ik, en geen ruzie om de buit.' Todric lag op zijn knieën luidruchtig dood te gaan. 'Bottelaar, leg hem het zwijgen op.' Vissensnor en zijn zonen gehoorzaamden zonder aarzelen. Ze sneden Todric de keel door terwijl hij nog zwakjes met zijn benen trappelde en hadden hem al van zijn mantel, ringen en wapens ontdaan voor hij goed en wel dood was.

Nu weten ze dat ik meen wat ik zeg. Heer Balon mocht hem dan het bevel hebben opgedragen, maar Theon wist dat sommige mannen niet meer dan een slap knulletje uit de groene landen in hem zagen. 'Verder nog iemand dorst?' Geen antwoord. 'Goed.' Hij gaf een trap tegen Benfreds gevallen banier, die nog in de dode hand van de vaandrig geklemd zat. Onder de vlag had een konijnenvel gehangen. *Hoezo konijnenvellen,* had hij willen vragen, maar door dat gespuug was hij zijn vragen vergeten. Hij smeet Wex zijn boog toe en beende weg. Als hij terugdacht aan de juichstemming waarin hij na het Fluisterwoud verkeerd had vroeg hij zich af waarom deze overwinning niet net zo zoet was. *Wat een dwaas, Langhart, dat je zelfs te trots was om verkenners uit te sturen.*

Ze hadden grappen gemaakt en zelfs *gezongen* toen ze naderden, de bomen van Langhart boven hun hoofd en die stompzinnige konijnenvellen aan hun lanspunten. De boogschutters die zich achter de gaspeldoorns verstopt hadden hadden het gezang met een regen van pijlen gesmoord en Theon zelf was zijn krijgsvolk voorgegaan om het slagerswerk met dolk, bijl en knots af te maken. Hij had bevolen dat de aanvoerder gespaard moest worden, zodat ze hem konden ondervragen.

Alleen had hij niet verwacht dat het Benfred Langhart zou zijn.

Diens slappe lichaam werd net uit de branding gesleept toen Theon naar zijn *Zeeteef* terugliep. Langs het kiezelstrand tekenden de masten van zijn langschepen zich tegen de lucht af. Van het vissersdorpje was alleen nog koude as over, die stonk als het regende. De mannen waren allemaal over de kling gejaagd, op dat ene handjevol na dat Theon met het nieuws naar Torhens Sterkte had laten vluchten. Hun vrouwen en dochters waren tot zoutvrouwen gemaakt als ze jong en mooi genoeg waren. De oude en lelijke wijven waren gewoon verkracht en gedood of, als ze over nuttige vaardigheden beschikten en de indruk wekten dat ze niet lastig zouden zijn, tot slavin gemaakt.

Die aanval was ook Theons plan geweest. Hij had zijn schepen in de kille duisternis voor de dageraad tot vlak onder de kust gevoerd en was met een lange bijl in de hand van de voorsteven gesprongen om zijn mannen naar het slapende dorpje te voeren. Het zat hem allemaal niet lekker, maar wat voor keus had hij?

Zijn driewerf vervloekte zuster koerste op dit moment noordwaarts met haar *Zwarte Wind* en zou ongetwijfeld haar eigen slot innemen. Heer Balon had ervoor gezorgd dat geen enkel woord over zijn vlootschouw verder kwam dan de eilanden, en Theons slagerswerk langs de Rotskust zou worden toegeschreven aan piraten, belust op buit. De noorderlingen zouden het echte gevaar pas beseffen wanneer de hamer op de Mottes van Diephout en Cailin neerdaalde. *En als we gewonnen hebben zullen ze die teef van een Asha bezingen en vergeten dat ik zelfs maar meedeed.* Dat wil zeggen, als hij de zaak op zijn beloop liet.

Dagmer Splijtkaak stond bij de hoge, fraai bewerkte boeg van zijn langschip, de *Schuimzuiper*. Theon had hem de bewaking van de schepen opgedragen. Zo voorkwam hij dat zijn manschappen de overwinning aan Dagmer zouden toeschrijven in plaats van aan hem. Een opvliegender man had dat als een blijk van geringschatting beschouwd, maar Splijtkaak had slechts gelachen.

'De overwinning is aan ons,' riep Dagmer nu naar beneden. 'Toch kijk je niet blij, jongen. Doden kunnen niet lachen, dus moeten de levenden dat doen.' Hij glimlachte bij zichzelf als om te laten zien hoe het moest. Een afschuwelijk gezicht. Onder een bos sneeuwwit haar had Dagmer Splijtkaak het meest afstotelijke litteken dat Theon ooit had gezien, een erfenis van de langstelige bijl die hem als jongen bijna noodlottig was geworden. De klap had zijn kaak verbrijzeld, zijn voortanden uitgeslagen en hem vier lippen bezorgd waar een ander er twee had. Een ruige baard bedekte zijn wangen en hals, maar op het litteken wilde niet één haar groeien, dus werd zijn gezicht door een glimmende naad van gerafeld, wild vlees gespleten als een gletsjer door een kloof. 'We konden ze horen zingen,' zei de oude krijgsman. 'Een goed lied, en dapper gezongen.'

'Ze zongen beter dan ze vochten. Ze hadden evenveel baat bij een harp gehad als nu bij hun lansen.'

'Hoeveel mannen zijn er gesneuveld?'

'Aan onze kant?' Theon haalde zijn schouders op. 'Todric. Die heb ik gedood omdat hij dronken was en om de buit vocht.'

'Sommige mannen zijn voorbestemd om gewelddadig te eindigen.' Een man met minder persoonlijkheid was misschien beducht geweest om zo'n afschrikwekkende lach te tonen, maar Dagmer grijnsde vaker en breder dan heer Balon ooit deed.

Hoe lelijk ook, toch riep die lach vele herinneringen bij hem op. Als jongen had Theon hem vaak te zien gekregen als hij zijn paard over een bemoste muur dreef, of met een werpbijl zijn doel finaal in tweeën spleet. Hij had die lach gezien als hij een slag van Dagmers zwaard afweerde of een pijl in een vliegende zeemeeuw schoot, en als hij de helmstok ter hand nam en een langschip veilig door een gapende muil van schuimende klippen loodste. *Hij heeft vaker tegen me gelachen dan mijn vader en Eddard Stark bij elkaar.* Zelfs Robb... hij had toch op zijn minst een glimlachje verdiend op de dag dat hij Bran van die wildling had gered, maar in plaats daarvan was hij uitgefoeterd als een kok die de stoofpot had laten aanbranden.

'We moeten eens praten, oom,' zei Theon. Dagmer was geen echte oom, alleen een eedplichtig man die misschien een drupje Grauwvreugdbloed van vier of vijf generaties terug in de aderen had, en dan nog van tussen de verkeerde lakens. Toch had Theon hem vroeger ook altijd oom genoemd.

'Kom maar aan dek.' Van Dagmer geen ge-heer, niet aan zijn eigen dek. Op de ijzereilanden was elke kapitein koning aan boord van zijn schip.

Hij beende in vier grote stappen via de loopplank het dek van de *Schuimzuiper* op, en Dagmer ging hem voor naar de benauwde achterkooi. Daar schonk de oude man een hoorn zuur bier voor zichzelf in en hij bood Theon er ook een aan. Die sloeg het aanbod af. 'We hebben niet genoeg paarden gevangen. Een paar, maar... nou ja, ik zal het er mee moeten doen. Hoe minder mannen, hoe meer roem.'

'Waar hebben we paarden voor nodig?' Zoals de meeste ijzermannen vocht Dagmer liever te voet of aan dek. 'Paarden schijten alleen maar het dek vol, en ze lopen in de weg.'

'Als we weer zouden uitvaren wel,' gaf Theon toe. 'Maar ik heb andere plannen.' Hij sloeg de ander nauwlettend gade om te zien hoe die dat opnam. Zonder Splijtkaak geen hoop van slagen. Of hij nu wel of niet het bevel voerde, de mannen zouden hem nooit volgen als Aeron en Dagmer zich allebei tegen hem keerden, en hij dacht niet dat hij de zuurkijkende priester zou kunnen overhalen.

'Uw vader heeft ons opgedragen de kust onveilig te maken, meer niet.' Ogen zo licht als zeeschuim bezagen Theon van onder die ruige witte wenkbrauwen. Was het afkeuring wat hij daarin ontwaarde of een zweempje belangstelling? Het laatste, dacht hij... hoopte hij...

'U bent mijn vaders man.'

'Zijn béste man. Altijd geweest ook.'

Trots, dacht Theon. *Hij is trots, daar moet ik gebruik van maken, zijn trots is de sleutel.* 'Niemand op de IJzereilanden weet zelfs maar half zo goed om te gaan met speer of zwaard.'

'Je bent te lang weg geweest, jongen. Toen je vertrok was dat wel zo, maar ik ben in dienst van heer Grauwvreugd oud geworden. Volgens de zangers is Andrik nu de beste. Andrik Zonderlach wordt hij genoemd. Een boom van een vent. Hij dient heer Tromp van Oud Wiek. En Zwarte Lorren en Qarl de Maagd zijn bijna even geducht.'

'Die Andrik kan misschien geweldig vechten, maar hij is niet zo gevreesd als u.'

'Ja, dat is zo,' zei Dagmer. Om zijn vingers, die zich om zijn drinkhoorn kromden, zaten zware gouden, zilveren en bronzen ringen waarin brokken saffier, granaat en drakenglas waren gevat. Voor elk van die ringen had hij de ijzerprijs betaald, wist Theon

'Als ik iemand als u in dienst had zou ik zijn talenten niet aan plundering en brandschatting verspillen. Kinderspel, niets voor heer Balons beste man...'

Een grijns wrong Dagmers lippen vaneen en ontblootte de bruine restanten van zijn tanden. 'Noch voor zijn wettige zoon?' Hij schoot hard in de lach. 'Ik ken jou, Theon. Ik heb gezien hoe je je eerste stapjes zette, ik heb je geholpen je eerste boog te spannen. Ik ben niet degene die zich miskend voelt.'

'De opdracht van mijn zuster had aan mij gegeven moeten worden,' gaf hij toe, zich er onaangenaam van bewust hoe kinderachtig dat klonk.

'Trek het je niet zo aan, jongen. Het komt allemaal doordat je vader je niet kent. Je broers waren dood, en jij was door de wolven meegenomen, dus zocht hij zijn heil bij je zuster. Hij is op haar gaan bouwen, en zij heeft zijn vertrouwen nooit beschaamd.'

'Ik ook niet. De Starks wisten wat ik waard was. Ik behoorde tot de beste verkenners van Brynden Zwartvis, en in het Fluisterwoud viel ik in de voorhoede aan. Het scheelde maar weinig of ik had het zwaard met de Koningsmoordenaar zelf gekruist.' Hij hield zijn handen twee voet uit elkaar. 'Daryn Hoornwoud kwam tussen ons in, en dat kostte hem het leven.'

'Waarom vertel je mij dat?' vroeg Dagmer. 'Ik heb je je eerste zwaard in de hand gestopt. Ik weet dat je geen lafaard bent.'

'Weet mijn vader dat ook?'

De grauwe ijzervreter keek of hij op iets smerigs had gebeten. 'Het is alleen... Theon, dat wolvenjong is je vriend, en de Starks hebben je tien jaar bij zich gehad.'

'Ik ben geen Stark.' *Daar heeft heer Eddard voor gezorgd.* 'Ik ben een Grauwvreugd, en van plan mijn vader op te volgen. Maar hoe kan dat als ik me niet kan bewijzen door grootse daden te verrichten?'

'Je bent nog jong. Er komen nog meer oorlogen, en dan kun je die grootse daden altijd nog verrichten. Op dit moment hebben we bevel de Rotskust onveilig te maken.'

'Dat moet mijn oom Aeron dan maar doen. Ik geef hem zes schepen, het hele zootje op de *Schuimzuiper* en de *Zeeteef* na, en dan kan hij

brand stichten en verdrinken tot zijn god er schoon genoeg van heeft.'
'Jij bent als bevelhebber aangewezen, niet Aeron Vochthaar.'
'Wat maakt dat uit? Als er maar geplunderd wordt. Wat ik van plan ben en aan u wil vragen is geen werk voor een priester. Mijn opdracht kan alleen Dagmer Splijtkaak uitvoeren.'
Dagmer nam een diepe teug uit zijn drinkhoorn. 'Zeg op.'
Hij is in de verleiding gebracht, dacht Theon. *Dat plunderwerk bevalt hem net zomin als mij.* 'Als mijn zuster een slot kan innemen, kan ik dat ook.'
'Asha heeft vier of vijf keer zoveel mannen als wij.'
Theon stond zichzelf een sluw lachje toe. 'Maar wij hebben vier keer zoveel hersens en vijf keer zoveel moed.'
'Uw vader...'
'... zal mij dankbaar zijn als ik hem zijn koninkrijk aanreik. Ik ben van plan een daad te stellen die de harpspelers over duizend jaar nog zullen bezingen.'
Hij wist dat dit Dagmer aan het denken zou zetten. De bijl die zijn kaak had gekliefd was ook door een zanger bezongen, en de oude man hoorde dat lied graag. Altijd als hij aangeschoten was riep hij om een plunderzang, iets luidruchtigs en stormachtigs over dode helden en teugelloze moed. *Zijn haar is wit en zijn tanden zijn rot, maar zijn zucht naar roem is gebleven.*
'Wat zou mijn aandeel zijn in dat plan van jou, jongen?' vroeg Dagmer Splijtkaak na een lange stilte, en Theon wist dat hij gewonnen had.
'De vijand angst inboezemen zoals alleen een man met uw reputatie dat kan. U trekt met onze hoofdmacht naar Torhens Sterkte op. Helman Langhart is met zijn beste mannen naar het zuiden gegaan en Benfred is hier samen met hun zonen omgekomen. Zijn oom Leobald blijft met een klein garnizoen achter.' *Als ik Benfred had kunnen ondervragen zou ik nu weten hoe klein.* 'Maak geen geheim van uw komst. Zing alle dappere liederen die u wilt. Ik wil dat ze de poort sluiten.'
'Hoe sterk is Torhens Sterkte?'
'Vrij sterk. De muren zijn van steen, dertig voet hoog, met op iedere hoek vierkante torens en een vierkante burcht in het midden.'
'Stenen muren kunnen we niet in brand steken. Hoe moeten we dat innemen? Zelfs voor de bestorming van een klein slot zijn we met te weinig man.'
'U slaat uw kamp op voor de muren en bouwt blijden en andere belegeringsmachines.'
'Dat druist tegen de Oude Leefwijze in. Ben je dat vergeten? IJzermannen vechten met zwaarden en bijlen, die smijten niet met stenen. Het is niet eervol de vijand uit te hongeren.'
'Weet Leobald veel! Als hij u die belegeringstorens ziet bouwen, zal

het oudewijvenbloed hem in de aderen stollen en zal hij om hulp mekkeren. Houd uw boogschutters tegen en laat zijn raven vliegen. De slotvoogd van Winterfel is een moedig man, maar zijn brein is even stroef van de ouderdom als zijn leden. Zodra hij hoort dat een van de baandermannen van zijn koning door de geduchte Dagmer Splijtkaak wordt aangevallen, zal hij zijn strijdmacht op de been brengen en Langhart te hulp schieten. Dat is hij verplicht, en als ser Rodrik iets is, dan is het plichtsgetrouw.'

'De krijgsmacht die hij op de been brengt zal altijd groter zijn dan de mijne,' zei Dagmer, 'en die oude ridders zijn sluwer dan jij denkt, of ze zouden hun eerste grijze haren niet hebben gezien. Jij wilt ons een strijd laten uitvechten die we niet kunnen winnen, Theon. Dat Torhens Sterkte zal nooit vallen.'

Theon glimlachte. 'Het is ook niet Torhens Sterkte dat ik wil innemen.'

Arya

*V*erwarring en rumoer hadden bezit genomen van het slot. Mannen in karren laadden vaatjes wijn, zakken meel en bundels nieuwe pijlen in. Smeden hamerden zwaarden in vorm, deukten borstplaten uit en voorzagen zowel strijdrossen als pakezels van nieuwe hoefijzers. Maliënhemden werden in tonnen zand gestopt en over de oneffen ondergrond van de druipsteenhof gerold om schoongeschuurd te worden. Het vrouwvolk van Wisch moest twintig mantels repareren en er nog eens honderd wassen. Hoog en laag dromde naar de sept om te bidden. Buiten werden hekken, tenten en paviljoens neergehaald. Schildknapen doofden de kookvuren met emmers water terwijl krijgslieden hun oliestenen te voorschijn haalden om hun zwaarden nog één goede beurt te geven. Het lawaai rees als het tij: briesende en hinnikende paarden, bevelen schreeuwende heren, wapenknechten die elkaar uitscholden, ruziënde marketentsters.

Heer Tywin trok eindelijk ten strijde.

Ser Addam Marbrand was de eerste aanvoerder die vertrok, één dag voor de rest. Hij maakte er een hoofs schouwspel van, gezeten op een temperamentvolle vos met manen in dezelfde tint koper als het lange haar dat over zijn schouders golfde. Het paard droeg een bronskleurig dekkleed van dezelfde stof als de mantel van de ruiter, getooid met het blazoen van de brandende boom. Sommige vrouwen in het slot stonden te snikken toen hij vertrok. Volgens Wisch was hij een groot ruiter en zwaardvechter, heer Tywins stoutmoedigste bevelhebber.

Ik hoop dat hij sneuvelt, dacht Arya toen ze hem de poort uit zag rijden, gevolgd door een stroom krijgsvolk in rotten van twee. *Ik hoop dat ze allemaal sneuvelen.* Ze gingen met Robb vechten, wist ze. Ze had onder het werk naar de roddels geluisterd en gehoord dat Robb in het westen een grote overwinning had behaald. Hij had Lannispoort in de as gelegd, zeiden sommigen, of anders was hij dat van plan. Hij had de Rots van Casterling ingenomen en iedereen over de kling gejaagd, of het beleg geslagen voor de Guldentand... maar dat er iets gebeurd was stond vast.

Wisch liet haar van 's morgens vroeg tot 's avonds laat berichten rondbrengen. Sommige voerden haar zelfs tot buiten de slotmuren, tot in de modderige maalstroom van het kamp. *Ik zou kunnen vluchten*, dacht ze toen er een kar langshobbelde. *Ik kan achter op die kar springen en me verstoppen, of me bij de marketentsters aansluiten. Niemand die me tegenhoudt.* Als Wisch er niet was geweest had ze het misschien gedaan, maar hij had meer dan eens gezegd wat hij zou doen met iemand die zich uit de voeten probeerde te maken. 'Dan krijg je geen pak slaag, o nee. Ik zal je met geen vinger aanraken. Ik bewaar je gewoon voor die kerel uit Qohor, dat is wat ik doe, ik spaar je op voor de Verminker. Vargo Hoat heet hij, en als-ie terugkomt hakt-ie je voeten eraf.' *Misschien als Wisch dood was,* dacht Arya... maar niet waar hij bij was. Als hij je aankeek kon hij ruiken wat je dacht, zei hij altijd.

Maar Wisch kwam niet op het idee dat ze misschien kon lezen, dus nam hij nooit de moeite de missives die hij haar meegaf te verzegelen. Arya las ze stiekem allemaal, maar er stond nooit iets bijzonders in, alleen maar stomme dingen: deze kar moest naar de graanschuur en die naar de wapenopslag. Eén bericht eiste de betaling van een gokschuld, maar de ridder aan wie ze het overhandigde kon niet lezen. Toen ze hem vertelde wat erin stond probeerde hij haar te slaan, maar Arya ontweek de klap, graaide een met zilver beslagen drinkhoorn van zijn zadel en stoof weg. De ridder kwam haar brullend achterna, maar ze glipte tussen twee wagens door, zigzagde dwars door een troepje boogschutters heen en sprong over een latrinegreppel. Met zijn maliënkolder aan kon hij haar niet bijhouden. Toen ze de hoorn aan Wisch gaf zei hij dat ze wel een beloning had verdiend, slim Wezeltje dat ze was. 'Als avondeten heb ik een vette, knapperige kapoen in gedachten. Die delen we samen, jij en ik. Je zult ervan smullen.'

Overal waar ze kwam zocht Arya naar Jaqen H'ghar, want ze wilde hem nog een naam toefluisteren voordat iedereen die ze haatte buiten bereik zou zijn, maar in de wanorde en verwarring was de huurling uit Lorath onvindbaar. Hij was haar nog twee doden schuldig, en ze vreesde dat ze die nooit meer zou krijgen als hij met de overigen ten strijde trok. Ten slotte bracht ze de moed op aan een van de poortwachters te vragen of hij al weg was. 'Een van Lors z'n mannen, nietwaar?' zei de man. 'Dan vertrekt hij niet. Heer Tywin heeft ser Amaury tot slotvoogd van Harrenhal benoemd. Die hele groep blijft achter om het slot bezet te houden. De Bloedige Mommers laten ze ook achter, om te foerageren. Die geit van een Vargo Hoat zal wel tegensputteren, want hij en Lors hebben de pest aan elkaar.'

Maar de Berg ging wel met heer Tywin mee. Hij zou de voorhoede aanvoeren, wat inhield dat Dunsen, Polver en Raf haar allemaal door de vingers zouden glippen, tenzij ze Jaqen vond en ervoor zorgde dat hij voor hun vertrek een van hen doodde.

'Wezel,' zei Wisch die middag, 'loop naar de wapenkamer en zeg tegen Lucan dat ser Lyonel bij het oefenen een kerf in zijn zwaard heeft opgelopen en een nieuw moet hebben.' Hij gaf haar een stukje papier. 'En snel, want hij vertrekt met ser Kevan Lannister.'

Arya pakte het papiertje aan en rende weg. De wapenkamer grensde aan de kasteelsmidse, een lang, tunnelvormig gebouw met een hoog dak, twintig ingebouwde smederijen en langwerpige stenen waterbakken om het staal te temperen. Toen ze binnenkwam was de helft van de smederijen in gebruik. Hamerslagen weerkaatsten tegen de muren, en forse kerels met leren voorschoten stonden over blaasbalgen en aambeelden gebogen, zwetend in de drukkende hitte. Toen ze Gendry in het oog kreeg was zijn ontblote borst glad van het zweet maar de blauwe ogen onder het dikke zwarte haar keken nog steeds even koppig. Arya was eigenlijk niet van plan geweest met hem te praten. Het was zijn schuld dat ze allemaal gegrepen waren. 'Wie is Lucan?' Ze stak het papier uit. 'Ik moet een nieuw zwaard halen voor ser Lyonel.'

'Ser Lyonel kan de pot op.' Hij trok haar bij een arm opzij. 'Gisteravond vroeg Warme Pastei of ik jou ook *Winterfel* had horen schreeuwen toen we in die ridderhofstee op de muren vochten.'

'Heb ik niet gedaan!'

'Wel waar. Ik heb het ook gehoord.'

'Iedereen schreeuwde van alles,' zei Arya verdedigend. 'Warme Pastei schreeuwde *Warme Pastei*. Zeker honderd keer.'

'Het gaat erom wat jij schreeuwde. Ik heb tegen Warme Pastei gezegd dat hij de stront uit zijn oren moest peuteren, want dat je alleen maar "Naar de hel!" had geroepen. Zeg jij dat dus ook maar als hij het aan jou vraagt.'

'Zal ik doen,' zei ze, al vond ze 'naar de hel' maar een stomme kreet. Ze durfde Warme Pastei niet te vertellen wie ze eigenlijk was. *Misschien moet ik Jaqen de naam van Warme Pastei influisteren.*

'Ik haal Lucan,' zei Gendry.

Lucan knorde toen hij het geschrevene zag (al had Arya de indruk dat hij het niet kon lezen) en haalde een zwaar, lang zwaard van de muur. 'Veel te goed voor die pummel, zeg maar dat ik dat gezegd heb,' zei hij.

'Zal ik doen,' loog ze. Als ze iets van dien aard zei zou Wisch haar tot bloedens toe slaan. Lucan moest zijn beledigingen zelf maar overbrengen.

Het wapen was een stuk zwaarder dan Naald, maar het bezorgde Arya een aangenaam gevoel. Met dat stalen gewicht in handen had ze het idee dat ze sterker was. *Misschien ben ik nog geen waterdanser, maar ik ben ook geen muis. Een muis kan niet zwaardvechten en ik wel.* De poort stond open, krijgslieden kwamen en gingen, sleperskarren rolden leeg naar binnen en reden krakend en deinend onder hun last weer naar buiten. Ze overwoog naar de stallen te gaan met de mededeling dat ser Lyonel een nieuw paard wilde. Ze had dat papiertje, en de staljongens zouden het net zomin kunnen lezen als Lucan. *Ik zou zo te paard met dit zwaard de poort uit kunnen rijden. Als de wachters me dan aanhielden liet ik ze dat papiertje zien en zei ik dat ze voor ser Lyonel bestemd waren.* Maar ze had er geen idee van hoe ser Lyonel eruitzag of waar hij te vinden was. Als ze haar ondervroegen zouden ze daar achter komen, en dan zou Wisch... Wisch...

Ze kauwde op haar lip en probeerde er niet aan te denken hoe het zou voelen als haar voeten werden afgehakt. Een groep boogschutters in leren kolders en ijzeren helmen kwam voorbij met hun bogen over hun schouders. Arya ving flarden van hun gesprek op.

'... reuzen, zeg ik je, hij heeft *reuzen*, twintig voet lang, van achter de Muur, en ze lopen als hondjes achter hem aan...'

'... onnatuurlijk dat hij ze zo snel heeft overvallen, en nog midden in de nacht ook. Hij is meer wolf dan mens, al die Starks zijn zo...'

'... heb schijt aan jullie wolven en reuzen, dat joch zou het in zijn broek doen als hij wist wat hem te wachten stond. Hij was toch ook niet mans genoeg om tegen Harrenhal op te trekken? Ging als een speer de andere kant op. Als die wist wat goed voor hem was zette hij het nu ook op een lopen.'

'Dat zeg jij, maar misschien weet die jongen iets wat wij niet weten, misschien kunnen wij beter op de loop gaan...'

Ja, dacht Arya. *Gaan jullie maar op de loop, jullie en heer Tywin en de Berg en ser Addam en ser Amaury en die stomme ser Lyonel, wie het ook is, nemen jullie allemaal maar gauw de benen vóór mijn broer jullie afmaakt, hij is een Stark, meer wolf dan mens, en ik ook.*

'Wezel.' De stem van Wisch knalde als een zweep. Ze had hem niet zien aankomen, maar ineens stond hij vlak voor haar. 'Geef hier. Dat werd tijd!' Hij griste haar het zwaard uit de vingers en gaf haar een gemene klap met de rug van zijn hand. 'Zorg dat je de volgende keer sneller bent.'

Even was ze weer een wolf geweest, maar de klap van Wisch had alles uitgewist en nu proefde ze alleen nog haar eigen bloed. Ze had op haar tong gebeten toen hij haar sloeg. Dat nam ze hem vreselijk kwalijk.

'Wil je er nog een?' vroeg Wisch. 'Die kun je krijgen. Niet van die brutale blikken! Ga naar het brouwhuis en zeg tegen Toffelbes dat ik twintig vaten voor hem heb, en dat hij die maar gauw door zijn jongens moet laten ophalen, voordat ik iemand tegenkom die ze harder nodig heeft.' Arya liep weg, maar niet snel genoeg naar de smaak van Wisch. 'En *rennen*, als je vanavond iets te eten wilt,' schreeuwde hij. Zijn belofte van die knapperige kapoen was hij al vergeten. 'En niet nog eens verdwalen, of je zult ervoor bloeden.'

Vergeet het maar, dacht Arya. *Je krijgt de kans niet meer.* Maar ze rende wel. De oude goden van het noorden moesten haar voeten hebben geleid. Halverwege het brouwhuis, toen ze onder de stenen boogbrug van de Weduwentoren en die van 's Konings Brandstapel doorliep, hoorde ze ruw, blaffend gelach. Rorg kwam met drie andere mannen de hoek om, het insigne met ser Amaury's manticora ter hoogte van hun hart gestikt. Toen hij haar zag bleef hij staan en grijnsde, en onder de leren lap die hij soms droeg om het gat in zijn gezicht te bedekken was een mond vol scheve, bruine tanden zichtbaar. 'Yorens kutje,' riep hij. 'Ik kan wel raden wat die zwarte bastaard bij de Muur met *jou* wilde.' Opnieuw lachte hij, en de anderen lachten mee. 'Waar is je stok?' wilde Rorg ineens weten, zijn lach net zo snel verdwenen als hij verschenen was. 'Ik had beloofd dat ik je ermee zou naaien, geloof ik.' Hij deed een stap in haar richting. Arya week achteruit. 'Nou ik niet meer geketend ben durf je niet meer, hè?'

'Ik heb je *gered*.' Ze bleef op ruim een pas afstand staan, klaar om zo snel als een slang weg te schieten als hij naar haar graaide.

'Dan ben ik je als beloning nóg een beurt verschuldigd, denk ik. Stopte Yoren 'm in je kut of had-ie liever dat stevige kontje?'

'Ik zoek Jaqen,' zei ze. 'Ik moet wat tegen hem zeggen.'

Rorg stokte. Iets in zijn ogen... kon het zijn dat hij bang was voor Jaqen H'ghar? 'In het badhuis. Rot op.'

Arya draaide zich bliksemsnel om en rende weg, snelvoetig als een ree. De hele weg naar het badhuis vlogen haar voeten over de klinkers. Toen ze Jaqen vond zat hij in een tobbe te weken. Een meid goot warm water over zijn hoofd, en de damp sloeg van hem af. Zijn lange haar, rood aan de ene en wit aan de andere kant, hing nat en zwaar over zijn schouders.

Ze kroop stil als een schaduw naar hem toe, maar hij opende toch zijn ogen. 'Ze komt op muizenpootjes binnensluipen maar een man hoort,' zei hij. *Maar hoe dan*, vroeg ze zich af, en ook dat leek hij te horen. 'Voor een man met open oren klinkt leer dat over stenen schuifelt als het schallen van krijgshoorns. Slimme meisjes gaan barrevoets.'

'Ik moet je iets zeggen.' Arya gluurde onzeker naar de meid. Toen die geen aanstalten maakte om weg te gaan boog ze zich voorover totdat haar mond zijn oor bijna raakte. 'Wisch,' fluisterde ze.

Jaqen H'ghar deed zijn ogen weer dicht en liet zich drijven, loom en half in slaap. 'Zeg tegen mijn heer dat een man zich te zijner tijd bij hem zal vervoegen.' Plotseling bewoog zijn hand. Warm water spatte haar kant op, en Arya moest naar achteren springen om niet drijfnat te worden.

Toen ze Toffelbes doorgaf wat Wisch had gezegd vloekte de brouwer luid. 'Zeg tegen Wisch dat mijn jongens wel wat beters te doen hebben, en zeg hem ook maar dat hij een klootzak is en dat de zevenvoudige hel eerder dichtvriest dan dat hij ooit nog één hoorn bier van mij krijgt. Ik moet die vaten binnen een uur hebben of heer Tywin hoort ervan, zo zeker als wat.'

Wisch vloekte ook toen Arya dat bericht overbracht, al had ze het klootzak weggelaten. Hij tierde en dreigde, maar uiteindelijk wist hij zes man bij elkaar te krijgen die hij onder veel gemor de vaten naar het brouwhuis liet brengen.

Het eten bestond die avond uit een dunne brij van gerst, uien en peen, met een punt oudbakken bruin brood. Een van de vrouwen sliep de laatste tijd bij Wisch in bed, en zij kreeg ook een stuk rijpe blauwe kaas en een vleugel van de kapoen waar Wisch het die ochtend over had gehad. De rest vrat hij zelf op, en het vet droop glimmend tussen de ontstoken puisten bij zijn mondhoek door. Toen hij van zijn broodbord opkeek en Arya's starende blik zag was de vogel bijna op. 'Wezel, kom hier.'

Er hingen nog een paar hapjes donker vlees aan een dij. *Hij was het vergeten maar nu denkt hij er weer aan*, dacht Arya, en ze kreeg een akelig gevoel omdat ze tegen Jaqen had gezegd dat hij Wisch moest doden. Ze stond van de bank op en liep naar het hoofd van de tafel.

'Ik zag dat je naar me keek.' Wisch veegde zijn vinger af aan de voorkant van haar hemd. Toen greep hij haar met één hand bij de keel en gaf haar met de andere een klap. 'Wat had ik tegen je gezegd?' Hij sloeg haar nog eens, nu met de rug van zijn hand. 'Hou je blikken vóór je, of ik druk je een oog uit en voer het aan mijn teef.' Een zet, en ze belandde struikelend op de vloer. Haar zoom bleef achter een losse spijker in de ruwhouten bank haken en scheurde toen ze viel. 'Vóór je naar bed gaat repareren,' voegde Wisch haar toe en hij trok het laatste vlees van de kapoen. Toen hij klaar was sabbelde hij luidruchtig zijn vingers af en smeet zijn lelijke gevlekte hond de botjes toe.

'Wisch,' fluisterde Arya toen ze zich 's avonds over de scheur in haar hemd boog. 'Dunsen, Polver, Raf het Lieverdje.' Telkens als ze haar benen naald door de ongeverfde wol duwde noemde ze een naam. 'De Kietelaar en de Jachthond. Ser Gregor, ser Amaury, ser Ilyn, ser Meryn, koning Joffry, koningin Cersei.' Ze vroeg zich af hoe lang Wisch nog deel van haar gebed zou uitmaken, en toen ze indommelde droomde ze dat hij dood zou zijn als ze de volgende ochtend wakker werd.

Maar het was Wisch die haar zoals altijd wekte met de scherpe punt van zijn laars. De hoofdmacht van heer Tywins leger zou die dag vertrekken, vertelde hij tijdens het ontbijt van haverkoeken. 'Maar laat niemand denken dat het er makkelijker op wordt nu heer Lannister weggaat,' waarschuwde hij. 'Het slot is nog even groot, dat verzeker ik jullie. Alleen zijn er nu minder handen om het werk te doen. Jullie komen er nog wel achter wat werken is, stelletje luiwammesen. Let maar op!'

Maar niet van jou. Lusteloos knabbelde Arya aan haar haverkoek. Wisch keek haar fronsend aan, alsof hij haar geheim kon ruiken. Snel

keek ze naar haar eten, en ze durfde haar ogen niet meer op te slaan.
   Een flets licht viel over de binnenplaats toen heer Tywin Lannister Harrenhal vaarwel zei. Arya keek toe vanuit een boogvenster halverwege de Jammertoren. Zijn ros had een dekkleed van karmijnrode, geëmailleerde schubben, en hoofdplaat en borstharnas waren verguld. Zelf had heer Tywin een dikke hermelijnen mantel uitgekozen. Ser Kevan zag er bijna even schitterend uit. Maar liefst vier standaarddragers reden met enorme karmijnrode banieren met het blazoen van de gulden leeuw voor hen uit. Op de Lannisters volgden hun grote heren en aanvoerders. De banieren klapperden en fladderden, een bont tafereel: rode os en gulden berg, purperen eenhoorn en vechthaan, gestreepte ever en das, een zilveren fret en een bonte jongleur, sterren en vlammende zonnen, pauw en panter, ruit en dolk, zwarte kap, blauwe kever en groene pijl.
   Achteraan kwam ser Gregor Clegane in zijn harnas van grijs staal, gezeten op een hengst die even prikkelbaar was als de ruiter. Polver reed aan zijn zij, de standaard met de zwarte hond in zijn hand en de gehoornde helm van Gendry op zijn hoofd. Hij was een lange kerel, maar zoals hij daar in de schaduw van zijn meester reed leek hij maar een halfwas knaap.
   Een huivering kroop langs Arya's ruggengraat omhoog toen ze hen onder het grote ijzeren valhek van Harrenhal door zag rijden. Ineens besefte ze dat ze een afschuwelijke vergissing had begaan. *Wat ben ik een uilskuiken*, dacht ze. Wisch was onbelangrijk, net zo onbelangrijk als Keswijck. Dit waren de mannen waar het om ging, om hún dood had ze moeten vragen. Ze had ze gisteravond stuk voor stuk de dood in kunnen fluisteren als ze niet zo razend op Wisch was geweest om die klap en die leugen over de kapoen. *Heer Tywin, waarom heb ik heer Tywin niet genoemd?*
   Misschien was het nog niet te laat om van mening te veranderen. Wisch was nog niet dood. Misschien zou ze Jaqen nog kunnen vinden en tegen hem zeggen...
   Haastig rende Arya de wenteltrap af, haar karweitjes vergeten. Ze hoorde kettingen rammelen toen het valhek langzaam werd neergelaten en de punten diep in de grond zonken... en toen hoorde ze nog iets, een schreeuw van pijn en angst.
   Een stuk of tien mensen waren haar voor, al bleven ze allemaal op een afstandje. Arya wurmde zich tussen hen door. Wisch lag plat op de klinkers, zijn keel een rode ruïne, zijn lege, starende blikken op een grauwe wolkenbank gericht. Zijn lelijke gevlekte hond stond op zijn borst het bloed op te likken dat uit zijn keel golfde en hapte zo nu en dan wat vlees uit het gezicht van de dode.
   Ten slotte haalde iemand een kruisboog en schoot de gevlekte teef

dood terwijl ze aan een oor van Wisch stond te knauwen.

'Da's me ook wat,' hoorde ze een man zeggen. 'Hij had die teef al sinds ze nog een jong hondje was.'

'Deze plaats is vervloekt,' zei de man met de kruisboog.

'Het is de geest van Harren, dat is het,' zei vrouw Amabel. 'Ik blijf hier geen nacht meer, dat zweer ik.'

Arya keek op van de dode en zijn dode hond. Tegen de zijmuur van de Jammertoren stond Jaqen H'gar geleund. Toen hij merkte dat ze keek bracht hij een hand naar zijn gezicht en vlijde terloops twee vingers langs zijn wang.

Catelyn

Op twee dagen rijden van Stroomvliet werden ze door een verkenner gesignaleerd terwijl ze hun paarden drenkten bij een modderige beek. Catelyn was nog nooit zo blij geweest een insigne met de tweelingtoren van het huis Frey te zien.

Toen ze hem verzocht had haar bij haar oom te brengen zei hij: 'De Zwartvis is met de koning naar het westen, vrouwe. Martyn Stroom voert in zijn plaats het bevel over de voorrijders.'

'Ach.' Ze had Stroom bij de Tweeling ontmoet, een onwettige zoon van heer Walder Frey, een halfbroer van ser Perwyn. Het verraste haar niet om te horen dat Robb in het hart van het Lannister-gebied had toegeslagen. Dat was hij duidelijk al van plan geweest toen hij haar wegstuurde om met Renling te onderhandelen. 'Waar is Stroom nu?'

'Zijn kamp is twee uur rijden, vrouwe.'

'Breng ons bij hem,' beval ze. Briënne hielp haar weer in het zadel en ze gingen meteen op weg.

'Komt u van Bitterbrug, vrouwe?' vroeg de verkenner.

'Nee.' Dat had ze niet gedurfd. Na Renlings dood was Catelyn er niet zeker van geweest hoe ze door de jonge weduwe en haar beschermers zou worden ontvangen. In plaats daarvan was ze door het hart van het oorlogsgebied gereden, over vruchtbare riviergrond die door de furie van de Lannisters in een geblakerde woestenij was veranderd, en haar verkenners waren avond aan avond met misselijkmakende verhalen teruggekeerd. 'Heer Renling is gedood,' voegde ze eraan toe.

'We hadden gehoopt dat dat een leugenverhaal van de Lannisters was, of...'

'Was het maar waar. Voert mijn broer het bevel in Stroomvliet?'

'Ja, vrouwe. Zijne genade heeft ser Edmar opgedragen Stroomvliet te verdedigen en zijn achterhoede te dekken.'

Dat de goden hem kracht schenken, dacht Catelyn. *En wijsheid*. 'Is er al nieuws van Robb in het westen?'

'Weet u dat niet?' De man keek verrast. 'Zijne Genade heeft bij Ossenwade een grote zege behaald. Ser Steffert Lannister is dood en zijn krijgsmacht uiteengeslagen.'

Ser Wendel Manderling slaakte een juichkreet, maar Catelyn knikte alleen maar. De beproevingen van morgen hielden haar meer bezig dan de overwinningen van gisteren.

Martyn Stroom had zijn kamp in de ruïne van een vernielde hofstee opgeslagen, naast een stal zonder dak en een honderdtal verse graven. Toen Catelyn afsteeg zonk hij op één knie. 'Welkom, vrouwe. Uw broer heeft ons opgedragen naar uw gezelschap uit te zien en u haastig naar Stroomvliet terug te begeleiden als wij u tegenkwamen.'

Dat klonk ongunstig. 'Gaat het om mijn vader?'

'Nee, vrouwe. Heer Hosters toestand is onveranderd.' Stroom was een rossige man die nauwelijks op zijn halfbroers leek. 'We vreesden dat u verkenners van de Lannisters in de armen zou lopen. Heer Tywin is uit Harrenhal vertrokken en met zijn voltallige krijgsmacht op weg naar het westen.'

'Sta op,' zei ze tegen Stroom. Ze fronste haar wenkbrauwen. Ook Stannis Baratheon zou nu weldra optrekken. *Goden, sta ons bij.* 'Hoe lang nog voordat heer Tywin ons bereikt?'

'Drie of vier dagen, dat is moeilijk te zeggen. We hebben overal ogen langs de weg, maar we kunnen beter voortmaken.'

En dat deden ze. Stroom brak snel zijn kamp op en kwam naast haar rijden. Ze vertrokken weer, bijna vijftig man sterk nu, voortjagend onder de schrikwolf, de springende forel en de tweelingtorens.

Haar mannen wilden meer weten over Robbs overwinning bij Ossenwade, en Stroom was hun terwille. 'Op Stroomvliet is een zanger aangekomen. Hij noemt zich Rijmond de Rijmer en heeft een lied op de slag gemaakt. U zult het vanavond ongetwijfeld horen, vrouwe. "Een wolf bij nacht", noemt die Rijmond het.' Hij vertelde verder hoe het restant van ser Stefferts krijgsmacht zich in Lannispoort had teruggetrokken. Zonder belegeringswerktuigen konden ze onmogelijk de Rots van Casterling bestormen, en daarom betaalde de Jonge Wolf de Lannisters hun verwoesting van het rivierengebied nu met gelijke munt terug. De heren Karstark en Hanscoe plunderden de kust, vrouwe Mormont had duizenden stuks vee geroofd en dreef ze nu naar Stroomvliet, en de Grootjon had zich meester gemaakt van de goudmijnen bij het Castameer, Nonsdiepte en de Pendrikheuvels. Ser Wendel lachte. 'Een Lannister loopt nooit harder dan wanneer zijn goud gevaar loopt.'

'Hoe is de koning erin geslaagd de Tand in te nemen?' vroeg ser Perwyn Frey aan zijn bastaardbroer. 'Die burcht is verdomd sterk en beheerst de weg door de heuvels.'

'Hij heeft hem helemaal niet ingenomen. Hij is er bij nacht omheen geslopen. Ik heb gehoord dat zijn schrikwolf, die Grijze Wind, hem de weg heeft gewezen. Dat beest heeft een geitenpaadje opgespoord dat door een bergpas omlaag leidde en onder een overhangende rotswand weer omhoog, een stenig kronkelpad, maar toch zo breed dat de ruiters er een voor een overheen konden. De Lannisters in hun wachttorens hebben zelfs geen glimp van hen opgevangen.' Stroom dempte zijn stem. 'Volgens sommigen heeft de koning Steffert Lannister na de slag het hart uit de borst gesneden om het aan zijn wolf te voeren.'

'Zulke verhalen zou ik maar niet geloven,' zei Catelyn scherp. 'Mijn zoon is geen wilde.'

'Zoals u zegt, vrouwe. Toch was het niet meer dan het beest had verdiend. Het is bepaald geen gewone wolf. De Grootjon schijnt gezegd te hebben dat de oude goden van het noorden die schrikwolven tot uw kinderen hebben gezonden.'

Catelyn dacht terug aan de dag waarop haar jongens de welpen in de nazomersneeuw hadden gevonden. Het waren er vijf geweest, drie mannetjes en twee wijfjes, voor de vijf wettig geboren kinderen van het huis Stark... en een zesde, wit van vacht en rood van oog, voor Neds bastaardzoon Jon Sneeuw. *Geen gewone wolven*, dacht ze. *Zeg dat wel.*

Toen ze die nacht hun kamp hadden opgeslagen zocht Briënne haar op in haar tent. 'Vrouwe, u bent weer veilig bij de uwen, één dagrit van het slot van uw broer. Geeft u mij verlof om te vertrekken.'

Dat had Catelyn niet moeten verbazen. De onaantrekkelijke jonge vrouw was de hele tocht al eenzelvig geweest. Ze was meestal bij de paarden gebleven om ze te roskammen en hun hoeven schoon te schrapen. Verder had ze Schad geholpen met koken en wild schoonmaken en al snel bewezen dat ze als jager voor niemand onderdeed. Elke taak die Catelyn haar opdroeg was door Briënne bekwaam en zonder morren uitgevoerd, en als ze werd aangesproken had ze beleefd geantwoord, maar ze had nooit gezellig met iemand gepraat, noch gehuild of gelachen. Ze was iedere dag meegereden en had iedere nacht tussen hen in geslapen zonder ooit een van hen te worden.

Net als bij Renling, dacht Catelyn. *Op het feest, in de mêlee, zelfs in Renlings paviljoen bij haar broeders van de Regenbooggarde. Die heeft muren om zich heen die hoger zijn dan die van Winterfel.*

'Als je wegging, waar zou je dan naartoe gaan?' vroeg Catelyn.

'Terug,' zei Briënne. 'Naar Stormeinde.'

'Alleen.' Het was geen vraag.

Het brede gezicht was een plas stilstaand water. Niets verried wat er onder de oppervlakte leefde. 'Ja.'

'Je bent van plan Stannis te vermoorden.'

Briënnes dikke, eeltige vingers klemden zich om het gevest van haar zwaard. Het zwaard dat hem had toebehoord. 'Ik heb een gelofte afgelegd. Driemaal. U hebt het gehoord.'

'Ja,' gaf Catelyn toe. Het meisje had de rest van haar bebloede kleren weggesmeten, maar Catelyn wist dat ze de regenboogmantel had bewaard. Briënnes eigen spullen waren achtergebleven toen ze waren gevlucht en ze had zich in losse onderdelen van ser Wendels reserve-uitrusting moeten hullen. Niemand anders in hun gezelschap had kleren die groot genoeg voor haar waren. 'Geloften moet je gestand doen, dat ben ik met je eens, maar Stannis is door een heel groot leger omringd, en zijn eigen wachters zijn bij ede gehouden hem te beschermen.'

'Ik vrees zijn wachters niet. Die kan ik stuk voor stuk aan. Ik had nooit mogen vluchten.'

'Is dat wat je dwarszit, dat een of andere halve gare je voor een lafaard zal uitmaken?' Ze zuchtte. 'Renlings dood is niet aan jou te wijten. Je hebt hem moedig gediend, maar met een poging hem onder de grond te volgen dien je niemand.' Ze stak een hand uit om Briënne te troosten, voor zover een aanraking troost kon bieden. 'Ik weet hoe moeilijk het is...'

Briënne schudde haar hand af. 'Dat weet geen mens.'

'Dan vergis je je,' zei Catelyn scherp. 'Iedere ochtend als ik wakker word denk ik eraan dat Ned weg is. Ik kan geen zwaard hanteren, maar dat wil niet zeggen dat ik in mijn dromen niet naar Koningslanding ga, mijn handen om de blanke hals van Cersei Lannister sluit en knijp tot haar gezicht zwart wordt.'

De Schoonheid sloeg haar ogen op, het enige mooie aan haar. 'Als u daarvan droomt, waarom zou u mij dan tegenhouden? Komt het door wat Stannis tijdens die onderhandelingen zei?'

Was dat zo? Catelyn overzag het kamp. Twee mannen liepen wacht, speren in de hand. 'Ik heb geleerd dat goede mensen het kwaad in deze wereld horen te bestrijden, en Renlings dood was zonder enige twijfel een kwade zaak. Maar ik heb tevens geleerd dat het de goden zijn en niet de zwaarden der mensen, die koningen maken. Indien Stannis onze rechtmatige koning is...'

'Dat is hij niet. En Robert ook niet, dat heeft zelfs Renling met zoveel woorden toegegeven. Jaime Lannister heeft de rechtmatige koning *vermoord* nadat Robert zijn wettige troonopvolger bij de Drietand had gedood. Waar waren de goden toen? De goden geven niets om mensen, net zomin als koningen om boeren geven.'

'Een goede koning doet dat wel.'

'Heer Renling... zijne genade, hij... hij zou de *beste* koning zijn geweest, hij was zo goed, hij...'

'Hij is dood, Briënne,' zei ze zo mild mogelijk. 'Nu zijn alleen Stannis en Joffry er nog... en mijn zoon.'

'Hij zal toch niet... u zult toch zeker nooit *vrede* sluiten met Stannis? Uw knie buigen? U zult toch niet...'

'Ik moet je eerlijk bekennen, Briënne, dat ik dat niet weet. Mijn zoon mag dan koning zijn, ik ben geen koningin... slechts een moeder die haar kinderen op alle mogelijke manieren wil beschermen.'

'Ik ben niet voor het moederschap geschapen. Ik heb behoefte aan vechten.'

'Vecht dan... maar voor de levenden, niet voor de doden. Renlings vijanden zijn ook Robbs vijanden.'

Briënne staarde naar de grond en schuifelde met haar voeten. 'Uw zoon ken ik niet, vrouwe.' Ze keek op. 'Ik zou u kunnen dienen. Als u dat wilt.'

Dat verraste Catelyn. 'Waarom mij?'

Met die vraag leek Briënne moeite te hebben. 'U hebt me geholpen. In het paviljoen... toen ze dachten dat ik... dat ik...'

'Je was onschuldig.'

'Toch had u dat niet hoeven doen. U had mij kunnen laten doden. Ik betekende niets voor u.'

Misschien wilde ik niet de enige zijn die de duistere waarheid omtrent die gebeurtenis kende, dacht Catelyn. 'Briënne, ik heb in de loop der jaren menige welgeboren jonkvrouw in dienst gehad, maar nog nooit iemand als jij. Ik ben geen legeraanvoerder.'

'Nee, maar moed hebt u wel. Niet in de strijd misschien, maar... ik weet niet... een *vrouwelijk* soort moed. En als het zover is zult u geen poging doen mij tegen te houden, denk ik. Beloof me dat. Dat u mij niet bij Stannis vandaan zult houden.'

Catelyn kon het Stannis nóg horen zeggen: dat Robbs beurt ook nog zou komen. Dat voelde aan als een kille ademtocht in haar nek. 'Mocht het zover komen, dan zal ik je niet tegenhouden.'

Het lange meisje maakte een hoekige buiging, trok Renlings zwaard en legde het aan haar voeten. 'Dan ben ik de uwe, vrouwe. Uw leenman, of... wat u maar wilt. Ik zal u rugdekking geven, uw raad opvolgen en desnoods mijn leven voor u geven. Dat zweer ik bij de oude goden en de nieuwe.'

'En ik beloof plechtig dat er voor jou altijd plaats zal zijn bij mijn haard en voedsel en drank aan mijn tafel, en ik verbind mij ertoe niets van je te vergen dat tegen je eer indruist. Dat zweer ik bij de oude goden en de nieuwe. Sta op.' Toen ze haar handen om die van de andere vrouw heen vouwde kon Catelyn een glimlach niet bedwingen. *Hoe vaak heb ik Ned geen leeneed van een man zien aanvaarden?* Ze vroeg zich af wat hij zou denken als hij haar nu kon zien.

Tegen de avond van de volgende dag staken ze de voorde van de Rode Vork over, een eindje boven Stroomvliet, waar de rivier een wijde bocht maakte en het water moddering en ondiep werd. De oversteek werd bewaakt door een gemengde eenheid van boogschutters en piekeniers met het adelaarsinsigne van de Mallisters. Toen ze Catelyns banieren zagen doken ze op van achter hun gepunte staken en stuurden vanaf de andere oever iemand om haar gezelschap naar de overkant te leiden. 'Langzaam en voorzichtig, vrouwe,' zei de man waarschuwend toen hij de teugels van haar paard nam. 'We hebben onder water ijzeren punten aangebracht, moet u weten, en tussen die rotsen daar zijn voetangels gestrooid. Dat hebben we bij alle voorden gedaan, op bevel van uw broer.'

Edmar wil slag leveren. Bij die gedachte kreeg ze een raar gevoel van binnen, maar ze hield haar mond.

Tussen de Rode Vork en de Steenstort stuitten ze op een stroom landvolk dat in Stroomvliet een veilig heenkomen zocht. De een dreef vee voor zich uit, de ander trok een kar, maar toen Catelyn voorbij reed maakten ze allemaal ruim baan en begroetten haar met kreten als 'Tulling!' of 'Stark!' Een halve mijl van het slot kwamen ze door een groot kampement met op de tent van de aanvoerder de scharlakenrode banier van de Zwartewouds. Daar nam Lucas afscheid van haar om heer Tytos, zijn vader op te zoeken. De rest reed door.

Catelyn zag nog een tweede kamp, dat zich langs de noordoever van de Steenstort uitstrekte. Welbekende standaards wapperden in de wind: de dansende maagd van Marq Pijper, Darrings ploeger, de verstrengelde, roodwitte slangen van de Paegs, allemaal baandermannen van haar vader en heren van de Drietand. De meesten hadden Stroomvliet nog eerder verlaten dan zij om hun eigen grondgebied te verdedigen. Dat ze weer hier waren kon maar één ding betekenen: dat Edmar hen teruggeroepen had. *Goden bewaar ons, het is waar, hij is van plan slag te leveren tegen heer Tywin.*

Van de muren van Stroomvliet bungelde iets donkers, zag Catelyn van een afstandje. Toen ze dichterbij kwam zag ze dode mannen van de borstwering hangen, slingerend aan lange stukken touw, de hennepen strop strak om hun nek, de gezichten zwart en gezwollen. De kraaien hadden er al aan gepikt, maar hun scharlakenrode mantels staken nog fel af tegen de zandstenen muren.

'Ze hebben een paar Lannisters opgehangen,' merkte Hal Mollen op.

'Een mooi gezicht,' zei ser Wendel Manderling opgewekt.

'Onze vrienden zijn zonder ons begonnen,' grapte Perwyn Frey. De anderen lachten, op Briënne na, die zonder met haar ogen te knipperen naar de lijken staarde en sprak noch glimlachte.

Als ze de Koningsmoordenaar hebben gedood zijn mijn dochters ook dood. Catelyn zette haar paard tot draf aan. Hal Mollen en Robin Grind stoven in galop voorbij en riepen een groet naar het poortgebouw. De wachters op de muren hadden hun banieren ongetwijfeld al enige tijd geleden gezien, want toen ze erheen reden was het valhek omhoog.

Edmar kwam haar vanuit het slot tegemoet, omringd door drie van haar vaders gezworenen: de dikbuikige wapenmeester ser Desmond Grel, hofmeester Utherydes Wagen en het hoofd van de wacht van Stroomvliet, ser Robin Reyger. Ze waren alle drie van heer Hosters leeftijd, mannen die haar vader al hun hele leven dienden. *Oude mannen*, besefte Catelyn.

Edmar droeg een roodblauwe mantel over een tuniek met geborduurde zilveren vissen. Zo te zien had hij zich niet geschoren sinds zij naar het zuiden was vertrokken, want zijn baard was een vurig struikgewas. 'Goed dat je weer veilig terug bent, Cat. Toen we van Renlings dood hoorden vreesden we ook voor jouw leven. En heer Tywin is inmiddels ook op mars.'

'Dat heb ik gehoord. Hoe is het met vader?'

'De ene dag lijkt hij wat opgeknapt, de volgende...' Hij schudde zijn hoofd. 'Hij heeft naar je gevraagd. Ik wist niet wat ik tegen hem moest zeggen.'

'Ik ga straks naar hem toe,' beloofde ze hun. 'Nog nieuws uit Stormeinde sinds Renlings dood?' Wie onderweg was kreeg geen raven toegezonden, en Catelyn wilde heel graag weten wat er achter haar rug was gebeurd.

'Niets uit Bitterbrug. Uit Stormeinde drie vogels van ser Cortijn Koproos, de slotvoogd, allemaal met dezelfde smeekbede. Stannis heeft hem zowel te land als ter zee omsingeld. Met de koning die het beleg breekt sluit hij een bondgenootschap. Hij vreest voor de jongen, zegt hij. Weet jij welke jongen dat kan zijn?'

'Edric Storm,' informeerde Briënne hen. 'Roberts bastaardzoon.'

Edmar keek haar nieuwsgierig aan. 'Stannis heeft gezworen het garnizoen ongedeerd te laten vertrekken als ze het slot binnen twee weken overgeven en hem de jongen uitleveren, maar ser Cortijn weigert erop in te gaan.'

Hij riskeert alles voor een laaggeboren knaap die niet eens van zijn eigen bloed is, dacht Catelyn. 'Heb je hem antwoord gestuurd?'

Edmar schudde zijn hoofd. 'Waarom, als we hem hulp noch hoop te bieden hebben? En Stannis is onze vijand niet.'

Ser Robin Reyger nam het woord. 'Vrouwe, weet u hoe heer Renling is gestorven? Wij hebben daar vreemde verhalen over gehoord.'

'Cat,' zei haar broer, 'volgens sommigen heb jij Renling gedood. Anderen beweren dat het een vrouw uit het zuiden was. Zijn blik bleef op Briënne gericht.

'Mijn koning is vermoord,' zei het meisje kalm, 'maar niet door vrouwe Catelyn. Dat zweer ik op mijn zwaard, bij de oude goden en de nieuwe.'

'Dit is Briënne van Tarth, de dochter van heer Selwyn Evenster, die in Renlings Regenbooggarde diende,' lichtte Catelyn hen in. 'Briënne, ik heb de eer je voor te stellen aan mijn broer, ser Edmar Tulling, erfgenaam van Stroomvliet. Zijn hofmeester Utherydes Wagen. Ser Robin Reyger en ser Desmond Grel.'

'Het is me een eer,' zei ser Desmond. De anderen zeiden het hem na. Het meisje bloosde, al in verlegenheid gebracht door doodgewone beleefdheden als deze. Het kon zijn dat Edmar haar een vreemdsoortige jonkvrouw vond, maar hij was zo fatsoenlijk dat niet te zeggen.

'Briënne was bij Renling toen hij werd gedood, net als ik,' zei Catelyn, 'maar wij hadden part noch deel aan zijn dood.' Ze had geen zin om hier open en bloot met al die mannen erbij over de schaduw te spreken, dus gebaarde ze met haar hand naar de lijken. 'Wie zijn die gehangenen?'

Edmar keek omhoog, niet op zijn gemak. 'Die kwamen met ser Cleos mee toen hij het antwoord van de koningin op ons vredesaanbod bracht.'

Catelyn was geschokt. 'Jullie hebben *gezanten* gedood?'

'Valse gezanten,' verklaarde Edmar. 'Ze bezwoeren ons dat hun bedoelingen vredelievend waren en gaven hun wapens af, dus liet ik ze vrij door het kasteel rondlopen. Drie avonden aten en dronken ze aan mijn tafel terwijl ik met ser Cleos sprak. De vierde avond probeerden ze de Koningsmoordenaar te bevrijden.' Hij wees omhoog. 'Die grote bruut heeft met zijn blote knuisten twee wachters vermoord. Hij greep ze bij hun nek en sloeg hun hoofden tegen elkaar, terwijl die magere jongen naast hem, dat de goden hem vervloeken, met een ijzerdraadje Lannisters cel openpeuterde. Die aan het uiteinde was zo'n ellendige toneelspeler. Hij bootste mijn stem na en gaf bevel de Rivierpoort te openen. De wachters doen er een eed op, Enger, Delp en Lange Loe, alle drie. Als je het mij vraagt klonk die kerel helemaal niet net als ik, maar toch trokken de lummels het valhek op.'

Het werk van de Kobold, vermoedde Catelyn, want dit deed denken aan de sluwheid die hij ook in het Adelaarsnest ten toon had gespreid. Eens zou ze Tyrion als de ongevaarlijkste van de Lannisters hebben betiteld. Nu was ze daar niet meer zo zeker van. 'Hoe heb je ze dan betrapt?'

'Eh, het geval wilde dat ik niet in het slot was. Ik was aan de overkant van de Steenstort...'

'Bij de hoeren, of achter de boerenmeiden aan. Vertel verder.'

Edmars wangen werden even vurig als zijn baard. 'Het was het uur voor de dageraad, en ik kwam net terug. Toen Lange Loe mijn boot zag en me herkende kwam het eindelijk bij hem op om zich af te vragen wie daar beneden die bevelen stond te brullen, en hij sloeg alarm.'

'Ik wil horen dat de Koningsmoordenaar weer is ingerekend.'

'Ja, maar met moeite. Jaime kreeg een zwaard te pakken, sloeg Pol Pemvoort en ser Desmonds schildknaap Myllis dood en verwondde Delp zo ernstig dat maester Veyman vreest dat hij het ook niet haalt. Het was een bloedbad. Toen ze staal hoorden kletteren schoten een paar andere roodmantels hem te hulp, al dan niet met hun blote handen. Die heb ik naast zijn andere bevrijders opgehangen en de rest heb ik in de kerker gesmeten. Jaime ook. Die maakt geen escapades meer. Hij zit nu beneden in het donker, aan handen en voeten geboeid en aan de muur geketend.'

'En Cleos Frey?'

'Zweert dat hij niets van het complot af wist. Wie zal het zeggen? De man is een halve Lannister, een halve Frey, en een hele leugenaar. Ik heb hem in de oude torencel van Jaime gestopt.'

'Hij bracht voorwaarden mee, zeg je?'

'Als je het zo wilt noemen. Ze zullen jou niet beter bevallen dan mij, dat verzeker ik je.'

'Mogen we niet op hulp uit het zuiden hopen, vrouwe Stark?' vroeg Utherydes Wagen, de hofmeester van haar vader. 'Die beschuldiging van incest... heer Tywin zal die smaad niet naast zich neerleggen. Hij zal proberen de smet op zijn dochters naam uit te wissen met het bloed van de man die haar beschuldigt, dat zal heer Stannis heus wel beseffen. Hij heeft geen andere keus dan gemene zaak met ons te maken.'

Stannis heeft gemene zaak gemaakt met iets dat ons aan kracht en duisternis te boven gaat. 'Laten we daar liever later over spreken,' Catelyn liet de weerzinwekkende rij dode Lannisters achter zich en draafde de ophaalbrug over. Haar broer reed met haar op. Toen ze zich in de drukte op het bovenplein van Stroomvliet begaven rende er een naakte dreumes voor de paarden langs. Catelyn rukte aan haar teugels om het kind te ontwijken en keek onthutst om zich heen. Het slot had grote aantallen kleine luiden opgenomen, die tegen de muren primitieve afdakjes hadden mogen bouwen. Hun kinderen liepen overal rond, en de binnenplaats krioelde van hun koeien, schapen en kippen. 'Wie zijn dat allemaal?'

'Mijn mensen,' antwoordde Edmar. 'Ze waren bang.'

Niemand anders dan die brave broer van mij zou zoveel nutteloze monden onderbrengen in een kasteel dat binnenkort misschien belegerd wordt. Catelyn wist hoe week van hart Edmar was, en soms had ze het gevoel dat zijn hoofd nog weker was. Daar was hij haar dierbaar om, maar toch...

'Is Robb per raaf bereikbaar?'

'Hij is op veldtocht, vrouwe,' antwoordde ser Desmond. 'Hij is onvindbaar voor een vogel.'

Utherydes Wagen kuchte. 'Voor zijn vertrek heeft de jonge koning ons gelast u na uw terugkeer naar de Tweeling door te zenden, vrouwe Stark. Hij vraagt u om kennis te maken met heer Walders dochters, zodat u hem te zijner tijd kunt helpen zijn bruid te kiezen.'

'We zullen je van verse paarden en proviand voorzien,' beloofde haar broer. 'Als je je wilt opfrissen voordat je...'

'Ik wil blijven,' zei Catelyn en ze steeg af. Ze was niet van zins Stroomvliet en haar stervende vader te verlaten om een vrouw voor Robb uit te kiezen. *Robb wil dat ik veilig ben, dat kan ik hem niet kwalijk nemen, maar zijn voorwendsels worden wel flinterdun.* 'Jongen!' riep ze, en een jochie uit de stallen kwam aandraven om haar paard over te nemen.

Edmar sprong uit het zadel. Hij was een kop groter dan zij, maar hij zou altijd haar kleine broertje blijven. 'Cat,' zei hij, niet erg gelukkig met de gang van zaken, 'heer Tywin is in aantocht...'

'Hij trekt naar het westen om zijn eigen gebied te beschermen. Als we de poort sluiten en ons achter de muren verschansen kunnen we hem zien passeren zonder gevaar te lopen.'

'Dit is Tulling-gebied,' verklaarde Edmar. 'Als Tywin Lannister denkt dat hij daar zonder bloedvergieten doorheen kan trekken zal ik het hem inpeperen.'

Zoals je het zijn zoon hebt ingepeperd? Haar broer kon onwrikbaar zijn als een rots in de rivier als zijn trots in het geding was, maar de vorige keer dat Edmar slag had geleverd had ser Jaime zijn leger finaal in de pan gehakt, en dat zouden ze niet licht vergeten, geen van tweeën. 'We hebben niets te winnen en alles te verliezen bij een treffen met heer Tywin,' zei Catelyn tactvol.

'Het binnenplein is niet de juiste plaats om mijn krijgsplan te bespreken.'

'Zoals je wilt. Welke plaats dan wel?'

Het gezicht van haar broer betrok. Even dacht ze dat hij tegen haar zou gaan schreeuwen maar ten slotte snauwde hij. 'Het godenwoud. Als je erop staat.'

Ze liep door een zuilengang achter hem aan naar de toegangspoort van het godenwoud. Als hij boos was werd Edmar altijd chagrijnig en gemelijk. Het speet Catelyn dat ze hem gekwetst had, maar de kwestie was te belangrijk om vanwege zijn trots op eieren te gaan lopen. Toen ze alleen tussen de bomen stonden keerde Edmar zich naar haar toe.

'Je bent niet sterk genoeg om de Lannisters in het open veld het hoofd te bieden,' zei ze onomwonden.

'Als ik alles in het veld breng heb ik achtduizend man voetvolk en drieduizend man ruiterij,' zei Edmar.

'Dat houdt in dat heer Tywin ongeveer twee keer zo sterk is als jij.'

'Robb heeft wel tegen een grotere overmacht gezegevierd,' was Edmars antwoord, 'en ik heb een plan. Je bent Rous Bolten vergeten. Heer Tywin heeft hem bij de Groene Vork verslagen, maar nagelaten hem te achtervolgen. Nadat heer Tywin naar Harrenhal was getrokken heeft Bolten de robijnvoorde en de kruiswegen bezet. Hij heeft tienduizend man. Ik heb Helman Langhart laten weten dat hij zich bij Bolten moet voegen met het garnizoen dat Robb bij de Tweeling heeft achtergelaten...'

'Edmar, Robb heeft die mannen achtergelaten om de Tweeling *bezet* te houden en te zorgen dat heer Walder ons trouw blijft.'

'Dat is hij ook,' zei Edmar koppig. 'In het Fluisterwoud hebben de Freys dapper gestreden en naar we horen is de oude ser Stevron bij Ossenwade gesneuveld. Ser Ryman en Zwarte Walder en de overigen zijn met Robb in het westen, Martyn heeft ons uitstekende diensten bewezen als verkenner, en ser Perwyn heeft geholpen jou veilig naar Renling te brengen. Goeie goden, wat kunnen we nog meer van ze verlangen? Robb is met een van heer Walders dochters verloofd en ik hoor dat Rous Bolten een andere dochter van hem tot vrouw heeft genomen. En heb jij niet twee van zijn kleinkinderen als pleegzonen in Winterfel opgenomen?'

'Als het moet kan een pupil zo in een gijzelaar veranderen.' Ze was niet op de hoogte geweest van ser Stevrons dood en het huwelijk van Bolten.

'Als wij twee gijzelaars meer hebben heeft heer Walder des te meer reden om geen vals spel met ons te spelen. Bolten heeft de mannen van Frey nodig, en die van ser Helman ook. Ik heb hem bevolen Harrenhal te heroveren.'

'Daar komt een hoop bloedvergieten van.'

'Ja, maar als het slot eenmaal gevallen is kan heer Tywin zich daar niet meer veilig terugtrekken. Mijn eigen troepen zullen hem beletten de voorden van de Rode Vork over te steken. Als hij over de rivier heen aanvalt zal hij net zo eindigen als Rhaegar toen die de Drietand wilde oversteken. Als hij aan de overkant blijft komt hij klem te zitten tussen Stroomvliet en Harrenhal, en zodra Robb uit het westen terugkomt kunnen we voor eens en altijd met hem afrekenen.'

De stem van haar broer was vol afgemeten zelfvertrouwen, maar Catelyn betrapte zich op de wens dat Robb hun oom Brynden niet naar het westen had meegenomen. De Zwartvis beschikte over de ervaring van tientallen veldslagen. Edmar over die van één veldslag, en die had hij verloren.

'Het is een prima plan,' besloot hij. 'Dat zegt heer Tytos, en heer Jonos ook. En nou vraag ik je, wanneer zijn Zwartewoud en Vaaren het óóit eens over iets dat niet helemaal zeker is?'

'Dan zal het wel zo wezen.' Ineens was ze moe. Misschien deed ze er verkeerd aan om tegen hem in te gaan. Misschien was het een prachtig plan en waren haar boze voorgevoelens niet meer dan vrouwenangst. Ze wilde dat Ned hier was, of haar oom Brynden, of... 'Heb je vader ook geraadpleegd?'

'Vader is niet in staat om strategieën te bedenken. Eergisteren maakte hij plannen om jou aan Brandon Stark uit te huwelijken! Ga zelf maar eens bij hem kijken als je me niet gelooft. Dit plan zal succes hebben, Cat, je zult het zien.'

'Ik hoop het, Edmar. Echt waar.' Ze kuste hem op zijn wang om hem duidelijk te maken dat ze het meende. Toen zocht ze haar vader op.

Heer Hoster Tulling was sinds haar vertrek weinig veranderd: bedlegerig, broodmager, zijn huid bleek en klam. Het vertrek rook naar ziekte, een weeïge lucht, half verschaald zweet, half medicijnen. Toen ze de bedgordijnen opzij schoof kreunde haar vader zacht en gingen zijn ogen knipperend open. Hij staarde haar aan alsof hij niet kon bevatten wie ze was of wat ze kwam doen.

'Vader.' Ze kuste hem. 'Ik ben terug.'

Toen leek hij haar te herkennen. 'Je bent gekomen,' fluisterde hij zwakjes. Zijn lippen bewogen nauwelijks.

'Ja,' zei ze. 'Robb had me naar het zuiden gestuurd, maar ik ben snel weer teruggekomen.'

'Naar het zuiden... waar... ligt het Adelaarsnest in het zuiden, liefje? Ik weet het niet meer... ach, hartje, ik was bang... heb je me vergeven, kind?' De tranen liepen over zijn wangen.

'U hebt niets gedaan waarvoor u vergiffenis nodig hebt, vader.' Ze streek over zijn futloze witte haar en voelde aan zijn koortsige voorhoofd. Ondanks alle brouwsels van de maester verteerde de koorts hem nog steeds van binnenuit.

'Het is beter zo,' fluisterde haar vader. 'Jon is een prima man, goed, sterk, aardig... zorgt voor je... echt... en welgeboren, luister naar me, je moet luisteren, ik ben je vader... je vader... je trouwt tegelijk met Cat, je *zult* trouwen...'

Hij denkt dat ik Lysa ben, realiseerde Catelyn zich. *Goeie goden, hij praat alsof we nog niet getrouwd zijn.*

Haar vaders handen grepen de hare, fladderend als twee angstige witte vogeltjes. 'Die snotneus... ellendig jong... noem die naam niet meer, je plicht... je moeder, zij wilde...' Heer Hoster schreeuwde het uit, overspoeld door een golf van pijn. 'O goden, vergeef me, vergeef me, vergeef me. Mijn medicijn...'

En toen stond maester Veyman naast hem en hield een beker aan zijn lippen. Heer Hoster zoog het dikke witte brouwsel even gretig op als een zuigeling die de borst krijgt, en Catelyn zag de vrede op zijn gezicht weerkeren. 'Hij zal nu wel in slaap vallen, vrouwe,' zei de maester toen de beker leeg was. Het papavermelksap had een dikke witte kring om haar vaders mond achtergelaten. Maester Veyman veegde hem af met zijn mouw.

Catelyn kon het niet meer aanzien. Hoster Tulling was een sterk en trots man geweest. Het deed haar pijn hem tot zoiets gereduceerd te zien. Ze liep het terras op. De binnenplaats beneden wemelde van de vluchtelingen en galmde van hun lawaai, maar buiten de muren stroomden de rivieren zuiver, smetteloos en eindeloos. *Zijn rivieren, en weldra keert hij daarheen terug voor zijn laatste reis.*

Maester Veyman was haar naar buiten gevolgd. 'Vrouwe,' zei hij zacht, 'ik kan het einde niet veel langer uitstellen. We moeten een ruiter zenden om zijn broer te halen. Ser Brynden zal erbij willen zijn.'

'Ja,' zei Catelyn. Haar stem was schor van verdriet.

'En vrouwe Lysa misschien ook?'

'Lysa komt niet.'

'Misschien als u haar persoonlijk schrijft...'

'Ik zal wel een paar woorden op papier zetten, als u dat graag wilt.' Ze vroeg zich af wie Lysa's 'ellendige snotneus' was geweest. Een jonge schildknaap of hagenridder, dat lag voor de hand... maar te oordelen naar de heftigheid waarmee heer Hoster hem had afgewezen had het ook een koopmanszoon of een laaggeboren leerjongen kunnen zijn, of zelfs een zanger. Lysa was altijd veel te dol op zangers geweest. *Maar ik kan het haar niet kwalijk nemen. Hoe welgeboren ook, Jon Arryn was twintig jaar ouder dan onze vader.*

De toren die haar door haar broer ter beschikking was gesteld, was dezelfde die zij en Lysa als meisjes hadden gedeeld. Het zou fijn zijn weer in een donzen bed te slapen, met een warm vuur in de haard. Als ze uitgerust was zou de wereld minder naargeestig lijken.

Maar voor haar vertrekken trof ze Utherydes Wagen aan met twee vrouwen in het grijs, hun gezicht versluierd op de ogen na. Catelyn wist meteen waarom ze gekomen waren. '*Ned?*'

De zusters sloegen de ogen neer. Utherydes zei: 'Ser Cleos heeft hem meegebracht uit Koningslanding, vrouwe.'

'Breng me bij hem,' beval ze.

Ze hadden hem op een schragentafel neergelegd en met een banier bedekt, de witte banier van het huis Stark met het wapenteken van de grijze schrikwolf. 'Ik wil hem zien,' zei Catelyn.

'Al wat er van hem rest is zijn gebeente, vrouwe.'

'Ik wil hem zien,' herhaalde ze.

Een van de zwijgende zusters schoof de banier omlaag.

Doodsbeenderen, dacht Catelyn. *Dit is Ned niet, dit is niet de man die ik liefhad, de vader van mijn kinderen.* Zijn handen lagen over zijn borst gekruist, zijn skeletvingers om het gevest van een of ander zwaard gevouwen, maar het waren niet Neds handen, zo sterk en zo vol leven. Ze hadden het geraamte in Neds wapenrok gehuld, die van fijn wit fluweel met het insigne van de schrikwolf ter hoogte van het hart, maar van het warme lijf waarop haar hoofd 's nachts zo vaak had gerust en van de armen die haar hadden omhelsd, was niets meer over. Het hoofd was met dun zilverdraad weer aan het lichaam vastgebonden, maar alle schedels lijken op elkaar, en in de lege kassen was geen spoor meer te bekennen van de donkergrijze ogen van haar gemaal, die ogen die zacht als nevel of hard als steen konden zijn. *Zijn ogen hebben ze aan de kraaien gelaten*, herinnerde ze zich.

Catelyn wendde zich af. 'Dat is niet zijn zwaard.'

'IJs hebben we niet teruggekregen, vrouwe,' zei Utherydes. 'Alleen heer Eddards gebeente.'

'En zelfs daar moet ik de koningin nog dankbaar voor zijn, neem ik aan.'

'U hebt het aan de Kobold te danken, vrouwe. Hij heeft hiervoor gezorgd.'

Op een dag zal ik ze allemaal laten merken hoe dankbaar ik ben. 'Dank u voor uw goede diensten, zusters,' zei Catelyn. 'Maar nu moet ik u een nieuwe opdracht geven. Heer Eddard was een Stark, en zijn gebeente hoort onder Winterfel te rusten.' *Ze zullen een beeld van hem maken, een stenen gelijkenis die in het duister zit met een schrikwolf aan zijn voeten en een zwaard over zijn knieën.* 'Zorg dat de zusters verse paarden krijgen, en al wat ze op hun reis verder nodig hebben,' zei ze tegen Utherydes Wagen. 'Hal Mollen zal hen naar Winterfel begeleiden. Als hoofd van de wacht komt die taak hem toe.' Ze keek neer op de beenderen, al wat restte van haar gemaal en geliefde. 'En wilt u mij nu allemaal verlaten? Ik wil vannacht met Ned alleen zijn.'

De vrouwen in het grijs bogen het hoofd. *De zwijgende zusters spreken niet met de levenden*, stond het Catelyn vagelijk bij, *maar volgens sommigen kunnen ze met de doden spreken.* Wat was ze daar jaloers op...

Daenerys

*D*e draperieën sloten wel het stof en straatlawaai buiten, maar de teleurstelling konden ze niet buitensluiten. Vermoeid klom Dany naar binnen, blij aan die zee van Quarthijnse blikken te kunnen ontsnappen. 'Maak plaats,' riep Jhogo de menigte toe vanaf zijn paard, terwijl hij zijn zweep liet knallen, 'maak plaats, maak plaats voor de Moeder van Draken.'

Geleund tegen de koele satijnen kussens schonk Xaro Xhoan Daxos twee eendere kelken van jade en goud vol met robijnrode wijn. Ondanks het deinen van de palankijn waren zijn handen volkomen vast. 'Op uw gezicht staat diepe droefenis te lezen, mijn licht der liefde.' Hij bood haar een kelk aan. 'Is het smart om een vervlogen droom?'

'De droom is opgeschort, meer niet.' Dany's strakke zilveren kraag schuurde tegen haar hals. Ze maakte hem los en smeet hem opzij. In de kraag was een betoverde amethyst gevat die haar tegen alle vergif zou beschermen, had Xaro gezworen. De Zuivergeborenen waren er berucht om dat ze iedereen die ze gevaarlijk achtten vergiftigde wijn schonken, maar ze hadden Dany zelfs geen beker water aangeboden. *Ze beschouwden me niet eens als een koningin*, dacht ze verbitterd. *Ik was goed voor een middagje amusement, een paardenmeisje dat er een raar huisdier op nahoudt. Meer niet.*

Rhaegal siste en boorde een rij scherpe zwarte klauwen in haar naakte schouder toen Dany een hand naar de wijn uitstak. Ze verbeet zich en verplaatste hem naar haar andere schouder, waar hij in haar japon in plaats van in haar vel kon klauwen. Ze was naar de Quarthijnse mode gekleed. Xaro had haar gewaarschuwd dat de Getroonden nooit naar een Dothraki zouden luisteren, dus had ze ervoor gezorgd in golvend groen brokaat voor hen te treden, één borst ontbloot, de voeten met zilveren sandalen geschoeid en een gordel van zwarte en witte parels rond haar middel. *Gezien de hulp die ze me boden had ik net zo goed naakt kunnen komen. Misschien had ik dat wel moeten doen.* Ze nam een diepe teug. De wijn smaakte naar fruit en warme zomerdagen.

Als nazaten van de oude koningen en koninginnen van Quarth voerden de Zuivergeborenen het bevel over de Burgerwacht en de vloot fraaie galeien die de zeestraten beheersten. Daenerys Targaryen had die vloot willen hebben, of althans een deel ervan, en ook een aantal soldaten. Ze had het traditionele offer in de Tempel der Herinnering gebracht, de Hoeder van de Lange Lijst de traditionele steekpenningen gegeven, de

Deuropener de traditionele dadelpruim overhandigd en ten slotte de traditionele blauwzijden slofjes ontvangen waarmee ze naar de Zaal der Duizend Tronen was ontboden.

De Zuivergeborenen hadden haar smeekbeden aangehoord in de houten zetels van hun voorvaderen. Die liepen in halvemaanvormige rijen vanaf de marmeren vloer omhoog naar een koepelgewelf, beschilderd met scenes uit de vergane glorie van Quarth. De zetels waren enorm groot, grillig gebeeldhouwd, met fonkelend goudsmeedwerk versierd en met amber, onyx, lapis en jade ingelegd. Ze waren stuk voor stuk verschillend en staken elkaar allemaal in fabelachtigheid naar de kroon. Maar de mannen die erop zaten, zagen er zo lusteloos en levensmoe uit dat ze wel leken te slapen. *Ze luisterden wel maar hoorden niet, of het raakte hun niet*, dacht ze. *Het zijn inderdaad melkmensen. Ze zijn geen moment van plan geweest me te helpen. Ze kwamen uit nieuwsgierigheid. Ze kwamen uit verveling, en de draak op mijn schouder interesseerde hun meer dan ik.*

'Vertel me wat de Zuivergeborenen zeiden,' drong Xaro Xhoan Daxos aan. 'Vertel me wat ze zeiden, dat de koningin van mijn hart zo heeft bedroefd.'

'Ze zeiden nee.' De wijn smaakte naar granaatappels en warme zomerdagen. 'Ze deden het hoffelijk, dat wel, maar ondanks al die mooie woorden was en bleef het nee.'

'Hebt u hen gevleid?'

'Schaamteloos.'

'Hebt u tranen gestort?'

'Het bloed van de draak vergiet geen tranen,' zei ze geprikkeld.

Xaro zuchtte. 'Dat had u wel moeten doen.' De Quarthijnen huilden vaak en vlot. Dat gold als een teken van beschaving. 'Wat zeiden de mannen die we hadden omgekocht?'

'Mathos zei niets. Wendello prees mijn manier van spreken. De Exquisiet wees me af, net als de anderen, maar na afloop huilde hij.'

'Helaas, dat Quarth zo trouweloos moet zijn.' Xaro behoorde zelf niet tot de Zuivergeborenen, maar hij had haar verteld wie ze moest omkopen en hoeveel ze moest bieden. 'Ween, ween om de verraderlijkheid der mensen.'

Dany vond haar goud mééér het bewenen waard. Met het goud dat ze Mathos Mallarawan, Wendello Qar Deeth en Egon Emeros de Exquisiet had toegestopt had ze een schip kunnen kopen of twintig huurlingen kunnen betalen. 'Gesteld dat ik ser Jonah stuurde om mijn geschenken terug te eisen?'

'Gesteld dat er 's nachts een Spijtige Man mijn paleis betrad om u in uw slaap te vermoorden?' zei Xaro. De Spijtige Mannen waren een eeroud, gewijd assassijnengilde, zo geheten omdat ze hun slachtoffers altijd 'Het spijt me zo' toefluisterden voor ze hen vermoordden. Als de Quarthijnen iets waren, dan was het wel beleefd. 'Terecht zegt men dat het gemakkelijker is de Stenen Koe van Faros te melken dan goud uit de Zuivergeborenen te persen.'

Dany wist niet waar Faros was, maar zij had de indruk dat Qarth vol stenen koeien zat. De koopmansvorsten, immens rijk geworden van de overzeese handel, waren in drie rivaliserende facties verdeeld: het Aloude Gilde der Kruiders, de Toermalijnen Broederschap en de Dertien, waartoe Xaro behoorde. Elk streed met de anderen om de overhand te krijgen en alle drie wedijverden ze eindeloos met de Zuivergeborenen. En op hen allen rustte het broeierig oog der heksenmeesters met hun blauwe lippen en huiveringwekkende krachten, zelden gezien maar zeer gevreesd.

Zonder Xaro was ze verloren geweest. Het goud dat ze had verspild om de deuren tot de Zaal der Duizend Tronen te openen was grotendeels te danken aan de vrijgevigheid en het scherpe brein van de koopman. Toen het gerucht over levende draken zich in het oosten had verspreid waren er steeds meer zoekers komen kijken of het verhaal waar was, en Xaro Xhoan Daxos had ervoor gezorgd dat iedereen van hoog tot laag de Moeder van Draken enigerlei vorm van vergoeding bood.

Het stroompje dat hij op gang bracht zwol algauw tot een rivier aan. Handelskapiteins brachten kant uit Myr, kisten saffraan uit Yi Ti en amber en drakenglas uit Asshai mee. Kooplieden boden geldbuidels aan, zilversmeden ringen en kettingen. Fluitspelers floten voor haar, duikelaars duikelden en goochelaars goochelden, terwijl ververs haar hulden in kleuren waarvan ze het bestaan nooit had vermoed. Een paar Jogos Nhai brachten haar een van hun gestreepte zorza's, zwart-wit en vurig. Een weduwe kwam aan met het gedroogde lijk van haar echtgenoot, bedekt met een korst van verzilverde bladeren. Aan zulke stoffelijke resten werd een grote kracht toegeschreven, vooral als de overledene, zoals deze, een tovenaar was geweest. En de Toermalijnen Broederschap drong haar een kroon in de vorm van een driekoppige draak op, zijn kronkelende lijf van geel goud, zijn vleugels van zilver, zijn koppen van jade, ivoor en onyx.

De kroon was het enige dat ze hield. De rest verkocht ze om de rijkdom te vergaren die ze aan de Zuivergeborenen had verspild. Xaro had de kroon ook willen verkopen – de Dertien zouden haar een veel mooiere bezorgen, zwoer hij – maar dat had Dany niet toegestaan. 'Viserys verkocht mijn moeders kroon en werd voor bedelaar uitgemaakt. Ik houd deze kroon, zodat ik koningin genoemd zal worden.' En aldus geschiedde, al was het ding zo zwaar dat ze er pijn in haar nek van kreeg.

Maar zelfs met een kroon blijf ik een bedelares, dacht Dany. *De schitterendste ter wereld, dat wel, maar niettemin: een bedelares.* Dat vond ze vreselijk, net als haar broer dat gedaan moest hebben. *Jarenlang op de loop van de ene stad naar de andere, de messen van de Usurpator steeds één stapje voor, archons, vorsten en magisters om hulp smeken, je brood verdienen met vleierij. Hij moet beseft hebben hoezeer ze de spot met hem dreven. Niet zo verwonderlijk dat hij boos en verbitterd is geworden.* Uiteindelijk was hij er gek van geworden. *En dat word ik ook, als ik niet oppas.* Ergens wilde ze niets liever dan met haar volk naar Vaes Tolorro terugkeren en die dode stad tot bloei brengen. *Nee, dat zou een nederlaag zijn. Ik heb iets dat Viserys nooit heeft gehad. Ik heb de draken. De draken maken alle verschil van de wereld.*

Ze streelde Rhaegal. De groene draak zette zijn tanden in de muis van haar hand, kort maar hard. Buiten mompelde, zoemde en zinderde de grote stad, en al die ontelbare stemmen vervloeiden tot één gestage ondertoon, als het ruisen van de zee. 'Maak plaats, melkmensen, maak plaats voor de Moeder van Draken,' riep Jhogo, en de Quarthijnen gingen opzij, al had dat misschien meer met de ossen te maken dan met zijn stem. Tussen de deinende draperieën door ving Dany soms een glimp van hem op, gezeten op zijn grauwe hengst. Zo nu en dan gaf hij een van de ossen een tikje met de zweep met het zilveren handvat die zij hem had gegeven. Aggo schermde haar andere kant af, terwijl Rakharo achteraan de stoet reed en de gezichten in de menigte op enig teken van gevaar afzocht. Ser Jorah had ze vandaag thuisgelaten om haar andere draken te bewaken. De verbannen ridder was van meet af aan tegen deze dwaze onderneming gekant geweest. *Hij wantrouwt iedereen*, peinsde ze, *en misschien met reden.*

Toen Dany haar kelk hief om te drinken snoof Rhaegal aan de wijn en trok sissend zijn kop terug. 'Uw draak heeft een goede neus.' Xaro veegde zijn lippen af. 'Dit is doodgewone wijn. Men zegt dat aan de overzijde van de zee van Jade een kostelijke wijnsoort wordt gemaakt, zo voortreffelijk dat al na één enkele slok alle andere wijnen naar azijn smaken. Laten we daar in mijn plezierbark naar op zoek gaan, u en ik.'

'Het Prieel brengt de beste wijn ter wereld voort,' verklaarde Dany. Ze herinnerde zich dat heer Roodwyn voor haar vader tegen de Usurpator had gevochten, een van de weinigen die tot het einde toe trouw waren gebleven. *Zou hij ook voor mij vechten?* Na al die jaren was dat absoluut niet te zeggen. 'Kom met mij mee naar het Prieel, Xaro, en u zult de meest uitgelezen wijnen drinken die u ooit hebt geproefd. Maar dan moeten we wel in een oorlogsschip gaan, niet in een plezierbark.'

'Ik heb geen oorlogsschepen. Oorlog is slecht voor de handel. Ik heb u al menigmaal gezegd dat Xaro Xhoan Daxos een man van de vrede is.'

Xaro Xhoan Daxo is een man van het goud, dacht ze, *en met goud kan ik alle schepen en zwaarden kopen die ik nodig heb.* 'Ik vraag u niet om het zwaard op te nemen, alleen om mij uw schepen te lenen.'

Hij glimlachte bescheiden. 'Ik bezit enkele handelsschepen, dat is zo. Wie zal zeggen hoeveel? Misschien vergaat er op dit moment wel een in een stormachtige uithoek van de Zomerzee. Op de dag van morgen valt een tweede aan zeerovers ten prooi. De dag daarop zal misschien een van mijn kapiteins de rijkdom in zijn ruim bezien en denken: *dit alles zou mij moeten toebehoren.* Dat zijn de risico's van de handel. Sterker nog, hoe langer wij praten, hoe minder schepen ik vermoedelijk heb. Ik word elk ogenblik armer.'

'Geeft u mij schepen, dan maak ik u weer rijk.'

'Trouw mij, schenk mij licht, en bevaar het schip van mijn hart. Als ik aan uw schoonheid denk kan ik 's nachts de slaap niet vatten.'

Dany glimlachte. Xaro's bloemrijke liefdesbetuigingen vermaakten haar, maar zijn gedrag was in tegenspraak met zijn woorden. Waar ser Jorah zijn ogen nauwelijks van haar ontblote borst had kunnen afwenden toen hij haar in de palankijn hielp, keurde Xaro die nauwelijks een blik waardig, zelfs niet in deze besloten ruimte. Ook had ze de mooie jongens gezien met wie de koopmansvorst zich had omringd, en die in flinterdunne zijde door zijn paleiszalen huppelden. 'Uw tong is zoet, Xaro, maar in uw woorden klinkt opnieuw een *nee* door.'

'Die IJzeren Troon waarover u spreekt klinkt monsterlijk koud en hard. De gedachte dat scherpe weerhaken uw zachte huid openrijten is mij onverdraaglijk.' De juwelen in Xaro's neus gaven hem de aanblik van een uitheemse, glinsterende vogel. Zijn lange, elegante vingers maakten een wegwerpgebaar. 'Laat dit hier uw koninkrijk zijn, meest verfijnde aller koninginnen, en laat mij uw koning zijn. Indien u dat wenst schenk ik u een gouden troon. Zodra Quarth u gaat vervelen kunnen wij een rondreis door Yi Ti maken en de dromerige stad der dichters zoeken om uit de schedel van een dode van de wijn der wijsheid te nippen.'

'Ik ben van plan naar Westeros te varen en uit de schedel van de Usurpator de wijn der wrake te drinken.' Ze krabde Rhaegal onder een oog, en even spreidde hij zijn jadegroene vleugels en bracht beweging in de bewegingloze lucht in de palankijn.

Langs de wang van Xaro Xhoan Daxos biggelde één volmaakte traan. 'Kan niets u dan van deze waanzin afbrengen?'

'Niets,' zei ze, en ze wenste dat ze net zo overtuigd was als ze klonk. 'Als elk van de Dertien mij tien schepen zou lenen...'

'Dan had u honderddertig schepen, maar niemand om ze te bemannen. De rechtvaardigheid van uw zaak zegt het gewone volk van Quarth niets. Wat interesseert het mijn zeelui wie er op de troon van een of ander koninkrijk aan de rand van de wereld zit?'

'Ik zal voor hun interesse betalen.'

'Met welk geld, lieflijke ster van mijn hemel?'
'Met het goud dat de zoekers meebrengen.'
'Dat is mogelijk,' gaf Xaro toe, 'maar zoveel interesse is een kostbare zaak. U zult hun veel meer moeten betalen dan ik, en heel Quarth lacht al om mijn ruïneuze vrijgevigheid.'
'Als de Dertien me niet willen helpen kan ik misschien het Gilde der Kruiders of de Toermalijnen Broederschap benaderen?'
Xaro haalde loom zijn schouders op. 'Van hen zult u niets dan vleierij en leugens horen. De Kruiders zijn veinzers en pochers en de Broederschap zit vol piraten.'
'Dan moet ik Pyat Pree gehoor geven en naar de heksenmeesters gaan.'
De koopmansvorst ging abrupt overeind zitten. 'Pyat Pree heeft blauwe lippen, en het is een waar woord dat blauwe lippen slechts leugens verkondigen. Heksenmeesters zijn bittere lieden die stof eten en schaduwen drinken. Zij zullen u niets geven. Zij hebben niets te geven.'
'Ik zou geen tovenarij hoeven inroepen als mijn vriend Xaro Xhoan Daxos mij gaf wat ik vroeg.'
'Ik heb u mijn huis en hart gegeven, betekent dat niets voor u? Ik heb u parfum en granaatapels gegeven, buitelende aapjes en sissende slangen, boekrollen uit het vergane Valyria, het hoofd van een afgod en de voet van een slang. Ik heb u deze palankijn van ebbenhout en goud geschonken en een bijpassend stel ossen om hem te dragen, de een wit als ivoor, de ander zwart als git, met horens, bezet met juwelen.'
'Ja,' zei Dany. 'Maar ik vroeg om schepen en soldaten.'
'Heb ik u geen leger gegeven, lieflijkste aller vrouwen? Duizend ridders, ieder in blinkende wapenrusting.'
Het leger was van zilver en goud, de ridders waren van jade, beryl, onyx en toermalijn, amber, opaal en amethist, allemaal zo groot als haar pink. 'Duizend fraaie ridders,' zei ze, 'maar niet van het soort dat mijn vijanden duchten. En mijn ossen kunnen me niet over het water dragen. Ik... Waarom stoppen we?' De ossen waren veel langzamer gaan lopen.
'*Khaleesi*,' riep Aggo door de draperieën toen de palankijn met een ruk tot stilstand kwam. Dany rolde op een elleboog om naar buiten te leunen. Ze bevonden zich aan de rand van de bazaar en hun weg werd versperd door een dichte muur van mensen. 'Waar kijken ze naar?'
Jhogo kwam terugrijden. 'Een vuurmagiër, *khaleesi*.'
'Dat wil ik zien.'
'Dan zult u het zien.' De Dothraki stak een hand omlaag. Toen ze die greep, trok hij haar op zijn paard en zette haar voor zich, zodat ze over de hoofden van de menigte kon kijken. De vuurmagiër had een ladder in de lucht te voorschijn getoverd, een knetterende oranje ladder van kronkelende vlammen die zonder steun vanaf de grond van de

bazar omhoogrees en tot aan het latwerk van de hoge zoldering reikte.

De meeste toeschouwers waren niet uit de stad afkomstig, merkte ze. Ze zag opvarenden van handelsschepen, kooplieden die per karavaan waren gekomen, bestofte mannen uit de rode woestenij, rondtrekkende soldaten, handwerkslieden en slavenhandelaars. Jhogo schoof een hand om haar middel en boog zich naar haar toe. 'De melkmensen mijden hem. *Khaleesi*, ziet u het meisje met die vilthoed? Daar, achter die dikke priester. Dat is een...'

'... beurzensnijdster,' voltooide Dany. Zij was geen in de watten gelegde jonkvrouw die blind was voor zulke dingen. In de jaren dat ze met haar broer voor de huurmoordenaars van de Usurpator op de vlucht was geweest, had ze in de straten van de Vrijsteden beurzensnijders in overvloed gezien.

De magiër stond te gesticuleren en stuwde de vlammen met brede armgebaren steeds hoger op. Terwijl de toeschouwers met gerekte hals omhoogstaarden wurmden de beurzensnijders zich door het gedrang met kleine mesjes in de holte van hun hand. Met één hand maakten ze de welgestelden een geldbeurs armer terwijl ze met de andere omhoogwezen.

Toen de vurige ladder veertig voet hoog was sprong de magiër naar voren en klom erin. Hand voor hand klauterde hij als een aap zo snel naar boven. Elke sport die hij aanraakte loste onder hem op en liet slechts een sliertje zilveren rook achter. Toen hij de top bereikte was de ladder weg, en hij ook.

'Een goeie truc,' verklaarde Jhogo vol bewondering.

'Geen truc,' zei een vrouw in de gewone spreektaal.

Dany had Quaith niet gezien in de menigte, maar daar stond ze, en haar ogen glansden vochtig achter het onverbiddelijke rode lakmasker. 'Wat bedoelt u, vrouwe?'

'Een halfjaar geleden was die man nauwelijks in staat vuur uit drakenglas op te wekken. Hij kende wat kleine kunstjes met poeders en wildvuur, net genoeg om een menigte in de ban te houden terwijl zijn beurzensnijders hun werk deden. Hij kon over hete kolen lopen en in de lucht brandende rozen laten bloeien, maar hij hoefde het niet te wagen de vurige ladder te beklimmen, evenmin als een gewone visser mag hopen een kraak in zijn netten te vinden.'

Dany keek naar de plaats waar de ladder had gestaan; ze was niet op haar gemak. Zelfs de rook was nu verdwenen, de menigte verspreidde zich en iedereen wijdde zich weer aan zijn eigen zaken. Nog even, en heel wat mensen zouden ontdekken dat hun beurs plat en leeg was. 'En nu?'

'En nu nemen zijn krachten toe, *khaleesi*. En dat komt door u.'

'Door mij?' Ze lachte. 'Hoe dan?'

De vrouw kwam dichterbij en legde twee vingers op Dany's pols. 'U bent de Moeder van Draken, nietwaar?'

'Dat is ze, en geen schaduwgebroed mag haar aanraken.' Met het handvat van zijn zweep schoof Jhogo de vingers van Quaith weg.

De vrouw deed een stap naar achteren. 'Verlaat deze stad spoedig, Daenerys Targaryen, of u zult haar helemaal niet meer mogen verlaten.'

Dany's pols tintelde, daar waar Quaith haar had aangeraakt. 'Waar wilt u dat ik heen ga?' vroeg ze.

'Om naar het noorden te gaan, reis naar het zuiden. Om het westen te bereiken, reis naar het oosten. Om voorwaarts te gaan, reis terug, en om het licht aan te raken, ga onder de schaduw door.'

Asshai, dacht Dany. *Ze wil dat ik naar Asshai ga.* 'Zullen de Asshai'i mij een leger geven?' wilde ze weten. 'Is er goud voor mij in Asshai? Zijn er schepen? Wat is er in Asshai dat ik in Quarth niet zal vinden?'

'De waarheid,' zei de vrouw met het masker. En met een buiging ging ze in de menigte op.

Rakharo snoof minachtend door zijn zwarte hangsnor. '*Khaleesi*, een mens kan beter schorpioenen verzwelgen dan te vertrouwen op het schaduwgebroed dat zijn gezicht niet durft te tonen onder de zon. Dat is bekend.'

'Het is bekend,' beaamde Aggo.

Xaro Xhoan Daxos had het hele gesprek vanaf zijn kussens gevolgd. Toen Dany weer naast hem in de palankijn klom zei hij: 'Uw wilden zijn wijzer dan ze zelf weten. De waarheden die de Asshai'i vergaren zullen u niet licht doen glimlachen.' Toen drukte hij haar nog een beker wijn in de hand en sprak de hele terugweg naar zijn state over liefde, lust en andere onbeduidendheden.

In de stilte van haar vertrekken ontdeed Dany zich van haar opschik en ze trok een ruim gewaad van purperen zijde aan. Haar draken hadden honger, dus hakte ze een slang aan mootjes en schroeide die dicht boven een komfoor. *Ze worden groter*, realiseerde ze zich toen ze toekeek hoe ze krijsten en kibbelden over het zwartgebakken vlees. *Ze wegen vast al twee keer zoveel als in Vaes Tolorro.* Toch zou het nog jaren duren voor ze groot genoeg waren om ze de strijd in te zenden. *Bovendien moeten ze afgericht worden, of ze zullen mijn koninkrijk in de as leggen.* Al haar Targaryen-bloed ten spijt had Dany er geen flauw idee van hoe ze een draak moest africhten.

Met zonsondergang kwam ser Jorah Mormont bij haar. 'De Zuivergeborenen hebben u afgewezen?'

'Zoals u al voorspeld had. Kom, gaat u zitten en geef me raad.' Dany trok hem op de kussens naast zich en Jhiqui bracht een schaal paarse olijven en uien, in wijn gedrenkt.

'In deze stad zult u geen hulp krijgen, *khaleesi*.' Ser Jorah nam een ui tussen duim en wijsvinger. 'Daar raak ik met de dag meer van overtuigd. De Zuivergeborenen kijken niet verder dan de muren van Quarth, en Xaro...'

'Hij heeft me weer ten huwelijk gevraagd.'

'Ja, en ik weet waarom.' Toen de ridder fronste ontmoetten zijn zware zwarte wenkbrauwen elkaar boven zijn diepliggende ogen.

'Hij droomt dag en nacht van me.' Ze lachte.

'Verschoning, koningin, maar het zijn uw draken waar hij van droomt.'

'Xaro verzekert me dat man en vrouw in Quarth na het huwelijk elk hun eigen bezittingen houden. De draken zijn van mij.' Ze glimlachte toen Drogon springend en fladderend over de marmeren vloer naar haar toekwam en op het kussen naast haar kroop.

'Dat is op zich wel waar, maar hij heeft één ding weggelaten. De Quarthijnen houden er een merkwaardig bruiloftsgebruik op na, koningin. Op de dag van hun verbintenis mag een vrouw van haar man een bewijs van zijn liefde eisen. Datgene wat zij van zijn wereldse bezittingen opeist, wat het ook is, moet hij haar schenken. En hij mag hetzelfde van haar verlangen. Ze mogen maar één ding vragen, maar is het eenmaal genoemd dan mag het niet geweigerd worden.'

'Eén ding,' herhaalde ze. 'En dat mag niet geweigerd worden?'

'Met één draak zou Xaro Xhoan Daxos deze stad beheersen, maar onze zaak is nauwelijks gediend met maar één schip.'

Knabbelend aan een ui overpeinsde Dany spijtig de trouweloosheid van mannen. 'Op de terugweg van de Zaal der Duizend Tronen kwamen we door de bazaar,' zei ze tegen ser Jorah. 'Quaith was er ook.' Ze vertelde over de vuurmagiër en de vurige ladder, en wat de vrouw met het rode masker tegen haar had gezegd.

'Om u de waarheid te zeggen zou ik blij zijn als we uit deze stad vertrokken,' zei de ridder toen ze uitgesproken was. 'Maar niet om naar Asshai te gaan.'

'Waarheen dan?'

'Naar het oosten,' zei hij.

'Zelfs hier ben ik een halve wereld van mijn koninkrijk verwijderd. Als ik nog verder naar het oosten ga kom ik misschien nooit meer in Westeros.'

'Als u naar het westen gaat zet u uw leven op het spel.'

'Het huis Targaryen heeft vrienden in de vrijsteden,' hield ze hem voor. 'Oprechter dan Xaro en de Zuivergeborenen.'

'Als u Illyrio Mopatis bedoelt, dan weet ik dat zo net nog niet. Geef Illyrio genoeg goud en hij verkoopt u even vlot als een slavin.'

'Mijn broer en ik zijn een halfjaar in Illyrio's state te gast geweest.

Als hij van plan was geweest ons te verkopen had hij dat toen kunnen doen.'

'Hij heeft u ook verkocht,' zei ser Jorah. 'Aan khal Drogo.'

Dany kreeg een kleur. Hij had gelijk, maar de scherpe toon waarop hij het zei beviel haar niet. 'Illyrio heeft ons tegen de messen van de Usurpator beschermd, en hij geloofde in de zaak van mijn broer.'

'De enige zaak waarin Illyrio gelooft, is Illyrio. Gulzigaards zijn meestal onmatig en magisters geslepen. Illyrio Mopatis is beide. Wat weet u werkelijk van hem af?'

'Ik weet dat hij me mijn drakeneieren heeft gegeven.'

Hij snoof. 'Als hij had geweten dat ze zouden uitkomen was hij er zelf op gaan zitten.'

Daar moest ze onwillekeurig om glimlachen. 'O, daar twijfel ik niet aan, ser. Ik ken Illyrio beter dan u denkt. Ik was nog een kind toen ik zijn state in Pentos achterliet om met mijn zon-en-sterren te trouwen, maar ik was doof noch blind. En nu ben ik geen kind meer.'

'Ook al zou Illyrio de vriend zijn waarvoor u hem houdt,' zei de ridder koppig, 'dan is hij toch niet in staat u op eigen kracht op de troon te helpen, net zomin als hij uw broer kon helpen.'

'Hij is rijk,' zei ze. 'Misschien niet zo rijk als Xaro, maar wel rijk genoeg om schepen én mannen voor me te huren.'

'Huurlingen kunnen bruikbaar zijn,' gaf ser Jorah toe, 'maar u zult uw vaders troon niet heroveren met uitvaagsel uit de Vrijsteden. Niets verenigt een verdeeld rijk zo snel als een invallend leger.'

'Ik ben hun rechtmatige koningin,' protesteerde Dany.

'U bent een vreemde die van plan is op hun kust te landen met een leger vreemdelingen die niet eens de gewone spreektaal beheersen. De heren van Westeros kennen u niet en hebben alle reden u te vrezen en te wantrouwen. U moet hen voor u zien te winnen voor u in zee steekt. In elk geval enkelen van hen.'

'En hoe doe ik dat, als ik uw raad opvolg en naar het oosten ga?'

Hij at een olijf en spuwde de pit uit in zijn handpalm. 'Dat weet ik niet, Uwe Genade,' gaf hij toe, 'maar dit weet ik wel: hoe langer u op één plaats blijft, hoe eerder uw vijanden u zullen vinden. De naam Targaryen boezemt hun nog altijd vrees in, zozeer dat ze iemand hebben gestuurd om u te vermoorden toen ze hoorden dat u een kind verwachtte. Wat zullen ze niet doen als ze van uw draken vernemen?'

Drogon lag opgekruld onder haar arm, zo warm als een steen die de hele dag in de brandende zon heeft liggen bakken. Rhaegal en Viserion vochten om een reepje vlees en mepten elkaar met hun vleugels, terwijl de rook uit hun neusgaten dampte. *Mijn furies van kinderen*, dacht ze. *Er mag hun geen kwaad overkomen.* 'De komeet heeft me niet voor niets naar Qarth geleid. Ik had gehoopt hier een leger te vinden, maar dat is mij niet vergund, naar het schijnt. Wat is er verder nog, vraag ik me af?' *Ik ben bang*, besefte ze, *maar ik moet moedig zijn*. 'Morgenochtend gaat u naar Pyat Pree.'

Tyrion

Het meisje vergoot geen traan. Hoe jong ook, Myrcella Baratheon was een prinses van geboorte. *En een Lannister, haar naam ten spijt*, zei Tyrion bij zichzelf, *evenzeer Jaimes kind als dat van Cersei.*

Ze glimlachte weliswaar ietwat beverig toen haar broers aan dek van de *Zeeschicht* afscheid van haar namen, maar het kind wist precies wat ze hoorde te zeggen, en ze zei het moedig en waardig. Toen het tijd was om te vertrekken was het prins Tommen die huilde en Myrcella die hem troostte.

Tyrion keek op het afscheid neer vanaf het hoge dek van *Koning Roberts Hamer*, een oorlogsgalei met vierhonderd riemen. *Robs Hamer*, zoals de roeiers het noemden, diende als Myrcella's vlaggenschip. De *Leeuwenster*, de *Koene Wind* en de *Vrouwe Lyanna* zouden haar eveneens begeleiden.

Het zat Tyrion helemaal niet lekker dat hij zo'n groot deel van hun vloot wegzond. Die was toch al zo ontoereikend na het verlies van al die schepen die met heer Stannis naar Drakensteen waren gevaren en nooit waren teruggekeerd. Maar met minder nam Cersei geen genoegen. Misschien was dat wel zo verstandig. Als het meisje gevangengenomen werd voordat ze Zonnespeer bereikte zou het verbond met Dorne meteen in duigen vallen. Tot dusverre had Doran Martel alleen zijn banieren bijeengeroepen. Als Myrcella eenmaal veilig in Braavos was, zou hij zijn strijdkrachten naar de hoge passen verplaatsen, had hij beloofd. Die bedreiging zou sommige heren in de grensmarken te denken geven: waar lag hun loyaliteit? En Stannis zou zich afvragen of hij wel naar het noorden moest optrekken. Maar het was louter een schijnbeweging. De Martels zouden de wapens pas opnemen als Dorne zelf werd aangevallen, en zo dwaas zou Stannis niet zijn. *Maar sommigen van zijn baandermannen misschien wel*, peinsde Tyrion. *Daar moet ik mijn gedachten eens over laten gaan.*

Hij schraapte zijn keel. 'U kent uw orders, kapitein.'

'Ja, heer. We moeten langs de kust varen en zorgen dat we altijd land in zicht houden, tot we bij Kaap Scheurklauw zijn. Vandaar steken we de Zee-engte over naar Braavos. We mogen onder geen beding in het zicht van Drakensteen komen.'

'En mocht u toevallig toch in het vaarwater van onze vijanden geraken?'

'Is het één schip, dan schudden we het af of boren het in de grond. Zijn het er meer, dan blijft de *Koene Wind* ter bescherming dicht bij de *Zeeschicht* terwijl de rest van de vloot slag levert.'

Tyrion knikte. In het ergste geval kon de kleine *Zeeschicht* alle achtervolgers afschudden. Het was een klein schip met grote zeilen, sneller dan enige oorlogsbodem, of dat beweerde de kapitein althans. Als Myrcella Braavos eenmaal bereikte was ze waarschijnlijk veilig. Hij had Arys Eikhart als gezworen schild met haar meegezonden en de Braavosi gehuurd om haar verder naar Zonnespeer te begeleiden. Zelfs heer Stannis zou aarzelen de toorn van de grootste en machtigste der Vrijsteden te riskeren. De kortste weg van Koningslanding naar Dorne voerde niet echt via Braavos, maar het was wel de veiligste weg... of dat hoopte hij althans.

Als heer Stannis van deze tocht af wist zou hij geen beter moment kunnen kiezen om zijn vloot op ons af te sturen. Tyrion keek om naar de plaats waar de Stroom in de Zwartwaterbaai uitmondde. Aan de weidse groene horizon was tot zijn opluchting geen zeil te bekennen. Volgens de laatste berichten lag de Baratheon-vloot nog voor Stormeinde, waar ser Cortijn Koproos de belegeraars nog steeds namens wijlen koning Renling het hoofd bood. Ondertussen waren Tyrions hijskranen al voor driekwart af. Nu op dit moment werden er zware blokken steen op hun plaats gehesen door mannen die hem ongetwijfeld verwensten omdat hij hen tijdens de feestdagen liet doorwerken. Dat moest dan maar. *Nog twee weken, Stannis, meer vraag ik niet. Nog twee weken en het is af.*

Tyrion zag zijn nichtje voor de Hoge Septon neerknielen om diens reiszegen te ontvangen. Het zonlicht weerkaatste van zijn kristallen kroon en veelkleurige regenbogen vielen over Myrcella's opgeheven gezicht. Door het lawaai op de rivieroever waren de gebeden volstrekt onverstaanbaar. Hopelijk hadden de goden scherpere oren. De Hoge Septon was zo omvangrijk als een huis en zelfs nog pompeuzer en langdradiger dan Pycelle. *Ophouden ouwe, zet er een punt achter*, dacht Tyrion geërgerd. *De goden hebben wel wat beters te doen dan naar jou te luisteren, en ik ook.*

Toen het geneuzel en gemummel eindelijk ophield nam Tyrion afscheid van de kapitein van *Robs Hamer*. 'Lever mijn nichtje veilig in Braavos af en als je terugkomt wacht je de ridderslag,' beloofde hij.

Toen hij over de steile loopplank naar de kade afdaalde voelde Tyrion dat hij het mikpunt van onvriendelijke blikken was. De galei deinde zachtjes, en door de bewegingen onder hem waggelde hij erger dan ooit. *Ik wed dat ze me graag zouden uitlachen.* Maar niemand die dat durfde, niet openlijk, al hoorde hij tussen het geknars van hout en touwen en het gedruis van de rivier langs het paalwerk door ook gemompel klinken. *Ze moeten me niet*, dacht hij. *Niet zo verwonderlijk. Ik ben weldoorvoed en lelijk, en zij komen om van de honger.*

Bronn begeleidde hem door de menigte tot bij zijn zuster en haar zonen. Cersei negeerde hem. Zij besteedde haar glimlachjes liever aan hun neef. Hij zag hoe ze met ogen zo groen als de smaragden snoeren om haar slanke, blanke hals met Lancel flirtte, en lachte in het geniep een leep klein lachje. *Ik ken jouw geheimpje, Cersei*, dacht hij. Zijn zuster bezocht de laatste tijd vaak de Hoge Septon om voor de komende strijd met heer Stannis de zegen van de goden af te smeken... of zo deed ze het tenminste voorkomen. In werkelijk trok Cersei na zo'n bezoekje aan de Grote Sept van Baelor een eenvoudige bruine reismantel aan om weg te glippen voor een ontmoeting met een zekere hagenridder genaamd Osmond Ketelzwart en zijn al even onfrisse broers Osny en Osfried. Lancel had hem alles over hen verteld. Cersei wilde de Ketelzwarts gebruiken om haar eigen huurlingenlegertje te kopen.

Welnu, hij gunde haar veel plezier met haar intriges. Ze was heel wat aardiger als ze dacht dat ze hem te slim af was. De Ketelzwarts zouden haar inpalmen, haar geld aannemen en haar alles beloven wat ze vroeg, en waarom niet, zolang Bronn koperstuk voor koperstuk tegen haar opbood? De gebroeders waren alle drie charmante schurken en in feite meer doorkneed in bedrog dan in bloedvergieten. Cersei was erin geslaagd drie holle vaten aan te schaffen die op haar bevel heel hard zouden klinken maar van binnen volslagen leeg waren. Tyrion blééf lachen.

Hoorns schetterden een fanfare toen de *Leeuwenster* en de *Vrouwe Lyanna* van wal staken en stroomafwaarts voeren om ruim baan te maken voor de *Zeeschicht*. Vanuit het gedrang op de oevers steeg wat gejuich op, even dun en rafelig als de wolken die aan de hemel voorbijdreven. Op het dek stond Myrcella glimlachend te wuiven. Arys Eikhart stond met wapperende witte mantel achter haar. De kapitein liet de trossen losgooien en de riemen duwden de *Zeeschicht* de lustig voortbruisende Zwartwaterstroom in, waar de zeilen opbolden in de wind; doodgewone witte zeilen, daar had Tyrion op gestaan, geen grote lappen Lannister-karmijn. Prins Tommen snikte. 'Je jengelt als een zuigeling,' siste zijn broer hem toe. 'Prinsen horen niet te huilen.'

'Prins Aemon de Drakenridder huilde op de dag dat prinses Naerys met zijn broer Aegon trouwde,' zei Sansa Stark, 'en de tweelingen ser Arryk en ser Erryk stierven met betraande wangen nadat ze elkaar een dodelijke wond hadden toegebracht.'

'Hou je mond of ik beveel ser Meryn jou een dodelijke wond toe te brengen,' zei Joffry tegen zijn verloofde. Tyrion keek even naar zijn zuster, maar Cersei ging helemaal op in iets wat ser Balon Swaan haar vertelde. *Zou ze nu echt zo blind voor zijn ware aard zijn*, vroeg hij zich af.

Op de rivier stak de *Koene Wind* de riemen buitenboord en gleed in het kielzog van de *Zeeschicht* stroomafwaarts. Als laatste kwam *Koning Roberts Hamer*, het slagschip van de koninklijke vloot... of althans van dat deel dat het vorig jaar niet met Stannis naar Drakensteen was gevlucht. Tyrion had de schepen met zorg gekozen en elk schip vermeden dat een kapitein had wiens trouw volgens Varys twijfelachtig was... maar Varys' eigen trouw was ook aan twijfel onderhevig, dus bleef hij toch een beetje bezorgd. *Ik ga te veel op Varys af,* peinsde hij. *Ik moet mijn eigen verklikkers zien te krijgen. Niet dat ik die wel zou vertrouwen.* Vertrouwen was fataal.

Opnieuw vroeg hij zich af hoe het met Pinkje zat. Sinds hij naar Bitterbrug was vertrokken was er van Petyr Baelish niets vernomen. Dat had misschien niets te betekenen... of van alles. Zelfs Varys wist het niet. De eunuch had geopperd dat Pinkje onderweg misschien een ongeluk was overkomen. Misschien was hij zelfs gedood. Tyrion had minachtend gesnoven. 'Als Pinkje dood is ben ik een reus.' Het lag meer voor de hand dat de Tyrels bezwaar hadden tegen het huwelijksvoorstel. Dat kon Tyrion hun nauwelijks kwalijk nemen. *Als ik Hamer Tyrel was had ik liever Joffry's hoofd op een piek dan zijn pik in mijn dochter.*

De kleine vloot voer al ruimschoots in de baai toen Cersei te kennen gaf dat het tijd was om te vertrekken. Bronn leidde Tyrions paard voor en hielp hem in het zadel. Dat was eigenlijk de taak van Podderik Peyn, maar die hadden ze in de Rode Burcht achtergelaten. De aanwezigheid van de broodmagere huurling was geruststellender dan die van de jongen geweest zou zijn.

Langs de smalle straatjes stonden mannen van de stadswacht die de menigte met hun speerschachten tegenhielden. Ser Jacelyn Bijwater reed voorop aan het hoofd van een wigvormige formatie van bereden lansiers in zwarte maliën en gouden mantels. Achter hem reden ser Aron Santagar en ser Balon Swaan met de koninklijke banieren, de leeuw van Lannister en de gekroonde hertenbok van Baratheon.

Koning Joffry volgde op een grote, grijze hakkenei, een gouden kroon op zijn gouden krullen. Sansa Stark reed op een kastanjebruine merrie aan zijn zij en keek niet op of om. Haar dikke, koperkleurige haar hing in een maanstenen net tot op haar schouders. Het paar werd door twee leden van de Koningsgarde geflankeerd, de Jachthond rechts van Joffry en ser Mandon Moer links van het meisje Stark.

Daarna kwam de snotterende Tommen met ser Presten Groeneveld in zijn witte wapenrusting en mantel, en vervolgens Cersei, vergezeld door ser Lancel en beschermd door Meryn Trant en Boros Both. Tyrion voegde zich bij zijn zuster. Achter hen kwamen de Hoge Septon in zijn draagkoets en een lange sleep andere hovelingen: ser Horas Roodweyn, vrouwe Tanda en haar dochter, Jalabhar Xho, heer Gyllis Rooswijck en

de rest. Een dubbele rij wachters vormde de achterhoede.
Het ongeschoren en ongewassen volk staarde in doffe wrok van achter de barrière van speren naar de ruiters. *Dit bevalt mij niets*, dacht Tyrion. Bronn had een stuk of twintig huurlingen her en der in de menigte opgesteld met het bevel om alle opstootjes in de kiem te smoren. Misschien had Cersei haar Ketelzwarts ook wel op die manier verspreid. Om de een of andere reden dacht Tyrion niet dat het veel zou helpen. Als het vuur te heet was voorkwam je niet dat de pudding aanbrandde door een handvol rozijnen in de pot te gooien.
Ze staken het Visventersplein over en reden de Modderweg langs, waarna ze de smalle, bochtige Haak insloegen om Aegons Hoge Heuvel te beklimmen. Enkele stemmen hieven een kreet van '*Joffry! Heil! Heil!*' aan toen de jonge koning voorbijkwam, maar voor iedereen die de kreet overnam waren er honderd anderen die zwegen. De Lannisters dreven op een golf van norse blikken door een zee haveloze mannen en hongerige vrouwen. Vlak voor hem hoorde hij Cersei lachen om iets wat Lancel zei, maar hij vermoedde dat haar vrolijkheid geveinsd was. Het was onmogelijk dat ze de onrust rondom hen niet voelde, maar zijn zuster vond nu eenmaal dat je je niet moest laten kennen.
Halverwege de lange route drong een jammerende vrouw zich tussen twee wachters door en rende de straat op, tot voor de koning en zijn metgezellen. Ze hield het lijkje van haar dode baby boven haar hoofd. Het was blauw en opgezwollen, akelig om te zien, maar de ogen van de moeder waren pas echt gruwelijk. Joffry keek even alsof hij haar omver wilde rijden, maar Sansa Stark boog zich naar hem toe en zei iets. De koning rommelde in zijn beurs en smeet de vrouw een zilveren hertenbok toe. De munt stuiterde van het kind af en rolde tussen de benen van twee goudmantels door de menigte in. Een stuk of tien mensen begonnen erom te vechten. De moeder knipperde zelfs niet met haar ogen. Haar magere armen trilden onder het dode gewicht van haar zoon.
'Laat haar maar, uwe Genade,' riep Cersei tegen de koning. 'Die is niet meer te helpen, de stakker.'
De moeder hoorde haar. Om de een of andere reden drong de stem van de koningin tot in het geteisterde brein van de moeder door. Haar doodse gezicht verwrong zich vol afkeer. '*Hoer!*' krijste ze. '*Hoer van de Koningsmoordenaar! Neukt met'r broer!*' Haar dode kind viel als een zandzak uit haar armen toen ze naar Cersei wees. '*Neukt met'r broer neukt met'r broer neukt met'r broer.*'
De mestgooier zelf zag Tyrion niet. Hij hoorde alleen dat Sansa naar adem hapte en Joffry knetterend vloekte, en toen hij keek veegde de koning net de bruine smurrie van zijn wang. Aan zijn gouden haar en Sansa's benen kleefde nog meer.
'Wie heeft dat gegooid?' krijste Joffry. Hij stak zijn vingers in zijn

haar en smeet met een woedend gezicht nog een handvol mest van zich af. 'Ik wil de man hebben die dat gegooid heeft!' schreeuwde hij. 'Honderd gouden draken voor degene die hem aangeeft.'

'Hij stond hier!' riep iemand in de menigte. De koning wierp zijn paard in een cirkel om, zodat hij de daken en de balkons boven hen kon overzien. In de menigte stonden mensen te wijzen en te duwen en elkaar en de koning te vervloeken.

'Alstublieft, Uwe Genade, laat toch,' smeekte Sansa.

De koning negeerde haar. 'Bezorg me de kerel die die troep heeft gegooid!' beval Joffry. 'Hij zal alles van me aflikken, of zijn kop gaat eraf. Hond, breng jij hem bij me.'

Gehoorzaam sprong Sandor Clegane uit het zadel, maar het was ondoenlijk om door die muur van vlees heen te komen, laat staan het dak op. Degenen die het dichtstbij stonden, begonnen te duwen en te worstelen om weg te komen, terwijl anderen juist opdrongen om iets te kunnen zien. Tyrion vreesde het ergste. 'Laat zitten, Clegane, die kerel is allang gevlucht.'

'Ik móét hem hebben!' Joffry wees naar het dak. 'Hij zat daarboven! Hond, sla ze opzij en breng...'

Zijn laatste woorden verdronken in het tumult, een aanzwellend gerommel van woede, vrees en haat dat van alle kanten over hen heen rolde. '*Bastaard!*' schreeuwde iemand tegen Joffry. '*Bastaardmonster!*' Ander stemmen riepen '*hoer*' en '*neukt met'r broer*' tegen de koningin, terwijl Tyrion bestookt werd met kreten als '*gedrocht*' en '*halfman.*' Tussen de scheldwoorden door hoorde hij geroep om '*gerechtigheid*' en '*Robb, koning Robb, de Jonge Wolf,*' of '*Stannis!*' en zelfs '*Renling!*' Aan beide kanten van de straat drong de massa tegen de speerschachten op, terwijl de goudmantels uit alle macht probeerden stand te houden. Stenen, mest en nog smeriger dingen vlogen door de lucht. 'Geef ons te eten!' krijste een vrouw. 'Brood!' bulderde een man achter haar. '*Wij willen brood*, bastaard!' Een hartslag later hadden duizenden stemmen dat als spreekkoor overgenomen. Koning Joffry, koning Robb en koning Stannis waren vergeten, en koning Brood was alleenheerser. '*Brood!*' loeiden ze. '*Brood, brood!*'

Tyrion dreef zijn paard tot bij zijn zuster en gilde: 'Terug naar het slot! Nu!' Cersei knikte kort en ser Lancel trok zijn zwaard. Vóór aan de stoet brulde Jacelyn Bijwater bevelen. Zijn ruiters velden hun lansen en rukten in wigvorm op. De koning liet zijn hakkenei nerveuze cirkels beschrijven terwijl handen dwars door de linie van goudmantels heen naar hem grepen. Eén hand kreeg zijn been te pakken, maar slechts heel even. Het zwaard van ser Mandon suisde omlaag en scheidde de hand van de pols. '*Rijden!*' schreeuwde Tyrion tegen zijn neef en hij gaf diens paard een venijnige slag op de romp. Luid hinnikend steigerde het dier en sprong naar voren. De drom mensen week voor hem uiteen. Tyrion dook pal achter de hoeven van de koning aan de opening in. Bronn volgde, het zwaard in de hand. Terwijl hij zo voortreed vloog er een puntige steen langs zijn hoofd en op ser Mandons schild spatte een rotte kool uiteen. Links van hen bezweken drie goudmantels onder de druk, en het volgende ogenblik rukte de menigte op en liep de gevallen mannen onder de voet. Achteraan was de Jachthond verdwenen, maar zijn paard galoppeerde zonder berijder naast hen voort. Tyrion zag hoe Aron Santagar uit het zadel werd getrokken en de zwarte Baratheon-hertenbok op het gouden veld uit zijn hand werd gerukt. Ser Balon Swaan liet de Lannister-leeuw vallen om zijn zwaard te trekken. Hij hieuw naar links en rechts, terwijl de gevallen banier kapotgescheurd werd en ontelbare rafelige vodjes wegdwarrelden als karmijnrode bladeren voor een storm. Iemand wankelde pal voor Joffry's paard en krijste luid toen de koning hem tegen de grond reed. Tyrion had niet kunnen zeggen of het een man, een vrouw of een kind was. Joffry galoppeerde naast hem, zijn gezicht bleek als een doek, met ser Mandon Moer als een witte schaduw aan zijn linkerkant.

En ineens hadden ze de razernij achter zich gelaten en kletterden ze over het klinkerplein voor het buitenwerk van het kasteel. Een rij speerdragers stond paraat voor de poort. Ser Jacelyn liet zijn lansen rechtsomkeert maken voor een nieuwe charge. De speren weken uiteen om het koninklijke gezelschap onder het valhek door te laten. Rondom hen rezen lichtrode muren op, geruststellend hoog en bezaaid met kruisboogschutters.

Voor hij het wist was Tyrion afgestegen. Ser Mandon hielp net de geschokte koning uit het zadel toen Cersei, Tommen en Lancel de poort door reden met ser Meryn en ser Boros vlak achter hen. Er zat bloed op Boros' zwaardkling en Meryns witte mantel was van zijn rug gescheurd. Ser Balon Swaan kwam zonder helm binnenrijden, zijn paard onder het schuim en met bloed om de mond. Vrouwe Tanda werd door Horas Roodweyn binnengeleid, half krankzinnig van angst om haar dochter Lollys, die afgeworpen en achtergelaten was. Heer Gyllis, zijn gezicht grauwer dan ooit, stamelde iets over de Hoge Septon die hij uit zijn draagkoets had zien vallen, waarna hij onder het schreeuwen van gebeden door de menigte was platgestampt. Jalabhar Xho zei dat hij dacht dat hij ser Presten Groeneveld van de Koningsgarde naar de omgevallen draagkoets van de Hoge Septon had zien terugrijden, maar zeker weten deed hij dat niet.

Vagelijk hoorde Tyrion een maester vragen of hij gewond was. Hij baande zich over de binnenplaats heen een weg naar zijn neef, wiens kroon vol aangekoekte mest scheef op zijn kruin stond. 'Verraders,' ratelde Joffry opgewonden. 'Ik laat ze allemaal onthoofden, ik zal...'

De dwerg gaf hem zo'n harde klap in zijn vuurrode gezicht dat de kroon van Joffry's hoofd vloog. Toen gaf hij hem met beide handen een duw, zodat hij tegen de grond sloeg. 'Verblinde, stompzinnige *idioot* dat je bent.'

'Het waren verraders,' piepte Joffry op de grond. 'Ze scholden me uit en vielen me aan.'

'*Je hebt je hond op ze afgehitst!* Wat dacht jij dat ze zouden doen, als makke schapen neerknielen terwijl de Jachthond hier en daar wat ledematen afhakte? Verwende, hersenloze kleuter die je bent, je hebt de dood van Clegane op je geweten, en de goden weten van wie nog meer, en toch kom jij er ongedeerd af, vervloekt nog aan toe!' En hij gaf hem een trap. Dat was zo'n heerlijk gevoel dat hij misschien nog verder was gegaan als ser Mandon hem niet van Joffry afgetrokken had, die nu lag te jammeren. En toen was Bronn daar om hem in bedwang te houden. Cersei knielde naast haar zoon neer terwijl Ser Balon ser Lancel vasthield. Tyrion ontworstelde zich aan Bronns greep. 'Wie zijn er allemaal nog buiten?' riep hij tegen niemand in het bijzonder.

'Mijn dochter!' riep vrouwe Tanda. 'O alsjeblieft, laat iemand teruggaan om Lollys te halen...'

'Ser Presten is nog niet terug,' meldde ser Boros Both, 'en Aron Santagar evenmin.'

'En het Kindermeisje ook niet,' zei ser Horas Roodweyn. Dat was de spotnaam waarmee de andere schildknapen de jonge Tyrek Lannister hadden opgezadeld.

Tyrion keek de binnenplaats rond. 'Waar is het meisje Stark?'

Even was het doodstil. Ten slotte zei Joffry. 'Ze reed naast mij. Ik weet niet waar ze gebleven is.'

Tyrion drukte zijn stompe vingers tegen zijn bonzende slapen. Als Sansa Stark iets was overkomen zou Jaime zo goed als dood zijn. 'Ser Mandon, u diende haar tot schild.'

Ser Mandon Moer was niet uit het veld geslagen. 'Toen ze zich op de Jachthond stortten dacht ik allereerst aan de koning.'

'En terecht,' deed Cersei een duit in het zakje. 'Boros, Meryn, ga terug om het meisje te zoeken.'

'En mijn dochter,' snikte vrouwe Tanda. 'Ik smeek u, sers...'

Ser Boros keek niet vrolijk bij de gedachte dat hij het veilige slot weer uit moest. 'Uwe Genade,' zei hij tegen de koningin, 'de aanblik van onze witte mantels zou de menigte tot razernij kunnen drijven.'

Tyrion had genoeg te verduren gekregen. 'Naar de Anderen met die verdomde mantels van jullie. *Doe hem dan af* als je bang bent om hem te dragen, stuk ellende... maar zorg dat je Sansa Stark vindt, of ik laat Shagga die lelijke kop van jou opensplijten om te kijken of er ook nog iets anders dan bloedworst in zit.'

Ser Boros liep paars aan van woede. 'Jij noemt mij lelijk? *Jij?*' Hij hief het bebloede zwaard op dat hij nog in zijn gemaliede vuist klemde. Bronn schoof Tyrion zonder plichtplegingen achter zich.

'*Ophouden!*' snauwde Cersei. 'Boros, doe wat je gezegd wordt, of we zoeken iemand anders om die mantel te dragen. Je eed...'

'Daar is ze!' schreeuwde Joffry, en hij wees.

Sandor Clegane draafde in gestrekte draf de poort door, gezeten op Sansa's kastanjebruine paard. Het meisje zat achter hem, beide armen stevig om de borst van de Jachthond geslagen.

Tyrion riep haar toe: 'Bent u gewond, jonkvrouwe Sansa?'

Uit een diepe snee in haar hoofdhuid drupte bloed over Sansa's voorhoofd. 'Ze... gooiden met dingen... stenen, vuil, eieren... ik probeerde uit te leggen dat ik geen brood voor ze had. Een man wilde me uit het zadel trekken. De Jachthond heeft hem gedood, geloof ik... zijn arm...' Haar ogen sperden zich open en ze sloeg een hand voor haar mond. 'Hij *heeft hem zijn arm afgehakt.*'

Clegane tilde haar op de grond. Zijn witte mantel was gescheurd en besmeurd, en door een rafelige scheur in zijn linkermouw sijpelde bloed. 'Het kleine vogeltje bloedt. Laat iemand haar naar haar kooi terugbrengen en naar die snee kijken.' Maester Frenken schoot haastig naar voren om te doen wat hij zei. 'Santagar is er geweest,' vervolgde de Jachthond. 'Hij werd neergehouden door vier man die om beurten met een klinker op zijn hoofd sloegen. Ik heb er een in tweeën gespleten, al had ser Aron daar weinig meer aan.'

Vrouwe Tanda liep naar hem toe. 'Mijn dochter...'

'Niet gezien.' De Jachthond zocht met norse blik de binnenplaats af. 'Waar is mijn paard? Als dat paard iets overkomen is zal iemand ervoor boeten.'

'Het is een poosje met ons meegerend,' zei Tyrion, 'maar ik weet niet wat er daarna van geworden is.'

'*Brand!*' schreeuwde een stem op de buitenpoort. 'Ik zie rook in de stad. De Vlooienzak staat in brand.'

Tyrion was onuitsprekelijk moe, maar voor wanhoop was geen tijd. 'Bronn, neem alle mannen mee die je nodig heb, en hou de waterkarren heel.' *Goeie goden, het wildvuur, als daar ook maar één vlammetje bij komt...* 'De Vlooienzak kunnen we desnoods opgeven, maar het vuur mag onder geen voorwaarde het gebouw van het Alchemistengilde bereiken, begrepen? Clegane, jij gaat met hem mee.'

Een halve hartslag lang meende Tyrion een zweem van angst in de donkere ogen van de Jachthond te ontwaren. *Vuur*, realiseerde hij zich. *De Anderen mogen me halen, hij heeft natuurlijk de pest aan vuur, hij heeft het te grondig leren kennen.* Het volgende ogenblik had de blik plaatsgemaakt voor Cleganes welbekende frons. 'Ik ga wel,' zei hij, 'maar niet omdat jij het zegt. Ik wil dat paard terug.'

Tyrion wendde zich tot de drie nog overgebleven ridders van de Koningsgarde. 'Jullie nemen alle drie een heraut mee. Zeg tegen de mensen dat ze naar huis gaan. Iedereen die na de laatste slag van de avondklok nog op straat wordt aangetroffen is des doods schuldig.'

'Onze plaats is naast de koning,' zei ser Meryn doodleuk.

Cersei schoot als een adder omhoog. 'Jullie plaats is waar mijn broer zegt dat hij is,' siste ze. 'De Hand spreekt met de stem des konings, en ongehoorzaamheid is verraad.'

Boros en Meryn wisselden een blik. 'Moeten we onze mantels aanhouden, uwe Genade?' vroeg ser Boros.

'Ga voor mijn part naakt. Dan ziet de menigte misschien weer dat jullie mensen zijn. Dat zijn ze waarschijnlijk vergeten toen ze jullie daar op straat bezig zagen.'

Tyrion liet zijn zuster razen. Zijn hoofd bonsde. Hij meende rook op te snuiven, al waren het misschien alleen zijn overspannen zenuwen. Twee Steenkraaien bewaakten de ingang van de Toren van de Hand. 'Zoek Timet, zoon van Timet.'

'Steenkraaien roepen geen Verbrande Mannen na,' informeerde een van de wildlingen hem uit de hoogte.

Tyrion was even vergeten wie hij voor zich had. 'Haal dan Shagga maar.'

'Shagga slaapt.'

Hij moest zijn best doen om niet te schreeuwen. 'Wek. Hem.'

'Het is niet eenvoudig Shagga, zoon van Dolf, te wekken,' klaagde de man. 'Zijn toorn is vreselijk.' Pruttelend liep hij weg.

Gapend en zich krabbend kwam het clanlid binnenlopen. 'De halve stad is in opstand, de andere helft staat in brand en Shagga ligt te snurken,' zei Tyrion.

'Shagga houdt niet van jullie modderwater, dus moet hij jullie slappe bier en zure wijn drinken, en daarna doet zijn hoofd zeer.'

'Ik heb Shae in een state bij de Oude Poort ondergebracht. Ga jij naar haar toe om haar te beschermen, wat er ook gebeurt.'

De enorme kerel glimlachte, zijn tanden een gele spleet in de harige wildernis van zijn baard. 'Shagga brengt haar wel hier.'

'Zorg alleen maar dat haar geen kwaad overkomt. Zeg maar dat ik zo snel mogelijk bij haar kom. Misschien nog vannacht, of anders zeker morgenochtend.'

Maar toen de avond viel was de stad nog steeds onrustig, al kwam Bronn melden dat de branden gedoofd waren en de troepen plunderaars voor het merendeel uiteengejaagd waren. Hoezeer Tyrion ook naar de troostende armen van Shae verlangde, hij begreep wel dat hij die nacht nergens heen zou gaan.

Ser Jacelyn Bijwater kwam de slagersrekening presenteren toen hij in zijn sombere bovenvertrek het avondmaal deed met een koude kapoen en bruin brood. De schemering was inmiddels in duisternis overgegaan, maar toen zijn bedienden de kaarsen en een haardvuur kwamen aansteken had Tyrion hen afgeblaft en op een holletje de deur uitgestuurd. Zijn stemming was even duister als zijn vertrek, en Bijwaters mededelingen waren allesbehalve een lichtpuntje.

De lijst van gesneuvelden werd aangevoerd door de Hoge Septon, aan stukken gescheurd terwijl hij bij zijn goden om genade jammerde. *Wie sterft van de honger kent geen genade met een priester die te dik is om te lopen*, peinsde Tyrion.

Het lijk van ser Presten was aanvankelijk over het hoofd gezien. De goudmantels hadden een ridder in een witte wapenrusting gezocht, en er was zo ruig op hem ingestoken en ingehakt dat hij van top tot teen roodbruin was.

Ser Aron Santagar was in een goot gevonden, zijn hoofd een massa rode pulp in een verbrijzelde helm.

De dochter van vrouwe Tanda was haar maagdelijkheid achter een leerlooierij aan een twintigtal schreeuwende kerels kwijtgeraakt. De goudmantels hadden haar aangetroffen terwijl ze naakt door de Varkensbuiksteeg zwierf.

Tyrek was zoek, net als de kristallen kroon van de Hoge Septon. Er waren negen goudmantels gedood en veertig gewond. Niemand had de moeite genomen de doden in de menigte te tellen.

'Ik wil dat Tyrek gevonden wordt, dood of levend,' zei Tyrion kortaf toen Bijwater uitgesproken was. 'Hij is nog maar een kind. De zoon van wijlen mijn oom Tyget. Zijn vader is altijd aardig voor me geweest.'

'We vinden hem wel. En de kroon van de septon ook.'

'Voor mijn part steken de Anderen die kroon in elkaars reet.'

'Toen u mij tot hoofd van de Wacht benoemde zei u dat u altijd de zuivere waarheid wilde horen.'

'Ergens heb ik het gevoel dat u nu iets gaat zeggen wat mij niet zal bevallen,' zei Tyrion somber.

'We hebben de stad vandaag weten te behouden, maar voor de dag van morgen kan ik u niets beloven. De ketel is tegen het kookpunt. Er zijn zoveel dieven en moordenaars op pad dat niemand thuis nog veilig is, in de bordelen langs de Piswaterbocht grijpt de bloeddiarree om zich heen en er is geen eten meer te koop, voor welk bedrag dan ook. Eerst werd er alleen gemord in de goot, nu wordt er openlijk verraad beraamd in gildehuizen en op de markt.'

'Hebt u meer mannen nodig?'

'De helft van de mannen die ik nu heb is al niet eens meer te vertrouwen. Slink heeft de omvang van de Wacht verdrievoudigd, maar een gouden mantel maakt van een man nog geen wachter. Onder de nieuwe rekruten zijn weliswaar goede, trouwe mannen, maar ook meer schoften, dronkenlappen, lafaards en verraders dan u lief zal zijn. Ze zijn half getraind en helemaal niet gedisciplineerd en vooral gehecht aan hun eigen hachje. Als het op vechten aankomt zullen ze niet standhouden, vrees ik.'

'Dat had ik ook niet verwacht,' zei Tyrion. 'Bij de eerste bres in de muur zijn we verloren, dat heb ik altijd al beseft.'

'Mijn mannen zijn voornamelijk uit het gewone volk afkomstig. Ze lopen door dezelfde straten, drinken in dezelfde kroegen en lepelen hun warme hap in dezelfde eethuizen op. Uw eunuch zal u al wel verteld hebben dat de Lannisters in Koningslanding niet erg geliefd zijn. Veel mensen weten nog heel goed dat uw vader de stad heeft geplunderd nadat Aerys de poort voor hem had geopend. Er wordt gefluisterd dat de goden ons straffen voor de zonden van uw huis: uw broers moord op koning Aerys, het afslachten van Rhaegars kinderen, de terechtstelling van Eddard Stark en de meedogenloosheid van Joffry's rechtspraak. Sommigen verklaren openlijk dat het zoveel beter was toen Robert nog koning was en laten doorschemeren dat het weer beter zal worden met Stannis op de troon. Dergelijke dingen vallen te beluisteren in eethuizen, kroegen en bordelen, en ook in de wachtlokalen en de gildehuizen, vrees ik.'

'Ze hebben een hekel aan mijn familie, bedoel je dat?'

'Ja... en zodra ze de kans krijgen zullen ze zich tegen hen keren.'

'Ook tegen mij?'

'Vraag dat maar aan uw eunuch.'

'Ik vraag het aan u.'

Bijwaters diepliggende ogen keken strak in de ongelijke ogen van de dwerg. 'Vooral tegen u, heer.'

'*Vooral tegen mij?*' Dat was zo onrechtvaardig dat het hem bijna de adem benam. 'Joffry is degene die heeft gezegd dat ze hun doden maar moesten opeten, Joffry heeft zijn hond op ze afgehitst. Waarom geven ze mij dan de schuld?'

'Zijne Genade is nog maar een jongen. Op straat wordt gefluisterd dat hij slechte raadgevers heeft. De koningin staat er niet om bekend dat ze het volk welgezind is, en heer Varys wordt niet uit genegenheid de Spin genoemd... maar u treft volgens hen de meeste blaam. Uw zuster en de eunuch waren hier ook al ten tijde van koning Robert, toen alles beter was. U niet. Ze zeggen dat u de stad met brallende huurlingen en ongewassen wilden gevuld hebt, woestelingen die nemen wat ze willen en uitsluitend hun eigen wetten gehoorzamen. Ze zeggen dat u Janos Slink hebt verbannen omdat hij naar uw smaak te eerlijk en oprecht was. Ze zeggen dat u de wijze, zachtmoedige Pycelle in de kerker hebt gesmeten toen hij het waagde zijn stem tegen u te verheffen. Er zijn er zelfs die beweren dat u zich de IJzeren Troon wilt toeëigenen.'

'Ja, en ik ben nog een monster ook, gruwelijk lelijk en mismaakt, vergeet dat niet.' Zijn hand balde zich tot een vuist. 'Ik heb genoeg gehoord. We hebben allebei een boel te doen. U kunt gaan.'

Misschien heeft mijn vader me al die jaren terecht veracht, als dit alles is wat ik kan bereiken, dacht Tyrion toen hij alleen was. Hij keek neer op de restanten van zijn avondmaal, en zijn maag draaide zich om bij de aanblik van de koude, vettige kapoen. Walgend schoof hij hem weg, riep om Pod en stuurde de jongen weg om als de bliksem Varys en Bronn te ontbieden. *Mijn meest vertrouwde raadgevers zijn een eunuch en een huurling en mijn geliefde is een hoer. Wat zegt dat over mijzelf?*

Zodra hij binnenkwam maakte Bronn een aanmerking op het donker, en hij stond erop dat de haard werd aangemaakt. Het vuur loeide tegen de tijd dat Varys verscheen. 'Waar bent u geweest?' wilde Tyrion weten.

'Op pad voor de koninklijke zaak, beste heer.'

'Ach ja, de koning,' pruttelde Tyrion. 'Mijn neef is zelfs niet waardig om op het privaat te zitten, laat staan op de IJzeren Troon.'

Varys haalde zijn schouders op. 'Een leerjongen zal het vak toch moeten leren.'

'De helft van de leerjongens aan het Stanklaantje is geschikter voor de regering dan die koning van u.' Bronn ging tegenover hem aan tafel zitten en trok een vleugel van de kapoen.

Gewoonlijk negeerde Tyrion de veelvuldige vrijpostigheden van de huurling, maar vanavond stond het hem tegen. 'Het staat me niet bij dat ik je verlof heb gegeven mijn maaltijd te nuttigen.'

'Ik kreeg niet de indruk dat jij ervan at,' zei Bronn met zijn mond vol vlees. 'De stad komt om van de honger, het is zonde om eten te verspillen. Heb je er wijn bij?'

Straks wil hij nog dat ik hem inschenk, dacht Tyrion duister. 'Je gaat te ver,' zei hij waarschuwend.

'En jij gaat nooit ver genoeg.' Bronn smeet het vleugelbotje in de biezen. 'Heb je er ooit bij stilgestaan hoe simpel het leven zou zijn als nummer twee het eerst geboren was?' Hij stak zijn vingers in de kapoen en trok er een handvol wit vlees af. 'Die huilebalk, Tommen. Die zou waarschijnlijk doen wat hem gezegd werd, zoals het een goeie koning betaamt.'

Tyrion kreeg de koude rillingen toen hij besefte waar de huurling op zinspeelde. *Als Tommen koning was...*

Er was maar één manier waarop Tommen koning kon worden. Nee, dat mocht hij zelfs niet denken. Joffry was zijn bloedverwant, en evenzeer de zoon van Jaime als die van Cersei. 'Voor zulke taal kan ik je laten onthoofden,' zei hij tegen Bronn, maar de huurling lachte alleen maar.

'Vrienden,' zei Varys, 'wij zijn niet gediend met onenigheid. Kop op, zou ik willen zeggen.'

'Wiens kop?' vroeg Tyrion zuur. Hij kon er diverse bedenken die hij wát graag op een piek zou zien.

Davos

Ser Cortijn Koproos droeg geen wapenrusting. Hij bereed een vossenhengst en zijn standaarddrager een appelschimmel. Boven hem wapperden de gekroonde hertenbok van de Baratheons en de gekruiste ganzenveren van het huis Koproos, wit op een rossig veld. Ser Cortijns vierkante baard was ook rossig, al was hij van boven volledig kaal. Als hij onder de indruk was van de omvang en de pracht en praal van het koninklijke gezelschap, dan was dat niet aan zijn verweerde gezicht af te lezen.

Ze kwamen aanrijden onder luid gerammel van maliën en gekletter van staal. Zelfs Davos droeg een maliënkolder, al had hij niet kunnen zeggen waarom. Hij was niet aan het gewicht gewend en had pijn in zijn schouders en het onderste deel van zijn rug. Dat gaf hem het gevoel dat hij overbelast en niet goed snik was, en niet voor het eerst vroeg hij zich af wat hij hier deed. *Het is niet aan mij om aan 's konings bevelen te twijfelen, maar ondertussen...*

Iedereen in hun gezelschap was edeler geboren en hoger geplaatst dan Davos Zeewaard, en de grote heren glinsterden in de ochtendzon. Hun verzilverde stalen, met goud ingelegde harnassen blonken en hun oorlogshelmen werden bekroond door een overvloed aan zijden pluimen, veren en kunstig gewrochte heraldische dieren met edelstenen als ogen. Zelf leek Stannis geheel misplaatst in dit weelderige koninklijke gezelschap. Evenals Davos was de koning eenvoudig gekleed in wol en verhard leer, al verleende de roodgouden band om zijn slapen hem een zekere grandeur. Telkens als hij zijn hoofd bewoog fonkelde het zonlicht op de vlamvormige punten.

Dichter bij zijne Genade was Davos niet geweest in de acht dagen sinds de *Zwarte Betha* zich voor de kust bij Stormeinde bij de rest van de vloot had gevoegd. Hij had binnen een uur na zijn aankomst om een audiëntie verzocht maar slechts te horen gekegen dat de koning bezet was. De koning was vaak bezet, hoorde Davos van zijn zoon Devan, een van de koninklijke schildknapen. Nu Stannis Baratheon de macht had opgeëist zwermden de jonkertjes om hem heen als vliegen om een lijk. *Hij ziet er ook half als een lijk uit, jaren ouder dan vlak voor mijn vertrek.* Volgens Devan deed de koning de laatste tijd nauwelijks een oog dicht. 'Sinds de dood van heer Renling wordt hij door vreselijke nachtmerries gekweld,' had de jongen zijn vader in vertrouwen verteld. 'De drankjes van de maesters helpen niet. Alleen vrouwe

Melisandre is in staat hem in slaap te sussen.'

Is dat de reden waarom ze tegenwoordig het paviljoen met hem deelt, vroeg Davos zich af. *Om met hem te bidden? Of sust ze hem op een andere manier in slaap?* Een onwaardige vraag, een die hij zelfs zijn eigen zoon niet durfde te stellen. Devan was een beste jongen, maar hij liep vol trots met dat vlammende hart op zijn wambuis rond en zijn vader had gezien hoe hij met het invallen van de schemering bij de nachtelijke vuren de Heer des Lichts de komst van de dageraad had afgesmeekt. *Hij is de schildknaap van de koning,* hield hij zichzelf voor. *Natuurlijk neemt hij dan ook de god van de koning aan.*

Davos was bijna vergeten hoe hoog en dik de muren van Stormeinde van dichtbij oprezen. Aan de voet ervan hield koning Stannis halt, op een paar voet afstand van ser Cortijn en zijn standaarddrager. 'Ser,' zei hij hoffelijk maar stijfjes. Hij maakte geen aanstalten om af te stijgen.

'Heer.' Dat was minder hoffelijk, maar geen verrassing.

'Het is gebruikelijk een koning met *Uwe Genade* aan te spreken,' verkondigde heer Florens. Op zijn borstharnas stak een roodgouden vos zijn glanzende snuit door een bloemenkrans van lapis lazuli. De heer van Lichtwaterburg, heel lang, heel hoofs en heel rijk, had zich als eerste van Renlings baandermannen voor Stannis verklaard en als eerste zijn oude goden verzaakt en de Heer des Lichts aangenomen. Stannis had zijn koningin samen met haar oom Axel in Drakensteen achtergelaten, maar de mannen van de koningin waren talrijker en machtiger dan ooit, en Alester Florens was de voornaamste onder hen.

Ser Cortijn Koproos negeerde hem en verkoos zich tot Stannis te richten. 'Een illuster gezelschap. De grote heren Estermont, Errol en Varner. Ser Jon Graftweg van de groene appels en ser Bryan van de rode. Heer Caron en ser Guiard van koning Renlings Regenbooggarde... én de grootmachtige heer Alester Florens van Lichtwater, waarachtig. En is dat uw uienridder die ik daar achteraan ontwaar? Gegroet, ser Davos. De dame is mij onbekend, vrees ik.'

'Mijn naam is Melisandre, ser.' Zij was als enige ongewapend, haar golvende rode gewaden niet meegerekend. Aan haar hals dronk de grote robijn het daglicht in. 'Ik dien uw koning, en de Heer des Lichts.'

'Daar wens ik u het beste mee, vrouwe,' antwoordde ser Cortijn, maar ik buig voor andere goden en een andere koning.'

'Er is slechts één ware koning en één ware god,' verkondigde heer Florens.

'Zijn wij hier om over theologie te discussiëren, heer? Als ik dat had geweten had ik een septon meegebracht.'

'U weet heel goed waarom wij hier zijn,' zei Stannis. 'U hebt twee weken gehad om mijn aanbod in overweging te nemen. U hebt uw raven uitgezonden. Er is geen hulp gekomen. En die komt ook niet. Stormeinde staat alleen en mijn geduld is op. Voor de laatste maal, ser, open de poort en lever mij uit wat mij rechtens toekomt.'

'En de voorwaarden?' vroeg ser Cortijn.

'Blijven ongewijzigd,' zei Stannis. 'Ik zal u uw verraad niet aanrekenen, zoals ik ook deze heren die u hier achter mij ziet heb begenadigd. De mannen van uw garnizoen zijn vrij om bij mij in dienst te treden of ongehinderd naar huis te gaan. U mag uw wapens houden, en net zoveel van uw eigendommen meenemen als een man kan dragen. Maar uw paarden en pakdieren eis ik op.'

'En Edric Storm?'

'Mijn broers bastaard moet aan mij uitgeleverd worden.'

'Dan blijft mijn antwoord nee, heer.'

De koning klemde zijn kaken op elkaar. Hij zei niets.

In zijn plaats nam Melisandre het woord. 'Moge de Heer des Lichts u in uw duisternis beschermen, ser Cortijn.'

'De Anderen mogen uw Heer des Lichts naaien,' beet Koproos haar toe, 'en zijn reet afvegen met dat vod dat u daar draagt.'

Heer Alester Florens schraapte zijn keel. 'Ser Cortijn, let op uw woorden. Zijne Genade zal de jongen geen haar krenken. Het kind is zijn bloedverwant, en de mijne eveneens. Mijn nicht Delana was zijn moeder, zoals iedereen weet. Als u de koning niet vertrouwt, vertrouw mij dan. U weet dat ik een eerzaam man...'

'Ik weet dat u een eerzuchtig man bent,' onderbrak ser Cortijn hem. 'Een man die van koning en van god wisselt zoals ik van laarzen. Net als die andere weerhanen die ik hier voor me zie.'

Onder de mannen van de koning steeg een nijdig protest op. *Hij zit er niet ver naast*, dacht Davos. Slechts korte tijd geleden waren de beide Graftwegs, Guiard Morrigen en de heren Caron, Varner, Errol en Estermont stuk voor stuk Renlings mannen geweest. Ze hadden in zijn paviljoen gezeten, hem zijn krijgsplannen helpen opstellen en de val van Stannis beraamd. En heer Florens was erbij geweest; de heer van Lichtwater mocht dan koningin Selyses hoogsteigen oom zijn, dat had hem er niet van weerhouden voor Renling te knielen toen diens ster nog rijzende was.

Brys Caron bracht zijn paard een paar stappen voorwaarts. Zijn lange, regenboogkleurige mantel klapte dubbel in de bries die vanuit de baai blies. 'Niemand hier is een weerhaan, ser. Mijn trouw behoort Stormeinde toe, en heer Stannis is daarvan de rechtmatige heer... én onze ware koning. Hij is de laatste telg van het huis Baratheon, de erfgenaam van Robert en Renling.'

'Als dat zo is, waarom is de Bloemenridder dan niet onder u? En waar is Mathis Rowin? Randyl Tarling? Vrouwe Eikhart? Waarom bevinden

zij zich niet in uw gezelschap, zij, die Renling het meest toegedaan waren? *Waar is Briënne van Tarth, vraag ik u?*'
'Die?' Ser Guiard Morrigen lachte ruw. 'Die is gevlucht. En dat was haar geraden ook. Zij heeft de hand aan de koning geslagen.'
'Een leugen,' zei ser Cortijn. 'Ik kende Briënne al van toen ze nog een klein meisje was dat in Evenschemerhal aan haar vaders voeten speelde en ik heb haar nog beter leren kennen toen de Evenster haar hier naar Stormeinde zond. Ze hield van Renling Baratheon vanaf het moment dat haar blik op hem viel, dat kon zelfs een blinde zien.'
'O, zeker,' verklaarde heer Florens luchtig, 'en zij zou het eerste jonge meisje niet zijn dat door de afwijzing van een man tot moordzucht werd gedreven. Al geloof ik persoonlijk dat de koning door vrouwe Stark gedood is. Zij was helemaal uit Stroomvliet gekomen om een bondgenootschap te bepleiten, en dat had Renling geweigerd. Ze zal hem ongetwijfeld als een gevaar voor haar zoon hebben beschouwd en hem om die reden uit de weg geruimd hebben.'
'Het was Briënne,' hield heer Caron vol. 'Ser Emmon Cuij bezwoer het me voor hij stierf. Daar doe ik een eed op, ser Cortijn.'
Ser Cortijns stem was schor van verachtig. 'En wat is die waard? U draagt uw veelkleurige mantel, zie ik. De mantel die u van Renling ontving toen u de eed aflegde om hem te beschermen. Hij is dood. Hoe komt het dat u nog leeft?' Nu richtte hij zijn minachting op Guiard Morrigen. 'En u zou ik hetzelfde kunnen vragen, ser. Guiard de Groene, is het niet? Van de Regenbooggarde? Die gezworen had zijn leven te geven voor dat van zijn koning? Als ik zo'n mantel bezat zou ik me doodschamen om hem te dragen.'
Morrigen steigerde. 'Wees blij dat dit onderhandelingen zijn, Koproos, anders zouden die woorden je je tong kosten.'
'En die zou in hetzelfde vuur worden gesmeten waarin jij je manlijkheid hebt achtergelaten?'
'*Genoeg!*' zei Stannis. 'Het was de wil van de Heer des Lichts dat mijn broer vanwege zijn verraad de dood zou vinden. Wie de daad heeft uitgevoerd is van geen belang.'
'Voor ú misschien niet,' zei ser Cortijn. 'Ik heb uw voorstel gehoord, heer Stannis. Hier is het mijne.' Hij trok zijn handschoen uit en smeet die de koning recht in zijn gezicht. 'Een tweegevecht. Zwaard, lans, of welk wapen u ook verkiest te noemen. Of, als u uw magische zwaard en koninklijke huid liever niet riskeert tegen een oude man, wijs dan een kampioen aan, dan doe ik dat ook.' Hij wierp Guiard Morrigen en Brys Caron een vernietigende blik toe. 'Die welpen daar zijn allebei heel geschikt, dunkt me.'
Ser Guiard Morrigen werd donker van woede. 'Als het de koning behaagt neem ik de handschoen op.'

'Of ik.' Brys Caron keek naar Stannis.

De koning knarsetandde. 'Nee.'

Ser Cortijn leek niet verrast. 'Twijfelt u aan de rechtvaardigheid van uw zaak, heer, of aan de kracht van uw arm? Bent u bang dat ik op uw brandende zwaard zal pissen, zodat het dooft?'

'Houdt u mij voor een volslagen idioot, ser?' vroeg Stannis. 'Ik heb twintigduizend man. U wordt aan de land- én de zeezijde belegerd. Waarom zou ik een tweekamp aangaan als mijn uiteindelijke overwinning al vaststaat?' De koning wees met een vinger naar hem. 'Ik waarschuw u: als u mij dwingt mijn slot stormenderhand te veroveren hoeft u niet op genade te rekenen. Dan zal ik u zonder uitzondering als verraders ophangen.'

'Als de goden het willen. Komt u maar op met uw storm, heer, en wilt u daarbij de *naam* van dit slot niet vergeten?' Ser Cortijn gaf een ruk aan zijn teugels en reed terug naar de poort.

Stannis zei geen woord, maar wendde zijn paard om terug te keren naar zijn kamp. De anderen volgden. 'Als we die muren bestormen vallen er duizenden doden,' pruttelde de bedaagde heer Estermont, 's konings grootvader van moederskant. 'Het is toch zeker beter om maar één leven op het spel te zetten? Onze zaak is rechtvaardig, dus de goden zullen de wapens van onze kampioen zeker de overwinning gunnen.'

God, oude man, dacht Davos. *Je vergeet dat we er nog maar één hebben, Melisandres Heer des Lichts.*

Ser Jon Graftweg zei: 'Ik zou die uitdaging graag zelf aannemen, ook al ben ik niet half zo'n goed zwaardvechter als heer Caron of ser Guiard. Renling heeft geen ridders van enige reputatie in Stormeinde achtergelaten. Garnizoenen bestaan uit oude mannen en groentjes.'

Heer Caron was het met hem eens. 'Een gemakkelijke overwinning, zonder meer. En wat een glorie om Stormeinde met één zwaardslag in te nemen.'

Stannis keek hen allemaal met priemende blikken aan. 'U kwettert als eksters, maar dan nog onzinniger. Ik wens stilte.' Het oog van de koning viel op Davos. 'Ser. Kom mee.' Hij gaf zijn paard de sporen en liet zijn volgelingen staan. Alleen Melisandre bleef bij hem met de standaard met het vurige hart dat de gekroonde hertenbok omsloot. *Alsof die in zijn geheel verzwolgen is.*

Davos zag welke blikken de jonkers wisselden toen hij tussen hen door reed om zich bij de koning te voegen. Dit waren geen uienridders, maar trotse mannen uit geslachten met eeuwenoude, eervolle namen. Op de een of andere manier wist hij dat Renling hen nooit op die manier had berispt. De jongste van de Baratheons had een aangeboren gevoel voor hoffelijkheid bezeten waaraan het zijn broer triest genoeg ontbrak.

Hij vertraagde zijn tempo tot een langzame draf toen zijn paard naast dat van de koning kwam. 'Uwe Genade.' Van dichtbij zag Stannis er nog slechter uit dan Davos van een afstandje had vastgesteld. Zijn gezicht was hol geworden en hij had donkere kringen onder zijn ogen.

'Een smokkelaar moet aardig wat mensenkennis bezitten,' zei de koning. 'Wat vindt u van die ser Cortijn Koproos?'

'Een koppig man,' zei Davos behoedzaam.

'Ik noem het levensmoe. Hij gooit me mijn eigen genade recht in mijn gezicht. Daarmee vergooit hij meteen zijn eigen leven en dat van iedereen achter die muren. *Een tweekamp?*' De koning snoof minachtend. 'Hij vergist zich en denkt dat ik Robert ben.'

'Het ligt meer voor de hand dat hij wanhopig was. Wat voor hoop heeft hij verder nog?'

'Geen enkele. Het slot zal vallen. Maar hoe krijgen we dat snel voor elkaar?' Stannis keek even broeierig voor zich uit. Tussen het gestage geklepper van de paardenhoeven door kon Davos vagelijk horen hoe de koning knarsetandde. 'Heer Alester dringt erop aan dat ik de oude heer Koproos hierheen haal. Ser Cortijns vader. U kent de man, meen ik?'

'Toen ik als uw gezant kwam ontving heer Koproos mij hoffelijker dan de meeste anderen,' zei Davos. 'Hij is een oud man, heer, die zijn tijd gehad heeft. Ziekelijk, en ten dode opgeschreven.'

'Florens wil hem wat zichtbaarder ten dode opschrijven. Voor de ogen van zijn zoon, met een strop om zijn nek.'

Het was gevaarlijk om tegen de mannen van de koningin in te gaan, maar Davos had gezworen zijn koning altijd de waarheid te zeggen. 'Dat lijkt mij verkeerd, heer koning. Ser Cortijn zal nog eerder zijn vader zien sterven dan dat hij ooit ontrouw zal worden. Wij zouden er niets mee winnen, en het zou schande over onze zaak brengen.'

'Hoezo schande?' Stannis steigerde. 'Wilt u soms dat ik het leven van verraders spaar?'

'U hebt de levens gespaard van de mannen die achter ons rijden.'

'En dat duid je me euvel, smokkelaar?'

'Dat is niet aan mij.' Davos vreesde dat hij te ver was gegaan.

De koning wist niet van wijken. 'Je lijkt meer achting te hebben voor die Koproos dan voor mijn baanderheren. Waarom?'

'Hij blijft trouw.'

'Misplaatste trouw jegens een dode usurpator.'

'Ja,' gaf Davos toe, 'maar toch blijft hij trouw.'

'Anders dan de mannen achter ons?'

Davos had al te veel gezegd om zich nu nog in te houden. 'Vorig jaar hingen ze Robert aan. Een maand geleden Renling. Vanmorgen zijn ze uw mannen. Wie zullen ze morgen aanhangen?'

En Stannis lachte. Een plotselinge blaf, ruw en vol verachting. 'Zei ik het niet, Melisandre?' zei hij tegen de rode vrouw. 'Mijn uienridder zegt me de waarheid.

'Ik merk dat u hem goed kent, uwe Genade,' zei de rode vrouw.

'Davos, ik heb je node gemist,' zei de koning. 'Ja, ik heb een sleep verraders in mijn gevolg, je neus bedriegt je niet. Zelfs als verraders zijn mijn baanderheren nog verraderlijk. Ik heb ze nodig, maar je moest eens weten hoe misselijk ik ervan word, zulke lieden te begenadigen terwijl ik betere mannen dan zij voor minder heb gestraft. Je hebt alle recht me verwijten te maken, ser Davos.'

'U valt uzelf harder dan ik ooit zou doen, Uwe Genade. U hebt die grote heren nodig om uw troon te winnen.'

'Met huid en haar, zo te oordelen.' Stannis grimlachte.

Zonder erbij stil te staan bracht Davos zijn verminkte hand naar de buidel om zijn hals en betastte de vingerkootjes die erin zaten. *Geluk.*

De koning zag het gebaar. 'Heb je ze nog, uienridder? Ben je ze niet kwijtgeraakt?'

'Nee.'

'Waarom bewaar je ze? Dat heb ik me vaak afgevraagd.'

'Ze herinneren me aan wat ik geweest ben. Aan waar ik vandaan kom. Ze herinneren me aan uw gerechtigheid, heer koning.'

'Het wás gerechtigheid,' zei Stannis. 'Een goede daad wist de slechte niet uit, noch een slechte daad de goede. Elke daad vraagt om zijn eigen beloning. Jij was zowel een held als een smokkelaar.' Hij keek om naar heer Florens en de rest, regenboogridders en weerhanen, die op een afstandje volgden. 'Die begenadigde heren zouden er goed aan doen zich dat te realiseren. Er zijn goede en waarachtige mannen die voor Joffry zullen vechten omdat ze hem ten onrechte voor de ware koning houden. Een noorderling kan misschien zelfs hetzelfde zeggen wat Robb Stark betreft. Maar die heren die zich rond de banieren van mijn broer schaarden wísten dat hij een usurpator was. Ze keerden hun rechtmatige koning de rug toe zonder een betere reden te hebben dan hun dromen van macht en roem, en ik heb gezien wat ze zijn. Ja, ik heb ze begenadigd. Vergeven. Maar vergeten doe ik niet.' Hij zweeg even, broedend op zijn voornemen om recht te doen geschieden. En toen vroeg hij abrupt: 'Wat zeggen de kleine luiden over Renlings dood?'

'Die treuren. Uw broer was heel geliefd.'

'Dwazen houden van dwazen,' gromde Stannis, 'maar ik treur ook om hem. Om de jongen die hij was, niet om de man die hij werd.' Hij bleef een poosje stil en zei toen: 'Hoe heeft het gewone volk het nieuws van Cersei's bloedschande opgevat?'

'Zolang wij erbij waren riepen de mensen om koning Stannis. Voor wat ze na onze afvaart hebben gezegd sta ik niet in.'

'Dus je denkt niet dat ze het geloofden?'

'Toen ik nog smokkelaar was heb ik ontdekt dat de een alles en de ander niets gelooft. Wij zijn op beide houdingen gestuit. En er doet nog een ander verhaal de ronde...'

'Ja,' zei Stannis afgebeten. 'Selyse heeft me horens opgezet en aan beide uiteinden een narrenbelletje gehangen. Mijn dochter verwekt door een half achterlijke zot! Dat verhaal is even verachtelijk als absurd. Renling heeft het me tijdens onze onderhandelingen naar mijn hoofd geslingerd. Alleen wie net zo gek is als Lapjeskop zal zo'n verhaal geloven.'

'Dat moge waar zijn, heer koning... maar of ze het verhaal nu al dan niet geloven, ze vertellen het graag verder.' Op veel plaatsen was het hun al voorafgegaan en het had de bodem onvruchtbaar gemaakt voor hun eigen, ware verhaal.

'Als Robert in een beker piste noemde iedereen het wijn, maar als ik de mensen koel, helder water aanbied gluren ze er wantrouwig naar en prevelen tegen elkaar dat er een merkwaardig smaakje aan zit.' Stannis knarsetandde. 'Als iemand zou zeggen dat ik mezelf in een everzwijn had omgetoverd om Robert te vermoorden geloofden ze dat waarschijnlijk ook.'

'Roddels zijn onvermijdelijk, heer koning,' zei Davos, 'maar wanneer u zich wreekt op de ware moordenaars van uw broers zal het rijk weten dat die verhalen gelogen zijn.'

Stannis leek hem maar half te horen. 'Cersei heeft ongetwijfeld de hand gehad in Roberts dood. Ik zal hem recht doen geschieden. Ja, en Ned Stark en Jon Arryn ook.'

'En Renling?' Het was eruit voordat Davos erover nagedacht had.

De koning zweeg lange tijd. Toen zei hij heel zacht: 'Ik droom er soms van. Van het sterven van Renling. Een groene tent, kaarsen, een gillende vrouw. En bloed.' Stannis keek neer op zijn handen. 'Ik lag nog in bed toen hij stierf. Je zoon Devan zal het je kunnen vertellen. Hij probeerde me te wekken. De dag naakte en mijn heren wachtten op me en wonden zich op. Ik had al gewapend en wel te paard moeten zitten. Ik wist dat Renling tegen het ochtendgloren zou aanvallen. Volgens Devan lag ik te woelen en te schreeuwen, maar wat doet het ertoe? Het was een droom. Toen Renling stierf was ik in mijn tent, en ik ontwaakte met schone handen.'

Ser Davos Zeewaard merkte dat zijn niet aanwezige vingertoppen begonnen te prikken. *Er klopt iets niet*, dacht de voormalige smokkelaar. Maar toch knikte hij en zei: 'Ik snap het.'

'Renling bood me een perzik aan. Tijdens onze onderhandelingen. Hij bespotte me, tartte me, bedreigde me en bood me een perzik aan. Ik dacht dat hij een zwaard wilde trekken en tastte naar het mijne. Was dat waar hij op uit was, dat ik angst zou tonen? Of was het een van zijn flauwe grappen? Toen hij zei hoe zoet die perzik was, hadden zijn woorden toen een geheime betekenis?' De koning schudde met zijn hoofd als een hond die een konijn schudt om het de nek te breken. 'Alleen Renling kon me op die manier treiteren, met een stuk fruit. Hij heeft zich door zijn verraad zijn eigen ondergang op de hals gehaald, maar ik hield van hem, Davos. Dat besef ik nu. Ik zweer je, ik zal het graf indalen met de gedachte aan Renlings perzik.'

Inmiddels waren ze in het kamp en reden ze langs de keurige rijen tenten, de wapperende banieren en de stapels schilden en speren. De stank van paardenmest bezwangerde de lucht, vermengd met houtrook en kookluchtjes. Stannis hield net lang genoeg de teugels in om heer Florens en de anderen kortaf hun congé toe te blaffen en te bevelen dat ze over een uur hun opwachting in zijn paviljoen moesten maken om krijgsraad te houden. Ze bogen het hoofd en gingen uiteen, terwijl Davos en Melisandre naar het koninklijke paviljoen reden.

De tent moest groot zijn, want hij ontving er zijn baanderheren om te beraadslagen. Toch ontbrak de grandeur. Het was de tent van een krijgsman, zwaar zeildoek in de donkergele kleur die soms voor goud doorging. Alleen uit de koninklijke banier die aan de paal in het midden wapperde, bleek dat de tent aan een koning toebehoorde. En uit de wachters die ervoor stonden: mannen van de koningin, leunend op lange speren, het insigne met het vurige hart boven hun eigen insigne genaaid.

Rijknechten kwamen aanlopen om hen te helpen afstijgen. Een van de wachters verloste Melisandre van haar logge standaard en boorde de schacht diep in de rulle aarde. Devan stond naast de ingang te wachten om de flap voor de koning opzij te houden. Naast hem stond een oudere schildknaap te wachten. Stannis nam zijn kroon af en reikte hem Devan toe. 'Koud water en bekers voor twee personen. Davos, jij blijft bij me. Vrouwe, ik laat u halen als ik uw aanwezigheid nodig heb.'

'Zoals de koning beveelt.' Melisandre boog.

Na het felle ochtendlicht leek het paviljoen koel en schemerig. Stannis ging op een gewoon houten krukje zitten en wuifde Davos naar een ander toe. 'Op een dag maak ik misschien wel een heer van je, smokkelaar. Al is het maar om Celtigar en Florens op stang te jagen. Maar je zult het me niet in dank afnemen, want dan moet je al die beraadslagingen uitzitten en net doen of je geïnteresseerd bent in het gebalk van muilezels.'

'Waarom houdt u die dan, als ze nergens toe dienen?'

'De muilezels horen zichzelf graag balken, daarom. En ik heb ze nodig om mijn kar te trekken. O, eens in de zoveel tijd wordt er heus wel iets nuttigs te berde gebracht. Maar vandaag niet, denk ik... ah, daar is je zoon met ons water.'

Devan zette het blad op tafel en vulde twee aardewerken bekers. De koning deed een snufje zout in zijn beker voordat hij dronk. Davos dronk het water zo op en wenste dat het wijn was. 'U had het over een beraadslaging?'

'Ik zal je vertellen hoe het zal gaan. Heer Veldryon zal erop aandringen dat ik het slot met het ochtendkrieken bestorm, werphaken en ladders tegen pijlen en kokende olie. De jonge muilezels zullen dat een prachtig idee vinden. Estermont zal liever willen dat we blijven zitten waar we zitten en ze uithongeren, zoals Tyrel en Roodweyn dat eens bij mij hebben geprobeerd. Dat kan wel een jaar duren, maar oude muilezels zijn heel geduldig. En heer Caron en al die andere gretige schoppers zullen ser Cortijns handschoen willen opnemen en alles op één enkel tweegevecht zetten. En iedereen denkt dat *hij* mijn kampioen zal zijn en onsterfelijke roem zal behalen.' De koning leegde zijn beker water. 'Wat stel jij voor, smokkelaar?'

Na enig nadenken antwoordde Davos: 'Onmiddellijk doorstoten naar Koningslanding.'

De koning snoof. 'Zonder dat Stormeinde ingenomen is?'

'Ser Cortijn kan u geen schade berokkenen. De Lannisters wel. Een beleg zou te lang duren, een tweekamp is te riskant en een aanval zou duizenden levens kosten terwijl het succes niet eens verzekerd is. En het is niet nodig. Zodra u Joffry onttroont valt dit slot u vanzelf toe, samen met de rest. In het kamp gaat het gerucht dat heer Tywin Lannister in allerijl naar het westen trekt om Lannispoort tegen de wraak van de noorderlingen te beschermen...'

'Je hebt een uitzonderlijk slimme vader, Devan,' zei de koning tegen de jongen die naast hem stond. 'Ik wou dat ik meer smokkelaars in dienst had. En minder heren. Al zit je er op één punt naast, Davos. Het is wél nodig. Als ik de aftocht blaas zonder Stormeinde te hebben ingenomen zal dat als een nederlaag worden beschouwd. En dat kan ik niet laten gebeuren. De mensen houden niet van mij zoals ze van mijn broers hielden. Ze volgen me omdat ze me vrezen... en een nederlaag zou die vrees de doodsteek toebrengen. Het slot moet vallen.' Zijn kaak knarste van links naar rechts. 'Ja, en *snel* ook. Doran Martel heeft zijn banieren bijeengeroepen en de bergpassen versterkt. Zijn Dorners staan klaar om zich op de Marken te storten. En Hooggaarde is nog niet uitgeschakeld. Mijn broer had zijn hoofdmacht bij Bitterbrug achtergelaten, bijna zestigduizend man voetvolk. Ik heb ser Errol, de broer van mijn vrouw, met ser Parmen Kraan meegezonden om hen onder mijn bevel te plaatsen, maar ze zijn niet teruggekeerd. Ik vrees dat Loras Tyrel Bitterbrug eerder heeft bereikt dan mijn afgezanten, en zichzelf aan het hoofd van die krijgsmacht heeft gesteld.'

'Des te meer reden om Koningslanding zo snel mogelijk in te nemen. Salladhor Saan zei...'

'Salladhor Saan denkt alleen aan goud!' barstte Stannis uit. 'Die droomt van niets anders dan de schatten die hij onder de Rode Burcht denkt aan te treffen, dus laten we het niet meer over Salladhor Saan hebben. Als het ooit zover komt dat ik op de militaire adviezen van een Lyseense rover aangewezen zou zijn zet ik mijn kroon af en neem ik het zwart aan.' De koning balde zijn vuist. 'Ben je hier om mij te dienen, smokkelaar? Of om me lastig te vallen met tegenwerpingen?'

'Ik ben de uwe,' zei Davos.

'Luister dan. Ser Cortijns onderbevelhebbber is een neef van de Graftwegs. Heer Weijden, een groentje van twintig. Mocht Koproos door een ongelukkig toeval worden geveld dan valt het bevel over Stormeinde aan die knaap toe, en zijn neven geloven dat hij mijn voorwaarden wel zal aanvaarden en het slot zal overgeven.'

'Ik herinner me een andere knaap die het bevel over Stormeinde kreeg. Die kan ook niet veel ouder dan twintig zijn geweest.'

'Heer Weijden heeft lang niet zo'n harde kop als ik.'

'Koppig of laf, wat maakt het uit? Ser Cortijn leek mij zo gezond als een vis.'

'Mijn broer ook, de dag voordat hij stierf. De nacht is donker en vol verschrikkingen, Davos.'

De nekharen van Davos Zeewaard gingen recht overeind staan. 'Dat begrijp ik niet, heer.'

'Dat hoeft ook niet. Als je me maar dient. Ser Cortijn zal binnen een dag dood zijn. Dat heeft Melisandre geschouwd in de vlammen van de toekomst. Zijn dood, en de manier waarop. Nodeloos te zeggen dat hij niet in een ridderlijk gevecht zal omkomen.' Stannis stak zijn beker uit en Devan vulde hem bij uit de flacon. 'Haar vlammen liegen niet. Ze heeft ook Renlings doem geschouwd, op Drakensteen, en dat heeft ze aan Selyse verteld. Heer Velaryon en jouw vriend Salladhor Saan wilden dat ik uitvoer om Joffry aan te vallen, maar volgens Melisandre zou ik het beste deel van mijn broers krijgsmacht winnen door naar Stormeinde te gaan, en ze had gelijk.'

'M-maar,' stamelde Davos. 'Heer Renling is alleen maar hierheen gekomen omdat u het beleg voor het slot had geslagen. Daarvoor was hij op mars naar Koningslanding, tegen de Lannisters, hij zou...'

Met een frons ging Stannis verzitten. '*Was, zou*, wat doet dat er nu nog toe? Gedane zaken nemen geen keer. Hij is hierheen gekomen met zijn banieren en zijn perziken, zijn ondergang tegemoet... en dat was maar goed ook... Melisandre heeft in haar vlammen nog een andere dag gezien. Een ochtend waarop Renling in zijn groene wapenrusting uit het zuiden kwam aanrijden om mijn leger voor de muren van Koningslanding te verpletteren. Als ik mijn broer daar het hoofd had willen bieden was ik misschien in zijn plaats omgekomen.'

'Of u had misschien met vereende krachten de Lannisters ten val gebracht,' protesteerde Davos. 'Waarom is dat niet gebeurd? Als zij twee toekomsten heeft geschouwd, wel... ze kunnen niet allebei waar zijn.'

Koning Stannis stak een vinger op. 'Dat heb je mis, uienridder. Sommige lichten werpen meer dan één schaduw. Ga maar eens voor het nachtelijk vuur staan, dan zul je het met eigen ogen zien. De vlammen dansen en veranderen en zijn altijd in beweging. De schaduwen lengen en krimpen, en iedereen werpt er minstens een stuk of tien. Sommige zijn vager dan andere, dat is alles. Welnu, ook een mens werpt zijn schaduw vooruit naar de toekomst. Eén schaduw, of vele. Melisandre ziet ze allemaal.

Jij mag die vrouw niet, Davos, dat weet ik heus wel, ik ben niet blind. Mijn heren moeten haar evenmin. Estermont vindt dat brandende hart verkeerd gekozen en verzoekt me als vanouds onder de gekroonde hertenbok te mogen strijden. Ser Guiard zegt dat ik mijn standaard niet door een vrouw moet laten dragen. Anderen fluisteren dat ze niet in mijn krijgsraad thuishoort, dat ik haar naar Asshai terug moet sturen, dat het zondig is haar 's nachts bij me te houden in mijn tent. Ja, ze fluisteren wat af... terwijl zij dient.'

'Hoe?' vroeg Davos, maar hij vreesde het antwoord.

'Naar behoefte.' De koning keek hem aan. 'En jij?'

'Ik...' Davos likte zijn lippen. 'Ik ben tot uw dienst bereid. Wat wilt u dat ik doe?'

'Niets dat je niet eerder hebt gedaan. Alleen in het holst van de nacht met een scheepje aan de voet van het slot landen. Kun je dat?'

'Ja. Vannacht?'

De koning knikte kort. 'Je moet een kleine boot nemen. Niet de *Zwarte Betha*. Niemand mag weten wat je doet.'

Davos wilde protesteren. Hij was nu ridder, geen smokkelaar meer, en een sluipmoordenaar was hij helemaal nooit geweest. Maar toen hij zijn mond opende weigerden de woorden te komen. Dit was *Stannis*, zijn rechtvaardige heer, aan wie hij alles dankte wat hij was. En hij moest ook om zijn zonen denken. *Goeie goden, wat heeft ze met hem gedaan?*

'Je bent nogal stil,' merkte Stannis op.

En dat kan ik maar beter blijven ook, hield Davos zichzelf voor, maar toch zei hij: 'Mijn heer, u moet dat slot hebben, dat begrijp ik nu, maar er moeten andere manieren zijn. Meer recht door zee. Laat ser Cortijn die bastaardjongen houden, dan kan het heel goed zijn dat hij zich overgeeft.'

'Ik moet de jongen hebben, Davos. Dat móét. Dat heeft Melisandre ook in de vlammen gezien.'

Davos zocht naar een ander antwoord. 'Geen ridder in Stormeinde kan het tegen ser Guiard of heer Caron opnemen, of tegen nog honderd anderen onder uw gezworenen. Dat tweegevecht... kan het zijn dat ser Cortijn zich op een eervolle manier wil overgeven? Al kost hem dat zijn leven?'

Een vertroebelde blik trok als een langsdrijvende wolk over 's konings gezicht. 'Het ligt meer voor de hand dat hij verraad beraamt. Er komt geen kampioenenstrijd. Ser Cortijn was al dood voor hij die handschoen wierp. De vlammen liegen niet, Davos.'

Maar ze hebben mij nodig om bewaarheid te worden, dacht hij. Davos Zeewaard had zich in geen tijden zo treurig gevoeld.

En zo kwam het dat hij voor de tweede maal in het holst van de nacht de Scheepskrakerbaai overstak, in een klein bootje met een zwart zeil. De hemel was hetzelfde, en de zee ook. Diezelfde zilte geur hing in de lucht, en het water klotste precies zo tegen de romp als in zijn herinnering. Een duizendtal flakkerende kampvuren brandden rond het slot, flonkerend als gevallen sterren, net als de vuren van de Tyrels en de Roodweyns zestien jaar geleden hadden gedaan. Maar de rest was anders.

Vorige keer bracht ik leven naar Stormeinde in de vorm van uien, nu breng ik de dood in de vorm van Melisandre van Asshai. Zestien jaar geleden hadden de zeilen gekreund en geklapperd bij iedere windvlaag, totdat hij ze had gestreken en met omwikkelde riemen doorgevaren was. Toch had het hart hem in de keel geklopt. Maar de mannen op de galeien van Roodweyn waren na al die tijd laks geworden, en soepel als zwart satijn waren ze door het kordon geglipt. Ditmaal behoorden alle schepen die hij zag aan Stannis toe en zou het enige gevaar van de wachters op de slotmuren afkomstig zijn. Desondanks was Davos gespannen als een boogpees.

Melisandre zat ineengedoken op een roeibank. Ze verdronk bijna in de plooien van een donkerrode mantel die haar van top tot teen omhulde, haar gezicht was een bleke vlek onder de kap. Davos hield van water. Hij sliep het beste met een deinend dek beneden zich, en het zuchten van de wind in de tuigage klonk hem lieflijker in de oren dan enig geluid dat een zanger met zijn harpsnaren voortbracht. Maar zelfs de zee bood hem vannacht geen soelaas. 'Ik kan uw vrees ruiken, ser ridder,' zei de rode vrouw zacht.

'Iemand zei eens dat de nacht donker en vol verschrikkingen is. En vannacht ben ik geen ridder. Vannacht ben ik Davos de smokkelaar weer. Ik wou dat u een ui was.'

Ze lachte. 'Vrees je mij? Of datgene wat we doen?'

'Wat ú doet. Ik heb er part noch deel aan.'

'Jouw hand heeft het zeil gehesen. Jouw hand houdt het roer.'

Zwijgend richtte Davos zich op de koers van het bootje. De kust was een muil vol rotsige tanden, dus voer hij ver de baai op. Hij was van plan te wachten tot het tij keerde voor hij overstag ging. Achter hen werd Stormeinde steeds kleiner, maar de rode vrouw leek zich geen zorgen te maken. 'Bent u een goed man, Davos Zeewaard?' vroeg ze.

Zou een goed man zoiets doen? 'Ik ben een man,' zei hij. 'Ik behandel mijn vrouw goed, maar ik heb andere vrouwen gehad. Ik heb geprobeerd een vader te zijn voor mijn zoons, ze te helpen in deze wereld iets te bereiken. Ik heb weliswaar wetten gebroken, maar vóór vannacht heb ik me nooit een slecht mens gevoeld. Ik zou zeggen dat ik een mengeling ben van goed én kwaad.'

'Een grijs man,' zei ze. 'Wit noch zwart, maar van allebei wat. Is dat wat u bent, ser Davos?'

'Wat ik ben? Volgens mij zijn de meeste mannen grijs.'

'Als de helft van een ui zwart van verrotting is, is de hele ui rot. Een man is of goed, of slecht.'

De gevallen sterren achter hen waren versmolten tot één enkele, vage gloed die afstak tegen de zwarte hemel, en de kust was bijna niet meer te zien. Tijd om overstag te gaan. 'Pas op uw hoofd, vrouwe.' Hij duwde tegen het roer, en de boot stuwde een krul zwart water op toen hij over de andere boeg ging. Melisandre dook onder de zwiepende giek door, één hand op de reling, bedaard als altijd. Houtwerk kraakte, zeildoek knalde en water spetterde, zo luid dat je zou zweren dat het op het slot te horen was. Maar Davos wist beter. Het eindeloze beuken van de golven tegen de rotsen was het enige geluid dat ooit door de massieve muren aan de zeezijde van Stormeinde heen drong, en zelfs dat klonk vaag.

Het kielzog waaierde rimpelend uit toen ze met een boog weer op de kust aanvoeren. 'U hebt het over mannen en uien,' zei Davos tegen Melisandre, 'maar hoe zit het met vrouwen? Geldt hetzelfde niet voor hen? Bent u goed of slecht, vrouwe?'

Daar moest ze zachtjes om lachen. 'O, goed. Ik ben ook een soort ridder, beste ser. Een kampioen van licht en leven.'

'Toch bent u van plan vannacht een man te doden,' zei hij. 'Zoals u maester Cressen hebt gedood.'

'Uw maester heeft zichzelf vergiftigd. Hij wilde mij vergiftigen, maar ik werd door een hogere macht beschermd, en hij niet.'

'En Renling Baratheon? Wie heeft hem gedood?'

Haar hoofd draaide opzij. Onder de schaduw van haar kap brandden haar ogen als bleekrode kaarsvlammen. 'Ik niet.'

'Leugenaar.' Davos wist het nu zeker.

Opnieuw lachte Melisandre. 'U doolt in duisternis en verwarring rond, ser Davos.'

'Dat is maar goed ook.' Davos gebaarde naar de verre lichtjes die op de muren van Stormeinde flikkerden. 'Voelt u hoe kil de wind is? De wachters zullen zich wel om die toortsen verdringen. Een klein beetje warmte, een klein beetje licht, dat kunnen ze wel gebruiken in een nacht als deze. Toch zal het ze verblinden, zodat ze ons niet zien passeren.' *Hoop ik.* 'De god der duisternis beschermt ons nu, vrouwe. Zelfs u.'

Toen hij dat zei leken de vlammen van haar ogen iets feller op te laaien. 'Noemt u die naam niet, ser, of u zult zijn zwarte oog op ons vestigen. Hij beschermt niemand, dat verzeker ik u. Hij is de vijand van al wat leeft. Het zijn de toortsen die ons onzichtbaar maken, dat hebt u zelf gezegd. Het stralende geschenk van de Heer des Lichts.'

'Net wat u wilt.'

'Zeg liever: wat hij wil.'

De wind draaide. Davos voelde het, zag het aan de manier waarop het zwarte zeildoek rimpelde. Hij reikte naar de val. 'Help me het zeil te strijken. Ik zal de rest van de weg wel roeien.'

Samen haalden ze het zeil neer terwijl de boot onder hen deinde. Toen Davos de roeiriemen buitenboord stak en in het bruisende zwarte water liet glijden zei hij: 'Wie heeft u naar Renling geroeid?'

'Dat was niet nodig,' zei ze. 'Hij was onbeschermd. Maar hier... Dat Stormeinde is oud. De stenen zijn met behulp van toverspreuken gewrocht. Donkere muren waar geen schaduw doorheen dringt; oeroud, vergeten, maar nog altijd op hun plaats.'

'Schaduw?' Davos kreeg kippenvel. 'Een schaduw is iets duisters.'

'U bent onwetender dan een kind, ser ridder. In het duister zijn geen schaduwen. Schaduwen zijn de dienaren van het licht, de kinderen van het vuur. De helderste vlam werpt de donkerste schaduwen.'

Met een frons legde Davos haar het zwijgen op. Ze naderden de kust weer, en over het water droegen stemmen heel ver. Hij roeide, en het vage gluid van zijn riemslagen ging op in het ritme van de golven. Aan de zeezijde lag Stormeinde boven op een vaalwitte krijtrots, een wand van kalksteen die nog anderhalf keer zo hoog oprees als de dikke ringmuur. In de rotswand gaapte een muil, en daar koerste Davos op af, net als zestien jaar geleden. De tunnel leidde naar een grot onder het slot waarin de stormheren van weleer hun aanlegplaats hadden gebouwd.

De doorvaart was alleen met hoog tij mogelijk en te allen tijde verraderlijk, maar hij was zijn smokkelaarskunsten nog niet verleerd. Davos loodste hen behendig tussen de scherpgepunte rotsen door totdat de grotopening voor hen opdoemde. Hij liet zich door de golven naar binnen tillen. Ze kolkten om hem heen en smeten de boot van links naar rechts, zodat ze tot op de huid nat werden. Een half geziene, rotsige vinger kwam schuimspuwend uit het schemerdonker aanschieten, en Davos wist hen maar net met een roeiriem af te houden.

Toen waren ze erlangs, door duisternis overspoeld, en het water werd glad. Het bootje minderde vaart en begon te draaien. Het geluid van hun adem werd teruggekaatst tot het hen geheel leek te omringen. Davos had niet verwacht dat het zo pikdonker zou zijn. De vorige maal hadden er in de hele tunnel toortsen gebrand en hadden de ogen van uitgehongerde mannen door de moordgaten in de zoldering naar beneden gegluurd. Het valhek bevond zich ergens voor hen, wist hij. Davos gebruikte de riemen om de boot te vertragen, en ze dreven er bijna teder tegenaan.

'Verder komen we niet, tenzij u daarbinnen een mannetje hebt om het hek voor ons op te trekken.' Zijn gefluisterde woorden trippelden als een rij muizen op zachte, roze pootjes over het klotsende water.

'Bevinden we ons binnen de muren?'

'Ja. Eronder. Maar we kunnen niet verder. Het valhek loopt door tot op de bodem. En de tralies zitten zo dicht naast elkaar dat zelfs een kind zich er niet tussendoor kan wringen.'

Het enige antwoord was een gedempt geritsel. En toen gloeide er midden in het donker een licht op.

Davos hief een hand op om zijn ogen te beschermen. De adem stokte hem in de keel. Melisandre had haar kap achterovergeslagen en de alles verhullende mantel afgeschud. Daaronder was ze naakt, en hoogzwanger. Gezwollen borsten hingen zwaar tegen haar maag en haar bolle buik leek op springen te staan. *'Goden, bewaar ons,'* fluisterde hij. Haar antwoord was een lage, kelige lach. Haar ogen waren gloeiende kolen, en het zweet waarmee haar huid bedekt was leek een eigen glans uit te stralen. Melisandre *gaf licht.*

Hijgend hurkte ze neer met haar benen wijd. Inktzwart bloed liep langs haar dijen. Haar kreet kon een schreeuw van pijn of extase of beide zijn. En Davos zag hoe de kruin van het kinderhoofdje uit haar werd geperst. Twee armen wurmden zich erdoor en graaiden rond, en de zwarte vingers slingerden zich om Melisandres zwoegende dijen heen en duwden, tot de hele schaduw de wereld inglibberde en hoger oprees dan Davos, zo hoog als de tunnel, en boven de boot uittorende. Davos zag hem maar heel even. Toen verdween hij, wrong zich tussen de tralies van het valhek door en schoot over het wateroppervlak. Maar dat ene moment was genoeg.

Hij wist wie die schaduw was. Zoals hij ook wist wie de man was die hem geworpen had.

Jon

De roep kwam aanzweven door de zwarte nacht. Jon duwde zich op een elleboog omhoog, en terwijl het kamp in beweging kwam reikte zijn hand gewoontegetrouw naar Langklauw. *De hoorn die de slapers wekt*, dacht hij.

De langgerekte, lage toon bleef op de grens van het gehoor hangen. De wachtposten langs de ringmuur maakten pas op de plaats, het hoofd naar het westen gekeerd, hun adem dampend in de vrieslucht. Toen het hoorngeschal wegstierf ging zelfs de wind liggen. Mannen rolden zich uit hun dekens en reikten naar speren en zwaardgordels, zachtjes, de oren gespitst. Een paard hinnikte gedempt en werd gekalmeerd. Eén hartslag lang leek het hele woud de adem in te houden. De broeders van de Nachtwacht wachtten op een tweede hoornstoot, in de hoop dat die niet zou komen, al vreesden ze van wel.

Toen de stilte ondraaglijk lang werd en de mannen ten slotte beseften dat de hoorn niet nog eens gestoken zou worden grijnsden ze elkaar schaapachtig toe, als om te ontkennen dat ze ongerust waren geweest. Jon Sneeuw gooide een paar takken op het vuur, gespte zijn zwaardriem om, trok zijn laarzen aan, schudde de aarde en dauw van zijn mantel en bevestigde die om zijn schouders. Naast hem laaiden de vlammen op, en terwijl hij zich aankleedde sloeg hun welkome hitte hem in het gezicht. In de tent hoorde hij de opperbevelhebber bewegen. Even later tilde Mormont de flap op. 'Eén stoot?' Zijn raaf zat met opgezette veren als een hoopje ellende zwijgend op zijn schouder.

'Eén, heer,' beaamde Jon. 'Terugkerende broeders.'

Mormont liep naar het vuur. 'De Halfhand. Hoog tijd.' Terwijl ze hier wachtten was hij met de dag rustelozer geworden. Nog iets langer en hij was klaar geweest om jongen te werpen. 'Zorg voor een warm maal voor de mannen en voer voor de paarden. Ik wil Qhorin meteen spreken.'

'Ik zal hem bij u brengen, heer.' De mannen uit de Schaduwtoren werden al dagen verwacht. Toen ze maar niet kwamen opdagen hadden de broeders zich van alles in het hoofd gehaald. Jon had allerlei somber gepruttel opgevangen rond de kookvuren, en niet alleen van Ed van de Smarten. Ser Ottyn Welck vond dat ze zich moesten terugtrekken naar de Schaduwtoren, in de hoop dat ze daar Qhorins spoor konden oppikken om er zo achter te komen wat er met hem was gebeurd. En Thoren Smalhout wilde doorstoten naar de bergen. 'Mans Roover weet dat hij tegen de Wacht zal moeten vechten,' had Thoren verklaard, 'maar hij zal ons nooit zo ver naar het noorden verwachten. Als we langs het Melkwater optrekken kunnen we hem overvallen en zijn krijgsmacht aan mootjes hakken voordat hij weet dat we er zijn.'

'We zijn zwaar in de minderheid,' had ser Ottyn tegengeworpen. 'Volgens Craster bracht hij een grote legermacht op de been. Vele duizenden. Zonder Qhorin zijn wij maar met tweehonderd man.'

'Stuur maar eens tweehonderd wolven op tienduizend schapen af, ser, en kijk wat er dan gebeurt,' zei Smalhout zelfverzekerd.

'Er zitten geiten tussen die schapen, Thoren,' zei Jarman Bokwel waarschuwend. 'En wie weet zelfs een paar leeuwen. Ratelhemd, Harma Hondensnuit, Alfyn Kraaiendoder...'

'Ik ken ze net zo goed als jij, Bokwel,' snauwde Thoren Smalhout terug. 'En ik wil hun koppen zien rollen, een voor een. Dit zijn *wildlingen*. Geen krijgslieden. Een paar honderd helden, hoogstwaarschijnlijk dronken, temidden van een enorme horde vrouwen, kinderen en slaven. We storten ons op ze en jagen ze jammerend terug naar hun holen.'

Ze hadden uren gediscussieerd zonder het eens te worden. De ouwe beer was te koppig om de terugtocht te aanvaarden, maar wilde ook niet halsoverkop langs het Melkwater de bergen in om de strijd aan te binden. Het enige dat ze uiteindelijk hadden besloten, was om nog een paar dagen op de mannen uit de Schaduwtoren te wachten en nog eens te overleggen als ze weer niet kwamen.

En nu waren ze er dus, wat inhield dat de beslissing niet langer uitgesteld kon worden. Daar was Jon in elk geval blij om. Als ze toch tegen Mans Roover gingen vechten, dan maar liever snel.

Hij vond Ed van de Smarten bij het vuur, waar hij zat te klagen hoe lastig het was om te slapen als bepaalde lieden per se in het woud op een hoorn moesten blazen. Jon gaf hem een nieuwe reden tot klagen. Samen wekten ze Heek, die de orders van de opperbevelhebber met een stroom vloeken in ontvangst nam, maar toch opstond en weldra een stuk of tien broeders aan het werk had gezet, wortels hakken voor de soep.

Sam kwam aanpuffen toen Jon door het kamp liep. Onder de zwarte kap was zijn gezicht bleek en rond als de maan. 'Ik hoorde die hoorn. Is je oom terug?'

'Nee, het zijn alleen de mannen van de Schaduwtoren.' Het kostte hem steeds meer moeite zich vast te klampen aan de hoop dat Benjen Stark veilig terug zou keren. De mantel die hij onder aan de Vuist had gevonden zou best van zijn oom of een van diens mannen kunnen zijn, dat had zelfs de ouwe beer moeten toegeven. Maar waarom ze hem dan begraven hadden met die voorraad drakenglas erin gerold, daar had niemand enig idee van. 'Sam, ik moet verder.'

Bij de ringmuur waren de wachtposten bezig staken uit de half bevroren grond te trekken om een doorgang te maken. Het duurde niet lang of de eerste broeders uit de Schaduwtoren reden over de bochtige weg de helling op. Ze waren geheel in leer en bont gekleed, met hier en daar wat staal of brons. Op hun magere gezichten groeiden dichte baarden, waardoor ze er even ruig uitzagen als hun garrons. Jon was verbaasd om te zien dat sommigen met z'n tweeën op één paard zaten. Toen hij wat beter keek was het duidelijk dat velen van hen gewond waren. *Ze hebben onderweg moeilijkheden gehad.*

Jon wist wie Qhorin Halfhand was zodra hij hem zag, al hadden ze elkaar nooit eerder gezien. De grote wachtruiter was al half en half een legende binnen de Wacht, een man die lang wachtte voor hij iets zei maar snel tot actie overging, rijzig en recht als een speer, lang van leden en plechtstatig. Anders dan zijn mannen was hij gladgeschoren. Zijn haar hing in een zware, berijpte vlecht onder zijn helm uit, en het zwart dat hij droeg was zo verschoten dat het grijs leek. Van de hand die de teugels hield, restten nog slechts duim en wijsvinger. De andere vingers waren afgesneden toen hij een wildlingenbijl afweerde die zijn schedel dreigde te splijten. Men zei dat hij de bijlhouwer zijn verminkte vuist in het gezicht had geramd zodat het bloed hem in de ogen spoot, en de man had gedood terwijl hij erdoor verblind was. Sinds die dag hadden de wildlingen achter de Muur geen onverzoenlijker vijand dan hij.

Jon begroette hem. 'Opperbevelhebber Mormont wil u graag meteen spreken. Ik breng u naar zijn tent.'

Qhorin sprong uit het zadel. 'Mijn mannen hebben honger en onze paarden hebben verzorging nodig.'

'Daar is in voorzien.'

De wachtruiter liet zijn paard onder de hoede van een van zijn mannen achter en volgde hem. 'Jij bent Jon Sneeuw. Je lijkt op je vader.'

'Hebt u hem gekend, heer?'

'Ik ben geen jonkertje, maar een broeder van de Nachtwacht. Ja, ik heb heer Eddard gekend. En zijn vader ook.'

Jon moest hollen om Qhorin met zijn grote passen bij te benen. 'Heer Rickard is al voor mijn geboorte gestorven.'

'Hij was de Wacht welgezind.' Qhorin wierp een blik achterom. 'Ik had gehoord dat jij altijd een schrikwolf bij je had.'

'Spook zal tegen de ochtend wel terugkomen. Hij jaagt 's nachts.'

Ed van de Smarten was bezig spek te bakken en een ketel met een stuk of tien eieren te koken boven het vuurtje van de ouwe beer. Mormont zat in zijn vouwstoel van hout en leer. 'Ik was al bang dat je iets overkomen was. Heb je moeilijkheden gehad?'

'We zijn op Alfyn Kraaiendoder gestuit. Hij was door Mans op verkenning langs de Muur gestuurd en wij liepen hem tegen het lijf toen hij op de terugweg was.' Qhorin zette zijn helm af. 'Van Alfyn zal het rijk geen last meer hebben, maar een deel van zijn gezelschap is ons door de vingers geglipt. We hebben er zoveel mogelijk gepakt, maar het kan zijn dat sommigen de bergen weer weten te bereiken.'

'En de prijs?'

'Vier broeders dood. Een tiental gewond. Een derde meer dan de vijand. En we hebben gevangenen gemaakt. Eentje overleed er vrij snel aan zijn verwondingen, maar de tweede leefde nog lang genoeg om verhoord te worden.'

'Daar kunnen we het beter binnen over hebben. Jon haalt wel een hoorn bier voor je. Of wil je liever warme kruidenwijn?'

'Gekookt water is genoeg. En een ei en een hap spek.'

'Zoals je wilt.' Mormont tilde de tentflap op en Qhorin Halfhand boog zich voorover en stapte erdoor.

Bij de ketel roerde Ed de eieren met een lepel rond. 'Ik benijd die eieren,' zei hij. 'Ik zou ook best een beetje willen koken. Als de ketel groter was sprong ik er misschien in. Al had ik liever gezien dat er wijn in zat. Je kunt ellendiger aan je eind komen dan warm en dronken. Ik heb eens een broeder gekend die zichzelf in wijn verzoop. Maar het was een slecht jaar, en met zijn lijk erin werd het er niet beter op.'

'Heb je die wijn *gedronken?*'

'Het is vreselijk als je een broeder dood aantreft. Jij zou ook behoefte hebben gehad aan een hartversterker, heer Sneeuw.' Ed roerde de ketel om en deed er nog een snuifje nootmuskaat bij.

Jon hurkte rusteloos bij het vuur en porde erin met een stok. In de tent hoorde hij de stem van de ouwe beer, afgewisseld met de kreten van de raaf en het zachtere stemgeluid van Qhorin Halfhand, maar hij kon niet verstaan wat er gezegd werd. *Alfyn Kraaiendoder gesneuveld, dat is goed nieuws.* Hij was een van de bloeddorstigste wildlingrovers geweest, die zijn naam had ontleend aan de zwarte broeders die hij had gedood. *Waarom klinkt Qhorin na zo'n overwinning dan zo ernstig?*

Jon had gehoopt dat de komst van de mannen uit de Schaduwtoren de stemming in het kamp zou verbeteren. Gisteravond nog, toen hij na het plassen door het donker was teruggelopen, had hij vijf of zes mannen rond de sintels van een vuur op gedempte toon horen praten. Toen hij Chet hoorde mompelen dat het hoog tijd was om terug te gaan, was hij blijven luisteren. 'De onzin van een ouwe man, deze wachttrit,' hoorde hij zeggen. 'In die bergen zullen we alleen maar ons graf vinden.'

'Er zitten reuzen in de Vorstkaken, en wargs, en nog grotere verschrikkingen,' zei Lark de Zusterman.

'Ik ga daar niet heen, dat kan ik je wel verzekeren.'

'De ouwe beer geeft je echt geen andere keus.'

'Misschien geven wij hem wel geen andere keus,' zei Chet.

Net op dat moment had een van de honden zijn kop opgestoken en gegromd, en Jon had snel moeten doorlopen voor hij gezien werd. *Het was niet de bedoeling dat ik dat zou horen*, dacht hij, en hij overwoog met het verhaal naar Mormont te gaan. Maar hij kon zichzelf er niet toe brengen zijn broeders te verklikken, zelfs geen broeders als Chet en de Zusterman. *Het waren maar loze praatjes*, hield hij zichzelf voor. *Ze hebben het koud en zijn bang, net als iedereen*. Het viel hun zwaar hier te wachten, op die stenige heuveltop boven het woud, niet wetend wat de ochtend brengen zou. *De onzichtbare vijand is altijd het meest angstaanjagend*.

Jon haalde zijn nieuwe dolk uit de schede en bestudeerde het vuurschijnsel dat over het glanzend zwarte glas speelde. Het houten heft had hij zelf gemaakt en er henneptouw omheengewonden om het een goede greep te geven. Het was niet fraai, maar het voldeed. Ed van de Smarten was van mening dat glazen messen ongeveer even nuttig waren als tepels op het borstharnas van een ridder, maar Jon was daar niet zo zeker van. Het lemmet van drakenglas was scherper dan staal, zij het veel brozer.

Het moet daar met reden begraven zijn.

Hij had ook een dolk voor Gren en een voor de Opperbevelhebber gemaakt. De krijgshoorn had hij aan Sam gegeven. Bij nader onderzoek bleek de hoorn gebarsten te zijn, en zelfs toen hij hem helemaal had schoongemaakt kon Jon er geen geluid uit krijgen. Bovendien waren er stukjes uit de rand, maar Sam hield van oude spullen, zelfs waardeloze oude spullen. 'Maak er maar een drinkhoorn van,' zei Jon tegen hem, 'dan kun je er telkens als je eruit drinkt aan denken dat je een wachtrit achter de Muur hebt gemaakt, helemaal tot de Vuist der Eerste Mensen.' Hij gaf Sam ook een speerpunt en een tiental pijlpunten, en de rest deelde hij als amuletten onder zijn vrienden uit.

De ouwe beer was zo te zien wel ingenomen met de dolk, maar hij had toch liever een stalen mes aan zijn riem, had Jon gemerkt. Mormont had geen antwoord kunnen bedenken op de vraag wie die mantel begraven kon hebben, of wat de betekenis ervan was. *Misschien dat Qhorin het weet*. De Halfhand had zich dieper de wildernis in gewaagd dan enig levend mens.

'Wil jij opdienen of zal ik het doen?'

Jon schoof de dolk in de schede. 'Ik doe het.' Hij wilde horen wat ze bespraken.

Ed sneed drie dikke sneden van een oudbakken, rond haverbrood, stapelde ze op een houten schaal, bedekte ze met spek en spekvet en vulde een kom met hardgekookte eieren. Jon nam de kom in zijn ene en de schaal in zijn andere hand en liep achterwaarts de tent van de bevelhebber in.

Qhorin zat met gekruiste benen op de grond, zijn rug zo recht als een speer. Kaarslicht flakkerde over de harde, effen vlakken van zijn wangen terwijl hij sprak. '... Ratelhemd, de Huiler en alle andere grote en kleine opperhoofden,' zei hij net. 'Verder hebben ze wargs en mammoets en zijn ze sterker dan wij ooit hadden kunnen dromen. Of dat beweerde hij. Voor de waarheid van zijn woorden kan ik niet instaan. Volgens Ebben heeft de man ons maar wat wijsgemaakt om zijn leven te rekken.'

'Waar of niet, de Muur moet gewaarschuwd worden,' zei de ouwe beer terwijl Jon de schaal tussen hen in zette. 'En de koning.'

'Welke koning?'

'Allemaal. De ware én de valse koningen. Als ze het rijk opeisen, laten ze het dan ook verdedigen.'

De Halfhand pakte een ei en sloeg het tegen de rand van de kom. 'Die koningen doen wat ze goeddunkt,' zei hij, terwijl hij de schaal afpelde. 'En veel zal dat niet zijn. Onze beste hoop is Winterfel. De Starks moeten het noorden op de been brengen.'

'Natuurlijk.' De ouwe beer rolde een kaart uit, keek er fronsend naar en smeet hem opzij, om daarna de volgende open te vouwen. Hij probeerde te bekijken waar de eerste klap zou vallen, zag Jon. Eens had de Wacht zeventien sterkten langs de honderden mijlen lange Muur bemand, maar die waren een voor een verlaten toen de broederschap kleiner werd. Nu hadden er nog maar drie een garnizoen, en dat wist Mans Roover net zo goed als zij. 'Ser Alliser Doren brengt nieuwe lichtingen mee uit Koningslanding, mogen we hopen. Als we Grijsgaard vanuit de Schaduwtoren bemannen en de Lange Terp vanuit Oostwacht...'

'Grijsgaard is grotendeels ingestort. Steendeur zou beter zijn, als we de mannen kunnen vinden. IJsmark en Diepmeer misschien ook. Met dagelijkse patrouilles over de borstwering ertussen.'

'Patrouilles, ja. Twee keer per dag, als het kan. De Muur zelf is een geducht obstakel. Onverdedigd houdt hij ze niet tegen, maar zal hij ze wel ophouden. Hoe groter hun krijgsmacht, hoe meer tijd ze nodig hebben. Te oordelen naar de leegte die ze hebben achtergelaten zijn ze van plan hun vrouwen mee te nemen. En hun jongen, en beesten... heb je ooit een geit gezien die op een ladder klom? Of in een touw? Ze zullen een trap moeten maken, of een grote hellingbaan... dat duurt minstens een maan, misschien langer. Mans zal wel weten dat hij de meeste kans maakt als hij onder de Muur dóórgaat. Via een poort, of...'

'Een bres.'

Mormont keek abrupt op. 'Wat?'

'Ze zijn niet van plan de Muur te beklimmen of eronderdoor te graven, heer. Ze zijn van plan erdoorheen te breken.'

'De Muur is zevenhonderd voet hoog, en aan de onderkant zo dik dat honderd mannen een jaar nodig zouden hebben om er met houwelen en bijlen een gat in te slaan.'

'Maar toch.'

Mormont plukte fronsend aan zijn baard. 'Hoe?'

'Tovenarij. Hoe anders?' Qhorin beet het ei doormidden. 'Waarom zou Mans zijn strijdkrachten anders in de Vorstkaken verzamelen? Die zijn kaal en ruig, en vandaar is het een lange, vermoeiende mars naar de Muur.'

'Ik had gehoopt dat hij de bergen had gekozen om zijn wapenschouw voor de ogen van mijn wachtruiters verborgen te houden.'

'Misschien,' zei Qhorin en hij slikte het ei door, 'maar ik denk dat er meer achter steekt. Hij zoekt iets, daarboven in de kou. Hij zoekt iets wat hij nodig heeft.'

'Iets?' Mormonts raaf hief de kop op en krijste, een vlijmscherp geluid in de beslotenheid van de tent.

'Een of andere kracht. Welke, dat wist onze gevangene niet. Het verhoor was misschien wat te scherp. Lang niet alles was gezegd toen hij stierf. Ik betwijfel trouwens of hij het wist.'

Jon hoorde hoe de wind buiten met een hoog, ijl geluid tussen de stenen van de ringmuur floot en aan de tentlijnen rukte. Mormont wreef peinzend over zijn mond. 'Een of andere kracht,' herhaalde hij. 'Dat moet ik weten.'

'Dan moet u verkenners de bergen in sturen.'

'Het staat me tegen om nog meer mannen te riskeren.'

'Meer dan doodgaan kunnen we niet. Waarom hullen we ons in die zwarte mantels als het niet is om te sterven ter verdediging van het rijk? Ik zou vijftien man sturen, in drie groepjes van vijf. Een om het Melkwater af te zoeken, een voor de Snerpende Pas, en een om de Reuzentrap te beklimmen. Jarmen Bokwel, Thoren Smalhout en ik als aanvoerders. Om erachter te komen wat ons in die bergen wacht.'

'*Wacht*,' riep de raaf. '*Wacht*.'

Opperbevelhebber Mormont loosde een diepe zucht. 'Ik zie niet wat ons anders nog te doen zou staan,' gaf hij toe, 'maar als jullie niet terugkomen...'

'Er zal in elk geval iemand uit de Vorstkaken afdalen, heer,' zei de wachtruiter. 'Zijn wij het, dan is alles in orde. En anders is het Mans Roover en dan bevindt u zich pal op zijn pad. Hij kan niet naar het zuiden optrekken terwijl u zich achter hem bevindt en zijn achterhoede kan bestoken. Hij moet aanvallen. Dit is een versterkte plaats.'

'Niet zó sterk,' zei Mormont.

'Dan zullen we waarschijnlijk allemaal omkomen. Onze dood zal de broeders op de Muur respijt verschaffen. Tijd om de verlaten forten te bemannen en de poorten dicht te laten vriezen. Tijd om de hulp van heren en koningen in te roepen, tijd om hun bijlen te slijpen en hun blijden te repareren. Daarmee zijn onze levens goed besteed.'

'*Dood*,' pruttelde de raaf terwijl hij over Mormonts schouders heen en weer stapte. '*Dood, dood, dood, dood.*' De ouwe beer zat er zwijgend en ingezakt bij, alsof de last van het spreken hem te zwaar was geworden. Maar ten slotte zei hij. 'Mogen de goden me vergeven. Kies je mannen uit.'

Qhorin Halfhand keek opzij. Zijn blik ontmoette die van Jon en hield hem een ogenblik lang gevangen. 'Goed dan. Ik kies Jon Sneeuw.'

Mormont knipperde met zijn ogen. 'Hij is nauwelijks meer dan een jongen. En bovendien mijn oppasser. Hij is zelfs geen wachtruiter.'

'Tollet kan net zo goed voor u zorgen, heer.' Qhorin hief zijn verminkte, tweevingerige hand op. 'Achter de Muur zijn de oude goden nog sterk. De goden van de Eerste Mensen... en van de Starks.'

Mormont keek naar Jon. 'Wat zou je zelf willen?'

'Meegaan,' zei hij meteen.

De oude man glimlachte treurig. 'Dat dacht ik al.'

De dageraad was al aangebroken toen Jon naast Qhorin Halfhand de tent uitstapte. De wind snerpte om hen heen, bracht hun zwarte mantels in beweging en blies een wolk van rode sintels uit het vuur op.

'We vertrekken rond het middaguur,' zei de wachtruiter tegen hem. 'Ga die wolf van je maar zoeken.'

Tyrion

'De koningin is van plan prins Tommen weg te sturen.' Ze knielden in de verstilde, schemerige sept, alleen, temidden van schaduwen en flakkerende kaarsen, maar desondanks dempte Lancel zijn stem. 'Heer Gyllis neemt hem mee naar Rooswijck en verbergt hem daar door hem als page te vermommen. Ze willen zijn haar donker verven en tegen iedereen zeggen dat hij de zoon van een hagenridder is.'

'Is ze bang voor het gepeupel, of voor mij?'

'Allebei,' zei Lancel.

'Aha.' Tyrion had niets van deze list af geweten. Hadden Varys' kleine vogeltjes het voor deze ene keer laten afweten? Zelfs spinnen dommelden weleens in, nam hij aan... of was het spel dat de eunuch speelde ondoorgrondelijker en doortrapter dan hij besefte? 'Mijn dank, ser.'

'Schenkt u mij de gunst waarom ik heb gevraagd?'

'Misschien.' Lancel wilde in de eerstvolgende veldslag zijn eigen troepen aanvoeren. Een perfecte manier om te sterven voordat die snor goed en wel vol was, maar alle jonge ridders waanden zich onoverwinnelijk.

Nadat zijn neef was weggeglipt, bleef Tyrion nog achter. Bij het altaar van de Krijgsman stak hij met een kaars een andere aan. *Waak over mijn broer, ellendeling, hij hoort bij jou.* Bij de Vreemdeling stak hij nog een kaars aan, voor zichzelf.

Die avond, toen het donker was in de Rode Burcht, was hij net een brief aan het verzegelen toen Bronn kwam. 'Breng die naar ser Jacelyn Bijwater.' De dwerg liet hete gouden was op het perkament druppelen.

'Wat staat erin?' Bronn kon niet lezen, dus stelde hij brutale vragen.

'Dat hij met vijftig van zijn beste zwaarden de rozenweg moet verkennen.' Tyrion drukte zijn zegel in de zachte was.

'Het ligt meer voor de hand dat Stannis via de koningsweg komt.'

'Ja, dat weet ik. Zeg maar aan Bijwater dat hij die brief kan negeren en met zijn mannen naar het noorden moet gaan. Laat hem een hinderlaag leggen langs de weg naar Rooswijck. Over een dag of twee vertrekt heer Gyllis naar zijn slot met een stuk of wat wapenknechten, een paar bedienden en mijn neefje. Prins Tommen is misschien als page vermomd.'

'Je wilt dat ze de jongen mee terugbrengen?'

'Nee. Ik wil dat ze met hem doorreizen naar het slot.' De jongen de stad uitsturen was een van zijn zusters betere ideeën, had Tyrion besloten. In Rooswijck was Tommen veilig voor het gepeupel, en als hij van zijn broer gescheiden was zou het er voor Stannis niet eenvoudiger op worden. Dan had hij zelfs als hij Koningslanding innam en Joffry terechtstelde, nog een Lannister-pretendent over om mee af te rekenen. 'Heer Gyllis is te ziekelijk om te vluchten en te laf om te vechten. Hij zal zijn slotvoogd gelasten de poort te openen. Zodra hij binnen is moet Bijwater het garnizoen eruit jagen en Tommen daar beschermen. Vraag hem hoe hij *heer* Bijwater vindt klinken.'

'Heer Bronn klinkt beter. Ik kan dat joch ook best voor je grijpen. Dan laat ik hem op mijn knie paardje rijden en zing een paar kinderversjes voor hem, als me dat de titel heer oplevert.'

'Ik heb je hier nodig,' zei Tyrion. *En ik vertrouw jou mijn neef niet toe.* Als Joffry iets overkwam zou de aanspraak die de Lannisters op de troon maakten op de jeugdige schoudertjes van Tommen rusten. Ser Jacelyns goudmantels moesten de jongen beschermen, want het zat er dik in dat Bronns huurlingen hem aan zijn vijanden zouden verkopen.

'Wat moet de nieuwe heer met de oude doen?'

'Wat hij wil, zolang hij niet vergeet hem te eten te geven. Ik wil niet dat hij doodgaat.' Tyrion duwde zich van de tafel omhoog. 'Mijn zuster zal iemand van de Koningsgarde met de prins meesturen.'

Daar zat Bronn niet mee. 'De Jachthond is van Joffry, die blijft bij de koning. En de overigen kunnen IJzerhands goudmantels wel aan.'

'Als het tot moord en doodslag komt, zeg dan tegen ser Jacelyn dat dat niet mag gebeuren waar Tommen bij is.' Tyrion sloeg een zware mantel van donkerbruine wol om. 'Mijn neefje is nogal teerhartig.'

'Weet je wel zeker dat hij een Lannister is?'

'Ik weet alleen zeker dat de winter komt en dat er een veldslag op komst is,' zei hij. 'Kom. Ik rijd een eindje met je mee.'

'Chataya?'

'Jij kent me veel te goed.'

Ze vertrokken via een uitvalspoortje in de noordmuur. Tyrion spoorde zijn paard aan en klepperde het Zwartschaduwlaantje door. Op het geluid van hoefslagen op de klinkers schoten wat steelse gestalten in steegjes weg, maar niemand waagde het hen aan te houden. De raad had zijn avondklok verscherpt. Wie nu nog na het luiden van de klok op straat werd aangetroffen had zijn leven verbeurd. De maatregel had een zekere rust in Koningslanding doen weerkeren en het aantal lijken dat 's ochtens in de stegen werd gevonden tot een vierde gereduceerd, maar het volk vervloekte hem erom, had Varys gezegd. *Laten ze blij zijn dat ze nog adem hebben om te vloeken.* In de Kopersmidsbocht werden ze door een stel goudmantels aangehouden, maar toen die ontdekten wie ze voor zich hadden vroegen ze de Hand om vergeving en wuifden hen door. Bronn sloeg af naar de Modderpoort in het zuiden, en ze namen afscheid van elkaar.

Tyrion reed door naar Chataya, maar ineens was zijn geduld op. Hij draaide zich om in het zadel en speurde de straat achter zich af. Geen spoor van achtervolgers. Alle ramen waren donker, of de luiken zaten stevig dicht. Hij hoorde slechts de wind die door de steegjes floot. *Als Cersei vanavond iemand achter me aan gestuurd heeft moet die wel haast als rat vermomd zijn.* 'Verdomme,' prevelde hij. Hij was al die achterdocht zo zat. Hij wierp zijn paard om en gaf het de sporen. *Als er iemand achter me aan zit wil ik weleens zien hoe goed hij kan rijden.* Hij vloog de maanverlichte straten door, kletterend over de klinkers, en stoof door smalle steegjes omlaag en langs kronkelpaden omhoog, in vliegende vaart naar zijn geliefde toe.

Toen hij op de poort bonsde hoorde hij vagelijk muziek over de van punten voorziene stenen muren zweven. Een van de Ibbanezen liet hem binnen. Tyrion gaf de man de teugels van zijn paard en zei: 'Wie is dat?' Door de ruitvormige glazen raampjes van de lange zaal scheen een geel licht, en hij kon een man horen zingen.

De Ibbanees haalde zijn schouders op. 'Dikbuikige zanger.'

Het geluid zwol aan terwijl hij van de stal naar het huis liep. Tyrion was nooit dol op zangers geweest, en deze beviel hem ongezien en wel nog minder dan de rest van zijn soortgenoten. Toen hij de deur openduwde zweeg de man. 'Heer Hand.' Hij knielde, kalend en bol van buik, en mompelde 'wat een eer, wat een eer'.

'Meheer.' Shae glimlachte toen ze hem zag. Hij was op dat lachje gesteld, op de snelheid en spontaniteit waarmee het op haar knappe gezichtje verscheen. Het meisje droeg haar paarszijden japon met een gordel van zilverbrokaat. Die kleuren stonden goed bij haar donkere haar en gladde, roomkleurige huid.

'Schatje,' riep hij haar toe. 'En wie is dit?'

De zanger sloeg zijn ogen op. 'Ik word Symon Zilvertong genoemd, heer. Speelman, zanger en verhalenverteller...'

'En een grote idioot,' voltooide Tyrion. 'Hoe noemde je me toen ik binnenkwam?'

'Noemen? Ik zei alleen...' Het zilver van Symons tong scheen in lood verkeerd te zijn. 'Heer Hand, ik zei, wat een eer...'

'Een verstandiger man zou gedaan hebben of hij me niet herkende. Niet dat ik daar ingetrapt zou zijn, maar je had het althans kunnen proberen. Wat moet ik nu met je aan? Je kent mijn lieve Shae, je weet waar ze woont, je weet dat ik haar 's nachts alleen bezoek.'

'Ik zweer dat ik het aan niemand...'

'Dan zijn we het daarover eens. Goeienacht.' Tyrion leidde Shae de trap op.

'Nu zingt mijn zanger misschien nooit meer,' zei ze plagerig. 'Hij is van schrik vast compleet ontstemd geraakt.'

'Als hij bang is zal hij des te hoger kunnen uithalen.' Ze sloot de deur naar hun slaapkamer. 'Maar u zult hem toch niets doen?' Ze stak een geurkaars aan en knielde om hem zijn laarzen uit te trekken. 'Zijn liederen fleuren me op als u 's avonds niet komt.'

'Ik wou dat ik iedere avond kon komen,' zei hij terwijl ze zijn blote voeten masseerde. 'Hoe goed zingt hij?'

'Beter dan de een. Minder goed dan de ander.'

Tyrion trok haar gewaad open en begroef zijn hoofd tussen haar borsten. Ze rook altijd zo schoon, zelfs in deze stinkende stal van een stad. 'Hou hem maar als je wilt, maar hou hem kort. Ik wil niet dat hij door de stad zwerft en in kroegen geruchten verspreidt.'

'Hij zal heus niet...' begon ze.

Tyrion snoerde haar de mond met de zijne. Hij had genoeg gepraat, hij had behoefte aan de zalige eenvoud van het genot dat tussen Shae's dijen te vinden was. Hier was hij tenminste welkom en gewenst.

Naderhand trok hij voorzichtig zijn arm onder haar hoofd uit, schoot zijn tuniek aan en liep de trap af naar de tuin. Een halve maan gaf de bladeren van de fruitbomen een zilveren glans en bescheen het oppervlak van de stenen badvijver. Tyrion ging bij het water zitten. Ergens aan zijn rechterhand sjirpte een krekel, een merkwaardig huiselijk geluid. *Wat is het hier vredig*, dacht hij, *maar hoe lang nog?*

Een ranzig luchtje maakte dat hij omkeek. Shae stond achter hem in de deuropening, gekleed in de zilverwitte japon die hij haar had gegeven. *Ik minde een maagd als de winter zo wit, met maneschijn in het haar.* Achter haar stond een van de bedelbroeders, een gezette man in een smerige, gelapte pij, zijn blote voeten vol korsten vuil, een nap aan een leren snoer om zijn nek, daar waar een septon een kristal gedragen zou hebben. Hij stonk zo dat zelfs een rat ervan gekokhalsd zou hebben.

'Heer Varys komt op bezoek,' kondigde Shae aan.

De bedelbroeder knipperde stomverbaasd met zijn ogen. Tyrion lachte. 'Waarachtig. Hoe komt het dat jij hem herkende en ik niet?'

Ze haalde haar schouders op. 'Hij is het gewoon, maar met andere kleren aan.'

'Een ander uiterlijk, een ander luchtje, een andere manier van lopen,' zei Tyrion. 'De meeste mannen zouden daardoor misleid zijn.'

'En de meeste vrouwen misschien ook. Maar hoeren niet. Een hoer leert de man zien, niet zijn kledij, of ze eindigt als lijk in een steegje.'

Varys keek gekweld, en niet vanwege die valse korsten op zijn voeten. Tyrion grinnikte. 'Shae, wil je ons wat wijn brengen?' Hij zou wel een slokje kunnen gebruiken. Wat de eunuch in het holst van de nacht ook hierheen had gevoerd, veel goeds kon het niet wezen.

'Ik ben bijna bang om u te vertellen waarom ik hier ben, heer,' zei Varys toen Shae hen alleen gelaten had. 'Ik breng schrikbarend nieuws.'

'U had zwarte veren moeten aantrekken, Varys, u bent al net zo'n boos omen als de eerste de beste raaf.' Tyrion krabbelde overeind, half bevreesd om de volgende vraag te stellen. 'Is het Jaime?' *Als ze hem iets hebben aangedaan zijn ze reddeloos verloren.*

'Nee, heer. Iets anders. Ser Cortijn Koproos is dood. Stormeinde heeft zijn poorten voor Stannis Baratheon geopend.'

Ontsteltenis bande alle andere gedachten uit Tyrions geest. Toen Shae met de wijn terugkwam nam hij één slokje, om de beker vervolgens tegen de zijmuur van het huis kapot te smijten. Ze hief een hand op om zich tegen de scherven te beschermen, terwijl de wijn langs de stenen droop in langgerekte vingers die in het maanlicht wel zwart leken. '*De vervloekte smeerlap!*' zei Tyrion.

Varys glimlachte een mond vol rotte tanden bloot. 'Wie, heer? Ser Cortijn of heer Stannis?'

'Allebei.' Stormeinde was sterk, het had minstens een halfjaar stand moeten houden... tijd genoeg voor zijn vader om met Robb Stark af te rekenen. 'Hoe is het gebeurd?'

Varys wierp een blik op Shae. 'Heer, is het nodig de nachtrust van uw lieve dame met zo'n grimmig en bloedig verhaal te verstoren?'

'Een dame zou misschien bang zijn,' zei Shae, 'maar ik niet.'

'Doe dat maar beter wel,' zei Tyrion. 'Nu Stormeinde gevallen is zal Stannis zijn aandacht weldra op Koningslanding richten.' Het speet hem nu dat hij die wijn had weggesmeten. 'Heer Varys, vergun ons een ogenblikje, dan rijd ik straks met u mee terug naar het slot.'

'Ik wacht op u in de stallen.' Hij boog en sjokte weg.

Tyrion trok Shae naast zich op de grond. 'Je bent hier niet veilig.'

'Ik heb muren, en de wachters die jij me hebt gegeven.'

'Huurlingen,' zei Tyrion. 'Die zijn weliswaar op mijn goud gesteld, maar zijn ze ook bereid ervoor te sterven? Wat die muren betreft, een man die op de schouders van een ander gaat staan is er binnen een tel overheen. Bij de rellen is er een state afgebrand die niet zoveel van deze verschilde. De goudsmid die er woonde is vermoord omdat hij een volle provisiekast had, zoals de Hoge Septon in stukjes is gescheurd, Lollys wel vijftig keer is verkracht en ser Arons schedel ingeslagen is. Wat denk je dat ze zullen doen als ze de vrouwe van de Hand in hun vingers krijgen?'

'De hoer van de Hand, bedoelt u?' Ze keek hem aan met die grote, vrijmoedige ogen van haar. 'Al zou ik graag uw vrouwe zijn, meheer. Dan trok ik al die mooie dingen aan die ik van u gekregen had, van satijn, brokaat en gouddraad, en ik droeg uw juwelen en hield uw hand vast en zat bij de feestmalen naast u. Ik zou u zonen baren, dat weet ik zeker... en ik zweer dat ik u nooit te schande zou maken.'

Mijn liefde voor jou maakt me al genoeg te schande. 'Een mooie droom, Shae. Maar zet hem maar liever uit je hoofd. Ik smeek het je. Hij kan onmogelijk in vervulling gaan.'

'Vanwege de koningin? Voor haar ben ik ook niet bang.'

'Ik wel.'

'Dóód haar dan, en u bent van haar af. U houdt toch niet van haar, en zij niet van u.'

Tyrion zuchtte. 'Ze is mijn zuster. De man die een bloedverwant doodt is voor eeuwig vervloekt voor het aangezicht van goden en mensen. Bovendien, wat jij en ik ook van Cersei vinden, mijn vader en broer houden van haar. Ik kan even goed intrigeren als wie dan ook in de Zeven Koninkrijken, maar de goden hebben mij niet zo geschapen dat ik Jaime met een zwaard in de hand tegemoet kan treden.'

'De Jonge Wolf en heer Stannis hebben ook een zwaard, en daar bent u minder bang voor.'

Wat weet je toch weinig, schatje. 'Tegen hen kan ik de voltallige strijdmacht van het huis Lannister in het veld brengen. Tegen Jaime of mijn vader alleen maar een kromme rug en een paar onvolgroeide benen.'

'U hebt mij toch.' Shae kuste hem, sloeg haar armen om zijn nek en drukte haar lichaam tegen het zijne.

De kus maakte hem zoals altijd opgewonden, maar ditmaal maakte Tyrion zich met zachte hand los. 'Niet nu, schatje, ik heb... noem het maar de kiem van een plan. Ik denk dat ik je de slotkeuken wel binnen kan smokkelen.'

Shae's gezicht werd heel stil. 'De keuken?'

'Ja. Als ik het via Varys doe komt niemand erachter.'

Ze giechelde. 'Ik zou u vergiftigen, meheer. Iedere man die ooit met mijn kookkunst kennis heeft gemaakt, heeft me verzekerd dat ik een uitstekende hoer ben.'

'Er zijn genoeg koks in de Rode Burcht. En slagers en bakkers ook. Jij zou je als keukenhulpje moeten voordoen.'

'Een dienstmeid,' zei ze, 'in kriebelig bruin baai. Is dat hoe u me graag ziet, meheer?'

'Meheer ziet je graag levend,' zei Tyrion. 'In zijde en fluweel kun je geen potten en pannen schrobben.'

'Bent u mij zat?' Ze schoof een hand onder zijn tuniek en pakte zijn lid. Twee snelle bewegingen, en hij was stijf. 'Díé wil me nog wel.' Ze lachte. 'Wilt u graag uw keukenmeid naaien, meheer? Dan kunt u meel over me heen strooien en saus van mijn tieten likken, als u...'

'Hou op.' Haar gedrag deed hem aan Dansie denken, die zo haar best had gedaan om haar weddenschap te winnen. Hij rukte haar hand weg om verdere streken te voorkomen. 'Dit is niet het moment voor bedgenot, Shae. Je leven staat misschien op het spel.'

Haar grijns was weg. 'Als ik meheer heb mishaagd dan was dat niet de bedoeling, maar... kunt u me niet gewoon meer wachters geven?'

Tyrion loosde een diepe zucht. *Bedenk maar hoe jong ze is*, hield hij zichzelf voor. Hij greep haar hand. 'Juwelen zijn vervangbaar, en nieuwe jurken kunnen twee keer zo mooi gemaakt worden als de oude. In mijn ogen ben jij het kostbaarste tussen deze muren. De Rode Burcht is ook niet veilig, maar je zit er heel wat veiliger dan hier. Ik wil dat je daar bent.'

'In de keuken,' zei ze met een vlakke stem. 'Om potten en pannen te schrobben.'

'Niet voor lang.'

'Mijn vader gebruikte me als keukenmeid,' zei ze, en haar mondhoeken krulden omlaag. 'Daarom ben ik juist weggelopen.'

'Mij heb je verteld dat je bent weggelopen omdat je vader je als hoer gebruikte,' bracht hij haar in herinnering.

'Dat ook. Maar ik vond het net zo vervelend om zijn pannen te schrobben als om zijn pik in me te hebben.' Ze gaf een rukje met haar hoofd. 'Waarom kunt u me niet in uw toren onderbrengen? De helft van de heren aan het hof houdt er een beddenwarmer op na.'

'Het is me uitdrukkelijk verboden je mee te nemen naar het hof.'

'Door die stompzinnige vader van u,' pruilde Shae. 'Maar u bent toch oud genoeg om er alle hoeren op na te houden die u wilt? Houdt hij u voor een baardeloze knaap? Wat zou hij kunnen doen, u een pak voor uw broek geven?'

Hij gaf haar een klap. Niet hard, wel hard genoeg. 'Verdomme,' zei hij. '*Verdomme*. Wil je nóóit de spot met me drijven? Jij niet.'

Even zei Shae niets. Het enige geluid was het niet-aflatende gesjirp van de krekel. 'Neemt u me niet kwalijk, meheer,' zei ze ten slotte met een strakke, afgemeten stem. 'Ik wilde niet brutaal zijn.'

En ik had je niet willen slaan. Goeie goden, ben ik bezig om in Cersei te veranderen? 'Een kwalijke zaak,' zei hij. 'Van ons allebei. Shae, je begrijpt het niet.' Dingen die hij nooit had willen zeggen kwamen uit hem tuimelen als komedianten uit een houten paard. 'Toen ik dertien was trouwde ik met de dochter van een keuterboer. Daar hield ik haar althans voor. Ik was blindelings verliefd op haar en dacht dat zij hetzelfde voor mij voelde, maar mijn vader drukte me met mijn neus op de feiten. Mijn bruid was een hoer die Jaime voor me had gehuurd om me kennis te laten maken met de lichamelijke liefde.' *En ik geloofde het allemaal, idioot die ik was.* 'Om het lesje goed tot me te laten doordringen gaf heer Tywin mijn vrouw aan een barak vol wachters om haar naar believen te gebruiken, en hij dwong mij om toe te kijken.' *En om haar nog een keer te nemen nadat de anderen klaar waren. Nog een laatste keer, zonder dat er een spoortje liefde of tederheid over was.* 'Zodat je je haar zult herinneren zoals ze echt is,' zei hij, en ik had hem moeten trotseren, maar mijn pik liet me in de steek en ik deed wat me gezegd was. 'Toen hij aldus met haar had afgerekend liet mijn vader het huwelijk annuleren. Het was alsof we nooit getrouwd waren geweest, zeiden de septons.' Hij kneep in haar hand. 'Dus laten we het alsjeblieft niet meer over de Toren van de Hand hebben. Je hoeft niet lang in de keuken te blijven. Zodra we met Stannis afgerekend hebben krijg je een nieuwe state, en zijden jurken zo zacht als je handen.'

Shae's ogen waren groot geworden, maar hij kon niet peilen wat er in die diepten school. 'Mijn handen blijven niet zacht als ik de ganse dag ovens schoonmaak en borden afschraap. Zult u ook nog willen dat ze u aanraken als ze helemaal rood, ruw en vol kloven van het hete water en de loogzeep zijn?'

'Meer dan ooit,' zei hij. 'Als ik ernaar kijk zullen ze me eraan herinneren hoe dapper je geweest bent.'

Hij kon niet zien of ze hem geloofde. Ze sloeg haar ogen neer. 'Ik ben tot uw dienst bereid, heer.'

Vanavond was ze niet in staat nog verder toe te geven, dat zag hij maar al te goed. Hij kuste haar wang op de plek waar hij haar had geraakt, om iets van het venijn uit de klap te halen. 'Ik zal je laten halen.'

Varys wachtte zoals beloofd in de stallen. Zijn paard zag eruit alsof het spat had en halfdood was. Tyrion besteeg het, en een van de huurlingen deed de poort open. Ze reden zwijgend naar buiten. *Goden sta me bij, waarom heb ik haar over Tysha verteld*, vroeg hij zich af, plotseling bevreesd. Sommige geheimen konden maar beter nooit verteld worden en soms moest een man zijn schande mee in het graf nemen. Wat wilde hij van haar, vergeving? Zoals ze hem had aangekeken, wat moest hij daarvan denken? Stond de gedachte om potten en pannen te schrobben haar zo tegen, of kwam het door zijn bekentenis? *Hoe kon ik haar dat nou vertellen en toch op haar liefde blijven rekenen*, vroeg zijn ene helft, en de andere zei honend: *idioot van een dwerg, het enige waar die hoer van houdt is goud en juwelen.*

De arm met het litteken bonsde en trok, telkens als het paard een hoef neerzette. Misschien moest hij een maester opzoeken, en hem een drankje tegen de pijn vragen... maar sinds hij het ware gezicht van Pycelle had gezien, wantrouwde Tyrion Lannister de maesters. De goden mochten weten met wie ze allemaal samenzweerden, of wat ze door die brouwseltjes mengden die ze je toedienden. 'Varys,' zei hij, 'ik moet Shae het slot in zien te krijgen zonder dat Cersei het merkt.' In het kort zette hij zijn keukenplannetje uiteen.

Toen hij uitgesproken was klakte de eunuch met zijn tong. 'Ik zal uiteraard doen wat u beveelt, heer... maar weest u gewaarschuwd dat de keukens vol ogen en oren zitten. Zelfs als het meisje geen bijzondere verdenking wekt zal ze met vele vragen worden bestookt. Waar komt ze vandaan? Wie waren haar ouders? Hoe komt ze in Koningslanding? Naar waarheid antwoorden is uitgesloten, dus moet ze liegen... en nog eens liegen, en blijven liegen.' Hij keek op Tyrion neer. 'En zo'n knap jong keukenmeisje wekt niet alleen nieuwsgierigheid maar ook begeerte. Ze zal worden betast, geknepen, gestreeld en geknuffeld. Koksmaatjes zullen 's nachts bij haar onder de deken kruipen. Een eenzame kok zal misschien met haar willen trouwen. Bakkers zullen haar borsten kneden met meel aan hun handen.'

'Ik heb liever dat ze geknuffeld wordt dan doodgestoken,' zei Tyrion.

Varys reed een paar passen door en zei toen: 'Misschien is er nog een andere manier. Het geval wil dat de kamenier van de dochter van vrouwe Tanda haar juwelen achteroverdrukt. Als ik dat aan vrouwe Tanda vertel is ze gedwongen die meid meteen te ontslaan. En de dochter zal een nieuwe kamenier nodig hebben.'

'Ik snap het.' Tyrion zag meteen dat dit mogelijkheden bood. Het dienstmeisje van een jonkvrouw ging beter gekleed dan een keukenhulpje en droeg vaak zelfs wat juwelen. Dat zou Shae fijn vinden. En Cersei vond vrouwe Tanda een hysterische zeurkous en Lollys een stomme koe. Daar zou ze niet gauw gezellig bij op visite gaan.

'Lollys is bedeesd en goed van vertrouwen,' zei Varys. 'Ze neemt alles wat haar wordt verteld voor zoete koek aan. Sinds ze door het gepeupel is ontmaagd durft ze haar kamers niet meer uit, dus Shae blijft uit het zicht... maar ze zal dichtbij zijn, wat wel zo goed uitkomt als u troost nodig hebt.'

'De Toren van de Hand wordt in het oog gehouden, dat weet u even goed als ik. Cersei zal beslist nieuwsgierig worden als de meid van Lollys mij bezoekjes begint te brengen.'

'Misschien ben ik in staat het meisje ongezien uw slaapvertrek binnen te smokkelen. Chataya's huis is niet het enige dat over een geheime deur beschikt.'

'Een geheime toegang? Tot míjn vertrekken?' Tyrion was eerder geërgerd dan verrast. Waarom zou Maegor de Wrede anders de dood hebben verordonneerd van iedereen die aan zijn slot had meegebouwd, als het niet was om zulke geheimen te bewaren? 'Ja, dat zal eigenlijk ook wel. Waar vind ik die deur? In mijn bovenzaal? Mijn slaapkamer?'

'Waarde vriend, u wilt mij toch niet dwingen ál mijn kleine geheimpjes te verklappen?'

'Beschouw ze van nu af als ónze kleine geheimpjes, Varys.' Tyrion keek op naar de eunuch in zijn onwelriekende vermomming. 'Aangenomen dat u inderdaad aan mijn kant staat...'

'Twijfelt u daaraan?'
'Welnee, ik vertrouw u onvoorwaardelijk.' Een verbitterd lachje weerkaatste tegen de luiken van de ramen. 'Waarlijk, ik vertrouw u als mijn eigen vlees en bloed. Vertel me nu maar hoe Cortijn Koproos aan zijn eind is gekomen.'
'Men zegt dat hij van een toren is gesprongen.'
'*Gesprongen?* Daar geloof ik niets van.'
'Zijn wachters hebben niemand zijn vertrekken zien binnengaan, en naderhand werd er ook niemand aangetroffen.'
'Dan was de moordenaar al eerder binnengekomen en had zich onder het bed verstopt,' opperde Tyrion, 'of hij is via een touw vanaf het dak omlaag geklommen. Misschien liegen die wachters wel. Wie zegt dat ze het niet zelf hebben gedaan?'
'U hebt ongetwijfeld gelijk, heer.'
Zijn zelfingenomen toon suggereerde het tegendeel. 'Maar u denkt van niet? Hoe is het dan gebeurd?'
Een ogenblik lang zei Varys niets en waren slechts de hoefijzers te horen die statig over de klinkers klikten. Ten slotte schraapte de eunuch zijn keel. 'Heer, gelooft u in de oude krachten?'
'Magie, bedoelt u?' zei Tyrion ongeduldig. 'Bloedspreuken, vervloekingen, gedaanteverwisselingen, dat soort dingen?' Hij snoof. 'Wilt u beweren dat ser Cortijn de dood in getoverd is?'
'Ser Cortijn had heer Stannis op de ochtend van zijn dood voor een tweekamp uitgedaagd. Is dat de daad van een wanhopig man, vraag ik u? Dan is er nog de kwestie van de mysterieuze en zeer welkome moord op heer Renling, net toen diens linies zich formeerden om zijn broer van het slagveld te vegen.' De eunuch zweeg even. 'Heer, u hebt me eens gevraagd hoe het komt dat ik gesneden ben.'
'Ja, dat weet ik nog,' zei Tyrion. 'U wilde er niet over praten.'
'Dat is zo, maar...' Deze pauze duurde langer dan de vorige, en toen Varys het woord weer nam klonk zijn stem op een of andere manier anders. 'Ik was een wees, in de leer bij een gezelschap rondtrekkende komedianten. Onze meester had een dikbuikige kleine kogge en we voeren door de zee-engte af en aan. We traden op in alle Vrijsteden en zo nu en dan in Oudstee en Koningslanding.
'Op een dag kwam er in Qohor een man naar onze voorstelling. Na afloop bood hij een bedrag voor mij dat mijn maester te aanlokkelijk vond om te weigeren. Ik was doodsbang. Ik vreesde dat de man mij wilde gebruiken zoals ik had gehoord dat mannen soms doen met jongens, maar in werkelijkheid wilde hij maar één ding van me: mijn geslacht. Hij gaf me een drankje waardoor ik niet meer kon bewegen of spreken, maar mijn zinnen werden in het geheel niet verdoofd. Met een lang, krom mes besneed hij me, met wortel en steel, terwijl hij al die tijd een-

tonig zong. Ik keek toe hoe hij mijn manlijkheid op een komfoor verbrandde. De vlammen werden blauw, en ik hoorde hoe een stem gehoor gaf aan zijn oproep, al verstond ik niet wat er gezegd werd.

Tegen de tijd dat hij klaar was waren de komedianten al verder gevaren. Nadat ik aan zijn doel beantwoord had stelde de man verder geen belang meer in me, dus zette hij me op straat. Toen ik vroeg wat ik nu moest, antwoordde hij dat ik volgens hem beter dood kon gaan. Uit pure tegendraadsheid besloot ik te blijven leven. Ik bedelde, stal en verkocht wat er nog van mijn lichaam restte. Algauw behoorde ik tot de beste dieven van Qohor, en toen ik nog wat ouder was ontdekte ik dat de inhoud van iemands brieven vaak waardevoller is dan de inhoud van zijn beurs.

Toch droom ik nog van die nacht, heer. Niet van de tovenaar, noch van zijn mes, en zelfs niet van de aanblik van mijn manlijkheid die in het vuur verschrompelde. Ik droom van de stem. De stem uit de vlammen. Was het een god, een demon, een bezweringstrucje? Ik zou het u niet kunnen zeggen, en ik ken alle trucjes. Het enige dat ik met zekerheid kan zeggen is dat de man hem riep en dat hij antwoord gaf, en sinds die dag haat ik magie en iedereen die magie bedrijft. Als heer Stannis zo iemand is, wens ik hem dood.'

Toen hij uitgesproken was reden ze een poosje zwijgend voort. Ten slotte zei Tyrion: 'Een intriest verhaal. Het spijt me voor u.'

De eunuch zuchtte. 'Het spijt u wel, maar u gelooft me niet. Nee, heer, u hoeft zich niet te verontschuldigen. Ik was bedwelmd, ik leed pijn en het is lang geleden en ver voorbij de zee gebeurd. Ik heb die stem ongetwijfeld gedroomd. Dat heb ik mezelf al duizendmaal voorgehouden.'

'Ik geloof in stalen zwaarden, gouden munten en mensenverstand,' zei Tyrion. 'En ik geloof dat er ooit draken zijn geweest. Ik heb per slot van rekening hun schedels gezien.'

'Hopelijk is dat het ergste wat u ooit zult zien, heer.'

'Daar zijn we het dan over eens.' Tyrion glimlachte. 'En wat de dood van ser Cortijn betreft, we weten dat Stannis huurlingkapiteins uit de Vrijsteden heeft ingeschakeld. Misschien heeft hij ook wel een bekwame huurmoordenaar voor mij gekocht.'

'Dat moet dan een héél bekwame huurmoordenaar zijn.'

'Die bestaan wel. Ik droomde altijd dat ik op een dag rijk genoeg zou zijn om een Gezichtsloze Man op mijn lieve zuster af te sturen.'

'Ongeacht hoe ser Cortijn is gestorven,' zei Varys, 'dood is hij, en het slot is gevallen. Stannis is vrij om op mars te gaan.'

'Enige kans dat we de Dorners ertoe kunnen overhalen zich op de Marken te storten?' vroeg Tyrion.

'Geen enkele.'

'Jammer. Nou ja, de dreiging is misschien genoeg om de heren van de Marken ten minste dicht bij hun kastelen te houden. Nog nieuws van mijn vader?'

'Als heer Tywin erin is geslaagd de Rode Vork over te steken, dan is dat mij nog niet ter ore gekomen. Als hij geen haast maakt komt hij straks klem te zitten tussen zijn vijanden. Het blad van Eikhart en de boom van Rowin zijn ten noorden van de Mander gesignaleerd.'

'Geen bericht van Pinkje?'

'Misschien heeft hij Bitterbrug nooit bereikt. Of misschien heeft hij daar de dood gevonden. Heer Tarling heeft zich meester gemaakt van Renlings voorraden en veel mannen laten terechtstellen, hoofdzakelijk van Florens. Heer Caswel heeft zich in zijn slot verschanst.'

Tyrion wierp zijn hoofd in zijn nek en lachte.

Varys hield niet-begrijpend de teugels in. 'Heer?'

'Ziet u er de grap niet van in, heer Varys?' Tyrion wuifde naar de dichte luiken, naar de hele slapende stad. 'Stormeinde is gevallen en Stannis nadert met vuur en staal en de goden mogen weten wat voor duistere krachten, en deze brave lieden hebben Jaime niet om hen te beschermen, niet Robert, niet Renling, niet Rhaegar, en zelfs hun teerbeminde Bloemenridder niet. Alleen mij, de man die ze haten.' Hij lachte opnieuw. 'De dwerg, de boze raadgever, die kleine, perverse, aapachtige demon. Alleen ik sta nog tussen hen en de chaos in.'

Catelyn

'Zeg tegen vader dat ik erop uit ben gegaan om hem trots te maken.' Haar broer steeg op, van top tot teen een edelman in zijn fonkelende maliën en zijn wapperende mantel in de kleur van slib en water. Een zilveren forel bekroonde zijn grote helm, de tweelingbroer van degene die op zijn schild stond.

'Hij is altijd al trots op je geweest, Edmar. En geloof me, hij heeft je vurig lief.'

'Daar zal ik hem een betere reden voor geven dan uitsluitend mijn afkomst.' Hij wendde zijn strijdros en stak een hand op. Trompetten schalden, er klonken dreunende trommelslagen, de valbrug ging trillend en schokkend neer en ser Edmar Tulling reed Stroomvliet uit aan het hoofd van zijn mannen, met opgerichte lansen en vliegende vaandels.

Ik heb een groter leger dan jij, broertje, dacht Catelyn terwijl ze hen nakeek. *Een leger van twijfels en angsten.*

Naast haar was Briënnes ellende bijna tastbaar. Catelyn had haar nieuwe kleren laten aanmeten, fraaie japonnen die bij haar afkomst en sekse pasten, maar toch droeg ze liever een ratjetoe van maliën en verhard leer, met een zwaardriem om haar middel. Ze was ongetwijfeld gelukkiger geweest als ze met Edmar ten strijde had kunnen trekken, maar zelfs de stevige muren van Stroomvliet moesten gewapenderhand verdedigd worden. Haar broer had alle weerbare mannen meegenomen naar de voorden en ser Desmond Grel het bevel gelaten over een garnizoen van gewonden, bejaarden en zieken, aangevuld met een paar schildknapen en wat onervaren, onvolwassen boerenknapen. En dat ter verdediging van een slot dat tot de nok toe gevuld was met vrouwen en kinderen.

Toen Edmars laatste voetknechten onder het valhek doorgeschuifeld waren vroeg Briënne: 'Wat doen we nu, vrouwe?'

'Onze plicht.' Met een strak gezicht stak Catelyn de binnenplaats over. *Ik heb altijd mijn plicht gedaan,* dacht ze. Misschien was dat de reden waarom zij haar vader altijd het dierbaarst was geweest van al zijn kinderen. Haar twee oudere broertjes waren allebei als zuigeling gestorven, dus zij was voor heer Hoster zowel een zoon als een dochter geweest, totdat Edmar werd geboren. Toen was haar moeder gestorven en had haar vader gezegd dat zij nu voortaan vrouwe van Stroomvliet moest zijn. Ook die rol had ze vervuld. En toen heer Hoster haar aan Brandon Stark had beloofd had ze hem bedankt omdat hij haar zo'n uitstekende partij had bezorgd.

Ik schonk Brandon mijn gunstbewijs, maar Petyr heb ik niet één keer getroost toen hij gewond lag. Ik heb zelfs geen afscheid van hem genomen toen vader hem wegzond. En toen Brandon werd vermoord en vader tegen me zei dat ik nu met zijn broer moest trouwen deed ik dat graag, al had ik Neds gezicht voor de bruiloft zelfs nooit gezien. Ik schonk mijn maagdelijkheid aan die plechtstatige vreemdeling en liet hem weer gaan, naar zijn oorlog, zijn koning en de vrouw die hem zijn bastaard baarde, omdat ik nu eenmaal altijd mijn plicht deed.

Haar schreden voerden haar naar de sept, een zevenhoekige tempel van zandsteen die midden in haar moeders tuinen stond en vervuld was van een regenboog van licht. Toen ze binnentrad bleek hij vol te zijn: Catelyn was de enige niet die behoefte had aan bidden. Ze knielde bij het beschilderde marmeren beeld van de Krijgsman en stak een geurkaars aan voor Edmar, en daarna een voor Robb, ergens achter de heuvels. *Bewaar hen en schenk hun de overwinning,* bad ze. *Geef de zielen der gesneuvelden vrede, en hen die zijn achtergebleven troost.*

Terwijl ze bad, trad de septon binnen met zijn wierookvat en zijn kristal, dus bleef Catelyn voor de eredienst. Ze kende deze septon niet, een serieuze jongeman van ongeveer Edmars leeftijd. Hij voerde de plechtigheid naar behoren uit en de stem waarmee hij de lof van de Zeven zong was vol en aangenaam, maar Catelyn merkte dat ze verlangde naar de dunne, beverige klanken van septon Osmynd, die al jaren dood was. Osmynd zou geduldig hebben geluisterd naar haar verslag van wat ze had gezien en gevoeld in Renlings paviljoen, en misschien had hij wel geweten wat het betekende, en wat ze moest doen om de schaduwen die haar dromen vertroebelden tot rust te brengen. *Osmynd, mijn vader, oom Brynden, de oude maester Kym, die schenen altijd alles te weten, maar nu sta ik er alleen voor, en ik heb het idee dat ik niets weet, dat ik niet eens mijn plicht ken. Hoe kan ik mijn plicht doen als ik die niet ken?*

Tegen de tijd dat ze opstond had Catelyn stijve knieën, maar was ze er niet wijzer op geworden. Misschien moest ze vannacht naar het godenwoud gaan en ook tot Neds goden bidden. Die waren ouder dan de Zeven.

Buiten trof ze een heel ander soort gezang aan. Rijmond de Rijmer zat bij het brouwhuis met een kring luisteraars om zich heen en zong met een galmende basstem over heer Deremond op de Bloedige Made.

Daar stond hij, en hij hief het zwaard,
Als laatste van Darrings tien,

Briënne bleef staan om even te luisteren. Ze liet haar brede schouders hangen en had haar stevige armen voor haar borst gekruist. Een bende haveloze jochies rende langs onder veel gekrijs en gezwaai met stokken. *Waarom spelen jongens zo graag oorlogje?* Catelyn vroeg zich af of het antwoord bij Rijmond te vinden was. De stem van de zanger zwol aan toen hij bij het slot van zijn lied was aangeland.

> *En helrood was zijn vaandel,*
> *En 't gras onder zijn voet,*
> *En rood bescheen de avondzon*
> *Hem met haar felle gloed.*
> *'Komaan, komaan,' schalde de held,*
> *'Nóg is mijn kling niet moe.'*
> *En onder furieus geschreeuw*
> *Stormden zij op hem toe...*

'Ik vecht liever dan dat ik afwacht,' zei Briënne. 'Als je vecht voel je je minder hulpeloos. Je hebt een zwaard en een paard en soms een strijdbijl. Met een wapenrusting ben je bijna onkwetsbaar.'

'Ridders sneuvelen weleens,' merkte Catelyn op.

Briënne keek haar aan met die prachtige blauwe ogen. 'Zoals hun vrouwen in het kraambed sterven. En die worden door niemand bezongen.'

'Kinderen baren is ook vechten.' Catelyn stak de binnenplaats over. 'Een veldslag zonder banieren of krijgshoorns, maar niet minder hevig. Een kind dragen en het ter wereld brengen... je moeder zal je hebben verteld hoeveel pijn dat doet...'

'Ik heb mijn moeder nooit gekend,' zei Briënne. 'Mijn vader had dames... ieder jaar een ander, maar...'

'Dat waren geen dames,' zei Catelyn. 'En hoe zwaar kinderen baren ook is, Briënne, wat erna komt is nog zwaarder. Soms heb ik het gevoel dat ik aan stukken word gereten. Ik wou dat ik vijf personen tegelijk was, een voor elk kind, zodat ik ze allemaal kon beschermen.'

'En wie zou ú dan beschermen, vrouwe?'

Met een flauw, vermoeid lachje zei ze: 'De mannen van mijn huis, toch? Dat is althans wat mijn moeder me heeft bijgebracht. Mijn vader, mijn broer, mijn oom, mijn man, dat zijn mijn beschermers... maar nu zij er niet zijn moet jij hun plaats maar innemen, Briënne.'

Briënne boog het hoofd. 'Ik zal mijn best doen, vrouwe.'

Later die dag bracht maester Veyman een brief. Ze ontving hem meteen, in de hoop dat het nieuws van Robb was, of van ser Rodrik in Winterfel. Maar de boodschap bleek van een zekere heer Made te komen, die zichzelf als slotvoogd van Stormeinde betitelde. Hij was gericht aan haar vader, haar broer, haar zoon, 'of aan wie Stroomvliet op dit moment in handen heeft'. Ser Cortijn Koproos was dood, schreef de man, en Stormeinde had de poort voor Stannis Baratheon geopend, de wettige en rechtmatige troonopvolger. De bezetting van het slot had zonder uitzondering het zwaard aan Stannis' zaak toegewijd, en niemand van hen was enig kwaad geschied.

'Op Cortijn Koproos na,' prevelde Catelyn. Ze had de man nooit ontmoet, maar zijn dood maakte haar treurig. 'Robb moet dit meteen weten,' zei ze. 'Weten we waar hij is?'

'Volgens de laatste berichten trok hij op naar de Steilte, de zetel van het huis Westerling,' zei maester Veyman. 'Als ik een raaf naar Essenmark stuur kunnen ze daar misschien een ruiter achter hem aanzenden.'

'Doet u dat.'

Toen de maester weg was, las Catelyn de brief nog eens over. 'Heer Made zegt niets over Roberts bastaard,' vertrouwde ze Briënne toe. 'Ik neem aan dat hij de jongen samen met de anderen heeft uitgeleverd, al moet ik bekennen dat ik niet begrijp waarom Stannis hem zo vreselijk graag in handen wilde krijgen.'

'Misschien vreest hij de aanspraken van de jongen?'

'Die van een bastaard? Nee, het moet iets anders zijn... hoe ziet het kind eruit?'

'Hij is een jaar of zeven, acht, leuk om te zien, met zwart haar en helderblauwe ogen. Bezoekers hielden hem vaak voor heer Renlings eigen zoon.'

'En Renling leek op Robert.' Het begon Catelyn te dagen. 'Stannis wil zijn broers bastaard overal in het rijk vertonen, dan kan iedereen zien hoezeer hij op Robert lijkt en zich afvragen waarom Joffry die gelijkenis niet vertoont.'

'Zou dat zoveel uitmaken?'

'De aanhangers van Stannis zullen het een bewijs noemen. Die van Joffry zullen stellen dat het niets zegt.' Haar eigen kinderen leken eerder Tullings dan Starks. Alleen Arya had duidelijk het gezicht van Ned geërfd. *En Jon Sneeuw, maar die is niet van mij.* Ze betrapte zich erop dat ze aan Jons moeder dacht, die schimmige, geheime geliefde over wie Ned nooit had willen spreken. *Rouwt zij evenzeer om Ned als ik? Of haatte ze hem, omdat hij haar bed voor het mijne verruilde? Bidt zij voor haar zoon, zoals ik voor de mijne heb gebeden?*

Dat waren verontrustende gedachten, en zinloos bovendien. Als Jon uit Ashara Dayn van Sterrenval was geboren, zoals sommigen fluisterden, dan was de vrouw allang dood. Zo niet, dan had Catelyn er geen flauw idee van wie of waar zijn moeder was. Het deed er ook niet meer toe. Ned was er niet meer, en al zijn liefdes en geheimen waren met hem gestorven.

Toch trof het haar weer hoe merkwaardig mannen zich gedroegen als het hun bastaarden betrof. Ned was altijd met grote felheid voor Jon op de bres gesprongen, en ser Cortijn Koproos had zijn leven gegeven voor die Edric Storm, maar Rous Bolten gaf minder om zijn bastaard dan om zijn honden, te oordelen naar de eigenaardig kille brief die Edmar nog geen drie dagen geleden van hem had gekregen. Hij was de Drietand overgestoken en trok nu volgens bevel naar Harrenhal op, schreef hij. 'Een sterk kasteel, en goed bezet, maar Zijne Genade zal het krijgen, al moet ik iedere levende ziel daarbinnen over de kling jagen.' Hij hoopte dat zijne Genade dat als compensatie wilde beschouwen voor de misdaden van zijn bastaard, die door ser Rodrik Cassel ter dood was gebracht. 'Zonder twijfel zijn verdiende loon,' had Bolten geschreven. 'Bezoedeld bloed is altijd verraderlijk, en Rambout was van nature sluw, hebzuchtig en wreed. Ik prijs me gelukkig dat ik hem kwijt ben. Zolang hij leefde zouden de wettige zonen die mijn jonge vrouw mij heeft beloofd nimmer veilig zijn geweest.'

Het geluid van haastige voetstappen verdreef haar duistere gedachten. Ser Desmonds schildknaap stoof hijgend de kamer in en knielde. 'Vrouwe... Lannisters... aan de overkant van de rivier.'

'Haal eens diep adem, jongen, en herhaal het dan langzaam.'

Hij gehoorzaamde. 'Een stoet gewapende lieden,' meldde hij. 'Aan de overkant van de Rode Vork. Ze voeren een purperen eenhoorn onder de leeuw van Lannister.'

Een zoon van heer Brax. Brax was vroeger eens naar Stroomvliet gekomen, toen zij nog een meisje was, om een huwelijk tussen een van zijn zonen en haar of Lysa voor te stellen. Ze vroeg zich af of het dezelfde zoon was die nu daarbuiten de aanval leidde.

De Lannisters waren onder een zee van banieren uit het zuidoosten vertrokken, zei ser Desmond tegen haar toen ze zich op de borstwering bij hem voegde. 'Wat voorrijders, meer niet,' stelde hij haar gerust. 'Heer Tywins hoofdmacht bevindt zich ver weg in het zuiden. Voor ons hier vormt hij geen gevaar.'

Het hele gebied ten zuiden van de Rode Vork was vlak en open, en vanaf de wachttoren kon Catelyn mijlenver zien. Toch was alleen de dichtstbijzijnde voorde zichtbaar. Edmar had de verdediging daarvan aan heer Jason Mallister toevertrouwd, evenals die van drie andere, verder stroomopwaarts. De Lannister-ruiters reden onzeker langs het water heen en weer, hun karmijnrode en zilveren banieren fladderend in de wind. 'Hooguit vijftig man, vrouwe,' schatte ser Desmond.

Catelyn keek toe hoe de ruiters een langgerekte linie vormden. Heer Jasons mannen wachtten hen op in het gras en achter rotsen en kleine heuveltjes. Een trompetstoot, en de ruiters kwamen met zware tred op gang en plonsden stapvoets de stroom in. Even boden ze een stout-

moedige aanblik met hun fonkelende wapenrustingen en fladderende
vaandels en het blikkerende zonlicht op hun lanspunten.

'Nú,' hoorde ze Briënne mompelen.

Het was moeilijk om precies te zien wat er gebeurde, maar het gegil
van de paarden klonk zelfs van deze afstand nog schel en daar tussendoor hoorde Catelyn, wat zachter, het gekletter van staal op staal. Eén
banier verdween abrupt toen de drager van zijn paard werd gesmeten,
en weldra dreef het eerste lijk langs de muren, meegevoerd door de
stroom.

Inmiddels hadden de Lannisters wanordelijk de aftocht geblazen. Ze
zag hoe ze hun gelederen weer sloten, even overlegden en toen in galop
rechtsomkeert maakten. De mannen op de muren schreeuwden hun beledigingen na, al waren ze al te ver weg om die te verstaan.

Ser Desmond beklopte zijn buik. 'Ik wou dat heer Hoster dat had gezien. Hij zou een vreugdedans hebben gemaakt.'

'Ik vrees dat mijn vader uitgedanst is,' zei Catelyn, 'en dat deze strijd
nog maar net is begonnen. De Lannisters komen heus wel weer terug.
Heer Tywin heeft tweemaal zoveel manschappen als mijn broer.'

'Al had hij er tien keer zoveel, dan maakte het nog niet uit,' zei ser
Desmond. 'De westelijke oever van de Rode Vork is hoger dan de oostelijke, vrouwe, en dichtbebost. Daar zijn onze boogschutters goed gedekt en hebben ze een prima schootsveld... en mocht er toch een gat geslagen worden, dan heeft Edmar zijn beste ridders nog achter de hand,
klaar om daarheen te rijden waar ze het hardst nodig zijn. De rivier
houdt ze wel tegen.'

'Laten we hopen dat u gelijk hebt,' zei Catelyn ernstig.

Die nacht kwamen ze terug. Ze had opdracht gegeven dat ze meteen
gewekt wilde worden als de vijand weer verscheen, en ruimschoots na
middernacht tikte een dienstmeisje haar zachtjes op haar schouder. Catelyn ging meteen rechtop zitten. 'Wat is er?'

'Het is de voorde weer, vrouwe.'

In een kamerjapon gehuld klom Catelyn naar het dak van de burcht.
Vandaar kon ze over de muren en de maanovergoten rivier heen naar
het strijdgewoel kijken. De verdedigers hadden wachtvuren langs de oever aangelegd, en misschien hadden de Lannisters gedacht dat ze nachtblind of niet op hun hoede zouden zijn. In dat geval waren ze dwaas
geweest. Duisternis was op zijn best een grillige bondgenoot. Toen ze
de rivier in waadden om zich een weg naar de overkant te banen stapten sommigen in een onzichtbare diepte en gingen met een plons kopje
onder, terwijl anderen over stenen struikelden of hun tenen aan verborgen voetangels openhaalden. De boogschutters van Mallister schoten een sissende regen van vurige pijlen over de rivier heen, uit de verte een merkwaardig fraaie aanblik. Een man, zeker tienmaal geraakt,

danste en wentelde met brandende kleren in het kniediepe water rond, totdat hij viel en door de stroming werd meegesleurd. Tegen de tijd dat zijn lijk langs Stroomvliet dobberde waren zowel de vlammen als zijn leven uitgedoofd.

Een kleine overwinning, dacht Catelyn toen de strijd ten einde was en de overlevende vijanden met de nacht waren versmolten, *maar hoe dan ook een overwinning*. Terwijl ze langs de wenteltrap uit de toren afdaalden vroeg Catelyn Briënne wat zij ervan dacht. 'Heer Tywin heeft u met één vingertop aangeraakt, vrouwe,' zei het meisje. 'Hij zoekt een zwakke plek, een onverdedigde oversteek. Als hij die niet vindt zal hij al zijn vingers tot een vuist ballen om er een af te dwingen.' Briënne trok haar schouders op. 'Dat is wat ik zou doen. Als ik hem was.' Haar hand ging naar haar zwaardgevest en gaf er een klopje op, als om zich ervan te vergewissen dat het er nog was.

En moge de goden ons dan bijstaan, dacht Catelyn. Maar daar had zij geen invloed op. Het was Edmars strijd, daarbuiten bij de rivier. Zij had de hare uit te vechten, hier in het slot.

De volgende ochtend tijdens het ontbijt ontbood ze haar vaders bejaarde hofmeester, Utherydes Wagen. 'Laat ser Cleos Frey een flacon wijn brengen. Ik wil hem straks ondervragen, dus zijn tong moet flink losgemaakt worden.'

'Zoals u beveelt, vrouwe.'

Niet lang daarna arriveerde er een ruiter met de adelaar van de Mallisters op de borst geborduurd. Hij bracht een bericht van heer Jason, waarin melding werd gemaakt van nog een schermutseling en nog een zege. Ser Flemens Brax had geprobeerd de oversteek te forceren bij een andere voorde, vierentwintig mijl verder naar het zuiden. Ditmaal waren de Lannisters met ingekorte lansen te voet over de rivier heen opgerukt, maar de Mallister-schutters hadden hun pijlen hoog over de schilden heen geschoten terwijl de schorpioenen die Edmar op de oever had opgesteld de formatie met zware stenen uiteen hadden geslagen. 'Ze lieten meer dan tien doden in het water achter, en maar twee man bereikten de ondiepten, waar wij met ze afrekenden,' meldde de ruiter. Verder wist hij te vertellen dat er ook stroomopwaarts was gevochten, daar waar heer Karyl Vannis de voorden bewaakte. 'Ook die aanval is afgeslagen, en de vijand heeft er een hoge prijs voor betaald.'

Misschien is Edmar wijzer geweest dan ik besefte, dacht Catelyn. *Al zijn heren zagen de zin van zijn krijgsplannen in, waarom was ik dan zo blind? Mijn broer is niet meer het kleine jongetje van vroeger, net zomin als Robb.*

Ze wachtte tot de avond voordat ze ser Cleos Frey opzocht, want ze ging ervan uit dat hij steeds erger aangeschoten zou raken naarmate zij langer wachtte. Toen ze zijn torencel betrad plofte ser Cleos op zijn

knieën. 'Vrouwe, ik wist niets van een ontsnapping af. De Kobold zei dat een Lannister een escorte van Lannisters moest hebben, op mijn woord als ridder...'
'Sta op, ser.' Catelyn ging zitten. 'Ik weet dat een kleinzoon van Walder Frey geen eedbreker is.' *Tenzij het in zijn kraam te pas kwam.* 'U bracht vredesvoorwaarden mee, zei mijn broer.'
'Ja.' Ser Cleos kwam zwaaiend overeind. Het deed haar genoegen te zien hoe onvast hij op zijn benen stond.
'Noem ze,' beval ze hem, en dat deed hij.
Toen hij uitgesproken was fronste Catelyn haar wenkbrauwen. Edmar had gelijk gehad, dit waren helemaal geen voorwaarden, behalve... 'Wil Lannister Arya en Sansa tegen zijn broer uitwisselen?'
'Ja. Dat zwoer hij terwijl hij op de IJzeren Troon zat.'
'In het bijzijn van getuigen?'
'In het bijzijn van de hele hofhouding, vrouwe. En voor het oog der goden. Dat zei ik ook tegen ser Edmar, maar hij zei dat het niet kon, dat zijne Genade Robb er nooit mee zou instemmen.'
'Daar had hij dan gelijk in.' Ze kon zelfs niet beweren dat Robb ongelijk had. Arya en Sansa waren kinderen maar de Koningsmoordenaar, levend en vrij, zou de gevaarlijkste man in het rijk zijn. Dat leidde nergens toe. 'Hebt u mijn dochters gezien? Worden ze goed behandeld?'
Ser Cleos aarzelde. 'Ik... ja, ze leken me...'
Hij probeert een leugen te verzinnen, besefte Catelyn, *maar de wijn heeft zijn brein vertroebeld.* 'Ser Cleos,' zei ze koeltjes, 'u hebt de bescherming van uw vredesbanier verspeeld toen uw mannen vals spel met óns speelden. Als u mij voorliegt hangen we u naast hen aan de muur. Wees daarvan verzekerd. Nog één keer: *hebt u mijn dochters gezien?*'
Het zweet stond hem op het voorhoofd. 'Op de dag dat Tyrion mij zijn voorwaarden gaf zag ik Sansa aan het hof. Ze zag er beeldschoon uit, vrouwe. Misschien een beetje bleek. Tobberig, als het ware.'
Sansa, maar Arya niet. Dat kon van alles betekenen. Arya was altijd al moeilijker te temmen geweest. Misschien aarzelde Cersei om haar aan het hof te tonen uit angst voor wat ze zou zeggen of doen. Misschien hadden ze haar veilig achter slot en grendel gestopt. *Of vermoord.* Die gedachte zette Catelyn van zich af. 'Zíjn voorwaarden, zei u... maar Cersei is de regentes.'
'Tyrion sprak namens hen allebei. De koningin was er niet. Ze was die dag onwel, werd mij verteld.'
'Eigenaardig.' Catelyn dacht aan die verschrikkelijke tocht door de Maanbergen, en aan de manier waarop Tyrion Lannister die huurling ertoe had verleid haar dienst voor de zijne te verruilen. *Die dwerg is me veel te slim.* Hoe hij de hoge weg had overleefd nadat Lysa hem de Vallei uitgestuurd had was haar een raadsel, maar het verbaasde haar niet.

Hij had in elk geval part noch deel aan de moord op Ned. En hij is me te hulp gekomen toen die clans ons aanvielen. Als ik hem op zijn woord zou kunnen vertrouwen...
Ze opende haar handen en keek neer op de littekens die over haar vingers liepen. *De merktekens van zijn dolk*, hield ze zich voor. *Zijn dolk, in de hand van de moordenaar die hij had betaald om Bran de keel af te snijden.* Al ontkende de dwerg dat natuurlijk. Zelfs toen Lysa hem in een van haar hemelcellen had opgesloten en met haar maandeur had gedreigd was hij het blijven ontkennen. 'Een leugen,' zei ze en ze stond abrupt op. 'De Lannisters zijn stuk voor stuk leugenaars, en die dwerg is de ergste van allemaal. Die moordenaar was met zijn eigen mes bewapend.'

Ser Cleos staarde haar aan. 'Ik weet niets van een...'

'U weet niets,' beaamde ze, en ze schreed de cel uit. Briënne voegde zich zwijgend bij haar. *Voor haar is het gemakkelijker*, dacht Catelyn, en even ging er een steek van afgunst door haar heen. In dat opzicht was ze net een man. Voor mannen was het antwoord altijd hetzelfde, en nooit verder weg dan het dichtstbijzijnde zwaard. Voor een vrouw, een moeder, was het pad steniger en moeilijker te onderscheiden.

Ze gebruikte een late avondmaaltijd in de grote zaal, met haar garnizoen, dat ze zoveel mogelijk wilde bemoedigen. Rijmond de Rijmer begeleidde iedere gang met gezang en bespaarde haar aldus de noodzaak om te praten. Hij eindigde met het lied dat hij had gemaakt op Robbs overwinning bij Ossenwade. '*En het gesternte in de nacht was als de ogen van zijn wolven, en de stormwind zelf was hun gezang.*' Tussen de strofen door gooide Rijmond zijn hoofd in de nek en huilde, en tegen het slot huilde de halve zaal met hem mee, zelfs Desmond Grel, die flink aangeschoten was. Hun stemmen schalden tegen het balkenplafond.

Laat ze maar zingen, als ze daar moed uit putten, dacht Catelyn terwijl ze speelde met haar zilveren kelk.

'Toen ik een klein meisje was hadden we in Evenschemerhal altijd zangers,' zei Briënne zacht. 'Ik ken alle liederen uit mijn hoofd.'

'Sansa ook, al namen maar weinig zangers ooit de moeite om de lange reis naar het noordelijke Winterfel te maken.' *Maar ik heb wel gezegd dat er zangers aan het koninklijk hof zouden zijn. Ik heb haar verteld dat ze daar allerlei soorten muziek zou horen, dat haar vader wel een meester zou zoeken die haar op de hoge harp zou leren spelen. O goden, vergeef me...*

Briënne zei: 'Ik herinner me een vrouw... ze kwam van ergens aan de overkant van de zee-engte. Ik zou niet eens weten in welke taal ze zong, maar haar stem was even lieflijk als zijzelf. Haar ogen hadden de kleur van pruimen en haar middel was zo smal dat mijn vaders handen eromheen pasten. Zijn handen waren bijna even groot als de mijne.' Ze kneep haar lange, forse vingers dicht, alsof ze ze wilde verbergen.

'Zong jij voor je vader?' vroeg Catelyn.

Briënne schudde haar hoofd en staarde naar haar bord, alsof het antwoord in de saus te vinden was.

'Voor heer Renling?'

Het meisje kreeg een kleur. 'Nooit. Ik... zijn zot, die maakte soms gemene grappen, en ik...'

'Je moet eens voor mij zingen.'

'Ik... alstublieft, daar heb ik geen talent voor.' Briënne schoof bij de tafel weg. 'Vergeef me, vrouwe. Heb ik uw verlof om te gaan?'

Catelyn knikte. Het lange, onelegante meisje beende met grote stappen de zaal uit, bij alle uitgelatenheid bijna onopgemerkt. *Mogen de goden met haar zijn*, dacht Catelyn toen ze zich zonder veel trek weer aan haar maaltijd wijdde.

Drie dagen later viel de mokerslag die Briënne had voorspeld, en vijf dagen later hoorden ze ervan. Catelyn was net bij haar vader toen de bode van Edmar arriveerde. 's Mans harnas was gedeukt, zijn laarzen waren bestoft en hij had een rafelig gat in zijn wapenrok, maar toen hij neerknielde sprak duidelijk genoeg uit zijn blik dat zijn nieuws goed was. 'De overwinning, vrouwe.' Hij reikte haar Edmars brief aan. Met trillende hand verbrak ze het zegel.

Heer Tywin had geprobeerd bij een stuk of tien verschillende voorden een oversteek te forceren, maar al zijn uitvallen waren gepareerd. Heer Levoort was verdronken, de ridder van Crakenhal die Sterkever werd genoemd was gevangengenomen, ser Addam Marbrand had zich tot drie keer toe moeten terugtrekken... maar de felste strijd was uitgevochten bij Steenmolen, waar ser Gregor Clegane de aanval had geleid. Er waren zoveel van zijn manschappen gesneuveld dat hun dode paarden de stroom dreigden af te dammen. Uiteindelijk had de Berg met een handjevol van zijn beste mannen de westoever bereikt, maar Edmar had zijn reserve op hen afgestuurd en ze waren uiteengeslagen en met bebloede koppen afgedropen. Ser Gregor zelf had zijn paard verloren en was over de Rode Vork heen teruggestrompeld, bloedend uit meer dan tien wonden, terwijl het rondom hem pijlen en stenen regende. 'Ze komen er niet over, Cat,' had Edmar neergekrabbeld. 'Heer Tywin marcheert naar het zuidoosten. Een afleidingsmanoeuvre misschien, of een algehele aftocht, maar dat maakt niet uit. *Ze komen er niet over*.'

Ser Desmond Grel was opgetogen. 'Had ik er maar bij kunnen zijn,' zei de oude ridder toen ze hem de brief voorlas. 'Waar is die idioot van een Rijmond? Hier schuilt een lied in, bij de goden, en dit lied zal zelfs Edmar wel willen aanhoren. De molen die de Berg vermaalde. Als ik over zangerstalent beschikte zou ik de tekst bijna zelf kunnen bedenken.'

'Ik wil geen liederen horen voordat de strijd ten einde is,' zei Catelyn misschien wat te scherp. Maar ze vond het wel goed dat Desmond het nieuws verspreidde en gaf toestemming toen hij voorstelde ter ere van Steenmolen wat vaatjes aan te slaan. De stemming in Stroomvliet was somber en gespannen en ze konden allemaal wel wat drank en hoop gebruiken.

Die avond schalde het feestgedruis door het slot. '*Stroomvliet*' riep het landvolk, en 'Tulling! Tulling!' Ze waren bang en hulpeloos hierheen gekomen, en waar de meeste heren hun poorten gesloten zouden hebben, had haar broer hen bij zich opgenomen. Hun stemmen zweefden door de hoge ramen en sijpelden onder de zware roodhouten deuren door. Rijmond bespeelde zijn harp, begeleid door een stel trommelaars en een jongeling met een dubbele rietfluit. Catelyn luisterde naar gegiechel van meisjes en het opgewonden gekakel van de groentjes die haar broer bij wijze van garnizoen had achtergelaten. Het klonk goed... en toch raakte het haar niet. Zij kon niet in hun blijdschap delen.

In haar vaders bovenzaal zocht ze een zwaar, in leer gebonden boek met landkaarten op en ze sloeg het open bij het rivierengebied. Haar ogen vonden de loop van de Rode Vork en volgden die bij het schijnsel van de flakkerende kaarsen. *Op weg naar het zuidoosten*, dacht ze. Ze zouden inmiddels al wel de bovenloop van de Zwartwaterstroom hebben bereikt, besloot ze.

Ze klapte het boek dicht, nog ongeruster dan daarvoor. De goden hadden hun de ene overwinning na de andere geschonken. Bij Steenmolen, bij Ossenwade, in de slag van de Kampen, in het Fluisterwoud...
Maar als we winnen, waarom ben ik dan zo bang?

Bran

Het geluid was een heel flauw getik, een geschraap van staal over steen. Hij hief zijn kop van zijn poten, luisterend, snuffelend aan de nacht.

De avondregen had tientallen slapende geuren gewekt en weer vol en krachtig gemaakt. Gras en dorens, vertrapte bramen, modder, wormen, rottende bladeren, een rat die door het struikgewas schuifelde. Hij snoof de ruige zwarte geur van zijn broeders vacht op, en de scherpe, koperen bloedlucht van de eekhoorn die hij had gedood. In de takken boven hem scharrelden andere eekhoorns rond die naar natte vacht en vrees roken. Hun kleine klauwtjes krabbelden over de bast. Daar leek het geluid wel een beetje op.

En hij hoorde het opnieuw, getik en geschraap. Het bracht hem overeind. Zijn oren spitsten zich en zijn staart kwam overeind. Hij huilde, een lange, diepe huiverkreet, een gehuil dat de slapers moest wekken, maar de stapels mensenrots waren donker en doods. Een stille, natte nacht, een nacht die mensen hun holen binnendreef, waar ze in hun grotten van opgestapelde stenen ineengedoken bij het vuur zaten.

Zijn broeder glipte tussen de bomen door, bijna even stilletjes als die andere broeder die hij zich vaag herinnerde van lang geleden, de witte met de bloedogen. De ogen van deze broeder waren donkere poelen, maar zijn nekharen stonden overeind. Ook hij had de geluiden gehoord en wist dat ze op gevaar duidden.

Ditmaal werden het getik en geschraap gevolgd door geschuifel en het zachte, snelle trippelen van velvoeten over steen. De wind droeg een flauw zweempje onbekende mensengeur aan. *Vreemd. Gevaar. Dood.*

Hij rende op het geluid af met zijn broeder naast zich. De stenen holen rezen voor hen op, de muren glibberig en vochtig. Hij ontblootte zijn gebit, maar de mensenrots negeerde het. Een poort doemde op, een zwarte ijzeren slang, strak om stang en balk gewonden. Toen hij er tegenaan bonkte sidderde de poort en de slang rammelde, ritselde, en hield stand. Tussen de stangen kon hij door de lange stenen tunnel onder de muren het stenige veld daarachter zien, maar hij kon er niet door. Hij kon zijn snuit tussen de stangen persen, meer niet. Zijn broeder had menigmaal geprobeerd de zwarte botten van de poort tussen zijn tanden te kraken, maar ze braken nooit. Ze hadden probeerd eronderdoor te graven, maar daar lagen grote platte stenen, half bedekt met aarde en door de wind verwaaide bladeren.

Grauwend beende hij voor de poort heen en weer en wierp zich er weer tegenaan. Hij gaf even mee en smeet hem toen achteruit. *Op slot*, fluisterde iets. *Met kettingen.* De stem die hij niet hoorde, het spoor zonder geur. De andere uitwegen waren eveneens afgesloten. Daar waar de muren van mensenrots deuren hadden was het hout dik en sterk. Er was geen uitweg.

Wel, kwam de fluistering, en het kwam hem voor dat hij de schaduw van een grote boom vol naalden schuin omhoog zag rijzen uit de zwarte aarde, tot tienmaal de hoogte van een mens. Maar toen hij om zich heen keek was er niets. *De andere kant van het godenwoud, de wachtboom, haast je, haast je.*

Door het donker van de nacht klonk een gesmoorde kreet die abrupt afbrak.

Snel, snel draaide hij zich om en stoof het geboomte weer in. De natte bladeren ritselden onder zijn poten, takken zwiepten tegen hem aan als hij langsstoof. Hij hoorde dat zijn broeder dicht achter hem aankwam. Ze doken onder de hartboom door en om de koude poel heen, dwars door de braamstruiken, onder een dicht bosje eiken, essen en hagedoornstruiken door, naar de andere kant van het woud... en daar was hij, de schaduw die hij ongezien had bespeurd, de schuine boom die naar de daken wees. *Wachtboom*, zei de gedachte.

Toen wist hij weer hoe hij erin moest klimmen. Overal naalden die over zijn naakte gezicht krasten en in zijn nek gleden, de kleverige hars aan zijn handen, de scherpe geur van naaldhout. Een boom waar een jongen makkelijk in kon klimmen, scheefgegroeid als hij was, en krom, met de takken zo dicht opeen dat ze bijna een schuine ladder naar het dak vormden.

Grommend besnuffelde hij de voet van de boom van alle kanten, tilde een poot op en markeerde hem met een straal pis. Een lage tak streek langs zijn snuit en hij hapte ernaar, rukkend en trekkend tot het hout knapte en losscheurde. Zijn bek zat vol naalden en bitter smakende hars. Hij schudde zijn kop en grauwde.

Zijn broeder ging op zijn achterpoten zitten en hief de kop op voor een langgerekt gehuil, zijn lied zwart van de rouw. Deze weg was geen weg. Zij waren geen eekhoorns of mensenwelpen, zij konden niet langs boomstammen omhoogklauteren, zich vastklemmend met zachte roze poten en onhandige voeten. Zij waren lopers, jagers, roofdieren.

Aan de overzijde van de nacht, achter de rots die hen ingesloten hield, ontwaakten de honden en ze begonnen te blaffen. Eerst een, toen nog een, en toen allemaal, een geweldig rumoer. Zij roken het ook, die lucht van vrees en vijanden.

Een wanhopige woede vervulde hem, fel als honger. Hij sprong bij de muur weg en draafde onder de bomen vandaan, de schaduwen van tak en blad als vlekken op zijn grijze vacht... en toen draaide hij zich om en rende terug. Zijn poten vlogen en wierpen natte bladeren en naalden op. Even was hij een jager, een gehoornde hertenbok vluchtte voor hem uit en hij zag hem, rook hem en stoof er voluit achteraan. De geur van vrees deed zijn hart bonzen, zijn bek kwijlde, en in volle vaart bereikte hij de hellende boom en hij wierp zich op de stam. Zijn klauwen krabbelden over de bast, zoekend naar houvast. Omhoog sprong hij, *omhoog*, twee sprongen, drie, bijna zonder vertraging, tot hij midden tussen de onderste takken was. Twijgen grepen zijn achterpoten en zwiepten in zijn ogen, grijsgroene naalden vlogen alle kanten op toen hij er al bijtend doorheen drong. Hij moest vaart minderen. Er trok iets aan zijn achterpoot, en met een grauw rukte hij zich los. Onder hem werd de stam smaller, de helling steiler, bijna loodrecht nu, en nat. De bast scheurde open als huid toen hij erin klauwde. Hij had een derde van de weg afgelegd, nog meer, het dak was bijna binnen bereik... toen zette hij een poot neer, voelde hoe die van de ronding van het natte hout schoot, en plotseling was hij aan het glijden en glibberen. Hij jankte van vrees en woede, viel, *viel* en tolde om en om terwijl de grond omhoogkwam om hem te breken...

En toen lag Bran weer in zijn bed in zijn eenzame torenkamer, verstrikt in zijn dekens en happend naar adem. 'Zomer,' riep hij hardop. 'Zomer.' Zijn schouder deed pijn, alsof hij erop gevallen was, maar hij wist dat het alleen maar een afschaduwing was van wat de wolf voelde. *Het klopt wat Jojen zei. Ik ben een beestling.* Buiten kon hij vaag de honden horen blaffen. *De zee is gekomen. Hij stroomt over de muren, precies zoals Jojen heeft gezien.* Bran greep de stang boven zijn hoofd, trok zich op en riep om hulp. Er kwam niemand, en even later wist hij weer waarom. Ze hadden de wacht bij zijn deur weggehaald. Ser Rodrik had alle weerbare mannen nodig die hij krijgen kon, dus Winterfel had nog slechts een symbolisch garnizoen.

De rest was acht dagen geleden vertrokken, zeshonderd man uit Winterfel en de dichtstbijzijnde ridderhoven. Clei Cerwyn zou zich onderweg met nog driehonderd anderen bij hen voegen, en maester Luwin had raven voor hen uitgezonden om nieuwe lichtingen uit Withaven, de terplanden en zelfs de diepten van het wolfswoud te ontbieden. Torhens Sterkte werd aangevallen door een monsterlijke krijgsheer genaamd Dagmer Splijtkaak. Volgens ouwe Nans was het onmogelijk hem te doden, want een vijand had zijn hoofd eens gekliefd met een bijl, maar Dagmer was zo'n felle dat hij de twee helften gewoon tegen elkaar had gedrukt en ze had vastgehouden totdat ze genezen waren. *Zou Dagmer gewonnen hebben?* Torhens Sterkte lag vele dagen van Winterfel af, maar toch...

Bran trok zich uit zijn bed op en slingerde zich van stang tot stang naar het raam. Met ietwat onvaste vingers gooide hij de luiken open. De binnenplaats was leeg en alle ramen die hij kon zien waren zwart. Winterfel sliep. '*Hodor!*' riep hij omlaag, zo hard als hij kon. Hodor lag waarschijnlijk boven de stallen te slapen, maar als hij hard genoeg schreeuwde zou hij of een ander Bran misschien horen. '*Hodor, kom gauw! Osha! Mira, Jojen, wie dan ook!* Bran zette zijn handen aan zijn mond. '*HOOOOODOOOOOR!*'

Maar toen de deur achter hem opensmakte stapte er een onbekende binnen. Hij droeg een leren kolder met over elkaar vallende ijzeren schijven erop genaaid, had een ponjaard in zijn hand en een bijl op zijn rug gebonden. 'Wat kom jij doen?' vroeg Bran geschrokken. 'Dit is mijn kamer. Eruit.'

Theon Grauwvreugd kwam achter de man aan de slaapkamer inlopen. 'We zijn hier niet om jou kwaad te doen, Bran.'

'Theon?' Het duizelde Bran, zo opgelucht was hij. 'Heeft Robb je gestuurd? Is hij er ook?'

'Robb is ver weg. Hij kan je nu niet helpen.'

'Me helpen?' Hij snapte er niets van. 'Maak me niet bang, Theon.'

'*Prins* Theon, tegenwoordig. We zijn allebei prinsen, Bran. Wie had dat ooit kunnen dromen? Maar ik heb uw slot ingenomen, prins.'

'Winterfel?' Bran schudde zijn hoofd. 'Maar dat kun je toch niet doen?'

'Laat ons alleen, Werlag.' De man met de ponjaard vertrok. Theon ging op het bed zitten. 'Ik heb vier man over de muur laten klimmen met behulp van touwen en enterhaken, en zij hebben voor de rest van ons een uitvalspoortje geopend. Mijn mannen rekenen op dit moment met de jouwe af. Ik verzeker je: Winterfel is van mij.'

Bran begreep het niet. 'Maar je bent vaders pupil!'

'En nu zijn jij en je broer mijn pupillen. Zodra er een eind komt aan het vechten brengen mijn mannen de rest van je mensen in de grote zaal bij elkaar. Jij en ik gaan ze toespreken. Jij gaat ze vertellen dat je Winterfel aan mij hebt overgegeven en je beveelt ze hun nieuwe heer te gehoorzamen zoals ze de oude hebben gehoorzaamd.'

'Dat doe ik níet,' zei Bran. 'We vechten terug en gooien jullie eruit. Ik heb me niet overgegeven, je kunt me niet dwingen te zeggen dat ik dat wel heb gedaan.'

'Dit is geen spelletje, Bran, dus wil je niet de kleine jongen uithangen? Daar ga ik niet op in. Het slot behoort mij toe, maar de inwoners zijn nog van jou. Als hun prins om hun veiligheid geeft kan hij beter doen wat hem gezegd wordt.' Hij stond op en liep naar de deur. 'Straks komt er iemand om je aan te kleden en je naar de grote zaal te dragen. Denk goed na over wat je wilt zeggen.'

Terwijl hij wachtte voelde Bran zich nog hulpelozer dan eerst. Hij zat op de vensterbank, starend naar de donkere torens en de zwarte schaduwen van de muren. Eén keer meende hij achter het wachtlokaal kreten te horen en iets dat zwaardgekletter zou kunnen zijn, maar hij had noch Zomers gehoor, noch diens neus. *Wakend ben ik nog steeds verminkt, maar in mijn slaap, als ik Zomer ben, kan ik rennen en vechten, horen en ruiken.*

Hij had verwacht dat Hodor hem zou komen halen, of misschien een van de dienstmeisjes, maar toen de deur weer openging was het maester Luwin met een kaars. 'Bran...' zei hij, 'je... weet wat er gebeurd is? Ze hebben het je verteld?' Hij had een wond boven zijn rechteroog, en aan die kant van zijn gezicht liep bloed omlaag.

'Theon is geweest. Hij zei dat Winterfel nu van hem was.'

De maester zette de kaars neer en veegde het bloed van zijn wang. 'Ze zijn de slotgracht overgezwommen en hebben de muren beklommen met touwen en haken. Drijfnat en druipend kwamen ze er over, met staal in de vuist.' Hij ging op de stoel bij de deur zitten, en zijn wond begon weer te bloeden. 'Bierbuik stond bij de poort op wacht. Hij werd in het torentje overvallen en gedood. Hooikop is ook gewond. Ik had nog net de tijd om twee raven uit te sturen voordat ze naar binnen kwamen stormen. De vogel naar Withaven wist weg te komen, maar de tweede werd met een pijl neergehaald.' De maester staarde naar de biezen. 'Ser Rodrik heeft te veel mannen meegenomen, maar dit is net zozeer mijn schuld. Ik had dit gevaar niet voorzien, geen moment...'

Jojen wel, dacht Bran. 'Helpt u me nou maar met aankleden.'

'Ja, je hebt gelijk.' Uit de zware, met ijzer beslagen kist aan het voeteneinde van Brans bed haalde de maester kleingoed, hozen en een tuniek. 'Jij bent de Stark in Winterfel, en Robbs erfgenaam. Je moet er prinselijk uitzien.' Samen kleedden ze hem zoals het een heer betaamde.

'Theon wil dat ik het slot overgeef,' zei Bran terwijl de maester de mantel vastmaakte met zijn lievelingsspeld, die met de wolfskop in zilver en git.

'Dat is geen schande. Een heer moet zijn mensen beschermen. Harde gebieden brengen harde mensen voort, Bran, bedenk dat wel als je met die ijzermannen praat. Je vader heeft gedaan wat hij kon om Theon wat zachtmoediger te maken, maar het was te weinig en te laat, vrees ik.'

De ijzerman die hen kwam halen was een gedrongen, stevige kerel met een koolzwarte baard die zijn halve borst bedekte. Het kostte hem weinig moeite de jongen te dragen, al leek hij bepaald niet ingenomen met zijn taak. Rickons slaapkamer lag een halve wenteling lager aan dezelfde trap. Toen ze de vierjarige wekten was hij kribbig. 'Ik wil moeder,' zei hij. 'Ze móét komen. En Ruige Hond ook.'

'Uw moeder is ver weg, hoogheid.' Maester Luwin trok het kind een kamerjapon over het hoofd. 'Maar ik ben er wel, en Bran ook.' Hij nam Rickon bij de hand en leidde hem naar buiten.

Beneden troffen ze Mira en Jojen aan, die hun kamer uit werden gedreven door een kale man met een speer die drie voet langer was dan hijzelf. Toen Jojen Bran aankeek waren zijn ogen groene poelen van verdriet. Andere ijzermannen hadden de Freys wakker geschud. 'Je broer is zijn koninkrijk kwijt,' zei Kleine Walder tegen Bran. 'Je bent geen prins meer, alleen nog maar een gijzelaar.'

'Jij ook,' zei Jojen, 'en ik, en wij allemaal.'

'Niemand heeft jou iets gevraagd, kikkervreter.'

Een van de ijzermannen ging hen voor met een toorts, maar het was weer gaan regenen en de toorts doofde al snel. Terwijl ze zich over de binnenplaats haastten konden ze de schrikwolven in het godenwoud horen huilen. *Ik hoop dat Zomer niet gewond is geraakt toen hij uit die boom viel.*

Theon Grauwvreugd zat in de hoge zetel van de Starks. Hij had zijn mantel afgedaan. Over een hemd van fijne maliën droeg hij een zwarte wapenrok met de gouden kraak van zijn huis als blazoen. Zijn handen rustten op de gebeeldhouwde wolfskoppen aan het uiteinde van de brede armleuningen. 'Theon zit op Robbs stoel,' zei Rickon.

'Stil, Rickon.' Bran voelde de dreiging om hen heen, maar Rickon was daar te jong voor. Er waren een paar toortsen aangestoken, en in de haard was vuur gemaakt, maar het grootste deel van de zaal was in duisternis gehuld. Omdat de banken tegen de wanden opgestapeld waren, stonden de slotbewoners bij gebrek aan zitplaatsen in kleine groepjes bijeen. Ze durfden niet te spreken. Hij zag ouwe Nans, wier mond zich opende en sloot. Hooikop werd door twee andere wachters de zaal ingedragen met een bebloed verband om zijn naakte borst. Pokdalige Tym snikte ontroostbaar, en Beth Cassel huilde van angst.

'Wie hebben we daar?' vroeg Theon toen hij de Riets en de Freys zag.

'Dit zijn de pupillen van vrouwe Catelyn. Ze heten allebei Walder Frey,' legde maester Luwin uit. 'En dit is Jojen Riet met zijn zuster Mira, de zoon en dochter van Holand Riet van Grijswaterwacht, die naar Winterfel waren gekomen om hun eed van trouw te vernieuwen.'

'Een slecht gekozen ogenblik, zou je kunnen zeggen,' zei Theon, 'maar dat zal ik niet doen. Jullie zijn hier en jullie blijven hier.' Hij stond uit de hoge zetel op. 'Breng de prins hier, Lorren.' De man met de zwarte baard deponeerde Bran als een zak haver op de stenen vloer.

Er kwamen nog steeds mensen de grote zaal binnen, voortgedreven door geschreeuw en de stompe kant van speren. Gies en Osha kwamen met meel bestoven de keuken uit, waar ze bezig waren geweest het brood voor die ochtend te bakken. Mikken werd vloekend en wel naar binnen gesleurd. Farlen kwam de zaal in hinken terwijl hij ondertussen zijn best deed om Palla te ondersteunen. Haar jurk was in tweeën gereten. Ze hield hem met een vuist bij elkaar en liep alsof iedere stap haar pijn deed. Septon Cheyl wilde toeschieten om te helpen, maar een van de ijzermannen sloeg hem tegen de grond.

De laatste man die de deur binnen werd gevoerd was de gevangene Riekt, wiens stank voor hem uitging, ranzig en doordringend. Brans maag draaide zich om toen hij de lucht opsnoof. 'Die hebben we in een torencel gevonden,' verklaarde zijn begeleider, een baardeloze knaap met rood haar en drijfnatte kleren, ongetwijfeld een van degenen die de slotgracht over waren gezwommen. 'Hij zegt dat hij Riekt wordt genoemd.'

'Ik kan wel raden waarom,' zei Theon met een glimlach. 'Stink je altijd zo, of heb je net een varken genaaid?'

'Ik heb niemand meer genaaid sinds ze me gegrepen hebben, heer. Mijn echte naam is Heek. Ik diende de Bastaard van Fort Gruw, tot de Starks hem bij wijze van huwelijkscadeau een pijl in z'n rug schoten.'

Dat vond Theon vermakelijk. 'Met wie was hij getrouwd?'

'Met de weduwe van Hoornwoud, heer.'

'Dat ouwe wijf? Was hij blind? Die heeft tieten als lege wijnzakken, uitgedroogd en ingevallen.'

'Hij had'r niet om d'r tieten getrouwd, heer.'

De ijzermannen deden de deur aan het benedeneind van de zaal met een klap dicht. Van zijn plek bij de hoge zetel telde Bran er ongeveer twintig. *Hij zal wel een paar wachters bij de poort en de wapenzaal neergezet hebben*. Toch konden het er bij elkaar niet meer dan dertig zijn.

Theon stak zijn hand op om het stil te krijgen. 'Jullie weten allemaal wie ik ben...'

'Ja, we weten wat een stinkende beerput je bent!' schreeuwde Mikken voordat de kale man hem de achterkant van zijn speer in zijn buik ramde en hem vervolgens met de schacht in zijn gezicht sloeg. De smid struikelde en viel op zijn knieën. Hij spuugde een tand uit.

'Mikken, hou je mond.' Bran probeerde streng en gezaghebbend te klinken, zoals Robb wanneer hij bevelen gaf, maar zijn stem liet hem in de steek, en wat eruit kwam was een schril gepiep.

'Luister naar je kleine jonkertje, Mikken,' zei Theon. 'Die is verstandiger dan jij.'

Een goede heer beschermt zijn volk, hield hij zichzelf voor. 'Ik heb Winterfel aan Theon overgegeven.'

'Harder, Bran. En je moet me prins noemen.'

Hij verhief zijn stem. 'Ik heb Winterfel aan prins Theon overgegeven. Jullie moeten allemaal doen wat hij zegt.'

'Ik mag vervloekt zijn als ik dat doe!' brulde Mikken.
Theon negeerde zijn uitbarsting. 'Mijn vader heeft zich getooid met de aloude kroon van zout en rots en zichzelf tot koning van de IJzereilanden uitgeroepen. Met het recht van de sterkste eist hij ook het noorden op. Jullie zijn allen zijn onderdanen.'

'Donder op!' Mikken veegde het bloed van zijn mond. 'Ik dien de Starks, en geen verraderlijk zootje... *aah*.' Het uiteinde van de speer had hem met zijn gezicht naar voren tegen de stenen vloer geramd.

'Smeden hebben sterke armen en zwakke hersens,' merkte Theon op. 'Maar als de overigen mij net zo trouw dienen als Ned Stark zullen jullie merken dat je je geen milder heer kunt wensen.'

Op handen en knieën spuwde Mikken bloed. *Alsjeblieft, niet doen*, wenste Bran, maar de smid schreeuwde: 'Als je denkt dat je met dit armzalige troepje het noorden kunt houden...'

De kale man stootte de punt van zijn speer in Mikkens nek. Staal boorde zich door vlees en drong met een golf bloed uit zijn hals naar buiten. Een vrouw gilde, en Mira sloeg haar armen om Rickon heen. *Hij is in bloed verdronken*, dacht Bran verdoofd. *Zijn eigen bloed.*

'Nog meer commentaar?' vroeg Theon Grauwvreugd.

'*Hodor hodor hodor hodor*,' riep Hodor met opengesperde ogen.

'Wil iemand die halve gare even het zwijgen opleggen?'

Twee ijzermannen begonnen Hodor met de achterkant van hun speren af te tuigen. De stalknecht viel om en probeerde zich met zijn handen te beschermen.

'Ik zal net zo'n goede heer voor jullie zijn als Eddard Stark.' Theon verhief zijn stem om over het slaan van hout op ledematen heen verstaanbaar te zijn. 'Maar verraad me, en je zult wensen dat je dat nooit had gedaan. En denk niet dat de mannen die jullie hier zien alle strijdkrachten zijn waarover ik beschik. Torhens Sterkte en de Motte van Diephout zullen binnenkort ook van ons zijn, en mijn oom vaart de Zoutspeer op om de Motte van Cailin in te nemen. Als Robb Stark zich de Lannisters van het lijf kan houden mag hij voortaan als koning over de Drietand heersen, maar het noorden behoort het huis Grauwvreugd toe.'

'De leenmannen van Stark zullen u verzet bieden,' riep de man die Riekt genoemd werd. 'Dat moddervette zwijn van Withaven bij voorbeeld, en ook die lui van Omber en Karstark. U zult meer mannen nodig hebben. Laat mij vrij en ik ben de uwe.'

Theon bekeek hem even onderzoekend. 'Je bent slimmer dan je stank doet vermoeden, maar die lucht, daar kan ik niet tegen.'

'Nou ja,' zei Riekt, 'ik zou me een beetje kunnen wassen. Als ik vrij was.'

'Een man met een zeldzaam gezond verstand.' Theon glimlachte. 'Buig je knie.'

Een van de ijzermannen reikte Riekt een zwaard aan, en hij legde het aan Theons voeten en zwoer het huis Grauwvreugd en koning Balon te zullen gehoorzamen. Bran kon het niet aanzien. De groene droom kwam uit.

'Heer Grauwvreugd!' Osha liep langs Mikkens lijk naar voren. 'Ik ben hier ook niet vrijwillig. U was erbij, die dag dat ze me gevangen namen.'

Ik dacht dat je mijn vriendin was, dacht Bran gekwetst.

'Ik heb vechters nodig,' verklaarde Theon, 'geen keukensletten.'

'Robb Stark heeft me in de keuken gestopt. Bijna een jaar lang heb ik ketels moeten schrobben, vet moeten afkrabben en deze kerel z'n bedstro moeten warmen.' Ze keek naar Gies. 'Daar heb ik mijn buik van vol. Geef me weer een speer in mijn hand.'

'Ik heb hier wel een speer voor je,' zei de kale kerel die Mikken had gedood. Hij tastte zich grijnzend in zijn kruis.

Osha ramde haar knokige knie tussen zijn benen. 'Hou dat slappe roze ding bij je.' Ze rukte de speer uit zijn hand en sloeg hem neer met de achterkant. 'Geef mij maar hout en ijzer.' Onder schallend gelach van de andere plunderaars lag de kale man op de vloer te kronkelen.

Theon lachte mee. 'Ik kan je wel gebruiken,' zei hij. 'Die speer kun je houden. Styg zoekt maar een nieuwe. Buig je knie en leg de eed af.'

Toen zich verder niemand naar voren haastte om de diensteed af te leggen werden ze weggestuurd met de waarschuwing dat ze gewoon aan het werk moesten en geen last moesten veroorzaken. Hodor kreeg opdracht Bran naar bed terug te brengen. Door de klappen die hij had gekregen zag zijn gezicht er akelig uit: zijn neus was dik en een van zijn ogen zat dicht. 'Hodor,' snikte hij met gebarsten, bebloede lippen toen hij Bran met zijn grote, sterke armen en bebloede handen optilde en weer naar buiten droeg, de regen in.

Arya

'D'r zijn spoken, ik weet het zeker.' Warme Pastei was brood aan het kneden, zijn armen tot de ellebogen onder het meel. 'Pia heeft gisteravond in de provisiekamer iets gezien.'

Arya maakte een vies geluid. Pia zag altijd wel wat in de provisiekamer. Mannen, meestal. 'Mag ik een taartje,' vroeg ze. 'Je hebt toch een heel blad vol gebakken.'

'Ik heb ook een heel blad nodig. Ser Amaury is er dol op.'

Ze had een hekel aan ser Amaury. 'Zullen we erop spugen?'

Warme Pastei keek zenuwachtig om zich heen. De keuken was een en al schaduwen en echo's, maar alle andere koks en keukenhulpjes lagen te slapen op de zolder boven de ovens. 'Dat merkt-ie vast.'

'Welnee,' zei Arya. 'Spuug kun je niet proeven.'

'Als-ie het wel proeft krijg ík met de zweep.' Warme Pastei hield op met kneden. 'Je hoort hier niet eens te zijn. Het is midden in de nacht.'

Dat klopte, maar dat was Arya een zorg. Zelfs midden in de nacht was het nooit stil in de keuken. Er was altijd wel iemand bezig deeg te rollen voor het ochtendbrood, met een grote pollepel in een ketel te roeren of een varken te slachten voor ser Amaury's ontbijtspek. Vannacht was het Warme Pastei.

'Als Roodoog wakker wordt en merkt dat je weg bent...' zei Warme Pastei.

'Roodoog wordt nooit wakker.' Zijn echte naam was Mebbel, maar iedereen noemde hem Roodoog, vanwege zijn tranende ogen. 'Niet als-ie eenmaal op apegapen ligt.' Hij ontbeet elke ochtend met bier, en elke avond viel hij dronken in slaap terwijl het wijnrode speeksel over zijn kin droop. Arya wachtte altijd tot ze hem hoorde snurken en sloop dan blootsvoets de bediendentrap op zonder meer geluid te maken dan de muis die ze was geweest. Ze had dan kaars noch waspit bij zich. Syrio had haar eens verteld dat het donker haar vriend kon zijn, en hij had gelijk. Ze had genoeg aan het licht van maan en sterren. 'Wedden dat we kunnen weglopen zonder dat Roodoog zelfs maar merkt dat ik er niet meer ben?' zei ze tegen Warme Pastei.

'Ik wil niet weg. Hier is het beter dan in het bos. Ik wil geen wormen vreten. Hier, strooi eens wat meel over die plank.'

Arya hield haar hoofd scheef. 'Wat is dat?'

'Wat? Ik hoor n...'

'Luister met je oren, niet met je mond. Dat was een krijgshoorn. Twee

stoten, heb je het niet gehoord? En dat zijn de kettingen van het valhek. Er vertrekt iemand of er komt iemand aan. Ga je mee kijken?' De poorten van Harrenhal waren niet meer open geweest sinds de ochtend dat heer Tywin met zijn leger was weggemarcheerd.
'Ik ben het ochtendbrood aan het bakken,' klaagde Warme Pastei. 'En ik heb het trouwens niet op het donker, dat zei ik toch al.'
'Ik ga wél. Ik vertel het je straks. Mag ik een taartje?'
'Nee.'
Dat weerhield haar er niet van er een mee te pikken. Op weg naar buiten at ze het op. Het was gevuld met gehakte noten, fruit en kaas; de korst was kruimelig en nog warm van de oven. Dat ze het taartje van ser Amaury opat, gaf Arya een stoutmoedig gevoel. *Blote voet, vaste voet, lichte voet,* zong ze bij zichzelf. *Ik ben het spook van Harrenhal.*

De hoorn had het kasteel uit de slaap gewekt. Mannen kwamen het binnenplein op om te kijken wat al die onrust te betekenen had. Arya voegde zich bij de overigen. Een rij ossenkarren bolderde onder het valhek door. *Oorlogsbuit*, wist ze meteen. De ruiters die de karren begeleidden spraken een ratjetoe van raar klinkende taaltjes. Hun wapenrusting blonk in het maanlicht, en ze zag een paar zwart-wit gestreepte zorza's. *De Bloedige Mommers*. Arya trok zich wat verder in de schaduwen terug en zag in een kooi achter op een van de wagens een enorme beer voorbijkomen. Andere karren waren beladen met zilverwerk, wapens en schilden, meelzakken, hokken met krijsende biggetjes en scharminkels van honden en kippen. Arya stond net te denken dat het heel lang geleden was dat ze geroosterd varkensvlees had gegeten toen ze de eerste gevangene zag.

Naar zijn houding en zijn trots opgeheven hoofd te oordelen moest hij een edelman zijn geweest. Onder zijn gescheurde rode wapenrok zag ze maliën glinsteren. Eerst hield Arya hem voor een Lannister, maar toen hij langs een toorts liep, zag ze dat zijn blazoen een zilveren vuist was, geen leeuw. Zijn polsen waren stevig vastgesnoerd, en een touw om zijn enkel verbond hem met de man achter hem, en die weer met de man daarachter, zodat de hele stoet met wankele passen mannetje aan mannetje voort moest schuifelen. Veel gevangenen waren gewond. Zodra er een stilstond, draafde er een ruiter op hem af om hem met een tik van zijn zweep weer in beweging te brengen. Ze probeerde te schatten hoeveel gevangenen er waren, maar raakte de tel kwijt voor ze bij vijftig was. Het waren er minstens twee keer zoveel. Hun kleren waren bemodderd en bebloed en in het toortslicht waren al die insignes en wapentekens moeilijk te onderscheiden, maar Arya zag er een paar die ze herkende. Tweelingtorens. Zonnebundel. Bloedige man. Strijdbijl. *Die strijdbijl is van Cerwyn, en die witte zon op het zwarte veld is Karstark.*

Dit zijn noorderlingen. Mannen van mijn vader, en van Robb. Ze dacht er liever niet aan wat dat kon betekenen.

De Bloedige Mommers stegen af. Staljongens doken slaperig uit het stro op om hun bezwete paarden te verzorgen. Een van de ruiters riep om bier. Het lawaai lokte ser Amaury Lors de overdekte galerij boven het binnenplein op, geflankeerd door twee toortsdragers. Beneden hield Vargo Hoat met de geitenhelm zijn paard in. 'Heer flotvoogd,' sprak de huurling. Hij had een dikke slobberstem, alsof zijn tong te groot was voor zijn mond.

'Wat heeft dit allemaal te betekenen, Hoat?' vroeg Amaury met een frons.

'Gevangenen. Rouf Bolten wou de rivier over, maar mijn Dappere Gefellen hebben fijn voorhoede in de pan gehakt. Er vielen een hoop doden, en Bolten if gevlucht. Dit hier if hun aanvoerder, Hanfcoe, en die daarachter if fer Aenyf Frey.'

Ser Amaury Lors tuurde met zijn varkensoogjes naar de geboeide gevangenen. Arya had niet de indruk dat hij er blij mee was. Iedereen in het kasteel wist dat hij en Vargo Hoat de pest aan elkaar hadden. 'Goed,' zei hij. 'Ser Cadwyn, smijt die mannen in de kerker.'

De heer met de gemaliede vuist op zijn wapenrok keek op. 'Ons was een eervolle behandeling toegezegd...' begon hij.

'Ftilte!' schreeuwde Vargo Hoat hem onder een regen van speeksel toe.

Ser Amaury richtte zich tot de gevangenen. 'Ik heb geen boodschap aan wat Hoat jullie heeft beloofd. Heer Tywin heeft mij tot slotvoogd van Harrenhal benoemd, en ik doe met jullie wat mij goeddunkt.' Hij gebaarde naar zijn wachters. 'De grote cel onder de Weduwentoren, daar passen ze met z'n allen wel in. Wie niet wil staat het vrij om hier te sterven.'

Terwijl zijn mannen de gevangenen met hun speerpunten voortdreven, zag Arya Roodoog in het trappenhuis verschijnen, knipperend tegen het licht van de toortsen. Als hij haar afwezigheid ontdekte zou hij gaan schreeuwen en dreigen dat hij haar het vel van haar lijf zou ranselen, maar daar was ze niet zo bang voor. Hij was Wisch niet. Hij dreigde altijd wel iemand het vel van het lijf te ranselen, maar Arya had hem nooit werkelijk zien slaan. Toch zou het beter zijn als hij haar niet zag. Ze gluurde om zich heen. De ossen werden uitgespannen en de karren uitgeladen, terwijl de Dappere Gezellen om drank brulden en de nieuwsgierigen zich rond de gekooide beer verdrongen. Temidden van al die beroering was het niet moeilijk om ongezien weg te glippen. Ze ging terug via de weg waarlangs ze gekomen was, want ze wilde uit het zicht zijn voordat iemand haar in de gaten kreeg en op het idee kwam haar aan het werk te zetten.

Afgezien van de poorten en de stallen was het uitgestrekte slot grotendeels verlaten. Achter haar ebde het lawaai weg. Een windvlaag wervelde voorbij en ontlokte de spleten in de Jammertoren een ijle huiverkreet. De bomen in het godenwoud lieten hun bladeren al vallen, en ze hoorde ze op verlaten binnenplaatsen en tussen lege gebouwen zacht ritselend over de stenen blazen. Nu Harrenhal weer bijna leeg was gebeurden er vreemde dingen met de geluiden hier. Soms leken de stenen het lawaai op te zuigen, zodat er een deken van stilte op de binnenplaatsen neerdaalde. Andere keren leidden de echo's een eigen leven, zodat elke voetstap in de tred van een spookleger veranderde en elke stem in de verte in een spookfestijn. Het waren onder andere die rare geluiden die Warme Pastei dwarszaten, maar Arya niet.

Stil als een schaduw schoot ze het middenhof over, de Angsttoren om en tussen de lege vogelkooien door waarin naar men zei de geesten van gestorven valken de lucht met spookvleugels in beweging brachten. Ze kon gaan en staan waar ze wilde. Het garnizoen telde maar honderd man, zo'n klein troepje dat ze in Harrenhal volkomen verdronken. De Zaal van de Honderd Haardsteden was afgesloten, evenals veel van de kleinere gebouwen, zelfs de Jammertoren. Ser Amaury Lors verbleef in de vertrekken van de slotvoogd in de Brandstapel, die ruim waren als die van een hoge heer, en Arya en de overige bedienden waren naar de kelders eronder verhuisd om snel bij de hand te zijn. Toen heer Tywin hier resideerde, was er altijd wel een wapenknecht geweest die wilde weten waar je heen ging. Nu waren er nog maar honderd mannen over om duizend deuren te bewaken, en niemand scheen te weten wie waar hoorde te zijn, of daar veel belang in te stellen.

Toen ze de wapenzaal passeerde, hoorde Arya hamerslagen. Een diep oranje gloed scheen door de hoge ramen naar buiten. Ze klom naar het dak en wierp een blik omlaag. Gendry was een borstharnas in model aan het slaan. Als hij werkte bestond de wereld voor hem nog slechts uit metaal, blaasbalgen en vuur. De hamer leek een deel van zijn arm. Ze keek naar het spel van de spieren in zijn borst en luisterde naar zijn stalen lied. *Hij is sterk*, dacht ze. Toen hij de tang met het lange handvat pakte om het borstharnas in de blusbak te dompelen, glipte Arya het venster door en sprong naast hem op de grond.

Hij leek niet verrast haar te zien. 'Jij hoort in bed te liggen, meisje.' Het borstharnas siste als een kat toen hij het in het koude water dompelde. 'Wat was dat voor herrie?'

'Vargo Hoat is teruggekomen met gevangenen. Ik zag hun insignes. Er is een Hanscoe bij uit de Motte van Diephout, een van mijn vaders mannen. De meeste anderen ook.' Ineens wist Arya waarom haar voeten haar hierheen hadden gebracht. 'Je moet me helpen ze te bevrijden.'

Gendry lachte. 'En hoe pakken we dat aan?'

'Ser Amaury heeft ze naar de kerker laten brengen. Die onder de Weduwentoren, dat is maar één grote cel. Jij zou met je hamer de deur in kunnen slaan...'

'Terwijl de wachters toekijken en erom wedden hoeveel slagen ik nodig heb?'

Arya kauwde op haar lip. 'Dan moeten we de wachters doden.'

'En hoe pakken we dat dan aan?'

'Misschien zijn er niet zoveel.'

'Twee is al te veel voor ons. Jij hebt ook geen moer geleerd in dat dorp, hè? Zodra je dit probeert hakt Vargo Hoat je handen en voeten eraf, zoals-ie dat gewend is.' Gendry pakte de tang weer.

'Je bent bang.'

'Laat me met rust.'

'Gendry, er zijn *honderd* noorderlingen. Misschien wel meer, ik kon ze niet allemaal tellen. Dat zijn evenveel mannen als ser Amaury heeft. Nou ja, de Bloedige Mommers niet meegeteld. We moeten ze eruit zien te krijgen, dan kunnen we het slot innemen en ontsnappen.'

'Ach nee, je krijgt ze er niet uit, net zomin als je Lommie kon redden.' Gendry draaide met de tang het borstharnas om en bekeek het nauwkeurig. 'En als we ontsnappen, waar gaan we dan heen?'

'Naar Winterfel,' zei ze meteen. 'Dan vertel ik mijn moeder hoe goed jij me geholpen hebt, en dan zou je kunnen blijven...'

'En zou mevrouw uw moeder dat goedvinden? Mag ik dan uw paarden beslaan en zwaarden smeden voor uw hooggeboren broers?'

Soms kon ze hem wel slaan. 'Hou je kop!'

'Waarom zou ik mijn voeten op het spel zetten voor de kans om in Winterfel te zwoegen in plaats van in Harrenhal? Ken je de ouwe Ben Zwarteduim? Die is hier als jongen gekomen. Smid geweest voor vrouwe Whent, en voor haar vader, en diens vader, en zelfs voor heer Losten, die voor de Whents in Harrenhal zat. Nu is hij smid voor heer Tywin, en weet je wat hij zegt: een zwaard is een zwaard en een helm is een helm en als je je hand in het vuur steekt verbrandt-ie, ongeacht wie je dient. Lucan is geen slechte meester. Ik blijf hier.'

'Dan krijgt de koningin je te pakken. Die heeft geen goudmantels achter Ben Zwarteduim aan gestuurd.'

'Waarschijnlijk zaten ze niet eens achter mij aan.'

'Wel waar, dat weet je best. Je bént iemand.'

'Ik ben een leerling-smid, en op een dag misschien een meester wapensmid... als ik niet wegloop en mijn voeten kwijtraak, of omkom.'

Hij keerde haar de rug toe, greep zijn hamer weer en begon te slaan.

Arya's handen balden zich tot machteloze vuisten. 'Als je nog eens een helm maakt, zet daar dan maar ezelsoren op in plaats van stierenhoorns.' Ze moest snel weglopen om hem niet te slaan. *Dat zou hij waarschijnlijk niet eens merken. Als ze erachter komen wie hij is en hem zijn stomme ezelskop afhakken zal hij er nog spijt van hebben dat hij me niet geholpen heeft.* Zonder hem was ze trouwens toch beter af. Door zijn toedoen was ze destijds in dat dorp gevangengenomen.

Maar de gedachte aan het dorp deed haar aan de tocht denken, en aan de voorraadschuur, en aan de Kietelaar. Ze dacht aan het jongetje wiens gezicht met die knots was ingeslagen, aan die stomme Helemaal-voor-Joffry en aan Lommie Groenehand. *Eerst was ik een schaap en toen een muis, en het enige dat ik kon was me verstoppen.* Arya kauwde op haar lip en probeerde te bedenken wanneer ze weer durf had gekregen. *Jaqen heeft me weer moed gegeven. Hij heeft me van een muis in een spook veranderd.*

Sinds de dood van Wisch had ze de Lorathi ontweken. Keswijck was makkelijk geweest, iedereen kon een man van de weergang duwen, maar Wisch had die lelijke gevlekte hond van pup af grootgebracht, en het dier had zich alleen maar door duistere magie tegen hem kunnen keren. *Yoren had Jaqen in een zwarte cel gevonden, net als Rorg en Bijter*, schoot het haar te binnen. *Jaqen heeft iets verschrikkelijks gedaan, en Yoren wist dat, daarom hield hij hem vastgeketend.* Als de Lorathi een tovenaar was, dan waren Rorg en Bijter misschien demonen die hij uit de een of andere hel had opgeroepen, en helemaal geen mensen.

Jaqen was haar nog één dood verschuldigd. In de verhalen van ouwe Nans over mensen die van een gnurker drie magische wensen mochten doen, moest je altijd extra voorzichtig zijn met je derde wens, want dat was de laatste. Keswijck en Wisch waren tamelijk onbelangrijk geweest. *De laatste dood moet gewicht in de schaal werpen*, zei Arya elke avond bij zichzelf als ze haar namen fluisterde. Zolang ze met één gefluisterd woord kon doden hoefde ze voor niemand bang te zijn... maar zodra ze haar laatste dood had verbruikt, zou ze weer een muis zijn.

Nu Roodoog wakker was, durfde ze niet naar bed terug. Niet wetend waar ze zich anders zou moeten verstoppen, ging ze naar het godenwoud. Ze was dol op de scherpe geur van pijnbomen en wachtbomen, het gevoel van gras en aarde tussen haar tenen en het geluid van de wind door de bladeren. Tussen de bomen kronkelde een traag stroompje dat op één plaats de grond onder een berg dode takken had weggevreten.

Daar, onder rottend hout en gebroken kronkeltakken, zocht ze haar verborgen zwaard op.

Gendry weigerde hardnekkig er een voor haar te smeden, dus had ze er zelf eentje gemaakt door de borstel van een bezem af te breken. De kling was veel te licht en er zat geen fatsoenlijk gevest aan, maar het scherpgepunte, splinterige uiteinde beviel haar wel. Zodra ze een uurtje niets te doen had, sloop ze weg om de oefeningen te doen die ze van Syrio had geleerd. Dan sprong ze barrevoets over gevallen bladeren, hieuw op takken in en sloeg het loof af. Soms klom ze zelfs in de bomen en bewoog ze zich dansend door de kruinen, haar tenen om de takken gekromd. Ze wankelde iedere dag een beetje minder naarmate ze steeds meer haar evenwicht hervond. De nacht was de beste tijd; 's nachts viel niemand haar lastig.

Arya schoof de afgebroken bezemsteel in haar riem toen ze naar boven klom. Boven in het koninkrijk der bladeren trok ze hem er weer uit en vergat een tijdlang iedereen, haar vaders mannen evenzeer als ser Amaury en de Mommers, en ging helemaal op in het gevoel van ruw hout onder haar voetzolen en het suizen van haar zwaard door de lucht. Eén gebroken tak werd Joffry. Ze hakte erop in totdat hij afbrak. De koningin en ser Ilyn en ser Meryn waren maar bladeren, maar die doodde ze ook door ze aan natte groene reepjes te hakken. Toen ze een lamme arm kreeg ging ze met haar benen om een hoge tak zitten om wat bij te komen in de koele duisternis, luisterend naar het gepiep van jagende vleermuizen. Door het bladerdak heen zag ze de lijkbleke takken van de hartboom. *Van hieraf ziet hij er precies zo uit als die in Winterfel. Was hij het maar...* dan zou ze weer thuis zijn als ze omlaag klom en zou ze misschien haar vader onder de weirboom vinden, waar hij altijd zat.

Ze stak het zwaard weer in haar riem en liet zich van tak tot tak glijden tot ze weer op de grond stond. Het maanlicht kleurde de takken van de weirboom zilverwit toen ze ernaartoe liep, maar de vijfpuntige rode bladeren werden 's nachts zwart. Arya staarde naar het gezicht dat in de stam was uitgesneden. Het was een vreselijk gezicht, de mond vertrokken, de ogen fel en van haat vervuld. Zagen goden er zo uit? Konden goden gekwetst zijn, net als mensen? *Ik moet bidden*, dacht ze plotseling.

Arya knielde. Ze wist niet goed hoe ze moest beginnen. Ze vouwde haar handen. *Help me, oude goden*, bad ze zwijgend. *Help me die mannen uit de kerker te bevrijden, zodat we ser Amaury kunnen doden, en breng me weer naar huis, naar Winterfel. Maak een waterdanser van me, en een wolf, en zorg dat ik nooit, nooit meer bang hoef te zijn.*

Was dat genoeg? Misschien moest ze hardop bidden, wilden de oude goden haar horen. Misschien moest ze langer bidden. Haar vader had soms heel lang gebeden, herinnerde ze zich. Maar de oude goden hadden hem nooit geholpen. Toen ze dat bedacht werd ze kwaad. 'Jullie hadden hem moeten redden,' schold ze de boom uit. 'Hij heeft alsmaar tot jullie gebeden. Het kan me niet schelen of jullie me helpen of niet. Jullie kúnnen me niet eens helpen, denk ik, ook al zouden jullie het willen.'

'Met de goden valt niet te spotten, meisje.'

Geschrokken van de stem sprong ze overeind en trok haar houten zwaard. Jaqen H'ghar stond zo onbeweeglijk in het donker dat hij net een boom leek. 'Een man komt om een naam te horen. Een en twee, en daarna komt drie. Een man wil het voltooien.'

Arya liet de splinterige punt naar de grond zakken. 'Hoe wist je dat ik hier was?'

'Een man ziet. Een man hoort. Een man weet.'

Ze keek hem achterdochtig aan. Was hij door de goden gezonden? 'Hoe heb je het voor elkaar gekregen dat die hond Wisch doodbeet? Heb je Rorg en Bijter uit de hel opgeroepen? Heet je echt Jaqen H'ghar?'

'Sommige mensen heben vele namen. Wezel. Arrie. Arya.'

Ze deinsde achteruit tot ze tegen de hartboom aangedrukt stond. 'Heb je dat van Gendry?'

'Een man weet,' zei hij nogmaals. 'Jonkvrouwe Stark.'

Misschien hadden de goden hem echt als gebedsverhoring gestuurd. 'Je moet me helpen die mannen uit de kerker te halen. Die Hanscoe en de rest, allemaal. We moeten de bewakers zien te doden en de cel zien te openen...'

'Een meisje vergeet,' zei hij bedaard. 'Twee heeft ze er gehad, drie waren er verschuldigd. Als er een bewaker moet sterven hoeft ze slechts zijn naam te noemen.'

'Maar één wachter is niet genoeg, we moeten ze allemaal doden om de celdeur te kunnen openen.' Arya beet hard op haar lip om niet te huilen. 'Ik wil dat jij de noorderlingen redt zoals ik jou heb gered.'

Hij keek zonder mededogen op haar neer. 'Er zijn een god drie levens ontstolen. Drie levens moeten worden terugbetaald. Met de goden valt niet te spotten.'

'Ik spotte niet.' Ze dacht even na. 'Die naam... kan ik iedereen noemen? En die dood je dan?'

Jaqen H'ghar boog zijn hoofd. 'Een man heeft het gezegd.'

'Iedereen?' herhaalde ze. 'Een man, een vrouw, een baby, of heer Tywin, of de Hoge Septon, of je eigen vader?'

'Een man heeft allang geen vader meer, maar zou hij nog leven, en zou je zijn naam kennen, hij zou op jouw bevel sterven.'

'Zweer het,' zei Arya. 'Zweer het bij de goden.'

'Bij al de goden van zee en lucht en zelfs bij Hem van het vuur, ik zweer het.' Hij legde een hand in de mond van de weirboom. 'Bij de zeven nieuwe goden en de ontelbare oude, ik zweer het.'

Hij heeft het gezworen. 'Zelfs al zou ik de koning noemen...'

'Zeg de naam, en de dood komt. Morgenochtend, met de wending van de maan, een jaar na nu, hij komt. Een man vliegt niet als een vogel, maar verplaatst een voet en daarna nog een, en op een dag is een man daar, en een koning sterft.' Hij knielde naast haar neer, zodat ze oog in oog kwamen. 'Een meisje fluistert, als ze bevreesd is om hardop te spreken. Fluister nu. Is het Joffry?'

Arya bracht haar mond bij zijn oor. 'Het is *Jaqen H'ghar.*' Zelfs in de brandende schuur, met de vlammen huizenhoog om hem heen en hijzelf in ketenen, had hij niet zo ontdaan gekeken als nu. 'Een meisje... ze schertst.'

'Je hebt het gezworen. De goden hebben je eed gehoord.'

'De goden hebben het gehoord.' Plotseling had hij een mes in zijn hand, het lemmet slank als haar pink. Of het voor hemzelf of voor haar bestemd was had Arya niet kunnen zeggen. 'Een meisje zal wenen. Een meisje zal haar enige vriend verliezen.'

'Je bent mijn vriend niet. Een vriend zou me helpen.' Ze deed een stapje bij hem vandaan, balancerend op de bal van haar voet, voor het geval hij het mes zou gooien. 'Een vriend zou ik nooit doden.'

Jaqens glimlach kwam en ging. 'Dan zou een meisje... wellicht een andere naam noemen, als een vriend wél hielp?'

'Wellicht,' zei ze. 'Als een vriend wel hielp.'

Het mes verdween. 'Kom.'

'Nu?' Ze had nooit gedacht dat hij zo snel tot actie over zou gaan.

'Een man hoort het zand in een zandloper ruisen. Een man zal niet rusten voor een meisje een zekere naam inslikt. Nu, boosaardig kind.'

Ik ben geen boosaardig kind, dacht ze. *Ik ben een schrikwolf, en het spook van Harrenhal.* Ze borg haar bezemsteel in de schuilplaats op en liep achter hem aan het godenwoud uit.

Ondanks het late uur heerste er onrust in Harrenhal. De komst van Vargo Hoat had de normale gang van zaken verstoord. Ossenkarren, ossen en paarden waren van de binnenplaats verdwenen, maar de berenkooi was er nog. Hij was aan zware kettingen opgehangen aan de boog van de brug die het buiten- en middenhof van elkaar scheidde, een paar voet boven de grond. Het terrein baadde in het licht van een kring van toortsen. Een paar staljongens gooiden steentjes naar de beer om hem aan het brullen en grommen te krijgen. Aan de overkant van het plein scheen licht door de deuropening van de Barakzaal, begeleid door gerammel van kroezen en geroep om meer wijn. Een tiental stemmen hief een lied aan in een kelige taal die Arya vreemd in de oren klonk.

Ze drinken en eten voor ze gaan slapen, drong het tot haar door. *Roodoog heeft vast iemand gestuurd om me wakker te maken zodat ik kon helpen bedienen. Dan weet hij dat ik niet in bed lag.* Maar hij zou het wel te druk hebben met drank schenken voor de Dappere Gezellen en die leden van ser Amaury's garnizoen die hen gezelschap hielden. De herrie die ze maakten zou een goede afleiding zijn.

'De hongerige goden zullen vannacht zwelgen in het bloed als een man zoiets zou doen,' zei Jaqen. 'Lief meisje, aardig en vriendelijk. Neem één naam terug, noem een andere en laat deze krankzinnige droom varen.'

'Nee.'

'Welnu dan.' Hij leek erin te berusten. 'Het zal gebeuren, maar dan moet een meisje wel gehoorzamen. Een man heeft geen tijd om te praten.'

'Een meisje zal gehoorzamen,' zei Arya. 'Wat moet ik doen?'

'Honderd mannen hebben honger, ze moeten gevoed worden, de heer vraagt om hete soep. Een meisje moet snel naar de keuken gaan om dat tegen haar pasteivriendje te zeggen.'

'Soep,' herhaalde ze. 'En waar ga jij heen?'

'Een meisje helpt soep maken en wacht in de keuken totdat een man haar komt halen. Ga. Snel.'

Warme Pastei haalde net zijn broden uit de oven toen ze de keuken inrende, maar hij was niet meer alleen. De koks waren gewekt om eten te maken voor Vargo Hoat en zijn Bloedige Mommers. Bedienden brachten mandjes met het brood en de taartjes van Warme Pastei weg, de opperkok sneed plakken koude ham, koksmaatjes draaiden konijnen aan het spit om, die door de keukenmeisjes met honing bedropen werden en vrouwen hakten uien en wortelen. 'Wat kom jij doen, Wezel?' vroeg de opperkok toen hij haar zag.

'Soep,' meldde ze. 'Heer Vargo wil soep.'

Hij priemde met zijn vleesmes naar de zwarte ijzeren ketels die boven de vlammen hingen. 'Wat denk je dat daarin zit? Al zou ik er net zo lief in pissen als dat ik het die geit opdiende. Een mens komt niet eens aan zijn nachtrust toe.' Hij spuwde. 'Nou ja. Laat maar. Ga maar tegen hem zeggen dat een ketel zich niet laat opjagen.'

'Ik moest hier wachten tot het klaar was.'

'Loop ons dan niet in de weg. Of nog beter, maak jezelf nuttig. Hup, naar de voorraadkamer, zijne geitigheid zal ook wel boter en kaas willen. Maak Pia wakker en zeg dat ze voor deze ene keer eens haar handjes moet laten wapperen, als ze tenminste allebei haar voetjes wil houden.'

Ze rende wat ze kon. Pia was wakker en lag op het zoldertje onder een van de Mommers te kreunen, maar toen ze Arya hoorde roepen wist ze niet hoe snel ze in de kleren moest. Ze vulde zes manden met kommetjes boter en punten in doeken gevouwen stinkkaas. 'Schiet op, help me eens een handje,' zei ze tegen Arya.

'Ik kan niet. Maar jij kunt beter haast maken, anders hakt Vargo Hoat je voetje eraf.' Ze schoot weg voordat Pia haar kon grijpen. Op de terugweg vroeg ze zich af waarom geen van de gevangenen een hand of voet miste. Misschien was Vargo Hoat bang om Robb kwaad te maken. Al leek hij eigenlijk iemand die bang was voor niemand.

Warme Pastei stond met een grote pollepel in de ketels te roeren toen Arya de keuken weer in kwam. Ze greep nog een lepel en ging hem helpen. Even overwoog ze, hem alles te vertellen, maar toen dacht ze aan het dorp en besloot van niet. *Hij zou zich alleen maar weer overgeven.*

Toen hoorde ze het akelige stemgeluid van Rorg. '*Kok!*' schreeuwde hij. 'We komen je verdomde soep halen.' Ontzet liet Arya de lepel los. *Ik heb toch niet gezegd dat hij die lui erbij moest halen.* Rorg droeg de ijzeren helm met de neusbeschermer die het gat in zijn gezicht ten dele verborg. Jaqen en Bijter kwamen achter hem aan de keuken in.

'Die verdomde soep is verdomme nog niet gaar,' zei de kok. 'Hij moet nog even sudderen. We hebben de uien er net in gedaan en...'

'Hou je scheur, of ik rijg je bij je aars aan het spit, en dan zullen we jou eens een beetje bedruipen. Ik zei soep, en ik zei nu.'

Sissend rukte Bijter een handvol half dichtgeschroeid konijn van het spit en zette zijn punttanden erin terwijl de honing tussen zijn vingers doorliep.

De kok haalde bakzeil. 'Neem die verdomde soep dan maar mee, maar als die geit vraagt waarom hij zo waterig smaakt, vertel hem dat dan zelf.'

Bijter likte het vet en de honing van zijn vingers, terwijl Jaqen een paar stevig gevoerde ovenwanten aantrok. Hij stak Arya een tweede paar toe. 'Een wezel helpt mee.' De soep was kokend heet en de ketels waren zwaar. Arya en Jaqen zeulden er samen een mee, Rorg droeg er een in z'n eentje en Bijter greep er nog twee mee, sissend van pijn toen hij zijn handen aan de hengsels brandde. Toch liet hij ze niet vallen. Ze sjouwden de ketels de keuken uit en de binnenplaats over. Voor de deur van de Weduwentoren stonden twee wachters. 'Wat is dat?' vroeg een van hen aan Rorg.

'Een pot kokende pis, wil je een slokje?'

Jaqen glimlachte ontwapenend. 'Een gevangene moet ook eten.'

'Niemand heeft iets gezegd over...'

'Het is voor hen, niet voor jou,' onderbrak Arya hem.

De tweede wachter wuifde hen door. 'Neem maar mee naar beneden.'

Achter de deur daalde een wenteltrap naar de kerker af. Rorg liep voorop, terwijl Jaqen en Arya de achterhoede vormden. 'Een meisje houdt zich gedekt,' zei hij tegen haar.

De treden kwamen uit in een vochtig stenen gewelf, lang, somber en raamloos. Er brandden wat toortsen in houders aan de kant waar een groep van ser Amaury's wachters om een bekraste houten tafel onder een spelletje schijven zat te kletsen. Zware ijzeren tralies scheidden hen van de gevangenen, die opeengepakt in het donker zaten. De geur van de soep lokte menigeen naar de tralies.

Arya telde acht bewakers. Zij roken de soep ook. 'Zo'n oerlelijke dienstmeid heb ik nog nooit gezien,' zei hun kapitein tegen Rorg. 'Wat zit er in die ketel?'

'Jouw pik, met ballen. Moet je een hap?'

Een van de wachters had lopen ijsberen, eentje stond vlak bij de tralies en een derde zat op de grond met zijn rug tegen de muur, maar het vooruitzicht van eten lokte hen allemaal naar de tafel.

'Het werd verdomme hoog tijd dat we eens wat te vreten kregen.'

'Ruik ik daar uien?'

'Zeg, waar is het brood?'

'Krijg nou wat...We moeten kommen hebben, bekers, lepels...'

'Welnee.' Rorg kiepte de gloeiend hete soep over de tafel, recht in hun gezicht. Jaqen H'ghar volgde. Ook Bijter wierp zijn ketels, met een zwaai van zijn onderarm, zodat de soep eruit spatte toen ze door de kerker vlogen. Een ketel trof de kapitein op zijn slaap toen hij wilde opstaan. Hij plofte als een zandzak neer en bleef stil liggen. De rest schreeuwde het uit van de pijn, begon te bidden, of probeerde weg te krabbelen.

Arya drukte zich tegen de muur toen Rorg de kelen begon door te snijden. Bijter gaf er de voorkeur aan de mannen bij hun achterhoofd en onder hun kin te grijpen en met één draai van zijn grote, bleke handen de nek te breken. Slechts een van de wachters wist een zwaard te trekken. Jaqen ontweek zijn houw met een danspas, trok zijn eigen zwaard, dreef de man met een regen van slagen de hoek in en doodde hem door hem in het hart te steken. Met zijn zwaardkling nog rood van 's mans hartenbloed liep de Lorathi naar Arya toe en veegde hem af aan de voorkant van haar hemd. 'Aan een meisje hoort ook bloed te kleven. Dit is haar werk.'

De sleutel van de cel hing boven de tafel aan een haak in de muur. Rorg haalde hem eraf en maakte de deur open. De eerste die naar buiten kwam was de heer met de gemaliede vuist op zijn wapenrok. 'Goed gedaan,' zei hij. 'Ik ben Robet Hanscoe.'

'Heer.' Jaqen H'ghar maakte een buiging.

Eenmaal bevrijd ontdeden de gevangenen de dode wachters van hun wapens en stoven met staal in de hand de trap op. Hun makkers dromden met blote handen achter hen aan. Ze verdwenen snel en zonder iets te zeggen. Geen van hen leek zo ernstig gewond als toen ze door Vargo Hoat de poorten van Harrenhal door gedreven waren. 'Dat van die soep, dat was slim,' zei Hanscoe. 'Dat had ik niet verwacht. Was dat een idee van heer Hoat?'

Rorg schoot in de lach. Hij lachte zo hart dat het snot uit het gat van zijn neus vloog. Bijter zat boven op een lijk. Hij hield een slappe hand vast en knaagde aan de vingers. De botten kraakten tussen zijn tanden.
'Wie zijn jullie?' Er verscheen een rimpel tussen Robet Hanscoe's wenkbrauwen. 'Jullie waren niet bij Hoat toen hij naar heer Boltens kamp kwam. Horen jullie bij de Dappere Gezellen?'
Rorg veegde met de rug van zijn hand het snot van zijn kin. 'Nu wel.'
'Deze man heeft de eer Jaqen H'ghar te zijn, eens inwoner van de vrijstad Lorath. Zijn onhoofse gezellen heten Rorg en Bijter. Een heer zal begrijpen wie Bijter is.' Hij wuifde naar Arya. 'En dit...'
'Ik ben Wezel,' flapte ze eruit voordat hij kon zeggen wie ze in werkelijkheid was. Ze wilde niet dat haar naam hier genoemd werd, waar Rorg het kon horen, en Bijter, en al die onbekenden.
Ze zag dat Hanscoe al geen interesse meer voor haar had. 'Goed,' zei hij. 'Laten we een eind aan deze bloedige affaire maken.'
Boven aan de wenteltrap troffen ze de deurwachters in een plas van hun eigen bloed aan. Noorderlingen renden de binnenplaats over. Arya hoorde geschreeuw. De deur van de Barakzaal vloog open en een gewonde wankelde schreeuwend naar buiten. Drie anderen renden hem achterna en legden hem met speer en zwaard het zwijgen op. Bij het poortgebouw werd ook gevochten. Rorg en Bijter renden er samen met Hanscoe op af, maar Jaqen H'ghar knielde bij Arya neer. 'Een meisje begrijpt het niet?'
'Jawel,' zei ze, al was het eigenlijk niet zo.
De Lorathi moest het aan haar gezicht hebben gezien. 'Een geit kent geen trouw. Binnenkort wordt hier een wolvenbanier gehesen, denk ik. Maar eerst wil een man dat een zekere naam wordt ingetrokken.'
'Ik neem de naam terug.' Arya kauwde op haar lip. 'Heb ik nog een derde dood over?'
'Een meisje is inhalig.' Jaqen raakte een van de gedode wachters aan en hield haar zijn bebloede vingers voor. 'Hier drie, daar vier, en nog acht liggen er dood beneden. De schuld is afbetaald.'
'De schuld is afbetaald,' beaamde Arya met tegenzin. Ze voelde zich een beetje treurig. Nu was ze weer een muis.
'Een god heeft wat hem toekomt. En nu moet een man sterven.' Een vreemd lachje gleed over Jaqen H'ghars lippen.
'Sterven?' vroeg ze, niet wetend hoe ze het had. Wat bedoelde hij? 'Maar ik heb de naam ingetrokken. Je hoeft nu niet meer dood.'
'Jawel. Mijn tijd is om.' Jaqen streek met een hand over zijn gezicht, van voorhoofd tot kin, en waar de hand langsging veranderde hij. Zijn wangen werden voller, zijn ogen kwamen dichter bij elkaar te staan, zijn neus werd krom, op zijn rechterwang verscheen een litteken dat er eerst niet was geweest. En toen hij zijn hoofd schudde verdween zijn lange,

steile haar, half rood en half wit, en verscheen er een bos dichte zwarte krullen.

Arya's mond was opengevallen. 'Wie bén je?' fluisterde ze, te verbijsterd om bang te zijn. 'Hoe dééd je dat? Is dat moeilijk?'

Hij grijnsde een glanzende gouden tand bloot. 'Niet moeilijker dan een andere naam aannemen, als je weet hoe het moet.'

'Laat eens zien,' gooide ze eruit. 'Ik wil het ook kunnen.'

'Als je het wilt leren moet je met mij meekomen.'

Nu aarzelde Arya. 'Waarheen?'

'Ver weg, naar de overkant van de zee-engte.'

'Dat kan niet. Ik moet naar huis. Naar Winterfel.'

'Dan scheiden zich onze wegen,' zei hij, 'want ook ik heb mijn verplichtingen.' Hij tilde haar hand op en drukte een muntje in haar handpalm. 'Hier.'

'Wat is dat?'

'Een munt van grote waarde.'

Arya beet erop. Het muntje was zo hard dat het alleen maar van ijzer kon zijn. 'Is het genoeg waard om een paard te kopen?'

'Het is niet bedoeld om paarden mee te kopen.'

'Wat heb ik er dan aan?'

'Je kunt net zo goed vragen: wat heb ik aan het leven, wat heb ik aan de dood? Zodra de dag komt dat je me terug wilt vinden, geef die munt dan aan iemand uit Braavos, het doet er niet toe aan wie, en zeg deze woorden tegen hem: *valar morghulis.*'

'*Valar morghulis,*' herhaalde Ayra. Het was niet moeilijk. Haar vingers sloten zich stevig om het muntje. Aan de andere kant van de binnenplaats kon ze mannen horen sterven. 'Ga alsjeblieft niet weg, Jaqen.'

'Jaqen is net zo dood als Arrie,' zei hij treurig, 'en ik heb beloften na te komen. *Valar morghulis*, Arya Stark. Zeg het nog eens.'

'*Valar morghulis,*' zei ze opnieuw, en de vreemdeling in de kleren van Jaqen boog voor haar en liep met wapperende mantel het donker in. Ze was alleen met al die doden. *Ze hadden de dood verdiend,* hield Arya zichzelf voor, denkend aan al die mensen die ser Amaury Lors in de hofstede bij het meer had laten doden.

De kelders onder de Brandstapeltoren waren leeg toen ze naar haar strozak terugkeerde. Ze fluisterde haar namen in haar kussen, en na afloop voegde ze er met een klein, zacht stemmetje '*Valar morghulis*' aan toe en ze vroeg zich af wat het betekende.

Bij het aanbreken van de dag waren Roodoog en de overigen terug, op één jongen na die om onbekende redenen in de strijd was omgekomen. Roodoog ging in zijn eentje naar boven om te zien hoe de zaken er bij daglicht voorstonden, aan één stuk door klagend dat zijn ouwe botten niet tegen trappen lopen konden. Toen hij terugkwam meldde hij dat Harrenhal ingenomen was. 'Die Bloedige Mommers hebben een paar van ser Amaury's mannen in hun bed gedood en de rest aan tafel, toen ze flink dronken waren. Voor de dag om is komt de nieuwe heer met zijn complete krijgsmacht. Hij komt uit het wilde noorden, waar de Muur is, en het schijnt een harde te zijn. Maar heer zus of heer zo, gewerkt moet er worden. Geen geintjes, of ik ransel het vel van je rug.' Bij die woorden keek hij naar Arya, maar hij repte er met geen woord over waar ze de afgelopen nacht was geweest.

De hele ochtend keek ze toe hoe de Bloedige Mommers de doden van alles van waarde ontdeden en de lijken naar de druipsteenhof sleepten, waar ze een brandstapel hadden opgericht om zich van hen te ontdoen. Warrewel de nar hakte de hoofden van twee dode ridders af en huppelde ermee door het slot terwijl hij ze aan hun haren vasthield en ze liet praten. 'Waar ben jij aan doodgegaan?' vroeg het ene hoofd. 'Aan hete wezelsoep,' antwoordde de tweede.

Arya moest het opgedroogde bloed opdweilen. Niemand sprak meer met haar dan anders, maar zo nu en dan merkte ze dat er vreemd naar haar gekeken werd. Robet Hanscoe en de andere mannen die ze bevrijd hadden, moesten hebben verteld wat zich in de kerker had afgespeeld, en toen waren Warrewel en die stomme pratende hoofden over de wezelsoep begonnen. Ze had graag gezegd dat hij zijn kop moest houden, maar dat durfde ze niet. De nar was half krankzinnig en ze had gehoord dat hij eens iemand doodgeslagen had die niet om een mop van hem had gelachen. *Als hij zijn kop niet houdt zet ik hem op mijn lijst*, dacht ze terwijl ze op een bruinrode vlek boende.

Het liep al tegen de avond toen de nieuwe meester van Harrenhal arriveerde. Hij had een alledaags gezicht, baardeloos en doodgewoon. Alleen zijn fletse ogen vielen op. Hij was noch dun, noch dik, noch gespierd en droeg zwarte maliën en een gevlekte roze mantel. Het wapenteken op zijn banier zag eruit als een man die in bloed gedompeld was. 'Kniel voor de heer van Fort Gruw!' riep zijn schildknaap, een jongen die niet ouder was dan Arya, en Harrenhal knielde.

Vargo Hoat trad naar voren. 'Heer, Harrenhal if van u.'

De heer gaf antwoord, maar zo zacht dat Arya het niet verstond. Robet Hanscoe en ser Aenys Frey, pas gebaad en gekleed in een schoon, nieuw wambuis, voegden zich bij hem. Na een kort gesprek leidde ser Aenys hen naar Rorg en Bijter. Arya was verbaasd dat ze er nog waren, want om de een of andere reden had ze verwacht dat ze samen met Jaqen verdwenen zouden zijn. Arya hoorde Rorgs ruwe stemgeluid, maar niet wat hij zei. Toen werd ze door Warrewel besprongen. Hij sleurde haar de binnenplaats over. 'Heer, heer,' galmde hij, terwijl hij aan haar pols rukte, 'hier is de wezel die de soep heeft gemaakt!'

'Laat me los,' zei Arya en ze ontworstelde zich aan zijn greep.

De heer bezag haar. Alleen zijn ogen bewogen. Ze waren heel licht, de kleur van ijs. 'Hoe oud ben je, kind?'

Ze moest even nadenken. 'Tien.'

'Tien, héér,' verbeterde hij haar. 'Hou je van dieren?'

'Van sommige. Heer.' Een dun lachje flitste over zijn lippen. 'Maar niet van leeuwen, krijg ik de indruk. Of van manticora's.'

Ze wist niet wat ze daarop moest zeggen, dus zei ze maar niets.

'Ik hoor dat je Wezel wordt genoemd. Dat is niet geschikt. Hoe werd je door je moeder genoemd?'

Ze beet op haar lip, zoekend naar een andere naam. Lommie had haar Bultenkop genoemd, Sansa Paardenhoofd, en de mannen van haar vader hadden haar ooit als Arya Onderweg betiteld, maar ze had niet het idee dat hij op een van die namen zat te wachten.

'Nymeria,' zei ze. 'Maar ze kortte het af tot Nans.'

'Als je tegen me spreekt noem je me héér, Nans,' zei hij kalm. 'Je bent te jong om een Dappere Gezel te zijn, lijkt me, en van het verkeerde geslacht. Ben je bang voor bloedzuigers, kind?'

'Het zijn maar bloedzuigers. Heer.'

'Mijn schildknaap kan zo te horen nog iets van je leren. Het geheim van een lang leven schuilt in regelmatig aderlaten. Een mens dient zich te reinigen van kwaad bloed. Ik denk dat je wel geschikt bent. Zolang ik in Harrenhal verblijf, Nans, zul jij mijn hofschenker zijn en mij aan tafel en in mijn vertrekken bedienen.'

Ditmaal was ze zo verstandig om niet te zeggen dat ze liever in de stallen zou werken. 'Ja, eh, heer.'

De heer wuifde met zijn hand. 'Maak haar toonbaar,' zei hij tegen niemand in het bijzonder, 'en leer haar hoe ze zonder morsen wijn moet schenken.' Hij wendde zich af, wuifde met een hand en zei: 'Heer Hoat, doet u iets aan die banieren boven de poort.'

Vier Dappere Gezellen klommen naar de borstwering en haalden de leeuw van Lannister en de zwarte manticora van ser Amaury neer. De gevilde man van Fort Gruw en de schrikwolf van Stark kwamen ervoor in de plaats. En die avond schonk een page genaamd Nans wijn voor Rous Bolten en Vargo Hoat, terwijl ze van de galerij toekeken hoe de Dappere Gezellen ser Amaury Lors naakt over het middenhof lieten paraderen. Ser Amaury smeekte en snikte en klampte zich vast aan de benen van zijn bewakers, totdat Rorg hem losrukte en Warrewel hem de berenkuil intrapte.

Die beer is helemaal in het zwart, dacht Arya. *Net als Yoren.* Ze vulde de beker van Rous Bolten zonder één druppel te morsen.

Daenerys

In deze stad vol pracht en praal had Dany verwacht dat het Huis der Onsterfelijken het prachtigste van allemaal zou zijn, maar toen ze uit haar palankijn stapte zag ze een grijze, oeroude bouwval. Langwerpig en laag, zonder torens of ramen, kronkelde het als een stenen serpent door een groepje bomen met een zwarte bast waarvan de inktkleurige bladeren de grondstof vormden voor de heksendrank die de Quarthijnen *avondschaduw* noemden. In de directe omgeving stonden geen andere gebouwen. Het paleis had een zwart tegeldak, maar veel tegels waren kapot of eraf gevallen en de mortel tussen de stenen was droog en verkruimeld. Nu begreep ze waarom Xaro Xhoan Daxos dit het Stofpaleis noemde. Zelfs Drogon leek niet op zijn gemak bij de aanblik. De zwarte draak siste, en rook welde tussen zijn scherpe tanden door.

'Bloed van mijn bloed,' zei Jhogo in het Dothraki, 'dit is een boos oord, waar geesten en *maegi* huizen. Ziet u hoe het de ochtendzon opslokt? Laten we weggaan voordat wij ook opgeslokt worden.'

Ser Jorah Mormont kwam naast hen staan. 'Wat voor macht kunnen ze nu hebben als ze in zoiets wonen?'

'Sla acht op de wijsheid van wie u het meest beminnen,' zei Xaro Xhoan Daxos, achteroverleunend in de palankijn. 'Heksenmeesters zijn verbitterde schepselen die stof eten en schaduwen drinken. Zij zullen u niets geven. Ze hebben niets te geven.'

Aggo legde een hand op zijn *arakh*. '*Khaleesi*, er wordt gezegd dat velen het Stofpaleis ingaan en slechts weinigen eruit komen.'

'Dat wordt gezegd,' beaamde Jhogo.

'Wij zijn bloed van uw bloed,' zei Aggo. 'Wij hebben gezworen met u te leven en te sterven. Laat ons met u meegaan in dit duistere oord, om u tegen alle kwaad te beschermen.'

'Soms moet zelfs een *khal* alleen gaan,' zei Dany.

'Neem mij dan mee,' drong ser Jorah aan. 'Het risico...'

'Koningin Daenerys gaat alleen naar binnen of helemaal niet.' De heksenmeester Pyat Pree kwam onder de bomen vandaan. *Stond hij daar al die tijd al*, vroeg Dany zich af. 'Indien zij zich nu omdraait, zullen de deuren der wijsheid voorgoed voor haar gesloten blijven.'

'Mijn plezierbark wacht, zelfs nu nog,' riep Xaro Xhoan Daxos uit. 'Zie af van deze dwaasheid, koppigste aller koninginnen. Ik heb fluitspelers die uw gekwelde ziel soelaas kunnen bieden met lieflijke muziek,

en een klein meisje wier tong u zal doen smachten en smelten.'
Ser Jorah Mormont wierp de koopmansvorst een zure blik toe. 'Uwe Genade, denk aan Mirri Maz Duur.'
'Dat doe ik ook,' zei Dany, plotseling vastberaden. 'Ik herinner me dat zij over kennis beschikte. En zij was maar een *maegi*.'
Pyat Pree glimlachte flauwtjes. 'Het kind spreekt zo wijs als een oude vrouw. Neem mijn arm, en laat mij u leiden.'
'Ik ben geen kind.' Desondanks stak Dany haar arm door de zijne. Onder de zwarte bomen was het donkerder dan ze verwacht had, en de weg was langer. Al leek het pad rechtstreeks van de straat naar de deur van het paleis te lopen, toch sloeg Pyat Pree al snel af. Toen ze hem ernaar vroeg zei de heksenmeester slechts: 'De weg aan de voorkant voert naar binnen, maar nimmermeer naar buiten. Let op mijn woorden, mijn koningin. Het Huis der Onsterfelijken is niet voor stervelingen gebouwd. Als uw ziel u lief is, neem u dan in acht en doe precies wat ik u zeg.'
'Ik zal doen wat u zegt,' beloofde Dany.
'Als u binnentreedt zult u zich in een vertrek met vier deuren bevinden: die waardoor u binnengekomen bent, en drie andere. Neem de rechterdeur. Telkens de rechter. Mocht u in een trappenhuis komen, ga dan naar boven. Ga nooit naar beneden, en neem nooit een andere deur dan de eerste rechts.'
'De rechterdeur,' herhaalde Dany. 'Begrepen. En als ik wegga het tegenovergestelde?'
'Zeker niet,' zei Pyat Pree. 'Komen en gaan zijn gelijk. Altijd omhoog, altijd de rechterdeur. Misschien dat er andere deuren voor u opengaan. Daarachter zult u veel verontrustende dingen zien. Lieflijke visioenen en angstaanjagende, wonderen en verschrikkingen. Beelden en klanken uit lang vervlogen dagen, dagen die komen gaan en dagen die nimmer zijn geweest. Bewoners en gedienstigen zullen u wellicht in het voorbijgaan aanspreken. Antwoord of negeer hen naar believen, maar *ga geen enkele kamer binnen* voor u bij de audiëntiezaal bent.'
'Ik begrijp het.'
'Als u het vertrek der Onsterfelijken bereikt, wees dan geduldig. Onze leventjes zijn voor hen niet meer dan het vleugelgefladder van een mot. Luister goed, en bind ieder woord op uw hart.'
Toen ze bij de deur kwamen – een hoge, ovale mond, aangebracht in een muur die de vorm van een gezicht had – stond de kleinste dwerg die Dany ooit had gezien op de drempel te wachten. Hij kwam maar tot haar knie, zijn gezicht was een geknepen, puntig snoetje, maar hij was in een sierlijk, blauw met paars livrei gehuld en in zijn roze handjes had hij een zilveren dienblad. Daarop stond een slank kristallen glas, gevuld met een dikke blauwe vloeistof: *avondschaduw*, de wijn der hek-

senmeesters. 'Neem en drink,' spoorde Pyat Pree haar aan.
'Worden mijn lippen er blauw van?'
'Eén fluit zal slechts uw oren uitblazen en u de schellen van de ogen doen vallen, zodat u de waarheden die u worden geboden kunt horen en zien.'
Dany bracht het glas naar haar mond. De eerste slok smaakte naar inkt en rottend vlees, heel smerig, maar toen ze hem doorslikte leek hij binnen in haar tot leven te komen. Ze voelde hoe hij zich in haar borst verspreidde als vurige vingers die zich om haar hart krulden, en op haar tong lag de smaak van honing, anijs en room, van moedermelk en Drogo's zaad, van rood vlees, warm bloed en gesmolten goud. Het leek op iedere smaak die ze ooit had geproefd en tegelijkertijd op geen enkele... en toen was het glas leeg.
'Nu kunt u binnengaan,' zei de heksenmeester. Dany zette het glas op het dienblad terug en ging naar binnen.
Ze bevond zich in een stenen voorvertrek met vier deuren, een in elke muur. Zonder aarzeling liep ze naar de deur aan haar rechterkant en stapte erdoor. Het tweede vertrek was identiek aan het eerste. Weer keerde ze zich naar de rechterdeur. Toen ze die openduwde zag ze nog een klein voorvertrek met vier deuren. *Dit is toverij.*
De vierde kamer was eerder ovaal dan vierkant, en de wanden waren van wormstekig hout in plaats van steen. Er liepen zes gangen vandaan in plaats van vier. Dany koos de meest rechtse en kwam in een lange, schemerige zaal met een hoog plafond. Aan de rechterkant verspreidde een rij toortsen een rokerig, oranje schijnsel, maar alle deuren zaten links. Drogon sloeg zijn brede, zwarte vleugels uit en bracht de bedompte lucht in beweging. Hij verhief zich in de lucht en vloog twintig voet ver voordat hij onelegant op de grond plofte. Dany stapte achter hem aan.
Het door de motten aangevreten tapijt onder haar voeten was ooit schitterend van kleur geweest, en in de stof waren nog gouden krullen te zien die hier en daar fragmentarisch oplichtten in het verschoten grijs en vlekkerige groen. Wat restte was genoeg om haar voetstappen te dempen, maar dat was geen onverdeeld genoegen. Achter de muren kon Dany geluiden horen, een vaag geschuifel en gescharrel dat haar aan ratten deed denken. Drogon hoorde ze ook. Zijn kop draaide met de geluiden mee en toen ze ophielden slaakte hij een boze kreet. Andere geluiden, nog verontrustender, drongen door enkele van de gesloten deuren heen. Eén deur trilde en bonkte, alsof iemand een poging deed hem in te trappen. Achter een andere klonk een verre fluittoon die de draak wild met zijn staart deed zwiepen. Dany haastte zich erlangs.
Niet alle deuren waren gesloten. *Ik kijk niet*, zei Dany tegen zichzelf, maar de verleiding was te groot.

In één kamer lag een mooie vrouw naakt op de vloer terwijl vier mannetjes over haar heen kropen. Ze hadden puntige rattensnuitjes en kleine roze handjes, net als de dienaar die haar het glas schaduw had aangereikt. Eentje lag tussen haar dijen te pompen. Een tweede viel op haar borsten aan en knauwde met zijn rode slobbermond op een tepel, rukkend en knagend.

Verderop trof ze een feestmaal van lijken aan. De feestvierders, gruwelijk afgeslacht, lagen tussen omgevallen stoelen en kapotgeslagen schragentafels in plassen geronnen bloed. Sommigen misten ledematen of zelfs hun hoofd. In afgehouwen handen staken bloedige bekers, houten lepels, geroosterd gevogelte en hompen brood. Boven hen uit troonde een dode met een wolvenkop. Hij droeg een ijzeren kroon en hield een lamsbout in zijn hand zoals een koning een scepter vasthoudt. Zijn ogen volgden Dany met een woordeloze smeekbede.

Ze ontvluchtte hem, maar slechts tot de volgende open deur. *Ik ken deze kamer,* dacht ze. Ze kende die grote houten balken, versierd met uitgesneden dierenkoppen. En daar voor het raam, een citroenboom! Haar hart smachtte van verlangen bij de aanblik. *Dit is het huis met de rode deur, het huis in Braavos.* Ze had het nog niet gedacht of de oude ser Willem kwam de kamer in, zwaar leunend op zijn stok. 'Kleine prinses, daar bent u,' zei hij met zijn vriendelijke bromstem. 'Kom,' zei hij, 'kom bij mij, jonkvrouwe, nu bent u thuis, nu bent u veilig.' Zijn grote gerimpelde hand, zacht als oud leer, strekte zich naar haar uit, en Dany wilde die grijpen, vasthouden en kussen, ze had nog nooit iets zo graag gewild. Haar voet schoof naar voren, maar toen dacht ze: *hij is dood, hij is dood, mijn lieve ouwe beer, hij is al lang geleden gestorven.* Ze deinsde achteruit en rende weg.

De lange zaal liep al maar door, met eindeloos veel deuren aan haar linkerhand en rechts alleen maar toortsen. Ze rende meer deuren voorbij dan ze kon tellen; gesloten en open deuren, houten en ijzeren deuren, glad en versierd met houtsnijwerk, deuren met knoppen, deuren met grendels en deuren met kloppers. Drogon ranselde haar rug en dreef haar voort, en Dany rende tot ze niet meer kon.

Ten slotte dook er links van haar een grote, dubbele bronzen deur op. De twee helften zwaaiden op haar nadering open en ze moest blijven kijken. Daarachter welfde zich een holle stenen zaal, de grootste die ze ooit had gezien. Vanaf de wanden zagen de schedels van dode draken neer. Op een torenhoge, troon met scherpe punten zat een oude man met kostbare gewaden, een oude man met donkere ogen en lang, zilvergrijs haar. 'Laat hem maar koning zijn over verkoolde botten en geschroeid vlees,' zei hij tegen een man beneden hem. 'Laat hem de sintelkoning zijn.' Drogon schreeuwde en zijn klauwen drongen door zijde en huid heen, maar de koning op zijn troon hoorde niets en Dany liep door.

Viserys, was haar eerste gedachte toen ze de volgende keer bleef staan, maar toen ze nog eens keek zag ze dat hij het niet was. De man had net zulk haar als haar broer, maar hij was langer, en zijn ogen waren donker als indigo in plaats van lila. 'Aegon,' zei hij tegen een vrouw die in een groot houten bed een kind zoogde. 'Is er een betere naam denkbaar voor een koning?'

'Ga je een lied voor hem maken?' vroeg de vrouw.

'Hij heeft al een lied,' antwoordde de man. 'Hij is de prins die beloofd was, en zijn lied is dat van ijs en vuur.' Terwijl hij het zei keek hij op. Zijn blik kruiste die van Dany, en het leek of hij haar daar voor de deur zag staan. 'Er moet er nog één bijkomen,' zei hij, al wist ze niet of hij tegen haar of tegen de vrouw in het bed sprak. 'De draak heeft drie koppen.' Hij liep naar de vensterbank, pakte een harp en liet zijn vingers luchtig over de zilverblanke snaren glijden. Een lied van schrijnende schoonheid vervulde het vertrek terwijl man, vrouw en kind vervaagden als ochtendmist. Slechts de muziek klonk door om haar verder te helpen op haar weg.

Na wat nog wel een uur leek, kwam de lange zaal eindelijk uit bij een steile, stenen trap die afdaalde in duisternis. Alle deuren, open of dicht, hadden links gezeten. Dany keek om. De toortsen gingen uit, besefte ze met schrik. Er brandden er misschien nog twintig. Hooguit dertig. Terwijl ze keek doofde er weer een en kroop de duisternis in de zaal weer iets verder op haar af. En terwijl ze luisterde leek het alsof ze nog iets anders hoorde naderen dat met slepende tred over het tapijt schuifelde. Ontzetting greep haar aan. Terug kon ze niet, en ze was bang om hier te blijven, maar hoe moest ze verder? Rechts van haar zat geen deur en de trap liep omlaag, niet omhoog.

Terwijl ze zo stond te piekeren doofde er weer een toorts, en de geluiden zwollen aan. Drogons lange nek kronkelde naar voren en hij opende zijn bek om te krijsen. Stoom wolkte tussen zijn tanden door omhoog. *Hij hoort het ook.* Dany keerde zich nog eens naar de blinde muur toe, maar er was niets. *Zou er een geheime deur zijn, een deur die ik niet zie?* Er ging weer een toorts uit. En nog een. *De eerste deur rechts, zei hij, steeds de eerste deur rechts. De eerste deur rechts...*

Ineens daagde het haar... *is de laatste links!*

Ze stortte zich erdoorheen. Daarachter was weer een kleine kamer met vier deuren. Naar rechts ging ze, en naar rechts, en naar rechts, en naar rechts, en naar rechts, en naar rechts, en naar rechts, tot ze weer duizelig en buiten adem was.

Toen ze stilstond, bevond ze zich opnieuw in een bedompte stenen kamer... maar nu was de deur tegenover haar rond als een open mond, en buiten op het gras onder de bomen stond Pyat Pree. 'Is het mogelijk dat de Onsterfelijken al zo snel klaar met u zijn?' vroeg hij ongelovig toen hij haar zag.

'Zo snel?' vroeg ze, in verwarring gebracht. 'Ik heb uren gelopen en ze nog steeds niet gevonden.'

'U bent verkeerd gelopen. Kom, ik breng u.' Pyat Pree stak zijn hand uit.

Dany aarzelde. Rechts van haar was een deur die nog dicht zat...

'Dat is niet de juiste weg,' zei Pyat Pree vastberaden, en zijn blauwe lippen tuitten zich afkeurend. 'De Onsterfelijken blijven niet eeuwig wachten.'

'Onze leventjes zijn voor hen niet meer dan het vleugelgefladder van een mot,' schoot het Dany te binnen.

'Eigenwijs kind. Je zult verdwalen, en nooit meer teruggevonden worden.'

Ze keerde hem de rug toe en liep naar de rechterdeur.

'Nee!' gilde Pyat Pree. 'Nee, hierheen, kom hier, kom hierrrr!' Zijn gezicht vertrok en werd hol, veranderde in iets dat aan bleke maden deed denken.

Dany liet hem staan en betrad een trappenhuis. Ze begon aan de klim. Het duurde niet lang of haar benen deden pijn. Ze herinnerde zich dat het Huis der Onsterfelijken ogenschijnlijk geen torens had gehad.

Eindelijk kwam de trap ergens uit. Aan haar rechterkant stond een dubbele deur van ebbenhout en weirhout open. Het zwart-witte granulaat draaide en slingerde zich ineen tot vreemde, verstrengelde patronen. Ze waren prachtig, maar om een of andere reden ook beangstigend. *Het bloed van de draak mag niet bevreesd zijn.* Dany zond een schietgebed op waarin ze de Krijgsman om moed en de paardengod van de Dothraki om kracht vroeg. Ze dwong zichzelf door te lopen.

Achter de deuren was een grote zaal met een weelde aan tovenaars. Sommigen droegen prachtige gewaden van hermelijn, robijnrood fluweel en goudbrokaat. Anderen hadden een voorkeur voor fraai bewerkte, met juwelen bezette harnassen of hoge, besterde punthoeden. Er waren ook vrouwen bij, gehuld in japonnen van ongeëvenaarde schoonheid. Schuine stralen zonlicht vielen door gebrandschilderde ramen, en de schoonste muziek die ze ooit had gehoord doortrilde de lucht.

Een koninklijke man in kostbare gewaden rees glimlachend op toen hij haar zag. 'Daenerys van het Huis Targaryen, wees welkom. Kom, en laat ons de spijze van altoos delen. Wij zijn de Onsterfelijken van Qarth.'

'Lang hebben wij op u gewacht,' zei een vrouw naast hem, gekleed in rozerood en zilver. De borst die ze in Quartheense trant onbedekt had gelaten was zo volmaakt als een borst maar zijn kon.

'Wij wisten dat ge tot ons zoudt komen,' zei de tovenaar-koning. 'Dat was ons duizend jaar geleden al bekend en wij hebben al die tijd gewacht. Wij hebben de komeet gezonden die u de weg wees.'

'Wij bezitten kennis waarvan wij u deelgenoot willen maken,' zei een krijgsman in een blinkend, smaragdgroen harnas, 'en wij zullen u van magische wapens voorzien. Ge hebt alle beproevingen doorstaan. Zet u bij ons terneer, en al uw vragen zullen beantwoord worden.'

Ze deed een stapje naar voren. Maar toen sprong Drogon van haar schouder. Hij wiekte naar de bovenrand van de deur van ebbenhout en weirhout, ging erop zitten en zette zijn tanden in het houtsnijwerk.

'Een eigenzinnig beest,' zei een knappe jongeman lachend. 'Zullen wij u de geheime taal van het drakenras leren? Kom, kom.'

Twijfel nam bezit van haar. De grote deur was zo zwaar dat Dany er uit alle macht tegen moest duwen, maar eindelijk kwam er beweging in. Daarachter ging nog een andere deur schuil. Die was van oud, grijs hout, vol splinters en onversierd... maar hij zat rechts van de deur waardoor zij was binnengekomen. De tovenaars lokten haar met stemmen, lieflijker dan liederen. Ze ontvluchtte hen en Drogon vloog weer naar haar toe. Die smalle deur liep ze door, een kamer in die in schemering gedompeld was.

Deze kamer werd door een lange stenen tafel gevuld. Er zweefde een mensenhart boven, opgezwollen en blauw verkleurd van verrotting, maar nog levend. Het klopte – een laag, diep, bonzend geluid – en bij elke hartslag zond het een straal indigoblauw licht uit. De gestalten rond de tafel waren slechts blauwe schaduwen. Toen Dany naar de lege zetel aan het uiteinde van de tafel liep, bewogen noch spraken ze, en even min keerden ze zich naar haar toe. Er klonk geen ander geluid dan de trage, lage slag van het rottende hart.

... *moeder van draken*... klonk een stem, half fluisterend, half kreunend....*draken... draken... draken...* echoden andere stemmen in het schemerduister. Sommige waren mannelijk, andere vrouwelijk, en een had de klankkleur van een kind. Het zwevende hart klopte van schemer naar donker. Het kostte geweldig veel wilskracht om te spreken, de woorden omhoog te halen waarop ze zo volhardend had geoefend. 'Ik ben Daenerys Stormgeboren van het huis Targaryen, koningin van de Zeven Koninkrijken van Westeros.' *Horen ze me? Waarom bewegen ze niet?* Ze nam plaats en vouwde haar handen in haar schoot. 'Geef mij uw raad, spreek tot mij met de wijsheid van hen die de dood overwonnen hebben.'

Door de indigoblauwe duisternis zag ze het verdorde gezicht van de Onsterfelijke rechts van haar: een oude, gerimpelde, kale man. Zijn huid had een beurse, paarsblauwe kleur en zijn lippen en nagels waren nog blauwer, zo donker dat ze bijna zwart waren. Zelfs het wit van zijn ogen was blauw. Ze staarden met lege blikken naar de stokoude vrouw tegenover hem aan tafel, wier bleekzijden japon aan haar lichaam was vergaan. Een verschrompelde borst was op Qarthijnse wijze ontbloot en en vertoonde een puntige blauwe tepel, hard als leer.

Ze ademt niet. Dany luisterde naar de stilte. *Ze ademen geen van allen, ze verroeren zich niet en die ogen zien niets. Kan het zijn dat de Onsterfelijken dood zijn?*

Haar antwoord was een flinterdunne fluistering.... *wij leven... leven... leven...* klonk het. Talloze andere fluisterstemmen echoden... *en weten... weten... weten... weten...*

'Ik kom voor de gift der waarheid,' zei Dany. 'Wat ik in die lange zaal zag... waren dat ware visioenen of leugens? Dingen die voorbij waren of dingen die komen gingen? Wat betekenden ze?'

... de gedaante van schaduwen... nog vormeloze morgens... drink uit de beker van ijs... drink uit de beker van vuur...

... moeder van draken... kind van drie...

'Drie?' Dat begreep ze niet.

... drie koppen heeft de draak... drensde het geestenkoor in haar schedel zonder dat er een lip trilde of een ademtocht de roerloze blauwe lucht in beweging bracht.... *moeder van draken... kind van de storm...* De fluisteringen werden een kronkelend lied.... *drie vuren moet ge ontsteken... een voor het leven en een voor de dood en een uit liefde...* Haar eigen hart sloeg nu in hetzelfde ritme als het hart dat blauw en half vergaan voor haar zweefde.... *drie hengsten moet ge berijden... een om te paren, een om te vrezen en een om te beminnen...* De stemmen werden nu luider, besefte ze, en het leek wel of haar hart steeds trager ging kloppen, en zelfs haar ademhaling langzamer ging... *driemaal zult ge verraden worden... eenmaal om bloed en eenmaal om goud en eenmaal uit liefde...*

'Ik begrijp niet...' Haar stem was niet meer dan een fluistering, bijna even flauw als de hunne. Wat gebeurde er met haar? 'Ik begrijp het niet,' zei ze, luider nu. Waarom ging het praten hier zo moeilijk? 'Help me. Toon het me.'

... haar helpen... zeiden de fluisterstemmen spottend.... *haar tonen...*

Toen huiverden er spookbeelden door de duisternis, indigoblauwe beelden. Viserys schreeuwde het uit toen het gesmolten goud over zijn wangen en in zijn mond liep. Een rijzige edelman met een koperkleurige huid en zilvergouden haar stond onder de banier van een vurige hengst met achter zich een brandende stad. Robijnen spatten als bloeddruppels uit de borst van een stervende prins, en hij zonk op zijn knieën in het water en prevelde met zijn laatste adem een vrouwennaam.... *moeder van draken, dochter des doods...* Vurig als een ondergaande zon ging een rood zwaard omhoog in de hand van een blauwogige koning die geen schaduw wierp. Een stoffen draak deinde op palen heen en weer in een juichende menigte. Uit een rokende toren vloog een groot, stenen beest op dat schaduwvuur spuwde.... *moeder van draken, doder van leugens...* Haar zilveren merrie draafde door het gras naar een half verborgen stroompje onder een zee van sterren. Een lijk stond bij de voorsteven van een schip, de ogen fonkelend in het dode gelaat, de grauwe lippen treurig glimlachend. Een blauwe bloem groeide uit een spleet in een muur van ijs en vulde de lucht met een zoete geur....*moeder van draken, bruid van vuur...*

Sneller en sneller kwamen de visioenen, het een na het ander, tot het leek of de lucht zelf tot leven was gekomen. Schaduwen wervelden en dansten in een tent, gruwzaam en zonder gebeente. Een klein meisje rende barrevoets naar een groot huis met een rode deur. Mirri Maz Duur gilde het uit in de vlammen, en uit haar voorhoofd brak een draak los. Achter een zilveren paard werd het stuiterende lijk van een naakte man voortgesleurd. Een witte leeuw rende door meer dan manshoog gras. Aan de voet van de Moeder der Bergen kroop een rij naakte oude wijfjes een groot meer uit en knielde huiverend voor haar neer, het grauwe hoofd gebogen. Tienduizend slaven hieven bebloede handen op toen zij op haar zilveren merrie langsjoeg als de wind. '*Moeder!*' riepen ze. '*Moeder, moeder!*' Ze strekten hun handen naar haar uit, raakten haar aan, trokken aan haar mantel, de zoom van haar hemd, haar voet, haar been, haar borst. Ze begeerden haar, hadden haar nodig, het vuur, het leven, en met een zuchtje opende Dany haar armen om zich aan hen te geven...

Maar toen ranselden zwarte vleugels haar links en rechts om de oren, een razend gekrijs sneed door de indigoblauwe lucht, en ineens waren de visioenen verdwenen, weggerukt, en Dany's zucht verkeerde in ontzetting. De Onsterfelijken waren overal rondom haar, blauw en koud. Fluisterend grepen ze naar haar. Ze trokken aan haar, streelden haar, plukten aan haar kleren, raakten haar aan met hun dorre, koude handen, en hun vingers vlochten zich door haar haren. Alle kracht was uit haar gevloeid. Ze kon niet bewegen. Zelfs haar hart klopte niet langer. Ze voelde een hand op haar naakte borst die haar tepel omdraaide. Tanden vonden de zachte huid van haar hals. Een mond daalde neer op een oog, likkend, zuigend, *bijtend*...

Toen werd indigo oranje, en gefluister werd geschreeuw. Haar hart bonsde als een razende, de handen en monden waren weg, hitte spoelde over haar huid en Dany's ogen knipperden tegen de plotselinge felle gloed. Hoog boven haar gezeten spreidde de draak zijn vleugels en reet het afschuwelijke, donkere hart open, scheurde het rottende vlees aan repen, en telkens als zijn kop naar voren kwam spoot er vuur uit zijn geopende kaken, hel en heet. Ze hoorde hoe de Onsterfelijken krijsend in brand vlogen en hoe hun hoge, vliesdunne stemmen het uitschreeuwden in talen die allang dood waren. Hun vlees was verpulverend perkament, hun gebeente dor hout, in talg gedrenkt. Ze dansten terwijl de vlammen hen verteerden, ze wankelden, kronkelden en wrongen en hieven vurige handen op met vingers als felle toortsen.

Dany duwde zich overeind en stampte dwars door hen heen. Ze waren licht als lucht, niet meer dan lege hulzen, en bij de eerste aanraking vielen ze neer. Toen ze bij de deur was stond de hele kamer in lichterlaaie. '*Drogon!*' riep ze, en hij vloog door het vuur naar haar toe.

Buiten strekte zich een lange, schemerige kronkelgang voor haar uit, verlicht door de oranje gloed achter haar. Dany rende, zoekend naar een deur, een deur rechts, een deur links, wat voor deur dan ook, maar er was niets, alleen kromme stenen muren en een vloer die onder haar voeten langzaam leek te bewegen en haar al stuiptrekkend beentje leek te willen lichten. Ze bleef overeind en rende nog sneller door, en plotseling had ze de deur recht voor zich, een deur als een open mond.

Zodra ze buiten de zon in dook, struikelde ze in het felle licht. Pyat Pree brabbelde iets in een onbekende taal en sprong van de ene voet op de andere. Toen Dany omkeek zag ze dunne rooksliertjes door scheuren in de eeuwenoude stenen muren van het Stofpaleis dringen en tussen de zwarte tegels van het dak door omhoogkringelen.

Huilend en vloekend trok Pyat Pree een mes en danste op haar af, maar Drogon schoot op zijn gezicht af. Toen hoorde ze het knallen van Jhogo's zweep, en nog nooit had een geluid zo heerlijk geklonken. Het mes vloog Pyat uit handen en het volgende ogenblik sloeg Rakharo hem tegen de grond. Ser Jorah Mormont knielde in het koele groene gras bij Dany neer en sloeg zijn arm om haar schouder.

Tyrion

'Als je op een stompzinnige manier omkomt voer ik je lijk aan de geiten,' zei Tyrion dreigend toen de eerste lading Steenkraaien zich van de kade afduwde.

Shagga lachte. 'De halfman heeft geen geiten.'

'Dan schaf ik er speciaal voor jou een paar aan.'

De ochtend brak aan. Bleke lichtrimpels glansden flauwtjes op het rivieroppervlak, werden door de vaarbomen verbrijzeld en vormden zich opnieuw zodra de veerpont voorbij was. Eergisteren was Timet met zijn Verbrande Mannen naar het koningsbos gegaan. Gisteren was hij gevolgd door de Zwartoren en de Maanbroeders, vandaag waren de Steenkraaien aan de beurt.

'Laat het in geen geval op een open strijd aankomen,' zei Tyrion. 'Doe aanvallen op hun legerkampen en hun tros. Lok hun verkenners in een hinderlaag en hang de lijken langs hun marsroute in de bomen, maak een omtrekkende beweging en slacht de achterblijvers af. Jullie moeten bij nacht aanvallen, zo vaak en onverwachts dat ze niet meer in slaap durven te vallen...'

Shagga legde een hand op Tyrions hoofd. 'Al die dingen leerde ik al van Dolf, zoon van Holger voordat mijn baard begon te groeien.'

'Het koningsbos is niet hetzelfde als de Maanbergen en jullie tegenstanders zijn geen Melkslangen en Beschilderde Honden. En *luister* naar de gidsen die ik meestuur. Die kennen dat bos even goed als jij je bergen. Volg hun raad op, en ze zullen je goede diensten bewijzen.'

'Shagga zal naar de huisdieren van de halfman luisteren,' beloofde het clanlid plechtig. Toen was hij aan de beurt om zijn garron de veerpont op te leiden. Tyrion keek toe hoe ze afzetten en naar het midden van het Zwartwater boomden. Hij kreeg een vreemd gevoel in zijn maag toen Shagga in de ochtendnevel vervaagde. Zonder zijn clans zou hij zich naakt voelen.

Hij had Bronns huurlingen nog, inmiddels bijna achthonderd, maar gekochte zwaarden waren notoir onbestendig. Tyrion had gedaan wat hij kon om ook hun toekomstige trouw te kopen en Bronn en een tiental van zijn beste mannen grond en de ridderslag beloofd als de strijd eenmaal gewonnen was. Ze hadden zijn wijn gedronken, om zijn grappen gelachen en elkaar *ser* genoemd tot ze bijna omvielen... allemaal behalve Bronn zelf, die alleen zijn vrijpostige, duistere lachje had gelachen en na afloop had gezegd: 'Voor die ridderslag zijn ze wel bereid te

doden, maar geloof maar niet dat ze er ooit voor zullen sterven.'
Die illusie had Tyrion dan ook niet.

De goudmantels waren als wapen bijna net zo'n onzekere factor. Dankzij Cersei telde de Stadswacht zesduizend man, maar daarvan was niet meer dan een kwart betrouwbaar. 'Er zijn weinig echte verraders bij, al zitten er wel een paar tussen die zelfs uw spin niet heeft gevonden,' had Bijwater hem gewaarschuwd. 'Maar er zijn er honderden die nog groener zijn dan lentegras, mannen die zich omwille van brood, bier en veiligheid bij ons hebben aangesloten. Niemand wil laf lijken tegenover zijn kameraden, dus zullen ze zich in het begin, met overal krijgshoorns en wapperende banieren, heus wel dapper weren. Maar zodra de strijd een verkeerde wending neemt houden ze het voor gezien, en grondig ook. De eerste die zijn speer neersmijt en de benen neemt krijgt duizend anderen achter zich aan.'

Zeker, er zaten ook ervaren lieden bij de Stadswacht, de harde kern van tweeduizend man die de gouden mantels van Robert en niet van Cersei hadden gekregen. Maar zelfs zij... een wachter was geen echte krijgsman, mocht heer Tywin graag zeggen. En Tyrion had niet meer dan driehonderd ridders, knapen en wapenknechten. Hij zou binnenkort nog een tweede van zijn vaders uitspraken aan de praktijk kunnen toetsen: dat één man boven op een muur opwoog tegen tien.

Bronn en zijn escorte stonden onder aan de kade te wachten, tussen zwermen bedelaars, flanerende hoeren en viswijven die de nieuwe vangst aanprezen. De viswijven deden betere zaken dan alle anderen samen. De kopers verdrongen zich rond de tonnen en kramen om te onderhandelen over alikruiken, mosselen en snoeken. Nu er geen ander voedsel de stad in kwam was de prijs van vis tien keer zo hoog als voor de oorlog, en hij steeg nog steeds. Wie geld had kwam 's ochtends en 's avonds naar de waterkant in de hoop een paling of een potje rode krabben mee naar huis te kunnen nemen. Wie dat niet had sloop tussen de kraampjes door in de hoop iets te kunnen stelen, of stond mager en verloren onder aan de muur.

De goudmantels maakten ruim baan door het gedrang en duwden de mensen met hun speerschachten opzij. Tyrion negeerde de gesmoorde verwensingen zo goed mogelijk. Uit de menigte kwam een vis aanzeilen, slijmerig en stinkend, die voor zijn voeten landde en daar kapotbarstte. Hij stapte er behoedzaam overheen en klom in zijn zadel. Kinderen met gezwollen buiken vochten al om de brokken stinkende vis.

Op zijn paard gezeten keek hij uit over de rivieroever. Door de ochtendlucht galmden de hamerslagen van de timmerlieden die vanaf de Modderpoort waren uitgezwermd om plankieren rondom de borstwering aan te brengen. Die zagen er goed uit. Hij was veel minder in zijn schik met de troep gammele bouwsels die kans had gezien achter de kade te verrijzen en zich als eendenmosselen op een scheepsromp aan de muren van de stad vast te hechten: schafttenten en kroegen, opslagloodsen, marktstalletjes, tapperijen en de kotten waarin de goedkopere hoeren hun benen spreidden. *Dat moet allemaal weg.* Zoals het er nu uitzag zou Stannis zelfs nauwelijks stormladders nodig hebben om boven op de muren te komen.

Hij riep Bronn bij zich. 'Verzamel honderd man en brand alles af wat je hier tussen de waterkant en de stadsmuren ziet.' Hij wuifde met zijn korte vingers terwijl hij het hele smerige zootje langs de rivier in zich op nam. 'Er mag niets overeind blijven, begrepen?'

De zwartharige huurling keek en nam de opdracht in overweging. 'Die lui van wie dat allemaal is zijn daar vast niet voor.'

'Dat verwachtte ik ook niet. Het zij zo. Dan moeten ze nog maar een reden krijgen om die kwaadaardige aap te vervloeken.'

'Sommigen zullen zich misschien verzetten.'

'Zorg dan dat ze het onderspit delven.'

'Wat doen we met degenen die hier wonen?'

'Geef ze genoeg tijd om hun spullen te pakken en jaag ze dan weg. Probeer ze in leven te laten. Zij zijn onze vijanden niet. En geen verkrachtingen meer! Hou verdomme je mannen in het gareel.'

'Het zijn huurlingen, geen septons,' zei Bronn. 'Straks ga je me ook nog vertellen dat je ze nuchter wilt hebben.'

'Dat zou geen kwaad kunnen.'

Tyrion wilde wel dat hij met evenveel gemak twee keer zo hoge en drie keer zo dikke stadsmuren kon bouwen. Al maakte het misschien niet uit. Massieve muren en torens hadden Stormeinde en Harrenhal en zelfs Winterfel niet gered.

Hij dacht aan Winterfel zoals hij het voor de laatste keer had gezien. Het was niet zo krankzinnig groot als Harrenhal en bood ook niet zo'n stevige en onneembare aanblik als Stormeinde, maar in die stenen had kracht gescholen en ze hadden het besef uitgestraald dat een mens daarachter veilig was. Het nieuws dat dat slot was gevallen was als een overweldigende schok gekomen. 'De goden geven met de ene en nemen met de andere hand,' had hij gepreveld toen Varys het nieuws vertelde. Ze hadden de Starks Harrenhal gegeven en Winterfel ontnomen, een slechte ruil.

Hij hoorde natuurlijk verheugd te zijn. Nu moest Robb Stark terug naar het noorden. Als hij zijn eigen huis en haard niet kon beschermen was hij een koning van niets. Dat hield in dat het westen, het huis Lannister, een adempauze kreeg, en toch...

Tyrion herinnerde zich Theon Grauwvreugd maar vagelijk van toen hij bij de Starks had vertoefd. Een kille jongen die altijd en eeuwig glimlachte, en een bekwaam schutter, maar hij kon zich hem moeilijk als heer van Winterfel voorstellen. De heer van Winterfel zou altijd een Stark zijn.

Hij moest aan hun godenwoud denken, de rijzige wachtbomen in hun wapenrusting van grijsgroene naalden, de grote eiken, de hagedoorns en de essen en de krijgshaftige pijnbomen, en in het midden de hartboom, als een bleke reus die in de tijd verstard was. Hij kon de plek bijna ruiken, een broeierige grondlucht, de geur van eeuwen, en hij wist nog hoe donker het woud zelfs bij dag was geweest. *Dat woud was Winterfel. Dat was het noorden. Ik heb me nooit ergens zo slecht op mijn plaats gevoeld als daar, zo'n onwelkome indringer.* Hij vroeg zich af of de Grauwvreugds het ook zo zouden voelen. Het kasteel mocht dan van hen zijn, het godenwoud was dat niet. In geen jaar, in geen tien jaar, in geen vijftig jaar.

Tyrion sjokte stapvoets naar de Modderpoort. *Voor jou betekent Winterfel niets*, hield hij zichzelf voor. *Wees blij dat het gevallen is en maak je liever druk om je eigen muren.* De poort stond open. Daarachter stonden drie grote katapults zij aan zij op het marktplein, als drie grote vogels die over de borstwering gluurden. Hun werparmen waren van oude eikenstammen gemaakt en van ijzeren banden voorzien om te voorkomen dat ze spleten. De goudmantels betitelden ze als de Drie Hoeren, omdat ze heer Stannis zo gretig zouden verwelkomen. *Of dat hopen we althans.*

Tyrion spoorde zijn paard aan en reed op een sukkeldrafje tegen het menselijk tij in de Modderpoort door. Achter de Hoeren nam het gedrang af en lag de straat voor hem open.

De terugrit naar de Rode Burcht verliep zonder incidenten, maar in de audiëntiezaal in de Toren van de Hand werd hij opgewacht door een stuk of tien boze koopvaarderskapiteins die protest aantekenden tegen de beslaglegging van hun schepen. Hij bood hun zijn welgemeende verontschuldigingen aan en zegde een vergoeding toe na afloop van de oorlog. Dat stelde hun nauwelijks tevreden. 'En als u verliest, heer?' vroeg een man uit Braavos.

'Dan wendt u zich om compensatie tot koning Stannis.'

Toen hij goed en wel van ze af was, luidden de klokken en begreep Tyrion dat hij te laat zou komen voor de installatie. Hij waggelde bijna op een holletje de binnenplaats over en drong de kasteelsept aan de achterkant binnen toen Joffry de witzijden mantels om de schouders van zijn twee nieuwste koninklijke gardisten bevestigde. Het ritueel scheen te vereisen dat iedereen stond, dus zag Tyrion alleen een muur van hoofse achterwerken. Anderzijds stond hij hier prima om als eerste de deur uit te zijn zodra de Hoge Septon klaar was met de twee ridders hun plechtige geloften af te nemen en in naam van de Zeven te zalven.

Dat zijn zuster ser Balon Swaan had uitgekozen om de plaats van de gesneuvelde Presten Groeneveld in te nemen, kon zijn goedkeuring wel wegdragen. De Swaans waren Markheren, trots, machtig, en voorzichtig. Heer Gulian Swaan was met een beroep op zijn slechte gezondheid in zijn slot gebleven en nam niet aan de oorlog deel, maar zijn oudste zoon had zich achter Renling en nu achter Stannis geschaard, terwijl zijn jongere zoon, Balon, in Koningslanding diende. Als hij nog een derde zoon had, was die vast naar Robb Stark gegaan, vermoedde Tyrion. Misschien niet de meest eervolle koers, maar wel een die van gezond verstand getuigde. Wie de IJzeren Troon ook in handen kreeg, de Swaans waren van plan te overleven. Behalve edelgeboren was de jeugdige ser Balon dapper, hoofs en een bekwaam krijgsman: goed met een lans, nog beter met een morgenster en onovertroffen met een boog. Hij zou zijn dienst moedig en met ere verrichten.

Dat kon Tyrion helaas niet van Cersei's tweede keus zeggen. Ser Osmond Ketelzwart zag er behoorlijk indrukwekkend uit. Zijn zes voet plus zes duim lange lijf bestond grotendeels uit pezen en spieren, en door zijn haakneus, borstelige wenkbrauwen en vierkante bruine baard zag zijn gezicht er woest uit, althans, zolang hij niet glimlachte. Van lage komaf als hij was, niet meer dan een hagenridder, was Ketelzwart voor zijn carrière geheel van Cersei afhankelijk, wat ongetwijfeld de reden was waarom ze hem had uitgekozen. 'Ser Osmond is even trouw als dapper,' had ze tegen Joffry gezegd toen ze zijn naam voordroeg. Dat was helaas voor haar volkomen waar. De brave ser Osmond verkocht haar geheimen aan Bronn sinds de dag dat ze hem had ingehuurd, maar dát kon Tyrion haar natuurlijk niet vertellen.

Eigenlijk mocht hij niet klagen. Deze overeenkomst bezorgde hem een extra oor vlak bij de koning zonder dat zijn zuster ervan wist. En zelfs als ser Osmond een volslagen lafaard zou blijken, zou hij niet slechter zijn dan ser Boros Both, die op dit moment in een kerker in Rooswijck zuchtte. Ser Boros had Tommen en heer Gyllis begeleid toen ze door ser Jacelyn Bijwater en zijn goudmantels waren verrast, en hij had zijn bescherming uitgeleverd met een bereidwilligheid waar de oude ser Barristan Selmy even furieus om zou zijn geworden als Cersei dat was geweest. Een ridder van de Koningsgarde werd geacht de koning en diens familie tot zijn laatste snik te verdedigen. Zijn zuster had geëist dat Joffry Boros wegens verraad en lafhartigheid van zijn witte mantel vervallen verklaarde. *En nu vervangt ze hem door iemand die al net zo'n hol vat is.*

Het bidden, geloften afnemen en zalven leek het grootste deel van de ochtend in beslag te nemen. Algauw begonnen Tyrions benen pijn te doen. Rusteloos verplaatste hij zijn gewicht van de ene voet naar de andere. Vrouwe Tanda stond een paar rijen verder naar voren, zag hij, maar ze had haar dochter niet bij zich. Hij had half gehoopt een glimp van Shae op te vangen. Varys zei dat het goed met haar ging, maar dat stelde hij liever persoonlijk vast.

'Beter een kamenier dan een keukenhulpje,' had Shae gezegd toen Tyrion haar van het plan van de eunuch vertelde. 'Mag ik mijn gordel van zilveren bloemen meenemen, en mijn gouden halssnoer met de zwarte diamanten die volgens u op mijn ogen lijken? Als u zegt dat ik ze niet moet dragen zal ik dat niet doen.'

Hoezeer het hem ook tegenstond haar teleur te moeten stellen, toch had Tyrion erop moeten wijzen dat zelfs vrouwe Tanda, die echt niet een van de slimsten was, zich misschien zou afvragen waarom de kamenier van haar dochter blijkbaar meer juwelen had dan haar dochter zelf. 'Neem twee of drie japonnen mee, meer niet,' beval hij. 'Goeie wol, geen zijde of brokaat, en geen bont. De rest bewaar ik in mijn eigen vertrekken, voor als jij me komt opzoeken.' Dat was niet wat Shae had willen horen, maar ze was tenminste veilig.

Toen de installatie eindelijk voorbij was, marcheerde Joffry naar buiten, geflankeerd door ser Balon en ser Osmond met hun nieuwe witte mantels. Tyrion bleef nog even achter om een woordje te wisselen met de nieuwe Hoge Septon (zíjn keuze, en slim genoeg om te begrijpen wie zijn brood had besmeerd). 'De goden moeten aan onze kant staan,' zei Tyrion botweg tegen hem. 'Vertel ze maar dat Stannis heeft gezworen de Grote Sept van Baelor in brand te steken.'

'Is dat zo, heer?' vroeg de Hoge Septon, een kleine, slimme man met een witte pluisbaard en een verschrompeld gezicht.

Tyrion haalde zijn schouders op. 'Wie weet. Stannis heeft het godenwoud in Stormeinde laten verbranden als offer aan de Heer des Lichts. Als hij de oude goden beledigt, waarom zou hij de nieuwe dan sparen? Zeg dat maar tegen ze. Zeg maar dat iedereen die van plan is die usurpator te steunen evenzeer verraad pleegt jegens de goden als jegens de rechtmatige koning.'

'Ik zal het doen, heer. En ik zal ze ook opdragen te bidden voor de gezondheid van de koning en zijn Hand.'

Toen Tyrion in zijn bovenvertrek terugkeerde, werd hij opgewacht door Hallyn de Vuurbezweerder, terwijl maester Frenken berichten had achtergelaten. Hij liet de alchemist nog even wachten en las wat de raven hadden gebracht. Er was een oude brief van Doran Martel die de val van Stormeinde meldde, en een veel intrigerender schrijven van Balon Grauwvreugd van de IJzereilanden, die zichzelf als *koning van de eilanden en het noorden* betitelde. Hij nodigde koning Joffry uit een gezant naar de IJzereilanden te sturen teneinde de grenzen tussen hun rijken vast te stellen en de mogelijkheid van een bondgenootschap te bespreken.

Tyrion las de brief drie keer en legde hem toen weg. Heer Balons langschepen zouden uitermate nuttig zijn geweest tegen de vloot die vanuit Stormeinde in aantocht was, maar ze waren vele duizenden mijlen ver weg aan de andere kant van Westeros, en Tyrion was er lang niet zeker van of hij de helft van het rijk wilde weggeven. *Misschien moet ik Cersei deze brief in de schoot werpen of hem aankaarten in de raad.*

Pas daarna liet hij Hallyn komen met de meest recente cijfers van de alchemisten. 'Dit kan niet waar zijn,' zei Tyrion terwijl hij op de lijsten tuurde. 'Bijna dertienduizend potten? Houdt u me voor de gek? Ik ben niet van plan het goud van de koning neer te tellen voor lege kruiken en met was verzegelde potten vol afval. Ik waarschuw u.'

'Nee, nee,' piepte Hallyn, 'de aantallen kloppen, ik zweer het u. We hebben, ummm, erg geboft, heer Hand. We hebben nog een bergplaats van heer Rossaart gevonden, meer dan driehonderd kruiken. Onder de Drakenkuil! Een paar hoeren gebruikten die ruïnes om hun klanten te ontvangen, en een van hen is door een verrot stuk vloer in een kelder gezakt. Toen hij die kruiken voelde dacht hij dat er wijn in zat. Hij was zo dronken dat hij een zegel verbrak en er wat van dronk.'

'Er was ooit eens een prins die dat ook probeerde,' zei Tyrion droogjes. 'Ik heb geen draken boven de stad zien opstijgen, dus het zal wel wéér niet gewerkt hebben.' De Drakenkuil boven op de heuvel van Rhaenys was al anderhalve eeuw verlaten. Het was bij lange na niet de slechtste plaats om wildvuur op te slaan, beter dan de meeste andere, maar het zou wel fijn zijn geweest als wijlen heer Rossaart er iemand over ingelicht had. 'Driehonderd kruiken, zegt u? Dat verklaart nog altijd niet waarom het totaalcijfer zo hoog is. U ligt ettelijke duizenden kruiken voor op de hoogste schatting die u tijdens ons vorige gesprek gaf.'

'Jawel, jawel, dat is zo.' Hallyn depte zijn bleke voorhoofd met de mouw van zijn zwart-met-scharlakenrode gewaad. 'We hebben erg hard gewerkt, heer Hand, ummm.'

'Dat zou ongetwijfeld verklaren waarom u zoveel meer van dat spul maakt dan eerst.' Glimlachend richtte Tyrion zijn ongelijke ogen strak op de vuurbezweerder. 'Al rijst dan wel de vraag waarom u niet meteen zo hard hebt gewerkt.'

Hallyn had de teint van een champignon, dus kon hij eigenlijk niet bleker worden dan hij al was. Toch slaagde hij erin. 'Dat hebben we wel, heer Hand, mijn broeders en ikzelf hebben van meet af aan dag en nacht gewerkt, dat verzeker ik u. Alleen, ummm, we hebben zóveel van de substantie gemaakt dat we, ummm, er *handiger* in zijn geworden, en bovendien' – de alchemist ging ongemakkelijk verstaan – 'bepaalde spreuken, ummm, aloude geheimen van onze orde, zeer hachelijk, zeer moeizaam, maar wel noodzakelijk, wil de substantie worden, ummm, zoals ze worden moet...'

Tyrion werd ongeduldig. Ser Jacelyn Bijwater zou inmiddels al wel gearriveerd zijn, en IJzerhand wachtte niet graag. 'Ja, u kent geheime spreuken, fantastisch. Ga verder.'

'Die, ummm, lijken meer effect te hebben dan voorheen.' Hallyn lachte flauwtjes. 'Denkt u dat er ergens draken zijn?'

'Nee, tenzij u er een gevonden hebt onder de Drakenkuil. Hoezo?'

'Verschoning, maar ik dacht zojuist aan iets wat de oude Wijsheid Pollitor een keer tegen me zei toen ik nog een acoliet was. Ik had hem gevraagd waarom zoveel van onze spreuken minder, umm, effect leken te hebben dan de oude boekrollen ons wilden doen geloven, en hij zei dat dat was omdat de magie uit de wereld verdween sinds de dag waarop de laatste draak was gestorven.'

'Het spijt me dat ik u moet teleurstellen, maar ik heb geen draken gezien. Wel heb ik de scherprechter des konings zien rondlopen. Mocht blijken dat ook maar één van de vruchten die u me verkoopt iets anders dan wildvuur bevat, dan loopt u hem ook nog weleens tegen het lijf.'

Hallyn nam zo snel de wijk dat hij bijna ser Jacelyn omverkegelde... nee, héér Jacelyn, dat mocht hij vooral niet vergeten. IJzerhand was zoals altijd heerlijk onomwonden. Hij was net terug uit Rooswijck om een vers contingent speerdragers af te leveren dat hij van ser Gyllis' grondgebied had gekruteerd en het bevel over de Stadswacht weer op zich te nemen. 'Hoe vaart mijn neefje?' informeerde Tyrion toen ze de verdediging van de stad hadden besproken.

'Prins Tommen voelt zich als een vis in het water, heer. Hij heeft een hertenjong geadopteerd dat een paar van mijn mannen van een jachtpartij hadden meegebracht. Hij had er al eerder een gehad, zegt hij, maar dat had Joffry gevild om een buis van te maken. Zo nu en dan vraagt hij om zijn moeder en hij begint vaak een brief aan Myrcella, al geloof ik niet dat hij er ooit een afmaakt. Maar zijn broer schijnt hij in het geheel niet te missen.'

'U hebt een passende regeling voor hem getroffen, mochten we de strijd verliezen?'

'Mijn mannen hebben hun instructies.'

'En die luiden?'

'U hebt mij opgedragen daar met niemand over te praten, heer.'

Daar moest Tyrion om glimlachen. 'Het doet me plezier dat u daar zo goed van doordrongen bent.' Als Koningslanding viel was het mogelijk dat hij levend werd gegrepen. Dan kon hij maar beter niet weten waar Joffry's erfgenaam te vinden was.

Varys verscheen niet lang nadat heer Jacelyn was vertrokken. 'Wat zijn mannen toch trouweloze schepselen,' zei hij bij wijze van groet.

Tyrion zuchtte. 'Wie heeft er vandaag nu weer verraad gepleegd?'

Varys reikte hem een rol perkament aan. 'Zoveel schurkenstreken, wat leven we toch in een trieste tijden. Is alle eer met onze vaders het graf ingedaald?'

'Mijn vader is nog niet dood.' Tyrion nam de lijst door. 'Ik ken een aantal van die namen. Dit zijn rijke mannen. Handelaars, kooplui, handwerkslieden. Waarom zweren die tegen ons samen?'

'Ze schijnen het onvermijdelijk te achten dat heer Stannis wint, en ze willen deel hebben aan die overwinning. Ze noemen zich de Geweimannen, naar de gekroonde hertenbok.'

'Iemand moet ze toch eens vertellen dat Stannis zijn wapenteken heeft veranderd. Dan kunnen ze de Vurige Harten worden.' Maar er was geen reden tot spot, want de Geweimannen bleken ettelijke honderden aanhangers te hebben die na het losbarsten van de strijd de Oude Poort moesten openen om de vijand de stad binnen te laten. Onder de namen op de lijst was de meester-wapensmid Salloreon. 'Die angstaanjagende helm met de demonenhorens zal ik nu wel niet meer krijgen,' klaagde Tyrion terwijl hij 's mans arrestatiebevel ondertekende.

Theon

Het ene ogenblik sliep hij nog, het volgende was hij wakker Kyra lag tegen hem aangenesteld, één arm losjes over de zijne, haar borsten tegen zijn rug. Hij hoorde haar ademhaling, zacht en regelmatig. Het laken lag verward om hen heen. Het was midden in de nacht. De slaapkamer was donker en stil.

Wat is dat? Hoorde ik daar iets? Iemand?

De wind zuchtte flauwtjes tegen de luiken. Ergens ver weg hoorde hij een krolse kat janken. Verder niets. *Ga slapen, Grauwvreugd,* zei hij bij zichzelf. *Alles is rustig in het slot en je hebt wachtposten uitgezet. Voor je deur, bij de poort, bij de wapenkamer.*

Hij zou het aan een boze droom hebben toegeschreven, ware het niet dat hij zich niet kon herinneren dat hij gedroomd had. Kyra had hem uitgeput. Totdat Theon haar had laten halen, had ze alle achttien jaar van haar leven in de winterstad doorgebracht zonder ooit een voet binnen de muren van het slot te zetten. Nat en gretig was ze bij hem gekomen, soepel als een wezel, en het had onmiskenbaar iets pikants gehad om in heer Eddard Starks eigen bed een ordinaire kroegmeid te naaien.

Ze mompelde in haar slaap toen Theon onder haar arm uitglipte en opstond. In de haard gloeiden nog wat sintels na. Wex sliep aan het voeteneind van het bed op de grond, in zijn mantel gerold en verloren voor de wereld. Niets bewoog. Theon liep naar het raam en gooide de luiken open. De nacht betastte hem met kille vingers en hij kreeg kippenvel. Tegen het stenen kozijn geleund zag hij uit over donkere torens, lege binnenplaatsen, een zwarte hemel en meer sterren dan een mens ooit kon tellen, al werd hij honderd jaar. Boven de Klokkentoren hing een halve maan die door het glazen dak van de kassen weerkaatst werd. Hij hoorde geen alarm, geen stemmen, zelfs geen voetstap.

Alles is in orde, Grauwvreugd. Hoor je de stilte? Je zou dronken van vreugde moeten zijn. Je hebt met minder dan dertig man Winterfel ingenomen, en die prestatie is het bezingen waard. Theon liep terug naar het bed. Hij zou Kyra op haar rug draaien en haar nog een keer naaien, dat zou zijn hersenschimmen moeten verdrijven. Haar gehijg en gegiechel zouden een welkome onderbreking van de stilte zijn.

Hij bleef staan. Hij was zo gewend geraakt aan het huilen van de schrikwolven dat hij het nauwelijks meer hoorde... maar iets in hem, een of ander jachtinstinct, had de afwezigheid ervan opgemerkt.

Urzen stond voor de deur, een pezige man met een rond schild op zijn rug. 'De wolven zijn stil,' zei Theon tegen hem. 'Ga eens kijken wat ze uitspoken, en kom dan meteen terug.' Dat de schrikwolven vrij rondliepen zat hem bepaald niet lekker. Hij dacht aan die dag in het wolfswoud, toen Bran door de wildlingen was aangevallen. Zomer en Grijze Wind hadden hen aan stukken gescheurd.

Toen hij Wex met de punt van zijn laars een por gaf ging de jongen rechtop zitten en wreef zijn ogen uit. 'Ga eens kijken of Bran Stark en zijn broertje in hun bed liggen, en snel een beetje.'

'Meheer?' riep Kyra slaperig.

'Ga slapen, dit gaat jou niet aan.' Theon schonk zichzelf een beker wijn in en dronk hem leeg. Al die tijd luisterde hij, in de hoop gehuil te horen. *Te weinig mannen,* dacht hij zuur. *Ik heb te weinig mannen. Als Asha niet komt...*

Wex was als eerste terug. Zijn hoofd ging heen en weer. Vloekend graaide Theon zijn tuniek en hozen van de vloer, waar hij ze had laten vallen in zijn haast om zich op Kyra te storten. Over de tuniek heen trok hij een leren kolder met ijzeren noppen aan, en daarna gordde hij een zwaard en een dolk aan. Zijn haar was een oerwoud, maar hij had nog wel ergere dingen aan zijn hoofd.

Inmiddels was Urzen ook terug. 'Die wolven zijn weg.'

Theon hield zich voor dat hij net zo koel en weloverwogen moest handelen als heer Eddard. 'Wek het slot,' zei hij. 'Drijf iedereen de binnenplaats op, iedereen, dan zien we wie er weg zijn. En laat Lorren de ronde doen langs de poorten. Wex, kom mee.'

Hij vroeg zich af of Styg de Motte van Diephout al had bereikt. De man was lang niet zo'n bedreven ruiter als hij beweerde – geen van de ijzermannen stelde veel voor in het zadel – maar daar zou nog tijd genoeg voor zijn. Asha was misschien al onderweg. *En als ze ontdekt dat ik de Starks kwijt ben...* Daar dacht hij liever niet aan.

Brans slaapkamer was leeg, net als die van Rickon, een halve wenteling verder naar beneden. Theon vervloekte zichzelf. Hij had ze moeten bewaken, maar hij had het belangrijker geacht om mannen op de muren te hebben en de poorten te laten bewaken dan een stel kinderen in het oog te laten houden van wie er een nog verlamd was ook.

Buiten hoorde hij gesnik toen de slotbewoners van hun bed gelicht en op de binnenplaats bijeengedreven werden. *Ik zal ze eens een reden geven om te snikken. Ik behandel ze mild, en dan krijg ik stank voor dank.* Hij had zelfs twee van zijn eigen mannen tot bloedens toe laten afranselen omdat ze het kennelmeisje hadden verkracht, om te tonen dat hij rechtvaardig wilde zijn. *Maar ze blijven die verkrachting aan mij wijten. En de rest.* Dat was niet eerlijk. Mikken had zichzelf met zijn mond de das omgedaan, net als Benfred. En wat Chayle betrof, hij had toch iemand aan de verdronken God moeten geven, dat verwachtten zijn mannen van hem. 'Ik draag je geen kwaad hart toe,' had hij tegen de septon gezegd voordat ze hem in de put smeten, 'maar voor jou en je goden is hier nu geen plaats meer.' Je zou toch denken dat de anderen dankbaar zouden zijn dat hij niet een van hen had uitgekozen, maar nee hoor. Hij zou weleens willen weten hoe veel er deel uitmaakten van deze samenzwering tegen hem.

Urzen kwam terug met Zwarte Lorren. 'De Jagerspoort,' zei Lorren. 'Kom maar gauw kijken.'

De Jagerspoort was vlak bij de kennels en de keukens, wat wel zo makkelijk was. Hij kwam rechtstreeks op de velden en bossen uit, zodat de ruiters konden komen en gaan zonder dat ze eerst door de winterstad moesten, en dus maakten jachtgezelschappen het liefst gebruik van die poort. 'Wie stonden hier op wacht?' wilde Theon weten.

'Drennan en Scheel.'

Drennan was een van de mannen die Palla hadden verkracht. 'Als ze de jongens hebben laten ontsnappen, kost dat ze deze keer meer dan een paar repen huid van hun rug, dat zweer ik.'

'Niet nodig,' zei Zwarte Lorren kortaf.

En inderdaad. Scheel bleek op zijn buik in de slotgracht rond te dobberen. Zijn ingewanden dreven als een kluwen bleke slangen achter hem aan. Drennan lag halfnaakt in het poortgebouw, in het knusse hokje vanwaar de valbrug werd bediend. Zijn strot lag open van oor tot oor. Een gerafelde tuniek bedekte de half geheelde littekens op zijn rug, maar zijn laarzen waren in de biezen gesmeten en zijn voeten zaten in zijn broek verstrikt. Op een tafeltje bij de deur lag kaas, naast een lege flacon. En twee bekers.

Theon pakte er een en rook aan de droesem op de bodem. 'Scheel liep boven op de weergang, hè?'

'Ja,' zei Lorren.

Theon smeet de beker in de haard. 'Ik zou zeggen dat Drennan net zijn broek omlaag had gedaan om hem in die vrouw te steken toen zij iets in hem stak. Zijn eigen kaasmes, zo te zien. Laat iemand een piek halen en die andere idioot uit de slotgracht vissen.'

De andere idioot was heel wat erger toegetakeld dan Drennan. Toen Zwarte Lorren hem uit het water trok, zagen ze dat een van zijn armen bij de elleboog was afgerukt, dat de helft van zijn nek ontbrak en dat er een rafelig gat gaapte waar eens zijn navel en lies waren geweest. De piek ging door zijn ingewanden toen Lorren hem binnenhaalde. De stank was afschuwelijk.

'De schrikwolven,' zei Theon. 'Allebei, zou ik zeggen.' Walgend liep hij terug naar de valbrug. Winterfel had twee muren van massief graniet met een brede slotgracht ertussen. De buitenmuur was tachtig voet hoog, de binnenmuur meer dan honderd. Bij gebrek aan mannen had Theon de buitenste verdedigingsring moeten laten voor wat hij was en zijn wachters op de hoge binnenmuur moeten posteren. Hij durfde niet te riskeren dat ze aan de verkeerde kant van de gracht zouden staan als het slot tegen hem in opstand zou komen.

Het moeten er minstens twee zijn geweest, concludeerde hij. *De vrouw hield Drennan bezig, en intussen lieten de anderen de wolven los.*

Theon riep om een toorts en ging hen voor op de trap naar de weergang. Hij hield de vlam laag voor zich uit, op zoek naar... *daar*. Aan de binnenkant van de borstwering en in de brede uitsparing tussen twee kantelen. 'Bloed,' verklaarde hij, 'slordig opgeveegd. Volgens mij heeft die vrouw Drennan gedood en de valbrug neergelaten. Scheel hoorde de kettingen rammelen en wilde gaan kijken, maar kwam maar tot hier. Ze hebben zijn lijk tussen de kantelen door in de slotgracht gegooid, zodat hij niet door een andere wachter gevonden zou worden.'

Urzen tuurde langs de muren. 'De andere wachttorentjes zijn niet ver weg. Ik zie brandende toortsen...'

'Toortsen, maar geen wachters,' zei Theon geprikkeld. 'Winterfel heeft meer torentjes dan ik mannen heb.'

'Vier man bij de hoofdpoort,' zei Zwarte Lorren, 'en afgezien van Scheel nog vijf die wachtlopen langs de muren.'

Urzen zei: 'Als hij zijn hoorn had gestoken...'

Ik ben omringd door dwazen. 'Probeer je voor te stellen dat jij hierboven staat, Urzen. Het is donker en koud. Je loopt al uren wacht en kijkt uit naar het moment dat jouw beurt erop zit. Dan hoor je een geluid. Je loopt naar de poort, en plotseling zie je *ogen* boven aan de trap. In het toortslicht stralen ze een groengouden gloed uit. Twee schaduwen flitsen op je af, zo snel dat je je ogen niet gelooft. Je ziet tanden blikkeren, brengt je speer in de aanslag, en dan smakken ze al tegen je aan en rijten je buik open, ze gaan door het leer of het kaasdoek is.' Hij gaf Urzen een harde zet. 'En nu lig je op je rug, je ingewanden komen naar buiten, en eentje heeft zijn tanden in je strot gezet.' Theon greep de kerel bij zijn magere hals, kneep zijn vingers dicht en glimlachte. 'En mag ik nu weten op welk moment je de kans hebt gehad om die teringhoorn te steken?' Hij duwde Urzen ruw van zich af, zodat hij achterwaarts tegen een kanteel struikelde. De man wreef over zijn strot. *Ik had die beesten meteen na de inname van het slot moeten laten afmaken*, dacht hij kwaad. *Ik had ze om zeep moeten laten brengen, ik wist hoe gevaarlijk ze waren.*

'We moeten ze achterna,' zei Zwarte Lorren.

'Niet in het donker.' Het idee om bij nacht in het woud achter schrikwolven aan te jagen stond Theon allesbehalve aan. De jagers konden

gemakkelijk in prooien verkeren. 'We wachten tot het dag is. Voorlopig kan ik beter mijn trouwe onderdanen gaan toespreken.'
Beneden op de binnenplaats was een onrustige troep mannen, vrouwen en kinderen voor de muur bijeengedreven. Menigeen had zelfs geen tijd gekregen om zich aan te kleden en had een wollen deken omgeslagen, of stond naakt ineengedoken in een mantel of kamerjas. Een stuk of tien ijzermannen omsingelden hen, een toorts in de ene hand en een wapen in de andere. Het waaide, en het flakkerende oranje schijnsel weerkaatste dof op stalen helmen en in dikke baarden en onvriendelijke ogen.
Theon liep voor de gevangenen heen en weer en bekeek de gezichten nauwkeurig om vast te stellen wie er schuldbewust keek. Het kwam hem voor dat ze er allemaal schuldig uitzagen. 'Hoeveel ontbreken er?'
'Zes.' Riekt kwam achter hem staan. Hij rook naar zeep, en zijn lange haar golfde in de wind. 'De beide Starks, die moerasjongen en zijn zuster, de halve gare uit de stallen en jouw wildlingenvrouw.'
Osha. Hij had haar al verdacht sinds hij die tweede beker had gezien. Ik had wijzer moeten zijn, ik had haar nooit mogen vertrouwen. Dat wijf is al net zo tegennatuurlijk als Asha. Zelfs hun namen lijken op elkaar.
'Heeft er iemand in de stallen gekeken?'
'Volgens Aggar zijn er geen paarden weg.'
'Staat Danseres nog in haar box?'
'Danseres?' Riekt fronste zijn wenkbrauwen. 'Aggar zegt dat alle paarden er nog zijn. Alleen die halve gare is weg.'
Ze zijn dus te voet. Dat was het beste nieuws dat hij had gehoord sinds hij wakker was. Bran zat ongetwijfeld in zijn mandje op Hodors rug. Osha zou Rickon wel dragen, want die zou op zijn kleine beentjes nooit ver komen. Theon ging ervan uit dat hij ze snel weer zou kunnen inrekenen. 'Bran en Rickon zijn gevlucht,' zei hij tegen de slotbewoners, terwijl hij naar hun ogen keek. 'Wie weet waar ze heen zijn?' Niemand antwoordde. 'Ze kunnen niet zonder hulp ontsnapt zijn,' vervolgde Theon. 'Zonder eten, kleren en wapens.' Hij had elk zwaard en iedere bijl in Winterfel achter slot en grendel opgeborgen, maar ze hadden er ongetwijfeld een paar voor hem achtergehouden. 'Ik wil de namen van iedereen die ze heeft geholpen. Iedereen die de andere kant op heeft gekeken.' Alleen de wind was te horen. 'Zodra het licht wordt ga ik ze halen.' Hij haakte zijn duimen in zijn zwaardriem. 'Daar heb ik jagers voor nodig. Wie wil er een lekkere warme wolvenhuid om de winter door te komen? Gies?' De kok had hem altijd opgewekt begroet als hij van de jacht terugkeerde en gevraagd of hij iets bijzonders voor aan tafel meebracht, maar nu had hij niets te zeggen. Theon liep de andere kant weer op en speurde de gezichten af op enig schuldbesef. 'De wil-

dernis is toch niets voor een verlamde! En Rickon, die nog zo jong is, hoe lang houdt die het daar uit? Nans, begrijp je niet hoe bang hij moet zijn?' De oude vrouw had tien jaar tegen hem aangekletst met haar eindeloze verhalen, maar nu stond ze hem aan te gapen alsof hij een vreemde was. 'Ik had jullie tot de laatste man kunnen doden en jullie vrouwen ter vermaak aan mijn soldaten kunnen geven. In plaats daarvan heb ik jullie beschermd. Is dit jullie dank?' Joseth, die zijn paarden had geroskamd; Farlen, die hem alles had geleerd wat hij over honden wist; de vrouw van Barth de brouwer, met wie hij het voor het eerst had gedaan – iedereen meed zijn blik. *Ze haten me*, drong het tot hem door.

Riekt kwam dichterbij staan. 'Stroop ze hun vel af,' spoorde hij Theon aan. Zijn dikke lippen glinsterden. 'Heer Bolten zei altijd: een naakte man heeft weinig geheimen, een gevilde heeft er niet één.'

De gevilde man was het wapenteken van het geslacht Bolten, wist Theon. Eeuwen geleden hadden sommigen van hun heren zich zelfs in de huid van hun gedode vijanden gehuld. Een aantal Starks was zo aan zijn eind gekomen. Dat was allemaal opgehouden, heette het, toen de Boltens duizend jaar geleden de knie hadden gebogen voor Winterfel. *Dat zeggen ze althans, maar oude gewoonten roesten niet, dat weet ik maar al te goed.*

'Er wordt in het noorden niemand gevild zolang ik de baas ben in Winterfel,' zei Theon luidkeels. *Alleen ik kan jullie beschermen tegen lieden als hij*, had hij het liefst geschreeuwd. Zo onverbloemd kon hij niet spreken, maar misschien waren er een paar goede verstaanders bij.

De hemel boven de slotmuren werd al grijs. De dageraad kon niet ver meer zijn. 'Tym, jij gaat ook mee.' Mork en Garis waren de beste jagers van het slot, en Tym was een uitstekend boogschutter. 'Aggar, Roodneus, Gelmar, Riekt, Wex.' Hij had zijn eigen mannen nodig om hem rugdekking te geven. 'Farlen, ik heb honden nodig, en jou erbij om ze in het gareel te houden.'

De vergrijsde kennelmeester vouwde zijn armen over elkaar. 'En waarom zou ik bereid zijn om jacht te maken op mijn eigen, wettige heren, die bovendien nog kleine kinderen zijn?'

Theon kwam bij hem staan. 'Ik ben nu je wettige heer, én degene die Palla beschermt.'

Hij zag het verzet in Farlens blik uitdoven. 'Ja, heer.'

Theon deed een stap naar achteren en keek rond om te zien wie hij er verder nog aan toe kon voegen. 'Maester Luwin,' kondigde hij aan. 'Ik weet niets van de jacht.'

Nee, maar ik vertrouw jou niet in het kasteel als ik er zelf niet ben. 'Dan wordt het hoog tijd dat u het leert.'

'Laat mij ook meegaan. Ik wil die wolvenhuid hebben.' Er trad een jongen naar voren, niet ouder dan Bran. Theon moest even nadenken voor hij weer wist wie het was. 'Ik heb zo vaak gejaagd,' zei Walder Frey. 'Op roodwild en elanden, en zelfs op everzwijnen.'

Zijn neef lachte hem uit. 'Hij is één keer met zijn vader mee op everjacht geweest, maar ze hebben ervoor gezorgd dat hij niet in de buurt van de ever kwam.'

Theon keek de jongen weifelend aan. 'Als je wilt mag je mee, maar denk niet dat ik naar je zal omkijken als je ons niet kunt bijhouden.' Hij wendde zich weer tot Zwarte Lorren. 'Tijdens mijn afwezigheid ben jij de baas in Winterfel. Als we niet terugkomen mag je ermee doen wat je goeddunkt.' *Dat zal ze verdomme leren voor het welslagen van mijn onderneming te bidden.*

Ze stonden met z'n allen bij de Jagerspoort toen de eerste bleke zonnestralen over het dak van de Klokkentoren streken. Hun adem dampte in de kille morgenlucht. Gelmar had zich uitgerust met een lange bijl waarmee hij zou kunnen toeslaan voordat de wolven hem besprongen. Het blad was zo zwaar dat één klap al dodelijk was. Aggar had stalen scheenplaten omgedaan. Riekt kwam aanzetten met een everspeer en een uitpuilende waszak. De goden mochten weten wat hij erin had gepropt. Theon had zijn boog. Meer had hij niet nodig. Hij had Bran eens het leven gered met een pijl. Hopelijk hoefde hij het hem niet met een andere pijl te benemen, maar als het erop aankwam zou hij het doen.

Elf mannen, twee jongens en een stuk of tien honden staken de slotgracht over. Achter de buitenmuur stonden de sporen duidelijk in de zachte bodem te lezen: de pootafdrukken van de wolven, Hodors zware tred, de ondiepere afdrukken die de voeten van de twee Riets hadden gemaakt. Onder het geboomte was het spoor minder goed te zien, maar toen had Farlens rode teef inmiddels de geur beet. De rest van de meute kwam er vlak achteraan, de jachthonden snuivend en blaffend, met achteraan een koppel monsterachtige mastiffs. Hun omvang en felheid zou bij een confrontatie met een in het nauw gedreven schrikwolf de doorslag kunnen geven.

Hij zou gedacht hebben dat Osha naar ser Rodrik in het zuiden zou vluchten, maar het spoor leidde noord-noordwest naar het hart van het wolfswoud. Dat beviel Theon helemaal niet. Het zou een wrange ironie zijn als de Starks naar de Motte van Diephout gingen om daar recht in de armen van Asha te lopen. *Dan heb ik liever dat ze dood zijn*, dacht hij verbitterd. *Je kunt beter wreed dan dwaas lijken.*

Bleke mistflarden kronkelden tussen de bomen door. De wachtbomen en krijgsdennen groeiden hier dicht opeen, en niets was zo donker en somber als een altijdgroen woud. De bodem was oneffen en de gevallen naalden bedekten het zachte mos, waardoor de grond onder de hoeven van hun paarden zo verraderlijk was dat ze slechts traag vooruit kwamen. *Maar minder traag dan een man die een verlamde torst of een knokige ouwe feeks met een vierjarige op haar rug.* Hij vermaande zichzelf om geduld te hebben. Vóór de dag om was had hij ze achterhaald.

Toen ze een wildspoor langs de rand van een ravijn volgden, kwam maester Luwin op een sukkeldrafje naast hem rijden. 'Tot dusverre zie ik het verschil niet tussen jagen en door het bos rijden, heer.'

Theon glimlachte. 'Er zijn overeenkomsten. Maar een jacht eindigt met bloed.'

'Is dat nodig? Deze vlucht is uitermate dwaas, maar kunt u niet genadig zijn? Het zijn uw eigen pleegbroers die we zoeken.'

'Robb is de enige Stark die me ooit als een broer heeft bejegend, maar levend heb ik meer aan Bran en Rickon dan als ze dood zijn.'

'Dat geldt evenzeer voor de Riets. De Motte van Cailin staat aan de rand van de moerassen. Als hij wil kan heer Holand de bezetting van uw oom in een hel doen verkeren, maar zolang u zijn erfgenamen in handen hebt moet hij zich beheersen.'

Daar had Theon niet bij stilgestaan. In feite had hij nauwelijks aandacht aan de moddermensen besteed. Hij had alleen een paar blikken op Mira geworpen en zich afgevraagd of ze nog maagd was. 'Misschien hebt u gelijk. Als het even kan zullen we ze sparen.'

'En Hodor hopelijk ook. U weet dat de knaap eenvoudig van geest is. Hij doet wat hem bevolen wordt. Hoe vaak heeft hij uw paard niet geroskamd, uw zadel ingevet en uw maliënkolder geschuurd?'

In Hodor stelde hij geen enkel belang. 'Als hij zich niet tegen ons verzet laten we hem leven.' Theon hief een vinger op. 'Maar zodra u er met één woord over rept dat we die wildling moeten sparen sterft u samen met haar. Zij heeft me een eed gezworen en erop gespuugd.'

De maester neeg het hoofd. 'Voor eedbrekers heb ik geen goed woord over. Doe wat u te doen staat. Ik dank u voor uw genade.'

Genade, dacht Theon toen Luwin zich terug liet zakken. *Dat is heel glad ijs. Te veel en ze maken je voor zwakkeling uit. Te weinig en ze noemen je een monster.* Toch was de raad van de maester goed, wist hij. Zijn vader dacht alleen in termen van veroveren, maar wat had je eraan een koninkrijk in te nemen als je het niet vast kon houden? Geweld en angst hadden zo hun beperkingen. Helaas had Eddard Stark zijn dochters meegenomen naar het zuiden, anders had Theon zijn greep op Winterfel kunnen versterken door met een van hen te trouwen. Sansa was bovendien een knap klein dingetje, en inmiddels waarschijnlijk bedrijp. Maar ze bevond zich duizenden mijlen verder naar het zuiden in de klauwen van de Lannisters. Verdomd jammer.

Het woud werd steeds wilder. Dennen en wachtbomen maakten plaats voor enorme, donkere eiken. Onder hagedoornbosjes gingen verraderlijke kloven en spleten schuil. Steenachtige hellingen rezen en daalden. Ze passeerden het kot van een keuterboer, verlaten en overwoekerd, en een ondergelopen steengroeve met stilstaand water dat de grijze glans van staal had. Toen de honden aansloegen meende Theon dat de vluchtelingen vlakbij waren. Hij gaf Lacher de sporen en draafde erheen, maar vond slechts het karkas van een jonge eland... of wat ervan restte.

Hij steeg af voor een nader onderzoek. Het beest lag er nog niet lang en was duidelijk door wolven gedood. De jachthonden drongen er gretig snuffelend omheen en een van de mastiffs zette zijn tanden in een lende, totdat Farlen hem bij zich riep. *Van dit dier is geen vlees afgehouwen,* realiseerde Theon zich. *De wolven hebben ervan gegeten, maar de mensen niet.* Zelfs als Osha geen vuur wilde riskeren had ze er toch een paar biefstukken af moeten snijden. Het was onzinnig om al dat goeie vlees te laten rotten. 'Farlen, weet je wel zeker dat we het goede spoor te pakken hebben?' wilde hij weten. 'Kan het zijn dat je honden achter de verkeerde wolven aanzitten?'

'Mijn teef kent de lucht van Zomer en Ruige heel goed.'

'Ik help het je hopen.'

Minder dan een uur later liep het spoor langs een helling omlaag naar een modderige beek die gezwollen was door de recente regens. En daar raakten de honden de lucht kwijt. Farlen en Wex waadden er met de jachthonden doorheen en kwamen hoofdschuddend terug, terwijl de dieren snuffelend langs de tegenoverliggende oever heen en weer liepen. 'Hier zijn ze erin gegaan, heer, maar ik zie niet waar ze er weer uitgekomen zijn,' zei de kennelmeester.

Theon steeg af en knielde naast het stroompje. Hij stak zijn hand erin. Het water was koud. 'Hier zullen ze niet lang in gebleven zijn,' zei hij. 'Ga jij met de helft van de honden stroomafwaarts, dan ga ik stroomop...'

Wex sloeg luidruchtig zijn handen tegen elkaar.

'Wat is er?' zei Theon.

De stomme knaap wees.

De grond langs het water was zompig en modderig. De sporen die de wolven hadden achtergelaten waren duidelijk zichtbaar. 'Pootafdrukken, ja. Nou en?'

Wex drukte zijn hak in de modder en draaide zijn voet alle kanten op. Er bleef een diepe groef achter.

Joseth begreep het. 'Een man van Hodors omvang had in deze modder een diep spoor moeten achterlaten,' zei hij. 'Zeker met een jongen op zijn rug. Maar de enige laarsafdrukken hier zijn de onze. Kijkt u zelf maar.'

Tot zijn schrik zag Theon dat het klopte. De wolven waren alléén het gezwollen bruine stroompje ingegaan. 'Osha moet al een heel eind terug van richting zijn veranderd. Nog voor die eland, waarschijnlijk. Ze heeft de wolven alleen verder gestuurd, in de hoop dat wij achter hen aan zouden gaan.' Hij voer tegen zijn twee jagers uit. 'Als jullie me een loer hebben gedraaid...'

'Dit spoor was het enige, heer, ik zweer het,' verdedigde Garis zich. 'En de schrikwolven zouden die jongens nooit alleen laten. Niet lang.'

Dat is zo, dacht Theon. Zomer en Ruige Hond gingen misschien op jacht, maar vroeger of later zouden ze bij Bran en Rickon terugkomen. 'Garis, Mork, jullie gaan met vier honden langs deze zelfde weg terug. Zie te ontdekken waar we ze kwijtgeraakt zijn. Aggar, jij houdt ze in de gaten, ik wil geen geintjes. Geef één stoot op de hoorn als jullie het spoor vinden. Twee stoten als jullie die beesten zelf zien. Zodra we weten welke kant zij opgegaan zijn, leiden ze ons vanzelf naar hun meesters.'

Zelf zocht hij stroomopwaarts, samen met Wex, de jongen van Frey en Gynir Roodneus. Hij en Wex reden aan één kant van de beek, Roodneus en Walder Frey aan de andere, met aan beide kanten een koppel honden. De wolven konden via beide oevers de beek uitgekomen zijn. Theon zocht naar pootafdrukken, sporen, afgebroken takken, of wat dan ook waaruit op te maken viel waar de schrikwolven het water uit waren gegaan. De pootafdrukken van herten, elanden en dassen waren gemakkelijk te zien. Wex verraste een vossenwijfje dat uit het stroompje stond te drinken, en Walder joeg uit het kreupelhout drie konijnen op waarvan hij er een met een pijl wist te raken. Ze zagen klauwsporen van een beer die aan de bast van een hoge berk had gekrabd. Maar de schrikwolven waren nergens te bekennen.

Nog iets verder, zei Theon bij zichzelf. *Voorbij die eik, over die heuveltop, na de volgende bocht in de beek, daar zullen we vast iets vinden.* Hij bleef doorzetten, ook toen hij allang wist dat hij eigenlijk terug moest. Een groeiend gevoel van ongerustheid knaagde aan zijn binnenste. Het was al midden op de dag toen hij vol afkeer het hoofd van Lacher wendde en het opgaf.

Op de een of andere manier waren Osha en die rotjongens bezig hem te ontglippen. Het had onmogelijk moeten zijn, te voet, met een lamme en een kleuter op sleeptouw, maar naarmate de uren verstreken, werd het steeds waarschijnlijker dat hun ontsnapping definitief was. *Als ze een dorp bereiken...* De noorderlingen zouden de zonen van Ned Stark, de broers van Robb, nimmer verloochenen. Ze zouden rijdieren krijgen om sneller vooruit te komen, en voedsel. De mannen zouden vechten om de eer hen te mogen beschermen. Het hele verdomde noorden zou zich achter hen scharen.

De wolven zijn gewoon stroomafwaarts gegaan, dat is alles. Aan die gedachte klampte hij zich vast. *Die rode teef ruikt wel waar ze het water uit zijn gaan, en dan pikken we hun spoor weer op.*

Maar toen ze het groepje van Farlen bereikten, sloeg één blik op het gezicht van de kennelmeester Theons hoop volledig aan duigen. 'Die honden deugen alleen maar om beren op te hitsen,' zei hij nijdig. 'Ik wou dat ik een beer had.'

'Het is niet de schuld van de honden.' Farlen knielde tussen een mastiff en zijn dierbare rode teef neer met op beide honden een hand. 'Stromend water houdt geen luchtjes vast, heer.'

'Die wolven moeten toch ergens uit de beek gekomen zijn.'

'Ongetwijfeld. Stroomopwaarts of stroomafwaarts. We gaan door, we vinden de plek wel, maar in welke richting?'

'Geen wolf rent mijlenver stroomopwaarts,' zei Riekt. 'Een mens misschien wel. Als die weet dat er jacht op hem wordt gemaakt, zal hij zoiets misschien doen. Maar een wolf?'

Desondanks was Theon niet overtuigd. Deze dieren waren anders dan andere wolven. *Ik had die vervloekte beesten moeten villen.*

Toen ze zich weer bij Garis, Mork en Aggar voegden, was het daar precies hetzelfde liedje. De jagers waren teruggegaan tot halverwege Winterfel zonder iets te zien waaruit op te maken viel dat de Starks en de schrikwolven uiteen waren gegaan. Farlens jachthonden leken al even gefrustreerd als hun bazen. Ze snoven troosteloos aan bomen en rotsblokken en vielen geprikkeld naar elkaar uit.

Theon durfde niet toe te geven dat hij verslagen was. 'We gaan naar de beek terug om nog eens te zoeken. Ditmaal gaan we net zo lang door als nodig is.'

'We vinden ze nooit,' zei de jonge Frey plotseling. 'Niet zolang die kikkervreters erbij zijn. Moddermensen zijn gluiperds, die gaan de strijd niet aan zoals fatsoenlijke lui, maar sluipen rond en schieten gifpijlen af. Je ziet ze nooit, maar zij zien jou wel. Wie ze tot in het moeras achtervolgt, verdwaalt en komt er nooit meer uit. Hun huizen *verplaatsen* zich, zelfs de kastelen zoals Grijswaterwacht.' Hij keek zenuwachtig naar het groen dat hen aan alle kanten omgaf. 'Misschien zitten ze nu op dit moment hier wel ergens en luisteren alles af wat wij zeggen.'

Farlen lachte om duidelijk te maken wat hij van dat idee vond. 'Mijn honden ruiken alles wat er in die bosjes zit. Die zouden ze al besprongen hebben voor ze één wind gelaten hadden, jochie.'

'Kikkervreters ruiken anders dan mensen,' hield Frey vol. 'Die hebben een drassig luchtje over zich, zoals kikkers, bomen en troebel water. Onder hun oksels groeit mos in plaats van haar. Ze kunnen van modder leven en moeraswater ademen.'

Theon wilde hem net vertellen waar hij met dat bakerpraatje naartoe kon lopen toen maester Luwin het woord nam. 'Het verhaal wil dat de moerasbewoners en de kinderen van het woud nader tot elkaar kwamen in de dagen dat de groenzieners de moker van de wateren op de

Nek trachtten te doen neerdalen. Het is mogelijk dat ze over geheime kennis beschikken.'

Plotseling leek het woud een stuk donkerder dan een paar tellen daarvoor, alsof er een wolk voor de zon was getrokken. Dat een dwaze knaap onzin debiteerde was één ding, maar maesters werden geacht wijs te zijn. 'De enige kinderen die mij interesseren zijn Bran en Rickon,' zei Theon. 'Terug naar het stroompje. Nu.'

Even dacht hij dat ze niet zouden gehoorzamen, maar uiteindelijk zegevierde de ingesleten gewoonte. Gemelijk kwamen ze achter hem aan, maar ze kwamen wel. De jonge Frey was net zo nerveus als de konijnen die hij eerder die dag had opgejaagd. Theon plaatste mannen op beide oevers en ze volgden het stroompje. Ze reden vele mijlen, langzaam en voorzichtig, en lieten de honden die zo geschikt waren om beren op te hitsen iedere struik besnuffelen. Op één plek werd de stroom afgedamd door een omgevallen boom en moesten de jagers om een diepe groene poel heen, maar als de schrikwolven al hetzelfde hadden gedaan, dan hadden ze daarbij niet één pootafdruk of spoor achtergelaten. Het leek wel of de beesten gezwommen hadden. *Als ik ze te pakken krijg laat ik ze zwemmen tot ze erin blijven. Ik geef ze allebei aan de Verdronken God.*

Toen het donker werd in het woud, wist Theon Grauwvreugd dat hij een nederlaag had geleden. Of de moerasbewoners bezaten inderdaad de magie van de kinderen van het woud, of Osha had hen misleid met een of ander wildlingenfoefje. Terwijl de schemering dichter werd, dwong hij hen om verder te gaan, maar toen het laatste licht vervaagde bracht Joseth eindelijk de moed op om te zeggen: 'Dit is vruchteloos, heer. Straks raakt er nog een paard kreupel of breekt er iemand een been.'

'Joseth heeft gelijk,' zei maester Luwin. 'We schieten er niets mee op om bij toortslicht op de tast door het woud te rijden.'

Theon kreeg een vieze smaak in zijn mond, en zijn maag was een kluwen kronkelende en bijtende slangen. Als hij met lege handen en hangende pootjes naar Winterfel terug moest, kon hij voortaan net zo goed een narrenpak en een puntmuts dragen, want dan zou het hele noorden weten dat hij een zot was. *En als mijn vader het hoort, en Asha...*

'Heer prins.' Riekt bracht zijn paard naderbij. 'Als die Starks nou eens helemaal niet hierheen zijn gegaan? Als ik hen was, dan was ik misschien naar het noordoosten gegaan. Naar de Ombers. Toegewijde Stark-aanhangers, maar hun grondgebied is ver weg. Die jongens houden zich dichterbij schuil. Ik heb wel een idee waar.'

Theon keek hem achterdochtig aan. 'Zeg op.'

'Kent u die oude eenzame molen aan het Eikelwater? Daar zijn we even afgestapt toen ik als gevangene naar Winterfel werd gesleept. De vrouw van de molenaar verkocht hooi voor de paarden terwijl die ouwe ridder zat te kakelen tegen haar kroost. Kan zijn dat de Starks zich daar verborgen houden.'

Theon kende die molen wel. Hij had zelfs een of twee keer met de molenaarsvrouw gerollebold. Er was niets bijzonders aan, en ook niet aan haar. 'Waarom daar? Er zijn minstens tien dorpen en hofsteden die even dichtbij zijn.'

De bleke ogen blonken vermaakt. 'Waarom? Ik zou het waarachtig niet weten. Maar ik heb zo het gevoel dat ze daar zijn.'

Hij werd niet goed van 's mans toespelingen. *Zijn lippen lijken net twee parende wormen.* 'Waar heb je het eigenlijk over? Als je iets voor me achtergehouden hebt...'

'Heer prins?' Riekt steeg af en beduidde Theon dat hij hetzelfde moest doen. Toen ze allebei op de grond stonden trok hij de stoffen zak open die hij uit Winterfel had meegebracht. 'Kijk maar eens hier.'

Het werd steeds lastiger om iets te zien. Theon stak ongeduldig een hand in de zak en tastte rond in zacht bont en ruwe, kriebelige wol. Een scherpe punt prikte in zijn vel en zijn vingers sloten zich om iets kouds en hards. Hij diepte een broche op in de vorm van een wolvenkop, zilver met git, en plotseling ging hem een licht op. Zijn hand balde zich tot een vuist. 'Gelmar,' zei hij, zich afvragend wie hij kon vertrouwen. *Geen van allen.* 'Aggar, Roodneus. Jullie gaan mee. De rest mag terug naar Winterfel met de honden. Die heb ik niet meer nodig. Ik weet nu waar Bran en Rickon zich verstoppen.'

'Prins Theon,' zei maester Luwin smekend, 'denk aan uw belofte. Genade, hebt u gezegd.'

'Die genade gold vanmorgen,' zei Theon. *Beter gevreesd zijn dan uitgelachen worden.* 'Toen ze mijn woede nog niet hadden gewekt.'

Jon

Ze konden het vuur 's nachts als een gevallen ster op de bergflank zien flakkeren. Het was roder dan de andere sterren en flonkerde niet, al laaide het nu eens fel op om daarna weer ineen te krimpen tot niet meer dan een verre vonk, dof en mat.

Een halve mijl ver en tweeduizend voet hoog, schatte Jon, *en de plek zo goed gekozen dat je elke beweging beneden op de pas kunt zien.*

'Uitkijkposten in de Snerpende Pas,' zei de oudste onder hen verwonderd. In de lente van zijn dagen was hij schildknaap van een koning geweest en daarom noemden de zwarte broeders hem nog steeds Schildknaap Delbrug. 'Waar is Mans Roover bang voor, vraag ik me af.'

'Als hij wist dat ze vuur hadden gemaakt, zou hij die arme sukkels villen,' zei Ebben, een gedrongen kale kerel met spieren als een zak stenen.

'Hierboven staat vuur gelijk met leven,' zei Qhorin Halfhand, 'al kan het ook dodelijk zijn.' Op zijn bevel hadden zij het risico van een open vuur gemeden sinds ze de bergen ingetrokken waren. Ze aten koud, gezouten vlees, hard brood en nog hardere kaas, en ze sliepen gekleed, ineengedoken onder een stapel mantels en vachten, blij met elkaars lichaamswarmte. Het deed Jon denken aan de koude nachten in Winterfel, lang geleden, toen hij samen met zijn broers in één bed had geslapen. Ook deze mannen waren broeders, al was hun gezamenlijke bed er een van steen en aarde.

'Ze zullen wel een hoorn hebben,' zei Steenslang.

De Halfhand zei: 'Een hoorn die ze niet mogen steken.'

'Bij nacht een koude, nare klim,' zei Ebben toen hij door een spleet in de hun beschermende rotswand die verre vonk bezag. De lucht was onbewolkt en de ene zwarte bergpiek rees boven de andere uit, tot aan de top, waar de koude kronen van sneeuw en ijs flauw glansden in het maanlicht.

'En een nog diepere val,' zei Qhorin Halfhand. 'Twee man, denk ik. Er zitten daar vermoedelijk twee wachters die elkaar aflossen.'

'Ik.' De wachtruiter die Steenslang werd genoemd had al bewezen de beste klimmer van allemaal te zijn. Het lag voor de hand dat hij ging.

'En ik,' zei Jon Sneeuw.

Qhorin Halfhand keek hem aan. Jon hoorde het huilen van de wind die door de pas boven hen huiverde. Een van de garrons hinnikte zacht en schraapte met een hoef over de dunne, stenige aarde van de holte waarin zij beschutting hadden gezocht. 'De wolf blijft bij ons,' zei Qhorin. 'Wit haar valt in het maanlicht te veel op.' Hij wendde zich tot Steenslang. 'Gooi na afloop een brandende toorts omlaag. Als we die zien vallen komen we.'

'Geen beter moment om te gaan dan nu,' zei Steenslang.

Ze namen allebei een lange rol touw. Steenslang nam ook een zak met ijzeren pennen mee, en een kleine hamer waarvan de kop met dik vilt omwikkeld was. Hun garrons lieten ze achter, evenals hun helmen, maliënkolders en Spook. Jon knielde neer en liet de schrikwolf zijn snoet tegen hem aanwrijven voor ze vertrokken. 'Blijf,' beval hij. 'Ik kom weer bij je terug.'

Steenslang ging voorop. Hij was kort van stuk en pezig, tegen de vijftig, met een grijze baard, maar sterker dan hij leek, en Jon had nog nooit iemand met zulke goede nachtogen meegemaakt. En vannacht had hij ze nodig ook. Bij dag waren de bergen blauwgrijs uitgeslagen van de vorst, maar zodra de zon achter de getande pieken zakte, werden ze zwart. Nu gaf de rijzende maan ze een zilverwitte rand.

De zwarte broeders liepen door zwarte schaduwen tussen zwarte rotsen, en hun adem dampte in de zwarte lucht terwijl ze langs een steil kronkelspoor omhoogzwoegden. Zonder maliënkolder voelde Jon zich bijna naakt, maar het gewicht miste hij niet. Ze kwamen moeizaam en traag vooruit, want wie zich hier haastte liep het gevaar zijn enkel te breken, of erger. Steenslang scheen instinctief te weten waar hij zijn voeten moest zetten, maar Jon moest op deze brokkelige, oneffen bodem behoedzamer te werk gaan.

De Snerpende Pas was eigenlijk een hele reeks passen; een lang, kronkelig traject dat tussen een rij ijzige, door de wind afgeslepen rotspieken omhoogliep en afdaalde via verborgen valleien die zelden de zon zagen. Afgezien van zijn tochtgenoten had Jon geen levende ziel meer gezien sinds ze het bos achter zich hadden gelaten en aan de klim begonnen waren. De goden hadden geen gruwzamer oord geschapen dan de Vorstkaken, noch een dat onherbergzamer was. De wind sneed hier als een mes en huilde door de nacht als een moeder die haar gesneuvelde kinderen beweent. De paar bomen die ze zagen waren onvolgroeid en grillig en staken schuin omhoog uit spleten en kloven. Vaak liep hun pad onder overhellende rotsrichels door, behangen met ijspegels die uit de verte net lange witte tanden leken.

Toch had Jon Sneeuw er geen spijt van dat hij meegegaan was, want het was hier ook wonderbaarlijk mooi. Hij had zonlicht zien flitsen op watervallen die zich in ijzige stralen over de rand van steile klippen stortten, en een bergwei vol wilde herfstbloemen, blauwe kougolf, fel scharlakenrood vorstvuur en bosjes fluitegras, rossig en goud. Hij had in kloven getuurd, zo diep en zwart dat ze welhaast recht naar de een of andere hel moesten leiden, en hij had zijn garron over een door de wind verweerde, natuurlijke stenen brug gedreven met aan weerskanten niets dan lucht. Op de hoogten nestelden arenden die naar de vallei afdaalden om te jagen. Ze cirkelden zonder inspanning rond op grote, blauwgrijze vleugels die bijna één leken met de lucht. Eén keer had hij een schaduwkat achter een ram aan zien sluipen. Het dier golfde als vloeibare rook de bergflank af tot het klaar was om toe te slaan.

En nu is het onze beurt om toe te slaan. Hij wilde wel dat hij even feilloos en geruisloos kon bewegen als die schaduwkat en even snel kon doden. Langklauw zat in een schede op zijn rug maar hij zou misschien geen ruimte hebben om een zwaard te gebruiken. Hij had ook een ponjaard en een dolk voor een lijf-aan-lijfgevecht bij zich. *Zij zullen ook wel wapens hebben, en ik draag geen wapenrusting.* Hij vroeg zich af wie de schaduwkat zou blijken te zijn als de nacht om was, en wie de ram.

Lange tijd volgden ze het pad dat draaiend en slingerend langs de bergwand kronkelde, steeds verder omhoog. Soms maakte de berg een lus en verloren ze het vuur uit het oog, maar na verloop van tijd dook het altijd weer op. Het pad dat Steenslang uitkoos was volkomen ongeschikt voor paarden. Op sommige plaatsen moest Jon zijn rug tegen de koude steen drukken en als een kreeft duim voor duim zijwaarts schuifelen. Maar ook waar het pad zich verbreedde was het verraderlijk. Er waren spleten, wijd genoeg om een mensenbeen te verzwelgen, er was steenslag om over te struikelen en er waren holten waar zich overdag water in verzamelde dat 's nachts bevroor. *Voetje voor voetje,* zei Jon tegen zichzelf. *Voetje voor voetje, dan val ik niet.*

Hij had zich niet meer geschoren na de Vuist der Eerste Mensen, en de haartjes op zijn bovenlip stond algauw stijf van de vorst. Na twee uur klimmen wakkerde de wind zozeer aan dat hij zich alleen nog ineengedoken aan de rots kon vastklemmen en bidden dat hij niet van de berg zou waaien. *Voetje voor voetje,* hernam hij toen de stormwind ging liggen. *Stap voor stap, dan val ik niet.*

Al snel waren ze zo hoog dat het niet raadzaam meer was om naar beneden te kijken. Beneden was slechts gapende duisternis, en boven slechts het licht van maan en sterren. 'De berg is je moeder,' had Steenslang een paar dagen geleden op een eenvoudiger stuk tegen hem gezegd. 'Hou je aan haar vast, druk je gezicht tegen haar borsten, en ze zal je niet laten vallen.' Jon had er een grapje over gemaakt en gezegd dat hij zich altijd al had afgevraagd wie zijn moeder was, maar nooit had verwacht haar in de Vorstkaken te vinden. Nu leek het lang zo leuk niet meer. *Voetje voor voetje,* dacht hij, terwijl hij zich uit alle macht vastklampte.

Het smalle pad hield abrupt op bij een vooruitstekend stuk zwart graniet dat uit de bergwand naar voren stak. Na het heldere maanlicht was de schaduw daaronder zo zwart dat het was of ze een grot in liepen. 'Recht omhoog,' zei de wachtruiter zachtjes. 'We moeten boven hen uit zien te komen.' Hij stroopte zijn handschoenen af en duwde ze in zijn gordel, bond één uiteinde van zijn touw om zijn middel en het andere om Jon. 'Volg me als het touw strak staat.' Hij wachtte het antwoord niet af, maar hees zich meteen met behulp van vingers en voeten omhoog, sneller dan Jon voor mogelijk had gehouden. Langzaam wikkelde het lange touw zich af. Jon sloeg hem nauwlettend gade om te zien hoe hij omhoogklom en waar hij zijn handen zette, en toen de laatste lus van het touw zich ontrolde trok hij zijn eigen handschoenen uit en volgde, veel trager.

Steenslang had het touw om de gladde rotspunt geslagen waarop hij zat te wachten, maar zodra Jon hem bereikte trok hij het los en was alweer onderweg. Deze keer was er geen handige spleet toen hij het eind van hun lijn bereikte, dus haalde hij zijn met vilt omwikkelde hamer te voorschijn en tikte met een reeks voorzichtige slagen een pen diep in een scheur in de rots. Maar hoe gedempt de geluiden ook waren, ze weerkaatsten zo luid tegen de steen dat Jon bij elke slag ineenkromp, ervan overtuigd dat de wildlingen het ook moesten horen. Toen de pen stevig vastzat bond Steenslang het touw eraan, en Jon klom achter hem omhoog. *Zuig aan de borsten van de berg*, hield hij zichzelf voor. *Niet omlaag kijken. Je gewicht boven je voeten houden. Daar is houvast, ja. Niet omlaag kijken. Op die richel daar kan ik op adem komen, ik hoef hem alleen maar te bereiken. Kijk niet omlaag!*

Een keer gleed zijn voet weg, net toen hij zijn gewicht erop liet rusten. Zijn hart stond stil, maar de goden waren goedgunstig en hij viel niet. Hij voelde hoe de kou vanuit de rots in zijn vingers trok, maar durfde zijn handschoenen niet aan te trekken. Handschoenen gleden weg, hoe strak ze ook zaten, stof en bont verschoven tussen huid en steen, en hierboven kon dat dodelijk zijn. Zijn verbrande hand werd stijf en begon al snel te steken. Toen scheurde zijn duimnagel af, en daarna liet hij overal waar hij zijn hand zette bloedsporen achter. Hopelijk zou hij aan het eind van de klim al zijn vingers nog hebben.

Omhoog gingen ze, steeds verder, zwarte schaduwen die over de maanovergoten rotswand kropen. Vanaf de pas beneden waren ze zonder moeite te zien, maar de berg schermde hen af tegen de blikken van de wildlingen bij hun vuur. Maar ze waren nu dichtbij, Jon voelde het. Toch dacht hij niet aan de vijanden die zonder het te weten op hem wachtten, maar aan zijn broertje in Winterfel. *Bran klom altijd zo graag. Ik wou dat ik één tiende van zijn moed bezat.*

Op twee derde van hun weg omhoog werd de wand onderbroken

door een kromme spleet van ijzige rots. Steenslang stak zijn hand uit om hem op te trekken. Hij had zijn handschoenen weer aangedaan, dus deed Jon dat ook. De wachtruiter bewoog zijn hoofd naar links, en samen kropen ze minstens driehonderd pas langs de richel, tot ze achter de rand van de klip de dof oranje gloed zagen.

De wildlingen hadden hun wachtvuur in een ondiepe holte boven het smalste stuk van de pas aangelegd. Daarvóór liep het steil omlaag, en van achteren beschermde een rots hen tegen de ergste wind. Datzelfde windscherm maakte het de zwarte broeders mogelijk om op hun buik tot op een paar voet afstand te kruipen, totdat ze neerkeken op de mannen die ze moesten doden.

Eén sliep er, opgerold en begraven onder een grote stapel huiden. Jon zag alleen zijn haar, felrood in het vuurschijnsel. De tweede zat dicht bij de vlammen. Hij gooide er twijgen en takken op en klaagde op een ruzietoon over de wind. De derde hield de pas in de gaten, al was er niet veel anders te zien dan een enorm, donker gat met besneeuwde bergkammen eromheen. De uitkijk was degene die de hoorn had.

Drie. Even twijfelde Jon. *Ze hadden met z'n tweeën moeten zijn*. Maar eentje sliep er. En of er nu twee, drie of twintig waren, hij zou toch moeten doen waarvoor hij gekomen was. Steenslang raakte zijn arm aan en wees naar de wildling met de hoorn. Jon knikte naar de man bij het vuur. Het gaf hem een raar gevoel, iemand uitkiezen om te doden. Hij had zijn halve leven met zwaard en schild geoefend voor dit ogenblik. *Had Robb dat gevoel ook voor zijn eerste veldslag*, vroeg hij zich af, maar er was geen tijd om over die vraag na te denken. Even snel als zijn naamgenoot sloeg Steenslang toe en sprong onder een regen van steentjes boven op de wildlingen. Jon trok Langklauw uit de schede en volgde hem.

Het leek allemaal binnen één hartslag gebeurd te zijn. Naderhand was Jon in staat de moed te bewonderen van de wildling die naar zijn hoorn had gegrepen in plaats van naar zijn wapen. Hij kreeg hem nog aan zijn lippen, maar voor hij hem kon steken sloeg Steenslang de hoorn met zijn korte zwaard opzij. Jons man sprong overeind en haalde met een brandende toorts naar zijn gezicht uit. Terwijl hij achteruitdeinsde voelde hij de hitte van de vlammen. Vanuit zijn ooghoeken zag hij de slaper ontwaken, en hij wist dat hij snel met zijn man moest afrekenen. Toen de toorts opnieuw kwam aanzwiepen, drukte hij door en liet met beide handen zijn bastaardzwaard neerdalen. Het Valyrische staal sneed door leer, vacht, wol en vlees, maar toen de wildling viel kantelde hij en werd het zwaard uit Jons greep gewrongen. Op de grond ging de slaper rechtop zitten onder de huiden. Jon trok zijn ponjaard, greep de man bij het haar, drukte hem de punt van het wapen onder zijn kin en reikte naar zijn... nee, *háár*...

Zijn hand verstijfde. 'Een meisje.'

'Een uitkijk,' zei Steenslang. 'Een wildling. Maak haar af.'

In haar blik ontwaarde Jon vrees en vuur. Vanaf de plek waar zijn ponjaard haar prikte liep het bloed langs haar witte hals omlaag. *Eén steek en het is over*, zei hij bij zichzelf. Hij was zo dichtbij haar dat hij de uienlucht van haar adem kon ruiken. *Ze is niet ouder dan ik.* Iets aan haar deed hem aan Arya denken, al leken ze helemaal niet op elkaar. 'Geef je je over?' vroeg hij en draaide de ponjaard een halve slag om. *En zo niet?*

'Ik geef me over.' Haar woorden dampten de koude lucht in.

'Dan ben je onze gevangene.' Hij haalde de ponjaard van de zachte huid van haar hals weg.

'Qhorin zei niets over gevangenen maken,' zei Steenslang.

'Maar hij heeft het ook niet verboden.' Jon liet het haar van het meisje los en ze krabbelde achteruit, bij hen vandaan.

'Dit is een speervrouw.' Steenslang gebaarde naar de langstelige bijl die naast haar slaaphuiden lag. 'Toen jij haar greep stak ze daar net haar hand naar uit. Geef haar een halve kans en ze slaat 'm tussen je ogen.'

'Ik geef haar geen halve kans.' Jon schopte de bijl een eind weg. 'Heb je ook een naam?'

'Ygritte.' Haar hand wreef over haar hals, en er kwam bloed aan. Ze staarde naar het vocht.

Hij stak zijn ponjaard weg en wrikte Langklauw uit het lijk van de man die hij had gedood. 'Je bent mijn gevangene, Ygritte.'

'Ik heb gezegd hoe ik heette.'

'Ik ben Jon Sneeuw.'

Ze kromp in elkaar. 'Een boze naam.'

'Een bastaardnaam,' zei hij. 'Mijn vader was heer Eddard Stark van Winterfel.'

Het meisje keek hem argwanend aan, maar Steenslang grinnikte vol venijn. 'Het is de gevangene die geacht wordt te praten, wist je dat?' De wachtruiter stak een lange tak in het vuur. 'Niet dat ze dat zal doen. Ik heb wildlingen gekend die eerder hun eigen tong afbeten dan dat ze één vraag beantwoordden.' Toen het uiteinde van de tak vrolijk brandde deed hij twee stappen en gooide hem de pas in. Hij tolde de nacht in tot hij uit het gezicht verdwenen was.

'Je moet de mannen die je gedood hebt verbranden,' zei Ygritte.

'Daar is een groter vuur voor nodig, en grote vuren branden fel.' Steenslang draaide zich om en zijn ogen zochten de zwarte verten af op lichtpuntjes. 'Zijn er nog meer wildlingen in de buurt, is dat het?'

'Verbrand ze,' herhaalde het meisje koppig, 'anders heb je die zwaarden misschien nog eens nodig."

Jon dacht aan het lijk van Othor met zijn koude zwarte handen. 'Misschien moeten we doen wat ze zegt.'
'Er zijn andere manieren.' Steenslang knielde naast de man die hij had gedood, ontdeed hem van zijn mantel, laarzen, riem en vest en hees het lijk toen over een magere schouder en droeg het naar de rand. Met een grom smeet hij het eroverheen. Een ogenblik later hoorden ze tamelijk ver naar beneden een vochtige, zware plof. Inmiddels had de wachtruiter het tweede lijk uitgekleed tot op de huid, en nu sleepte hij het bij de armen weg. Jon pakte de voeten, en samen smeten ze de dode het zwart van de nacht in.
Ygritte keek zwijgend toe. Ze was ouder dan hij aanvankelijk had gedacht, realiseerde Jon zich, misschien al twintig, maar klein voor haar leeftijd, met o-benen, een rond gezicht, smalle handen en een mopsneus. Haar ruige rode haar stond recht overeind. Zoals ze daar gehurkt zat leek ze dik, maar dat kwam voornamelijk door de vele lagen bont, wol en leer. Daaronder was ze misschien even mager als Arya.
'Zijn jullie gestuurd om naar ons uit te kijken?' vroeg Jon.
'Naar jullie, en anderen.'
Steenslang warmde zijn handen boven het vuur. 'Wat zit er achter de pas?'
'Het vrije volk.'
'Hoeveel?'
'Honderden. Duizenden. Meer dan jij er ooit hebt gezien, kraai.' Ze glimlachte. Haar tanden stonden scheef, maar waren heel wit.
Ze weet niet hoeveel. 'Waarom hier?'
Ygritte zweeg.
'Wat zit er in de Vorstkaken dat jullie koning wil hebben? Jullie kunnen hier niet blijven, hier is niets te eten.'
Ze keek de andere kant op.
'Zijn jullie van plan tegen de muur op te trekken? Wanneer?'
Ze staarde naar de vlammen alsof ze hem niet hoorde.
'Weet je iets van mijn oom, Benjen Stark?'
Ygritte negeerde hem. Steenslang lachte. 'Als ze haar tong uitspuugt, zeg dan niet dat ik je niet gewaarschuwd heb.'
Een zacht, laag gegrom echode tegen de rots. *Schaduwkat*, wist Jon meteen. Toen hij opstond hoorde hij er nog een, dichterbij. Hij trok zijn zwaard en draaide zich om, zijn oren gespitst.
'Die zullen ons niet lastig vallen,' zei Ygritte. 'Ze komen voor de doden. Katten ruiken bloed op zes mijl afstand. Ze zullen bij de lijken blijven totdat ze het laatste zeentje opgevreten en de botten hebben gekraakt om het merg eruit te halen.'
Jon hoorde hun schrokgeluiden tegen het gesteente weerkaatsen en voelde zich slecht op zijn gemak. Door de warmte van het vuur besef-

te hij dat hij zo moe als een hond was. Hij had een gevangene gemaakt, dus was het aan hem om haar te bewaken. 'Waren het je verwanten?' vroeg hij zacht. 'De twee die we hebben gedood?'

'Niet nauwer verwant dan jij.'

'Ik?' Hij fronste zijn wenkbrauwen. 'Wat bedoel je?'

'Je zei toch dat jij de bastaard van Winterfel was?'

'Ja.'

'Wie was je moeder?'

'Een vrouw. Dat is meestal het geval.' Iemand had dat eens tegen hem gezegd. Hij wist niet meer wie.

Ze glimlachte weer. 'En heeft ze nooit het lied van de winterroos voor je gezongen?'

'Ik heb mijn moeder nooit gekend. En dat lied ken ik ook niet.'

'Het is door Bael de Bard gemaakt,' zei Ygritte. 'Die was koning-achter-de-Muur, lang geleden. Heel het vrije volk kent zijn liederen, maar misschien zingen jullie ze in het zuiden niet.'

'Winterfel ligt niet in het zuiden,' wierp Jon tegen.

'Jawel. Alles achter de Muur ligt voor ons in het zuiden.'

Zo had hij het nooit bekeken. 'Het zal er wel van afhangen waar je bent.'

'Ja,' beaamde Ygritte. 'Dat is altijd zo.'

'Vertel het me,' drong Jon aan. Het zou nog uren duren voordat Qhorin kwam, en een verhaal zou hem helpen om wakker te blijven. 'Ik wil dat verhaal van je horen.'

'Misschien bevalt het je wel helemaal niet.'

'Toch wil ik het horen.'

'Dappere zwarte kraai,' zei ze spottend. 'Nu dan. Lang voor hij koning van het vrije volk werd, was Bael een groot plunderaar.'

Steenslang snoof. 'Een moordenaar, rover en verkrachter, bedoel je.'

'Ook dat hangt ervan af waar je staat,' zei Ygritte. 'De Stark van Winterfel wilde Baels hoofd, maar hij kreeg hem nooit te pakken, en die nederlaag kon hij niet verkroppen. Op een dag noemde hij Bael in zijn verbittering een lafaard die alleen op zwakkelingen loerde. Toen Bael dat hoorde, zwoer hij dat hij de heer een lesje zou leren. Dus klom hij de Muur over, stapte de koningsweg af en wandelde op een avond Winterfel binnen met een harp in zijn hand. Hij noemde zich Sygerrik van Skagos. *Syggerik* betekent "bedrieger" in de Oude Taal, die gesproken werd door de Eerste Mensen, en nu nog door de reuzen.'

'In noord of zuid, zangers zijn altijd van harte welkom, dus at Bael aan Starks eigen tafel en speelde voor de heer in zijn hoge zetel tot de nacht half om was. De oude liederen speelde hij, en nieuwe die hij zelf had gemaakt, en één lied speelde hij zo goed dat de heer hem na afloop aanbood zelf zijn beloning te noemen. "Al wat ik vraag is een bloem," antwoordde Bael, "de schoonste bloem die in de tuinen van Winterfel bloeit."

Nu wilde het geval dat de winterrozen toen net bloeiden, en geen bloem is zo zeldzaam en kostbaar. Dus Stark zond iemand naar zijn kassen en gelastte, de mooiste van de winterrozen te laten plukken om de zanger te betalen. Aldus geschiedde. Maar toen de ochtend aanbrak was de zanger verdwenen... evenals heer Brandons maagdelijke dochter. Haar bed werd leeg aangetroffen, op de bleekblauwe roos na die Bael op het kussen had gelegd, daar waar haar hoofd had gelegen.'

Jon had dat verhaal nooit eerder gehoord. 'Welke Brandon was dat dan? Brandon de Bouwheer leefde in het heldentijdperk, duizenden jaren voor Bael. Dan had je Brandon de Brandstichter en diens vader Brandon de Scheepsbouwer, maar...'

'Dit was Brandon de Dochterloze,' zei Ygritte scherp. 'Wil je het verhaal horen of niet?'

Hij trok een gezicht. 'Ga door.'

'Heer Brandon had geen andere kinderen. Op zijn bevel vlogen de zwarte kraaien bij honderden uit hun forten op, maar nergens was enig spoor van Bael en het meisje te bekennen. Ze zochten bijna een jaar, totdat de heer de moed opgaf en bedlegerig werd, en het ernaar uitzag dat het afgelopen was met het geslacht Stark. Maar op een nacht, toen hij op de dood lag te wachten, hoorde heer Brandon kindergehuil. Hij ging op het geluid af en trof zijn dochter weer in haar kamer aan, slapend met een kind aan de borst.'

'Had Bael haar teruggebracht?'

'Nee. Ze waren al die tijd in Winterfel geweest en hadden zich bij de doden onder het slot verborgen gehouden. Het meisje hield zoveel van Bael dat ze hem een zoon baarde, zegt het lied... maar om eerlijk te zijn, houden alle meisjes van Bael in de liederen die hij heeft gemaakt. Hoe dan ook, vast staat dat Bael het kind achterliet als vergoeding voor de roos die hij ongevraagd had geplukt, en dat die jongen de volgende heer Stark werd. Dus zo zit het: Baels bloed stroomt door jouw aderen, net als door de mijne.'

'Dit is nooit gebeurd,' zei Jon.

Ze schokschouderde. 'Misschien wel, misschien niet. Maar het is een goed lied. Mijn moeder zong het altijd voor me. Dat was ook een vrouw, Jon Sneeuw. Net als de jouwe.' Ze wreef over de snee in haar hals. 'Het lied eindigt met het vinden van de baby, maar het verhaal loopt slechter af. Dertig jaar later, toen Bael koning-achter-de-Muur was en het vrije volk naar het zuiden leidde, leverde de jonge heer Stark strijd tegen hem bij de Bevroren Voorde... en doodde hem, want toen ze met het zwaard in de hand tegenover elkaar stonden wilde Bael zijn zoon niet deren.'

'Dus doodde de zoon in plaats daarvan de vader,' zei Jon.

'Ja,' zei ze, 'maar de goden haten wie hun verwanten doden, zelfs wanneer ze uit onwetendheid handelen. Toen heer Stark van de veldslag huiswaarts keerde en zijn moeder Baels hoofd op zijn speer zag, wierp ze zich in haar smart van een toren. Haar zoon overleefde haar niet lang. Een van zijn heren stroopte hem zijn vel af en maakte er een mantel van.'

'Die Bael van jou was een leugenaar,' zei hij, want daar was hij nu wel zeker van.

'Nee,' zei Ygritte, 'maar de waarheid van een bard is anders dan die van jou en mij. Je vroeg trouwens om dat verhaal, daarom heb ik het verteld.' Ze keerde hem de rug toe, sloot haar ogen en scheen in slaap te vallen.

De dageraad en Qhorin Halfhand kwamen tegelijkertijd. De zwarte rots was grauw geworden en de hemel in het oosten indigoblauw toen Steenslang beneden de wachtruiters zag, die zigzaggend omhoogkwamen. Gelukkig liep er vanaf de berg ook een weg naar het noordwesten, via paden die veel minder steil waren dan die waarlangs zij naar boven waren geklommen. Ze stonden in een smal ravijn te wachten toen hun broeders verschenen met hun garrons aan de teugel. Zodra hij hun lucht opsnoof schoot Spook naar voren. Jon hurkte, liet de schrikwolf zijn kaken om zijn pols sluiten en schudde met zijn hand. Dat spelletje speelden ze altijd, maar toen hij even opkeek zag hij Ygritte toekijken met ogen, zo groot en wit als kippeneieren.

Qhorin Halfhand zei niets toen hij de gevangene zag. 'Ze waren met z'n drieën' zei Steenslang. Meer niet.

'We hebben er onderweg twee gezien,' zei Ebben, 'althans, wat de katten ervan over hadden gelaten.' Hij keek het meisje nors aan. Het wantrouwen stond duidelijk op zijn gezicht te lezen.

'Ze heeft zich overgegeven,' voelde Jon zich gedwongen te zeggen.

Qhorin bleef onaangedaan. 'Weet je wie ik ben?'

'Qhorin Halfhand.' Vergeleken bij hem zag het meisje er half als een kind uit, maar ze trad hem onbevreesd tegemoet.

'Vertel me naar waarheid. Als ik jouw volk in handen viel en me overgaf, wat zou ik daarmee winnen?'

'Een langzamer dood dan anders.'

De grote wachtruiter keek Jon aan. 'We hebben niets te eten voor haar, en we kunnen ook geen man missen om haar te bewaken.'

'De weg die voor ons ligt is al gevaarlijk genoeg, jongen,' zei Schildknaap Delbrug. 'Eén kreet waar stilte geboden is en we zijn met z'n allen ten dode opgeschreven.'

Ebben trok zijn dolk. 'Een stalen kus, en ze is stil.'

Jons keel was dik. Hij keek ze allemaal hulpeloos aan. 'Ze heeft zich aan mij overgegeven.'

'Dan moet jij doen wat nodig is,' zei Qhorin Halfhand. 'Jij bent van het bloed van Winterfel en een man van de Nachtwacht.' Hij keek de anderen aan. 'Kom, broeders. Laat het aan hem over. Het zal hem gemakkelijker vallen als wij niet toekijken.' En hij ging hen voor over het steile, slingerende spoor naar waar de roze gloed van de zon door een kloof in de bergen heenbrak. Het duurde niet lang of Jon en Spook waren met het wildlingenmeisje alleen.

Hij dacht dat Ygritte misschien zou proberen te vluchten, maar ze stond daar maar en keek hem aan. 'Je hebt nog nooit een vrouw gedood, hè?' Toen hij zijn hoofd schudde zei ze: 'Wij sterven net als mannen. Maar je hoeft het niet te doen. Mans zou je wel aannemen, daar ben ik zeker van. Er zijn geheime paden. Die kraaien krijgen ons nooit.'

'Ik ben evenzeer een kraai als zij,' zei Jon.

Ze knikte berustend. 'Zul je me na afloop verbranden?'

'Dat gaat niet. Iemand zou de rook kunnen zien.'

'Dat is waar.' Ze schokschouderde. 'Nou ja, je kunt slechter eindigen dan in de buik van een schaduwkat.'

Hij trok Langklauw over een schouder. 'Ben je niet bang?'

'Vannacht was ik bang,' bekende ze. 'Maar nu is de zon op.' Ze sloeg haar haren opzij om haar nek te ontbloten en knielde voor hem neer. 'Sla hard en zuiver, kraai, of mijn geest zal je achtervolgen.'

Langklauw was minder lang en zwaar dan zijn vaders zwaard IJs, maar wel van Valyrisch staal. Hij raakte met het scherp van de snede de plek aan waar de klap moest neerkomen. Ygritte huiverde. 'Dat is koud,' zei ze. 'Schiet op, maak het kort.'

Hij greep Langklauw stevig beet en tilde het zwaard boven zijn hoofd, zijn beide handen om het gevest geklemd. *Een slag, met mijn hele gewicht erachter.* Hij kon haar in elk geval een snel en zuiver einde bezorgen. Hij was zijn vaders zoon. Toch?

'Toe dan,' drong ze na een ogenblik aan. 'Bastaard. Toe dan. Ik kan me niet blíjven beheersen.' Toen de klap niet kwam draaide ze haar hoofd om en keek hem aan.

Jon liet zijn zwaard zakken. 'Ga maar,' prevelde hij.

Ygritte staarde hem aan.

'Nú,' zei hij, 'voordat ik mijn hersens weer bij elkaar heb. Ga.'

Ze ging.

Sansa

De hemel in het zuiden zag zwart van de rook. Die kronkelde van honderd verre vuren omhoog en wiste met zijn roetvingers de sterren uit. Aan de overzijde van de Zwartwaterstroom liep van einder tot einder een vurige streep, terwijl alles op deze oever door de Kobold in brand was gestoken. Steigers en opslagloodsen, huizen en bordelen, alles wat zich buiten de stadsmuren bevond.

Zelfs in de Rode Burcht smaakte de lucht naar as. Toen Sansa ser Dontos opzocht in de stilte van het godenwoud vroeg hij of ze gehuild had. 'Het is de rook maar,' loog ze. 'Het lijkt wel of het halve koningsbos in brand staat.'

'Heer Stannis probeert de wilden van de Kobold uit te roken.' Dontos zwaaide op zijn benen terwijl hij sprak en zocht met één hand steun tegen de stam van een kastanje. Een wijnvlek ontsierde zijn roodgeel geblokte tuniek. 'Zijn verkenners worden afgemaakt en zijn tros wordt geplunderd. De wildlingen hebben trouwens ook branden ontstoken. De Kobold heeft tegen de koningin gezegd dat Stannis zijn paarden beter as kan leren eten, omdat hij nergens één grassprietje meer zal vinden. Ik heb het hem zelf horen zeggen. Als zot vang ik van alles op wat ik als ridder nooit te horen kreeg. Ze praten alsof ik er niet bij ben, en' – hij boog zich naar voren en blies zijn naar wijn riekende adem recht in haar gezicht – 'de Spin geeft goud voor ieder niemendalletje. Ik denk dat Uilebol al jaren voor hem werkt.'

Hij is weer eens dronken. Mijn arme Florian, noemt hij zichzelf, en dat is hij ook. Maar hij is alles wat ik heb. 'Klopt het dat heer Stannis het godenwoud in Stormeinde heeft laten verbranden?'

Dontos knikte. 'Hij heeft een grote brandstapel van de stammen gemaakt, als offer aan zijn nieuwe god. Dat heeft de rode priesteres hem opgedragen. Ze zeggen dat zij hem nu met lichaam en ziel in haar macht heeft. Hij heeft ook gezworen de Grote Sept van Baelor in brand te steken zodra hij de stad heeft ingenomen.'

'Van mij mag hij.' Toen Sansa de Grote Sept met zijn marmeren muren en zijn zeven kristallen torens voor het eerst had gezien, had ze gedacht dat er nergens een mooier gebouw bestond, maar dat was voordat Joffry haar vader op de trappen had laten onthoofden. 'Ik wil dat hij afbrandt.'

'Stil, kind, de goden zullen je nog horen.'

'Waarom? Mijn gebeden verhoren ze nooit.'

'Jawel. Ze hebben mij toch gestuurd?'

Sansa pulkte aan de schors van een boom. Ze voelde zich licht in het hoofd, bijna koortsig. 'Ze hebben u gestuurd, ja, maar wat hebt u kunnen uitrichten? U had beloofd dat u me thuis zou brengen, maar ik ben nog steeds hier.'

Dontos gaf een klopje op haar arm. 'Ik heb met een kennis gesproken, een goeie vriend van mij... en u, jonkvrouwe. Hij zal een snel schip huren dat ons in veiligheid zal brengen zodra de tijd rijp is.'

'Die is nu rijp,' zei Sansa met klem, 'vóór de strijd losbarst. Ze zijn mij vergeten. Als we proberen te ontsnappen lukt dat zeker.'

'Kind toch.' Dontos schudde zijn hoofd. 'Weg uit het kasteel, ja, maar de stadspoorten worden beter bewaakt dan ooit, en de Kobold heeft zelfs de rivier afgesloten.'

Dat was waar. Sansa had de Zwartwaterstroom nog nooit zo leeg meegemaakt. Alle veerponten waren op de noordoever teruggetrokken, terwijl de handelsgaleien waren gevlucht of door de Kobold in beslag genomen om te worden ingezet in de strijd. Slechts de koninklijke oorlogsgaleien waren nog te zien. Ze roeiden eindeloos heen en weer door de vaargeul midden in de rivier en wisselden pijlen uit met de boogschutters van Stannis op de zuidelijke oever.

Heer Stannis zelf was nog op mars, maar zijn voorhoede was twee nachten geleden met nieuwe maan gearriveerd, en bij het ontwaken was Koningslanding met hun tenten en banieren geconfronteerd. Het waren er vijfduizend, had Sansa gehoord, bijna net zoveel als alle goudmantels in de hele stad. Ze voerden de rode of groene appels van het huis Graftweg, de schildpad van Estermont en de vos met de bloemen van Florens, en hun bevelhebber was ser Guiard Morrigen, een befaamd ridder uit het zuiden die nu Guiard de Groene werd genoemd. Zijn standaard vertoonde een vliegende kraai, de zwarte veren wijd gespreid in een stormgroene hemel. Maar het waren de banieren in licht oranje die de stad verontrustten. Er wapperden lange, gekeperde wimpels aan die op vlammentongen leken, en in plaats van het wapenteken van een edelman droegen ze het devies van een god: het brandende hart van de Heer des Lichts.

'Als Stannis hier is heeft hij tien keer zoveel manschappen als Joffry, dat zegt iedereen.'

Dontos kneep even in haar schouder. 'De omvang van zijn leger doet er niet toe, schatje, zolang ze aan de overkant van de rivier blijven. Zonder schepen komt Stannis er niet overheen.'

'Hij hééft schepen. Meer dan Joffry.'

'Het is een heel eind varen van Stormeinde. Zijn vloot moet langs Massies Hoek, door de Geul en dwars over de Zwartwaterbaai. Misschien zijn de goden wel zo goedgunstig om een storm te sturen die hen van de zee blaast.' Dontos glimlachte hoopvol. 'Ik weet hoe moeilijk het voor u is. U moet geduld oefenen. Zodra mijn vriend in de stad terug is hebben we ons schip. Geloof in uw Florian, en probeer niet bang te zijn.'

Sansa's nagels groeven zich in haar handpalm. Ze voelde de angst in haar maag wroeten en boren, iedere dag erger. Nachtmerries over de dag waarop prinses Myrcella was uitgevaren verstoorden nog steeds haar slaap: duistere, benarde dromen waaruit ze in het holst van de nacht wakker schrok, happend naar adem. Ze hoorde nog hoe de mensen tegen haar schreeuwden, schreeuwden zonder woorden, als dieren.

Ze hadden haar omsingeld en met vuil bekogeld en geprobeerd haar van haar paard te trekken en zouden nog ergere dingen hebben gedaan als de Jachthond zich geen weg naar haar toe had gebaand. Ze hadden de Hoge Septon in stukken gescheurd en het hoofd van ser Aron met een steen ingeslagen. *Probeer niet bang te zijn!* zei hij.

De hele stad was bang. Sansa kon het vanaf de slotmuren zien. Het gewone volk verschool zich achter gesloten luiken en gebarricadeerde deuren, alsof die bescherming boden. De vorige keer dat Koningslanding was gevallen, hadden de Lannisters naar believen geplunderd en verkracht en de mensen bij honderden over de kling gejaagd, ook al had de stad haar poorten geopend. Deze keer was de Kobold van plan zich te verzetten, en een stad die verzet bood kon al helemaal niet op genade rekenen.

Dontos ratelde door. 'Als ik nog ridder was zou ik een harnas aan moeten trekken en samen met de anderen de muren verdedigen. Eigenlijk zou ik uit pure dankbaarheid Joffry's voeten moeten kussen.'

'Als u hem bedankt dat hij een zot van u heeft gemaakt slaat hij u weer tot ridder,' zei Sansa scherp.

Dontos giechelde. 'Mijn Jonquil is een slimmerdje, hè?'

'Joffry en zijn moeder vinden me dom.'

'Laat ze. Zo bent u veiliger. Koningin Cersei, de Kobold, heer Varys en hun soortgenoten houden elkaar met argusogen in de gaten en strooien links en rechts met geld om erachter te komen wat de anderen in hun schild voeren, maar niemand let op de dochter van vrouwe Tanda, of wel soms?' Dontos hield een hand voor zijn mond om een boertje te onderdrukken. 'Mogen de goden u bewaren, mijn kleine Jonquil.' Hij werd nu huilerig. Dat kwam door de wijn. 'Geef uw Florian eens een kusje. Een kusje brengt geluk.' Hij zwaaide haar kant op.

Sansa ontweek de vochtige, zoekende lippen, kuste hem vluchtig op een ongeschoren wang en wenste hem goedenacht. Ze moest alles op alles zetten om niet te huilen. Ze huilde de laatste tijd te vaak. Ze wist dat het ongepast was, maar ze wist niet wat ze ertegen moest doen. De tranen kwamen gewoon, soms om een kleinigheidje, en ze kon ze met geen mogelijkheid inhouden.

De valbrug naar Maegors Veste was onbewaakt. De Kobold had het merendeel van de goudmantels naar de stadsmuren overgeplaatst, en de witte ridders van de Koningsgarde hadden wel wat beters te doen dan haar te schaduwen. Sansa kon gaan en staan waar ze wilde zolang ze geen poging deed het slot te verlaten, maar ze wilde toch nergens naartoe.

Ze stak de droge gracht met de gemene ijzeren pieken over en klom de smalle wenteltrap op, maar toen ze voor haar slaapkamerdeur stond kon ze zich er niet toe brengen naar binnen te gaan. De wanden van haar kamer kwamen op haar af, en zelfs met het raam wijd open had ze het er benauwd.

Sansa keerde zich weer naar de trap toe en klom verder. De rook versluierde de sterren en de dunne maansikkel, dus was het dak donker en vol schaduwen. Maar van hieraf kon ze alles zien: de hoge torens van de Rode Burcht en de versterkingen op de hoeken, de doolhof van straatjes in de stad daarachter, het zwarte water van de rivier in het zuidwesten, de rookzuilen en asvlokken, en vuren, vuren alom. Soldaten kropen als toortsdragende mieren over de stadsmuren en verdrongen zich op de uitbouwen die uit de borstwering waren gegroeid. Beneden bij de Modderpoort zag ze de vage omtrekken van drie enorme katapults tegen de rondzwevende rook afsteken. Ze staken ruim twintig voet boven de muren uit en niemand had ooit zulke grote gezien. Toch werd haar vrees er door dat alles niet minder om. Er ging een steek door haar lichaam, zo scherp dat Sansa het uitsnikte en naar haar buik greep. En wie weet was ze gevallen als niet een van de schaduwen plotseling had bewogen en sterke vingers haar bij de arm hadden gegrepen om haar op de been te houden.

Ze zocht steun bij een van de kantelen en haar vingers krabbelden over de ruwe steen. 'Laat me los,' riep ze. 'Los.'

'Het vogeltje denkt zeker dat ze vleugels heeft. Of wilde je als verlamde eindigen, net als je broertje?'

Sansa kronkelde in zijn greep. 'Ik liep geen gevaar om te vallen. Het was alleen... u maakte me aan het schrikken, meer niet.'

'Je bedoelt dat je bang voor me was. En nog bent.'

Ze haalde diep adem om haar kalmte te herwinnen. 'Ik dacht dat ik alleen was, ik...' Ze wendde haar blik af.

'Het vogeltje kan mijn aanblik nog steeds niet verdragen, hè?' De Jachthond liet haar los. 'Maar je was maar wat blij om mijn gezicht te zien toen die meute je te pakken had, of niet soms?'

Dat stond Sansa maar al te goed bij. Ze hoorde het gejoel, voelde het bloed uit de wond van de steen over haar wang sijpelen, rook de knoflookadem van de kerel die haar van haar paard wilde sleuren. Ze wist nog precies hoe gemeen zijn vingers in haar pols hadden geknepen toen ze haar evenwicht verloor en begon te vallen.

Op dat moment had ze de dood voor ogen gehad, maar toen waren de vingers alle vijf tegelijk gaan sidderen, en de man had gekrijst als een paard. Terwijl zijn hand verdween duwde een andere, sterkere hand haar in het zadel terug. De man met de knoflookadem lag op de grond en het bloed pompte uit de stomp van zijn arm, maar overal om haar heen waren anderen, sommigen met een knuppel. De Jachthond stortte zich op hen, zijn zwaard een waas van staal waarachter een rode nevel hing. Toen ze rechtsomkeert maakten en voor hem vluchtten had hij gelachen, en even had zijn verschrikkelijke, verbrande gezicht er heel anders uitgezien.

Nu dwong ze zichzelf in dat gezicht te kijken, echt te kijken. Dat was niet meer dan hoffelijk, en een dame mocht de hoffelijkheid nooit uit het oog verliezen. *Die littekens zijn het ergste niet, en ook niet die zenuwtrek bij zijn mond. Het zijn de ogen.* Ze had nog nooit een stel ogen gezien waarin zoveel woede school. 'Ik... had na afloop naar u toe moeten komen,' stamelde ze. 'Om u te bedanken dat... dat u me gered hebt... u was zo moedig.'

'Moedig?' Zijn lach was een halve grauw. 'Alsof een hond moed nodig heeft om ratten te verjagen. Het was dertig tegen een, en niemand die het tegen mij durfde opnemen.'

Ze had een hekel aan zijn manier van praten, altijd zo ruw en boos. 'Schept u er plezier in om mensen bang te maken?'

'Nee, ik schep er plezier in mensen te doden.' Zijn mond trok. 'Je fronst maar een eind weg, maar bespaar me die schijnheiligheid. Jij bent door een hoge edelman verwekt. Je wou toch niet beweren dat heer Eddard Stark van Winterfel nooit iemand heeft gedood?'

'Dat was zijn plicht. Hij vond het nooit leuk.'

'Heeft hij dat tegen je gezegd?' Clegane lachte weer. 'Dan was je vader een leugenaar. Doden is het heerlijkste wat er is.' Hij trok zijn zwaard. 'Híér is je waarheid. Daar is je dierbare vader op de trap van Baelor achter gekomen. Heer van Winterfel, Hand des Konings, Landvoogd van het Noorden, de machtige Eddard Stark, uit een geslacht van achtduizend jaar oud... maar het zwaard van Ilyn Peyn ging net zo hard door zijn nek. Weet je nog, dat dansje dat hij deed toen zijn hoofd van zijn schouders viel?'

Sansa wreef over haar bovenarmen, want ze had het plotseling koud gekregen. 'Waarom bent u altijd zo hatelijk? Ik bedánkte u nog wel...'

'Ja, alsof ik een van die waarachtige ridders ben waar jij zo dol op bent. Waar dacht je dat ridders goed voor zijn, meisje? Om de gunst van edele vrouwen te genieten en in een gouden harnas goeie sier te maken, dacht je dat? Ridders zijn er om te doden.' Hij plaatste zijn zwaardkling tegen haar nek, vlak onder haar oor. Sansa voelde het scherp van de snede. 'Ik doodde mijn eerste man toen ik twaalf was, maar sindsdien ben ik de tel kwijtgeraakt. Hoge heren met aloude namen, dikke rijkaards in fluweel, ridders die bol stonden van de eretitels, ja, en ook vrouwen en kinderen... allemaal vlees, en ik ben de slager. Van mij mogen ze hun landerijen en hun goden en hun goud houden. Ze mogen hun *sers* houden.' Sandor Clegane spuwde voor haar voeten om te laten zien hoe hij daarover dacht. 'Zolang ik dit maar heb,' zei hij en hij tilde het zwaard van haar hals, 'hoef ik voor niemand ter wereld bang te zijn.'

Behalve voor je broer, dacht Sansa, maar ze was zo verstandig om dat niet hardop te zeggen. *Hij is een hond, net zoals hij zegt. Een half wilde, valse hond die bijt wie hem wil aaien en desondanks alles wat zijn bazen te na komt zal verscheuren.* 'Zelfs niet voor de mannen aan de overkant van de rivier?'

Cleganes blik zwierf naar de vuren in de verte. 'Al dat branden.' Hij stak zijn zwaard op. 'Alleen een lafaard vecht met vuur.'

'Heer Stannis is geen lafaard.'

'Maar ook niet zoveel mans als zijn broer. Robert liet zich nooit door zo'n kleinigheidje als een rivier tegenhouden.'

'Wat doet u als hij oversteekt?'

'Vechten. Doden. Sterven, misschien.'

'Bent u niet bang? De goden sturen u misschien naar een vreselijke hel om al het kwaad dat u hebt gedaan.'

'Welk kwaad?' Hij lachte. 'Welke goden?'

'De goden die ons allemaal hebben geschapen.'

'Allemaal?' spotte hij. 'Vertel eens, klein vogeltje, welke god maakt er nu monsters als de Kobold of zwakzinnigen als de dochter van vrouwe Tanda? Als er goden bestaan, hebben ze de lammeren geschapen om de wolven van vlees te voorzien en de zwakken om als speelbal van de sterken te dienen.'

'Een waarachtig ridder beschermt wat zwak is.'

Hij snoof. 'Waarachtige ridders bestaan al net zomin als goden. Wie zichzelf niet kan beschermen, kan beter sterven en degenen die dat wel kunnen niet meer voor de voeten lopen. De wereld wordt met scherp staal en sterke armen geregeerd, anders niet, neem dat van mij aan.'

Sansa deed een stap achteruit. 'U bent afschuwelijk.'

'Ik ben eerlijk. De wereld is afschuwelijk. En vlieg nu maar op, klein vogeltje, ik word niet goed van je gepiep.'

Zonder iets te zeggen ontvluchtte ze hem. Ze was bang voor Sandor Clegane... en toch wenste iets in haar dat Ser Dontos een klein beetje van de felheid van de Jachthond bezat. *Er zijn wel goden*, zei ze bij zichzelf, *en ook waarachtige ridders. De verhalen kunnen niet allemaal gelogen zijn.*

Die nacht droomde Sansa opnieuw van de rellen. Een gillende massa kolkte om haar heen, een dolgeworden, duizendkoppig beest. Waar ze ook keek, overal waren de gezichten tot monsterlijke, onmenselijke maskers vertrokken. Ze huilde en zei dat ze hun nooit enig kwaad had gedaan, maar werd desondanks van haar paard getrokken. 'Nee,' riep ze, 'nee, alsjeblieft, niet doen, *niet* doen,' maar niemand die er acht op sloeg. Ze riep om ser Dontos, om haar broers, haar dode vader en haar dode wolf, om de dappere ser Loras die haar eens een rode roos had gegeven, maar er kwam niemand. Ze riep om de helden uit de liederen, om Florian en ser Ryam Roodwijn en prins Aemon de Drakenridder, maar niemand die het hoorde. Vrouwen stortten zich als wezels op haar, knepen in haar benen en trapten tegen haar buik. Iemand sloeg haar in het gezicht en ze voelde haar tanden breken. Toen zag ze de lichte glans van staal. Het mes drong in haar buik en hakte en hakte en hakte haar onderlijf aan vochtig glimmende flarden...

Toen ze wakker werd viel het flauwe ochtendlicht schuin door haar raam naar binnen, maar toch voelde ze zich zo ziek en pijnlijk alsof ze geen oog dicht had gedaan. Haar dijen kleefden. Toen ze de deken van zich afgooide en het bloed zag dacht ze maar één ding: dat haar droom op een of andere manier was uitgekomen. Ze herinnerde zich de messen in haar buik, wroetend en hakkend. Vol afschuw schoof ze naar achteren, schopte de lakens weg en viel op de grond, hijgend, naakt, bebloed en bang.

Maar toen ze daar zo op handen en knieën ineengedoken zat daagde het haar ineens. 'Nee, o nee,' jammerde Sansa, 'nee, alsjeblieft.' Dit mocht haar niet overkomen, niet nu, niet hier, niet nu, niet nu, niet nu, niet nu.

Waanzin nam bezit van haar. Ze trok zich op aan de bedstijl, liep naar de waskom om zich tussen haar benen te wassen en al dat kleverige weg te boenen. Na afloop zag het water roze van het bloed. Als haar kameniers dat zagen zouden ze begrijpen wat er aan de hand was. Toen dacht ze aan het beddengoed. Ze rende terug naar haar bed en staarde ontzet naar de donkerrode, veelzeggende vlek. Haar enige gedachte was dat ze die moest wegwerken, of het zou uitkomen. Niemand mocht hem zien, anders zou ze aan Joffry uitgehuwelijkt worden en met hem naar bed moeten.

Sansa greep haar mes en hakte op het laken in om de vlek eruit te snijden. *Maar wat zeg ik als ze naar dat gat vragen?* De tranen liepen haar over de wangen. Ze rukte het kapotte laken van het bed, en ook de besmeurde deken. *Die moet ik verbranden.* Ze rolde het bewijsmateriaal tot een bal in elkaar en propte het in de haard, goot de olie uit haar bedlampje eroverheen en stak het aan. Toen zag ze dat het bloed door het laken heen tot in de matras was gedrongen, dus probeerde ze daar ook een bundel van te maken, maar hij was groot, log en onhandelbaar. Sansa kreeg hem maar half in de haard. Ze worstelde op haar knieën om de matras in de vlammen te proppen, en dikke grijze rook kringelde om haar heen en vulde de hele kamer. Toen vloog de deur open en hoorde ze haar kamenier naar adem happen.

Ten slotte moesten ze haar met z'n drieën wegtrekken. En het was allemaal voor niets geweest. Het beddengoed was verbrand, maar tegen de tijd dat ze haar wegsleepten zat er weer bloed aan haar dijen. Het was of haar eigen lichaam haar aan Joffry verried door voor het oog van de wereld een karmijnrode banier te ontplooien.

Toen het vuur gedoofd was werd de geschroeide matras verwijderd, de ergste rook weggewaaierd en een badkuip binnengedragen. Vrouwen kwamen en gingen, prevelden iets en wierpen haar vreemde blikken toe. Ze vulden de tobbe met gloeiend heet water, baadden haar, wasten haar haren en gaven haar een lap om tussen haar benen te doen. Inmiddels was Sansa weer gekalmeerd, en ze schaamde zich voor haar dwaasheid. De rook had het merendeel van haar kleren bedorven. Een van de vrouwen ging weg en kwam terug met een groen wollen hemd dat haar bijna paste. 'Het is minder mooi dan uw eigen spullen, maar goed genoeg,' merkte ze op terwijl ze het over Sansa's hoofd trok. 'Uw schoenen zijn niet verbrand, dus u hoeft in elk geval niet barrevoets naar de koningin.'

Cersei Lannister zat net te ontbijten toen Sansa haar kemenade binnengelaten werd. 'Ga zitten,' zei de koningin genadiglijk. 'Heb je honger?' Ze wees naar de tafel, die gedekt was met havermout, honing, melk, gekookte eieren en knapperig gebakken vis.

De aanblik van het eten maakte Sansa misselijk. Haar maag zat in de knoop. 'Nee dank u, uwe genade.'

'Ik kan het je niet kwalijk nemen. Met Tyrion aan de ene en heer Stannis aan de andere kant smaakt alles wat ik eet naar as. En nu steek jij ook al de boel in brand. Wat dacht je daarmee te bereiken?'

Sansa boog haar hoofd. 'Ik schrok van dat bloed.'

'Dat bloed bezegelt je vrouwelijkheid. Vrouwe Catelyn had je weleens mogen voorlichten. Je bent ontbloeid, dat is alles.'

Sansa voelde zich allesbehalve bloeiend. 'Mijn moeder heeft het wel verteld, maar ik... ik dacht dat het anders zou zijn.'

'Hoe dan?'

'Ik weet het niet. Minder... minder smerig, en magischer.'

Koningin Cersei lachte. 'Wacht maar tot je een kind baart, Sansa. Een vrouwenleven is negen delen smeerboel op één deel magie, daar zul je snel genoeg achter komen... en wat het meest magisch lijkt blijkt vaak het smerigst van alles te zijn.' Ze nam een slokje melk. 'Dus nu ben je een vrouw. Heb je er enig idee van wat dat inhoudt?'

'Het houdt in dat ik rijp ben voor het huwelijk en het bed,' zei Sansa, 'en de koning kinderen kan baren.'

De koningin lachte wrang. 'Een vooruitzicht dat je niet meer zo aanlokt als vroeger, dat zie ik heus wel. Maar dat verwijt ik je niet. Joffry is altijd moeilijk geweest. Zelfs bij zijn geboorte... ik had anderhalve dag weeën voor ik hem eruit perste. Je hebt er geen idee van hoe pijnlijk dat was, Sansa. Ik schreeuwde zo hard dat ik dacht dat Robert me in het koningsbos kon horen.'

'Zijne Genade was niet bij u?'

'Robert? Robert was op jacht. Dat was hij zo gewend. Telkens als mijn tijd gekomen was vluchtte mijn koninklijke gemaal met zijn jagers en honden het bos in. Na zijn terugkeer kreeg ik dan een paar huiden of de kop van een hert gepresenteerd en hij een baby.

Niet dat ik graag wilde dat hij bleef, o nee. Ik had grootmaester Pycelle en een leger vroedvrouwen, en ik had mijn broer. Als ze tegen Jaime zeiden dat hij de kraamkamer niet in mocht glimlachte hij altijd en vroeg wie hem buiten de deur dacht te houden.

Een dergelijke toewijding zal Joffry jou niet betonen, vrees ik. Daar zou je je zuster voor moeten bedanken, als ze niet dood zou zijn. Hij heeft die dag bij de Drietand waarop jij er getuige van was hoe zij hem te schande maakte nooit kunnen vergeten. Daarom maakt hij jou op zijn beurt te schande. Maar je bent sterker dan je eruitziet. Die vernederingen overleef je wel. Net als ik. Van de koning zul je misschien nooit houden, maar wel van zijn kinderen.'

'Ik houd met heel mijn hart van zijne genade,' zei Sansa.

De koningin zuchtte. 'Je moet eens wat andere leugens repeteren, en gauw ook. Deze zal heer Stannis helemaal niet bevallen, dat kan ik je wel vertellen.'

'Volgens de nieuwe Hoge Septon zullen de goden nooit toestaan dat heer Stannis wint, omdat Joffry de rechtmatige koning is.'

Over het gezicht van de koningin gleed een flauw lachje. 'Roberts wettige zoon en erfgenaam. Al begon Joff altijd te huilen zodra Robert hem optilde. Zijne Genade vond dat niet leuk. Zijn bastaarden kraaiden altijd vrolijk tegen hem en sabbelden op zijn vinger als hij die in hun laaggeboren mondjes stopte. Robert wilde lachende gezichten en toejuichingen, dus ging hij overal heen waar die te vinden waren, bij zijn vrienden en zijn hoeren. Robert wilde geliefd zijn. Mijn broer Tyrion lijdt aan diezelfde kwaal. Wil jij geliefd zijn, Sansa?'

'Iedereen wil geliefd zijn.'

'Ik merk het al, je bent er door je ontbloeiing niet wijzer op geworden,' zei Cersei. 'Sansa, laat me je op deze bijzondere dag een stukje vrouwenwijsheid toevertrouwen. Liefde is vergif. Een heerlijk vergif, dat wel, maar daarom niet minder fataal.'

Jon

Het was donker in de Snerpende Pas. De zon bleef het grootste deel van de dag onzichtbaar achter de grote stenen bergwanden, daarom reden ze door de schaduw, en de adem van man en paard dampte in de koude lucht. IJzige watervingers sijpelden van het sneeuwdek en vormden bevroren plasjes die onder de hoeven van hun garrons braken en versplinterden. Soms zagen ze wat onkruid dat uit een spleet in de rots drong of een plek licht korstmos, maar er groeide geen gras, en ze waren inmiddels boven de boomgrens.

Het pad was even steil als smal en slingerde zich steeds verder omhoog. Daar waar de pas zo nauw was dat de wachtruiters er een voor een doorheen moesten, nam Schildknaap Delbrug de leiding. Al rijdend zocht hij de hoogten af, zijn lange boog voortdurend bij de hand. Er werd gezegd dat hij de scherpste ogen van de hele Nachtwacht had.

Spook trippelde onrustig naast Jon voort. Zo nu en dan bleef hij staan en keek met gespitste oren om, alsof hij achter hen iets hoorde. Jon dacht niet dat de schaduwkatten levende mensen aanvielen voordat ze omkwamen van de honger, maar toch zorgde hij ervoor Langklauw wat losser in de schede te hebben.

Een door de wind uitgeholde, grauwe stenen boog gaf het hoogste punt van de pas aan. Hier, waar de lange afdaling naar de Melkwatervallei begon, werd de weg breder. Qhorin besloot dat ze hier zouden uitrusten tot de schaduwen weer lengden. 'De schaduwen zijn de vrienden van de mannen in het zwart,' zei hij.

Daar zag Jon de waarheid wel van in. Het zou weliswaar aangenaam zijn een poosje in het licht te rijden, zodat de felle bergzon hun mantels kon opwarmen en de kou uit hun botten kon verdrijven, maar het was te riskant. Waar er drie op de uitkijk zaten, konden er meer zijn, klaar om alarm te slaan.

Steenslang rolde zich op in zijn aangevreten bontmantel en sliep bijna meteen. Jon deelde zijn gezouten vlees met Spook, terwijl Ebben en Schildknaap Delbrug de paarden voederden. Qhorin Halfhand zat met zijn rug tegen een rots met lange, trage bewegingen de snede van zijn zwaard te wetten. Jon sloeg de wachtruiter een poosje gade. Toen trok hij de stoute schoenen aan ging naar hem toe. 'Heer,' zei hij, 'u hebt me niet gevraagd hoe het afgelopen is. Met dat meisje.'

'Ik ben geen heer, Jon Sneeuw.' Met zijn tweevingerige hand liet Qhorin de steen soepel over het staal glijden.

'Ze zei dat Mans me wel zou opnemen als ik er met haar vandoor ging.'
'Dat is ook zo.'
'Ze beweerde zelfs dat we verwant waren. Ze vertelde me een verhaal...'
'... over Bael de Bard en de roos van Winterfel. Dat zei Steenslang al. Toevallig ken ik dat lied. Mans zong het vroeger altijd als hij van een wachtrit terugkwam. Hij hield van wildlingenmuziek. Van hun vrouwen trouwens ook.'
'Hebt u hem gekend?'
'We hebben hem allemaal gekend.' Zijn stem klonk treurig.
Ze waren niet alleen broeders, maar ook vrienden, begreep Jon, *en nu zijn ze gezworen vijanden.* 'Waarom is hij gedeserteerd?'
'Om een meid, zegt de een. Om een kroon, volgens anderen.' Qhorin probeerde met de muis van zijn hand zijn zwaardsnede uit. 'Mans hield van vrouwen, en hij was niet iemand die makkelijk door de knieën ging, dat is een feit. Maar er stak nog iets anders achter. De wildernis was hem liever dan de Muur. Het zat hem in het bloed. Hij was een wildling van geboorte, als kind meegenomen na de terechtstelling van een paar rovers. Toen hij de Schaduwtoren verliet ging hij gewoon naar huis.'
'Was hij een goeie wachtruiter?'
'De beste van allemaal,' zei de Halfhand, 'en tegelijkertijd de slechtste. Alleen dwazen als Thoren Smalhout verachten de wildlingen. Ze zijn even moedig als wij, Jon. Even sterk, even snel, even slim. Maar ze zijn ongedisciplineerd. Ze noemen zichzelf het vrije volk, en ze wanen zich stuk voor stuk de gelijke van koningen en wijzer dan maesters. Mans was net zo. Hij heeft nooit leren gehoorzamen.'
'Net zomin als ik,' zei Jon kalm.
Qhorins schrandere grijze ogen leken dwars door hem heen te kijken. 'Dus je hebt haar laten lopen?' Hij klonk volstrekt niet verbaasd.
'U weet het?'
'Nu wel. Waarom heb je haar gespaard?'
Dat was moeilijk onder woorden te brengen. 'Mijn vader had geen scherprechter in dienst. Hij zei altijd dat hij het aan de ter dood veroordeelden verschuldigd was hen recht in de ogen te kijken en hun laatste woorden aan te horen. En toen ik Ygritte recht in de ogen keek...' Jon staarde hulpeloos naar zijn handen. 'Ik weet dat ze bij de vijand hoorde, maar er school geen kwaad in haar.'
'Dat gold ook voor die andere twee.'
'Het was hun leven of het onze,' zei Jon. 'Als ze ons gezien hadden, als ze die hoorn hadden gestoken...'
'... zouden de wildlingen ons achterhaald en gedood hebben, dat is maar al te waar.'

'Maar Steenslang heeft die hoorn nu, en we hebben Ygritte haar mes en bijl afgenomen. Ze bevindt zich achter ons, ze is te voet, en ongewapend...'

'... en vormt waarschijnlijk geen bedreiging voor ons,' beaamde Qhorin. 'Als ik haar dood nodig had gevonden had ik haar met Ebben achtergelaten of het zelf gedaan.'

'Waarom hebt u het mij dan bevolen?'

'Het was geen bevel. Ik zei dat je moest doen wat nodig was en liet het aan jou over te bepalen wat het zou worden.' Qhorin stond op en schoof zijn zwaard terug in de schede. 'Als er een berg beklommen moet worden roep ik Steenslang. Als het nodig is een vijand dwars over een winderig slagveld heen een pijl in het oog te schieten roep ik Schildknaap Delbrug. Ebben heeft het vermogen iedereen zijn geheimen te laten prijsgeven. Om mannen aan te voeren moet je ze kennen, Jon Sneeuw. Ik weet nu meer over jou dan vanmorgen.'

'En als ik haar had gedood?' vroeg Jon.

'Dan was zij nu dood en ik zou jou beter kennen dan eerst. Maar genoeg gepraat. Ga maar wat slapen. We hebben nog vele mijlen te gaan, en vele gevaren het hoofd te bieden. Je zult je kracht nodig hebben.'

Jon had niet het idee dat hij zonder moeite zou inslapen, maar hij wist dat de Halfhand gelijk had. Hij zocht een beschut plekje onder een overhangende rots en deed zijn mantel af om die als deken te gebruiken. 'Spook,' riep hij. 'Hier. Naar mij toe.' Hij sliep altijd beter met de grote wolf naast zich. Zijn geur schonk hem troost en zijn ruige, lichte vacht een welkome warmte. Maar ditmaal keek Spook hem alleen maar aan. Toen draaide hij zich om, liep om de garrons heen en was binnen de kortste keren weg. *Hij wil jagen*, dacht Jon. Misschien waren er geiten in deze bergen. De schaduwkatten moesten toch ergens van leven. 'Als je maar geen kat probeert te grijpen,' prevelde hij. Dat zou zelfs voor een schrikwolf riskant zijn. Hij trok zijn mantel dicht om zich heen en ging onder de rots liggen.

Toen hij zijn ogen sloot droomde hij van schrikwolven.

Er waren er vijf waar er zes moesten zijn en ze waren verstrooid, elk gescheiden van de overigen. Hij ervoer een intense, schrijnende leegte, een gevoel van onvolledigheid. Het woud was uitgestrekt en koud en ze waren zo klein, zo verloren. Zijn broeders waren ver weg, en zijn zuster ook, maar hij was hun lucht kwijt. Hij ging op zijn achterpoten zitten en hief zijn kop naar de donker wordende hemel. Zijn kreet weerkaatste door het woud, een langgerekt, eenzaam, droef geluid. Toen het wegstierf spitste hij de oren en wachtte op antwoord, maar al wat hij hoorde was het suizen van de stuivende sneeuw.

Jon?

De roep kwam van achteren, zachter dan een fluistering, maar tegelijkertijd krachtig. Kan een kreet stil zijn? Hij keek om, speurend naar zijn broeder, naar een spoor van een pezige, grauwe gestalte die onder de bomen liep, maar er was niets, alleen...

Een weirboom.

Hij leek uit harde rots te groeien. De bleke wortels kronkelden uit ontelbare spleten en haarscheurtjes omhoog. Vergeleken met andere weirbomen die hij had gezien was deze slank, niet meer dan een scheut, maar de boom groeide onder zijn blikken, en terwijl ze naar de hemel reikten werden de takken dikker. Behoedzaam draaide hij om de gladde stam heen tot hij bij het gezicht kwam. Rode ogen keken hem aan. Felle ogen, en toch waren ze blij hem te zien. De weirboom had het gezicht van zijn broeder. Had zijn broeder altijd al drie ogen gehad?

Niet altijd, klonk de zwijgende kreet. *Pas na de kraai.*

Hij snuffelde aan de bast en rook wolf, boom en jongen, maar er gingen andere geuren onder schuil, de volle bruine lucht van warme aarde, de harde grijze lucht van steen, en nog iets anders, iets gruwelijks. De dood, wist hij. Hij rook de dood. Hij week achteruit, zijn haren recht overeind, en ontblootte zijn tanden.

Niet bang zijn, ik vind het prettig in het donker. Niemand ziet jou, maar jij ziet hen wel. Alleen moet je eerst je oog openen. Kijk, zo. En de boom boog zich naar voren en raakte hem aan.

Plotseling was hij weer in de bergen. Zijn poten waren in een sneeuwhoop weggezakt en hij stond aan de rand van een grote afgrond. Voor hem verbreedde de Snerpende Pas zich tot lucht en leegte, en een langgerekte, v-vormige vallei spreidde zich als een lappendeken onder hem uit, badend in alle kleuren van een herfstmiddag.

Een reusachtige, blauwwitte muur sloot de vallei aan één kant af, tussen de bergen ingeklemd alsof hij ze opzij geduwd had, en even dacht hij dat hij in zijn droom naar slot Zwart was teruggekeerd. Toen drong het tot hem door dat hij naar een ijsrivier van vele mijlen hoog keek. Aan de voet van die glinsterend koude wand lag een groot meer waarvan het diepe, kobaltblauwe water de sneeuwkappen op de omringende pieken weerkaatste. In die vallei waren mannen, zag hij nu, vele mannen, duizenden; een enorme krijgsmacht. Sommigen hakten diepe gaten in de halfbevroren grond terwijl anderen zich oefenden voor de strijd. Hij keek toe hoe een zwerm ruiters een schildmuur aanviel, gezeten op paarden niet groter dan mieren. Het geluid van hun schijngevecht was een geritsel van stalen bladeren die zachtjes voortdreven op de wind. Hun kampement was wanordelijk; hij zag geen greppels, geen scherpgepunte staken, geen keurige rijen paardenlijnen. Hier en daar groeiden ruwe plaggenhutten en tenten van huid als uitslag op het aangezicht der aarde. Hij zag slordige balen hooi, rook geiten en schapen, paarden en varkens en een overvloed aan honden. Van duizenden

kookvuren stegen donkere rooksliertjes omhoog.
Dit is geen leger, en evenmin een stad. Hier is een compleet volk bijeengekomen.

Een van de hopen aan de overkant van het lange meer bewoog. Toen hij nog eens goed keek, zag hij dat het geen afval was maar leefde, een ruig, log beest met een slang als neus en slagtanden, groter dan die van de grootste ever die ooit had geleefd. En het ding dat erop reed was ook gigantisch en had de verkeerde vorm. Benen en heupen waren te massief om van een mens te zijn.

Toen blies een plotselinge windvlaag zijn vacht overeind, en het geluid van vleugels huiverde door de lucht. Toen hij naar de ijswitte hoogten opkeek dook er een schaduw uit de hemel. Een schrille kreet scheurde door de lucht. Hij ving een glimp op van blauwgrijze, wijd gespreide slagpennen die de zon verduisterden.

'*Spook!*' schreeuwde Jon en hij ging rechtop zitten. Hij kon de klauwen nog voelen, en de pijn. 'Spook, hier!'

Ebben kwam aanlopen, greep hem en schudde hem. 'Stil! Wil je de wildlingen over ons afroepen? Wat is er met jou aan de hand, jongen?'

'Een droom,' zei Jon zwakjes. 'Ik was Spook, ik stond op de rand van een berg op een bevroren rivier neer te kijken, en toen werd ik aangevallen. Door een vogel... een adelaar, geloof ik...'

Schildknaap Delbrug glimlachte. 'Ik zie altijd mooie vrouwen in mijn dromen. Ik wou dat ik vaker droomde.'

Qhorin kwam naast hem staan. 'Een bevroren rivier, zei je?'

'Het Melkwater stroomt uit een groot meer aan de voet van een gletsjer,' merkte Steenslang op.

'Er was een boom met het gezicht van mijn broer. De wildlingen... het waren er *duizenden*, ik wist niet eens dat er zoveel bestonden. En reuzen die mammoets bereden.' Naar de kleur van het licht te oordelen had Jon vier of vijf uur geslapen. Hij had hoofdpijn en pijn in zijn nek, daar waar de klauwen hem doorboord hadden. *Maar dat was in mijn droom.*

'Vertel me alles wat je je kunt herinneren, van het begin tot het eind,' zei Qhorin Halfhand.

Jon was in de war. 'Het was maar een droom.'

'Een wolvendroom,' zei de Halfhand. 'De opperbevelheber heeft van Craster gehoord dat de wildlingen zich bij de bron van het Melkwater verzamelen. Daarom heb je daar misschien van gedroomd. Maar het kan ook zijn dat je gezien hebt wat ons een paar uur verderop te wachten staat.'

Hoewel hij zich half een dwaas voelde, dat hij met Qhorin en de overige wachtruiters over dergelijke dingen praatte, deed hij wat hem gezegd was. Maar geen van de zwarte broeders lachte hem uit. Toen hij uitgesproken was glimlachte Schildknaap Delbrug niet meer.

'Gedaanteverwisselaar,' zei Ebben grimmig met een blik op de Halfhand. *Heeft hij het over die adelaar,* vroeg Jon zich af. *Of over mij?* Gedaanteverwisselaars en wargs hoorden in de verhalen van ouwe Nans thuis, niet in de wereld waarin hij al zijn hele leven leefde. Toch was het hier, in deze naargeestige wildernis van steen en ijs, minder moeilijk om erin te geloven.

'Er steken kille winden op. Mormont was er al bang voor. Benjen Stark voelde het ook. Doden waren rond en de bomen hebben weer ogen. Waarom zouden we niet in wargs en reuzen geloven?'

'Betekent dit dat mijn dromen ook waar zijn?' vroeg Schildknaap Delbrug. 'Heer Sneeuw mag zijn mammoets houden, ik wil mijn vrouwen.'

'Ik dien al van jongs af aan in de Nachtwacht, en geen wachtruiter is verder weg geweest dan ik,' zei Ebben. 'Ik heb het gebeente van reuzen gezien en menig vreemd verhaal gehoord, maar meer niet. Ik wil ze met eigen ogen zien.'

'Zorg maar dat ze jou niet zien, Ebben,' zei Steenslang.

Spook kwam niet terug toen ze opbraken. Inmiddels lag de bodem van de pas in de schaduw en daalde de zon snel af naar de scherpe, dubbele piek van de reusachtige berg die de wachtruiters de Vorktop noemden. *Als die droom waar was...* De gedachte alleen al beangstigde hem. Zou de adelaar Spook gewond hebben, of hem van de rand van de afgrond hebben gegooid? En die weirboom met het gezicht van zijn broer, die naar dood en duisternis rook?

De laatste zonnestraal verdween achter de pieken van de Vorktop. De schemering daalde over de Snerpende Pas en het leek bijna meteen kouder te worden. Ze stegen niet langer. De grond begon juist te dalen, zij het nog niet steil. Hij was bezaaid met spleten, gebroken rotsblokken en steenslag. *Straks wordt het donker, en nog steeds geen spoor van Spook.* Jon werd inwendig verscheurd, maar al had hij het nog zo graag gedaan, hij durfde de schrikwolf niet te roepen. Het zou heel goed kunnen dat er iets anders meeluisterde.

'Qhorin,' riep Schildknaap Delbrug zacht. 'Daar. Kijk.'

De adelaar zat hoog boven hen op een uitstekende rots tegen de donkere wordende hemel afgetekend. *We hebben wel vaker een adelaar gezien,* dacht Jon. *Dit hoeft niet die uit mijn droom te zijn.*

Toch zou Ebben erop geschoten hebben als de schildknaap hem niet tegengehouden had. 'Die vogel zit buiten je schootsveld.'

'Het zint me niet dat hij naar ons kijkt.'

De schildknaap haalde zijn schouders op. 'Mij ook niet, maar er is toch niets tegen te doen. Je verspilt alleen een goeie pijl.'

Qhorin bestudeerde de adelaar lange tijd vanuit het zadel, zonder iets te zeggen. 'We rijden door,' zei hij ten slotte. De wachtruiters hervatten de afdaling.

Spook, zou Jon willen schreeuwen, *waar ben je?*

Hij stond op het punt achter Qhorin en de anderen aan te rijden toen hij tussen twee rotsblokken iets wits ontwaarde. *Een restje oude sneeuw*, dacht hij, tot hij het zag bewegen. Hij was meteen zijn paard af. Toen hij neerknielde tilde Spook zijn kop op. Zijn nek glinsterde vochtig, maar hij gaf geen kik toen Jon een handschoen afstroopte en hem aanraakte. De klauwen hadden een bloedig spoor door vacht en vlees getrokken, maar de vogel was er niet in geslaagd zijn nek te breken.

Qhorin Halfhand rees naast hem op. 'Hoe ernstig?'

Bij wijze van antwoord werkte Spook zich overeind.

'Die wolf is sterk,' zei de wachtruiter. 'Ebben, water. Steenslang, je wijnzak. Hou hem stil, Jon.'

Samen wasten ze de korsten bloed uit de vacht van de schrikwolf. Spook worstelde en ontblootte zijn tanden toen Qhorin de wijn in de onregelmatige rode voren goot die de adelaar had getrokken, maar Jon sloeg zijn armen om hem heen en prevelde sussende woordjes, en weldra werd de wolf rustig. Toen ze de wonden met een reep van Jons mantel hadden verbonden was het helemaal donker. 'Gaan we nog verder?' wilde Steenslang weten.

Qhorin liep naar zijn garron. 'Terug, niet verder.'

'Terug?' Dat verraste Jon.

Adelaars hebben scherpere ogen dan mensen. We zijn gezien. Dus nu gaan we ervandoor.' De Halfhand wikkelde een lange, zwarte sjaal om zijn gezicht en zwaaide zich in het zadel.

De overige wachtruiters wisselden een blik, maar niemand maakte bezwaar. Een voor een stegen ze op en wendden hun garrons om naar huis terug te gaan. 'Spook, kom,' riep hij, en de schrikwolf volgde hem, een bleke schaduw die door de nacht schoof.

Ze reden de hele nacht door en zochten zich een weg omhoog door de slingerende pas en over de oneffen stukken van het pad. De wind wakkerde aan. Soms was het zo donker dat ze moesten afstijgen en hun garrons aan de teugels moesten meevoeren. Eenmaal opperde Ebben dat ze wel een paar toortsen konden gebruiken, maar Qhorin zei: 'Geen vuur', en dat was dat. Ze bereikten de stenen brug bij het hoogste punt en begonnen aan de afdaling. Verderop in het donker klonk het woedende gekrijs van een schaduwkat. Het weerkaatste tegen de rotsen, zodat het leek alsof er tien andere katten antwoord gaven. Eenmaal meende Jon op een richel boven hem een paar gloeiende ogen zo groot als herfstmanen te zien.

In het zwarte uur voor de dageraad hielden ze halt om de paarden te drenken en een handvol haver en wat plukken hooi te geven. 'We zijn vlakbij de plaats waar die wildlingen zijn gedood,' zei Qhorin. 'Van daaraf kan één man honderd anderen tegenhouden. De juiste man.' Hij keek Schildknaap Delbrug aan.

De schildknaap boog zijn hoofd. 'Geef me alle pijlen die jullie kunnen missen, broeders.' Hij streek over zijn boog. 'En als jullie weer thuis zijn, geef mijn garron dan een appeltje. Dat heeft hij wel verdiend, het arme beest.'

Hij blijft hier om te sterven, drong het tot Jon door.

Met een gehandschoende hand greep Qhorin de schildknaap bij zijn bovenarm. 'Als die adelaar afdaalt om eens naar je te kijken...'

'... krijgt-ie er een paar nieuwe veren bij.'

Het laatste dat Jon van Schildknaap Delbrug zag was zijn rug, toen hij het smalle pad naar de hoogten opklom.

Toen de dageraad kwam keek Jon omhoog naar een wolkeloze hemel en hij zag een vlekje door het blauw bewegen. Ebben zag het ook en vloekte, maar Qhorin legde hem het zwijgen op. 'Luister.'

Jon hield zijn adem in, en hoorde het. In de verte achter hen weerkaatste de klank van een jachthoorn door de bergen.

'En nu komen ze eraan,' zei Qhorin.

Tyrion

Pod hulde hem met het oog op de beproeving in een fluwelen tuniek in Lannister-karmijn en bracht hem zijn ambtsketen. Die liet Tyrion op zijn nachtkastje liggen. Zijn zuster werd er ongaarne aan herinnerd dat hij de Hand des Konings was, en hij wilde de verhouding tussen hen niet nog verder verzieken.

Toen hij de binnenplaats overstak kwam Varys naast hem lopen. 'Heer,' zei hij enigszins buiten adem, 'ik raad u aan dit meteen te lezen.' Hij reikte hem met een zacht wit handje een perkament aan. 'Bericht uit het noorden.'

'Goed of slecht nieuws?' vroeg Tyrion.

'Dat oordeel is niet aan mij.'

Tyrion ontrolde het perkament. Hij moest erop turen om in het toortslicht op de binnenplaats de woorden te kunnen lezen. 'Goeie goden,' zei hij zacht. 'Allebei?'

'Ik vrees van wel, heer. Heel triest. In- en intriest. En dat terwijl ze nog zo jong en onschuldig waren.'

Tyrion herinnerde zich hoe de wolven hadden gehuild toen het jongetje Stark was gevallen. *Zouden ze nu ook huilen?* 'Hebt u het ook al aan de anderen verteld?'

'Nog niet, al zal dat natuurlijk wel moeten.'

Hij rolde de brief op. 'Ik stel mijn zuster wel op de hoogte.' Hij wilde zien hoe ze het nieuws opnam. Dat wilde hij heel graag.

De koningin zag er vanavond bijzonder lieftallig uit. Ze droeg een laag uitgesneden japon van felgroen fluweel dat de kleur van haar ogen accentueerde. Haar gouden haar golfde over haar blote schouders, en om haar taille zat een geweven, met smaragden bezette gordel. Pas toen Tyrion zat en een beker wijn aangereikt had gekregen reikte hij haar de brief aan. Hij zei geen woord. Cersei knipperde onschuldig met haar ogen en nam hem het perkament uit handen.

'Daar zul je wel blij mee zijn,' zei hij terwijl ze las. 'Jij wilde dat jongetje Stark toch dood hebben?'

Cersei keek zuur. 'Jaime heeft hem uit het raam gegooid, ik niet. Uit liefde, zei hij, alsof ik zoiets leuk zou vinden. Het was dom, en nog gevaarlijk ook, maar wanneer denkt onze lieve broer nu ooit van tevoren na?'

'De jongen had jullie gezien,' bracht Tyrion naar voren.

'Hij was nog een kind. Ik zou hem zo bang hebben gemaakt dat hij zijn mond wel hield.' Ze keek peinzend naar de brief. 'Waarom krijg ik altijd de schuld als een van die Starks zijn teen stoot? Dit is het werk van Grauwvreugd. Ik heb er niets mee te maken.'

'Laten we hopen dat vrouwe Catelyn er ook zo over denkt.'

Haar ogen werden groot. 'Je denkt toch niet...'

'... dat ze Jaime zal doden? Waarom niet? Wat zou jij doen als Joffry en Tommen vermoord werden?'

'Ik heb Sansa nog,' verklaarde de koningin.

'Wíj hebben Sansa nog,' verbeterde hij haar, 'en laten we maar goed voor haar zorgen. Waar blijft dat avondeten dat je me beloofd had, lieve zuster?'

Cersei wist wat smakelijk eten was, dat moest gezegd worden. Het voorgerecht bestond uit een romige kastanjesoep, knapperig warm brood en groenten, aangemaakt met appels en pijnboompitten, gevolgd door lampreipastei, honingham, worteltjes in botersaus, witte bonen met spek, en geroosterde zwaan met een vulling van champignons en oesters. Tyrion gedroeg zich uitzonderlijk hoofs. Hij bood zijn zuster het lekkerste stukje van ieder gerecht aan en zorgde ervoor slechts te eten wat zij at. Niet dat hij echt dacht dat ze hem zou vergiftigen, maar voorzichtigheid kon geen kwaad.

Het nieuws over de Starks had haar stemming bedorven, zag hij. 'Nog geen nieuws van Bitterbrug?' vroeg ze ongerust, terwijl ze een stuk appel opprikte met haar dolk en het met kleine, keurige hapjes opat.

'Niets.'

'Ik heb die Pinkje nooit vertrouwd. Als hij genoeg betaald krijgt loopt hij zonder mankeren naar Stannis over.'

'Stannis Baratheon is zo verdomd rechtlijnig dat hij nooit iemand zal omkopen. En voor lieden als Petyr is hij een hoogst ongemakkelijke heer. Akkoord, deze oorlog heeft lieden in elkaars armen gedreven van wie je dat niet zou verwachten, maar die twee? Nooit.'

Terwijl hij wat plakjes ham afsneed zei ze: 'Dat varken hebben we aan vrouwe Tanda te danken.'

'Een teken van haar liefde?'

'Omkoperij. Ze smeekt ons om toestemming naar haar slot terug te mogen keren. De jouwe en de mijne. Ze zal wel bang zijn dat je haar onderweg zult arresteren, net als heer Gyllis.'

'Is ze van plan de troonopvolger te ontvoeren?' Tyrion serveerde zijn zuster een plak ham en nam er zelf ook een. 'Ik heb liever dat ze hier blijft. Als ze zich veilig wil voelen, zeg dan maar dat ze haar garnizoen uit Stookewaard laat overkomen. Alle mannen die ze heeft.'

'Als we zo dringend om manschappen verlegen zitten, waarom heb jij dan je wilden weggestuurd?' In Cersei's stem kroop een zekere irritatie.

'Zo kon ik ze het beste inzetten,' antwoordde hij naar waarheid. 'Het zijn felle strijders, maar geen krijgslieden. In de krijgskunst is discipline belangrijker dan moed. Ze hebben ons in het koningsbos al betere diensten bewezen dan ze ooit op de stadsmuren zouden doen.'

Toen de zwaan opgediend werd, ondervroeg de koningin hem over de samenzwering van de Geweimannen. Die leek haar eerder te ergeren dan angst in te boezemen. 'Waarom hebben we zo vaak met verraad te kampen? Wat heeft het huis Lannister die ellendelingen ooit aangedaan?'

'Niets,' zei Tyrion, 'maar ze denken dat ze aan de winnende hand zijn... en dus zijn ze behalve verraders ook idioten.'

'Weet je zeker dat je ze allemaal hebt opgespoord?'

'Varys zegt van wel.' Die zwaan was hem een beetje te machtig.

Op Cersei's blanke voorhoofd, tussen die lieftallige ogen van haar, verscheen een streep. 'Je vertrouwt te veel op die eunuch.'

'Hij bewijst me goede diensten.'

'Ja, hij wil graag dat je dat denkt. Denk je dat jij de enige bent die hij geheimpjes inblaast? Hij vertelt ons allemaal precies genoeg om ons ervan te overtuigen dat we machteloos zijn zonder hem. Hij heeft dat spelletje ook met mij gespeeld toen ik pas met Robert getrouwd was. Jarenlang was ik ervan overtuigd dat ik aan het hof geen waarachtiger vriend had, maar nu...' Ze bestudeerde even zijn gezicht. 'Hij zegt dat jij van plan bent de Jachthond bij Joffry weg te halen.'

De ellendeling. 'Ik heb Clegane nodig om belangrijker taken uit te voeren.'

'Niets is belangrijker dan het leven van de koning.'

'Het leven van de koning loopt geen gevaar. Joff heeft de dappere ser Osmund nog om hem te beschermen, en ook ser Meryn Trant. *Die zijn toch nergens anders goed voor.* 'Balon Swaan en de Jachthond zijn nodig om uitvallen te leiden en te zorgen dat Stannis aan onze kant van het Zwartewater geen poot aan de grond krijgt.'

'Jaime zou die uitvallen persoonlijk leiden.'

'Vanuit Stroomvliet? Dat is nog eens een uitval.'

'Joff is nog maar een jongen.'

'Een jongen die in deze oorlog wil meevechten, wat voor deze ene keer nu eens niet zo'n slecht idee is. Ik zal hem niet in het heetst van de strijd storten, maar hij moet aanwezig zijn. Soldaten vechten feller wanneer hun koning zich met hen in het gevaar stort dan wanneer hij zich achter zijn moeders rokken verschuilt.'

'Hij is *dertien*, Tyrion.'

'En wat deed Jaime op zijn dertiende? Als je wilt dat de jongen zijn vaders zoon is, laat hem zich daar dan naar gedragen. Joff heeft de beste wapenrusting die er te koop is, en hij heeft te allen tijde minstens tien goudmantels om zich heen. Als de stad ook maar even het gevaar loopt te vallen laat ik hem onmiddellijk naar de Rode Burcht terugbrengen.'

Hij had verwacht haar daarmee gerustgesteld te hebben, maar in haar groene ogen was geen spoor van tevredenheid te bekennen. '*Zal* de stad vallen?'

'Nee.' *Maar zo ja, bid dan maar dat de Rode Burcht standhoudt tot onze edele vader ons komt ontzetten.*

'Je hebt me wel vaker voorgelogen, Tyrion.'

'En altijd met reden, lieve zuster. Ik ben evenzeer op een goede onderlinge verstandhouding uit als jij. Ik heb besloten heer Gyllis te laten lopen.' Hij had Gyllis enkel en alleen achter slot en grendel gehouden om dat gebaar te kunnen maken. 'Ser Boros Both kun je ook terugkrijgen.'

De mond van de koningin werd een streep. 'Laat ser Boros gerust in Rooswijck wegrotten,' zei ze. 'Maar Tommen...'

'... blijft waar hij is. Onder heer Jacelyns bescherming is hij veiliger dan hij ooit bij heer Gyllis geweest zou zijn.'

Bedienden haalden de zwaan weg, die nauwelijks aangeraakt was. Cersei gebaarde dat het nagerecht kon worden opgediend. 'Hopelijk hou je van bramentaart.'

'Ik hou van alle mogelijke taarten.'

'Dat weet ik allang. Weet jij waarom Varys zo gevaarlijk is?'

'Gaan we nu raadselspelletjes doen? Nee.'

'Hij heeft geen pik.'

'Jij ook niet.' *En wat heb je daar de pest over in, Cersei!*

'Misschien ben ik ook gevaarlijk. Jij daarentegen bent net zo'n grote dwaas als alle andere mannen. De helft van de tijd laat je die worm tussen je benen voor je denken.'

Tyrion likte de kruimels van zijn vingers. Zijn zusters glimlach beviel hem allesbehalve. 'Ja, en op dit moment denkt mijn worm dat het misschien tijd is om te gaan.'

'Voel je je niet lekker, broertje?' Ze boog zich voorover, zodat hij een fraai uitzicht op de bovenkant van haar borsten had. 'Je ziet er plotseling wat verhit uit.'

'Verhit?' Tyrion gluurde naar de deur. Had hij daarbuiten iets gehoord? Hij begon er spijt van te krijgen dat hij hier alleen naartoe was gegaan. 'Dit is voor het eerst dat je belangstelling voor mijn pik toont.'

'Niet zozeer daarvoor, als wel voor datgene waar je hem instopt. Ik ben niet helemaal van die eunuch afhankelijk, zoals jij. Ik heb zo mijn eigen manieren om dingen te weten te komen... vooral dingen die anderen voor me verborgen willen houden.'

'Wat probeer je nou te zeggen?'

'Alleen dit: *ik heb dat hoertje van jou.*'

Tyrion greep zijn wijnbeker om even zijn gedachten op een rij te kunnen zetten. 'Ik dacht dat jij meer van mannen hield.'

'Wat ben je toch een raar klein kereltje. Zeg eens, ben je al met deze hoer getrouwd?' Toen hij geen antwoord gaf lachte ze en zei: 'Wat zal vader opgelucht zijn.'

Hij had een gevoel of zijn buik vol palingen zat. Hoe had ze Shae gevonden? Had Varys hem verraden? Of had hij al zijn voorzorgen teniet gedaan door die avond rechtstreeks naar haar state te rijden? 'Wat kan het jou schelen wie ik als bedwarmer kies?'

'Een Lannister betaalt zijn schulden altijd,' zei ze. 'Je bent al tegen me aan het konkelen sinds de dag dat je in Koningslanding bent. Je hebt Myrcella verkocht, Tommen gestolen en nu smeed je plannen om Joff te laten vermoorden. Je wilt dat hij sterft, zodat jij met behulp van Tommen kunt regeren.'

Tja, ik kan niet ontkennen dat het idee verleidelijk is. 'Wat een waanzin, Cersei. Over een paar dagen staat Stannis voor onze neus. Je hebt me nodig.'

'Waarvoor? Omdat je zo'n bedreven krijgsman bent?'

'Bronns huurlingen vechten niet zonder mij,' loog hij.

'Heus wel. Ze houden van je goud, niet van je koboldgrappen. Maar wees maar niet bang, ze zullen het niet zonder je hoeven stellen. Ik zal niet beweren dat ik nooit heb overwogen je de keel af te snijden, maar dat zou Jaime me nooit vergeven.'

'En die hoer?' Hij zou haar naam niet noemen. *Als ik haar ervan kan overtuigen dat Shae niets voor me betekent, wie weet...*

'Zolang mijn zoons niets overkomt zal ze heus wel goed behandeld worden. Maar mocht Joff sneuvelen of Tommen in handen van de vijand vallen, dan zal dat kutje van je een onvoorstelbaar pijnlijke dood sterven.'

Ze denkt echt dat ik van plan ben mijn eigen neef te vermoorden. 'De jongens zijn veilig,' beloofde hij haar vermoeid. 'Goeie goden, Cersei, het zijn mijn eigen bloedverwanten. Waar zie je me voor aan?'

'Voor een pervers klein mannetje.'

Tyrion staarde naar de droesem onder in zijn wijnbeker. *Wat zou Jaime in zo'n geval doen?* Waarschijnlijk die teef doodslaan, en dan pas bij de gevolgen stilstaan. Maar Tyrion bezat geen gouden zwaard, noch het vermogen er een te hanteren. De roekeloze furie van zijn broer trok hem erg aan, maar het was hun vader die hij naar de kroon moest steken. *Steen, ik moet een steen zijn, de Rots van Casterling moet ik zijn, keihard en onwrikbaar. Als ik deze toets niet doorsta kan ik me beter bij het dichtstbijzijnde rariteitenkabinet melden.* 'Hoe weet ik dat je haar nog niet hebt vermoord?' zei hij.

'Wil je haar zien? Dat dacht ik al.' Cersei liep de kamer door en gooide de zware eikenhouten deur open. 'Breng de hoer van mijn broer binnen.'

De broers van ser Osmond, Osny en Osfryd, waren duidelijk loten van dezelfde stam: lange kerels met een haakneus, donker haar en een gemeen lachje. Zij hing tussen hen in, haar ogen wijdopen en wit in haar donkere gezicht. Uit haar kapotte lip sijpelde bloed, en door de scheuren in haar kleren heen kon hij blauwe plekken zien. Haar handen waren met touwen vastgesnoerd, en ze hadden haar gekneveld, zodat ze niet kon spreken.

'Je zei dat haar niets zou overkomen.'

'Ze verzette zich.' Anders dan zijn broers was Osny Ketelzwart gladgeschoren, zodat de schrammen duidelijk zichtbaar waren op zijn onbehaarde wangen. 'Die heeft klauwen als een schaduwkat.'

'Blauwe plekken genezen,' zei Cersei verveeld. 'Die hoer blijft wel leven. Net zo lang als Joff.'

Tyrion had haar dolgraag uitgelachen. Wat zou dat heerlijk zijn, ronduit zalig. Maar dan had hij zich verraden. *Jij verliest, Cersei, en die Ketelzwarts zijn nog grotere idioten dan Bronn al zei.* Hij hoefde het alleen maar te zeggen.

In plaats daarvan keek hij naar het gezicht van het meisje en zei: 'Zweer je dat je haar na de veldslag zult laten gaan?'

'Ja, als jij Tommen laat gaan.'

Hij duwde zichzelf overeind. 'Hou haar dan maar. Zorg alleen wel dat je haar beschermt. Als die beesten hier denken dat ze haar kunnen misbruiken... dan wil ik je er graag op wijzen, lieve zuster, dat een weegschaal naar twee kanten kan doorslaan.' Zijn toon was doodkalm, onaangedaan, onverschillig, hij had gezocht naar zijn vaders stemgeluid en het gevonden ook. 'Wat haar overkomt zal Tommen overkomen, klappen en verkrachtingen incluis.' *Als ze me voor zo'n monster houdt wil ik die rol wel voor haar spelen.*

Dat had Cersei niet verwacht. 'Dat zou je niet wagen.'

Tyrion zette een glimlach op, traag en ijzig. Zijn ogen lachten tegen haar, groen en zwart. 'Wagen? Ik doe het zelf.'

Zijn zusters hand flitste op zijn gezicht af, maar hij greep haar pols en draaide die om tot ze het uitschreeuwde. Osfried wilde haar te hulp schieten. 'Nog één stap en ik breek haar arm,' waarschuwde de dwerg. De man bleef staan. 'Weet je nog dat ik zei dat je me nooit meer zou slaan, Cersei?' Hij smeet haar op de grond en wendde zich weer tot de Ketelzwarts. 'Maak haar los en haal die knevel weg.'

Het touw had zo strak gezeten dat haar aderen waren afgeknepen. Ze slaakte een kreet van pijn toen de bloedsomloop in haar armen weer op gang kwam. Tyrion masseerde voorzichtig haar vingers tot het gevoel er weer in terugkwam. 'Schatje,' zei hij, 'je moet dapper zijn. Ik vind het akelig dat ze je zo'n pijn hebben gedaan.'

'Ik weet dat u me zult bevrijden, heer.'

'Dat zal ik zeker,' beloofde hij, en Alayaya boog zich voorover en kuste hem op zijn voorhoofd. Haar kapotte lippen lieten een veeg bloed achter. *Die bloedige kus heb ik méér dan verdiend*, dacht Tyrion. *Zonder mij was haar niets overkomen.*

Met haar bloed nog op zijn gezicht keek hij op de koningin neer. 'Ik heb je nooit gemogen, Cersei, maar je was mijn eigen zuster, dus ben ik je nooit te na gekomen. Daar heb jij nu een eind aan gemaakt. Ik zal je weten te treffen. Ik weet nog niet hoe, maar dat komt nog wel. Er komt een dag dat je je veilig en gelukkig zult wanen, en op die dag zal je vreugde als bij donderslag volledig verzuren, en dan zul je weten dat de schuld is afbetaald.'

In een oorlog, had zijn vader eens tegen hem gezegd, is de strijd gestreden zodra een van de legers de gelederen verbreekt en vlucht. Al zijn ze nog net zo talrijk als het ogenblik daarvoor en hebben ze hun wapens en wapenrusting nog, als ze eenmaal voor je uit rennen zullen ze zich niet meer omdraaien om te vechten. Zo was het nu met Cersei. 'Eruit!' was het enige dat ze nog kon bedenken. 'Ga uit mijn ogen.'

Tyrion boog. 'Welterusten dan maar. En droom lekker.'

Terwijl hij terugliep naar de Toren van de Hand trappelde er een leger van voeten door zijn schedel. *Ik had dit al moeten zien aankomen toen ik voor het eerst wegglipte via de achterkant van Chataya's kast.* Misschien had hij het niet wíllen zien. Tegen de tijd dat hij boven aan de trap was deden zijn benen flink pijn. Hij stuurde Pod om een flacon wijn en schoof zijn slaapkamer in.

Shae zat met gekruiste benen op het hemelbed, naakt, op de zware gouden keten na die over de ronding van haar borsten golfde, een keten van geschakelde gouden handjes die in elkaar grepen.

Tyrion had haar niet verwacht. 'Wat doe jij hier?'

Lachend streelde ze de keten. 'Ik verlangde naar een paar handen op mijn tieten... maar deze gouden handjes zijn koud.'

Even wist hij niets te zeggen. Hoe kon hij nu tegen haar zeggen dat een andere vrouw de klappen had opgevangen die voor haar bestemd waren en waarschijnlijk in haar plaats zou sterven als Joffry in de strijd iets overkwam? Hij veegde met de muis van zijn hand Alayaya's bloed van zijn voorhoofd. 'Jonkvrouwe Lollys...'

'Die slaapt. Da's het enige dat ze wil, de logge koe. Slapen en vreten. Soms valt ze al vretend in slaap. Dan belandt het eten onder de dekens, en zij wentelt zich erin, en ik mag'r schoonmaken.' Ze trok een vies gezicht. 'En ze hebben d'r alleen maar genaaid.'

'Volgens haar moeder is ze ziek.'

'Ze heeft een kind in d'r buik, meer niet.'

Tyrion keek de kamer rond. Alles zag er nog net zo uit als toen hij wegging. 'Hoe ben je binnengekomen? Laat me die geheime deur eens zien?'

Ze haalde haar schouders op. 'Ik moest van heer Varys een kap over mijn hoofd doen. Ik zag niets, behalve... op één plaats kon ik langs de onderrand van de kap naar de vloer gluren. Die was een en al steentjes, u weet wel, die samen een plaatje vormen?'

'Een mozaïek?'

Shae knikte. 'Ze waren rood en zwart. Ik geloof dat het plaatje een draak voorstelde. Verder was alles donker. We klommen een ladder af en liepen een heel eind, tot ik mijn gevoel voor richting kwijt was. Eén keer stonden we stil omdat hij een ijzeren hek moest openen. Ik streek er in het voorbijgaan langs. De draak was ergens achter dat hek. Toen klommen we nog een ladder op, met bovenaan een tunnel. Ik moest bukken, en ik geloof dat heer Varys moest kruipen.'

Tyrion deed de ronde door de slaapkamer. Een van de kandelaars aan de wand zag eruit of hij loszat. Hij ging op zijn tenen staan en probeerde hem om te keren. De kandelaar draaide langzaam en krassend over de stenen muur. Toen hij op zijn kop hing viel het kaarsstompje eruit. De biezen die op de kille stenen vloer gestrooid waren zagen er niet echt uit alsof eroverheen gelopen was. 'Wilt u niet met me naar bed, meheer?' vroeg Shae.

'Zo meteen.' Tyrion gooide zijn garderobe open, schoof de kleren opzij en duwde tegen de achterwand. Wat mogelijk was in een hoerenkast moest ook mogelijk zijn in een slot... maar nee, het hout was massief en gaf niet mee. Zijn oog viel op een steen naast de vensterbank, maar hoe hij ook peuterde en porde, het haalde niets uit. Gefrustreerd en geërgerd liep hij naar het bed terug.

Shae trok zijn rijgkoorden los en sloeg haar armen om zijn hals. 'Uw schouders zijn zo hard als een rots,' prevelde ze. 'Snel, ik wil u in me voelen.' Maar toen ze haar benen om zijn middel sloeg liet zijn manlijkheid hem in de steek. Toen ze hem voelde verslappen glipte Shae onder de lakens en nam hem in haar mond, maar zelfs daar werd hij niet opgewonden van.

Na enkele ogenblikken hield hij haar tegen. 'Wat is er aan de hand?' vroeg ze. Op haar jeugdige gelaatstrekken stond alle onschuld van de wereld te lezen.

Onschuld! Idioot, ze is een hoer. Cersei had gelijk, jij denkt met je pik, halve gare die je bent.

'Ga maar slapen, schatje,' spoorde hij haar aan en hij streelde haar haren. Maar nog lang nadat Shae zijn advies had opgevolgd bleef Tyrion zelf wakker liggen, zijn vingers om een kleine borst, luisterend naar haar ademhaling.

Catelyn

De grote zaal van Stroomvliet was een eenzame plek om met z'n tweeën te dineren. De wanden waren met donkere schaduwen behangen. Een van de toortsen was gedoofd, zodat er nog maar drie brandden. Catelyn zat in haar wijnkelk te turen. De inhoud was dun en zuur. Briënne zat tegenover haar. Tussen hen in stond haar vaders hoge zetel, even leeg als de rest van de zaal. Er waren zelfs geen bedienden, want die had ze verlof gegeven om naar het feest te gaan.

Ondanks de dikke muren van de burcht hoorden ze toch het gedempte feestgedruis op de binnenplaats. Ser Desmond had twintig vaatjes uit de kelder laten halen en het volk vierde Edmars aanstaande thuiskomst en Robbs inname van de Piek door drinkhoorns vol nootbruin bier naar binnen te gieten.

Ik kan het hun niet kwalijk nemen, dacht Catelyn. *Zij weten van niets. En als ze dat wel zouden doen, waarom zou het ze dan raken? Zij hebben mijn zonen niet gekend. Nooit met het hart in de keel naar Bran gekeken als hij klom, trots en vrees tot één gevoel vermengd, en nooit glimlachend toegezien hoe Rickon zijn uiterste best deed om zijn grote broers na te doen.* Ze staarde naar het diner dat voor haar stond: in speklapjes gerolde forel, een salade van knollenloof, rode venkel en zoetgras, erwten, uien en warm brood. Briënne at systematisch, alsof een maaltijd een karwei was dat nu opgeknapt diende te worden. *Ik ben een kniesoor geworden*, dacht Catelyn. *Ik heb geen plezier meer in eten en drinken, en gezang en gelach beschouw ik als verdachte vreemden. Ik besta uit smart, stof en verzuurde verlangens. Er gaapt een gat waar eens mijn hart zat.*

De eetgeluiden van de andere vrouw waren onverdraaglijk geworden. 'Briënne, ik ben geen geschikt gezelschap. Ga ook maar naar het feest als je wilt. Drink een hoorn bier en dans op Rijmonds harpmuziek.'

'Ik ben niet voor feestvierder in de wieg gelegd, vrouwe.' Haar grote handen trokken een stuk zwart brood in tweeën. Briënne staarde naar de hompen alsof ze vergeten was wat ze in handen hield. 'Als u het beveelt, dan...'

Catelyn merkte haar verlegenheid op. 'Ik dacht alleen maar dat je misschien de voorkeur gaf aan vrolijker gezelschap.'

'Ik ben tevreden zo.' Het meisje gebruikte het brood om wat van het spekvet op te deppen waarin de forel gebakken was.

'Er is vanmorgen weer een vogel gearriveerd.' Catelyn wist niet waarom ze het zei. 'De maester wekte me meteen. Heel plichtsgetrouw, maar niet aardig. Helemaal niet aardig.' Ze had het niet aan Briënne willen vertellen. Niemand wist het op zijzelf en maester Veyman na, en zo had ze het willen houden tot... tot...

Tot wanneer? Dwaas mens, als je het geheimhoudt in je hart, wordt het dan soms minder waar? Als je het nooit vertelt en er nooit over spreekt, wordt het dan soms een droom, minder dan een droom, een half-vergeten nachtmerrie? Als de goden toch eens zo goed waren!

'Is er nieuws uit Koningslanding?' vroeg Briënne.

'Was het maar zo. De vogel kwam uit slot Cerwyn, van ser Rodrik, mijn kastelein.' Duistere wieken, duistere woorden. 'Hij heeft alle beschikbare strijdkrachten verzameld en trekt nu tegen Winterfel op om het slot te heroveren.' Wat klonk dat nu allemaal onbelangijk. 'Maar hij zei... hij schreef... hij vertelde, hij...'

'Wat is er, vrouwe? Nieuws over uw zonen?'

Wat een eenvoudige vraag. Kon het antwoord maar net zo eenvoudig zijn. Toen Catelyn iets wilde zeggen bleven de woorden haar in de keel steken. 'Ik heb geen andere zonen meer dan Robb.' Ze slaagde erin die verschrikkelijke woorden uit te spreken zonder te snikken, en alleen al daarom was ze blij.

Briënne staarde haar ontzet aan. 'Vrouwe?'

'Bran en Rickon probeerden te vluchten maar zijn gegrepen bij een molen aan het Eikelwater. Theon Grauwvreugd heeft hun hoofden op de muren van Winterfel gezet. Theon Grauwvreugd, die aan mijn tafel heeft gegeten sinds hij een jongen van tien was.' Ik heb het gezegd, mogen de goden me vergeven. Ik heb het gezegd en het waar gemaakt.

Het gezicht van Briënne was een troebele vlek. Ze stak een hand over de tafel heen maar hield haar vingers vlak voor die van Catelyn in, alsof haar aanraking onwelkom zou kunnen zijn. 'Ik... ik weet niet wat ik moet zeggen, vrouwe. Lieve vrouwe. Uw zonen, ze... ze zijn nu bij de goden.'

'O ja?' zei Catelyn op scherpe toon. 'Welke god laat zoiets toe? Rickon was nog maar een kleuter. Hoe kan hij nu een dergelijke dood verdiend hebben? En Bran... toen ik uit het noorden vertrok had hij zijn ogen nog niet geopend sinds die val. Ik moest weg voordat hij bijkwam. Nu zie ik hem nooit meer terug, ik zal hem nooit meer horen lachen.' Ze liet Briënne haar handpalmen zien, haar vingers. 'Deze littekens... ze hadden iemand gestuurd om Bran in zijn slaap de keel door te snijden. Hij zou toen zijn gestorven, en ik met hem, als Brans wolf die man niet de strot had afgebeten.' Dat gaf haar een ogenblik respijt. 'Theon zal de wolven ook wel hebben gedood. Dat moet wel, anders... ik was ervan overtuigd dat de jongens veilig waren zolang ze de schrikwolven bij zich hadden. Zoals Robb zijn Grijze Wind. Maar mijn dochters hebben nu geen wolven meer.'

De abrupte verandering van onderwerp verbijsterde Briënne. 'Uw dochters...'

'Sansa was op haar derde al een dame, altijd hoffelijk, altijd erop uit om te behagen. Ze was nergens zo dol op als op verhalen over ridderlijke heldenmoed. De mannen zeiden altijd dat ze op mij leek, maar ze wordt veel mooier dan ik ooit geweest ben, dat zie je zo. Ik stuurde haar kamenier vaak weg om haar haren zelf te borstelen. Ze had kastanjebruin haar, lichter dan het mijne, en zo dik en zacht... als het rood dat erin zat het toortslicht opving kreeg het een koperen gloed.

En Arya, tja... Neds gasten zagen haar vaak voor een stalknechtje aan als ze onaangekondigd de binnenplaats op kwamen rijden. Arya was onmiskenbaar een bezoeking. Half jongen, half wolvenwelp. Als je haar iets verbood werd dat haar hartenwens. Ze had net zo'n lang gezicht als Ned, en bruin haar dat er altijd uitzag alsof er een vogel in had genesteld. Ik wanhoopte eraan dat het me ooit zou lukken een dame van haar te maken. Ze verzamelde korsten zoals andere meisjes poppen en zei wat er in haar hoofd opkwam. Zij zal ook wel dood zijn.' Toen ze dat zei had ze het gevoel dat een reuzenhand haar borst indrukte. 'Ik wil ze allemaal dood hebben, Briënne. Eerst Theon Grauwvreugd en dan Jaime Lannister en Cersei en de Kobold, allemaal, allemaal. Maar mijn dochters... mijn dochters zullen...'

'De koningin... zij heeft ook een dochtertje,' bracht Briënne er moeizaam uit. 'En zonen, net zo oud als die van u. Als ze dit hoort, misschien dat... dat ze dan medelijden krijgt, en...'

'Mijn dochters ongedeerd laat vertrekken?' Catelyn glimlachte treurig. 'Jij hebt zoiets onschuldigs, kind. Ik wilde wel dat... maar nee. Robb zal zijn broers wreken. IJs kan net zo dodelijk zijn als vuur. *IJs* was het slagzwaard van Ned. Valyrisch staal, met de vlam van duizend vouwen erin, zo scherp dat ik bang was om het aan te raken. Met IJs vergeleken is Robbs zwaard zo bot als een knuppel. Het zal hem niet makkelijk vallen daarmee Theons hoofd af te slaan, vrees ik. De Starks houden er geen scherprechter op na. Ned zei altijd dat de man die het vonnis velde ook het zwaard moest voeren, al heeft hij die plicht nooit met vreugde vervuld. Ik zou het wel met vreugde doen, o ja.' Ze staarde naar haar geschonden handen, opende en sloot ze en sloeg toen langzaam haar ogen op. 'Ik heb hem wijn laten brengen.'

'Wijn?' Briënne kon het niet meer volgen. 'Robb? Of... Theon Grauwvreugd?'

'De Koningsmoordenaar.' Dat foefje had haar bij Cleos Frey goede diensten bewezen. *Hopelijk heb je dorst, Jaime. Hopelijk is je keel droog en schor.* 'Ik zou graag willen dat jij meeging.'

'Ik sta tot uw beschikking, vrouwe.'

'Goed.' Catelyn stond abrupt op. 'Eet rustig je eten op. Ik zal je te zijner tijd laten halen. Rond middernacht.'

'Zo laat, vrouwe?'

'De kerkers hebben geen ramen. Beneden zijn alle uren eender, en voor mij is het altijd middernacht.' Haar voetstappen klonken hol toen Catelyn de zaal uitliep. Toen ze naar heer Hosters bovenzaal klom kon ze buiten 'Tulling' horen schreeuwen, en 'Een dronk! Een dronk op onze dappere jonge heer!' *Mijn vader is nog niet dood*, zou ze omlaag willen schreeuwen. *Mijn zonen zijn dood, maar mijn vader niet, vervloekt nog aan toe, en hij is nog steeds jullie heer.*

Heer Hoster was diep in slaap. 'Hij heeft net nog een beker droomwijn gedronken,' zei maester Veyman. 'Tegen de pijn. Hij zal niet merken dat u er bent.'

'Dat maakt niet uit,' zei Catelyn. *Hij is meer dood dan levend, maar toch leeft hij meer dan mijn arme, lieve zonen.*

'Kan ik iets voor u doen, vrouwe? Een slaapdrank misschien?'

'Nee, dank u, maester. Ik wil mijn verdriet niet wegslapen. Bran en Rickon hebben beter verdiend. Gaat u maar naar het feest, ik blijf wel een poosje bij mijn vader zitten.'

'Zoals u wilt, vrouwe.' Veyman boog en vertrok.

Heer Hoster lag op zijn rug met zijn mond open, zijn ademhaling een flauwe, fluitende zucht. Eén hand hing over de rand van de matras, bleek, breekbaar en knokig, maar warm. Ze schoof haar vingers door de zijne en vouwde ze dicht. *Hoe stevig ik hem ook vastklem, ik kan hem niet hier houden*, dacht ze treurig. *Laat hem los.* Maar het leek of haar vingers zich niet open wilden vouwen.

'Ik heb niemand om mee te praten, vader,' zei ze tegen hem. 'Ik bid, maar de goden geven geen antwoord.' Ze gaf een lichte kus op zijn hand. Die was warm, en blauwe aderen vertakten zich als rivieren onder de bleke, doorschijnende huid. Buiten stroomden de grote rivieren, de Rode Vork en de Steenstort, en die zouden eeuwig doorstromen, maar de rivieren in haar vaders hand niet. Die stroom zou al te snel gestremd worden. 'Vannacht droomde ik van die keer dat Lysa en ik verdwaalden op de terugweg uit Zeegaard. Weet u nog? Er kwam zo'n vreemde mist opzetten, en we raakten achter op de rest van het gezelschap. Alles werd grijs, en ik kon geen voet voorbij de neus van mijn paard kijken. We raakten de weg kwijt. De boomtakken waar we langsreden graaiden naar ons als lange, magere armen. Lysa begon te huilen, en als ik schreeuwde leek de mist het geluid te verzwelgen. Maar Petyr wist waar we waren, en hij reed terug en vond ons...

Maar nu is er niemand om me te vinden, nietwaar? Ditmaal moet ik onze weg zelf zien te vinden, en dat is zo vreselijk moeilijk.

Ik moet steeds maar aan de Stark-woorden denken. Het is winter geworden, vader. Voor mij. Voor mij. Robb moet nu niet alleen tegen de Lannisters maar ook tegen de Grauwvreugds vechten, en waarom? Om een gouden hoofddeksel en een ijzeren stoel? Heeft het land niet genoeg gebloed? Ik wil mijn dochters terug. Ik wil dat Robb het zwaard neerlegt en een onopvallende dochter van Walder Frey uitkiest die hem gelukkig maakt en hem zonen baart. Ik wil Bran en Rickon terug, ik wil...'
Catelyn liet het hoofd hangen. 'Ik wíl,' zei ze nogmaals, en toen waren haar woorden op.

Na een poosje begon de kaars te sputteren en doofde. Maanlicht scheen tussen de latjes van de luiken door en wierp schuine, zilveren stroken over haar vaders gezicht. Ze hoorde het zachte gefluister van zijn moeizame ademhaling, het eindeloze ruisen van het water, de vage klanken van een liefdesliedje dat vanaf de binnenplaats omhoogzweefde, treurig en lieflijk. *'Ik minde een maagd, roodbruin als de herfst,'* zong Rijmond, *'met zonsondergang in het haar.'*

Catelyn had niet kunnen zeggen wanneer het gezang ophield. Uren verstreken, maar het leek slechts een hartslag later toen Briënne voor de deur stond. 'Vrouwe,' meldde ze zachtjes, 'het is middernacht.'

Het is middernacht, vader, dacht ze, *en ik moet mijn plicht doen*. Ze liet zijn hand los.

De cipier was een achterbaks ogend mannetje met gesprongen aderen in zijn neus. Ze troffen hem aan achter een kroes bier en de restanten van een duivenpastei, meer dan een klein beetje dronken. Hij bezag hen argwanend. 'Verschoning, vrouwe, maar heer Edmar heeft gezegd dat niemand de Koningsmoordenaar mag spreken zonder een schriftelijke verklaring van hem, met zijn zegel erop.'

'Héér Edmar? Is mijn vader gestorven zonder dat ik daarvan op de hoogte ben gesteld?'

De cipier likte zijn lippen. 'Nee, vrouwe, niet dat ik weet.'

'Dan maak je de celdeur open, of je gaat mee naar heer Hosters bovenzaal om hem uit te leggen waarom je het nodig vond mij te trotseren.'

Hij sloeg zijn ogen neer. 'Zoals u wenst, vrouwe.' De ketting met de sleutels hing aan zijn met spijkers beslagen riem. Hij prevelde iets onverstaanbaars toen hij die van de cel van de Koningsmoordenaar ertussenuit zocht.

'Ga terug naar je bier en laat ons met rust,' beval ze. Aan een haak aan het lage plafond hing een olielampje. Catelyn tilde het eraf en draaide de vlam op. 'Briënne, zorg dat ik niet gestoord word.'

Briënne knikte en ging vlak voor de cel staan, haar hand op haar zwaardknop. 'Roep me maar als u me nodig hebt, vrouwe.'

Catelyn duwde de zware, met ijzer beslagen houten deur met haar schouder opzij en stapte de smerige duisternis in. Dit waren de ingewanden van Stroomvliet, en zo rook het ook. Oud stro ritselde op de vloer. De muren waren uitgeslagen van het salpeterzuur. Door de stenen heen hoorde ze vagelijk de Steenstort ruisen. Het lamplicht bescheen een overvolle emmer met uitwerpselen in de ene hoek en een ineengedoken gestalte in de andere. De wijnflacon stond onaangeroerd bij de deur. *Daar gaat mijn foefje. Maar misschien moet ik blij zijn dat de cipier die wijn niet zelf heeft opgedronken.*

Jaime bracht zijn handen omhoog om zijn gezicht af te schermen. De ketenen om zijn polsen rinkelden. 'Vrouwe Stark,' zei hij met een hese stem die het praten ontwend was. 'Ik vrees dat ik niet in staat ben u te woord te staan.'

'Kijk me aan, ser.'

'Het licht doet pijn aan mijn ogen. Hebt u een ogenblikje?' Jaime Lannister had geen scheermes meer in handen gekregen sinds hij in het Fluisterwoud gevangen was genomen, en een ruige baard overwoekerde het gezicht dat vroeger zo op dat van de koningin had geleken. Door zijn bakkebaarden, die in het lamplicht een gulden glans hadden, leek hij op een groot, geel beest dat zelfs in ketenen nog magnifiek was. Zijn ongewassen haar hing in slierten en klitten tot op zijn schouders, de kleren vergingen aan zijn lijf, zijn gezicht was bleek en ingevallen... en toch straalde de man nog een zichtbare kracht en schoonheid uit.

'Ik zie dat u geen trek had in de wijn die ik heb laten brengen.'

'Zo'n onverwacht royaal gebaar kwam me wat verdacht voor.'

'Ik kan u op elk gewenst moment laten onthoofden. Waarom zou ik u dan willen vergiftigen?'

'Een gifmoord kan een natuurlijke dood lijken. Dat mijn hoofd er plotseling afviel is moeilijker vol te houden.' Hij tuurde omhoog. Zijn groene kattenogen wenden langzaam maar zeker aan het licht. 'Als uw broer niet vergeten was mij van een stoel te voorzien zou ik u een zitplaats bieden.'

'Ik kan heel goed staan.'

'Werkelijk? Ik moet wel zeggen dat u er slecht uitziet. Al komt dat misschien alleen door het licht.' Hij was aan polsen en enkels gekluisterd en alle boeien waren met elkaar verbonden, waardoor hij niet languit kon staan of liggen. Zijn enkelketens waren aan de muur vastgeklonken. 'Zijn mijn armbanden zwaar genoeg naar uw zin of krijg ik er nog een paar bij? Ik kan ze mooi voor u laten rammelen, als u dat wilt.'

'U hebt dit aan uzelf te wijten,' bracht ze hem in herinnering. 'We hadden u overeenkomstig uw afkomst en positie comfortabel in een torencel ondergebracht. Als dank probeerde u te ontsnappen.'

'Een cel is een cel. Vergeleken met sommige cellen onder de Rots van

Casterling is dit een zonnige tuin. Misschien laat ik die op een goeie dag weleens aan u zien.'

Als hij geïntimideerd is weet hij dat goed te verbergen, dacht Catelyn. 'Een man die aan handen en voeten geketend is zou beleefder moeten zijn, ser. Ik ben hier niet om me te laten bedreigen.'

'O nee? Dan komt u zeker uw gerief bij me halen? Ze zeggen dat weduwen op den duur genoeg krijgen van hun lege bed. Als lid van de Koningsgarde heb ik de gelofte afgelegd om nooit te trouwen, maar ik denk dat ik u toch wel kan helpen, als u daar behoefte aan hebt. Als u ons wat wijn inschenkt en die jurk uittrekt, kunnen we eens kijken of het me lukt.'

Catelyn keek vol weerzin op hem neer. *Is er ooit één man zo knap en tegelijkertijd zo weerzinwekkend geweest?* 'Als u dat in het bijzijn van mijn zoon zou zeggen liet hij u doden.'

'Alleen zolang ik dit draag.' Jaime Lannister rammelde met zijn ketens. 'We weten allebei dat de jongen mij niet in een tweegevecht tegemoet durft te treden.'

'Mijn zoon mag dan jong zijn, maar als u hem voor een dwaas houdt vergist u zich ernstig... en toen u nog een leger achter u had staan was u niet zo vlot met uw uitdagingen.'

'Verscholen de vroegere koningen van Winter zich ook achter hun moeders rokken?'

'Ik krijg hier genoeg van, ser. Er zijn dingen die ik wil weten.'

'Waarom zou ik u wijzer maken?'

'Om in leven te blijven.'

'Denkt u dat ik de dood vrees?' Dat idee leek hij vermakelijk te vinden.

'Daar zou u anders goed aan doen. Om uw misdaden verdient u in het diepst van de zevenvoudige hel gefolterd te worden, als de goden rechtvaardig zijn.'

'Welke goden, vrouwe Catelyn? De bomen waar uw echtgenoot tegen bad? Wat voor baat heeft hij daarbij gehad toen mijn zuster zijn hoofd liet afhakken?' Jaime grinnikte. 'Als er goden bestaan, waarom is er dan zoveel pijn en ongerechtigheid op de wereld?'

'Omdat er mannen als u bestaan.'

'Er zijn geen mannen als ik. Ik ben enig in mijn soort.'

Een en al hoogmoed en trots en de roekeloosheid van een dolleman. Ik verspil mijn adem aan die man. Als hij ooit een sprankje eer heeft bezeten dan is dat allang gedoofd. 'Als u niet met mij wilt spreken, dan niet. Drink die wijn of pis er voor mijn part in, dat zal mij een zorg zijn.'

Haar hand rustte al op de deurklink toen hij zei: 'Vrouwe Stark.' Ze draaide zich om en wachtte af. 'Het is hier zo vochtig dat alles wegroest,' vervolgde Jaime. 'Zelfs hoffelijkheid. Blijft u hier, dan krijgt u uw antwoorden... tegen betaling.'

Hij kent ook geen enkele schaamte. 'Een gevangene heeft niet te marchanderen.'

'O, maar u zult zien dat mijn prijs bescheiden is. Van uw cipier krijg ik alleen maar smerige leugens te horen, en hij is niet eens consequent. De ene keer zegt hij dat Cersei geveld is, de volgende keer is het mijn vader. Als u mijn vragen beantwoordt, beantwoord ik de uwe.'

'Naar waarheid?'

'O, bent u op de wáárheid uit! Wees dan maar voorzichtig. Tyrion zegt dat de mensen weliswaar vaak beweren dat ze naar de waarheid hongeren, maar die zelden kunnen verteren als ze haar voorgeschoteld krijgen.'

'Ik ben sterk genoeg om alles aan te horen wat het u belieft te zeggen.'

'Zoals u wilt, dan. Maar eerst, als u zo vriendelijk wilt zijn... de wijn. Mijn keel is rauw.'

Catelyn hing de lamp aan de deur en schoof de beker en de flacon dichter naar hem toe. Jaime spoelde zijn mond met de wijn voordat hij hem doorslikte. 'Zuur en onsmakelijk,' zei hij, 'maar ik zal het ermee moeten doen.' Hij leunde met zijn rug tegen de muur, trok zijn knieën op en staarde haar aan. 'Uw eerste vraag, vrouwe Catelyn?'

Omdat ze niet wist hoe lang dit spelletje zou gaan duren liet Catelyn geen tijd verloren gaan. 'Bent u Joffry's vader?'

'Dat zou u nooit vragen als u het antwoord niet al wist.'

'Ik wil het uit uw eigen mond horen.'

Hij haalde zijn schouders op. 'Joffry is van mij. En de rest van Cersei's gebroed ook, vermoed ik.'

'Geeft u toe dat u de minnaar van uw zuster bent?'

'Ik heb mijn zuster altijd bemind, en u bent mij twee antwoorden schuldig. Leven al mijn verwanten nog?'

'Naar ik heb gehoord is ser Steffert Lannister bij Ossenwade gesneuveld.'

Dat liet Jaime onbewogen. 'Oom Sul, zoals mijn zuster hem noemde. Mijn bezorgdheid geldt Cersei en Tyrion. En ook mijn vader.'

'Die leven alle drie nog.' *Maar niet lang meer, als het de goden behaagt.*

Jaime dronk nog wat wijn. 'Uw volgende vraag.'

Catelyn vroeg zich af of hij het lef zou hebben haar volgende vraag niet met een leugen te beantwoorden. 'Hoe kwam mijn zoon Bran te vallen?'

'Ik heb hem uit een raam gesmeten.'

Het gemak waarmee hij het zei snoerde haar even de mond. *Als ik een mes had zou ik hem nu vermoorden*, dacht ze, tot ze zich de meisjes weer herinnerde. Met een dichtgeschroefde keel zei ze: 'U was ridder. U had gezworen te verdedigen wat zwak en onschuldig was.'

'Zwak was hij wel, maar onschuldig? Hij bespioneerde ons.'

'Bran bespioneerde nooit iemand.'

'Geef dan uw dierbare goden maar de schuld. Door hun toedoen is de jongen bij ons raam beland en heeft hij een glimp opgevangen van iets wat hij nooit had mogen zien.'

'De góden de schuld geven?' zei ze ongelovig. 'U had de hand in zijn val. U wilde dat hij zou sterven.'

Zijn ketenen rinkelden zacht. 'Ik smijt zelden kinderen van een toren ter bevordering van hun gezondheid. Ja, het was mijn bedoeling dat hij zou sterven.'

'En toen dat niet gebeurde wist u dat uw gevaar groter dan ooit was en kocht u voor een zak zilver een handlanger die ervoor moest zorgen dat Bran nooit meer wakker werd.'

'O ja?' Jaime hief zijn beker en nam een diepe teug. 'Ik zal niet ontkennen dat we zoiets hebben besproken, maar u was dag en nacht bij de jongen, uw maester en heer Eddard bezochten hem regelmatig, er waren wachters, en zelfs die verdomde schrikwolven... ik had me met het zwaard een weg door half Winterfel moeten banen. En waarom al die moeite terwijl het ernaar uitzag dat de jongen vanzelf dood zou gaan?'

'Als u mij voorliegt is dit gesprek ten einde.' Catelyn stak haar handen uit om hem haar vingers en handpalmen te tonen. 'De man die Bran de keel kwam afsnijden bezorgde mij deze littekens. Zweert u dat u part noch deel aan zijn missie had?'

'Op mijn eer als Lannister.'

'Uw eer als Lannister is nog niet dít waard.' Ze trapte de emmer met beer om. Een smerig riekend, bruin vocht sijpelde over de vloer van de cel en werd door het stro opgezogen.

Jaime Lannister schoof zo ver zijn ketenen het toelieten bij de vuiligheid vandaan. 'Misschien hebt u schijt aan mijn eer, dat zal best, maar ik heb nog nooit iemand ingehuurd om een ander te doden. Geloof wat u wilt, vrouwe Stark, maar als ik op Brans dood uit was geweest had ik hem zelf gedood.'

Genadige goden, hij spreekt de waarheid. 'Als u die moordenaar niet hebt gestuurd dan heeft uw zuster het gedaan.'

'Dan had ik dat geweten. Cersei heeft geen geheimen voor me.'

'Dan was het de Kobold.'

'Tyrion is even onschuldig als uw Bran. Híj klauterde niet bij andermans ramen rond om te spioneren.'

'Waarom had die huurmoordenaar dan zijn dolk?'

'Wat voor dolk was dat?'

'Hij was zo lang,' zei ze, haar handen uit elkaar, 'onversierd, maar kundig gewrocht, met een lemmet van Valyrisch staal en een heft van drakenbeen. Uw broer had hem van heer Baelish gewonnen bij het toernooi op prins Joffry's naamdag.'

Lannister schonk zichzelf in, dronk, schonk in en tuurde in zijn wijnbeker. 'Het lijkt wel of die wijn beter wordt terwijl ik drink. Warempel. Nu u hem beschrijft geloof ik dat die dolk me nog voor de geest staat, ja. Gewonnen, zei u? Hoe?'

'Door op u te wedden toen u tegen de Bloemenridder streed.' Maar toen ze haar eigen woorden hoorde, wist Catelyn dat ze het mis had. 'Of was het andersom?'

'Tyrion steunde mij altijd bij toernooien,' zei Jaime, 'maar die dag werd ik door ser Loras van mijn paard gegooid. Een misser, ik had te licht over die knaap geoordeeld, maar dat doet er nu niet toe. Als mijn broer iets had ingezet is hij dat kwijtgeraakt... maar die dolk is inderdaad van eigenaar veranderd, nu weet ik het weer. Robert heeft hem me die avond tijdens het feest getoond. Zijne Genade mocht graag zout in mijn wonden wrijven, vooral als hij dronken was. En wanneer was hij dat niet?'

Tyrion Lannister had ongeveer hetzelfde gezegd toen ze door de Maanbergen reden, herinnerde Catelyn zich. Ze had hem niet willen geloven. Petyr had haar het tegenovergestelde bezworen, Petyr, die als een broer voor haar was geweest, Petyr, die zo van haar hield dat hij een duel om haar hand had uitgevochten... en toch, als Jaime en Tyrion hetzelfde zeiden, wat hield dat dan in? De broers hadden elkaar niet meer gezien sinds ze ruim een jaar geleden uit Winterfel vertrokken waren. 'Wilt u mij iets wijsmaken?' Er school ergens een adder onder het gras.

'Ik heb toch toegegeven dat ik uw dierbare snotneus uit het raam heb gegooid? Wat heb ik er dan nog aan om over dat mes te liegen?' Hij sloeg nog een beker wijn achterover. 'Geloof wat u wilt, het kan me niet meer schelen wat de mensen van me zeggen. En nu ben ik weer aan de beurt. Zijn Roberts broers te velde getrokken?'

'Ja.'

'Nou nou, wat een zuinige reactie. Ik moet meer weten, anders wordt uw volgende antwoord net zo armzalig.'

'Stannis trekt tegen Koningslanding op,' zei ze met tegenzin. 'Renling is dood, bij Bitterbrug door zijn eigen broer vermoord, door middel van een of andere zwarte kunst waar ik met mijn verstand niet bij kan.'

'Jammer,' zei Jaime. 'Ik mocht Renling wel. Maar Stannis, dat is een heel ander verhaal. Wiens kant hebben de Tyrels gekozen?'

'Aanvankelijk die van Renling. Nu weet ik het niet meer.'
'Uw zoon zal zich wel eenzaam voelen.'
'Robb is een paar dagen geleden zestien geworden... een volwassen man, en een koning. Hij heeft al zijn veldslagen gewonnen. Volgens de laatste berichten heeft hij de Piek op de Westerlings veroverd.'
'Hij heeft nog geen slag geleverd met mijn vader, nietwaar?'
'Als het zover komt zal hij die ook verslaan.'
'Hij heeft me overvallen. Een laffe truc.'
'U waagt het om het woord truc in de mond te nemen? Uw broer Tyrion heeft ons een stel als afgezanten vermomde messentrekkers gestuurd, onder een vredesbanier.'
'Als een van uw zoons in deze cel zat, zouden zijn broers dan niet hetzelfde voor hem doen?'

Mijn zoon heeft geen broers, dacht ze, maar van dat verdriet wilde ze een kerel als deze geen deelgenoot maken.

Jaime dronk nog wat wijn. 'Als de eer in het geding is, wat stelt het leven van een broer dan nog voor, hè?' Weer een slok. 'Tyrion is slim genoeg om te beseffen dat uw zoon mij nooit zal laten vrijkopen.'

Dat kon Catelyn niet ontkennen. 'Robbs baandermannen zien u het liefst sterven. Vooral Rickard Karstark. U hebt in het Fluisterwoud twee van zijn zoons gedood.'

'Die twee met de witte zonnebundels zeker?' Jaime haalde zijn schouders op. 'Om u de waarheid te zeggen was ik erop uit uw zoon te doden. Die twee liepen me in de weg. Ik heb ze in het heetst van de strijd in een eerlijk gevecht gedood. Elke andere ridder zou hetzelfde hebben gedaan.'

'Hoe is het mogelijk dat u zich nog steeds als ridder beschouwt nadat u iedere gelofte hebt gebroken die u ooit had gezworen?'

Jaime greep naar de flacon om zijn beker weer te vullen. 'Al die geloften... je blíjft aan het zweren. Verdedig de koning. Gehoorzaam de koning. Bewaar zijn geheimen. Doe wat hij beveelt. Jouw leven voor het zijne. Maar doe wat je vader zegt. Heb je zuster lief. Bescherm de zwakkeren. Eerbiedig de goden. Hou je aan de wetten. Het is te veel. Wat je ook doet, er is altijd wel een gelofte die je breekt.' Hij nam een stevige slok en sloot even zijn ogen, terwijl hij zijn hoofd tegen een salpetervlek op de muur liet rusten. 'Ik was de jongste man die ooit de witte mantel heeft gedragen.'

'En de jongste die alles wat die mantel vertegenwoordigde heeft verraden, Koningsmoordenaar.'

'*Koningsmoordenaar*.' Hij sprak het zorgvuldig uit. 'En wat een koning was dat!' Hij hief zijn beker. 'Op Aerys Targaryen, tweede van die naam, heer van de Zeven Koninkrijken en *beschermer* van het rijk. En op het Zwaard dat zijn keel openlegde. Een gouden zwaard, weet u wel?

Tot zijn rode bloed langs de kling liep. Rood en goud, dat zijn de kleuren van de Lannisters.'

Toen hij lachte besefte ze dat de wijn zijn uitwerking niet had gemist. Jaime had het merendeel van de flacon door zijn keelgat gegoten en nu was hij dronken. 'Alleen iemand als u zal zich op een dergelijke daad beroemen.'

'Ik zei u toch al dat ik enig in mijn soort ben? Zegt u eens, vrouwe Stark... heeft uw Ned u ooit verteld hoe zijn vader aan zijn eind is gekomen? Of zijn broer?'

'Ze hebben Brandon gewurgd terwijl zijn vader toekeek en daarna ook heer Rickard vermoord.' Een akelig verhaal, en zestien jaar oud. Waarom vroeg hij daar nu naar?

'Vermoord, ja, maar hóe?'

'Het wurgkoord of de bijl, neem ik aan.'

Jaime nam een slok en veegde zijn mond af. 'Ned heeft u vast willen sparen. Zijn lieve jonge bruid, al was ze dan niet helemaal maagdelijk meer. U wilde toch de waarheid weten? Vraag het me. We hebben een overeenkomst gesloten. Ik kan u niets weigeren. Vraag het me.'

'Dood is dood.' *Ik wil het niet weten.*

'Brandon was anders dan zijn broer, hè? Die had bloed in zijn aderen, in plaats van koud water. Hij leek meer op mij.'

'Brandon leek in de verste verte niet op u.'

'Als jij het zegt. Jullie zouden trouwen.'

'Hij was naar Stroomvliet onderweg toen...' Vreemd dat haar keel na al die jaren nog altijd dik werd als ze erover sprak. '... toen hij dat van Lyanna hoorde en in plaats daarvan naar Koningslanding ging. Een onbesuisde daad.' Ze wist nog dat haar eigen vader in razernij was ontstoken toen het nieuws Stroomvliet bereikte. *Die roekeloze idioot*, had hij Brandon genoemd.

Jaime schonk de laatste halve beker wijn in. 'Hij reed met een paar kameraden de Rode Burcht binnen en schreeuwde dat prins Rhaegar naar buiten moest komen om te sterven. Maar Rhaegar was er niet. Aerys liet ze allemaal door zijn wacht arresteren voor het beramen van een moordaanslag op zijn zoon. De anderen waren ook zonen van hooggeboren heren, meen ik te weten.'

'Ethan Hanscoe was Brandons schildknaap,' zei Catelyn. 'Hij heeft het als enige overleefd. De anderen waren Jefferie Mallister, Cayl Roys en Elbert Arryn, de neef en erfgenaam van Jon Arryn.' Vreemd dat ze hun namen na al die jaren nog wist. 'Aerys beschuldigde hen van verraad en ontbood hun vaders naar het hof om de beschuldiging te weerleggen. Hun zonen hield hij als gijzelaars vast. Toen ze kwamen liet hij ze zonder proces vermoorden. Zowel de vaders als de zonen.'

'Er waren wel processen. In zekere zin. Heer Rickard eiste een beslechting door de wapenen, en de koning willigde zijn verzoek in. Stark bewapende zich als voor de strijd, in de veronderstelling dat hij het tegen iemand van de Koningsgarde zou moeten opnemen. Tegen mij, misschien. In plaats daarvan werd hij naar de troonzaal gevoerd en aan de balken opgehangen, waarna twee van Aerys' vuurbezweerders een vuur onder hem aanstaken. De koning zei tegen hem dat *vuur* de kampioen van het huis Targaryen was. Dus het enige dat heer Rickard moest doen om te bewijzen dat hij geen verraad had gepleegd was... nou ja, niet verbranden.

Terwijl de vlammen oplaaiden werd Brandon binnengeleid. Zijn handen waren achter zijn rug geketend en om zijn nek zat een natte leren riem, bevestigd aan een of ander apparaat dat de koning uit Tyrosh had meegebracht. Maar zijn benen waren niet vastgebonden, en zijn zwaard werd net buiten zijn bereik geplaatst.

De vuurbezweerders roosterden heer Rickard langzaam, door het vuur zorgvuldig zo te temperen en aan te wakkeren dat er een mooie gelijkmatige hitte van uitging. Eerst schroeide zijn mantel weg en toen zijn wapenrok, en al snel ging hij nog slechts in metaal en as gehuld. Daarna zou hij aan de kook raken, verzekerde Aerys hem... tenzij zijn zoon erin slaagde hem te bevrijden. Brandon deed zijn best, maar hoe harder hij worstelde, hoe strakker de riem om zijn nek kwam te zitten. Ten slotte wurgde hij zichzelf.

Wat heer Rickard betrof, voordat het afgelopen was kleurde het staal van zijn borstharnas eerst kersrood, en het goud smolt van zijn sporen en druppelde in het vuur. Ik stond aan de voet van de IJzeren Troon in mijn witte wapenrusting en dacht alleen maar aan Cersei. Na afloop nam Gerold Hoogtoren persoonlijk me terzijde en zei: "U hebt een gelofte afgelegd om de koning te beschermen, niet om over hem te oordelen." Zo was de Witte Stier, trouw tot het einde, en een beter mens dan ik, geef ik toe.'

'Aerys...' Catelyn proefde een galsmaak in haar keel. Het verhaal was dermate afschuwelijk dat ze vermoedde dat het waar was. 'Aerys was krankzinnig, dat wist het hele rijk, maar als u me wilt wijsmaken dat u hem hebt gedood om Brandon Stark te wreken...'

'Dat heb ik niet beweerd. De Starks betekenden niets voor me. Wat ik wil zeggen is hoe uiterst merkwaardig ik het vind dat ik door één persoon wordt bemind om een daad van barmhartigheid die ik nooit heb gepleegd, terwijl hele volksstammen mij om mijn grootste verrichting beschimpen. Bij Roberts kroning heb ik samen met grootmaester Pycelle en de eunuch Varys moeten neerknielen om zijn vergiffenis voor onze misdaden af te smeken voordat hij ons in dienst nam. En wat jouw Ned betreft, die had de hand moeten kussen die Aerys doodde, maar hij keek liever neer op het achterste dat hij op Roberts troon aantrof.

Volgens mij hield Ned Stark meer van Robert dan hij ooit van zijn broer of zijn vader had gehouden... of zelfs van u, vrouwe. Hij is Robert nooit ontrouw geweest, hè?' Jaime stiet een dronkenmanslachje uit. 'Kom, kom, vrouwe Stark, vindt u dit allemaal niet hoogst vermakelijk?'

'Je bent helemaal niet vermakelijk, Koningsmoordenaar.'

'Weer die bijnaam. Ik geloof dat ik je toch maar niet zal naaien. Pinkje heeft je het eerst gehad, hè? Ik eet nooit van andermans bord. Je bent trouwens niet half zo mooi als mijn zuster.' Zijn glimlach was snijdend. 'Ik heb nooit een ander dan Cersei gehad. Op mijn manier ben ik trouwer dan Ned ooit geweest is. Arme, ouwe, dooie Ned. Dus wie had er nu schijt aan zijn eer, vraag ik je? Hoe heette die bastaard ook alweer die hij heeft verwekt?'

Catelyn deed een stap naar achteren. '*Briënne.*'

'Nee, dat was het niet.' Jaime Lannister hield de flacon op zijn kop. Een straaltje, glanzend als bloed, druppelde op zijn gezicht. 'Sneeuw, dat was het. Zo'n *witte* naam... net als die mooie mantels die we bij de Koningsgarde krijgen als we onze fraaie eden zweren.'

Briënne duwde de deur open en betrad de cel. 'Riep u, vrouwe?'

'Geef me je zwaard.' Catelyn stak haar hand uit.

Theon

De lucht was een sombere wolk, het woud doods en bevroren. Wortels grepen naar Theons rennende voeten, kale boomtakken zwiepten in zijn gezicht en trokken dunne bloedsporen over zijn wangen. Hij stormde voort, ademloos, halsoverkop, en de ijspegels voor hem versplinterden. *Genade,* snikte hij. Achter hem ging een huiverend gehuil op dat zijn bloed deed stollen. *Genade, genade.* Toen hij omkeek zag hij ze komen, wolven als paarden zo groot, met het hoofd van kleine kinderen. *O, genade, genade.* Pikzwart bloed droop uit hun mond en brandde gaten in de sneeuw. Ze kwamen stap voor stap dichterbij. Theon probeerde nog harder te lopen, maar zakte door zijn benen. De bomen hadden allemaal een gezicht, en ze lachten hem uit, ze lachten, en opnieuw weerklonk dat gehuil. Hij kon de hete adem van de beesten achter hem ruiken, de stank van zwavel en bederf. *Ze zijn dood, dood, ik heb ze laten doden,* wilde hij roepen, *ik heb hun hoofd in teer laten dompelen,* maar toen hij zijn mond opende kwam er slechts gekreun uit, en toen raakte iets hem *aan*. Met een ruk draaide hij zich om en schreeuwde...

... graaiend naar de dolk die hij naast zijn bed bewaarde. Maar hij slaagde er alleen maar in hem op de grond te gooien. Wex danste bij hem vandaan. Achter de stemloze knaap stond Riekt, zijn gezicht van onderaf belicht door de kaars in zijn hand. 'Wat?' riep Theon. *Genade.* 'Wat wil je? Wat doe je in mijn slaapkamer?'

'Heer prins,' zei Riekt, 'uw zuster is op Winterfel gearriveerd. U wilde meteen op de hoogte gesteld worden als ze er was.'

'Dat werd tijd,' prevelde Theon en hij haalde zijn vingers door zijn haar. Hij was al gaan vrezen dat Asha hem aan zijn lot zou overlaten. *Genade.* Hij keek uit het raam. Buiten streek het eerste fletse ochtendlicht net over de torens van Winterfel. 'Waar is ze?'

'Lorren heeft haar en haar mannen naar de grote zaal gebracht om te ontbijten. Wilt u haar nu spreken?'

'Ja.' Theon sloeg de dekens opzij. Het haardvuur was tot sintels verbrand. 'Wex, warm water.' Asha mocht hem zo niet zien, onverzorgd en bezweet als hij was. *Wolven met kinderhoofdjes...* Hij rilde. 'Doe de luiken dicht.' In zijn slaapkamer was het net zo koud als in zijn droom in het woud.

Al zijn dromen waren de laatste tijd koud, en ze werden steeds afgrijselijker. Vannacht had hij gedroomd dat hij weer in de molen was en op zijn knieën de doden aankleedde. Hun ledematen werden al stijf, zodat het leek of ze lijdelijk verzet pleegden toen hij met zijn half bevroren vingers aan hen zat te frummelen, hozen optrok, rijgkoorden strikte en een met ijzer beslagen riem vastgespte om een middel dat hij met zijn handen kon omspannen. 'Dit heb ik nooit gewild,' zei hij tegen hen terwijl hij bezig was. 'Ik had geen keus.' De lijken gaven geen antwoord, maar werden slechts kouder en zwaarder.

De nacht daarvoor was het de molenaarsvrouw geweest. Theon was haar naam vergeten, maar hij herinnerde zich haar lichaam: de zachte kussentjes van haar borsten, de zwangerschapsstriemen op haar buik, de manier waarop ze over zijn rug krabbelde als hij haar naaide. In zijn droom van de vorige nacht had hij weer bij haar in bed gelegen, maar ditmaal had ze tanden van boven én van onderen, en terwijl ze hem de strot afbeet knaagde ze hem tegelijkertijd zijn manlijkheid af. Dat was waanzin. Hij had haar ook zien sterven. Gelmar had haar met één bijlslag neergehouwen terwijl ze Theon om genade smeekte. *Laat me met rust, mens. Hij heeft je vermoord, niet ik. En hij is ook dood.* Maar Gelmar waarde tenminste niet door Theons dromen rond.

De droom was vervaagd toen Wex het water bracht. Theon waste de slaap en het zweet van zijn lijf en nam er de tijd voor om zich aan te kleden. Asha had hem lang genoeg laten wachten, nu was het haar beurt. Hij koos een zwart met goud gestreepte, satijnen tuniek en een fraai leren buis met zilveren noppen... en bedacht toen pas dat zijn zuster meer aan scherpe klingen dan aan schoonheid hechtte. Vloekend rukte hij de kleren weer van zijn lijf en kleedde zich opnieuw aan, in zwart vilt en maliën. Om zijn middel bond hij een riem met zwaard en dolk, die avond dat ze hem bij zijn eigen vader aan tafel had vernederd indachtig. *Haar dierbare zuigeling, waarachtig. Nou, ik heb ook een mes, en ik weet het te gebruiken.*

Als laatste zette hij zijn kroon op, een ijzeren band zo smal als een vinger, bezet met zware brokken zwarte diamant en klompjes goud. Hij was verwrongen en lelijk, maar daar was niets aan te doen. Mikken was begraven in de lijkhof en de nieuwe smid kon niet veel meer dan spijkers en hoefijzers maken. Theon troostte zich met de gedachte dat het maar een prinsenkroon was. Als hij tot koning gekroond werd zou hij iets veel beters hebben.

Riekt stond met Urzen en Crom voor de deur te wachten. Theon ging tussen hen in lopen. Dezer dagen liet hij zich overal door lijfwachten vergezellen, zelfs naar het privaat. Winterfel was op zijn dood uit. Nog diezelfde avond dat ze van het Eikelwater waren teruggekeerd, was grimmige Gelmar een paar treden afgevallen en had zijn rug gebroken. De dag daarop dook Aggar op met zijn keel van oor tot oor opengelegd. Gynir Roodneus werd zo voorzichtig dat hij geen wijn meer dronk, bij het naar bed gaan zijn maliënhemd, hoofdkap en helm ophield en de luidruchtigste hond uit de kennels meenam om hem te waarschuwen zodra er iemand op zijn slaapplaats probeerde af te sluipen. Desondanks werd het slot op een ochtend wakker van het verwoede geblaf van het hondje, dat om de put heen draafde waar Roodneus in ronddreef, verdronken en wel.

Hij kon die moorden niet ongestraft laten. Geen meer voor de hand liggende verdachte dan Farlen, dus berechtte Theon hem, verklaarde hem schuldig en veroordeelde hem ter dood. Zelfs dat liep fout. Toen hij voor het blok knielde zei de kennelmeester: 'Heer Eddard voerde altijd zijn eigen doodvonnissen uit.' Dus was Theon gedwongen de bijl zelf ter hand te nemen om geen zwakkeling te lijken. Zijn handen zweetten, en toen hij hem ophief gleed de bijl dan ook weg, zodat de eerste klap tussen Farlens schouders belandde. Hij moest nog drie keer hakken om door al die botten en spieren heen te komen en het hoofd van de romp te scheiden. Na afloop moest hij overgeven, denkend aan al die keren dat ze achter een beker mede over honden en de jacht hadden gepraat. *Ik had geen keus*, wilde hij tegen het lijk schreeuwen. *IJzergeborenen kunnen geen geheimen bewaren, ze moesten sterven, en iemand moest de schuld krijgen*. Hij wilde alleen dat hij hem het hoofd zuiverder had kunnen afhakken. Ned Stark had daar altijd maar één klap voor nodig gehad.

Na Farlens terechtstelling vielen er geen doden meer, maar toch bleven zijn mannen stuurs en schrikachtig. 'In de open strijd vrezen ze nooit enige vijand,' zei Zwarte Lorren tegen hem, 'maar het is iets heel anders om temidden van vijanden te leven en nooit te weten of de wasvrouw je zal strelen of kelen en of de tafelbediende je wijn of venijn inschenkt. We zouden er goed aan doen om te vertrekken.'

'Ik ben de prins van Winterfel!' had Theon geschreeuwd. 'Dit is mijn zetel, en geen man die me verdrijft. Geen vrouw ook, trouwens!'

Asha. Het komt door haar. Mijn eigen, dierbare zuster, moge de Anderen haar naaien met een zwaard. Zij wilde hem dood hebben om zijn plaats als hun vaders erfgenaam in te pikken. Daarom had ze hem hier laten stikken en de dringende bevelen die hij had gestuurd genegeerd.

Hij trof haar aan in de grote zetel van de Starks, waar ze met haar handen een kapoen ontleedde. De zaal galmde van het stemgeluid van haar mannen, die dronken met die van Theon en onderwijl verhalen uitwisselden. 'Waar is de rest?' wilde hij van Riekt weten. Er zaten niet meer dan vijftig mannen aan de schragentafels, en dat waren voor het merendeel de zijne. In de grote zaal van Winterfel was plaats voor tienmaal dat aantal.

'Dit is het hele gezelschap, heer prins.'

'Het *hele*... hoeveel mannen heeft ze dan bij zich?'

'Ik heb er twintig geteld.'

Theon beende naar de zetel waar zijn zuster in hing. Asha lachte om iets wat een van haar mannen had gezegd, maar stopte ermee toen hij eraan kwam. 'Nee maar, de prins van Winterfel.' Ze smeet een bot naar een van de honden die door de zaal rondsnuffelden. De brede mond onder de haviksneus plooide zich tot een spottende grijns. 'Of is het de prins der zotten?'

'Afgunst staat een jonge maagd slecht.'

Asha zoog het vet van haar vingers. Een zwarte haarlok viel voor haar ogen. Haar mannen riepen om brood en spek. Al waren ze met nog zo weinig, ze maakten een hoop lawaai. 'Afgunst, Theon?'

'Hoe wou je het anders noemen? Ik heb Winterfel met dertig man bezet, in één nacht. Jij had er duizend plus een complete maanwende nodig om de Motte van Diephout in te nemen,'

'Tja, ik ben geen groot krijgsman zoals jij, broertje.' Ze goot een halve hoorn bier naar binnen en veegde haar mond af met de rug van haar hand. 'Ik heb die hoofden boven je poort gezien. Vertel eens, wie bood de meeste tegenstand, de verlamde jongen of de peuter?'

Theon voelde het bloed naar zijn gezicht stijgen. Hij had geen vreugde beleefd aan die hoofden, en ook niet aan het tentoonstellen van de onthoofde kinderlijken voor het oog van het slot. Ouwe Nans had daar maar gestaan terwijl haar weke, tandeloze mond zich geluidloos opende en sloot, en Farlen had zich grauwend als een van zijn honden op Theon gestort. Urzen en Cadwyl hadden hem met het stomp van hun speren bewusteloos moeten slaan. Hij wist nog wat hij had gedacht toen hij naast de met vliegen bezaaide lijken stond: *Hoe heeft het zover met me kunnen komen?*

Alleen maester Luwin had het opgebracht dichterbij te komen. Met een strak gezicht had de kleine, grijze man verlof gevraagd de hoofden weer op de schouders te mogen naaien, zodat ze bij de overige dode Starks beneden in de crypte konden worden bijgezet.

'Nee,' had Theon gezegd. 'Niet in de crypte.'

'Maar waarom dan niet, heer? U hebt nu toch niets meer van ze te vrezen? Dat is waar ze thuishoren. Het gebeente van alle Starks...'

'*Nee*, zei ik.' Hij had de hoofden nodig voor op de muur, maar de onthoofde lichamen had hij nog dezelfde dag verbrand, samen met alle opschik. Naderhand was hij tussen de beenderen en de as neergeknield om een brok verslakt zilver en gebarsten git op te rapen, alles wat restte van de wolvenkop-broche die eens aan Bran had toebehoord. Dat had hij nog steeds.

'Ik heb Bran en Rickon edelmoedig behandeld,' zei hij tegen zijn zuster. 'Ze hebben hun lot zelf over zich afgeroepen.'

'Dat doen we allemaal, broertje.'

Zijn geduld was op. 'Hoe dacht je dat ik Winterfel bezet moest houden als jij me maar twintig man brengt?'

'Tien,' verbeterde Asha hem. 'De rest gaat met mij mee terug. Je wilt toch niet dat je bloedeigen zusje zonder escorte de gevaren van het woud trotseert? Er waren daar schrikwolven door het donker rond.' Ze strekte zich uit en stond uit de grote stenen zetel op. 'Kom, laten we ergens heen gaan waar we onder vier ogen kunnen spreken.'

Hij wist dat ze gelijk had, al stak het hem dat zij dat besluit had genomen. *Ik had nooit naar de zaal moeten gaan*, realiseerde hij zich rijkelijk laat. *Ik had haar naar mij toe moeten laten komen.*

Maar daar was het nu te laat voor. Er zat niets anders voor Theon op dan Asha naar Ned Starks bovenvertrek te brengen. Daar, voor de as van een uitgedoofd vuur, barstte hij los: 'Dagmer heeft het onderspit gedolven bij Torhens Sterkte...'

'De oude slotvoogd heeft zijn schildwal doorbroken, ja,' zei Asha bedaard. 'Wat had je dan gedacht? Anders dan Splijtkaak kent die ser Rodrik het land op zijn duimpje, en veel noorderlingen waren te paard. De ijzergeborenen bezitten niet de discipline om een stormloop van de zware cavalerie te weerstaan. Wees blij dat Dagmer nog leeft. Hij is op dit moment met de overlevenden op de terugweg naar de Rotskust.'

Zij weet meer dan ik, besefte Theon, maar dat maakte hem alleen maar nog bozer. 'Na die overwinning heeft Leobald Langhart zich achter zijn muren vandaan gewaagd om zich bij ser Rodrik aan te sluiten. En ik heb bericht gekregen dat heer Manderling twaalf barken vol ridders, strijdrossen en belegeringsmachines stroomopwaarts heeft gestuurd. En achter de Laatste Rivier verzamelen de Ombers zich ook al. Voordat de maan om is heb ik hier een léger voor de poort, en jij brengt me maar tíen man?'

'Ik had je helemaal niemand hoeven brengen.'

'Ik had je opgedragen...'

'Váder heeft mij opgedragen de Motte van Diephout in te nemen,' snauwde ze. 'Hij heeft er met geen woord over gerept dat ik mijn broertje moest redden.'

'Diephout kan barsten,' zei hij. 'Dat is een houten pispot op een heuveltje. Winterfel is het hart van dit gebied, maar hoe moet ik het bezet houden zonder garnizoen?'

'Daar had je dan aan moeten denken voor je het innam. Dat heb je slim gedaan, dat moet ik je nageven. Was je maar zo verstandig geweest het tot de grond toe af te breken en die twee prinsjes als gijzelaars mee te nemen naar Piek. Dan had je in één klap de oorlog gewonnen.'

'Dat zou je wel willen, hè? Mijn trofee tot een rokende puinhoop gereduceerd.'

'Die trofee wordt je ondergang. Kraken komen uit *zee*, Theon, of ben je dat na al die tijd tussen de wolven soms vergeten? Onze kracht schuilt in onze langschepen. Mijn houten pispot staat zo dicht bij zee dat ik voorraden en nieuwe mannen kan krijgen zodra ik die nodig heb. Maar Winterfel ligt vele honderden mijlen landinwaarts, omringd door wouden, heuvels en vijandige hofsteden en kastelen. En iedereen binnen een omtrek van vele duizenden mijlen is nu je vijand, vergis je niet. Daar heb je voor gezorgd toen je die hoofden op je poortgebouw zette.' Asha schudde haar hoofd. 'Hoe heb je zoiets ongelofelijk stompzinnigs kunnen doen? Kínderen...'

'*Ze trotseerden me!*' schreeuwde hij in haar gezicht. 'Bovendien was het bloed om bloed, twee zonen van Eddard Stark als vergelding voor Rodrik en Maron.' De woorden tuimelden onoverlegd uit zijn mond, maar Theon wist onmiddellijk dat ze zijn vaders goedkeuring zouden wegdragen. 'Ik heb de geest van mijn broers tot rust gebracht.'

'*Onze* broers,' bracht Asha hem in herinnering, met een lachje dat liet doorschemeren dat ze zijn gepraat over vergelding met een flinke schep zout nam. 'Had je hun geest uit Piek meegebracht? En ik maar denken dat ze alleen vader kwelden.'

'Welk meisje heeft ooit de vergeldingsdrang van een man begrepen? Zelfs al zou vader het niet waarderen dat ik hem Winterfel schenk, dat Theon zijn broers wreekt móét zijn goedkeuring toch wegdragen!'

Snorkend onderdrukte Asha een lachje. 'Die ser Rodrik heeft die manhaftige aandrang misschien ook, heb je daar al bij stilgestaan? Jij bent bloed van mijn bloed, Theon, wat je verder ook wezen moge. Omwille van de moeder die ons beiden heeft gebaard, keer met mij mee terug naar de Motte van Diephout. Steek de brand in Winterfel en trek je terug nu het nog kan.'

'Nee.' Theon zette zijn kroon recht. 'Ik heb dit slot ingenomen, en ik ben van plan het te houden.'

Zijn zuster keek hem langdurig aan. 'Dan zul je het houden,' zei ze, 'zo lang je leeft.' Ze slaakte een zucht. 'Voor mij riekt het naar dwaasheid, maar wat weet een bedeesde maagd nu van zulke dingen af?' Bij de deur wierp ze hem een laatste, spottende glimlach toe. 'Weet je dat dat de lelijkste kroon is die ik ooit heb gezien? Heb je die zelf gemaakt?'

Ze liet hem staan, laaiend van woede, en bleef niet langer dan nodig was om haar paarden te voederen en te drenken. Haar dreigement om de helft van haar mannen mee terug te nemen voerde ze inderdaad uit, en ze vertrok via dezelfde Jagerspoort die Bran en Rickon hadden benut om te ontsnappen.

Theon keek hen na vanaf de muur. Toen zijn zuster in de nevel van het wolfswoud oploste betrapte hij zich op de vraag waarom hij niet met haar mee was gegaan.

'Ze is weg, hè?' Naast hem dook Riekt op.

Theon had hem niet horen aankomen en net zomin geroken. Hij zou niet weten wie hij minder graag wilde zien. Dat de man levend en wel rondliep, wetend wat hij wist, verontrustte hem. *Ik had hem moeten laten doden nadat hij de anderen uit de weg had geruimd*, peinsde hij, maar de gedachte alleen al maakte hem nerveus. Hoe onwaarschijnlijk ook, Riekt kon lezen en schrijven en bezat genoeg boerenslimheid om ergens een verslag van hun daden te hebben verstopt.

'Heer prins, neem me niet kwalijk dat ik het zeg, maar ze doet er verkeerd aan u in de steek te laten. En tien man is op geen stukken na genoeg.'

'Daar ben ik volledig van doordrongen,' zei Theon. *Net als Asha.*

'Misschien dat ik u kan helpen,' zei Riekt. 'Geef me een paard en een zak geld, en ik kan u wel een paar bruikbare kerels bezorgen.'

Theons ogen vernauwden zich. 'Hoeveel?'

'Allicht honderd. Tweehonderd. Misschien meer.' Hij glimlachte, en zijn vissenogen blonken. 'Ik ben hier in het noorden geboren. Ik ken heel wat mensen, en heel wat mensen kennen Riekt.'

Tweehonderd man was geen leger, maar om een slot van de sterkte van Winterfel te verdedigen had je geen duizend man nodig. Als je ze kon bijbrengen welke kant van een speer dodelijk was, zouden ze heel goed doorslaggevend kunnen zijn. 'Doe dat dan maar en je zult merken dat ik niet ondankbaar ben. Je kunt zelf je beloning noemen.'

'Nou, heer, sinds ik bij heer Rammert diende heb ik geen vrouw meer gehad,' zei Riekt. 'Ik heb een oogje op die Palla, en nu ze toch al gepakt is...'

Hij had Riekt al te veel ruimte gegeven om nog terug te kunnen. 'Tweehonderd man en ze is van jou. Maar één man minder, en je kunt weer varkens gaan naaien.'

Voor de zon onderging was Riekt vertrokken, met een zak Stark-zilver en Theons laatste hoop. *Het kan ook best zijn dat ik die rotzak nooit meer terugzie*, dacht hij verbitterd, maar toch moest hij het erop wagen.

Die nacht droomde hij van het feest dat Ned Stark had aangericht toen Robert in Winterfel op bezoek was. Muziek en gelach galmden door de zaal, al stak er buiten een kille wind op. Eerst was het een en al wijn en gebraad, en Theon maakte grappen, begluurde de diensters en vermaakte zich uitstekend... totdat hij merkte dat het donkerder werd in de zaal. De muziek klonk niet meer zo vrolijk, hij ving wanklanken op, vreemde stilten, en tonen die bloedend in de lucht hingen. Ineens werd de wijn in zijn mond bitter, en toen hij van zijn beker opkeek, zag hij dat hij aan een feestmaal van doden aanzat.

Koning Roberts ingewanden welden uit zijn opengereten buik over de tafel en heer Eddard zat naast hem zonder hoofd. Op de banken beneden zaten lange rijen lijken. Grijsbruin vlees glibberde van hun gebeente als ze hun beker hieven om te klinken en de gaten waar hun ogen hadden gezeten krioelden van de maden. Hij kende ze stuk voor stuk: Jory Cassel en Dikke Tom, Porthier en Cain en de stalmeester, Hullen, en al die anderen die naar Koningslanding waren getrokken en nooit meer waren teruggekeerd. Mikken en Cheyl zaten naast elkaar, en van de een droop bloed en van de ander water. Benfred Langhart en zijn Wilde Hazen namen bijna een hele tafel in beslag. De molenaarsvrouw was er ook, en Farlen, en zelfs de wildling die Theon in het wolfswoud had gedood, die dag dat hij Brans leven had gered.

Maar er waren anderen wier gezicht hij bij leven en welzijn nooit had gezien, gezichten die hij uitsluitend in steen kende. Dat slanke, treurige meisje met die krans van bleekblauwe rozen en die bloederige witte japon kon alleen Lyanna zijn. Haar broer Brandon stond naast haar, en heer Rickard, hun vader, vlak achter hen. Langs de wanden schoven half geziene gestalten door de schaduwen, bleke schimmen met lange, grimmige gezichten. Bij hun aanblik joeg er een vlijmscherpe huivering door Theon. Toen vlogen de hoge deuren met een klap open, een ijskoude stormwind blies door de zaal en Robb trad binnen vanuit de nacht. Grijze Wind liep naast hem met gloeiende ogen, en zowel man als wolf bloedden uit tientallen gruwelijke wonden.

Schreeuwend werd Theon wakker, en Wex schrok zo dat hij naakt de kamer uitstoof. Toen zijn wachten met getrokken zwaard binnenstormden beval hij hun de maester te halen. Tegen de tijd dat Luwin arriveerde, verkreukeld en slaperig, had Theon het beven van zijn handen bedwongen met een beker wijn en schaamde hij zich voor zijn paniek. 'Een droom,' prevelde hij, 'dat was alles. Het had niets te betekenen.'

'Niets,' beaamde Luwin plechtig. Hij liet een slaapdrank achter, maar zodra hij weg was smeet Theon die de schacht van het privaat in. Luwin was een maester, maar ook een man, en de man droeg hem geen goed hart toe. *Hij gunt me mijn slaap, ja... een slaap waaruit ik niet meer ontwaak. Dat wil hij net zo graag als Asha.*

Hij liet Kyra komen, trapte de deur dicht, beklom haar en naaide het meisje met voor hemzelf ongekende felheid. Toen hij klaar was lag ze te snikken, haar hals en borsten onder de krabben en tandafdrukken. Theon duwde haar het bed uit en smeet haar een deken toe. 'Eruit.'

Maar zelfs toen kon hij nog niet slapen.

Met het ochtendkrieken kleedde hij zich aan om de ronde over de buitenmuren te doen. Een frisse herfstwind blies over de borstwering, kleurde zijn wangen rood en deed zijn ogen tranen. Hij zag hoe het woud beneden van grijs tot groen verkleurde naarmate er meer licht door de zwijgende bomen filterde. Aan zijn linkerhand zag hij torens boven de binnenmuur uitsteken, hun daken verguld door de rijzende zon. De rode bladeren van de weirboom vormden een baaierd van vuur temidden van het groen. *Ned Starks boom*, dacht hij, *en Starks woud, Starks slot, Starks zwaard, Starks goden. Deze plaats is van hen, niet van mij. Ik ben een Grauwvreugd van Piek, geboren om een kraak op mijn schild te verven en de wijde, zilte zee te bevaren. Ik had met Asha mee moeten gaan.*

Op hun ijzeren pieken op het poortgebouw wachtten de hoofden.

Theon sloeg ze zwijgend gade terwijl de wind met spookachtige handjes aan zijn mantel rukte. De molenaarszonen waren net zo oud geweest als Bran en Rickon, net zo lang en met dezelfde kleur haar. Toen Riekt het vel van hun gezicht had gestroopt en hun hoofd in teer had gedompeld was het niet moeilijk geweest in die misvormde hompen rottend vlees bekende trekken te zien. Mensen waren zulke dwazen. *Als we beweerd hadden dat het ramskoppen waren hadden ze horens gezien.*

Sansa

Er was de hele ochtend in de sept gezongen, al sinds het eerste bericht over vijandelijke zeilen het slot had bereikt. De stemmen vermengden zich met het paardengehinnik, het staalgerinkel en het scharniergeknars van de grote bronzen poortvleugels tot een vreemde, vreeswekkende muziek. *In de sept zingen ze om de genade van de Moeder, maar op de muren bidden ze tot de Krijgsman, en allemaal stilzwijgend.* Ze herinnerde zich dat Septa Mordane hun placht voor te houden dat de Krijgsman en de Moeder slechts twee gezichten van dezelfde grote god waren. *Maar als er maar één is, wiens gebeden zullen er dan verhoord worden?*

Ser Meryn Trant hield de volbloed grauwschimmel gereed om Joffry te laten opstijgen. Jongen en paard waren beide in vergulde maliën en geëmailleerd karmijnrood staal gehuld, met bijpassende gouden leeuwen op het hoofd. Bij iedere beweging van Joff vonkte de fletse zon op het goud en rood. *Licht, glanzend en leeg,* dacht Sansa.

De Kobold zat op een vossenhengst. In zijn harnas, eenvoudiger dan dat van de koning, leek hij op een jongetje dat zijn vaders kleren heeft aangetrokken. Maar de strijdbijl aan de riem onder zijn schild was bepaald niet kinderachtig. Ser Mandon Moer reed aan zijn zij, en zijn witte staal glinsterde als ijs. Toen Tyrion haar in het oog kreeg, wendde hij zijn paard in haar richting. 'Jonkvrouwe Sansa,' riep hij vanuit het zadel, 'mijn zuster heeft u toch zeker wel gevraagd zich bij de overige edele dames in Maegors Veste te voegen?'

'Welzeker, heer, maar koning Joffry heeft mij ontboden om hem uitgeleide te doen. Ik wilde ook nog naar de sept om te bidden.'

'Ik zal maar niet vragen voor wie.' Zijn mond trok merkwaardig scheef. Als het een glimlach moest voorstellen was het de raarste die ze ooit had gezien. 'Na vandaag is misschien alles anders, zowel voor u als voor het huis Lannister. Nu ik erover nadenk had ik u samen met Tommen moeten wegsturen. Maar in Maegors Veste zult u wel veilig zijn, zolang...'

'*Sansa!*' De jongensstem schalde over de binnenplaats. Joffry had haar gezien. 'Sansa, hier!'

Hij roept me alsof ik zijn hond ben, dacht ze.

'Zijne Genade heeft behoefte aan u,' merkte Tyrion Lannister op. 'Als de goden het willen spreken we elkaar na de veldslag weer.'

Sansa zigzagde door een rij in gouden mantels gehulde speerdagers naar de wenkende Joffry toe. 'De slag begint nu gauw, zegt iedereen.'

'Mogen de goden ons allen genadig zijn.'

'Mijn oom is degene die genade nodig heeft, maar van mij zal hij die niet krijgen.' Joffry trok zijn zwaard. De knop was een robijn, gesneden in de vorm van een hart dat in de kaken van een leeuw gevat was. In de kling waren drie mokers geëtst. 'Mijn nieuwe zwaard, Hartverslinder.'

Eens had hij een zwaard gehad dat Leeuwentand heette, wist Sansa nog. Dat had Arya hem afgepakt en in een rivier gegooid. *Ik hoop dat Stannis hetzelfde zal doen met dit zwaard.* 'Het is prachtig gemaakt, uwe genade.'

'Zegen mijn staal met een kus.' Hij hield haar de kling voor. 'Hup, kussen.'

Hij klonk meer dan ooit als een dom jongetje. Sansa beroerde het metaal met haar lippen. Liever grote hoeveelheden zwaarden kussen dan één Joffry. Maar het gebaar leek hem te bevallen. Zwierig stak hij het wapen in de schede. 'Als ik terugkom mag je het nog eens kussen om het bloed van mijn oom te proeven.'

Alleen als iemand van je Koningsgarde hem voor je doodt. Drie van de witte zwaarden zouden Joffry en zijn oom begeleiden: ser Meryn, ser Mandon en ser Osmond Ketelzwart. 'Gaat u uw ridders aanvoeren in de strijd?' vroeg Sansa hoopvol.

'Dat zou ik wel willen, maar volgens mijn oom de Kobold zal mijn oom Stannis de rivier niet oversteken. Maar ik voer wel het bevel over de Drie Hoeren. Ik zal persoonlijk met die verraders afrekenen.' Joff glimlachte bij het vooruitzicht. Door zijn volle roze lippen zag hij er altijd uit of hij pruilde. Ooit had Sansa dat leuk gevonden, maar nu werd ze er misselijk van.

'Ze zeggen dat mijn broer Robb zich altijd in het heetst van de strijd begeeft,' zei ze roekeloos. 'Al is hij natuurlijk ouder dan Uwe Genade. Een volwassen man.'

Dat bracht een frons op zijn voorhoofd. 'Met jouw broer reken ik af als ik klaar ben met mijn verraderlijke oom. Ik rijt hem open met Hartverslinder, dat beloof ik je.' Hij wendde met een ruk zijn paard en draafde spoorslags naar de poort. Ser Meryn en ser Osmond voegden zich links en rechts naast hem en de goudmantels volgden in rijen van vier. De Kobold en ser Mandon Moer vormden de achterhoede. De wacht deed hen uitgeleide onder geroep en gejuich. Toen de laatste verdwenen was daalde er een plotselinge rust op de binnenplaats neer, als een stilte voor de storm.

In die stilte hoorde ze het gezang roepen. Sansa keerde zich naar de sept. Twee staljongens volgden haar, en een van de wachters wiens wachtbeurt erop zat. Anderen sloten zich achter hen aan.

Sansa had de sept nog nooit zo vol meegemaakt, en ook niet zo helder verlicht. Brede stroken zonlicht in alle kleuren van de regenboog vielen schuin door het kristalglas van de hoge ramen en alom brandden kaarsen waarvan de vlammetjes fonkelden als sterren. De altaren van de Moeder en de Krijgsman baadden in het licht, maar ook om de Smid, de Oude Vrouw, de Maagd en de Vader stonden gelovigen geschaard en er dansten zelfs vlammen onder het half menselijke gezicht van de Vreemdeling... want wie was Stannis Baratheon anders dan de Vreemdeling die kwam om over hen te oordelen? Sansa bezocht de Zeven een voor een, stak bij ieder altaar een kaars aan en zocht toen een plaatsje op een bank tussen een verschrompelde oude wasvrouw en een jongetje, niet ouder dan Rickon, dat gehuld was in de fijne linnen tuniek van een ridderzoon. De hand van de oude vrouw was knokig en vereelt, die van de jongen klein en slap, maar het was goed om iemand te kunnen vasthouden. De lucht was warm en zwaar, bezwangerd met wierook en zweet, gekust door kristal en door kaarsen verlicht, en ze werd er duizelig van.

Ze kende de hymne, want die had ze lang geleden in Winterfel van haar moeder geleerd. Ze voegde haar stem bij de hunne.

> Milde Moeder, bron van genade,
> Verlos onze zonen van de strijd,
> Stop de pijlen, stop de zwaarden,
> Spaar hen voor een betere tijd.
> Milde Moeder, kracht der vrouwen,
> Red onze dochters uit haat en nijd,
> Breng deze furie tot bedaren,
> Leer ons allen barmhartigheid.

Aan de andere kant van de stad dromden duizenden mensen bijeen in de grote sept van Baelor op de heuvel van Visenya, en ook zij waren nu waarschijnlijk aan het zingen. Hun stemmen zouden aanzwellen tot boven de stad, over de rivier heen en tot hoog in de hemel. *Het kan niet anders of de goden moeten ons horen*, dacht ze.

Sansa kende de meeste hymnen en deed zo goed mogelijk mee met de onbekende. Ze zong mee met vergrijsde oude bedienden en hevig bezorgde jonge echtgenotes, met dienstmeisjes, koksmaatjes en zogende moeders. Ze zong mee met de mensen binnen en buiten de slotmuren, ze zong mee met de hele stad. Ze zong om genade voor de levenden en de doden, voor Bran, Rickon en Robb, voor haar zuster Arya en haar bastaardbroer Jon Sneeuw, ver weg op de Muur. Ze zong voor haar moeder en haar vader, voor haar grootvader heer Hoster en haar oom Edmar Tulling, voor haar vriendin Jeane Poel, voor de oude dronken koning Robert, voor septa Mordane en ser Dontos en Jory Cassel en maester Luwin, voor al die dappere ridders en soldaten die vandaag zouden sterven, en voor de vrouwen en kinderen die hen zouden bewenen, en ten slotte, aan het einde, zong ze zelfs voor Tyrion de Kobold en voor de Jachthond. *Hij is geen waarachtig ridder, maar toch heeft hij me gered,* zei ze tegen de Moeder. *Bewaar hem als u kunt, en verzacht de woede in zijn hart.*

Maar toen de septon naar boven klom en de goden aanriep om hun waarachtige en edele koning te beschermen en verdedigen stond Sansa op. De gangpaden stonden tjokvol mensen en ze moest zich tussen hen door worstelen. Intussen smeekte de septon de Smid om Joffry's zwaard en schild sterk te maken, de Krijgsman om hem moed te schenken en de Vader om hem in het uur van zijn nood te beschermen. *Laat zijn zwaard breken en zijn schild versplinteren,* dacht Sansa kil toen ze de deur uitschoof. *Laat zijn moed hem in de schoenen zinken en laten al zijn mannen hem in de steek laten.*

Langs de borstwering van het poortgebouw liepen een paar wachters heen en weer, maar verder leek het kasteel leeg. Sansa bleef staan en luisterde. Ze werden bijna door het gezang overstemd, maar wie er oor voor had kon de geluiden horen: het lage loeien van krijgshoorns, het knarsen van werpblijden en de doffe plof waarmee de stenen neerkwamen, geplons en gekraak, geknetter van brandend pek, het zoemgeluid waarmee de schorpioenen hun drie voet lange schachten met de ijzeren punten afschoten... en als alom aanwezige ondertoon de kreten van stervende mannen.

Dat was een ander soort lied, een gruwelijk lied. Sansa trok de kap van haar mantel over haar oren en haastte zich naar Maegors Veste, dat slot-in-een-slot waar ze, zo had de koningin verzekerd, allemaal veilig zouden zijn. Aan de voet van de valbrug kwam ze vrouwe Tanda en haar dochters tegen. Falyse was gisteren met een kleine troep soldaten uit slot Stookewaard gearriveerd. Ze probeerde haar zuster met zachte drang de brug op te krijgen maar Lollys klampte zich aan haar kamenier vast en snikte: 'Ik wil niet, ik wil niet, ik wil niet.'

'De slag is al bézig,' zei vrouwe Tanda met overspannen stem.

'Ik wil niet, ik wil niet.'

Sansa kon hen niet meer ontlopen. Ze groette hen hoffelijk. 'Kan ik helpen?'

Vrouwe Tanda kreeg een kleur van schaamte. 'Heel vriendelijk van u, jonkvrouwe, maar dat hoeft niet. Vergeeft u het mijn dochter maar, ze voelt zich de laatste tijd niet zo goed.'

'Ik wil niet.' Lollys greep haar kamenier beet, een slank, knap meisje met kort, donker haar dat keek of ze haar meesteres het liefst in de droge gracht had geduwd, boven op de ijzeren pieken. 'Nee, nee, ik wil niet.'

Vriendelijk zei Sansa tegen haar: 'Daarbinnen zijn we driedubbel beschermd, en er is ook eten, drinken en muziek.'

Lollys gaapte haar met open mond aan. Ze had bruine koeienogen die altijd leken te tranen. 'Ik wil niet.'

'Je móét,' zei haar zuster Falyse scherp, 'en daarmee uit. Shae, help eens.' Ze grepen haar allebei bij een elleboog en zo werd Lollys naar de overkant gebracht, half gedragen, half gesleept. Sansa volgde, samen met hun moeder. 'Ze is ziek,' zei vrouwe Tanda. *Voor zover je het dragen van een kind een ziekte kunt noemen*, dacht Sansa. Het was een publiek geheim dat Lollys zwanger was.

De twee deurwachters droegen de leeuwenhelmen en de karmijnrode mantels van het huis Lannister, maar Sansa wist dat het maar verklede huurlingen waren. Onder aan de trap zat er nog een – een echte wachter zou staan, niet met zijn hellebaard over zijn knieën op een traptree zitten – maar toen hij hen zag kwam hij overeind en opende de deur om hen binnen te laten.

De balzaal van de koningin besloeg nog geen tiende van de grote zaal van het slot en was maar half zo groot als de kleine zaal in de Toren van de Hand, maar had altijd nog honderd zitplaatsen, en wat hij aan ruimte te kort kwam compenseerde hij met schoonheid. Achter iedere toortshouder zat een spiegel van gedreven zilver, waardoor de vlammen tweemaal zo fel schenen; de wanden bestonden uit fraai bewerkte houten panelen en de vloer was met geurige biezen bedekt. Vanaf de gaanderij zweefden de vrolijke klanken van fluit en vedel omlaag. In de zuidmuur zat een reeks boogvensters, maar daar hingen zware draperieën voor. De dikke fluwelen gordijnen lieten geen spoortje licht door en dempten zowel de gebeden als het strijdrumoer. *Maar dat helpt toch niet*, dacht Sansa. *De oorlog is vlak bij ons.*

Aan de lange schragentafels zaten bijna alle hooggeboren dames uit de hele stad, samen met een handvol oude mannen en jonge knapen. De vrouwen waren echtgenotes, dochters, moeders en zusters. Hun mannen waren vertrokken om tegen heer Stannis te strijden. Velen zouden niet terugkeren. De atmosfeer was doordrongen van dat besef. Als Joffry's verloofde kwam Sansa de ereplaats aan de rechterhand van de koningin toe. Ze stapte net de verhoging op toen ze de man ontwaarde die in de schaduwen bij de achterwand stond. Hij droeg een lange halsberg van geoliede zwarte maliën en hield zijn zwaard voor zijn lichaam: haar vaders slagzwaard IJs, bijna even lang als de man zelf. De punt rustte op de vloer en zijn harde, benige vingers klemden de pareerstang aan weerszijden van het gevest vast. Sansa's adem stokte. Ser Ilyn Peyn leek te merken dat ze naar hem staarde. Hij keerde zijn ingevallen, pokdalige gezicht naar haar toe.

'Wat doet híj hier?' vroeg ze aan Osfried Ketelzwart, die aan het hoofd van de nieuwe roodmantel-wacht van de koningin stond.

Osfried grinnikte. 'Hare genade verwacht hem nodig te hebben vóór de nacht om is.'

Ser Ilyn was de scherprechter des konings. Er was maar één reden om een beroep op hem te doen. *Wiens hoofd wil ze hebben?*

'Staat allen op voor Hare Genade, Cersei van het huis Lannister, de regentes en beschermvrouwe van het rijk,' galmde de koninklijke hofmeester.

Cersei's japon was van linnen, sneeuwwit als de mantels van de Koningsgarde. Haar lange, gespleten mouwen waren met goudsatijn gevoerd. Een wolk lichtblond haar viel in dichte krullen over haar naakte schouders. Om haar slanke hals hing een snoer van diamanten en smaragden. In het wit zag ze er merkwaardig onschuldig uit, welhaast maagdelijk, maar op haar wangen zaten gekleurde vlekken.

'Gaat u zitten,' sprak de koningin toen ze haar plaats op de verhoging had ingenomen, 'en weest welkom.' Osfried Ketelzwart schoof haar zetel aan, en een page deed hetzelfde bij Sansa. 'Je ziet bleek, Sansa,' merkte Cersei op. 'Bloeit je rode bloem nog?'

'Ja.'

'Heel treffend. De mannen bloeden buiten en jij binnen.' De koningin gaf het teken dat de eerste gang kon worden opgediend.

'Waarom is ser Ilyn hier?' flapte Sansa eruit.

De konining wierp een blik op haar stomme scherprechter. 'Om met verraders af te rekenen en ons in geval van nood te beschermen. Voor hij scherprechter werd was hij ridder.' Ze wees met haar lepel naar het andere einde van de zaal, waar de hoge houten deuren gesloten en gebarricadeerd waren. 'Als die deur met bijlen wordt ingeslagen zul je nog dankbaar zijn voor zijn aanwezigheid.'

Ik zou dankbaarder zijn als het de Jachthond was, dacht Sansa. Al was hij nog zo ruw, ze dacht niet dat Sandor Clegane zou toelaten dat haar iets overkwam. 'Kunnen uw wachters ons niet beschermen?'

'En wie beschermt ons tegen mijn wachters?' De koningin wierp een zijdelingse blik op Osfried. 'Trouwe huurlingen zijn even zeldzaam als maagdelijke hoeren. Als we de slag verliezen zullen mijn wachters over die karmijnrode mantels struikelen in hun haast om ze af te rukken. Ze zullen stelen wat ze kunnen en er samen met de bedienden, wasvrouwen en staljongens vandoor gaan om hun waardeloze huid te redden. Heb je er enig idee van wat zich zoal tijdens de plundering van een stad afspeelt, Sansa? Nee, dat zal wel niet. Alles wat jij van het leven af weet heb je van zangers, en goeie plunderzangen zijn schaars.'

'Waarachtige ridders zullen vrouwen en kinderen nimmer een haar krenken.' De woorden klonken haar zelf hol in de oren.

'Waarachtige ridders.' Dat leek de koningin bijzonder vermakelijk te vinden. 'Dat zal vast wel. Eet dus maar braaf je soep en wacht tot Symeon Sterrenoog en prins Aemon de Drakenridder je komen redden, liefje. Dat kan nooit lang meer duren.'

Davos

De Zwartwaterbaai was ruw en woelig, met overal schuimkoppen. De *Zwarte Betha* liet zich meevoeren met de opkomende vloed en de zeilen klapperden en knalden zodra de wind maar even draaide. De *Schim* en de *Vrouwe Marya* voeren ernaast, de rompen niet meer dan twintig pas van elkaar. Zijn zonen konden uitstekend één lijn trekken, en daar was Davos trots op.

Als het gebrul van monsterlijke zeeslangen loeide het donkere keelgeluid van krijgshoorns over de zee en werd van schip tot schip herhaald. 'Strijk de zeilen,' beval Davos. 'Mast neer. Roeiers aan de riemen.' Zijn zoon Matthos gaf de bevelen door. Het dek van de *Zwarte Betha* krioelde van de bemanningsleden die zich naar hun post haastten en daarbij de krijgslieden opzij duwden, die altijd in de weg leken te zijn, ongeacht waar ze stonden. Volgens voorschrift van ser Imry roeiden ze de rivier op om hun zeilen niet aan de schorpioenen en vuurspuwers op de muren van Koningslanding bloot te stellen.

Een eind naar het zuidoosten zag Davos de *Furie*. De zeilen, met het blazoen van de gekroonde Baratheon-hertenbok, fonkelden als goud toen ze werden gestreken. Vanaf datzelfde dek had Stannis Baratheon zestien jaar geleden bevel gegeven om Drakensteen aan te vallen, maar ditmaal had hij verkozen met zijn leger op te trekken en de *Furie* en het bevel over zijn vloot toe te vertrouwen aan zijn zwager ser Imry, die zich samen met heer Alester en de rest van het huis Florens bij Stormeinde achter zijn zaak had geschaard.

Davos kende de *Furie* net zo goed als zijn eigen schepen. Het tussendek boven de driehonderd riemen werd geheel door schorpioenen in beslag genomen, en op het bovendek waren zowel bij de boeg als op het achterschip blijden geplaatst, groot genoeg om vaten brandend pek te werpen. Een geducht schip, en heel snel bovendien, al had ser Imry het van voor- tot achtersteven volgepakt met geharnaste ridders en krijgsknechten, waardoor het enigszins aan snelheid inboette.

De krijgshoorns loeiden opnieuw, en vanaf de *Furie* kwamen bevelen aanzweven. Davos voelde zijn ontbrekende vingertoppen prikken. 'Riemen uit,' schreeuwde hij. 'In formatie.' Honderd bladen doken het water in toen de trom van de roeiermeester begon te bonken. Het klonk als het trage slaan van een groot hart, en bij iedere slag bewogen de honderd riemen alsof er slechts één man aan trok.

Ook de *Schim* en de *Vrouwe Marya* hadden houten vleugels gekregen. Terwijl de roeibladen door het water maalden, voeren de drie schepen in hetzelfde tenpo op. 'Langzamer,' riep Davos. Heer Velaryons *Trots van Driftmark* met zijn zilveren romp had zich aan bakboord naast de *Schim* gevoegd, en de *Koene Lach* naderde in hoog tempo, maar de riemen van de *Helleveeg* gingen nu pas het water in en het *Zeepaard* was nog verwoed bezig de mast neer te halen. Davos keek uit over de achtersteven. Ja, daar, ver naar het zuiden, dat kon alleen de *Zwaardvis* zijn, die zoals gewoonlijk achterbleef. Dat schip voerde tweehonderd riemen en had de grootste ram van de vloot, maar Davos koesterde ernstige twijfels over de kapitein.

Hij hoorde soldaten elkaar over het water heen moed inschreeuwen. Zij waren sinds Stormeinde weinig meer dan ballast geweest en popelden van verlangen om zich op de vijand te storten, vertrouwend op de overwinning. Wat dat betreft dachten ze er net zo over als hun admiraal en opperkapitein, ser Imry Florens.

Drie dagen geleden had hij al zijn kapiteins voor een krijgsraad aan boord van de *Furie* bijeengeroepen toen de vloot bij de monding van het Wendwater voor anker lag. Daar had hij hen van zijn beschikkingen op de hoogte gesteld. Davos en zijn zonen hadden een plaats aangewezen gekregen in de tweede linie, vrij ver naar buiten op de gevaarlijke stuurboordvleugel. 'Een ereplaats,' had Allard verklaard, tevreden dat hij de kans kreeg zijn moed te bewijzen. 'Een riskante plaats,' had zijn vader hem voorgehouden. Zijn zonen, zelfs de jonge Maric, hadden hem meewarig aangekeken. *De Uienridder wordt een oud wijf*, kon hij hen horen denken. *In zijn hart is hij nog steeds een smokkelaar.*

Dat laatste was maar al te waar, en daar schaamde hij zich niet voor. *Zeewaard* klonk edel, maar in wezen was hij nog altijd Davos uit de Vlooienzak die terugkeerde naar zijn eigen stad op haar drie hoge heuvels. Niemand in de Zeven Koninkrijken die meer wist van schepen, zeilen en kusten dan hij, en hij had vaak genoeg op een nat dek met het zwaard in de hand voor zijn leven gevochten. Maar een strijd als deze was nieuw voor hem en hij was zo nerveus en angstig als een jonge maagd. Smokkelaars steken geen krijgshoorns en hijsen geen banieren. Zodra ze gevaar ruiken, hijsen ze de zeilen en gaan er vóór de wind vandoor.

Als hij admiraal was had hij het allicht anders aangepakt. Om te beginnen had hij een paar van zijn snelste schepen ter verkenning de rivier opgestuurd om te kijken wat hun te wachten stond in plaats van zo halsoverkop aan te komen zetten. Toen hij ser Imry iets dergelijks had voorgesteld had de opperkapitein hem hoffelijk bedankt, maar zijn blik was minder beleefd geweest. *Wie is die onedele lafaard*, hadden die ogen gevraagd. *Is dat de man die zijn ridderslag heeft gekocht met een ui?*

Nu ze viermaal zoveel schepen hadden als de kind-koning zag ser Imry het nut van behoedzaamheid of misleidende tactieken niet in. Hij had de vloot in tien gevechtslinies van elk twintig schepen ingedeeld. De voorste twee linies zouden met grote snelheid de rivier opvaren om Joffry's kleine vloot ofwel 'zijn kinderspeeltjes', zoals ser Imry ze tot hilariteit van zijn hoogedele kapiteins had genoemd, aan te vallen en te vernietigen. Degenen die daarna kwamen, zouden aan de voet van de stadsmuren compagnieën boogschutters en speerdragers aan wal zetten en zich daarna pas in de strijd op de rivier mengen. De kleinere, tragere schepen in de achterhoede zouden Stannis' hoofdmacht overvaren, in de rug gedekt door Salladhor Saan en zijn Lyseni, die buitengaats zouden blijven voor als de Lannisters nog ergens schepen langs de kust hadden liggen om zich op hun achterhoede te storten.

De eerlijkheid gebood om toe te geven dat ser Imry's haast niet geheel onterecht was. Tijdens de zeereis uit Stormeinde had het hun niet meegezeten. Al op de dag dat ze waren uitgevaren waren er twee koggen verloren gegaan toen ze in de Scheepskrakerbaai op de klippen liepen, een slecht begin. Een van de Myrische galeien was in de Straat van Tarth aan de grond gelopen, en toen ze de Geul binnenvoeren waren ze door een storm geteisterd die de vloot over de halve zee-engte had verspreid. Op twaalf schepen na hadden ze zich uiteindelijk allemaal gehergroepeerd achter de beschermende graat van Massies Hoek in het rustiger vaarwater van de Zwartwaterbaai, maar wel met aanzienlijk tijdverlies.

Stannis moest de Stroom al dagen geleden hebben bereikt. De koningsweg liep van Stormeinde rechtstreeks naar Koningslanding, een veel kortere route dan overzee, en zijn krijgsmacht was grotendeels te paard: bijna twintigduizend ridders, lichte cavalerie en vrijruiters, Renlings onvrijwillige nalatenschap aan zijn broer. Zij waren vast ruim op tijd, maar met geharnaste strijdrossen en twaalf voet lange lansen zouden ze weinig kunnen uitrichten tegen het diepe water van de Zwartwaterstroom en de hoge stenen muren van de stad. Stannis zou nu wel samen met zijn heren op de zuidoever van de rivier gelegerd zijn en zich ongetwijfeld razend van ongeduld afvragen wat ser Imry met zijn vloot had uitgespookt.

Twee dagen geleden hadden ze buitengaats bij Klip Mereling een stuk of vijf vissersbootjes in het oog gekregen. De vissers waren voor hen gevlucht, maar een voor een achterhaald en geënterd. 'Een klein voorproefje van de overwinning is net genoeg om onze maag voor de slag tot rust te brengen,' had ser Imry opgewekt verklaard. 'Zo krijgen de mannen trek in een grotere portie.' Maar Davos had meer belang gesteld in wat de gevangenen over de verdediging van Koningslanding te melden hadden. De dwerg was druk doende geweest een soort versperring te bouwen om de riviermonding af te sluiten, al waren de vissers het er niet over eens of die al dan niet klaar was. Hij betrapte zich erop dat hij wenste van wel. Als de rivier afgesloten was had ser Imry geen andere keus dan een pauze in te lassen om de situatie op te nemen.

De zee was vol lawaai: geschreeuw en geroep, krijgshoorns en trommen en het snerpen van fluiten, het plonzen van hout in water als duizenden riemen rezen en daalden. '*In formatie blijven*,' schreeuwde Davos. Een windvlaag rukte aan zijn oude groene mantel. Hij had geen andere wapenrusting dan een kolder van verhard leer en een pothelm, die aan zijn voeten lag. Op zee kon volgens hem zwaar staal een man even makkelijk het leven kosten als redden. Ser Imry en de overige hooggeboren kapiteins deelden die mening niet en liepen blikkerend over hun dekken heen en weer.

De *Helleveeg* en het *Zeepaard* hadden nu hun plaatsen ingenomen, en daarachter ook heer Celtigars *Rode Klauw*. Aan stuurboord naast Allards *Vrouwe Marya* lagen de drie galeien die heer Stannis de onfortuinlijke heer Brandglas had afgenomen: *Vroomheid*, *Gebed* en *Devotie*. De dekken wemelden van de boogschutters. Ook de *Zwaardvis* haalde hen nu in. Met zeilen én riemen deinde en zwalkte hij over de opkomende golven. *Een schip met zoveel riemen zou veel sneller moeten zijn*, peinsde Davos afkeurend. *Het is die ram, die is te groot, dat schip is topzwaar.*

De wind kwam bij vlagen uit het zuiden, maar als je roeide maakte dat niet uit. Ze zouden komen opzetten met het tij, maar de Lannisters hadden de stroming mee, en bij de monding was de Zwartwaterstroom sterk en snel. De eerste klap zou onvermijdelijk in het voordeel van de vijand uitvallen. *Wat een dwaasheid om de strijd aan te gaan op het Zwartewater*, dacht Davos. Bij een treffen op open zee konden hun gevechtslinies de vijand aan twee kanten omsingelen en naar binnen drijven, hun ondergang tegemoet. Maar op de rivier zouden ser Imry's schepen minder gewicht in de schaal leggen. Ze konden maar met twintig schepen naast elkaar varen om niet het risico te lopen elkaar in de riemen te varen en te botsen.

Achter de linie van oorlogsschepen kon Davos de Rode Burcht op Aegons heuvel zien liggen, donker afstekend tegen een citroengele lucht. Daaronder gaapte de mond van de Stroom. Op de zuidoever van de rivier zag het zwart van de mannen en paarden, die in beroering raakten als nijdige mieren toen ze de naderende schepen in zicht kregen. Stannis zou hen wel bezig hebben gehouden met het bouwen van vlotten en het maken van pijlen, maar toch moest het wachten hun zwaar zijn gevallen. In hun midden schalden trompetten, dun en schel en al snel overstemd door een gebrul uit duizend kelen. Davos klemde de hand met de stompjes om de buidel waarin zijn vingerbeentjes zaten en bad in stilte om geluk.

De *Furie* zelf voer in het centrum van de voorste gevechtslinie, geflankeerd door de *Heer Steffon* en de *Zeebok*, elk met tweehonderd riemen. Aan bakboord en stuurboord lagen de honderdtallen: *Vrouwe Harra, Glimvis, Lachende Heer, Zeeduivel, Erehoorn, Ruige Jenna, Drie Tanden, Flitsend Zwaard, Prinses Rhaenys, Hondensnuit, Scepter, Trouw, Rode Raaf, Koningin Alysanne, Kat, Dapper* en *Drakenverderf*. Op alle voorstevens waaide het vurige hart van de Heer des Lichts, rood, geel en oranje. Na Davos en zijn zoons kwam nog een linie van honderdtallen met ridders en heren als kapiteins, en daarna het kleinere, tragere contingent uit Myr, waarvan geen schip meer dan tachtig riemen voerde. Nog verder daarachter kwamen de schepen waarvan de zeilen nog niet gestreken waren, galjoenen, grote, deinende koggen en het laatst van allemaal Salladhor Saan op zijn trotse *Valyriaan*, een torenhoge driehonderdriemer, met in zijn kielzog de rest van zijn galeien met hun opvallende gestreepte rompen. Het flamboyante heerschap uit Lys was heel slecht te spreken geweest over zijn plaats in de achterhoede, maar ser Imry vertrouwde hem blijkbaar evenmin als Stannis. *Te vaak geklaagd en te veel gepraat over het hem verschuldigde goud.* Toch speet het Davos. Salladhor Saan was een vindingrijke oude piraat en zijn bemanning bestond uit geboren zeelieden die geen vrees kenden in de strijd. In de achterhoede zouden ze niets kunnen uitrichten.

Ahoooooooooooooooooooo. Het geloei rolde vanaf het voorkasteel van de Furie over schuimkoppen en maaiende riemen: ser Imry gaf het sein tot de aanval. *Ahoooooooooooooooooo, ahoooooooooooooooo.*

De *Zwaardvis* had zich eindelijk in de linie gevoegd, zij het nog steeds met volle zeilen. '*Tempo,*' blafte Davos. De trom begon sneller te slaan en de riemslagen werden opgevoerd. De roeibladen hakten op het water in, *plons-klots, plons-klots, plons-klots.* Aan dek sloegen de soldaten met hun zwaard tegen hun schild terwijl de boogschutters rustig hun pees spanden en de eerste pijl uit de koker aan hun riem haalden. De galeien in de voorste gevechtslinie belemmerden hem het zicht, dus beende Davos over het dek heen en weer op zoek naar een betere uitkijkpost. Geen spoor van een versperring. De riviermonding lag open, als om hen allemaal te verslinden. Alleen...

In zijn smokkelaarsdagen had Davos vaak voor de grap gezegd dat hij de rivieroever bij Koningslanding heel wat beter kende dan zijn eigen handpalm, omdat hij niet een vrij groot deel van zijn leven zijn handpalm in en uit was geglipt. Die twee gedrongen torens die bij de monding van het Zwartewater tegenover elkaar stonden, zeiden ser Imry Florens waarschijnlijk niets, maar hij had een gevoel alsof er twee extra vingers aan zijn knokkels waren gegroeid.

Met zijn hand boven zijn ogen tegen de westelijke zon tuurde hij nog eens goed naar de torens. Ze waren te klein om een garnizoen van enige omvang te herbergen. Die op de noordoever was tegen de rotswand aangebouwd waarop de grimmige Rode Burcht verrees, zijn tegenhanger op de andere oever stond met de onderkant in het water. *Ze hebben de oever doorgestoken*, begreep hij meteen. Dat bemoeilijkte een aanval, omdat de aanvallers eerst door het water moesten waden of het grachtje moesten overbruggen. Stannis had onderaan boogschutters geposteerd om de verdedigers te beschieten zodra een van hen roekeloos genoeg was om zijn hoofd boven de borstwering uit te steken, maar er verder geen aandacht aan besteed.

In de diepte, daar waar het water om de onderkant van de toren kolkte, blikkerde iets. Zonlicht op staal. Davos wist genoeg. *Een kettingversperring... en toch hebben ze de rivier niet afgesloten. Waarom niet?*

Ook dat liet zich raden, maar hij had geen tijd om erover na te denken. Op de schepen voor hem ging geschreeuw op, en de krijgshoorns werden opnieuw gestoken: de vijand naderde.

Tussen de flitsende riemen van de *Scepter* en de *Trouw* door zag Davos een smalle linie galeien dwars over de rivier. De zon glinsterde op de gouden verf waarmee de rompen beschilderd waren. Hij kende die schepen even goed als het zijne. Toen hij nog smokkelaar was had hij het altijd veiliger gevonden om te weten of het zeil aan de horizon van een snel of een langzaam schip was en of de kapitein een op roem beluste jonge kerel was of een oude man die zijn tijd uitdiende.

Ahoooooooooooooooo, klonken de krijgshoorns. 'Gevechtssnelheid,' schreeuwde Davos. Aan bakboord en stuurboord hoorde hij Deyl en Allard hetzelfde bevel geven. De trommen begonnen verwoed te roffelen, riemen rezen en daalden en de *Zwarte Betha* schoot naar voren. Toen hij even naar de *Schim* keek zag hij dat Deyl hem groette. De *Zwaardvis* kwam weer eens achteraan, zwalkend in het kielzog van de kleinere schepen ernaast, maar verder was hun linie zo recht als een schildmuur.

De rivier, die uit de verte zo smal had geleken, was nu wijd als een zee, maar ook de stad was reusachtig geworden. De Rode Burcht, die dreigend omlaag staarde vanaf Aegons hoge heuvel, beheerste alle toegangswegen. Met die pieken op de borstwering, die massieve torens en die dikke rode muren zag hij eruit als een wild beest dat hoog boven de rivier en de straten op de loer lag. De klippen waarop het ineendook waren steil en stenig, bezaaid met korstmos en weerde doornstruiken. De vloot moest onder het kasteel langsvaren om de haven en de stad daarachter te bereiken.

De voorste linie voer nu op de rivier, maar de vijandelijke galeien weken achteruit. *Ze willen ons naar binnen lokken. Ze willen ons klem* hebben, op een kluitje, zonder ruimte om hen over de flank te omsingelen... en met die versperring in de rug. Hij beende over het dek af en aan en rekte zijn hals om meer zicht op Joffry's vloot te krijgen. Diens kinderspeeltjes omvatten de zware *Godengenade*, zag hij, de oude, trage *Prins Aemon*, de *Zijden Vrouwe* en haar zuster, de *Vrouwenschaamte*, de *Wildewind*, de *Koningslander*, het *Witte Hert*, de *Lans* en de *Zeebloem*. Maar waar was de *Leeuwenster*? Waar was de fraaie *Vrouwe Lyanna*, door koning Robert zo genoemd ter ere van de maagd die hij had liefgehad en verloren? En waar was *Koning Roberts Hamer*? Dat was de grootste krijgsgalei van de koninklijke vloot, met vierhonderd riemen, het enige oorlogsschip van de kind-koning dat in staat was de *Furie* te overmeesteren.

Davos vermoedde een valstrik, maar toch waren er achter hen geen vijanden te bekennen die zich op hen stortten, alleen de grote vloot van Stannis Baratheon, in ordelijke linies tot aan de einder. *Hijsen ze straks die ketting op om ons in tweeën te hakken?* Hij zou niet weten wat voor baat ze daarbij zouden hebben. Dan konden de schepen die in de baai achterbleven hun manschappen altijd nog ten noorden van de stad aan wal zetten; een omweg, maar wel veiliger.

Vanaf het slot steeg een zwerm flakkerende oranje vogels op, twintig tot dertig stuks: potten brandend pek die met een boog over de rivier vlogen en een vlammend spoor nalieten. Ze werden grotendeels door het water opgeslokt, maar een paar belandden er op de dekken van oorlogsgaleien in de voorste linie, en overal waar ze braken greep het vuur om zich heen. Op de *Koningin Alysanne* renden de krijgsknechten alle kanten op en hij zag rook opstijgen vanaf drie verschillende plaatsen op de *Drakenverderf*, die het dichtst bij de oever was. Inmiddels was er een tweede salvo onderweg, en nu suisden er ook pijlen omlaag vanaf de boogschuttersnesten waarmee de torens bezaaid waren. Een soldaat viel over de reling van de *Kat*, stuiterde van de riemen en zonk. *De eerste dode van vandaag*, dacht Davos, *maar beslist niet de laatste*.

Op de borstwering van de Rode Burcht wapperden de banieren van de kind-koning: de gekroonde hertenbok van Baratheon op het gulden veld, de leeuw van Lannister op karmozijn. Er kwamen nog meer potten pek aanzeilen. Davos hoorde het gekrijs toen het vuur zich over de *Dapper* verspreidde. De roeiers zaten veilig beneden, want zij werden door een half tussendek tegen projectielen beschermd, maar de krijgsknechten die op een kluitje aan dek stonden hadden minder geluk. Alle schade werd opgelopen op de stuurboordvleugel, zoals hij al had gevreesd. *Zo meteen is het onze beurt*, zei hij bij zichzelf, niet op zijn gemak. Als zesde schip vanaf de noordoever was de *Zwarte Betha* ruimschoots binnen het bereik van de vuurpotten. Aan stuurboord had hij slechts Allards *Vrouwe Marya*, de logge *Zwaardvis* – nu zo ver achteropgeraakt dat hij zich dichter bij de derde dan bij de tweede linie bevond – en *Vroomheid*, *Gebed en Devotie*, die alle goddelijke interventie nodig zouden hebben die ze krijgen konden, kwetsbaar als hun positie was.

Toen de tweede linie langs de tweelingtorens schoof, keek Davos nog eens goed. Hij zag drie schakels van een reusachtige ketting uit een gat niet groter dan een mensenhoofd kronkelen en onder water verdwijnen. De torens hadden maar één deur, ruim twintig voet boven de grond. Boogschutters op het dak van de noordelijke toren beschoten de *Gebed* en de *Devotie*. De schutters op het dek van de *Devotie* schoten terug, en Davos hoorde het geschreeuw van een man die door de pijlen werd geraakt.

'Ser kapitein.' Zijn zoon Matthos stond naast hem. 'Uw helm.' Davos nam hem met beide handen aan en schoof hem over zijn hoofd. De pothelm had geen vizier, want hij had er een hekel aan als zijn zicht werd belemmerd.

Inmiddels regende het potten pek om hen heen. Hij zag er een stukslaan op het dek van de *Vrouwe Marya*, maar Allards bemanning sloeg het vuur snel uit. Aan bakboord klonken er krijgshoorns op de *Trots van Driftmark*. De riemen deden met iedere slag een fontein van water opspuiten. Een drie voet lang projectiel van een schorpioen landde op nog geen twee voet van Matthos en drong trillend in het hout van het dek. Vóór hen was de voorste linie binnen schootsafstand van de vijand gekomen en tussen de schepen vlogen zwermen pijlen heen en weer, sissend als een slang die toeslaat.

Aan de zuidkant van het Zwartewater zag Davos mannen primitieve vlotten naar het water slepen terwijl het voetvolk zich in lange rijen achter een duizendtal wapperende banieren opstelde. Het vurige hart was overal, maar de minuscule zwarte hertenbok die in de vlammen gevangen zat was te klein om goed te zien. *We zouden de gekroonde hertenbok moeten voeren*, dacht hij. *Die hertenbok was het wapenteken van koning Robert, die zouden ze in de stad met gejuich ontvangen. Deze vreemde standaard zet de mensen alleen maar tegen ons op.*

Hij kon dat vurige hart niet zien zonder aan de schaduw te denken die Melisandre in het donker onder Stormeinde had gebaard. *Deze strijd vechten we in elk geval bij daglicht uit, met de wapens van eerzame lieden*, zei hij bij zichzelf. De rode vrouw en haar duistere kinderen zouden er part noch deel aan hebben. Stannis had haar met zijn bastaardneef Edric Storm per schip naar Drakensteen teruggestuurd. Zijn kapiteins en baandermannen hadden volgehouden dat een vrouw niet op een slagveld thuishoorde. Slechts de mannen van de koningin hadden bezwaar gemaakt, en niet eens nadrukkelijk. Toch had de koning op het punt gestaan te weigeren, totdat heer Brys Caron had gezegd:

'Uwe Genade, als we die tovenares bij ons houden zal de overwinning na afloop aan haar worden toegeschreven, niet aan ons. De mensen zullen zeggen dat u uw kroon aan haar spreuken dankt.' Dat had het tij doen keren. Davos zelf had zich tijdens de discussies afzijdig gehouden, maar eerlijk gezegd was hij er niet rouwig om geweest haar te zien vertrekken. Hij wilde niets met Melisandre of haar god te maken hebben.

Aan stuurboord dreef de *Devotie* nu naar de oever, en er werd een loopplank uitgeschoven. Boogschutters klauterden naar de ondiepten met hun boog hoog boven het hoofd om de pees droog te houden. Ze plonsden naar het smalle strand onder aan de rots. Vanuit het kasteel bolderden stenen omlaag die tussen hen in op de grond ploften, en ook pijlen en speren, maar de hoek was steil en de projectielen richtten zo te zien weinig schade aan.

Het *Gebed* landde enkele tientallen passen verder stroomopwaarts en de *Vroomheid* voer schuin op de oever af toen de verdedigers langs de rivieroever kwamen aandenderen. Het water in de ondiepten spoot in fonteinen omhoog onder hun paardenhoeven. De ridders stortten zich op de boogschutters als wolven op een troep kippen en dreven hen naar de schepen terug en de rivier in voordat een van hen een pijl op de pees kon zetten. Wapenknechten schoten toe om hen met speren en bijlen te verdedigen, en in drie hartslagen was het tafereel in een bloederige chaos veranderd. Davos herkende de hondenhelm van de Jachthond. Een witte mantel golfde van zijn schouders toen hij te paard via de plank het dek van het *Gebed* opreed en iedereen neerhieuw die bij hem in de buurt kwam.

Voorbij het slot, omringd door muren, rees Koningslanding op haar heuvels op. De rivieroever was een geblakerde woestenij: de Lannisters hadden alles in de as gelegd en zich achter de Modderpoort verschanst. Uit de ondiepten staken de verkoolde planken van tot zinken gebrachte scheepsrompen omhoog en versperden zo de toegang tot de lange stenen kades. *Hier kunnen we niet landen.* Achter de Modderpoort zag hij de bovenkant van drie enorme katapults. Hoog op de heuvel van Visenya fonkelde het zonlicht op de zeven kristallen torens van de Grote Sept van Baelor.

Davos zag niet precies wanneer de slag begon, maar hij hoorde het wel: de luide, doordringende klap waarmee twee galeien tegen elkaar ramden. Hij kon niet zien welke. Het volgende moment galmde er nog een dreun over het water, en toen een derde. Door het kraken van versplinterend houtwerk heen hoorde hij het lage gezoem van de voorste katapult op de *Furie*. De *Zeebok* kliefde een van Joffry's galeien finaal doormidden, maar de *Hondensnuit* stond in brand en de *Koningin Alysanne* zat tussen de *Zijden Vrouwe* en de *Vrouwenschaamte* ingeklemd, en haar bemanning vocht langs beide relingen tegen de enteraars.

Recht voor zich zag Davos het vijandelijke schip *Koningslander* tussen de *Trouw* en de *Scepter* indrijven. De eerstgenoemde trok vlak voor de botsing zijn stuurboordriemen in, maar de bakboordriemen van de *Scepter* knapten als aanmaakhoutjes toen de *Koningslander* langszij kwam. 'Los,' beval Davos, en zijn schutters zonden een verwoestende pijlenregen over het water. Hij zag de kapitein van de *Koningslander* vallen en probeerde zich 's mans naam te herinneren.

Op de wal kwamen de armen van de grote katapults een voor een omhoog en een honderdtal stenen steeg op in de gele lucht. Ze waren stuk voor stuk zo groot als een mensenhoofd, en waar ze neerkwamen deden ze grote golven water opspatten, braken door eikenhouten planken en verpletterden levende mannen tot botten, pulp en kraakbeen. Over de hele breedte van de rivier was de voorste linie nu in gevecht. Enterhaken werden geworpen, ijzeren rammen drongen krakend in houten rompen, aanvallers zwermden uit, suizende pijlsalvo's kruisten elkaar in de rondzwevende rook en mannen sneuvelden... maar tot dusverre niet die van hem.

De *Zwarte Betha* gleed stroomopwaarts en met de trommelslagen van de roeiermeester donderend in zijn hoofd zocht de kapitein naar een geschikt slachtoffer voor zijn ram. De benarde *Koningin Alysanne* zat gevangen tussen twee Lannister-oorlogsschepen. De drie schepen waren door enterhaken en touwen verbonden.

'*Ramsnelheid*,' schreeuwde Davos.

De trommelslagen vervloeiden tot één langgerekt, koortsachtig gehamer. De *Zwarte Betha* schoot vooruit, en daar waar de boeg het doorkliefde werd het water melkwit. Allard had dezelfde kans gezien, en de *Vrouwe Marya* stoof naast hen voort. De voorste linie was een verwarde hoop afzonderlijke gevechten geworden. Vóór hen doemden de drie verstrikte vaartuigen op, draaiend en wel, de dekken een rode chaos van mannen die met zwaarden en bijlen op elkaar inhakten. *Nog een klein stukje*, smeekte Davos de Krijgsman, *laat haar nog een klein stukje bijdraaien, zodat ik het zijboord voor me krijg.*

De Krijgsman moest geluisterd hebben. Bijna tegelijk botsten de *Zwarte Betha* en de *Vrouwe Marya* op het zijboord van de *Vrouwenschaamte* en ramden haar bij voor- en achtersteven met zo'n kracht dat de mannen drie schepen verder op de *Zijden Vrouwe* overboord gingen. Davos beet bijna zijn tong af toen zijn kaken op elkaar sloegen. Hij spuwde het bloed uit. *Volgende keer je bek dichtdoen, halve gare.* Veertig jaar op zee, en dit was voor het eerst dat hij een ander schip ramde. Zijn boogschutters schoten naar eigen goeddunken hun pijlen af.

'Achteruit,' beval hij. Toen de *Zwarte Betha* tegenroeide stroomde de rivier naar binnen door het onregelmatige gat dat ze achterliet. De

Vrouwenschaamte brak voor zijn ogen in stukken, en tientallen mannen belandden in de rivier. Sommige overlevenden zwommen, sommige doden bleven drijven, maar iedereen die zware maliën en plaatstaal droeg zonk naar de bodem, levend of dood. Zijn oren tuitten van het gejammer van de verdrinkenden.

Een groene flits trok zijn aandacht, vooruit aan bakboord, en een nest kronkelende, smaragdgroene slangen rees brandend en sissend van de achtersteven van de *Koningin Alysanne* omhoog. Het volgende ogenblik hoorde Davos de gevreesde kreet: '*Wildvuur!*'

Zijn gezicht vertrok. Brandend pek was één ding, maar wildvuur... Kwalijk spul, en vrijwel onblusbaar. Smoor het met een mantel en de mantel vat vlam, sla een vonkje weg met je hand en je hand staat in brand. 'Wie op wildvuur pist is zijn pik kwijt,' mochten oude zeelui graag zeggen. Ser Imry had hen gewaarschuwd dat ze een kennismaking met dat kwalijke alchemistenspul konden verwachten. Gelukkig waren er maar weinig echte vuurbezweerders over. *Ze zijn er zo doorheen*, had ser Imry hen verzekerd.

Davos gaf een reeks bevelen; één roeibank duwde af terwijl de andere achteruitroeide, en de galei draaide bij. Ook de *Vrouwe Marya* was los, en gelukkig maar, want het vuur verspreidde zich sneller over de *Vrouwe Alysanne* en haar belagers dan hij voor mogelijk gehouden had. Mannen, in groen vuur gehuld, sprongen in het water met kreten die niets menselijks meer hadden. Vanaf de muren van Koningslanding braakten vuurspuwers de dood uit, en van achter de Modderpoort smeten de grote katapults hun stenen. Een brok zo groot als een os plonsde neer tussen de *Zwarte Betha* en de *Schim*. Beide schepen schommelden heftig, en iedereen aan dek raakte doorweekt. Een tweede, niet veel kleiner, trof de *Koene Lach*. De galei van Velaryon werd verbrijzeld als een stuk kinderspeelgoed dat van een toren valt, en splinters zo lang als een arm vlogen door de lucht.

Door zwarte rook en kringelend groen vuur ving Davos een glimp op van een zwerm kleine boten die stroomafwaarts kwamen varen: een ordeloze troep veerponten en jollen, barken, sloepen, roeiboten en hulken die te vermolmd leken om te drijven. Dit riekte naar wanhoop. Zulk wrakhout kon het tij van een zeeslag niet keren, alleen maar in de weg raken. De gevechtslinies waren hopeloos door elkaar geraakt, zag hij. Aan bakboord waren de *Heer Steffon*, de *Ruige Jenna* en het *Flitsend Zwaard* doorgebroken en voeren stroomopwaarts. Maar de stuurboordvleugel was in een hevige strijd verwikkeld en het centrum was door de stenen uit die katapults uiteengedreven. Sommige kapiteins wendden de steven stroomafwaarts, anderen halsden naar bakboord, of deden wat dan ook om aan die verpletterende regen te ontkomen. De *Furie* had de katapult bij de achtersteven gedraaid om terug te schieten op de stad, maar was te ver weg: de vaten pek vielen onder aan de muren in duigen. De *Scepter* was het merendeel van haar riemen kwijt, en de *Trouw* was geramd en begon slagzij te maken. Hij bracht de *Zwarte Betha* tussen hen in en schampte koningin Cersei's sierbark met zijn verguldsel en houtsnijwerk, nu volgeladen met krijgslieden in plaats van met zoetigheid. Door de klap vielen er een stuk of tien in de rivier, waar de boogschutters op de *Betha* hen doodschoten als ze probeerden zich drijvende te houden.

Een kreet van Matthos maakte hem opmerkzaam op het gevaar aan bakboordzijde. Een Lannister-galei wendde de steven om hen te rammen. 'Scherp naar stuurboord,' schreeuwde Davos. Zijn mannen zetten zich met de riemen van de bark af, terwijl anderen de galei zo wendden dat de voorsteven naar het toesnellende *Witte Hert* wees. Even vreesde hij dat hij te laat had gereageerd, dat hij tot zinken zou worden gebracht, maar de stroom hielp de *Zwarte Betha* bijdraaien, en toen de botsing kwam, schampten de rompen slechts met een schurend geluid langs elkaar. De riemen van beide schepen knapten. Een puntig stuk hout, scherp als een speer, vloog langs zijn hoofd. Davos dook in elkaar. 'Enteren!' schreeuwde hij. De enterhaken werden geworpen. Hij trok zijn zwaard en ging hen voor over de reling.

De bemanning van het *Witte Hert* stond langs het zijboord om hen terug te slaan, maar de mannen van de *Zwarte Betha* stortten zich op hen in een vloedgolf van snerpend staal. Davos vocht zich door de mêlee heen op zoek naar de andere kapitein, maar de man was al dood voor hij bij hem was. Terwijl hij naast het lijk stond werd hij van achteren door een bijlslag getroffen, maar zijn helm ving de klap op en zijn schedel galmde slechts, in plaats van dat hij gespleten was. Daas als hij was kon hij alleen nog maar opzijrollen. Zijn aanvaller besprong hem krijsend. Davos greep zijn zwaard met beide handen vast en dreef het met de punt omhoog in 's mans buik.

Een van zijn bemanningsleden trok hem overeind. 'Ser kapitein, het *Witte Hert* is van ons.' Het was zo, zag Davos. Hun vijanden waren voor het merendeel dood, stervend, of hadden zich overgegeven. Hij nam zijn helm af, veegde wat bloed van zijn gezicht en keerde naar zijn eigen schip terug, behoedzaam lopend over planken die glibberig waren van de ingewanden. Matthos stak een hand uit om hem over de reling te helpen.

Die paar ogenblikken vormden de *Zwarte Betha* en het *Witte Hert* het oog van de storm. De *Koningin Alysanne* en de *Zijden Vrouwe*, die nog steeds aan elkaar vastzaten, dreven als een laaiende groene hel de rivier af en sleepten stukken van de *Vrouwenschaamte* achter zich aan. Een van de galeien uit Myr was ertegen opgebotst en stond nu ook in brand. De *Kat* pikte mannen op van de snel zinkende *Dapper*. De kapitein van de *Drakenverderf* was met zijn schip tussen twee kaden geraakt, en daarbij was de bodem eruit gescheurd. Nu stroomde de bemanning samen met de boogschutters en de krijgsknechten aan land om mee te doen met de aanval op de muren. De *Rode Raaf*, geramd, maakte langzaam slagzij. De *Zeebok* vocht zowel tegen branden als enteraars, maar op Joffry's *Trouwe Man* was het vurige hart gehesen. De *Furie*, de trotse boeg ingeslagen door een rotsblok, was in gevecht gewikkeld met de *Godengenade*. Hij zag hoe heer Velaryons *Trots van Driftmark* zich tussen twee blokkadebrekers van de Lannisters in wrong. De eerste kapseisde, de tweede werd met vurige pijlen in brand gestoken. Op de zuidoever brachten ridders hun rijdieren aan boord van de koggen, en een paar kleinere galeien voeren al naar de overkant, volgeladen met krijgsknechten. Ze moesten behoedzaam tussen zinkende schepen en brandend wildvuur door laveren. De hele vloot van koning Stannis bevond zich nu op de rivier, op de Lyseni van Salladhor Saan na. Ze zouden het Zwartewater weldra onder controle hebben. *Ser Imry krijgt zijn overwinning*, dacht Davos, *en Stannis krijgt zijn leger naar de overkant, maar lieve goden, tegen welke prijs...*

'Ser kapitein!' Matthos raakte zijn schouder aan.

Het was de *Zwaardvis*. De twee rijen riemen rezen en daalden, maar de zeilen waren nog steeds niet gestreken en in het touwwerk was brandend pek beland. Terwijl Davos toekeek grepen de vlammen om zich heen, ze kropen langs touwen en over zeilen tot het schip een kroon van geel vuur meedroeg. De lompe ijzeren ram, in de vorm van de vis waarnaar het schip vernoemd was, doorkliefde het rivieroppervlak voor de boeg. Recht daarvoor lag een van de hulken van de Lannisters. Die dobberde erop af en draaide zo bij dat hij een verleidelijk, dikbuikig doelwit vormde. Tussen de planken door sijpelde traag groen bloed naar buiten.

Toen hij dat zag stond het hart van Davos Zeewaard stil.

'Nee,' zei hij. 'Nee, NEEEEEE!' Door het gebulder en strijdlawaai heen was Matthos de enige die hem hoorde. De kapitein van de *Zwaardvis* hoorde hem in elk geval niet, zozeer was hij erop gespitst eindelijk eens iemand aan zijn logge zwaard te rijgen. De *Zwaardvis* ging over op gevechtssnelheid. Davos bracht zijn verminkte hand omhoog en omklemde de lerenbuidel met zijn vingerkootjes.

Met een knarsende, versplinterende, verscheurende klap spleet de *Zwaardvis* de vermolmde hulk kapot. Die barstte open als een overrijpe vrucht, maar geen vrucht had ooit zo'n oorverdovende houten gil geuit. Binnenin zag Davos een groene stroom uit vele honderden potten wellen, vergif uit de ingewanden van een stervend beest, dat zich glinsterend en glanzend over het rivieroppervlak verspreidde.

'Achteruit,' brulde hij. 'Weg. Ervandoor, achteruit, achteruit!' De entertouwen werden gekapt en Davos voelde het dek onder zich deinen toen de *Zwarte Betha* zich afduwde van het *Witte Hert*. De riemen gleden het water in.

Toen hoorde hij een korte, scherpe plof, alsof er iemand even in zijn oor had geblazen. Een halve hartslag later volgde het gebrul. Het dek zonk onder hem weg en zwart water sloeg in zijn gezicht en vulde zijn neus en mond. Hij stikte, hij verdronk. Niet wetend welke kant boven was, worstelde Davos in blinde paniek met de rivier totdat hij plotseling door het wateroppervlak brak. Hij spuwde water, zoog lucht in zijn longen, greep het dichtstbijzijnde stuk wrakhout en klampte zich vast.

De *Zwaardvis* en de hulk waren weg. Verkoolde lijken dreven naast hem stroomafwaarts en naar adem happende mannen klemden stukken rokend hout vast. Een vijftig voet lange, kronkelende demon van groen vuur danste over de rivier. Hij had meer dan tien handen, in elke hand een zweep, en al wat hij aanraakte ging in vlammen op. Hij zag de *Zwarte Betha* branden met aan weerskanten het *Witte Hert* en de *Trouwe Man*. *Vroomheid*, *Kat*, *Dapper*, *Scepter*, *Rode Raaf*, *Helleveeg*, *Trouw*, *Furie*, ze stonden allemaal in lichterlaaie, evenals de *Koningslander* en de *Godengenade*; de demon verzwolg de zijnen. Heer Velaryons blinkende *Trots van Driftmark* probeerde te halzen, maar de demon streek met een lome groene vinger over de zilverglanzende riemen, en ze vlamden op als evenzovele waspitten. Even leek het of het schip met twee rijen lange, felle toortsen de rivier streelde.

Inmiddels had de stroming hem te pakken, en hij tolde rond. Hij trappelde om een drijvende klodder wildvuur te ontwijken. *Mijn zonen*, dacht Davos, maar in die brullende chaos kon hij onmogelijk naar hen zoeken. Achter hem ontplofte nog een met wildvuur volgeladen hulk. Het Zwartewater zelf leek in zijn bedding te koken, en de lucht was een en al brandend rondhout, brandende mannen en wrakstukken.

Ik word de baai in gespoeld. Daar zou het minder erg zijn, daar zou hij wel aan land kunnen komen; hij was een uitstekend zwemmer. Salladhor Saans galeien zouden ook in de baai zijn, ser Imry had hen gelast zich buiten de strijd te houden.

Toen draaide hij nogmaals rond op de stroom en Davos zag wat hem stroomafwaarts te wachten stond.

De ketting. Goden bewaar ons, ze hebben de ketting gehesen.

Waar de rivier zich verbreedde tot de Zwartwaterbaai spande zich de versperring, nog geen twee, drie voet boven het water. Er waren al een stuk of tien galeien tegenaan gevaren, en andere dreven daar weer tegenaan op de stroom. Ze stonden bijna allemaal in brand, en de rest zou snel volgen. Daarachter zag Davos de gestreepte scheepsrompen van Salladhor Saan, maar hij wist nu dat hij die nooit zou bereiken. Een muur van roodgloeiend staal, fel oplaaiend hout en kringelende groene vlammen rees voor hem op. De monding van de Zwartwaterstroom was in de muil van de hel verkeerd.

Tyrion

Roerloos als een gargouille zat Tyrion op één knie op een kanteel ineengedoken. Achter de Modderpoort en de kale strook grond waar eens de vismarkt en de werven waren geweest, leek de rivier zelf in brand te staan. De helft van Stannis' vloot stond in lichterlaaie, net als het merendeel van die van Joffry. Als ze door het wildvuur werden gekust, veranderden trotse schepen in lijkstapels en mannen in levende fakkels. De lucht was vol rook, pijlen en geschreeuw.

Verder stroomafwaarts konden zowel gewone mannen als hooggeboren kapiteins de gloeiend hete, groene dood naar hun vlotten, galjoenen en veerboten zien glijden, meegevoerd op de stroming van het Zwartewater. Spartelend als de pootjes van dolgeworden duizendpoten worstelden de witte riemen van de Myrische galeien om de steven te wenden, maar dat haalde niets uit. De duizendpoten konden nergens heen.

Onder aan de stadsmuren, waar vaten brandend pek in stukken waren gevallen, woedden een stuk of tien grote branden, maar die werden door het wildvuur tot kaarsjes in een brandend huis gereduceerd, en vergeleken met de jaden holocaust waren hun wapperende oranje en scharlakenrode wimpels volslagen onbeduidend. De laaghangende wolken namen de kleur van de brandende rivier aan en vormden een gewelf van verschietende groentinten in de lucht, een aanblik vol ijle schoonheid. *Gruwelijk mooi. Net als drakenvuur.* Tyrion vroeg zich af of Aegon de Veroveraar het ook zo had ervaren toen hij boven zijn vurige slagveld vloog.

De gloeiende wind rukte aan zijn karmijnrode mantel en blies in zijn onbeschermde gezicht, maar hij kon zich niet van de aanblik losrukken. Vagelijk hoorde hij het gejuich van de goudmantels op de uitbouwen aan de muren, maar hij was niet in staat zijn stem bij de hunne te voegen. Dit was een halve overwinning. *En dat is niet genoeg.*

Hij zag nog een van de hulken die hij had volgestouwd met koning Aerys' instabiele vruchten door de gretige vlammen verzwolgen worden. Een straal brandende jade spoot met zo'n felle steekvlam uit de rivier op dat hij zijn ogen moest afschermen. Dertig tot veertig voet hoge pluimen dansten knetterend en sissend over het water en even verdronk het geschreeuw erin. Er lagen honderden mannen in het water, bezig te verdrinken of te verbranden of een beetje van allebei.

Hoor je ze krijsen, Stannis? Zie je ze branden? Dit is net zo goed jouw werk als het mijne. Ergens in die ziedende mensenmassa ten zuiden van het Zwartewater keek ook Stannis toe, wist Tyrion. Hij was nooit zo op strijd belust geweest als zijn broer Robert. Hij leidde het gevecht altijd vanuit de achterhoede, de reserve, ongeveer zoals heer Tywin dat gewoon was. Hij zou nu wel op een strijdros zitten, in blinkende wapenrusting gehuld, zijn kroon op zijn hoofd. *Een kroon van rood goud, volgens Varys, met punten in de vorm van vlammen.*

'Mijn schepen,' schreeuwde Joffry met overslaande stem vanaf de weergang, waar hij samen met zijn lijfwachten achter de borstwering weggedoken zat, de koninklijke gouden hoofdband om zijn helm. 'Mijn *Koningslander* brandt, en de *Koningin Cersei*, en de *Trouwe Man*. En kijk, daar, dat is de *Zeebloem*.' Hij wees met zijn nieuwe zwaard naar de groene vlammen die aan de gulden romp van de *Zeebloem* lekten en langs de riemen omhoogkropen. De kapitein had de steven stroomopwaarts gewend, maar niet snel genoeg om aan het wildvuur te ontkomen.

Het schip was verloren, wist Tyrion. *Het kon niet anders. Als we ze niet tegemoet waren gevaren, had Stannis onze valstrik doorzien.* Een pijl was te richten, een speer ook, en zelfs een steen uit een blijde, maar wildvuur had een geheel eigen wil. Eenmaal ontketend onttrok het zich aan alle menselijke controle. 'Er was niets aan te doen,' zei hij tegen zijn neef. 'Onze vloot was hoe dan ook niet te redden.'

Zelfs boven op zijn kanteel gezeten – hij was te klein om over de borstwering heen te kijken, dus had hij zich laten ophijsen – kon hij door de vlammen, de rook en het strijdgewoel onmogelijk zien wat er stroomafwaarts beneden het slot gebeurde, maar hij had het voor zijn geestesoog al duizend keer gezien. Bronn had de zweep over de ossen gehaald op het moment dat Stannis' vlaggenschip onder de Rode Burcht langskwam. De ketting was loodzwaar en de grote lieren draaiden maar traag, knarsend en rommelend. Tegen de tijd dat de eerste glinstering van metaal onder het wateroppervlak zichtbaar werd, zou de hele vloot van de usurpator al voorbij zijn. Druipend en wel zouden de schakels een voor een opduiken, sommige glimmend van de modder, totdat de grote ketting helemaal strak stond. Koning Stannis had zijn vloot het Zwartewater op laten roeien, maar hij kon er niet meer uit.

Desondanks ontsnapten er een paar. De stroming in een rivier kon verraderlijk zijn, en het wildvuur verspreidde zich minder gelijkmatig dan hij had gehoopt. De grote vaargeul stond helemaal in lichterlaaie, maar nogal wat schepen uit Myr waren naar de zuidoever gevaren, waar ze er zo te zien onbeschadigd af zouden komen, en zeker acht stuks waren onder aan de stadsmuren geland. *Geland of aan de grond gelopen, maar dat maakt niet uit: ze hebben mannen aan wal gezet.* En wat nog erger was: een vrij groot deel van de zuidvleugel van de twee voorste gevechtslinies was al een eind stroomopwaarts gevaren toen de hulken vlam vatten, ver van het inferno vandaan. Stannis zou naar schatting dertig tot veertig galeien overhouden, ruimschoots voldoende om zijn voltallige krijgsmacht over te zetten als ze eenmaal weer moed hadden gevat.

Dat zou een poosje kunnen duren: zelfs de moedigste man zou uit het veld geslagen raken als hij zo'n duizend kameraden door wildvuur zag verteren. Volgens Hallyn kon de substantie heet genoeg worden om lichamen als talg te doen smelten. Maar toch...

Wat zijn eigen manschappen betrof koesterde Tyrion geen illusies. *Als de strijd een ongunstige wending neemt zijn ze gezien, en grondig ook.* Jacelyn Bijwater had hem daarvoor gewaarschuwd, dus de enige manier om te winnen was ervoor te zorgen dat de strijd van begin tot eind gunstig verliep.

Hij kon donkere gestalten door de verkoolde ruïnes van de werven langs de rivier zien bewegen. *Tijd voor de volgende uitval,* dacht hij. Die lui waren op hun kwetsbaarst als ze net aan land kwamen wankelen. De vijand mocht de kans niet krijgen zich op de noordoever in slagorde op te stellen.

Hij klauterde van zijn kanteel. 'Zeg tegen heer Jacelyn dat de vijand op de oever is,' zei hij tegen een van de ijlboden die Bijwater hem had toegewezen. Tegen een ander zei hij: 'Breng mijn complimenten over aan ser Arneld en draag hem op de Hoeren dertig graden naar het westen te draaien.' Onder die hoek konden ze verder werpen, zij het minder ver de rivier op.

'Moeder heeft beloofd dat ik de Hoeren mocht hebben,' zei Joffry. Tot zijn ergernis zag Tyrion dat de koning zijn helmvizier weer had opgeslagen. Ongetwijfeld barstte de jongen onder al dat zware staal van de hitte... maar het laatste wat hij kon gebruiken was een verdwaalde pijl in het oog van zijn neef.

Hij ramde het vizier dicht. 'Wilt u dat dichthouden, Uwe Genade. Uw geliefde persoon is ons allen zeer dierbaar.' *En je wilt je knappe gezicht vast ook heel houden.* 'De Hoeren zijn aan u.' Waarom ook niet? Het had geen zin om vuurpotten naar schepen te smijten die toch al in brand stonden. Joff had de Geweimannen naakt op het benedenplein laten ketenen met het gewei aan hun hoofd genageld. Toen ze bij de IJzeren Troon waren voorgeleid om berecht te worden had hij beloofd hen naar Stannis te sturen. Een man was minder zwaar dan een rotsblok of een vat brandend pek en kon dus verder weg geslingerd worden. Sommige goudmantels hadden erom gewed of de verraders de overkant van het Zwartewater wel of niet zouden halen. 'Maar wel snel, Uwe Genade,' zei hij. 'Straks hebben we de katapults weer nodig om stenen te slingeren. Zelfs wildvuur blijft niet eeuwig branden.'

Opgewekt haastte Joffry zich weg, begeleid door ser Meryn, maar Tyrion greep ser Osmond bij zijn pols voor hij achter hen aan kon gaan. 'Wat er ook gebeurt, zorg dat hij veilig is, en *zorg dat hij daar blijft*, begrepen?'

'Zoals u beveelt.' Ser Osmond glimlachte joviaal.

Tyrion had Trant en Ketelzwart gewaarschuwd wat hun te wachten stond als de koning iets overkwam. En onder aan de trap stonden twaalf oudgediende goudmantels op Joffry te wachten. *Ik bescherm je ellendige bastaard zo goed mogelijk, Cersei*, dacht hij verbitterd. *Zorg dat jij dat ook doet met Alayaya.*

Joff was nog niet weg of er kwam een ijlbode hijgend de trap op. 'Heer, haast u.' Hij wierp zich op één knie. 'Ze hebben manschappen aan land gezet bij het toernooiveld, honderden! Die zijn met een ram onderweg naar de Koningspoort.'

Met een vloek haastte Tyrion zich slingerend en wel naar de trap. Onderaan stond Podderik Peyn klaar met hun paarden. Hij galoppeerde de Rivierstraat af met Pod en ser Mandon Moer op de hielen. De huizen, hun luiken gesloten, waren in een groene schemering gehuld, maar ze werden niet door verkeer gehinderd. Tyrion had de mensen bevolen van de straat te blijven, zodat de verdedigers snel van de ene poort naar de andere konden komen. Maar toen ze de Koningspoort bereikten kon hij toch al het doffe dreunen van hout op hout horen dat verried dat de ram zijn werk al deed. Het gejammer van de grote scharnieren klonk hem in de oren als het gekreun van een stervende reus. Het plein voor het poortgebouw lag bezaaid met gewonden, maar hij zag ook rijen paarden waarvan een deel ongedeerd was en genoeg huurlingen en goudmantels om een flinke stoottroep te vormen. 'Opstellen,' riep hij, en hij sprong op de grond. De poort gaf mee onder het geweld van de volgende klap. 'Wie voert hier het bevel? Jullie gaan een uitval doen.'

'Nee.' Uit de schaduwen onderaan de muur maakte zich een andere schaduw los die zich tot een rijzige man in een donkergrijs harnas ontpopte. Clegane wrikte met beide handen zijn helm af en liet hem op de grond vallen. Het staal was geschroeid en gedeukt en het linkeroor van de grommende hond was eraf. Uit een snee boven zijn ene oog was bloed over de oude brandwonden van de Jachthond gegutst dat de helft van zijn gezicht onherkenbaar maakte.

'Jawel.' Tyrion keek hem recht in zijn gezicht.

Cleganes ademhaling was onregelmatig. 'Flikker op. Val dood jij.'

Er trad een huurling naast hem. 'We zijn al buiten geweest. Drie keer. De helft van ons is dood of gewond. Overal om ons heen ontploft wildvuur, paarden krijsen als mensen en mensen als paarden...'

'Dacht je soms dat je ingehuurd was voor een toernooi? Wil je een lekkere bekere ijsmelk en een schaaltje frambozen? Nee? Ga dan op die rotknol van je zitten. En jij ook, hond.'

Het bloed op Cleganes gezicht glansde rood, maar zijn ogen waren wit. Hij trok zijn zwaard.

Hij is bang, besefte Tyrion met een schok. *De Jachthond is bang.* Hij probeerde uit te leggen dat het een noodsituatie was. 'Ze hebben een ram naar de poort gesleept, hoor maar, we moeten ze uiteenjagen...'

'Open de poort, en zodra ze naar binnen stormen, omsingelen en afmaken.' De Jachthond stiet de punt van zijn zwaard in de grond en leunde op de knop, lichtelijk zwaaiend op zijn benen. 'Ik ben de helft van mijn mannen kwijt. En paarden. Ik neem er niet nog meer mee dat vuur in.'

Ser Mandon Moer kwam naast Tyrion staan, onberispelijk in zijn geëmailleerde witte staal. 'De Hand des Konings geeft u een bevel.'

'De Hand kan opflikkeren.' Waar het gezicht van de Jachthond niet kleverig was van het bloed was het lijkbleek. 'Wie geeft me iets te drinken.' Een officier van de goudmantels reikte hem een beker aan. Clegane nam een slok, spuugde hem uit en smeet de beker weg. 'Water? Flikker op met je water. Ik wil wijn.'

Dit is een levend lijk. Dat zag Tyrion nu duidelijk genoeg. *Die wond, het vuur... hij heeft het gehad, ik moet iemand anders zien te vinden, maar wie? Ser Mandon?* Hij keek de mannen aan en begreep dat dat niet zou gaan. Cleganes angst had iedereen uit zijn evenwicht gebracht. Zonder aanvoerder zouden ze ook weigeren te gaan, en ser Mandon... volgens Jaime een gevaarlijk man, ja, maar niet iemand die ze bereid zouden zijn te volgen.

In de verte hoorde Tyrion nog een enorme dreun. Boven de muren was de donker wordende lucht doorregen met stroken groen en oranje licht. Hoe lang zou de poort het houden?

Dit is waanzin, dacht hij, *maar beter waanzin dan een nederlaag. Een nederlaag brengt dood en schande.* 'Goed. Dan leid ík die uitval.'

Als hij had gedacht dat de Jachthond daar van pure schaamte weer moed door zou vatten had hij zich vergist. Clegane lachte alleen maar. 'Jíj?'

Tyrion zag het ongeloof op hun gezicht. 'Ik. Ser Mandon, u neemt de koninklijke banier. Pod, mijn helm.' De jongen haastte zich om te gehoorzamen. De Jachthond leunde op zijn gebutste en bebloede zwaard en staarde hem met zijn grote witte ogen aan. Ser Mandon hielp Tyrion weer opstijgen. 'Opstellen!' schreeuwde hij.

Zijn grote rode hengst droeg een hoofdplaat en een borstharnas. Over de achterhand hing karmijnrode zijde gedrapeerd met daaronder maliën. Het hoge zadel was verguld. Podderik Peyn reikte hem helm en schild aan, stevig eiken met als blazoen een gouden hand in een krans van kleine gouden leeuwen op een rood veld. Hij liet zijn paard een cirkel beschrijven en keek naar zijn kleine gevechtstroep. Maar een handvol had op zijn bevel gereageerd, niet meer dan twintig. Ze zaten te paard met ogen die net zo wit waren als die van de Jachthond. Hij keek de anderen minachtend aan, de ridders en huurlingen die Clegane had aangevoerd. 'Ze zeggen dat ik maar een halve man ben,' zei hij. 'Wat zijn jullie dan met z'n allen?'

Toen schaamden ze zich behoorlijk. Eén ridder steeg op, zonder helm, en voegde zich bij de anderen. Een paar huurlingen volgden. Toen nog meer. De Koningspoort sidderde opnieuw. Binnen enkele ogenblikken was de omvang van Tyrions compagnie verdubbeld. Hij had ze klem. *Als ik vecht moeten zij ook, anders zijn ze nog minder dan een dwerg.*

'Jullie zullen mij Joffry's naam niet horen roepen,' zei hij tot hen. 'Jullie zullen me ook geen Rots van Casterling horen roepen. Het is jullie stad die Stannis wil plunderen, en hij is jullie poort aan het rammeien. Dus kom mee en sla die rotzak dood!' Tyrion trok zijn bijl, wendde zijn hengst en reed op een drafje naar de uitvalspoort. Hij dácht dat ze hem volgden, maar waagde het niet over zijn schouder te kijken.

Sansa

De toortsen blonken fel in het gedreven metaal van de wandhouders, en de balzaal van de koningin was van zilverwit licht vervuld. Toch heerste er nog duisternis in het vertrek. Sansa zag het aan de fletse ogen van ser Ilyn Peyn, die als een standbeeld naast de deur achterin stond en niets at of dronk. Ze hoorde het aan de rauwe hoest van heer Gyllis en aan de fluisterstem van Osny Ketelzwart toen die naar binnen glipte om Cersei verslag uit te brengen.

Sansa lepelde net haar bouillon op toen hij voor de eerste keer binnenkwam, via de deur achterin. Ze zag uit haar ooghoeken hoe hij met zijn broer Osfried sprak. Toen beklom hij de verhoging en knielde bij de hoge zetel. Hij stonk naar paarden, op zijn wang zaten vier lange, dunne schrammen met korsten en zijn haar hing tot over zijn kraag en in zijn ogen. Ondanks zijn gefluister hoorde Sansa ongewild precies wat hij zei. 'De vloten zijn in gevecht gewikkeld, Genade. Uw broer laat de ketting spannen, ik heb het signaal gehoord. Er zijn wat boogschutters aan land gekomen, maar die heeft de Jachthond in mootjes gehakt. Een paar dronkenlappen beneden in de Vlooienzak slaan deuren in en klimmen ramen binnen. Heer Bijwater heeft de goudmantels gestuurd om met ze af te rekenen. De sept van Baelor is stampvol, iedereen is aan het bidden.'

'En mijn zoon?'

'De koning is daar ook geweest om de zegen van de hoge septon te ontvangen. Nu loopt hij met de Hand langs de muren om de manschappen moed in te spreken, om ze een hart onder de riem te steken, als het ware.'

Cersei beduidde haar page haar nog een beker wijn in te schenken, een voortreffelijk jaar uit het Prieel, fruitig en vol. De koningin dronk stevig, maar de wijn leek haar alleen maar mooier te maken. Ze had een blos op haar wangen en als ze de zaal overzag hadden haar ogen een felle, koortsachtige gloed. *Ogen als wildvuur*, dacht Sansa.

Speellieden speelden. Goochelaars goochelden. Uilebol wiebelde op stelten de zaal door en dreef de spot met iedereen, terwijl ser Dontos op zijn bezemsteelpaard achter de diensters aan zat. De gasten lachten, maar het was een vreugdeloze lach, van het soort dat in één hartslag in een traan kon verkeren. *Hun lichaam is hier, maar hun gedachten zijn op de stadsmuren, en hun hart ook.*

Op de bouillon volgde een salade van appels, noten en rozijnen. Op elk ander moment had dat een smakelijk gerecht kunnen zijn, maar vanavond had alle voedsel een bange bijsmaak. Sansa was niet de enige in de zaal die geen eetlust had. Heer Gyllis hoestte meer dan hij at, Lollys Stookewaard zat ineengedoken te rillen en de jonge bruid van een van ser Lancels ridders begon onbeheerst te huilen. De koningin beval maester Frenken haar met een beker droomwijn in bed te stoppen. 'Tranen,' zei ze honend tegen Sansa toen de vrouw de zaal uitgeleid werd. 'Het wapen van de vrouw, placht mijn moeder ze altijd te noemen. Mannen hebben een zwaard als wapen. En dat zegt alles, nietwaar?'

'Maar als man moet je veel moed hebben,' zei Sansa. 'Recht op zwaarden en bijlen afgaan, iedereen wil je doden...'

'Jaime heeft me eens verteld dat hij alleen in de strijd en in bed het gevoel heeft dat hij echt leeft.' Ze hief haar beker en nam een diepe teug. Ze had haar salade niet aangeraakt. 'Ik bied liever ik weet niet hoeveel zwaarden het hoofd dan dat ik hier machteloos zit te doen of ik plezier heb in het gezelschap van deze troep kippen zonder kop.'

'Uwe genade heeft ze zelf uitgenodigd.'

'Sommige dingen worden nu eenmaal van een koningin verwacht. Ook van jou, als je ooit met Joffry trouwt. Dus zorg dat je ze leert.' De koningin bestudeerde de vrouwen, dochters en moeders op de banken. 'Op zich zijn die kippen onbetekenend, maar hun haantjes zijn allemaal om enigerlei reden belangrijk, en sommigen van hen overleven deze slag misschien. Dus past het mij hun vrouwen bescherming te bieden. Mocht mijn ellendige dwerg van een broer de overhand krijgen, dan keren ze terug naar hun mannen en vaders, vol verhalen over hoe dapper ik was, hoe inspirerend en voorbeeldig mijn moed was, en hoe ik geen ogenblik aan onze overwinning twijfelde.'

'En als het slot valt?'

'Dat zou je wel willen, hè?' Cersei wachtte de ontkenning niet af. 'Als ik niet door mijn eigen wachters verraden wordt, houd ik het hier misschien nog wel even uit. Dan kan ik op de muren gaan staan en aanbieden me aan heer Stannis persoonlijk over te geven. Dat zal ons wel voor het ergste behoeden. Maar mocht Maegors Veste vallen voordat Stannis de gelegenheid heeft naar boven te komen, dan staan de meeste gasten hier wel wat verkrachtingen te wachten, zou ik denken. En in tijden als deze valt verminking, marteling en moord ook niet uit te sluiten.'

Sansa was ontzet. 'Het zijn vrouwen, ongewapend en van edele geboorte.'

'Ja, ze worden wel door hun geboorte beschermd,' beaamde Cersei, 'maar minder dan je zou denken. Ze zijn allemaal een aardig losgeld waard, maar na de waanzin van het gevecht zijn soldaten vaak meer uit op vrouwenvlees dan op klinkende munt, lijkt het wel. Hoe dan ook, een gouden schild is beter dan helemaal geen. De vrouwen op straat zullen lang niet zo zachtzinnig behandeld worden. Datzelfde geldt voor onze dienstmeisjes. Een knap jong ding als die meid van vrouwe Tanda zou weleens een enerverende nacht te wachten kunnen staan, maar geloof maar niet dat ze oude, zieke en lelijke vrouwen zullen sparen. Wie genoeg gezopen heeft vindt een blinde wasvrouw of een stinkende zwijnenhoedster net zo aantrekkelijk als jij.'

'Ik?'

'Gedraag je nou niet als een muis, Sansa. Je bent nu een vrouw, weet je nog? En verloofd met mijn eerstgeborene.' De koningin nam een slokje wijn. 'Als we iemand anders voor de poort hadden staan had ik misschien een kans hem te verleiden. Maar dit is Stannis Baratheon. Ik zou er nog eerder in slagen zijn paard te verleiden.' Ze zag de blik op Sansa's gezicht en lachte. 'Heb ik je geschokt, dame?' Ze boog zich naar voren. 'Gansje dat je bent. Tranen zijn niet het enige wapen van een vrouw. Je hebt er ook een tussen je benen, en zorg maar dat je dat leert gebruiken. Je komt er nog wel achter dat mannen hun zwaarden tamelijk ongeremd gebruiken. Beide soorten.'

De noodzaak van een antwoord werd Sansa bespaard doordat er weer twee Ketelzwarts de zaal hadden betreden. Ser Osmond en zijn broers waren inmiddels favoriete verschijningen in het slot. Ze hadden altijd een lach of een grap klaar en konden even goed met paardenknechten en jagers overweg als met ridders en knapen. En met niemand konden ze zo goed overweg als met de dienstmeisjes, ging het gerucht. De laatste tijd nam ser Osmond Sandor Cleganes plaats aan Joffry's zijde in, en Sansa had de vrouwen bij de wasput horen zeggen dat hij even sterk was als de Jachthond, alleen wel jonger en sneller. Als dat zo was zou ze graag willen weten waarom ze de naam Ketelzwart nooit had gehoord vóór ser Osmond in de Koningsgarde was opgenomen.

Osny lachte breed toen hij voor de koningin knielde. 'De hulken zijn in vlammen opgegaan, Genade. Het hele Zwartewater is met wildvuur overstroomd. Er staan zeker honderd schepen in brand, misschien wel meer.'

'En mijn zoon?'

'Die is samen met de Hand en de Koningsgarde bij de Modderpoort, Genade. Daarvoor heeft hij een praatje gehouden met de boogschutters op de uitbouwen en ze wat adviezen voor het hanteren van een kruisboog gegeven. Ze vonden hem allemaal heel dapper.'

'Ik wil bij voorkeur dat hij héél blijft.' Cersei wendde zich tot zijn broer Osfried, die langer en strenger was en een zwarte hangsnor had. 'Ja?'

Osfried had een stalen halfhelm op zijn lange zwarte haar gezet, en de blik op zijn gezicht was grimmig. 'Uwe Genade,' zei hij zacht, 'de jongens hebben een paardenknecht en twee dienstmeiden gepakt die met drie van 's konings paarden via een achterpoortje probeerden te ontsnappen.'

'De eerste verraders van vanavond,' zei de koningin, 'maar niet de laatste, vrees ik. Laat ser Ilyn dat afhandelen en zet hun hoofd als waarschuwing vóór de stallen op een piek.' Toen ze weggingen wendde ze zich tot Sansa. 'Nog iets om lering uit te trekken, als je ooit aan de zijde van mijn zoon hoopt te zitten. Betoon clementie op een avond als deze, en de verraders schieten alom als paddestoelen uit de grond. Je kunt je alleen van de trouw van je volk verzekeren door te zorgen dat ze jou meer vrezen dan de vijand.'

'Ik zal eraan denken, Uwe Genade,' zei Sansa, al had zij altijd gehoord dat liefde een zekerder manier was om de trouw van het volk te verwerven dan vrees. *Als ik ooit koningin word zorg ik dat ze van me houden.*

Op de salade volgde een pastei van kreeftenscharen, en daarna geroosterd schapenvlees met prei en worteltjes, opgediend in borden van uitgehold brood. Lollys at te snel, werd misselijk en braakte alles uit over zichzelf en haar zuster. Heer Gyllis hoestte, dronk, hoestte en viel flauw. De koningin keek vol afkeer op hem neer zoals hij daar lag met zijn gezicht in zijn bord en zijn hand in een plas wijn. 'De goden moeten gek geweest zijn dat ze hem als man geboren lieten worden, en ik moet gek geweest zijn dat ik om zijn vrijlating heb gevraagd.'

Osfried Ketelzwart kwam terug, en zijn karmijnrode mantel zwierde om hem heen. 'Op het plein verzamelen zich mensen die een toevlucht zoeken in het slot. Geen gepeupel, maar rijke kooplieden en zo.'

'Zeg dat ze naar huis gaan,' zei de koningin. 'Als ze niet weg willen, laat onze boogschutters er dan een paar doodschieten. Geen uitval, de poort mag onder geen voorwaarde geopend worden.'

'Zoals u beveelt.' Hij boog en vertrok.

Het gezicht van de koningin stond strak en boos. 'Ik wou dat ik ze persoonlijk kon onthoofden.' Haar tong begon dik te worden. 'Toen we nog klein waren, Jaime en ik, leken we zo op elkaar dat zelfs onze vader ons niet uit elkaar hield. Soms trokken we voor de grap elkaars kleren aan en gaven we ons een dag lang voor de ander uit. Maar toen Jaime zijn eerste zwaard kreeg was er geen zwaard voor mij. Ik weet nog dat ik vroeg: "En wat krijg ík?" We leken zo op elkaar, ik begreep maar niet waarom we zo verschillend behandeld werden. Jaime leerde vechten met zwaard, lans en strijdhamer, terwijl ik leerde glimlachen, zingen en behagen. Hij was de erfgenaam van de Rots van Casterling, terwijl ik als een paard verkocht zou worden aan een vreemde man die me naar willekeur kon berijden en me te zijner tijd voor een jongere merrie aan de kant kon zetten. Jaime zou roem en macht oogsten, ik zou baren en elke maan bloeden.'

'Maar u was koningin van al de Zeven Koninkrijken,' zei Sansa.

'Zodra er zwaarden in het spel zijn is een koningin ook maar een vrouw.' Cersei's wijnbeker was leeg. De page wilde hem weer vullen, maar ze zette hem op zijn kop en schudde haar hoofd. 'Genoeg. Ik moet het hoofd helder houden.'

De laatste gang bestond uit geitenkaas met gepofte appels. De geur van kaneel vulde de zaal toen Osny Ketelzwart naar binnen glipte en weer tussen hen in kniende. 'Genade,' prevelde hij. 'Stannis heeft mannen op het toernooiveld aan land weten te krijgen, en er zijn er nog meer onderweg. De Modderpoort wordt aangevallen en ze hebben een ram naar de Koningspoort gesleept. De Kobold doet een uitval om ze te verjagen.'

'Dáár zullen ze van schrikken,' zei de koningin droog. 'Hopelijk heeft hij Joff niet meegenomen.'

'Nee, Genade, de koning is samen met mijn broer bij de Hoeren en slingert Geweimannen de rivier in.'

'Terwijl de Modderpoort wordt aangevallen? Wat een dwaasheid. Zeg tegen Osmond dat hij daar onmiddellijk weg moet, veel te gevaarlijk. Haal hem terug naar het slot.'

'De Kobold zei...'

'Bekommer u maar om wat ík zeg.' Cersei's blikken vernauwden zich. 'Uw broer doet wat hem gezegd wordt, of ik zorg dat hij de volgende uitval zelf leidt, en dan gaat u mee.'

Toen de maaltijd was afgeruimd vroegen veel gasten verlof om naar de sept te mogen gaan. Cersei willigde hun verzoek hoffelijk in. Onder de vluchters waren ook vrouwe Tanda en haar dochters. Voor degenen die bleven werd een zanger ontboden die de zaal met de lieflijke klanken van de hoge harp vulde. Hij zong over Jonquil en Florian, over prins Aemon de Drakenridder en diens liefde voor de koningin van zijn broer, en over de tienduizend schepen van Nymeria. Prachtige liederen, maar vreselijk treurig. Diverse vrouwen begonnen te huilen en Sansa merkte dat haar eigen ogen ook vol schoten.

'Uitstekend, liefje.' De koningin boog zich naar haar toe. 'Oefen maar flink op die tranen. Die zul je nodig hebben tegenover koning Stannis.'

Nerveus ging Sansa verzitten. 'Uwe Genade?'

'Bespaar me je loze beleefdheden. De toestand daarbuiten moet wel heel ernstig zijn dat ze zich door een dwerg moeten laten aanvoeren, dus zet maar gerust je masker af. Ik weet alles van je verraderlijke bezoekjes aan het godenwoud.'

'Het godenwoud?' *Niet naar ser Dontos kijken, niet kijken, niet kijken,* vermaande Sansa zichzelf. *Ze weet het niet, niemand weet het, dat heeft Dontos me verzekerd, mijn Florian zal nimmer falen.* 'Ik heb geen verraad gepleegd. Ik ga alleen naar het godenwoud om te bidden.'

'Voor Stannis. Of je broer, dat komt op hetzelfde neer. Waarom zou je anders je vaders goden opzoeken? Je bidt om onze nederlaag. Als dat geen verraad is, hoe wil je het dan noemen?'

'Ik bid voor Joffry,' hield ze zenuwachtig vol.

'Waarom? Omdat hij je zo vriendelijk behandelt?' De koningin nam een passerend dienstertje een flacon zoete pruimenwijn uit handen en vulde Sansa's beker. 'Drink op,' beval ze kil. 'Misschien geeft dat je de moed om voor de verandering eens de waarheid onder ogen te zien.'

Sansa bracht de beker naar haar mond en nam een slokje. De wijn was mierzoet, maar heel sterk.

'Dat kan beter,' zei Cersei. 'Drink die beker leeg, Sansa. Dat is een bevel van je koningin.'

Ze moest er bijna van kokhalzen, maar Sansa leegde de beker en slikte de dikke, zoete wijn door tot ze er beneveld van raakte.

'Nog meer?' vroeg Cersei.

'Nee. Alstublieft."

De koningin keek afkeurend. 'Toen je me eerder op de avond vroeg waarom ser Ilyn hier was heb ik tegen je gelogen. Wil je de waarheid horen, Sansa? Wil je weten waarom hij werkelijk hier is?'

Ze durfde geen antwoord te geven, maar het deed er ook niet toe. De koningin hief een hand op en wenkte, zonder op antwoord te wachten. Sansa had ser Ilyn zelfs niet in de zaal zien terugkeren, maar ineens was hij er. Geluidloos als een kat kwam hij aanstappen uit het donker achter de verhoging. Hij had IJs bij zich, de kling ontbloot. Als haar vader iemand had onthoofd maakte hij die altijd schoon in het godenwoud, herinnerde Sansa zich, maar ser Ilyn was niet zo netjes. Op het gevlamde staal zat geronnen bloed. Het rood werd al bruin. 'Vertelt u jonkvrouwe Sansa waarom ik u bij ons houd,' zei Cersei.

Ser Ilyn opende zijn mond en stootte een gesmoord gerochel uit. Zijn pokdalige gezicht was zonder enige uitdrukking.

'Hij is hier vanwege ons,' zei de koningin. 'Stannis mag dan misschien de stad innemen en beslag op de troon leggen, maar ik zal me niet door hem laten berechten. Het is niet mijn bedoeling dat hij ons levend in handen krijgt.'

'*Ons?*'

'Dat heb je goed gehoord. Dus bid nog maar eens, Sansa, maar dan om een andere afloop. Aan de val van het huis Lannister zullen de Starks geen vreugde beleven, dat kan ik je verzekeren.' Ze stak een hand uit en streek Sansa's haar zachtjes uit haar nek.

Tyrion

De helmspleet beperkte Tyrions zicht tot wat zich recht voor hem bevond, maar als hij zijn hoofd draaide zag hij drie galeien die op het toernooiveld gestrand waren, en een vierde, groter dan de anderen, die een eindje in de rivier lag en met een katapult vaten brandend pek slingerde.

'Wig,' beval Tyrion terwijl zijn mannen het poortje uitstroomden. Ze formeerden zich tot een speerpunt, met hem vooraan. Ser Mandon Moer reed rechts van hem. Vlammen weerkaatsten op het witte email van zijn harnas, en zijn doodse ogen, van elke emotie gespeend, blonken in zijn helm. Hij bereed een koolzwart paard met een volledig wit tuig, en aan zijn arm was het smetteloos witte schild van de Koningsgarde gegespt. Aan zijn linkerhand zag Tyrion tot zijn verbazing Podderik Peyn met een zwaard in zijn hand. 'Jij bent nog te jong,' zei hij meteen. 'Ga terug.'

'Ik ben uw schildknaap, heer.'

Tyrion had geen tijd voor een discussie. 'Kom mee dan. Vlak bij me blijven.'

Ze reden knie aan knie vlak langs de hoog oprijzende muren. Aan ser Mandons stok wapperde Joffry's standaard, karmijnrood met goud, en hertenbok en leeuw dansten hoef aan poot. Met een wijde boog rondden ze de voet van de toren en gingen in draf over. Vanaf de stadsmuren kwamen pijlen aanvliegen, en de stenen suisden draaiend over hun hoofd en kwamen zonder onderscheid op de grond en in het water, op staal en vlees neer. Voor hen doemde de koningspoort op, en een aanzwellende menigte soldaten die voortzwoegden met een enorme ram, een dikke paal van zwart eikenhout met een ijzeren kop. Ontscheepte boogschutters omringden hen en zonden pijlen af op elke verdediger die zich op de muren van het poortgebouw liet zien. 'Lansen,' beval Tyrion. Hij ging in gestrekte draf over.

De grond was doorweekt en glibberig, gelijke hoeveelheden modder en bloed. Zijn hengst struikelde over een lijk. De hoeven gleden weg en woelden de grond om, en even was Tyrion bang dat zijn charge erop uit zou lopen dat hij uit het zadel viel vóór hij de vijand zelfs maar had bereikt. Maar op de een of andere manier wisten zowel zijn paard als hij het evenwicht te bewaren. Onder aan de poort draaiden de mannen zich om en zetten zich ijlings schrap voor de schok. Tyrion hief zijn bijl en riep: '*Koningslanding!*' Andere stemmen namen de kreet over, en nu vloog de pijlpunt voort, een langgerekte kreet van staal en zijde, dreunende hoeven en scherpe, door vuur gekuste klingen.

Ser Mandon liet zijn lanspunt op het allerlaatste moment zakken, boorde Joffry's banier in de borst van een man met een schubbenjak en tilde hem in zijn geheel van de grond voor de schacht afbrak. Tyrion zag een ridder voor zich op wiens wapenrok een vos uit een krans van bloemen gluurde. *Florens*, was zijn eerste gedachte, meteen gevolgd door *geen helm*. Hij trof de man in het gezicht met het volle gewicht van zijn bijl, zijn arm en zijn voortstormende paard achter zich en sloeg hem zijn halve hoofd af. Zijn schouder raakte verdoofd door de klap. *Shagga zou me nu uitlachen*, dacht hij terwijl hij verder reed.

Er sloeg een speer tegen zijn schild. Pod galoppeerde naast hem en haalde uit naar elke vijand die ze passeerden. Op de muren hoorde hij vagelijk gejuich. De stormram viel met een klap om, onmiddellijk vergeten toen de mannen die hem hadden voortgetrokken op de vlucht sloegen of terugvochten. Tyrion reed een boogschutter tegen de grond, haalde een speerdrager van schouder tot oksel open en schampte een helm met een zwaardvis. Bij de ram weigerde zijn grote vos, maar de zwarte hengst nam de hindernis soepel en ser Mandon stoof hem voorbij, de dood in sneeuwwitte zij. Zijn zwaard hieuw ledematen af, kraakte schedels en spleet schilden... al waren er maar weinig vijanden met het schild intact de rivier overgestoken.

Tyrion dwong zijn rijdier over de ram te springen. Hun vijanden vluchtten. Hij bewoog zijn hoofd van rechts naar links en weer terug, maar zag niets van Podderik Peyn. Een pijl kletterde tegen zijn wang en miste op een duim na zijn helmspleet. Door zijn schrikbeweging viel hij bijna van zijn paard. *Als ik hier stokstijf stil blijf staan kan ik net zo goed een schietschijf op mijn borstharnas schilderen.*

Hij spoorde zijn paard weer aan en draafde over en om een aantal verspreid liggende lijken heen. Stroomafwaarts zat de rivier verstopt met de rompen van brandende galeien. Op het water dreven nog klodders wildvuur waarvan vurige groene pluimen twintig voet de lucht inspoten. Ze hadden de soldaten bij de stormram uiteengeslagen, maar hij zag dat er overal langs de waterkant gevochten werd. De mannen van ser Balon Swaan hoogstwaarschijnlijk, of van Lancel, die de vijanden die vanaf de brandende schepen aan land zwermden het water weer in probeerden te drijven. 'We rijden naar de Modderpoort,' beval hij.

Ser Mandon schreeuwde: '*De Modderpoort!*' En daar gingen ze weer. '*Koningslanding!*' riepen zijn manschappen door elkaar, en '*Halfman! Halfman!*' Hij vroeg zich af van wie ze dat geleerd hadden. Door het staal en de voering van zijn helm hoorde hij angstkreten, het gretige geknetter van vlammen, het geloei van krijgshoorns en het koperen geschetter van trompetten. Overal was vuur. *Goeie goden, geen wonder dat de Jachthond geschrokken was. Hij is bang voor vlammen...*

Een krakende klap galmde over het Zwartewater toen een steen ter grootte van een paard midden op een van de galeien belandde. *Een van ons of een van hen?* Door de walmende rook kon hij het niet zien. Zijn wig was verdwenen, iedereen vocht nu voor zich. *Ik had me terug moeten trekken*, dacht hij, terwijl hij doorreed.

De bijl lag zwaar in zijn vuist. Een handvol mannen volgde hem nog, de rest was dood of gevlucht. Hij moest worstelen om het hoofd van zijn hengst naar het oosten gekeerd te houden. Het grote strijdros was even weinig op vuur gesteld als Sandor Clegane, maar het paard was makkelijker te intimideren.

Uit de rivier kropen mannen, verbrand en bloedend, hoestend van het water, wankelend, de meesten stervend. Hij reed met zijn troep op hen af, en wie nog sterk genoeg was om te staan kreeg de genadeslag. De oorlog kromp tot de afmetingen van zijn helmspleet. Ridders, twee keer zo groot als hij, sloegen voor hem op de vlucht of bleven staan en sneuvelden. Ze leken klein en bang. '*Lannister!*' brulde hij terwijl hij ze doodde. Zijn arm was rood tot de elleboog en glinsterde in het schijnsel van de rivier. Toen zijn paard opnieuw weigerde schudde hij zijn bijl tegen de sterren en hoorde kreten van '*Halfman! Halfman!*' Tyrion verkeerde in een roes.

De strijdkoorts. Hij had nooit verwacht dat hij die nog eens zelf zou voelen, al had Jaime hem er vaak genoeg over verteld. Hoe de tijd leek te vervagen en zelfs stil te staan, hoe verleden en toekomst verdwenen tot alleen nog het ogenblik restte, hoe je vrees wegviel, je denken, je lichaam. 'Dan voel je je wonden niet meer, noch de pijn in je rug van je zware harnas of het zweet dat in je ogen loopt. Je voelt niets meer, je denkt niets meer, je houdt op een mens te zijn; al wat rest is de strijd, de vijand, deze man en gene, en de volgende, en de daaropvolgende, en je weet dat zij bang en moe zijn maar jij niet, jij leeft, en de dood is overal om je heen maar hun zwaarden zijn zo traag dat je er lachend tussendoor kunt dansen.' *Strijdkoorts. Ik ben een halve man en dronken van bloeddorst. Laat ze me maar doden, als ze kunnen!*

Ze probeerden het wel. Er stormde weer een speerdrager op hem af. Tyrion hakte zijn speerpunt af, en toen zijn hand, en toen zijn arm, terwijl hij een cirkel rondom hem beschreef. Een schutter zonder boog stak naar hem met een pijl die hij vasthield als een mes. Zijn ros trapte tegen 's mans dijbeen zodat hij tegen de grond sloeg en Tyrion blafte van het lachen. Hij reed langs een banier die in de modder geplant stond, een van Stannis' vurige harten, en hakte met een zwaai van zijn bijl de stok doormidden. Een ridder rees op uit het niets om met een tweehands slagzwaard op zijn schild in te hakken, telkens opnieuw, tot iemand een dolk onder zijn arm boorde. Een van Tyrions mannen misschien. Hij kon het niet zien.

'Genade, ser,' riep een andere ridder, verder stroomafwaarts. 'Genade, ser ridder, ik geef me aan u over. Mijn onderpand, hier.' De man lag in een plas zwart water en stak als teken van overgave een ijzeren handschoen op. Tyrion moest zich vooroverbuigen om hem aan te pakken. Terwijl hij dat deed ontplofte er hoog in de lucht een pot wildvuur in een regen van groene vlammen. Door die plotselinge steekvlam zag hij dat de plas niet zwart maar rood was. De hand van de ridder zat nog in de handschoen. Hij smeet hem weg. 'Genade,' snikte de man, hopeloos en hulpeloos. Tyrion week naar achteren

Een krijgsknecht greep het breidel van zijn paard en stak met een dolk naar Tyrions gezicht. Hij sloeg het lemmet opzij en begroef zijn bijl in 's mans nek. Terwijl hij hem loswrikte verscheen er aan de rand van zijn gezichtsveld iets felwits. Tyrion draaide zich om in de veronderstelling ser Mandon Moer weer naast zich te zien, maar het was een andere witte ridder. Ser Balon Swaan droeg hetzelfde harnas, maar het schabrak van zijn paard vertoonde de vechtende zwarte en witte zwanen van zijn huis. *Eerder een gevlekte dan een witte ridder*, was Tyrions losse gedachte. Ser Balon zat van top tot teen onder het bloed en was groezelig van de rook. Hij hief zijn strijdhamer op en wees stroomafwaarts. Aan de kop zaten stukjes hersens en bot. 'Kijk, heer.'

Tyrion wendde zijn paard en tuurde het Zwartewater af. De onderstroom was nog steeds sterk en zwart, maar het oppppervlak was een kolkende mengeling van bloed en vuur. De hemel was rood, oranje en schreeuwend groen. 'Wat?' zei hij. Toen zag hij het.

In staal gehulde krijgslieden klauterden omlaag van een kapotte galei die tegen een havenhoofd was geramd. *Wat veel, waar komen die vandaan?* Zijn ogen toegeknepen tegen de rook en de vuurgloed volgde Tyrion hen terug tot op de rivier. Verderop lagen twintig galeien tegen elkaar aangedrukt, misschien meer, ze waren moeilijk te tellen. De riemen staken over elkaar heen, de rompen waren door entertouwen verbonden, ze zaten aan elkaars rammen gespietst en waren verstrikt in netten van gevallen touwwerk. Een grote hulk dreef ondersteboven tussen twee kleinere schepen in. Wrakken, maar zo dicht op elkaar gepakt dat het mogelijk was van het ene dek op het andere te springen en zo het Zwartewater over te steken.

En dat was precies wat de stoutmoedigsten van Stannis Baratheons mannen nu bij honderden deden. Tyrion zag dat één grote idioot van een ridder eroverheen probeerde te rijden en een doodsbenauwd paard over zijboorden, riemen en schuine dekken vol glibberig bloed en knetterend groen vuur dreef. *We hebben verdomme een brug voor ze gebouwd*, dacht hij onthutst. Delen van die brug zonken, andere stonden in brand, en het geheel kraakte en verschoof en kon elk moment uiteenvallen, maar dat leek hen niet te stuiten. 'Moedige kerels,' zei hij bewonderend tegen ser Balon. 'Laten we ze doodslaan.'

Hij leidde hen langs de sputterende vuren, het roet en de as aan de waterkant en bolderde een lange stenen kade over, gevolgd door zijn eigen manschappen en die van ser Balon. Ser Mandon voegde zich bij hen, zijn schild een versplinterde puinhoop. As en sintels zweefden door de lucht. De vijanden weken terug voor hun stormloop en sprongen weer in het water, en bij hun worsteling om weer aan boord te klimmen gooiden ze anderen omver. Het bruggenhoofd was een half gezonken, vijandelijke galei met de naam *Drakenverderf* op de boeg geschilderd. De bodem was eruit gerukt door een van de hulken die Tyrion tussen de kaden tot zinken had laten brengen. Een speerdrager met het rode kreefteninsigne van het huis Celtigar boorde de punt van zijn wapen door de borst van ser Balon Swaans paard voor hij kon afstijgen, en de ridder viel uit het zadel. Terwijl hij voorbijflitste hakte Tyrion op 's mans hoofd in, en toen was het te laat om de teugels in te houden. Zijn hengst sprong van het uiteinde van de kade over een versplinterd zijboord heen en kwam met een plons en een schreeuw in enkeldiep water neer. Tyrions bijl vloog door de lucht, gevolgd door Tyrion zelf. Het dek kwam omhoog en hij maakte een natte smak.

De waanzin sloeg toe. Zijn paard had een been gebroken en krijste gruwelijk. Op de een of andere manier wist hij zijn dolk te trekken en het arme beest de keel af te snijden. Een scharlakenrode fontein van bloed spoot op en doordrenkte zijn armen en borst. Hij wist op de been te komen en zwaaide naar de reling, en toen was hij aan het vechten, al wankelend en spetterend, op scheve dekken waar het water overheen spoelde. Mannen kwamen op hem af. Sommigen doodde hij, anderen verwondde hij, weer anderen liepen weg, maar er kwamen steeds nieuwe bij. Hij verloor zijn mes en kreeg een kapotte speer te pakken, hij zou niet kunnen zeggen hoe. Hij greep hem beet en stak toe, vloekend en schreeuwend. Mannen gingen voor hem op de loop en hij draafde hun achterna, hij klauterde over de reling het volgende schip op, en toen het daaropvolgende. Zijn twee witte schaduwen volgden hem voortdurend, Balon Swaan en Mandon Moer, glinsterend in hun lichte staal. Omsingeld door een kring speerdragers van Velaryon vochten ze rug aan rug, en maakten van hun gevecht een elegante dans.

Als híj doodde was het een moeizame vertoning. Hij stak een man van achteren in de nierstreek en greep een ander bij zijn been om hem in de rivier te kiepen. Pijlen floten langs zijn hoofd en ketsten af op zijn harnas. Eentje boorde zich tussen zijn schouder- en borststuk, maar hij voelde niets. Er viel een naakte man uit de hemel die op het dek kwakte. Zijn lichaam barstte open als een meloen die van een toren wordt gesmeten en zijn bloed spetterde Tyrions helmspleet binnen. Daarna kwamen er stenen aansuizen die door de dekken drongen en mannen vermorzelden, totdat de hele brug een diepe zucht slaakte en met een ruk onder hem wegschoof, zodat hij opzij kwakte.

Plotseling stroomde de rivier zijn helm binnen. Hij rukte hem af en kroop het hellende dek over tot het water niet hoger dan zijn nek stond. Er steeg een gekreun op als de doodsschreeuw van een reusachtig beest. *Het schip*, kon hij nog net denken, *het schip raakt zo meteen los.* De kapotte galeien werden uit elkaar getrokken, de brug brak. Dat besef was nog niet tot hem doorgedrongen toen hij plotseling gekraak hoorde, luid als een donderslag. Het dek kantelde onder zijn voeten en hij gleed het water in.

Het dek helde zó dat hij alleen terug kon klimmen door zich met veel inspanning duim voor duim aan een gebroken touw op te trekken. Vanuit zijn ooghoeken zag hij de hulk waar ze aan vastgezeten hadden de rivier afdrijven, meedraaiend op de stroom. Er sprongen mannen over het zijboord, sommigen met Stannis' vlammende hart, anderen met de hertenbok en de leeuw van Joffry, sommigen met nog andere insignes, maar dat leek niet uit te maken. Zowel stroomop- als stroomafwaarts brandden vuren. Aan de ene kant woedde een gevecht. Een geweldige chaos van felgekleurde banieren wapperde boven een zee van vechtende mannen, schildmuren werden gevormd en doorbroken, bereden ridders hieuwen zich een weg door het gewoel, door stof, modder, bloed en rook. Aan de andere kant verrees de Rode Burcht vuurspuwend op zijn heuvel. Maar het was allebei aan de verkeerde kant. Even dacht Tyrion dat hij gek werd, dat Stannis en het slot van plaats geruild hadden. *Hoe heeft Stannis naar de noordoever kunnen oversteken?* Rijkelijk laat drong het tot hem door dat het dek draaide en dat hij een halve cirkel gemaakt had, zodat slot en gevecht van plaats verwisseld waren. *Gevecht, hoezo gevecht, als Stannis niet overgestoken is, tegen wie vecht hij dan?* Tyrion was te moe om het te bevatten. Zijn schouder deed vreselijk pijn, en toen hij hem wilde wrijven zag hij de pijl en wist hij het weer. *Ik moet van dit schip af zien te komen.* Stroomafwaarts was één grote, vurige wand, en als dit wrak losschoot zou de stroming hem daar rechtstreeks naartoe voeren.

Door het strijdgedruis riep iemand vaag zijn naam. Tyrion probeerde terug te schreeuwen. 'Hier. Hier, ik ben hier, help!' Zijn stem klonk zo zwak dat hij zichzelf nauwelijks hoorde. Hij hees zich het hellende dek op en greep naar de reling. De romp smakte tegen de eerstvolgende galei aan en stuitte er met zo'n vaart af dat hij bijna in het water werd gesmeten. Waar was zijn kracht gebleven? Hij kon zich maar nauwelijks vastklampen.

'HEER! PAK MIJN HAND! HEER TYRION!'

Daar, op het dek van het volgende schip, achter een steeds breder wordende kloof van zwart water, stond ser Mandon Moer met uitgestoken hand. Gele en groene vlammen blonken op zijn witte wapenrusting en de ijzeren stroken van zijn handschoen waren kleverig van het bloed, maar Tyrion reikte er toch naar en wenste dat hij langere armen had. Pas op het allerlaatste ogenblik, toen hun vingers elkaar over het gat heen beroerden, stak de twijfel de kop op... ser Mandon had zijn *linkerhand* uitgestoken, waarom...

Was dat de reden dat hij achteroverboog of had hij het zwaard al met al toch gezien? Hij zou het nooit weten. De punt sneed vlak onder zijn ogen langs, hij voelde de koude, harde aanraking, gevolgd door een felle pijn. Zijn hoofd schoot met een ruk opzij alsof hij geslagen was. De schok van het ijskoude water kwam nog harder aan. Hij maaide met zijn armen op zoek naar houvast, in het besef dat hij vermoedelijk niet meer boven zou komen als hij onderging. Op de een of andere manier kreeg zijn hand het versplinterde uiteinde van een gebroken roeiriem te pakken. Daar klampte hij zich als een wanhopige minnaar aan vast, en voetje voor voetje klauterde hij omhoog. Zijn ogen zaten vol water, zijn mond zat vol bloed, en zijn hoofd bonsde afschuwelijk. *Goden, geef me de kracht om het dek te bereiken...* Meer bestond er niet: die riem, het water, het dek.

Ten slotte rolde hij over de rand en bleef ademloos en uitgeput plat op zijn rug liggen. Boven hem knetterden vurige ballen, groen en oranje, die strepen trokken tussen de sterren. Hij had één moment om te denken hoe mooi het was voordat ser Mandon hem het uitzicht benam. De ridder was een witstalen schaduw wiens ogen donker gloeiden in zijn helm. Tyrion was zo slap als een voddenpop. Ser Mandon zette de punt van zijn zwaard in de holte van zijn keel en sloot beide handen om het gevest.

En plotseling wankelde hij naar links en sloeg tegen de reling. Hout versplinterde en ser Mandon Moer verdween met een schreeuw en een plons. Het volgende moment knalden de rompen weer op elkaar, zo hard dat het leek of het dek omhoogsprong. Toen knielde er iemand naast hem. 'Jaime?' kraste Tyrion. Hij stikte bijna in het bloed dat in zijn mond liep. Wie anders dan zijn broer zou hem redden?

'Stilliggen, heer, u bent zwaargewond.' *Een jongensstem, dat slaat nergens op*, dacht Tyrion. Het klonk bijna als Pod.

Sansa

Toen ser Lancel Lannister de koningin meldde dat de slag verloren was draaide ze haar lege wijnbeker in haar handen om en zei: 'Vertel dat maar aan mijn broer, ser.' Haar stem klonk afstandelijk, alsof het nieuws haar niet bijzonder interesseerde.

'Uw broer is waarschijnlijk dood.' Ser Lancels wapenrok was doorweekt van het bloed dat onder zijn arm uitsijpelde. Sommige gasten hadden het uitgegild toen ze hem de zaal zagen betreden. 'We denken dat hij zich op de schepenbrug bevond toen die brak. Ser Mandon is vermoedelijk ook dood en niemand weet waar de Jachthond is. Vloek zij de goden, Cersei, waarom moest je Joffry ook zo nodig naar het slot terughalen? De goudmantels smijten hun speren weg en gaan er met honderden tegelijk vandoor. Toen ze de koning zagen vertrekken zonk alle moed ze in de schoenen. Het hele Zwartewater is bezaaid met wrakken, vuur en lijken, maar we hadden stand kunnen houden als...'

Osny Ketelzwart werkte zich langs hem heen. 'Er wordt nu aan twee kanten van de rivier gevochten, Genade. Het kan zijn dat sommigen van Stannis' heren met elkaar in gevecht zijn geraakt, niemand weet er het fijne van, er heerst daar grote verwarring. De Jachthond is weg, geen mens weet waarnaartoe en ser Balon heeft zich binnen de stad teruggetrokken. Ze hebben de oever in handen en zijn nu weer bezig de Koningspoort te rammeien. Wat ser Lancel zegt is waar, uw mannen verlaten de muren en doden hun eigen officieren. Bij de IJzerpoort en de Godenpoort vecht het gepeupel om eruit te komen, en de Vlooienzak is één grote, dronken bende.'

Goeie goden, dacht Sansa. *Het gebeurt echt. Joffry is zijn hoofd kwijt, en ik ook.* Ze zocht naar ser Ilyn, maar de scherprechter des konings was onzichtbaar. *Maar ik voel zijn aanwezigheid. Ik ontkom hem niet, hij slaat mijn hoofd af.*

Merkwaardig kalm wendde de koningin zich tot zijn broer Osfried. 'Haal de brug op en barricadeer de deuren. Niemand mag Maegors Veste in of uit zonder mijn toestemming.'

'En de vrouwen die zijn gaan bidden?'

'Die hebben er zelf voor gekozen zich aan mijn bescherming te onttrekken. Misschien dat de goden hen zullen beschermen. Waar is mijn zoon?'

'In het poortgebouw van het slot. Hij wilde het bevel over de kruisboogschutters op zich nemen. Voor de poort staat een tierende menigte, voor de helft goudmantels die met hem meegekomen zijn toen we bij de Modderpoort weggingen.'

'Haal hem Maegors Veste binnen. *Nu.*'

'Nee!' Lancel was zo kwaad dat hij vergat zijn stem te dempen. De hoofden werden naar hem toegekeerd toen hij schreeuwde: 'Dan gebeurt er weer precies hetzelfde als bij de Modderpoort. Laat hem blijven waar hij is. Hij is de *koning*...'

'Hij is mijn zoon.' Cersei Lannister rees op. 'Jij beweert dat je ook een Lannister bent. Bewijs het dan, neef! Osfried, waarom sta je daar nog? Nú betekent: vandaag.'

Osfried Ketelzwart haastte zich samen met zijn broer de zaal uit. Veel gasten renden mee naar buiten. Sommige vrouwen huilden, anderen baden. Weer anderen bleven gewoon aan tafel zitten en riepen om meer wijn. 'Cersei,' smeekte Lancel, 'als het slot valt wordt Joffry hoe dan ook gedood, dat weet je best. Laat hem blijven, ik zal hem bij me houden, ik zweer...'

'Uit de weg.' Cersei sloeg met haar vlakke hand tegen zijn wond. Lancel schreeuwde het uit van de pijn en viel bijna flauw, terwijl de koningin het vertrek uitschreed. Ze keurde Sansa geen blik waardig. *Ze is me vergeten. Straks doodt ser Ilyn me zonder dat zij er zelfs maar bij stilstaat.*

'O goden,' jammerde een oude vrouw. 'We zijn verloren, de slag is verloren, ze gaat ervandoor.' Verscheidene kinderen huilden. *Ze ruiken de angst.* Sansa stelde vast dat ze alleen op de verhoging zat. Moest ze hier blijven of achter de koningin aangaan en om haar leven smeken?

Ze wist achteraf niet waarom ze opstond, maar ze deed het. 'Niet bang zijn,' zei ze luid. 'De koningin heeft de valbrug laten ophalen. Dit is de veiligste plaats in de stad, met die dikke muren, de gracht, de pieken...'

'Wat is er gebeurd?' vroeg een vrouw die ze oppervlakkig kende, de echtgenote van een van de lagere jonkertjes. 'Wat zei Osny tegen haar? Is de koning gewond, is de stad gevallen?'

'*Vertel op!*' riep iemand anders. Een vrouw vroeg naar haar vader, een andere naar haar zoon.

Sansa stak haar handen op om iedereen stil te krijgen. 'Joffry is terug in het slot. Hij is ongedeerd. Er wordt nog steeds gevochten, dat is alles wat ik weet, er wordt dapper gestreden. De koningin komt binnenkort terug.' Dat laatste was gelogen, maar ze moest hen zien te kalmeren. Ze zag de zot onder de galerij staan. 'Uilebol, maak ons aan het lachen.'

Uilebol maakte een radslag en sprong boven op een tafel. Hij pakte vier wijnbekers en begon ermee te jongleren. Om de haverklap kwam er een naar beneden tuimelen en viel op zijn hoofd. In de zaal klonk wat zenuwachtig gelach. Sansa liep naar ser Lancel en knielde bij hem. Zijn wond was weer gaan bloeden doordat de koningin hem had geslagen. 'Waanzin,' hijgde hij. 'Goden, de Kobold had gelijk, hij had gelijk...'

'Help hem,' beval Sansa twee bedienden. Eentje keek haar alleen maar aan en nam met flacon en al de benen. Ook andere bedienden liepen de zaal uit, maar daar was niets tegen te doen. Samen hielpen Sansa en de bediende de ridder weer overeind. 'Breng hem naar maester Frenken.' Lancel was een van *hen*, maar ze kon zichzelf er niet toe brengen hem dood te wensen. *Ik ben slap, weekhartig en dom, precies zoals Joffry zegt. Ik zou hem moeten doden in plaats van hem te helpen.*

De toortsen waren lager gaan branden en een of twee waren er al gedoofd. Niemand nam de moeite ze te vervangen. Cersei kwam niet meer terug. Terwijl aller ogen op de andere zot gericht waren klom Dontos de verhoging op. 'Ga naar uw slaapkamer, lieve Jonquil,' fluisterde hij. 'Sluit uzelf op, daar bent u veiliger. Na afloop van de slag kom ik u halen.'

Iemand zal me wel komen halen, dacht Sansa, *maar zul jij het zijn of ser Ilyn?* Eén krankzinnig ogenblik lang overwoog ze Dontos te smeken of hij haar wilde verdedigen. Hij was ook ridder geweest, hij had een zwaard leren hanteren en gezworen de zwakkeren te beschermen. *Nee. Hij heeft de moed noch de bekwaamheid. Het enige dat ik daarmee bereik is dat hij ook sterft.*

Ze moest zich tot het uiterste beheersen om de balzaal van de koningin langzaam uit te lopen, want ze had dolgraag gerend. Toen ze de trap bereikte deed ze dat ook, omhoog en rond, tot ze duizelig en buiten adem was. Op de trap botste er een wachter tegen haar op. Een met juwelen bezette wijnbeker en een stel zilveren kandelaars vielen uit de karmijnrode mantel waar hij ze in geknoopt en rolden rinkelend de trap af. Hij haastte zich erachteraan zonder nog enige aandacht aan Sansa te besteden toen hij eenmaal merkte dat ze niet zou proberen hem zijn buit af te pakken.

In haar slaapkamer was het pikdonker. Sansa barricadeerde de deur en schuifelde op de tast naar het raam. Toen ze de gordijnen openrukte stokte haar adem.

De hemel in het zuiden was een werveling van gloeiende, verschietende kleuren, de weerschijn van de grote vuren op de grond. Onheilspellende groene golven rolden tegen de onderbuik van de wolken aan en plassen oranje licht verspreidden zich door de lucht. Het rood en geel van de gewone vlammen streden met het smaragdgroen en jade van het wildvuur. Alle kleuren laaiden fel op om dan weer te vervagen en baarden kortstondige schaduwen die het volgende ogenblik al stierven. Binnen een halve hartslag maakte een groene ochtend plaats voor een oranje avond. De lucht zelf rook verschroeid als een soepketel die te lang boven het vuur heeft gehangen en waaruit alle soep verkookt is. Sintels warrelden als zwermen vuurvliegjes door de nacht.

Sansa schoof bij het raam weg om zich in de beschutting van haar bed terug te trekken. *Ik ga slapen*, zei ze tegen zichzelf, *en als ik wakker word is de nieuwe dag begonnen en is de lucht weer blauw. Dan is de strijd ten einde en komt iemand me vertellen of ik mag leven of moet sterven.* 'Dame,' kreunde ze, zich afvragend of ze na haar dood haar wolf zou terugzien.

Toen bewoog er iets achter haar en uit het donker kwam een hand die haar bij haar pols greep.

Sansa opende haar mond om te gillen, maar een tweede hand daalde met kracht op haar gezicht neer en snoerde haar de mond. Zijn vingers waren ruw en eeltig, en kleverig van het bloed. 'Klein vogeltje. Ik wist dat je zou komen.' Een knarsend, dronken stemgeluid.

Buiten priemde een kolkende lans van jade naar de sterren, en een groene lichtglans vulde het vertrek. Even kon ze hem zien, van top tot teen zwart en groen, het bloed op zijn gezicht donker als teer, zijn ogen gloeiend als die van een hond in die felle gloed. Toen vervaagde het schijnsel en werd hij weer een duistere massa in een besmeurde witte mantel.

'Als je gilt maak ik je af. Dat meen ik.' Hij haalde zijn hand van haar mond. Haar ademhaling kwam met horten en stoten. De Jachthond had een wijnflacon op haar nachtkastje gezet. Hij nam een diepe teug. 'Moet je niet vragen wie de slag gaat winnen, klein vogeltje?'

'Wie?' zei ze, te bang om hem te trotseren.

De Jachthond lachte. 'Ik weet alleen maar wie verloren heeft. Ik.'

Ik heb hem nog nooit zo dronken gezien. Hij lag in mijn bed te slapen. Wat moet hij hier? 'Wat hebt u verloren?'

'Alles.' De verbrande helft van zijn gezicht was een masker van geronnen bloed. 'Ellendige dwerg. Had'm moeten vermoorden. Al jaren geleden.'

'Ze zeggen dat hij dood is.'

'Dood? Nee. Verdomme nog aan toe, ik wil niet dat hij dood is.' Hij smeet de lege flacon weg. 'Ik wil dat hij *verbrandt*. Als de goden goed zijn laten ze hem verbranden, maar dat zal ik niet meemaken. Ik ga weg.'

'Weg?' Ze probeerde zich los te worstelen, maar zijn greep was van ijzer.

'Het vogeltje herhaalt alles wat ze hoort. Wég, ja.'

'Waarheen?'

'Hiervandaan. Bij die vuren vandaan. Via de IJzerpoort de stad uit, denk ik. Ergens naar het noorden. Kan niet schelen waar.'

'U komt er niet uit,' zei Sansa. 'De koningin heeft Maegors Veste afgesloten en de stadspoorten zijn ook dicht.'

'Niet voor mij. Ik heb mijn witte mantel. En dít.' Hij klopte op zijn zwaardknop. 'Wie me wil tegenhouden is er geweest. Of hij zou in brand moeten staan.' Hij lachte verbitterd.

'Waarom bent u hier?'

'Je had me een lied beloofd, vogeltje. Weet je dat niet meer?'

Ze wist niet wat hij bedoelde. Ze kon nu niet voor hem zingen, niet hier, met al die kronkelende vlammen aan de hemel, terwijl er honderden, duizenden mensen sneuvelen. 'Dat kan ik niet,' zei ze. 'Laat me los, u maakt me bang.'

'Jij bent overal bang voor. Kijk me aan. Kijk me áán.'

De ergste littekens gingen onder het bloed schuil, maar zijn ogen waren wit, groot, en angstaanjagend. Zijn verbrande mondhoek trilde aan één stuk door. Sansa kon hem ruiken: de stank van zweet, zure wijn en oud braaksel, met boven alles uit de lucht van bloed, bloed en nog eens bloed.

'Ik zou je kunnen beschermen,' raspte hij. 'Ze zijn allemaal bang voor me. Niemand zou je ooit nog een haar krenken, want dan maak ik ze af.' Hij trok haar heftig tegen zich aan en even dacht ze dat hij haar zou kussen. Hij was zo sterk dat tegenstribbelen zinloos was. Ze sloot haar ogen en wenste dat het achter de rug was, maar er gebeurde niets. 'Je kunt de aanblik nog steeds niet verdragen, hè?' hoorde ze hem zeggen. Hij draaide haar hardhandig bij haar arm om en duwde haar op het bed. 'Ik wil dat lied horen. Florian en Jonquil, zei je.' Hij had zijn dolk ontbloot en op haar keel geplaatst. 'Zing, klein vogeltje. Zing voor je kleine leventje.'

Haar keel was droog en dichtgeschroefd van angst. Alle liederen die ze ooit had gekend waren uit haar geheugen gewist. *Alsjeblieft, maak me niet dood*, wilde ze schreeuwen, *alsjeblieft*. Ze voelde hoe hij de punt omdraaide en in haar keel prikte, en bijna had ze haar ogen weer gesloten, maar toen schoot haar iets te binnen. Niet het lied van Florian en Jonquil, maar wel een lied. Haar eigen stem klonk haar klein, dun en beverig in de oren.

> *Milde Moeder, bron van genade,*
> *Verlos onze zonen van de strijd,*
> *Stop de pijlen, stop de zwaarden,*
> *Spaar hen voor een betere tijd.*
> *Milde Moeder, kracht der vrouwen,*
> *Red onze dochters uit haat en nijd,*
> *Breng deze furie tot bedaren,*
> *Leer ons allen barmhartigheid.*

De overige verzen wist ze niet meer. Toen haar stem wegstierf vreesde ze dat hij haar toch zou doden, maar het volgende ogenblik haalde de Jachthond zonder een woord te spreken het lemmet van haar keel.

Door een of ander instinct geleid stak ze haar hand uit en legde haar vingers tegen zijn wang. De kamer was zo donker dat ze hem niet kon zien, maar ze voelde het kleverige bloed, en ook iets vochtigs dat geen bloed was. 'Klein vogeltje,' zei hij nog een keer, zijn stem ruw als het schuren van steen over staal. Toen stond hij van het bed op. Sansa hoorde textiel scheuren, gevolgd door het zachtere geluid van verdwijnende voetstappen.

Toen ze eindeloze ogenblikken daarna haar bed uit kroop was ze alleen. Op de vloer vond ze zijn mantel, strak in elkaar gedraaid, de witte wol vol met bloedvlekken en brandplekken. De hemel buiten was nu donkerder. Er dansten nog slechts een paar fletsgroene schimmen voor de sterren langs. Een kille wind rukte aan de luiken. Sansa had het koud. Ze schudde de gescheurde mantel uit en sloeg hem om zich heen toen ze huiverend op de vloer ging zitten.

Hoe lang ze zo bleef zitten zou ze niet kunnen zeggen, maar na een poosje hoorde ze een klok luiden, ver weg aan de andere kant van de stad. Het was een diep, bronzen gedreun en de slagen volgden elkaar steeds sneller op. Sansa vroeg zich net af wat dat te betekenen kon hebben toen er een tweede klok bij kwam, en vervolgens een derde. Hun stemmen klonken over berg en dal, steeg en toren tot in alle uithoeken van Koningslanding. Ze smeet de mantel van zich af en liep naar het raam.

Het eerste flauwe streepje dageraad was zichtbaar in het oosten, en nu begonnen ook de klokken van de Rode Burcht zelf te luiden en voegden zich bij de aanzwellende stroom van geluid die uit de zeven kristallen torens van de grote sept van Baelor golfde. Ze hadden de klokken ook geluid toen koning Robert gestorven was, herinnerde ze zich, maar dit was anders, geen traag, smartelijk doodsgebeier, maar een vreugdevol galmen. Ze kon ook geroep op straat horen, en iets dat alleen maar gejuich kon zijn.

Ser Dontos bracht haar het nieuws. Hij wankelde haar open deur binnen, sloot haar in zijn kwabbige armen en danste met haar de kamer rond, waarbij hij zulke onsamenhangende vreugdekreten uitstootte dat Sansa er geen woord van verstond. Hij was al net zo dronken als de Jachthond was geweest, maar hij stond te springen van blijdschap in zijn roes. 'Hoe staat het?' Ze greep een pilaar van het bed. 'Wat is er gebeurd? Vertel op!'

'Het is voorbij! Voorbij! De stad is gered. Heer Stannis is dood, heer Stannis is gevlucht, geen mens die het weet en het interesseert ook niemand, zijn leger is verslagen, het gevaar is geweken. In de pan gehakt, uiteengeslagen of overgelopen, zeggen ze. En al die kleurige banieren! De banieren, Jonquil, de banieren! Heb je ergens wijn? We moeten op deze dag drinken, jazeker. Het betekent dat je veilig bent, begrijp je?'

'*Zeg nou wat er gebeurd is!*' Sansa schudde hem heen en weer.

Ser Dontos lachte en sprong van het ene been op het andere, zodat hij bijna omviel. 'Ze kwamen aan door de as terwijl de rivier in brand stond. De rivier, Stannis stond tot zijn nek in de rivier en hij werd van achteren overvallen. Was ik maar weer ridder, was ik er maar bij geweest! Zijn eigen manschappen boden nauwelijks weerstand, zeggen ze. Sommigen zijn gevlucht maar de meesten gingen door de knieën en liepen over terwijl ze "Heer Renling!" riepen. Wat moet Stannis niet gedacht hebben toen hij dat hoorde? Ik had het van Osny Ketelzwart, die het van ser Osmond had, maar ser Balon is nu terug en zijn mannen zeggen hetzelfde, en de goudmantels ook. We zijn gered, schatje! Ze zijn via de rozenweg en langs de rivier gekomen, dwars door al die velden die Stannis had laten afbranden. De as wolkte van hun laarzen omhoog en verfde alle harnassen grijs, maar o, wat moeten de banieren kleurrijk zijn geweest, de gulden roos en de gulden leeuw en al die andere, de boom van Marbrand en die van Rowin, de jager van Tarling en de druiven van Roodweijn en het blad van vrouwe Eikhart. Alle westerlingen, de voltallige krijgsmacht van Hooggaarde en de Rots van Casterling! Heer Tywin zelf leidde de rechtervleugel, langs de noordkant van de rivier, Randyl Tarling voerde het centrum aan en Hamer Tyrel de linkervleugel, maar de voorhoede heeft de strijd beslist. Ze gingen door Stannis heen als een lans door een pompoen en stuk voor stuk huilden ze als een demon, in staal gehuld. En weet je wie de voorhoede aanvoerde? Weet je wie? Weet je wie??'

'Robb?' Dat zou te veel gehoopt zijn, maar...

'Heer *Renling!* Heer Renling in zijn groene harnas, en de vonken spatten van zijn gouden gewei. Heer Renling met zijn lange speer in zijn hand. Ze zeggen dat hij heer Guyard Morrigen persoonlijk in een tweegevecht heeft gedood en nog tien andere geduchte ridders erbij. Het was Renling, het was Renling, het was Renling. Ach, de banieren, liefste Sansa. Ach, was ik maar weer ridder!'

Daenerys

Terwijl ze aan het ontbijt zat, een kom koude garnalensoep met dadelpruimen, kwam Irri met een Quarthijnse japon aan; een luchtig, modieus gevalletje van ivoorkleurig brokaat met opgestikte cultivéparels. 'Neem maar weer mee,' zei Dany. 'De havens zijn geen geschikte plek voor fraai opgetutte dames.'

Als de Melkmensen haar dan toch barbaars vonden zou ze zich zo kleden ook, en toen ze naar de stallen ging droeg ze een broek van verschoten zandzijde en sandalen van gevlochten gras. Haar kleine borsten hadden vrij spel onder een beschilderd Dothraki-vest, en aan haar penninggordel hing een kromme dolk. Jhiqui had haar haren in Dothrakitrant gevlochten en aan het uiteinde van haar vlecht een zilveren belletje geknoopt. 'Ik heb nog geen overwinningen behaald,' probeerde ze haar dienstmaagd aan het verstand te brengen terwijl het belletje zachtjes tinkelde.

Daar was Jhiqui het niet mee eens. 'U hebt de *maegi* in hun huis van stof verbrand en hun zielen naar de hel gezonden.'

Dat was Drogons overwinning, niet de mijne, wilde Dany zeggen, maar ze hield haar mond. Met een paar belletjes in het haar zou ze in de achting van de Dothraki stijgen. Ze klingelde toen ze haar zilveren merrie besteeg en ook bij iedere stap, maar noch ser Jorah, noch haar bloedruiters zeiden er iets van. Ze wees Rakharo aan om tijdens haar afwezigheid haar volk en haar draken te beschermen. Jhogo en Aggo zouden haar naar de waterkant begeleiden.

Ze lieten de marmeren paleizen en zoetgeurende tuinen achter zich en zochten zich een weg door een minder welvarend gedeelte van de stad, waar bescheiden bakstenen huisjes een blinde muur naar de straat keerden. Hier waren minder paarden en kamelen te zien, en palankijnen waren al helemaal schaars, maar de straatjes krioelden van de kinderen, bedelaars en broodmagere, zandkleurige honden. Bleke mannen in stoffige linnen rokken stonden onder ronde deurbogen naar hen te kijken toen ze langskwamen. *Ze weten wie ik ben, en ze moeten me niet*. Dany zag het aan hun blikken.

Ser Jorah had haar het liefst in de palankijn verstopt, veilig opgeborgen achter zijden gordijnen, maar dat had ze geweigerd. Ze had al veel te lang op satijnen kussens gerust en zich door ossen van hot naar her laten slepen. Als ze reed had ze tenminste het gevoel dat ze ergens kwam.

Ze ging niet uit vrije wil naar het water. Ze was alwéér op de vlucht. Haar hele leven was één langdurige vlucht, leek het wel. Ze was voor het eerst in de moederschoot op de loop gegaan en er nooit meer mee opgehouden. Hoe vaak waren zij en Viserys niet in het holst van de nacht weggeslopen, de huurmoordenaars van de Usurpator slechts één stap voor? Maar het was vluchten of sterven. Xaro had gehoord dat Pyat Pree de overlevende heksenmeesters had verzameld om kwaad over haar af te roepen.

Dany had gelachen toen hij dat vertelde. 'Was u niet degene die zei dat heksenmeesters net oude soldaten waren die maar wat zaten op te scheppen over vergeten daden en lang vervlogen vaardigheden?'

Xaro keek gepijnigd. 'En zo was het ook... toen. Maar nu? Nu ben ik er niet meer zo zeker van. Men zegt dat voor het eerst in honderd jaar de glaskaarsen in het huis van Urrathon Nachtloper weer branden. Spookgras groeit in de Tuinen van Gehane, er zijn fantoom-schildpadden gezien die berichten af en aan droegen tussen de raamloze huizen langs de Weg der Heksenmeesters, en alle ratten in de hele stad knagen hun staart af. De vrouw van Mathos Mallarawan, die ooit eens de spot heeft gedreven met het verschoten, mottige gewaad van een heksenmeester, is krankzinnig geworden en wil geen enkel kledingstuk meer dragen. Zelfs pas gewassen zijde geeft haar het gevoel dat er duizenden insecten over haar huid kruipen. En Blinde Sybassion de Ogeneter kan weer zien, of dat zweren zijn slaven althans. Dat zet een mens aan het denken.' Hij zuchtte. 'Dit zijn vreemde tijden voor Qarth. En vreemde tijden zijn slecht voor de handel. Ik betreur het dat ik het moet zeggen, maar het zou het beste zijn als u Qarth geheel en al verliet, en liever vroeg dan laat.' Xaro streek geruststellend over haar vingers. 'Echter, u hoeft niet alleen te vertrekken. In het Stofpaleis hebt u duistere visioenen gezien, maar Xaro heeft lichtere dromen gedroomd. Ik zie u gelukkig in bed liggen met ons kind aan de borst. Vaar met mij de Jaden Zee rond, en wij zullen het waar maken. Het is nog niet te laat. Schenk mij een zoon, mijn lieflijke vreugdelied!'

Je bedoelt: geef me een draak. 'Ik trouw niet met u, Xaro.'

Toen was zijn blik kil geworden. 'Ga dan.'

'Waarheen?'

'Ver weg.'

Misschien werd het ook tijd. De leden van haar *khalasar* hadden de kans om van de ontberingen van de rode woestenij te bekomen met beide handen aangegrepen, maar nu ze volgegeten en uitgerust waren begonnen ze onrustig te worden. Dothraki waren er niet aan gewend lang op één plaats te blijven. Het was een volk van krijgers dat niet voor de stad geschapen was. Misschien had ze te lang in Qarth getalmd, verleid door haar luxe en schoonheid. Dit was een stad die altijd meer beloofde dan ze bereid was te geven, zo kwam het haar voor, en ze was niet langer welkom sinds het huis der Onsterfelijken in een baaierd van rook en vlammen in elkaar was gestort. Van de ene dag op de andere wisten de Qarthijnen weer dat draken *gevaarlijk* waren. Ze wedijverden niet meer in het geven van geschenken. De Toermalijnen Broederschap had zelfs openlijk om haar verbanning geroepen, en het Aloude Gilde der Kruiders om haar dood. Xaro had de Dertien er maar net van kunnen weerhouden met hen in te stemmen.

Maar waar moet ik heen? Ser Jorah stelde voor nog verder naar het oosten te gaan, verder bij haar vijanden in de Zeven Koninkrijken vandaan. Haar bloedruiters zouden liever naar hun grote zee van gras terugkeren, al hield dat in dat ze opnieuw de rode woestenij moesten trotseren. Zelf had Dany gespeeld met de gedachte zich in Vaes Tolorro te vestigen tot haar draken groot en sterk geworden waren. Maar dat leek om de een of andere reden allemaal verkeerd... en al zou ze de knoop doorhakken en een bestemming kiezen, de vraag hoe ze er moest komen bleef haar pijnigen.

Van Xaro Xhoan Daxos viel geen hulp te verwachten, wist ze nu. Al zijn betuigingen van toewijding ten spijt speelde hij zijn eigen spel, niet zo heel anders dan Pyat Pree. De avond dat hij haar had gevraagd te vertrekken had Dany hem om een laatste gunst gesmeekt. 'Een leger?' vroeg Xaro. 'Een pot met goud? Een galei wellicht?'

Dany kreeg een kleur. Ze had een hekel aan bedelen. 'Een schip, ja.'

Xaro's ogen hadden net zo fel gefonkeld als de juwelen in zijn neus. 'Ik ben een koopman, *khaleesi*. Dus misschien moeten we het niet meer over schenken hebben, maar over handel drijven. Voor een van uw draken krijgt u tien van de beste schepen van mijn vloot. U hoeft slechts dat ene lieve woordje te zeggen.'

'Nee,' zei ze.

'Helaas,' snikte Xaro, 'dat was niet het woord dat ik bedoelde.'

'Zoudt u een moeder vragen een van haar kinderen te verkopen?'

'Waarom niet? Ze kunnen er altijd meer maken. Het komt dagelijks voor dat moeders hun kinderen verkopen.'

'Niet de Moeder der Draken.'

'Zelfs niet voor twintig schepen?'

'Nog niet voor honderd.'

Zijn mond krulde omlaag. 'Ik heb er geen honderd. Maar u hebt drie draken. Gun mij er één, vanwege al mijn vriendschapsbetuigingen. Dan hebt u er altijd nog twee over, en dertig schepen bovendien.'

Dertig schepen zouden voldoende zijn om een klein leger naar de kust van Westeros te brengen. *Maar ik heb geen klein leger.* 'Hoeveel schepen bezit u, Xaro?'

'Drieëntachtig, mijn plezierbark niet meegerekend.'

'En uw collega's bij de Dertien?'
'Allemaal bij elkaar misschien duizend.'
'En de Kruiders en de Toermalijnen Broederschap?'
'Hun onbeduidende kleine vloten zijn te verwaarlozen.'
'Zegt u het toch maar,' zei ze.
'Twaalf- à dertienhonderd voor de Kruiders. Niet meer dan achthonderd voor de Broederschap.'
'En de Asshai'i, de Braavosi, de Zomereilanders, de Ibbenezen, en al die andere volkeren die de grote zoute zee bevaren, hoeveel schepen hebben zij? Allemaal bij elkaar?'
'Veel, en nog meer,' zei hij geprikkeld. 'Wat maakt het uit?'
'Ik probeer de prijs vast te stellen van een van de drie levende draken die de wereld rijk is.' Dany glimlachte hem liefjes toe. 'Het lijkt me dat een derde van alle schepen ter wereld een billijke prijs zou zijn.'
Xaro's tranen stroomden aan weerszijden van zijn met juwelen bepantserde neus omlaag. 'Heb ik u niet gewaarschuwd het Stofpaleis niet te betreden? Dit heb ik nu al die tijd gevreesd. U bent door de influisteringen van de heksenmeesters al even krankzinnig geworden als de vrouw van Mallarawan. Een derde van alle schepen ter wereld? Pff, Pff, zeg ik. Pff.'
Sindsdien had Dany hem niet meer gezien. Zijn seneschalk bracht haar zijn mededelingen, elke killer dan de vorige. Ze moest zijn huis ontruimen. Hij was het zat haar en haar volk van eten te voorzien. Hij eiste zijn geschenken terug, want ze was te kwader trouw geweest toen ze ze aannam. Haar enige troost was dat ze tenminste zo verstandig was geweest om niet met hem te trouwen.
De heksenmeesters hadden over drievoudig verraad gefluisterd... eenmaal om bloed, eenmaal om goud, en eenmaal uit liefde. Het eerste verraad moest dat van Mirri Maz Duur zijn geweest, die Khal Drogo en hun ongeboren zoon had vermoord om haar volk te wreken. Konden Pyat Pree en Xaro Xhoan Daxos nummer twee en drie zijn? Ze dacht van niet. Pyat Pree was niet op goud uit geweest, en Xaro had nooit echt van haar gehouden.
De straten werden steeds leger toen ze een wijk binnenreden die geheel uit sombere stenen pakhuizen bestond. Aggo reed voor haar en Jhogo achter haar. De plaats aan haar zijde hadden ze aan ser Jorah overgelaten. Haar belletje rinkelde zachtjes en Dany merkte dat ze in gedachten terugkeerde naar het Stofpaleis, zoals de tong het gat van een ontbrekende tand blijft zoeken. *Kind van drie*, was ze genoemd, *dochter des doods, doder van leugens, bruid van vuur.* Steeds die drietallen. Drie vuren, drie rijdieren, driemaal verraad. 'De draak heeft drie koppen,' verzuchtte ze. 'Weet u wat dat betekent, Jorah?'
'Uwe genade? Het wapenteken van het huis Targaryen is een draak

met drie koppen, rood op zwart.'
'Dat weet ik. Maar er bestaan geen driekoppige draken.'
'De drie koppen waren Aegon en zijn zusters.'
'Visenya en Rhaenys,' herinnerde ze zich. 'Ik stam af van Aegon en Rhaenys via hun zoon Aenys en hun kleinzoon Jaehaerys.'
'Blauwe lippen verkondigen slechts leugens, zei Xaro dat niet? Wat kan het u schelen wat die heksenmeesters hebben gefluisterd? Ze wilden alleen het leven uit u zuigen, dat weet u nu.'
'Misschien,' zei ze met tegenzin. 'Maar toch, wat ik daar gezien heb...'
'Een dode bij de voorsteven van een schip, een blauwe roos, een bloedbanket... wat betekent het allemaal, *khaleesi*? Een toneeldraak, zei u. Wat ís een toneeldraak, als ik vragen mag?'
'Een lappen draak op stokken,' legde Dany uit. 'Die gebruiken poppenspelers bij hun voorstellingen, dan hebben de helden iets om tegen te vechten.'
Ser Jorah fronste zijn wenkbrauwen.
Dany kon het onderwerp niet laten rusten. ' "*Zijn lied is het lied van ijs en vuur,*" zei mijn broer. Ik weet zeker dat het mijn broer was. Niet Viserys, Rhaegar. Hij had een harp met zilveren snaren.'
Ser Jorah's frons verdiepte zich, totdat zijn wenkbrauwen elkaar raakten. 'Prins Rhaegar bespeelde zo'n harp,' gaf hij toe. 'Hebt u hem gezien?'
Ze knikte. 'Er lag een vrouw in een bed, met een zuigeling aan de borst. Volgens mijn broer was die zuigeling de beloofde prins en moest ze hem Aegon noemen.'
'Prins Aegon was Rhaegars erfgenaam bij Elia van Dorne,' zei ser Jorah. 'Maar als hij de beloofde prins was, werd die belofte samen met zijn schedel gebroken toen de Lannisters hem met zijn hoofd tegen een muur sloegen.'
'Dat weet ik,' zei Dany bedroefd. 'Rhaegars dochtertje hebben ze ook vermoord, het kleine prinsesje. Rhaenys heette ze, net als Aegons zuster. Er was geen Visenya, maar hij zei dat de draak drie koppen heeft. Wat is dat lied van ijs en vuur?'
'Geen lied dat ik ooit heb gehoord.'
'Ik ben naar die heksenmeesters gegaan in de hoop antwoorden te krijgen. Maar in plaats daarvan hebben ze me met honderd nieuwe vragen opgezadeld.'
Inmiddels waren er weer mensen op straat. 'Ruim baan,' riep Aggo, terwijl Jhogo achterdochtig de lucht opsnoof. 'Ik ruik het, *khaleesi*,' riep hij. 'Het gifwater.' De Dothraki wantrouwden de zee en alles wat erop was. Water dat een paard niet kon drinken was geen water waar zij iets mee te maken wilden hebben. *Ze zullen het leren*, besloot Dany. *Ik heb*

samen met Khal Drogo hun zee getrotseerd. Nu kunnen zij de mijne trotseren.

Qarth behoorde tot 's werels grootste havensteden en de enorme, beschutte haven was een bonte chaos van kleuren, klanken en vreemde geuren. Langs de straten stonden tapperijen, pakhuizen en speelholen zij aan zij met goedkope bordelen en tempels van eigenaardige goden. Beurzensnijders, messentrekkers, spreukenverkopers en geldwisselaars mengden zich onder een veelsoortige menigte. Het havenfront was één grote markt waarop dag en nacht gehandeld werd en de koopwaar kostte slechts een fractie van wat er in de bazaar voor werd gevraagd, zolang je maar niet naar de herkomst vroeg. Verschrompelde oude wijfjes zo krom als een bultenaar verkochten reukwatertjes en geitenmelk uit geglazuurde aardewerken kruiken die aan een riem over hun schouder hingen. Zeelieden van tientallen nationaliteiten slenterden tussen de kraampjes, dronken kruidenlikeur en maakten grappen in rare taaltjes. De lucht rook naar zout en gebakken vis, naar warme teer en honing, naar wierook, olie en zaad.

Aggo gaf een klein jochie een koperstukje voor een spies met in honing geroosterde muizen en knabbelde er onder het rijden aan. Jhogo kocht een handvol dikke witte kersen. Elders zagen ze fraaie bronzen dolken te koop, gedroogde pruimtabak, siervoorwerpen van onyx en zelfs drakeneieren die verdacht veel op beschilderde stenen leken.

Terwijl ze over de lange, stenen kades reden die voor de schepen van de Dertien gereserveerd waren, zag ze hoe kisten saffraan, mirre en peper uit Xaro's rijk versierde *Vermiljoenen Kus* geladen werden. Naast haar werden vaatjes wijn, balen zuurblad en laadborden met gestreepte huiden op kruiwagens de loopplank van de *Azuren Bruid* opgerold om op het avondtij uit te varen. Wat verderop had een menigte zich rond de Kruidergalei de *Zonnegloed* verzameld om op slaven te bieden. Het was bekend dat de voordeligste manier om een slaaf te kopen rechtstreeks van het schip was, en uit de vlaggen die aan de masten wapperden was op te maken dat de *Zonnegloed* kortgeleden uit Astapor aan de Baai der Slavenhandelaren was gearriveerd.

Van de Dertien, de Toermalijnen Broederschap of het Aloude Gilde der Kruiders hoefde Dany geen hulp te verwachten. Ze reed op haar zilveren merrie verscheidene mijlen langs hun kades, dokken en pakhuizen tot aan het verste uiteinde van de hoefijzervormige havenpieren, waar de schepen uit de Zomereilanden, Westeros en de Negen Vrijsteden mochten aanleggen.

Ze steeg af naast een vechtkuil waar een basilisk in een kring schreeuwende zeelui een grote rode hond aan stukken scheurde. 'Aggo, Jhogo, letten jullie op de paarden terwijl ser Jorah en ik met de kapiteins gaan praten.'

'Zoals u beveelt, *khaleesi*. Wij zullen u onderwijl in het oog houden.'

Het was goed weer eens Valyrisch te horen spreken, en zelfs de gewone spreektaal, dacht Dany toen ze naar het eerste schip liepen. Zeelui, havenwerkers en kooplieden weken allemaal voor haar opzij, niet wetend wat te denken van dat slanke meisje met het zilvergouden haar dat gekleed ging naar de wijze der Dothraki en een ridder aan haar zij had. Ondanks de namiddaghitte droeg ser Jorah maliën, met daaroverheen een groene wollen wapenrok, de zwarte beer van Mormont op de borst genaaid.

Maar noch haar schoonheid, noch zijn grootte en kracht zouden hun baten bij de mannen wier schepen ze nodig hadden.

'U vraagt om passage voor honderd Dothraki, al hun paarden, uzelf en deze ridder, én drie *draken*?' zei de kapitein van de grote kogge de *Vurige Vriend*, waarna hij schaterend wegliep. Toen ze tegen een Lyseni op de *Trompetter* zei dat ze Daenerys Stormgeboren, de koningin van de Zeven Koninkrijken was, keek hij haar met een stalen gezicht aan en zei: 'Ja hoor, en ik ben heer Tywin Lannister en ik schijt elke avond goud.' De vrachtmeester van de Myrische galei de *Zijdegeest* was van mening dat draken op zee, waar ieder afgedwaald wolkje vurige adem de tuigage in brand kon steken, te gevaarlijk waren. De eigenaar van *Heer Faro's Buik* wilde wel draken riskeren, maar geen Dothraki. 'Dat soort goddeloze wilden wil ik niet in mijn *Buik* hebben, geen sprake van.' De twee broers die het gezag voerden op de zusterschepen de *Kwikzilver* en de *Windhond* leken wel sympathiek en nodigden hen in hun stuurhut uit voor een glas rode wijn uit het Prieel. Ze waren zo hoffelijk dat Dany een tijdlang hoop koesterde, maar uiteindelijk ging de prijs die ze vroegen haar middelen verre te boven en was misschien zelfs die van Xaro te boven gegaan. De *Betto Schraalbodem* en de *Maagd met de Schuine Ogen* waren te klein, de *Bravo* had de Jaden Zee als bestemming en de *Magister Manolo* zag er nauwelijks zeewaardig uit.

Toen ze onderweg waren naar de volgende kade legde ser Jorah een hand vlak boven haar billen. 'Uwe Genade. U wordt gevolgd. Nee, niet omkijken.' Hij loodste haar met zachte hand naar het kraampje van een koperhandelaar. 'Dit is edel werk, koningin,' verklaarde hij luidkeels en hield haar een grote schaal voor ter inspectie. 'Kijk eens hoe hij blinkt in het zonlicht!'

Het koper was tot hoogglans opgewreven. Dany kon haar gezicht erin zien... en toen ser Jorah de schaal schuin naar rechts hield kon ze ook achter zich kijken. 'Ik zie een dikke bruine man en een oudere kerel met een stok. Wie bedoelt u?'

'Allebei,' zei ser Jorah. 'Ze volgen ons al sinds de *Kwikzilver*.'

Door de vlam in het koper werden de vreemdelingen merkwaardig opgerekt, waardoor de ene man lang en broodmager leek en de andere enorm gedrongen en breed. 'Een schitterend stuk koperwerk, hoogedele dame,' riep de koopman uit. 'Stralend als de zon. En voor de Moeder der Draken slechts dertig hulden.'

De schaal was er hooguit drie waard. 'Waar is mijn lijfwacht?' sprak Dany. 'Deze man wil mij beroven!' Tot Jorah zei ze met gedempte stem in de gewone spreektaal: 'Ze hoeven niet per se kwaad in de zin te hebben. Mannen kijken al sinds het begin der tijden naar vrouwen. Meer zit er misschien niet achter.'

De koperhandelaar negeerde hun gefluister. 'Dertig? Zei ik dertig? Wat een dwaas ben ik. De prijs is twintig hulden.'

'Al het koper in deze kraam is bij elkaar niet eens twintig hulden waard,' zei Dany terwijl ze de spiegelbeelden bestudeerde. De oude man zag eruit alsof hij uit Westeros kwam, en die met de bruine huid woog zeker honderdtwintig kilo. *De Usurpator had de man die mij zou vermoorden de titel van heer beloofd, en deze twee zijn ver van huis. Of zijn ze door de heksenmeesters ingeschakeld met het oogmerk me te overvallen?*

'Tien, *khaleesi*, omdat u zo mooi bent. Gebruik hem als spiegel. Slechts deze kwaliteit koper kan een dergelijke schoonheid bevatten.'

'Hij is misschien geschikt als nachtspiegel. Als je hem wegsmeet zou ik hem oprapen, als ik daar niet voor moest bukken. Maar *betalen*?' Dany duwde hem de schaal weer in handen. 'Er zijn wormen door je neus naar binnen gekropen die je verstand hebben aangevreten.'

'Acht hulden,' riep hij. 'Mijn vrouwen zullen me slaan en me voor dwaas uitkrijten, maar in uw handen ben ik een hulpeloos kind. Komaan, acht, dat is minder dan hij waard is.'

'Wat moet ik met dof koper als Xaro Xhoan Daxos mij van gouden borden laat eten?' Toen ze zich omdraaide om weg te lopen, liet Dany haar blikken even over de vreemdelingen gaan. De bruine man was bijna net zo breed als hij in de schaal geleken had, met een glimmend, kaal hoofd en de gladde wangen van een eunuch. In de bezwete, geelzijden sjerp om zijn buik stak een lange, gekromde *arakh*. Boven de zijde was hij naakt, op een absurd klein vest met ijzeren noppen na. Oude littekens liepen kriskras over zijn boomdikke armen, zijn gigantische borstkas en bollende buik. Ze staken bleek af tegen zijn nootbruine huid.

De andere man droeg een reismantel van ongeverfde wol met de kap naar achteren. Lang wit haar viel tot op zijn schouders, en een witte, zijde-achtige baard bedekte de onderkant van zijn gezicht. Hij steunde op een houten staf die even lang was als hijzelf. *Alleen dwazen zouden me zo openlijk aanstaren als ze kwaad in de zin hadden.* Toch zou het misschien verstandig zijn naar Jhogo en Aggo terug te gaan. 'De oude man heeft geen zwaard,' zei ze in de gewone spreektaal tegen Jorah terwijl ze hem meetrok.

De koperhandelaar dribbelde achter hen aan. 'Vijf hulden, voor vijf is hij van u, hij is eenvoudigweg voor u gemáákt.'

Ser Jorah zei: 'Met een hardhouten stok kun je even goed schedels inslaan als met een strijdhamer.'

'Vier! Ik weet dat u hem wilt hebben!' Hij danste achterwaarts voor hen uit terwijl hij de schaal voor hun gezicht hield.

'Komen ze achter ons aan?'

'Til eens wat hoger op,' zei de ridder tegen de koopman. 'Ja. De oude man doet of hij bij een pottenbakkerskraam blijft staan, maar de bruine let alleen op u.'

'Twee hulden! Twee! Twee!' De handelaar hijgde zwaar vanwege de inspanning van het achteruitrennen.

'Betaal hem maar, anders blijft hij er straks nog in,' zei Dany tegen ser Jorah, zich afvragend wat ze met zo'n enorme koperen schaal aan moest. Toen hij naar zijn muntgeld greep draaide ze zich om, van plan een eind te maken aan de klucht. Het bloed van de draak zou zich niet als een stuk vee door een oude man en een dikke eunuch de bazaar door laten drijven.

Er stapte een Qarthijn op haar pad. 'Moeder der Draken, voor u.'

Bijna werktuigelijk pakte Dany het aan. Het was een kistje van houtsnijwerk waarvan het paarlemoeren deksel met jaspis en chalcedoon was ingelegd. 'U bent al te vrijgevig.' Ze maakte het open. Er lag een glinsterende groene scarabee van onyx en smaragd in. *Prachtig*, dacht ze. *Daarmee kunnen we een deel van de overtocht betalen.* Toen ze een hand in het kistje stak zei de man: 'Het spijt me zo', maar ze hoorde het nauwelijks.

Met een sissend geluid ontrolde de scarabee zich.

Dany ving een glimp op van een kwaadaardig zwart gezicht, bijna menselijk, en een puntstaart waar het venijn van afdroop... en toen werd het kistje uit haar hand geslagen en vlogen de stukken door de lucht. Een plotselinge pijn vlijmde door haar vingers. Terwijl ze het uitschreeuwde en haar hand greep slaakte de koperhandelaar een kreet, een vrouw gilde, en ineens ontstond er een groot geschreeuw en gedrang onder de Qarthijnen. Ser Jorah ramde haar onzacht opzij en Dany viel op een knie. Weer hoorde ze het gesis. De oude man stiet de onderkant van zijn stok met kracht tegen de grond, Aggo kwam aanrijden, dwars door de kraam van een eierkoopman, en sprong uit het zadel, Jhogo's zweep knalde, ser Jorah gaf de eunuch een klap op zijn hoofd met de koperen schaal, zeelui, hoeren en handelaars vluchtten of krijsten of deden allebei tegelijk...

'Uwe Genade, duizendmaal pardon.' De oude man knielde. 'Hij is dood. Heb ik uw hand gebroken?'

Ze kromde haar vingers en haar gezicht vertrok. 'Ik geloof het niet.'

'Ik moest hem wegslaan,' begon hij, maar voor hij uitgesproken was hadden haar bloedruiters zich op hem gestort. Aggo schopte zijn stok weg en Jhogo greep hem bij zijn schouders, drukte hem op zijn knieën en zette hem een dolk op de keel. '*Khaleesi*, we hebben gezien dat hij u sloeg. Wilt u de kleur van zijn bloed zien?'
'Laat hem los.' Dany krabbelde overeind. 'Kijk naar de onderkant van zijn stok, bloed van mijn bloed.' Ser Jorah was door de eunuch omvergeduwd. Ze sprong tussen hen in toen zowel *arakh* als zwaard uit de schede flitsten. 'Weg met dat staal. Ophouden!'
'Uwe Genade?' Mormont liet zijn zwaard slechts één duim zakken. 'Die mannen hebben u aangevallen.'
'Ze verdedigden me.' Dany wapperde met haar hand om de pijn uit haar vingers te schudden. 'Het was die ander, de Qarthijn.' Toen ze rondkeek was hij weg. 'Het was een Spijtige Man. In het juwelenkistje dat hij me gaf zat een manticora. Deze man sloeg het uit mijn hand.' De koperhandelaar rolde nog over de grond. Ze liep naar hem toe en hielp hem overeind. 'Bent u gestoken?'
'Nee, goede vrouwe,' zei hij sidderend, 'anders was ik nu dood. Maar hij heeft me aangeraakt, *aiii*, toen hij uit dat kistje viel kwam hij op mijn arm terecht.' Hij had zich bevuild, zag ze, en geen wonder.
Ze gaf hem een zilverstuk voor het doorstane leed en stuurde hem weg. Toen wendde ze zich weer tot de oude man met de witte baard. 'Aan wie ben ik mijn leven verschuldigd?'
'U bent mij niets verschuldigd, Uwe Genade. Mijn naam is Arstan, al heeft Belwas me op onze reis hierheen Witbaard genoemd.' De oude man bleef knielen, al had Jhogo hem inmiddels losgelaten. Aggo raapte zijn stok op, keerde hem om, vloekte zacht in het Dothraki, veegde de resten van de manticora af aan een steen en gaf hem terug.
'En wie is Belwas?' vroeg ze.
De grote bruine eunuch deinde naar voren terwijl hij zijn *arakh* in de schede stak. 'Ik ben Belwas. Sterke Belwas, noemen ze me in de vechtkuilen van Meereen. Nog nimmer ben ik verslagen.' Hij beklopte zijn met littekens bedekte buik. 'Ik sta iedereen toe me één keer te raken voor ik hem dood. Tel de sneden en u weet hoeveel mannen Sterke Belwas het leven heeft gekost.'
Dany hoefde zijn littekens niet te tellen. Het waren er veel, zag ze meteen. 'En waarom bent u hier, Sterke Belwas?'
'Vanuit Meereen werd ik naar Qohor verkocht en toen naar Pentos, naar de dikke man met de weeïge stank in zijn haar. Hij was het die Sterke Belwas nogmaals overzee zond, met de oude Witbaard om hem te dienen.'
De dikke man met de weeïge stank in zijn haar... 'Illyrio?' zei ze. 'U bent door magister Illyrio gestuurd?'

'Inderdaad, Uwe Genade,' beaamde de oude Witbaard. 'De magister verzoekt u vriendelijk of u het hem niet kwalijk wilt nemen dat hij ons in zijn plaats heeft gestuurd, maar hij rijdt niet meer zo goed als toen hij jong was, en zeereizen brengen zijn spijsvertering in de war.' Tot dan had hij in het Valyrisch van de Vrijsteden gesproken, maar nu ging hij op de gewone spreektaal over. 'Het spijt me als we u aan het schrikken hebben gebracht. Om eerlijk te zijn twijfelden we, we hadden iemand verwacht die wat meer...'

'Op een koningin leek?' Dany lachte. Ze had geen draak bij zich, en haar kleding was nu niet bepaald koninklijk. 'U beheerst de gewone spreektaal goed, Arstan. Komt u uit Westeros?'

'Ja. Ik ben in de Marken van Dorne geboren, Uwe Genade. Toen ik jong was diende ik als schildknaap bij een ridder uit de hofhouding van heer Swaan.' Hij hield de lange stok recht voor zich uit, als een lans waar de banier aan ontbrak. 'Nu dien ik Belwas als schildknaap.'

'Bent u daar niet wat oud voor?' Ser Jorah baande zich een weg naar haar zijde, de koperen schaal onhandig onder zijn arm. Het harde hoofd van Belwas had er een flinke deuk in gemaakt.

'Niet te oud om mijn vorstin te dienen, heer Mormont.'

'Kent u mij ook?'

'Ik heb u een paar maal zien vechten. In Lannispoort, waar u bijna de Koningsmoordenaar uit het zadel lichtte. En op Piek, daar ook. Herkent u me niet meer, heer Mormont?'

Ser Jorah fronste. 'Uw gezicht komt me bekend voor, maar er waren honderden mensen in Lannispoort en duizenden op Piek. En ik ben geen heer. Bereneiland is me afgenomen. Ik ben slechts een ridder.'

'Een ridder van mijn Koninginnengarde.' Dany greep zijn arm. 'En een waarachtig vriend en goed raadgever.' Ze bestudeerde het gezicht van Arstan. Er sprak een grote waardigheid uit, een rustige kracht die haar wel aanstond. 'Sta op, Arstan Witbaard. Wees welkom, Sterke Belwas. Ser Jorah kent u. Ko Aggo en Ko Jhogo zijn bloed van mijn bloed. Zij zijn samen met mij de rode woestenij overgestoken en hebben mijn draken geboren zien worden.'

'Paardenjongens.' Belwas grijnsde zijn tanden bloot. 'Belwas heeft heel wat paardenjongens gedood in de vechtkuilen. Ze rinkelen als ze sterven.'

Aggo's *arakh* sprong in zijn hand. 'Nooit eerder heb ik een dikke bruine man gedood. Belwas zal de eerste zijn.'

'Steek je staal op, bloed van mijn bloed,' zei Dany. 'Deze man is gekomen om mij te dienen. Belwas, u bewijst mijn volk alle respect, of u wordt eerder uit mijn dienst ontslagen dan u wenselijk acht, en met meer littekens dan toen u kwam.'

De lach op het gezicht van de reus verdween samen met de gaten in zijn gebit om plaats te maken voor een beduusde en enigszins nijdige blik. Belwas werd vermoedelijk niet vaak dreigend toegesproken, en al helemaal niet door meisjes die drie keer zo klein waren als hij.

Dany schonk hem een lachje om de terechtwijzing zijn scherpte te ontnemen. 'En nu wil ik graag weten wat magister Illyrio van mij wil, dat hij u helemaal uit Pentos hierheen stuurt.'

'Hij wil draken,' zei Belwas nors, 'en het meisje dat ze maakt. Hij wil u.'

'Het klopt wat Belwas zegt, Uwe Genade,' zei Arstan. 'Wij hadden opdracht u te vinden en naar Pentos te brengen. De Zeven Koninkrijken hebben u nodig. Robert de Usurpator is dood en het rijk bloedt. Toen we vanuit Pentos in zee staken had het land vier koningen en was de gerechtigheid ver te zoeken.'

Haar hart sprong op, maar Dany hield haar gezicht in de plooi. 'Ik heb drie draken,' zei ze, 'en mijn *khalasar* telt meer dan honderd mensen, met al hun bezittingen en paarden.'

'Dat maakt niet uit,' dreunde Belwas. 'We nemen alles mee. De dikke man huurt drie schepen voor zijn kleine, zilverharige koningin.'

'Zo is het, uwe genade,' zei Arstan Witbaard. 'De grote kogge *Saduleon* ligt aan het einde van de kade aangemeerd en de galeien *Zomerzon* en *Joso's Poets* liggen achter de golfbreker voor anker.'

Drie koppen heeft de draak, dacht Dany verwonderd. 'Ik zal mijn volk opdragen zich onmiddellijk gereed te maken voor vertrek. Maar de schepen die mij thuisbrengen moeten andere namen hebben.'

'Zoals u wenst,' zei Arstan. 'Welke namen had u gewild?'

'*Vhagar*,' zei Dany. '*Meraxes*. En *Balerion*. Schilder die namen op de romp in gouden letters van drie voet hoog, Arstan. Iedereen die ze ziet moet weten dat de draken teruggekeerd zijn.'

Arya

De hoofden waren in teer gedompeld, opdat ze minder snel zouden rotten. Iedere ochtend als Arya naar de put ging om vers water voor Rous Boltens waskom te putten moest ze erlangs. Ze keken naar buiten, dus de gezichten zag ze niet, maar ze vond het leuk om te doen alsof dat van Joffry erbij was. Ze probeerde zich voor te stellen hoe zijn gezicht eruit zou zien als het in teer gedompeld was. *Als ik een kraai was kon ik op hem neerstrijken en zijn stomme dikke pruillippen eraf pikken.*

Het ontbrak de hoofden geen moment aan belangstelling. De op aas beluste kraaien cirkelden in schorre zwermen rond het poortgebouw en vochten op de borstwering om ieder oog, schreeuwend en krijsend. Zodra er een wachtpost langskwam fladderden ze op. Soms daalden ook de raven van de maester op brede zwarte wieken uit het roekenhuis af om deel te nemen aan het feestmaal. Als de raven naderden vlogen de kraaien alle kanten op, om pas terug te komen als de grotere vogels weg waren.

Zouden de raven zich maester Tothmar herinneren? vroeg Arya zich af. *Treuren ze om hem? Als ze tegen hem krassen, vragen ze zich dan af waarom hij niet antwoordt?* Misschien konden de doden met hen spreken in een geheime taal die onhoorbaar was voor de levenden.

Tothmar was onthoofd omdat hij de nacht na de val van Harrenhal vogels naar de Rots van Casterling en Koningslanding had gezonden, Lucan de wapensmid omdat hij zwaarden had gemaakt voor de Lannisters, vrouw Harra omdat ze de bedienden van vrouwe Whent had opgedragen de Lannisters te dienen en de hofmeester omdat hij heer Tywin de sleutels van de schatkamer had gegeven. De kok was gespaard (volgens sommigen omdat hij de wezelsoep had gekookt), maar voor de knappe Pia en de andere vrouwen die de Lannisters hun gunsten hadden geschonken waren schandpalen in elkaar getimmerd. Naakt en kaalgeschoren waren ze op het middenplein naast de berenkuil gezet, en iedere man die er zin in had mocht hen naar believen gebruiken.

Dat was precies wat drie wapenknechten van de Freys die ochtend deden toen Arya naar de put liep. Ze probeerde niet te kijken, maar hoorde de mannen wel lachen. Eenmaal vol was de emmer loodzwaar. Ze had zich net omgedraaid om hem naar de Brandstapeltoren te zeulen toen vrouw Amabel haar bij haar arm greep. Het water klotste over de rand tegen Amabels benen. 'Dat doe je expres!' krijste de vrouw.

'Wat moet je?' Arya kronkelde in haar greep. Sinds Harra's hoofd was afgehakt was Amabel half krankzinnig.

'Zie je haar?' Amabel wees over de binnenplaats naar Pia. 'Als die noorderling ten val komt sta jij daar straks.'

'Laat me lós.' Ze probeerde zich los te rukken, maar Amabel kneep haar vingers nog harder dicht.

'En vallen zál hij. Uiteindelijk doet Harrenhal iedereen de das om. Heer Tywin heeft nu gewonnen, straks komt hij met zijn voltallige legermacht terugmarcheren en dan is het zijn beurt om de trouwelozen te straffen. En geloof maar niet dat hij er niet achter komt wat jij hebt uitgevreten!' De oude vrouw lachte. 'Wie weet pak ik je zelf wel. Harra had een ouwe bezem, die zal ik voor jou bewaren. De steel is gebarsten en ruw...'

Arya zwaaide de emmer. Door het gewicht van het water draaide hij om in haar handen, daardoor trof ze Amabel niet op de schedel, zoals haar bedoeling was geweest. Maar de vrouw liet haar hoe dan ook los toen het water eruit spatte en haar doorweekte. 'Als je me ooit aanraakt,' schreeuwde Arya, 'vermóórd ik je. Rot op!'

Soppend priemde vrouw Amabel met een dunne vinger naar de gevilde man op de borst van Arya's tuniek. 'Jij denkt dat je veilig bent met dat bloedige kereltje op je tieten. Vergeet het maar! De Lannisters komen eraan! Wacht maar wat er gebeurt als ze er zijn.'

Driekwart van het water was op de grond gevallen, dus moest Arya terug naar de put. *Als ik heer Bolten overbrief wat ze gezegd heeft staat haar hoofd voor de avond naast dat van Harra*, dacht ze terwijl ze de emmer weer ophaalde. Maar dat zou ze niet doen.

Eens, toen er pas half zoveel hoofden stonden, had Gendry Arya erop betrapt dat ze ernaar keek. 'Je werk aan het bewonderen?' vroeg hij.

Ze wist dat hij boos was omdat hij Lucan graag gemogen had, maar toch was het niet eerlijk. 'Dit is het werk van Walten Staalpoot,' verdedigde ze zich. 'En van de Mommers, en van heer Bolten.'

'En aan wie hebben we die te danken? Aan jou en je wezelsoep.'

Arya gaf een stomp tegen zijn arm. 'Het was gewoon hete bouillon. En jij haatte ser Amaury ook.'

'Ik haat deze troep nog veel erger. Ser Amaury vocht voor zijn heer, maar de Mommers zijn huurlingen en overlopers. De helft spreekt niet eens de gewone spreektaal. Septon Ut doet het met kleine jongens, Qyborn bedrijft zwarte magie en jouw vriend Bijter is een menseneter.'

Het ergste was dat ze hem niet eens ongelijk kon geven. Het waren meestal de Dappere Gezellen die voor Harrenhal op strooptocht gingen, en Rous Bolten had hun opgedragen om Lannisters uit te roeien. Vargo Hoat had hen in vier groepen ingedeeld zodat ze zoveel mogelijk dorpen konden aandoen. De grootste groep leidde hij zelf en de andere wees hij aan zijn meest vertrouwde kapiteins toe. Ze had Rorg horen lachen om heer Vargo's methode voor het opsporen van verraders. Alles wat hij deed was teruggaan naar plaatsen die hij eerder onder de banier van heer Tywin had bezocht, en degenen grijpen die hem geholpen hadden. Velen waren met Lannister-zilver betaald, dus kwamen de Mommers vaak behalve met manden vol hoofden ook met zakken vol geld terug. 'Een raadsel,' schreeuwde Warrewel dan vol leedvermaak. 'Als de geit van heer Bolten de mannen opvreet die de geit van heer Lannister hebben gevoerd, hoeveel geiten zijn er dan?'

'Een,' zei Arya toen hij het aan haar vroeg.

'Kijk eens aan, een wezeltje zo slim als een geit,' giechelde de zot.

Rorg en Bijter waren al net zo erg als de rest. Telkens als heer Bolten de maaltijd gebruikte met het garnizoen zag Arya hen tussen de anderen zitten. Bijter stonk naar schimmelkaas, dus moest hij van de Dappere Gezellen aan het ondereind van de tafel zitten, waar hij in zichzelf kon grommen en sissen en zijn vlees met vingers en tanden kon verslinden. Telkens als Arya langsliep snuffelde hij aan haar, maar Rorg boezemde haar de meeste angst in. Hij zat naast Trouwe Ursywck, maar terwijl ze haar plichten vervulde voelde ze hoe zijn blikken haar bekropen.

Soms wenste ze dat ze met Jaqen H'ghar de zee-engte overgestoken was. Ze had die stomme munt van hem nog steeds; een ijzerstukje niet groter dan een penning, met een roestige rand. Op de ene kant stonden woorden, rare woorden die ze niet kon lezen. De andere kant vertoonde het hoofd van een man, maar was zo versleten dat zijn gezicht helemaal uitgewist was. *Hij zei dat die munt heel veel waard was, maar dat was natuurlijk ook gelogen, net als zijn naam en zelfs zijn gezicht.* Daar was ze zo kwaad om geworden dat ze het muntje had weggesmeten, maar na een uur had ze daar spijt van gekregen en het weer opgespoord, al was het dan ook niets waard.

Ze liep aan die munt te denken toen ze de Druipsteenhof overstak, worstelend met het gewicht van het water in haar emmer. 'Nans,' riep een stem. 'Zet die emmer eens neer en kom me helpen.'

Elmar Frey was niet ouder dan zij, en bovendien klein voor zijn leeftijd. Hij was bezig een vat met zand over het oneffen plaveisel te rollen en had een rood gezicht van de inspanning. Arya schoot hem te hulp. Samen duwden ze het vat helemaal naar de muur en weer terug, en toen stond het rechtop. Ze hoorde het zand erin verschuiven toen Elmar het deksel openpeuterde en er een halsberg van maliën uitviste. 'Denk je dat hij schoon genoeg is?' Als schildknaap van Rous Bolten had hij tot taak diens maliën glanzend te houden.

'Je moet het zand eruit schudden. Daar zitten nog roestplekjes. Zie je?' Ze wees. 'Doe het nog maar eens.'

'Doe jij het maar.' Elmar kon heel vriendelijk zijn als hij hulp nodig had, maar naderhand herinnerde hij zich altijd weer dat hij een schildknaap was en zij maar een dienstmeisje. Hij schepte er graag over op dat hij de zoon van de Heer van de Oversteek was, geen neefje, bastaard of kleinzoon maar een wettige zoon, en dat hij daarom met een prinses zou trouwen.

Arya gaf niets om zijn dierbare prinses, en het zinde haar niets dat hij haar commandeerde. 'Ik ben water aan het halen voor de waskom van heer Rous. Hij is in zijn slaapkamer voor een aderlating. Niet met gewone zwarte bloedzuigers, maar met die grote bleke.'

Elmars ogen werden zo groot als spiegeleieren. Hij was doodsbang voor bloedzuigers, vooral voor die grote bleke die op gelei leken... totdat ze zich met bloed vulden. 'Ik was vergeten dat je te mager bent om zo'n zwaar vat te duwen.'

'En ik was vergeten hoe stom jij was.' Arya tilde de emmer op. 'Misschien kun jij ook wel een aderlating gebruiken. In de Nek zitten bloedzuigers zo groot als biggen.' Ze keerde hem en zijn vat de rug toe.

Toen ze de slaapkamer van heer Rous betrad was het daar druk. Qyborn was er, de stuurse Walten met zijn maliënhemd en scheenplaten, en minstens tien Freys, allemaal broers, halfbroers en neven. Rous Bolten lag naakt op bed. De binnenkant van zijn armen en benen hing vol bloedzuigers en zijn borst was ermee bedekt; lange, doorschijnende gevallen die al zuigend glinsterend roze werden. Bolten besteedde er niet meer aandacht aan dan aan Arya.

'We mogen niet toestaan dat heer Tywin ons hier in Harrenhal klem zet,' zei ser Aenys Frey terwijl Arya de waskom vulde. Ser Aenys, een grauwe, kromgebogen reus van een vent met waterige rode ogen en grote knoestige handen, was aan het hoofd van vijftienhonderd Frey-zwaarden naar Harrenhal gekomen, maar soms leek het of hij niet eens in staat was zijn eigen broers leiding te geven. 'Het slot is zo groot dat er een leger nodig is om het bezet te houden, en als we omsingeld zijn hebben we niet genoeg eten voor een heel leger. En er is ook geen hoop dat we genoeg voorraden kunnen aanleggen. Het land ligt in de as, de wolven maken de dorpen onveilig, de oogst is verbrand of gestolen. De herfst is op komst, maar er is geen voedsel opgeslagen en er wordt ook niets aangeplant. We leven van strooptochten, en als de Lannisters ons die onmogelijk maken, zijn we binnen één maanwende op ratten en schoenzolen aangewezen.'

'Ik ben niet van plan me hier te laten belegeren.' De stem van Rous Bolten was zo zacht dat de mensen zich moesten inspannen om hem te verstaan. Daarom was het altijd vreemd rustig in zijn vertrekken.

'Wat dan?' wilde ser Jared Frey weten. Hij was mager, kalend en pokdalig. 'Is Edmar Tulling zo dronken van zijn overwinning dat hij heer

Tywin in het open veld tegemoet denkt te kunnen treden?'

Als hij dat doet verslaat hij ze, dacht Arya. *Hij verslaat ze, net als bij de Rode Vork, jullie zullen het zien.* Ze ging ongemerkt naast Qyborn staan.

'Heer Tywin is vele tientallen mijlen ver,' zei Bolten bedaard. 'Hij heeft nog heel wat te regelen in Koningslanding, en het zal wel even duren voor hij naar Harrenhal optrekt.'

Ser Aenys schudde koppig zijn hoofd. 'U kent de Lannisters niet zoals wij, heer. Koning Stannis dacht ook dat heer Tywin duizenden mijlen ver weg was, en dat werd zijn ondergang.'

De bleke man in het bed glimlachte flauw terwijl de bloedzuigers zich aan hem te goed deden. 'Ik ben er de man niet naar om ten onder te gaan, ser.'

'Zelfs al zou Stroomvliet al zijn strijdkrachten in het geweer brengen en de Jonge Wolf erin slagen uit het westen terug te keren, hoe moeten wij de grote aantallen het hoofd bieden die heer Tywin tegen ons in het veld kan brengen? Als hij komt brengt hij een veel grotere krijgsmacht mee dan hij bij de Groene Vork onder zijn bevel had. Ik wil u eraan herinneren dat Hooggaarde zich achter Joffry's zaak heeft geschaard.'

'Dat was ik heus niet vergeten.'

'Ik ben ooit heer Tywins gevangene geweest,' zei ser Hostien, een forse kerel met een vierkant gezicht die als de sterkste van de Freys gold. 'Ik voel er weinig voor een tweede maal de gastvrijheid van de Lannisters te genieten.'

Ser Harys Heeg, een Frey van moederskant, knikte nadrukkelijk. 'Als heer Tywin een doorgewinterd krijgsman als Stannis kan verslaan, welke kans maakt onze jonge koning dan tegen hem?' Hij keek de kring van zijn broers en neven rond op zoek naar bijval, en diversen onder hen prevelden instemmend.

'Iemand moet de moed opbrengen het te zeggen,' zei ser Hostien. 'De oorlog is verloren.'

Rous Bolten wierp hem een fletse blik toe. 'Zijne Genade heeft de Lannisters nog bij ieder treffen verslagen.'

'Hij is het noorden kwijt,' hield Hostien Frey aan. 'Hij is *Winterfel* kwijt! Zijn broers zijn dood...'

Even vergat Arya te ademen. *Dood? Bran en Rickon dood? Waar heeft hij het over? Wat zei hij over Winterfel, Joffry kan Winterfel nooit innemen, dat zou Robb niet toelaten.* Toen bedacht ze dat Robb niet in Winterfel was. Hij was in het westen, en Bran was verlamd en Rickon pas vier. Ze kon maar net de kracht opbrengen om te zwijgen en zich niet te verroeren, om als een meubelstuk stil te staan, zoals ze dat van Syrio Forel had geleerd. Ze merkte hoe haar ogen zich met tranen vulden en drong ze terug. *Het is niet waar, het kan niet waar zijn, het is gewoon maar een leugen van de Lannisters.*

'Als Stannis had gewonnen was alles misschien anders geweest,' zei Ronel Stroom weemoedig. Hij was een van heer Walders bastaards.

'Stannis heeft verloren,' zei ser Hostien botweg. 'Met wensen dat het anders was schiet niemand wat op. Koning Robb moet vrede sluiten met de Lannisters. Hij moet zijn kroon afleggen en de knie buigen, hoe weinig dat hem ook aanstaat.'

'En wie zal het hem zeggen?' Rous Bolten glimlachte. 'Wat fijn om in zulke troebele tijden zoveel dappere broers te hebben. Ik zal alles wat u hebt gezegd overdenken.'

Zijn glimlach was een bevel om te vertrekken. De Freys groetten hem en schuifelden naar buiten, waarna alleen Qyborn, Walten Staalpoot en Arya achterbleven. Heer Bolten wenkte haar. 'Genoeg adergelaten nu. Je kunt de bloedzuigers weghalen, Nans.'

'Meteen, heer.' Je kon het beste zorgen dat Rous Bolten de dingen geen twee keer hoefde te zeggen. Arya had hem graag gevraagd wat ser Hostien had bedoeld toen hij het over Winterfel had, maar dat durfde ze niet. *Ik vraag het wel aan Elmar,* dacht ze. *Elmar zal het me wel vertellen.* De bloedzuigers wriggelden traag tussen haar vingers. Hun bleke lijven voelden klam aan en waren gezwollen van het bloed. *Het zijn gewoon maar bloedzuigers,* hield ze zichzelf voor. *Als ik mijn hand dichtknijp worden ze tussen mijn vingers geplet.*

'Er is een brief gekomen van uw gemalin.' Qyborn trok een rol perkament uit zijn mouw. Al droeg hij de gewaden van een maester, er hing geen keten om zijn nek. Die was hij kwijtgeraakt omdat hij zich met necromantie had afgegeven.

'Leest u maar voor,' zei Bolten.

Vrouwe Walda schreef bijna dagelijks vanuit de Tweeling, maar al haar brieven waren eender. 'Ik bid 's morgens, 's middags en 's avonds voor u, mijn liefste heer gemaal,' schreef ze, 'en tel de dagen tot u het bed weer met mij zult delen. Keer spoedig bij mij terug, en ik zal u vele wettige zonen baren om de plaats van uw dierbare Domeric in te nemen en na u over Fort Gruw te heersen.' Arya zag een dikke, roze baby in een wieg voor zich, bedekt met dikke, roze bloedzuigers.

Ze bracht heer Bolten een vochtige waslap om zijn zachte, onbehaarde lichaam mee af te vegen. 'Ik wil ook een brief sturen,' zei hij tegen de voormalige maester.

'Aan vrouwe Walda?'

'Aan ser Helman Langhart.'

Twee dagen geleden was er een ruiter van ser Helman gearriveerd. De mannen van Langhart hadden na een kort beleg het slot van Darring ingenomen en de overgave van het Lannister-garnizoen aanvaard.

'Zeg hem dat hij op bevel van de koning de krijgsgevangenen over de kling moet jagen en het slot in de as leggen. Daarna moet hij zich met zijn strijdkrachten bij Robet Hanscoe voegen en naar Schemerdel in het oosten doorstoten. Dat is een rijk gebied dat nog nauwelijks door de oorlog is bezocht. Het wordt tijd dat ze daar ook eens wat merken. Hanscoe is een slot kwijt en Langhart een zoon. Laat ze hun wraak maar op Schemerdel botvieren.'

'Ik zal het bericht opstellen, dan kunt u het bezegelen, heer.'

Arya was blij te horen dat het slot van de Darrings in brand gestoken zou worden. Daar hadden ze haar heen gebracht toen ze na haar gevecht met Joffry achterhaald was, en daar had de koningin haar vader gedwongen om Sansa's wolf te doden. *Het verdient om af te branden.* Wel zou ze willen dat Robet Hanscoe en ser Helman Langhart naar Harrenhal terugkwamen. Ze waren te snel weer uitgerukt, nog vóór zij had kunnen besluiten of ze haar geheim aan hen kon toevertrouwen.

'Ik ga vandaag op jacht,' kondigde Rous Bolten aan terwijl Qyborn hem in een gewatteerd buis hielp.

'Is dat wel veilig, heer?' vroeg Qyborn. 'De mannen van septon Ut zijn drie dagen geleden nog door wolven aangevallen. Ze liepen zo zijn kamp binnen, minder dan vijf pas van het vuur, en hebben twee paarden gedood.'

'Ik ga juist op wolven jagen. Door al dat gehuil doe ik 's nachts nauwelijks een oog dicht.' Bolten gespte zijn riem vast en schoof zijn zwaard en dolk op hun plaats. 'Men zegt dat de schrikwolven ooit in grote troepen van honderd of meer door het noorden zwierven en mens noch mammoet vreesden, maar dat was lang geleden en elders. Dat gewone wolven uit het zuiden zo brutaal zijn is vreemd.'

'Gruwelijke tijden brengen gruwelen voort, heer.'

Bolten liet zijn tanden zien in iets dat een glimlach had kunnen zijn. 'Zijn dit zulke gruwelijke tijden, maester?'

'De zomer is voorbij, en er zijn vier koningen in het rijk.'

'Eén koning is misschien een gruwel, maar vier?' Hij haalde zijn schouders op. 'Nans, mijn bontmantel.' Ze bracht hem. 'Als ik terugkom zijn mijn vertrekken schoon en opgeruimd,' zei hij tegen haar toen ze de mantel vastgespte. 'En handel die brief van vrouwe Walda af.'

'Zoals u beveelt, heer.'

Heer Rous en de maester schreden de kamer uit zonder zelfs maar naar haar om te kijken. Toen ze weg waren pakte Arya de brief en liep ermee naar de haard, waar ze met een pook in de houtblokken porde om het vuur wat op te stoken. Ze keek hoe het perkament omkrulde, zwart kleurde en in vlammen opging. *Als de Lannisters Bran en Rickon iets aandoen zal Robb ze stuk voor stuk doodmaken. Hij zal zijn knie nooit buigen, nooit, nooit, nooit. Hij is niet bang voor welke Lan-*

nister dan ook. Askrullen zweefden de schoorsteen in. Arya hurkte bij het vuur en zag ze door een waas van hete tranen omhoogstijgen. *Als Winterfel echt niet meer bestaat, is dit dan mijn thuis? Ben ik Arya nog, of alleen maar Nans het dienstmeisje, voor eeuwig en eeuwig en eeuwig?*

De daaropvolgende uren bracht ze door met het opruimen van heer Boltens vertrekken. Ze veegde de oude biezen naar buiten en spreidde verse en geurige op de vloer uit, maakte een nieuw haardvuur, verschoonde het beddengoed en schudde het dekbed op, leegde de kamerpotten in de schacht van het privaat en schrobde ze schoon, en droeg een arm vol vuil goed naar de wasvrouwen en een schaal frisse herfstperen uit de keuken naar boven. Toen ze klaar was met de slaapkamer ging ze een halve trap naar beneden om ook de grote bovenzaal op orde te brengen; een sober ingericht, tochtig vertrek, zo groot als de ridderzaal van menig kleiner kasteel. De kaarsen waren tot stompjes opgebrand, dus verwisselde Arya ze voor nieuwe. Onder de ramen stond een reusachtige eikenhouten tafel waaraan heer Bolten zijn brieven schreef. Ze legde de boeken op een stapel, verving de kaarsen en zette de ganzenveren, de inkt en de zegelwas recht.

Over de papieren was een grote, gerafelde schapenvacht gegooid. Arya was al bezig die op te rollen toen haar de kleuren in het oog sprongen: het blauw van meren en rivieren, de rode stippen waarmee kastelen en steden aangegeven waren, het groen van bossen. Ze spreidde hem uit. DE GEBIEDEN VAN DE DRIETAND, meldde het sierschrift onder aan de kaart. Alles van de Nek tot de Zwartwaterstroom stond erop. *Daar boven dat grote meer, dat is Harrenhal,* begreep ze, *maar waar is Stroomvliet?* Toen zag ze het. *Niet zó ver weg...*

De middag was nog jong toen ze klaar was, daarom ging Arya naar het godenwoud. Als heer Boltens hofschenker had ze niet zulk zwaar werk te doen als onder Wisch of zelfs Roodoog, al moest ze zich wel als een page kleden en zich vaker wassen dan haar lief was. De jagers zouden pas over uren terugkeren, dus had ze even de tijd voor wat naaldwerk.

Ze mepte tegen berkenbladeren tot het ruwe uiteinde van de kapotte bezemsteel groen en kleverig was. 'Ser Gregor,' hijgde ze. 'Dunsen, Polver, Raf het Lieverdje.' Ze draaide rond, sprong, balanceerde op de bal van haar voet en viel uit naar links en rechts, en de dennenappels vlogen door de lucht. 'De Kietelaar,' riep ze de ene keer, en dan: 'De Jachthond'. 'Ser Ilyn, ser Meryn, koningin Cersei.' Voor haar dook de knoest van een eik op, en ze stootte toe en dreef haar punt erin onder het grommen van 'Joffry, Joffry, Joffry'. Haar armen en benen waren gespikkeld door zonlicht en bladschaduwen. Toen ze stopte zat er een dun laagje zweet op haar huid. Omdat ze de hiel van haar linkervoet tot bloedens toe had geschaafd ging ze op één been voor de hartboom staan en stak bij wijze van groet haar zwaard op. 'Valar morghulis,' zei ze tegen de oude goden van het noorden. Ze vond het wel goed klinken.

Toen Arya over de binnenplaats naar het badhuis liep kreeg ze een raaf in het oog die in cirkels naar het roekenhuis afdaalde en ze vroeg zich af waar hij vandaan kwam en wat voor nieuws hij bracht. *Misschien komt hij van Robb, om te vertellen dat het niet waar is van Bran en Rickon.* Ze beet hoopvol op haar lip. *Als ik vleugels had kon ik naar Winterfel terugvliegen om zelf te kijken. En als het waar was vloog ik gewoon weer weg, tot voorbij de maan en de fonkelende sterren, en dan zag ik de dingen uit de verhalen van ouwe Nans, draken en zeemonsters en de Titaan van Braavos, en misschien zou ik nooit meer terugvliegen, behalve als ik dat zelf wou.*

Het jachtgezelschap keerde tegen de avond terug met negen dode wolven. Er waren zeven volwassen beesten bij, groot en grijsbruin, woest en sterk, hun lange gele tanden ontbloot in een laatste grauw. Maar de resterende twee waren jongen. Heer Bolten gaf opdracht de huiden tot een deken aaneen te naaien. 'Welpen hebben nog een zachte vacht, heer,' merkte een van zijn mannen op. 'Laat een lekker warm paar handschoenen voor uzelf maken.'

Bolten keek naar de banieren die op de torens van het poortgebouw wapperden. 'Zoals de Starks ons voorhouden: de winter komt. Laat maar maken.' Toen hij Arya zag toekijken zei hij: 'Nans, ik wil een flacon warme kruidenwijn, ik heb een koutje gevat in die bossen. Niet laten afkoelen. Ik denk dat ik maar alleen eet. Gerstebrood, boter en everzwijn.'

'Meteen, heer.' Dat was altijd het beste om te zeggen.

Toen ze de keuken inliep was Warme Pastei bezig haverkoeken te bakken. Drie andere koks fileerden vis, terwijl een keukenhulpje een everzwijn omdraaide boven de vlammen. 'Heer Bolten wil zijn avondeten, en warme kruidenwijn om het weg te spoelen,' kondigde Arya aan, 'en het mag niet afkoelen.' Een van de koks waste zijn handen, nam een ketel en vulde die met zware, zoete rode wijn. Warme Pastei moest er fijngewreven kruiden instrooien terwijl de wijn opwarmde. Arya liep naar hem toe om hem te helpen.

'Ik kan het alleen wel,' zei hij gemelijk. 'Jij hoeft me heus niet te laten zien hoe ik kruidenwijn moet maken.'

Hij heeft ook de pest aan me, of anders is hij bang voor me. Ze deed een stap achteruit, eerder treurig dan boos. Toen het eten klaar was zetten de koks er een zilveren stolp overheen en wikkelden een dikke handdoek om de flacon om hem warm te houden. Buiten schemerde het al. Op de muren zaten de kraaien om de hoofden te smiespelen als hovelingen om een koning. Voor de deur naar de Brandstapeltoren stond een wacht. 'Da's geen wezelsoep, mag ik hopen,' grapte hij.

Toen ze binnenkwam zat Rous Bolten bij de haard in een dik, in leer gebonden boek te lezen. 'Steek een paar kaarsen aan,' beval hij terwijl hij een bladzij omsloeg. 'Het wordt hier donker.'

Ze zette het eten bij hem neer en deed wat hij gezegd had. De kamer vulde zich met flakkerend licht en de geur van kruidnagelen. Bolten sloeg met zijn vinger nog wat bladzijden om, waarna hij het boek dichtklapte en voorzichtig in de haard legde. Hij keek toe hoe het door de vlammen verteerd werd, en de weerschijn van het vuur blonk in zijn fletse ogen. Het oude droge leer vatte sissend vlam en de vergeelde pagina's bewogen terwijl ze verbrandden, alsof een geest ze las. 'Ik heb je vanavond niet meer nodig,' zei hij zonder haar zelfs maar een blik waardig te keuren.

Ze had weg kunnen gaan, geruisloos als een muis, maar er was iets wat haar niet losliet. 'Heer,' vroeg ze. 'Neemt u mij mee als u uit Harrenhal vertrekt?'

Zijn hoofd draaide opzij. Hij staarde haar aan alsof hij zojuist door zijn avondmaaltijd was toegesproken. 'Heb ik je verlof gegeven om vragen te stellen, Nans?'

'Nee, heer.' Ze sloeg haar ogen neer.

'Dus je had niet mogen spreken. Of wel?'

'Nee. Heer.'

Even keek hij vermaakt. 'Voor deze ene keer zal ik antwoorden. Ik ben van plan, Harrenhal aan heer Vargo over te dragen als ik naar het noorden terugga. Jij blijft hier, bij hem.'

'Maar ik...' begon ze.

'Ik ben niet gewend door bedienden ondervraagd te worden, Nans,' onderbrak hij haar. 'Moet ik je tong laten uitrukken?'

Dat zou hij net zo makkelijk doen als een ander een hond sloeg, wist ze. 'Nee, heer.'

'Dan wil ik je ook niet meer horen.'

'Nee, heer.'

'Ga dan. Ik zal je brutaliteit vergeten.'

Arya ging, maar niet naar bed. Toen ze naar buiten stapte, de donkere binnenplaats op, knikte de wacht bij de deur haar toe en zei: 'Storm op til. Ruik je het?' De wind was vlagerig en van de toortsen die naast de rij hoofden op de muur stonden maakten zich vlammetjes los. Op weg naar het godenwoud passeerde ze de Jammertoren, waar ze eens in angst en vreze voor Wisch had geleefd. Na de val van Harrenhal was die door de Freys in beslag genomen. Uit een raam hoorde ze boze stemmen komen, vele mannen die allemaal tegelijk praatten en ruzieden. Elmar zat buiten op de trap, alleen.

'Wat is er aan de hand?' vroeg Arya toen ze de tranen op zijn wangen zag glinsteren.

'Mijn prinses,' snikte hij. 'We zijn onteerd, zegt Aenys. Er is een vogel gekomen van de Tweeling. Mijn vader zegt dat ik met iemand anders moet trouwen, of septon moet worden.'

Zo'n stomme prinses, dacht ze, *daar huil je toch niet om*. 'Mijn broers zijn misschien dood,' vertrouwde ze hem toe.

Elmar keek haar minachtend aan. 'Wie maalt er nou om de broers van een dienstmeid?'

Ze had moeite hem niet te slaan toen hij dat zei. 'Ik hoop dat die prinses van jou doodgaat,' zei ze, en ze rende weg voordat hij haar kon grijpen.

In het godenwoud zocht ze haar bezemsteelzwaard weer op en liep ermee naar de hartboom. Daar knielde ze neer. Rode bladeren ritselden. Rode ogen gluurden in haar hart. *De ogen van de goden.* 'Zeg me wat ik moet doen, goden,' bad ze.

Even was er niets anders te horen dan wind en water en het geruis van blad en tak. Toen, ver weg, buiten het godenwoud en de spooktorens en de immense stenen muren van Harrenhal, ergens in de wijde wereld, weerklonk het langgerekte, eenzame gehuil van een wolf. Arya kreeg kippenvel en even duizelde het haar. Toen was het of ze flauw de stem van haar vader hoorde. 'Als de sneeuw valt en de witte winden waaien sterft de eenzame wolf, maar het pak overleeft,' zei hij.

'Maar er is geen pak,' fluisterde ze tegen de weirboom. Bran en Rickon waren dood, de Lannisters hadden Sansa, en Jon was naar de Muur gegaan. 'Ik ben niet eens meer mezelf. Ik ben Nans.'

'Jij bent Arya van Winterfel, dochter van het noorden. Je zei tegen mij dat je sterk kon zijn. Door jouw aderen stroomt wolvenbloed.'

'Wolvenbloed.' Nu wist Arya het weer. 'Ik zal net zo sterk zijn als Robb. Dat heb ik gezegd.' Ze haalde diep adem, hief met beide handen de bezemsteel op en liet die op haar knie neerdalen. Hij brak met een luide knal en ze smeet de stukken weg. *Ik ben een schrikwolf. Voor mij geen houten tanden meer.*

Die nacht lag ze in haar smalle bed op het kriebelende stro te wachten tot de maan opging, en onderwijl luisterde ze hoe de stemmen van de doden fluisterden en ruzie maakten. Dat waren de enige stemmen die ze nog vertrouwde. Ze hoorde het geluid van haar eigen ademhaling, en ook de wolven, een grote troep nu. *Ze zijn dichterbij dan de wolf die ik in het godenwoud hoorde*, dacht ze. *Ze roepen me.*

Ten slotte gleed ze onder de deken uit, wurmde zich in een tuniek en trippelde barrevoets de trap af. Rous Bolten was een voorzichtig man en de ingang van de Brandstapeltoren werd dag en nacht bewaakt, zodat ze door een smal kelderraampje naar buiten moest glippen. Op de binnenplaats was het stil, het slot lag in spookachtige dromen verzonken. Boven haar huilde de wind door de Jammertoren.

Bij de smidse trof ze de vuren gedoofd en de deuren gesloten en vergrendeld aan. Ze kroop opnieuw een raampje door. Gendry sliep met twee andere leerling-smeden op één matras. Ze zat lange tijd op het zoldertje gehurkt voor ze genoeg kon zien om zeker te weten dat hij degene was die aan de rand lag. Toen legde ze een hand over zijn mond en gaf hem een kneepje. Zijn ogen gingen open. Hij kon nooit erg diep geslapen hebben. '*Alsjeblieft*,' fluisterde ze, trok haar hand van zijn mond en wees.

Even dacht ze dat hij het niet begreep, toen gleed hij onder de dekens uit. Naakt liep hij het vertrek door, schoot een losse tuniek van ruwe stof aan en klom achter haar aan het zoldertje af. De andere slapers verroerden zich niet. 'Wat wil je nu weer?' zei Gendry met een zachte, boze stem.

'Een zwaard.'

'Zwarteduim houdt alle wapens achter slot en grendel, dat heb ik je al honderd keer verteld. Is het voor heer Bloedzuiger?'

'Voor mij. Sla het hangslot kapot met je hamer.'

'Dan breken ze mijn hand,' gromde hij. 'Of erger.'

'Niet als je samen met mij wegloopt.'

'Als je wegloopt word je gepakt en gedood.'

'Jou zal het nog slechter vergaan. Heer Bolten geeft Harrenhal aan de Mommers, dat heeft hij me zelf verteld.'

Gendry veegde zijn zwarte haar uit zijn ogen. 'En?'

Ze keek hem onbevreesd aan. 'Dus als Vargo Hoat hier de baas is gaat hij de voeten van alle bedienden afhakken om te voorkomen dat ze weglopen. Ook van de smeden.'

'Dat is maar een kletsverhaaltje,' zei hij minachtend.

'Nee, het is waar. Ik heb het heer Vargo zelf horen zeggen,' loog ze. 'Hij hakt iedereen een voet af. De linker. Ga naar de keuken en maak Warme Pastei wakker, die doet wat jij zegt. We hebben brood of haverkoeken of iets dergelijks nodig. Als jij de zwaarden haalt zorg ik voor de paarden. We zien elkaar weer bij het achterpoortje in de oostmuur, achter de Spooktoren. Daar komt nooit iemand.'

'Ik ken dat poortje. Dat wordt bewaakt, net als de rest.'

'Nou en? Vergeet je de zwaarden niet?'

'Ik zei niet dat ik mee zou komen.'

'Nee. Maar als je komt, vergeet je dan de zwaarden niet?'

Hij fronste zijn wenkbrauwen. 'Nee,' zei hij ten slotte. 'Ik denk van niet.'

Arya ging de Brandstapeltoren in zoals ze eruit was gekomen en sloop de wenteltrap op, luisterend naar voetstappen. In haar slaapcel kleedde ze zich helemaal uit en hulde zich zorgvuldig in twee lagen kleingoed, warme kousen en haar schoonste tuniek. Dat was het livrei van heer Bolten. Op de borst was zijn wapenteken genaaid, de gevilde man van Fort Gruw. Ze bond haar schoenen dicht, gooide een wollen mantel om haar magere schouders en maakte die vast bij de hals. Stil als een schaduw ging ze de trap weer af. Voor de deur van heer Boltens bovenzaal bleef ze even luisteren, en toen ze slechts stilte hoorde duwde ze hem langzaam open.

De kaart van schapenhuid lag op tafel naast de resten van heer Boltens avondmaal. Ze rolde hem stevig op en stak hem in haar riem. Hij had bovendien zijn dolk op de tafel laten liggen, dus nam ze die ook, voor het geval Gendry de moed in de schoenen zou zinken.

Een paard hinnikte zacht toen ze de donkere stallen inglipte. De stalknechten sliepen allemaal. Ze porde er een aan met haar teen tot hij slaapdronken overeind ging zitten en zei: 'Huh? Tisser?'

'Heer Bolten heeft drie paarden nodig, gezadeld en opgetuigd.'

De jongen krabbelde overeind en veegde het stro uit zijn haar. 'Hè, op dit uur? Paarden, zei je?' Knipperend met zijn ogen keek hij naar het wapenteken op haar tuniek. 'Wat moet-ie met paarden in het donker?'

'Heer Bolten is niet gewend door bedienden ondervraagd te worden.' Ze kruiste haar armen.

De staljongen keek nog steeds naar de gevilde man. Hij wist wat die wilde zeggen. 'Drie, zei je?'

'Een, twee, drie. Jachtpaarden. Snel en zeker van tred.' Arya hielp hem met de breidels en zadels, zodat hij verder niemand hoefde te wekken. Ze hoopte dat ze hem naderhand niets zouden aandoen, al wist ze eigenlijk wel beter.

Het moeilijkste was de paarden het kasteel door te leiden. Ze bleef zoveel mogelijk in de schaduw van de ringmuur. De wachtposten die de ronde deden langs de borstwering hadden vrijwel recht omlaag moeten kijken om haar te zien. *En als ze me zien, wat dan? Ik ben de hofschenker van heer Bolten persoonlijk.* Het was een kille, vochtige herfstnacht. Uit het westen kwamen wolken aandrijven die de sterren verduisterden, en de Jammertoren snerpte klagelijk bij elke windvlaag. *Het ruikt naar regen.* Arya wist niet of dat al dan niet bevorderlijk zou zijn voor hun ontsnapping.

Niemand zag haar, en zij zag ook niemand, op een grijs-witte kat na die over de muur van het godenwoud sloop. Hij bleef staan en blies naar haar, wat herinneringen wakker riep aan de Rode Burcht en haar vader en Syrio Forel. 'Ik zou je best kunnen vangen als ik wou,' riep ze zachtjes tegen het dier, 'maar ik moet weg, kat.' De kat blies nog eens en rende ervandoor.

De Spooktoren was de bouwvalligste van Harrenhals vijf enorme torens. Donker en verlaten rees hij op achter de puinhopen van een ingestorte sept waar al bijna driehonderd jaar alleen ratten kwamen bidden. Daar wachtte ze om te zien of Gendry en Warme Pastei zouden komen. Ze had het gevoel dat ze heel lang moest wachten. De paarden knabbelden aan het onkruid dat tussen de verbrokkelde stenen opschoot, terwijl de wolken de laatste sterren verzwolgen. Arya haalde de dolk te voorschijn en sleep hem om haar handen iets te doen te geven, met lange soepele streken, zoals ze dat van Syrio had geleerd. Het geluid was rustgevend.

Lang voordat ze hen zag hoorde ze hen al aankomen. Warme Pastei ademde luid, en één keer struikelde hij in het donker, stootte zijn scheen en vloekte luid genoeg om half Harrenhal te wekken. Gendry was stiller, maar de zwaarden die hij bij zich had kletterden tegen elkaar onder het lopen. 'Hier ben ik.' Ze stond op. 'Stil, anders horen ze jullie nog.'

De jongens zochten zich over het puin een weg naar haar toe. Gendry droeg een geolied maliënhemd onder zijn mantel, zag ze, en zijn smidshamer hing op zijn rug. Het rode, ronde gezicht van Warme Pastei gluurde onder een kap uit. In zijn rechterhand bungelde een zak brood, en onder zijn linkerarm zat een grote, ronde kaas. 'Er staat een wacht bij dat poortje,' zei Gendry zacht. 'Dat zei ik al.'

'Jullie blijven hier bij de paarden,' zei Arya. 'Ik reken met hem af. Als ik roep, kom dan snel.'

Gendry knikte. Warme Pastei zei: 'Roep als een uil als je wilt dat we komen.'

'Ik ben geen uil,' zei Arya. 'Ik ben een wolf. Ik zal huilen.'

In haar eentje sloop ze door de schaduw van de Spooktoren. Ze liep snel, om haar vrees voor te blijven en had het gevoel of Syrio Forel naast haar liep, en Yoren, en Jaqen H'ghar, en Jon Sneeuw. Ze had het zwaard dat Gendry had meegebracht niet bij zich, nu nog niet. Hiervoor was de dolk beter geschikt. Hij was goed en scherp. Dit achterpoortje was de kleinste poort van heel Harrenhal, een smalle deur van stevig eiken, beslagen met ijzeren nagels, in een hoek van de muur aan de voet van een verdedigingstoren. Er stond maar een wacht op post, maar ze wist dat er bovenin de toren ook wachters moesten zijn, terwijl anderen over de nabijgelegen muur liepen. Wat er ook gebeurde, ze moest stil als een schaduw zijn. *Hij mag geen kreet slaken.* Er begonnen al wat losse regendruppels te vallen. Ze voelde er een op haar voorhoofd neerkomen en traag langs haar neus biggelen.

Ze deed geen poging om steels te doen, maar liep open en bloot op de wacht af, alsof ze door heer Bolten zelf was gestuurd. Hij zag haar komen, nieuwsgierig wat een page op dit duistere uur hierheen voerde. Toen ze dichterbij kwam zag ze dat het een noorderling was, heel lang en mager, met een rafelige bontmantel om. Dat was niet best. Een Frey of een van de Dappere Gezellen kon ze wel om de tuin leiden, maar de mannen van Fort Gruw dienden Rous Bolten al hun leven lang en kenden hem beter dan zij. *Als ik nu eens zeg dat ik Arya Stark ben en dat hij opzij moet gaan...* Nee, dat durfde ze niet. Hij was een noorderling, maar geen man van Winterfel. Hij hoorde bij Rous Bolten.

Toen ze bij hem was sloeg ze haar mantel naar achteren, zodat hij de gevilde man op haar borst kon zien. 'Heer Bolten stuurt me.'

'Op dit tijdstip? Waarom?'

Ze zag de glans van staal onder het bont en wist niet of ze sterk genoeg zou zijn om haar dolkpunt door maliën heen te boren. *Zijn keel, ik moet zijn keel hebben, maar hij is te lang, daar kom ik nooit bij.* Even wist ze niets te zeggen. Even was ze weer een klein meisje, en bang, en de regen op haar gezicht voelde aan als tranen.

'Hij zei dat ik al zijn wachters een zilverstuk moest geven als beloning voor hun goede diensten.' De woorden leken uit het niets te komen.

'Zilver, zei je?' Hij geloofde haar niet, maar hij zou het wel willen, want zilver was zilver, per slot van rekening. 'Geef op dan.'

Haar vingers groeven onder haar tuniek en kwamen te voorschijn met het muntje van Jaqen erin. In het donker kon ijzer wel voor dof geworden zilver doorgaan. Ze stak het uit... en liet het uit haar vingers vallen.

Zacht vloekend liet hij zich op één knie zakken om in het stof naar de munt te tasten, en daar was zijn hals, vlak voor haar. Arya trok haar dolk en haalde die over zijn keel, zo soepel als zomerzij. Zijn bloed golfde warm over haar handen en hij wilde schreeuwen, maar er zat ook bloed in zijn mond.

'*Valar morghulis*,' fluisterde ze terwijl hij stierf.

Toen hij niet meer bewoog raapte ze de munt op. Buiten de muren van Harrenhal huilde een wolf lang en luid. Ze tilde de balk op, zette hem opzij en trok de zware eikenhouten deur open. Tegen de tijd dat Warme Pastei en Gendry eraan kwamen met de paarden regende het hard. 'Je hebt hem gedóód!' hijgde Warme Pastei.

'Wat dacht je dan dat ik zou doen?' Haar vingers waren kleverig van het bloed, en de lucht maakte haar merrie schuw. *Dat geeft niet*, dacht ze terwijl ze zich in het zadel zwaaide. *De regen wast ze wel weer schoon.*

Sansa

*D*e troonzaal was een zee van juwelen, bont en felgekleurde stoffen. De achterste helft van de zaal was vol hooggeboren heren en dames die zich onder de hoge ramen verdrongen als viswijven op de kade.

De leden van Joffry's hofhouding probeerden elkaar vandaag naar de kroon te steken. Jalabhar Xho was een en al veren, zijn pluimage zo bizar en buitenissig dat het net leek of hij elk moment kon opvliegen. Regenbogen flitsten van de kristalkroon van de hoge septon zodra hij zijn hoofd bewoog. Aan de raadstafel fonkelde koningin Cersei in een japon van goudlaken waarvan de splitten met wijnrood fluweel gevoerd waren, en naast haar zat Varys bedrijvig te doen en onnozel te lachen in lila brokaat. Uilebol en ser Dontos hadden nieuwe geblokte pakken aan, schoongewassen als een lentemorgen. Zelfs vrouwe Tanda en haar dochters zagen er knap uit in bijpassende japonnen van turquoise zijde met eekhoornbont, en heer Gylis hoestte in een doek van scharlakenrode zijde, afgezet met gouden kant. Koning Joffry troonde boven iedereen uit temidden van de klingen en weerhaken van de IJzeren Troon. Hij was in karmijnrood brokaat gehuld, zijn mantel bezet met robijnen en zijn zware gouden kroon op zijn hoofd.

Sansa wurmde zich door het gedrang van ridders, schildknapen en rijke stedelingen en bereikte de voorzijde van de galerij, net toen een trompetstoot de komst van heer Tywin Lannister aankondigde.

Hij reed op zijn strijdros de hele zaal door en steeg af voor de IJzeren Troon. Sansa had nog nooit zo'n harnas gezien: helemaal van glad gepolijst, rood staal en ingelegd met gouden sierkrullen. Zijn rondelen waren zonnebundels, de gouden leeuw die zijn helm bekroonde had robijnen als ogen en zijn goudlakense mantel was met leeuwinnen op zijn schouders vastgemaakt, en zo lang en zwaar dat hij tot over de achterhand van zijn paard gedrapeerd hing. Zelfs het harnas van zijn paard was verguld, en het schabrak was van glanzende karmijnrode zijde met het blazoen van de Lannister-leeuw.

De heer van de Rots van Casterling was zo imponerend dat het als een schok kwam toen zijn ros pal voor de voet van de troon een lading mest deponeerde. Joffry moest er behoedzaam omheen stappen toen hij afdaalde om zijn grootvader te omhelzen en tot redder van de stad uit te roepen. Sansa sloeg een hand voor haar mond om haar nerveuze lachje te verbergen.

Met veel vertoon verzocht Joff zijn grootvader het bestuur van het rijk te aanvaarden, en heer Tywin nam die verantwoordelijkheid plechtig op zich 'totdat Uwe Genade meerderjarig wordt'. Daarna werd hij door schildknapen van zijn harnas ontdaan en hing Joff hem de ambtsketen van de Hand om. Heer Tywin nam naast de koningin aan de raadstafel plaats. Toen het strijdros weggeleid en zijn huldeblijk verwijderd was knikte Cersei dat de ceremoniën voortgezet konden worden.
   Geschal van koperen trompetten begroette ieder der helden die door de grote eikenhouten deuren binnentrad. Herauten riepen luidkeels hun namen en daden om en de edele heren en hooggeboren dames juichten net zo hard als halsafsnijders bij een hanengevecht. Als eerste kwam Hamer Tyrel, de heer van Hooggaarde, eens een krachtig man, sindsdien te dik geworden, maar nog altijd knap om te zien. Hij werd gevolgd door zijn zonen: ser Loras en diens oudere broer ser Garlan de Dappere. Ze waren alle drie eender gekleed in met sabelbont afgezet groen fluweel.
   De koning daalde opnieuw zijn troon af om hen te begroeten, een grote eer. Hij hing hen ieder een ketting van rozen om, gesmeed van zacht, geel goud, met een gouden schijf eraan waarop in robijnen de Leeuw van Lannister was aangebracht. 'De rozen steunen de leeuw, zoals de macht van Hooggaarde het rijk steunt,' verklaarde Joffry. 'Indien u mij om een gunst wilt vragen, spreek, en het zal geschieden.'
   En nu komt het, dacht Sansa.
   'Uwe Genade,' zei ser Loras, 'ik smeek u, vergun mij de eer in uw Koningsgarde te dienen om u tegen uw vijanden te verdedigen.'
   Joffry hielp de Bloemenridder overeind en kuste hem op de wang. 'Gebeurd, broeder.'
   Heer Tyrel boog zijn hoofd. 'Er bestaat geen groter genoegen dan Uwe Genade de koning te dienen. Mocht ik het lidmaatschap van uw koninklijke raad waardig worden gekeurd, dan zult u niemand trouwer en waarachtiger bevinden dan mij.'
   Joff legde een hand op heer Tyrels schouder en kuste hem toen hij opstond. 'Uw wens is vervuld.'
   Ser Garlan Tyrel, vijf jaar ouder dan ser Loras, was een langere, baardige uitgave van zijn beroemdere jongere broer. Hij was breder van borst en schouders, en al was zijn gezicht aantrekkelijk genoeg, hij miste de opvallende schoonheid van ser Loras. 'Uwe Genade,' zei Garlan toen de koning bij hem was aangekomen, 'ik heb een maagdelijke zuster, Marjolij, de vreugde van ons huis. Zoals u weet was zij met Renling Baratheon gehuwd, maar heer Renling trok ten strijde voor het huwelijk geconsummeerd kon worden, dus is zij nog ongerept. Marjolij heeft over uw wijsheid, moed en ridderlijkheid horen vertellen en u van verre liefgekregen. Ik smeek u haar te laten halen, haar tot gemalin te ne-

men en voor altoos uw huis met het mijne te verbinden.'

Met veel vertoon van verbazing zei koning Joffry: 'Ser Garlan, de schoonheid van uw zuster is befaamd in de Zeven Koninkrijken, maar ik ben aan een ander toegezegd. Een koning moet woord houden.'

Met ritselende rokken rees koningin Cersei op. 'Uwe Genade, naar het oordeel van uw kleine raad zou het noch gepast, noch wijs zijn als u trouwde met de dochter van een man die wegens verraad is onthoofd, een meisje wier broer nu op dit moment openlijk in opstand is tegen de troon. Sire, uw raadgevers smeken u, omwille van het welzijn van het rijk, zie af van Sansa Stark. Jonkvrouwe Marjolij zal een veel betere koningin voor u zijn.'

Als een meute afgerichte honden begonnen de heren en dames in de zaal bijval te roepen. '*Marjolij*,' riepen ze. 'Geef ons Marjolij!' en 'Geen verraderlijke koninginnen! Tyrel! Tyrel!'

Joffry hief een hand op. 'Ik zou graag gehoor geven aan de wensen van mijn volk, moeder, maar ik heb een heilige gelofte afgelegd.'

Nu trad de hoge septon naar voren. 'Uwe Genade, de goden hechten groot gewicht aan een verloving. Maar uw vader, koning Robert zaliger nagedachtenis, sloot dit verbond voordat de Starks van Winterfel hun trouweloosheid hadden geopenbaard. Hun misdaden jegens het rijk hebben u van iedere belofte tegenover hen ontslagen. Wat het Geloof betreft bestaat er geen geldig huwelijkscontract tussen u en Sansa Stark.'

Luid gejuich vulde de troonzaal, en overal om haar heen barstten kreten van '*Marjolij, Marjolij*' los. Sansa boog zich naar voren, haar handen om de houten balustrade van de galerij geklemd. Ze wist wat er nu zou komen, maar desondanks was ze bang voor wat Joffry zou zeggen, bang dat hij zelfs nu zijn hele koninkrijk ervan afhing, toch nog zou weigeren haar vrij te laten. Ze had een gevoel alsof ze opnieuw op de marmeren trappen voor de grote sept van Baelor stond te wachten totdat haar prins haar vader zou begenadigen maar hem in plaats daarvan Ilyn Peyn hoorde bevelen hem te onthoofden. *Ik smeek u*, bad ze vurig, *laat het hem zeggen, laat het hem zeggen.*

Heer Tywin stond naar zijn kleinzoon te kijken. Joff wierp hem een norse blik toe, ging verstaan en hielp ser Garlan overeind. 'De goden zijn goed, ik ben vrij om de wens van mijn hart te volgen. Ik zal uw zuster huwen, en gaarne, ser.' Hij kuste ser Garlan op een baardige wang, terwijl overal om hem heen gejuich klonk.

Sansa voelde zich eigenaardig licht in het hoofd. *Ik ben vrij.* Ze voelde de blikken die op haar gericht werden. *Ik mag niet glimlachen*, hield ze zichzelf voor. De koningin had haar gewaarschuwd: wat ze van binnen ook voelde, het gezicht dat ze de wereld toonde moest ontdaan kijken. 'Ik laat mijn zoon niet vernederen,' had Cersei gezegd. 'Heb je me begrepen?'

'Ja. Maar als ik geen koningin word, wat gebeurt er dan met me?'

'Dat zullen we nog nader moeten bepalen. Voorlopig blijf je hier aan het hof als onze pupil.'

'Ik wil naar huis.'

Dat ergerde de koningin. 'Je zou zo langzamerhand moeten weten dat niemand krijgt wat hij wil.'

Maar ik wel, dacht Sansa. *Ik ben van Joffry af. Ik hoef hem niet te kussen, of hem mijn maagdelijkheid te geven, of zijn kinderen te baren. Dat mag Marjolij Tyrel allemaal doen. Het arme kind.*

Toen het gejuich weggestorven was had de heer van Hooggaarde een zetel aan de raadstafel gekregen en hadden zijn zonen zich bij de rest van de ridders en jonkers onder de ramen gevoegd. Sansa deed haar best troosteloos en verlaten te kijken terwijl intussen andere helden van de Slag op het Zwartewater naar voren werden geroepen om hun beloning in ontvangst te nemen.

Paxter Roodweijn, heer van het Prieel, marcheerde de ganse lange zaal door, geflankeerd door zijn tweelingzonen Hoor'es en Hobbel. De eerstgenoemde hinkte vanwege de wond die hij in de slag had opgelopen. Na hen kwamen heer Mathis Rowin in een sneeuwwit wambuis met een grote boom in gouddraad op de borst geborduurd; heer Randyl Tarling, mager en kalend, een slagzwaard in een met juwelen bezette schede op zijn rug; ser Kevan Lannister, een gezette, eveneens kalende man met een korte baard; ser Addam Marbrand, wiens koperkleurige haar tot op zijn schouders golfde; en de grote heren uit het westen, Liden, Krakenhal en Brax.

Daarna kwamen er vier van lagere geboorte die zich in de strijd onderscheiden hadden: de eenogige ridder ser Filips Voeth, die heer Brys Caron in een tweegevecht had gedood; de vrijruiter Lothor Brune, die zich een weg had gehouwen door vijftig wapenknechten van Graftweg, ser Jon van de groene appeltak gevangen had genomen en ser Bryen en ser Edwied van de rode had gedood en zich daarmee de naam Lothor de Appeleter had verworven. Voorts Willet, een vergrijsde wapenknecht in dienst van heer Harys Vlugh, die zijn meester onder zijn stervende paard vandaan getrokken en tegen een dozijn aanvallers verdedigd had; en een schildknaap met een donsbaard genaamd Josmijn Pickelaar, die twee ridders had gedood, een derde had verwond en nog twee anderen had gevangen, al kon hij niet ouder dan veertien zijn. Willet werd op een baar naar binnen gedragen, zo ernstig waren zijn verwondingen.

Ser Kevan had een zetel naast zijn broer Tywin ingenomen. Toen de herauten klaar waren met het opsommen van de diverse heldendaden rees hij op. 'Het is de wens van Zijne Genade dat deze goede mannen voor hun moed worden beloond. Derhalve heeft hij beslist dat ser Filips voortaan heer Filips van het huis Voeth zal zijn, en dat hem heel het grondgebied en alle rechten en inkomsten van het huis Caron zullen toebehoren. Lothor Brune wordt in de ridderstand verheven en ontvangt na afloop van de oorlog grond en een woontoren in het rivierengebied. Josmijn Pickelaar krijgt een zwaard en harnas, een strijdros naar keuze uit de koninklijke stallen, en zodra hij meerderjarig wordt de ridderslag. En ten slotte ontvangt de waarde Willet een speer met een met zilver beslagen schacht, een halsberg van nieuwe maliën, en een volledige helm met vizier. Voorts komen de zonen van deze waarde man in dienst bij het huis Lannister van de Rots van Casterling, de oudste als schildknaap en de jongste als page, met de kans het in geval van trouwe en goede dienst tot ridder te brengen. Dit alles met instemming van de Hand des Konings en de kleine raad.'

De kapiteins van de koninklijke oorlogsschepen de *Wilde Wind*, de *Prins Aemon* en de *Rivierpijl* werden als volgenden geëerd, samen met enkele onderofficieren van de *Godengenade*, de *Lans*, de *Zijden Vrouwe* en de *Ramskop*. Voorzover Sansa begreep was hun voornaamste heldendaad dat ze de slag op de rivier hadden overleefd, iets waarop weinigen zich konden beroemen. Hallyn de Vuurbezweerder, de meester van het Alchemistengilde, kreeg de titel heer, al viel het Sansa wel op dat die met grondgebied noch slot gepaard ging, zodat de alchemist net zomin een echte heer was als Varys. Dan had de titel heer die aan ser Lancel Lannister werd geschonken meer om het lijf. Joffry schonk hem het grondgebied, het slot en de rechten van het huis Darring, van wie de laatste heer, een kind nog, was omgekomen tijdens de strijd in het rivierengebied, 'omdat hij geen wettige erfgenamen van het bloed van Darring achterlaat, maar slechts een bastaardneef'.

Ser Lancel verscheen niet om zijn titel in ontvangst te nemen. Het gerucht ging dat zijn wond hem zijn arm of zelfs zijn leven zou kosten. De Kobold was ook stervende, zei men, aan een afschuwelijke hoofdwond.

Toen riep de heraut '*Heer Petyr Baelish*', en die trad naar voren, van top tot teen gehuld in verschillende tinten roze en donkerpaars, een patroon van spotvogels op zijn mantel. Ze kon hem zien glimlachen toen hij voor de IJzeren Troon knielde. *Wat kijkt hij tevreden.* Sansa had niet gehoord dat Pinkje zich in de slag bijzonder heldhaftig had gedragen, maar hij scheen toch beloond te worden.

Ser Kevan rees weer op. 'Het is de wens van Zijne Genade dat zijn loyale raadgever Petyr Baelish beloond wordt voor zijn trouwe diensten jegens kroon en rijk. Weet dan dat heer Baelish het slot Harrenhal met alle bijbehorende grond en inkomsten ontvangt om er zijn zetel te vestigen en voortaan te heersen als Opperheer van de Drietand. Petyr Baelish en zijn zonen en kleinzonen zullen genoemde gunsten tot het einde der tijden genieten, en alle heren van de Drietand zullen hem manschap doen als hun rechtmatige leenheer. Dit met instemming van de Hand des Konings en de kleine raad.'

Nog steeds geknield keek Pinkje naar koning Joffry op. 'Mijn nederige dank, Uwe Genade. Dat betekent dat ik nu toch maar eens voor zonen en kleinzonen moet gaan zorgen, vermoed ik.'

Joffry lachte, en het hof met hem. *Opperheer van de Drietand,* dacht Sansa, *en bovendien heer van Harrenhal.* Ze begreep niet waarom hij daar zo blij mee was. Als huldeblijk was het even nietszeggend als de titel die Hallyn de Vuurbezweerder had gekregen. Iedereen wist dat Harrenhal vervloekt was, en de Lannisters hadden het op dit moment niet eens in handen. Afgezien daarvan waren de heren van de Drietand eedplichtig aan Stroomvliet en het huis Tulling, en aan de koning in het Noorden. Ze zouden Pinkje nooit als leenheer aanvaarden. *Tenzij ze ertoe gedwongen worden. Tenzij mijn broer, mijn oom en mijn grootvader allemaal ten val gebracht en gedood worden.* Die gedachte verontrustte Sansa hevig, maar ze hield zichzelf voor dat het onzin was. *Robb heeft ze tot nu toe steeds weer verslagen. Als het moet zal hij heer Baelish ook verslaan.*

Er kwamen die dag meer dan zeshonderd nieuwe ridders bij. Ze hadden de hele nacht gewaakt in de grote sept van Baelor en waren die ochtend barrevoets door de stad gelopen om de nederigheid van hun hart te bewijzen. Nu traden ze naar voren in hemden van ongewassen wol om door de Koningsgarde tot ridder te worden geslagen. Het duurde lang, want er waren maar drie broeders van het Witte Zwaard aanwezig om de ridderslag uit te delen. Mandon Moer was omgekomen in de strijd, de Jachthond was spoorloos verdwenen, Aerys Eikhart bevond zich in Dorne bij prinses Myrcella en Jaime Lannister was de gevangene van Robb, dus was de Koningsgarde gereduceerd tot Balon Swaan, Meryn Trant en Osmond Ketelzwart. Zodra iemand tot ridder was geslagen stond hij op, gespte zijn zwaardriem om en nam plaats onder de ramen. Sommigen hadden bloed aan hun voeten van hun tocht door de stad, maar het scheen Sansa toe dat ze er desondanks hoog opgericht en trots bij stonden.

Tegen de tijd dat alle nieuwe ridders hun *ser* in ontvangst hadden genomen werd de zaal onrustig, Joffry voorop. Van de galerij waren al mensen weggeglipt, maar de hooggeplaatste lieden beneden zaten in de val: zij konden niet zonder 's konings verlof vertrekken. Te oordelen naar de manier waarop hij op de IJzeren Troon wiebelde zou Joffry dat best goedgevonden hebben, maar zijn dagtaak zat er nog lang niet op, want nu kwam de keerzijde van de medaille. De krijgsgevangenen werden binnengeleid.

In dat gezelschap bevonden zich ook grote heren en edele ridders: de verzuurde oude heer Celtigar, de Rode Kreeft; Ser Bonifer de Goede;

heer Estermont, nog bejaarder dan Celtigar; heer Varner, die met een verbrijzelde knie de hele zaal doorstrompelde maar elke hulp weigerde; de felle Rode Ronnet van Griffioenshorst, ser Dirmot van het Regenbos, heer Willum en zijn zonen Josua en Elyas; ser Jon Graftweg; ser Timon Schraapzwaard; Auran, de bastaard van Driftmark, heer Staedmon, bijgenaamd de Penninglievende; en honderden anderen.

Degenen die tijdens de slag waren overgelopen hoefden alleen de leeneed aan Joffry te zweren, maar degenen die tot het einde toe voor Stannis hadden gevochten moesten zich uitspreken. Hun lot werd door hun woorden beslecht. Als ze om vergiffenis voor hun verraad smeekten en beloofden Joffry voortaan trouw te dienen nam hij hen op in zijn koningsvrede en schonk hun al hun grondgebied en rechten terug. Maar een handvol bleef hem trotseren. 'Denk maar niet dat het afgelopen is, jongen,' waarschuwde er een, de bastaardzoon van een Florens. 'De Heer des Lichts beschermt koning Stannis, nu en voor immer. Al je zwaarden en al je intriges zullen je niet baten als zijn uur gekomen is.'

'Op dit moment is jóuw uur gekomen.' Joffry wenkte ser Ilyn Peyn dat hij de man naar buiten moest leiden en onthoofden. Maar de man was nog niet weggesleept of een plechtig ogende ridder met een vurig hart op zijn wapenrok riep: 'Stannis is de ware koning. Op de IJzeren Troon zit een monster, een gruwel, uit incest geboren!'

'Zwijg!' bulderde ser Kevan Lannister.

In plaats daarvan verhief de ridder zijn stem nog meer. 'Joffry is de zwarte worm die aan het hart van het rijk knaagt. Duisternis was zijn vader en dood zijn moeder! Vernietig hem voor hij u allen tot verderf brengt! Vernietig hen allen, de koningin der hoeren en de koning der wormen, de veile dwerg, de fluisterende spin en de valse bloemen. Red uzelf!' Een van de goudmantels sloeg de man tegen de grond, maar hij bleef schreeuwen: 'Het reinigende vuur zal komen! Koning Stannis zal terugkeren!'

Joffry kwam zwaaiend overeind. '*Ik* ben de koning. Sla hem dood, nu! Ik beveel het!' Hij maakte een hakkende beweging met zijn hand, een furieus, woedend gebaar... en krijste van de pijn toen hij zijn arm openhaalde aan een van de scherpe metalen weerhaken waardoor hij omringd was. Het karmijnrode brokaat van zijn mouw kleurde donkerrood toen het zijn bloed opzoog. '*Moeder!*' jammerde hij.

Nu alle ogen op de koning gericht waren wist de man op de vloer een van de goudmantels een speer te ontworstelen, die hij gebruikte om zich overeind te werken. 'De troon wijst hem af!' riep hij. '*Hij is geen koning!*'

Cersei rende al naar de troon, maar heer Tywin bleef doodstil zitten. Hij hief slechts een vinger op, en ser Meryn Trant kwam met getrokken zwaard naar voren. Het einde was snel en meedogenloos. De goudmantels grepen de ridder bij de armen. '*Geen koning!*' riep hij nogmaals terwijl ser Meryn hem de punt van zijn zwaard in de borst stiet.

Joff zonk in zijn moeders armen. Drie maesters schoten toe om hem via de koninklijke deur de zaal uit te werken. Daarna begon iedereen tegelijk te praten. Toen de goudmantels de dode wegsleepten liet hij een helder gekleurd bloedspoor op de stenen vloer achter. Heer Baelish streelde zijn baard terwijl Varys hem iets influisterde. *Worden we nu weggestuurd*, vroeg Sansa zich af. Een twintigtal gevangenen stond nog te wachten; om trouw te zweren of vervloekingen te roepen, wie zou het zeggen?

Heer Tywin stond op. 'We gaan verder,' zei hij met een heldere, krachtige stem die een einde maakte aan het gemompel. 'Zij die om vergiffenis willen smeken voor hun verraad mogen dat doen. En geen dwaasheden meer.' Hij liep naar de IJzeren Troon en ging op een tree zitten, slechts drie voet boven de vloer.

Achter de ramen schemerde het al toen de zitting ten einde liep. Sansa voelde zich slap van vermoeidheid toen ze de galerij afdaalde. Ze vroeg zich af hoe ernstig Joffry zich had gesneden. *Ze zeggen dat de IJzeren Troon gevaarlijk wreed kan zijn voor wie niet voorbestemd is hem te bekleden.*

Teruggekeerd in de veiligheid van haar vertrekken drukte ze een kussen tegen haar gezicht om een vreugdekreet te smoren. *Goeie goden, hij heeft het gedaan, hij heeft me voor het oog van de wereld aan de kant gezet.* Toen een dienstmeisje haar avondeten bracht, had ze haar bijna een kus gegeven. Er was warm brood, vers gekarnde boter, een dikke rundvleessoep, een kapoen met worteltjes en perziken in honing. *Zelfs het eten smaakt zoeter*, dacht ze.

Na donker sloeg ze een mantel om en ging naar het godenwoud. Ser Osmond Ketelzwart stond in zijn witte harnas op wacht bij de valbrug. Sansa deed haar best om ongelukkig te klinken toen ze hem goedenavond wenste. Hij grijnsde spottend, zodat ze niet zeker wist of ze helemaal overtuigend was geweest.

Dontos wachtte haar op in de lommerrijke maneschijn. 'Waarom zo'n treurig gezicht?' vroeg Sansa hem opgewekt. 'U was er ook bij, u hebt gehoord hoe Joff me aan de kant zette, hij hoeft me niet meer, hij...'

Hij greep haar hand. 'O Jonquil, mijn arme Jonquil, je begrijpt het niet. Hoeft je niet meer? Ze zijn nog maar net begonnen.'

De schrik sloeg haar om het hart. 'Wat bedoelt u?'

'De koningin zal u nooit en te nimmer laten gaan. U bent veel te waardevol als gijzelaar. En Joffry... lieve schat, hij is nog altijd de koning. Als hij u in zijn bed wil krijgt hij u, alleen zal hij nu bastaards in uw schoot zaaien in plaats van wettige zonen.'

'Nééé,' zei Sansa geschokt. 'Hij heeft me laten gaan, hij...'

Ser Dontos drukte een natte kus op haar oor. 'Vat moed. Ik heb gezworen dat ik u naar huis zou brengen, en nu kan het. De dag staat al vast.'

'Wanneer?' vroeg Sansa. 'Wanneer gaan we?'

'De avond van Joffry's huwelijk. Na het feest. Alle noodzakelijke voorbereidingen zijn getroffen. De Rode Burcht is dan vol vreemden, de helft van het hof is dronken en de andere helft helpt mee om Joffry en zijn bruid naar bed te brengen. U zult een tijdlang vergeten worden, en de verwarring is gunstig voor ons.'

'Die bruiloft is pas over een maand. Marjolij Tyrel is nog in Hooggaarde, ze hebben haar nu pas laten halen.'

'U hebt al zo lang gewacht, heb nog een klein beetje meer geduld. Hier is iets voor u.' Ser Dontos frommelde in zijn buidel, haalde een zilveren spinnenweb te voorschijn en liet het tussen zijn worstvingers bungelen.

Het was een haarnet van fijn gesponnen zilver, de strengen zo dun en delicaat dat het net niet meer leek te wegen dan een windvlaag toen Sansa het aanpakte. Overal waar twee strengen elkaar kruisten zaten kleine edelsteentjes, zo donker dat het maanlicht erdoor verzwolgen werd.

'Wat zijn dat voor stenen?'

'Zwarte amethisten uit Asshai. De zeldzaamste soort, bij daglicht zijn ze van onvervalst donker purper.

'Het is prachtig,' zei Sansa, terwijl ze dacht: *Ik heb een schip nodig, geen haarnet.*

'Mooier dan je beseft, lief kind. Het is magisch, moet je weten. Wat je daar hebt, betekent gerechtigheid. Het betekent wraak voor je vader.' Dontos boog zich naar voren om haar nogmaals te kussen. 'Het betekent: *naar huis.*'

Theon

Toen buiten de muren de eerste verkenners gesignaleerd werden zocht maester Luwin hem op. 'Heer prins,' zei hij, 'u moet zich overgeven.'

Theon staarde naar het bord haverkoeken met bloedworst dat hem als ontbijt was voorgezet. Na nog een slapeloze nacht leefde hij op de toppen van zijn zenuwen, en alleen al de aanblik van het eten maakte hem onpasselijk. 'Is er geen antwoord van mijn oom?'

'Niets,' zei de maester. 'Noch van uw vader op Piek.'

'Stuur nog meer vogels.'

'Dat haalt niets uit. Tegen de tijd dat die vogels in...'

'*Stuur ze!*' Hij veegde het bord eten met zijn arm opzij, schoof de dekens van zich af en stond naakt en boos uit het bed van Ned Stark op. 'Of wil je me dood hebben? Is dat het, Luwin? De waarheid nu.'

De kleine grijze man was niet bevreesd. 'Mijn orde dient.'

'Ja, maar wie?'

'Het rijk,' zei maester Luwin, 'en Winterfel. Theon, eens heb ik je rekenen en lezen, geschiedenis en krijgskunde bijgebracht. En ik had je nog meer kunnen leren, als je gewild had. Ik zal niet beweren dat ik je een warm hart toedraag, nee, maar haten kan ik je evenmin. Zelfs al zou ik dat wel doen, zolang jij Winterfel in handen hebt ben ik bij ede gebonden jou van advies te dienen. Dus nu raad ik je aan je over te geven.'

Theon bukte om een verfrommelde mantel van de vloer op te rapen, schudde de biezen eruit en sloeg hem om zijn schouders. *Een vuur. Ik moet een vuur hebben, en schone spullen. Waar is Wex? Ik wil niet met vuile kleren mijn graf in.*

'Er is geen hoop dat je zult standhouden,' vervolgde de maester. 'Als je vader je hulp had willen sturen had hij dat nu wel gedaan. Hem gaat het om de Nek. De slag om het noorden zal in de puinhopen van de Motte van Cailin worden uitgevochten.'

'Mogelijk,' zei Theon. 'En zolang ik Winterfel bezet houd kunnen ser Rodrik en Starks baanderheren niet naar het zuiden marcheren om mijn oom in de rug aan te vallen.' *Ik weet meer van krijgskunde af dan jij denkt, oude man.* 'Ik heb voedsel genoeg om een beleg van een jaar te doorstaan, als het moet.'

'Er komt geen beleg. Misschien hebben ze een dag of twee nodig om ladders te maken en werphaken aan touwen te binden. Maar het zal niet lang duren of ze komen op honderd plaatsen tegelijk je muren over. In de donjon kun je misschien nog even standhouden, maar het kasteel valt binnen een uur. Je doet er beter aan je poort te openen en om...'

'... *genade* te smeken? Ik weet wat voor genade ik van hen verwachten kan.'

'Er is een weg.'

'Ik ben ijzergeboren,' hield Theon hem voor. 'Ik volg mijn eigen weg. Welke keus hebben ze me gelaten? Nee, geen antwoord geven, ik heb schoon genoeg van je *raad*. Doe wat ik zeg en stuur die vogels, en zeg tegen Lorren dat ik hem wil spreken. En Wex ook. Mijn maliën moeten geschuurd en mijn garnizoen moet zich op de binnenplaats verzamelen.'

Even dacht hij dat de maester hem zou trotseren. Maar ten slotte boog Luwin stijfjes. 'Zoals u beveelt.'

Het was een jammerlijk troepje: een klein hoopje ijzermannen op een grote binnenplaats. 'De noorderlingen zijn voor de avond hier,' lichtte hij hun in. 'Ser Rodrik Cassel en alle heren die aan zijn oproep gehoor hebben gegeven. Ik heb dit slot ingenomen en ik ben van plan er te blijven, te leven of sterven als prins van Winterfel. Maar ik zal niemand bevelen met mij te sterven. Als jullie nu vertrekken, voordat ser Rodriks hoofdmacht hier is, maken jullie nog een kans om erdoor te komen.' Hij trok zijn zwaard en trok een streep op de grond. 'Wie wil blijven om te vechten moet naar voren komen.'

Niemand sprak een woord. Daar stonden de mannen in hun maliën, bont en verharde leer en verroerden geen vin. Enkelen wisselden een blik. Urzen schuifelde met zijn voeten. Dyk Harlang schraapte zijn keel en spuwde. De wind woelde met een vinger Endehars lange haar om.

Theon had het gevoel te verdrinken. *Waarom verbaast me dit*, dacht hij grimmig. Zijn vader liet hem in de steek, zijn ooms, zijn zuster, en zelfs die ellendige Riekt. Waarom zouden zijn mannen meer trouw betonen? Er viel niets te zeggen en niets aan te doen. Hij kon slechts onder de harde witte hemel aan de voet van die grote, grauwe muren blijven staan met zijn zwaard, en wachten, wachten...

Wex stapte als eerste de streep over. Drie snelle passen en hij stond naast Theon, met afgezakte schouders. Zwarte Loren, beschaamd gemaakt door de jongen, was de volgende, een en al norsheid. 'Wie nog meer?' wilde hij weten. Rode Rolf kwam naar voren. Krom, Werlag, Tymor met zijn broers, Ulf de Kwaaie, Harreg de Schapensteler. Vier Harlangs en twee Bottelaars. Kenned de Walvis was de laatste. Alles bij elkaar zeventien man.

Urzen was een van degenen die niet bewoog, en Styg, en alle tien de mannen die Asha uit de Motte van Diephout had meegebracht. 'Ga dan maar,' zei Theon tegen hen. 'Ga maar op een holletje naar mijn zuster.

Zij zal jullie ongetwijfeld allemaal hartelijk ontvangen.'

Styg had het fatsoen om beschaamd te kijken. De overigen liepen zwijgend weg. Theon wendde zich tot de zeventien die bleven. 'Ga de muren maar weer op. Als de goden ons sparen zal ik jullie stuk voor stuk in gedachten houden.'

Zwarte Lorren bleef nog toen de rest weg was. 'Zodra de strijd begint zullen de slotbewoners zich tegen ons keren.'

'Dat weet ik. Wat wil je dat ik daaraan doe?'

'Afmaken,' zei Lorren. 'Allemaal.'

Theon schudde zijn hoofd. 'Is de strop klaar?'

'Ja. Wou je die echt gebruiken?'

'Weet jij iets beters?'

'Jawel. Ik ga met mijn bijl op die valbrug staan, en laat ze dan maar komen. Eén tegelijk, twee, drie, het maakt niet uit. Niemand komt de gracht over zolang ik nog adem in mijn lijf heb.'

Hij wil sneuvelen, dacht Theon. *Hij is niet op een overwinning uit, maar op een einde dat het bezingen waard is.* 'We gebruiken de strop.'

'Zoals je wilt,' antwoordde Lorren met minachting in zijn blik.

Geholpen door Wex rustte hij zich toe voor de strijd. Onder zijn zwarte wapenrok en gouden mantel had hij een goed geolied maliënhemd, en daaronder een laag stevig, verhard leer. Gepantserd en bewapend beklom Theon de wachttoren op de hoek van de oostmuur en de zuidmuur om zijn doem in ogenschouw te nemen. De noorderlingen verspreidden zich om het slot te omsingelen. Hun aantal was moeilijk te schatten. Minstens duizend, misschien tweemaal dat aantal. *Tegen zeventien man.* Ze hadden werpblijden en schorpioenen bij zich. Hij zag geen belegeringstorens over de koningsweg bolderen, maar er was genoeg hout in het wolfswoud om er net zoveel te bouwen als nodig zou zijn.

Theon bestudeerde hun banieren door de Myrische lens van maester Luwin. Overal waar hij keek wapperde fier de strijdbijl van Cerwyn, en verder waren de bomen van Langhart en de zeemeermannen uit Withaven te zien. Minder algemeen waren de wapentekens van Grind en Karstark. Hier en daar zag hij zelfs de elandstier van Hoornwoud. *Maar geen Hanscoes, daar heeft Asha voor gezorgd, geen Boltens uit Fort Gruw, geen Ombers uit de schaduw van de Muur.* Niet dat ze nodig waren. Weldra verscheen de jonge Cerwyn voor de poort met een vredesbanier aan een lange stok om aan te kondigen dat ser Rodrik Cassel met Theon de Overloper wilde onderhandelen.

Overloper. Die benaming was bitter als gal. Hij was naar Piek gegaan om met zijn vaders langschepen een aanval op Lannispoort te doen, herinnerde hij zich. 'Ik kom zo naar buiten,' riep hij naar beneden. 'Alleen.'

Zwarte Lorren keurde dat af. 'Bloed is slechts met bloed uit te wissen,' verklaarde hij. 'Ridders mogen dan tegenover andere ridders te goeder trouw zijn, zodra ze te maken hebben met iemand die ze als vogelvrij beschouwen zijn ze minder zorgvuldig met hun eer.'

Theon zette zijn stekels overeind. 'Ik ben de prins van Winterfel en de erfgenaam van de IJzereilanden. Ga het meisje halen en doe wat ik gezegd heb.'

Zwarte Lorren wierp hem een hatelijke blik toe. 'Jawel, prins.'

Hij heeft zich ook al tegen me gekeerd, besefte Theon. De laatste dagen leek het wel of zelfs de stenen van Winterfel tegen hem waren. *Als ik sterf, sterf ik eenzaam en zonder vrienden.* Dan had hij toch geen andere keus dan te blijven leven?

Hij reed naar het poortgebouw met zijn kroon op zijn hoofd. Een vrouw was water aan het putten en Gies de kok stond in de deuropening van de keukens. Ze verborgen hun haat achter norse blikken en stalen gezichten, maar hij voelde hem toch.

Toen de valbrug neer was zuchtte er een kille windvlaag over de slotgracht. De aanraking ervan deed hem huiveren. *Het is de kou maar*, zei Theon bij zichzelf, *een huivering, geen siddering. Ook een dapper man huivert weleens van de kou.* Tegen die bijtende wind reed hij in, onder het valhek door en de brug over. De buitenpoort zwaaide open om hem door te laten. Toen hij onder de muur uitkwam voelde hij hoe de jongens hem gadesloegen vanuit de lege kassen waarin hun ogen hadden gezeten.

Ser Rodrik wachtte op het marktplein, gezeten op zijn gevlekte ruin. Naast hem waaide de schrikwolf van Stark aan een stok die door de jonge Cley Cerwyn werd gedragen. Ze waren alleen op het plein, maar Theon ontwaarde boogschutters op de daken van de omringende huizen, speerdragers aan zijn rechterkant, en links van hem een rij ridders te paard onder de zeemeerman met de drietand van het huis Manderling. *En allemaal zijn ze op mijn dood uit.* Sommigen waren knapen met wie hij had gedronken, gedobbeld en meisjes had versierd, maar dat zou hem niet baten als hij in hun handen viel.

'Ser Rodrik.' Theon hield de teugels in. 'Ik betreur het dat wij elkaar als vijanden ontmoeten.'

'Ik van mijn kant betreur het dat ik nog even zal moeten wachten voor ik je kan opknopen.' De oude ridder spuwde op de modderige grond. 'Theon de Overloper.'

'Ik ben een Grauwvreugd van Piek,' hield Theon hem voor. 'Op de mantel waarin mijn vader mij als zuigeling wikkelde stond een kraak, geen schrikwolf.'

'Je bent tien jaar lang de pupil van Stark geweest.'

'Zijn gijzelaar en gevangene, dat is hoe ik het noem.'

'Dan had heer Eddard je misschien beter aan een kerkermuur kunnen vastketenen. In plaats daarvan heeft hij je samen met zijn eigen zonen grootgebracht, diezelfde jongens die jij hebt afgeslacht, en tot mijn onsterfelijke schande heb ik je de krijgskunst bijgebracht. Ik wou dat ik een zwaard in je buik had gestoken in plaats van je er een in de hand te geven.'

'Ik ben gekomen om te onderhandelen, niet om me door jou te laten beledigen. Zeg wat je te zeggen hebt, ouwe man. Wat wil je?'

'Twee dingen,' zei de oude man. 'Winterfel, en je leven. Beveel je mannen de poorten te openen en de wapens neer te leggen. Wie geen kinderen heeft vermoord is vrij om te vertrekken, maar jou houden we vast om door koning Robb berecht te worden. Mogen de goden je genadig zijn als hij terugkomt.'

'Robb ziet Winterfel nooit meer terug,' verzekerde Theon hem. 'Hij zal zich stuklopen op de Motte van Cailin, zoals elk leger uit het zuiden de laatste tienduizend jaar heeft gedaan. Wij hebben het noorden nu in handen, ser.'

'Jullie hebben drie kastelen,' antwoordde ser Rodrik, 'en dit ene ga ik terugveroveren, Overloper.'

Dat negeerde Theon. 'Dit zijn mijn voorwaarden. Jullie hebben tot de avond om de aftocht te blazen. Wie Balon Grauwvreugd trouw zweert als zijn koning en mij als prins van Winterfel wordt in zijn rechten en bezittingen bevestigd, en er zal hem geen haar gekrenkt worden. Wie zich tegen ons verzet gaat eraan.'

De jonge Cerwyn zei ongelovig: 'Ben je gek, Grauwvreugd?'

Ser Rodrik schudde zijn hoofd. 'Alleen ijdel, jongen. Theon heeft altijd al een te hoge dunk van zichzelf gehad, vrees ik.' De oude man priemde met zijn vinger naar hem. 'Denk niet dat ik hoef te wachten tot Robb zich een weg door de Nek gevochten heeft om met lieden als jij af te rekenen. Ik heb bijna tweeduizend man... en als de geruchten waar zijn, heb jij er niet meer dan vijftig.'

In feite maar zeventien. Theon dwong zichzelf te glimlachen. 'Ik heb iets beters dan mannen.' En hij stak zijn vuist boven zijn hoofd, het sein waarop Zwarte Lorren instructies had te wachten.

Hij had de muren van Winterfel achter zich, maar ser Rodrik keek er pal tegenaan, dus hem kon het niet ontgaan. Theon observeerde zijn gezicht. Toen de kin onder die stijve witte bakkebaarden trilde wist hij precies wat de oude man zag. *Hij is niet verbaasd*, dacht hij treurig, *maar wel bang.*

'Dit is laag,' zei ser Rodrik. 'Om een kind zo te behandelen... dit is verachtelijk.'

'O, dat weet ik,' zei Theon. 'Dit heb ik ook ondergaan, of bent u dat vergeten? Ik was tien toen ik uit mijn vaders huis werd weggevoerd om

te zorgen dat hij niet meer in opstand zou komen.'
'*Dat was niet hetzelfde!*'
Met uitgestreken gezicht zei Theon: 'De strop die ik om had was niet van hennep, dat is zo, maar daarom heb ik hem nog wel gevoeld. En hij schaafde, ser Rodrik. Hij heeft me rauw geschaafd.' Dat had hij tot nog toe nooit ten volle beseft, maar nu de woorden uit hem kwamen rollen zag hij hoe waar het was.
'Er is je geen haar gekrenkt.'
'En jouw Beth wordt ook geen haar gekrenkt zolang jij...'
Ser Rodrik gaf hem geen kans om uit te spreken. '*Adder*,' zei de ridder, het gezicht tussen die witte bakkebaarden rood van woede. 'Ik heb je de kans gegeven je mannen te redden en te sterven met je eer nog enigszins intact, Overloper. Ik had moeten weten dat dat van een kindermoordenaar te veel gevraagd was.' Zijn hand ging naar het gevest van zijn zwaard. 'Ik zou je hier en nu moeten afmaken om een eind te maken aan je leugens en bedrog. Bij de goden, dat zou ik moeten doen.'

Theon was niet bang voor een beverig oud mannetje, maar die toekijkende boogschutters en die rij ridders, dat was iets heel anders. Als die zwaarden getrokken werden had hij weinig of geen kans om levend in het slot terug te keren. 'Als je je eed breekt en me vermoordt zul je je kleine Beth door een eind touw zien wurgen.'

Ser Rodriks knokkels waren wit geworden, maar na een ogenblik nam hij zijn hand van het gevest van zijn zwaard. 'Waarlijk, ik heb te lang geleefd.'

'Ik zal u niet tegenspreken, ser. Aanvaardt u mijn voorwaarden?'
'Ik heb verplichtingen jegens vrouwe Catelyn en het huis Stark.'
'En uw eigen huis? Beth is de laatste van uw bloed.'
De oude ridder rechtte zijn rug. 'Ik bied mijzelf aan in plaats van mijn dochter. Laat haar gaan en neem mij als gijzelaar. De slotvoogd van Winterfel is toch zeker meer waard dan een kind?'

'Voor mij niet.' *Een moedig gebaar, oude man, maar zo'n dwaas ben ik niet.* 'En ook niet voor heer Manderling of voor Leobald Langhart, wed ik.' *Jouw jammerlijke oude huid is in hun ogen niet meer waard dan die van een ander.* 'Nee, ik houd het meisje... en zolang u doet wat ik gezegd heb is ze veilig. Haar leven is in uw handen.'

'Goeie goden, Theon, hoe kún je dit doen? Je weet dat ik moet aanvallen, dat ik *gezworen* heb...'

'Als deze krijgsmacht met zonsondergang nog steeds gewapend voor mijn poort staat zal Beth hangen,' zei Theon. 'Met het ochtendkrieken volgt een tweede gijzelaar haar het graf in, en met zonsondergang een derde. Elke ochtend en avond zal iemand de dood brengen, totdat u weg bent. Het ontbreekt me niet aan gijzelaars.' Hij wachtte het antwoord niet af, maar wendde Lacher en reed terug naar het slot. Eerst reed hij langzaam, maar de gedachte aan die boogschutters in zijn rug zette hem al snel tot draf aan. De kleine hoofden zagen hem naderen op hun pieken; hun geteerde, gevilde gezichten werden met iedere pas groter, en tussen hen in stond de kleine Beth Cassel te huilen met een strop om haar nek. Theon dreef zijn hielen in Lachers flanken en ging in gestrekte galop over. Lachers hoeven roffelden als trommelslagen de valbrug over.

Op de binnenplaats steeg hij af en gaf de teugels aan Wex. 'Het kan zijn dat dit ze tegenhoudt,' zei hij tegen Zwarte Lorren. 'Dat weten we met zonsondergang. Haal het meisje zolang naar binnen en berg haar goed op.' Onder al die lagen leer, staal en wol was hij glibberig van het zweet. 'Ik heb een beker wijn nodig. Een heel vat zou nog beter zijn.'

In Ned Starks slaapkamer was een vuur aangestoken. Theon ging ervoor zitten en vulde een beker met zware rode wijn uit de kelders van het slot, een wijn die even zuur was als zijn stemming. *Ze gaan aanvallen*, dacht hij somber terwijl hij in de vlammen staarde. *Ser Rodrik houdt van zijn dochter, maar hij is nog steeds slotvoogd en vooral ridder.* Als Theon daar met een strop om zijn nek had gestaan, en heer Balon had daarbuiten aan het hoofd van het leger gestaan dan hadden de krijgshoorns het sein tot de aanval ongetwijfeld allang gegeven. Hij mocht de goden wel dankbaar zijn dat ser Rodrik niet ijzergeboren was. De mannen van de groene landen waren uit minder hard hout gesneden, al was hij er niet zeker van dat ze zacht genoeg zouden blijken.

En zo niet, als de oude man toch bevel gaf het slot te bestormen, dan zou Winterfel vallen, daarover maakte Theon zich geen illusies. Zijn zeventien man zouden misschien drie, vier of vijf keer hun eigen aantal doden, maar uiteindelijk zouden ze het onderspit delven.

Theon staarde over de rand van zijn wijnbeker in de vlammen en piekerde erover hoe onrechtvaardig het allemaal was. 'In het Fluisterwoud reed ik zij aan zij met Robb Stark,' prevelde hij. Hij was die nacht ook bang geweest, maar niet zoals nu. Door vrienden omringd ten strijde trekken was iets heel anders dan alleen en geminacht te gronde gaan. *Genade*, dacht hij, diep ongelukkig.

Toen de wijn geen soelaas bracht, stuurde Theon Wex om zijn boog te halen en ging hij naar het oude binnenplein. Daar bestookte hij de schuttersdoelen met pijlen tot zijn schouders zeer deden en zijn vingers bloedig waren, zonder langer te pauzeren dan nodig was om de pijlen uit de schietschijven te trekken voor een volgende reeks. *Met die boog heb ik Bran het leven gered*, zei hij bij zichzelf. *Ik wou dat ik mijn eigen leven kon redden.* Er kwamen vrouwen naar de put, maar ze bleven niet; als ze Theons gezicht zagen gingen ze er snel weer vandoor.

Achter hem stond de bouwvallige toren, de bovenkant getand als een kroon sinds de bovenverdiepingen lang geleden bij een brand waren ingestort. De schaduw van de toren draaide met de zon mee, een zwarte arm die zich naar Theon Grauwvreugd uitstrekte. Toen de zon de muur bereikte was hij erdoor gevangen. *Als ik het meisje opknoop vallen de noorderlingen meteen aan*, dacht hij terwijl hij een pijl losliet. *Als ik haar niet ophang weten ze dat mijn dreigementen loos zijn.* Met een ruk zette hij de volgende pijl op zijn pees. *Er is geen uitweg, geen enkele.*

'Als u honderd boogschutters had die net zo goed schoten als u, had u een kans om hier stand te houden,' zei een stem zacht.

Toen hij zich omdraaide stond maester Luwin achter hem. 'Donder op,' zei Theon. 'Ik heb genoeg van je raad.'

'En uw leven? Hebt u daar ook genoeg van, heer prins?'

Hij tilde de boog op. 'Nog één woord en ik schiet deze pijl door je hart.'

'O nee.'

Theon legde aan door de grauwe ganzenveren tot bij zijn wang te trekken. 'Wedden?'

'Ik ben je laatste hoop, Theon.'

Ik heb geen hoop meer, dacht hij. Toch liet hij de boog een halve duim zakken en zei: 'Ik vlucht niet.'

'Dat bedoel ik ook niet. Neem het zwart aan.'

'De Nachtwacht?' Langzaam ontspande Theon de pees en richtte de pijl op de grond.

'Ser Rodrik dient het huis Stark al zijn hele leven, en het huis Stark is de Wacht altijd welgezind geweest. Hij zal het niet weigeren. Open de poorten, leg de wapens neer, aanvaard zijn voorwaarden en hij zal wel gedwongen zijn je het zwart te laten aannemen.'

Een broeder van de Nachtwacht. Dat betekende: geen kroon, geen zonen, geen vrouw... maar het betekende ook leven, en leven met ere. Ned Starks eigen broer had voor de Wacht gekozen, en Jon Sneeuw ook. *Ik heb genoeg zwarte kleren als ik die kraken eraf torn. Zelfs mijn paard is zwart. Ik zou het ver kunnen schoppen bij de Wacht... tot hoofd van de wachtruiters, waarschijnlijk zelfs opperbevelhebber. Laat Asha die roteilanden maar houden, die zijn net zo naargeestig als zijzelf. Als ik in Oostwacht dien kan ik kapitein op mijn eigen schip worden en achter de Muur is het uitstekend jagen. Wat vrouwen betreft, welke wildlingenvrouw wil er geen prins in haar bed?* Een traag lachje verspreidde zich over zijn gezicht. *Met een zwarte mantel kun je niet overlopen. Ik zou niet slechter zijn dan een ander...*

'PRINS THEON!' De plotselinge kreet verbrijzelde zijn dagdroom. Krom snelde het binnenhof over. 'De noorderlingen...'

Een misselijkmakende vrees maakte zich abrupt van hem meester.

'Zijn ze in de aanval gegaan?'

Maester Luwin greep hem bij zijn arm. 'Er is nog tijd. Hijs een vredesbanier...'

'Ze vechten,' zei Krom dringend. 'Er kwamen nog meer mannen aan, met honderden tegelijk, en eerst deden ze of ze zich bij de anderen wilden voegen. Maar toen stortten ze zich erbovenop!'

'Is het Asha?' Kwam ze hem uiteindelijk toch redden?

Maar Krom schudde zijn hoofd. 'Nee. Het zijn *noorderlingen*, zei ik toch. Met een bloedige man op hun banier.'

De gevilde man van Fort Gruw. Voor zijn gevangenneming had Riekt de bastaard van Bolten gediend, stond het Theon bij. Hij kon moeilijk geloven dat een smeerlap als Riekt de Boltens had kunnen overhalen de andere kant te kiezen, maar dat was de enige zinnige verklaring. 'Ik ga zelf kijken,' zei Theon.

Maester Luwin kwam pal achter hem aan. Toen ze op de borstwering arriveerden lag het marktplein voor de poort bezaaid met dode mannen en stervende paarden. Hij zag geen gevechtslinies, alleen een kolkende massa banieren en klingen. Het geschreeuw en gegil weergalmde door de kille herfstlucht. Ser Rodrik leek een numeriek overwicht te hebben, maar de mannen van Fort Gruw werden beter geleid en hadden de anderen bij verrassing overvallen. Theon zag hen aanstormen, zich bliksemsnel terugtrekken en weer aanstormen, zodat het grotere leger aan bloedige mootjes werd gehakt zodra het zich tussen de huizen wilde hergroeperen. Boven het doodsbange geschetter van een verminkt paard uit hoorde hij ijzeren bijlbladen op eikenhouten schilden beuken. De herberg stond in brand, zag hij.

Zwarte Lorren verscheen naast hem en bleef een poosje zwijgend staan. De zon stond laag in het westen en verfde de velden en huizen allemaal vuurrood. Een ijle, beverige pijnkreet zweefde de muren over en achter de brandende huizen schetterde een krijgshoorn. Theon keek toe hoe een gewonde zich met pijn en moeite over de grond sleepte en zijn levensbloed op de grond vergoot bij zijn poging de put midden op het marktplein te bereiken. Hij stierf voor hij er was. Hij droeg een leren buis en een kegelvormige halfhelm, maar geen insigne dat verried aan wiens kant hij had gevochten.

De kraaien arriveerden tegelijk met de avondsterren in de blauwe schemering. 'De Dothraki denken dat de sterren de geesten van dappere doden zijn,' zei Theon. Dat had maester Luwin hem lang geleden eens verteld.

'Dothraki?'

'De paardenheren aan de overkant van de zee-engte.'

'O, die.' Zwarte Lorren fronste boven zijn baard. 'Wilden geloven allerlei rare dingen.'

Naarmate de nacht donkerder werd en de rook zich verspreidde werd het steeds moeilijker om te zien wat er beneden gebeurde, maar het gekletter van staal verflauwde geleidelijk tot niets en het geschreeuw en de krijgshoorns maakten plaats voor gekreun en klaaglijk gejammer. Ten slotte dook er uit de rondzwevende rook een ruiterstoet op. Aan het hoofd reed een ridder in een donkere wapenrusting. Zijn ronde helm blonk dofrood en van zijn schouders wapperde een lichtroze mantel. Voor de hoofdpoort hield hij de teugels in, en een van zijn mannen schreeuwde dat ze het slot moesten openen.

'Zijn jullie vriend of vijand?' bulderde Zwarte Lorren.

'Zou een vijand zulke mooie geschenken meebrengen?' De roodhelm wuifde met een hand, en voor de poort werden drie lijken neergesmeten. Daarboven werd een toorts heen en weer bewogen, zodat de verdedigers op de muren de gezichten van de doden konden zien.

'De ouwe slotvoogd,' zei Zwarte Lorren.

'Met Leobald Langhart en Cley Cerwyn.' De jeugdige heer Cerwyn had een pijl in zijn oog gekregen, en ser Rodriks linker onderarm was afgehouwen. Maester Luwin stootte een woordeloze kreet van ontzetting uit, keerde de borstwering de rug toe en zakte op zijn knieën om over te geven.

'Dat grote varken van een Manderling was te laf om Withaven te verlaten, anders hadden we hem ook meegebracht,' riep de roodhelm.

Ik ben gered, dacht Theon. Waarom had hij dan zo'n leeg gevoel? Dit was een overwinning, een zalige overwinning, de verlossing waar hij om gebeden had. Hij gluurde naar maester Luwin. *En dan te bedenken dat ik me bijna overgegeven had om het zwart aan te nemen...*

'Open de poort voor onze vrienden.' Misschien zou Theon vannacht inslapen zonder vrees voor wat zijn dromen zouden brengen.

De mannen van Fort Gruw staken de slotgracht over en reden de binnenpoort in. Theon ging met Zwarte Lorren en maester Luwin naar beneden om hen op het binnenplein tegemoet te treden. Er waren enkele lansen met lichtrode vaantjes, maar het merendeel van de mannen droeg strijdbijlen, slagzwaarden en half versplinterde schilden. 'Hoeveel man bent u kwijt?' vroeg Theon aan de roodhelm toen die afsteeg.

'Twintig of dertig.' Het toortslicht glansde op het beschadigde email van zijn vizier. Zijn helm en halsstuk hadden de vorm van een mensengezicht met schouders, gevild en bebloed, de mond geopend in een zwijgende kreet van ontzetting.

'Ser Rodrik had een overmacht van vijf tegen één.'

'Jawel, maar hij hield ons voor vrienden. Een veel voorkomende vergissing. Toen die ouwe dwaas me een hand toestak nam ik in plaats daarvan zijn halve arm.' De man bracht zijn handen haar zijn helm, zette hem af en klemde hem in de holte van zijn arm.

'Riekt,' zei Theon verontrust. *Hoe komt een bediende aan zo'n prachtige wapenrusting?*

De man lachte. 'Die sukkel is dood.' Hij kwam dichterbij. 'Kwam door dat meisje. Als zij niet zo'n eind weggerend was, zou zijn paard niet kreupel zijn geworden en hadden we misschien nog kunnen vluchten. Toen ik vanaf de heuvelkam die ruiters zag gaf ik hem mijn paard. Ik was toen klaar met haar en hij wilde altijd graag over ze heen zolang ze nog warm waren. Ik moest hem van haar afrukken en hem mijn kleren in de hand proppen... laarzen van kalfsvel, fluwelen wambuis, een zwaardriem vol zilverbeslag en zelfs mijn mantel van sabelbont. Rij naar Fort Gruw, zei ik tegen hem, haal zoveel mogelijk hulp. Neem mijn paard, dat is sneller, en doe de ring om die ik van mijn vader heb gekregen, dan weten ze dat je van mij komt. Hij wist inmiddels dat hij me beter geen vragen kon stellen. Tegen de tijd dat hij die pijl in zijn rug kreeg had ik me ingesmeerd met de vieze smurrie van het meisje en zijn lompen aangetrokken. Er was een kans dat ze me alsnog zouden opknopen, maar ik zag geen andere uitweg.' Hij wreef met de rug van zijn hand over zijn mond. 'En nu, beste prins, er was me een vrouw beloofd als ik terugkwam met tweehonderd man. Ik heb er drie keer zo veel bij me, en bepaald geen onervaren jongens of landarbeiders, maar mijn vaders eigen garnizoen.'

Theon had zijn woord gegeven. Dit was niet het juiste moment om terug te krabbelen. *Betaal hem zijn pond vlees en reken later met hem af.* 'Harrag,' zei hij, 'ga naar de kennels om Palla te halen voor...'

'Rammert.' Zijn dikke lippen lachten, maar zijn fletse vissenogen niet. 'Sneeuw, noemde mijn vrouw me voor ze haar vingers opvrat, maar ik zeg: Bolten.' Zijn lach verzuurde. 'Dus je wilt me een kennelmeisje geven voor bewezen diensten, gaat dat zo?'

Zijn stem had een ondertoon die Theon net zomin beviel als de brutale blikken waarmee de mannen van Fort Gruw naar hem keken. 'Zij was je beloofd.'

'Ze stinkt naar hondenpoep. En het toeval wil dat ik genoeg vieze luchtjes heb geroken. Ik denk dat ik jouw beddenwarmer maar neem. Hoe noemde je haar ook weer? Kyra?'

'Ben je gek?' zei Theon kwaad. 'Ik laat je...'

De hand van de bastaard trof hem van links pal op zijn wang, en onder de stroken staal knapte Theons jukbeen met een misselijk makend geluid in tweeën. De wereld verdween in een rode baaierd van pijn.

Wat later merkte Theon dat hij op de grond lag. Hij rolde op zijn buik en slikte een mondvol bloed weg. *Sluit de poorten*, probeerde hij te schreeuwen, maar het was al te laat. De mannen van Fort Gruw hadden Rooie Rolf en Kenned neergehouwen en er stroomden er nog meer binnen, een rivier van maliën en scherpe zwaarden. Zijn oren tuitten en alom heerste verschrikking. Zwarte Lorren had zijn zwaard getrokken, maar er drongen al vier man op hem in. Hij zag Ulf sneuvelen, in de buik getroffen door een kruisboogbout terwijl hij naar de Grote Zaal rende. Maester Luwin probeerde hem juist te bereiken toen een ridder op een strijdros een speer door zijn rug joeg en de teugels wendde om over hem heen te rijden. Een ander zwaaide een toorts boven zijn hoofd en smeet die vervolgens in het strodak van de stallen. *'Spaar de Freys,'* riep de bastaard terwijl de vlammen brullend oplaaiden, *'en steek de rest in brand. De brand erin. Alles in brand.'*

Het laatste dat Theon zag was Lacher, die zich trappend een uitweg uit de brandende stallen baande, zijn manen in lichterlaaie, schreeuwend en steigerend.

Tyrion

Hij droomde van een gebarsten stenen plafond en de geur van bloed, stront en verbrand vlees. De lucht was vol scherpe rook. Overal om hem heen lagen mannen te kreunen en te jammeren, en zo nu en dan doorsneed een kreet de lucht, bezwangerd met pijn. Toen hij zich wilde verroeren merkte hij dat hij zijn beddengoed had bevuild. Zijn ogen traanden van de rook. *Lig ik te huilen?* Zijn vader mocht hem zo niet zien. Hij was een Lannister van de Rots van Casterling. *Een leeuw, ik moet een leeuw zijn, als een leeuw leven, als een leeuw sterven.* Maar hij had zo'n pijn. Te zwak om te kreunen lag hij in zijn eigen vuil en sloot zijn ogen. Vlak bij hem vervloekte iemand met een zware, eentonige stem de goden. Hij luisterde naar de godslasteringen en vroeg zich af of hij stervende was. Na een poosje vervaagde het vertrek.

Hij liep buiten de stad door een kleurloze wereld. Raven zweefden op brede zwarte vleugels door een grauwe lucht terwijl overal waar hij zijn schreden zette de kraaien in furieuze zwermen van hun aasfestijn opvlogen. Witte maden kropen door zwarte verrotting. De wolven waren grijs, evenals de zwijgende zusters, en samen stroopten ze het vlees van de gesneuvelden. Het toernooiveld was met lijken bezaaid. De zon was een withete penning en bescheen een grauwe rivier die zich langs de verkoolde botten van gezonken schepen repte. Van de brandstapels der doden stegen zuilen zwarte rook en witte as op. *Mijn werk*, dacht Tyrion Lannister. *Ze zijn op mijn bevel omgekomen.*

Aanvankelijk was er geen geluid in de wereld, maar na een poosje begon hij de stemmen van de doden te horen, zacht en verschrikkelijk. Ze weenden en kreunden, smeekten om een einde aan hun pijn, ze riepen om hulp, om hun moeder. Tyrion had zijn moeder nooit gekend. Hij wilde Shae, maar zij was er niet. Hij wandelde alleen temidden van grauwe schaduwen, zoekend in zijn herinnering.

De zwijgende zusters trokken de doden hun wapenrusting en kleren uit. De felle verfstoffen waren uit de wapenrokken van de gesneuvelden weggetrokken en ze waren gehuld in tinten wit en grijs. Hun bloed was zwart en geronnen. Hij keek toe hoe hun naakte lichamen bij armen en benen werden opgetild en slingerend naar de brandstapels werden gezeuld om met hun kameraden verenigd te worden. Staal en stoffen werden in een wagen van licht hout geladen, getrokken door twee grote zwarte paarden.

Zoveel doden, zo vreselijk veel. Hun lichamen hingen erbij, hun gezichten waren slap of stijf of gezwollen van het gas, onherkenbaar, nauwelijks menselijk. De kleren die de zusters hen uittrokken waren getooid met zwarte harten, grijze leeuwen, verwelkte bloemen en bleke, spookachtige hertenbokken. Hun harnassen zaten onder de deuken en krassen, de maliën waren opengereten, kapot, doorkliefd. *Waarom heb ik al die mensen gedood?* Eens had hij dat geweten, maar om een of andere reden wist hij het niet meer.

Hij wilde het een van de zwijgende zusters vragen, maar toen hij iets probeerde te zeggen merkte hij dat hij geen mond had. Over zijn tanden zat gladde, naadloze huid. Toen hij dat merkte was hij ontzet. Hoe moest hij leven zonder mond? Hij begon te rennen. De stad was niet ver. In de stad zou hij veilig zijn, weg van al die doden. Hij hoorde niet bij de doden. Hij had dan wel geen mond, maar hij was nog altijd een levend mens. *Nee, een leeuw, een leeuw, en in leven.* Maar toen hij de stadsmuren bereikte sloten de poorten hem buiten.

Toen hij weer wakker werd was het donker. Aanvankelijk zag hij niets, maar na een poosje doemden rondom hem de vage omtrekken van een bed op. De bedgordijnen waren dicht, maar hij kon de bewerkte houten bedstijlen zien en de hemel die boven zijn hoofd hing. Hij zakte weg in een zachte, veren matras, en het kussen onder zijn hoofd was van ganzendons. *Mijn eigen bed, ik lig in mijn eigen bed in mijn eigen slaapkamer.*

Tussen de gordijnen, onder de grote stapel vachten en dekens die hem bedekte, was het warm. Hij zweette. *Koorts*, dacht hij duizelig. Hij voelde zich zo slap, en telkens als hij met veel inspanning zijn hand optilde vlijmde de pijn door hem heen. Hij gaf zijn pogingen op. Zijn hoofd voelde reusachtig aan, even groot als het bed, te zwaar om van het kussen op te tillen. Zijn lichaam voelde hij zelfs nauwelijks. *Hoe kom ik hier?* Hij probeerde het zich te herinneren. De slag kwam bij vlagen en flitsen boven. Het gevecht langs de rivier, de ridder die zijn handschoen had aangeboden, de schepenbrug...

Ser Mandon. Hij zag de doodse, lege ogen, de uitgestoken hand, het groene vuur dat op het wit geëmailleerde staal weerkaatste. Een ijskoude vrees overspoelde hem en hij voelde dat zijn blaas onder de dekens leegliep. Als hij een mond had gehad zou hij het uitgeschreeuwd hebben. *Nee, dat was de droom*, dacht hij met bonzend hoofd. *Help me, laat iemand me helpen. Jaime, Shae, moeder, wie dan ook... Tysha...*

Niemand hoorde hem. Niemand kwam. Alleen in het donker zakte hij in slaap met een pislucht in zijn neus. Hij droomde dat zijn zuster aan zijn bed stond met hun vader ernaast, zijn wenkbrauwen gefronst. Dat moest een droom zijn, want heer Tywin was duizenden mijlen ver weg in het westen, waar hij tegen Robb Stark vocht. Ook anderen kwamen en gingen. Varys zag met een zucht op hem neer, maar Pinkje maakte een kwinkslag. *Ellendige, verraderlijke bastaard*, dacht Tyrion venijnig, *we hadden je naar Bitterbrug gestuurd maar je kwam niet meer terug.* Soms hoorde hij hen met elkaar praten, maar zonder te verstaan wat ze zeiden. Hun stemmen zoemden in zijn oren als wespen achter een dikke viltlaag.

Hij wilde vragen of ze de slag gewonnen hadden. *Dat moet wel, anders was ik nu een hoofd op een piek. Als ik nog leef hebben we gewonnen.* Hij wist niet wat hem meer verheugde: de overwinning, of dat hij in staat was die conclusie te trekken. Zijn geestvermogens keerden terug, al ging het nog zo traag. Dat was goed. Hij had niets anders dan zijn geestvermogens.

Toen hij de volgende keer wakker werd waren zijn bedgordijnen opengetrokken en stond Podderik Peyn naast hem met een kaars. Toen hij zag dat Tyrion zijn ogen opsloeg rende hij weg. *Niet weggaan, help me, help*, probeerde hij te roepen, maar meer dan een gesmoord gekreun kon hij niet uitbrengen. *Ik heb geen mond.* Hij bracht een hand naar zijn gezicht, en al zijn bewegingen waren pijnlijk en onzeker. Zijn vingers stuitten op stijve stof waar ze huid, lippen en tanden hadden moeten voelen. *Linnen.* De benedenhelft van zijn gezicht zat stijf in het verband, een masker van hard geworden gips met gaatjes waardoor hij kon ademen en gevoerd kon worden.

Even later kwam Pod terug. Ditmaal had hij een vreemde bij zich, een maester met keten en ambtsgewaad. 'Heer, u moet zich stil houden,' prevelde hij. 'U bent heel ernstig gewond. U zult uzelf veel schade berokkenen. Hebt u dorst?'

Hij knikte moeizaam. De maester stak een gebogen tuit van koper door het etensgaatje boven zijn mond en goot een traag straaltje door zijn keel. Tyrion slikte. Hij proefde nauwelijks iets. Te laat drong het tot hem door dat de vloeistof papavermelksap was. Tegen de tijd dat de maester de tuit uit zijn mond trok tolde hij alweer in slaap.

Deze keer droomde hij dat hij aan een feestmaal aanzat, een overwinningsbanket in een grote zaal. Hij had een erezetel op het podium, en de mensen hieven hun bekers en juichten hem toe als held. Marrillion was erbij, de zanger die met hem door de Maanbergen was gereisd. Hij speelde op zijn houtharp en bezong de dappere daden van de dwerg. Zelfs zijn vader glimlachte goedkeurend. Toen het lied uit was stond Jaime van zijn zitplaats op, beval Tyrion om te knielen en sloeg hem met zijn gouden zwaard eerst op de ene en toen op de andere schouder, en hij stond op als ridder. Shae stond te wachten om hem te omhelzen. Ze nam hem bij de hand, lachend en plagerig, en noemde hem haar Lannister-reus.

Hij ontwaakte in het donker, in een kille, lege ruimte, nu weer achter gesloten gordijnen. Er was iets mis, al wist hij niet precies wat. Hij was opnieuw alleen. Terwijl hij de dekens van zich afduwde probeerde hij te gaan zitten, maar de pijn was te erg, en al snel gaf hij het op, ademend met horten en stoten. Zijn gezicht was nog het minst erg. Zijn rechterzij was één grote pijnhaard en zodra hij zijn arm optilde ging er een felle steek door zijn borst. *Wat is er met me gebeurd?* Zelfs de slag leek half gedroomd als hij eraan probeerde te denken. *Ik ben zwaarder gewond geraakt dan ik besefte. Ser Mandon...*

Die herinnering joeg hem angst aan, maar Tyrion dwong zichzelf eraan vast te houden, hem om en om te draaien in zijn hoofd, er strak naar te kijken. *Hij wilde doden, onmiskenbaar. Dat gedeelte was geen droom. Hij had me doormidden gehakt als Pod niet... Pod, waar is Pod?*

Met zijn kaken op elkaar greep hij de bedgordijnen en rukte. De gordijnen scheurden van de beddenhemel en vielen naar beneden, half op de biezen en half op hem. Zelfs na die kleine inspanning duizelde het hem. Het vertrek tolde om hem heen, een en al kale muren en donkere schaduwen, met één enkel smal raampje. Hij zag een kist die van hem was geweest, zijn kleren op een slordige hoop, zijn gedeukte harnas. *Dit is mijn slaapkamer niet*, besefte hij. *Zelfs niet de toren van de Hand.* Iemand had hem verplaatst. Zijn angstkreet kwam eruit als een gesmoord steunen. *Ze hebben me hier gebracht om te sterven*, dacht hij, en hij gaf de worsteling op en sloot zijn ogen weer. Het vertrek was klam en kil en hij brandde.

Hij droomde van een beter oord, een knus huisje aan zee, waar de zon onderging. De muren waren scheef en gebarsten en de vloer was van aangestampt leem, maar hier had hij het altijd warm gehad, zelfs als ze het vuur lieten doven. *Daar plaagde ze me altijd mee*, wist hij nog. *Ik dacht er nooit aan om nieuw hout op het vuur te gooien, dat hadden bedienden altijd gedaan.* 'Wij hebben geen bedienden,' hield ze hem dan voor, en dan zei ik: 'Je hebt mij, ik ben je bediende', en zij weer: 'Een luie bediende. Wat gebeurt er met luie bedienden op de Rots van Casterling, heer?' En dan zei hij: 'Die krijgen een zoen', en daar moest zij altijd om giechelen. 'Niks ervan. Ze krijgen slaag, wedden?' Maar hij hield aan: 'Nee, ze worden gezoend, kijk zo', en hij deed het haar voor. 'Eerst hun vingers, een voor een, en dan hun polsen, en het holletje van hun ellebogen. Dan worden hun gekke oren gekust, al onze bedienden hebben gekke oren. Niet lachen! En hun wangen worden gekust, en hun wipneusje, kijk, zo, en hun lieve wenkbrauwen, en hun haar, en hun lippen, hun... mmm... mond... zo...'

Urenlang hadden ze elkaar gekust, en hele dagen hadden ze niets anders gedaan dan in bed liggen luieren en naar de golven luisteren en elkaar aanraken. Hij vond haar lichaam wonderbaarlijk, en zij scheen behagen te scheppen in het zijne. Soms zong ze voor hem. *Ik minde een maagd als de zomer zo schoon, met zonneschijn in het haar.* 'Ik hou van je, Tyrion,' fluisterde ze dan voordat ze 's nachts gingen slapen. 'Ik hou van je lippen. Ik hou van je stem en van de woordjes die je tegen me spreekt, en dat je zo lief voor me bent. Ik hou van je gezicht.'

'Mijn gezicht?'

'Ja. Ja. Ik hou van je handen, en van je aanraking. Je paal, ik hou van die paal van je, die voelt zo heerlijk aan als hij in me zit.'

'Hij houdt ook van jou, mijn vrouwe.'

'Ik vind het fijn om je naam te zeggen. Tyrion Lannister. Dat past bij de mijne. Niet het Lannister-deel, maar het andere. Tyrion en Tysha. Tysha en Tyrion. Tyrion. Tyrion, mijn heer...'

Leugens, dacht hij, *allemaal geveinsd, allemaal om goud, ze was een hoer, de hoer van Jaime, het cadeau van Jaime, mijn lieve vrouwe van de veinzerij.* Haar gezicht leek te vervagen, op te lossen achter een waas van tranen, maar zelfs toen ze verdwenen was hoorde hij nog het vage, verre geluid van haar stem die zijn naam riep: '... heer, hoort u mij niet? Heer? Tyrion? Heer? Heer?'

Door een waas van papaversluimer zag hij een zacht, roze gezicht boven zich hangen. Hij was weer in de klamme kamer met de gescheurde bedgordijnen, en het was het verkeerde gezicht, niet dat van haar, te rond, met een bruin baardrandje. 'Hebt u dorst, heer? Hier heb ik uw melk, uw lekkere melk. Niet tegenstribbelen, nee, probeert u niet te bewegen, u hebt rust nodig.' In één klam, roze handje hield hij de koperen tuit, in de andere een flacon.

Toen de man zich vooroverboog schoven Tyrions vingers onder zijn ketting van vele metalen, grepen en trokken. De maester liet de flacon vallen en morste de papavermelk overal op de deken. Tyrion draaide tot hij voelde dat de schakels in 's mans dikke nek drongen. *'Niet. Meer,'* kraste hij, zo schor dat hij niet eens wist of hij het wel gezegd had. Maar dat moest wel, want de maester wurgde er een antwoord uit. 'Laat los, alstublieft, heer... u hebt uw melk nodig, de pijn... de ketting, niet doen, laat los, nee...'

Het roze gezicht liep al paars aan toen Tyrion losliet. De maester wankelde achteruit en zoog zijn longen vol. In zijn rood geworden hals, daar waar de schakels eringedrukt waren, zaten diepe witte kerven. Ook zijn ogen waren wit. Tyrion bracht een hand naar zijn gezicht en maakte een rukkend gebaar over het hard geworden masker. En nog eens. En nog eens.

'U... wilt het verband eraf, bedoelt u dat?' zei de maester ten slotte. 'Maar ik mag niet... dat zou... heel onverstandig zijn, heer. U bent nog niet genezen, de koningin zou...'

Tyrion gromde toen hij zijn zuster hoorde noemen. *Ben je dan een van hen?* Hij wees met een vinger naar de maester en balde toen zijn

vuist. Knijpend, wurgend, tot de idioot zou doen wat hem gezegd werd.
Gelukkig begreep de man het. 'Ik... zal doen wat u beveelt, heer, natuurlijk, maar... dit is onverstandig, uw wonden...'
'*Doe. Het.*' Luider ditmaal.

De man boog en verliet het vertrek, om enkele ogenblikken later terug te komen met een lang mes met een gekarteld lemmet, een kom met water, een stapel zachte lappen en verscheidene flacons. Tyrion was er ondertussen in geslaagd zich een paar duim naar achteren te wurmen, zodat hij nu half tegen zijn kussen zat. Terwijl hij de punt van het mes bij de kin onder het masker schoof verzocht de maester hem, heel stil te zitten. *Eén verkeerde beweging en Cersei is van me af*, dacht hij. Hij voelde het lemmet door het stijve linnen zagen, maar een paar duim boven zijn keel.

Gelukkig was dit zachte roze mannetje niet een van zijn zusters stoutmoediger handlangers. Na een ogenblik voelde hij koele lucht op zijn wangen. En ook pijn, maar hij deed zijn best die te negeren. De maester wierp het verband weg met het opgedroogde drankje er nog aan. 'Nu heel stil zitten, ik moet de wond uitwassen.' Zijn aanraking was voorzichtig, het water warm en verzachtend. *Die wond*, dacht Tyrion, en herinnerde zich een plotselinge flits van blikkerend zilver dat net onder zijn ogen langs leek te gaan. 'Dit zal wel een beetje bijten,' waarschuwde de maester terwijl hij een doek bevochtigde met wijn die naar fijngewreven kruiden rook. Het deed meer dan bijten: over Tyrions hele gezicht werd een vurige streep getrokken, en een brandende pook werd zijn neus in gedraaid. Zijn vingers klauwden aan de dekens, en hij hield hoorbaar zijn adem in, maar op een of andere manier slaagde hij erin om niet te schreeuwen. De maester klokte als een oude kloek. 'Het zou verstandiger zijn geweest het masker op zijn plaats te laten tot de wondranden aan elkaar waren gegroeid, heer. Maar het ziet er schoon uit, prima, prima. Toen we u in die kelder tussen de doden en stervenden vonden waren uw wonden vuil. U had een gebroken rib, dat zult u ongetwijfeld voelen, een klap met een strijdhamer, of een val, dat is lastig te zeggen. En u had een pijl in uw arm, precies bij het schoudergewricht. Die vertoonde tekenen van wondrot, en een tijdlang vreesde ik dat u de arm zou verliezen, maar we hebben hem met kokende wijn en maden behandeld, en nu lijkt hij keurig te genezen...'

'Naam,' hijgde Tyrion in zijn gezicht. '*Naam.*'

De maester knipperde met zijn ogen. 'Hè? U bent Tyrion Lannister, heer. De broer van de koningin. Kunt u zich de slag herinneren? Bij hoofdwonden kan het voorkomen...'

'*Uw* naam.' Zijn keel was rauw, en zijn tong was vergeten hoe hij de woorden moest vormen.

'Ik ben maester Ballabar.'

'Ballabar,' herhaalde Tyrion. 'Breng me. Een spiegel.'

'Heer,' zei de maester, 'ik zou u afraden... dat zou, eh, om zo te zeggen, onverstandig zijn... uw wond...'

'*Breng* hem,' moest hij zeggen. Zijn mond was stijf en pijnlijk, alsof zijn lip door een vuistslag gespleten was. 'En drinken. *Wijn*. Geen papaver.'

De maester stond met een rood gezicht op en haastte zich weg. Hij kwam terug met een flacon met amberkleurige witte wijn en een kleine, verzilverde spiegel in een gouden sierlijst. Op de rand van het bed gezeten schonk hij een halve beker wijn in en bracht die naar Tyrions gezwollen lippen. Koel gleed het straaltje naar binnen, al proefde hij bijna niets. '*Meer*,' zei hij toen de beker leeg was. Maester Ballabar schonk hem nogmaals vol. Toen hij de tweede beker bijna op had voelde Tyrion Lannister zich sterk genoeg om zijn gezicht te zien.

Hij draaide de spiegel om en wist niet of hij moest huilen of lachen. De snee was lang en krom, begon pal onder zijn linkeroog en eindigde op zijn rechterkaak. Driekwart van zijn neus was weg, en er was een hap uit zijn lip. De randen van de wond waren met kattendarm aan elkaar genaaid, en de onhandige steken zaten nog over de naad van het rauwe, rode, half genezen vlees heen. '*Mooi*,' kraste hij en hij smeet de spiegel weg.

Nu wist hij het weer. De schepenbrug, ser Mandon Moer, een hand, een zwaard dat op zijn gezicht afkwam. *Als ik niet achteruitgedeinsd was zou de bovenkant van mijn hoofd eraf zijn.* Jaime zei altijd dat ser Mandon de gevaarlijkste man van de Koningsgarde was, omdat zijn doodse, lege ogen nooit verrieden wat hij van plan was. *Ik had nooit iemand van hen moeten vertrouwen.* Hij had geweten dat ser Meryn en ser Boros zijn zuster horig waren, en later ook ser Osmond, maar hij had toegegeven aan de gedachte dat de overigen nog een klein beetje eer bezaten. *Cersei moet hem betaald hebben om te voorkomen dat ik de slag overleefde. Waarom anders? Voor zover ik weet heb ik ser Mandon nooit een haar gekrenkt.* Tyrion raakte zijn gezicht aan en pulkte met dikke, witte vingers aan het wilde vlees. *Nog een cadeautje van mijn lieve zuster.*

De maester stond naast het bed als een gans die op het punt staat om op te fladderen. 'U houdt er waarschijnlijk een litteken aan over, heer...'

'*Waarschijnlijk?*' Zijn snorkende lach liep op een pijnscheut uit. Natuurlijk hield hij er een litteken aan over, en het zat er ook niet in dat zijn neus op korte termijn weer zou aangroeien. Niet dat zijn gezicht ooit aantrekkelijk was geweest. 'Zal me, leren om, met bijlen, te spelen.' Zijn grijns voelde strak aan. 'Waar zijn we? Welke, welke plaats?' Praten deed pijn, maar Tyrion had al te lang gezwegen.

'Eh, u bent in Maegors Veste, heer. Een kamer boven de balzaal van de koningin. Hare Genade wilde u vlakbij hebben, zodat ze zelf over u kon waken.'

Dat geloof ik graag. 'Terugbrengen,' beval Tyrion. 'Eigen bed. Eigen kamers.' *Waar ik mijn eigen mensen om me heen heb, en mijn eigen maester, als ik er een kan vinden die ik kan vertrouwen.*

'Uw eigen... dat zal niet gaan, heer. De Hand des Konings heeft zijn intrek genomen in uw voormalige vertrekken.'

'Ik. *Ben*. Hand des Konings.' De inspanning van het praten putte hem uit, en wat hij hoorde was verwarrend.

Maester Ballabar keek gekweld. 'Nee, heer, ik... u was gewond, de dood nabij. Uw vader heeft die plichten nu op zich genomen. Heer Tywin, hij...'

'*Hier?*'

'Sinds de avond van de slag. Heer Tywin heeft ons allemaal gered. Volgens het gewone volk was het de geest van koning Renling, maar verstandige lieden weten beter. Het was uw vader, met heer Tyrel en de bloemenridder en heer Baelish. Ze zijn dwars door de verbrande aarde gereden en hebben de usurpator Stannis in de rug aangevallen. Het was een grote overwinning, en nu heeft heer Tywin zijn intrek genomen in de Toren van de Hand om Zijne Genade te helpen het rijk op orde te brengen, lof zij de goden.'

'Lof zij de goden,' herhaalde Tyrion hol. Zijn ellendige vader, *en die ellendige Pinkje, en de geest van Renling?* 'Ik wil...' *Wat wil ik eigenlijk?* Hij kon Ballabar niet vragen om Shae te halen. Wie kon hij laten komen, wie kon hij vertrouwen? Varys? Bronn? Ser Jacelyn? '... mijn schildknaap,' voltooide hij. 'Pod. Peyn. *Dat was Pod op die schepenbrug, de knaap heeft mijn leven gered.*

'De jongen? Die rare jongen?'

'Rare jongen. Podderik. Peyn. Ga. Stuur hém.'

'Zoals u wenst, heer.' Maester Ballabar bewoog zijn hoofd op en neer en vertrok ijlings. Terwijl hij wachtte voelde Tyrion de kracht uit zich wegvloeien. Hij vroeg zich af hoe lang hij hier had liggen slapen. *Cersei had me graag voorgoed zien slapen, maar daar werk ik niet aan mee.*

Schuw als een muis betrad Podderik Peyn het slaapvertrek. 'Heer?' Hij sloop naar het bed. *Hoe kan een jongen die zo dapper vecht in een ziekenkamer zo schuw zijn,* vroeg Tyrion zich af. 'Ik had bij u willen blijven, maar de maester stuurde me weg.'

'Stuur hém maar weg. Luister. Praten gaat zwaar. Moet droomwijn hebben. *Droomwijn*. Geen papavermelk. Ga naar Frenken. *Frenken*, niet Ballabar. Toezien bij de bereiding. Hier brengen.' Pod wierp een blik op Tyrions gezicht en keek net zo hard weer weg. *En neem het hem eens kwalijk.* 'Ik wil,' hernam Tyrion, 'mijn mensen. Lijfwacht. Bronn. Waar is Bronn?'

'Die hebben ze tot ridder geslagen.'
Zelfs fronsen deed pijn. 'Opzoeken. Meenemen.'
'Zoals u zegt. Heer. Bronn.'
Tyrion greep de jongen bij zijn pols. 'Ser Mandon?'
De jongen kromp ineen. 'Ik w-wou hem echt niet d-d-d-d...'
'*Dood?* Weet je dat zeker. *Dood?*'
Hij schuifelde schaapachtig met zijn voeten. 'Verdronken.'
'Goed. Niets zeggen. Over hem. Over mij. Wat dan ook. *Niets.*'

Toen zijn schildknaap wegging was Tyrion aan het eind van zijn krachten. Hij zonk achterover en sloot zijn ogen. Misschien zou hij weer van Tysha dromen. *Ik vraag me af hoe mijn gezicht haar nu zou bevallen*, dacht hij verbitterd.

Jon

Toen Qhorin Halfhand hem opdroeg om brandhout voor een vuur te halen wist Jon dat het einde nabij was.

Het zal prettig zijn om het weer eens warm te hebben, al is het maar voor even, zei hij bij zichzelf terwijl hij wat kale takken van een boomstam hakte. Spook zat op zijn achterpoten te kijken, zwijgend als altijd. *Zal hij om me huilen als ik dood ben, zoals Brans wolf huilde na zijn val*, vroeg Jon zich af. *Zou Ruige Hond huilen, ver weg in Winterfel, en Grijze Wind en Nymeria, waar ze zich ook bevinden?*

De maan ging op achter de ene berg en de zon zakte weg achter de andere, terwijl Jon met dolk en vuursteen net zo lang vonken sloeg tot er een sliertje rook te zien was. Qhorin kwam naast hem staan toen de eerste vlammetjes van de flinters berkenbast en droge dennennaalden opflakkerden. 'Beschroomd als een maagd in haar huwelijksnacht,' zei de grote wachtruiter zacht, 'en bijna even mooi. Soms vergeet een mens hoe fraai een vuur kan zijn.'

Hij was niet iemand uit wiens mond je uitspraken over maagden en huwelijksnachten verwachtte. Voor zover Jon wist diende Qhorin al zijn hele leven bij de Wacht. *Heeft hij ooit een maagd liefgehad of een bruiloft gehouden?* Hij kon er niet naar vragen, dus wakkerde hij het vuur maar aan. Toen het goed en wel knetterde stroopte hij zijn stijve handschoenen af om zijn handen te warmen en zuchtte, zich afvragend of ooit één kus zo aangenaam was geweest. De warmte doortrok zijn vingers als smeltende boter.

De Halfhand liet zich bij het vuur op de grond zakken en kruiste zijn benen, en het flakkerende schijnsel speelde over zijn strakke gezicht. Alleen zij tweeën waren nog over van de vijf ruiters die uit de Snerpende Pas naar de blauwgrijze wildernis van de Vorstkaken waren teruggevlucht.

Aanvankelijk had Jon de hoop gekoesterd dat Schildknaap Delbrug de wildlingen zou tegenhouden in de flessenhals van de pas. Maar toen ze het verre hoorngeschal hadden gehoord wisten ze allemaal dat de schildknaap gesneuveld was. Later hadden ze de adelaar op brede, grijsblauwe wieken door de schemering zien zweven, en Steenslang had zijn boog van zijn rug gehaald, maar de vogel was al buiten bereik voor hij de pees zelfs maar had kunnen spannen. Ebben had gespuwd en op duistere toon iets over wargs en gedaanteverwisselaars gepreveld.

De dag daarop zagen ze diezelfde adelaar nog tweemaal en hoorden

ze de hoorn achter zich door de bergen weerkaatsen. Hij leek telkens iets luider en iets dichterbij te klinken. Toen de avond viel beval de Halfhand Ebben zijn eigen garron en die van de schildknaap te nemen en ijlings naar Mormont in het oosten te rijden via de weg waarlangs ze gekomen waren. De anderen zouden de achtervolgers op een dwaalspoor leiden.
'Stuur Jon,' had Ebben aangedrongen. 'Die rijdt net zo snel als ik.'
'Jon heeft een andere rol te vervullen.'
'Hij is nog half een jongen.'
'Nee,' zei Qhorin, 'hij is een man van de Nachtwacht.'
Bij het opgaan van de maan nam Ebben afscheid van hen. Steenslang reed een eindje met hem naar het oosten en keerde toen langs diezelfde weg terug om hun sporen weg te werken, en de drie die nog over waren begaven zich naar het zuidwesten.
Daarna vloeiden de dagen en nachten ineen. Ze sliepen in het zadel, hielden slechts halt om de garrons te voederen en te drenken en stegen dan weer op. Over kale rotsen reden ze, door sombere naaldwouden en oude sneeuwhopen, over ijzige bergkammen en door ondiepe, naamloze stroompjes. Soms reden Qhorin of Steenslang met een boogje terug om hun sporen uit te wissen, maar dat was een zinloze handeling. Ze werden gadegeslagen. Iedere ochtend en avond zagen ze de adelaar tussen de bergpieken zweven, niet meer dan een stipje in het uitgestrekte zwerk.
Toen ze een lage graat tussen twee besneeuwde toppen beklommen kwam er een schaduwkat blazend uit zijn leger, geen tien pas verderop. Het beest was broodmager en half uitgehongerd, maar Steenslangs merrie raakte in paniek toen ze het zag. Ze steigerde en sloeg op hol, en voor de wachtruiter haar weer onder controle kon krijgen was ze op de steile helling gestruikeld en had een been gebroken.
Spook at goed, die dag, en Qhorin stond erop dat de wachtruiters wat bloed van de garron door hun havermout mengden, want er zat kracht in. Dat smaakte zo smerig dat Jon bijna moest kotsen, maar hij wist het toch naar binnen te werken. Ze sneden allemaal wat repen rauw, draderig vlees van het karkas om al rijdend op te kauwen en lieten de rest voor de schaduwkatten achter.
Van terugkeren kon geen sprake zijn. Steenslang bood aan de achtervolgers op te wachten en ze te overvallen als ze eraan kwamen. Wie weet kon hij er een paar meenemen naar de hel. Qhorin weigerde. 'Als één man in de Nachtwacht alleen en te voet de Vorstkaken kan oversteken ben jij het, broeder. Jij beklimt bergen waar een paard omheen moet. Ga op weg naar de Vuist. Vertel Mormont wat Jon heeft gezien, en hoe. Zeg hem dat de aloude machten ontwaken, dat hij met reuzen, wargs en nog erger te maken heeft. Zeg hem dat de bomen weer ogen hebben.

Hij is kansloos, dacht Jon terwijl hij toekeek hoe Steenslang over een besneeuwde kam verdween, een zwart kevertje dat over een golvend wit oppervlak kroop.

Daarna leek elke nacht kouder dan de vorige, en eenzamer. Spook bleef niet altijd bij hen maar was ook nooit ver weg. Zelfs als ze gescheiden waren voelde Jon zijn nabijheid. Daar was hij blij om. De Halfhand was bepaald geen aangenaam gezelschap. Qhorins lange grijze vlecht deinde mee met de bewegingen van zijn paard. Vaak reden ze uren zonder dat er een woord gesproken werd en waren de enige geluiden het schrapen van paardenhoeven over steen en het gieren van de wind die eindeloos over de hoogten blies. Als hij sliep droomde hij niet, noch van wolven, noch van zijn broers, of wat dan ook. *Zelfs dromen houden het hier niet uit*, zei hij bij zichzelf.

'Is je zwaard scherp, Jon Sneeuw?' vroeg Qhorin Halfhand over het flakkerende vuur.

'Mijn zwaard is van Valyrisch staal. Ik heb het van de ouwe beer gekregen.'

'Ken je de woorden van je gelofte nog?'

'Ja.' Het waren geen woorden die een mens snel vergat. Eenmaal uitgesproken konden ze nooit meer ongeldig verklaard worden. Ze veranderden je leven voorgoed.

'Zeg ze nog een keer met me op, Jon Sneeuw.'

'Als je wilt.' Hun stemmen versmolten tot één onder de rijzende maan, terwijl Spook luisterde en de bergen zelf getuige waren. 'De nacht daalt, en daarmee vangt mijn wake aan. Die zal geen einde nemen voordat ik sterf. Ik zal geen vrouw nemen, geen land bezitten, geen kinderen verwekken. Ik zal geen kronen verwerven, noch roem vergaren. Ik zal leven en sterven op mijn post. Ik ben het zwaard in de duisternis. Ik ben de waker op de muren. Ik ben het vuur dat brandt tegen de kou, het licht dat gloort in de ochtend, de hoorn die de slapers wekt, het schild dat de rijken der mensen beschermt. Ik wijd mijn leven en eer aan de Nachtwacht, in deze en alle komende nachten.'

Toen ze zwegen klonk er geen ander geluid dan het flauwe geknetter van de vlammen en een verre zucht van de wind. Jon opende en sloot zijn verbrande vingers, klampte zich vast aan de woorden in zijn geest en bad dat zijn vaders goden hem de kracht zouden schenken om onbevreesd te sterven als zijn uur gekomen was. Dat zou nu niet lang meer duren. De garrons waren vrijwel aan het eind van hun krachten. Qhorins rijdier zou het geen dag meer uithouden, vermoedde Jon.

Inmiddels brandden de vlammen al lager en verminderde de warmte. 'Het vuur is weldra gedoofd,' zei Qhorin, 'maar als de Muur ooit valt zullen alle vuren doven.'

Daar viel niets op te zeggen. Jon knikte.

'Misschien is er nog ontsnapping mogelijk,' zei de wachtruiter. 'Of niet.'
'Ik ben niet bang om te sterven.' Dat was maar half gelogen.
'Zo eenvoudig zal het misschien niet zijn, Jon.'
Dat begreep hij niet. 'Wat bedoel je?'
'Als ze ons te pakken krijgen moet jij je overgeven.'
'Overgeven?' Hij knipperde ongelovig met zijn ogen. De wildlingen namen de mannen die ze de kraaien noemden niet gevangen. Die werden gedood, behalve... 'Ze sparen alleen eedbrekers. Degenen die zich bij hen aansluiten, zoals Mans Roover.'
'En jou.'
'Nee.' Hij schudde zijn hoofd. 'Nooit. Dat doe ik niet.'
'Dat doe je wel. Op mijn bevel.'
'*Bevel?* Maar...'
'Onze eer is niet meer waard dan ons leven, zolang het rijk maar veilig is. Ben jij een man van de Nachtwacht?'
'Ja, maar...'
'Er is geen máár, Jon Sneeuw. Je bent het, of je bent het niet.'
Jon ging recht zitten. 'Ik ben het.'
'Luister dan. Als we gepakt worden loop jij naar ze over, zoals het wildlingenmeisje dat je gevangengenomen had je heeft aangeraden. Het kan zijn dat ze eisen dat je je mantel aan flarden snijdt, dat je een eed zweert bij je vaders graf, dat je je broeders en je opperbevelhebber vervloekt. Wat ze ook van je vragen, deins er niet voor terug. Doe wat je gezegd wordt... maar bewaar de herinnering aan wie en wat je bent in je hart. Rijd met hen, eet met hen, vecht met hen, zolang het nodig is. En *kijk*.'
'Waarnaar?'
'Ik wou dat ik het wist,' zei Qhorin. 'Jouw wolf heeft ze zien graven in de Melkwatervallei. Wat zochten ze daar op die grimmige, afgelegen plek? Hebben ze het gevonden? Daar moet je achter zien te komen vóór je naar heer Mormont en je broeders terugkeert. Dat is de plicht die ik je opleg, Jon Sneeuw.'
'Ik zal doen wat je zegt,' zei Jon met tegenzin, 'maar... je zult het ze toch wel zeggen? In elk geval tegen de ouwe beer? Vertel hem dat ik mijn eed nooit gebroken heb.'
Qhorin staarde hem over het vuur heen aan, zijn ogen verzwolgen door grote schaduwpoelen. 'Als ik hem weer zie. Ik zweer het.' Hij gebaarde naar het vuur. 'Meer hout. Het moet fel en heet zijn.'
Jon ging nog wat takken kappen. Voor hij ze in de vlammen smeet brak hij ze in tweeën. De boom was allang dood, maar in het vuur leek hij weer tot leven te komen toen in al die stukjes hout vurige dansers ontwaakten die wervelden en cirkelden in gloeiende gele, rode en oranje gewaden.

'Genoeg,' zei Qhorin abrupt. 'Nu gaan we rijden.'
'Rijden?' Rondom het vuur was het donker, en de nacht was koud. 'Waarheen?'
'Terug.' Qhorin besteeg nog eenmaal zijn vermoeide garron. 'Het vuur zal ze langs ons heen lokken, hoop ik. Kom, broeder.'

Jon deed zijn handschoenen weer aan en trok zijn kap op. Zelfs de paarden leken het vuur met tegenzin de rug toe te keren. De zon was allang onder en slechts het koude, zilveren schijnsel van de halve maan restte nog om hun pad over het verraderlijke terrein dat ze zojuist achter zich hadden gelaten te verlichten. Hij wist niet wat Qhorin van plan was, maar misschien hadden ze zo een kans. Hij hoopte van wel. *Ik wil niet voor eedbreker spelen, zelfs niet als er een goede reden voor is.*

Ze reden voorzichtig en bewogen zich zo geluidloos voort als maar mogelijk is voor man en paard. Zo keerden ze op hun schreden terug tot ze de ingang van een smalle kloof bereikten, waar tussen twee bergen een ijzig stroompje opdook. Jon herinnerde zich deze plek. Ze hadden hier voor zonsondergang hun paarden gedrenkt.

'Het water bevriest,' merkte Qhorin op toen hij afsloeg, 'anders zouden we door de bedding rijden. Maar als we het ijs breken zien ze dat vermoedelijk. Blijf dicht bij de rotswand. Een halve mijl verderop is een bocht waarachter we niet meer te zien zijn.' Hij reed de kloof in. Jon wierp nog een laatste, verlangende blik op hun vuurtje in de verte en volgde hem.

Hoe dieper ze in de kloof doordrongen, hoe meer de rotswand aan weerskanten opdrong. Ze reden langs het maanovergoten lint van het stroompje terug tot de bron. Aan de rotsige oevers hingen baarden van ijspegels, maar onder de dunne, harde korst kon Jon het geluid van stromend water nog horen.

Een eindje naar boven was een stuk van de rotswand ingestort en belemmerde een grote puinhoop hun de doorgang, maar de kleine garrons, zeker van voet, wisten er een weg doorheen te vinden. Daarachter bogen de wanden scherp naar binnen, en het stroompje voerde hen tot onder aan een hoge, kronkelende waterval. De lucht hing vol stuifnevel, als de adem van een reusachtig, kil beest. Het neerstortende water had in het maanlicht een zilverwitte glans. Jon keek ontdaan om zich heen. *Er is geen uitweg.* Hij en Qhorin konden misschien langs de rotsen naar boven klimmen, maar niet met de paardjes. Hij dacht niet dat ze het te voet lang zouden uithouden.

'Snel nu,' beval de Halfhand. De grote man op het kleine paard reed over de gladde, beijzelde stenen rechtstreeks het watergordijn in en verdween. Toen hij niet terugkwam dreef Jon zijn paard aan en volgde. De garron deed zijn best om uit te wijken. Het vallende water beukte met ijskoude vuisten op hen in, en de schok van de kou benam Jon de adem.

Toen was hij erdoor, druipnat en huiverend, maar hij was erdoor.
De rotsspleet was maar net groot genoeg voor een man te paard, maar daarachter liepen de wanden weer uit en werd de bodem zacht en zanderig. Jon voelde de spetters in zijn baard bevriezen. Spook stoof in een boze stormloop de waterval door, schudde de druppels uit zijn vacht, besnuffelde wantrouwig het donker en tilde vervolgens een poot op tegen een rotswand. Qhorin was al afgestegen. Jon volgde zijn voorbeeld.
'Je wist dat dit hier was.'
'Toen ik net zo oud was als jij, hoorde ik een broeder eens vertellen hoe hij een schaduwkat door deze waterval was gevolgd.' Hij nam het zadel van zijn paard, tuigde het af en haalde zijn vingers door de ruige manen. 'Er is een weg door het hart van de berg. Als ze ons met de komende dageraad nog niet gevonden hebben zetten we door. De eerste wacht is voor mij, broeder.' Qhorin ging op het zand zitten met zijn rug tegen een wand, niet meer dan een vage, zwarte schaduw in het schemerdonker van de grot. Boven het ruisen van het neerstortende water uit hoorde Jon een zacht geluid van staal over leer dat alleen maar kon betekenen dat de Halfhand zijn zwaard had getrokken.
Hij deed zijn natte mantel af, maar het was hier te koud en te nat om nog meer kleren uit te trekken. Spook strekte zich naast hem uit en likte zijn handschoen voor hij zich oprolde om te slapen. Jon was blij met zijn lichaamswarmte. Hij vroeg zich af of het vuurtje buiten nog brandde, of dat het inmiddels uit was. *Als de Muur ooit valt zullen alle vuren doven.* De maan scheen door het gordijn van vallend water en wierp een flauw patroon van lichte strepen op het zand, maar na een poosje vervaagde ook dat en werd het donker.
Eindelijk kwam de slaap, en daarmee de nachtmerries. Hij droomde van brandende kastelen en doden die rusteloos uit het graf opstonden. Toen Qhorin hem wekte was het nog donker. Terwijl de Halfhand sliep zat Jon met zijn rug tegen de grotwand naar het water te luisteren en op de dageraad te wachten.
Met het ochtendkrieken kauwden ze allebei een half bevroren reep paardenvlees weg, en daarna zadelden ze hun paarden weer en bonden hun zwarte mantels om. Terwijl hij waakte had de Halfhand een stuk of zes toortsen gemaakt door bundels droog mos te doordrenken met de olie uit zijn zadeltas. Nu stak hij de eerste aan en ging hen voor in het donker met de bleke vlam voor zich uit. Jon volgde met de paarden. Het stenige pad draaide en kronkelde, eerst omlaag, toen omhoog, daarna steiler omlaag. Op sommige plaatsen werd het zo smal dat het moeite kostte de garrons ervan te overtuigen dat ze zich erdoorheen konden wringen. *Als we weer buiten komen hebben we ze afgeschud,* zei hij onder het lopen bij zichzelf. *Zelfs een adelaar kan niet door harde steen heen kijken. Straks zijn we ze kwijt, en dan rijden we als de*

weerga naar de Vuist en vertellen de ouwe beer alles wat we weten.
Maar toen ze lange uren later weer in het licht kwamen werden ze opgewacht door de adelaar, die honderd voet boven hen op de helling in een dode boom zat. Spook stoof er over de rotsen heen op af, maar de vogel sloeg zijn vleugels uit en vloog op.

Qhorins mond verstrakte toen hij hem volgde op zijn vlucht. 'We kunnen ze net zo goed hier opwachten,' verklaarde hij. 'De ingang van de grot biedt bescherming van bovenaf, en om van achteren bij ons te komen moeten ze dwars door de berg. Is je zwaard scherp, Jon Sneeuw?'

'Ja,' zei hij.

'Laten we de paarden voederen. Ze hebben ons dapper gediend, de arme beesten.'

Jon gaf zijn garron de laatste haver en streelde hem over zijn ruige manen, terwijl Spook rusteloos tussen de rotsen rondsloop. Jon trok zijn handschoenen steviger aan en kromde zijn verbrande vingers. *Ik ben het schild dat de rijken der mensen beschermt.*

Een jachthoorn weerkaatste door de bergen, en even later hoorde Jon honden blaffen. 'Zo meteen zijn ze hier,' kondigde Qhorin aan. 'Hou je wolf in de hand.'

'Spook, hier,' riep Jon. Aarzelend en met stijve staart kwam de schrikwolf weer naast hem staan.

De wildlingen kwamen nog geen halve mijl verderop over een bergkam stromen. Hun honden renden voor hen uit; grauwende, grijsbruine beesten met meer dan een drupje wolvenbloed. Spook ontblootte zijn tanden, en zijn vacht ging overeind staan. 'Rustig,' mompelde Jon. 'Blijf.' Boven zich hoorde hij vleugelslagen. De adelaar streek op een overhangende rots neer en krijste triomfantelijk.

De jagers naderden behoedzaam, misschien uit angst voor pijlen. Jon telde er veertien, en acht honden. Hun grote ronde schilden waren gemaakt van huiden, over gevlochten twijgen gespannen en met schedels beschilderd. Ongeveer de helft verborg zijn gezicht achter een ruwe helm van hout en verhard leer. Op de beide flanken spanden schutters hun kleine bogen van hout en hoorn, maar ze lieten de pijlen niet los. De rest leek met speren en knotsen bewapend te zijn. Eentje had een geschilferde stenen bijl. Ze droegen slechts onderdelen van harnassen, buitgemaakt op dode wachtruiters of gestolen tijdens plundertochten. Wildlingen deden niet aan mijnbouw of ertsbewerking, en ten noorden van de Muur waren weinig smeden en nog minder smidsen.

Qhorin trok zijn zwaard. Het verhaal hoe hij zichzelf had geleerd met zijn linkerhand te vechten nadat hij de helft van zijn rechter was kwijtgeraakt, hoorde bij zijn legende, en men zei dat hij nu beter dan ooit met een zwaard kon omgaan. Jon stond schouder aan schouder met de grote wachtruiter en trok Langklauw uit de schede. Ondanks de kou in de lucht prikte het zweet in zijn ogen.

Tien pas onder de ingang van de grot hielden de jagers halt. Hun leider reed alleen verder. Hij zat op een beest dat meer van een geit dan een paard weghad, te oordelen naar de zekere manier waarop het de oneffen helling beklom. Toen man en beest naderbij kwamen hoorde Jon hen rammelen, want ze waren beide met botten behangen. Koeienbotten, schapenbotten, botten van geiten, oerossen en elanden, de grote botten van harige mammoets... en mensenbotten.

'Ratelhemd,' riep Qhorin op ijzig beleefde toon omlaag.

'Voor kraaien ben ik de Beenderheer.' De helm van de ruiter was van de gebroken schedel van een reus gemaakt en langs zijn armen waren over de hele lengte berenklauwen op het harde leer genaaid.

Qhorin snoof. 'Ik zie geen heer. Alleen een hond met hazenbotjes die ratelt bij het rijden.'

De wildling siste van woede en zijn rijdier steigerde. Jon hoorde hem ook inderdaad ratelen, want de botten waren losjes met elkaar verbonden, zodat ze tikten en klikten als hij bewoog. 'Binnenkort zal ik jouw botten laten ratelen, Halfhand. Ik kook het vlees van je lijk en maak een pantser van je ribben. Uit je tanden snijd ik werprunen, en je schedel gebruik ik om havermout uit te eten.'

'Als je mijn botten wilt hebben, kom ze dan maar halen.'

Daar leek Ratelhemd weinig voor te voelen. In de engte tussen de rotsen waar de broeders zich hadden verschanst kon hij zijn getalsmatige overwicht niet uitbuiten. Om hen de grot uit te krijgen moesten de wildlingen met twee tegelijk komen. Maar een ander lid van zijn gezelschap bracht haar paard naast het zijne, een van die strijdsters die *speervrouwen* werden genoemd. 'Wij zijn met vier-en-tien tegen twee, kraaien, en acht honden tegen jullie wolf,' riep ze. 'Of je vecht of vlucht, je bent er geweest.'

'Laat maar zien,' beval Ratelhemd.

De vrouw stak haar hand in een bebloede zak en haalde er een trofee uit. Ebben was zo kaal als een ei, dus hield ze het hoofd aan een oor omhoog. 'Hij is moedig gestorven,' zei ze.

'Maar desondanks gedood,' zei Ratelhemd, 'en dat geldt ook voor jullie.' Hij trok zijn strijdbijl en zwaaide hem boven zijn hoofd. Het was goed staal, en het dubbele blad blikkerde gemeen. Ebben was er de man niet naar geweest om zijn wapens te verwaarlozen. De andere wildlingen drongen naast hem op en riepen beledigingen. Een paar kozen Jon als doelwit voor hun spot. 'Is die wolf van jou, jongetje?' riep een magere jongeman terwijl hij een stenen vlegel hief. 'Voor de zon onder is maak ik er een mantel van.' Aan het andere uiteinde van de rij sloeg een tweede speervrouw haar aangevreten bontvacht open en toonde Jon een zware witte borst. 'Wil de baby zijn mammie? Kom maar eens lekker zuigen, jochie.' Ook de honden blaften.

'Ze schelden ons uit in de hoop dat we een dwaasheid begaan.' Qhorin keek Jon doordringend aan. 'Denk aan wat ik je opgedragen heb.'

'Het ziet ernaar uit dat we de kraaien moeten opjagen,' bulderde Ratelhemd boven het lawaai uit. 'De veren erin!'

'*Nee!*' Het woord schoot Jons mond uit voor de boogschutters hun pijlen konden loslaten. Hij deed twee snelle stappen naar voren. 'We geven ons over!'

'Ze hadden me gewaarschuwd dat bastaardbloed laf was,' hoorde hij achter zich de kille stem van Qhorin Halfhand. 'Nu zie ik dat het waar is. Loop maar hard naar je nieuwe meesters, lafbek.'

Terwijl zijn gezicht rood aanliep daalde Jon de helling af naar Ratelhemd op zijn paard. De wildling staarde hem aan door de ooggaten van zijn helm en zei: 'Het vrije volk heeft geen lafbekken nodig.'

'Hij is geen lafbek.' Een van de boogschutters trok haar helm van aaneengenaaide schapenhuiden af en schudde een hoofd vol woeste rode haren uit. 'Dit is de bastaard van Winterfel, die mij gespaard heeft. Laat hem leven.'

Jons ogen ontmoetten die van Ygritte, en hij kon geen woord uitbrengen.

'Laat hem sterven,' hield de Beenderheer vol. 'Zwarte kraaien zijn sluwe vogels. Ik vertrouw hem niet.'

Op de rots boven hen klapperde de arend met zijn vleugels en kliefde de lucht met een woedend gekrijs.

'Die vogel haat jou, Jon Sneeuw,' zei Ygritte. 'En met reden. Voordat jij hem doodde was hij een mens.'

'Dat wist ik niet,' zei Jon naar waarheid, en hij probeerde zich het gezicht van de man die hij in de pas had gedood voor de geest te halen. 'Jij zei dat Mans me wel zou nemen.'

'Dat zal hij ook,' zei Ygritte.

'Mans is er niet bij,' zei Ratelhemd. 'Vodderik, haal zijn buik open.'

Met toegeknepen ogen zei de grote speervrouw: 'Als die kraai zich bij het vrije volk wil aansluiten, laat hem dan tonen wat hij waard is en bewijzen dat hij het meent.'

'Ik doe alles wat jullie vragen.' De woorden kostten hem moeite, maar Jon zei ze toch.

Het bottenpantser van Ratelhemd kletterde luid toen hij lachte. 'Sla dan de Halfhand maar dood, bastaard.'

'Alsof hij dat kan,' zei Qhorin. 'Draai je om, Sneeuw, en sterf!'

Toen schoot Qhorins zwaard op hem af, en op een of andere manier sprong Langklauw omhoog om het af te weren. De klap was zo hard dat het bastaardzwaard bijna uit Jons hand vloog en hij achteruitwankelde. *Wat ze ook van je vragen, deins er niet voor terug.* Hij greep het gevest met twee handen beet, snel genoeg om zelf ook een slag toe te brengen, maar die veegde de grote wachtruiter met beledigend gemak opzij. Heen en weer gingen ze, met flapperende zwarte mantels, de snelheid van de jeugd tegen de woeste kracht van Qhorins linkshandige klappen. Het zwaard van de Halfhand leek overal tegelijk te zijn, het regende links en rechts slagen, en Jon werd alle kanten op gejaagd en kreeg geen kans zijn evenwicht te vinden. Hij voelde zijn armen al verdoofd raken.

Zelfs toen de kaken van Spook zich met een felle klap om de kuit van de wachtruiter sloten wist Qhorin op de been te blijven. Maar op dat moment, toen hij even ineenkromp, ontstond de opening. Jon stootte toe en draaide. De wachtruiter veerde opzij, en even leek het of Jons houw hem niet had geraakt. Toen verscheen er een snoer rode tranen op de keel van de grote man, fonkelend als een robijnen halsketting. Het bloed golfde eruit, en Qhorin Halfhand viel.

De snuit van Spook was druipend rood, maar slechts de punt van het bastaardzwaard was besmeurd, de laatste halve duim. Jon trok de schrikwolf weg en knielde, één arm om hem heen geslagen. Het licht in Qhorins ogen doofde al. '... scherp,' zei hij, en hief zijn verminkte vingers op. Toen viel zijn hand neer en was hij dood.

Hij wist het, dacht Jon verdoofd. *Hij wist wat ze van me zouden vragen*. Toen dacht hij aan Samwel Tarling, aan Gren, aan Ed van de Smarten, aan Pyp en Pad, ver weg in Slot Zwart. Was hij hen allemaal kwijt, zoals hij Bran, Rickon en Robb was kwijtgeraakt? Wie was hij nu? Wat was hij?

'Laat hem opstaan.' Ruwe handen trokken hem overeind. Jon bood geen verzet. 'Heb je een naam?'

Ygritte antwoordde in zijn plaats. 'Zijn naam is Jon Sneeuw. Hij is van het bloed van Eddard Stark van Winterfel.'

Vodderik lachte. 'Wie had dat nou gedacht. Qhorin Halfhand gedood door het buitenbeentje van een jonkertje.'

'Haal zijn buik open.' Dat was Ratelhemd, die nog steeds te paard zat. De adelaar vloog naar hem toe en ging krijsend op zijn benen helm zitten.

'Hij heeft zich overgegeven,' hield Ygritte hem voor.

'Ja, en zijn broeder gedood,' zei een korte, lelijke man met een verroeste ijzeren halfhelm.

Ratelhemd kwam met rammelende botten dichterbij. 'Dat heeft zijn wolf voor hem gedaan. Een achterbakse streek. Het recht om de Halfhand te doden kwam mij toe.'

'We hebben allemaal gezien hoe je popelde om hem te pakken,' zei Vodderik spottend.

'Dit is een warg,' zei de Beenderheer, 'en een kraai. Ik moet hem niet.'

'Hij mag dan een warg zijn,' zei Ygritte, 'maar daar zijn wij nooit voor teruggedeinsd.' Anderen vielen haar bij. Ratelhemd wierp een kwaadaardige blik door de ooggaten van zijn vergeelde helm, maar hij gaf toe, zij het met tegenzin. *Dit is inderdaad een vrij volk*, dacht Jon.

Ze verbrandden Qhorin Halfhand waar hij gesneuveld was, op een brandstapel van dennennaalden, rijshout en gebroken takken. Een deel van het hout was nog groen. Het brandde traag en met veel rook, en een zwarte pluim rees het harde, felle blauw van de hemel in. Na afloop eigende Ratelhemd zich een paar verkoolde botten toe terwijl anderen om de uitrusting van de wachtruiter dobbelden. Ygritte won zijn mantel.

'Gaan we door de Snerpende Pas terug?' vroeg Jon haar. Hij wist niet of hij die hoogten nog eens zou kunnen trotseren, en of zijn garron zo'n tweede oversteek zou halen.

'Nee,' zei ze. 'Achter ons is niets.' De blik die ze hem toewierp was treurig. 'Mans is inmiddels een flink eind langs het Melkwater afgedaald. Hij trekt tegen jouw Muur op.'

Bran

De as viel als zachte, grijze sneeuw.
Hij liep over droge naalden en bruine bladeren naar de rand van het bos, waar de dennen spaarzaam groeiden. Achter de open velden zag hij de grote stapels mensensteen grimmig tegen de kringelende vlammen afsteken. De wind was heet, bezwangerd met de lucht van bloed en verbrand vlees, zo doordringend dat hij begon te kwijlen.

Maar waar de ene geur hen aantrok schrokken andere hen af. Hij snoof de rondzwevende rook op. *Mannen, veel mannen, veel paarden, en vuur, vuur, vuur.* Geen geur was gevaarlijker, zelfs niet de harde, kille lucht van ijzer, de grondstof van mensenklauwen en hardhuid. De rook en as benevelden zijn blikken, en in de lucht zag hij een enorme, gevleugelde slang die een vlammenstraal uitbrulde. Hij ontblootte zijn gebit, maar de slang was alweer weg. Achter de klippen vraten hoge vuren de sterren op.

De hele nacht lang knetterden de vuren, en éénmaal klonk er een luid gebrul en een klap die de aarde onder zijn poten deed wankelen. Honden blaften en jankten, paarden schreeuwden in doodsangst. Gehuil huiverde door de nacht, het gehuil van het mensenpak, angstig gejammer en wild gejoel, gelach en gegil. Geen beest zo lawaaiig als de mens. Hij spitste zijn oren en luisterde en zijn broeder gromde bij ieder geluid. Ze liepen loerend door het geboomte, terwijl een harsige wind as en sintels door de lucht blies. Mettertijd zakten de vlammen in, en toen waren ze weg. Die ochtend kwam de zon grauw en rokerig op.

Toen pas kwam hij onder de bomen uit en sloop hij langzaam de velden over. Zijn broeder rende met hem mee, aangelokt door de lucht van bloed en dood. Zwijgend stapten ze door de holen van hout, gras en modder die de mensen hadden gemaakt. Veel en nog meer waren verbrand, en veel en nog meer waren ingestort. Andere stonden er nog net zo bij als voorheen. Maar nergens was een levend mens te zien of te ruiken. Kraaien bedekten de lijken als een deken en fladderden krijsend op als zijn broeder en hij in hun buurt kwamen. De wilde honden slopen voor hen weg.

Aan de voet van de grote grauwe rotsen lag een paard luidruchtig te sterven. Het worstelde om op een gebroken been overeind te komen en viel krijsend neer. Zijn broeder draaide eromheen en beet het de strot af, terwijl het paard zwakjes trappelde en met de ogen rolde. Toen hij het kadaver naderde hapte zijn broeder naar hem en legde zijn oren plat. Hij gaf hem een tik met een voorpoot en beet in zijn achterpoot. Ze vochten in het gras, het vuil en de vallende as naast het kadaver van het paard totdat zijn broeder zich onderwierp door op zijn rug te rollen, de staart tussen de poten. Hij hapte nog één keer naar diens onbeschermde keel en begon toen te vreten, liet zijn broeder vreten en likte het bloed van zijn zwarte vacht.

Tegen die tijd voelde hij de duistere plek al aan zich trekken, het huis der fluisteringen waar alle mensen blind waren. Hij bespeurde hoe het hem met kille vingers beroerde. De steenlucht sloop als een fluistering zijn neus in. Hij vocht ertegen. Hij hield niet van het donker. Hij was een wolf. Hij was een jager, een sluiper, een doder, hij hoorde met zijn broeders en zusters in de diepten van het woud vrij onder de sterrenhemel te rennen. Hij ging op zijn achterpoten zitten, hief de kop op en huilde. *Ik ga niet*, riep hij. *Ik ben een wolf, ik ga daar niet naartoe*. Desondanks werd de duisternis dichter, tot zijn ogen erdoor bedekt en zijn neus ermee verstopt raakte, zodat hij niet meer kon zien, ruiken of rennen en de grauwe rotsen verdwenen waren en het dode paard weg was en zijn broeder weg was en alles zwart en stil en zwart en koud en zwart en dood en zwart was.

'*Bran*,' fluisterde een zachte stem. '*Bran, kom terug. Nu. Bran, Bran...*'

Hij sloot zijn derde oog en opende de andere twee, de oude, de blinde. In het donker waren alle mensen blind. Maar iemand hield hem vast. Hij voelde armen om zich heen, de warmte van een lijf dat dicht tegen hem aangedrukt lag. Hij hoorde hoe Hodor zachtjes voor zich uit zong: 'Hodor, hodor, hodor.'

'Bran?' Dat was Mira's stem. 'Je lag te schoppen en je maakte afschuwelijke geluiden. Wat heb je gezien?'

'Winterfel.' Zijn tong lag vreemd en dik in zijn mond. *Op een dag, als ik terugkom, ben ik het praten verleerd*. 'Het was Winterfel. Alles stond in brand. Ik rook paarden, en staal, en bloed. Ze hebben iedereen vermoord, Mira.'

Hij voelde haar hand op zijn gezicht. Ze streek zijn haar weg. 'Je bent helemaal bezweet,' zei ze. 'Wil je iets drinken?'

'Iets drinken,' bevestigde hij. Ze hield een waterzak aan zijn lippen, en Bran slikte zo snel dat het water zijn mondhoek uitliep. Als hij terugkeerde voelde hij zich altijd slap en had hij dorst. En honger ook. Hij dacht aan het stervende paard, de smaak van bloed in zijn bek, de stank van verbrand vlees in de ochtendlucht. 'Hoe lang?'

'Drie dagen,' zei Jojen. De jongen was zachtjes komen aanlopen, of misschien was hij er al die tijd al geweest in deze blinde, zwarte wereld, Bran zou het niet weten. 'We begonnen al voor je te vrezen.'

'Ik was bij Zomer,' zei Bran.

'Te lang. Je hebt jezelf uitgehongerd. Mira heeft wat water door je keel gegoten en we hebben honing om je mond gesmeerd, maar dat is niet genoeg.'

'Ik heb gegeten,' zei Bran. 'We maakten een eland buit en moesten een boomkat wegjagen die hem wilde stelen.' De kat was bruin met geel geweest, half zo groot als de schrikwolven, maar fel. Hij herinnerde zich de muskuslucht, en de manier waarop ze vanaf de tak van een eik naar hen geblazen had.

'De wolf heeft gegeten,' zei Jojen. 'Jij niet. Kijk uit, Bran. Vergeet niet wie je bent.'

Hij wist maar al te goed wie hij was: Bran de jongen, Bran de verlamde. *Bran de beestling is beter.* Was het zo vreemd dat hij liever zijn Zomerdromen droomde, zijn wolvendromen? Hier in de kille, klamme duisternis van de tombe was zijn derde oog eindelijk opengegaan. Hij kon Zomer bereiken wanneer hij maar wilde, en één keer had hij zelfs Spook aangeraakt en met Jon gesproken. Al had hij dat misschien alleen maar gedroomd. Hij begreep niet waarom Jojen hem nu steeds weer wilde terughalen. Bran werkte zich met behulp van zijn armspieren tot een zittende houding op. 'Ik moet Osha vertellen wat ik heb gezien. Is ze daar? Waar is ze heen?'

De wildlingenvrouw gaf zelf antwoord. 'Nergens heen, heer. Ik heb genoeg van het blindelings rondtasten.' Hij hoorde een hak over steen schrapen, keerde zijn hoofd naar het geluid maar zag niets. Hij meende haar te ruiken maar wist het niet zeker. Ze stonken allemaal hetzelfde en zonder Zomers neus kon hij de een niet van de ander onderscheiden.

'Vannacht heb ik op de voet van een koning geplast,' vervolgde Osha. 'Of wie weet was het ochtend. Ik sliep, maar nu niet meer.' Ze sliepen allemaal veel, niet alleen Bran. Er viel niets anders te doen. Slapen, eten en weer slapen, en soms wat praten... maar niet te veel en alleen op een fluistertoon, voor alle veiligheid. Osha had liever gehad dat ze helemaal niet spraken, maar het was onmogelijk Rickon het zwijgen op te leggen of te voorkomen dat Hodor eindeloos 'Hodor, hodor, hodor' tegen zichzelf prevelde.

'Osha,' zei Bran, 'ik zag Winterfel branden.' Links van zich kon hij het zachte geluid van Rickons ademhaling horen.

'Een droom,' zei Osha.

'Een wolvendroom' zei Bran. 'Ik *rook* het ook. Niets ruikt zoals vuur, of bloed.'

'Wiens bloed?'

'Van mensen, paarden, honden, iedereen. We moeten gaan *kijken.*'

'Deze magere huid is de enige die ik heb,' zei Osha. 'Als die inktvissenprins me te pakken krijgt stropen ze die met een zweep van mijn rug.'

In het donker vond Mira's hand die van Bran en ze gaf een kneepje in zijn vingers. 'Ik ga wel, als jij niet durft.'

Bran hoorde vingers aan leer peuteren, gevolgd door het geluid van staal op vuursteen. Toen nog eens. Een vonk sprong weg, gloeide op. Osha blies zachtjes. Een lange, bleke vlam schoot omhoog en rekte zich uit als een meisje op haar tenen. Daarboven zweefde Osha's gezicht. Ze hield de kop van een toorts in de vlam. Bran moest zijn ogen dichtknijpen toen de pek begon te branden en de wereld met een felle, oranje gloed vulde. Het licht wekte Rickon, die gapend ging zitten.

Toen de schaduwen bewogen leek het heel even of ook de doden verrezen. Lyanna en Brandon, hun vader, heer Rickard Stark, diens vader, heer Edwil, heer Willam en zijn broer Artos de Onverzoenlijke, heer Donnor, heer Beron, heer Rodwel, de eenogige heer Jonnel, heer Barth, heer Brandon en heer Cregan, die tegen de drakenridder had gestreden. Ze zaten op hun stenen zetels met stenen wolven aan hun voeten. Dit was waar ze heen gingen als de warmte uit hun lichaam was geweken, dit was de duistere zaal der doden die de levenden vreesden te betreden.

En in de muil van de lege tombe die op heer Eddard Stark wachtte, onder zijn statige granieten beeltenis, zaten de zes vluchtelingen ineengedoken om hun kleine bergplaats met brood, water en gedroogd vlees. 'Veel is er niet meer,' prevelde Osha toen ze met knipperende ogen op hun voorraden neerkeek. 'Ik moet toch binnenkort naar boven om eten te stelen, of het komt er straks nog van dat we Hodor moeten opeten.'

'Hodor,' zei Hodor en grijnsde haar toe.

'Is het daarboven dag of nacht?' vroeg Osha zich af. 'Ik ben de tel helemaal kwijtgeraakt.'

'Dag,' zei Bran, 'maar door al die rook is het donker.'

'Weet u het zeker, heer?'

Zonder zijn verlamde lichaam te bewegen zocht hij toch, en even verdubbelde zijn zicht. Daar stond Osha met de toorts, en Mira, Jojen en Hodor, en de dubbele reeks hoge, granieten zuilen met daarachter de lang gestorven heren die zich in het duister verloren... en daar was ook Winterfel, grauw van de rondzwevende rook, de stevige poort van eikenhout en ijzer verkoold en scheef, de valbrug neer in een wirwar van kapotte kettingen en ontbrekende planken. In de gracht dreven lijken als eilandjes voor de kraaien.

'Heel zeker,' verklaarde hij.

Daar bleef Osha even op broeden. 'Dan waag ik de gok en neem een kijkje. Jullie blijven vlak achter me. Mira, haal Brans mandje.'

'Gaan we naar huis?' vroeg Rickon opgewonden. 'Ik wil mijn paard.

En ik wil appelkoeken, en boter, en honing, en Ruige. Gaan we naar Ruige toe?'

'Ja,' beloofde Bran, 'maar je moet wel stil zijn.'

Mira bond de tenen mand op Hodors rug en hielp mee Bran erin te tillen en zijn nutteloze benen door de gaten te laten zakken. Hij had een vreemd, fladderend gevoel in zijn buik. Hij wist wat hen boven te wachten stond, maar dat maakte het niet minder beangstigend. Toen ze weggingen keerde hij zich om en wierp een laatste blik op zijn vader, en het kwam Bran voor dat heer Eddards blik iets treurigs had, alsof hij niet wilde dat ze vertrokken. *Maar het moet*, dacht hij. *Het is tijd.*

Osha had haar lange, eikenhouten speer in de ene en de toorts in de andere hand. Een ontbloot zwaard hing over haar rug, een van de laatste met Mikkens merkteken erop. Hij had het gesmeed voor de tombe van heer Eddard, opdat zijn geest in vrede zou rusten. Maar nu Mikken dood was en de wapenkamer door ijzermannen werd bewaakt was goed staal moeilijk te weerstaan, zelfs als dat grafroof inhield. Mira had zich het zwaard van heer Rickard toegeëigend, al klaagde ze erover dat het te zwaar was. Brandon nam dat van zijn naamgenoot, het zwaard dat gesmeed was voor de oom die hij nooit had gekend. Hij wist dat hij in een gevecht niet veel zou kunnen uitrichten, maar desondanks lag het zwaard prettig in zijn hand.

Al besefte Bran dat het maar een spelletje was.

Hun voetstappen galmden door de holle crypte. De schaduwen achter hen verzwolgen zijn vader, terwijl de schaduwen vóór hen terugweken en andere beelden onthulden. Dit waren meer dan heren: het waren de oude Koningen van het Noorden. Op hun slapen rustten stenen kronen. Torrhen Stark, de Koning die Knielde. Edwin de Lentekoning. Theon Stark, de Hongerige Wolf. Brandon de Brandstichter en Brandon de Scheepsbouwer. Jorah en Jonos, Brandon de Slechte, Waltor de Maankoning, Edderion de Bruidegom, Eyron, Benjen de Milde en Benjen de Bittere, koning Edrick Sneeuwbaard. Hun gezichten waren streng en sterk, en sommigen van hen hadden vreselijke dingen gedaan, maar het waren stuk voor stuk Starks en Bran kende al hun verhalen. Hij was nimmer bevreesd geweest in de crypte: die hoorde bij zijn huis en herkomst en hij had altijd geweten dat hij er op een dag ook zou liggen.

Maar nu was hij daar niet meer zo zeker van. *Als ik naar boven ga, kom ik dan ooit weer beneden? Waar ga ik naartoe als ik sterf?*

'Wacht,' zei Osha toen ze bij de stenen wenteltrap kwamen die opsteeg naar de bovenwereld en afdaalde naar de diepere lagen, waar nog oudere koningen op hun donkere tronen zetelden. Ze stak Mira de toorts toe. 'Ik ga wel op de tast naar boven.' Een tijdlang konden ze het geluid van haar voetstappen horen, maar die werden steeds zachter, tot ze helemaal wegstierven. 'Hodor,' zei Hodor zenuwachtig.

Bran had zichzelf wel honderd keer voorgehouden hoe afschuwelijk hij het vond zich hier beneden in het donker te moeten verstoppen, en hoe graag hij de zon weer wilde zien en te paard door wind en regen wilde rijden. Maar nu het moment bijna daar was werd hij bang. Hij had zich veilig gevoeld in het donker. Als je niet eens een hand voor ogen kon zien kon je makkelijk geloven dat je zelf ook onvindbaar was voor alle vijanden. En de stenen heren hadden hem moed gegeven. Ook al kon hij hen niet zien, hij had geweten dat ze er waren.

Het leek heel lang te duren voordat ze weer iets hoorden. Bran begon al te vrezen dat Osha iets overkomen was. Zijn broertje wiebelde rusteloos heen en weer. 'Ik wil naar *huis!*' zei hij luid. Hodor bewoog zijn hoofd op en neer en zei: 'Hodor.' Toen hoorden ze de voetstappen weer, steeds luider, en na enkele minuten stapte Osha met een grimmig gezicht het licht in. 'De deur is versperd. Ik krijg er geen beweging in.'

'Hodor krijgt overal beweging in,' zei Bran.

Osha keek de reusachtige stalknecht taxerend aan. 'Zou kunnen. Kom op dan.'

De treden waren smal, dus moesten ze in ganzenpas omhoog. Osha ging voorop. Daarna kwam Hodor, met Bran ineengedoken op zijn nek, zodat zijn hoofd niet tegen het plafond zou slaan. Mira volgde met de toorts en Jojen vormde de achterhoede met Rickon aan de hand. Rond en rond gingen ze, almaar omhoog. Bran meende nu rook op te snuiven maar dat was misschien alleen de toorts.

De deur naar de crypte was van ijzerhout, oud en zwaar, en rustte scheef op de grond. Er kon maar één persoon tegelijk bij. Toen ze hem bereikt hadden probeerde Osha nog een keer of ze er beweging in kon krijgen, maar Bran zag dat hij niet meegaf. 'Laat Hodor het eens proberen.'

Ze moesten Bran eerst uit zijn mand hijsen, anders zou hij geplet worden. Mira hurkte naast hem op de trap, een arm beschermend om zijn schouder, terwijl Osha en Hodor van plaats verwisselden. 'Maak de deur open, Hodor,' zei Bran.

De enorme stalknecht legde beide handpalmen tegen de deur, duwde, en gromde. 'Hodor?' Hij sloeg met een vuist op het hout, en het trilde zelfs niet. 'Hodor.'

'Gebruik je rug,' spoorde Bran hem aan. 'En je benen.'

Hodor draaide zich om en duwde met zijn rug tegen het hout. En nog eens. Nog eens. 'Hodor!' Hij zette een voet op een hogere tree, zodat hij kromgebogen onder de scheve deur stond, en probeerde recht te gaan staan. Ditmaal kreunde en kraakte het hout. '*Hodor!*' De andere voet ging ook een tree omhoog, en Hodor ging wijdbeens staan, zette zich schrap en strekte zich. Zijn gezicht liep rood aan, en Bran zag hoe de spieren in zijn nek zich spanden toen hij zich opwaarts tegen het hout drukte. '*Hodor hodor hodor hodor hodor HODOR!* Van boven klonk een dof gerommel. Toen schoot de deur met een ruk omhoog en over Brans gezicht viel een streep daglicht die hem even verblindde. De volgende duw bracht het geluid van verschuivende steen mee, en toen was de doorgang vrij. Osha stak eerst haar speer erdoor en glipte er toen zelf achteraan en Rickon wurmde zich tussen Mira's benen door en stormde achter haar aan naar buiten. Hodor duwde de deur in zijn geheel open en stapte de bovenwereld in. De Riets moesten Bran de laatste treden opdragen.

De lucht was lichtgrijs en overal rondom hen kringelde rook. Een zijmuur van het gebouw was in zijn geheel losgescheurd en ingestort. De binnenplaats lag bezaaid met puin en verbrijzelde gargouilles. *Ze zijn op dezelfde plaats neergekomen als ik*, dacht Bran toen hij die zag. Sommige gargouilles waren in zoveel stukjes gebroken dat het hem verwonderde dat hij zelf nog leefde. Vlakbij zaten een paar kraaien in een lijk te pikken dat door de vallende stenen verpletterd was, maar het lag op de buik en Bran had niet kunnen zeggen wie het was.

De Eerste Burcht stond al honderden jaren leeg, maar leek nu meer dan ooit op een huls. Binnen waren de vloeren en alle balken verbrand. Daar waar de muur was ingestort konden ze zo in de kamers kijken, en zelfs in het privaat. Maar daarachter stond de bouwvallige toren nog recht overeind, niet erger verbrand dan vroeger. Jojen Riet hoestte van de rook. 'Breng me naar huis,' eiste Rickon. 'Ik wil naar *huis!*' Hodor stampte in een kringetje rond. 'Hodor,' fluisterde hij met een klein stemmetje. Ze stonden op een kluitje, aan alle kanten door dood en ondergang omringd.

'We hebben genoeg lawaai gemaakt om een draak te wekken,' zei Osha, 'maar er komt geen mens. Het slot is dood en afgebrand, precies als in Brans droom, maar we kunnen het beste...' Op een geluid achter hen brak ze abrupt af en draaide zich met een ruk om, haar speer in de aanslag.

Van achter de bouwvallige toren doken twee slanke, donkere gedaanten op die langzaam door het puin stapten. Blij schreeuwde Rickon: '*Ruige!*' en de zwarte schrikwolf stoof met grote sprongen op hem af. Zomer naderde wat trager, wreef zijn kop tegen Brans arm en likte zijn gezicht.

'We moeten weg,' zei Jojen. 'Al die doden lokken nog meer wolven aan dan alleen Zomer en Ruige Hond, en niet allemaal viervoeters.'

'Ja, binnen afzienbare tijd,' beaamde Osha, 'maar we hebben eten nodig, en misschien zijn er overlevenden. Bij elkaar blijven. Mira, je schild omhoog als rugdekking.'

Ze hadden de rest van de ochtend nodig voor een langzame ronde door het slot. De grote granieten buitenmuren stonden er nog, hier en daar geblakerd door vuur, maar verder onaangetast. Daarbinnen heerste slechts dood en verderf. De deuren naar de grote zaal waren verkoold en smeulden nog na en binnen waren de balken bezweken, zodat het hele dak was ingestort. De groengele ruiten van de kassen lagen allemaal aan scherven, de boompjes, het fruit en de bloemen waren uitgerukt of onbeschermd achtergelaten om te sterven. Van de stallen, die van hout en riet waren, restten slechts as, sintels en dode paarden. Bran dacht aan Danseres en had wel kunnen huilen. Onder aan de bibliotheektoren lag een ondiep, dampend meertje, en uit een barst in de zijmuur kwam heet water stromen. De brug tussen de klokkentoren en het roekenhuis was op de binnenplaats daaronder gevallen en het torentje van maester Luwin was weg. Achter de kelderramen onder de grote burcht zagen ze een dofrode gloed, en ook in een van de voorraadgebouwen brandde nog vuur.

Onder zacht geroep van Osha liepen ze door de rookwolken, maar er kwam geen antwoord. Ze zagen een hond op een lijk knauwen, maar die ging ervandoor zodra hij lucht kreeg van de schrikwolven, en de rest was in de kennels afgemaakt. De raven van de maester maakten een paar lijken het hof, terwijl de kraaien uit de bouwvallige toren zich over andere ontfermden. Bran herkende Pokdalige Tym, al was zijn gezicht met een bijl bewerkt. Tegen de lege huls van de sept van de Moeder, die in de as gelegd was, zat een verkoold lijk, de armen opgeheven en de handen tot harde zwarte vuisten gebald, als om ieder die hem te na kwam een stomp te geven. 'Als de goden goed zijn,' zei Osha op zachte, boze toon, 'laten ze degene die dit heeft aangericht door de Anderen halen.'

'Het was Theon,' zei Bran grimmig.

'Nee. Kijk.' Ze wees met haar speer over de binnenplaats. 'Dat is een van zijn ijzermannen. Die daar ook. En dat is Grauwvreugds eigen strijdros, zie je wel? Het zwarte met de pijlen erin.' Fronsend liep ze tussen de doden door. 'En hier ligt Zwarte Lorren.' De man was zo zwaar toegetakeld dat zijn baard nu roodbruin leek. 'Hij heeft er wel een paar meegenomen.' Met haar voet draaide Osha een van de andere lijken om. 'Daar zit een insigne. Een klein mannetje, helemaal rood.'

'De gevilde man van Fort Gruw,' zei Bran.

Zomer huilde en stoof weg.

'Het godenwoud.' Mira Riet rende achter de schrikwolf aan, haar schild en kikkerspeer in de hand. De rest zocht zich achter haar aan een weg door de rook en tussen de gevallen stenen. Onder de bomen was de lucht aangenamer. Aan de rand van het woud waren enkele naaldbomen geschroeid, maar dieper naar binnen hadden de vlammen het onderspit gedolven tegen de vochtige aarde en het groene hout. 'In levend hout schuilt kracht,' zei Jojen Riet, bijna alsof hij Brans gedachten kon lezen. 'Een kracht als vuur zo sterk.'

Aan de rand van de donkere vijver, in de beschutting van de hartboom, lag maester Luwin op zijn buik op de grond. Een kronkelig bloedspoor over de aarde en de vochtige bladeren gaf aan langs welke weg hij ernaartoe gekropen was. Zomer stond naast hem, en eerst dacht Bran dat hij dood was, maar toen Mira aan zijn hals voelde kreunde de maester 'Hodor?' Treurig zei Hodor: 'Hodor?'

Voorzichtig legden ze Luwin op zijn rug. Hij had grijze ogen en grijs haar en eens waren ook zijn gewaden grijs geweest, maar nu waren ze donkerder, doorweekt van het bloed. 'Bran,' zei hij zacht toen hij hem boven op Hodors rug zag zitten. 'En Rickon ook.' Hij glimlachte. 'De goden zijn goed. Ik wist het...'

'U wist het?' zei Bran onzeker.

'De benen, daar zag ik het aan... de kleren pasten, maar zijn beenspieren... arme jongen...' Hij hoestte en gaf bloed op. 'Jullie waren spoorloos... in het woud... maar hoe?'

'Daar zijn we niet heen gegaan,' zei Bran. 'Dat wil zeggen, alleen tot de rand, en daarna zijn we langs dezelfde weg teruggekeerd. Ik had de wolven vooruitgestuurd om een spoor te maken, maar we hadden ons in vaders graftombe verstopt.'

'De crypte.' Luwin grinnikte, en bloed schuimde op zijn lippen. Toen de maester probeerde te bewegen hapte hij naar adem van de pijn.

Brans ogen schoten vol tranen. Als iemand gewond was ging je met hem naar de maester, maar wat deed je als je maester gewond was?

'We zullen een draagbaar voor hem moeten maken,' zei Osha.

'Nergens goed voor,' zei Luwin. 'Ik ga dood, mens.'

'Dat *mag* niet,' zei Rickon kwaad. 'Nee, dat mag niet.' Naast hem ontblootte Ruige Hond zijn tanden en gromde.

De maester glimlachte. 'Stil, kind. Ik ben veel ouder dan jij. Ik maak zelf wel uit... of ik sterf.'

'Hodor, omlaag,' zei Bran. Hodor knielde naast de maester.

'Luister,' zei Luwin tegen Osha, 'de prinsen... Robbs erfgenamen. Niet... niet samen... hoor je me?'

De wildlingenvrouw leunde op haar speer. 'Jazeker. Allebei apart is veiliger. Maar waarheen? Ik dacht, misschien die Cerwyns...'

Maester Luwin schudde het hoofd, al was duidelijk te zien hoeveel inspanning dat kostte. 'Knaap van Cerwyn is dood. Ser Rodrik, Leobald Langhart, vrouwe Hoornwoud... allemaal omgekomen. Diephout gevallen, Motte van Cailin, straks Torhens Sterkte. IJzermannen op de Rotskust. En in het oosten de Bastaard van Bolten.'

'Waarheen dan?' vroeg Osha.

'Withaven... de Ombers... ik weet het niet... overal oorlog... iedereen tegen zijn naaste, en de winter komt... wat een dwaasheid, wat een duistere waanzin...' Maester Luwin stak een hand uit en greep Bran bij zijn onderarm. Zijn vingers sloten zich erom met de kracht der wanhoop. 'Je moet nu sterk zijn. *Sterk.*'

'Dat zal ik zijn,' zei Bran, al kostte het hem nog zoveel moeite. *Ser Rodrik gedood, en maester Luwin, iedereen, iedereen...*

'Goed,' zei de maester. 'Een beste jongen. De... de zoon van je vader, Bran. Gá nu.'

Osha keek op naar de weirboom, naar het rode gezicht dat in de bleke stam was uitgesneden. 'En u voor de goden achterlaten?'

'Ik smeek...' De maester slikte. '... een... een slok water, en nog een gunst. Zou jij...'

'Ja.' Ze keerde zich naar Mira toe. 'Neem de jongens mee.'

Jojen en Mira vertrokken met Rickon tussen zich in. Hodor volgde. Lage takken streken over Brans gezicht toen ze zich een weg tussen de bomen door baanden, en de bladeren wisten zijn tranen af. Osha voegde zich even later bij hen op het binnenplein. Ze repte met geen woord over maester Luwin. 'Hodor moet bij Bran blijven om als zijn benen te dienen,' zei de wildingenvrouw op ferme toon. 'Ik neem Rickon mee.'

'Wij gaan met Bran mee,' zei Jojen Riet.

'Ja, dat dacht ik al,' zei Osha. 'Ik geloof dat ik de Oostpoort probeer en een eindje langs de koningsweg ga.'

'Wij nemen de Jagerspoort,' zei Mira.

'Hodor,' zei Hodor.

Ze deden eerst de keukens aan. Osha vond nog wat eetbare broden, en zelfs een koude, geroosterde vogel, die ze doormidden trok. Mira dolf een pot honing en een grote zak appels op. Buiten namen ze afscheid. Rickon klampte zich snikkend aan Hodors been vast, totdat Osha hem met de stompe kant van haar speer een tik gaf. Daarna volgde hij haar maar al te snel. Ruige Hond stapte achter hen aan. Het laatste dat Bran van hen zag was de staart van de schrikwolf die om de bouwvallige toren verdween.

Het ijzeren valhek dat de Jagerspoort afsloot was door de hitte zo kromgetrokken dat ze het niet hoger dan één voet konden optrekken. Ze moesten zich een voor een onder de punten doorwurmen.

'Gaan we naar jullie vader?' vroeg Bran toen ze de ophaalbrug tussen de muren overstaken. 'Naar Grijswaterwacht?'

Mira keek haar broer vragend aan. 'Onze weg leidt noordwaarts,' verkondigde Jojen.

Aan de rand van het wolfswoud keerde Bran zich om in zijn mand en wierp nog een laatste blik op het slot dat zijn leven had bepaald. Er kringelden nog wat sliertjes rook de grauwe hemel in, maar niet meer dan er op een kille herfstmiddag uit de schoorstenen van Winterfel opgestegen zouden zijn. Een paar schietgaten waren beroet en hier en daar was de ringmuur gebarsten en miste een kanteel, maar van deze afstand leek het weinig voor te stellen. Daarachter rezen de daken van de woonburchten en torens op zoals ze al honderden jaren deden, en het was zelfs nauwelijks te zien dat het slot geplunderd en in brand gestoken was. *De stenen zijn sterk*, zei Bran bij zichzelf, *de wortels van de bomen gaan diep, en onder de grond tronen de koningen van Winter.* Zolang zij bleven bestaan, zou Winterfel blijven bestaan. Het was niet dood, maar slechts verminkt. *Net als ik*, dacht hij. *Ik ben ook niet dood.*

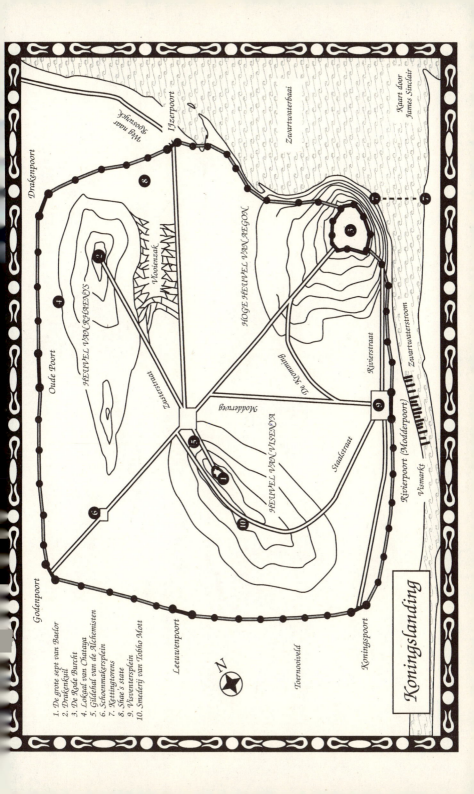

Appendix

De koningen met hun hofhouding

De Koning op de IJzeren Troon

JOFFRY BARATHEON, eerste van die naam, een jongen van dertien, de oudste zoon van koning Robert I Baratheon en koningin Cersei van het huis Lannister,
- zijn moeder, KONINGIN CERSEI, regentes en beschermvrouwe van het rijk,
- zijn zuster, PRINSES MYRCELLA, een meisje van negen,
- zijn broer, PRINS TOMMEN, een jongen van acht, erfgenaam van de IJzeren Troon,
- zijn ooms van vaderskant:
  - STANNIS BARATHEON, heer van Drakensteen, zich noemende koning Stannis de Eerste,
  - RENLING BARATHEON, heer van Stormeinde, zich noemende koning Renling de Eerste,
- zijn ooms van moederskant:
  - SER JAIME LANNISTER, de Koningsmoordenaar, bevelhebber van de Koningsgarde, een gevangene in Stroomvliet,
  - TYRION LANNISTER, plaatsvervangend Hand des Konings,
    - Tyrions schildknaap, PODDERIK PEYN,
    - Tyrions lijfwachten en gezworenen:
      - BRONN, een huurling, zwart van haar en hart,
      - SHAGGA, ZOON VAN DOLF, van de Steenkraaien,
      - TIMET, ZOON VAN TIMET, van de Verbrande Mannen,
      - CHELLA, DOCHTER VAN CHEYK, van de Zwartoren,
      - CRON, ZOON VAN CALOR, van de Maanbroeders,
    - Tyrions concubine SHAE, een kamphoertje van achttien,
- zijn kleine raad:
  - GROOTMAESTER PYCELLE

- HEER PETYR BAELISH, bijgenaamd Pinkje, de muntmeester,
- HEER JANOS SLINK, bevelhebber van de stadswacht van Koningslanding (de 'goudmantels'),
- VARYS, een eunuch, bijgenaamd de SPIN, meester der fluisteraars,
- zijn Koningsgarde:
  - SER JAIME LANNISTER, bijgenaamd de Koningsmoordenaar, de bevelhebber, een gevangene in Stroomvliet,
  - SANDOR CLEGANE, bijgenaamd de Jachthond,
  - SER BOROS BOTH,
  - SER MERYN TRANT,
  - SER ARYS EIKHART,
  - SER PRESTEN GROENEVELD,
  - SER MANDON MOER,
- zijn hofhouding en volgelingen:
  - SER ILYN PEYN, de koninklijke scherprechter, een beul,
  - VYLAR, het hoofd van de Lannister-huiswacht in Koningslanding (de 'roodmantels'),
  - SER LANCEL LANNISTER, voormalig schildknaap van koning Robert, recentelijk geridderd,
  - TYREK LANNISTER, voormalig schildknaap van koning Robert,
  - SER ARON SANTAGAR, de wapenmeester,
  - SER BALON SWAAN, tweede zoon van heer Gulian Swaan van Steenhelm,
  - JONKVROUW ERMESANDE HOOYVOORT, een zuigeling,
  - SER DONTOS HOLLARD, bijgenaamd de RODE, een dronkaard,
  - JALABHAR XHO, een verbannen prins van de Zomereilanden,
  - UILEBOL, een hofnar en zot,
  - VROUWE TANDA STOOKEWAARD,
    - FALYSE, haar oudste dochter,
    - LOLLYS, haar jongste dochter, een maagd van drieëndertig,
  - HEER GYLLIS ROOSWIJCK,
  - SER HORAS ROODWEYN en zijn tweelingbroer SER HOBBER ROODWEYN, zonen van de heer van het Prieel,
- de inwoners van Koningslanding:
  - de stadswacht (de 'goudmantels'):
    - JANOS SLINK, heer van Harrenhal, de bevelhebber,
      - MORROS, zijn oudste zoon en erfgenaam,
    - ALLAR DIEM, Slinks eerste sergeant,
    - SER JACELYN BIJWATER, bijgenaamd IJzerhand, kapitein van de Rivierpoort,
  - HALLYN DE VUURBEZWEERDER, een Wijsheid van het Alchemistengilde,
  - CHATAYA, de eigenares van een duur bordeel,

- ALAYAYA, DANSIE, MAREI, een paar van haar meisjes,
- TOBHO MOTT, een meester-wapensmid,
- SALLOREON, een meester-wapensmid,
- IJZERBUIK, een smid,
- LOTHOR BRUNE, een vrijruiter,
- SER OSMOND KETELZWART, een hagenridder met een onfrisse reputatie,
  - OSFRIED EN OSNY KETELZWART, zijn broers,
- SYMON ZILVERTONG, een zanger.

Koning Joffry's banier vertoont de gekroonde hertenbok van Baratheon, zwart op goud, en de leeuw van Lannister, goud op karmijnrood, strijdend.

De Koning in de zee-engte

STANNIS BARATHEON, eerste van die naam, de oudste van koning Roberts broers, vroeger heer van Drakensteen, de tweede zoon van heer Steffon Baratheon en vrouwe Cassana van het huis Estermont,
- zijn echtgenote, VROUWE SELYSE van het huis Florens,
    - SHIRINE, hun enige kind, een meisje van tien,
- zijn oom en neef:
    - SER LOMAS ESTERMONT, een oom,
    - diens zoon, SER ANDRESS ESTERMONT, een neef,
- zijn hofhouding en volgelingen:
    - MAESTER CRESSEN, genezer en leraar, een oude man,
    - MAESTER PYLOS, diens jonge opvolger,
    - SEPTON BARRE,
    - SER AXEL FLORENS, kastelein van Drakensteen, een oom van koningin Selyse,
    - LAPJESKOP, een achterlijke zot,
    - VROUWE MELISANDRE VAN ASSHAI, bijgenaamd de RODE VROUW, een priesteres van R'hllor, het Hart van Vuur,
    - SER DAVOS ZEEWAARD, bijgenaamd de UIENRIDDER en soms KORTHAND, voormalig smokkelaar, kapitein van de *Zwarte Betha*,
        - zijn vrouw MARYA, een timmermansdochter,
            - hun zeven zonen:
                - DEYL, kapitein van de *Vrouwe Marya*,
                - ALLARD, kapitein van de *schim*,
                - MATTHOS, vice-kapitein van de *Zwarte Betha*,

- MARIC, roeiermeester op de *Furie*,
- DEVAN, schildknaap van koning Stannis,
- STANNIS, een jongen van negen,
- STEFFON, een jongen van zes,
- BRYEN FARRING, schildknaap van koning Stannis,
- zijn baanderheren en gezworenen:
  - ARDRIAN CELTIGAR, heer van Klauweiland, een oude man,
  - MONFOORT VELARYON, heer der Getijden en meester van Driftmark,
  - DURAM BAR EMMON, heer van Scherpenes, een jongen van veertien,
  - GUNCER BRANDGLAS, heer van de Sont van Zoetpoort,
  - SER HUBERD RAMSTEE,
  - SALLADHOR SAAN, uit de Vrijstad Lys, zich noemende Prins van de Zee-engte,
  - MOROSH DE MYRMAN, een huurling-admiraal.

Koning Stannis heeft het vurige hart van de Heer des Lichts als banier genomen: een rood hart omringd door oranje vlammen op een felgeel veld. In het hart is de gekroonde hertenbok van het huis Baratheon afgebeeld, in het zwart.

De Koning in Hooggaarde

RENLING BARATHEON, eerste van die naam, de jongste van koning Roberts broers, vroeger heer van Stormeinde, de derde zoon van heer Steffon Baratheon en vrouwe Cassana van het huis Estermont,
- zijn bruid, VROUWE MARJOLIJ van het huis Tyrel, een jong meisje van vijftien,
- zijn oom en neven:
  - SER ELDON ESTERMONT, een oom,
    - ser Eldons zoon, SER AEMON ESTERMONT, een neef,
      - ser Aemons zoon, SER ALYN ESTERMONT,
- zijn baanderheren:
  - HAMER TYREL, heer van Hooggaarde en Hand des Konings,
  - RANDYL TARLING, heer van Hoornheuvel,
  - MATHIS ROWIN, heer van Guldenbosch,
  - BRYS CARON, heer van de Marken,
  - SHYRA ERROL, vrouwe van Hooyopperhal,
  - ARWYN EIKHART, vrouwe van Oude Eik,
  - ALESTER FLORENS, heer van Lichtwaterburg,
  - HEER SELWYN VAN TARTH, bijgenaamd EVENSTER,
  - LEYTEN HOOGTOREN, de Stem van Oudstee, Heer van de Haven,
  - HEER STEFFON VARNER,
- zijn Regenbooggarde:
  - SER LORAS TYREL, de Bloemenridder, bevelhebber,
  - HEER BRYS CARON, Oranje,
  - SER GUIARD MORRIGEN, Groen,
  - SER PARMEN KRAAN, Purper,
  - SER ROBAR ROYS, Rood,

- SER EMMYN CUIJ, Geel,
- BRIËNNE VAN TARTH, Blauw, bijgenaamd BRIËNNE DE SCHOON-HEID, dochter van heer Selwyn Evenster,
- zijn ridders en gezworenen:
    - SER CORTIJN KOPROOS, slotvoogd van Stormeinde,
        - ser Cortijns pupil, EDRIC STORM, een bastaardzoon van koning Robert bij jonkvrouwe Delena van het huis Florens,
    - SER DONNEEL SWAAN, erfgenaam van Steenhelm,
    - SER JON GRAFTWEG, van de groenappel-Graftwegs,
    - SER BRYAN GRAFTWEG, SET TANTON GRAFTWEG en SER EDWIED GRAFTWEG, van de roodappel-Graftwegs,
    - SER COLEN VAN DE GROENE VENNEN,
    - SER MARK MUILDOOR,
    - RODE RONNET, de ridder van Griffioenroest,
- zijn hofhouding,
    - MAESTER JURN, raadgever, genezer en leraar.

De banier van koning Renling is de gekroonde hertenbok van het huis Baratheon van Stormeinde, zwart op een gouden veld, dezelfde banier die zijn broer Robert voerde.

De Koning in het Noorden

ROBB STARK, heer van Winterfel en Koning in het Noorden, oudste zoon van Eddard Stark, heer van Winterfel, en vrouwe Catelyn van het huis Tulling, een jongen van vijftien,
  – zijn schrikwolf, GRIJZE WIND,
- zijn moeder, VROUWE CATELYN, van het huis Tulling,
- zijn broers en zusters:
  - PRINSES SANSA, een jong meisje van twaalf,
    - Sansa's schrikwolf (DAME), gedood in slot Darring,
  - PRINSES ARYA, een meisje van tien,
    - Arya's schrikwolf, NYMERIA, een jaar geleden verjaagd,
  - PRINS BRANDON, Bran genoemd, erfgenaam van Winterfel en het Noorden, een jongen van acht,
    - Brans schrikwolf, ZOMER,
  - PRINS RICKON, een jongen van vier,
    - Rickons schrikwolf, RUIGE HOND,
- zijn halfbroer JON SNEEUW, een bastaard van vijftien, een man van de Nachtwacht,
  - Jons schrikwolf, SPOOK,
- zijn ooms en tantes:
  - (BRANDON STARK), heer Eddards oudere broer, gedood op bevel van koning Aerys II Targaryen,
  - BENJEN STARK, heer Eddards jongere broer, een man van de Nachtwacht, zoekgeraakt achter de MUUR,
  - LYSA ARRYN, vrouwe Catelyns jongere zuster, de weduwe van (heer Jon Arryn), vrouwe van het Adelaarsnest,
  - SER EDMAR TULLING, vrouwe Catelyns jongere broer, erfgenaam van Stroomvliet,

- SER BRYNDEN TULLING, bijgenaamd de Zwartvis, vrouwe Catelyns oom,
- zijn gezworenen en strijdmakkers:
  - THEON GRAUWVREUGD, heer Eddards pupil, erfgenaam van Piek en de IJzereilanden,
  - HALLIS MOLLEN, hoofd van de wacht van Winterfel,
    - JACS, QUENT, SCHAD, wachters onder Mollens bevel,
  - SER WENDEL MANDERLING, tweede zoon van de heer van Withaven,
  - PATREK MALLISTER, erfgenaam van Zeegaard,
  - DECY MORMONT, oudste dochter van vrouwe Maege en erfgenaam van Bereneiland,
  - JON OMBER, bijgenaamd de Kleinjon,
  - ROBIN GRIND, SER PERWYN FREY, LUCAS ZWARTEWOUD
  - zijn schildknaap, OLYVAR FREY, achttien jaar,
- de hofhouding in Stroomvliet:
  - MAESTER VEYMAN, raadgever, genezer en leraar,
  - SER DESMOND GREL, de wapenmeester,
  - SER ROBIN REYGER, het hoofd van de wacht
  - UTHERYDES WAGEN, de hofmeester,
  - RIJMOND DE RIJMER, een zanger,
- de hofhouding in Winterfel:
  - MAESTER LUWIN, raadgever, genezer en leraar,
  - SER RODRIK CASSEL, de wapenmeester,
    - BETH, zijn jeugdige dochter,
  - WALDER FREY, bijgenaamd GROTE WALDER, een pupil van vrouwe Catelyn, acht jaar,
  - WALDER FREY, bijgenaamd KLEINE WALDER, een pupil van vrouwe Catelyn, eveneens acht,
  - SEPTON CHEYL, beheerder van de sept en de bibliotheek van het slot,
  - JOSETH, de stalmeester,
    - BENDIE en SHYRA, zijn dochters, een tweeling,
  - FARLEN, de kennelmeester,
    - PALLA, een kennelmeisje,
  - OUWE NANS, de verhalenvertelster, een voormalige min, nu hoogbejaard,
    - HODOR, haar achterkleinzoon, een staljongen, eenvoudig van geest,
  - GIES, de kok,
    - RAAP, keukenmeid en koksmaatje,
    - OSHA, een wildlingenvrouw, gevangengenomen in het wolfswoud, die als keukensloof dient,

- MIKKEN, de (wapen)smid,
- HOOIKOP, WISPELAAR, POKDALIGE TYM, BIERBUIK, wachters,
- CALON, TOM, kinderen van wachters,
- zijn baanderheren en bevelhebbers:
(bij Robb in Stroomvliet)
- JON OMBER, bijgenaamd de GROOTJON,
- RICKARD KARSTARK, heer van Karholt,
- GALBART HANSCOE, van de Motte van Diephout,
- MAEGE MORMONT, vrouwe van Bereneiland,
- SER STEVRON FREY, de oudste zoon van heer Walder Frey en erfgenaam van de Tweeling,
  - ser Stevrons oudste zoon, SER RYMAN FREY,
    - ser Rymans zoon, ZWARTE WALDER FREY,
- MARTYN STROOM, een bastaardzoon van heer Walder Frey,
(behorend tot Rous Boltens leger bij de Tweeling)
- ROUS BOLTEN, heer van Fort Gruw, heeft de hoofdmacht van de noordelijke strijdkrachten onder zijn bevel,
- ROBET HANSCOE, van de Motte van Diephout,
- WALDER FREY, heer van de Oversteek,
- SER HELMAN LANGHART, van Torrhens Sterkte,
- SER AENYS FREY,
(gevangenen van heer Tywin Lannister)
- HEER MEDGER CERWYN
- HARRION KARSTARK, enige overlevende zoon van heer Rickard,
- SER WYLIS MANDERLING, erfgenaam van Withaven,
- SER JARED FREY, SER HOSTIEN FREY, SER DANWEL FREY en hun bastaard-halfbroer RONEEL STROOM,
(op veldtocht, of in hun eigen slot)
- LEYMAN DARRING, een jongen van acht,
- SHELLA WENT, vrouwe van Harrenhal, van haar slot beroofd door heer Tywin Lannister,
- JASON MALLISTER, heer van Zeegaard,
- JONOS VAAREN, heer van de Steenhaag,
- TYTOS ZWARTEWOUD, heer van Ravenboom,
- HEER KARYL VANNIS,
- SER MARQ PIJPER,
- SER HALMON PAEG,
- zijn baandermannen en slotvoogden in het noorden:
  - WEYMAN MANDERLING, heer van Withaven,
  - HOLAND RIET van Grijswaterwacht, een moerasbewoner,
    - HOLANDS DOCHTER MIRA, een meisje van vijftien,
    - HOLANDS ZOON JOJEN, een jongen van dertien,

- VROUWE DONELLA HOORNWOUD, een weduwe en rouwende moeder,
- CLEI CERWYN, heer Medgers erfgenaam, een jongen van veertien,
- LEOBALD LANGHART, ser Helmans jongere broer, slotvoogd van Torhens Sterkte,
  - Leobalds echtgenote BERENA, van het huis Hoornwoud,
  - Leobalds zoon BRANDON, een jongen van veertien,
  - Leobalds zoon BEREN, een jongen van tien,
  - Ser Helmans zoon BENFRED, erfgenaam van Torrhens Sterkte,
  - Ser Helmans dochter EDDARA, een meisje van negen,
- VROUWE SYBELLE, echtgenote van Robet Hanscoe, die in zijn afwezigheid de Motte van Diephout bestiert,
  - Robets zoon GAWEN, drie, erfgenaam van Diephout,
  - Robets dochter ERENA, een baby van een jaar,
  - LARENS SNEEUW, een bastaardzoon van heer Hoornwoud, twaalf jaar, pupil van Galbart Hanscoe,
- MORS KRAAIENVRAAT en HOTHER HOERENDOOD van het huis Omber, ooms van de Grootjon,
- VROUWE LYESSA GRIND, de moeder van Robin,
- ONDREAS SLOT, heer van Oudburg, een oude man.

De banier van de Koning in het Noorden is al duizenden jaren dezelfde: de grijze schrikwolf van de Starks van Winterfel, rennend over een ijswit veld.

De Koningin over het Water

DAENERYS TARGARYEN, genaamd Daenerys Stormgeboren, de Onverbrande, Moeder van Draken, *Khaleesi* van de Dothraki en eerste van haar naam, de enige overlevende nakomeling van koning Aerys II Targaryen bij zijn zuster/echtgenote koningin Rhaella, met veertien jaar weduwe geworden,
- haar pas uitgekomen draken: DROGON, VISERION, RHAEGAL,
- haar broers:
  - (RHAEGAR), prins van Drakensteen en erfgenaam van de IJzeren Troon, door koning Robert bij de Drietand gedood,
    - (RHAENYS), Rhaegars dochter bij Elia van Dorne, vermoord tijdens de plundering van Koningslanding,
    - (AEGON), Rhaegars zoon bij Elia van Dorne, vermoord tijdens de plundering van Koningslanding,
  - (VISERYS), zichzelf noemende koning Viserys, derde van die naam, bijgenaamd de Bedelaarskoning, in Vaes Dothrak gedood door khal Drogo,
- haar echtgenoot (DROGO), een *khal* van de Dothraki, gestorven aan wondrot,
  - (RHAEGO), doodgeboren zoon van Daenerys en khal Drogo, in de moederschoot gedood door Mirri Maz Duur,
- haar Koninginnengarde:
  - SER JORAH MORMONT, een verbannen ridder, eens heer van Bereneiland,
  - JHOGO, *ko* en bloedruiter, de zweep,
  - AGGO, *ko* en bloedruiter, de boog,

- – RAKHARO, *ko* en bloedruiter, de *arakh*,
- – haar dienstmaagden:
    - – IRRI, een Dothraki-meisje,
    - – JHIQUI, een Dothraki-meisje,
    - – DOREAH, een slavin uit Lys en voormalige hoer,
- – de drie zoekers:
    - – XARO XOAN DAXOS, een koopmansvorst uit Quarth,
    - – PYAT PREE, een heksenmeester uit Quarth,
    - – QUAITH, een gemaskerde schaduwbindster uit Asshai,
- – ILLYRIO MOPATIS, een magister uit de Vrijstad Pentos, die het huwelijk van Daenerys met khal Drogo arrangeerde en een complot smeedde om Viserys op de IJzeren Troon te brengen.

De banier van de Targaryens is die van Aegon de Veroveraar, die zes van de zeven koninkrijken veroverde, de dynastie stichtte en van de zwaarden van zijn overwonnen vijanden de IJzeren Troon vervaardigde: een driekoppige draak, rood op zwart.

Andere huizen, groot en klein

Het Huis Arryn

Bij het uitbreken van de oorlog verklaarde het huis Arryn zich voor geen van de mededingers om de troon, maar hield zijn krijgsmacht achter ter bescherming van het Adelaarsnest en de Vallei van Arryn. Het wapenteken van Arryn is de maan en de valk, wit op een hemelsblauw veld. De woorden van Arryn luiden: *Verheven als de Eer.*

ROBERT ARRYN, heer van het Adelaarsnest, Verdediger van de Vallei, Landvoogd van het Oosten, een ziekelijk knaapje van acht,
- zijn moeder, VROUWE LYSA van het huis Tulling, derde vrouw en weduwe van (heer Jon Arryn), vroeger Hand des Konings, en zuster van Catelyn Stark,
- zijn hofhouding:
    - MAESTER COLEMON, raadgever, genezer en leraar,
    - SER MARWYN BELMER, hoofd van de wacht,
    - HEER NESTOR ROYS, opperhofmeester van de Vallei,
        - heer Nestors zoon SER ALBAR,
        - MYA STEEN, een bastaardmeisje in zijn dienst, de natuurlijke dochter van koning Robert,
    - MORD, een wrede gevangenbewaarder,
    - MARILLION, een jonge zanger,
- zijn baanderheren, hofmakers en volgelingen:
    - HEER VAN ROYS, BRONZEN YAN genaamd,
        - heer Yans oudste zoon, SER ANDAR,
        - heer Yans tweede zoon, SER ROBAR, in dienst van koning Renling, Rode Robar van de Regenbooggarde,

- heer Yans derde zoon, (SER WAYMAR), een man van de Nachtwacht, verloren gegaan achter de Muur,
- HEER NESTOR ROYS, broer van heer Yan, opperhofmeester van de Vallei,
    - heer Nestors zoon en erfgenaam, SER ALBAR
    - heer Nestors dochter MYRANDA,
    - SER LYN CORBREE, die vrouwe Lysa het hof maakt,
        - MYCHEL ROODFOORT, zijn schildknaap,
- VROUWE ANYA WAGENHOLT,
    - vrouwe Anya's oudste zoon en erfgenaam, SER MORTEN, die vrouwe Lysa het hof maakt,
    - vrouwe Anya's tweede zoon, SER DONNEEL, een ridder van de Poort,
- EON JAGER, heer van Langbooghal, een oude man, die vrouwe Lysa het hof maakt.

Het Huis Florens

De leden van het huis Florens van Lichtwaterburg zijn de gezworen baandermannen van Hooggaarde en volgden de Tyrels toen die zich voor koning Renling verklaarden. Maar ze bleven met één voet in het andere kamp staan, omdat Stannis' koningin een Florens en haar oom slotvoogd van Drakensteen is. Het wapenteken van het huis Florens vertoont een vossenkop in een bloemenkrans.

ALESTER FLORENS, heer van Lichtwater,
- zijn echtgenote, VROUWE MELARA van het huis Kraan,
- hun kinderen:
  - ALEKIN, erfgenaam van Lichtwater,
  - MELESSA, gehuwd met heer Randyl Tarling,
  - RHEA, gehuwd met heer Leyten Hoogtoren,
- zijn broers en zusters:
  - SER AXEL, kastelein van Drakensteen,
  - (SER RYAM), omgekomen bij een val van een paard,
    - ser Ryams dochter, KONINGIN SELYSE, gehuwd met koning Stannis,
    - ser Ryams oudste zoon en erfgenaam, SER IMRY,
    - ser Ryams tweede zoon, SER ERREN,
  - SER COLIN,
    - Colins dochter DELENA, gehuwd met ser HOSMAN NOORCRUIS,
      - Delena's zoon, EDRIC STORM, een bastaard, verwekt door koning Robert,
      - Delena's zoon ALESTER NOORCRUIS,

- Delena's zoon RENLING NOORCRUIS,
- Colins zoon, MAESTER OMER, die dient op Oude Eik,
- Colins zoon MERREL, schildknaap in het Prieel,
- zijn zuster REILINE, gehuwd met ser Rychert Kraan.

Het Huis Frey

De Freys, machtig, gefortuneerd en talrijk, zijn baandermannen van het huis Tulling en hun zwaarden onder ede aan Stroomvliet opgedragen, maar ze deden niet altijd vol ijver hun plicht. Toen Robert Baratheon en Rhaegar Targaryen slag leverden bij de Drietand, arriveerden de Freys pas na afloop van de strijd, en sindsdien placht heer Hoster Tulling heer Walder 'heer Frey Laat' te noemen. Heer Frey stemde er pas mee in de zaak van de Koning in het Noorden te ondersteunen toen Robb instemde met een huwelijksaanzoek en beloofde na de oorlog een van zijn dochters of kleindochters tot vrouw te nemen. Heer Walder heeft éénennegentig naamdagen gezien, maar trouwde onlangs voor de negende maal met een meisje dat zeventig jaar jonger was dan hij. Men zegt dat hij als enige heer in de Zeven Koninkrijken vanuit zijn broek een leger in het veld kan brengen.

WALDER FREY, heer van de Oversteek
  – bij zijn eerste echtgenote (vrouwe Perra van het huis Roys):
    – SER STEVRON, erfgenaam van de Tweeling
      – h. (Corenna Swaan, overleden aan een slopende kwaal),
      – Stevrons oudste zoon, SER RYMAN,
        – Rymans zoon EDWYN, gehuwd met Janna Jager,
          – Edwyns dochter WALDA, een meisje van acht,
        – Rymans zoon WALDER, bijgenaamd ZWARTE WALDER,
        – Rymans zoon PETYR, bijgenaamd PETYR PUKKEL,
          – h. Mylenda Caron,
          – Petyrs dochter Perra, een meisje van vijf

- h. (Jeane Liden, overleden na een val van een paard),
- Stevrons zoon AEGON, bijgenaamd RINKELBEL, geestelijk onvolwaardig,
- Stevrons dochter (MAEGEL, gestorven in het kraambed),
    - h. ser Dafyn Vannis,
    - Maegels dochter MARIANNE, een jong meisje,
    - Maegels zoon WALDER VANNIS, een schildknaap,
    - Maegels zoon PATREK VANNIS,
- h. (Marsella Wagenholt, gestorven in het kraambed),
- Stevrons zoon WALTEN, gehuwd met Deana Hardyng,
    - Waltens zoon STEFFON, bijgenaamd de LIEVERD
    - Waltens dochter WALDA, bijgenaamd SCHONE WALDA,
    - Waltens zoon BRYAN, een schildknaap,
- SER EMMON, gehuwd met Genna van het huis Lannister,
    - Emmons zoon SER CLEOS, gehuwd met Jeane Darring,
        - Cleos' zoon TYWIN, een schildknaap van elf,
        - Cleos' zoon WILLEM, page in Essenmark,
    - Emmons zoon SER LYONEL, gehuwd met Melisa Crakenhal,
    - Emmons zoon TION, een schildknaap, gevangen te Stroomvliet,
    - Emmons zoon WALDER, bijgenaamd RODE WALDER, page op de Rots van Casterling,
- SER AENYS, h. (Tyana Wyld, gestorven in het kraambed)
    - Aenys' zoon, AEGON Bloedgeboren, een vogelvrije,
    - Aenys' zoon RHAEGAR, gehuwd met Jeane Bijenburg,
        - Rhaegars zoon ROBERT, een knaap van dertien,
        - Rhaegars dochter WALDA, een meisje van tien, bijgenaamd WITTE WALDA,
        - Rhaegars zoon JONOS, een jongen van acht,
- PERRIANE, gehuwd met SER LESLYN HEEG,
    - Perrianes zoon, SER HARYS HEEG,
        - Harys' zoon, WALDER HEEG, een jongen van vier,
    - Perrianes zoon SER DONNEEL HEEG,
    - Perrianes zoon ALYN HEEG, een schildknaap,
- bij zijn tweede echtgenote, (VROUWE CRYENNA van het huis Swaan):
- SER JARED, hun oudste zoon, gehuwd met Alys Frey,
    - Jareds zoon, SER TYTOS, getrouwd met Zhoë Blenboom,
        - Tytos' dochter ZIA, een jong meisje van veertien,
        - Tytos' zoon, ZACHARIE, een jongen van twaalf, in opleiding in de Sept van Oudstee,
    - Jareds dochter KYRA, gehuwd met ser Gars Goedenbeek,
        - Kyra's zoon WALDER GOEDENBEEK, een jongen van negen,
        - Kyra's dochter JEANE GOEDENBEEK, zes,

- SEPTON LUCEON, in dienst bij de Grote Sept van Baelor in Koningslanding,
- bij zijn derde echtgenote (VROUWE AMAREI van het huis Crakenhal):
  - SER HOSTIEN, hun oudste zoon, gehuwd met Bellena Howijck,
    - Hostiens zoon, SER ARWOUD, gehuwd met Ryella Roys,
      - Arwouds dochter RYELLA, een meisje van vijf,
      - Arwouds tweelingzonen ANDRAS en ALYN, drie,
  - VROUWE LYTHINE, gehuwd met heer Lucias Vypren,
    - Lythines dochter, ELYANA, gehuwd met SER JON WYLD,
      - Elyana's dochter RICKARD WYLD, vier,
    - Lythines zoon, SER DAMON VYPREN,
  - SYMOND, gehuwd met Betharios of Braavos,
    - Symonds zoon ALESANDER, een zanger,
    - Symonds dochter ALYX, een jong meisje van zeventien,
    - Symonds zoon BRADAMAR, een jongen van tien, opgevoed op Braavos als pupil van Oro Tendyris, een koopman uit die stad,
  - SER DANWEL, gehuwd met Wynafrei Whent,
    - (veel doodgeboren kinderen en miskramen),
  - MERRET, gehuwd met Mariya Darring,
    - Merrets dochter, AMEREI, AMI genoemd, een weduwe van zestien, gehuwd met (Ser Peet van de Blauwe Vork),
    - Merrets dochter WALDA, bijgenaamd DIKKE WALDA, een jong meisje van vijftien,
    - Merrets dochter MARISSA, een jong meisje van dertien,
    - Merrets zoon WALDER, KLEINE WALDER genoemd, een jongen van zeven, opgevoed in Winterfel als pupil van vrouwe Catelyn Stark,
  - (SER JEREMIE, verdronken), gehuwd met Carolei Wagenholt,
    - Jeremies zoon, SANDOR, een jongen van twaalf, schildknaap van ser Donneel Wagenholt,
    - Jeremies dochter, CYNTIA, een meisje van negen, pupil van vrouwe Anya Wagenholt,
  - SER REIMOND, gehuwd met Bioen Bijenburg,
    - Reimonds zoon, ROBERT, zestien, in opleiding in de Citadel van Oudstee,
    - Reimonds zoon MALWYN, vijftien, in de leer bij een alchemist in Lys,
    - Reimonds tweelingdochters SERRA en SARRA, jonge meisjes van veertien,
    - Reimonds dochter CERSEI, zes, bijgenaamd BIJTJE,
- bij zijn vierde echtgenote, (VROUWE ALYSSA van het huis Zwartewoud):

- LOTHAR, hun oudste zoon, bijgenaamd LAMME LOTHAR, gehuwd met Leonella Levoort,
    - Lothars dochter TYSANE, een meisje van zeven,
    - Lothars dochter WALDA, een meisje van vier,
    - Lothars dochter AMNERLEI, een meisje van twee,
- SER JAMMOS, gehuwd met Sallei Paeg,
    - Jammos' zoon WALDER, bijgenaamd GROTE WALDER, een jongen van acht, opgevoed in Winterfel als pupil van vrouwe Catelyn Stark,
    - Jammos' tweelingzonen DICK en MATHIS, vijf,
- SER WELEN, gehuwd met Sylwa Paeg,
    - Welens zoon HOSTER, een jongen van twaalf, schildknaap van ser Damon Paeg,
    - Welens dochter MERIAN, MERIJ genoemd, een meisje van elf,
- VROUWE MORYA, gehuwd met ser Flemens Brax,
    - Morya's zoon ROBERT BRAX, negen, als page opgevoed op de Rots van Casterling,
    - Morya's zoon WALDER BRAX, een jongen van zes,
    - Morya's zoon JON BRAX, een peuter van drie,
- TYTA, bijgenaamd TYTA DE MAAGD, een maagd van negenentwintig,
- bij zijn vijfde echtgenote (VROUWE SARYA van het huis Whent);
- geen nageslacht,
- bij zijn zesde echtgenote (VROUWE BETANIE van het huis Rooswijck):
- SER PERWYN, hun oudste zoon,
- SER BENFREY, gehuwd met Jianna Frey, een nicht,
    - Benfreys dochter DELLA, bijgenaamd DOVE DELLA, een meisje van drie,
    - Benfreys zoon OSMUND, een jongen van twee,
- MAESTER WILLAMEN, dient in LANGBOOGHAL,
- OLYVAR, dient Robb Stark als schildknaap,
- ROSLIN, een jong meisje van zestien,
- bij zijn zevende echtgenote (VROUWE ANNARA van het huis Farring):
    - ARWYN, een meisje van veertien,
    - WENDEL, hun oudste zoon, een jongen van dertien, als page opgevoed in Zeegaard,
    - COLMAR, opgedragen aan de Dienst der Goden, elf,
    - WALTYR, TYR genoemd, een jongen van tien,
    - ELMAR, verloofd met Arya Stark, een jongen van negen,
    - SHIREI, een meisje van zes,
- zijn achtste echtgenote, VROUWE JOYEUSE van het huis Erenvoort,
    - nog geen nageslacht,
- Heer Walders natuurlijke kinderen bij diverse moeders,

- WALDER STROOM, bijgenaamd BASTAARDWALDER,
  - de zoon van Bastaardwalder, SER AEMON STROOM,
  - de dochter van Bastaardwalder, WALDA STROOM,
- MAESTER MELWYS, dient in Rooswijck,
- JEANE STROOM, MARTYN STROOM, REYGER STROOM, RONEEL STROOM, MELLARA STROOM, anderen

Het Huis Grauwvreugd

Balon Grauwvreugd, heer van de IJzereilanden, voerde in het verleden een opstand aan tegen de IJzeren Troon die door koning Robert en Eddard Stark werd neergeslagen. Al was zijn zoon Theon, opgevoed in Winterfel, een aanhanger van Robb Stark en diens trouwste vriend, heer Balon sloot zich niet bij de noorderlingen aan toen deze naar het rivierengebied in het zuiden optrokken.

Het wapenteken van Grauwvreugd is een gouden kraak op een zwart veld. Hun woorden luiden: *Wij zaaien niet.*

BALON GRAUWVREUGD, heer van de IJzereilanden, koning van Zout en Rots, zoon van de Zeewind, Plunderheer van Piek, kapitein van de *Grote Kraak*,
- zijn echtgenote, VROUWE ALANNYS van het huis Harlang,
    - hun kinderen:
        - (RODRIK), gesneuveld bij Zeegaard ten tijde van de opstand van Grauwvreugd,
        - (MARON), gesneuveld op Piek ten tijde van de opstand van Grauwvreugd,
        - ASHA, kapitein van de *Zwarte Wind*,
        - THEON, een pupil van heer Eddard Stark in Winterfel,
- zijn broers:
    - EURON, bijgenaamd KRAAIENOOG, kapitein van de *Stilte*, een vogelvrije, piraat en rover,
    - VICTARION, opperbevelhebber van de IJzeren Vloot, meester van de IJZEREN VICTORIE,

- AERON, bijgenaamd VOCHTHAAR, een priester van de Verdronken God,
- zijn hofhouding op Piek:
  - DAGMER, bijgenaamd SPLIJTKAAK, wapenmeester, kapitein van de *Schuimzuiper*,
  - MAESTER WENDAMYR, genezer en raadgever,
  - HELYA, beheerster van het slot,
- inwoners van 's Herenpoort:
  - SIGRIN, een scheepsbouwer,
- zijn baanderheren:
  - HEER BOTTELER, van 's Herenpoort,
  - HEER WINDASCH, van IJzerholt,
  - HEER HARLANG, van Harlang,
  - STEENHUIS, van Oud Wyk,
  - TROMP, van Oud Wyk,
  - GOEDENBROER van Oud Wyk,
  - GOEDENBROER van Groot Wyk,
  - RONDHOUT, van Groot Wyk,
  - HEER ZWARTGETIJ, van Zwartgetij,
  - HEER ZOUTKLIF, van Zoutklif,
  - HEER SONDERLEI, van Zoutklif.

Het Huis Lannister

De Lannisters van de Rots van Casterling blijven de voornaamste steun vormen voor koning Joffry's aanspraken op de IJzeren Troon. Hun wapenteken is een gouden leeuw op een karmijnrood veld. De woorden van de Lannisters zijn: *Hoort mijn gebrul.*

TYWIN LANNISTER, heer van de Rots van Casterling, Landvoogd van het Westen, Schild van Lannispoort en Hand des Konings, opperbevelhebber van de Lannister-krijgsmacht in Harrenhal,
- zijn echtgenote (VROUWE JOANNA), een nicht, gestorven in het kraambed,
  - hun kinderen:
  - SER JAIME, bijgenaamd DE KONINGSMOORDENAAR, Landvoogd van het Oosten en opperbevelhebber van de Koningsgarde, de tweelingbroer van koningin Cersei,
  - KONINGIN CERSEI, weduwe van koning Robert, tweelingzuster van Jaime, regentes en beschermvrouwe van het rijk,
  - TYRION, bijgenaamd de KOBOLD, een dwerg,
- zijn broers en zusters:
  - SER KEVAN, zijn oudste broer,
    - ser Kevans echtgenote, DORNA van het huis Vlugh,
      - de vader van vrouwe Dorna, SER HARYS VLUGH,
    - hun kinderen:
    - SER LANCEL, voormalig schildknaap van koning Robert, na diens dood tot ridder geslagen,
    - WILLEM, tweelingbroer van Martyn, een schildknaap, krijgsgevangen gemaakt in het Fluisterwoud,
    - MARTYN, tweelingbroer van Willem, een schildknaap,
    - JANEI, een meisje van twee,

- GENNA, zijn zuster, gehuwd met ser Emmon Frey,
  - Genna's zoon SER CLEOS FREY, krijgsgevangen gemaakt in het Fluisterwoud,
  - Genna's zoon TION FREY, een schildknaap, krijgsgevangen gemaakt in het Fluisterwoud,
- (SER TYGET), zijn tweede broer, gestorven aan de pokken,
  - Tygets weduwe, DARLESSA, van het huis Marbrand,
  - Tygets zoon TYREK, schildknaap van de koning,
- (GERION), zijn jongste broer, omgekomen op zee,
- zijn neef, SER STEFFERT LANNISTER, de broer van wijlen vrouwe Joanna,
  - ser Stefferts dochters CERENNA en MYRIËLLE,
  - ser Stefferts zoon, SER DAVEN,
- zijn baanderheren, kapiteins en legeraanvoerders:
  - SER ADDAM MARBRAND, erfgenaam van Essenmark, aanvoerder van Tywins voorrijders en verkenners,
  - SER GREGOR CLEGANE, de Rijdende Berg,
    - POLVER, KESWIJCK, RAF HET LIEVERDJE, DUNSEN en de KIETELAAR, krijgslieden in zijn dienst,
  - HEER LEO LEVOORT,
  - SER AMAURY LORS, een kapitein der foerageurs,
  - LOWIS LIDEN, heer van DIEPHOL,
  - GAWEN WESTERLING, heer van de STEILTE, krijgsgevangen gemaakt in het Fluisterwoud en vastgehouden in Zeegaard,
  - SER ROBERT BRAX en zijn broer, SER FLEMENS BRAX,
  - SER FORLING PAPE van de Guldentand,
  - VARGO HOAT uit de Vrijstad Qohor, kapitein van het huurlingengezelschap dat zich de Dappere Gezellen noemt,
- MAESTER CREYLEN, zijn raadgever

Het Huis Martel

Dorne was het laatste van de Zeven Koninkrijken dat de leeneed aan de IJzeren Troon aflegde. Qua bevolking, gebruiken en geschiedenis verschilde Dorne van de overige koninkrijken. Toen de successieoorlog uitbrak, bewaarde de vorst van Dorne zijn stilzwijgen en mengde zich nergens in.

De banier van de Martels is een rode zon, doorboord door een gouden speer. Hun woorden luiden: *Onoverwonnen, ongebogen, ongebroken.*

DORAN NYMEROS MARTEL, heer van Zonnespeer, Vorst van Dorne,
 – zijn echtgenote MELLARIO, uit de Vrijstad Norvos,
 – hun kinderen:
   – prinses ARIANNE, hun oudste dochter, erfgenaam van Zonnespeer
   – prins QUENTYN, hun oudste zoon,
   – prins TRYSTAN, hun jongste zoon,
 – zijn broers en zusters:
   – zijn zuster, (PRINSES ELIA), gehuwd met prins Rhaegar Targaryen, gedood tijdens de plundering van Koningslanding,
     – Elia's dochter, (PRINSES RHAENYS), een klein meisje, vermoord tijdens de plundering van Koningslanding,
     – Elia's zoon, (PRINS AEGON), een zuigeling, vermoord tijdens de plundering van Koningslanding,
   – zijn broer, prins OBERYN, de Rode Adder,
 – zijn hofhouding:
   – AREO HOTAH, een huurling uit Norvos, hoofd van de wacht,

- MAESTER CALEOTTE, raadgever, genezer en leraar,
- zijn baanderheren:
  - EDRIC DAYN, heer van Sterrenval.

De voornaamste huizen, eedgebonden aan Zonnespeer, zijn onder andere: Jordaen, Santagar, Allyrion, Toland, Yzerhout, Wyl, Vogeler en Dayn.

Het Huis Tyrel

Heer Tyrel van Hooggaarde zegde koning Renling zijn steun toe na Renlings huwelijk met zijn dochter Marjolij, en bezorgde Renlings zaak de steun van bijna al zijn voornaamste baanderheren. Het wapenteken van Tyrel is een gouden roos op een grasgroen veld. Hun woorden luiden: *Groei brengt kracht.*

HAMER TYREL, heer van Hooggaarde, Landvoogd van het Zuiden, Verdediger van de Marken, Oppermaarschalk van het Bereik en Hand des Konings,
- zijn echtgenote, VROUWE ALERIE van het huis Hoogtoren van Oudstee,
- hun kinderen:
  - WILLAS, hun oudste zoon, erfgenaam van Hooggaarde,
  - SER GARLAN, bijgenaamd de DAPPERE, hun tweede zoon,
  - SER LORAS, de Bloemenridder, hun jongste zoon, bevelhebber van de Regenbooggarde,
  - MARJOLIJ, hun dochter, een jong meisje van vijftien, onlangs aan Renling Baratheon uitgehuwelijkt,
- zijn moeder, de weduwe VROUWE OLENNA, van het huis Roodweyn, bijgenaamd de DORENKONINGIN,
- zijn zusters:
  - MINA, gehuwd met Paxter Roodweyn, heer van het Prieel,
    - hun kinderen:
      - SER HORAS ROODWEYN, tweelingbroer van Hobber, spottend HOOR'ES genoemd,
      - SER HOBBER ROODWEYN, tweelingbroer van Horas, spottend HOBBEL genoemd,

- DESMERA ROODWEYN, een jong meisje van zestien,
- JANNA, gehuwd met ser Jon Graftweg,
- zijn ooms:
    - GARTH, bijgenaamd de VETTE, seneschalk van Hooggaarde,
        - Garths bastaardzonen, GARS en GARRET BLOEMEN,
    - SER MORYN, bevelhebber van de stadswacht van Oudstee,
    - MAESTER GORMON, een geleerde van de Citadel,
- zijn hofhouding:
    - MAESTER LOMYS, raadgever, genezer en leraar,
    - IGON VYRWEL, hoofd van de wacht,
    - SER VORTIMER KRAAN, wapenmeester,
    - BOTERBOBBEL, zot en nar, moddervet.

De Mannen van de Nachtwacht

De Nachtwacht beschermt het rijk en is bij ede gehouden zich niet in enige burgeroorlog of opvolgingsstrijd te mengen. Oudergewoonte bewijzen de broeders in tijden van opstand alle koningen eer en gehoorzamen geen van hen.

in Slot Zwart

JEOR MORMONT, opperbevelhebber van de Nachtwacht, bijgenaamd de OUWE BEER,
- zijn oppasser en schildknaap JON SNEEUW, de bastaard van Winterfel, bijgenaamd HEER SNEEUW,
- Jons witte schrikwolf, SPOOK,
- MAESTER AEMON (TARGARYEN), raadgever en genezer,
  - SAMWEL TARLING en CLYDAS, zijn oppassers,
- BENJEN STARK, Eerste Wachtruiter, zoekgeraakt achter de Muur,
  - THOREN SMALHOUT, een hoofd-wachtruiter,
  - JARMEN BOKWEL, een hoofd-wachtruiter,
  - SER OTTYN WELCK, SER ALADAL WINDASCH, GREN, PYPAR, MATTHAR, ELRON, LARK, bijgenaamd de ZUSTERMAN, wachtruiters
- OTHEL YARWIJCK, Eerste Bouwer,
  - HALDER, ALBET, bouwers,
- BOUWEN MARS, Opperhofmeester,
  - CHET, oppasser en hondenopzichter,
  - EDZEN TOLLET, bijgenaamd ED VAN DE SMARTEN, een zure schildknaap,
- SEPTON CELLADAR, een geestelijke die te veel drinkt,
- SER ENDRIES TARTH, wapenmeester,
- broeders van Slot Zwart:
  - DONAL NOOY, de eenarmige wapensmid,
  - HOB MET DE DRIE VINGERS, kok,
  - JEREN, RAST, CUGEN, rekruten, nog in opleiding,
  - CONWY, GUEREN, 'zwervende kraaien', rekruteurs die weesjongens en misdadigers ophalen voor de Muur,
  - YOREN, de oudste der 'zwervende kraaien',
  - PRAED, HAKJAK, WOTH, REYSEN, QYL, rekruten op weg naar de Muur,

- KOS, GERREN, DOBBER, KURTZ, BIJTER, RORG, JAQEN H'GHAR, misdadigers op weg naar de Muur,
- LOMMIE GROENEHAND, GENDRY, TARBER, WARME PASTEI, ARRIE, weesjongens op weg naar de Muur,

in Oostwacht-aan-Zee

COTTAAR PIEK, bevelhebber van Oostwacht,
- SER ALLISER DOREN, wapenmeester,
- broeders van Oostwacht:
  - DAREON, oppasser en zanger,

in de Schaduwtoren

- SER DENYS MALLISTER, bevelhebber van de Schaduwtoren,
- QHORIN, bijgenaamd HALFHAND, een hoofd-wachtruiter,
- DELBRUG, een oudere schildknaap en hoofd-wachtruiter,
- EBBEN, STEENSLANG, wachtruiters

Woord van dank

Hoe meer details, hoe meer duivels.

Onder de engelen die me hebben geholpen ze uit te bannen, bevinden zich ditmaal Walter Jon Williams, Sage Walker, Melinda Snodgrass en Carl Keim.

Eveneens dank aan mijn geduldige redacteurs en uitgevers: Anne Groell, Nita Taublib, Joy Chamberlain, Jane Johnson en Malcolm Edwards.

En ten slotte: helmpje af voor Parris vanwege haar Magische Koffie, de brandstof waarop de Zeven Koninkrijken zijn gebouwd.